尹昌衡

上

胡雪松 著

四川文艺出版社

图书在版编目（CIP）数据

尹昌衡 / 胡雪松著. —成都：四川文艺出版社，
2018.3

ISBN 978-7-5411-4865-1

Ⅰ. ①尹… Ⅱ. ①胡… Ⅲ. ①长篇历史小说
—中国—当代 Ⅳ. ①I247.5

中国版本图书馆 CIP 数据核字（2018）第 022569 号

YIN CHANG HENG
尹昌衡

胡雪松　著

责任编辑　梁康伟
责任校对　蓝　海
封面设计　叶　茂
版式设计　史小燕
责任印制　唐　茵

出版发行　四川文艺出版社（成都市槐树街2号）
网　　址　www.scwys.com
电　　话　028-86259287（发行部）　　028-86259303（编辑部）
传　　真　028-86259306

邮购地址　成都市槐树街2号四川文艺出版社邮购部　610031
排　　版　四川胜翔数码印务设计有限公司
印　　刷　成都勤德印务有限公司
成品尺寸　169 mm×239 mm　1/16
印　　张　46　　　　　　　　　　　字　　数　840 千
版　　次　2018年5月第一版　　　　印　　次　2018年5月第一次印刷
书　　号　ISBN 978-7-5411-4865-1
定　　价　120.00元（上、下册）

【目 录】

（第一卷）定乱安蜀

（第二卷）西征平叛

（第三卷）京都炼狱

【第一卷】

定乱安蜀

京都际会

1

宣统元年（1909）秋天，苍茫的华北平原，一声尖厉的汽笛长鸣，一列火车卷着滚滚黄尘呼啸而来。

一节挤满各色旅客的车厢内，人声嘈杂。拖着长辫子的旅客多穿着对襟绸褂，使劲地摇着手中的折扇，抱怨着天气：

"这鬼天气，热死人了，热死人了。"

"立秋都三天了，还这么热！"

一个高大英俊的青年，笔挺地坐在车窗前。他平头，白衬衫扎在吊带裤内，眉宇间透出一种逼人的英气。在烟雾缭绕、长辫子甩来甩去的车厢内，这青年显得很扎眼。

青年神色忧郁地望着窗外，窗外闪过的是满目的疮痍。显然，今年又是风雨飘摇的大清国多灾多难的一年。老天爷好像特别不给三岁的小皇帝宣统爷面子。南方涝灾，北方大旱。秋天，辽阔的北方大平原本应该是丰收的季节，可是高粱和玉米抽不出穗来，半枯半焦，低矮得遮不住那些村庄的凋敝和破败。这一幅幅揪心的画面，让青年的眉头越皱越紧。

这青年上车之时，一个提着精美手袋，手摇折绸羽毛扇的美艳女郎便紧紧地跟上了他。与青年和女郎同一张座椅的是一个胖商人，对面是几个乡绅模样的人。胖商人手脚不规矩，总想占女郎的便宜。女郎一直在观察着这青年，频送秋波。青年始终漠然端坐，两眼平视着窗外，似乎陷入了沉思之中。

女郎把她那发育得恰到好处的婀娜妙曼的少女玉体，轻轻地向那青年靠去，那青年礼貌地看了她一眼，把身子向车窗边靠了靠。

那女郎并不脸红，仍不甘心，主动搭话了：

"先生，能请教贵姓吗？"

"免贵，姓尹。"

"啊，看尹先生这身装束，是刚从日本回国的吗？"

青年这才回头，诧异地看了女郎一眼，点了点头。

青年又把头转向窗外，女郎没趣，面含愠色。

胖商人趁机对女郎动手动脚，女郎狠狠地瞪了他一眼，商人只好把脸转开。

邻座的人们又开始议论天气了。

"这鬼天气，立秋了，太阳还晒得遍地冒烟，真是要人命了！"

"天灾害人，人祸也不断啊。"

"可不是吗，洋毛子像毒蛇猛兽，缠得大中华奄奄一息，贪官污吏，也飞起吃人！"

"唉，大清国真是多灾多难啊。兵祸连年，灾害不断，年前，光绪皇帝头天驾崩，太后老佛爷第二天又驾鹤归西。摄政王抱着三岁的皇上哭哭啼啼地登上宝座，唉，都说皇上是天子，老天爷怎么对当今的小皇上这样不看顾啊。"

胖商人："嘻，各位兄台，你们知道今年北方为什么这样天旱吗？"

众人伸长了脖子："为什么呀？"

胖商人："那天听说书的讲呀，宣统爷登基之时，那么多白胡子大臣给他磕头，吓得他把龙尿撒在了龙床上，老天爷要给真命天子晒龙床，北方才天旱的啊……"

众人哄然大笑："哈哈哈，有道理，有道理。"

老年乡绅以长者的口吻道："莫乱说，这或许就是革命党编出来煽动灾民造反的谣言。犯了对当今皇上大不敬之罪，当心祸从口出，逮住是要杀头的啊。"

众人诺诺连声："对对对，老先生指点得极是。"

乡绅们的议论中，临窗的青年仍是一脸的冷峻。胖商人开始了对女郎的又一轮骚扰，一只手猛摇纸扇，一只手拉开绸衫，借机用肘拐去磕碰女郎的胸口。

女郎退了退，他的胖身躯得寸进尺。女郎只好站起来，她走出座位时给了胖子一个媚眼，胖子得意，脸都笑歪了。她顺手在胖子身上戳了一下，胖子那瞬间的丑态便定格下来不能动弹。

众人见胖子那可笑的模样，乐不可支。少顷，见胖子不能动弹，众人大惊："老板，你怎么啦？怎么啦？"

满车厢的旅客都惊动了，好奇的人们一下围了过来，七嘴八舌地议论着：

"是得了急病吧?"

"不像，这样子准是谁点了他的穴位。"

"谁呢? 谁有这么高的手段啊?"

"还有谁? 说不定就是刚才出去那姑娘。"

"一个女娃娃，有这么大的本事吗?"

"难说，自古英雄出少年，天下奇人异士多啊。"

"那姑娘哪里去了，快把她找回来吧，救他一下。"

众人四顾，吵吵嚷嚷，寻找那姑娘，那姑娘已经没了踪影。

那青年回头看那胖子，也暗暗吃惊："好手段，好手段。"

老年乡绅对那青年道："先生，你是日本武士吧，请你帮忙救救这胖子吧。"

人堆中的声音："日本人没一个好东西，只有找到那姑娘，才能救人。"

那青年一脸的困惑，解释道："不，我是四川人。"说着站了起来。

列车上的八号豪华包厢，门边站着两个彪形保镖，包厢内绣幔垂垂，几案上摆设着鲜花和果点，报刊和书籍。

先前那个美艳的女郎叫妥儿，此时已经出现在这豪华的包厢里。妥儿打开一份卷宗，选出一张照片呈给一个洋味十足的美艳女郎，她的主人。

女主人接过妥儿呈上的照片，照片上正是那个英俊青年："妥儿，你能断定是他吗?"

"我问过，就是他。"

女主人看着照片："嗯，确实很英俊，很帅气。他的档案上说了些什么?"

妥儿看着卷宗："尹昌仪，字硕权，号凤来，四川彭州人。生于光绪十年，今年二十五岁。十七岁考入四川武备学堂，学业优异。光绪二十九年，岑春煊任四川总督，保送他到日本振武学校留学，后升入日本士官学校第六期就读步兵科，系这批留学生中的高才生，今毕业回国。"

"日本士官学校第六期毕业生，已经结业一个多月了。大多数都早已经回国，一部分在京等候殿试，一部分八方奔走，打点前程。他怎么现在才回国呢? 难道他不关心自己的前程吗?"

"不知道，可能另有原因吧。"

"还有些什么情况?"

妥儿继续看着卷宗："此子志大才高，是士官生中的领袖人物；个性狂傲，嗜酒，好色；早期思想激进，曾经是黄兴组织的地下激进组织'铁血丈夫团'成员，与李烈钧、刘存厚、唐继尧是拜把兄弟，后又有杨荩臣等多人加盟，号九人团。"

女主人端详着照片："啊，如果他真是个铁血丈夫就好了，只怕是绣花枕头啊。"沉吟良久复道，"唉，这世上还真有铁血丈夫吗？"

"小姐，怎么办？"

女主人吻了一下照片："请。"

妥儿朝候在门边的保镖吩咐道："去看看我给他留下的题解了没有！"

保镖走后，女主人问道："你给他出了什么题？"

"我身边的胖子对我动手动脚，我点了他的穴，他不能见死不救，看他是不是绣花枕头啊。"

"唔，鬼丫头真刁，这倒真是一道好题。"

那保镖去到尹昌仪车厢，众人正在围观尹昌仪给胖子解穴，他把胖商人靠在坐椅上，运足气，在那胖商人身上戳了几下，拍了几下，那胖商人张开的嘴合了下来，僵直的身体也活泛起来。围观的人们一片叫好声。

保镖回报尹昌仪已经解了难题，女主人满脸喜色道："速拿我的片子相请。"

妥儿道："看他那傲劲，小姐的片子不一定请得动。"又对保镖道，"去请乘警来。"

保镖请来乘警，妥儿奉上小锭银子，如此这般交代之后，那乘警来到尹昌仪面前："先生大义援手救人，车长感佩，请先生八号包厢待茶。"

说毕，不等尹昌仪应诺，拿着尹昌仪的行李，朝八号包厢走去。尹昌仪无奈，只得跟到八号车厢。

尹昌仪走进八号包厢，女主人已经换成白西装，白手套，白色阳帽，宽边墨镜，叼着一支大雪茄，打扮成了一个派头十足的西洋绅士了，立即起身相迎。尹昌仪一下愣住了："你们是……"

女主人歉意地笑道："兄弟马二，仰慕高贤，恐难动大驾，冒昧失礼相请，还请尹先生海涵。"说着递上名片。

尹昌仪觉得这马二公子玩得很特别，或许是个性情中人，爽朗地大笑道："马公子请客方式别致。有趣，有趣。"

马二公子："得罪，得罪。"说着脱下手套，伸出了手。

尹昌仪伸出有力的大手，可是一看伸过来的手，这是一只多么柔嫩，多么精致的女人的小手啊！他不由得一怔，又仔细打量了一番，一切都明白了。只得很文明地轻轻握了握马二公子的小手："不才尹昌仪，承蒙马二公子错爱，多谢，多谢。"

二人落座。妥儿挑开绣幔托茶而出，只见她甜甜地叫道："尹先生，请用茶。"

尹昌仪又是一惊："啊，原来你是……"

妥儿施礼道："马二公子的下人妥儿。"

尹昌仪只轻轻地"啊"了一声。

冯二公子笑道："尹先生，这丫头让我惯坏了，从小淘气顽皮，今天让尹先生见笑了。"

"不，这小妹妹很可爱，小小年纪，武艺高强，点穴功夫更是了得，先还给我出了一道不小的难题，失敬，失敬。"

妥儿笑道："那点儿雕虫小技，怎么会难住尹先生啊。先生，你们谈吧。"

妥儿悄然退出。

尹昌仪试探地问："马二公子也是进京谋前程的吧。"

"兄弟才从德国求学归来不久，这次进京帮着家父料理点生意上的事。"

"啊，马公子求学西方，得西学之精髓，尹某正好向马公子请教了。"

"不敢当，不敢当。中日甲午战争之后，国人都涌向日本求学。效法日本明治维新，成为多少有志之士强兵富国的梦想。先生学成回国，一定会大展宏图，建功立业的。"

她的话使尹昌仪对这位贵小姐另眼相看，也侃侃而谈起来："日本的迅速崛起，也是得益于西学的影响。为国家民族效命，马公子也会当仁不让，定会秉其西学之长，大显身手的。"

"哈哈哈，国家兴亡，匹夫有责。同是热血青年，谁不壮怀激烈？在下愿与尹兄同心同德，报效家邦！"

尹昌仪打量她，心中暗自惊叹："这么俊美的女子，她们到底是什么人呢，她为什么要纠缠我呢？"

2

这马二公子到底是什么人，还得从蛰居在洹上村的袁世凯说起。

1908年11月光绪皇帝和慈禧太后相继去世。溥仪的父亲醇亲王载沣本来与袁世凯政见不合，更因为袁世凯在戊戌变法中出卖光绪皇帝而怀恨在心，一心想铲除袁世凯。他一上任就革除袁世凯一切职务并拟拿办，在张之洞等人的全力保护下，袁世凯连夜仓皇逃到天津，后来载沣亦怕激起北洋兵变，准他以足疾归养。

袁世凯回到河南彰德府（今河南安阳市）老家蛰伏起来，表面上过起了"烟蓑雨笠一渔翁"的赋闲生活，实则随时窥视风云，以屈待伸。他回彰德后作的《和王介艇中丞游园原韵》：

> 乍赋归来句，林栖旧雨存。
> 卅年醒尘梦，半亩辟荒园。
> 雕倦青云路，鱼浮绿水源。
> 漳洹犹觉浅，何处问江村。

他从来不认为自己是池鱼，而是潜龙，是"大泽龙方蛰"，岂能久困这浅浅的漳河、洹水之间。故云"漳洹犹觉浅"，时刻等待着东山再起的时机。

河南彰德府洹上村别墅，庭园精雅。半年之后的一个清晨，养寿园内，芙蓉盛开。袁世凯在花荫下打完太极拳，接过侍儿捧的手巾擦了汗。他向守护在园门口的陆建章招了招手。

陆建章四十多岁，尖嘴猴腮，是袁世凯的侍卫长，他赶紧来到袁世凯面前："大帅有何吩咐？"

袁世凯："去把克文叫来。"说完走进了养寿堂。

陆建章来到荷塘边。半轮红日映照荷塘，小雀儿在花间啁啾，晶莹的水珠在荷叶上闪闪发光。年方二十，风流俊雅的袁克文，正在塘边草亭之上对景写生作画，一幅精妙的荷塘图即将完成。

陆建章走来："二公子，大帅在养寿堂等你说话。"

一听说父亲呼唤，袁克文有些紧张。

袁克文欲在画上题款用印，想了想放下笔，拿着画，忐忑不安地随陆建章向养寿堂走来。

袁克文这个贵公子，很有点贾宝玉怕贾政那样怕他的父亲。他忐忑不安地走进养寿堂，大姨太沈氏正陪袁世凯在堂上品茶。他便赶紧上前行礼："孩儿给父亲大人请安，给亲妈请安。"

袁克文对沈氏的称呼有点别致。他是三姨太朝鲜女子金氏所生。袁世凯有九房妻妾，发妻于氏是个文盲，农家女子，袁世凯不太喜欢。沈氏是杭州城的一个烟花女子。袁世凯落魄之时，沈氏资助袁世凯求取功名，袁世凯发迹之后不忘旧情，纳为大姨太，这是他一生中最宠幸的女人。沈氏没有生育，袁克文出生后，袁世凯便将他过继给了大姨太，因此，他一直叫沈氏为亲妈。

袁世凯挥退左右："克文，坐下说话吧。"

风月场中的沈氏粗通文墨，拿过袁克文手中的画展开，一惊："克文，是今天画的吗？"

袁克文点点头："今天见荷花开得正好，画了这幅画，刚画完。正要呈父亲大人指点。"

沈氏赞不绝口："好，好啊！老爷，你看，我儿这幅荷塘图如何？"

袁世凯读画良久："嗯，鱼潜荷下，蓄势兴波，立意不错，泼墨点染，不让国手。克文画艺倒是精进了。"

袁克文得到父亲的夸奖，这才舒了一口气："这也得益于父亲教诲。儿重新精读《资治通鉴》，画外功夫，受益匪浅。"

袁世凯摇了摇头，长长地叹了一口气。

袁世凯这声叹息，令沈氏顿时紧张了："老爷，怎么啦？"

"唉，我袁世凯轰轰烈烈一生，儿子却如此不肖。"

袁克文闻言，扑通一声跪下："父亲大人，孩儿不肖，多多教诲就是，不必因此气恼伤身啊。"

沈氏却不依了："大帅，我儿的诗、文、书、画和金石收藏，早已经名满京城，老爷，你是不是太……"

袁世凯啜了一口茶道："诗文书画，金石收藏？克文，我们避难回到这洹上村时，我是怎么给你说的？"

"父亲要儿子重新精读《资治通鉴》，半年多来，儿已经通读了，很受教益。"

袁世凯重重地放下茶杯："教益，就是绘画精进吗？"

"这……"

"我问你，唐玄宗李隆基算得上精通音乐吧？南唐李后主李煜算得上大诗人大词人吧？宋徽宗算得上个大画家吧？明思宗朱厚聪醉心于当木工，算得上一个大营造家吧？"

袁世凯所指几位不务正业的帝王，袁克文当然知道，但他不知道怎么回答才合父亲的心意，只好委婉地说："是，他们都如父亲大人所说，是屈指可数的大家。"想用此话来堵袁世凯的口。

"大家！可是他们为什么都亡国破家，贻笑后世？"

"父亲，他们都是帝王，这……"

"这什么？你可是我袁世凯的儿子啊！"

袁克文一惊，怔住了。"你可是我袁世凯的儿子！"在他耳朵里回响。他从这句话里，似乎听出了父亲的野心，头上不由得沁出了冷汗。

袁世凯又呷一口茶，缓和了口气："克文呀，你的诗文书画，金石收藏确实不错。要是普通官宦之家，为父也当满足，可是，你是我袁世凯的儿子，我不希望你只成为一个大家。诗文书画，金石收藏，能够齐家治国平天下吗？你哥哥克定虽然胸怀大志，却骑马摔折了腿，成了跛子。你天资聪颖，为父好生喜爱，你却醉心于这等雕虫小技，你这般小器，怎能担当家国重任？你，你太使为父失望了！"

"小器？家国重任？父亲的意思是……"

"竖子！还要我明说吗？"

袁克文望着沈氏，沈氏也听出了袁世凯的弦外之音，猛然醒悟，母以子贵的狂喜，使她下座拉起还在发愣的袁克文，一齐跪地："快给你父亲磕头谢恩吧，贱妾多谢老爷！"

袁克文只得磕头："多谢父亲大人！"

袁世凯："起来，都起来吧。"

袁克文站起来，拿起那幅画就要撕。

袁世凯："别撕，这幅画很不错，我给你题诗，留下有用。"

"谢谢父亲，父亲，孩儿现在该怎么办？"

"摄政王必欲杀我而后快，我们举家逃出京城，摄政王为何不敢追杀我这穷寇？"

"父亲小站练兵，创始北洋，得天下英雄为羽翼，握重兵者，皆父亲部属，载沣怕逼反北洋，因此不敢轻举妄动。"

袁世凯得意地说："生逢乱世，得人为上。心怀大志者，纷纷留学东洋和西洋，陆续回国施展。摄政王载沣代行小皇帝水陆军大元帅之职，这次为什么破例对留学日本的这一批青年军官殿试，不就是为收罗人才吗？难道我们能视而不见吗？"

袁克文理解父亲的用意了，为人子当为父亲分忧，便道："父亲，儿明白了，为了这批留日士官生，儿即日进京就是。"

"好，你的诗文书画，正好帮你结交青年才俊。记住，我跟你冯伯父、段伯父早已说好，抓住这批人才。御人之术，如训猛虎，能为我所用者重用之，不能为我所用者，也要关进自己的铁笼子！"

"孩儿记下了。"

"克文仁厚有余，刚烈不足，这次让陆建章陪你进京，我许他必要时便宜行事。我这里有一封书信，给你段伯父，到京后一切听从你段伯父安排。"

沈氏十分高兴，又叮咛道："儿啊，一定记住你父亲说的话，你是袁世凯的儿子啊！你父亲没有北洋三杰这样的好兄弟，就没有今天一家人的平安啊！你这是去为自己物色龙虎兄弟，你懂吗？"

"亲妈，我懂，我记住了。"

袁世凯很重视用联姻的方式笼络人心，当年在酒席之上，他见冯国璋的义女冯倩文聪明俊秀，曾半开玩笑地拿袁克文跟冯国璋打儿女亲家，僚属们都起哄敬酒。现在看来，更需要把冯国璋紧紧抓在手里，便道："另外，倩文已经从德国留学回来，这次她也要为这批东洋军事人才进京，你们见面后好好谈谈吧。"

袁克文红着脸："这……"

沈氏道："乖儿子，还这啥呀，我们都希望这门亲事早些成功，亲妈想抱孙儿啊。"

原来，那个洋味十足的美艳女郎，就是冯国璋的义女冯倩文。

冯国璋，字华甫，北洋军阀首领。甲午战争随聂世诚转战东北，因功受清廷褒奖；1895 年 4 月随驻日使臣出使日本考察军事，编成兵书数册，转呈袁世凯，被视为"鸿宝"，并说"军界之学子无逾公者"；1903 年冯国璋于北京担任清政府练兵处军学司司长，亲手培养了一批北洋系军官；1906 年，冯署正黄旗蒙古副都统兼陆军贵胄学堂总办，与满族亲贵建立了密切联系，遂被委任为督操营务处总办；新军的《兵法操典》多为他一手修定。他与合肥的段祺瑞、正定的王士珍有北洋"陆军三杰"之称。

中日甲午战争时，冯倩文的父亲为保护冯国璋血洒疆场，冯国璋遂收冯倩文为义女，抚养这个烈士遗孤胜过己出，对冯倩文十分娇惯。

冯倩文刚从德国留学归国不久，冯国璋也因为尹昌仪们这批留日士官生，命冯倩文进京代他招贤。

3

北京。京奉铁路正阳门东站（前门站）外，到处悬挂着"反对签订奉天、吉林五案条款"、"抗议日本强筑安奉铁路"、"抵制日货"、"小日本从中国滚出去"等醒目的大标语。

候车的人们都在议论着奉天、吉林五案条款和日本人强筑安奉铁路的事情。一群年轻武官十分惹眼，他们就是留学日本士官学校的第六期毕业的士官生，是尹昌仪的同乡和同学，来车站接尹昌仪。

这一期留日学生共一百四十三人，四川的毕业生有尹昌仪、周骏、刘存厚等九人。尹昌仪算得上是四川老乡中的灵魂人物。

宣统登基之后，摄政王载沣虽然代行水陆军大元帅之职，却根本指挥不动北洋军队。载沣为笼络军心、切实掌控兵权，对这批留学归国的军事人才十分重视，破天荒地降浩荡皇恩，殿试这批武官。因此，这批学生归国之后都聚集到了京城，等待殿试，封官上任。

日本士官学校，可以说是同盟会在日本的重要据点。这一批毕业生绝大多数都秘密加入了同盟会。尹昌仪才到日本时，曾经秘密参加过黄兴领导的铁血丈夫团，可是后来黄兴回国后，这个组织就停止了活动。之后，他虽然和同盟会朋友们的关系极好，却从不参加同盟会的活动。

青年武官说说笑笑地来到车站，走在中间的是同盟会员谢云峰，他受组织委托，要尽量争取尹昌仪加入同盟会。火车还有半个多小时才进站，他们便走进车站小酒馆喝酒等人。

同学们大多数毕业就回了国，尹昌仪是回国临上船时，又被他的日本恋人岩崎小姐留住了，因此直到现在才回来。

罗炜说道："我还真担心他被日本美女缠住，留在东瀛当日本女婿了。"

周骏也道："我也很担心，他又是个风流情种。再说，岩崎家族那么显赫，岩崎小姐又那么聪慧漂亮，两个人又恋得那么深。"

谢云峰道："他不是回来了吗？回来大家就好一齐共谋进退了。"

众人正议论间，店外一个马队奔驰而来。有人认得，这是陆军部衙门的骑卫队。骑卫队后面，陆建章陪着两个风流倜傥的公子并马驰来。三人后面，是一辆装饰华丽的香车。陆建章挥了挥手，侍候两位公子直朝贵宾室走去。

小酒馆里，喝酒众人又议论开了。

"看样子，陆军部要迎接什么要员了。"

谢云峰道："备的是一辆华丽的香车，可能是什么人物显摆身份，迎接宝眷吧。"

"那两个是什么人，这么大的威风？"

"能调动陆军部的骑卫队，绝不会是等闲人物。"

阎锡山道："我认得，前几天跟几个走门子的同学开了眼界，他们一个是袁大帅的二公子袁克文，一个是陆军大臣段祺瑞的公子段宏业，当然不是等闲人物了。"

众人一听说是袁公子和段公子，都瞪大了惊异的眼睛。特别是段祺瑞，就是这次把握他们命运的人。

段祺瑞，字芝泉，出身安徽合肥农家。从军后入天津武备学堂，毕业后官费留学德国学军事五年。袁世凯小站练兵，他贡献极大，极受袁世凯赏识，段祺瑞的原配夫人吴氏去世后的第二年，袁世凯不但把自己的义女张佩蘅许配给了段祺瑞，还掏钱为其备办婚礼，由此可见，袁世凯对段祺瑞的知遇之恩。这次，他以兵部侍郎衔任会考陆军留日毕业生主试大臣，并主持殿试。

袁克文进京先来段府拜见段伯父。北洋共进退，段祺瑞也非常重视这次为北洋延揽人才的极好机会。

段祺瑞为官清廉守洁，但从政治上的联盟出发，对袁、冯两家都很给面子，因此不惜动用陆军部的骑卫队来迎接冯倩文。

向来张扬的袁克文不解地问段宏业道："宏业，段伯父向来为官谨慎，这次要我们高调迎接倩文，他不怕招来物议啊？"

段宏业道："这不是给倩文的排场，这可是迎接袁大帅未来的儿媳妇啊。"

"家父结怨于朝廷，摄政王对父亲恨之入骨，必欲杀之而后快，而今，这只怕牵连伯父和贤弟吧。"

"克文哥，天下人谁不知道袁大帅和几家北洋大员的关系，要是怕牵连，遮遮掩掩，定会招致暗里勾结，蓄谋不轨的罪名，那更是取祸之道啊。因此不如光明正大来往，今天弄排场迎接倩文，正好张扬我们几家人的世谊，让世人不敢再小觑我北洋！"

"宏业，父辈驾驭风云，真是高瞻远瞩，虽然远隔千里，北洋精诚团结，一荣俱荣，他们都是不谋而合啊。"

"喂，克文兄，今天我该怎么称呼我未来的嫂夫人呀？"

"唉，还是叫倩文吧，父母都很希望缔结这桩婚事，可是……"

"可是什么？你不喜欢倩文吗？克文兄，倩文很不错啊，你们也可以算得上青梅竹马啊。"

"宏业，倩文确实是个好姑娘，可是婚姻之事，只是父母当年在酒宴上的口头约定，并无正式婚约啊。情感之事很难说，而且倩文这些年留学德国，西方崇尚自由，她是怎么想的，谁知道呢？见面之后，切不可戏称嫂夫人啊。"

小酒馆里议论的依旧是如何谋前程之事。

杨溥道："我们这些人是由陆军部分配，而段祺瑞又掌管陆军部，看来，要走门子，找这两个人，绝不会错。"

周骏道："老子是奉先皇之诏出国留学，学成归来，为国效力，要去走什么门子。有那钱去走门子，情愿弟兄们买酒喝。"

阎锡山笑道:"周兄说得对,我是除山西老家外,哪里也不想去。再说,一个老虎守个山头,比大家挤在一个山头争食强得多啊。我还用得着去走门子吗?"

列车上尹昌仪和冯倩文正谈得投机。此时传来一声汽笛长鸣,列车减速进站了,所有接客的人都向站台涌去。袁克文、段宏业走出贵宾室,陆建章和几个贴身侍卫立即迎上来,跟着向站台走去。

陆建章陪着袁克文和段宏业,站在贵宾通道的红地毯上,恭候他们的贵客冯倩文。

谢云峙等人混在人群中,也在出站口向外张望。

妥儿吩咐保镖带好尹昌仪的行李,把头探到车窗外,看见袁克文等人,便说:"哟,好排场啊。"

冯倩文也把头探出车窗,顺着妥儿指的方向看去,只见整齐的骑卫队马队,袁克文和段宏业站在那辆装饰华美的香车前。她不禁皱紧了眉头:"摆这些臭排场,真讨厌。"随即向妥儿耳语了几句,拉起尹昌仪就走,"走,尹先生,我们从那边出站。"

尹昌仪依然不知道冯倩文是什么人,瞄了一眼骑卫队,心里更感到这女子有些神秘。他迟疑了一下,不好推辞,只好跟冯倩文窜进前面的普通车厢。妥儿使了个眼色,两个保镖也紧紧跟去。

列车刚刚停稳,冯倩文遮着脸,拉着尹昌仪混在乘客中挤出了车站,匆匆地跳上一辆马车。两个保镖也跳上另一辆马车。

站台上,谢云峙等人伸长脖子,在出站的人群中搜索尹昌仪。阎锡山指着马车:"你们看,尹长子上了马车了。"

众人高喊:"尹昌仪,尹长子,我们在这儿接你啊。"

尹昌仪欲下车,被冯倩文按住。两驾马车飞快地驶出了车站大院。

站台上尹昌仪的同学们都莫名其妙。

"是被抓捕了,还是被劫持了啊?"

谢云峙手一挥:"快,去看看。"

众人飞快追出了火车站。

段宏业和袁克文还目不转睛地盯住贵宾出口,贵宾们三三两两从面前走过,久久不见冯倩文出来。

妥儿走上来浅笑道:"二位公子,久候了。"

袁克文急切地问:"妥儿,倩文呢?"

妥儿一阵娇笑："二位公子，你们从小跟小姐一起玩，还不知道小姐任性好奇吗？她呀，不习惯你们弄这么大的排场，早就跟旅客出站走了。"

袁克文一怔："什么，出站走了？"

段宏业勃然："这，这成何体统，把克文哥……"

袁克文旋即镇定下来："宏业，没关系，走，我们快去追。"

众人跨上马，驰出了车站。

冯倩文和尹昌仪乘坐的马车穿过胡同直朝正阳门奔驰。两个保镖乘坐的马车紧紧跟随，谢云峤等人跟着马车紧紧追赶。

正阳门外大街上，一家东洋布庄前，各色鲜艳的洋布，在熊熊烈火中燃烧。

街口，女学生拉着"京华女子学堂"横标，一队学生游行队伍走过来。一个女学生走在横标下领呼口号："万众一心，抵制日货！保卫路权，强我国本！"

"京都商学堂"的横标，引着商学堂学生游行过来。他们撞开了一家日货商店，砸店面，掀翻货柜。

一队巡警开过来驱赶学生，冯倩文和尹昌仪的马车奔过来冲进了巡警的圈子。尹昌仪见警棍抢向那个呼口号的女学生，赶快下车相救，此时冯倩文的文明棍已经勾住那巡警的手腕，也不搭话，挥起文明棍便打。紧接着冯倩文的两个保镖赶到，跳下马车在冯倩文身边叉腰一站。巡警不知道冯倩文是什么来头，正犹豫间，谢云峤和阎锡山等留日武官生追了上来。巡警仗着人多势众，正想拿这些人来出气，警长高喊："将这伙亡命之徒捉拿归案，不准放走一人！"

这群生龙活虎的青年武官生，正欲一试身手，扯开架势跟巡警大战一场，这时袁克文和段宏业打马赶到。见冯倩文困在警察圈子中，段宏业正要挥马队冲过去时被袁克文拦住了："慢，宏业，北京的巡警都是陆建章在天津协助家父招募和培训的，让他去交涉。"

陆建章乐得威风一回，应声道："是，二公子，我立即去交涉。"

陆建章下马，飞身跃入混战圈中。警长见又来一个不要命的，高高举起警棍，一看是老上司陆建章，警棍停在空中，立即放下，给陆建章敬礼："陆爷，是，是你？"

陆建章给了警长一耳光："瞎了你的狗眼，你不要命啦！"指着冯倩文，"你知道她是谁吗？"

警长愣住了："她是谁？"

陆建章给警长耳语一句，警长大惊道："我不知道呀，陆爷救我，陆爷救我！"

陆建章吼道："还不向袁公子、段公子赔罪！"

警长向袁克文和段宏业赔罪，带着警察灰溜溜地离开了。

冯倩文意犹未尽，走到陆建章面前娇斥道："陆爷，你吓跑他们干啥，我还没玩尽兴呢！"

尹昌仪疑惑地看着冯倩文："马二公子，你，你到底是谁？"

冯倩文取下墨镜，散开一头秀发，衬着一张俊美秀气的女人脸蛋，响起一串银铃般的笑声："尹兄，你看我是谁？"

尹昌仪一脸的惊疑。冯倩文已经飞身跳上了陆建章那匹骏马："尹兄，后会有期。"说罢，冲着尹昌仪一个媚眼，一个飞吻，咯咯地笑着，打马而去。

袁克文见状很是难堪，愠怒地瞪着尹昌仪。

阎锡山等众人围住尹昌仪，惊诧地道："好漂亮的女人啊！"

"尹长子，你这狗日的老兄，艳福不浅啊！"

"罚你，好久请我们喝喜酒啊？"

尹昌仪摇头苦笑："你们误会了，误会了。"

袁世凯临行时叮嘱过陆建章，冯国璋在北洋直接领兵，关心袁、冯联姻之事。袁家未来的儿媳妇被小白脸勾引，是他的失职。袁世凯许他便宜行事，又仗着北京警察是他调教的，便掏出枪来要教训尹昌仪，围观众人无不大惊。

妥儿在后面指挥下人装运行李，没赶上那场热闹。此时坐马车刚到街口，见陆建章举枪对准尹昌仪，便从车中甩出她的长鞭，卷走了陆建章手中的枪。众人为其鼓掌叫好，其中还有未走的警察，弄得陆建章十分难堪。

好在妥儿赶紧跳下车来，拾起枪送到陆建章手上："陆爷，他是……"接着对袁克文等一阵耳语。

袁克文听完沉吟了一下，哈哈笑道："妥儿错怪陆爷了，他是想试试英雄胆量。"接着在马上对尹昌仪等抱拳道："下人失礼，得罪得罪，后会有期！"一行人打马而去。

政坛风云

1

在北洋系的高官中，段祺瑞的清廉和简朴是出了名的。陆军衙门宽大的书房，除了一张古朴的书案堆满文书外，其他陈设，十分简单。这一天他正埋头批阅公文，一个戈什哈进来报告："禀大人，冯国璋将军的女公子冯倩文求见。"

段祺瑞立即放下笔："啊，倩文来了？快快有请。"

冯倩文换成一袭旗装，端庄大方，带着妥儿，款款而进："侄女冯倩文拜见伯父大人，并代父亲向伯父问安。"

段祺瑞离座扶起冯倩文："倩文，快起来，快起来，让伯父好好看看。啊，真是女大十八变啊，才几年没见，就出落成这么标致的一个大姑娘了，伯父都认不出来了啊。"

冯倩文道："侄女不孝，多年在外求学，少给伯父大人请安，请伯父大人原谅。"

冯倩文又呈上书札："伯父，父亲有书信一封。要侄女面呈伯父大人。"

段祺瑞拆书观看，大意仍然是在留日武官中挑选人才之事。他看罢书信道："四哥多虑了，袁大帅早有关照，是猛虎，先关进自己的笼子里驯服。"

段祺瑞既不捞钱，也不为子侄亲戚谋一官半职，但是望子成龙人心同然，他希望子女们自己去创造自己的前程，于是又补充了一句："倩文，宏业少不更事，这次你跟克文带着他，跟这些未来的风云人物交交朋友，让他也长点见识吧。"

冯倩文客气道："倩文只知道淘气，倒要好好向宏业哥讨教啊。"说罢向妥儿示意，妥儿起身到门口招了招手。两个保镖抬着一个箱子进来。

冯倩文笑道："伯父，这是侄女儿从德国带回来孝敬伯父大人的。请伯父大人笑纳。"

段祺瑞当年在柏林学习五年军事，后又受命到当时最先进的克虏伯炮厂考察半年，对德国的东西，有种特别的喜爱，他虽然素不受礼，但小侄女孝敬的东西却不推却，何况冯倩文在德国期间，也多赖他当年的朋友关照，便笑呵呵地道："哟，我倩文侄女真有孝心啊，给伯父送的什么好东西呀？"

妥儿打开箱子，拎出两瓶酒来递给冯倩文。

冯倩文接过双手奉上："伯父，这路易十六，有些年头了。"

段祺瑞虽不好酒，但还是接过："路易十六，嗯，虽然不是德国的东西，但却是最知名的好酒。"

冯倩文又从妥儿手上接过一个精美的锦盒呈给段祺瑞。打开锦盒，里面是一把异常精巧的银制手枪，枪柄嵌着夺目的珠宝。

"伯父，这种枪，性能极好。"

段祺瑞把玩着，连声赞道："好枪，好枪！"像孩童似的比试着，"叭、叭、叭！"

冯倩文道："伯父，世人都说你不苟言笑，是北洋出名的冷面将军，看你今天好开心啊。"

段祺瑞感慨道："唉，伯父好累啊。倩文，看见你们长大了，成人了，以后要看你们这一代人的出息了，伯父当然高兴啊。"他呷了一口茶，"还记得吗？当年你袁伯父在酒席上，向你父亲提亲时，你还在伯父怀里撒娇呢。"

冯倩文羞赧地撒娇："伯父，不许你开玩笑嘛。"

段祺瑞正色道："这哪里是开玩笑啊，男大当婚，女大当嫁啊。哈哈哈，何时请伯父喝你们的喜酒呀？"

"伯父，不准说那些嘛。"

"好，好，倩文大了，害羞了，伯父不说。啊，克文和宏业呢？不是到车站接你了吗？"

冯倩文道："侄女正要向伯父大人告罪，看见他们带着骑卫队，动那么大的排场来接我，愧不敢当，我，我就偷跑了。"

段祺瑞阴了脸苦笑道："倩文呀，你错怪他们了，那是伯父有意安排的。你还不懂得父辈们的良苦用心啊。"

冯倩文低下头来："是，伯父，倩文知罪了，晚上我请二位兄长，向他们道歉。"

入夜，一天的酷热被一阵秋风荡涤干净，静谧的冯公馆花园，月色朦胧，秋虫唧唧，园里飘荡着桂花和荷花的清香，回廊上、亭阁上都挂着红灯笼，光柱倒映在秋池中，波光摇荡。

几对灯笼，引着冯倩文和袁克文等，说笑着向水阁走来。

冯倩文在荷花池的水阁上设席，虽然说不上丰盛，却十分精美。

冯倩文仍然是一身西洋绅士的男装，宾主坐定之后，她礼貌地举起酒杯："克文哥、宏业哥，在段伯父那里，我才知道小妹错怪两位兄长了。二位兄长素来最疼爱小妹，知道小妹顽劣，车站失礼之事，请二位兄长原谅，今晚，小妹借这杯薄酒，给二位哥哥赔礼道歉了。请二位哥哥满饮此杯。"她把酒杯送到二人手上，自己举起酒杯："干！"先饮了酒。

袁克文旗风浩浩地接"未婚妻"，未婚妻却给尹昌仪抛媚眼跑了，心中的酸味难压，举着杯子道："倩文，今天该我们给你接风的，你这样见外，这杯酒……"

段宏业道："克文兄，给倩文接风，改日也可，倩文顽皮，真心给你道了歉，我们就喝了这调皮的小妹的酒吧。"

段宏业把话喊响，袁克文受用了许多："好吧。"

袁克文和段宏业饮下了酒，冯倩文道："两位兄长，倩文回国不久，朝中局势，真有那么严峻吗？"

袁克文介绍道："宣统登基，摄政王秉权，为了把所有大权都集中于皇族手中，北洋成了他们的心腹之患，必欲瓦解之。首先便磨刀霍霍要对家父下手。幸好张之洞、荫昌等大人相救，我们一家人才逃出了京城。朝中不少官员，见风使舵，趁机落井下石。尽管现在名义上让家父归养脚疾，但是家父及整个北洋，仍然面临着极大的压力。这一次殿试学成回国的日本士官生，实际上是跟北洋争夺军事人才的一次较量啊。"

冯倩文点头道："啊，这次受家父之命，来京物色军事俊才，看来非同小可了。段伯父说他们是未来的风云人物，也要我们多跟那些人交朋友，只有二位兄长多多谋划关照了。"

段宏业道："说什么关照，北洋是一家人嘛。倩文放心，这次选人，我看问题不会太大。所谓殿试，不过是一种仪式。人事分配权，还牢牢掌握在陆军部。现在我们三家，只有冯伯父直接掌握军队，才是储藏人才的地方。"

袁克文道："宏业说得不错，近些日子，我们见过不少留学回来的士官生，他们都很看重北洋的实力，都愿意到用人前线的北洋军中效力和发展。我们力争把优秀人才都安排到北洋。如家父所说：是猛虎，先关进自己的铁笼子，驯服的为我所用，不驯服的，绝不放虎他山，为自己留下后患。因此在这种时候，我们作为下一代，就更要精诚合作，显示北洋的团结和实力，为父辈分忧。"

冯倩文沉吟良久，以从没有过的正经，叹了口气道："小妹一直不热心官场的争斗，总想，我们这一代人应该有自己的活法，何必去当父辈官场争斗的工具呢？"

袁克文看了一眼冯倩文，也用少有的老成道："倩文，父辈的功过自有历史评说。北洋毕竟是目前支撑这个濒临崩溃的国家的柱石啊。假设没有北洋的实力维持当今中国这纷乱的局面，听任皇族胡作非为，国家民族遭殃，老百姓的生活就更加水深火热了啊。"

段宏业道："倩文，克文兄说得对。"

冯倩文举着酒杯不置可否地笑道："啊，兄妹聚会，怎么都像军机大臣似的，别这么严肃，喝酒，喝酒。"

三人又举起了杯子。

2

尹昌仪和迎接他的朋友们，在全蜀会馆（又叫四川西会馆）过足了酒瘾，舒舒服服地睡了一觉，晚饭后跟朋友们逛京城散步，大体了解了朝中的一些情况。他抱着一大摞报纸回到客房，便关上门读了个通宵达旦。第二天独自出门，去拜访在京为官的川籍名流。

四川籍在京官员二百多人，绅商学子也不少，遗憾的是没有一个说得起话的高官。幸好在学林中还有几个声望很高的人物：一个是四川资中的骆成骧，他是四川在清朝唯一的一名状元，任翰林院修撰；另一个是成都华阳的颜楷，中进士供职翰林院；再一个就是广安蒲殿俊，中进士授法部主事。三人都于1905年官费派往日本考察宪政和学习法政，又都于去年（1908）学成归国。骆成骧已经放外任广西提学使，兼任广西法政学堂总办；颜楷任翰林院编修，加太学侍讲；蒲殿俊仍然任法部主事。三人都可以算得上名噪一时的大儒，是声望很高的政要名流。

在日本留学期间，尹昌仪曾拜骆成骧和颜楷学诗文书法。因此这一天忙完其他事情之后，晚上便去拜访颜楷。

尹昌仪提着礼物，在幽静的胡同里，边走边寻门牌，他后面不紧不慢地跟着一个货郎和一个叫花子。他来到一个不很壮观的门前住脚，抬头看着门楣，门楣上是"颜府"二字。尹昌仪叩响了门环。家院开了门。

尹昌仪上前问道："请问院哥，这里是太学侍讲颜楷颜大人的府宅吗？"

家院道："正是，先生，你是……"

尹昌仪道："四川尹昌仪。"

家院道："啊，是颜大人的乡党，请进。"

尹昌仪进门后，家院关了门。门外，跟踪的货郎和叫花子看看门楣，没敲门，悄悄离去。

颜楷生于光绪三年（1877），虽然比尹昌仪年长七岁，但二人惺惺相惜，彼此敬重。听说尹昌仪来访，他立即走出客厅，降阶相迎："昌仪，你总算回来了。"

尹昌仪跪拜："弟子给老师请安。"

颜楷急忙扶起尹昌仪道："怎么还行此大礼？慈禧太后把觐见皇上的跪拜大礼都改了啊。"

尹昌仪道："官场之礼早应该改，可我们是圣人门徒，这尊师大礼万万不能免啊。"

颜楷哈哈笑道："昌仪呀，你的见解总是与众不同啊。我和骆大人回国之时，每每议及四川人物都要说起你，大家对你的期望很高啊。"

尹昌仪道："昌仪也很想念两位师尊。"

颜楷关切地问："住下了吗？"

"住全蜀会馆。"

"别花那钱，搬过来，住我这里吧。"

尹昌仪家贫，在老师面前也不客气，欣然答应："好，正好朝夕向师尊请教。"

颜楷立即吩咐家院："速叫人去全蜀会馆，把尹先生的行李搬过来。"家院应声而去。

尹昌仪和颜楷刚在客堂分宾主入座，一个清脆的声音传来："哥哥，哥哥！"随着喊声，一个十五六岁的少女兴高采烈地跑了进来，"哥哥，我们今天又……"见有客人，突然打住。

这个少女，就是颜楷的胞妹颜机。

颜楷道："今天又怎么啦？又挨打了吗？"

颜机看着客人，走到颜楷身边，把在哥哥肩上："没有，我们今天又烧了好多日货，好解恨。"

颜楷道："啊，还不快见过客人。"

颜机看着尹昌仪，恍然大悟："先生，你可是昨天……"

尹昌仪定睛一看，也惊道："对，小妹，昨天我们已经见过面了。"

颜楷不解："怎么，你们都见过面了？"

颜机道："哥哥，昨天，就是这位先生和他的朋友救的我们啊。"

颜楷笑道："昌仪，你说多巧。"

尹昌仪也笑道："老师，你说得对，真是太巧了。"

颜机道："哥哥，你叫他昌仪？他就是你经常说起的那个留学日本的尹昌仪先生吗？"

尹昌仪客气道："不敢当，我就是老师的学生尹昌仪。"

颜机不解地望着颜楷："哥哥，尹先生怎么成了你的学生啊？"

颜楷解释道："昌仪好学，在日本求学时，硬要拜我和骆大人为师，我们缠不过他，就让他磕了头，其实呀，并没有给他传道授业和解惑，我们两个老师都名不副实的。"

尹昌仪道："哪里，哪里。老师的人品和道德文章，使弟子受益匪浅啊！"

"尹先生，我叫颜机，以后我就叫你昌仪哥，好吗？"

"好啊，我就叫你小妹了。"

"还不快快感谢你昌仪哥。"

颜机给尹昌仪行礼："昌仪哥，谢谢你们昨天援手相救，不然我会被打惨的。"

"不用谢，那是应该的。"

颜楷道："昌仪，我这小妹呀，是父母的掌上明珠，从小任性得很，硬吵着来北京读书，可是来了，又总是让人提心吊胆。小妹，再不听话，看我把你送回成都啊。"

颜机摇着哥哥的肩膀，撒娇道："不嘛，不嘛！"

"去去去，我要跟昌仪说正事了。"

"哥哥，与君一席话，胜读十年书，昌仪哥留学回国，见多识广，让我长点见识吧，哈？"

"昌仪，你看这丫头，好没礼数。"

"不妨事，小妹又不是外人。"

"好，言归正传，昌仪，殿试在即，你的同学们都盼着你早日回来，共谋进退之计，你有何打算？"

"这，我刚刚回国，道听途说，昨晚看了一夜报纸，所知也是管中窥豹，一鳞半爪。"

"说说无妨。"

"时下，给人的感觉，一言以蔽之，乱。"

颜机道："对，乱，这几天学生示威游行，市民也纷纷加入。"

尹昌仪道："这只是皇族内部一些人，争权夺利，出卖主权，结交外国势力，造成的恶果罢了，这种乱只是表象。"

颜机道："啊，那么真正的乱源呢？"

尹昌仪道："其一，新皇登基，政统动荡，摄政王仍然举家天下破旗，民心尽失。朝廷安人无计，集权有方，各部军政大权，大部分集中于亲王贝勒手中，等于向汉族大臣虎口夺食，既加剧了满汉矛盾，又破坏了政局的稳定。"

颜楷点头："对，其二呢？"

尹昌仪得到了鼓励，便滔滔不绝了："其二，摄政王为防避袁世凯挟天子以令诸侯，既无实力，又无民心，仓促挑战北洋集团，骑虎难下，暗斗演变成明争，火并迟早发生。"

颜楷道："对，国人都有这个担心。"

尹昌仪接着道："其三，在立国方略上，北边主张立宪，南方主张共和，长期以来争论不休，仁人志士，不能齐心合力。军阀拥兵自重，地方趁机扩权，割据局面，已经成为定数，天下大乱，为期不远矣。"

颜机惊异她望着尹昌仪，喃喃道："割据局面，已经成为定数，天下大乱，为期不远？"

颜楷激动地鼓掌叫道："好，精辟，独到！昌仪，你已经慧眼如炬，这般透彻，我还能说什么呢？"

"老师过奖，学生实在汗颜。乱世将临，我辈武人，当如何作为？还请老师指点迷津。"

"武人？尹君仅仅是个武人乎？"

"这……"

"昌仪，还记得你外公刘世敏老先生，在梦中得到的那副有名的对联吗？"

"外公梦中得到那副对联？记得，记得：'干戈平定归于哲，廊庙文章非等闲'！"

"对，武安邦，文定国，文武之道，各随其时。君，文武兼修，何去何从，关键就在于这个'哲'字了。"

尹昌仪震惊道："关键在于一个'哲'字？"

"你先不是说'北主立宪，南主共和'，你主什么呢？"

"我？老师，百姓身处水深火热，我们民族，再也经不起动乱折腾了。立宪也罢，共和也罢，求同存异，取消专制，避免割据，制止乱源为上啊。"

颜楷叹道："唉，昌仪，立宪共和，求同存异，携起手来，难啊，太难啊！"

3

尹昌仪跟颜楷一直交谈到深夜，但军校养成的好习惯一点也没改变，一大早便起床，在花园里练剑。颜机也来园子中早读，看到尹昌仪剑舞到好处，便搁下书为尹昌仪鼓掌。

在京的川籍官员，多是小官或穷官。颜家世代为官，而且颜机又是颜父的掌上明珠，进京求学，颜父要颜楷不要委屈了妹妹，所以颜楷租了一套比较气派的宅子。后院的园子虽然不大，倒也精雅。山石玲珑，菊花、芙蓉盛开，甚是宜人。

尹昌仪舞完剑，颜机便陪尹昌仪在园中散步："昌仪哥，你看这园子怎么样？"

"不错，不错，颜公乃是阀阅世家，他的千金小姐，理当有个这样的园子啊。"

颜机不无得意地笑道："当然啊，不过这些花草，可是我亲手打理的啊。"

"好啊，亲手种的瓜甜些，亲手浇的花鲜些。"

"昌仪哥，中秋节快要到了，我们就在这个园子里喝酒赏月，你看好吗？"

"好，回国的第一个中秋佳节，能有这样好的去处赏月，再好不过。"

走完园子，颜机道："我去看看你房中还缺什么。"说着跟着尹昌仪来到书房。

尹昌仪道："太好了，什么都不缺了，给你们添的麻烦太多了。"

颜机道："还缺一样。"说完跑了出去，很快采了一大束鲜花进来。尹昌仪立即拿起桌上一只古瓶灌上水，颜机将花插入瓶中。室内顿时溢满花香，增添了不少生气。

早饭之后，众人刚在客厅坐下吃茶，家院进来："大人，广西巡抚张鸣岐大人的特使求见。"

颜楷诧异道："张鸣岐？我跟他素无交往啊，昌仪，你坐一会儿，我去看一下。"说着出了客堂，很快引着两位军官进来："昌仪，你看谁来了？"

尹昌仪一看，来人之一是日本士官学校第二期步兵科毕业的胡景伊，字文澜，四川巴县人，与蔡锷是同期同学。胡景伊归国后先任四川陆军武备学堂管堂委员兼教习。光绪三十三年（1907），锡良调任云贵总督，他随锡良到昆明，任督练处参议官、云南陆军小学、云南陆军讲武堂总办等职。宣统元年（1909），时任广西巡抚的沈秉堃招聘他，他遂到广西省任新军协统。

尹昌仪惊喜地道："啊，老师，是你啊。"

胡景伊任过四川武备学堂教习，尹昌仪曾经是这个学堂的学生。虽然他没有教过尹昌仪，但有老师的名分。

胡景伊也惊喜地道："啊，是昌仪，久违了，久违了。"

颜楷："请坐，请坐。"

颜机："哥哥，这位大人是谁呀？"

颜楷："云南讲武堂总办，我们的乡党胡景伊胡大人。"

胡景伊道："那是去年的事了，年初，我已经随沈秉坤大人，调任广西陆军协统了。"说完，他指着身后的军官道，"这位是——汉江，你自我介绍吧。"

那军官立正敬礼报告："卑职，广西陆军，胡大人麾下哨官黄汉江，见过二位大人和颜小姐，还请多多关照。"

颜楷和尹昌仪拱手还礼："幸会，幸会！"颜机道了万福。

侍女献茶退下之后，颜楷问道："胡兄，今日什么风把你吹来了？"

胡景伊道："无事不登三宝殿，今奉巡抚张鸣岐大人和臬台王之祥大人特遣，进京拜访颜大人。"

颜楷有些不解了："胡兄，我们与张大人素无交往，不知所为何事而来？"

胡景伊道："张鸣岐大人出任广西巡抚，与臬台王之祥大人，锐意革新广西政治，正在八方延揽人才。因仰慕颜大人你这位川籍大名士的道德文章，和朝野称赞的贤名，特命兄弟，以川人之乡谊，一同留学东瀛之学谊，礼请颜大人赴桂，共匡新政。同时，也要景伊招揽昌仪兄这一期毕业生中的军事俊才。这是张大人托王之祥大人写的亲笔书信。"说罢呈上书信。

颜楷接过书信，拆书细看，情辞恳切，仰慕之情溢于纸上，携手共谋广西新政，愿景辉煌。颜楷慨叹唏嘘，为之动容。.

颜楷徘徊思索之际，颜机上前拿过书信："哥哥，久闻王之祥大人的书法大名，让我们看看王大人的墨宝吧。哇，昌仪哥，你看。"

尹昌仪："啊，这书法果然大家气象，名不虚传。"

黄汉江适时从门外抱进礼箱呈上："颜大人，这是张大人和王大人的薄礼，请颜大人笑纳。"

颜楷道："无功受禄，不敢当！不敢当！"

胡景伊道："张大人和王大人思贤若渴，颜大人何必推辞，若是对景伊信不过，德高望重的骆大人有书信在此，你看看吧，或能帮你拿定主意。"说着又拿出一封书信。

颜楷接过一看，是他的好老乡广西提学使骆成骧的亲笔信。信中痛陈：京都蝇营狗苟，尔虞我诈，正人直士，难有作为；亦甚赞广西新政气象，力邀颜楷赴广西干些实事。颜楷早已听闻张鸣岐和王之祥二人政声不错，暗想，与其在京中无所事事，不如到地方施展一番，也不负平生志向。便道："张大人和王大人政声贤名远播，在下承蒙错爱，不胜感激，只是颜某向来不务钻营，这调任之事却难。"

胡景伊道："颜大人放心，只要你心允，调任之事，自然由广西方面前往吏部打点。"

颜楷略一沉吟，慨然道："好吧，两位大人盛情，颜某却之不恭，日后，颜楷就多承胡大人关照了。"说罢，示意家院，收下礼物。

胡景伊又对尹昌仪道："昌仪，你是士官学校第六期毕业生中的顶儿尖儿，我这个招贤大使，非把你弄到广西不可。我们师生之间、校友之间的事，慢慢再说。到时候你可得给本老师一点面子啊。"

尹昌仪："多谢老师厚爱了。"

送走胡景伊后，颜楷下午去了翰林院。傍晚回来，一脸沉重地走进尹昌仪的书房。

尹昌仪关切地问道："老师，有什么不好的消息吗？"

颜楷满脸愁云地道："蒲殿俊那里又出大事了。"

"是不是他吁请取消张之洞签订的川汉铁路向英、法、德、美四国借款的草拟合同的请愿奏章，又被内阁驳了？"

"正是此事，不只是被驳了，而且受到内阁严厉的申斥。"

尹昌仪由衷赞道："蒲大人为川汉铁路的路权，可以说是不顾身家性命，呕心沥血啊。"

"是啊，蒲大人为桑梓建设不遗余力，深受川人景仰。因此川人才迭次请他回川，组建四川咨议局。"

"我看四川咨议局议长，众望所归，非他莫属。可是他到底只是一个法部主事啊，要取消那协议，这……"

颜楷也有同感："是啊，而且川籍京官虽然有二百多人，却没有一个入阁入部的大员可以帮忙撑腰说话。"

"这件事已有耳闻，朝廷申斥，我看也是情理中事。"

颜楷惊讶地看着尹昌仪："情理中事？昌仪，蒲大人明天要来找我商量拿主意，你也说说你的高见吧。"

"蒲大人很是自负，未必在乎我们这些嘴上无毛的人的意见啊。"

4

实业救国，川人从不落后，早在 1903 年，四川总督锡良已经应川人所请，奏请清廷允许川人自办川汉铁路，蒲殿俊留学日本后，发动留日学生三百余人，认购及劝募达三十余万金。铁路公司的股本多出自川人附征的租股，却被官府控制和挪用。蒲殿俊在日本又发动数百留学生，组织"川汉铁路改进会"，被公推作会长，他们联名上书，在各界的声援下，清廷终于准许川汉铁路商办，按商律立案。

1908 年秋蒲殿俊留学返京，不久，清廷下令各省成立咨议局（相当于西方的议会）。由于蒲殿俊为川汉铁路不遗余力，又久负文名，通晓新政，极为川人所推崇。省城各方纷纷函电邀请他回川参选议员，可是此时，清室亲王们争权，又打起了川汉铁路的主意。由张之洞跟英、法、德、美四国，签订了川汉铁路借款的草拟合同，这完全剥夺了川人自己商办川汉铁路的主权，蒲殿俊便上书力阻，遭到了内阁的严厉申斥。因此，他正为此事奔走，今天便约好来请颜楷出策。

颜楷跟尹昌仪在花园中水阁上吃茶等候，颜机陪着蒲殿俊走来，颜楷起身相迎："蒲大人请坐。"

尹昌仪施礼："见过蒲大人。"

蒲殿俊恃着名头大，资格老，只微微欠身："啊，这不是昌仪吗，诗写得不错，学成回国了？"

尹昌仪恭敬地道："刚回国，蒲大人在学林、仕林，声望极隆。日后得多向蒲大人讨教了。"

蒲殿俊道："同为乡党，好说好说。好了，我要跟颜大人商量点大事。"这等于不客气地下了逐客令。

尹昌仪知趣地起身："学生告辞。"

颜机白了蒲殿俊一眼："昌仪哥，走，我陪你玩去。"

颜楷对尹昌仪很是另眼相看，蒲殿俊却如此托大，颜楷心中有些不快，便以主人的口吻道："蒲大人，昌仪是我蜀中英才，许多见解在我颜楷之上，都不是外人，也听听他们年轻人的见解吧。昌仪，你们坐下，长长见识也好嘛。"

蒲殿俊一愣："啊，好吧。"

尹昌仪和颜机只得重新归坐。

颜楷直奔主题："蒲大人，近日奔走其他川籍官员，可有良谋？"

蒲殿俊道："人人义愤填膺，大多数都主张，联名川籍官员，发动在京绅商学子，到总理衙门请愿。"

颜楷道："大人有何打算?"

蒲殿俊道："唉，上谕各省成立咨议局，川人对我寄以厚望，要我回川参选，我若不弄出点动静，就这样狼狈回川，有何面目见巴蜀父老乡亲?"

颜楷道："弄出点动静，蒲大人的意思是非请愿不可了?"

蒲殿俊道："我们二人，同在日本学法政回国，颜大人人望极高，帮我拿拿主意吧。"

颜楷和尹昌仪相互望着，久久无语。

蒲殿俊道："颜兄倒是说话呀。"

颜楷看了看尹昌仪，尹昌仪紧皱着眉头，显然他已经另有看法，便道："昌仪有何见解?"

"这……两位大人皆是仕林精英，学林巨擘，老成练达，谋国之干臣。在你们面前，岂有晚生置喙之处。"

颜楷诚心要让尹昌仪表现一回，鼓励道："蒲大人心胸宽广，昌仪但说无妨。"

颜机也附和道："昌仪哥，说呀，蒲大人是当今博学大儒，乐于栽培人才，扶掖后学，正是向他请教的好机会啊。"

"依晚生之见，此事，审时时不宜，度势势不宜。"

蒲殿俊一惊，哂笑地："哼哼，好，年轻人，就听听你如何审时，如何度势吧。"

尹昌仪听出了蒲殿俊不屑的口气，犹豫地望着颜氏兄妹："这……"

二人都投去鼓励的目光。

尹昌仪道："好，晚生班门弄斧了。依我看，新朝急于集权，人所共知，挑战北洋集团，不惜铤而走险，六月又颁诏命统一军政，朝廷正欲统一政令。而京、津、东北却又群起反抗日本人强筑奉安路，朝廷正焦头烂额之时，大人前去请愿，无疑是火上浇油。秉权者若加你个添乱之罪名，使用非常之手段，可能招致不测之后果，此所谓其时不宜也。"

颜楷立即表示赞成："昌仪虑得有理。常言道，半夜摘桃，拣炽的捏，川人无实力，如果杀鸡吓猴，是有可能成为替罪羔羊的。"

尹昌仪接着分析："列强千方百计控制中国路权，皇族为对抗北洋，以此作为结交外国势力的手段和筹码，绝不肯轻易放弃。此时以一省清流之微弱力量吁请，无异于与虎谋皮。张之洞人望极高，且救袁世凯有恩于北洋，而今尸骨未寒，取消他草拟之借款协议，朝中大员，或因人情上过不去，或不愿结怨于北洋，事不关己，作壁上观。如此孤军奋战，又无靠山和后援。此所谓其势不宜也。"

蒲殿俊道："难道罢了不成？"

尹昌仪道："路权乃国家之主权，国计民生之命脉。大人奔走殚精竭虑，川人筹资节衣缩食，岂能罢了！"

颜楷道："依你之见，当何以为之？"

尹昌仪道："四个字，待时，蓄势！"

三人惊道："待时，蓄势？"

蒲殿俊道："所待何时？"

尹昌仪道："朝廷强化专制，实乃倒行逆施，必然很快导致全国激烈反对。各省即将成立咨议局，咨议局成立之后，争取宪政名正言顺，必然有所动作，无论立宪派还是革命党，都要求提前实行宪政。是时权归议会，民意为先，借风扬帆，指日可待。"

众人点头。

蒲殿俊又道："所蓄何势？"

尹昌仪道："其一，川汉铁路，干系川、鄂、湘、粤四省利益，大人享誉仕林，此行回川参选，顺道正好联络四省，结成利益同盟。其他诸省，朝中大员不少，报效桑梓，责无旁贷。若四省共进共退，大员出面助势，则上下左右，相互呼应声援之势可成也。其二，川人敬大人若神明，回川之后，参选胜算在握。到时群龙有首，登高一呼，政要、清流、绅商学子，定会响应风从。此川人同心之势可成也。其三，最为重要，自古成大事者，必用民心，必有组织。四川哥老会遍及城乡，组织严密，川汉铁路川人已经集股一千五百万两，主要为田亩租股，涉及全川富户利益。而出股最多者，差不多都是各地的袍哥龙头大爷，如果举保路之大旗，借袍哥组织之势力，整合保路力量，则全省一心，保路大势成矣。此三势者，皆大人力所能及，易如反掌耳，此乃天所资大人，成保路之伟业，大人何不用之？"

颜楷拈须吟道："诸葛亮未出茅庐三分天下；尹昌仪刚回故国势说四川。蒲大人，自古英雄出少年啊。你以为如何？"

蒲殿俊惊异地看着尹昌仪，虽然心悦诚服，但是到底放不下名流的架子，沉吟良久："嗯，有些见识，容我思之。"

第三章

殿试风波

1

陆建章那天在大街上被妥儿卷走了枪，很是狼狈，满腔怒火全转到了尹昌仪身上。要是尹昌仪夺走了冯倩文，他就无法完成主子让他关心袁冯联姻的任务。好在尹昌仪的一首诗帮他想出了一条毒计。

昨晚在冯倩文办的舞会上，尹昌仪挥毫写下他留学东洋时作的一首言志诗，其中有句"有气须填海，无权欲补天"。一早，陆建章便西装革履，戴着墨镜，俨然一副新派人物面目，昂首走进一家报馆的副刊编辑室，在戴眼镜的编辑对面坐下，掏出一张纸来："编辑先生，请发表一首诗！"

眼镜编辑看完诗稿，连道："好诗，好诗。只是'有气须填海，无权欲陷天'，陷天，这个'陷'字是不是太招风了些？可否改一下？"

陆建章拿出一叠银圆推给编辑："一字不改。言路已开，什么文章不能发表？据在下所知，你们讲究文责自负，我的朋友署名发表，你怕什么？"

眼镜编辑收下了银圆："这……好吧。"

"我要头条，尽快见报！"

"好，明天见报。"

胡景伊昨天晚上跟陆建章攀上了关系，他知道陆建章在袁世凯心中的位置。陆建章也知道胡景伊这样留学归国的新军协统，前途未可限量，说不定将来有用。胡景伊表示想拜访袁克文，陆建章便大包大揽帮忙。他从报社匆匆回到袁府，胡景伊已经在门房等着他了。

袁克文正在书房欣赏尹昌仪题的那首诗。陆建章进来禀报道："二公子，广西陆军协统胡景伊大人来访。"

袁克文的文人习气很重，对官场中那些攀附钻营的人，很看不起，他皱了皱眉道："胡景伊？这，请吧。"

陆建章向门外挥了挥手。胡景伊拿着一个盒子进来："二公子早安。"

袁克文道："胡大人请坐。"犹自欣赏尹昌仪那首诗。

胡景伊接过侍女献茶，凑上去："啊，是尹昌仪昨晚写的那首诗。公子以为昌仪的诗和书法如何？"

袁克文由衷地道："论诗，直抒胸臆，大气磅礴。一般咬文嚼字的腐儒，岂能望其项背，论书法，虽欠老到，但笔力雄健，气势飞扬。若是尹兄锲而不舍，或可自成一家。"

胡景伊最长于投其所好，趁机附和道："好，评得好。公子果然是方家，评得好啊。公子有所不知，我在四川陆军武备学堂任过教，名义上还是昌仪的老师。他虽然家境贫寒，却家学渊源深厚。在下不才，亦附庸风雅，在日本求学，也跟他有过诗文交往的。"

袁克文一下来了兴趣："啊，胡兄跟尹先生是诗文至交，什么时候请尹先生来一聚。"

胡景伊赶紧道："公子相邀，不胜荣幸。"

"以文会友，勿论贵贱，说什么荣幸。"

"久闻公子贤名，果然名不虚传。今日登门请教，看来我是找对了门路。"

"胡兄不必过谦，克文可是个散淡之人，无用书生啊。"

"公子鉴赏和收藏古籍善本，海内几人可比？你这百宋书楼，不是因收藏宋本百部以上而得名吗？"

袁克文不无得意地笑道："这倒是小有所成。"

"在下在云南任上，偶然得到一轴宋人古画，不辨真伪，特来……"

袁克文一听说宋人古画，眼睛一下亮了："宋人古画？"

胡景伊道："是的，宋人王晋卿《蜀道寒云图》。"

袁克文满脸疑惑地道："《蜀道寒云图》！可能吗？快，给我看看。"

胡景伊打开画盒，取出古画呈上。袁克文接过古画，焚香净手，展开画卷，赏画，拿出放大镜鉴别，大惊："哇！宝画，终于看到你了。"

"公子，是真迹吗？"

"真迹！宋驸马都尉王晋卿手迹！绝世珍宝，价值连城啊。"

胡景伊故作惊讶道："啊呀，我从云南调任广西，打点行装时，差点当废纸烧掉呢。"

袁克文道："克文知道有此画存世，多年来八方搜求，犹如大海捞针。今日得见宝画真迹，实乃三生有幸啊。胡大人，此画何处所得？"

"昆明荒货市上，一块银圆购得。"

袁克文急切道："大人可愿转让？"

胡景伊爽朗地笑道："公子若是喜欢，在下权当见面之礼，送与公子，请公子笑纳。"

"不可，不可。君子不夺人之所爱，何况此画无价之宝，克文绝不敢领受。"

胡景伊真诚地道："公子是行家，才视之如珍宝，在下不通此道，视之若废纸。今日送与公子，此画得其所哉，免得碍我手脚，如此两便，岂不是快事一桩。"

袁克文执意推辞："这，不可，万万不可。"

胡景伊道："那就来个以画易画如何？"

袁克文很真诚地道："我之所藏，无有价值可以与之相匹者。"

胡景伊道："今日登门，实乃久慕公子大名，欲求公子一幅书画，装点在下寒微之门庭，不知可否？"

袁克文有些迟疑："这……"他想了想，"若是我的书法，到底名微人轻，徒有虚名。这样吧，我将家父题款的一幅画送你如何？"

"啊，袁大帅题款？"

袁克文展开那幅《荷塘图》。

胡景伊看画："啊，公子大作，真巨匠手笔啊。"读题款："蛰居洹上荒村，为克文儿作荷塘图题：莫道潜龙无消息，倒海翻江只待时！"他一惊，喃喃地重复着"莫道潜龙无消息，倒海翻江只待时！"

这就是在洹上村袁克文被训要撕的那幅画，末了时袁世凯亲自给题了此款，嘱其"勿示他人"。

袁克文得宝高兴得昏了头，画出己手不以为意，遂道："此画克文秘不示人，胡兄慎藏之！"

胡景伊突然跪下："多谢公子信任，胡景伊此身追随袁大帅、袁公子，肝脑涂地，万死不辞。"

2

对日本留学归国士官生进行殿试之前，由陆军部进行面试。陆军部大堂外，站着两队威武的戈什哈。面试堂外院中，等候主考官面试的士官们三五成群，有的议论着什么，有的不时向堂内张望。

一考生走出面试堂，不少考生围上去打听情况。

一传达官员拿着名册走出面试堂："下一个，尹昌——"连点三遍，无人应声。

众人碰碰尹昌仪："昌仪，是不是叫你？"

尹昌仪迟疑着上前："大人，是叫我吧？我叫尹昌仪。"

传达官员不屑："哼！大胆，候着！"返身进了考堂。

尹昌仪应声："是！"整理着衣饰。

担任这次面试主考官的，是陆军部尚书兼近畿陆军第六镇训练大臣荫昌。威严的考堂上，荫昌高坐主考官席上，拿着手镜，翻看着一个卷宗，段祺瑞陪侍在副主考官席上。

荫昌合了尹昌仪的卷宗："什么，此人陆军部留用？"

段祺瑞不但是荫昌的下属，而且跟北洋三杰一样，都是当年荫昌办武备学堂时的学生，因此恭敬地回道："该生虽然出身寒微，但是一表人才，学业优异，日本国苦留高就，他不贪恋异国富贵，毅然回国，其报国之情可嘉……"

荫昌不可一世地道："哼，叫他进来。"

传达官员："尹昌——报名而进！"

尹昌仪着新军戎装，佩长剑，大步走进来，高声道："报！日本陆军士官学校，第六期四川籍毕业士官生尹昌仪参见主考官大人！"敬军礼。荫昌半闭着眼视而不见，懒洋洋地道："什么名讳呀？"

"尹昌仪。"

良久，荫昌突然厉声吼问："重报，什么名讳？"

尹昌仪一愣，良久，一字一顿地道："尹——昌——仪。昌盛的昌，威仪的仪。"

"胆大，来人！把这狂徒，给我轰出考堂！"

"大人，学生并无过错，为什么……"

"哼！无法无天，目无君上，胆敢犯万岁之名讳，还敢说并无过错。取消武英殿面君殿试资格，不予叙用。给我轰出去！"

所谓犯讳，就是尹昌仪的"仪"字，犯了宣统皇帝溥仪的"仪"字。在帝制时期，这是绝对为礼法所不容许的。

尹昌仪喊着："大人，大人！"正欲辩解。

段祺瑞忙站起来道："大人，且慢！"

荫昌道："我是主考官，还是你是主考官？轰出去！"

戈什哈挟着尹昌仪出了考堂。

荫昌不给段祺瑞面子，段祺瑞脸上很挂不住，便强硬地道："大人，拟定殿试礼仪，准许回国的应试武官，以新军着装仪礼觐见，并无遵从大清避讳礼法之规定。何况，尹昌仪乃先皇派遣出国留学在前，新皇登极在后，日本军校，历年学籍如是，不以先皇钦定名册复旨，岂不是有违孝道？你这样未免……"

荫昌从袖筒里拿出一份报纸，讥讽道："看看这首诗吧，这就是段大人所说的他的报国之情！"

段祺瑞接过报纸，标题是《归国感怀》，属名"尹昌仪"。他不由得念出声来："有气须填海，无权欲陷天。陷天？陷天？这……"也不由得目瞪口呆，说不出话来。

荫昌道："段大人，你我共同受命，为国选才，让如此心怀反心的狂徒面君殿试，岂不辜负浩荡皇恩？"

段祺瑞道："大人，天下同名同姓者甚多，会不会……"

荫昌道："不必说了，要不是时风乌七八糟，文字官司难缠，倒回去几年，一首反诗，合当砍头。段大人，少给自己找麻烦吧。传下一个。"

段宏业得到尹昌仪的消息后，立即来见袁克文。袁克文正在书房练字，段宏业走进书房便道："克文兄，尹昌仪被荫昌轰出面试考堂，取消了他武英殿面君殿试的资格，而且不予叙用。"

袁克文一惊，放下笔："什么？为什么？"

"说他犯了溥仪的讳。"

"欲加之罪，现在什么年月了，科举废除了，还搬用早该废除的礼法。段伯父是副主考官啊。"

"家父已经据理力争了。克文兄，你急什么？这说不定对你是好事啊。"

"对我是好事？你这话，是什么意思？"

"克文兄，你真没感觉出来倩文对那小子……"

袁克文有些生气了："宏业，你把我当成什么人了，你应该了解我啊。尹昌仪是个人才，惺惺相惜，我会幸灾乐祸吗？如果他敢跟我争女人，那他更是英雄，那就更令人敬慕了。我倒很愿意跟他平等竞争，一较高下。"

段宏业解释道："是我错怪克文兄了。我想，你不会干出这样不体面的事的。"

"什么事？"

段宏业拿出那份报纸递上："犯讳是借口，这才是真正原因。"

袁克文看报，道："无权欲陷天？这，这是怎么回事？"

"尹昌仪可能思想激进，可是，他再傻，也不至于在面君之前，把'补天'改成'陷天'，自己拿去发表，公然向皇家挑战吧？"

袁克文火了："于是你就怀疑是我弄了手段？来人！"

陆建章应声而来："二公子有何吩咐？"

"速去报馆，弄清这首诗是谁拿去发表的！"

陆建章应声退出书房。

段宏业道："克文兄，你要为尹昌仪争公道吗？"

袁克文反问道："难道你不愿意拯救一头陷阱中的猛虎吗？走！到兵部为尹昌仪作证去。北洋子弟，不能洗刷清白我们请来的贵客的冤枉，不怕天下人笑话吗？"

"那就带上尹昌仪手书的这首诗的原作吧。这是有力的物证。"

"对，我们都是人证。"说着收拾起尹昌仪那天晚上写的那幅书法作品。

3

陆军部不远处一条胡同的小酒馆里，已经酩酊大醉的尹昌仪，又喝完了一坛子酒，拍着桌子："小二，拿、拿酒来！"

小二赔着笑脸，小心翼翼地上前道："客官，你，你不要再喝了。"

"我，我没……没醉，给我拿……拿酒来。"

小二无奈，又抱来一坛酒。

尹昌仪往碗里倾着，酒水遍桌子横流。他端起碗又要往嘴里灌时，林爽走了进来："尹长子，你让我们找得好苦。"接着向门外高喊，"找着了，在这里。"

谢云峤和冯倩文等人走了进来。

尹昌仪道："来，来得好，陪……陪我喝……喝几碗。"

小二赶紧上前道："你们来得太好了，这先生喝了几坛了，再喝，要喝出人命啊。"

尹昌仪举起酒碗："来，喝，喝呀。"

冯倩文上前夺下酒碗："尹先生，你别喝了。"

尹昌仪站起来，红着眼，粗暴地道："你！干什么？"

娇宠任性的冯倩文，从来还没有谁敢对她这样粗暴无礼，她很难为情。谢云峤上前边使眼色边说："冯小姐，昌仪醉了，你别计较，不让他喝这碗酒，是劝不走他的。你放心，我们知道昌仪的酒量。"说着将酒碗还给尹昌仪，"来，弟兄们，我们陪昌仪喝一碗。"

众人拿来酒碗分了那坛酒："来，干!"

喝完，众人把尹昌仪硬扶出酒馆，谢云峤道："走，送昌仪回家。让颜大人兄妹帮忙照顾，我们分头行动去。"

冯倩文问谢云峤："谢先生，你们打算怎样行动?"

谢云峤道："我跟昌仪的把兄弟唐继尧、李烈钧等人商量过了，联络全体同学，到陆军部请愿，如果不准尹昌仪面君，我们全体同学拒绝殿试。"

阎锡山道："我们还吁请全城报纸，帮忙呼吁，伸张正义。"

尹昌仪异常清醒地道："不行! 国家正需要你们出力，不能为我一个人，耽误了大家的前程!"

冯倩文见尹昌仪如此清醒，稍微放心了一些，也附和道："尹先生说得有理，国家正需要你们这批英才出力，不宜弄出太多周折。"

刘存厚道："可是明天就要面君殿试了啊。"

冯倩文道："这样，你们先送尹先生回家休息。我去陆军部找段伯父试试。回头再说!"

谢云峤想了想道："这样吧，我们一边等待冯小姐的消息，一边按先说的意思进行，做两手准备吧!"

冯倩文赶到段祺瑞的书房，袁克文和段宏业已经坐在那里了。书案上摆着尹昌仪那幅书法作品。段祺瑞捧着茶杯，踱步沉思。

段宏业把那张报纸交给冯倩文。冯倩文很熟悉尹昌仪那首诗，看见"无权欲陷天"，不禁念出了声。又看看摆在案上那幅尹昌仪的作品，道："'无权欲补天'，怎么变成'无权欲陷天'了?"

段宏业道："这就是荫昌发怒的真正原因。倩文，你说尹昌仪会自己拿去登报吗?"

冯倩文不假思索地道："尹昌仪会那么傻吗? 你们知道那晚上舞会他为什么迟到吗? 有人要买他一条胳臂，他是半道被杀手截杀!"

袁克文道："宏业，看来肯定是他的仇家所为了。一字之差，意思相反，竟成奇冤!"

冯倩文道："这诗到底是谁拿去发表的?"

段宏业道："克文哥派人查了，副刊编辑已经不知去向，找不着底稿。报社说，可能是校对错误。"

冯倩文道："那就为尹昌仪辩冤啊，我们都可以为尹昌仪作证。"

段宏业道："克文哥拿来原作，就是为了给他辩冤，可是……"

冯倩文道："可是什么？"

袁克文道："倩文，荫昌怕惹文字官司的麻烦，是以犯讳为公开的由头，文字虽然是症结之所在，但是这是考场机密，那么是谁泄露出来的，我们凭什么出面作证？这岂不是给段伯父招祸吗？"

袁克文虽然说得有理，但冯倩文到底要稚嫩和冲动得多，对正在踱步沉思的段祺瑞道："段伯父，你这堂堂陆军总长，天下人敬畏的北洋元老，对学成归国的陆军士官的不白之冤，都无能为力。威名赫赫的北洋，将何以取信于学子，何以聚天下之英豪？"

段宏业不客气了："倩文，你太放肆了！"

段祺瑞立即制止儿子："宏业，倩文问得有理。只是明天就要殿试，我在想如何才能两全。"

冯倩文气愤地道："哼，明天殿试，叫皇帝老倌，对着武英殿的石狮子殿试吧。"

段祺瑞惊问道："什么意思？"

冯倩文道："应试士官，正在联络全体同学，联名到你陆军部请愿，如果你们不收回成命，明天将拒绝殿试，同时遍请京城大小报社记者，发动舆论声援。"

段祺瑞一愣，拍手叫好道："好，好！有了。来人，备轿！"说着匆忙收拾那首诗作和报纸。

冯倩文道："段伯父，你……"

段祺瑞爱怜地道："鬼丫头，好烈。不过你倒给伯父解了大难题，我到摄政王府去，等着伯父的好消息吧。"

众人把尹昌仪送回之后，要分头出外活动。尹昌仪只说了一句："你们别瞎忙活了，我睡一觉后，就离京回川了。"说罢倒头便呼呼入睡。颜机一直守护在床前，直到傍晚他才酒醒过来。他好像在梦中已经想好了一切，显得十分平静，喝了颜机捧来的香茶之后，立即下床，舒展了一下身子，便开始收拾行装。

室内暗了下来，丫鬟黄莺举着烛台进来，颜机揩了泪痕道："昌仪哥，你等等冯小姐的消息再说吧。"

"段祺瑞都爱莫能助，她能有什么办法？"

"昌仪哥，你看，天已经黑了，要走，你也明天再走吧。"

"小妹，我如果今夜不走，明天同学们果真集体请愿，拒绝殿试，朝廷动怒，加一个革命党闹事的罪名，会毁了他们的前程啊！同学们都是国家急需的英才，苦读多年，热肠报国，早盼着有一试身手的机会。多少父母亲人含辛茹苦，都盼着他们建功立业，光宗耀祖啊！为我一人而害同窗，小妹，你说我能吗？"

颜机哭了："昌仪哥，你，你怎么办？"

尹昌仪为颜机揩了泪水："小妹，别哭，拿碗酒来，为哥壮行吧！"

此时出去活动的同学们都陆续回来了，坐在堂上吃茶商议。颜楷不无担忧地问道："谢先生，冯小姐会不会真心去办昌仪的事？"

谢云峤肯定地道："肯定是真心。他肯定去找段祺瑞了，昌仪说，段祺瑞当时就很明确地反对荫昌，荫昌当场以主考官的威势呵斥段祺瑞，使段祺瑞很难堪。"

阎锡山道："这倒是一件好事，这不是主考官跟副主考官的争竞，是皇家跟北洋的争竞。段祺瑞虽然是荫昌的学生，如果他当场呵斥了段祺瑞，段祺瑞输不起北洋的面子，绝不会善罢甘休，定会全力以赴的。"

众人点头称是，颜楷却不以为然："荫昌虽然不学无术，他却一方面凭着旗人和早年留学德国的资本，凭着跟德国上层的关系，办理了跟德国的不少外交事务，奉派跟八国联军议和，也是他出力最多，深受朝廷赏识。但另一方面，他跟北洋也是声气相通。北洋三杰都是他的得意门生，保袁世凯的性命，除了张之洞外，他也起了极大的作用，因此袁世凯称他为恩上。而且段祺瑞也留学德国，在陆军部也是他最倚重的干员，今天当场呵斥段祺瑞，这当中会不会有更复杂的原因？段祺瑞又会不会据理力争，去冒犯上司和师长呢？"

颜楷的分析，成了众人的隐忧。谢云峤道："如果万不得已，我们已经串联了大多数同学联名请愿，荫昌不收回成命，全体拒绝参加殿试，把事情闹大。"

此时家院进来报道："大人，冯小姐求见。"

众人都起身向门口迎去。

第四章

违心更名

1

尹昌仪去意已决，颜机知道阻止不了他，叫黄莺端了两碗酒来。二人含泪相对，都不忍心立即喝下那告别之酒。良久，两只手同时伸向了酒碗。此时，谢云峄匆匆跑进来："昌仪，好消息，好消息。冯小姐带来了好消息。"

"什么好消息？"

谢云峄拉着尹昌仪就走："冯小姐在客厅里，你出去就知道了。"

颜机也跟了出来。

冯倩文站起："恭喜尹先生，明日可以在武英殿面君殿试了。"

尹昌仪惊道："这……冯小姐为昌仪奔走，昌仪不胜感激。"

冯倩文道："倩文不敢贪功，袁公子和段公子也竭尽了全力。"

尹昌仪道："日后昌仪定当登门致意。"

颜机上前道："颜机见过冯小姐。"

冯倩文惊异地道："哟，这不是那天十字街头那个勇敢的女学生吗？"

颜楷起身行礼道："正是，那天多亏冯小姐及时援手相救，我这里代小妹向冯小姐道谢了。"

冯倩文还礼："颜大人不必多礼。"拉过颜机细看，"哟，好俊的小妹啊，再等几年，一定出落成个大美女，小妹，长大后我给你保媒，保证给你找个好郎君，好吗？"

颜机羞赧道："冯小姐，你让人怪不好意思的。"

冯倩文正要大笑，妥儿拉了拉她，示意颜楷在座，冯倩文的笑声戛然而止：

"天府之国，真是人杰地灵啊。这次进京，前几天认识了尹先生等蜀中新秀，今天又认识了清誉崇隆的颜大人，还结识了这么个绝色的巴蜀女儿，一高兴，我就得意忘形了。"

众人都道："冯小姐过奖了，你跟昌仪萍水相逢，全力奔走，实在让人感佩。"

冯倩文不无遗憾地道："只是并非尽善，要委屈尹先生更名。"

尹昌仪大惊："什么，更名？"

冯倩文解释道："荫昌刚愎自用，他是主考官，也无回旋余地。段大人得知先生的全体同学要拒绝殿试和求助报纸声援，亲自去找摄政王力陈利害。摄政王既不愿精心筹划的殿试盛典出麻烦，也不愿得罪军界新人，但是荫昌毕竟是陆军尚书，王公贵胄。为了保全他的面子，特准尹先生更名殿试。"

尹昌仪道："笑话！大丈夫行不改名，坐不更姓，为那区区的一官半职，我能折节更改名讳吗？"

颜楷正色道："昌仪，你要三思，别辜负了冯小姐辛勤奔走！"

尹昌仪拱手道："冯小姐，抱歉了，此情昌仪断不敢领。"

众人都道："昌仪，你不是说英雄唯求有用武之地吗？"

谢云峙道："是啊，昌仪，你纵有满腔抱负，横身本事，没有用武之地，如何施展，何言报国，何言报民？"

颜机也道："昌仪哥，大家说得对啊！"

尹昌仪道："古人云：大丈夫，穷则独善其身，达则兼济天下。昌仪自许也是堂堂男人，行则霖雨济苍生，藏则著书教万世。今不得已回四川，日则冷坛破庙教授顽童，夜则挑灯著书立说，亦不负平生所学，想来也能糊口度日吧！"

冯倩文道："哼！能伸不能屈，算什么大丈夫，是我有眼无珠，错看人了。"

尹昌仪道："冯小姐，谢谢你的好意，激将法对我是没用的。"

颜楷道："昌仪，你不能再想想吗？"

众人都道："对，你再想想吧。"

尹昌仪固执地道："老师乃是通古大儒。自古孝为大道，昌仪之名，乃祖父所赐，而今叫昌仪背祖求荣，这孝道还将何存？"

众人无言以对了。

尹昌仪整装，恭恭敬敬向众人行礼道："昌仪深谢众位，就此别过了。"说罢，义无反顾地转身进了书房。颜机跟了进去。

众人愕然相顾。

此时，门房引着身背褡裢、腰悬宝剑的一个人进来："大人，尹先生的家人寻他来了。"

颜楷正要问话，颜机送尹昌仪来到客厅。黄莺递过行李箱，尹昌仪正要跟众人拱手作别时，只听来人惊喜地叫了一声："昌仪！"

尹昌仪一惊："你是？"

"认不得我了吗？我是你马忠哥啊！"

"啊！马忠哥！"尹昌仪丢下行李箱。二人热泪盈眶，紧紧拥抱在一起。

马忠是尹昌仪父母收养的烈士遗孤。

这得从尹昌仪的外祖父刘世敏说起。刘世敏，广汉人，极有学问和操守，在地方威望极高。他中举之后无钱钻营仕途，便教私塾精研兵法，著书立说。1861年蓝大顺、李永和起义，清廷震恐，派骆秉章任四川总督，率川滇大军围剿义军。骆秉章任刘世敏为广汉、新都、彭县、什邡、新繁五县团总，协剿义军。刘世敏不忍心驱赶普通百姓，去与亡命义军拼命送死。义军溃逃过境之时，他告别妻儿，独自一人提了宝剑，来到义军必经的蒙阳金凤桥，站在桥上，横剑独自挡住义军去路，意图劝降招安义军。他的几个学生闻讯赶来相助。义军逃命要紧，不听劝说，杀了刘世敏，几个学生为救老师，亦赔了性命。其中一个便是马忠的父亲。后来尹昌仪的父母便收养了马忠。

马忠长尹昌仪两岁，二人从小一起长大，情胜同胞。相别六年之后，而今都长成了威武的汉子，今日在京重逢，别提二人是多么激动，多么高兴了。

尹昌仪问道："马忠哥是什么时候到的？"

"进京三天了。今天才找到全蜀会馆，是他们指引我找到这里来的。"

"父母身体好吗？"

"伯父伯母身体还好，只是盼着你的喜报啊。"

"有家书吗？"

"有，有。"

马忠放下褡裢，先拿出一个小木盒交给尹昌仪。

尹昌仪打开盒子，拿出一个小玻璃瓶一看，扑通一声跪在地下，突然放声大哭："母亲！"

众人不解地问："怎么啦？"扶起尹昌仪。

谢云峤接过小瓶一看，大惊："一段手指！"

"什么？手指？"众人传看，惊问道，"是谁的手指？这是谁的手指？"

尹昌仪哭道："这，是我母亲的手指啊！"

尹昌仪和马忠，断断续续地讲起了十多年前的那一幕。

2

尹昌仪出身川西平原彭州的一个普通农家。其父尹仕忠，幼读诗书，身体瘦弱，不善农事。其母刘氏，举人刘世敏的独生女儿，通经史，善诗文，懂医卜星相。尹昌仪排行第三，有两个姐姐，一个妹妹，他是尹家唯一的香火传人。

十多年前，一个凄风苦雨的初冬的傍晚，浓重的暮色笼罩着川西平原。尹仕忠打着破雨伞，拄着竹杖，少年马忠背着褡裢，拿着"铁嘴尹"的算命布招，二人踏着泥泞，走过狭窄的田埂，艰难地走向一座普通的农舍。一条大黄狗"呜呜"地摇着尾巴，把二人接进院子，这就是尹昌仪的家。

低矮的农家厨房内，一灯如豆。尹母刘氏拴着围裙，往灶膛里添了一把柴火，又麻利地拿起大刀，"砰砰砰"切苕藤。尹昌仪的姐姐在一旁摇着小纺车纺线，少年尹昌仪捧着书本在灯前读书

一阵狂风，灯影摇摇。尹母突然"啊哟！"一声惨叫。

尹昌仪和姐姐同时急问："母亲，怎么啦？"

尹姐见刘氏捏着左手的食指鲜血直流，忙道："昌仪，母亲的手指切断了，快找找。"

尹仕忠和马忠闻声跑了进来。

尹昌仪在地上捡起一段血淋淋的手指哭喊道："母亲，我给你接上。"

马忠也哭喊着："伯母，我背你找大夫。"

尹母摇头道："没用了，没用了。我这只手残了。"

尹仕忠道："快，快，快拿烧酒和水烛腊（一种草药）来止血。"

尹昌仪和马忠伏在尹母膝前哭喊着。

马忠拿来烧酒和水烛腊，尹仕忠麻利地消毒和包扎。尹姐揩拭着尹母头上豆大的汗珠。

包扎完毕，尹母无力地望着尹仕忠："他爹，是时候了吧？"

尹仕忠点了点头道："嗯，昌仪和马忠都晓事了，是时候了。"

尹母颤抖地抚了抚尹昌仪和马忠，突然厉声道："起来，堂堂男子汉，别做小女子情状，揩了眼泪，扶为娘去堂屋！"

尹昌仪和马忠顺从地揩了眼泪，一左一右扶着尹母，尹姐掌灯，一齐向堂屋走去。

众人扶尹母在堂屋坐定。尹母威严地道："净手、焚香！"

尹姐很快打来一盆清水。尹昌仪净手。

尹母吩咐道："马忠贤侄，你也一道净手行礼。"

马忠不解道："伯母，我？"也净了手。

尹母威严地道："请祖砚！"

此时，尹仕忠从神龛上取下一个布包，拂去灰尘，小心地打开包裹的红绸，露一方古砚，呈与尹母。

尹母托着古砚："昌仪，马忠，你们可知这方祖砚的宝贵？"

"孩儿不知。"

"你外祖父广汉刘家，世代书香门第。此砚乃刘家三百年传家镇宅之宝，这砚后便是你外祖父的手迹铭文。"

尹昌仪接过祖砚诵读铭文："干戈平定归于哲，廊庙文章非等闲。刘世敏梦中得句。"

"这是你外祖父梦中得到的一副对联，他亲手镌刻在砚上昭示子孙。此砚只有在祭祀祖宗和儿孙博取功名之时才用。昌仪，你不但是尹家唯一香火传人，你外公只生你母亲一人，你也是刘家唯一的遗绪。今日为娘堂前训子，故请出祖砚，让你二人共同拜祭。"

尹昌仪将砚台供在神龛上，拈香欲拜。

尹仕忠道："马忠跪下，与昌仪一同拜砚！"

马忠不解。

尹仕忠道："马忠孩儿，昌仪的外公是你父亲的业师。你父亲追随他的先师为国靖难捐躯之后，你伯父伯母将你收养，视如己出！因为家计艰难，才让你跟我走村串户，既为家中省一口饭食，也让你识文断字。若让你继续跟我跑滩算命，岂不误你前程。"

尹母道："明日，你伯父就送你去九峰山清虚洞，拜问玄真人为师，真人是你父亲生前同窗好友，他会悉心传授你峨眉武功绝学及做人的道理。你是英烈之后，当不辱你父祖英名。学成之后，和昌仪一道，同心同德，报国报民，报答祖恩祖德吧！"

马忠恭顺地道："伯父、伯母，侄儿记下了。"说罢也跪下了。

尹昌仪、马忠拈香拜砚。拜罢，尹仕忠又吩咐道："溶墨展纸。"

尹昌仪取下祖砚浇水溶墨，马忠摆好纸笔。尹母略一思索，挥笔题诗，接着尹仕忠亦挥毫和诗。题毕，尹母、尹父郑重地将诗笺交给尹昌仪和马忠……

兄弟二人说到这里，尹昌仪从盒中取出两张发黄的诗笺，众人争相传看，尹母《尹门刘氏训儿诗》云：

寒夜清灯细堇刍，子身丰硕母身瘴。
我生割草三千日，汝室无桑八百株。
几粒熊丸双泪落，万言龟槛一心孤，
男儿应有风云志，莫使贫亲长豢猪。

《尹仕忠和贤妻》诗云：

苦君夜夜堇青刍，志远心高体骨瘴。
画荻莫愁伤一指，种槐须记数三株。
无钱日月真难度，有望生涯幸不孤。
眼见吾家英物起，岂能长豢苙中猪。

看罢两页诗笺，一片感慨唏嘘之声中，众人抹着泪。冯倩文、妥儿和颜机哭得最伤心。

尹昌仪放好诗笺问马忠道："双亲还有什么吩咐没有？"

马忠道："临行，伯父伯母再三叮嘱：男儿当报国为先，不必急于回乡，叫我来跟你一同投军报国。只是伯父算命度日，家计艰难，全家都望你早有喜报回家。"说罢，又拿出一封家书交给尹昌仪。

尹昌仪拆书细看，书中写道："父亲算命糊口艰难，儿已学成归国，不必惦念父母急于回乡，徒耗川资。自古忠孝不能两全，男儿报国为先。儿的马忠哥哥，他父亲随你外公尽忠报国，父母收养，视如己出，今已学成一身武艺，正是男儿报国之时，儿要善待之……"

尹昌仪看到后面，不禁喃喃出声："儿要切记：君子处世，大德不逾闲，小德出入可也，凡事衡情度势，斟酌从宜。"

"衡情度势，斟酌从宜？"仿佛是为他此时所写。

颜楷立即拊掌赞道："衡情度势，斟酌从宜。智也！慧也！尹母、尹父之贤，我辈望尘莫及啊！"

马忠关切地问道："昌仪，你得了官了吗？快给伯父伯母报个喜吧。"

"得官？报喜？这……"尹昌仪这时不知如何回答了。

颜机泪眼模糊，哽咽道："昌仪哥，别忘记了，伯母望你'莫使贫亲长豢猪'啊！"

谢云峄也道:"昌仪,你父亲的诗句'眼见吾家英物起',把你当作光耀门庭的希望,难道为了你所谓的名节,你就忍心让你的慈亲失望吗?就不能衡情度势吗?"

颜楷教训道:"昌仪,男儿不报慈母恩,这也有违孝道吧。"

冯倩文语重心长地道:"尹先生,你的慈亲厚望,你的老师、朋友都是一片真诚,你当遵从母命,衡情度势,斟酌从宜啊。"

尹昌仪踌躇再三,毅然跪下对天告白:"祖父,孙儿不孝,背祖更名,情非得已,望祖父原谅。"转向颜楷下跪,"请恩师给学生赐名!"

颜楷道:"昌仪学博古今,你的母亲说得好,你就'衡情度势,斟酌从宜'吧。"

尹昌仪喃喃道:"衡情度势,衡情度势?"他站起来,庄重地对着冯倩文,"冯小姐,请转告段大人,尹昌仪遵命,更名为尹昌衡!"

众人喝彩道:"好,尹昌衡,尹昌衡,尹昌衡!"

第五章

津门风月

1

冯国璋1907年升任陆军部军咨处正使，1908年又升任清西陵梁各庄值班大臣，兼副都统任驻天津的第二镇统制。袁世凯被摄政王开缺回老家，冯国璋怕受株连，曾借口"值西陵与祭坠马受伤"和母亲孙太夫人逝世为由，请辞回籍，但未得到批准。清廷仍委派他负责办理津门军务。

殿试之后，这批士官生大多数都回了原籍。尹昌衡的老乡杨溥留在了陆军部，他的好友唐继尧、李烈钧、刘存厚去了云南，阎锡山回了山西，尹昌衡和谢云岫等人则分配到了天津。

清末新军编制，分为军、镇、协、标、营、队、排、棚，分别相当于后来的军、师、旅、团、营、连、排、班。军一级的长官称"总统"（没有成定制的军，设而未授），镇称"统制"，协称"协统"，标称"标统"，营称"管带"，队称"队官"，排称"哨长"，棚有"正目"、"副目"。

谢云岫做了队官，尹昌衡却连士官生起码的职衔都没得到，只让他做了一名哨官（哨长）。同学们都为他抱不平，这次他却心平气和地来天津上任了。

冯国璋曾任陆军贵胄学堂总办，该学堂的学员都是王公世爵、四品以上的宗室以及现任二品以上满汉文武大员子弟。1909年腊月初四，他将年届五十，不少王公大臣都要前来祝寿观操，他所辖的新军得像模像样，因此加紧练兵。尹昌衡到军营，正赶上他练兵的时候。所学终于有了施展的天地，他很拼命，也很吃苦。

这一天，冯国璋特地来到尹昌衡的军营观操。尹昌衡一早在观操台上摆好了一排椅子。观操台下，摆着各式步兵常用武器，远处，立着一排枪靶。台前整齐地列着一队新军，马忠也在队列之中。

冯国璋在全副武装的随员陪同下，骑着高头大马走进操场。冯倩文着军装随其后，妥儿骑马走在最后。

尹昌衡领呼："长官好！"

众士兵齐呼："长官好！"行举手注目礼。

冯国璋等人在观操台前下马。他看见台下的各种枪械，问道："这些火器，我军并未配备，怎么摆在了这里？"

尹昌衡答道："报告将军，这是从军械处借来训练士兵用的。本哨人人都会装拆和使用了，一会儿将军可以抽考任一士兵。"

冯倩文很希望尹昌衡在父亲面前出彩，便道："父亲，战场上敌人可能装备这些武器，如果有所缴获，就立即可以为我所用。"

冯国璋点头赞许道："好，好，从实战出发，很有见地。副官，传我命令，各哨配置全套武器，以供练兵，下次检阅，重点考核。"

副官："是！"

冯国璋等走上观操台就座，妥儿侍立一旁。

尹昌衡整队之后，跑步走向台前行礼报告："报告，哨官尹昌衡整备本哨人马齐备。请冯将军检阅！"

冯国璋对副官挥了挥手，副官挥动令旗。

尹昌衡发口令："预备！射击！"

战士前队卧，中队跪，后队站。一声口哨，一阵枪声，枪靶全部倒下。不等监靶官验靶报靶，台上便响起一片掌声

副官又挥动令旗，尹昌衡吹了一声口哨："技击搏杀，开始！"

队伍一分为二，精彩的集体搏杀，喊声震天，台上人不断鼓掌。台侧，妥儿专注地看着马忠。数人围攻马忠，马忠虚以应付，众人难以近身。

尹昌衡吼道："马忠，不准应付。"

马忠："是！"他突出奇招，众人倒地。

妥儿起劲地鼓起掌来。台上众人也十分惊讶，冯国璋问："这人是谁？"

冯倩文代尹昌衡作了回答："这是才随尹昌衡投军的马忠。"

副官挥动令旗，尹昌衡吹口哨："停！"战士列队，等候长官训话。此时，台上一位随员对冯国璋道："将军，听说尹昌衡东洋武功了得，想领教一下。"

冯国璋也想看看尹昌衡的武艺，便道："好，去吧！"

那随员飞身跳下观操台，拱手道："本标统奉命讨教尹哨官东洋武功！"

标统相当于团长，但尹昌衡一点也不心虚，拱手道："卑职不敢，请长官赐教。"

标统道："不客气，使出你的真本事来，接招吧！"

观操的随员都知道这标统的武功了得，没有真功夫，怎么敢挑战一个哨官现丑。二人你来我往，一场精彩的对打之后，标统被打倒在地。

尹昌衡扶起标统："长官，承让了。"那标统不但不恼，反而由衷地赞扬道："不错，尹哨官，把你的东洋武功传授给你的士兵，以后好对付小日本。"

此时冯倩文飞身下台："尹哨官，本小姐领教几招。"

尹昌衡迟疑地道："冯小姐，你，你行吗？"

冯倩文道："哼！拿出你的全部本事吧，希望你能打败我！"

二人精彩的西洋拳和东洋拳对打，台上台下，一片热烈的掌声。

冯国璋得意地大笑："这丫头，真像他爹，就好逞强。"

观操结束，冯国璋非常满意，当天在冯府设宴，招待新来的全体军官，这些军官中除了尹昌衡、谢云峄、李书诚、钮永建和三个天津人外，还有几个直隶籍的士官生。

华宴初开，冯国璋陪着几位青年军官共聚一席。冯倩文紧挨在冯国璋身边。

冯国璋举起杯子："各位，你们来我北洋第二镇军中效力，将近两月，本帅今日方才得便，礼缺后补，用这杯酒为诸位接风洗尘，请满饮此杯，干！"

众人起立："谢冯将军盛情。"

冯国璋又道："奉天乃京城之门户，用兵之前线，大有用武之地。诸位不愧是日本士官学校高才生，两个月来，练兵有方，使我军风气大变，今天看了你们几哨的练兵，非常高兴。特别是尹昌衡……"

尹昌衡立正："卑职在。"

冯国璋道："注重培训士兵熟练地掌握多种兵器用法，这很有见地，让人欣慰。在这里，我单独敬你一杯。"

尹昌衡道："谢大帅！"

冯国璋敬完酒对冯倩文道："倩文，他们都是你在京城中结识的朋友，我在这里，大家很拘束，你代我跟大家多喝几杯！各位尽兴慢用。本统制不陪了。"说罢退席。

尹昌衡今天很得脸，冯倩文的心里，比吃了蜜还甜。

冯倩文常找借口往尹昌衡的军营里跑，一天不见就觉得心里空落落的。这天吃罢晚饭，妥儿陪着她散步。

"妥儿，到哪里去玩呀？"

"我知道，你又想去看尹昌衡了吧？"

"就是想找他，怎么样？"

"天天往营房里跑，你就不怕别人说闲话呀？"

"谁要说，让谁说去。"

"那就想个办法，让尹昌衡搬进冯家花园来住呀。"

冯倩文想了想："对，我有办法了。"

入夜，冯倩文走进冯国璋的书房，冯国璋正捧读一篇文章："'用兵之道，选将为先，将强则弱兵强，将弱则强兵弱。君不选将，是为弃邦，将不知兵，是为授首。'好文章，真是好文章。"

"父亲，谁的文章呀？"

"尹昌衡呈来的文章《论将》。"

"啊，是吗？父亲，女儿有眼力吧？"

"不错，很有眼力。"

"这次进京，代你物色的人才还满意吗？"

"满意，很满意。特别是这个尹昌衡，算得上出类拔萃了。"

冯倩文开始撒娇了："父亲，你那么赏识他，他都来两个多月了，为啥还让他当个小小的哨官？"

冯国璋为难道："倩文，你知道吗？他是兵部特别关照，要暗中重点监视的人物，你叫为父怎么办？"

"兵部，还不是为那首诗吗？父亲，我已经给你说清楚了，你连女儿都不相信吗？"

"我相信你有什么用，朝廷在军中安插了不少眼线，我不能不防啊。再说……"

"再说什么？"

"他也锋芒太露了些。还是……"

冯倩文道："有锋芒有啥不好？让他处于束中，更会脱颖而出！"说着，摇着冯国璋的肩膀，"父亲，你原来可答应过要奖赏我的啊。"

"你要我奖赏什么，我这就给你兑现。"

"父亲，说话要算数啊，拉钩。"

"鬼丫头，为父什么时候骗过你？你说。"

"我要尹昌衡和马忠，都搬进这冯家花园来住，我跟妥儿，好向他们请教武艺和兵略。"

"这……"

"父亲想反悔了。你堂堂的一镇统制，识拔一个青年哨官的权力都没有吗?"

这话堵了冯国璋的嘴，他只好道:"好吧，就说让他住进来，参谋军务吧。"

冯倩文撒娇地摇着冯国璋:"好父亲，真是倩文的好父亲。"说完，在冯国璋额头上亲了一下，跑了出去。

冯国璋看着冯倩文的背影:"这丫头。"

2

冯府花园，在天津城里算得上是个有名的大园子。尹昌衡和马忠搬进来后，住进了一个与冯倩文相距不远的小院。

冯倩文想方设法把心中的白马王子弄到身边，只要一有空闲，便来亲近尹昌衡。尹昌衡对冯倩文也很有好感，妥儿对马忠，也暗生情愫，四人花前月下，谈兵比武，饮酒猜谜，甚是相得。

冯倩文跟尹昌衡出双入对，自然引起不少人议论，这些议论很快传到冯国璋的耳朵里了。

冯国璋叫来冯倩文，和颜悦色地问:"倩文，最近常跟尹昌衡在一起吗?"

冯倩文一点也不遮掩:"嗯，我喜欢他。"

"倩文，你是大姑娘了，旁人议论不好啊。"

"我管不了那么多。"

"倩文，这是中国，不是你之有生活的德国，人言可畏，冯家的体面所系，你要检点些才是啊。"

"父亲派女儿到德国留学，学了不用，还让我缠小脚吗?"

"倩文别忘记了，我跟袁家是有过口头婚约的。"

"我，我不承认你们的口头婚约。"

冯国璋和缓了口气:"倩文，克文可是个很不错的孩子啊。"

冯倩文任性地道:"不嘛，我不爱他。他太卑鄙了!"

冯国璋大惊:"为什么?"

"我怀疑，尹昌衡那首惹麻烦的诗，就是他做的手脚，不像个光明磊落的大男人。"

"倩文，尹昌衡的那首诗麻烦出来后，他是最关心的，最先去找你段伯父的啊。"

"演戏，欲盖弥彰。"

"即使是他做的，也说明他很爱你。"

"那种爱法，说明他没本事！"

冯国璋有些生气了："倩文，你！"

"父亲，我爱尹昌衡！"冯倩文说完，跑了出去。

谢云峙对尹昌衡特别爱护和关照，马忠因此对他格外有好感，到天津之后除跟尹昌衡之外，差不多都和谢云峙在一起。他从谢云峙那里知道了许多国家大事，并且知道谢云峙就是革命党。一天，谢云峙很神秘地给了他一本书，并郑重地要求他，以后保护尹昌衡安全的任务就交给他了。他觉得好奇怪，自己的兄弟，还用得着别人操心吗？

这天妥儿为绊住马忠，悄悄来到马忠房里，马忠正在入神地读那本书。妥儿突然从背后抢过那本书，马忠一看是妥儿，急道："妥儿，还我，把书还我。"

妥儿道："是什么武功秘籍吗？"一看书皮，很不在意地道，"啊，我又不抓革命党，看把你急的。"说着把书还给了马忠。

马忠知道看这些书是杀头之罪，妥儿却如此见惯不惊，他觉得很奇怪："你也看过这些书？"

妥儿仍是轻描淡写地道："我们那里革命党的书多得很，你想看，就借几本给你。"

"啊，那太好了，太好了，姑娘借几本给我吧。"

"不过在外面你看这些书要小心些。"

"妥儿，我一直不明白，你小小年纪，怎么轻功这么好啊？来到我身边，我都不知道。"

妥儿沉默了，过了好一会儿才道："马忠哥，妥儿跟你一样，也是从小就没有父母的人啊。"

原来妥儿的父亲是义和团的首领，被洋人所杀。她母亲为夫报仇，参加了红灯照，成了红灯照一方有名的坛主。在十多年前一次袭击教堂的战斗中弹身亡。

"母亲战死时我才四岁，被母亲的师妹收养。义和团失败后，我在一个跑江湖的杂耍班子中长大，一心要杀洋人，给父母报仇，就苦练了这么点儿江湖混饭吃的功夫。"

马忠听罢，同病相怜，眼里包孕着泪花："啊，原来姑娘也是苦命人。"

"直到十二岁那年，才被冯家买来当了丫头。小姐心肠好，教我识字，带我跟她出国，待我就像亲姐妹。"

"冯小姐心肠好，好人会有好报的。"

"马忠哥，小姐那样爱尹哨官，可他总是那么骄傲，你帮着劝劝尹先生吧，小姐这样好的人到哪里去找啊。"

马忠想了想道："妥儿妹妹，他们都是留过洋的读书人啊，听得进我们的话吗？不过，我倒是可以探探昌衡的想法。"

3

这天一早，尹昌衡走进马忠卧室，摇醒马忠道："快，起床。"

马忠翻身下床，揉揉眼："啊，我睡过头了吗？"

"没有，天还没全亮。"

"今天不出操啊，这么早，到哪里去？"

"走，趁她们还没起床，出去躲她们一天。"

二人悄悄牵马出了冯府，在路边买了一包卤菜、一壶烧酒和几个烧饼，打马直朝郊外驰去。来到十多里外一处荒草滩上，啃了烧饼，太阳已经升起来了。尹昌衡仰躺在草地上，尽情地享受着秋风丽日之下那金色芦荡的温柔和恬静。

马忠没忘记妥儿的嘱托，本想单刀直入地问尹昌衡，但是尹昌衡今天出来就是为躲冯倩文，他怕坏了尹昌衡的兴致，话到嘴边便换成了："昌衡，哥想跟你请教一些事情。"

"说啥请教，两弟兄摆龙门阵还见外。"

"这两个月来，经见的不少，才晓得天下有多大。有好多事情，就是想不明白。"

"什么事想不明白呀？"

"昌衡，君主立宪和民主共和，到底是怎么回事？"

尹昌衡坐起来，惊奇地看了看马忠，他知道谢云峭正发展马忠加入同盟会，哈哈笑道："马忠哥也关心国家大事了？好啊。"

"现在有机会看书看报了，跟你们在一起，也该长点见识，才好混事儿啊。"

尹昌衡点头道："是啊，男儿闯世界，应该关心国家大事。所谓君主立宪，是针对封建专制而言。封建专制者，君主视国家为己有，君主与国家为一。而立宪制之国家，为君与民共有，就是说用宪法来限制君主的权力。皇帝老倌也要受宪法约束，不再是至高无上。皇帝只是国家的形象代表，像家中神龛上供的神，只享供奉不管事。所有政事由议会选出的内阁总理管理，比如日本和英国就是。所谓共和，就是彻底打倒皇帝，由议会选出总统，几年一换，也要受宪法约束，总统任命内阁官员，管理国家，比如美国就是。不管立宪制还是共和制，国家的最高领导人都必须遵守宪法。"

"到底是立宪制好，还是共和制好啊？"

"两者都强调必须依宪法办事，本质上没有多大差别。我也说不清哪种更好，不过梁启超说过：'美法之民主共和国，绝不适于中国，欲跻国于治安，宜效英之存虚君，而事势之最顺者似莫如就现皇统而虚存之。'"

"为什么呢？"

"人们对君主的尊崇，由习惯积渐而成，能延续一个国家的历史传统，减少杀伐，比较圆妙。"

"中国要立宪的多，还是要共和的多呀？"

"中国的立宪闹了许多年，在朝廷和北方立宪派的势力最大，但是皇族不愿失去专制的特权，表面同意立宪，总是千方百计地阻挠和拖延实行，现在全国各省成立咨议局，就是为君主立宪作准备。共和在南方占绝对上风，代表人是孙文，因为要彻底推翻清廷，所以被朝廷定为乱党。"

马忠进一步深入询问："你说是立宪好，还是共和好？"

尹昌衡想了想道："无论立宪与共和，都比现在的君主专制进步。但是立宪和共和又走不到一起，使中国的事情很难办。不过，中国要搞共和，也不能搞革命党主张的只有汉族人的共和，而应该搞大中华五族之共和。"

谢云峙曾经很肯定地告诉马忠，尹昌衡不是革命党，马忠禁不住还是试探地问："这样说来，你真的不是革命党了？"

尹昌衡想，自家兄弟，只得推心置腹道："我才到日本，在革命党'驱除鞑虏，恢复中华'的口号的鼓动下，我也曾经热血沸腾，势报满人屠杀汉人的种族之仇，我曾经加入过革命党的外围团体铁血丈夫团。可是后来书看多了，报看多了，道理也懂得多些了，就对'驱除鞑虏，恢复中华'的口号怀疑了，反感了。你知道我们中国有多大吗？如果只有汉人才算中华，那么满、蒙、回、藏等几十个少数民族居住的地方，就不算中华吗？那么中国将丢失多大的地盘？你在青城山习武，结交了那么多藏族、羌族朋友，难道他们也不能算是中国人吗？特别是眼见一批批为报仇暗杀的青年，都白白送死，我就更不赞成革命党狭隘种族革命的主张了。后来我就脱离了铁血丈夫团。我毕业迟回国，就是被他们留下劝我加入同盟会，我也一直没答应。我赞成五族共和的主张，即视天下为一体，五族为同胞。所以，我既不是革命党，也不是立宪派。但是我是他们的朋友。他们有利于国家和老百姓的事我都支持，他们失德的事，我绝不苟同。我秉承忠孝持身，不犯上宪，不阿朋党的原则。我是军人，军人的天职是保家卫国，犹如守门之犬，唯主人之命是从罢了。"

马忠似乎明白了什么："啊，懂了，懂了。军人只能服从。"

马忠摊开卤菜，二人喝了几口酒，马忠忍不住还是问了："昌衡，冯小姐对你可是真心啊，你怎么还想躲她？"

尹昌衡叹了口气道："想冷淡她一下，免得她误会。"

"冯将军很器重你，她又是冯将军的掌上明珠，人也不错，对你又那么真情，你们两个，都是喝洋墨水的，她跟你又很合脾气，照理说，真是天生的一对啊，你莫非还不喜欢她？"

"马忠哥，昨晚我想了一夜，倩文确实是个好姑娘，我也很喜欢她。但是只能作为红颜知己，异性朋友。要缔结姻亲嘛，唉……"

"怎么？是还没有放下那个日本姑娘？"

尹昌衡摇头："岩崎小姐深明大义，要忘记她也太难啊。"

尹昌衡说起了他跟岩崎小姐的事：一个暑假，尹昌衡与刘存厚、李烈钧、唐继尧相约到东海岸去避暑。东京有铁路专线到东海岸，在火车上他遇见岩崎小姐，二人一见钟情，谈得火热，竟然坐过了站，一直坐到了终点站。岩崎小姐家在那儿有别墅，她父亲是住友家族的一个老板。回去的火车要等好几天，岩崎小姐很大方，邀请他先住进她家别墅。小姐的两个兄弟也是士官生，与昌衡相熟，也热情挽留。岩崎小姐十分热情，昌衡一住竟住了一个暑期。从此，开始了他的东瀛异国之恋。

岩崎小姐的父亲和弟弟都是日本黑龙会的成员。黑龙会在当时的日本被认为是爱国会党，目的在于谋取黑龙江流域为日本领土，其会名即从黑龙江而来。1905 年 8 月 20 日，在黑龙会的扶持下，孙中山等人在东京黑龙会总部成立了中国同盟会。黑龙会图谋推翻清朝政府，从而进占黑龙江流域。

尹昌衡虽然与岩崎小姐缱绻情深，但由于黑龙会对东三省的领土野心，日后与其父兄必将成为死敌，因而割爱，始终没向岩崎小姐求婚。但二人一直保持着纯真的情谊。

尹昌衡给马忠讲完那段感情后，不无遗憾地道："跟岩崎小姐那段真挚的感情，只能永远藏在心底了。"

"既然丢下了岩崎小姐，冯小姐很不错啊。"

"马忠哥，婚姻对于我，不只是我娶老婆，也是为父母娶一个可心可意的儿媳妇啊。"

"对，是该多为伯父伯母着想。"

"父亲把我当成尹家的英物，对我寄予厚望。母亲虽然只是个贫寒的农妇，可是到底是出身于书香门第的大家闺秀啊。她以诗礼传家，凡事有规有矩，诗文书画，也从未懈怠。倩文虽然可爱，可是她毕竟是娇生惯养的豪门千金，她那不合规矩的洋人做派，她那刁蛮任性的脾气性格，能让我那样清雅的母亲高兴吗？"

马忠恍然大悟："昌衡虑得是啊。何况他跟袁公子有婚约的。麻烦多，麻烦大啊。"

尹昌衡道："这倒没什么，只要真爱，男人应该为女人拼命的。"

"昌衡，冯小姐对你那么好，你也不能太伤她的心吧。"

"唉，就这事折磨人，眼下除了拿袁冯两家婚约作挡箭牌，别无他法，你给我出点主意吧。"

"我，我能给你出什么主意啊？对了，你不是说骆大人和颜大人都叫你到广西吗？"

尹昌衡为难地道："马忠哥，尽管冯将军没采纳我那许多建议。但是到底待我不薄啊，我开得了口吗？到广西，能保证受到重用吗？还有，妥儿那样喜欢你，把你们马上分开，我也于心不忍啊。"

马忠羞赧道："昌衡，你怎么拿我这个乡巴佬大哥寻开心啊。我跟妥儿姑娘没什么，你的大事最重要，别管我了。"

第六章

龙虎决斗

1

尹昌衡只是个小小哨官，但是他的才情和英豪之气，走到哪里都锋芒毕露，光焰照人。先后分配到第二镇的留日陆军士官生不少，几次校友聚会之后，几位同期的同学且不必说，就是先来的几位学长，也对他格外敬重。特别是第五期毕业来这里的李书诚、钮永建和耿毅对尹昌衡更是友好。他们都是同盟会的早期会员，跟谢云峤自然是声气相通，尹昌衡来后，这几人单独聚会的时间特别多。

李书诚好多天没见到尹昌衡了，一问才知道他搬进了冯府花园。这天李书诚和耿毅等人约上谢云峤，在营门口堵住尹昌衡和马忠，把他们拉进了城内的一家酒馆。这些天军官们议论得最多的事情，就是冯国璋的五十大寿如何凑份子贺寿。李书诚问尹昌衡有什么打算。

尹昌衡道："据冯倩文说，冯将军不日将作规定，标以下的军官不得送礼，只要一份集体礼物，就是训练好军队，为客人表演时给他拿脸，所以我暂不考虑其事。"其实这个点子是尹昌衡通过冯倩文出的，只是还没有正式公布。

众人都道："冯国璋这一招高明，既笼络了下级青年军官的人心，又练好了兵。"

耿毅疑虑道："冯国璋敛财有术，突然不要钱了，不怕朝廷怀疑他收买人心，别有他图吗？"

尹昌衡道："各省成立咨议局后，民主浪潮越来越高，朝廷自顾不暇，各种势力集团趁机扩充实力。袁世凯借机来天津亮相，这种时候，他还用得着遮遮掩掩吗？"

李书诚附和道："还是昌衡看得深透。昌衡，你已经下定决心追随北洋，在天津发展，是吧？"

尹昌衡看李书诚话中有话，问道："李兄的言外之意，你是身在曹营心在汉，欲另谋高就了。"

李书诚开诚布公："天津是北洋的老巢，不一定是你我的久留之地。广西亲友多次邀我们南下发展，听说张鸣岐大人，借给冯国璋贺寿之机，将派员前来天津物色干才，不知昌衡可有意否？"

尹昌衡道："不知诸公有何打算？"

李书诚道："我、钮永建和耿毅都打算南下广西。"

尹昌衡看着谢云峤道："谢兄意下如何？"

谢云峤道："你去我就去。"

李书诚等道："我们都希望你们和我们一同去。"

尹昌衡想了想道："你们提得很突然，容我想想再说吧。"

几天之后，尹昌衡又被请到了奉天迎宾馆，胡景伊坐在主人席上。李书诚、钮永建、谢云峤和耿毅等几个青年军官已经在座。

胡景伊起身相迎："昌衡，怎么姗姗来迟呀？听说你住进了冯家花园，是让冯小姐缠住了吗？"

李书诚道："就是，就是。他一住进冯家花园，连和弟兄们都很少见面了。"

尹昌衡道："哪里哪里！胡大人是什么时候驾临天津的？"

胡景伊道："昌衡别叫我大人吧，多生分，你我虽然有师生名分，但我并没教过你，就兄弟相称吧。"

"恭敬不如从命。那我就叫文澜兄了。"胡景伊字文澜。

"昌衡呀，我到天津两三天了，李老弟成天领着我品尝天津的名吃，什么狗不理包子、耳朵眼炸糕、崩豆张、十八街麻花呀，都吃遍了啊。"

"文澜兄来奉天公干，要昌衡跑腿，尽管吩咐就是。"

胡景伊道："不敢，不敢。"接着介绍随行官员陆军管带王勇，"这次我和王管带奉张大人之命，一是代他来给冯将军祝寿，再就是礼请几位老弟，因此提前来了天津。听大家说，只要昌衡老弟点头，我们就大功告成，就可以风风光光给张大人交差了。"

尹昌衡不解："只要我点头？"

"对，他们几位都愿南下，就看老弟你了。"胡景伊说着掏出一封信来交给尹昌衡。

尹昌衡看罢信:"啊,颜大人已经到广西上任了?"

"对,骆大人主政广西法政学堂,颜大人受命创建狱政学堂。你的两位恩师和愚兄一道,在张鸣岐大人面前竭力推荐你这个俊才。张大人思贤若渴,知道你们士官学校这期的精英,来天津不少,便派我二人代他来天津给冯将军祝寿之机,请大家同赴广西,共谋新政,并指令必须请动你尹昌衡。"

尹昌衡道:"承蒙错爱。"转面望着谢云峤,"谢兄也下决心了吗?"

胡景伊知道谢云峤要看尹昌衡的决心,不等谢云峤说话,便站起来举杯道:"好,先喝酒!我代表张大人,对昌衡和在座诸公的仰慕和切盼之情,敬大家一杯!"

酒后,谢云峤和李书诚受胡景伊之托来营房中劝说尹昌衡。李书诚问尹昌衡道:"尹老弟,南下广西之事,你到底是怎么想的?"

尹昌衡没有正面回答:"你们的想法呢?"

"决定去,都等着你点头。"

"等我点头?"尹昌衡不解地望着谢云峤。

谢云峤道:"是的,你知道同学们对你的敬重和信服。蛇无头不行,鸟无头不飞,天津是北洋的一统天下,难于施展。大家都希望邀你南下,干一番大事业!"

尹昌衡道:"谢兄言重了,言重了。"

李书诚道:"尹老弟不是外人,我就实话实说吧。清政府气数已尽,同学们公认你是举旗亡清之大才。广西地瘠民贫,民风强悍,洪秀全广西发难,一呼百应,转瞬之间席卷南北,成就太平天国。目前张大人推行新政,志士云集,革命气氛比较浓。天时、地利、人和俱得,正是风云际会之地,英雄用武之时……"

尹昌衡立即回道:"李兄打住。昌衡不犯上,不阿私,军人报国,一腔热血而已。亡清之事,休再提起,休再提起!"

李书诚道:"不管怎样,'无权欲陷天',这已经成了你公开发表的宣言了啊。"

尹昌衡道:"李兄,至今我都没弄明白,我的'补天'怎么变成'陷天'的,不知到底是朋友逼我反清,还是别有用心的人蓄意加害。"

李书诚道:"那么,不说亡清,只说南下广西谋职呢?"

尹昌衡沉吟了片刻道:"我不便向冯将军启齿,祝诸公到南方飞黄腾达吧。"说罢站起来拱了拱手,走出了营房。

谢云峤和李书诚到胡景伊房中来回话。

胡景伊疑问道:"这个尹昌衡,怎么连他老师的面子都不给?"

谢云峙道："尹昌衡是个信义君子，滴水之恩，定以涌泉相报，殿试风波，冯倩文出了那么大的力，到天津后冯将军对他青眼有加。才到两三个月，寸功未见，便要他背主而去，他实在难以启齿。他希望胡兄体谅他的苦衷，并向骆大人和颜大人转达他的歉意。"

李书诚道："我看，冯小姐对他一往情深，成天出双入对，舍不得离开冯小姐，可能才是一个说不出口的重要原因。"

胡景伊道："他去跟袁二公子争女人，不是自找晦气吗？张大人点名要请他，我请不动，怎么向张大人交差呀？不行，我非把他请动不可！"

2

袁世凯提前几天来到天津，冯国璋率领军政大员，组织了隆重的欢迎仪式。这天王勇拿着报纸走进胡景伊的客房，胡景伊问："有什么新消息没有？"

王勇道："遍街都在传说袁世凯到天津的话题。"

胡景伊看报："《军政要员毕集车站，迎候袁大帅重游津门》《袁世凯重游津门，意味着什么？》"

王勇也问："胡大人，你看这到底意味着什么？"

"潜龙出水传消息，风云变幻亦可期。"

"大人，你是什么意思？"

"袁世凯在袁克文的一幅荷花图上的题句是：莫道潜龙无消息，倒海翻江只待时。"

王勇一下明白了："啊，你是说袁世凯出山的时机快到了。"

胡景伊点头道："九月，各省成立了咨议局，国会立即就成立请愿同志会，纷纷要求速开国会，实行宪政。朝野呼声甚高，朝廷焦头烂额，袁世凯此时出来活动，而且在天津弄出这么大的动静，是让人不要忘记了他这个暂时隐居的重要人物。天津是他的根据地，组织隆重的迎接仪式，既是显示北洋的团结，也是政治上向天下人示威啊。"

王勇道："大人洞悉官场，真是高瞻远瞩啊。"

胡景伊得意地道："袁世凯下野之时，我就料定朝廷不敢动他。出山只是迟早的事。啊，知道他在何处下榻吗？"

王勇道："我回来时，这迎宾馆后园的海安堂就戒严了。可能就住那里。"

胡景伊道："海安堂，好，太好了。袁二公子到了天津，能够帮我请动尹昌衡了。"

晚饭之后，胡景伊来到袁世凯下榻的海安堂，袁克文陪着父亲接见了他。他代张鸣岐请安问候，自称晚辈，肉麻地表示忠心，望大帅栽培和提携。

袁世凯哈哈笑道："胡大人呀，你对老夫期望过高了啊，老夫乃是下野之人，能够全身而退，已经是大幸了。而今么，老朽已经过惯了眠云钓雪的悠闲日子。伤了，累了，对官场冷了心了，绝无东山再起之意了，也就说不上栽培他人了。"

胡景伊道："大帅为国为民，鞠躬尽瘁，功比天高，日月同辉。而今正当盛年，宝刀未老，重振乾坤，舍尊驾其谁？"

袁世凯道："国家大事么，该是你们这些年轻人的事了。胡大人年轻有为，识得风云变幻，日后定会前途无量的。当然，老朽能够多听到一些南方传来的好消息，那倒是求之不得的。"

胡景伊对袁世凯的期望心领神会，连声道："卑职明白了，一定时常通报南方消息，不负大帅期望。"

袁世凯爽朗地笑道："胡大人痛快，痛快。"说罢，他站起来端起了茶碗。

胡景伊看见这送客的动作，知趣道："大帅保重，卑职告辞。"

袁世凯道："克文，代我送送胡大人。"

一对灯笼前面引路，袁克文和胡景伊从林荫道深处缓缓走来。不知胡景伊说了些什么，走到大门口时，袁克文一脸的愤然："哼，欺人太甚，欺人太甚了！老子非宰了他不可！"

胡景伊道："公子息怒，我想尹昌衡可能不是有意的。他如果知道你跟冯小姐的婚约，是绝不敢横刀夺爱的。再说，以公子的声望和门第，也不值得跟他一般见识的。"

袁克文道："别说了。我原来敬重他是个人物，可是我袁家刚刚失势，他竟然如此欺人，袁家列祖列宗轰轰烈烈，袁克文保不住一个女人，还算得上袁家的子孙吗？"

胡景伊叫王勇把袁克文的话告诉李书诚。李书诚拉着谢云峙急急忙忙来找尹昌衡。尹昌衡正领着队伍出操，见二人神色严峻急匆匆地走来，迟疑了一下，把口哨交给马忠："领着大家，继续操练。"

尹昌衡领二人走进营房，他的桌子上摆着一封冯国璋派人送来的请柬。李书诚和谢云峙一看请柬，不约而同望着尹昌衡："哟，冯将军家宴请柬？"

"冯将军明天中午，在冯府设家宴给袁世凯接风，要我出陪，我正不知是去还是不去啊。"

李书诚道："家宴，怎么会请到你这一级军官？我们都没资格啊！"

尹昌衡明白了，这是冯倩文执意安排的，她肯定想借机把婚事给袁家摊牌。

李书诚道："去干什么，去送死吗？"

谢云峙也道："不能去，千万不能去！"

李书诚又道："昌衡，别犹豫了，快收拾东西，跟我们去广西吧。"

尹昌衡道："这是为什么？"

谢云峙道："昌衡，现在由不得你选择了，你是非走不可的了。"

尹昌衡不解地望着二人："出了什么事吗？"

李书诚道："你装什么糊涂？冯小姐是袁克文的未婚妻，袁克文来天津了，你惹下大麻烦了。"

尹昌衡道："谢兄，你知道我对倩文的态度，我是正式回绝了的。"

谢云峙道："昌衡，袁克文吃醋了，现在是解释不清楚的。"

李书诚又把王勇传来的消息说了一遍："胡景伊一早叫王勇相告，袁克文亲口说了，要杀了你，今天我们就是为此事而来！"

尹昌衡沉吟片刻，突然哈哈大笑，轻蔑地道："哼哼，杀我，我尹昌衡是吓大的不成？"

谢云峙道："昌衡，这些人什么事干不出来？天津可是袁世凯的地盘啊，杀你个小小哨官，是易如反掌啊。"

尹昌衡淡然地道："哼，我尹昌衡，堂堂铁血男儿，岂做缩头乌龟？我原本打算不去出陪的，现在看来，这鸿门宴我是吃定了。"

谢云峙道："昌衡，弄不好是会送命的。"

李书诚道："昌衡，最好立即下定决心，跟我们去广西。"

尹昌衡道："怕死，还是尹昌衡吗？既然如此，此时也决不走了！"

二人拿尹昌衡没法，便只好去找妥儿商议对策。

妥儿坚决反对冯倩文请尹昌衡出席家宴，奈何冯倩文一意孤行，她也深为尹昌衡的安全担忧。商议的结果，当天尹昌衡的几个同学以打麻将的名义，在尹昌衡住的小院聚会。

尹昌衡的书房里摆着酒菜，众人都无心饮酒，站在书房里倚着窗子，心情不安地向窗外望去。冯府花园里，到处站满了岗哨。不远处的宴会大厅外面，陆建章带着袁世凯全副武装的保镖，在警惕地巡视着。

3

宴会厅里，乐队演奏着热烈的迎宾曲。冯国璋和袁世凯踏着红地毯，携手走进宴会厅。袁克文和冯倩文紧随其后。应邀出席这隆重家宴的，都是袁世凯最得力的几个老部下和个别亲信，尹昌衡自然早就排在了亲信的队伍里。

袁世凯向众人打招呼："小站练兵的老伙计们都来了，久违了，久违了啊！"

众宾客热烈鼓掌，冯国璋引袁世凯入座。

袁世凯笑道："华甫呀，春天，我举家逃出北京，来天津避难，你在天津弄个大排场来接我，摄政王要将你一并治罪。今天我来天津给你贺寿，你又这样隆重款待，把老朋友们都请来了，给我这么大的面子，你就不怕给你招来麻烦呀。"

冯国璋道："大帅说哪里去了。我们都是大帅的部下，从小站练兵开始共事，几十年来，国璋和大家跟大帅鞍前马后，我是怎么样的人，大帅还不清楚吗？"

袁世凯道："嗯，华甫啊，人是旧的好啊！你我都不小了，以后就看这些年轻人的了。"

冯国璋道："大帅说得是，倩文，你陪克文入席吧。"

冯倩文："是，克文哥，这边请！"

侧席，袁克文入座，满怀敌意的目光紧盯住尹昌衡。

冯国璋致辞之后，冯倩文站起来举起了杯子："祝克文哥天津之行，玩得开心，共饮此杯。"

众人纷纷站起给袁克文祝酒。

袁克文站起，礼貌地一一碰杯："谢谢！谢谢！"

到尹昌衡面前，尹昌衡举杯欲碰。袁克文突然缩回手："这位先生是——"

尹昌衡一愣："新军第二镇第三标哨官尹昌衡！"

袁克文扬着眉毛："哨官？"轻蔑地大笑道，"小小哨官，也有资格跟我碰杯？"

尹昌衡又是一愣："你……"

袁克文一拍桌子："我怎么啦！"

"袁公子，别太侮辱人了。"

冯国璋举着酒杯："他们怎么啦？怎么啦？"

袁世凯笑道："小孩子们爱热闹，别管他们，喝酒，喝酒。"但是众人都把头转向了这一席。

只见袁克文一下掀翻桌子，掏出枪来："尹昌衡，你横刀夺爱，欺人太甚。老子今天崩了你。"

尹昌衡再忍不住："动武，在这里？"

一旁侍立的妥儿欲挡，冯倩文已经站在中间，挺身挡住枪口："克文哥，朝我开枪吧！"

众人见势不妙，女人们尖叫着。宴会厅大乱，不少人跑了出去。

袁克文："尹昌衡，我们两个出去决斗，别在这里惊扰了客人！"

尹昌衡泰然厉色："奉陪！"

冯国璋对副官："快，快保护袁公子。"

袁世凯哈哈大笑："克文有血性，是我袁世凯的种！"

袁克文和尹昌衡走出宴会厅，跨上马直朝那个小湖跑去，陆建章率领众保镖飞马追赶。冯倩文、妥儿、马忠及几个青年军官，亦在后面打马紧追，渐渐追上陆建章等人。

袁克文推弹上膛，朝尹昌衡举起了枪。见尹昌衡徒手，吼道："出枪！"

尹昌衡没资格带枪入席，自然无枪。他慢条斯理地道："袁公子，你今日为女人而战，我尹昌衡，今日为男人的尊严而战。你我都无愧于血性男儿！你是书生，我是军人，如果以枪对枪，胜之不武！"

袁克文道："你要怎样？"

尹昌衡在地上顿了一脚，一块石子跳入手中，整装面对枪口："今天我以石子对枪，给袁大帅一个公道，袁公子，请吧！"

袁克文举起枪，手指就要扣动扳机，看见尹昌衡一脸的坦然。袁克文举枪的手却突然颤抖了，扣着扳机的手指慢慢松开。对峙良久，袁克文的枪口慢慢垂下，缓缓将枪入套。尹昌衡也丢下石子。二人慢慢向对方走去。

陆建章和保镖们飞马赶到，纷纷举起枪对准了尹昌衡。

冯倩文等人赶到，用枪逼住了陆建章和众保镖。

冯倩文喝道："陆建章，你要干什么？"

陆建章挥了挥手，止住众保镖。

只见袁克文和尹昌衡面对面站着，目不转睛地盯着对方。良久，袁克文伸出了手，尹昌衡也伸出了手，两双手握在了一起。

冯倩文下马，缓缓朝二人走来。只听见袁克文道："尹先生，真豪杰，佩服，佩服！"尹昌衡亦真诚地道："袁公子，冲天一怒为红颜，有血性，彼此，彼此！"

袁克文看了看冯倩文道："既然情文将芳心相许，你要好好待她。"

尹昌衡解释道："公子误会了，我们只是普通的朋友。祝袁公子和冯小姐白头偕老，比翼高飞。"

"不，祝尹先生和情文永结百年之好……"

冯倩文被两个文明人推来推去，羞得无地自容，愤怒的泪水夺眶而出，回头欲走。突然转身，拔出双枪，直指二人。

二人坦然微笑，迎向枪口。

"砰砰！"响起两声清脆的枪声。良久，天空两只鸥鸟，慢慢坠落湖中。冯倩文跳上马，挥鞭而去。

此时，冯国璋的副官率领卫队赶来，紧紧地护住袁克文。袁克文吼道："你们这是干什么？滚远些。"说罢跳上了马，也挥鞭而去。

袁世凯先前之所以那样坦然，他是很相信陆建章及其保镖队伍的，他认为尹昌衡纵有三头六臂，也不是他的保镖们的对手。及至知道还有几个青年军官跟着，心里便不由得打起鼓来。好在众人很快赶回了宴会厅，袁克文居然安然无恙，他悬着的心这才放了下来。

冯国璋吼令，将尹昌衡拿下，副官立即率卫队上前，用枪指住尹昌衡道："尹哨官，对不起了。"

此时袁克文却昂然上前："冯伯父，今日闹宴之事，是小侄克文率先发难，要治罪当先拿问我才是，为何拘拿尹哨官？"

冯国璋语塞："这……"

尹昌衡坦然地道："袁公子，我是军人，搅闹长官宴会，得罪贵客，理当领受军法的。"

冯国璋点头道："对，得罪长官贵客，理当按军法治罪。"

袁克文道："不对，他今日未着军装，未执行军务，同样是你的客人。伯父厚此薄彼，欲要我袁克文背上仗势欺人的骂名吗？"

在场的客人禁不住为两个原本要拼命的青年鼓起掌来。袁世凯居然站起来鼓掌，哈哈大笑道："华甫，看见这一代后生如此英雄大度，我们国家有希望啊，我们应该高兴啊。"

冯国璋只好挥了挥手，副官放开了尹昌衡。

酒后，袁世凯来到冯国璋的书房吃茶，随手从书案上拿起一篇文章，扫了一眼，不禁细看起来，看毕一惊："啊！是尹昌衡写的？"

冯国璋解释道："我以为整备新军，应该多听听这些留学归来的新人的见解，就让他参谋军务，这些文章都是他写的。"

袁世凯由衷地赞道："不错，有见地，好文章，好文章啊。"

冯国璋叹道："唉，这个尹昌衡，文章不错，武功也不错，只是卑职约束不严，今天竟敢如此放肆。我真想一枪毙了他。"

袁世凯笑道："华甫，孩子们打架，大人帮忙，不怕天下人笑话吗？何况他后面那么多青年军官盯住你啊。"

冯国璋道："只是今日这事让大帅难堪，实在无法无天了。"

袁世凯道："今日，克文如此血性，老夫倒是很开心的。"

冯国璋歉意地道："哎，今日之事，也怪我教女无方。大帅，女大不由人啊，倩文要是我亲生的，哪里由得她今天这样胡来，我太娇惯她了，请大帅给以时日，我慢慢劝慰吧。现在，我该怎么发落尹昌衡，还请大帅示下。"

袁世凯道："华甫，尹昌衡是个人物啊。不过这样的人物，你也要小心些为好，能为我用，则可为利器，如不能为我所用，便可能成为致命凶器啊。"

冯国璋道："国璋谨记了。"

4

李书诚来到胡景伊客房，把今天发生的事绘声绘色地说了一遍。胡景伊道："幸好是家宴，没有新闻界参加，要是在外面，这一定成为轰动津门的大新闻。"

王勇道："这一闹也好，看来尹昌衡在天津站不住脚了，非到广西不可。"

李书诚不以为然地道："他不可能立即走，我知道尹昌衡的脾气，袁克文尚在天津，他若一走了之，岂不是向袁克文示弱了？"

王勇道："袁克文和他父亲这次到天津，肯定还要住一段时间，那我们等到什么时候呀？"

胡景伊不无担忧地道："更重要的是，袁世凯明里放过他，暗地里会不会对他下毒手？"

李书诚也忧心忡忡地道："我们也为这事担忧啊。最好是让他早些脱离这是非之地。"

王勇道："明天请他吃酒，大家再劝劝他。"

李书诚道："明天不行，冯国璋想在五十大寿前，得个皆大欢喜，提前发饷，尹昌衡是哨官，要去军需处领军饷。"

胡景伊眼睛一亮："他要去领军饷？军需处多远的路？"

李书诚道："十多里吧。"

胡景伊道："就在他领饷回来的路上等他。"

第二天，尹昌衡领了饷银往回赶，来到三岔路口，胡景伊、李书诚、王勇拦住去路，不由分说地把他拉下马来喝酒，要给他压惊。一直喝到太阳偏西，尹昌衡被灌了个酩酊大醉。众人这才帮他把有"饷"字的褡裢挎上肩膀，扶他上马。

王勇向店内招了招手，两人出来，跨上马尾随尹昌衡而去。

尹昌衡半睡半醒地伏在马上，回到营房，士兵们早就引颈以待，一窝蜂地围了上来，将尹昌衡扶下马来。

尹昌衡理解士兵们盼饷的心情："马忠，按饷册给大家发饷吧。"一摸身上，饷银袋没有了。原来王勇等人在给他系饷银袋时做了手脚，他在马背上颠得昏昏然，饷银袋什么时候掉了都不知道。

尹昌衡这一惊非同小可，头上顿时冒出了豆大的汗珠，一下清醒了过来。尹昌衡深知带兵之道，什么人都可以得罪，唯独不能得罪士兵。好在他平日跟弟兄们处得十分和谐，大家反倒给他揩汗，叫他莫急，好好回忆丢在了什么地方，好立即分头去找。这让他很感动，他旋即镇定下来："弟兄们，别去找了，请相信我尹昌衡，两天之内，我给大家补饷，保证分文不少。"说罢出了营房。

冯倩文昨天在湖边羞怒难当，回来之后，和衣躺在床上，一直不言不语，一个劲地流泪。这可急坏了妥儿，她一直守在床边，今天见冯倩文翻了一下身，她立即端起莲子汤，拿着银匙："小姐，喝一口吧。"冯倩文还是不理。"小姐，你都一天一夜，水米不沾了啊。"

冯倩文突然坐起，打翻妥儿手中的莲子汤："烦死了，烦死了!"

妥儿委屈地在一旁流着眼泪，冯倩文有些过意不去："妥儿，我很丑吗？我真的那么讨厌吗?"

冯倩文终于开口说话了，妥儿赶紧揩了眼泪，坐到床边来安慰道："小姐，你说哪里去了啊。"

"可他们都不要我，连袁克文都不要我啊。"

"其实他们都想要你。"

"那他们为啥不决斗。"

"小姐，他们幸好没决斗啊，谁赢了，都对你没好处。"

"袁克文只有送死!"

"袁克文死了，尹昌衡也肯定活不成，你愿给他收尸吗?"

"你!"

冯倩文在冲动中根本没想到这一层，呆愣愣地瞪住妥儿，妥儿趁机提醒道："小姐，就是现在，我还担心他遭暗算啊。你如果真爱他，还是想想办法救他吧!"

"这，快，你快去看看尹昌衡。"

"我不去!"妥儿接过丫鬟重新端来的莲子汤，"要我去，你就把这碗莲子汤吃了。"

冯倩文看了一眼妥儿，读出了她的苦心，喊了声"好妹妹"，乖乖地吃了莲子汤，妥儿为冯倩文掖了掖被子，这才去看尹昌衡。

不到半个时辰，妥儿气喘吁吁地跑了回来："小姐，好消息，好消息!"

"什么好消息?"冯倩文立即来了精神，下床趿上鞋。

"尹昌衡把全哨官兵的饷银丢了，出去借钱去了。"

"他家那么穷，丢了饷银，怎么赔得起? 你还幸灾乐祸! 快，你快给他送几封银子去。"

妥儿窃笑道："小姐，看你好急啊，一哨官兵的饷银不是小数目，他才到天津，人地生疏，一时之间，到哪里去筹钱来补饷。快年底了，他不怕士兵闹饷吗? 他丢得起拖欠士兵薪饷的面子吗? 只有你可以给他帮忙了，他会自己来求你的。"

"这是乘人之危，这种事我做不出来。不成夫妻，也是朋友，真朋友应该雪中送炭的。"

"小姐，你这样对他，他不轻看你吗?"

冯倩文迟疑了，妥儿又道："他给士兵许诺的是两天时间内补饷，至少让他先去碰碰壁，明天他不来求你时，再说吧。"

冯倩文不吱声了，没赞成，也没反对。

却说尹昌衡出了营房首先来找谢云峭。谢云峭立即把自己的饷银原封不动地交给了他，他们分头去找人借钱。

谢云峭在胡景伊的客房中找到李书诚，李书诚故作惊急，连问："这下怎么办? 怎么办?"

谢云峭道："只有找学友们借来应急，李兄也帮帮忙吧。"

李书诚为难道："这……老弟，你知道我的开销……"

谢云峭不好深说了。

胡景伊道："谢老弟，我看借不是办法，且不说昌衡才来不久，和大家没有金钱交道，就是借到钱，他家贫，怎么还?"

王勇道："胡大人，尹昌衡是你老乡，我们奉命礼请俊才，不如在这个礼字上做做文章，帮帮他吧?"

胡景伊似乎很为难，他踱步沉吟了一阵道："也罢，王管带，我看这样吧，谢老弟也不用去借了，我们来给昌衡解这个难题，他丢了多少，我们如数给他补上。回去后我们共同进言，张大人思贤若渴，我想他应该要给这个人情吧。"

王勇答应得很爽快："好，好，我立即准备。"

谢云峭有些疑虑："胡大人，尹昌衡并没有同意去广西啊。"

胡景伊大仁大义地道："谢老弟，尹昌衡去不去广西跟这钱没关系，他是我的老乡，我是他的四川老大哥啊，我不能让家乡的小老弟在异乡受窘受困吧，也不能让外省人瞧不起我们四川人吧?"

谢云峰听了很感动:"好,胡大人,有你这句话,我放心了,这里我代昌衡老弟感谢你。去广西之事,我也再劝劝他吧。"

尹昌衡出去借钱,他过去跟同学们素无金钱上的交往,并且新分配到这里的天津和直隶的几个同学,多是农家子弟,跟他一样,家境贫穷,及至见面之时,实在开不了口借钱。磨蹭到天黑,空手而归。他正在一筹莫展之时,谢云峰从胡景伊那里拿了钱回来,把胡景伊的话一五一十地学说了一遍。尹昌衡没有半点喜色,沉吟了许久,长长地叹了一口气道:"看来,我只得背上一个害怕袁克文的懦夫名声,去广西了。"

尹昌衡即命马忠当夜给官兵补发薪饷。他写了两封书信,一封是给冯国璋的辞呈,言老母病重,归心似箭,故不辞而别;另一封则是写给冯倩文的,深谢她的厚爱和关照,其言娓娓,其情殷殷,并祝她与袁克文和谐幸福。他叫马忠连夜去冯家花园收拾行李,切勿惊动冯倩文和妥儿,当晚搬出冯家花园。又叫来几棚的正目,交割营务与公物。未尽事宜,当众委托队官谢云峰。

谢云峰将尹昌衡的决定告诉胡景伊。胡景伊喜出望外,当晚置酒相慰,并命王勇第二天先陪尹昌衡南下广西。

妥儿当晚到尹昌衡住处来看动静,马忠恰好回来收拾东西。她问尹昌衡哪里去了。马忠不动声色地道:"昌衡丢了饷银,正到处筹借。"妥儿要马忠转告尹昌衡不必着急:"小姐如果知道了,不会袖手旁观的。"那意思是要尹昌衡向冯倩文开口。

第二天上午冯倩文久等不到尹昌衡来求她,直接带着银圆来到尹昌衡的军营。营中异常平静,她心知大事不妙,一个正目上前相告,昨晚尹哨官已经如数补发了薪饷,交割营务和公物之后,连夜离开了营房。

冯倩文情知尹昌衡一定走了,和妥儿跳上马车追到火车站,南下的列车刚好驶出车站。

冯国璋寿旦之后,副官匆匆进来报告:李书诚、耿毅、谢云峰等几位军官,交割营务和公物之后,不辞而别,并呈上几封辞呈,问是不是立即派人将几人抓回来。冯国璋在书房里踱了一阵,对副官下令道:"辞呈照准,每人加发一月薪饷,作为川资。"并命副官立即去车站代他置酒礼送。

第七章

广西脱颖

1

尹昌衡在火车上，遇上了南下云南的同学把兄弟唐继尧、刘存厚和李烈钧，几人在日本情同弟兄，一路也不寂寞。他们在上海勾留几日之后，尹昌衡带着马忠便随王勇到了广西，与从其他地方引进的军事人才都住在迎宾馆里，他没有立即去拜见张鸣岐，而是入境问俗，先去拜访了他的两位老师骆成骧和颜楷。

尹昌衡从两位老师那里知道，张鸣岐出身举人，在岑春煊的家塾里教书，依靠主子的春风得意而青云直上。1904年，广西民变，时任两广总督的岑春煊，奉命到广西督军，他即以总文案兼管练兵处的要职到了广西。数年之间，他在广西一路升至广西巡抚。

张鸣岐在广西，一面平乱，一面大举引进人才，大力推行"新政"。蔡锷等人就是在这种情况下引进广西的。他先后开办农林试验场、农业学堂、优级师范、法政讲习所，设立电报局、审判厅、检察厅和警察，续办富贺煤矿，筹建桂全铁路，还按规定设立起广西咨议局，霎时搞得热热闹闹，朝野上下颇为称道。目前，他正编练广西新军，因此，大批留日陆军士官生、国内军校毕业生，都纷纷来这里谋求发展的机会。

尹昌衡又见到了颜机，颜机是随哥哥南下就职而来的。真是女大十八变，才几个月没见，颜机好像又长高了许多，出落得更加亭亭玉立，楚楚可人。尹昌衡在三人的陪同下畅游八桂山水之时，骆成骧告诉尹昌衡，别看颜机小小年纪，已经做了女子学堂的首席教习。入读女校的学生，多是广西政要及名流绅士们的太太和小姐，颜机来女校执教不久，才女的名声很大。尹昌衡当即出联，颜机立即妙对。接着二人吟诗，妙句迭出，骆成骧和颜楷都赞不绝口。颜机又请尹昌衡改日到女校讲西学，以广博女校学生们的见闻，尹昌衡欣然答应。

张鸣岐待胡景伊从天津请来的李书诚等人到广西之后，带领广西的几位大员，在迎宾馆里举行了盛大的接风宴会，由于宴请的人中多数都是日本士官学校的毕业生，因此请早就来广西的讲武堂（柳州）总办蔡锷等人陪宴。尹昌衡是骆成骧和颜楷两个大名士力荐的，引进他时又费了那么大的周折，张鸣岐对尹昌衡格外看重，单独给尹昌衡敬酒。尹昌衡仓皇逃出天津，心中郁结了不少压抑和感慨。众多日本留学的学长在此相聚，加之本来就嗜酒如狂，这酒宴之上便尽情释放，出尽风头，以至让张鸣岐多少有些不快。

宴后，张鸣岐传令招贤使，陪同新到的贤才，畅游桂林山水，熟悉人文地理，了解民情风俗，爱我广西，建功立业，光宗耀祖。三日之后，所有引进新人，在巡抚大堂听封。

尹昌衡跟马忠那一席推心置腹的谈话，说出了他的人生准则，此前，他一直谨慎地回避敏感的政治话题。来到南方，南方是中国革命的摇篮，这里的政治气氛清新得多，到处都是新派人物，茶房酒肆中也有人大谈革命。尹昌衡似乎压抑得太久了，他那文人气质，他那狂放不羁的性格，一下全都复活了，说话轻松自由了许多。和众人游了三日之后，那仙境般的桂林山水，使他流连忘返，意犹未尽。

第三日吃罢晚饭，他独自背了酒葫芦，打马夜游漓江，竟然醉倒在江岸草丛之中。及至第二天早上马忠寻来把他摇醒之时，天光已经大亮。他这才想起今日卯时到巡抚大堂应卯听封之事。他犹带几分醉意，急忙打马朝巡抚衙门飞奔而来。谁知门吏照例拦着勒索门包，尹昌衡心急火燎，正欲生事，好在四处寻找他的王勇赶来，才解了围。

张鸣岐和几位广西大员坐在大堂之上，新来的军事人才，早已经恭敬地等候在堂下，显然已经等了好久了，尹昌衡这才进来入座。张鸣岐见尹昌衡衣冠不整，一身酒气，很失礼仪，很是不快，对王芝祥嘀咕道："花那么大的力气请来的人，怎么是这样一个酒鬼。"

尽管张鸣岐心中不快，仍然委了尹昌衡陆军小学教务长之职。钮永建做了陆军小学总办，李书诚做了帮办，其余多数都做了教习。那时的陆军小学远不是今天小学的概念，在冷兵器向火器过渡时代的中国，陆军小学是各省最重要的军事人才选拔和培养机构，甚至是绿营（清军旧军队）军官的进修机构。即使是教习，职衔也不低。

谢云峤在胡景伊新军中做了一名管带，马忠则随谢云峤而进新军，做了谢云峤的亲兵。兵营之外，他的责任仍然是保护尹昌衡。

尹昌衡和李书诚及新来的几位教习到陆军小学走马上任，第一天，总办钮永建召集全校师生跟新来的教官们见面。这本来是个训练新军人的军事机构，一看台上的教员队伍，既有英武赳赳的新军装束，也有长袍马褂，抱着水烟壶，拖着长辫子的；见礼更是五花八门，有的行军礼，有的则打千，有的甚至是抱拳。再看学生队伍，军容不整，不少学员还拖着长辫子，有两个显然是抽大烟的纨绔子弟，东倒西歪地站在队列之中，不停地打着哈欠。尹昌衡等人都有些吃惊，这下才明白了张鸣岐为什么急于引进军事人才。

陆军小学的总办钮永建，也是日本士官学校的早期毕业生，同盟会的早期会员。他接任总办之职不久，面对这样的校风孤掌难鸣。教务会上，教务长尹昌衡率先发言：一是整顿校风校纪，师生统一着新军服装，行新军军礼；二是调整课程设置，统一使用日本陆军教材，三是开除吸食大烟的学员。

尹昌衡提出这三条，确实提到了点子上。李书诚及新来的教习们齐声拥护，可是却遭到长袍教员们的激烈反对。他们多是朝廷安插的旧军官，其中更不乏地方大员安插混饭吃的三亲六眷。这里一直沿用的是当年袁世凯小站练兵时期，由冯国璋与王士珍、段祺瑞等人合力编成的《训练操法详晰图说》二十二册，这是当时军事学堂的标准教科书，虽然这套教材在当时编练新军发挥了很大作用，但是在不少地方已经落伍过时。如果使用新教材，长袍教员们多半便混不下去，因此他们以反对剪辫子和维护国颁标准教材为名，拼命反对。

双方唇枪舌剑，争执不下。钮永建上任总办之初，也曾提出过同样的主张，可是当时势单力薄，没人响应，只好暂时隐忍。而今尹昌衡提了出来，这也是他教务长的分内职责，便带头赞成，除了要教员剪辫子一条妥协之外，强行通过了尹昌衡的建议。两个有后台的长辫子教员，当场以罢教相威胁，去向张鸣岐告状。

张鸣岐没有给那两个告状的教员长风，把他们调离了陆军小学。尹昌衡雷厉风行，改革教材，新来的同学们齐心合力，校风和军容很快改变。

2

广西建立一镇新军，不但是朝廷的规划，也是封疆大臣张鸣岐扩充自己实力的需要。陆军小学的面貌焕然一新，整顿校风大见成效，张鸣岐很高兴，对尹昌衡的那点不快也消除了不少。引进大批新的军事人才后，张鸣岐决定在春节前迅速招收一批新生，并指定尹昌衡做主考官，直接负责招收新生的任务。

开考之日，考场警卫森严。着各色衣服的考生走进陆军小学操场，有的甩着大辫子，趾高气扬；有的衣衫破旧，神色不安。教官整顿好队伍，尹昌衡来到队伍中逐个面试，剪了辫子的，除极个别残疾羸弱者，一律通过面试，依次进入考场。尹昌衡对拖着长辫子的考生训话道："我们培养的是新军人才，凡是留有辫子者，取消报考资格，请出考场！"

他这样宣布，不但留辫子的考生面面相觑，就是监考的教员们也大吃一惊。不少考生向他们熟识的教员求情，特别是长辫子的教员们更是不服气，上前对尹昌衡道："教务长，从来没有过这样的规则，这样做将大批有志青年拒之门外，有失妥当吧！"

尹昌衡在教务会上提出师生都不留辫子未能通过，这招收新学员是奉命行权，他不客气地大声道："我是主考官，还是你是主考官？我们是培养新型军事人才，拖着长辫子，跟绿营军有什么区别？连一条辫子都舍不得，还谈得上为国献身吗？"

教员看硬的不行，又要对尹昌衡附耳低言求情，尹昌衡知道他们要说哪些考生有来头，厉声道："考场无特权，一视同仁，不管谁的公子和亲戚，请免开尊口，绝不讲情！"

教员强词夺理道："取消他们的资格，招生名额不足。"

尹昌衡道："宁缺毋滥，概不例外！"

辫子教员无言以对，灰溜溜地走了。尹昌衡一挥手，考场警卫人员立即上前，请辫子考生们出场。考生们满怀希望而来，自然不肯离去。其中一个考生上前，脱下瓜皮帽行礼道："白崇禧请求主考大人，准我入场考试！"

尹昌衡见他瓜皮帽上拖着的一条假辫子，人也长得十分精神，言行不卑不亢，不失为一个可造之才，心里早就允了，但还想试试他的胆气，便道："不以真面目示人，有投机之嫌，这次免了吧。"

白崇禧从容答道："主考大人，兵者，诡道也，虚虚实实，真真假假。图存求胜，顺应情势，不为过也。大人将名讳中的仪字改成衡字，不也是委屈图存，以申壮志吗？"

尹昌衡哈哈大笑，连声叫好道："好个图存求胜，顺应情势，不为过也。"准了白崇禧入场考试。接着对其余辫子考生道："图存求胜，顺应情势，你们听懂了吗？愿意顺应情势者，给你们半个时辰，大门外有几副剃头担子等着，立即去剪了辫子，入场考试。不愿剪辫子者，请便！"

这些辫子考生，大多数都是从数百里之外的乡下奔来，一听主考官准许剪了辫子可以考试，连声称谢，出了校门。偏有几个官家子弟，自恃靠山硬，既不愿意剪辫子，又口出狂言无理取闹。尹昌衡火了，一挥手吼道："搅闹考场，无法无天，军法伺候！"

警卫考场的卫队应声而上，闹事者们见势不妙，吓得屁滚尿流，狼狈而逃。

教员们评卷之后，考卷呈送到尹昌衡的办公室。他把大门关了起来，书案上堆着卷子，放一个大酒壶，他一手擎杯，一手执考卷，看到叶琪、韦旦明、白崇禧的得意文章，举觥豪饮。传三人面试，三人对答如流。尹昌衡连声叫好，分别取三人为第一、二、三名。

尹昌衡关门阅卷，一些官员绅士们对自家的子弟心中无数，要想来走门子。但他们跟尹昌衡交往不深，都是地方上有面子的人，怕碰壁难堪，便纷纷去找王芝祥前来帮忙说情。

王芝祥身为藩台，在广西是一人之下，并且享誉仕林，威望崇高。骆成骧和颜楷先后来到广西，三人就成了当时广西有名的三大名儒和贤人，也成了张鸣岐爱才的口碑。三人品格高尚，志趣相投。王芝祥又虚怀若谷，礼敬士人，尹昌衡来到广西，和骆成骧、颜楷往来密切，聚首之时自然少不了王芝祥一起唱和。王芝祥对尹昌衡这个小自己二十多岁的文武全才，佩服得五体投地，他居然执意拜托骆成骧和颜楷引荐，要拜尹昌衡为师。面对鼎鼎贤名，官位显赫的上司，尹昌衡自然是诚惶诚恐，以年少无知，竭力固辞，无奈王芝祥坚请，骆成骧和颜楷只好折中，尹昌衡只得与王芝祥结拜成兄弟。这在当时广西士人中传为了美淡。王芝祥的美誉和尊重，也大大地为初到广西的尹昌衡增添了光彩。

世人都知道王芝祥跟尹昌衡有那一层特殊的关系，便只好请王芝祥来说情，王芝祥架不住下属和挚友们的苦求，便带了众人来找尹昌衡。来到陆军小学，只见尹昌衡办公室门口，门禁森严，悬一牌，大书："王法无私，军法无情，说项者止步，主考官尹昌衡示。"王芝祥只得望牌却步道："大帅授权，昌衡铁面，芝祥不敢造次。"至此，尹昌衡在桂林得了个"铁面将军"的美名。

其实尹昌衡也并不是古板之人，为国选才，唯才是举而已。那天他阅卷结束，想出去溜达一圈，走出陆军小学校门，刚刚跨上马，只见一个壮实的青年，短衣衫缀满补丁，粘着不少泥渍，一步跨上前来，一只手拿着半块正啃的干粮，一只手挽住马缰。尹昌衡一惊，道："什么人！"那青年拉住马缰不放，不卑不亢道："赶考学子李宗仁，因家贫在外打工，误了考期，恳请主考大人格外施恩，给学生一个补考机会。"

尹昌衡也出身贫寒，一听是个贫寒学子，缓和了口气叹道："赶考误期，时运不济，你还是回家吧。"

"时运！"李宗仁很不服气地瞪了尹昌衡好久，才放下马缰，"哼"了一声道，"王侯将相本无种，困顿落魄有栋梁！"说罢，回身提起地上的包袱，扬长而去。

这个贫家小子，气度不凡，出语惊人，倒让尹昌衡为之一震。他勒转马头，喊道："站住！"只见李宗仁稳稳站住，缓缓回过身来，尹昌衡儿时跟父亲学过相面之术，细看李宗仁，褴褛的衣衫，掩不住栋梁骨相，蓬首垢面，遮不住英雄豪气，天庭地库，积威积福，料定此人必是可斟造就的将才，心中自有几分爱怜，犹自冷着脸道："你口出狂言，有何本事卖弄？"

李宗仁听出尹昌衡话中送来的人情，躬身拱手道："学生不狂，无非述志，本事不大，若得时运，赶考夺魁可以。主考大人，才高八斗，慧眼如炬，若不愿在你为国家选才之时，留下遗珠之恨，不妨当面试来！"

尹昌衡哈哈笑道："好，本主考今日破例补试。"于是在马上出题，李宗仁对答如流。尹昌衡心中十分高兴，于是吩咐随行亲兵道："带他去我书房，以子卷中第三题为题，燃半香计时补考！"

半支香未燃完，尹昌衡遛马回来，李宗仁已经完卷。尹昌衡捧读那大气磅礴的文章，慨叹道："昌衡险些儿埋没了一代将才！"遂在即将公布的榜文上，添上了最后一名李宗仁。

巡抚衙门，数长辫子官员前来告状，说尹昌衡招生乱整，张鸣岐即传尹昌衡前来问话。

尹昌衡快马来到巡抚衙门，门官照例拦门索要门包。尹昌衡暗想，今日戎装在身，奉军令而来，正好整治这种衙门的陈规陋习。吼道："本官奉大帅将令入见，你竟敢索要门包，真是胆大包天。"说罢，劈头盖脸一顿鞭子，然后昂然而入。

尹昌衡来到巡抚书房，免去文官见礼的繁文缛节，一个威武的军礼之后，肃立听令。张鸣岐似乎一下也享受到了统帅的威严，询问招生情况，尹昌衡如实报告。长辫子们所反映的情况件件属实，但是从严治军，完全天经地义。张鸣岐心中暗想，真是难得帅才，遂令立即召见前三名面试。

此时被打门官进来告状。张鸣岐看着门官脸上的鞭伤，不由得沉下脸来，尹昌衡振振有词地禀道："巡抚衙门门官，拦门勒索办事官员门包，如此衙门陈规陋习，有损张大人清正廉洁的官声，有辱张大人致力推行新政的美誉。今日麾下奉军令而来，横遭阻拦。若是战时，贻误军机，昌衡如何吃罪得起？"

张鸣岐听罢尹昌衡的话，沉吟良久，突然吼道："来人，将门官拖出去重责四十大板，逐出衙门！"

尹昌衡见门官吓得跪地求饶，反而为门官求情道："门官索要门包，已成惯例，非他们之过，大人要在广西革除这种陋习，可让他们戴罪立功，从巡抚衙门始，为广西衙门树立新风榜样。"

张鸣岐挥退门官之后，尹昌衡又将前三名的应试文章呈上。张鸣岐看罢大喜，遂传令面试前三名。叶琪、韦旦明、白崇禧，三个青年，不但文章锦绣，而且英姿勃勃，气质俊朗，出语不凡。张鸣岐不由得连连赞道："好、好、好，昌衡不负我望，慧眼如炬，所选皆是精英，看他们个个才华横溢，真是后生可畏。有如此可堪造就之才，广西军界，何愁不人才辈出。"

张鸣岐的预言没错，这三人加上尹昌衡破格录取的李宗仁，后来都在军界名声显赫，这当然是后话了。

面试之后，张鸣岐在花厅设宴，亲自把盏，勉励众人。随后，又带领主要官员，到陆军小学视察。通过尹昌衡及新来的教员们的短期整顿和这次招生，学校风气大变，学员中没有一个长辫子，学校面貌焕然一新。张鸣岐和陪同视察的官员们都赞不绝口。

3

尹昌衡的"无权欲补天"，虽然被人恶意篡改成"无权欲陷天"，这却使他一身豪气，又增添了几分胆气。来到广西这样比较宽松的地方，他也无须去分辩了。这首诗自然为他赢得了更多的敬重。他狂放不羁，豪气干云，论武谈兵，呼风唤雨，吟诗作赋，才气冲天，加上整顿陆军小学，立竿见影，人人叫好，让他在广西很快声名鹊起。如此文武全才，让多少闺中女儿心向往之。不久他生了一场大病，颜机终日守在身旁，汤药侍候，精心护理，尹昌衡十分感动。颜机对尹昌衡十分倾慕，尹昌衡病愈之后，颜机要其兄长颜楷将其择为终身之伴侣。

妹妹如此慧眼，颜楷心中甚喜，只是难于启齿。只好以颜机年龄尚小，不宜谈婚论嫁敷衍，并且告诫妹妹，昌衡才子风流，行为多不检点，以试小妹之心。

颜机道："尹昌衡既是人杰，何必拘泥于细节，长大之后，非尹昌衡不嫁。"

颜楷只得请骆成骧和王芝祥为媒。尹昌衡自认放荡不羁，颜机年龄尚小，不敢高攀名门千金，执意推却。颜楷却说没有比尹昌衡再好的女婿了，许尹昌衡可以先纳妾，等颜机成年后再娶。骆成骧和王芝祥也力劝，尹昌衡只得从之。

于是请骆成骧为媒，王芝祥以尹昌衡结拜兄长之名，和颜楷共同操办义弟和颜机的定亲之礼。尹昌衡对颜楷很感激，自己宦束羞涩，拿不出像样的聘礼，定亲之日，趁着酒兴，只好把在天津作的未寄出的一首长诗《寄雍师二十韵》略作修改录了下来，送与颜楷。

> 何乃颜氏子，独守孔门穷。
> 谊造玄虚秘，神凝道德充。
> 四科推巨擘，千古尚重瞳。
> 粥粥疑黄宪，由由忆德公。
> 仁为尼父许，清与志和同。
> 尊美言行重，虚和物我融。
> 清天行白日，霁月映光风。
> 名贵金龟重，词成玉凤工。
> 庙堂思靖献，肝胆郁精忠。
> ......
> 欲拜庞公榻，愧无汉相功。
> 得依青眼末，偏幸祖床东。
> 教泽垂恩记，春风坐始终。
> 由来幽谷令，应得附神龙。

定亲之日，张鸣岐亦前来祝贺。

张鸣岐聘请了大批留日陆军士官生、国内军校毕业生，编练广西新军。李书诚、谢云岫、王孝缜、陈之骥、耿毅、何遂等大批同盟会会员皆在军中或军事学校中任职。陆军小学及新军，面貌很快发生了巨大的变化，官绅及清要名流，对广西陆军的新气象赞不绝口，这使张鸣岐非常得意。他为了使这些人尽力为他效劳，不时宴请他们，以示亲近和开明。青年军官们聚会相邀，他也欣然前往。为了表示自己不落伍，跟得上潮流，与大家有共同的语言，甚至有时也大唱"革命"的高调。

一次讲武堂总办蔡锷宴请尹昌衡等人，赵恒惕是日本士官学校六期炮班的同学，早在广西供职，也和新军中的激进人士一起出席相陪，众人放谈革命。张鸣岐亦便装前来凑热闹助兴。他见众人突然噤声，知道众人顾忌，便道："革命并不是一件奇怪和可怕的事情，本人立志刷新广西的政治和军事，即是革命，我即是广西的革命领袖。诸公畅所欲言，不必疑虑。"

这样的话，出自当时一方的封疆大臣之口，对众青年确实是一种鼓舞，尹昌衡即席发言，慷慨激昂，振聋发聩。张鸣岐带头鼓掌叫好，说尹昌衡有"元龙之气，伏波之才"，举杯敬酒，勉励尹教务长整顿好陆军小学教务。接着又倡言官吏们都要学好新式武器，才能跟上形势，不至于落伍，为了表示自己身体力行，甚至拿出自己随身携带的手枪要显示武艺。

张鸣岐正在寻找目标之时，尹昌衡的血热了，上前道："昌衡欲借大人手枪一用。"张鸣岐没想到尹昌衡这么不懂事，当着众人只好把枪给了他。尹昌衡接过枪，对着树上鸣叫的斑鸠，扬手就是一枪，随着枪响，一只斑鸠应声落地。

众人为尹昌衡喝彩，张鸣岐却面有愠色。卫兵拾来斑鸠，胡景伊接过，赶快为尹昌衡圆场，恭敬地呈给张鸣岐："张大人倡言革命，昌衡献艺助威，既为大人添一道佐酒美味，也将成为大人治理广西礼贤下士的美谈。"众人又歌功颂德，张鸣岐脸上冰霜始消，意味深长地对尹昌衡说："广西地方太小，不足以容公，将来四川有事，可以多多借重。"也即是警告尹昌衡不要太张狂，否则要他离开广西。

尹昌衡大笑说："世事难定，将来不知是谁借重谁啦！"

张氏微笑不言，散席后还送每人一把安南刀，以示联欢之意。

尹昌衡酒醒之后，朋友们都说，要不是胡景伊打圆场，那天真不知成什么局面。他很感慨，置酒请胡景伊。

张鸣岐曾做过幕僚，为人狡猾，想借着办新政、用新人来沽名钓誉，那些新人物之中有好些人都是同盟会会员，他们来广西，目的就是想在广西宣传革命和发动起义。年轻军官们见张如此开明，信以为真，于是侈谈革命，加强宣传组织活动。

一日在酒楼之上，尹昌衡、蔡锷、胡景伊及广西新军中的激进人物，饮酒议论如何启迪民智，唤醒民众。于是倡议办刊，很快，由赵正平、覃鎏鑫、吕公望、尹昌衡主办的《指南月刊》出刊了。赵是主笔，吕是经理，尹昌衡虽然不是同盟会员，但喜欢舞文弄墨，朋友之事自然不遗余力。

《指南月刊》成了同盟会在广西的宣传机关，也是广西最早的定期刊物。最初赵正平写了一篇文章叫《想定敌国论》，文章里以法国为假想敌国，因为那时越南是法国的殖民地，正盛传法军要进兵镇南关。甲申中法之战在广西人民的脑子里记忆犹新。这个消息传开，当时产生了很大的影响。桂林各学堂都实行兵式体操，法政学堂的那些候补官儿也都在骆成骧的率领下学立正开步走，陆军小学的学生当了他们的教官。同时桂林还有一个《白话日报》，是地方进步人士办的，与他们相互呼应。一时把广西的革命氛围搞得很浓。

春节来临，张鸣岐为夸饰自己治理有方，政通人和，号令各州府县，举办龙灯比赛，官民同乐，共度元宵佳节。各级官吏，投其所好，借机敛财。差役挨门强行搜刮，砸店拘人，逼得一店主投河，绅商同愤，怨气冲天。巡抚衙门前，告状的乞丐成群结队。

尹昌衡负责当期《指南月刊》组稿，决定对其揭露，阻止省城龙灯比赛。他不但不听骆成骧的劝告，刊登了赵正平的讽刺诗："神龙不舞舞纱龙，湖海旌旗色色空，八桂山水空灵秀，吾来独自哭南风。"还亲自画了封面，一簇竹子，竹叶如刀，构成"民蒸水火"四个字，旁边又画了一只雄鸡引颈长鸣，题"雄鸡一声天下白"，言辞激烈，露骨警告张鸣岐。同时还刊登了太平天国翼王石达开的诗："扬鞭慷慨莅中原，不为雠仇不为恩。只觉苍天方愦愦，但凭赤手拯元元。三年揽辔悲赢马，万众栖山似病猿。我志未酬人亦苦，东南到处有啼痕。"

其时民怨本来极大，刊物一出，市民争购，顿时舆论哗然。绅商到巡抚衙门请愿，严惩贪官酷吏。张鸣岐只得杀了坏他大事的衙役以平民愤，取消州县灯会及省城的夺彩比赛。

跟所有政治投机的人一样，卸磨杀驴，张鸣岐请来的这批年轻人，为他赢得了开明和礼贤下士的好名声，没想到这些人却越闹越凶，他所倡导的革命，只不过是帝制前提下的新政，这些人却要造清廷的反，又不断有人把革命党的活动报告给朝廷，这不但要毁他的前程，说不定还要搭上身家性命。为了迅速控制局面，他便突然翻脸，立即下令封了《指南月刊》。同时把在南宁办讲武堂的蔡锷和以前被陆军小学风潮闹走的总办蒋尊簋秘密电召到桂林。派蔡锷为干部学堂监督兼学兵营长，以取代陈之骥、孙孟戟；派蒋尊簋为督练公所兵备处总办，并派董绍箕为陆军小学监督，斯烈为提调，取代雷寿荣和冷御秋。对陆军小学、兵备处、混成协干部学堂等军事部门，进行了大规模的人事调整。之后，立即逮捕了陆军小学监督雷飙和兵备处科长孔庚，并且还准备再抓一批人。钮永建闻讯连夜出逃，亡命去了法国，张鸣岐又立即发出了通缉令。

新军中的同盟会会员才知上了张鸣岐的大当，人人自危，甚为愤激。王勇时任干部学堂教员，因这班人大多数都是他去请来的，乃到督练公所找新任总办蒋尊簋力争。蒋尊簋也是同盟会会员，去向张鸣岐求情，张鸣岐扬言："明日开军法审判，要砍几个脑袋给大家看看。"此讯传出，大家更加震动。众人商议，唯一希望，只有请藩台王芝祥出面，看能不能转圜。于是吕公望约同王勇、孙孟戟、陈之骥三人连夜谒见王芝祥，王芝祥却不在府中。

4

临近春节，过年的气氛越来越浓，官员们都在忙着团年了。颜楷本来不打算团年，可是年底收到父亲的来信，转来了四川总督赵尔巽的邀请，邀请他和在广西的川籍新军人才回四川为家乡效力。

腊月二十三日，民间送灶君升天"祭灶"，俗称过小年。在外混前程的人则无灶可祭，颜楷便以过小年的名义，请了几个四川老乡相聚，同时请了王芝祥和蔡锷二位声望很高的嘉宾。

宾主正举杯贺年之时，吕公望、王勇、孙孟戟、陈之骥慌慌忙忙地找了来，说明来意之后，苦求王芝祥设法救人。王芝祥先是面有难色，后来见众人情词恳切，心为之动。蔡锷和胡景伊都知道张鸣岐要杀人的决心，也说此事只有王芝祥出面合适。王芝祥乃毅然道："好！好！难得你们这样的义气，拼我的老面子不要，替你们去碰一碰看。"

王芝祥等人刚刚离去，谢云峤即前来报警，得到可靠消息，今晚子时过后，张鸣岐还要抓人，明天一并军法制裁，尹昌衡则是首当其冲。

众人闻言大惊，纷纷劝说尹昌衡赶快逃走。尹昌衡拍案而起："岂有此理，讽政匡时，并非反上，我有何罪？他不是广西的革命领袖吗？怎么别人指斥他失政之过，就成了乱党呢？"说罢就要前去"投案"抗争。众人怎么也劝阻不住。

颜机一阵紧张的思索之后站起，含笑按下尹昌衡："昌衡哥不用逃跑，也不必动怒前去抗争，小妹去巡抚衙门走一趟，大家尽兴饮酒，等我的好消息就是。"说完走了出去。众人都知道巡抚的姨太太和小姐们都很敬重小才女颜机，拜她为老师，此时出面也不失为一个好主意。于是仍然继续饮酒，商量对策。

王芝祥去见张鸣岐，张鸣岐仍旧坚持严办。王芝祥道："这些人多是朝廷派出国去留学归国的军事人才，他们都有职有衔，杀他们必须上奏朝廷，若以乱党之罪杀他们，如果朝廷追问这些乱党是怎样聚集到广西来的，大帅恐怕也脱不了干系。"这几句话让张鸣岐的口软了下来，他想了想让步道："其他人先抓起来暂时不杀吧，可是不杀两个，这个年恐怕过不清静啊。"

却说颜机径直走进巡抚花厅，巡抚迎春小团年的夜宴正在进行，自古的民俗是"男不拜月，女不祭灶"，这一天也可以说是女人唯一可从厨房解放的一个节日。张鸣岐的女眷及她们的女友太太小姐们，正在花厅里斗酒。这些女人多数都是颜机的女弟子，见她们的小老师来了，一齐向小老师拜年，行跪拜之礼。颜机不受礼，只请女弟子们帮忙。她拿出两张字条，请大家立即帮忙抄写，到时要使用哪张，由巡抚大人斟酌。说着把字条交给张鸣岐一个最受宠的姨太太。

姨太太看完纸条一脸娇怒，立即来到书房，也不管王芝祥在场，把纸条掷给张鸣岐。张鸣岐一看，是两幅标语。一幅是："张巡抚从善如流、罢灯会惩贪吏，万民祥和迎新春。"一幅是："张鸣岐沽名钓誉、挟私仇邀恩赏，杀人掩罪过大年。"张鸣岐看完纸条，大惊失色，连问是怎么回事。姨太太道："刚才颜教习送来这两张字条，说是受绅商之托，请你选择用哪幅。若用第一幅，明日绅商到巡抚衙门送德政匾。若是你选用第二幅，今晚将在灶前焚烧，让灶君菩萨带上天去告天状，并且连夜贴满全城，串联绅商百姓，明日到巡抚衙门示威。"

威风八面的巡抚张鸣岐，却被小小颜机给镇住了。这小丫头才女名气大，但是纵有天大的王法，对这样一个小女子却是无可奈何。何况她是贤名传遍八桂的颜楷的妹妹，而且她在北京就是学生中领头示威的头头。四川女杰辈出，说到定能做到。敢到此要挟，一定早有准备。要是真如其所说，纸条连夜贴满全城，百姓一旦知道真相，人们本来对尹昌衡等竭力主张取消灯会比赛感恩戴德，定然响应风从。如果绅商百姓游行示威闹年，他的贤明脸面岂不丢光？他已经意识到火上浇油，激起民变是最大的不智，而且更重要的是，推行新政搞得轰轰烈烈，把这些人全都吓跑了，今后的事情谁做？再说时逢乱世，这些人无疑都是精英人物，未来的世道到底怎么变化，谁也说不清，得饶人处，何不留下后路。

张鸣岐主意既定，自己之前把弦绷得很紧，不便改口，他知道王芝祥是个很睿智的人，一定会给他寻个下台的好梯子，便把人情卖给王芝祥。他装着很不在意的样子把纸条递给王芝祥道："唉，王大人，你我共同经营广西，可谓同心同德，荣辱与共，我本来已经打算应你之请，收回成命，可是你看，这倒叫我为难了。若依了你，倒成了怕小丫头要挟了。"

王芝祥看罢纸条，颜机帮他打这一拳，打中了张鸣岐的要害，打得十分及时，心中好生高兴。一听张鸣岐如此说，真是喜出望外，故作生气地道："这个小妹真是胡闹，真让他父亲和哥哥惯坏了。今天，我非代颜大人管教她一下不可了。嫂夫人，请你把颜机叫到书房来，我要跟她说话！"

颜机立即来到书房，她不卑不亢，对张鸣岐从容执晚辈礼，对王芝祥执兄妹之礼拜年。

王芝祥不等颜机开口，便以从未见过的严厉吼道："小妹，你太放肆了，你懂得几多国家大事？你知道几多封疆大臣谋国之道？你见过几多邦国大臣宽广的胸怀？道听途说，轻信谣言。张大人忠君爱民，搜捕乱党，绝不手软，钮永建等几个乱党，已经望风而逃，张大人已经发下海捕文书，正在通缉。而今广西政通人和，不过有几个军界年轻人浮躁罢了。军有军法，对他们撤职教训，或者限期逐出广西得了。新年将到，张大人只求祥和欢乐，怎么会杀人抓人？你对张大人如此无礼，还不赶快道歉！"

王芝祥既把张鸣岐抬得很高，又对如何处理这件事给张鸣岐献了策，定了调，给张鸣岐下台阶安了一把很体面的梯子，同时又巧妙地给颜机透了底。

冰雪聪明的颜机，自然听懂了王芝祥的意思，于是赶紧下跪认错："张大人，颜机年幼无知，不谙世事，道听途说，冒犯大人虎威，还请大人治小女子大不敬之罪。"

张鸣岐虽然听出了王芝祥的话绵里藏针，借机施压，但王芝祥所说的处置办法，既保持了巡抚的尊严，又宣示了大度，同时还应付了官场的攻讦，确实不失为息事宁人，体面下台阶的好阶梯。于是赶紧扶起颜机，故作爽朗地大笑道："王大人，看你好凶，你别把颜小姐吓坏了啊。"

王芝祥道："颜大人之妹，即芝祥之妹，我不管教，有负与颜公肝胆相照之情谊，还请张大人看芝祥薄面，原谅小妹也是少年浮躁，无知失礼吧。"

张鸣岐道："颜小姐侠肝义胆，令人可敬，少不更事，情有可原。这样吧，在押的雷飙、孔庚失职，已有悔意，明日释放，撤职候差；对于那些曲解革命，思想偏激，行为大不检点的，两个月之内陆续资遣。不过杨增蔚、陈之骥、王勇、孙孟戟四人，三天之内，必须离开桂林。"

王芝祥道："如此甚好，应当给这些年轻人敲敲警钟。"

一场大风波就这样平息下来。王芝祥在这件事上很受好评，日后在广西官场，大得人缘。

众人正在为颜机担忧，张鸣岐的姨太太送颜机回来，而且还代张鸣岐献上一桌上等酒席为各位大人过小年助兴。

第八章

双喜临门

1

张鸣岐虽然是迫于要挟和压力，到底作了让步，暂时放下了屠刀，这对进步人士是一件好事。

大家喝着酒，商量怎样回谢这席酒宴，颜机道："我说了明天去给他送德政匾，还没跟大家商量呢。"

众人都道，德政匾之事，明天再说。张鸣岐沽名钓誉，十分敬惮骆成骧和颜楷之盛名，不如投其所好，趁机由骆成骧和颜楷，领着在座的众人，提前去给他拜年，也让他高兴一下。于是大家立即凑成一副歌颂张鸣岐推行新政的对联，由书法名家王芝祥亲笔书写，一齐前往巡抚后堂拜谒张鸣岐。

张鸣岐果然自以为很得人心，喜出望外，立即重新置酒，款待众人。

酒席之上，颜楷再次请辞回乡。在此之前颜楷曾经持父亲的家书来见张鸣岐请辞，张鸣岐执意挽留。当时，刚刚抓了雷飙和孔庚，新军人物，人心惶惶。这些人都很敬重颜楷，彼此心气相通，颜楷是个心怀坦荡的君子，在这种情况下如果执意离去，对官方，怕担畏罪抽身之嫌；对新军的革命党人，也怕担明哲保身、不顾朋友的不义之名，因此不便固辞。而今风波已经过去，所以再次请辞。

张鸣岐请来颜楷这样贤名远播的名士，很为自己粉饰了一把，而且颜楷把法政学堂和狱政学堂都办起来了，各方面理得很顺。中国人孝为大道，他是再也不便推拒了。于是准了颜楷在广西过完春节，闹了元宵之后荣归故里。众人都明白，留下颜楷在广西过春节，也是安定其他惊魂未定的新军人物的需要，颜楷只好应允谢恩。

颜楷获准辞职，尹昌衡亦起身向张鸣岐敬酒，一番感激之辞后，请辞回乡事亲。

未等张鸣岐开口，王芝祥便道："昌衡弟，张大人思贤若渴，对你赞誉备至，不计较你的少年浮躁，对你寄以厚望。广西编练新军，正值用人之际，此时不少年轻人误会张大人，你也抽身要走，岂不辜负张大人一心栽培你的苦心。"

王芝祥说到了点子上，众人都知道尹昌衡一走，确实会带动其他人离开，影响张鸣岐已经得到的爱才美名，这就太拂张鸣岐的面子了。包括颜楷兄妹，都纷纷劝说尹昌衡安心留下，在张大人的栽培下大展宏图，弄得尹昌衡不好再坚持了。张鸣岐趁着大家对他的恭维，举起酒杯以长者的口吻，半夸奖、半教训地道："昌衡经天纬地之才，可谓人杰，狷狂不羁处世，胜似酒癫；八桂山水，留君施展，若能收敛锋芒，必成邦国之干臣。"

尹昌衡听出了张鸣岐真诚的赞誉和规劝，举杯回谢之时，亦不忘记为自己狂放的个性争辩，随口吟道："爱花爱酒爱书爱国爱苍生，名士皮毛英雄肝胆；至明至洁至大至刚至诚悫，圣贤学问仙佛心肠！"

尹昌衡随口吟出的这一副对联，让在场的人无不拍手叫好，张鸣岐虽有不悦，但在众人的叫好声中，亦不得不跟着鼓掌。王芝祥是名噪一时的书家，随即讨来纸笔，把这副对联录了下来。这副对联流传开来，成为尹昌衡在广西留下的又一段佳话。

春节前那么一闹腾，人心惶惶的新军人物大都安定了下来。节后，张鸣岐让王芝祥出面，又把闹得出格的一些人，用各种办法分批礼送出了广西。谢云峤也在这批被礼送的人当中，离开广西去了四川，好在他已经把马忠发展成了同盟会会员，保护尹昌衡的任务，就暗地里交给了马忠。其他留下的新军人物，一下收敛了许多。热闹了一阵子的革命热潮，就这样被抽薪止沸，又成了暗流。

元宵节之后，颜楷兄妹就要离开广西了，几个月的时间，兄妹二人在广西结交的朋友不少，特别是颜机，她的女弟子们轮流给她置酒，春节过后，几乎就没空过。

临别这一天，尹昌衡邀约了几个老乡和好友，在东镇门为兄妹二人置酒送行。这东镇门是桂林最古老的城门之一。坐落在榕湖和杉湖间，是桂林城中心的古迹，在这里可以在风景优美的榕湖畔漫步，可以观赏杉湖的日月双塔，登上塔顶，可以眺望桂林全城的美景。尹昌衡与颜机定亲，兄妹般的未婚夫妻，在这里度过了多少个花朝月夕，而今就要离别，执手相携，深情款款，互道尊重，难舍难分。尹昌衡深谢颜机包容自己行为不羁，挥毫作诗明志："飞黄腾达日，迎娶君家时。"

颜楷兄妹归心似箭，不到半个月便回到了成都。合家团聚，好不高兴。颜机出门才两年多，一下长成一个如花似玉的大姑娘，一身得体的新式旗袍，一副新潮女学生的派头，显得十分精神。她给父亲磕头，把著名的理学大师颜辑祜老先生，喜得合不拢嘴来。

颜楷趁机向父亲禀告给妹妹定亲之事。其实这件事早就在书信中向父亲禀告过了。

颜辑祜盛赞尹昌衡的文章和气度，对颜机的婚事十分满意。他说严、尹两家都是诗礼之家，对尹家的礼数一定要周到，虽然有王芝祥大人主持订婚，也要按这方习俗，补行过庚之礼，让父母得享尊严。他知道尹家贫寒，颜机是他的掌上明珠，吩咐颜楷在城中帮尹家买块好地起座宅子，别让颜机过门吃苦。

颜辑祜安排完了之后，颜机不断向哥哥使眼色。两兄妹在路上商量好了，虽然答应尹昌衡可以先纳妾，但是不先纳妾更好。请父亲允许颜机先过门去尹家认门行孝。颜楷只好说出了妹妹的心事。颜辑祜道："行孝为大，合乎礼数。待尹家的新宅子起好后，就过门去侍奉父母尽孝吧。"

颜家在成都家声显赫，要为尹家造一座宅子，易如反掌。颜楷很快便在水井巷为尹家选好一块地皮，并绘好建造宅子的图样，带着地契和图样，来到尹家。

尹仕忠身体瘦弱不善稼穑，早年为儿子前程计，嫁了两个女儿，变卖了家中仅有的二十余亩田产，在成都水津街开了一家粮米铺，他不懂经营，赔累过重，被迫歇业。改作行商，又去自流井（今自贡市）销售烟叶，遭黑社会诈骗财货丧尽，不能回乡，幸遇一道救助，同往眉山一道院，代写经卷榜文等工作。还到彭光烈家当过塾师。后来回成都又卖水烟，一样蚀本，便只好重操旧业，择字算命舌耕，尹母替人浆洗缝补，贴补家用。

颜楷带着家人，抬着礼盒、庚帖，走进水津街尹家低矮的小院。尹父母俱不认识颜楷，突然来了这样的贵人，都不由得一惊。颜楷施礼，拜见伯父伯母，尹家二老方知是儿子未来的大舅老倌登门，很为贫家陋室抱愧，赶紧将颜楷请进堂上献茶。

颜楷落座，先呈上尹昌衡和马忠的家书及捎回来的俸银。颜楷怕尹昌衡父母不接受颜家的资助，把自家添补的大笔银钱也放在其中，都说成尹昌衡和马忠挣回的银钱。接着又呈上尹昌衡的拜兄王芝祥大人的拜帖和孝敬银子。

尹昌衡的父母，见儿子不但挣回了这么多钱，结交了那么名高望重的兄长，而且还跟颜家这样的法阅世家联姻，激动得老泪纵横。

颜楷不由得想起尹母当年的训儿诗："男儿应有风云志，莫使贫亲长豢猪。"遂安慰道："昌衡人中俊杰，尹家希望，来日富贵，未可限量。临行昌衡托我代其买地建房，并让颜机先过府认亲，代子行孝，孝敬二老。"于是呈上地契和图样。二老虽然嘴里说"只怕委屈了颜小姐"，心里却是美滋滋的，件件依从，并拜托颜楷代为张罗。

2

送走颜楷兄妹，尹昌衡消沉了许多。对陆军小学堂教务长的差事，爱理不理，好在当时陆军小学的总办换成了李书诚，李书诚理解他的郁闷难以排解，差事上都尽力帮他敷衍遮盖。

尹昌衡在天津时，已经开始了他的军事著作《将学大观》的撰写，现在重新提起笔来，很快完成了书稿。王芝祥看罢，赞不绝口，出资付印，很快成书。

尹昌衡紧张的写作之余，则纵情诗酒，或者出入花街柳巷，寻欢作乐。多少回醉倒街头，都是马忠把他背回寓所。马忠苦劝，检点修身，他却自有一番怪论，诡称"色不足以害德，酒不足以伤行，狂不足以损明，傲不足以长非"，依然故我，纵情声色，豪饮无度，马忠也拿他没有奈何。

不久，广西军政界又起风波。

蔡锷是湖南人，任广西讲武堂的总办，但凡忧国忧民之士，都希望有些作为，讲武堂的学员良莠不齐，蔡锷下定决心进行甄别考试。偏偏在讲武堂就读的湖南学员不少，广西的学员考得太差，被甄别掉的人不少。

胡景伊想挤走蔡锷夺讲武堂总办之位，便在学员中散布消息，说蔡锷偏袒湖南老乡，这大大激怒了广西学员，发生了哄闹讲武堂事件，以致引起驱逐蔡锷离桂的风潮。广西人对湖南人本就存有地域之见，那时在广西做官的湖南人很多，赶走蔡锷遂扩大为广西人排斥湖南人的风潮。不久蔡锷就被云贵总督李经羲调走了。

讲武堂总办，是个非常重要的位置，赶走了蔡锷之后，胡景伊不但没得到梦寐以求的总办职位，反而被张鸣岐所冷落。在怎样评价胡景伊其人的人品上，骆成骧和颜楷早就告诫尹昌衡，胡景伊不可深交，王芝祥也说，尹昌衡虽是奇才，唯独防小人之心不足。

蔡锷被逐出广西，尹昌衡更加失望，因此也更加消沉和放荡。这让马忠忧心如焚，生怕他长此下去毁了锦绣前程，便只好去找王芝祥。王芝祥理解尹昌衡的苦闷，也不愿看着他这样消沉下去。过去他常跟尹昌衡探讨时局和军事，《将学大观》成书之后，他曾经竭力鼓励尹昌衡尽快完成拟译中的《西国兵书》，这不但是他所急于得到的知识，同时也能填补当时对西洋军事知之甚少的空白。尹昌衡也放出豪言，等着王芝祥给他摆庆功酒。

王芝祥知道尹昌衡其实是个很亡命的人，但对这样的人，遣将不如激将。只得携酒上门，借口来看他的新作。在尹昌衡眼里，王芝祥折节与自己结拜，对自己真诚以兄弟相待，呵护备至，刚入仕途，就得到这样知己的好大哥，真是三生有幸。因此他对王芝祥除了敬重之外，更有一种感恩的情感。《西国兵书》写了还不到一半，就停顿了下来，他感到十二分的惭愧。他绝不愿让这位好大哥失望。从那以后，诗酒场中，风月场中，再也见不到他的身影。他准备了不少好酒，把自己藏在一座古庙之中，夜以继日，奋笔疾书。不久，《西国兵书》的书稿，便送到了王芝祥的案头。

之后不久，尹昌衡收到了颜楷的来信，同时再次得到赵尔巽召他回川为家乡出力的邀请。张鸣岐有爱才之名，而无用才之能，他去意早定。离家七八年了，思亲心切，加之牵挂自己挚爱的颜机，一封情辞恳切的辞呈，很快就送到了张鸣岐的手上。

张鸣岐对尹昌衡，真是又爱又恨。他不止一次当众夸赞尹昌衡有"元龙之气，伏波之才"，遗憾的是此人难以驾驭，因此也不止一次敲打他的猖狂不羁。接到尹昌衡的辞呈，他知道自己挽留不住，但还是抱最后一线希望，请王芝祥出面。王芝祥挚意挽留，尹昌衡告罪再三，陈情婉谢。

张鸣岐惋惜之余，只得于独秀峰下置酒送行。临别语重心长地赠言："不傲不狂不嗜饮则为长城。"尹昌衡答曰："亦文亦武亦仁明终必大用。"并即席题诗，拔剑起舞，歌曰：

> 局蹐摧心目，崎岖慨始终。
> 骥心愁狭地，雁羽恋长空。
> 世乱谁忧国？城孤不御戎。
> 临崖抚忠孝，双泪落秋风。

3

却说尹昌衡在天津对冯倩文不辞而别，冯倩文追到火车站，火车已经开走，一下昏倒在马车上，回家之后便一病不起。冯倩文终日茶不思、饭不想，药也不吃，任何人劝都不起作用。

冯国璋知道女儿怨他只顾自己经营官场，不管自己的幸福，对待尹昌衡不公，留不住人才。为了劝慰女儿，他不得不道出自己的隐衷：北方是主张立宪的占上风，南方是主张共和的占上风，这批留日军官，也包括尹昌衡，多数受孙文激进思想影响，迟早要投奔南方。若他们在北方闹事将获罪于朝廷，若镇压他们，如何下手？谁知将来世事如何变化。他们不走，迟早都得把他们礼送出境的。

冯国璋的深谋远虑，让冯倩文的心情好了许多。但对尹昌衡的思念，却仍然那么强烈。直到腊月的一天，冯国璋心情轻松地来到她的闺房，告诉她袁已经明确表态，日后不再提婚约之事，尹昌衡可能去了南方，她可以去南方寻找尹昌衡了。

冯倩文一听此话便陡然来了精神，下床抱住冯国璋道："谢谢父亲大人成全。我知道尹昌衡是个大孝子，他肯定是回四川去看望他父母去了。我要立即去四川找他。"

冯国璋道："叫你去南方你不信。不过，四川是块宝地，经国者不可忽略，你要到四川，顺便看看我们在成都洋行的生意也行，不过，身体没有康复，不准出门。"

冯国璋在成都开了一家洋行，实际是为了搜集四川的情报。冯倩文身体虚弱，直到第二年春暖花开之时，冯国璋才让她踏上南下成都寻找尹昌衡之路。

1910年二月，冯倩文跟妥儿一道，两个妙龄女子，像飞出笼子的鸟儿，带着无比美好的梦想，飞向魂牵梦绕的人儿。冯大小姐来蓉，一切自有洋行李经理安排料理。

津璋洋行李经理是冯家的亲信管家之一。看罢冯国璋的书信，立即派人查访尹昌衡的住处，又要亲自陪同冯小姐去看成都风物。冯倩文难得无拘无束，断然拒绝了。

光阴似箭，转眼已是四月，由于颜楷的竭力张罗，尹家的新宅很快造好了。宅子虽然不是很大，在成都已经算得上体面人家了。

尹家办了乔迁酒宴之后，颜楷便跟尹家选好吉日，送颜机到尹家行认门之礼。

这一天，尹家喜气洋洋，在新宅办了几桌酒席。半晌午时分一队喜乐队抬着庚帖，两乘小轿，颜楷骑着高头大马来到尹家小院。颜机认了父母和亲戚，行了认门之礼，亲戚们无不赞扬颜机俊秀和贤德，赞扬尹家父母的好福气，乐得尹父尹母脸上笑开了花。

正要开宴之时，突然门外传来鼓乐吹打之声。只听门外高声报道："尹老爷新妇认门啊！"报毕，鼓乐队拥着两乘小轿和一辆精美的黄包车进入院内。车上坐着一个气度不凡的戴墨镜的先生。厅堂中的人无不大惊，不知是谁家嫁女，找错了家门。

其实新来的这两乘小轿并没认错门，轿中坐的是冯倩文和妥儿。冯倩文探听到尹昌衡的家搬到了水井巷，可是尹昌衡却根本没有回川，现在还在广西为官。

冯倩文后悔没听父亲之言，自作聪明，果然误事，遂问妥儿怎么办。妥儿道："这么远来了，何不先去认下公公和婆婆？"

冯倩文道："尹昌衡并未正式答应，去认公公婆婆，怎么使得？"

妥儿不以为然地道："尹昌衡其实是心允的，只是碍于袁冯两家的婚约，现在已经解除，有什么使不得？凭我们大小姐的相貌和身份，尹昌衡的父母哪里有不高兴的？尹昌衡是个孝子，如果父母认了儿媳，生米做成熟饭，到时候叫尹昌衡再也不好推托了。"

冯倩文道："这是不是太孟浪了些？"

妥儿道："小姐留过洋，怕过什么？比起西方的女子来，这算得什么？就玩一回出格的，说不定以后成为小姐最得意的佳话呢。"

冯倩文没有反对，只是不好意思地说了声"鬼丫头"。于是妥儿就把李经理叫来作了如此这般的安排。

众人惊疑地望着这些不速之客。只见妥儿打开轿门，扶着冯倩文走下轿来。如果说亭亭玉立的颜机，若一枝含苞欲放的花蕾，青春女郎冯倩文则如一朵半开的娇花。她着一身华贵的丝绒旗袍，腰若流纨，无比妙曼，莲脸娇羞，明艳照人，全身无不放射着一个绝色佳人那摄人心魄的魅力，众人不由得暗暗赞道："好标致的人儿啊！"

冯倩文被众人看得很不好意思。一个慈祥的老太太上前来，她低下头，看见老太太一只手上断了一指，料定必是尹昌衡的母亲，便跪在地上轻声道："儿媳拜见婆母大人。"

尹母闻言大惊，赶快拦住道："小姐，这里是尹昌衡的家，你们是不是找错了地方？"

随行管家赶紧上前道："老人家，我家小姐是冯国璋将军的女公子，尹大人在天津跟我家小姐倾心相爱，只因当时袁冯两家口头婚约没有解除，未能跟尹大人正式订婚，现在袁冯两家正式解除婚约，所以小姐前来寻找尹大人，方知尹大人尚在广西，故今日特地先来拜见未来的公公婆婆。"

众人一听说这恍若天人的女子，原来是冯国璋将军的女儿，不远千里而来，顿时惊得目瞪口呆。一旁的妥儿早已经认出了颜楷，便道："哟，颜大人也在这里，你知道我们小姐对尹大人的感情啊!"

这突如其来的事情，弄得颜楷也丈二和尚，一头雾水，但他知道尹昌衡绝不是孟浪之人，便问："冯小姐与尹昌衡可有婚约?"

妥儿如实答道："尹大人虽然心允，由于当时袁冯两家尚未正式解除口头婚约，所以未定婚约。"颜楷知道了事情的原委，只好把冯倩文及尹母等人拉在一边，说明尹昌衡跟颜机已经在广西正式定亲，今日前来认门，并拿出他和王芝祥代表两家、骆成骧作为媒妁、尹昌衡与颜机定亲的婚约，以及王芝祥的书信作为凭证。

冯倩文虽然刁蛮任性，但她毕竟知道中国婚姻大事，此时听到是父母之命，媒妁之言，直如五雷轰顶，羞惭难当，看着尹家慈祥可敬的父母，豪门千金的脾气发不得，两行清泪潸然而下，含悲忍恨夺门而出。

冯倩文从小只有冯国璋的父爱，没有母爱，看见知书达理的尹家父母，对尹昌衡爱得更深。而今尹昌衡与颜家的联姻不可改变，悔恨出发之时没听父亲之言去南方而错过机会，真是痛不欲生。

妥儿的馊主意，让小姐蒙羞受辱，她很是自责。她为了补过，背着冯倩文去找尹母，说明冯尹相爱很深，现在袁家已经退婚，异想天开求颜机让婚，尹母断然拒绝。她又代冯倩文求二女同事一夫，尹母虽被冯倩文的身世和痴情所感动，但儿子既然当初不允婚，自有他的道理，也没答应。不过尹母无意间透露，颜家同意尹家先纳妾。

妥儿回去又给冯倩文出策，不如立即去广西先与尹昌衡成为夫妻，至于名分，既可以不计较，也期来日方长。冯倩文也似乎有了一线希望，于是她们急急忙忙乘船东去。

第九章

蜀音蜀情

1

尹昌衡二十岁时，怀着勃勃雄心，离家去国，远渡重洋，转眼快七年了，对故乡、对亲人，朝夕思慕，梦绕魂牵。离开广西，他在路上未作任何停留，不久便进入四川。船入三峡，他和马忠站在上水船一侧观山望景。江山雄奇，激流奔涌，川江号子声声，乡音倍感亲切，一幅幅流动的河山壮美画图让他们应接不暇。

远处突然传来一曲山歌，歌声把尹昌衡带回了少年时代。

尹母虽然没有兄弟姐妹，但尹昌衡却有不少堂舅，儿时年年都要随母亲去广汉祭祖，那里的大小院落和竹林，都是他跟表兄妹们捉迷藏玩耍的好地方。特别是堂舅家佃户的女儿杨幺妹，生得十分俊俏，让情窦初开的尹昌衡很是心动。

船上，尹昌衡不好意思地向马忠打听杨幺妹。马忠笑道："你还没忘记你的杨幺妹呀？"接着告诉他，舵把子陈天鳌想霸占杨幺妹，幺妹不从，被卖给了人贩子，现在不知道下落。尹昌衡听罢唏嘘，惘然若失。

此时一只下水船错船而过，冯倩文在船头失神地看着飞溅的浪花。马忠急叫："昌衡，你看，是冯小姐。"

尹昌衡向飞快顺水驶去的船头一看："是她，她怎么会到四川来呢？"把手卷成筒正要喊，妥儿已经扶着冯倩文走进了船舱。

乡情难却，乡音倍亲。川剧无疑是巴山蜀水乡音乡情的精华。

尹昌衡从小一听到那热烈的川剧锣鼓，就牵着父母的衣裳去赶庙会，骑在父亲的肩膀上看坝坝戏。他的父母亲及叔伯弟兄们，大多数都是戏迷，夏夜纳凉或者冬夜烤火，乡亲们或聚于院坝里，或聚于大堂屋之中，分角色清唱川剧自娱自乐，俗称唱板凳戏，打肉锣鼓（嘴说锣鼓点子）。

川西坝子，识字的人家差不多都有几本戏文书，可以说川剧是尹昌衡的启蒙教材。那些忠孝节义的故事，那铿锵的韵律，无不给尹昌衡打下深深的烙印。他的嗓音又好，吼几腔比多少戏班子的角儿唱得有韵味得多。以后无论是在日本、天津或广西，兴致来了都要吼上几腔。因此他们一到重庆走上朝天门码头的第一件事，就是迫不及待去看戏班子出的水牌，另外买了一大堆报纸。

好多年没看川剧了，总算过了一回戏瘾。回到客栈，兴犹未尽，清了清嗓子唱开了："刘先帝，臣的主，为臣错用马谡了……"一腔未完，门外响起了掌声。两位长衫客人推门而进："昌仪！真的是你呀？"

尹昌衡怔了一下："朱大哥！杨大哥！你们怎么在这里？"

尹昌衡叫的朱大哥，是蒲殿俊所办的《蜀报》的主编朱文，杨大哥是射洪青堤公袍哥舵把子杨绍伯。二人也留学日本，都是同盟会的骨干，比尹昌衡高几届，四川老乡相聚得多，又都爱川剧，自然交情很深。

尹昌衡正在洗脚，一惊站起来，不提防打翻了洗脚盆，洗脚水洒了个遍地横流。三人哈哈大笑。

朱文拍着尹昌衡道："我的小老师，我们正念你啊，我们在日本跟你学唱的那几腔川剧，回来派上用场了。杨大哥玩起了戏班子，我给他当条师编戏文。走，老弟，朝天门酒楼喝一台。"

朝天门酒楼上，先干几杯。尹昌衡急于问四川政局，朱文道："老弟先别说政局，都知道你才高八斗，先帮老兄看看这个。"说着拿出一个川剧剧本——新编《目连传》呈上。

《目连传》是川剧的经典，川人妇孺皆知。讲的是目连的母亲刘氏四娘因行善不得好报，从此不信神佛而开五荤，打僧骂道，被阎王打入十八层地狱而变成厉鬼受苦，目连到阴司打破铁围城救母尽孝的故事，宣扬的是因果报应。刘氏是一个被鞭挞的形象。

尹昌衡一看朱文交给他的剧情介绍，大惑不解。朱文和杨绍伯便只好细说原委。

原来同盟会举的是反清大旗，其时，用立宪派和革命党的话说，是清政府出卖川汉铁路路权。朱文和杨绍伯都是学法政和学文的，自然以笔作刀枪投入反清战斗。朱文则办报鼓动民众，而杨绍伯回到家乡射洪县的青堤镇，因在地方上是旺族，又留洋归来，在地方人望极高，很快就当上了袍哥青堤公的舵把子。

那时，有实力的码头，舵把子们都时兴玩戏班子，因此杨绍伯办起了青堤班。青堤这个古镇，却是目连的故里，这里关于目连和其母亲刘氏四娘的传说很多。这里传说的刘氏四娘与通行戏文中的刘氏四娘大不相同，她根本不是一个该下地狱的恶鬼。她持斋念佛，孝敬公婆，赈灾扶贫，甚至为朝廷剿灭叛军，慷慨捐资助饷，还得到过皇家的褒奖。

这样一个忠孝善全，深明大义的贤惠女子，却善得恶报。丈夫暴病而死，她唯一寄托希望的儿子傅罗卜，又被佛家度入空门。刘氏因此而怀疑神佛，大开五荤。一个善良的弱女子被逼上了反天抗佛的道路。

旧《目连传》把刘氏四娘当作邪恶来鞭挞，当地老百姓却把她崇奉为女神。在青堤镇渡口的小山上，为她立祠建庙，四时香火供奉。历代达官贵人和文人学士，在庙中留下了不少赞美刘氏的题咏，至今墓塚及碑铭犹存。杨绍伯特别看重本地刘氏四娘故事所包含的强烈的反封建、反专制的内容，于是请朱文为他重写《目连传》。因此才有了目前朱文呈上的新编《青堤目连传》。

尹昌衡明白了二人的用意之后，迅速浏览起剧本来，看到妙处，用筷子敲着碟子打节拍，不禁唱了起来，唱罢连声称妙："朱文兄高才，《目连传》经你这么一改，真是化腐朽为神奇，这段'青鸾袄'，真是绝妙才子文章，善良的弱女子被逼得反天抗佛，写得来真是荡气回肠。这出戏简直成了反专制的号角了。"

杨绍伯道："清政府把川汉铁路路权出卖给帝国主义，立宪派主张文明保路，简直是与虎谋皮。我们想：川剧乃川人之至爱，刘氏四娘集川剧所有绝活，家喻户晓，加上各地袍哥大爷都是戏迷。同盟会力主动员民众，做好武装拒约保路的准备，我的青堤班，正好为发动民众鼓与呼。就请朱大笔杆子编了这个《青堤目连传》。值此川人共愤之际，正好借这戏火上浇油。初稿在川北一带演出反响很大，这不，我又从川北跑来催他定稿。"

朱文道："我对川剧曲牌不熟，你尹昌衡的文章才情，在留日学生中谁不知道，真是天遂人愿，正好借你高才斧正。"

尹昌衡虽然不主张笼统地提反清，但他反对清朝的专制统治。因此毫不客气，提笔就改，改了几处，二人都拍手叫好，要尹昌衡在重庆住两天从头到尾好好改一遍。

尹昌衡一落脚四川的土地，就发现大街小巷，贩夫走卒，所议论的话题无不是拒约保路。尹昌衡看完那一大堆买回来的报纸，听了朱文和杨绍伯的介绍，对四川的时局已经略知大概。

去年9月，蒲殿俊在北京吁请取消张之洞草签的川汉铁路借款合同，失败而归。他采纳了尹昌衡的主意，回川途中，联络湖南咨议局局长谭延闿及湖广总督陈夔龙等共同行动。回川之后，又集资办起了《蜀报》为咨议局机关报，之后又办起了《白话报》《西顾》《启智画报》等报刊，启迪民智，宣传宪政，揭露朝廷腐败和贪官污吏，大大地激发了民众的反抗情绪。川、湘、鄂迭次联名致电吁请朝廷废止草签的借款合同，然而朝廷仍不采纳。这更滋长了列强的欲望，英、法、德公使两次照会外务部，反对中国自办川汉、粤汉铁路；同时美国公使致函外务部，声明川汉、粤汉铁路应有美国参加。四国公使迭次照会外务部，催促签订借款合同。

此时的清廷宗室正策划组建内阁，忙于争权夺利。载泽一心谋取的总理大臣之位，盛宣怀、端方等为他献策："欲攻政权，必树新猷，必借外债，以结外援，收干路为国有，以见中央集权之新政策，借张之洞草签之四国借款合同复活之。"专办《宪报》鼓吹借款为爱国、救国，大肆攻击呼吁拒约保路的川、湘、鄂咨议局局长蒲殿俊、谭延闿、汤化龙等人为愚妄和误国。

立宪派虽然主张文明护路，他们创办的各大报刊，对帝国主义的野心和权臣的阴谋，及时给予了无情的揭露，为正在秘密准备武力推翻清朝统治的革命党，起到了发动民众的宣传鼓动作用。

尹昌衡改好剧本后，立即与马忠赶回成都。一路之上所过之处，无论城镇或村庄，幺店子，码头上，到处都在说保路，晒场上，古庙中，人们喊着保路口号，拿着大刀或红缨枪练武。茶馆里，说的是保路的评书，就连乞讨的叫花子唱的也是保路歌。他们的心也因之滚烫了，尹昌衡已经预感到，一场不可避免的风暴即将到来。保路所积蓄的巴蜀愤怒，将如火山爆发，向来平静的四川，将掀起一场天翻地覆的狂澜。

2

成都水井巷尹昌衡家新宅，虽然说不上堂皇气派，倒也相当精雅，房后有一个小园子，种了些花木之外还有一小块菜地。颜机多数时间都住在尹家侍候未来的公公婆婆，每日待尹母在小佛堂上念完佛，就陪她去茶馆里听评书、听新闻。而今日子过得去了，尹仕忠也不走街串巷去算命了，闲暇时拉拉胡琴，或在后园里侍弄那一小块菜地，或者在小亭上琢磨他那些易经之类的断简残篇。

1910年端午节之后，尹昌衡和马忠回到了成都新宅，他很感谢颜家为他安排的这一切。颜机和他的父母不用说有多高兴，早就把嫁出去的两个女儿接进了城里，尹家的亲友都来恭贺贵人还乡，同窗和朋友都陆续前来拜访，尹家的小院一下热闹了起来，其乐融融。

忙碌了几天，尹昌衡这才来尽尹家独丁儿子的孝道。他把父母请到堂上，要行大礼，告不孝更名之罪，并请父母训示。

尹父道："儿子更名，情非得已，何况'衡'字，取自父母家书'衡情度势'，颜大人既是老师，又是兄长，由他斟酌选用赐名，不违孝道。而今儿子已经是有功名的人，免了此礼。"

尹母正色道："此礼不可免，儿既学成，正是传家之时。"遂请出尹昌衡的祖父和外公的灵牌，及传家之宝——一个锦匣、一柄宝剑。

尹昌衡的外公刘世敏，放弃举业，教书之余，潜心研究军事，著书立说。锦匣中装着数十卷装帧精美的书籍，都是他的心血之作。分别是《懋廷政书》《懋廷兵略》《懋廷舆图》，特别是《懋廷舆图》，是他亲自考察绘成的四川地理图册，对成都周边的地理，标绘得尤其详细，这在当时对于兵家，十分珍贵。那把宝剑，也是刘世敏当年所佩之剑，因此尹母把这些和那方砚台一样视为传家之宝。

尹母谆谆庭训：外祖父学冠儒林，因梦白练上书"干戈平定归于哲，廊庙文章非等闲"，遂舍举业而潜心于治国安邦之学。壮志未酬，为国捐躯，刘氏无后，今日当传嫡外孙。尹仕忠亦说出祖父九十六岁临终遗言："吾不得见昌仪也，为吾传语，忠孝仁能无愧厥心，可见吾于地下也！刘懋廷未终之事业，唯此孙可强之。兵、政之学，赖此孙续之。"

尹昌衡涕零受宝，发誓不辱祖德，不负祖命，将自己所译《西国兵书》、所著《将学大观》供奉二祖灵前。当即请祖砚，书写外祖父那副梦中对联，命马忠急寻高手工匠，金字刊刻，择吉日去广汉拜谒乡民为外祖父建的刘公祠。

数日之后，尹昌衡一家回彭州祭祖完毕。尹昌衡为尽孝道，特意偕颜机和马忠，陪同父母去游览九峰山。

这一天他们一行朝葛仙山飞龙洞走去，隔着林莽，只听得前面杀声震天。马忠立即上前探看究竟，原来是彭州袍哥舵把子刘丽生在此训练袍哥兄弟。同盟会一直主张武装护路，各地不少袍哥很是赞成同盟会的主张，都说天下大乱迟早难免，为保护家乡计，不少地方的袍哥，都在暗暗练兵。

此时刘丽生已经来到面前，一见尹母和尹父，便立即行礼。尹母介绍，刘丽生是广汉刘氏宗族的侄儿，尹昌衡该叫他表兄。他的父亲也是随外公靖难的书生之一。刘丽生来彭州发了迹，这些年对尹家多有照护。尹昌衡认了表兄，并当即道谢。刘丽生好生高兴，立即请尹昌衡向袍哥兄弟们传授武艺。尹昌衡便推说马忠的峨眉武功更适合兄弟们习练。马忠乐得在尹父尹母面前一显身手，爽快答应了。

飞龙洞内，刘丽生向尹昌衡讲说成都周边保路的情况，成都周围袍哥已经结盟，为保路同仇敌忾。他说尹昌衡留学东洋，见多识广，请尹昌衡入彭州袍哥，来坐头把交椅。尹昌衡执意推辞，只是向刘丽生请教袍哥的规矩。刘丽生当即传令坐堂，并让管事五爷解说袍哥仪轨。法度森严的袍哥坐堂仪式，让尹昌衡非常震动。具有反清倾向的袍哥组织如此严密，遍及城乡各行各业。他慨叹同盟会要是有远见卓识，用好这部分力量，一定如虎添翼，干成一番事业的。

尹昌衡一家回到成都之后，这天清晨，颜机照例把洗脸水端进尹昌衡卧室。尹昌衡制止道："颜机，你现在还不是过了门的媳妇，可以侍奉父母尽孝，但不能侍夫。你我还是兄妹，以后你就别侍奉我的起居了。"

颜机道："既然你这么讲究，你跟马忠哥已经回来了，就多在父母面前尽孝，我也该回家住了。以后白天你公干时，我常过来就是。父亲很想看看你这个乘龙快婿，你打算什么时候认亲？"

尹昌衡说："赵总督曾经致书相招，我回来还没前去拜望，等见了赵总督，谋得一官半职再去看岳父，老人家脸上也光生些。"

尹昌衡送颜机出门，转身见尹母倚门微笑便问："娘，你笑啥呀？"

尹母道："颜机真是一个好姑娘啊，你娘呀，想抱孙孙啊！"

尹昌衡道："娘，等着吧，颜机还小。"尹母欲言又止，尹昌衡又道，"娘呀，你好像有什么事？"

尹母只好问起冯倩文之事。尹昌衡很感慨，说冯倩文是个好姑娘，他也很珍惜那段感情，可是他更爱颜机。尹母顺势转告冯倩文愿意做妾的事。尹昌衡道："娘呀，断然不可。她是豪门千金，她把他父亲的面子往哪里搁？颜机那么柔弱，日后怎么相处？"

尹母点头称是。

3

四川总督赵尔巽可谓清末的忠臣良将。赵尔巽，字次珊，号公镶、无补，人称次帅，清末汉军正蓝旗人，生于铁岭，同治进士，历官安徽、陕西等省布政使、山西巡抚、湖南巡抚、户部尚书、盛京将军、湖广总督、四川总督及东三省总督。武昌起义后避居青岛。1914 年，北京政府委为清史馆总裁，主编的《清史稿》为"二十五史"之一。

赵尔巽作为清廷大员，他在任山西、湖南巡抚、湖广总督任上一直积极推行新政。1905年9月2日，他与直隶总督袁世凯、湖广总督张之洞、两江总督周馥、两广总督岑春煊和湖南巡抚端方等一批高官，联名上奏朝廷，明确提出：国家情形危迫，一刻千金，"欲补救时艰，必自推广学校始；而欲推广学校，必自先停科举始"。言辞激烈地请求，要雷厉风行停罢科举。这些举足轻重的南北封疆大吏联合奏请，太后遂以光绪皇帝的名义颁下谕旨，向全天下宣布："所有乡、会试一律停止。"这一上谕的发布，宣告中国延续了1300年的科举制的终结。

赵尔巽到湖南一上任就上表朝廷，奏请将湖南阜湘、沅丰两矿务公司并为湖南全省矿务总公司，垄断全省采矿、炼砂之权，抵制列强攫取湖南的矿权。并且倡导教育改革，将长沙所有书院改为新式学堂。

赵尔巽于光绪三十四年（1908）二月任四川总督，治川颇有政声。履任伊始，即"首以禁烟为四川急务"。

当时，四川是国内生产鸦片烟的大省，如果不塞住这个"源"，其他省就无法禁绝。因此他上表清廷："查中国种烟之地，以云南、四川为最广。吸烟之民，则四川比云南尤多。必于最广最多之处首先禁种，其源既竭，其流自穷，各省戒烟之风将不严而厉。"他雷厉风行，禁种、禁吸、禁贩，到宣统二年五月（1910），赵尔巽声称全省"戒断人多至十有余万，风气迥非昔比"。

在四川推行新政方面，设立咨议局，开设省矿务总公司，开办四川陆军速成学堂、高等巡警学堂，并筹设了蚕桑传习所，筹建新军等。这些措施为促进四川近代化发展做出了重要的贡献。当然，他毕竟是清廷的封疆大臣，镇压反清革命活动，也不遗余力，手上也沾有革命者的鲜血。

颜楷的父亲，著名理学大师颜辑祜，跟前任四川总督锡良和赵尔巽的三弟赵尔丰是同寅进士，三人一道在河南候补，颇有交谊。颜辑祜不务官场钻营，醉心学问，在学界名望极高。赵尔巽亦治学严谨，享誉学林，既因其弟与颜辑祜同寅候补的关系，更因学者之间同声相应，同气相求，来川之后，与颜辑祜也成了至交。

四川是一个大省，按朝廷的要求，应组建两镇新军，当时赵尔巽首先着手筹建第十七镇新军，大力延揽军事人才，先后招请了不少川籍人才回川。尹昌衡当然早在他的关注之中，更兼他与颜辑祜的那份交情，因此对尹昌衡十分看重。

赵尔巽在召见尹昌衡之时，他特意邀藩台王人文出陪。礼毕面试，他没有摆封疆大臣的八面威风，而是以半请教口吻，向尹昌衡垂询日本及京、津、桂的见闻，以及他对时政和治军的见解。尹昌衡要展示自己的文武全才，慷慨谈兵，且言能文能教，并呈上自己所著《将略大观》和所译《西国兵书》。

赵尔巽翻看两部兵书,大为赞赏。遂暂时委任尹昌衡为编译局总办,负责编译兵书和为新军中下级军官授课。猛然想到督练处总办王桉是他的亲戚,但此人能力低下,正需要得力帮手,便又补充道:"并兼任督练处会办,即日赴任。"

赵尔巽的补充非常重要,编译局只是筹建中的新军的内层机构,虽然职级不低,却没有多少事权。而督练处全称为"新建陆军督练处",是清末各省管理练兵事宜的官署。由各省督、抚或将军、都统兼任督办,下设稽查、执法和督练三个分处,每处设营务官一名。另设有粮饷、军械、转运、洋务四个局,颇有实权,而且级别更高。

尹昌衡当即领命谢恩之后禀告:"昌衡离家有年,少在祖宗灵前尽孝,中元节快要到了,欲趁中元节之机,去广汉祭奠外祖父刘世敏。"

赵尔巽一代史学名家,自然关心治下的人文历史,知道刘世敏为国靖难尽忠的事迹,盛赞刘世敏忠烈,特恩准尹昌衡佩少将勋标,携带随员,中元节去广汉风光祭祀。尹昌衡走后,赵尔巽随即吩咐请颜辑祜老先生。

一乘小轿进了总督府大院,穿花拂柳来到后园落定。总督府的两个侍女立即上前,把苍颜皓首的学林名宿颜辑祜老先生扶下轿来。赵尔巽青衣小帽,正在园中遛马。他跳下马来,上前拱手行礼之后,指着刚才骑的那匹马道:"颜公看这匹马怎么样?"

那是一匹白色骏马,高大雄壮,腿长腰细,除了额头上一团像火焰一般的红棕色毛外,浑身银白,如绸如缎,没有一根杂毛。颜辑祜相了相那骏马,只见它不安静地踢腾着,不断地打着响鼻,连声赞道:"好马,好马!不知巽公何处得此龙驹?"

赵尔巽不无自得地道:"这是三弟前日特地派人从西藏给我送来的。"赵尔巽的三弟,即当时任驻藏大臣兼川滇边务大臣的赵尔丰,字季和,人称季帅。

颜辑祜闻言,恍然大悟:"啊,怪不得,季帅从雪域高原,万里挑一选送巽公,自然是好马了。"

"颜公慧眼识马,今天就以此马作为赌注,棋枰再较高低。我若输了这白马归你。你若输了画一匹马送我。"

"这交易筹码不公平啊,无论输赢我都占大便宜了,巽公明说送我吧,且不得个人情。"

"我干吗白白送你,君子之交淡如水,你我也学学市井小民,来个认赌服输如何?"二人说着携手步上小亭。

二人一边品茗,一边下棋,赵尔巽道:"今日请教颜公,朝中皇亲争权,众议汹汹，逼收路权；川人为保路权，群情激昂。我若忠君，则拂民意，我若顺民意，则违君心。颜公教我，值此两难，尔巽当何以为之？"

颜辑祐捋须不答，赵尔巽再三催问，他才不得不开了口："巽公在湖南任上，创办湖南矿务局，垄断矿产经营，斩断列强掠夺国家矿产资源的魔掌，湘人谁不欢欣鼓舞？国人谁不为公歌功颂德？今日路权之事，与当初矿权之事有何两样？公既云乃皇亲争权，又何谓君心？三岁皇帝知路权否？再说，古人云民贵君轻，大人蜀之封疆大臣，蜀民之父母，是顺民心，还是为皇亲争权出力？巽公已有定见，还用老朽出策乎？"

赵尔巽不由得感叹道："颜公真知己也！"

颜辑祐笑道："你是诚心戏弄，好趁机赖棋啊！"二人哈哈大笑。

赵尔巽道："我和王人文大人也是这意思，只是一时拿不定主意。颜公高教，我当谨记。不过，上头也得应付，我们还是得准备上下都骂，这夹板气是受定了。"

赵尔巽的棋输得非常愉快。颜辑祐坚决推辞所赢的白马，可是晚上回到颜府，白马已经拴在院子之中了。

尹昌衡得官之后，第二天便具礼前去颜府，拜见岳父颜辑祐和老师舅老倌颜楷。颜辑祐听了儿子和女儿对尹昌衡的介绍，又看了尹昌衡所著的两部兵书，对这门亲事十分满意。昨天赵尔巽又不经意地夸奖过尹昌衡，更使他脸上生光。今日一见尹昌衡果然仪表堂堂，谈吐不凡，心中更是快慰。

告别之时，颜辑祐叫牵马，家人牵出马来，正是赵尔巽送的那匹白马。

尹昌衡牵着马赞不绝口，颜楷说，这是老人家给他乘龙快婿的认亲礼物，宝马赠英雄，前程自奔腾。

尹昌衡磕头相谢，颜辑祐扶起尹昌衡，似乎不着边际地说："不管谁赠，前辈寄以厚望，保国安民，都是你们的使命啊！"

颜辑祐的话一直让尹昌衡弄不明白，白马明明是岳父所赠，为什么要说"不管谁赠"呢？

4

列强一再胁迫，朝廷强收路权。赵尔巽和藩台王人文都十分同情川人的保路要求，赵尔巽作为四川总督，确实不敢公开跟朝廷唱对台戏，便由王人文出面，多次上表为川人据理力争，虽然屡次受到朝廷申斥，仍不遗余力，由是川人对王人文甚是敬重。

蒲殿俊等人主办的《蜀报》《白话报》《西顾》《启智画报》对朝廷一再打压川人，及时进行揭露和抨击，更是火上浇油，使民怨更加沸腾。街谈巷议，谈论的都是保路。立宪派正在秘密筹划成立保路同志会，使全川保路斗争形成合力。各地以袍哥为主积极响应，革命党人趁势渗入争取领导权，从秘密行动转入半公开活动。

赵尔巽为了缓和与川人的矛盾，跟保路骨干联络感情，请王人文出面，以欢迎尹昌衡等一批青年才俊回川效力为由，在望江楼举办宴会。蒲殿俊、颜楷、罗纶、张澜等名流，以及成都有名的袍哥舵把子——温江的吴庆熙、彭县的刘丽生等均应邀出席。

望江楼酒楼，招待场面盛大。尹昌衡在回乡效力的众多青年才俊中，显然是众星捧月。刘丽生主动引荐，尹昌衡跟众袍哥舵把子豪饮。席间，尹昌衡悄声请教刘丽生，为何只请了成都周边的部分龙头大爷？

刘丽生揣测道："人以类聚，物以群分，藩台大人请来作陪的大多数都是本省的名流和政要，像陈和尚那些舵把子为非作歹、声名狼藉的，实在上不了台盘，到场反而会得罪一些陪客的名流。"

尹昌衡点头"啊"了一声。心中暗想，事情可能没有这么简单，对成都周边的舵把子不一视同仁，说不定当局者有分化瓦解之意。

广汉袍哥舵把子陈天鳌（外号陈和尚）横行不法，为清流所不齿而未被邀请，感到很是没有面子。海龙头大爷只有上通官府下通匪，在黑白两道之间呼风唤雨，才算得上人物。他似乎看出了尹昌衡将是一个叱咤风云的人物，前途无量，很想在尹昌衡回成都立足未稳，尚未发迹之时，早作感情投资，便以其子与尹昌衡同学之名，派红旗管事唐跛子唐五爷送来大红请柬和重金，要在望江楼设宴为尹昌衡接风贺喜。并拜托尹昌衡帮忙请成都官场人物和名流，意在抬高自己的身价，在众袍哥舵把子面前风光风光。尹昌衡本来就恃才傲物，回川之后对陈和尚的为人也略有所闻，因此断然拒绝。

陈天鳌在成都的势力很大，手眼通天。热脸贴了冷屁股，哪里受得如此窝囊气，闻报勃然大怒："小儿不识抬举，定叫他在成都寸步难行。"

送走唐跛子后，尹仕忠却不无忧虑地对尹昌衡道："儿啦，陈和尚横行不法于广汉，呼风唤雨于成都，你不给他面子，跟他结怨，恐怕后患无穷啊。"

尹昌衡不以为然地道："父亲大人放心，这等流氓鼠辈，其奈我何？儿志在家国天下，不屑一顾！"

尹母一旁正色道："你身担天下，而今初入仕途羽翼未丰，陈和尚是浑水袍哥,势力强大。你得罪小人给前途树敌,小人纠缠,分心国家大事,亦为不智。你父亲所虑,不无道理,儿当想两全之策才是。"

尹母不愧是研究兵政之学的刘世敏的女儿,她站在心怀风云之志者的高度来认识这件事情。自古都有小鬼难缠之说,尹昌衡不得不佩服母亲的高瞻远瞩,连声谢罪道:"两位高堂教训得是,儿当寻两全之策。"

尹昌衡遂请教刘丽生,刘丽生认为,官府已经知道成都周边舵把子结盟,不请陈和尚等人,或者意在瓦解这个结盟。陈和尚虽然不仁,但毕竟也是结盟者之一。尹昌衡回川施展,确实没必要结怨于这样的小人,可以另想办法保全陈天鳌的面子。

尹昌衡想了想道:"我正想聚一下留学日本的同乡和当年的学友,不如一并请了陈天鳌,表示谢意,给他补回面子如何?"

尹父尹母和刘丽生都连连称好。

陈和尚正寻思如何收拾尹昌衡,此时马忠却持尹昌衡的请柬求见。说是尹昌衡会聚同学,答谢亲友,特请陈世伯光临捧场。陈和尚因为儿子是尹昌衡的同学,被尊为世伯,好不高兴,一腔怒气全消,欣然应邀。

应尹昌衡之邀的周骏、彭光烈等几位,都是日本士官学校同期毕业同学,俱在新军中任职;颜楷、蒲殿俊、张澜、周道刚等,都是在日本留学时结识的同乡,这些人更是当时川人尽知的名流。只有陈和尚和刘丽生,是仅有应邀的两个舵把子。陈和尚做梦也没想到能跟这些人同席,而且尹昌衡还把他安排在长辈的座位上,让他坐在了刘丽生之上,这让他非常得意。席间他看见大家对尹昌衡的推崇和尊敬,料定此人前途无量,非与此人拉上交情不可。宴罢归来,陈和尚即命唐跛子备上厚礼送到尹家,可是任唐跛子磨破嘴皮,尹家人执意婉拒。

陈天鳌结交尹昌衡苦无良谋之时,刘丽生从彭州备礼来拜码头。原来刘世敏是刘家的骄傲,也是广汉人的骄傲。尹昌衡要在中元节去广汉祭奠外祖父,刘丽生也是刘家有出息的子孙,发迹他乡,早有衣锦还乡、风光祭祖之意,苦无资望,一直未能如愿。他听尹昌衡去广汉祭祖,便大包大揽,愿意出资出力,办好此事,尹昌衡乐得为之。此事要在广汉操办,那是陈和尚的码头,袍哥人家,懂得规矩,便亲自具礼,前来广汉拜码头打上复。

唐跛子便给陈天鳌出策,他知道尹昌衡至孝,曾经割手臂之肉作引为母亲治病。尹母清贫守志,唯一爱好就是川剧。中元节不少寺庙都要办盂兰盆会超度亡灵,请戏班子唱戏,不如投其所好,出资在刘世敏教书的祉园寺,请戏班子唱大戏,让他们风光够,让尹母过足戏瘾,定会得到尹昌衡的欢心。

陈天鳌一听，这真是结交尹昌衡的天赐良机，连声叫好。便盛情款待刘丽生，豪爽地说道："刘世敏老英雄，是刘家的骄傲，更是广汉的骄傲。在广汉这个码头上，公祭刘公，这个东道主非我陈天鳌莫属。不然，日后陈大爷怎么有脸面行走江湖？"

刘丽生只得依他，与他共同承办这个盛会。要演大戏当然只有搬目连最热闹。共同商定，请时下名声最大的戏班子射洪的青堤班搬演《新编目连传》。随即发片子（袍哥名帖）知会周边各袍哥公口码头，遍邀袍哥舵把子七月十五前齐聚广汉，观看搬目连，并共议十三县保路之事。

唐跛子拿了陈天鳌的片子，到射洪青堤镇去拜袍哥青堤公的码头，奉上丰厚的包银，盛情邀请青堤班到广汉搬演《青堤目连传》，提了一个先决条件，青堤班的台柱子飞刀女侠杨燕茹，必须在广汉登台献艺。

那个时代，女子登台唱戏的还很少，旦角，大多由男人反串。飞刀女侠饰演女主角刘氏四娘，本色当行，这不但在当时是凤毛麟角，而且杨燕茹色艺双绝，更兼武功超卓，五把飞刀使得出神入化，这成了青堤班《新编目连传》红遍川北的一个非常重要的原因。因此包戏的会首们都不惜重金，也要请到杨燕茹。

班主杨绍伯盛情接待了唐五爷，并命管事五爷尽好地主之谊，立即召集戏班内同盟会会员商议如何回复。

按理说，大买主、大价钱包戏是好事，更兼有好友尹昌衡暗致书信相邀，班主接了包银就行了。可是冤家路窄，偏偏这飞刀女侠杨燕茹正是尹昌衡儿时相好的那个村姑杨幺妹。

当年舵把子陈天鳌想霸占杨幺妹，幺妹不从，杨家被整得家破人亡，杨幺妹也被卖给了人贩子。几经辗转，虎口余生，流落他乡成为乞丐，后来在射洪洋溪镇被楞严阁的一个游方老道人救下，传授了她飞刀绝技。

杨绍伯日本留学回国创办青堤班，老道人将杨燕茹荐与杨绍伯。杨绍伯待杨燕茹亲如兄妹，在杨绍伯的影响下，杨燕茹成了同盟会的骨干成员。杨燕茹的血海深仇，班中的同志大多知道。杨燕茹今日一见唐跛子这个帮凶，恨不得一刀索命，讨还血债。可是而今她已经是同盟会组织中的人，也知道江湖规矩，唐跛子如果死在青堤，不但青堤公舵把子杨绍伯没法给江湖交代，而且还会给组织招惹麻烦。因此她只有强压满腔怒火，静候组织决定。

第十章

请戏纳妾

1

杨绍伯进退两难。广汉是陈天鳌的天下，如果接了包银，杨燕茹被陈天鳌认出，不知会惹出什么麻烦。如果不接包银，尹昌衡信中说得清楚，成都周边十三县舵把子都来捧场，正是扩大此戏影响的好时候。

同盟会的同志们既知道班主的苦衷，更爱护他们的同志，不少人都认为杨燕茹与陈天鳌是死敌，陈天鳌称霸一方，女侠不可自投罗网。

杨绍伯一时拿不定主意，只好立即去成都，找同盟会负责人谢云峤和朱文商议。谢云峤立即召集同盟会骨干密商，马忠亦然到会，他们都认为此时到成都周边演出《新编目连传》正是时机，对如何确保这次演出顺利、确保青堤班中的同志及尹昌衡一家的安全，作了周密布置。

杨绍伯回到青堤跟唐跛子交涉，飞刀女侠架子大，不演垫场戏，只演回煞和打叉。唐跛子只要能请动飞刀女侠，自然完全答应。杨绍伯这才放心地收下了包银。

广汉请青堤班搬目连的消息不胫而走。成都的大小茶馆，人们都在争看新出的《蜀报》《白话报》等报刊的新闻。

督练处总办王棪攀上赵尔巽成了表亲，他没有多大本事，却很善于阿谀逢迎。他把几份报纸摆上赵尔巽的公案，指着署名蒲殿俊的文章《新编〈青堤目连传〉好得很》说：乱党借青堤班新编《青堤目连传》公开煽动造反，蒲殿俊等咨议局要员和名流为其张目，必须立即禁戏。

赵尔巽也很紧张，指着《祇园寺搬演〈青堤目连传〉，十三县龙头大爷齐来捧场》说：川人对川剧疯狂着魔，十三县袍哥势力强大，如果强行禁戏恐怕引起民变。

王棪献策，等看戏人散去后，命张得奎带武林高手伺机暗杀班主和主角，来个釜底抽薪。为防暗杀不成，同时派兵捉拿乱党，以抓乱党之名，来个双管齐下，务必使成都周边各县不能再演该戏。

赵尔巽虽然同情川人保路，但对乱党却从不姑息。眼下民情汹汹，禁戏必攘大乱。王棪之计虽非上策，但是革命党人活动更加明目张胆，不得不找个由头，打杀其气焰，因此只得勉强从之。并命他带一小队官兵，机密行事。

十三县的龙头大爷及成都不少有身份的人物齐聚广汉捧场，这让陈天鳌十分风光，尹昌衡和刘丽生凑来的银子本来就丰厚，因此陈天鳌不惜资财，尽量铺张，显豪摆阔。袍哥兄弟伙人强马壮家伙硬，陈大爷一呼百诺、威风八面，把场面尽量搞得隆重而热烈。

广汉刘公祠前锣鼓喧天。陈天鳌带着周边的舵把子、成都的贵客，以及刘氏族人迎接尹昌衡一行。尹昌衡下马跟众人见礼，不敢接受众人的盛情。刘丽生说先祖是一方最受敬重的前贤，年年都有祭祀活动，现在国难当头，陈舵把子率乡民为祭前贤而高会各方舵把子，不必介意，尹昌衡方才释怀，入祠主祭。然后在热烈的鞭炮声中，在刘公祠大门上挂上那副新刻的对联。

祠堂中的大院子里，早已经备下盛宴。尹昌衡被众人推上首席。席间，尹昌衡频频向十三县的龙头大爷们举杯致谢。龙头大爷们相互亦碰杯发誓，相约各公口码头，大小事情，特别是破约保路，共进共退，不达目的，绝不甘休。

宴罢，全副武装的广汉袍哥兄弟伙开道，众人簇拥着尹昌衡一行，向附近的祉园寺走去。刘世敏曾经在寺中设馆教书。寺中超度亡灵及孤魂野鬼的盂兰盆会已经开坛作法几天了，唱戏酬神安鬼，是整个法事活动的重要组成部分。青堤班自然几天前就在这里演出了。

七月十五，是盂兰盆会的最后一个晚上，要火化冥钱、放河灯、放焰火送鬼，同时也是搬目连的最高潮和尾声。届时飞刀女侠要登台打叉。周围的老百姓，都早早地吃罢晚饭，络绎不绝地朝祉园寺拥去。

古老的祉园寺前的牌坊彩门上写着一副对联："俏女侠飞刀绝技艺惊四海，新目连刘氏四娘反打五叉"。横额上几个大字："青堤班在此作场"。

这一天，陈天鳌早早地结束了晚宴，请客人看戏。唐跛子领着手提盒子枪，身背大刀的兄弟伙分开人群，把尹昌衡和各县龙头大爷以及成都来的贵人们引入寺中。

戏园前面是上宾席，几张八仙桌上摆着瓜果，白铜水烟袋。桌子周围便是陈天鳌派出的全副武装的护卫人员和龙头大爷们带来的保镖。等贵宾入场坐定后，天渐渐地黑了，夜戏便正式开台了。

王椒虽然跟赵尔巽攀上了亲戚，但是他却很难得到赵尔巽的赏识，这一回赵尔巽居然采纳了他的意见，真有点受宠若惊。七月十四晚上，他即命张得奎带了杀手扮成成都看戏的人，暗地潜到广汉祉园寺，查看门道和地形。第二天，他又亲自点了数十巡防军悄悄出城，从小路赶到广汉，准备戏演结束后包围青堤班。潜伏在巡防军中的革命党人得到内情后，迅速把消息传了出来。

广汉，扮着观众的谢云峤等人接到成都的飞马快报，立即把情况通知了尹昌衡和杨绍伯，众人密商之后，进行了紧急部署。

入夜，祉园寺内人山人海，锣鼓喧天。寺内外到处埋藏着杀机。尹昌衡一家及成都贵客和袍哥舵把子们，围坐台前几张八仙桌上。尹昌衡及家人的身后站着两个全副武装的戈什哈。

飞刀女侠迟迟没有露面，直到戏演到高潮《刘氏四娘回煞》时，一阵紧锣密鼓后，八大灵官威风亮相，手举钢鞭站在台口护台。这八大灵官护台，是先前谢云峤报警商量对策时，尹昌衡临时加上的情节。灵官都是同盟会会员所扮，其中也有马忠。灵官护台，既与剧情吻合，又为主角登场造势，非常自然，不露痕迹。他们站在台口护台，也十分方便监视台下动静。

一声清脆而又凄婉的马门腔头子，穿云裂石，撕人心肺，哄闹的戏园子顿时静了下来。这时两个小鬼押着披枷戴锁刘氏四娘蹒跚登场。杨燕茹扮演的刘氏四娘，尽管是青衣旦装束，没有穿红着绿，那眉眼身段却掩不住她的天生丽质。观众过去一直看的是不男不女的男旦，而今，那美妙马门腔还回响耳边，色艺精绝的旦角歌舞于眼前，声情并茂，满身是戏，飞刀女侠真是名不虚传，场内顿时掌声雷动。

2

赵尔巽对王椒有言，不要扰了川人看戏的兴致。如此动荡时期，如果公开挑衅十三县袍哥，犯了众怒，激起民变，难免不酿成四川大乱。只准在戏散之后，包围祉园寺，只对人地生疏的青堤班下手，因此混入场中的杀手们没敢轻举妄动，只有先安心看戏。

贵宾席上，尹母是个戏迷，对《目连传》了如指掌。她本来是个挑剔戏文的才女，可川剧是雅俗共赏，她却一点也不计较原剧本的粗糙，几乎可以清唱全本。她知道她的儿子也参加了这个剧本的修改，今晚一看，不但故事情节叫人耳目一新，而且戏文也这般精美。一边为飞刀女侠鼓掌，一边暗暗地为儿子得意。

尹昌衡为母亲说着将发生的戏文，一边紧张地观察着周围的动静，思考着如何应对可能出现的情况。尹母专注地看着飞刀女侠，突然向尹昌衡问道："昌衡，你看飞刀女侠像谁？"尹昌衡假装仔细看了看："嗯，有些面熟，娘，你说像谁呢？"

尹母又看了看道："活像你外公家的邻居杨幺妹！"

"对，杨幺妹，是她，肯定是她。"他的耳边萦绕着儿时杨幺妹的歌声，一贯纵情欢场的尹昌衡，也不由得脸红心跳起来。

颜机坐在尹母和尹昌衡中间，自然听到了母子二人的对话，见尹昌衡突然变脸变色，正想发问，却听到尹母和尹父小声的对话。

尹父道："要是昌衡不出国，把杨幺妹娶过门，我们的孙子怕都有好大了。"

陈天鳌一直坐在八仙桌上，陪着贵宾们看戏，不断地献茶、献水果讨好尹母，陪着尹母为飞天女侠鼓掌。尹昌衡母子的对话被他听到了，他也觉得飞刀女侠很眼熟，一时想不起来，此时一看，果然是她。当年的杨幺妹，还是个花蕾儿，那时没弄到手就算罢了，而今却长成了这般的天仙美女，居然来到自己的码头上，真是天从人愿。他要打一个女戏子的主意，外地的戏班子，敢说个"不"字吗？充其量多花些银子罢了。于是立即对身边的唐跛子如此这般地耳语了一番，唐跛子立即离去。

谢云峄把保护青堤班同盟会同志的安全，作为当晚行动的重点。杨绍伯等重要人物及青堤班中可以撤走的人员，早已经陆续混出祉园寺秘密转移。戏班的财产则以袍哥规矩，委托给刘丽生。青堤公可以说是刘丽生和陈天鳌的共同客人，因为只要拜了码头，码头上就有义不容辞的责任，因此刘丽生早就把从彭州带来的兄弟伙，集中到了戏台周围，控制了舞台。因为杨燕茹是主角，她必须坚持到把戏演完。因此剩下最重要的任务，就是保护杨燕茹安全撤退。

同盟会的人早就暗中盯住了张得奎等人，戏将结束，便趁乱首先发难开枪。枪声一响，场中顿时大乱。马忠趁乱护着杨燕茹，脱下戏装袍服，从台后闪身出了祉园寺的后门。守在后门的几个杀手，刚掏出枪来，杨燕茹几把飞刀齐出，几个杀手应声倒地。马忠引着杨燕茹钻进附近的竹林，跳上两匹骏马，挥鞭冲向了月色朦胧的原野。杨燕茹骑的就是尹昌衡的那匹白马，在夜色中格外显眼。

却说王桢带着巡防军，趁着夜色，早已经埋伏在了祉园寺外。他知道夜戏结束，观众都要出寺来观看在小河边燃放焰火，放河灯。趁着观众出场，演员还忙着御妆之时，挥兵包围祉园寺，对青堤班乱党来个一网打尽。不想场中先乱了起来。接着听见后门有动静，赶来一看，几个杀手正捂着扎在身上的飞刀号叫。

尹昌衡对今晚将发生的事情心中有数，也没离开剧场，只是立即拔出枪来，和两个随身护卫的戈什哈一道，警惕地观察着动静，保护着家人的安全。

张得奎等人追出祉园寺，枪声渐渐远去，这里的混乱便很快平息下来。

陈天鳌先叫来唐跛子，要他以十三县舵把子的名义，务必请杨班主和飞刀女侠，出席当晚的消夜。务必让兄弟伙把杨幺妹看紧些，想方设法留下来，不能让她离开广汉。

唐跛子很快回来报告，青堤班已经消失得无影无踪。虽然没留下杨幺妹让陈天鳌很是遗憾，但是官军的到来肯定与自己无关，他这才放下心来，继续当他的东道主。

尹昌衡始终跟大家一起，没离开众人半步。他虽然还为杨幺妹悬着心，但他相信自己先前亲自参与决定的周密部署，一切都在按原计划实行。他更相信谢云崃和马忠的能耐，估计不会出大的差错。因此消夜时仍是跟大家谈笑风生，举杯豪饮。

3

尹母回娘家时，跟杨幺妹的父母打过口头亲家。孩子们一天天长大，当年尹家家境不好，穷家小户过日子为大，尹母也知道儿子喜欢杨幺妹，真的跟尹仕忠商量托媒人去杨家提过亲。可是后来尹昌衡出国了，这事便搁了下来，不久杨家就遭难了，这事也就淡了。

尹母自从昨天晚上在戏台上认出杨幺妹之后，心里就一直放心不下这个乖巧可爱的小邻居。而今虽然出息了，却成了官家捉拿的乱党。回到成都之后，她就叫马忠立即去打听杨幺妹的下落。当天夜晚，马忠便带着杨绍伯和杨幺妹来拜见尹昌衡一家，感谢救命之恩。

杨绍伯跟尹父尹母行过礼之后，尹昌衡陪着去书房，马忠便忙着去备酒。

杨燕茹在戏台上虽然面对千人百众神采飞扬，可是今天要见尹昌衡，却是十分局促和不安。

直到马忠掩护她逃出广汉的路上，杨燕茹才知道那个高大英武的军官，就是她曾经朝思暮想的昌仪哥，她那颗早已经死去的心，这时又不由得激荡起来。而今的昌仪哥长大了，长成尹昌衡、尹将军了，已经跟名门千金定亲了，可是自己……

杨幺妹进门时，一直把头埋得很低，她生怕看见尹昌衡那一刻控制不住自己，哭出声来。但是她还是偷偷看了一眼尹昌衡，那目光依然是那般火辣辣地灼人。她见礼时本想还叫"昌仪哥"，看看站在尹母身边的颜机，只好临时改口叫"尹大人"了。

杨幺妹一直跟刘家的子侄们一样把尹母叫"大孃"，当年的穷大孃，而今已经是呼奴使婢的阔老太太了，不知这个阔老太太，还认她这个穷乡邻和卑贱的小戏子不？她不好意思再叫"大孃"了，道万福之时，只好叫了一声"老太太"，行完礼之后就要站到一边去。倒是尹母一把拉过她说："幺妹，你嘚个连大孃都不认了啊。"杨燕茹这才喊了一声"大孃"，像一个失散多年的孩子见到久别的亲人一般，一下扑到尹母的怀里，就泣不成声了。

尹母扶着杨幺妹，泪眼婆娑，夸了一阵杨幺妹小时候如何懂事和乖巧，感叹几年不见，一下已经成人，而且还这样有出息。问起逃出广汉后的情况，杨幺妹哽咽着断断续续地讲起了这些年的遭遇，多亏杨绍伯收留和栽培，才在戏班找到安身立脚之地。在场者无不唏嘘。颜机一直扶着尹母，杨幺妹的悲惨遭遇也使她泪流满面。

却说尹昌衡这次见到杨燕茹，他的心情也是一样不能平静。他是个风流男儿，"酒不伤行，色不害德"，是他的行为哲学，眠花卧柳，可谓家常便饭。但是不管多少千娇百媚的香艳与缠绵，永远也不能取代与杨幺妹那份青梅竹马的甜蜜初恋。

尹昌衡是个至孝之人，他的婚姻，首先要让父母开心和满意。父母都那样喜欢杨幺妹，他在自己的婚姻思考上，也很希望能回报给父母以欢乐。及至回川的路上，知道杨幺妹一家遇祸，杨幺妹被人贩子买走失踪，这才彻底断念。谁知，今晚命运之神又把他已经破碎的梦幻给拼接了起来，把那个在他心灵深处刻下深深痕迹的小姑娘，变成一个明艳照人的大美人，突然捧现在了他的眼前。那一刻他的心为之震颤了。

尹昌衡看看紧挨着母亲的颜机，他什么也没说。他还能说什么呢，颜机已经算得十全十美了啊。可是毕竟曾经刻骨铭心啊，那一夜，先是为杨幺妹的安危悬心，既而，她的歌声在脑海中的固执与纠缠，日后面对故人的尴尬，让他辗转难眠。

酒宴中，杨燕茹已经不像才进门时那样局促和拘谨了。她跟颜机陪坐在尹母的左右，只是有意避开尹昌衡那不时射来的目光。酒过三巡，尹母关切地问起了戏班的情况。杨绍伯只得如实相告：戏班的人都全部安全转移，官府把班主和主角都定为乱党，肯定要到处捉拿，戏班只得暂时停止活动，自己将到重庆躲避一些时间。只是一时尚未安排好杨燕茹的去向，正跟尹昌衡商量，都还没想出好办法来。

颜机表面显得很平静，但她已大体猜着了几分。后来的事实是，尹昌衡纳杨燕茹为妾。

当日杨绍伯自认娘家人，当场过庚立约。尹父立即择定三日后即是吉日。

王棪揣着建立奇功的美梦，广汉捉拿乱党失败而归，他怕赵尔巽责备他办事不力，第二天上午忐忑不安地走进赵尔巽的书房。赵尔巽不但没指责他，反倒说走脱几个乱党事小，只要成都郊县不再上演煽惑人心的《新编目连传》，也算是大功一件了。

其实王棪并不理解赵尔巽目前的处境，身为朝廷总督，此时如果真的抓着了乱党，他便不得不杀人。但是在这个民怨沸腾的动乱岁月，任何一点火星，都可能点燃川人压抑已久的怒火，特别是对戏迷们崇拜的名角，更不敢随意杀害。现在的乱党太多了，走脱了几个戏班的乱党算不了什么，驱散了他们，比抓着他们更少麻烦。

王棪却见好不收。他虽然是尹昌衡的顶头上司，赵尔巽通过颜辑祜迂回赠马，想笼络川人之心明显可见，这对自己威胁很大，使他对尹昌衡有种本能的嫉妒。便对赵尔巽进言：乱党能够成功脱逃，肯定跟内应有关，最可疑的内应便是尹昌衡。因为张得奎认识尹昌衡的那匹白马，乱党就是骑那匹白马逃走的。赵尔巽虽然不保证尹昌衡不是乱党，但白马毕竟跟自己有关，见王棪还在喋喋不休，便不耐烦地瞪了他一眼道："知道了，你立即派人去查问白马之事。"

此事不了了之。王棪从此更加嫉恨尹昌衡了。

尹昌衡纳妾虽然并没张扬，可是陈天鳌还是很快知道了，尹昌衡娶的杨燕茹，就是飞刀女侠，原来尹昌衡早就设好了圈套，自己出钱请戏，却被他捡了个落地桃子。那被玩弄的怒火和醋劲，使他一心要报夺爱之仇。他一下想到，官府把青堤班主和飞刀女侠都定为乱党，正明令四处捉拿，便要唐跛子去官府告密请赏。

唐跛子皱了皱眉头提醒道：王棪从青堤班的箱子里搜到了你给杨绍伯的拜帖，那可是你私通革命党的罪证，花了好多钱才买出来。而今又去告密，岂不自投罗网？平息了的事情又翻出来，要是王棪趁机敲诈，岂不是搬起石头砸自己的脚？常言道，君子报仇十年不迟。舵爷要收拾尹昌衡，应该等待好时机啊。

唐跛子说得有理，陈和尚只得自认晦气，吃了这个哑巴亏。

第十一章

锋芒毕露

1

四川的同盟会成立后，呼应孙中山的号召，举起了武装夺取政权的旗帜，革命党人以"杀身求共和，流血购自由"的献身精神，举行了一次又一次的武装起义。武装起义之频繁，斗争之惨烈，在全国都是十分突出的。不过江安、泸州、成都等数次起义，都失败了。

近一两年，虽然武装起义暂时消停了些，可是留学日本的大批革命党人陆续回川，与尹昌衡在日本士官学校同期毕业的谢云峤、周骏、邱志龙、绍祺、丁慕韩、罗炜嘉等人，在其他学校毕业回国的革命党人彭光烈、夏之时等，多数已经在新军中当上了军官，或者在军政界任职。这些人回国，使四川的革命力量大大加强。1910 年，汪兆铭谋刺摄政王载沣，事泄被捕，黄兴在广州策动广州新军倪典起义，因没有后援而失败。血的教训让四川同盟会的革命党人对武装夺取政权的准备更加小心谨慎，虽然活动更加隐秘，却也更加频繁。尹昌衡虽然不参加同盟会的组织活动，但是聚会喝酒也总在一起。党人谈论革命之事，也不太回避他。他对四川的局势一样了如指掌。

尹昌衡任编译局总办，组织编译兵书并为新军中下级军官授课，并兼督练处会办。一个热血沸腾的青年将军，当然志在指挥千军万马，在炮火硝烟中冲锋陷阵。可是而今却在衙门中做文职差事，心中不是很乐意。不过转念一想，眼前虽然手中没有兵权，但是自己刚刚回川，编译著述，亦是所长，又非战争时期，作为督练处的会办，训练中下级军官，这些未来的军中精英，跟自己都有了师生的情谊，对自己在新军中积累人脉十分有利。同时将要知兵，这也为自己将来的军旅生涯，打下了很好的基础。因此他供职也很是兢兢业业。

尹昌衡这一时期研究得最多的是他的外祖父刘世敏留给他的《懋廷政书》《懋廷兵略》《懋廷舆图》，特别是《懋廷舆图》，他每得闲暇，便让杨燕茹骑了一匹胭脂马，自己骑了那匹白马，揣上《懋廷舆图》，去成都周边实地对照勘察，补充标绘新的军事布防，地标建筑之类的内容。

尹昌衡任编译局总办，发现原来使用的训练教材，不少已经过时，便亲自进行教材的改编，把火器飞速发展时代不断出现的各种新式武器及新的战法战术等内容，补充进了新教材，而且常常被请到武备学堂、陆军小学堂、官弁学堂、陆军速成学堂等军事学校讲课。这不但得到了赵尔巽的赞扬，而且使受训的中下级军官和学生们为之耳目一新，他在军校学员中很快名声大噪。

尹昌衡带着杨燕茹对成都周边的地形完成踏勘之后，回到衙署，便请来几个高手工匠关着门忙活了半个多月。这一天他应邀到陆军小学堂讲课，学生们来到操场集合，陆军速成学堂的部分学员也来听课。只见大操场中间，几张大方桌上蒙着一块巨大的红绸。教官围着红绸遮掩的大方桌集合好队伍，学员们瞪着惊奇的眼睛，不知红绸下藏着什么秘密。

这时教务长等人陪着尹昌衡来到大方桌前。开始讲课之后，尹昌衡才揭开红绸。原来这是他到成都郊外踏勘之后，回到衙署赶制的一个军事沙盘。这沙盘对那些留过洋的人来说，本不算什么新玩意儿，可是对那时封闭的四川而言，却是个稀奇的新事物。尹昌衡指着沙盘，讲解地形地理及火力配置，成都周边那一个个熟悉的地名，唤起了大家头脑中记忆的图像，浓缩到这沙盘之上，真是一目了然，学员们对这样的洋玩意儿，闻所未闻，见所未见，无不赞叹："真是大开眼界。"

这一次讲课，让尹昌衡在陆军学员中，收获了极高的威望，学员中的刘湘、李家钰等人最是活跃，不断提问，甚至有的怪问是有意要考老师。尹昌衡巧妙回答那些怪问。课后，刘湘、杨森、李家钰、邓锡侯等人，把尹昌衡硬拉进酒馆，恭敬地磕头敬酒。从那以后，他们自然也成了好朋友。

四川连续数年天灾之后，宣统二年（1910），又是一个大旱之年，特别是川东北，从去年冬天到今年的春夏很少下雨，不少地方绝收，重庆以东、达州及南充等地，春荒连着夏荒，饥民遍地，有的地方甚至饿死了人。而富饶的川西平原享都江堰灌溉之利能抗旱灾，可是大春的粮食刚刚成熟，还没来得及收割，即秋雨连绵不断，粮食和棉花都烂在地里收不回家。这对灾荒连年的四川更是雪上加霜了。而在这种情况下，朝廷对四川的摊派，又连年有增无减。

天府之国四川是全国的富庶地区之一，清王朝历来把四川作为重要的搜刮对象。除了每年定额负担西藏一百万两，云南五十万两，贵州四十万两，甘肃、青海各三十万两银子的开支外，丧权辱国的《马关条约》签订以后，四川每年摊派赔款银子六十余万两，到了庚子赔款时，四川又派解新案二百万两赔款。清政府对四川的搜刮程度，远远超过其他各省。其他各省只有新的捐输，四川例常向朝廷解纳的捐输一文不少，在新的捐输中还为其他省协饷，如"甘肃新疆协饷银二百万两，贵州协饷银五十万两，代贵州解庚子赔款银二十万两、云南三十万两"。

天灾加上清廷无休止的盘剥搜刮，四川民不聊生，民情汹汹，此时，朝廷不断催逼四川协饷、捐银的同时，又传来六月二十八日，英、美、法、德大使照会外务部，要求迅速签订粤汉、川汉铁路借款合同。清廷召盛宣怀进京，回邮传部任右侍郎之职。盛宣怀是洋务派的干将，清末最有名的实业家，但是向来被朝野不少人视为为列强效力的卖国贼。他的复任，无疑将对借款之事为列强推波助澜。八月，四川的各报群起声讨，四川咨议局立即在成都成立了"四川国会同志请愿会"，派蒲殿俊赴京，联合各省要求清廷速开国会，缩短立宪期限，以国会来阻止借款之事。无处不在的革命党人也在暗中蓄势。暂时的平静，预示风暴即将来临。

四川总督赵尔巽，面对如此局面，下逼上压，真可谓心力交瘁，坐卧不宁。在内外交困中，他已经看出了四川迟早将是一块是非之地。自己效忠大清朝，一世英名，不能毁在这里，于是早已经在开始寻找全身而退的脱身之计。

皇族内部虽然钩心斗角，争权夺利，但是看到大清朝风雨飘摇，已经到了穷途末路，为整个王族利益寻求退步之计，则是皇族中不少明白人早就暗中思考的问题。他们选择退步的地方当是大清朝的龙兴之地东三省。但谁去经营这个最后堡垒，他们却在钩心斗角中拖延着。赵尔巽在思谋自己的脱身之计时，也看准了这个地方。他不是皇族成员，没有介入皇族的内部争斗，谁都没得罪，他不但是资历很深、政绩斐然的封疆大臣，而且生于辽宁铁岭，这则是他能够为大清朝尽忠的好理由，因此他便暗中开始了悄悄的活动。从他的内线传来的消息，梦想可能成真。

2

成都平原苦挨过了漫长的连绵秋雨，1910 年的初冬天气终于放晴，迎来了四川天高云淡的小阳春天气。一直在政治阴霾压抑中的总督赵尔巽，也终于盼到京城传来的好消息。让他接任锡良出任东三省总督之事已经基本敲定，只等新年之后上谕颁旨，只是目前还是绝密消息。他的心情也跟天气一样好起来。

赵尔巽于1907年3月继岑春煊之后奉调为四川总督，后由其弟赵尔丰代理；1908年2月，又复调任四川总督到今。两度治蜀，他很希望自己给蜀人留下个好印象。他为官清廉，不施苛政，即使对付此起彼伏的革命党也是剿抚兼施，驱走为上。在政局动荡，灾荒连年的危难中撑持，他在四川任上也做出过不少朝野称颂的好事。但是，在办新军这件事上，总是觉得有几分愧色。

1901年，清朝政府废除绿营制度建立新军，规定全国各省共编练三十六镇（镇相当于后来的师）。四川因省区较大，兼控制康藏地区，决定编练第十六、第十七、第十八三个镇。

为了培养军事人才，四川先后派遣周道刚、徐孝刚、胡景伊、张毅、刘鸿逵、徐海清六人到日本士官学校学习军事。之后又派了尹昌衡等九人赴日本学习军事。同时，四川相继设立了武备学堂、陆军小学堂、官弁学堂、陆军速成学堂，培养中下级军官。然而，由于人事更替等各种原因，到1907年，四川计划编练的三镇新军，一个镇的任务都未完成，仅勉强编成了一个混成协。

赵尔巽于1908年2月正式上任四川总督。其时，西藏上层贵族中的分裂分子在英国的支持下进行分裂活动，清政府急令四川新军到拉萨驻防，赵尔巽即命协统钟颖抽调三营新军，在外地募兵三营组成一协兵带去拉萨。赵尔巽即请调奉天候补道朱庆澜来川任统制，重新筹建新军第十七镇，原代理混成协协统的第十六标标统周道刚改任陆军小学总办。

朱庆澜将停办的四川陆军速成学堂改为四川陆军讲武堂，以培养中层干部。随后招募兵员，着手建立新军第十七镇。通过一年多的努力，直到1910年末才勉强组成了一个镇的完全编制。

新军第十七镇成立，全部军官到位就职后，赵尔巽举办了一个盛大的庆祝宴会，宴请新军标统以上的高级军官及省城的官员和知名士绅。新上任的军官们佩戴着勋标，戎装笔挺，马刺雪亮。赵尔巽见到会的官员和士绅名流都用赞许的目光打量着新军军官们，心里暖洋洋的。

宴会开始，赵尔巽热情洋溢地致辞，他盛赞川人协力同心，方建成新军第十七镇。这一番致辞，川人听着很受用，捧场的捧场，鼓掌的鼓掌，可是不久场中的气氛便冷却了下来，特别是川籍官员及名流士绅的席上，人们不但不举杯，有的人甚至愤愤然议论着什么。

第十七镇中下级军官配备，多数是四川陆军武备学堂、四川陆军讲武堂、四川陆军弁目队等军事学堂毕业的学生。另外，保定陆军速成学堂和四川官弁学堂的毕业生也有相当大的比例。而在高级军官中，却没有一个四川籍军官。也就是说，军队的指挥大权完全掌握在外省人的手里。"总督大人歧视川人"的怨言，早已经在军界和政界传得沸沸扬扬，地方名流士绅也很有怨言。

赵尔巽见川人不悦，便带着藩台王人文和十七镇统制朱庆澜，亲自到川人席上敬酒，希望借此来消川人怨气。

他举着杯，满脸笑容地来到川人席上，不等他开口，尹昌衡便从末座站起来质问道："请问大帅，川人节衣缩食建成新军第十七镇，为什么协统（相当于旅长）以上的军官，没有一个川人？大帅何故如此歧视川人，薄待川人？"

尹昌衡身材高大，声如洪钟。总督祝酒，一个青年官员敢如此放肆冒犯总督，举座皆惊，所有的人都把眼睛望了过去。不少官员，特别是地方名流们，只知道尹昌衡其名，不认识其人，相互打听这人是谁，知道后无不为他捏一把冷汗。赵尔巽也不愧有大帅气度，脸上依旧堆着笑。

藩台王人文立即举起杯子为赵尔巽圆场道："尹会办，大帅向来敬重四川才俊，何来对川人歧视冷落之说，呈报给陆军部的十七镇高级军官的名单中，本来也举荐了几位川籍军官的精英，可能是因为地域回避的祖制，没有被批准吧。"

王人文所说赵尔巽举荐川籍军官也是事实。他所说的地域回避祖制，即文官任职回避制度，创立于汉代，历代发展，至清朝至严。而地域回避，又是官吏回避制度中最基本的回避。

王人文在四川人中很受敬重，看在他的面子上，不少川人也举起了杯子。可是尹昌衡却一针见血道："王大人，请恕昌衡失礼，回避祖制之说，不过是托词罢了，回避制度从来只对文官而言，军人向来不受此限。曾文正公，不是京城文官而回湖南治军，因之功成军旅，垂范后世吗？"

王人文在官场历练甚深，岂能不知道这一般常识？其实其中的真实原因，他是知道的。赵尔巽举荐的人才中，确实有周道刚和尹昌衡。朱庆澜任统制，原代理混成协协统的周道刚则被放到了陆军小学堂总办的冷板凳上，当然得防着周道刚几分，上报陆军总部时则把周道刚拉了下来。而尹昌衡却是因为不辞而别离开天津，不为北洋系所用，段祺瑞不给他这只猛虎添上翅膀，因此便借口给刷了下来。如果说出真正的原因，岂不招来更大的麻烦？尹昌衡这一问，弄得王人文实在张不开嘴，很是尴尬。

尹昌衡虽然服务于军界，此时却是衙门的文职人员，只能忝陪末座。他向来对那些尸位素餐的外省籍高级军官不屑一顾。他在川籍军人中，虽然军衔级别不低了，属于凤毛麟角，但在动乱时代，虚衔和掌握实在的兵权那就是天壤之别。

这次新军第十七镇成立，原听说自己被列为协统人选，梦想着一展才华，训练一支铁军，在需要的时候，为国为民干出一番轰轰烈烈的事业。可是现在却仍然只是一个手无一兵一卒的清闲军官，所学不能用，空有一腔报国热情，心里一直窝着火，因此向来狂傲的他，一点也不给王人文面子。

王人文无言以对之时，其他川人也放下酒杯，七嘴八舌地给尹昌衡帮腔，一时弄得王人文更下不了台。

朱庆澜身为统制，作为今天场中新军的最高长官，只好分辩道："四川也是大清朝的天下，朝廷用人唯才是举。何分四川籍和外省籍？朝廷任用陈德麟、施承志两位将军做协统，他们随袁大帅小站练兵，又赴日本士官学校深造，可谓难得将才。四川暂时没有将才，因此，还请四川在座群英及四川父老，多多体谅大帅苦衷。"

朱庆澜没说完，尹昌衡便道："谁说四川没有将才？秉大帅，四川自古英才辈出，当今四川，有的是将帅之才！"

赵尔巽依旧微笑着问道："依尹将军看来，现在四川有哪些将才？"

"秉大帅，周道刚就是将才，我尹昌衡也是将才！"

周道刚，字奉池，双流县人。清光绪二十七年（1901）首批官费留学日本，是日本士官学校第三期毕业生。回国任四川武备学堂教习，陆军十六标标统，宣统元年兼任陆军第三十三混成协代协统，资历和声望，远在陈德麟、施承志两位协统之上，因此尹昌衡很是为周道刚愤愤不平。

赴宴的中下级川籍军官不少。尹昌衡底气十足，出语惊人，喊出了他们的心里话。宴会厅里短暂的惊愕之后，便是一阵热烈的掌声。之后，高级军官席上却发出了外省籍军官不屑的唏嘘之声。

尹昌衡今天存心要出够风头，他向外省籍高级军官席上冷眼看去，挑衅地吼问道："有什么不服气？周道刚比现任哪位协统资望浅吗？"他本来要把矛头指向赵尔巽，看了看这个瘦小的老人于心不忍，临时话锋一转道，"朱统制未到任之前，大帅委任周道刚为混成协代协统，比现任协统品级高吧，他都不是将才，难道你们要说大帅没有识人慧眼，治军无方，用人不当吗？我尹昌衡敢自夸将才，谁不服气，请站出来，要比文韬武略，要比排兵布阵，还是比十八般武艺，当堂过招！要是尹昌衡输了，从此再不谈兵！"

川籍军官们起哄叫好，官绅们心中畅快嘴上却假意相劝。周道刚、颜楷等人将尹昌衡强按在座位上。此时一直举着酒杯的赵尔巽，却突然哈哈大笑道："后生可畏，后生可畏啊。尹会办胆识过人，为乡党英才仗义执言，忠直可嘉，忠直可嘉啊。"

赵尔巽那一串哈哈响起之时，所有的人都有些不寒而栗，都以为尹昌衡闯下了弥天大祸。此时只听赵尔巽慢条斯理地道："毛遂自荐，千古美谈，而今正值国家用人之际，忠心报国，有才当展。来日方长，机会很多。冬至之前，将在凤凰山北较场举办新军秋操检阅，检阅之后，进行新军实战对抗演习。老夫今日任命尹会办为秋操会演总裁判，让你针处束中，脱颖而出，如何？"

赵尔巽这一席话让所有的人都愣住了。不过，他也因为这一次的大度，给川人留下了更好的印象。

赵尔巽离川前要给川人一个漂亮些的交代，因此他太需要一次壮观的新军会操来装点自己了。秋操会演当天，尹昌衡就地形、地貌、天气、辎重，及后勤补给、救护，以及两军火器配备、攻防要略等，给众人解说得头头是道，官绅们频频称是。

只会看热闹的官绅们，没听过炮响，没见过硝烟，争向赵尔巽夸功道贺。尹昌衡却满脸愁云，以火器战争的要素愤然点评，观战的官员和缙绅如梦初醒。最后他结论道："这不是新军的军事对抗演习，是在演戏！"判南北两军皆输。

尹昌衡的裁判，令外省籍军官十分丢脸，川籍军官扬眉吐气。但是赵尔巽脸上却很过不去。这回尹昌衡乖觉了些，话锋一转，严厉训斥军官，平时只知吃喝嫖赌，军士疏于训练，辜负了大帅千辛万苦经营新军的厚望。王人文知道赵尔巽此时的心境，亦为赵尔巽歌功颂德，赵尔巽脸上这才冰霜稍释。

3

辛亥年（1911），成都的元宵节之后，赵尔巽一改过去深居简出的习惯，在王人文的陪同下，不断出巡他治下的一些部门。这些部门都是他再次治蜀两年多来，自己认为政绩最突出的部门。

他首先到咨议局去拜年。当朝中立宪派取得胜利，上谕准予各省成立咨议局时，四川立宪派人士，在他的支持下，在全国率先成立了咨议局。他在他的省务上也给予咨议局应有的地位，因此，四川立宪派能够合法地使用部分民主权力。所主办的报纸揭露了当时官场中大量的黑幕和贪腐现象，不少贪官因之落马。比如铜元局挪用铁路公司二百余万两路银的案件，就是蒲殿俊主办的《民报》最先揭露出来的，这让他在四川立宪派中赢得了好声望；他雷厉风行地开展禁烟，取得了有口皆碑的政绩；他大力兴办实业，开设省矿务总公司、兴办兵工厂和筹设蚕桑传习所等，这些也很为四川绅民所称道。新军建设，是他花力气最多的部门，除了扩大和完善原有的几所陆军学堂外，还将已经停办的四川陆军速成学堂改建成四川陆军讲武堂；另外还开办了高等巡警学堂；完成了新军第十七镇的组建。

赵尔巽把巡查军校和新军安排在最后。尹昌衡和各军事机关的要员们都全程陪同。

巡察结束后，三月初的一天，藩台王人文出人意料在督府又举行了一次盛大的宴会。尹昌衡没想到向来令人尊敬的王人文，在宴会上居然一反常态，带头为赵尔巽歌功颂德，其他官员自然也不甘落后。尤其是那批外省籍的军官们，拍马屁的本事，远远大于行军打仗，听得实在让人恶心。

尹昌衡本来就郁闷至极。凤凰山阅兵，他当总裁判出尽风头。川籍军人扬眉吐气，他成了军营里川籍军人的骄傲和议论的中心。川人侮慢省外籍军官的事件也时有发生。特别是陆军讲武堂的学员更是带头闹事，公然要尹昌衡来当总办，这使外省籍军官们更难堪。

赵尔巽欲拟从学员之请，外省籍军官和王棪等人却一齐进言：军人以服从为天职，若迁就学员，形成风气，日后大帅将令何行？且尹昌衡野心勃勃，一呼百诺，大帅苦心经营的四川，将成谁的天下？要赵尔巽以侮慢上宪之名，治尹昌衡的罪。

赵尔巽很赏识尹昌衡的才华，本打算重用，在此情况下，堂堂总督，有受要挟之嫌。而且到底就要离开四川，他不希望另生枝节，也不好得罪外省籍军官，只好把提拔尹昌衡的好事，留给王人文来做。只得维持现状，两边安抚。

不安于现状的尹昌衡，脱颖而出，一展抱负，没想到主帅只重招兵，不重择将，自己仍然被闲置于衙门中，不能扬威于军旅，一试身手，当然闷闷不乐。酒席上尹昌衡喝了几杯闷酒，实在听不下去那些肉麻的吹捧，愤然离席而去。

颜楷理解尹昌衡的愤懑，散席之后直奔督练处尹昌衡的书房，把尹昌衡拉回了家，在家中重摆酒席，颜辑祜也来开导。深夜，一言不发的尹昌衡，又举起了巨觥。颜楷阻拦不住，颜机携杨燕茹站起："昌衡哥，何必英雄气短，跟自己过不去？"

当着颜辑祜的面，尹昌衡不得不给颜机面子，只好顺从地放下巨觥，慨然长叹道："昏庸当道，为国而悲，为蜀民而悲，不醉何如？"

一直默然拈须的颜辑祜轻道："昌衡之言差也，老朽深知，巽公其人，国家干臣，并非昏庸之辈耳。"

尹昌衡欲辩，门房突然高声报道："藩台大人到！"

颜楷刚欲出门相迎，王人文已经带着两个捧着绵竹老窖的随员走上堂来。众人即随颜辑祜起迎，独尹昌衡傲然而坐。

王人文道："下官受总督大人之托，为祜老送美酒，贺喜而来。"说罢命随从呈上两坛酒。

众人都甚是不解，王人文这才慢道其详。原来藩台今晚的宴会，实为赵尔巽赴任东三省总督送行。赵尔巽讨厌官场迎来送往的恶习，更不愿那些善于钻营的官员们在他卸任前来找麻烦，因此，离任之事，一直秘而不宣。王人文理解他的苦心，才用藩台的名义，为他举办了这次不告别的告别宴会。

宴会结束之后，王人文留下了各大衙门的主官，随赵尔巽走进书房，赵尔巽的侄儿即赵尔丰的三儿子老三，已经收拾好简单的行装，等候叔父临别的吩咐。

赵尔巽以前膝下无子，只有两个女儿，新近才得到一个儿子，尚在襁褓之中。他便把三弟赵尔丰的三儿子留在自己身边，一是为了照顾自己，再就是让老三在成都这样精英荟萃的地方，结交豪俊，增长见识。

赵尔巽托付王人文教导侄儿，关照日后前程。

此时王棪匆匆走来报告，尹昌衡席间失礼，侮慢上宪，回到衙署书房，独自饮酒发狂，不知又写了些什么。要赵尔巽立即对尹昌衡采取行动。

赵尔巽勃然大怒，教训王棪，过去碍着亲戚面子，遇事留情，今后无人庇护，要收敛小人行迹，光明正大做人。王棪不知道"今后无人庇护"是何意思，又不敢多问，只得默然告退。

出了书房，赵尔巽方命击鼓升堂，留下的各衙门主要官员毕集大堂，宣读圣旨，赵尔巽调任东三省总督，王人文代行总督职权。当即与王人文举行了隆重的交印仪式，众人这才恍然大悟。

王人文道："赵督跟祜老笔墨交厚，故旧情深，日后难共杯中日月，特托下官连夜赠两坛绵竹老窖相贺。"

颜辑祜不解："巽公不弃寒微，临别赠酒故交，也合情理。老朽实在不知何喜可贺？"

王人文道："赵督有言：一贺公佳儿颜楷英才盖世，二贺公快婿昌衡人中俊杰，蜀地昆仑。"

众人又是大惑不解了，更是不相信自己的耳朵，瞪着惊疑的眼睛，望着王人文。

原来，赵尔巽在宴席上始终微笑着接受人们的恭维，尹昌衡闷闷不乐，愤然离席，他完全看在了眼里。离开四川时，他希望这个有为的年轻人能够理解他的处境和苦衷，跟尹昌衡作一次交谈。交印之后，他跟王人文和侄儿老三，来到尹昌衡在衙署中的书房。此时，尹昌衡已经被颜楷劝走，桌上的文章尚是墨迹淋漓。赵尔巽秉烛翻阅尹昌衡案头文章，吟诵再三，抬头品读墙上尹昌衡从广西带回的那副对联，挥毫写下："此子其才可爱，其直可旌，其忠可用，其辨可警。真正人中俊杰，蜀地昆仑也。"

王人文由衷赞道："大帅大度公道，令人敬仰。"

赵尔巽告诫王人文道："后来治蜀者，若重用此子则蜀安，愿公识之，三儿识之，追随之！"末了，才请王人文代他携酒相贺。

众人听罢，无不感慨。

颜辑祜道："国有如此忠臣良将，为何没有应天顺民之明君啊？"

颜机还是不解："总督既然知道昌衡哥才堪栋梁，为何弃之不用呢？"

王人文解释道："非也，巽公拟任昌衡第十七镇新军协统，被陆军部刷下；凤凰山阅兵之后，赵督本欲擢拨昌衡，奈何讲武堂学员闹事，堂堂总督受部下要挟，军令何威？体面何存？再者，离任在即，把人情留给我这继任之人，让昌衡感恩图报，这正是巽公无私，高风亮节啊。我今暂时代行总督之职，定不负巽公之托，不日请旨，重用二位。"

颜辑祜又说了赵尔巽迁回赠马之事，众人更是感慨赵尔巽这个正直老臣的良苦用心。

尹昌衡跌脚叹道："大心胸，大眼界，大度量，方能成大事业，昌衡狂傲自负，今日始知浅薄浮躁，错会巽公之意，吾之大过也！"说着叫备马，就要去向赵尔巽请罪。

王人文道："不必了，晚了，巽公除了书卷，并无家财，为避官绅相送，已经乘船悄然离去了。"

尹昌衡甚是怅然，默嘱自己，他日定不负巽公厚望。

第十二章

路权肇乱

1

摄政王载沣当政，立宪派通过不断斗争，清廷不得不准许将君主立宪纳入议程，准许全国各省设立咨议局。各省咨议局成立后，全国民主浪潮更加高涨。清廷既不愿丢失权力，又为应对普遍高涨的民主浪潮，便搞了一个预备立宪。载沣利用《钦定宪法大纲》，代替溥仪做了全国陆海军元帅，任命其弟载洵为筹办海军大臣，又仿日本设军咨府，派他弟弟载涛等皇族亲贵管军咨府事务，把军权集中在皇族手中。1911 年 5 月，又发布《内阁官制暨内阁办事章程谕》，成立了预备立宪的内阁，即国人共愤的"皇族内阁"，命庆亲王奕劻任内阁总理。十三名内阁大臣中，满人占九人，其中皇族占七人。

皇族内阁争权夺利，尔虞我诈。总理大臣庆亲王奕劻和袁世凯长期勾结，他曾一度力主请袁世凯出山。时任纂拟宪法大臣、内阁度支部大臣兼盐政大臣、镇国公载泽，与庆亲王奕劻不和，他曾力主杀袁世凯，视奕劻老迈无能，一心取代奕劻总理大臣之位。二人在皇族内阁中，钩心斗角，拉帮结派。载泽便竭力拉拢盛宣怀。

在臭名昭著的皇族内阁中，唯独盛宣怀，不但是汉人，而且还是一个政绩不错，又颇有争议的大臣。

盛宣怀，字杏荪，江苏省常州府武进县龙溪人。他从李鸿章的幕僚而青云直上，成为洋务派的核心人物，官僚买办。他是清末著名的政治家、实业家、慈善事业家。他一生创造了十一项"中国第一"：第一个民用股份制企业轮船招商局，第一个电报局，第一个内河小火轮公司，第一家银行，第一条铁路干线京汉铁路，第一个钢铁联合企业汉冶萍公司，第一所大学北洋大学堂（天津大学），第一所高等师范学堂南洋公学（上海交大等），第一个勘矿公司，第一座公共图书馆，创办了中国红十字会。他热心公益，积极赈灾，创造性地用以工代赈方法疏浚了山东小清河。他被后人誉为"中国实业之父"、"中国商父"。

在预备立宪时，盛宣怀由邮传部尚书，升为皇族内阁的邮传部大臣，该部主管铁路、电报、航运、邮政，前三项皆为盛宣怀所创办。

盛宣怀不仅是中国近代民族工业和洋务运动的开拓者与奠基人，更是中国近代工业史和洋务运动史的缩影。慈禧太后对盛宣怀的评价："盛宣怀为不可少之人"；李鸿章对盛宣怀的评价："志在匡时，坚韧任事，才职敏瞻，堪资大用"；张之洞对盛宣怀的评价："可联南北，可联中外，可联官商"；孙中山对盛宣怀的评价："热心公益而经济界又极有信用"。

盛宣怀对实业救国情有独钟，而今职责在身，大权在握，急于轰轰烈烈地干出点名堂来。特别是铁路关系国运和民生，更是他首先要抓的重中之重。

十九世纪末，世界各大国都在大张旗鼓地兴修铁路，铁路至大，路权为尊，国之重柄，不轻与人，成为大清国许多官绅乃至东部普通民众的共识。一些旅日川鄂籍留学生回乡却散播舆论，称"国造民营可省费三成"。国人自造、民营铁路，可以避免风水破坏和"先人庐墓"被惊扰。这时候正值清廷开始改革图存，1903年12月《铁路简明章程》颁布，规定各省官商只要获得批准，便可修筑经营铁路。

四川总督锡良，顺四川民情上表请旨，于1904年1月，在成都岳府街创办了官办的川汉铁路总公司。股本来源主要是绅民认购之股、地亩抽租之股，其次是官本之股，公利之股。然而公司的行政权、财权、人事大权都为官府所控制。绅商的股东权益受到严重损害，川人通过不懈的斗争，直到1907年，才终于从官商合办、官督商办，争取到商路商办的权利。

然而川汉铁路公司一成立就运作不顺。一千多公里的铁路，从哪里开始修建争论不休。管理混乱，执事者任意侵渔：铜元局挪用路银三百余万两，经办人贪污严重。1910年，公司总收支、上海办事处保管委员施典章挪用路款投机牟利，亏挪路银达二百万两之巨。公司从1905年到1909年，千辛万苦共集股银才一千一百余万两，损失股本竟然达到五百余万两。

施典章案发后，加剧了川汉铁路公司的内部纷争和对领导权的争夺。1910年11月，川汉铁路总公司在成都召开第二届股东大会，推选彭兰村、都永和等十三人为董事，推选彭兰村、都永和为正副主席董事。与此同时，四川京官甘大璋、宋育仁、曾鉴、陈忠信等人借题发挥，认为川路公司失败是由于公司派三处总理，一驻成都、一驻宜昌、一驻北京，邀集四川京官自设董事会与成都总公司分庭抗礼，趁机乞援于邮传部尚书盛宣怀。有人甚至不惜请求将路权收归国有。

盛宣怀鉴于川汉铁路公司成立多年，只修了宜万段三十公里，而且内乱纷争不息，因此上表建议：以前各省分设的铁路公司，集股商办之干路延误已久，应即由国家收回赶紧兴筑，除支路仍准商民量力酌行外，从前批准干路各案一律取消。盛宣怀主张将先收归国有的川汉、粤汉铁路所招各股，改换官办股票，有不愿换票者，给还股本，或发还六成，其余四成发无息股票；川省铁路股实用之款，给国家保利股票，余款或附股，或兴办实业，另行规定，但是不得由股东收回。

不管盛宣怀动机多么良好，他的建议恰好迎合了皇族内阁里皇亲争权的政治需要。载泽等实力派的竭力支持，内阁便以纠正商办铁路"旷时愈久民累愈深"，宣布"干路均归国有，定为政策"。

盛宣怀办事可谓雷厉风行，1911 年五月二十日即奉上谕同四国集团签订了借款合同二十五款。借款六百万英镑，利息五厘，以两湖税金和盐利作为担保。四国则完全享有粤汉、川汉铁路的修筑权，以及该延长线继续投资的优先权。

皇族内阁本来已经激起了全国人民的反对，当时正值民主浪潮高涨，全国上下强烈反对。人们普遍认为，此协议实质将川汉、粤汉这两条重要干线，完全置于帝国主义的控制之下。内阁是出卖国家主权，去博取列强的欢心和支持。

四川护理总督王人文上疏指出借款合同"乃举吾国之国权、路权，一畀之四国，而内乱外患，不可思议之大祸，亦犹缘此合同，循环而生"。

王人文的警告立即应验：路权国有，一下引发了全国保路的风暴。湖南人率先反对。五月十四日，长沙万余人集会，要求政府"收回成命"、主张铁路"完全商办"；十六日株洲万余筑路工人进长沙示威；川汉铁路被迫停工，湖北绅商纷纷向宜昌分公司索回股本，众怒汹汹，路工打死前来弹压的官兵二十余人；广东也群起反对，各省都以咨议局为阵地，一面迫使当地总督代奏，要求政府收回成命，同时派员进京弹劾盛宣怀。

四川立宪派向来主张文明护路，第一阶段并不激烈，如果路权真正国有，亦可从之，如果出卖给列强，则抵死不从。路权国有政策出台后，四川人先寄希望于保住路款，由王人文多次代奏无果，屡受朝廷申斥。六月十一日，盛宣怀、端方夺路夺款的"歌电"称："已用的和现存之款，一律填给股票，如果川省定要筹还路款，朝廷必再借外债，必以川省财政作抵。"立宪派寄希望朝廷回心转意的幻想破灭，于六月十六日召开股东大会，决定采取激进的非常手段，成立保路同志会，借民众的力量"拼死破约保路！"

四川成立保路同志会，已经酝酿了很久，用不着发动，六月十七日一声号令，群众如潮水般涌向会场。台前台后，万头攒动。保路同志会正式成立，会址设在岳府街铁路公司内。蒲殿俊、罗纶分别任正副会长。罗纶致开会辞，报告清王朝借债修路违法及丧权辱国的经过。邓孝可、刘声元、程云度等人分别发表演说，痛陈借款与国家存亡的关系。会上还宣读了《保路同志会宣言》。与会者无不痛哭失声，维持秩序的巡警也为之泪下。

会后，举行了声势浩大的请愿活动，官员、绅士、平民，奔向督府衙门请愿。护理督府王人文深为感动，表示愿为川人力争，慷慨表态道："虽三、四奏，直至罢官，亦乐为川人尽责。"王人文后来确实用行动履行了他的诺言。

紧接着，成都各学校、各街道、各行业分别成立了保路同志会。同盟会的反清斗争，也合入了立宪派的保路斗争中，纷纷派出演讲人员，到各地宣传鼓动，各州府县，以成都为榜样，以袍哥为主体，很快分别成立了保路同志会分会。全省的工人、农民、学生、市民、老幼妇孺，都踊跃入会，连乞丐、僧人、道士、聋哑残疾人等都卷入了破约保路的狂潮之中。

2

盛宣怀办实业内行，搞政治未必内行。他铁心搞干线路权国有，除了依仗镇国公载泽外，还有一个得力的帮手，这就是端方。

端方，字午桥，号陶斋，满洲正白旗人。戊戌变法时，端方曾上标榜维新的《劝善歌》，受到光绪皇帝的赏识。后来任代理陕西巡抚，八国联军占领北京，慈禧和光绪帝出逃陕西。端方因接驾有功，调任河南布政使，旋升任湖北巡抚。之后，历任湖广、两江、闽浙总督。宣统元年调直隶总督，后被弹劾罢官。宣统元年起为川汉、粤汉铁路督办。

端方算得上是清末改良派的领袖，时人臧否清末四大能臣，称"岑春煊不学无术，袁世凯有术无学，张之洞有学无术，端方有学有术"。

端方在历任上述封疆大吏期间，鼓励学子出洋留学，被誉为开明人士，他是中国新式教育的创始人之一。在代任两江总督期间，在南京鼓楼创办了暨南学堂（暨南大学）。在任湖北、湖南巡抚期间，命令各道、府开办师范学院。在任江苏巡抚期间，决心革除陋习，下令各州县照例奉送的红包全数退回，用作选派两名当地学生出国留学的费用。在国内创办新式图书馆、幼儿园等，倡导新学。

1905年载泽率五大臣出国考察宪政，载泽、端方一行历访日本、美国、英国、法国、德国、丹麦、瑞典、挪威、奥地利、俄国十国。回国之后，端方总结考察成果，上《请定国是以安大计折》，力主以日本明治维新为学习蓝本，尽速制定宪法。端方还献上自己所编的《欧美政治要义》，后世认为此乃中国立宪运动的重要著作。他还是金石家，著有《陶斋吉金录》《端忠敏公奏稿》等传世。

盛宣怀很看重端方的维新和改良主张，在路权问题上和自己志同道合，还看重他跟载泽出国考察宪政，二人私交很厚。并且他考察期间，与列强上层交往颇多，办铁路少不得要跟外国人打交道，正好借重。端方因在慈禧出殡之时拦路拍照被罢官赋闲，其时正待机谋官。他便立即奏请起用端方，委任为渝汉铁路督办。

盛宣怀主张铁路国有，并且立即办了一份报纸《宪报》，打压反对派。

天津，冯国璋密切地关注着全国的保路风潮。这一天他在书房中看了新到的《宪报》，禁不住骂道："混蛋，争权夺利，玩火自焚。"他料定天下大乱将临，袁世凯出山时间不远了。

冯国璋在书房里踱步一会儿，立即回到书案修书一封，命人叫来了冯倩文。冯倩文一看是给尹昌衡的信，信中除了透露袁世凯或许即将出山之外，只说了交情，这令冯倩文大惑不解。

冯国璋让冯倩文看了报纸，给她分析了形势。他要冯倩文以打理生意的名义再去四川走一趟，顺便投书，并说风云起时，腾龙将飞，尹昌衡非池中之物，定会不甘寂寞，密切关注他的动向，相机行事。国家多事之秋，儿女情长，务必暂放一边，如果能助他一臂之力，或可种豆得瓜。

一向刁蛮任性的冯倩文，深为父亲的远见卓识所折服。立即整备行装，赶赴四川。妥儿闻言，更是高兴，她也可以因此见到终日思念的马忠哥哥了。

成都，《蜀报》主编朱文收到《宪报》一看，肺都气炸了，拿着报纸气冲冲地走进会议室。蒲殿俊主办的《蜀报》实质是四川立宪派及四川咨议局的机关报，报社就成了立宪派要员，也就是保路同志会头脑们的活动中心和指挥中心。

咨议局及保路同志会的要员们正在开会。朱文把报纸往桌子上一扔："他妈的，欺人太甚，欺人太甚了！"

蒲殿俊等人，都吃惊地望着朱文："什么事，又出了什么事？"

朱文怒道："载泽、盛宣怀、端方，这些王八蛋要下毒手了。"

罗纶拿起报纸，念了几个标题：《举债修路，爱国救国》《路权国有，各国通例》《川湘鄂反对举债修路贻误国计，蒲殿俊、谭延闿、汤化龙①意欲何为》。

众人一看报纸，无不义愤填膺："胡说八道，简直是胡说八道！"《宪报》给保路同志会的要员们，提供了极好的靶子。秀才打仗，只能纸笔作刀枪。蒲殿俊等当即决定，对《宪报》上的荒谬文章，全文转登，逐条反驳。为了达到更好的宣传鼓动效果，采纳了邓孝可的建议，创办通俗报刊。于是，铁路公司拨银二万四千两交与邓孝可、朱文办《蜀风杂志》，施汝谦办《西顾报》，江三乘办《白话报》，同时扩大《四川保路同志会报告》的发行量。

这些通俗报纸杂志，面对普通群众，评论、报道、问答、檄文、诗歌、漫画、金钱板、花鼓词等形式多样，群众喜闻乐见，文字通俗易懂，趣味性很强，煽动性也很强。这等于给保路浪潮熊熊燃烧的怒火上，火上浇油。

朝廷一逼再逼，一直没停止反清斗争的四川同盟会也抓住机会，加紧了革命活动。

保路运动开始，四川同盟会即派卢师谛赴同盟会总部，汇报四川情况，及了解各地革命消息。得到的指示是："一面加入各地同志会，一面极力联络哥老会，暗暗地把用口舌相争改成一种有武力的同志军，时机一到，就光明正大地扯起革命旗帜来排满。"

哥老会本来就有反清的传统，四川的哥老会遍布城乡，组织严密，会众极多，势力很大。1904年，以侠义著名蜀西南的新津舵把子侯宝斋，在新津王爷庙，召集各路哥老数千人，结盟成立"九成团体"，刊行《大同改良》以申盟约。"决议各回本属，相机应召，如兵力不足，不能先下成都，则先据川东南，扼富庶之区，再规进取"。

1907年同盟会在成都起义失败后，清廷对省城防备极严，于是在省城的党人分赴各州县活动。

四川的革命党吸取过去脱离群众的失败教训，已经潜伏在各州县联络哥老会，抓紧了革命的准备工作。刘继旭等人带领成都政法学堂、第二小学、叙属中学六百余师生，走上街道，走向郊县做宣传鼓动工作。成、渝革命党人都一致确定了"借保路之名，鼓动人民，以行革命之实"的方针。省外及海外的川籍革命党人也纷纷回四川参加革命的准备和组织工作。

为了进一步争取哥老会的支持，同盟会成都负责人龙鸣剑与同盟会员华阳舵把子秦载赓商定，秦以哥老会首领的名义，发鸡毛文书，邀请各地哥老会首领，

---

① 汤化龙：时任湖北省咨议局局长。

— 124 —

于八月四日在资州罗泉井召开"攒堂大会"。会议决定：同志会改为同志军，于阴历七月间在各地相机起义。推选秦载赓、侯宝斋主持川南起义工作；张达山、侯治国主持川西北起义。并决定向各地团练局及富绅借用枪支，向各县借积谷钱粮作起义经费，不向民众摊派。罗泉井会议后，各地武装起义都在紧锣密鼓地暗中酝酿着。

新军中的同盟会员们为统一认识，这一天在杜甫草堂后院召开秘密会议。小院外有人巡逻，院内的会议由谢云峤主持。他总结了同盟会十次武装起义失败的原因，一是没有自己的军队，二是没有充分动员民众和社会各界广泛参与。他精辟地分析了当前形势，清廷内部争权夺利，一逼再逼川人造反，民众怒火正烈，四川保路运动虽然是立宪派在领导，但全省各界空前统一，特别是各地同盟会员渗入袍哥组织，成了同志军的领导力量，同盟会与立宪派和袍哥势力合在一起，同志军早已经蓄势待发，举保路大旗，行反清之实正是时机。但是如何控制军队，还需慎重决策。

新军中的同盟会党人不少，但至今没有一个威望崇高，可以一呼百诺的灵魂人物。大家都不约而同地提到尹昌衡。尹昌衡虽然手无兵权，但他供职于军界，新军中的绝大多数川籍军官，都受过他的训练，对他崇拜得五体投地。而且回川之后，他特别重视袍哥势力，跟不少袍哥舵把子都关系密切，是统率军民的最佳人选。可是也有人提出他不是同盟会员，担心他不受组织约束，不执行组织意图。

谢云峤说他回国之前受组织委托的任务就是说服尹昌衡重新回到同盟会。他虽然不在组织，可是无论在日本、天津、广西，他都是同盟会同志的好朋友。不少事情与同盟会员同进退，共荣辱，绝不会出卖朋友和革命党。大家对尹昌衡有目共睹，都表示赞成。便责成谢云峤以朋友的身份，再去做尹昌衡的争取和说服工作。同时在新军中大家开始为尹昌衡造势。

冯倩文到了成都之后，立即叫妥儿来到尹昌衡家，投送冯国璋给尹昌衡的书信。尹昌衡没想到冯国璋会记住他这个小军官，还会给他书信，此举似乎另有深意。

尹昌衡急欲见到冯倩文，想得到更多京城信息。妥儿相告："小姐口信，乱局当前，国事为重，好好经营前程，她自会暗中相助。"尹昌衡知道冯倩文的脾气，只好作罢。

马忠送妥儿出门，二人深情款款，不忍分别。一直走了好几条街，妥儿才跳上一直跟在后边的洋车，挥手而去。

冯倩文到了成都，颜机不知这女人又会闹出什么风波，心事重重，愁眉不展。杨燕茹见状问起缘由，尹母只得将尹昌衡跟冯倩文的旧情，和冯倩文"认门"的荒唐故事如实相告。

杨燕茹当成大笑话，听罢哈哈大笑，对颜机道："妹妹是知书识礼的千金，怕这种女人，我杨燕茹是唱戏的，有啥子没见过，敢跟妹妹和我飞刀女侠争男人，做梦！我去羞辱一回这个恬不知耻的豪门千金，叫她休想再打昌衡哥的主意。"说着就要马忠带她去找冯倩文。

尹母和颜机都说使不得："冯倩文虽然说行事孟浪，到底是出于真情。"挡下了杨燕茹。

3

当保路烈火燃遍全川时，尹昌衡的一家人也一样燃情加入。这一天颜机正陪着尹母在小花园中吃茶，杨燕茹拿着报纸，和一群女子走了进来。

杨燕茹川剧唱得好，在左邻右舍人缘极好，这一天买了报纸回家，在巷口就被这一群邻居女人拦住了。成都各街道都成立了保路同志会，她们都要杨燕茹这个官太太承头，成立个女子保路同志会。杨燕茹哪里敢做这个主，便道："我家老夫人急公好义，就像天波杨府老令婆，你们去请她出面领头，最好不过。"

众人说明来意，杨燕茹道："母亲，姐妹们想成立水井巷女子保路同志会，请你承头，当个百岁挂帅的老太君。"

颜机听罢颇有难色。她哥哥颜楷，出任了铁路股东会会长，自然是保路同志会的最高领导之一，全家人都以异常的热情投入保路斗争之中，她本人也不例外。可是，心细如发的颜机，近日却发现尹昌衡在这个轰轰烈烈的浪潮中，没有了过去的冲动和激情。特别是收到冯国璋信后，眉头皱得更紧，成天忧心忡忡。她知道尹昌衡是个非常有政治头脑的人，他会不会有其他更深层次的思考呢？

颜机正欲为婆婆婉辞众人的请求时，尹母看完了报纸上的那些标题，亦然义愤填膺。众人又一个劲恭维老太太，尹母也不推辞，便慨然允诺道："燕茹，好啊。昌衡的外祖父，一介书生，贼军杀来，带上马忠的父亲等十几个手无寸铁的学生，立在桥头拒贼，为国捐躯。你娘身上流的是忠肝义胆之血，当不了佘太君，就当刘太君吧！"

尹母随即俨然像升了帐的佘太君一般，发号施令，约定成立"水井巷女子保路同志会"，分配人打探消息、写标语、发传单、排练保路节目，约定时间上街游行。

颜机的感觉没有错。尹昌衡是个一心出人头地的铁血汉子，刚刚回国之时，也十分热心四川人保路之事，甚至还为正在奔走中的蒲殿俊出谋划策。而今，他所预言的联络四省结成利益同盟、凝聚川人同心合力、利用袍哥组织民众等时势局面都已经完全形成，保路斗争轰轰烈烈，可谓形势大好。然而他这个不甘寂寞的人，却偏偏沉默了。他的葫芦里到底装的是什么药呢？

忧心忡忡的尹昌衡，现在可以说是最矛盾的时候。他对自己该如何作为，至今都还没理出个头绪来。

尹昌衡初入日本，凭着少年血气加入了铁血丈夫团。但是后来接触梁启超、宋教仁，乃至杨度等人的文章后，也开始冷静下来，寻找有为男儿的救国出路。日本的维新及欧美的强盛似乎给了他一些启迪。立宪与共和，两种主张，让青年尹昌衡一时难辨高下。他内心把两种主张比作中医和西医，各有优长，各有不足。但同盟会"驱除鞑虏，恢复中华"的口号太狭隘了。因此，铁血丈夫团停止活动之后，他虽然和同盟会的朋友们仍然保持着密切的友谊，但再不参加同盟会的活动了。

从那以后，尹昌衡始终把自己定位于一个军人，跟革命党和立宪派都保持着等距离的关系。既是军人，保国安民，服从为天职，因此他在《芷园日记》中记述道：去广西时，恰好与唐继尧、刘存厚、李烈钧三位同学同行，经过上海，三人各言其志："三子曰：我必覆清。予曰勉之：我不叛上、不阿私，行则霖雨济苍生，藏则著书教万世。"同样的话在天津时，对钮永建、李书诚等人也说过。

尹昌衡在日本接触的都是立宪派和同盟会的人，所接受的当然多是指责政府和骂贪官卖国贼的信息。回国之后身处官场，接触了政界不少风云人物，方知段祺瑞、冯国璋、张鸣岐、赵尔巽等大员们，并不是传说中那样昏庸守旧和祸国殃民。

尹昌衡对四川保路之事，尽管当初也和川人一样义愤填膺，但是现在不管立宪派说得多么理直气壮，他已经有了不同的看法：川汉铁路商办了若干年，四川人至今连铁轨都还没见着一根，而且路银还亏失达五百余万两。铁路到底是国家官办好，还是商办好？保路到底是谁的需要？当他知道施典章侵吞路款之事后，他对铁路商办就更怀疑了。特别是把创造了中国若干个"第一"，实业强国功不可没的盛宣怀，骂为卖国贼，他更是不敢苟同，因此对保路之事并不热心。

现在四川民怨高涨，革命党利用保路，趁势火上浇油。谢云峤又来劝他举反清大旗，他仍然断然拒绝。而他此时真正关心的则是保路导致的四川大乱，受害者首先是四川百姓。自己作为食朝廷俸禄的军人，该怎么办呢？作为四川的赤子，又该怎样面对家乡父老呢？

尹昌衡在静观时局的发展。朝廷的态度越来越强硬。

赵尔巽调任东三省总督，王人文以四川布政使护理四川总督。朝廷先是任邮传部大臣盛宣怀兼任四川总督，不知盛宣怀是因为脱不开身，还是怕四川事情难办，迟迟没有上任。

护理总督王人文支持川人，惹恼了皇族内阁，把王人文调为督办川滇边务大臣。四川总督一职则由赵尔巽之三弟、原川滇边务大臣赵尔丰署理。

王人文不愿"垂老投荒"，以不熟悉边事为由上表，不愿丢掉川督而去就任川滇边务大臣，并且指责清廷："以官职为市易。"因此，他不但不制止保路同志会的发展，而且还不顾清廷的申斥，一再为川人代奏，要求收回"铁路国有"之成命。六月十七日，他接待保路同志会请愿队伍时，甚至站到高案上安抚人们不要愤怨害怕："总督职为民，民有隐，总督宜请，请不得，去官，吾职也，亦吾乐也！"

六月十九日王人文又上《为铁路借款合同丧失国权太大，请治签字大臣盛宣怀误国之罪并提出合同修改折》，直接挑战盛宣怀。六月二十七日，又将罗纶等二千四百余人联名的请求代奏清廷，指出"群情以激而愈固，民气有郁则必伸"，警告清廷，火上浇油，必激起民变。作为封疆大臣，能如此旗帜鲜明俯顺民情而对抗朝廷实在不要命了。

盛宣怀和端方为分化四川的保路力量，一方面支使四川京官甘大璋、宋育仁等，冒川人之名联名向摄政王载沣上奏折："路为国有，自属国家应行政策"，请求将路权收归国有，并说保路同志会为"造乱机关"。同时收买川汉铁路公司驻宜昌总理李稷勋，李稷勋不顾总公司一再电令制止，私自入京将公司所余七百万两路银上交清廷，换取清廷任命，继续主持宜归段路工，并得到五百两夫马费的奖励。李稷勋因此放弃保路，死心塌地服从朝廷驱遣。

盛宣怀、端方指责王人文沽名钓誉，姑容川人，震慑不力，通过上谕申斥"该护督一再渎奏，殊为不合"，"倘或别滋事端，实为该护督是问"。同时催促赵尔丰兼程上任"镇抚民情，严拿严办，以销患于未萌"。

四川轰轰烈烈的保路运动中，远在广西做官的骆成骧辞去官职赶回了四川。尹昌衡和颜楷便在就近的水井巷酒家摆酒为其接风，并特地邀请代理总督王人文、川汉铁路股东大会副会长张澜和政法学堂总办邵从恩作陪。

骆成骧这样大名鼎鼎的大贤回川，王人文欣然应邀。张澜和邵从恩都曾留学日本，跟骆成骧颇有旧谊，当然乐得叙旧。

这一天尹昌衡、颜楷、张澜和邵从恩早早地来到酒店等客。周骏、彭光烈和孙兆鸾等几个青年军官走了进来，这些人都是同盟会员，在新军中任职，都是尹昌衡的崇拜者及平时最要好的朋友，今日也被请来出陪。同盟会的组织系统庞杂，此时董修武受命为四川支部长，来到成都。谢云峤便离开成都去重庆活动，没能前来参加这次接待活动。

来的这些人都知道赵尔巽叮嘱王人文提拔尹昌衡的事，看见都是名流，一进门便不约而同地道："今天是吃尹会办的升官酒么？"

邵从恩叹道："昌衡命苦，王人文大人接任后，不断为四川争路权上奏，屡遭朝廷申斥，已经焦头烂额了，哪里还顾得上他？"

彭光烈道："我们新军将士，都把尹会办作为我们的军魂，翘首以盼啊！"

尹昌衡叹道："哎，我一个小小的督练处会办，军界偏裨，怎么能成为新军的军魂。别说不高兴的了。恩师骆成骧大人今天从广西归来，我和颜会长，特请王人文大人及各位兄弟，给恩师接风啊。"

众人都说："骆大人大名如雷贯耳，今日能一瞻风采，真是三生有幸了，少时多敬骆大人一杯。"

骆成骧刚来到酒家，众人寒暄未毕，忽然两匹快马前后来到店前，下来两个公人。一公人对颜楷和张澜道："颜会长、张会长，蒲殿俊议长请二位速到督府议事"。另一公人对尹昌衡道："尹大人，王人文大人说，请你陪同骆大人，即刻到总督府议事。为骆大人接风之事，礼缺后补。"

尹昌衡无可奈何地看着骆成骧，骆成骧道："国事为重，走！"

尹昌衡和骆成骧等人走进代理川督王人文书房。蒲殿俊和罗纶等人已经等在那里，王人文向骆成骧致歉意之后，即将朝廷的电文交给众人传看，要众人出主意如何回复。众人看罢，这相当于朝廷的最后通牒。王人文现在尚未御职，蒲殿俊请求王人文再代川人上奏朝廷陈情，王人文慨然道：已经明令我进京等候究办，更无顾忌，誓死为川人代奏力争。众人鼓掌，无不感激。

在座的都是文章巨匠，公推尹昌衡起草上奏的陈情电文，既要情动天地，又要大义磅礴，惊雷示警。对于文章之事，尹昌衡向来毫不客气，今天却面有难色，再三婉言推辞。

尹昌衡曾经私下跟颜楷坦陈过现在对保路的看法，并要颜楷及早抽身，颜楷对尹昌衡的见解，虽有同感，但自己不能辜负川人，仍然一如既往地干好他的保路同志会会长的差事。此时他看出了尹昌衡的为难，只好自己提起笔来，一篇愤激抗旨的电文，顷刻完成。

第十三章

赵尔丰督川

1

赵尔丰，字季和，人称季帅，赵尔巽之三弟。1903 年得川督锡良赏识，随锡良入川，官至四川永宁、建昌道。1905 年率兵入川边平定土司叛乱。1906 年任川滇边务大臣，1907 年受任护理四川总督，推行"新政"措施，令川商自办浅水轮。1908 年升任驻藏大臣兼川滇边务大臣。次年率兵入藏，屡败受英国操纵的西藏叛军。赵尔丰在川滇边实行改土归流，废除土司制度和寺庙特权，对发展藏区农牧业、手工业、交通、邮电业和文化教育事业很有建树。

赵尔丰的后半生可谓戎马倥偬，为晚清有名的儒将。

四川总督锡良上奏章保举他时，极尽推重之词："忠勤纯悫，果毅廉明，公而忘私，血诚任事。"

章士钊作诗《将军叹》对他高度赞扬：晚清知兵帅，岑袁最有名；岂如赵将军，川边扬英声。

英国人完成了对尼泊尔、不丹、锡金、拉达克的侵略和控制之后，加紧了对西藏地区的侵略和控制。由于英国人的挑拨离间，朝廷及一些驻藏大臣举措失当，致使原来坚持抗英的达赖喇嘛政教集团，转而成为亲英势力，令藏政形势险恶。

1904 年，驻藏帮办大臣凤全在川边的巴塘重申雍正年间限制寺庙喇嘛人数的规定，限制寺庙的势力，减轻当地人民负担，从而引起当地上层喇嘛的嫉恨。凤全在巴塘被围攻和杀害。

事件发生后，四川省调派提督马维骐、建昌道员赵尔丰前往镇压。1906 年 7

月，巴塘、里塘动乱平定后，清廷任命赵尔丰为督办川滇边务大臣，由此，川边展开了疾风骤雨般的改革。

赵尔丰就任川滇边务大臣后，抓住川边问题的关键，即残暴腐朽的土司统治和落后的农奴制度。为防止英国对西藏的蚕食和控制，他铁腕行权，推行改土归流。在很短的时间内，他以秋风扫落叶之势革除川边各地土司统治，派设流官，改革赋役，兴办卫生文教和各种产业。这虽然得到了广大民众的拥护，但因损害了奴隶主和寺庙的利益，也遭到了土司奴隶主们的拼命抵抗，纷纷发动叛乱。赵尔丰为推行新政，巩固改土归流成果，毫不手软地镇压了土司及一些寺庙叛乱，杀了一些参与叛乱者，这便得到了"赵屠夫"的骂名。

赵尔丰在川边铁腕行权，推行改革，功劳卓著，朝野称颂，赢得了清中央的赏识。力图全面整顿藏政的清廷，1908年二月，任命赵尔丰为驻藏大臣兼川滇边务大臣。西藏地方政府和寺院闻讯后，深知赵尔丰主藏政，必会有与川边一样的改革。立即调集藏兵，意图武力阻止赵尔丰入藏，并向清廷提出有严重分裂倾向的要求。赵尔丰与钟琪率兵入藏，一举击败受英人操纵的叛军，平定西藏叛乱，阻止了英帝国主义北进的阴谋。

赵尔丰统率一支训练有素的川军，以强硬的手段，在极其艰苦的环境中推行改土归流：他恩威并用，如一个土司（改土后为县）管辖下的大面积土地，每年不过交几只牦牛，十几两银子而已。许多赵军未到的边远和交通困难地区，当地头人纷纷派人来表示愿归顺中央。很快以巴塘为中心，建立了二道三府三十四县，方圆数千里，打下了后来西康建省的基础。直至民国政府，都是以赵尔丰在该地设县为基础，与英国斡旋，力争国土，挫败了英国分裂西藏的企图。

赵尔丰在大力推行改土归流的同时，实行社会改革，部分废除了农奴制；豁免苛捐杂税；取缔寺庙干预政治的特权；大力改善交通，拨出专款，召集民工，修通了从康定到昌都的大道，还设立了无数的乌拉和台站，大大便利了商旅和交通；努力推行新政，设立川边学务局，劝百姓送子弟入学，设立学堂一百三十多所，推行汉文教学，并且他个人还捐献五十两金砂、三百五十两银锭作为汉文考试优异的藏人学生之奖学金；他还兴办实业，购置印刷机，成立官方印书局，在巴塘设置制革厂、造纸厂、织绒厂、开金矿等等；积极发展农耕，招流民垦荒，巩固边疆，并把内地的农具、手工业技术传到川边。过去川边没有蔬菜，经过农事试验场试种后，也推广开来。

不少学者对赵尔丰清末在川边的政绩，予以较高评价。尚秉和在《辛亥春秋》中说："尔丰自光绪三十一年以次，勘定康地，驰驱劳瘁，至是凡七年，共用款六十余万，部拨经费尚余三分之一，而西康全局皆定。"断言："自清以来，治边者无有著功若此者。"贺觉非在《赵尔丰经边情况及其永世》注中也说："赵本人亦明敏廉洁，办事公正。犯法者虽近亲不稍恕，康人多信服之。"

赵尔丰治边的勋业正如日中天，正准备向门隅、洛隅、下查隅地区（即今中印边境麦克马洪线以南九万平方公里的土地）派军接受土司归附，置县设官，同时巩固整理藏务的成果，在西南边疆建立不朽边功的时候，1911年四月二十一日，突然接到朝廷电令，任命他署理四川总督。

在一般人看来，四川总督，这是何等显赫的位置，真是天大的喜事。上司的升迁，属下的官员们，多少人都会因之得到好处，任命电谕传来，他们无不欢欣鼓舞，纷纷到行辕为季帅祝贺。赵尔丰功名心极重，把在仕途上扬名立万，看得比财货占有更为重要。照理说接到这个任命，飞黄腾达，又跃升了一步更高的台阶，可是，他不但高兴不起来，反倒预感到厄运降临的不祥，寝食不安。

赵尔丰不是平庸之辈，他在那风云莫测的官场摸爬滚打了几十年，随时窥测着政局变化，对宦海风云，了如指掌。

他在四川当了一年多的护理总督，了解四川的省情和民情，推行新政，兴办实业，也干了不少受人称道的好事，之后又一直是他的哥哥赵尔巽任总督，应该说他对四川是很有感情的。他虽然为政苛猛，跟他哥哥赵尔巽的性格极不相同，但是对帝国主义侵略中国的行径一样敌忾同仇，在西藏浴血搏杀，挫败了英国人的阴谋，因此对川人保护川汉铁路路权上，也很赞成他哥哥赵尔巽的政策。

赵尔丰清楚地知道，皇族内阁屈从列强，挑起路权事端，四川人保路运动越闹越凶，局面不可收拾，王人文和川人同心，不听号令，原已经任命为四川总督的盛宣怀不愿或者不敢来四川上任。朝廷知道他勇于任事，边功卓著，杀伐绝断，威名远播。他不但手握重兵，而且长期的军旅生涯，养成了他铁腕行权、善用武力解决问题的习惯。他便成了清廷派赴四川扑灭反抗怒火的最佳灭火大员。他若受命，这不是被重用，而是被利用和愚弄！

强者虽然渴求重用，然而强者最不能容忍的事，是被愚弄和利用！

赵尔丰明知自己是在被朝中争权者们利用和愚弄，但是，作为世代忠良，铁心保清的赵氏精英，他既不能抗旨，又不敢立即受命赴任。他在两难的煎熬中苦寻万全之策，最后，他以藏事紧急，脱不开身为由，只得采取拖的办法，希望时局的变化给他带来转机。

赵尔丰静观着四川局势的发展，尽力拖延着时间。同时也不断地思索着如果推不掉，自己应该怎样处理四川的路事，这当中自然少不了函电往返，请教他的哥哥赵尔巽。赵尔巽的治川方略，一直是以抚为主。此时他的表侄尹良已经升为四川布政使（藩台），此人非常贪鄙，贪污路银被蒲殿俊等人弹劾，川人群起而攻，因此对川人怀恨在心。赵尔丰将就任四川总督，尹良高兴极了，几天前亲自前来行辕，迫不及待地迎接赵尔丰赴任，要赵尔丰迅速提兵镇压川人。赵尔丰毫不客气，斥责尹良这是公报私仇，出谋改变赵尔巽既定方略，将陷他于被动，治蜀只能恩威并施。

赵尔丰想一直拖下去，可是四川的局势更加恶化。朝廷急于赶走支持川人的护理总督王人文，扑灭四川的保路烈火，一再催促赵尔丰赴任四川总督。七月二日，盛宣怀、端方联名电催赵尔丰"迅赴川命，镇抚群情"，接着清帝又电令赵尔丰兼程赴任，对四川争路人士"严拿惩办以销于未萌"。

赵尔丰从四月收到任命，一直拖到七月下旬，看来实在拖不下去了，才在行辕大帐召集诸将，委托他最信赖的将领傅华封"代理川滇边务大臣"，他才带兵向成都进发。

赵尔丰明知此行凶多吉少，众将送行之日，似乎将是诀别，天空愁云惨淡，悲咽的军号声中接过傅华封率众将士敬上的壮行酒，和着两行浑浊的老泪，洒在了那块他为之驱驰的雪域高原。

2

七月中旬，北京甘大璋等川籍京官卖身投靠朝廷，李稷勋被收买，公开反对川人保路，四川保路浪潮更加高涨。接着又传来赵尔丰率兵入川的消息。赵尔丰在川边镇压叛乱，被人们有意或无意地夸大宣传，已经渲染成了一个杀人不眨眼的魔王。盛夏的七八月，是成都最闷热的季节，怒火再加上恐惧，川人都绷紧了神经。成都的空气，似乎紧张得要燃烧起来。

在这紧张的气氛中，革命党人抓紧了活动，紧锣密鼓地策划着如何借势行动。新军是全川装备最精良的武装，控制这支武装力量非常重要。但是，上层军权掌握在外省籍军官手中，军中的同盟会员们还寄希望于尹昌衡。然而不管大家如何努力，费尽唇舌，尹昌衡始终都不松口。马忠对尹昌衡并不隐瞒他的同盟会会员身份，也曾劝说过尹昌衡。尹昌衡回答得更简单："将军的天职是定太平!"马忠似乎听出了弦外之音，"蜀中尚未乱，不到出山时"。

这一天晚上，尹昌衡拒绝了同盟会的朋友请喝酒，反倒被赵尔丰三儿子老三请进了一家小酒馆。

父亲即将来川上任，老三相信父亲能够很快收拾四川的混乱局面。他没忘记叔父临走时对王人文和自己的告诫："后来治蜀者，若重用此子则蜀安，愿王公识之，三儿识之，追随之！"他想在这种时刻跟尹昌衡通通气，同时也听听尹昌衡对治蜀的见解，以便到时候在父亲面前为尹昌衡代言。

尹昌衡得到赵尔丰入川就任的消息后，反倒从纷乱中理出了一些头绪。他既不赞成骂盛宣怀卖国，也反对朝廷对川人夺路夺款，很理解川人护路的情感。王人文公开和川人站在一起与朝廷对立，双方互不妥协，长此下去，四川必然大乱。赵尔丰带兵入川，对于他本人来说是最愚蠢的选择，但是赵氏在朝中影响力大，没有公开和朝廷对立，与朝廷尚有周旋和转圜的可能，并且，赵尔丰驾驭时局的能力和实力都比王人文强得多。如果运筹得当，周旋得法，川人或可免除动乱之灾。尹昌衡跟老三虽无多少交往，但知道他不是纨绔子弟，今天老三请他喝酒，他倒是非常乐意，既想从老三口中知道一些赵尔丰的情况，也想通过老三能转达一些他对时局的看法。

尹昌衡外出，马忠始终如影随形，三人喝了几杯酒，慨叹了一阵时局，老三便道："家父不日即到成都就任川督，尹兄是人中龙凤，在四川官绅及军中，都威望崇隆，面对四川如此乱局，不知尹兄对家父入川有何高教。"

尹昌衡看了看老三，又喝了两杯，长长地叹了口气道："赵公子过奖了。季帅国家干臣，日夜兼程来川，治蜀良谋，想必已经成竹在胸。昌衡一介武夫，岂有置喙之地。"

老三诚恳地道："尹兄何必过谦，叔父离川，对兄赞誉再三，告诫愚弟追随，今日愚弟既为家父治蜀进言计，也是为川人平安计，真诚请教尹兄，也免家父责难愚弟不求上进，不学无术啊。"

老三说得非常诚恳，尹昌衡跟老三碰了一杯，只得开诚布公了："赵公子，令尊临危受命，对川人或许是好事，但对令尊来说，恐怕不是福音啊。"

老三在政治上并不是那么成熟，一听此话，顿时瞪大了眼睛，诧异地道："尹兄何出此言？"

尹昌衡道："季帅驱逐外夷，扬我国威，经边有方，功成雪域，名垂青史，国人共仰。今舍此奇功，西拆藩篱，开门揖盗，遗祸邦国，经边半途而废，是功耶？过耶？岂不一目了然？"

老三被尹昌衡惊得目瞪口呆，良久，再替父亲求计道："可是上谕再三催促，就像当年岳飞接到十二道金牌一样，家父身为国家倚重的柱石，怎敢拥兵抗旨？"

尹昌衡道："边事紧急，自古将在外君命有所不受。如果当年岳飞不受金牌之召，或许改写今日之历史。而今皇亲争权夺利，朝廷强收路权，而酿成今日之乱局。欲借季帅之威望和武力平息川乱，其用心路人皆知。季帅遵此等上谕，为他人作刀枪明智否？令尊引御侮之精兵，从节节胜利的前线撤回，若承续次帅和王大人治蜀方略，俯顺民情，朝廷能放过令尊否？令尊若依朝廷之命，镇压手无寸铁的四川百姓，逼反川人，酿成天下大乱，他能逃脱国贼民贼之罪吗？岳武穆受十二道金牌召回冤死，尚是流芳千古的忠魂，令尊若为剿民而身败名裂，岂不成为千古罪人吗？"

老三听罢，过了好久才喃喃地道："家父入川，如此凶险，难道他不知道吗？"

尹昌衡道："令尊十分清楚，要不，从四月接到任命，怎么拖到如今七月下旬？"

尹昌衡接着又对目前的形势细细分析了一番。老三不无忧虑地问道："依尹兄之见，家父如何督川，方可化险为夷？"

尹昌衡不假思索地道："八个字，折中调和，软磨硬拖。"

保路以来，马忠很少听到尹昌衡议论时政。他现在明白了，尹昌衡对赵尔丰治蜀是抱有希望的。他想，如果真如尹昌衡希望那样，赵尔丰折中调和得当，朝廷与川人妥协，或可免除四川动乱之灾。这或许就是尹昌衡以前所说的"将军的天职是定太平"吧。

成都的紧张气氛，同样影响着尹昌衡的家人生活。这一天尹昌衡回家比较晚，天气太热，家里人都还在院子里乘凉，等着尹昌衡回来。尹昌衡向父母请了安后，就径直走进书房，铺开了纸笔。杨燕茹赶快走进来，给他沏好茶，磨墨。

尹昌衡确实对赵尔丰是寄以希望的，跟老三分手时，他就下定了决心，把自己的见解写成条陈，进献给赵尔丰，希望能得到赵尔丰的重视，对稳定四川的局势起到直接的作用。他啜了几口茶，腹稿已成，杨燕茹用大蒲扇为他扇凉，他乘着酒兴，便挥毫疾书起来。

远处，更夫敲过三更，颜机陪着尹母在小佛堂内烧过子时香，扶着尹母来到尹昌衡的书房。尹昌衡赶快放下笔，给母亲让坐。杨燕茹剪了烛，房里一下亮堂了许多，尹母一眼看见了尹昌衡正写的文稿，标题是几个醒目的大字"安蜀方略"，便不解地问："儿有安蜀之良策了？"

尹家人都很关心时局，但是，在自己都还没理出头绪之前，尹昌衡很少参与家人的议论。而今赵尔丰入川，各种议论纷纷扬扬，尹母要听尹昌衡的看法。尹昌衡现在思路已经理清，便将自己的看法和盘告诉家人。

尹昌衡清楚地看到，朝廷腐败已经无可救药。立宪派和共和派，各唱各的调，两派势均力敌，国家前途尚不明朗。朝廷实行的预备立宪，成立皇族内阁，立宪派被愚弄，全国不满情绪更加高涨。皇族集团更加孤立，他们不得不向实力最强的北洋集团妥协。那么，袁世凯重新出山，将只是时间问题。赵尔丰对这样的时局应该是了如指掌的。作为清室的忠臣，他入川后，应该不会完全遵从朝廷旨意来火上浇油酿成战乱。那么按他哥哥赵尔巽的治蜀方略，暂时维持四川的局面，则是他必然的选择，因此，他也基于这样的认识，就总督上任后怎样上下周旋，来写这篇《安蜀方略》。

尹母等人过去都只能从义愤出发，听完尹昌衡的分析，心里亮堂了许多，特别让尹母高兴的是，儿子如此高瞻远瞩，对时局洞若观火，难怪那么多青年英才对他那么拥戴。十分欣慰地道："好，好。儿没忘记为娘当年说的'男儿应有风云志'，你祖父、外祖父，当含笑九泉了。生逢乱世，锋镝无情，儿当保重。燕茹，你就多经心些吧。"

尹昌衡第二天就把《安蜀方略》交给了老三，托他尽快把条陈转呈总督，这是他第一次去走门子。老三看罢，感激涕零，当即出发，半路去迎接父亲去了。

3

川路公司决定于8月3日召开特别股东大会。7月30日的准备会上，确定了这次大会的目的，一是商议如何要回被李稷勋献出的七百万两路银，再就是向即将上任的总督赵尔丰，显示川人保路的决心和"文明争路"的宗旨，争取他的同情和支持。

准备会上同时提出了《川路仍归商办意见书》，阐明了此路不可不争的道理，强烈要求提回路款。

8月3日，保路同志为了给川路公司特别股东大会造势，组织了声势浩大的欢迎活动，到会者近万人。张澜在会上以特别股东代表的身份，发表了慷慨激昂的演说，与会者无不热血沸腾。

农历六月的成都，热得像个大蒸笼。8月3日这一天，恰是赵尔丰带着数千精兵西来成都就职之日。长期的军旅生涯，使赵尔丰染上了皮肤病疥疮顽疾，一流汗，浑身恶痒难禁。在边藏行军时，他一直骑马，这要凉爽得多。在雅安，他留下得力心腹干将傅华封，率两营精锐巡防军驻守，自己则带着三千铁骑和家眷，乘着凉轿向成都进发。为了不失总督的官体，在成都西门外接官厅，他才换成八人大轿进城，直奔总督府而来。

总督府前，人山人海。除了迎接总督就任的各衙门官员、本省绅商要员外，就全是铁路公司的股东代表及情绪激昂的保路同志会民众。在"热烈欢迎赵督督川"的横幅外，到处悬挂着保路、护款及严惩卖国贼盛宣怀的标语。"还我路权，还我路款"、"维护宪政"的口号声排山倒海。保路同志会借欢迎总督之名，实质上是向赵尔丰示威，显示川人保路的决心。

赵尔丰越是临近成都越是紧张，一路上都在思谋着治蜀方略，无非镇压和安抚两途。朝廷催促他带兵入川，决意就是叫他实施镇压。

但是，朝廷毕竟勉强把立宪作了国策，成立了资政院，设置内阁实行预备立宪，各省设立了咨议局。立宪派从国法上已经取得了合法的地位。四川目前最重要、最强大的政治势力就是立宪派。这次保路运动，也是立宪派领导的。立宪派打的尊重皇权、维护宪政、文明保路的旗号，正大光明。若按朝廷的命令镇压，师出无名。又违反其兄及前任的治蜀方略，亦必然激怒川人。四川大乱，天下大乱，他担不起这个罪名。但是若不镇压，朝廷上又交不了差。难，实在两难。

赵尔丰既不敢公开跟朝廷唱对台戏，也绝不愿意激怒四川人。为今之计，只有"急脉缓授，等待时机"。

此时儿子老三揣着尹昌衡的《安蜀方略》赶来半道上迎接他。老三向他介绍了成都的近况，原话转告了尹昌衡对形势的分析，并呈上了《安蜀方略》。

赵尔丰看完尹昌衡的条陈，心中暗暗吃惊，他没想到尹昌衡那样年轻，不但文采斐然，而且对局势洞若观火，所陈方略，大体上与自己的"急脉缓授"不谋而合，这实在难得。更难得的是，军界年轻人中的精英，能够主动向他进献条陈，向他靠拢，这大大增添了他的自信。然而最震撼他的却是尹昌衡对镇压川人的后果的预言："令尊若依朝廷之命，镇压手无寸铁的四川百姓，逼反川人，酿成天下大乱，他能逃脱国贼民贼之罪吗？岳武穆受十二道金牌召回冤死，尚是流芳千古的忠魂，令尊若为剿民而身败名裂，岂不成为千古罪人，受万世唾骂吗？"

赵尔丰终于下定决心，身为四川总督，绝不能剿蜀，只能安蜀。安蜀必须利用四川最大的政治势力立宪派。只要把立宪派笼络住了，那么安定四川局势曙光在前。四川局势安定了，应对朝廷就有很大的回旋余地了。当然最可怕的是革命党，目前正借保路运动之名，行反叛朝廷之实，这是他要特别提防的。抚为主，镇为辅，文武并用，软硬兼施，绝不掉以轻心。

赵尔丰料定入川后必须跟川人见面和表态，他原计划夜间入城，尽量推迟跟民众面对面表态的尴尬。但是自己是堂堂总督，又怕担惧怕百姓的骂名，所以一直犹豫着，没定下入城日程。现在决心笼络立宪派，借立宪派来左右保路同志会的大计已定，就坦然多了。所以在接官厅接受地方大员迎接后，便于当天入城了。

赵尔丰万万没想到百姓情绪这样愤怒和激昂。也没想到是打的欢迎他这个总

— 137 —

督的旗号。他敏锐地感到，这明显是逼他在朝廷和川人方面做出一种选择。大计既定，他命打起轿帘，坦然地接受百官的进见和百姓的欢迎。众官和百姓参见之礼毕，他才体面地走出轿来。

威名赫赫的季帅赵尔丰，并不像人们想象的那么高大和威猛。他已经六十五岁高龄，灰白色的长辫，跟他的身材一样瘦小，焦虑和旅途的劳顿，在他那皱缩的老脸上留下非常明显的倦容。天气炎热，未到任所，来不及更换官服。遵从以抚为主的大计，他也想淡化一些总督和大帅的威严，在四川民众面前露面尽量显得亲民一些，于是只着一身便装白绸衣裤，摇一柄黄色折扇，活脱脱一个清瘦的学究先生，简直无法让人想到他会是一个指挥千军万马、威风八面的大帅。不过，大轿前后那些按剑握枪如狼似虎的保镖，以及他扫视人群时那电光般一闪的犀利的目光，都令人感到不寒而栗。他一走出大轿，刚才督府前一片哄闹，顿时便寂然无声。

赵尔丰对自己露面，能够不怒而威，感到很满意，皱缩的老脸上露出了和蔼的笑容。他清了清嗓子，发表了简短的训词：他感谢四川的官绅和父老，不辞炎天暑热给他的热情欢迎。他肯定了四川绅民拥护宪政、关心国是的爱国热情，请大家相信他，作为一方封疆大臣，一定上报君恩，尽忠职守，下安黎民，为地方谋福祉。待正式接任之后，再与川人，共商治川之大计。

赵尔丰就职的见面训词，应该说非常得体。他肯定川人爱国，言外之意，并不反对川人把盛宣怀、端方等人骂作卖国贼。这让川人特别是立宪派人士，似乎看到了一些希望。

接着，川路公司特别股东会，董事局主席彭兰村、总理曾培曾以祝贺赵督督川为名，礼请赵尔丰出席两天后的铁路股东特别大会。赵尔丰要笼络立宪派，欣然应邀。

尹昌衡当天也在官员队伍中迎接赵尔丰，赵尔丰与川人见面的训词，也让他一直悬着的心放了下来。他虽然不同意川人骂盛宣怀是卖国贼，但盛宣怀的操急之举，确实是引发四川保路运动的导火索，是对摇摇欲坠的清王朝，致命地又推了一下。

赵尔丰不愧是清廷的栋梁之臣，他没有像朝廷希望的那样，入川后站在朝廷的立场指责川人，也没有用武力恫吓川人，这是明智之举。这对于暂时维系四川局势，确实很有好处。赵尔丰的绥靖调和，避免四川动乱，如果措施得当，家乡父老免遭动乱，免受兵火之苦，真是幸事。现在看来，不管这是赵尔丰的本来方略，还是采纳了他所撰写的《安蜀方略》，都无关紧要，至少自己与赵督思路大体一致，今后对安定四川局势，或可有用武之地。

赵尔丰到任视事，第二天即召集各衙门主官，堂议如何应对眼前四川局势，大多数官员都主张总督俯顺舆情，请求朝廷收回"铁路国有成命"，力主息事宁人。当然他的几个亲信，特别是尹良、王棪等亲戚，以及巡防军中几个亲信军官，则力主大帅扬威镇压。

赵尔丰并不是真的要听大家的意见，因为他的大主意已经定了，只是想借此看看他的官员队伍的态度，便于以后施政用人。会上，他对众人的意见不置可否。

4

尹良险被蒲殿俊等立宪派参倒，因而对蒲殿俊等立宪派领袖恨之入骨。朝廷要赵尔丰实行镇压，正好为他出一口恶气。尽管前次去川边被赵尔丰斥责了，他还是不死心，赵尔丰对各派意见不置可否，说明他镇与抚举棋未定，他要在赵尔丰未下定决心之前再下说辞。堂议之后众官散去，尹良便叫上王棪一齐来到赵尔丰的书房。

赵尔丰为官清廉，这两个沾亲带故的表亲亲信却不争气，很招川人及军界物议。但毕竟兄长认了这两个表亲，何况都是朝廷命官，手下的大员，也应该听听他们的意见，只得叫看茶。

尹良啜了一口茶之后首先开口了："前次赴军中聆听季帅教诲，季帅治蜀将遵次帅方略，恩威并行。不知是重在推恩，还是重在立威？"

赵尔丰沉吟了一阵，捻了捻那几根稀疏的胡须道："赵藩在武侯祠写的那副评价诸葛亮的对联，你们可还记得？"

赵藩是云南剑川（大理）人，前四川按察使。大家同在四川为官，相互熟识。1908年，同盟会员谢奉琦在叙府策划起义，事泄被捕。赵藩竭力营救不果，辞官返里。他在成都武侯祠留下了一副非常有名的论史对联，时人无不知晓。

王棪立即逞能回道："记得。上联是'能攻心则反侧自消，从古知兵非好战'；下联是'不审势即宽严皆误，后来治蜀要三思'。"

赵藩这副对联，告诫后人不能盲目学诸葛亮而一味用严，也不能盲目反对诸葛亮而一味用宽，而应当审察当时形势，深思熟虑，然后决定用严还是用宽。

赵尔丰见尹良愣着便道："赵藩虽不善为官，却善为文和论史：不审势即宽严皆误，是我这后来治蜀者理当深思的。"

尹良道："若论审势，次帅巽公位极人臣、名满宇内，功成名就。况且次帅治蜀之时，川局未乱，一味求稳，顺应时势，无可厚非。而今时移势异，川人借保路之名作乱，季帅手握重兵，奉诏挟天威治蜀戡乱，乱世用重典，师出有名。止乱源于萌生之际，正当其时啊。"

王棪亦附和道："若不及早剪除祸根，大开杀戒，养痈遗患啊。"

赵尔丰道："你们只知道上意、天威和杀人，你们可知道民心、民情和民愤？我身为四川总督，上任不安民而杀人，真想川人骂我是屠夫吗？"说着，把尹昌衡的《安蜀方略》推给二人，"你们看看这篇文章吧。"

二人一看条陈，都惊愕地瞪大了眼睛："尹昌衡？"

王人文给赵尔丰交印的时候，没忘记向赵尔丰推荐尹昌衡，并把赵尔巽对尹昌衡的评价原话转告了他。而且自己敬献给兄长那匹白马，而今也成了尹昌衡的坐骑。可见王人文转达的话不虚。老三也说尹昌衡在新军中的威望很高，他打算尽快重用这个年轻人，因此想听听这二人的意见。

赵尔丰看二人如此惊愕，疑惑地问："尹昌衡这人怎么样？"

尹良道："季帅连这样的狂人的话都要相信？"

赵尔丰道："狂人？"

尹良道："是呀，季帅可知道他公事房那副自撰对联？"

王棪立即吟道："爱花爱酒爱书爱国爱苍生，名士皮毛英雄肝胆；至明至洁至大至刚至诚悫，圣贤学问仙佛心肠！"

赵尔丰一听，不禁眉峰一聚，喃喃吟道："爱花爱酒……"

尹良道："如此张狂，哪里有半点稳重的干臣气象？怎么配议论国家大事？"

王棪道："我看，岂止狂人，我断定他就是乱党！"

尹良立即附和道："对，王总办最清楚他。"

赵尔丰一听说乱党，眉头皱得更紧，盯着王棪："说下去。"

王棪非常肯定地说："日本是乱党的发端地和大本营，日本回国的没几个不是乱党。"接着，又历数尹昌衡的罪过：在广汉放走青堤班乱党；在新军中抱团结伙，排斥外省籍军官；目无上宪，数次顶撞次帅。末了，又补充道："次帅心慈手软，看在他的岳父颜辑祜面子上，才让他至今逍遥法外。"

此时尹良已经草草看完尹昌衡的《安蜀方略》，给王棪帮腔道："季帅，尹昌衡多次顶撞次帅，尽人皆知。你想过没有，为什么你刚到就来给你出谋划策？让你姑息闹事的川人呢？"

王棪抢答道："他的舅子颜楷，就是保路同志会的会长。季帅如果按圣旨办事，颜楷就是该拿来开刀的闹事大头目之一。"

尹良知道赵尔丰最担心的是革命党，便道："我看，事情恐怕不这么简单，乱党诡计多端，无孔不入。如果他以帮季帅参谋之名，得到季帅赏识和信用，潜伏身边，另蓄阴谋，这才是最可怕的。"

赵尔丰先对二人的话并不以为然，但是文如其人，尹昌衡那副对联确实很不稳重，难当军国重任，他对尹昌衡的好感已经大打折扣。特别是尹良最后的警告，一下摧毁了他重用尹昌衡的决心。他虽然不能断定尹昌衡就是革命党，但是非常时期，他不得不防。他沉吟了好一阵才不置可否地说："我知道了，你们忙去吧。"

王梾说的"次帅看在颜辑祜的面子上"这句话提醒了赵尔丰，他跟颜辑祜有同寅之谊，当年他在四川护理总督任上，也曾经跟颜辑祜礼尚往来，叙过寅谊。他相信颜辑祜的家教不会差，颜楷少年得志，从京官到地方官，颇有贤名，绝不会是匪类。而今三十多岁，正当盛年，回到四川被推举为保路同志会会长，这不是坏事。今后跟同志会打交道，这位世侄未必不念世谊吧。

赵尔丰知道颜辑祜不攀附权贵，绝不会主动来拜访他，在这种敏感的时候，自己既没时间，也不方便登门拜访，正为难之时，三儿进来请安。他灵机一动，提起笔来给颜辑祜写了一封平平常常的叙旧书信。命三儿捧了一盒从西藏带回的藏红花，给颜辑祜送去请安。

玉昆当日被礼请列席了省务会议，回到戒备森严的满城（少城）将军衙门后，便立即把主要官员召进将军府，介绍完会议要旨后要大家发表意见。其实驻扎在满城的人也是终日人心惶惶。特别是《蜀报》上那篇《川人保路拒债，风起云涌，满城满人贵族，当何以对待?》引起了满人极大的震动和不安，也引起了满人何去何从的街谈巷议。众官七嘴八舌意见不少，但最后多数人还是认为："举债修路是皇亲争权，我们世代居住于此，川人的利益就是大家的利益。川人安则满城安，川人危则满城更危，地方之事服从川督，最好少去掺和。"

当夜，赵尔丰又把玉昆将军请到督府书房议事。因为将军衙门的八旗兵直接由朝廷调遣，不受地方节制，他们的主要任务是监督地方行政，镇压各地的反清力量。在政务会上，将军不便发言干预地方政务。但是赵尔丰知道玉昆将军和总理大臣的关系，他的治蜀方略对玉昆没有半点保留，和盘托出。他希望能够跟玉昆和衷共济，共同维护蜀地平安。玉昆转达了满城官员的看法，对赵尔丰治蜀方略大加赞赏，表示为保蜀地平安，一定全力相助。

颜辑祜收到赵尔丰书、礼，非常诧异。捧着那封书信，努力想从字缝中读出些格外的意思来，一无所获。便只好把颜楷和尹昌衡叫来，一齐参悟。

颜、尹二人来到书房，看完书信。尹昌衡沉思了一阵道："深意不在书信中，而在致书示好的行动上。"

颜楷道："致书示好？"

尹昌衡道："老泰山乃蜀中名宿，在川人中名望高，儿子是保路头领，他告诉你他没忘记跟老泰山是同寅，是想通过你，向川人传递，他没有与川人为敌的意思。同时也希望你看在同寅情分上，影响兄长，在时局问题上，不要与他过分为难，相互携手，共度时艰。"

颜辑祜拈须沉吟道："真要是这样的意思，川人之福也。"

尹昌衡又道："目前湖南湖北，保路也闹得很凶，局势也十分严峻，南方各省，纷纷声援四川保路。赵尔丰可能对到任当着川人的表态，不敢轻易食言的。"

第二天，8月5日，股东特别大会隆重召开。赵尔丰如期到会祝贺，并致训词。他再一次肯定了保路绅民的爱国热忱，并表示"本督相见以诚，折中至善，但视权力之所能为，必无不为，职务之所当尽，必无不尽"。同时告诫"惟当维持秩序，恪守范围，无事浮夸之议论，力求适当之解决"。事后，他在致内阁的电文中汇报股东特别大会代表发言情况时，只轻描淡写地说了"意气不免稍盛"，但是"秩序尚不紊乱"，表示了他对掌握四川局势很有信心。

但是，股东大会开会的当天，李稷勋转来端方三日电文称："蜀中近况嚣张，初十开股东会。闻颇有地方喜事之人参与鼓煽。"接着又转来北京电称："朝廷已有旨交川督，即将首倡之人，严拿严办。"

代表们获悉，对把四川绅民护路诬为倡乱，怒不可遏，当即以川汉铁路股东会的名义拟电文一通，一针见血地指出："我公（端方）权在督路，蜀中地方近状，绅董贤否，会场言论自有行政官督察。"这是越权和侵犯了总督赵尔丰行政官的权力，跟在场的总督所说"秩序尚不紊乱"唱反调。并请赵尔丰代转端方电文。

赵尔丰一见电文，也很愤怒，一个铁路督办，居然越权干预他总督权力，怒道："诚无理。"并表示"自当照转并加严重语"。次日，股东会又通过《意见书》所提争路办法三则："一是质问邮传部，二是吁恳代奏，三是提回路款七百万"，另外决定辞退李稷勋，于十日之内办清交接手续，并反对朝廷任命李稷勋主持路工。赵尔丰当场表示同意，并允为股东代奏。

特别股东大会的胜利召开，将四川省各府州县的股东代表聚集起来，把反盛（宣怀）、讨端（方）、罢李（稷勋）作为主要目标，进一步掀起了全川群众性保路护款的新高潮。

第十四章

罢市抗捐

1

应该承认，赵尔丰督川前期，虽然表态很谨慎，但也信守了他的诺言，俯顺舆情。他不断转奏条陈，上表为川人保路说话，受到了立宪派和广大川人的欢迎。

盛宣怀、端方等一心要借赵尔丰的虎威及其手中兵权，采取高压手段推行铁路国有，可是赵尔丰对川人仍然沿袭了王人文的老路，让朝廷大失所望。端方看准了四川总督的位置，趁朝廷对赵尔丰不满，加速制造四川的混乱逼赵尔丰下台。8月18日，端方和瑞澂会同电奏："请明降谕旨，特派李稷勋仍行留办路工，责成赵尔丰禀遵迭次谕旨，严重对付"，"遏乱萌而靖地方。"

清廷居然不顾川人对李稷勋的愤怒，悍然派李稷勋总理川路路工。赵尔丰对从权力场中射来的这一支暗箭有苦难言，他得到电文后，认为"以此事发表，众必大愤"，因此只给股东会的会长颜楷看了清廷谕旨电文。

此事直捂到8月23日，川路股东开审查会议，朱之洪要求股东会长宣布端方电报内容。颜楷无奈只得宣布。众人听后，无不义愤填膺，将此电称为蛮电。股东们纷纷要求召开临时会议，商讨对付办法。

根据当时的《西顾报》《蜀报》等记载：第二天上午，股东特别大会会长颜楷，将赵尔丰处交阅电文大旨报告甫毕，"会场一片哭声、骂声、捶胸跌足声、演说声……满场热焰欲烧。朱之洪等在此前就罢市罢课斗争作了准备和引导。于是会场有喊须罢市者，有喊须停课者，有喊不纳厘税者，有喊以租股抵正粮者……有谓须设景皇帝（光绪）万岁牌，日夕哭之，以冀朝廷感动，挽回天心者。每闻会场中一议出，众无不以声应之"。群众异口同声谴责李稷勋"盗款献路，公电纠参，而政府竟置之不议"，提出"非惟路无可争，且恐款亦难保"，痛感"要求政策，全归无效"，决定立即罢市罢课抗议。

是日下午二时，保路同志会召开大会。报载："众哭喊叫号亦如午前，纷纷要求到督署请愿。罗纶、邓孝可等人怕人多嘴杂导致误会，由他们代表去向赵尔丰陈情。"但是，"此时各街已有关闭铺面。民众自发性的罢市已经开始，会众心急，立催散会。众散未毕，各街关闭市门已过半矣。""不但大街做到整齐划一，即僻街小巷也无例外。"于是，繁华热闹的成都顷刻之间百业停闭，交易全无。各学堂一律停课。

成都罢市后，"悦来戏园、可园的锣鼓声，各茶馆的清唱声，鼓楼街估衣铺的叫卖声，各饭店的喊堂声，一概没有了。连半边街、走马街织丝绸的机声，打金街首饰店的钉锤声，向来是整天不停的，至是也听不见了。还有些棚户摊子都把东西收起来了……无论什么场合，每一个人视听言动所接触的，完全集中于保路这一个问题。""多数专靠劳力吃饭的工商业者，一旦生产与买卖全停顿了，生活马上就成问题，但他们也毫不顾虑及此，而争先表示同情争路。"有的同志协会（如西御街、蝶窝巷、兴隆街、北打金街协会）在罢市期间设立慈善会救济生计困难的贫民。

9月2日，保路同志会开会研究罢市、罢课问题。学界代表登台宣布："仍守前定宗旨，不达圆满之目的绝不开课。"商界代表报告："准则于学界，学界开课，商界亦开市。"同时，学界保路同志会决议：各校学生离省城回乡协助各地罢市、罢课和抗捐斗争。富顺、资阳、酉阳、合江、内江、三台等地在省学生也纷纷集会，决定回县争路，"务期众志成城，全川如一"。一时，四川的保路运动洋溢着团结战斗的气氛。

盛宣怀的操之过急，端方的上蹿下跳，朝廷的硬逼，给四川保路斗争点了火，又浇上油，升级成燎原之势。从此，四川人民由要求清政府收回铁路国有成命、废除借款合同进而用罢市、罢课斗争，公开反抗专制主义的朝廷了。

清政府惶恐不安，以清帝的名义令赵尔丰："商店罢市，既系有人播弄，省外伏莽蠢动，著仍切实弹压，毋任嚣张。"

京城电报不断飞来，上谕责赵尔丰软弱，端方借钦差之名迭次催促赵尔丰解散和镇压保路同志会。

赵尔丰无奈，只得急忙召集铁路公司负责人、地方绅士以及各街道同志协会代表，软硬兼施，解散保路同志会，强令开市、开课。但是，到会人士都以"大众愤恨如此，我等何能为力"表示爱莫能助。成都知府，成都、华阳两县的县令

— 144 —

也到街上讲演，劝说民众开市。可是，群众无动于衷，以致效果全无。

君命难违，朝廷的压力太大，赵尔丰不得已只得在各街口布置巡防军，荷枪巡查。同时以成都群众有"鼓动各州县罢市之举"，禁止电报局拍发有关保路电报。但是，群众不顾其威吓，坚持斗争。各州县在省学生们在同志会的布置下陆续回乡，送出省城消息。赵尔丰采取封锁消息的办法也徒劳无益。

尹良和王棪一唱一和，不断劝说赵尔丰，说朝廷看重的就是赵尔丰手中的军队和铁腕行权的性格，上意难以逆转，若不强行解散保路同志会，强令开市、开课，朝廷动怒，定会前程尽毁。赵尔丰何尝不知其中利害。

六十多岁的赵尔丰，到底精力不济了，终日的煎熬已经弄得他筋疲力尽。加之盛夏的成都酷热难当，汗流不断，疥疮更是折磨得他恶痒难禁。服侍赵尔丰的慧姑，非常心疼老爷。

慧姑是一个藏族少女，是赵尔丰早年在建昌平叛时，一个藏族头人送给他的一个娃子（侍妾）。而今已经出落成一个绝色女子。不但能歌善舞，而且武艺高强，三几个人，近不了她的身。慧姑不问世事，永远像雪域高原上的一片白云那么纯洁，这让终日被纷乱世事搅得头昏脑涨的赵尔丰很喜欢她。她在赵尔丰这里，也过上人的日子，她很感激这个和善的老头。她半婢、半妾、半侍卫，常常侍候在赵尔丰的身边。

这一天晚上送走尹良和王棪之后，慧姑用洗疥疮的中药汤，为赵尔丰细细洗了身子后，刚扶赵尔丰在凉榻上躺下，正要为赵尔丰按摩。夫人便命人来请赵尔丰佛堂相见。

尹良和王棪的野心，让赵尔丰的儿子老三非常着急，他不希望英明一世的父亲被这些小人毁了，他只有求他的母亲出面向父亲进言了。

赵尔丰的夫人出身名门，老夫妻可谓相敬如宾，相濡以沫，风风雨雨中度过大辈子人生，算得上义重情深。赵尔丰知夫人贤良，自己在川边平叛杀孽太重，夫人专门设了个小佛堂为他忏悔祈福。今日突然在佛堂相请，知道定有要事。他顾不得疲劳，便立即来到佛堂。

赵尔丰走进佛堂，夫人便跪在地上行大礼，儿子老三也陪跪在地上。赵尔丰赶紧扶起夫人道："夫人，有什么话你就直说吧，怎么行此大礼？"

夫人从不过问他的政事，但四川乱局，一样令她忧心如焚。听儿子说，尹良和王棪等人竭力主张对四川民众实行高压手段。因此她不得不加以劝阻。

夫人敛衽起身道："国家大事，贱妾本无意干预。今逢乱世，夫君手操生杀大权，一念向善，则苍生得福，一念向恶，则血流成河。夫妻同命，妾心向佛，

— 145 —

还望夫君勿重犯川边不得已的杀人之罪，治蜀宜谨依兄长方略，安人为上，巧与朝廷周旋，即使不能求功，也当尽力减少罪过。"

儿子老三也趁机道："父亲大人，尹良、王棪等人的祸国之言万不可听啊。川局尚未到非用兵不可的时候，父亲万万不可轻意用兵啊。尹昌衡为报赵家知遇之恩，愿献安蜀之策，现在正恭候于书房，父亲何不请来一叙。"

走投无路之时，儿子的话倒使赵尔丰眼前一亮，入川之时，尹昌衡所进安蜀之策中，许多预言，都应验了。而今走投无路，请来一叙，或许有所启迪吧。他叹了一口气道："好吧，请他到我书房来一叙吧。"未了又改口道，"就请他到这小佛堂一叙吧。"

2

上下相逼，武力收拾四川乱局，强行解散保路同志会，强令开市、开课，已经成赵尔丰眼前迫不得已的选择。为四川父老安危计，尹昌衡实在坐不住了。他必须在赵尔丰下定最后决心前，给赵尔丰再说利害。因此找了老三，促成了这次赵尔丰的召见。

尹昌衡很快被请到赵尔丰夫人的小佛堂。赵尔丰老夫妻在佛堂门口降阶相迎，这让尹昌衡非常感动。

献过茶后，没有过多的寒暄。尹昌衡分析了四川的局势后，便一针见血地指出：大帅临难受命，而今上压下逼，奸人翼图邀功泄愤，鼓噪用兵，改变大帅入川既定的急脉缓授的安蜀方略，此实在是取祸之道。眼下的四川正像一个火药桶，一点火星，就会引爆，轻意用兵，无异于在火药桶边玩火，完全是自取灭亡。为今之计，只能抽薪止沸，方能全身自保；若轻动兵戈，则蜀乱由大帅起，国因大帅倾，毁一世英名，成历史之罪人，朝廷不容，蜀人共愤，大帅何处葬身？

老三见赵尔丰不开腔，便道："请教尹兄，家父除用兵之外，还有何良策，可以化解眼前危机？"

尹昌衡道："为今上策，对朝廷依然只能软磨硬抗，以攻为守，即应川人之所请，查办李稷勋，弹劾盛宣怀，这样虽然不能化解危机，但得罪朝廷远，尚有回旋余地，且有情势所迫作借口。如果得罪川人近在咫尺，这无异于引火烧身啊。"

尹昌衡的话使赵尔丰心悦诚服，但他不愿在部下面前示怯，佯装坦然笑道："昌衡之言，不无道理，忠直可嘉，不愧为蜀中青年俊彦，难怪三儿常常夸你。不过年轻人经见的世面少，难免不草木皆兵，危言耸听。目前局势，老夫自会审时度势，审慎处置。"

末了，又补充道："家兄慧眼识人，临行有言关照，昌衡可堪造就，稍加历练，便可大有作为，改日选个合适的位置，让昌衡好好为朝廷出力。"

尹昌衡没有得到赵尔丰肯定的承诺，但他为蜀人的安危，已经尽力了，只得辞出。

送走尹昌衡后，夫人说："尹昌衡之言句句在理，夫君为何不用？明明是向别人讨教方略，怎么变成了普通的施恩笼络，这岂不冷了贤士心肠？"

赵尔丰喟然长叹："英雄末路，只得如此，倘若面诺，对川人施恩者是我堂堂总督，还是他小小将官尹昌衡？我大帅脸面何存，日后何以服众？"

老三问给尹昌衡安排什么职位。赵尔丰问："让他带兵，能不能放心？"老三说："绝对放心！"

尹昌衡虽然没有完全打消赵尔丰用兵的念头，但是，赵尔丰还是决定把用兵之议缓下来，并且决心采纳尹昌衡"查办李稷勋、弹劾盛宣怀"的建议。他目前只有争取川人的支持，才能苟延残喘。送走尹昌衡后，便命人速请咨议局和川汉铁路公司股东、保路同志会要员到总督府开会。会上赵尔丰述说上压下闹的苦衷，宣布再次应川人所请，代川人上奏要求拒债废约，并请查办李稷勋，弹劾盛宣怀。到会人无不感戴颂扬，报以热烈的掌声。

赵尔丰又联合将军玉昆及各司道官员再次联名上奏，要求将借款修路问题交咨政院议决，请准归于商办。上谕依然不准。内阁反而严饬赵尔丰镇压解散保路同志会。

赵尔丰知道保路同志会与乱党同盟会和袍哥已经合流，势力强大，无法对抗，还是冒着丢官风险再次电呈内阁协理那桐："如不准川人所请，将变生顷刻。唯准归商办，可免糜烂。并以不纳正粮、捐输，换取开市，通告全川。"

保路群众运动的迅速发展，是四川保路运动的立宪派领导人始料不及的。这时，他们一方面搜集盛宣怀、端方所有违法证据，呈请川督赵尔丰代奏；一方面则着重防范群众暴动。他们散发《四川保路同志会公启》，要求群众："（一）勿在街头聚群。（二）勿暴动。（三）勿打教堂。（四）不得侮辱官府。（五）油盐柴米一切饮食，照常发卖。能守秩序，便是国民，无理暴动，便是野蛮。"这个《公启》的主旨仍然是强调文明保路。

不仅如此，还连夜印发"圣位牌"，正中写着："德宗景皇帝之神位"，两边写着："庶政公诸舆论"，"铁路准归商办"，要各家供在大门口，焚香膜拜，朝夕哭之。在各街道中心点搭起"皇位台"，高出檐外，宽与街等，本街同志协会每天在此开会，颂扬先朝皇帝（光绪）"铁路准归商办"的皇恩，声讨当今贼臣。立宪派领导人始终使运动笼罩着皇权主义的色彩，表示并非反叛朝廷。

这在当时，确实是一种高明的斗争方法。它既适应当时人民群众的觉悟程度，又剥夺了统治者任何反对的借口，因为供的是光绪皇帝神主牌，官员到此下马，警察不敢干涉，群众斗志更旺。

对此，赵尔丰无可奈何地奏称："省中各街皆搭盖席棚，供设德宗景皇帝万岁牌，舆马不得过，如去之必有所借口，更有头顶万岁牌为护身符。种种窒碍，不得不密为陈告。"

端方听说后暴跳如雷地骂道："川人此举，亵渎乘舆，诋诬先帝"，"无法无纪，造此怪象，尚复成何世界"，"大不敬之罪已不可恕。"

在成都罢市的第一天，即出现了署名"四川七千万人同白"的传单，号召"自明日起，全川一律罢市、罢课，一切厘税杂捐，概行不纳"。随着各州县在省就学的学生回乡协助，各地保路协会、股东会迅速发动了罢市、罢课斗争。全川性罢市、罢课风潮呼啸而起。

清朝统治者"劝解无效，防止无从"。任清王朝如何三令五申四川店铺"照常营业"，四川群众仍乘胜前进，由罢市罢课，进而发展到抗捐抗粮。

8月27日，赵尔丰在给朝廷的奏报中，公开站在川人的立场上提出了折中主张："此次罢市、罢课，人心坚固。国家如俯恤民情，川路暂归商办，并请将借款修路一事交资政院议决。院议通过，不敢再有异词，否则，举凡一切赋税、杂捐，概不缴纳。"

赵尔丰的态度，得到川人的极大拥护。《蜀报》把赵尔丰等人弹劾盛宣怀和李稷勋等人的电文印成《号外》，女子保路同志会员拿着《蜀报号外》，喊着："总督支持川人保路拒债电文"、"赵总督弹劾盛宣怀，查办李稷勋！"沿街散发。路人争看传单，市民奔走相告。川汉铁路公司会议室，蒲殿俊写下"造福四川"四个大字。颜楷派人立即赶制成金匾，送给赵尔丰，防他变卦，逼他坚决支持川人。

四川群众始终恩怨分明，把赵尔丰与朝廷及"卖国贼"盛宣怀、端方和李稷勋区别开来。他们在唱词中唱道："我们谨守秩序未失脚，罢市罢课也是没奈何，行政长官并未说我们错，联衔代奏苦心多，只望有个好结果，又谁知上谕到才是白水一锅……"

《四川保路同志会报告》第十四号曾发表《国之桢干，川之福星》一文，盛赞赵尔丰俯顺民情，说赵是"吾国民日夜祷祝，大有力量为吾民请命"的大人物，对赵尔丰寄以莫大之希望。

但是，清廷对赵尔丰的警告和建议置若罔闻，不但对川民的要求一概回绝，还严命他严重对付。这无疑更是火上浇油。

四川的各种报刊，各种宣传工具，一齐开动，各种鼓动歌谣应运而生。从过去的谴责卖国贼，到矛头直指朝廷，直指内阁，甚至大张旗鼓地鼓动武装暴动。当时广为传唱的一首唱词这样唱道："练民团造好军火，习武艺一齐对达魔，农工商不要久抛业，读书的半日上课半日执戈。我们有本事又有联络，不怕官府哪怕差哥？倘有那不肖官吏来捕捉，鸣锣发号我们一蜂窝。一家有事百家来齐聚合，他的手快我人多，钢刀快砍不完七千万脑壳，哪怕尸骨堆山身流成河。有死心横竖都战得过，战胜了，我们再打收兵锣！"

9月1日，川路公司股东会决议，通告全省：自本日起，即实行不纳正粮，不纳捐输，已解者不上兑，未解都不必解。随即又编印了大量通俗易懂的抗捐抗粮的歌词、鼓词，广为散发宣传。

3

群众的抗捐抗粮斗争进一步高涨，赵尔丰只得再一次电奏清廷告急："川人已定宗旨，不能俯准商办，即实行停纳钱粮、杂捐以为对待。他不俱论，即兵饷立竭，势将哗溃，全省坐以待毙。"又说，"非思不用强硬手段，然民气固结，已不受压制。"

接着，赵尔丰又与成都将军玉昆、副都统奎焕，以及各司道官员联衔奏称："川民不纳丁粮、厘税、杂捐，二千数百万之岁入顿归无着。四川一切行政固惟束手，而京都、洋偿、解协等款，全无所出，贻误实大。且滇、黔、新、甘、边藏向皆仰给于川者，亦将坐固。川亦动摇，中央根本，西南半壁，无不受其影响。"

赵尔丰及四川主要的军政官员这封联衔电奏，不但一针见血地说出了最可怕的后果，而且完全站在川人的立场上为民请命。可是，清廷不但至死不悟，而且严厉申斥四川的地方官员姑息川人，这进一步激化了川人的反抗怒潮。抗捐抗粮，升格成了武装对抗。全省各地，砸毁经征局、厘金局、巡警局等暴力事件相继发生，并且涉及军队。新军第十七镇统制朱庆澜阅兵时，叫凡是同志会会员的起立，欲令出列。战士一听此言，全体起立，朱庆澜只好缄口而退。四川的陆军及巡警同情和支持川人的保路斗争，公开宣称："不愿对本省同胞开枪！"万县的巡防军，公开拒绝上司弹压罢市的命令，表示："万不能得罪同胞。"

赵尔丰采取急病缓治，急脉缓授的办法，尽力上下周旋，笼络立宪派，争取借立宪派的力量，共同维护蜀地治安，防止川人暴动。开初应该说是很见成效的。

可是朝廷却不理解他的苦心，处处掣肘，一次次电令他动武镇压。端方恨不

— 149 —

得立即把赵尔丰赶下台取而代之，趁机玩弄权术，对赵尔丰大肆攻击。他致电盛宣怀："赵尔丰庸懦无能，实达极点。始则恫吓朝廷，意图挟制；继则养痈遗患，作茧自缚。"

端方、盛宣怀、瑞澂，三人又联名弹劾赵尔丰，给赵尔丰加上"抗违朝旨，助长乱民，恫吓挟持，无所不有"的罪名，要求朝廷另派重臣赴川查办，并另任川督。消息传出，赵尔巽立即上疏反驳。（后来赵尔丰被杀，此案不了了之）。

端方还假意向朝廷推荐袁世凯，盛宣怀则推荐端方取代赵尔丰。朝廷除再三申斥赵尔丰及成都将军玉昆等人，严命他们切实弹压，逼赵杀民外，又于9月2日，以"兵警皆川人，惧不用命"，派端方从湖北"酌带军队"，前往四川"查办铁路事宜"。

而今立宪派冲在前头，群众已经发动起来，成都、重庆等地同盟会的高层，便时时暗中聚会，研究策略，紧锣密鼓地部署行动方案。

马忠受同盟会众人的委托邀请尹昌衡聚会，尹昌衡却断然拒绝参加。有的人甚至质问："大家这样拥戴他，他却这样冷大家的心，他到底是哪路人，他到底想的啥？"

尹昌衡到底想的啥呢？

尹昌衡曾经很同情川人保路，因此在北京才给蒲殿俊出了那样的点子，但是当他知道所谓的铁路"商办"的种种弊端后，他对负责国家实业发展的盛宣怀给予了更多的理解。他尤其不赞同把盛宣怀骂成卖国贼。他认为从李鸿章到盛宣怀，都对实业救国不遗余力，比谁都爱国。可是他实在弄不明白盛宣怀为何逼反川人，给摇摇欲坠的大清朝致命的一击。他知道革命党人肯定会有不少高度机密，他甚至怀疑盛宣怀是不是革命党安插在朝廷中最隐秘的卧底。

尹昌衡不反对立宪，不反对共和。他虽然反对专制，但他在言志诗中说了，"一朝名分定，万死守其常"。他是清朝的官员，他也不能反清朝。眼下三方角力，大乱将临，制止动乱和流血，才能免除家乡父老的刀兵之灾。因此必须帮助赵尔丰应付眼下的危机。

端方从湖北带兵入川查办保路运动的消息传来，这无异于给已经熊熊燃烧的烈焰添薪加炭。1911年9月5日，在川汉铁路公司特别股东大会会场门口，突然有人将《川人自保商榷书》散发给正在入场的股东代表们。

《商榷书》提出了"现在自保的条件"四条、"将来自保的条件"十五条、"筹备自保经费办法"五条。其核心是铁血图存，即制造军械，武装民众，练国民军自保。这无疑是革命党在自保名义下发出的武装起义的号召书。

赵尔丰在下边灭火，朝廷却火上浇油。此时电报不断飞来，上谕责他软弱。端方借钦差之名迭次催促赵尔丰解散和镇压保路同志会。赵尔丰又接到内阁最后通牒的密电：要他拘捕保路首要，钦命端方整备湖北新军入川助剿，取代总督之位很快成为现实。自己的总督宝座受到严重威胁，对他这样的封疆大臣来说，简直是奇耻大辱。

赵尔丰为了搪塞朝廷的指责，也为了自己的尊严，他不得不做出一些强硬的姿态了。过去，立宪派文明保路，对他的保四川治安很配合，他正愁无理由发威。《川人自保商榷书》的出笼，给了他一个很好的借口。于是，他一面上奏称："川人此次，以路事鼓动人民，风靡全省，气焰嚣张，遂图独立，竟敢明目张胆，始则抗粮、抗捐，继则刊散四川自保传单，俨然共和政府之势。"

赵尔丰只得孤注一掷，立即召集众官员和亲信，召开"紧急军事会议"商议对策。

"紧急军事会议"上，布政使尹良呈上同志会和同盟会会员朱国琛、刘长叔等人印发的《川人自保商榷书》，率先发难道："他们要抓财权，抓兵权，要自办实业，自己开兵工厂，自己办教育，一句话说就是要造反，要割据自雄……川人如此不体谅大帅，造反在即，必须立即调军队剿办。"

督练处总办王棪、盐运使杨嘉坤、提法使周善培、警务公所提调兼总稽核兼巡警教练所所长路广钟等，也趁机要赵尔丰大开杀戒。

赵尔丰寻思良久得计：先大讲川人反迹昭然，只有剿办；并令巡防军营务总办田征葵做军事行动总指挥；大张旗鼓进行军事部署，急调巡防军入省，调新军入城驻扎。

新军第十七镇统制朱庆澜、参谋处总办吴钟镕及部分官员均持异义反对，朱庆澜说："新军只能打土匪，不能打同志会。"将军玉昆也说："满城军队，受皇上直接调遣，剿贼不剿民。"

尹昌衡也要发言谏阻，赵尔丰不等尹昌衡开口，便道："你的意思我知道了。你也要知道武夫之职，唯帅命是从，既为国将，即非川民。有帅命，子杀父不为不孝，弟杀兄不为不悌。"

尹昌衡道："民可敬而不可下，兵以道而不以威，末将还请季帅三思。"

赵尔丰虽然理解将领们的意思，但他必须做出强硬的姿态给朝廷看。他不便对朱庆澜和玉昆等人动怒，便借题发挥，对尹昌衡发威："武将职责唯帅是从，只许服从，不得干扰军机大计。"昌衡再度力争，赵尔丰命令将尹昌衡赶出会场。

王棪即对田征葵说："此人不除，终成祸患。"田征葵即命派员监视，务必抓住证据，最好及时除掉。

第十五章

山雨欲来

1

冯倩文带着父命来到成都，她感激尹昌衡心中有她，动乱时期，她时时为尹昌衡的安危担忧，想见尹昌衡，又没有合适的借口，终日在无尽思念中熬煎。

机会终于等来了，这一天她接到冯国瑋从天津发来的电报，告诉她，英美法德和日本，几国联合向朝廷施压，逼朝廷签字强要路权，朝廷已经下定决心武力镇压保路运动，四川大乱难免，要她赶快离开成都。冯倩文想及时转告尹昌衡，安排家人早避战祸。

这天晚上，冯倩文精心打扮，和妥儿潜入衙署来见尹昌衡。尹昌衡不在书房，书房中却坐着一位绝色美人，这美人不是颜机，那会是谁呢？难道——

冯倩文正惊异之中，惊动了书房中的美人，那美人却身手敏捷，从书房中飞身而出，喊了声"刺客休走！"便挥剑向冯倩文刺来。

原来候在书房中的美人，正是尹昌衡的如夫人杨燕茹。

赵尔丰大张旗鼓地进行军事调动，整个成都空气顿时紧张异常。家人不放心尹昌衡的安全，除了嘱咐马忠随时跟着尹昌衡外，还叫杨燕茹也随时跟在尹昌衡附近。这天尹昌衡去开会还未回来，她只好在书房中等候。

尹昌衡被逐出会场，快快不快。马忠立即接着，听见衙署内有枪声，二人朝衙署奔来。正遇上冯倩文等三人在院中恶斗。

马忠立即飞身上前助战，只听妥儿喊了一声"马忠哥"，马忠才认出是冯倩文和妥儿，叫杨燕茹住手，冯倩文也停下。妥儿忙问马忠，杨燕茹是尹昌衡什么人。马忠说是尹昌衡的如夫人。冯倩文一听，惊得"啊"了一声。

知道杨燕茹已经做了尹昌衡的如夫人，冯倩文对尹昌衡已是万念俱灰，无比的幽怨堵在心头，万般思念，无由说起。妥儿只得把夜访尹昌衡的目的如实相告，简单说了从北京传来的警信后，要尹昌衡千万保重，尽早安排家人转移避乱。

杨燕茹早就知道有个和自己争老公的女子冯倩文，但她没想到冯倩文居然如此漂亮，而且武功也那么好。她更没想到的是她会冒险来给尹昌衡报信。她突然为冯倩文对尹昌衡那片痴情所感动。她理解，一个女人爱上一个男人后的苦况，为了对尹昌衡的爱，才吃尽无边苦头。一个千娇百媚的豪门千金，做得出格点算个啥，轮到自己，说不定会像穆桂英，连抢亲的事都干得出来。

衙署闯进飞贼，打伤卫队，尹昌衡和飞贼一伙——这消息很快被跟踪尹昌衡的人报告给了王棪。王棪这下可拿着了尹昌衡通贼的把柄，立即便去向赵尔丰报告，要赵尔丰立即拘禁尹昌衡。

却说赵尔丰将尹昌衡逐出会场，本来是做个样子给大家看，会后正拟以用人之际的名义，给尹昌衡另委要职，以示恩威有度。谁知王棪却来告状，尹昌衡伙同飞贼大闹衙署。赵尔丰半信半疑，尹昌衡怎么会和飞贼一伙呢？立即叫尹昌衡前来问话。

尹昌衡刚被逐出会场，此时又突然被总督府叫走，杨燕茹和马忠很不放心，便丢下妥儿和冯倩文二人，跟到总督府等候尹昌衡。

尹昌衡被叫到赵尔丰书房，只得坦然相告，天津故人，冯国璋将军的女公子冯倩文相访，与自己的如夫人杨燕茹发生误会，引起争斗，并非什么飞贼。

王棪一口咬定，来人武功高强，打伤衙署卫队，形迹可疑，怎么可能是冯将军的女公子。赵尔丰将信将疑，但是此种非常时期，冯国璋之女来川找尹昌衡干什么呢？只得叫王棪跟随尹昌衡，去礼请冯将军的女公子冯倩文，到督府一叙。

尹昌衡一时找不到冯倩文，王棪定要拿过拿错。杨燕茹和马忠急了，二人立即赶到津璋商行，终于见到了冯倩文，请冯倩文立即去总督府，给尹昌衡证明清白。

冯倩文没想到自己被当成了飞贼，给尹昌衡带来如此麻烦，但自己无论怎样都不能去和四川官府搅和在一起。她想了想，只得立即给父亲冯国璋发了个电报，要父亲帮忙说明。

王棪始终把尹昌衡作为死对头，难得抓着尹昌衡的把柄，尹昌衡找不到冯倩文，正是问罪的好机会。回到督练处衙门，王棪便凶相毕露，不由分说，命人将尹昌衡抓了起来，自己立即跑到赵尔丰书房告状：他断定尹昌衡在撒谎，说那飞贼就是前来联络尹昌衡的革命党，非常时期，不得不防。现在已经把尹昌衡押在衙中，要赵尔丰立即提审尹昌衡，好在采取军事行动之前，杀一儆百，立大帅之威！

赵尔丰闻言，拍案大怒："糊涂！谁叫你拘捕尹昌衡的，你是不是唯恐天下不乱！立即把尹昌衡放了！"

赵尔丰呵斥王棪"唯恐天下不乱"，确也是实情。他知道此时的四川，一点火星，都会让火山爆发。且不说正欲借重和笼络尹昌衡，尹昌衡找不着冯倩文，也不能据此断定他是乱党。万一他真与冯国璋有联系，说不定还有借重的地方。

赵尔丰叫王棪立即释放尹昌衡，王棪知尹昌衡断然不依，但又不得不执行。他回到督练处，厚着脸皮去放尹昌衡，尹昌衡果然不依，要他说出抓他的理由。王棪怎么敢说怀疑他是乱党，支吾半天，颜面丢尽，尹昌衡就是不依不饶。

王棪无奈，只得去求赵尔丰，赵尔丰怕把事情弄僵，更知道尹昌衡在川籍军人中的威望。尹昌衡被抓，一旦引起川籍军人不满，岂不先乱了自己的阵脚。于是只好亲自到督练处来，当着尹昌衡的面，训斥了王棪，然后又好言相慰，亲自为尹昌衡开了锁，只说找着了冯将军的女公子，请来一叙，就放走了尹昌衡。

当夜，赵尔丰接到了冯国璋的致歉电报：称教女无方，爱女冯倩文夜闯督练处，祈请恕罪。赵尔丰既放心了尹昌衡，也庆幸自己对这次突发事件处置得当。

2

杨燕茹毕竟是个富于同情心的女人，由于对冯倩文的同情和理解，渐渐跟冯倩文和妥儿成了朋友。

颜机听说这个威胁自己婚姻的女人又来了成都，心中老大的不快，脸上骤然布满了阴云。

尹母也看出了颜机的不快，感叹道："唉，这姑娘冒着风险，来给昌衡通风报信，还受了伤，按常理都该看望一下才是啊。"

颜机毕竟是个懂事的姑娘，听尹母这么说，便道："昌衡哥，我家里有棵老人参，你明天去看望一下冯小姐吧。"

尹母感动地道："难得你这般通情达理啊，我们明天一起去看望冯小姐吧。"

颜机借口推辞了，尹母也不勉强，第二天带着尹昌衡、杨燕茹一起去看望了冯倩文。冯倩文很是感动。

晚上回家，尹母把尹昌衡叫到小佛堂里道："昌衡，颜机表面上大度，其实还是很在意，你跟冯小姐到底是怎么回事？"

尹昌衡格外恭敬，跪地回道："母亲大人，我早已对二老表白过了，冯倩文只是红颜知己，颜机怀疑我跟她藕断丝连，要纳她为妾，颜机她误会我了。"

尹母又问："妥儿也对我说过二女侍一夫的事，你们那么好，你不打算纳她为妾吗？"

"母亲，你应该知道我的，一切理由都不讲，我尹昌衡是个一诺千金的男人啊，当初跟袁克文决斗之时，说过对冯情文绝不染指，现在袁克文不要她，我能言而无信，把吐出去的口水舔回来吗？如此言而无信，我还是男人吗？我还对得起父母的教诲和列祖列宗吗？"

尹母扶起尹昌衡："儿啊，娘懂了，我们确实不能对不起颜家。"

尹昌衡回到房中，杨燕茹侍候洗漱之后，一边为尹昌衡按摩，一边试探着道："昌衡哥，冯小姐好漂亮啊。"

"她漂亮吗？"

"嗯，比我漂亮多了，听马忠哥说，你们在天津时，好得不得了，你怎么不跟她……"

"燕茹，别提过去的事了。"

"昌衡哥，事情没有过去啊，说真话，你喜欢她吗？"

尹昌衡知道杨燕茹心直，没回答，只点了点头。

"昌衡哥，我说呀，冯小姐还那样爱你，听说我成了你的如夫人，那一口鲜血，是一个痴情女子伤心绝望的鲜血啊！"

"唉，这个我懂。"

尹昌衡不置可否，不认识似的看了一阵杨燕茹，把杨燕茹紧紧地搂在了怀里。

赵尔丰召开了紧急军事会议后，成都的空气顿时紧张起来。

其实，赵尔丰大张旗鼓地召开紧急会议，只是虚张声势，既做给朝廷看，也达到恫吓川人的目的，并没有下对川人动武的决心，毕竟是雷声大，雨点小，并没贸然行动。

此时北京内阁衙门却又发来密电，朝廷接受盛宣怀、端方和瑞澂再次的联名上奏："王人文养痈于前，赵尔丰姑息于后，四川结会争路，乱局渐成，少年喜事，别有阴谋，饬令赵尔丰严行弹压！立即拘拿保路同志会首要！"

赵尔丰再也顶不住了，他思之再三，不把上谕诱捕保路同志会的领导人的事情作为绝对的机密进行封锁，而是有意通过不同途径传了出去。同时，他一面召集尹良等人，商量诱捕保路同志会领导人的具体事宜，一面大张旗鼓地紧急调动军队。成都街头，军队频繁往来，顿时造成黑云压城，山雨欲来之势。成都的大小报纸，都为这紧张的气氛推波助澜，市民都预感到战祸将临，整个成都人心惶惶。人们从骂朝廷，转而痛骂赵尔丰，同时抢购食品等物资备乱。

农历七月十四日夜，津璋洋行门前，一个戴墨镜的男人匆匆跳下黄包车，直奔洋行后堂，匆匆把一封贴着鸡毛的信交给冯倩文，冯倩文打开一看，是一封写着洋文的信，看后大惊，很快翻译之后，便命妥儿立即将此鸡毛信件亲自交到尹昌衡手上。

尹昌衡料定赵尔丰扛不住朝廷的压力，一定会铤而走险。近日的局势果然如他所料，这让他非常着急。这天回到家里，便在灯下挥毫疾书，他要再上条陈，阻止赵尔丰弄险。颜机俨然成了他的小秘书，坐在一旁为他誊抄文稿，并不时建议他作些小修改。

颜机抄着抄着，停下笔来道："昌衡哥，那天赵尔丰当着那么多人，把你轰出会场，你上这样的条陈还有用吗？"

杨燕茹为二人打着扇子驱蚊扇凉，也插话道："是啊，昌衡哥，别又去碰壁。"

尹昌衡道："全川百姓安危要紧，赵家对我有恩，我怎能跟长者计较？听不听在他，忠言要进到，我的心要尽到啊！"

妥儿来到尹家院外，尹家院门紧闭，她也不叫门，直接飞身跳进院内。马忠正持刀在院内巡视，见黑影飞身进来，挥刀上前拦住。妥儿急喊道："马忠哥，是我。"

马忠惊道："妥儿，这个时候赶来，有什么急事吗？"

"急事，急事！请马忠哥立即带我见尹将军。"

妥儿跟马忠进了书房，掏出冯倩文的书札交给尹昌衡。尹昌衡一眼认出是冯倩文的笔迹，信札上写着："赵尔丰即将诱捕蒲殿俊、颜楷、张澜等九人正法，令其速去×洋行避难，出逃安排已经就绪！"

尹昌衡看罢信札，拍案而起："唉，愚蠢，愚蠢！"

颜机看完冯倩文的信大惊："果然不出昌衡哥所料。"

杨燕茹疑惑地问："这消息准确吗？"

尹昌衡道："冯小姐的消息绝对准确，不用怀疑。"

妥儿也道："这是外国朋友送来的消息，绝对准确，尹将军速作安排吧，我得赶回去，有什么情况，我会再来的。"

马忠要护送妥儿，妥儿止住马忠："马忠哥，我是要人保护的吗？这种时候，你千万不要离开尹将军！"说罢，对众人拱手，道了一声"珍重"，出门而去。

3

事关紧急，刻不容缓。送走妥儿后，尹昌衡立即安排行动。尹昌衡等三人，先把颜机送回颜府报信，让颜楷快逃，并把杨燕茹留在颜府，帮着颜家作应急安排。

尹昌衡和马忠骑马直奔川汉铁路总公司。此时公司内仍是灯火辉煌，蒲殿俊等几个重要领导全在此议事。

尹昌衡说明来意，要众人速去×洋行出逃。在场有人大惊，有人疑惑，看见尹昌衡骑的那匹白马，有人小声议论："尹昌衡是赵家赏识的人，他的话信得过吗？"

尹昌衡无端被人怀疑，十分难堪。蒲殿俊则止住了大家的议论，上前亲自挪了一把椅子，请尹昌衡坐下。

自从那次在北京相见后，蒲殿俊对尹昌衡早已另眼相看。特别是尹昌衡要他待时、蓄势，说到蓄势时，尹昌衡对形势的那一席见解，至今还响在耳边："其一，川汉铁路，干系川、鄂、湘、粤四省利益，大人享誉仕林，此行回川参选，顺道正好联络四省，结成利益同盟。其他诸省，朝中大员不少，报效桑梓，责无旁贷。若四省共进共退，大员出面助势，则上下左右，相互呼应声援之势可成也。其二，川人敬大人若神明，回川之后，参选胜算在握。到时群龙有首，登高一呼，政要、清流、绅商学子，定会响应风从。此川人同心之势可成也。其三，最为重要，自古成大事者，必用民心，必有组织。四川哥老会遍及城乡，组织严密，川汉铁路川人已经集股一千五百万两，主要为田亩租股，涉及全川农户利益。而出股最多者，差不多都是各地的袍哥龙头大爷，如果举保路之大旗，借袍哥组织之势力，整合保路力量，则全省一心，保路大势成矣。此三势者，皆大人力所能及，易如反掌耳，此天所资大人，成保路之伟业，大人何不用之？"

蒲殿俊当时放不下架子，口头上没有承认，但他事实上是遵循尹昌衡的点子去做的，而今，尹昌衡的预言已经完全应验。而且他在四川新军中的威望那么高，看来对这个年轻人轻慢不得。他一反当年在北京那倨傲的做派，亲自倒了一杯水送到尹昌衡手上：

"硕权，难得你深夜为我等传递警讯，辛苦了，先喝一杯水吧，你这消息，是从哪里得到的？"

"蒲大人，请大家不要怀疑我，这消息绝对准确！"

"好，我们马上商量应对之策。"

送走尹昌衡后，蒲殿俊问大家怎么办。

罗纶道："这明摆着，赵尔丰借尹昌衡传信，想借此吓跑我们，调虎离山，保路运动群龙无首，他达到釜底抽薪的目的，如果一走，正中赵尔丰的诡计。"

张澜更说："即使是真，死有何惧，赵尔丰敢冒天下之大不韪。正好像刘光第等六君子那样，用鲜血唤醒民众丢掉幻想，保路同志军将闹个翻天覆地！"

尹昌衡和马忠离开铁路公司，只得打马来到总督府前，他要把今晚写的条陈送到赵尔丰手上，尽力说服赵尔丰悬崖勒马。可是督府戒严，大门紧闭，哪里进得去？他仰天长叹道："蜀乱至也。季帅将成千古罪人啊！"

其实尹昌衡的担心是多余的，赵尔丰并不是他想象的那么不顾后果。这天，他一面大张旗鼓地布置田征葵负责实施第二天（农历七月十五日）的诱捕计划，同时又暗中派人，通过外国商行等渠道通出信息。他想，只要保路同志会的首脑们闻讯出逃，蛇无头不行，成都的乱局很快就会降温。他很为自己高明的抽薪止沸之计而得意。入夜后，他很平静地退到后堂，安静地享受着慧姑给他的按摩。儿子老三来见，听罢儿子报告市民惊恐怒骂的情况，他长长地舒了一口气道："好，百姓骂我就好，百姓知道我要杀人了，好啊！"

老三不明白他的意思，立即跪在地下："父亲大人，千万别忘记尹昌衡的警告啊，这是玩火弄险啊。"

赵尔丰知道儿子不理解他的用意，也没有像往常那样呵斥老三，反倒扶起他道："三儿，明知不可为而为之，乃不得已耳。今若不捕保路首要，违抗君命。若捕其首要，留不得，杀不得，必将骑虎难下。兵者诡道也，为父今反其道而行之。做出要杀人的凶相，意在打草驱蛇，促其逃跑，抽薪止沸，暂安乱局啊！"

老三这才明白了赵尔丰的苦心："啊，原来是这样！"

赵尔丰看了看老三："你不是跟尹昌衡有交道吗，你就不能帮为父做点事吗？"

老三明白了父亲的用意，连说："好，好，我这就去找尹昌衡。"

老三出了督府，追赶尹昌衡总迟一步。这时赶到，他要尹昌衡速告知众首领火速出逃。

尹昌衡似乎早已经看穿了赵尔丰的用意，叹道："天意啊！"他要老三转告赵尔丰，"理解季帅的苦心，只是打草所惊非蛇，惊的是猛虎蛟龙啊。请公子转告令尊，抓捕众人之后，万不可动杀念。"又教老三传话赵尔丰，"斩杀朝廷命官，需要与将军联名上奏并监斩。借玉昆将军不从，或可推脱朝廷要强加的抗旨之罪！"

当夜，尹昌衡离开川汉铁路公司不久，张澜便接到了外国友人廉让报警的书札，赵尔丰即将诱捕保路同志会的头领，外国友人已经为头领们做好了出逃的安排，要他们迅速趁夜离开成都。众人这才相信尹昌衡所说是真。

大家聚在铁路公司，商议对策。赵尔丰要诱捕保路同志会首要，这已经成了不争的事实。有的担心赵尔丰借《川人自保商榷书》发难，要应付朝廷，狗急跳墙，真的开刀杀人，则保路斗争就会群龙无首；有的则认为如果首要怕死出逃，正中赵尔丰抽薪止沸，熄灭保路怒潮之计。

张澜和罗纶等人则是意气豪迈："民不畏死，死有何惧，临阵脱逃，岂不有负四川父老，被天下士人耻笑！"

成都血案

1

第二天早晨，总督府果然打来电话：请蒲殿俊等九人到总督府，看内阁对拒债保路的回复电报。得到电话后，虽然有的人胆战心惊，多数人还是意气雄豪，怀着杀身取义的必死之心前往总督府。但是，在通知到会的人中，唯有颜楷不在。众人很是诧异，有人议论，说颜楷到底是个书生，胆小怕死，关键时刻就临阵脱逃，实在有污读书人的名节。

颜楷的大贤之名，绝不是浪得虚名。他回到四川接受保路同志会干事长和铁路股东会会长的职务时起，就非常清楚，自己接受的不是荣耀和风光，而是麻烦，甚至是杀头的风险。特别是近日朝廷的强硬和高压，赵尔丰的被迫和无奈，使他早就预感到了情势的凶险。尹昌衡叫颜机回来报警，家人都为他的安危担忧，他却大义在胸，平静异常。他没有半点惊慌，似乎一切早在预料之中。如何面对杀头的风险，用不着讨论和犹豫，好在尹昌衡能够给他帮忙料理后事。当夜，安排完家事后，便一直守在父亲的身边，他要在父亲面前，尽他当儿子的最后孝道。

9月7日（农历七月十五日）凌晨，尹昌衡骑着他的白马，颜楷和两个儿子、颜机、杨燕茹坐着黄包车，随着一乘小轿进了青羊宫。尹昌衡和颜楷上前把颜辑祜扶下轿来。

道长迎了出来。颜楷上前给道长行了礼，拜托道长道："颜楷此去，生死不知，请道长看在多年至交情分上，保护好父亲和两个孩子。"

青羊宫的道长，与颜家有极深的交谊。头天晚上，道长即已对颜家的人做好了安排。他扶起颜楷道："贤侄放心，令尊寓此，正好与贫道谈玄论道，不必担心惊扰。两位小公子乃颜家骨血，贫道立即派妥人送出成都。"

辞别道长后，尹昌衡和颜机送颜楷上路，他们都是来为颜楷送行的。他们没有叮咛和嘱托，没有呼天抢地的生离死别，相互只有深情的凝望。尹昌衡叫来一乘大轿，他要颜楷气派地去总督府赴难，那气氛，真有点风萧萧兮易水寒的味道。

蒲殿俊、罗纶、邓孝可、江三乘、张澜、王铭新、叶秉诚、彭兰村等人，佯装不知祸在眼前，齐到总督府前。尹昌衡骑着马跟着一乘大轿走来。众人见他打起轿帘，走下大轿的竟然是颜楷。颜机上前递上衣物，这时众人才知道颜楷并没有临阵脱逃，对颜楷的高风亮节，更为钦佩。有的脚杆打战的人，此时也多了几分豪气。

清晨，赵尔丰起床之后，一直打着如意算盘，他相信他的打草驱蛇之计，一定能收到意外的效果。他正捧着茶慢品着，等着来人报告保路同志会的头脑们已经连夜逃走的好消息。他打算，得到这个好消息后，还得再做些表面文章，至少要发个通缉保路首要之类的文告，显示一下他遵行朝命的态度。可是，不久，来人报告："蒲殿俊等九人，奉命齐到督府门口，来看内阁对拒债保路的回复电报。"

赵尔丰听报，不由得大惊，捧在手中的茶碗掉在了地上，"砰"地摔得粉碎！他"啊"了一声，绝望地道："苦也，苦也！这下完了！"

尹昌衡本欲与众人一道去见赵尔丰，欲再下说词，可是被门卫挡住了："大帅有令，其他官员，非召不得入内。"

尹昌衡看着颜楷等人进了总督府。只有仰天长叹："有志填海，无权补天，奈何，奈何！"只得打马直奔少城的玉昆将军府。目前，赵尔丰抓捕保路首要，已经是射出去的箭，难以回头了，要力挽狂澜，只有借助玉昆将军了。

玉昆将军跟尹昌衡虽然没有多少交往，但对尹昌衡这个年轻人在川籍军人中的威望颇有所闻。特别是那次新军演习担任总裁判所显示的军事才干，更使他对尹昌衡刮目相看。之后，他还请尹昌衡到少城驻军营中，给他的军官们讲过课。

玉昆在将军府热情地接待了尹昌衡。容不得客套和寒暄，尹昌衡直奔主题：赵尔丰诱捕保路同志会首要，本欲打草驱蛇，抽薪止沸，可是保路同志会的首领们偏偏佯装不知凶险，送上门去，自投罗网，弄得赵尔丰骑虎难下。按照赵尔丰要强的性格，要他放了众人，又绝不可能。如果按朝廷的要求杀掉这些保路的首要人物，则四川立即就会大乱。这无论对川人、对赵尔丰和对满城将士及满人，都是一场巨大的灾难。而今只有玉昆将军，可以利用自己的身份，阻止赵尔丰杀人，避免即将酿成的大祸。

— 161 —

尹昌衡的分析，绝不是危言耸听，其中利害，一说便知。玉昆慨然允诺，阻止赵尔丰杀人，从中转圜，定当不遗余力。

却说蒲殿俊等九人来到总督府，赵尔丰却不敢出面接见。一时又想不出应对之策，只得让众人在花厅等着。一直快等到中午，九人不断催促嚷闹，焦头烂额的赵尔丰走投无路，只得硬着头皮，命令逮捕九人。

负责执行抓捕的是巡防军营务总办田征葵。赵尔丰入川所带的三千巡防军，久在川边，久经战阵，自然是精锐之师，也是一群不可一世的骄兵悍将。这支巡防军主要驻守总督府，田征葵自恃是赵尔丰的亲近部下，更是骄纵异常。入川之后，见手握重兵的赵尔丰在川人面前如此窝囊，心中早是愤恨不平，对川人，特别是对保路同志会首要们可谓恨之入骨。接到抓捕命令之后，便摩拳擦掌，恨不得一刀一个，砍了痛快。

田征葵一声令下，花厅两厢如狼似虎的伏兵齐出，荷枪实弹的士兵将督府花厅层层包围，黑洞洞的枪口，从窗外伸进来，瞄准了众人，数十彪形大汉提着手枪，挥舞大刀，拿着粗麻绳冲进大厅，刀架颈上，枪逼胸膛，将众人五花大绑，大有不枪决即被刀劈之势。

众人虽然早有心理准备，到底明晃晃的钢刀架在了脖颈之上，大多数人束手就擒，有的人也不免惊慌颤抖。唯有张澜和罗纶，面对抵住胸膛的枪口，毫不惊惶，大义凛然地呵斥赵尔丰："既然朝廷有旨，'庶政公诸舆论'，'铁路准归商办'（光绪皇帝上谕中所说的话），这两句话就该算数。既然铁路属于四川人民，我们代表四川人民争取路权是正义的。我们有何罪，为什么要逮捕我们？"

赵尔丰自知理亏，色厉内荏地吼道："张澜，你太强横了，太强横了。"扬言候旨处斩。

赵尔丰此举，虽是迫不得已，但毕竟跟四川立宪派翻了脸，蒲殿俊等众望所归的缙绅，成了阶下囚，却实在是放不得，也杀不得。为表明他是执行朝廷的命令，立即召集各衙门主官，到督府商议处置九人事宜。各衙门主官，都及时来到督府。

玉昆即使不受尹昌衡之托，对于此事也绝不可能坐视不管。在朝中，他是庆亲王的人，国人尽知，时任纂拟宪法大臣、内阁度支部大臣兼盐政大臣。王族中的少壮派镇国公载泽，与总理大臣庆亲王奕劻不和，盛宣怀、端方依仗和投靠的就是载泽，庆亲王当然跟这些人格格不入，对铁路路权收归国有之事，并不热心。所以玉昆自然跟主子同心了。另外，为少城的满人安危着想，他也不能眼看四川大乱。得到赵尔丰拘押蒲殿俊等九人的消息，他便立即来到总督府。

赵尔丰宣布："《川人自保商榷书》，隐含独立，尤为狂悖，接到朝命，已经奉命拘捕保路头领候斩，各官务必勤力同心，共赴时艰！"

赵尔丰话音刚落，玉昆即站起高声相抗道："今所捕诸君，均系正绅，并非匪人。仅仅是政见不合，并非叛逆也！蒲殿俊更是朝中近臣，而且是朝廷实行君主立宪，预备期中四川民选的议长，深孚众望；颜楷也是当朝翰林侍讲，未经部议褫革，如果随便杀害他们，日后将罹蔑视法度、擅诛近臣之罪。本将军决不签字，决不监斩！如何处置众人，务当专门请旨定夺！"

玉昆说罢扬长而去，众官亦说不能杀正绅。赵尔丰虽说违背上谕，但有肩负防备地方叛逆专职的将军阻止，有众议及法度作借口，群僚共担干系，心中稍安。于是顺水推舟，命将九人暂时关押在来喜轩，候旨定夺。

赵尔丰还得硬着头皮强硬下去，下令搜查铁路公司，封闭铁路学堂和股东招待所，并查封了《西顾报》和《启智画报》等与保路有关的报刊。同时发布了告示："朝廷旨意，只拿数人，均系首要，不问平民。首要诸人，业已就擒。即速开市，守分营生。聚众入署，格杀不论！切切此谕，其各禀遵。"

2

赵尔丰逮捕蒲、罗等人的消息传出，成都顿时全城震动。燠热的七月午后，天空突然乌云密布，雷声隐隐。愤怒的保路群众涌上街头，他们不约而同，手里握着香，举着光绪皇帝的牌位，扶老携幼潮水般地从四面八方涌向总督府请愿，要求释放蒲罗诸人。

赵尔丰和众官正在督府议事，总督府前，突然人山人海。

门官不断来报，请愿百姓不听劝阻，冲进了总督府大门，冲进东西辕门，又冲进了左右仪门，越过大堂门前的圣谕牌坊拥到大堂檐下，齐声高喊："请大帅释放蒲殿俊、罗纶会长等人呀！"

众人无不大惊，赵尔丰一再命令，劝阻，劝阻！此时，夹着轰隆隆的雷声，突然响起了激烈的排枪声。听见枪声，赵尔丰知道彻底完了，杀戒一开，川事一无回旋之地，只有在绝路上走到底了！不由得"啊"了一声，昏倒在了座上。

众官有的忙着抢救赵尔丰，有的跑出议事大厅，来看究竟。原来，骄纵的巡防军悍将田征葵，根本不理解赵尔丰的苦心和一再告诫，请愿百姓冲进仪门之后，他借口赵尔丰的告示中"聚众入署，格杀不论"之语，公然下令镇守总督府的巡防军，向手无寸铁的请愿百姓开枪射击。总督府前立即枪声大作，不少无辜的请愿群众倒在了血泊之中，酿成了震惊中外的"成都血案"。

杀红了眼的田征葵，又命架起了机关炮，要向请愿百姓扫射。不少官员赶到现场制止，成都知府于宗潼以身子挡住机枪口，悲声痛哭劝说："千万不能屠杀百姓，千万不能杀害百姓啊！"众官也上前劝阻，这才避免了更惨烈的后果。

密集的枪声中，中弹的和相互踩踏的，死伤不少，督府门前，留下了一片尸体，无数中弹的伤者，哭声和喊声震天动地。遍地都是请愿者丢下的鞋子，和用黄纸做成的光绪牌位。此时，大雨哗哗，倾盆而下，雨水和着血水，遍地横流。染红了督府仪门前的大坝，尸体在大雨的冲刷中，呈现出的一派惨象，惨不忍睹。事后知道，这次被杀死的二十六人，都是机匠、刻字匠、学徒、裁缝、放马的、卖小菜的、装水烟的等底层贫苦百姓。死者中有白发老翁，年龄最小的只有十二岁。中弹受伤的百姓，更是不计其数。

血案发生后，更多的民众冒雨拥上街头，巡防军立即封锁全城要道路口，阻止人们向督府拥去。当血案发生之际，警务公所提调兼总稽核兼巡警教练所所长路广钟，立即指使爪牙在督署以北的联升巷空屋纵火，制造混乱，给赵尔丰镇压杀人提供借口，以减轻赵尔丰镇压群众的罪责。

大雨滂沱，民众深夜不散，田征葵为了驱散请愿人群，又率领马队向大街上冲去。沿途被践踏受伤的百姓亦不少。

杨燕茹举着"水井坊女子保路同志军"的旗帜，颜机护着尹母，和一群女子同志军正走在大街上。这时候几匹怒马从横街上冲来，眼看就要踏着颜机和尹母，其时女扮男装的冯倩文和妥儿也混在人群之中，只见冯倩文拔出勃朗宁手枪，一枪击倒头马。头马挡住后面两匹马，两马昂首立起，妥儿一甩手中长鞭，把两个巡防军拉下马来。冯倩文和妥儿乘机跳上巡防军骑的战马，抽了两个巡防军一鞭，喊着："我是革命党！我是革命党！"二人打马跑出人群，钻进了附近的街巷。后面几个骑兵愣了好久才回过神来，纵马追去。冯倩文和妥儿早已经没了踪影。

颜机惊道："是冯小姐，又是冯小姐救了我们。"

杨燕茹扶起颜机说："走，快走吧"。

赵尔丰苏醒后，只得全力收拾成都乱局。而今已经开了杀戒，放不下面子软手。当务之急，一是防止百姓聚集，一是切断成都和外界的联系，防止城内城外联合。路广钟在连升巷放那一把火又给他提供了口实，于是立即颁布了戒严令：紧闭城门，加强防范。城墙上派重兵把守，不准一人登城。同时封锁邮电和交通，不准将城内的消息传递出去，并令田征葵急调巡防军入城弹压。整个成都，处在刀枪林立的恐怖之中。

在逮捕蒲、罗等人的同时，田征葵即派陆军管带唐廷牧率领一个连，进驻铁路总公司，不准任何人出入。其时，铁路总公司正在开会。成都府学教授蒙裁成，听说拘捕了蒲殿俊等人，愤怒异常，立即打电话对赵尔丰说："我与蒲、罗诸人行动一致，请连我一起逮捕！"于是赵尔丰下令抓了蒙裁成，关押在巡道署。同时抓了同情保路的电报局局长胡嵘。

四川高等学堂学生阎一士，听说抓捕蒲、罗，是因为那份《川人自保商権书》，立即打电话对赵尔丰说："《川人自保商権书》是我所作，与蒲、罗诸公无关，请逮捕我，释放蒲、罗众人。"

老天似乎也在哭泣，大雨至晚还在淅淅沥沥地下着，给成都七月十五这个鬼节增添了更浓重的悲惨气氛。然而也更加煽旺了成都百姓的怒火。不管巡防军的马队怎样冲撞，也不管枪刺逼人的寒光，不少百姓还是冲破了清兵的拦阻，拥到了总督府的门外，深夜不散。百姓们站在哗哗的雨声中，伴着天边隐隐的沉雷和闪电，声嘶力竭地向总督府内高喊："释放蒲大人，释放颜大人……"

重重卫兵阻拦，驱赶不走百姓，越到后来，总督府外聚集的百姓越多，吼喊之声越大。

聚在总督府的官员们尽都束手无策，赵尔丰如坐针毡。兵备道总办吴钟镕想了想，走上前去对赵尔丰道："季帅，督府外民众不散，他们是不放心蒲殿俊等九人的生死。如果给他们说明，九人得到总督礼遇，他们自然就散了。"众官都说是这个道理，赵尔丰只好命吴钟镕出督府去晓谕民众。

吴钟镕撑着雨伞来到总督府外，告诉众人，蒲、罗等九人都在督府中好好的，请大家放心，都快散去。众人哪里肯信，一齐呐喊，肯定九人已经被害，一时又群情高涨，众怒汹汹。

这时有人说："如果九人没有遇害，只有见到他们才能放心，不然绝不离开总督府。"

吴钟镕道："我去请总督示下，让九人与大家见面。"

又有人道："九人都是贵人，我们平民谁认识他们，你们随便叫几个人出来敷衍我们了事，我们岂不上当。"

众人一听，是这个道理，又一齐起哄："不行，我们谁也不认识他们，不能让你们骗了！"

这倒让吴钟镕无计可施了。这时人群中有一中年汉子喊："我是内江人，我认识九人中的颜会长颜楷，他是我表兄的亲戚，我跟表兄去过颜会长家，我认识他。"

众人都道:"对,只要颜会长出来给我们说话,我们就相信。"

赵尔丰抓捕九人之后,真如他当初对老三所说,是放不得,也杀不得。只好把九人软禁在来喜轩中,命人不得怠慢,好酒好菜,小心伺候。

吴钟镕回到督府议事厅,把跟百姓达成的协议说了一遍。赵尔丰只得准蒲殿俊等九人与百姓见面。

为防止百姓抢走九人,总督府前立即调来大队兵丁,加强门口警卫,这才把蒲殿俊等九人请出。吴钟镕高声喊道:"父老乡亲们,我把九位大人给你们请出来了,他们都安然无恙地站在这里了。"他早已经跟颜楷说好,此时又拉着颜楷站到了前头,"这位就是你们认识的颜会长颜楷大人,请他跟你们讲话!"

众人一齐都把目光投向那内江汉子:"这是颜会长吗!"

那内江汉子道:"是颜会长,这就是颜会长。颜大人可亲热老百姓啊,在他家里,还给我这小百姓敬过酒哩!"

众人都道:"颜会长是九人中最重要的人物,他都安然无事,其他人也不会出事,也不会有假。"一齐高喊,"颜会长,颜会长!"

颜楷感动得热泪盈眶,代九人跪谢百姓的关爱,然后简单致辞,一一指认九人,要大家回去,等候他们与总督协商的好音,民众这才向九人揖别,陆续散去。

3

却说尹昌衡从少城将军府出来,他不知道该往哪里去。他放心不下颜楷等九人,但又进不了总督府,跟马忠在街上踯躅了一阵,心里乱哄哄的,理不出个头绪来。此时天色昏暗,乌云翻滚,雷声隐隐,暴雨将临,突然听见总督府那边,伴着雷鸣响起了密集的枪声,尹昌衡叫了一声:"完了!"踏着雷声和枪声,迎着倾盆而下的暴雨,便向总督府冲去。

尹昌衡来到总督府前,已经是尸横遍地。看到那些躺在血泊中,衣衫破烂不堪、瘦骨嶙峋的老老少少的尸体,看着漂浮在血水中光绪皇帝的牌位、破毡帽、破草帽和破草鞋,悲泪和着雨水涌流。

明楼之上的巡防军还在不停地放枪,尹昌衡就要冲上明楼去阻止,马忠一把拉住了他:"昌衡,你不能去,已经有官员去制止了。"

是的,有好几个官员已经冲上了明楼,在竭力阻止巡防军开枪,有的人按下枪口朝地,有的人托起枪口朝天,有一个官员,挡在了正在架设的机关枪前面。尹昌衡这才稍微心安,被马忠劝回了督练处。

尹昌衡回到督练处公事房。马忠立即为他换下淋湿的衣服,为他沏好了茶。

过了许久，他仍然放心不下，便叫马忠再去总督府前继续探听动静，有消息立即报来。

马忠走后，尹昌衡烦闷难当，抓起折扇猛扇了一阵，仍然平静不下来。他索性脱下衬衣，舀来一盆冷水，把头浸在冷水中，努力使自己冷静下来。可是血水中那些枯瘦的尸体、破毡帽、破草帽和破草鞋，老是挥之不去。"保路"，这些穷苦百姓是铁路股东吗？他们有路可保吗？他们那样卖命往前冲，这到底是为了什么？

"骗局、骗局、可耻的骗局！所谓的路权，只不过是个争权夺利的工具！"所谓的保路，只不过上层利益角逐中煽惑民众的一个幌子。

"那么是谁需要这样的工具，谁设了这样的骗局呢？受骗的又是些什么人呢？"他给自己提出的问题寻找着答案，突然震惊了："啊，难道自己没受骗吗？难道自己不也曾经是这个骗局的编织者和帮凶吗？"想到这里，他心跳了，脸红了。他颓唐地一屁股坐下来，捧着茶杯，沉思着。

向来狂傲自负的尹昌衡，回到四川经历了许多的轰轰烈烈和风风雨雨。眼前这血淋淋的现实似乎让他清醒了许多。此时他才认识到当年的见解和作为，失之冲动和偏颇。特别是对保路运动的本质，而今才有了更清楚的认识。

路权只不过是个争权夺利的工具，而且不同的人可以给这个工具穿上不同的美丽外衣。朝廷理直气壮宣布路权国有，给路权穿的外衣是冠冕堂皇的维新图强，如果权臣不夹杂私心，这未必不是件好事；立宪派要求铁路商办，给路权穿的外衣是爱国，如果铁路商办成功，抑制列强的侵略，对民族工业的发展也不无好处。

但是铁路商办按地亩抽股，广大缺田少地的贫苦农民，几人是铁路股东？总督府前那些死者是股东吗？自己的家庭是铁路股东吗？再说铁路商办政策早就准了，钱也抽了那么多了，铁路商办也办了这么多年，早该见成效了，可是为什么就办不起来呢？而今保路就是保铁路商办之权，立宪派便借"爱国"这个幌子，鼓动群众，实际上是绑架老百姓的爱国热情，为他们去争利益。革命党趁机借此沸腾民怨，为的是推翻清政府。

而今群众的"爱国热情"煽起来了，四川大乱了，天下即将大乱了。大清朝的末日快要到了。回想归国之时，自己也曾十分同情和支持四川人保路，并且还为绑架老百姓的爱国热情出谋划策。当初的预言，而今一切均已经应验，现在他真不知道，自己对国家和老百姓是功还是过？

尹昌衡在自我反省的时候，作了种种假设和推断。

事实上形势已经迫使清朝政府搞君主立宪了，如果皇亲不争权夺利，如果朝廷和立宪派共享权力，不搞那个臭名昭著的皇族内阁，像日本那样维新变法成功，国家几十年的平稳发展，将是什么样的局面呢？唉，可惜这些如果都不成立，形成今天的局面，都是贪婪的皇族为大清朝自掘坟墓了。

倘若清朝灭亡，中国的北方和南方主张各异，立宪与共和势均力敌，国家是走向立宪，还是走向共和呢？中国南北会不会对抗，国家会不会南北分裂呢？

历史的经验，改朝换代后，群雄并起，军阀混战，国家的分裂和割据一般长达几十年或者上百年，百姓又得经受几十年的战乱之苦，已经贫弱不堪的中华前途在哪里，国家未来到底是谁的天下？眼下自己如何选择，如何作为，才不至于成为国家和民族的罪人呢？这让尹昌衡十分犯难了。

尹昌衡站起来，抱着茶杯踱到窗前，他推开了窗子，窗外的大雨还在淅淅沥沥地下着，偶尔还有枪声传来。枪声把他的思绪拉回了现实，现实就是如何结束动乱，如何让蜀中的老百姓尽量少受战争之苦，少白白地丢掉性命。

尹昌衡断定，凭赵尔丰官场的丰富经验，既然他知道逮捕蒲殿俊等九人，是在火药桶边玩火，灭火就成了他眼前的第一需要。他相信抓捕了九人之后，有玉昆及百官的劝阻，能给赵尔丰下楼的借口，颜楷等人暂时不会有生命危险。但是同盟会定会利用这绝佳机会，使事态进一步恶化和扩大。在这样的时势背景下，自己是帮助赵尔丰控制动乱，还是帮助革命党呢？

帮赵尔丰息乱吧，赵尔丰所依附的大清朝已经腐朽不堪，已经无可救药，何况赵尔丰的手下容不下自己，赵尔丰本人也并不领情。投靠革命党吧，说不定革命成功还可分一杯羹。但是立宪派挟天子以令诸侯，北洋军阀作为强大的后盾，南北对抗，军阀混战遥遥无期，百姓的苦难又何日是头啊！

尹昌衡陷入了两难的选择中，烦躁至极。他秉性嗜酒，他知道酒能使他神助英聪，索性放下茶杯，抱起了书房中常备的酒罐。对着酒罐猛灌了一气，摘下墙上的宝剑，舞了一回，已然开窍：息乱，安民，安民为上。为人何用千年计，眼下安民是大端。万般计较，来日方长，知机顺时，车到山前必有路。

尹昌衡每有心得，诗兴勃发，宝剑入鞘，又猛喝了一口，在铺好的宣纸上挥毫泼洒，写下了《感时》一诗：

> 四海争传卫国家，萧墙犹是起悲笳。
>
> 百年小丑皆天虎，千里雄藩尚井蛙。
>
> 击楫将军看剑戟，忧时居士泣琵琶。
>
> 沦亡此日羞驯致，不许中原一矢加。

酒助豪兴，"不许中原一矢加"尽管是诗人酒后的大话狂言，但是息乱安民，也是尹昌衡此时为自己作的选择。

此时马忠回来报告，田征葵下令开枪射杀请愿百姓，赵尔丰气昏了过去。

尹昌衡叹道："赵尔丰英明一世，唯生性多疑，用人失察，四川的火药桶终于让田征葵这伙小人点燃了。天下未乱蜀先乱，季帅或因之成为千古罪人了。"

马忠道："你还管赵尔丰那么多干吗？他醒来还将错就错，命全城戒严，并下令马队上街，冲散拥向总督府请愿的百姓，全城捉拿革命党。"

"他不戒严，稳住局面，你说他该怎么办？"

"这，管他怎么办，昌衡，你说说现在我们该怎么办？"

尹昌衡略一沉吟，绵里藏针地道："问我干吗？天下大乱，是你们革命党求之不得的大好事，同盟会应该早有决定了。你是同盟会会员，非常时期，你应该及时去领受新任务了。"

马忠对尹昌衡从来不隐瞒身份："我的任务就是保护你的安全，争取你尽快回到同盟会，领着大家一起推翻腐朽的清王朝。"

尹昌衡道："我早就给你说过了'一朝名分定，万死守其常'。尽管清朝行将就木，可我现在还吃的是大清朝的皇粮，领的是大清朝的俸禄。此时要我趁乱反清，不是要我当清朝的叛臣贼子吗？我还对得起外祖父和你父亲忠肝义胆的泉下忠魂吗？"

尹昌衡说到马忠父亲的泉下忠魂，这让马忠脸红了，一时无语。尹昌衡知道自己的话说重了，缓和了口气："马忠哥，不必难为情。你和我不同，你已经加入了同盟会，推翻清朝，你宣过誓了。誓言是神圣的，忠于你的誓言吧。至于我，你是知道的，衡少微贱，生而方正，十五从戎，便不家食。弱冠登仕，禄埒太守，恒顾清廷之恩不薄。今日之天下之口，唯革命是誉；文士之笔，唯逐满是尊。孺子何知，东游六载，亲朋多识，譬喻万端。衡以食人之禄，即宜死事，不会加入你们革命党的。即使清朝垮台，寡妇要改嫁，也要等到亡夫坟上长出青草吧！目前，我是大清朝的一个职业军人，军人的天职是保境安民，现在我要做的事，就是四川如何才能少死人！至于日后何去何从，只有顺其自然了。"

马忠最后只得道："昌衡，大道理我说不过你。你是忠臣，但也是孝子啊。赵尔丰对你不放心，派人监视着你。王棪等人一直把你当成革命党，趁乱除去你这死对头，现在正是他们对你下手的好时机啊，还是先避避风头吧，你是尹家的独根苗，要是有个三长两短……"

马忠这话让尹昌衡一震，他的确是个孝子，他知道自己是全家的依靠和希望，责任重大。特别是眼前全家人都赞成保路，参加了保路同志会，母亲是个急公好义的热心人，万一她也跟大家一起上街请愿，要是有个闪失，如何得了。现在不是讲理的时候，对于王棪等小人，还是避避风头为好。

尹昌衡有心助赵，赵尔丰闭门不纳，有力无处使，只得在书案上留下一张告病的请假条，然后和马忠立即赶回了家。

幸好家人都安好。尹母说起大街上遇险之事，不无感慨地道："今天多亏了倩文和妥儿，不知道她们现在怎么样了。"

第十七章

全川反正

1

四川同盟会自 1907 年成都起义失败，支部长林冰骨灰心丧气，脱离同盟会活动，成都的同盟会组织形同瓦解。同盟会会员大多撤出成都，赴州县活动。新军中的革命党人因为四川和外籍的矛盾，闹成一盘散沙。1911 年夏天，董修武被任命为同盟会四川支部长，但他刚由日本回国，情况不熟，无法开展工作。因此革命党人中留在成都的几个人只好各自为战。

成都血案发生，最激动的莫过于同盟会会员。电报局局长胡嵘把四川咨议局要员被捕、成都发生血案的消息发向北京及各省咨议局，并且请求各省转发报纸，将四川情况公之于世。二十二省咨议局得到成都的消息后，果然很快联合致电内阁和资政院，声援四川。

各省声援四川的电报送到赵尔丰公案上。赵尔丰大怒，命立即逮捕电报局局长胡嵘。

当夜，龙鸣剑缒城而出，在蚕桑学堂城南农事实验场召开紧急会议，部署同盟会的行动。蚕桑学堂监督同盟会员曹笃、场长朱国琛也赶回蚕桑学堂。

由于城内和城外通信被封锁，众人急中生智，找来数百木板，写上："赵尔丰先捕蒲罗九人，再剿四川，各地同志，速起自救自保国。"并用桐油浸过。将木板投入锦江中漂出成都。此举被人们称为水电报。

沿江同志会捞起木板，成都血案和蒲罗等人被捕的消息很快在全省传开。当晚，龙鸣剑与曹笃一道直奔荣县，去川南宣传发动起义。董修武入川主要依靠的同盟会会员是朱庆澜、姜登选等外省籍高级军官，这些人跟川籍军官矛盾很深，四川有强大的新军队伍，却没有发挥什么作用。

成都的消息传到北京，在京官员及绅商学子，二百余人，立即奔赴总理衙门请愿。在京川籍官员，全部集体辞职抗议。监察御史赵熙，被时人称为"晚清第一词人"，享誉文坛和仕林，他立即上奏折请求朝廷诛杀赵尔丰。

曹笃、朱国琛等人制作的水电报从锦江源源流出，下游得到警讯，成都周边的同志军立即行动。华阳县中心场同志会会长、哥老会首领、同盟会会员秦载庚，新津哥老会首领侯宝斋，双流同盟会会员向迪章，立即将同志会改作同志军，分别发檄起义。

9月8日（农历七月十六日），秦载庚传锣齐团，率同志军千余人经中和场、琉璃场，抵成都东门外的牛市口。在大面铺、西河场、赖家店一线与清军作战，同时派人四出号召，羽檄交驰。

与此同时，同盟会会员向迪章在双流起义，杀双流知县汪棣圃，联合哥老会首领、征公口，出枪械，募捐营救蒲罗诸人。不一二日，双流同志军达六七千人。环邻成都八县，响应风从。

新津的侯宝斋，闻警讯率同志军向成都进发，与向迪章所率双流、温江、华阳、郫县、崇庆等州县的同志军会师，集中于双流县城和簇桥。9月9日，时值大雨，温江两路同志军冒雨前进，与吴庆熙所率同志军会合于武侯祠。由吴庆熙任统领，与清军在红牌楼激战。雷声和着枪炮声，风雨声卷着喊杀声，响彻成都南门外。

9月10日，四方应召者万余人，大张旗鼓地围攻省城。由于同志军初成，巡防军训练有素，同志军首战失利。退至仁寿县借田铺，设置东路民团总机关，很快，各属同志军前来聚集，达到二十余万人，可谓声势浩大。

郫县、灌县的同志军，由张捷先和张达山统领，兵分五路向成都进发。这支队伍中的煤矿工人、伐木工人，和蚕桑学校的学生军是其中坚力量，战斗力很强。由蒋淳风任蚕桑学堂学生军大队长，率领学生军为前锋向西门进攻，在犀浦与巡防军激战。短兵相接，白刃格斗，热血青年个个奋勇，八十余人阵亡，大队长蒋淳风壮烈捐躯。巡防军转攻崇宁，张达山设伏以待，令前队诈败诱敌，一举消灭巡防军二百余人，为牺牲的学生军报了大仇。接着乘胜出击，一举打败由王铸仁率领，装备精良的新军第六十七标。西路同志军让清军闻风丧胆，只得退守成都龟缩省城。

成都血案之后，成都周边数十州县的同志军闻风而动，每州县一股或数股，每股数千人或数万人。威远、荣县、峨边等地的同志军也昼夜兼程赶来增援。各路同志军把成都围得水泄不通。

温江，吴庆熙、孙泽沛和彭州的刘丽生诸部合力，在温江伏击新军，擒斩新军队官陈锦江，毙敌八九十人，缴获快枪百余支，接着又在温江北街夜袭清军。

崇州、新都、广汉等地同志军，也不断给清军以重创。

成都周边的战场上同志军节节胜利。各地同志军，捣毁驿站，砍断电杆，到处截堵驿邮文报，赵尔丰被同志军围困在成都。清朝上下耳目失灵，一片混乱。

同志军所到之处，得到民众的热情欢迎和支援。箪食壶浆，迎送于途。报载：学生军到郫县八里桥时，庄稼佬抬来了好多盛满大米饭的箩筐，以及放着菜肴和碗筷的簸箕。大爷、大娘、大嫂及十二三岁的孩子，跑前跑后，殷勤招待同志军吃饭。

赵尔丰不得不哀叹："愚民无知，竟以认匪为义，见匪则助粮助饷，见兵则视同仇敌，甚至求水火不准。""人心助乱，闻兵胜则怒，闻匪胜则喜。""以致成都以外全省已成燎原之势！"

城外枪炮声不绝于耳，赵尔丰困守孤城，软禁在总督府的蒲罗等九人倒成了他的救命稻草。对九人不但没有审问，反倒每日好酒好菜侍候，只是不准他们走出来喜轩。为了免得这些人寂寞，特备了好烟好酒和文房四宝，以安抚众人。

蒲罗等九人更是把这作为难得的休养机会，往往议论罢时事之后，便终日斗茶斗棋，或者赋诗斗酒。

他们软禁期间还留下了不少诗作。特别是张澜，身陷囹圄，却十分乐观昂扬。有一次斗酒之时，蒲殿俊提议，以"青、黄、赤、白、黑"五字相嵌，联撞钟诗。众人搜索枯肠，皆不得佳句，独有张澜得一联："黄州赤壁东坡赋，黑塞青林太白诗"！

张澜联罢撞钟诗意犹未尽，他随身带的钢墨盒上刻有百鸟图。乘兴作《田家乐》一首："博黍岂徒饱，农毕方授经。潜夫不自异，卑居绕远情。邻里白头翁，提壶时共倾。醉倒挂南窗，唤起参已横……"来表达他对自由、幸福的田园生活的向往。

囚徒遣兴高吟，赵尔丰却焦头烂额，报载："望日变后，防署内外，分驻防军。大堂设机关炮二尊，守卫者寝食阁中，道、州、府、县官厅皆兵也。"巡警道徐樾称病临阵脱逃；提法使周善培将老母和家小藏于朋友家中，自己食无定所。各级官员胆战心惊避乱保命，如何能恪尽职守。

赵尔丰遂令设"筹防处"，发出告示："外匪乘隙滋闹，诚恐扰害善良。城内人烟繁杂，奸徒最易混藏，特派委员稽查，分区分段严防。巡警互相辅助，与民保护安康。合行出示晓喻，务各安静如常。"

筹防处将成都分成四总区派员查拿"布散谣言，蛊惑众听，形迹可疑，及私带枪械之人"。

筹防处还连出告示，对各地团保威胁利诱。悬赏捉拿同志军首领。其中有"拿获聚众倡乱著名大头目，每名赏银一千两。拿获砍断电杆，折毁公文，阻留文报的匪犯，每人赏银五十两"。

戒严、威胁、恫吓和利诱，并没能安定城内的治安。城中百姓无不期待同志军胜利进城。城中的军队也军心不稳。

特别让赵尔丰紧张的是驻在城中的新军。新军第十七镇是赵尔巽精心组建的队伍，装备精良，训练有素。正值朝廷用兵之际，新军中却有不少人不愿上阵屠杀家乡父老，私议脱离军队，回家务农。新军中也成立了"军界同志会"。不少新军都是"军界同志会"的会员。更为可怕的是新军中隐藏着不少革命党，这些人防不胜防。因此赵尔丰对新军很信不过，只得将新军全部调出城去，开赴前线作战。守城全部依靠巡防军。

当时清朝在四川的总兵力：计有新军一镇，巡防军四十余营。皆被同志军分割于各地扭打。

赵尔丰特别仰仗的从西藏带回来的傅华封所率十营巡防军和新军的六十六标，一直被同志军阻于大相岭、雅州一线，寸步难进。

新军主力被同志军牵制于新津，而且军心不稳。另一部分新军被牵制于华阳和仁寿战场。

邛州、雅州的两营巡防军，其中周鸿勋带领一个营起义，剩下一个营和雷波、屏山、马边的五个营，又被彭山、眉山等地同志军堵截于岷江下游。

叙府、泸州、重庆九个营的巡防军自顾不暇。守卫省城和都督府的十个营巡防军，被围困成都的数十万川西同志军，打得寸步难离。

赵尔丰毫无机动兵力可调，只得哀叹："兵有限而匪无穷，以少数军心不稳之兵，防剿不能兼顾。"清朝急调鄂、湘、陕、黔、滇军入川，杯水车薪，且远水难解近渴。

于是赵尔丰急时抱佛脚，只得下令招新兵以补伤亡。可是在州县招兵，在灌县募得数十人，这些人领了枪械受训之后，便携带枪械投同志军而去。这等于朝廷帮助武装同志军来反抗自己。在偌大成都，更是无人应招当兵，只得以乞丐和病弱充数。当时有一首竹枝词讽刺道：

快枪夺去二千多，

夺去开化（大炮）莫奈何。

军队伤亡暗招补，

乞儿病汉更搜罗。

2

尹昌衡忠而被疑，才而遭忌，只得告假回家。终日听到的是城外隐隐的炮声，以及马忠探听来的城外各地血淋淋的战事消息。自己有力无处使，郁闷至极。颜机的哥哥颜楷被抓，回娘家去了。他便只有让如夫人杨燕茹陪着纵酒狂歌，疯狂发泄和释烦。好在家人都乐得他天天在家，远离炮火硝烟，全家人也不用终日为他担忧。

尹昌衡负气告假，是革命党争取他的好机会。同盟会的朋友们轮番相劝，不胜其烦。为了摆脱这些人的纠缠，他索性躲进了妓院。

尹母一直关心时事。血案发生之后，赵尔丰查封了所有支持保路的报刊，除发行《成都日报》外，又创办了《正俗新白话报》。城里只能买到这两种报纸。报上所说的战场消息尽是战场上官军在哪里取得了大胜利。尹母心里很不畅快。

城外炮声隆隆，街上到处传说同志军与防军和新军的血战，传说红牌楼之战、武侯祠之战、犀浦之战、新津保卫战的惨烈。

城中的不少街口都设有路祭台，不少市民都自觉地路祭战场上双方战死的亡灵。偶有巡防军抬着前线下来的清军伤兵，市民便围上去，一边打听城外的战事，一边掏出钱抚慰伤兵，嘴里却说："你们啷个去给赵尔丰卖命，打保路同志军啊！"

茶馆里传说的除了战地新闻外，更多的是说蒲罗等九人的命运和官方的消息。有的说百万同志军围困成都，赵尔丰不敢杀蒲罗；有的说赵熙上奏折请杀赵尔丰；有的说端方从湖北带兵入川平叛，取代赵尔丰总督之位；有的则说，端方在宜昌发布的电文告示杀气腾腾，说不定是比赵尔丰更坏的灾星……

尹昌衡躲在妓女秋痕的家里以酒浇愁。正值暑热炎天，愁肠百结，烈酒攻心，背上竟然生出一个大毒疮来，秋痕忙请来医生，医了几天不见好转。不几日，恶疮便把尹昌衡折磨得变了形，只好叫秋痕把他送回家。颜机听说尹昌衡病了，也很快赶了过来。

尹昌衡一下病成这般模样，全家人都慌了神，立即请来全城最好的名医精心医治。名医圣手的方剂，加上家人的精心护理和调养，恶疮渐渐缓解，只是身体虚弱不堪。

尹昌衡依旧每天派马忠出去了解城外的战事，一听到马忠报告哪里的巡防军投诚了，哪里的新军起义了，哪个战场又死了多少清军，多少同志军。这让他痛心疾首，疯狂饮酒，全家谁也劝不住他。

尹母的父亲刘世敏壮烈尽节，成了大清朝的一方忠烈楷模，也是她家族的光荣。忠君爱国，热心保路，却不反朝廷，这是她的道德底线。她不懂得儿子为什么现在不热心保路，她相信儿子对国运和时局一定有非同一般的见解。于是便带上颜机和杨燕茹，一齐来到尹昌衡病床前。

"儿呀，为娘早已经看出了你对保路之事并不热心。保路同志军闹得轰轰烈烈，你反而眉头越皱越紧，天下大事你比我们看得清楚，眼下时局你到底是怎么看的呀？也该让我们心中有个数吧。"

尹昌衡没想到母亲突然对她提出这样的问题，一时不知道该怎么回答，沉吟了好一阵才说："母亲大人，许多事情这以前我也没有想透。不过总督府前那些尸首你看见了的，你说哪一个死者有铁路路股？你也参加了保路同志会，为保路鼓与呼，请问，你有路股吗？"

尹昌衡这一问，大家都愣住了。隔了好一阵，尹母才道："保路是不让路权落入外国人手里，我虽然没有路股，可是帮中国人保住路权，这是爱国啊！不爱国还谈得上忠君吗？"

"保路是保地方商办铁路之权，铁路早就允许商办，这么多年了，除了听说路银损失多少，你还听到什么好消息没有？"

众人你望望我，我望望你，都说不出话。

"借外债修路，就叫卖国？"尹昌衡见大家都没了言语，又继续道，"母亲，保路利用了四川人的爱国热情引发蜀中大乱，天下大乱，这要乱多久？已经死了这么多人，还会死多少人？你也是读经读史的，革命党志在改朝换代，会不会导致国家南北分裂，会不会导致军阀割据，长期混战？"

尹昌衡这一连串的问题，不但让尹母震撼，也让颜机震撼。这许多高深的国家大事，是她们从来没思考过的。

尹母便对尹昌衡道："昌衡，看来我们热心保路，也是被人利用了。你说现在我们该怎么办？你打算怎么办？"

尹昌衡道："母亲也别自责，四川保路的历史功过，还是让后人去评说吧。眼下已经不是保路的问题了，眼前最要紧的事情是息乱，是停止战争，尽量减少死人。"

尹母疑惑地道："停止战争，全川这么乱，办得到吗？"

尹昌衡肯定地道："事在人为，虽然为时已晚，尚可力挽狂澜。"

尹母惊奇地望着尹昌衡："尚可力挽狂澜？儿已经有了妙策？"

尹昌衡长叹了一声："唉，纵有回天妙策，赵尔丰听不进去，又有何用啊！"说罢又抓起了桌子上的酒壶。

颜机立即夺过酒壶："昌衡哥，你的背疮未愈，身子这么虚弱，天气这么炎热，这酒不能喝了啊。"

"颜机，我不喝酒，又能干啥啊。"

颜机对尹昌衡的了解要比其他人深刻得多，刚才那一系列问题使她更懂她的昌衡哥了。举世嘈嘈，唯他独醒，忧国忧民，英雄无用武之地，这就是他的病根了。

颜机正色道："昌衡哥，你是智者，你是顶天立地的男人，适才我们都为你骄傲，这下你又何必如此英雄气短？今天哥哥托人传出消息，他们被关在总督府并未受苦，而且每天还好酒好菜款待他们。哥哥说，这说明了赵尔丰给自己留下后手，并没下决心跟川人为敌。"

众人都点头道："这话倒也说得是。"

颜机又道："哥哥还说，听说端方入川来抢赵尔丰总督之位，他很后悔当时没听昌衡哥的忠告，很想重用昌衡哥，又怕……"这其实是她临时安慰尹昌衡撒的谎。

尹母道："这果然是好消息。我儿正好向季帅进息乱安民之策啊！"

尹昌衡沉思良久，赵尔丰不听忠言，而今撞了南墙，焦头烂额，想来应该回心转意的，是到进言的时候了。于是下了床，强撑病体，草拟平乱方略，并用外祖父留下的《懋廷舆图》，连夜制成军事地图，准备一道进呈赵尔丰。

3

新津保卫战和大相岭阻击战，是保路同志军最重要的两处战役。

新津是成都西南的门户，地当要冲，襟山带河，三面环水，地势险要。保路同志军占领新津，上逼成都，下控川南，扼雅安、西昌交通要道。

巡防军第八营驻守邛州，八营书记郫县人周鸿勋，在营中发展袍哥组织，秘密串联保路和反清。同志军起义后，9月12日，周鸿勋率军中哥老会弟兄枪毙本营管带黄恩翰，率巡防军第八营在邛州宣布起义，响应革命。

这个营是赵尔丰赖以在川边起家的老本，参加过川边和西藏平叛作战，武器装备好，作战经验多，可谓是战斗力很强的精锐之师。周鸿勋率兵起义，开了清军倒戈反清的先例，成了同志军一支劲旅。清朝官员闻之色变。

周鸿勋起义后，立即在邛州"逼官借饷"，随即率第八营开赴新津作战。在巡防军起义的鼓舞下，邛州百姓纷纷起义。"毁警署，砍电杆，州牧懔然。"

9月26日，侯宝斋率南路同志军从成都南郊回师，与周鸿勋会师于新津。他们囚禁了新津县令和征经委员。由侯宝斋任川南全军统领，周鸿勋任副统领，共同管理县政："严巡逻，禁劫掠，商民安堵。"扩充同志军，十数日内达十万之众。军旗相望，军威大振。新津一时成为四川同志军的中心，震撼全川。

9月30日，川南同志军攻进新津城外陆军营房，夺取枪械，释放囚犯。同时严命，只准抢枪炮，不得扰商民，有违者军法处之。商民相安，殷富之民积极助资助饷，对同志军乐于相助。

为了剪除后顾之忧，周鸿勋又于当天率军杀回邛州。邛州知州文德龙纠集劣绅据守城门顽抗。城内同志军打开城门迎周鸿勋进城，击毙文德龙和其帮凶，安定了邛州，旋即回守新津，参加新津保卫战。

新津既是成都西南门户，也是同志军活动的中心。10月1日，赵尔丰命新军第十七镇统制朱庆澜，率新军四个协及马炮各队主力，后又增加一个协的新军为左路，从双流进攻花桥场，又命提督田振邦率数营巡防军为右路进攻擦耳崖，倾全力进攻新津。10月2日，清军直逼新津县城，与同志军隔河开战。新津保卫战正式开始。

同志军中不乏将才，充分发挥地利优势排兵布阵。将所有船只集到西岸，沿河筑垒，据险扼守，芦荡丛林，随处设伏，阻击攻势凌厉的清军。又将灌县上游的都江堰决堤放水，使岷江水势更加汹涌，造成阻敌渡河的天然屏障。清军一渡河，则放土炮轰击。盈盈一水，弄得清军无法前进，急调炮队支援。其他各地同志军闻新津被围，纷纷挥兵驰援。彭县刘丽生率同志军百余人，扮作农民，在成都武侯祠附近设伏，袭击清军调往新津前线的炮队，短兵相接，奋力合围，打得清军丢下大炮，狼狈逃窜。

同志军在新津坚守将近十日，清军仗着炮火优势，强行抢渡，同志军才不得不退进城中坚守。清军放火烧毁新津县城东门外民房数千家，集中兵力攻城，到13日，同志军由于饷械告罄，才不得不撤出新津，向周边州县转移。

侯宝斋和周鸿勋在后来转战西南的战斗中，都壮烈捐躯，但他们领导的新津保卫战，历时半月之久，抗击和牵制了四川清军的主力，使川东南各地的同志军得到顺利发展和壮大。同时掩护了大相岭阻击战的成功部署。

大相岭是同志军又一场关键性的战役。

当同志军围攻成都时，赵尔丰急调护理川滇边务大臣傅华封所部边军（亦称西军），和第十七镇六十六标，以及驻防越西等地的巡防军近一万人，从打箭炉（今康定）、泸定、宁远等地日夜兼程，集结于清溪县（今汉源），企图翻越大相岭，经荥经、雅州（今雅安）赶赴成都救援。傅华封所领重兵如果杀到成都，势必改变四川腹地双方力量对比，给各地同志军造成严重威胁。因此大相岭阻击战，势关四川局势的发展，十分重要。

为了有效阻击西军，雅州、荥经的同志军，于清溪县和荥经之间的著名天险大相岭凭高据险，展开了英勇的大相岭阻击战。

雅州哥老会首领、同盟会会员罗子舟，在川西平原同志军兴起之时，立即响应起义，组织了雅州同志军五营。他与荥经李永忠率领的同志军，击降清军驻荥经巡防军，缴获快枪二百余支，军威大振。罗子舟称川南同志军水陆都督，积极部署大相岭防务。他调集各乡团勇及同志军，分别驻扎在大关、鹅项岭、晒簟坪等险关隘口，利用有利地形，阻击清军。连日激战，坚守阵地，打退了清军一次又一次的进攻。清军统领冯守成率队二千余人，数十次冲锋，除了损兵折将之外，均不得度关。

在大相岭外的清军虽然被阻，但是驻守雅州的清军尚有二千余人。如果让他们向成都靠拢，邛州、新津的同志军将受到极大的威胁。大相岭的关防亦有后顾之忧。为了打击雅州的清军，罗子舟又回师雅州，会合邛州、芦山、天全、荥经、穆坪（宝兴）等县同志军，全力围攻雅州城，使清军首尾不得相顾。同时发布文告："撞自由钟，竖独立旗。"

9月29日，雅州清军与同志军在干河大战，遭受同志军重创，龟缩城中不敢出战。同志军连夜造木炮竹梯数百猛攻东南城门。清军纵火烧毁东、南门外民房，以阻同志军进攻，又令清军从西门出击。同志军在此役牺牲近两千人。罗子舟的弟弟在南门外阵亡，他所率领的少数民族同志军也伤亡不小。

罗子舟围攻雅州一月余，虽然伤亡惨重，但牵制了大批清军，有力地支援了新津保卫战和大相岭阻击战。

大相岭阻击战中，荥经、雅安等地同志军奋勇作战，各族群众"富者输财，贫者执械"，有效阻滞了西军精锐部队增援成都。从七月到九月初旬，前后四十余天，无一兵一卒援省。因援兵受阻，少数民族参加起义，新津以西，直至清溪，皆被同志军控制。关外官方的文书、军报等月余不通。傅华封虽然最后攻破大相岭，进至雅州。但很快又落入了同志军的包围之中。赵尔丰面对同志军的燎原烈火，只得一天数电，向清廷军咨府告急呼救。

保路同志军起义的燎原烈火，使清政府乱作一团。

盛宣怀、端方奏请借用英国兵轮运兵入川镇压。

瑞澂电令海军部派兵船赴宜昌、重庆，"保护中外商民"。

清帝又急令贵州、云南、湖南、湖北、广东、陕西六省，派兵入川平乱。

朝廷又于9月15日委派岑春煊为四川总督，取代赵尔丰，署理四川剿抚事宜。清廷同时用三位总督大员对付四川同志军起义，由此可见清廷慌乱急迫的窘境。

岑春煊可谓是清末实力派重臣。他受康有为的影响，主张维新变法，曾积极参与"百日维新"，一时俨然成了立宪派的领袖。

岑春煊历任广东布政使、甘肃布政使、山西巡抚、四川总督、云贵总督、两广总督等职。他再次受命总督四川，开初颇为信心满满。他一方面奏请调滇军随行入川，又于9月18日电发《告谕蜀中父老书》，要求川人"自得此电之日起，士农工商各安其业，勿生疑虑，其一切未决之事，春煊一至即当进吾父老子弟于庭，开诚布公共筹所以维持挽救之策"，"即有一二顽梗不化之徒仍复造谣生事，不特王法所不容，而春煊亦将执法以随其后"。

川人根本不理会岑春煊的软硬兼施，同志军起义的烈火已然席卷全川。九月底，岑春煊行至武昌，四川起义已如烈火燎原，回天无术，且他与朝中的盛宣怀、瑞澂等人宿怨颇深，"自知与中外大臣意旨不合，决计奉身而退"，从武昌乘轮船去了上海。

端方九月初即以川汉铁路督办大臣的身份，受命从湖北带兵入川，此时又乘机要到四川军队的指挥权。9月18日行军至宜昌，他便以四川最高统治者的姿态发出电文告示，命四川地方官将电文告示刊刻，限三日内在各村庄市镇飞速张贴。在告示中杀气腾腾地写道："朝廷派本大臣来宣布德意，又派本大臣掌管全省之兵"，"本大臣在陕西办过匪，两江总督任上办过革命党徒"，四川"倘若仍旧乱闹，滋出事来，只好照前例一律重办。"

第十八章

忠勇见疑

1

四川的保路同志军之所以发展得如此迅速，得益于会党和民团的组织基础。

具有反清倾向的哥老会是四川最普及的会党，组织严密，遍布城乡。各地方，各行业，公口码头林立。哥老会成员十分复杂，工、农、商、学、兵，五行八作都有，多是中下层百姓。但各码头的舵把子都是本地或本行帮的大财主，或者是本地的豪强及有名望的人物。

革命党人大多是当时知识界的精英，多出身于富家大户。不少人回到家乡渗入袍哥组织，都成了当地袍哥的龙头大爷。几支最大最有影响同志军的首领，既是同盟会会员，又是当地的会党首领。

民团是清末地方上合法的民兵组织，但是同样多数控制在地方豪强手里。

因此，四川的袍哥、民团、保路同志会，实际上互为表里，同为一体。革命党在其中发挥了巨大的组织领导作用，他们利用保路和成都血案这个极好的契机一号召，现成的组织，同志会摇身变成同志军，全省闻风而动，便形成了这股火山爆发般的雷霆风暴。

借保路之名，行推翻清朝之实，吴玉璋领导荣县独立，在全国有首义之功。

荣县同盟会会员、哥老会的首领王天杰，早在七月初就在荣县领导罢市罢课，同时停纳赋税，并率民军训练所学员接收经征局，拘留县局委员。同时借"民团督办"的名义，以学员为骨干，组织训练民团千余人。

成都血案当天，同盟会会员龙鸣剑在成都缒城而出，星夜赶回荣县，带回成都血案的消息。王天杰、龙鸣剑以袍哥首领的名义，用鸡毛信发出紧急号令，各场镇哥老会立即组织同志军，自带武装和钱粮，在荣县双古场集中待命。一夜之间，号令传遍荣县四十八个场镇。各场镇同志军五千余人集中训练三天之后，在五保镇宣布起义。同志军手持大刀、长矛、土铳、毛瑟枪等武器，浩浩荡荡地向成都进军。同时传檄邻近州县，旬日之间，闻风而景从者二万余人。

王天杰和龙鸣剑带领的荣县同志军，很快攻入仁寿县城，与秦载庚部的同志军会师，组成川东路民军总部。接着威远、井研等各路同志军也来会合。推选秦载庚和王天杰为正副统领，龙鸣剑任参谋长。他们在中兴场、中和场、煎茶溪一带与清军大小十余仗，终因武器悬殊，战斗失利，放弃围攻成都，而向州县发展。

秦载庚领兵，先后下仁寿、简州、资阳、井研、内江、宜宾、犍为、威远、自贡等十余县。王天杰、龙鸣剑率部攻取叙府。龙鸣剑因积劳成疾，病故进军途中。

当荣县同志军出发围攻成都时，同盟会会员吴玉璋赶回了荣县，承担起了荣县同盟会反清全部重任。在政治上响亮地打出了反清的旗号，在经济上，以按租捐款的办法，为同志军解决糈饷问题。在军事上，加紧训练各乡民团。还开了一个军事训练班，准备扩充队伍，支援前线同志军。为荣县独立，打下了良好的基础。

王天杰回师荣县时，荣县知县郭慎之已经逃离荣县。清朝的荣县政权已经瘫痪。吴玉璋趁机提出，荣县独立，自理县政。9月25日召集大会，宣布荣县独立。由同盟会员蒲洵主持县政，驱逐清朝官吏，颁发新的政令，由革命党人组成县政府开署办公。

荣县首义独立，结束了清朝在荣县的统治，是辛亥革命时期由同盟会会员建立的第一个县级政权，比武昌起义早半个月，实为全国之先。此后，四川各州县以荣县为榜样，纷纷效法。推翻清朝政府的独立浪潮，很快席卷全川。

荣县独立前后，大竹同盟会会员李绍尹率领孝义会数千群众起义，占领大竹县城。李绍尹自称同志军川东北都督，成了川东北同志军的主力。他们分兵四出，英勇奋战，势如破竹，很快攻占垫江、邻水、广安、岳池、达县、新宁、东乡、通江、巴中、南江等州县。整个渠江流域各州县，各自推举官吏，宣布独立。然而胜利得来不易，仅在巴中县一战，陈英奇等牺牲的同志军即达二千余人。

西昌彝、汉群众，及松州、理县、茂县、汶县的藏、羌各族组成的同志军，也踊跃地投入了战斗。川西北的藏族、羌族同胞的同志军，在汶川土司索代庚带领下，与川西同志军联合，转战于灌县、郫县、崇宁等地。他们作战勇猛，攻占灌茂通道上的重要关口娘子岭，进占威州，阻击回援成都的松潘巡防军。进而攻入松潘城，控制松潘、理番、懋功、汶川等川西北大片地区。

全川局势已经不可收拾，赵尔丰正召集他的亲信商议对策，一个个都面面相觑，束手无策。此时尹昌衡走进督府，请求面见总督，上安蜀方略条陈。

赵尔丰绝望之中，尹昌衡成为他的一根稻草，便屏去左右，在书房里召见了尹昌衡。

尹昌衡的条陈纵谈眼下局势，条分缕析，所陈对策，切实可行，说得句句在理，让赵尔丰对眼前这个酒狂，多了几分好感，便命看茶，谦恭地当面问计。

尹昌衡颇为感动，真诚忠告道："端方奉命带兵入川，季帅不速平川乱，恐怕总督之位将被端方取而代之。季帅纵是不珍惜总督之位，就不怕端方玷污你一世之英名吗？"

这句话说到了赵尔丰的痛处。岑春煊上任途中，半道而逃。他这总督尚未卸任，但很可能被赶来的端方取代。若让端方取代总督之位，那便是他的奇耻大辱。他叹了一口气道："局势已然如此，怎么能够很快平乱啊？"

尹昌衡道："能，赶紧收拾民心，还来得及！"

赵尔丰一愣："怎么收拾民心？"

尹昌衡道："酿成四川乱祸，责任在朝廷和权臣苦苦相逼。拘捕蒲罗等九人，实属君命难违，既非季帅本意，亦非季帅一人之过，职责所在，不得已而为之，此乃川人有目共睹。"

尹昌衡说的是事实，这让赵尔丰很是感动，感慨地道："唉，将军知我乃不得已而为之，幸甚，幸甚。"

尹昌衡道："若让川人都知道季帅的苦衷，眼下即使不能释放蒲罗等九人，也要让川人知道，蒲罗等九人在总督府受到大人的礼遇；再者，酿成总督府前血案之事，亦是部下妄为。杀两个巨奸之人，厚恤无辜死难之民，向民众表示悔意和谢罪。这样就能釜底抽薪，百姓怒气自然消解，自然可收民心。"

赵尔丰立即采纳尹昌衡收拾民心之计。这之前，他一直顾及面子，把善待蒲罗之事作为秘密来封锁，经尹昌衡一说，连连点头称是。当即传令，准许九人至亲及咨议局派人入督府探望九人，让这些人把他善待九人的消息尽快传出去。

尹昌衡在条陈中，详说了政治和军事两手，赵尔丰对军事一手心中没底，便问怎样审慎用兵。尹昌衡道："用兵关键是用将，季帅所用之将，只知道杀杀杀，杀的老百姓越多，激起川人反抗越是强烈。若是任用仁明的将领领兵，抚为主，镇为辅，恩威有度，不用半年时间，四川的大乱就可平息。"

赵尔丰有些狐疑地望着尹昌衡："半年平乱？你认为谁是这样仁而且明的

将军？"

尹昌衡听赵尔丰这样问，他的热血又沸腾了。他忘记了自己背疮的痛苦，忽地站了起来道："大帅，军国大事，昌衡不敢相瞒。这样仁而且明的将领只有我尹昌衡敢当。昌衡愿以父母兄弟姐妹，全家数十人为人质，请大帅委以带兵之任。大帅若给我一个团的人马，以半年为期平乱。如果我成功了，是大帅之功，如果我失败了，则昌衡领罪。"接着，指着所呈之地图，对如何用兵，进行了讲解。

赵尔丰颇为心动，沉吟有顷，但最终没下定决心："你先且退下，让我好好想想。"

田征葵和王棪等人在内室对二人的谈话听得清清楚楚。尹昌衡所说的杀几个人顶罪，要杀的首先就是他们几个，一个个自然对尹昌衡恨得咬牙切齿。尹昌衡一走出赵尔丰书房，二人便到赵尔丰面前道："大帅，尹昌衡包藏祸心，你别中他的圈套啊！"

赵尔丰知道这些人既拿不出好的谋略平乱，又恶意中伤他人，便没好气地问："什么祸心，什么圈套？你们拿得出比他更好的息乱方略吗？"

田征葵也道："这样动乱时候，大帅杀了我们，自断手脚，谁为你鞍前马后拼死效命？你给他兵权，给他一个团的人马，这岂不是太阿倒持，把杀人的太阿宝剑的剑柄，交给这个危险人物？"

赵尔丰虽然部分采纳了尹昌衡的意见，但是到底害怕"太阿倒持"，没敢给尹昌衡一个团的兵权。他把尹昌衡一服救命的良药减去最关键的君药，而且听信小人谗言，借口为了方便咨询，要尹昌衡留住在衙署之中，对尹昌衡更加防范，他又一次失去了一个好机会。

尹昌衡对赵尔丰非常失望，回家后称病闭门谢客，终日纵酒狂歌，继之以泣。

2

清廷为扑灭四川的同志军起义，派端方率领部分湖北新军入川镇压，致使清军在湖北防御力量减弱。10月10日，革命党人在武昌发动了震惊中外的武昌起义。接着汉阳、汉口的革命党人闻风而动，又分别于10月11日夜、10月12日光复汉阳和汉口。

起义军掌控武汉三镇后，湖北军政府成立，黎元洪被推举为都督，改国号为中华民国，并号召各省民众起义响应。

武昌起义震惊了清政府，清政府迅速做出反应，于10月12日，撤销瑞澂湖北总督职务，命他戴罪立功，暂时署理湖广总督；停止永平（今河北卢龙县）秋操，令陆军大臣荫昌迅速赶赴湖北，所有湖北各军及赴援军队均任其节制；令海军提督萨镇冰率领海军和长江水师，迅速开往武汉江面。

10月14日，清政府编组一、二、三军，以随荫昌赴湖北的陆军第四镇及混成第三协、十一协为第一军，荫昌为军统（也称总统）；以陆军第五镇为第二军，冯国璋为军统；以禁卫军和陆军第一镇为第三军，载涛为军统。三军迅速向汉口附近集结。

但是清廷调集的军队，都是袁世凯一手经营起来的北洋军，根本不听荫昌指挥。此时内阁总理大臣奕劻和协理大臣那桐、徐世昌竭力保荐，主张起用袁世凯。摄政王载沣只得很不情愿地起用袁世凯，于10月14日发布上谕，任命两年前被他罢官后隐居于河南彰德的袁世凯为湖广总督，督办剿抚事宜。

袁世凯接到上谕后，并未立即复出，而是趁机提出了苛刻的条件。隆裕太后最后让步，被迫接受袁世凯的六条权力要求。载沣无奈，只得派内阁参议阮忠枢奉命抵达袁世凯老家彰德传达上谕，请袁世凯不要介意罢官一事，迅速上任。

这是袁世凯等待东山再起的好机会，但他对于荫昌带往前线的军队仅有会同调遣之权，指挥起来有诸多不便，所以仍没有立即出山，而是写了八条具体要求，让阮忠枢回京面呈奕劻。内容大致讲无兵无饷，何能办事，拟调集万余续备、后备军人带往湖北，以备剿抚之用；请度支部先拨银三四百万两，作为军饷及各项急需；请军咨府、陆军部不可遥为牵制等。

19日，袁世凯致电内阁，请求批准上述条件。22日，湖南、陕西两省宣布独立，而清军在前线毫无进展。不得已之下，载沣批准了袁世凯奏请的八条要求。27日，朝廷召回荫昌，任命袁世凯为钦差大臣，予以节制调遣前往湖北赴援的各军之权。

奕劻见袁世凯已经出山，国事日非，奏请辞去内阁总理大臣之职。载沣遂授袁世凯为内阁总理大臣。袁世凯以不是国会公举，声称不敢奉命。于是资政院很快开会通过，正式选举袁任内阁总理大臣之职。

袁世凯复出，任湖广总督、钦差大臣，继而任内阁总理，集军政大权于一身收拾乱局：派冯国璋、段祺瑞、王士珍带兵镇压辛亥革命。冯国璋任第一军总理攻打汉阳，对革命军充当主战角色，段祺瑞任第二军总理，充当和谈角色，服务于他的权力阴谋。

面对汹涌澎湃的起义浪潮，袁世凯于10月30日离开彰德出山。11月1日把前线军事交给冯国璋指挥，自己带卫队进京，于16日组成责任内阁。

湖北军政府于10月15日决定首先扫荡汉口敌军，然后向北推进，以阻止冯国璋所率领的南下清军。从10月18日出战汉口，到11月27日汉阳失陷，前后战斗四十一天，史称"阳夏战争"，或汉口、汉阳保卫战。在这四十一天之中，湖南、陕西、江西、山西、云南、浙江、贵州、江苏、安徽、广西、福建、广东、四川等省，先后独立。关内十八省中只剩下甘肃、河南、直隶、山东四省效忠清朝。故阳夏战争对于辛亥革命的成功具有重大意义。

武昌起义大大鼓舞了四川同志军的斗志。在全国各省相继独立的过程中，负责川东北同盟会工作的同盟会会员曾省斋，率先在广安成立军政府。一个多月内，先后攻下川东北十多个州县，各州县纷纷成立军政府宣布独立。

重庆是四川同盟会活动的中心。成都血案后，同盟会重庆机关部负责人杨庶堪、张培爵，以及从成都赶去重庆的谢云峰等同盟会会员，通知各州县革命党人到重庆集中，部署起义。

1911年11月16日，端方带湖北陆军十六协三十一标、三十二标一个营的兵力抵达重庆。他见各地同志军铺天盖地之势，急命回渝探亲的广州巡警道李湛阳，招募三个营的巡防军加强自己。同盟会会员纷纷趁机打入这支新招募的巡防军。朱之洪等人借口办团练，以同盟会会员充实队伍。

端方驻在重庆，同盟会不便立即在重庆行动，便决定先在重庆州县发动起义，以分散和孤立重庆的清军兵力。于是下有长寿起义，涪陵独立；上有南川光复，灌县、合江起义。同志军在川东迅速声势浩大，威胁重庆。

夏之时是日本东斌学校步兵科毕业的同盟会会员，回川后在新军中任陆军排长。11月5日夜，夏之时策动驻龙泉驿新军一队，骑、工、辎重兵各一排，共二百三十多人，在龙泉驿土地庙宣布起义。杀清军东路卫戍司令魏楚藩，枪伤教官林绍良。夏之时被推为总司令，旋即率兵东下。至简州，新军队官孙和甫带队归附，起义军新军增加至六百余人。7日，起义军占乐至县，又添新兵三百余人。这支以新军为主体的起义军，战斗力很强，一路势如破竹，经安岳、潼南、由水道直抵重庆江北黄桷树。

重庆革命党人见夏之时率起义军到来，有了武力凭借，精神为之一振。派朱之洪前去迎接，与夏之时共商重庆独立事宜。夏军遂兼程抢占重庆的屏障浮图关。

武昌起义，九江、长沙、安庆、昆明、贵阳等各地纷纷响应，重庆革命党加紧了起义准备工作，除发展组织、运动军警、联络会党、赶造炸药外，还组织敢死队准备冲锋陷阵。今夏之时扼浮图关险要，外援内应具备，重庆独立，时机已经完全成熟。

1911 年 11 月 22 日，重庆同盟会会长张培爵等人，组织所掌握的中营城防队、商勇、川东巡防营、水道警察及炮队等武装力量，集全城官绅商学各界代表，于朝天观召开大会。革命党人李鸿均、夏秋江、周国琛等人，武力迫使巴县知县段荣嘉、重庆知府纽传善交印投降，并押着两个清朝降官游街示众。夏之时亦及时引军入城，山城百姓遍悬白旗欢呼胜利。

当日成立蜀军政府，设署于巡警总署。公推张培爵为都督，夏之时为副都督。宣布重庆独立，通电全国。

蜀军政府牢牢地控制在革命党手里，不仅正副都督、顾问是同盟会会员，而且所属各部、院、处的领导人，绝大多数也是同盟会会员。

蜀军政府成立第二天，即发布《对外宣言》和《对内宣言》，内容完全是同盟会的政治主张。蜀军政府的成立，宣告清王朝在四川大势已去。同时，四川由立宪派领导的保路运动，逐步变成了由同盟会为主的推翻清朝专制统治的革命运动。

为廓清全蜀，巩固政权，蜀军政府又立即组建步兵七标和一个炮营，积极准备西征北伐。

3

全国纷纷独立，四川战事紧张激烈，清军土崩瓦解，赵尔丰困守孤城成都，成都城内却是军心不稳，所有的学校都罢课了，陆军小学堂的学生，几次要求罢课回家。

陆军小学堂的总办本来是四川籍的周道刚。此时周道刚赴京观操去了，朱庆澜就命自己带来的亲信姜登选代理总办。

这姜登选是直隶南宫县（今河北南宫市）人，毕业于日本陆军士官学校炮兵科。归国后在奉天朱庆澜手下任职。随朱庆澜转赴川，任第三十三混成协二等参谋官、四川陆军小学堂代理总办等职务。

姜登选既是同盟会会员，又参加了军人保路同志会。照理说他应该与保路同志军并肩战斗。他奉命率炮兵进攻新津，开初，也曾令所率炮兵拆下炮弹引信，每日发开花弹（空弹）数百发，假装与同志军相持不下，对同志军守新津暗中起了保护作用。可是此人气量狭小，当他听到孙泽沛、吴庆熙所率领同志军，在温江三渡水战场上误毙了他手下的新军队官、同盟会会员陈锦江时，便异常震怒，立即命炮兵对新津城发起猛烈的攻击。清军仗着他指挥的炮火的优势很快攻下新津。同志军不得不弃守新津县城。

陆军小学学生要求罢课，代理总办姜登选既不疏导，也不安抚，只是坚决不准。川人本来就排斥外省军官，听说他在新津前线指挥新军炮兵，十分卖力气屠杀川人，对他更是憎恶和反感。学生中的下级军官刘湘、杨森、鲜英等本来就很激进，便趁机鼓噪。学生群起而攻，顿时打得姜登选鼻青脸肿，头破血流。所幸弁兵拼死保护，抬着身负重伤的姜登选狼狈离去。陆军小学五百余名学生，半数以上冲出警卫森严的武校校门，闹闹哄哄地在城中乱窜。

陆军小学堂学生闹事令赵尔丰异常恐慌。这五百名陆小学生，一部分是中级军官的子弟，大部分是选拔参加培训的下级军官。这些青年学生本来就思想激进，说不定其中不少人本身就是革命党。如果用高压手段，新军本来就不稳，在人心惶惶的城内激起兵变，那后果不堪设想；如果任其解散，又怕这些学生军官投到同志军那里去，成为敌人的有生力量，那后果更是可怕。于是马上派人持了他的手谕，前往陆军小学堂安抚。陆小学生真是初生牛犊不怕虎，接过赵尔丰的手谕，当着来人撕得粉碎。前去宣谕的人见火色不对，生怕像姜登选那样挨揍，吓得扭头就跑。

赵尔丰听罢派去的人说扯碎了他的手谕，帅命不从，凭他的威风都不能安抚，顿时慌了手脚。仓促之间，找不到合适的人去收拾陆小这个乱局，急得如热锅上的蚂蚁。

兵备道总办吴钟镕与颜楷关系非同一般，与尹昌衡也颇有些交情。他深知尹昌衡是个很有能耐的人，长期被闲置，很为尹昌衡不平。他见赵尔丰如此着急，便趁机向赵尔丰建议："大帅，尹昌衡很有胆略，而且在川籍军人中很有威望，他又常到陆小授课，很受学生推崇，跟陆小学生有师生的名分。如果让他去收拾乱局，或可避免酿成可怕大乱。"

王棪等人听吴钟镕这么说，明知这是个烫手的山芋，便立即附和："大帅，尹昌衡这个酒狂，目无上宪，爱说大话，也多次向你请缨，不如暂时起用他，看他到底能耐如何。如果他真能平息陆小风波，能救眼下之急，大帅得一人才。如果不能平复陆小风波，依军法可治他失职之罪，名正言顺，谅川人也当没有怨言。"

赵尔丰并不相信尹昌衡有此能耐，但眼下实无应对这突发事件之策。不得已只好采纳了吴钟镕的建议，对吴钟镕道："只好如此了，你速去召尹昌衡前来见我吧。"

吴钟镕找到尹昌衡说："昌衡，好消息，季帅要重用你，让我叫你马上去总督府见他。"

尹昌衡不信赵尔丰真的要用他，很是犹豫，便道："你看我这背上的疮还没好，能去应差吗？"

吴钟镕只得详细道出事情的原委，并说："为兄知你大才，长期怀才不遇。陆小诸生，对你崇拜得五体投地，此等小事，定会马到成功，故而趁机举荐。机会难得，不可错过啊。你知道赵尔丰多疑多变，迟则恐生枝节，快跟我走吧。"

尹昌衡想，吴钟镕断不会与赵尔丰合谋加害自己，难得有施展的机会，便与吴钟镕一道去见赵尔丰。

尹昌衡走进赵尔丰书房，赵尔丰赶快从自己的宝座上站起来，并离开座位，来到尹昌衡面前，请尹昌衡入座。

尹昌衡请安之后坐下来："季帅召见末将，不知所为何事？"

赵尔丰以难得的温和，先问了尹昌衡的背疮康复情况，接着叹了口气，简单说了陆小发生的事情，末了道："将军曾经慷慨请缨，如将军所言，如果真是将才，平复陆小之事，愿意小试牛刀否？"

尹昌衡明明知道赵尔丰已经无计可施，才起用自己，可是一听刚才的口气，却反倒又成了施恩重用。他不是糊涂人，附和着赵尔丰说了一番陆小事态的严重后果之后，装着为难道："感谢季帅的信赖和赏识。只是昌衡背疮未愈，安敢当此重任。"

赵尔丰只得真诚地道："我没有及早地重用将军，今有急事才来相求，将军忠勇大度，不会是计较本帅吧？"

尹昌衡赶快站起来，恭敬地连说："昌衡不敢，昌衡不敢！"

赵尔丰道："今日请将军先收拾陆军小学堂诸生之麻烦，以解燃眉之急。日后自有不少借重将军之处。"

话已说到这个分上，尹昌衡只得答应。

赵尔丰立即写了手谕，任命尹昌衡为陆小总办（校长），并答应次日正式补发扎委（委任状）。并派总督府的卫兵，立即护送尹昌衡至陆军小学堂赴任。

尹昌衡充当赵尔丰的消防队长到陆军小学堂灭火，心中很有底气。陆军小学堂的刘湘、杨森、鲜英、李家钰等几个活跃的学生头，还单独请他喝过几次酒，对他表示恭敬，只要这几个学生在校，一定能成为他安抚陆小的好帮手。

尹昌衡走进陆军小学，学生已经走了大半，不少学生正在收拾行装，也准备离校。学生们见总督府的卫兵护送着尹昌衡走来，好在刘湘等人并未离校，便一齐围上来敬礼。尹昌衡道："现在季帅命我来当陆军小学的校长，你们愿意离开学校的，就离开，愿意留下来，就跟我留下来。"

接着总督府护送尹昌衡上任的人宣读了赵尔丰的手谕。

学生们听说尹昌衡来当校长，顿时欢呼雀跃。刘湘带头高喊："尹将军来当我们的校长，我们不走了，我们生死跟着将军，唯将军之命是从。"

在场的学生也跟着高喊："我们唯将军之命是从！"

在校的学生立即分头上街，去找已经离校的学生，当天晚上，所有已经离开学校的学生，一个不少地回到了陆军小学。

经过尹昌衡的管理，学生们很快安定了下来。

4

赵尔丰听到尹昌衡只身进校，三言两语，就使那些无法无天、敢于扯碎大帅手谕的学生，俯首帖耳，不由得又喜又惊。喜的是陆小乱事风波已平，惊的是，尹昌衡一个闲职军官，威信竟然远远高过他这统兵大元帅和总督。

总督府的一班幕僚听说尹昌衡平定了陆小骚乱，也议论纷纷：

"想不到，尹昌衡历来都是任的没有实权的闲职，手下没有一兵一卒，而在军人和军校学生中，威信竟然如此之高。"

"要是他手中有实权，能给部下实际好处，不知道将会是怎样一番景象了。"

"这样的乱世一呼百诺，难免不助长野心。尹昌衡这样不安分的人，未必是好事。"

"对，现在他手下一下有了五百训练有术、生龙活虎的学生军，真是如虎添翼，大帅不可不防啊。"

听罢众幕僚的议论，赵尔丰默然。他虽然看不起他的亲戚王棪、尹良，但是乱世之中，似乎还是亲戚更信得过些，把王棪当成了心腹、智囊团的盟主，留下王棪，单独商量。

王棪其实也不很蠢，进言道："兵有了武器，才会让人可怕。如果兵没有武器，就没有什么可怕了。大帅看看河边上那些儿童玩螃蟹，他们都知道先除去螃蟹那对大螯，张牙舞爪的螃蟹就只有乖乖地任人玩弄。陆小学生虽然可怕，但最可怕的是给他们配了枪，只要把他们的枪给收缴了，大帅就可以放心了。"

赵尔丰一听连声道："好好好，你立即去武校把枪收缴起来。"

王棪连说不可："尹昌衡老跟我过不去，我去，他定会以为我是挟私报复，与他作对，肯定办不好事情。而且要去收枪，也要有个冠冕堂皇的借口，万不可让他知道是信不过他而收枪。"

赵尔丰认为王棪的话很有道理："你认为派谁去最好。"

— 190 —

王桢道："他不是吴钟镕去请来的吗？凭吴钟镕跟颜楷和他的交情，他对吴钟镕绝无防范之心，再让吴钟镕去，定会马到成功。"

赵尔丰于是命吴钟镕前去陆小，找个托词收枪。

吴钟镕从来没想过欺骗尹昌衡，他知道要骗也难骗过，但是军令难违，一路上他反复琢磨，总算想好了托词，见了尹昌衡，装着慌慌张张的样子道："昌衡，不好了，不好了。"

尹昌衡大惊道："钟镕兄，这般惊慌，何事不好？"

吴钟镕道："探子探得数路民军，正从四面八方向成都赶来，今天夜晚就要攻城，仓促之间，没法应付。陆军小学配备了五百快枪，大帅命我前来借枪，今晚守城急用，明日大帅一定归还给你。"

尹昌衡任陆小校长之前虽然一直躲在家中，但他无时不关心着全省的局势。凭着他跟同盟会的朋友及会党首领们的交情，还有马忠经常跟革命党进行密切联系，他对当前省内的战局了如指掌。所谓诸路同志军骤然合围成都之事并不可能，亦无先兆。吴钟镕突然前来借枪，使他马上警觉起来。立即联想安抚陆小学生的第二天，他去总督府要赵尔丰兑现补办扎委事，赵尔丰竟然失言，用公务稍暇再补扎委搪塞，他便知道赵尔丰依然没有信任他。吴钟镕前来不是借枪，而是托词缴陆军小学的械，防他拥兵作乱。

尹昌衡内心无比气愤，但又不便对吴钟镕发作，只得讪笑道："钟镕兄真是君子，连谎话都不会编啊。"

吴钟镕立即红了脸："谎话，什么谎话？"

尹昌衡道："外间战局如何，你知道我也知道。用同志军合围成都的托词来缴陆军小学的械，这个借口连三岁的孩子都骗不了，还骗得过愚弟吗？再说，即使民军围城，要应急用枪，你是兵备道的总办，武库里有多少枪械你知道，为什么那么多枪械不用，要来借陆军小学堂配备的区区五百条枪呢？陆军小学都是受过军事训练的军人，为什么不命他们荷枪守城呢？缴了他们的枪，又配发给谁呢？"

尹昌衡一连串的为什么，弄得吴钟镕张口结舌，无言以对，他很是尴尬，脸红了好一阵才道："帅命难违，你叫我怎么向大帅交代？"

尹昌衡道："我不为难吴兄，你回去给季帅复命，就说我立即亲自把枪送到督府。"

尹昌衡送走吴钟镕后，直接去总督府面见赵尔丰，故作糊涂地道："大帅，吴钟镕身为兵备道总办，居然假传大帅将令，前来收缴陆军小学枪械，妄图引起

— 191 —

刚刚安定下来的陆军小学骚乱，请季帅重治吴钟镕之罪。"

赵尔丰一听尹昌衡口气，便知道尹昌衡已经看穿他收枪的动机，也不再遮遮掩掩，主动承担责任道："昌衡误会了，吴总办实是奉我之命，前来借枪的。"

尹昌衡佯装惊异道："不会啊，以季帅之英明睿智，断不会做出如此荒唐的决定。季帅爱将之心可敬，但不至于如此包庇部下吧。"

"放肆，荒唐，有什么荒唐？"

"季帅，陆小诸生肇乱，情事危急。末将奉命安抚，以家邦安宁为宗旨，以公忠体国为诚信，诸生信我涉险为国，并非为季帅一人之鹰犬前去说项，故而昌衡一言而息乱。今大帅突然收缴陆军学堂枪械，是不信任武校诸生，还是疑忌昌衡？若是不相信诸生，大帅收缴枪械，就不怕重新煽起学生怒焰吗？大帅若是疑忌昌衡，撤销昌衡校长之职，岂不简单。"

尹昌衡一针见血，说出了赵尔丰的心思，赵尔丰甚是尴尬，只好说："什么疑忌，你是校长，叫你收枪，你收枪上缴就是了。"

"大帅，恕昌衡不能从命，诸生相信我是国家民众之走狗，不是大帅一人之鹰犬。今大帅要我收枪我就收枪，岂不成了大帅一人之鹰犬了吗？我在学生中言而无信，学生怒而生怨，以我为仇人，我岂不就成了第二个姜登选了吗？请大帅罢了我校长之职，另外任用高明之将吧。"

尹昌衡甩担子要挟，赵尔丰受不了这个气，但是如果真的罢了尹昌衡，陆军小学堂势必再次生乱，而且可能酿成更大的乱子，只得既不激怒尹昌衡，又不失大帅的威风道："才上任，撂担子干吗？你在学生中威信高，只要有你在，断不至于出现像姜登选那样的情况。不过，枪械是一定要收缴的，学生若是反抗，你依然用忠顺之辞教育学生，相信学生会听从的。"

尹昌衡毫不妥协，站起来振振有词地道："朝廷颁了明诏，武校必须备枪。如今要我媚附大帅，而违背圣召，忠顺安在？请大帅奏请朝廷，朝廷若是颁旨收枪，昌衡立即照办。否则，昌衡断不敢苟从大帅所谓之忠顺，而落下背反朝廷之罪名。"

赵尔丰无言以对，怒恨满腔，目送尹昌衡走出总督府之后，为防不测，立即命王棪率领大队人马，如临大敌一般，驻扎在陆军小学四周，将陆军小学团团包围。尹昌衡对这一切若无其事，照旧跟学生饮酒联欢，其乐陶陶。

王棪不敢公然对抗拥有五百军校学生军的尹昌衡，只得假意示好，请尹昌衡到营中饮酒。

尹昌衡知道王棪没有设鸿门宴的胆量，只身一人应邀，泰然自若地走进王棪军营去饮酒，王棪也单独一人出陪对饮。

尹昌衡语带挑衅地笑问道："怎么就王大人一个人呢？叫他们都出来饮酒吧，岂不更热闹些。"

王棪尴尬地笑了笑："将军误会了，今日之酒就你我二人。是想跟将军说明，大帅命我陈兵陆军小学周围，一是为防其他贼寇，更重要的是为保护将军。"

尹昌衡并不领情，连饮了几杯道："我之所以能够自保，是因为进之以礼，退之以义，公忠无私，言行服众。王大人，你知道水性好的人多死于水中，仗恃武力自保的人必死于武力。就像鹿因为以角为武器，反而死于鹿角，熊以掌为武器，反而死于熊掌一样。我无一兵一卒，只身进入众怒汹汹的武校，小示公忠礼义，顿时风平浪静，如果我还拥兵自保，岂不是愚蠢之至吗？"

王棪把尹昌衡这些话转告给赵尔丰，赵尔丰知道是讥讽自己，牙缝里蹦出几句话来："饶舌诡辩！等到大乱平定之后，狂徒不过刀俎之下的一块肉罢了。"

赵尔丰对尹昌衡暂时只得以礼相待，私下则命人紧盯住尹昌衡。尹昌衡看出赵尔丰暗藏杀机，没有半点向赵尔丰屈膝低眉的打算，跟刘湘、杨森、鲜英等活跃的学生们，终日谈兵论酒，自得其乐。

第十九章

四川独立

1

全国多省宣布独立，岑春煊不敢赴任川督，然而，查办川汉路事钦差大臣端方已经入川，很可能取代他的总督之位。赵尔丰绝不甘心败在这个政敌手下。如尹昌衡所说，端方既然是来查办路事，了结路事可阻止端方来川。他也希望借保路之事立一点功，来赢得川人民心，为大清朝安抚四川这一方。

赵尔丰遂于 10 月 16 日（农历八月二十五日），再次电请邮传部大臣盛宣怀，提出解决四川铁路问题的两个方案：

一、宜昌到夔府一段铁路，可以划归国有，但从订约之日起，四川人所筹之款，分文不得挪用。已用者照数归还，照章付息，订约前川民所有款项，无论是否用于铁路事，概照原额以七成退现，交由川人自行处理。其余三成换发国家股票，一律照章付息，不再查账。并且此项银两，概由邮传部筹措，不能以四川财政换借外债。

二、宜万一段铁路，仍然划归商办，由四川人继续修建。

赵尔丰满心指望朝廷在全国独立的压力下，向川人妥协。谁知九月初三北京资政院复会，只奏劾盛宣怀"违法侵权，激生变故"。摄政王据此发布上谕：

铁路国有，本系朝廷体恤商民政策。乃盛宣怀不能仰承德意，办理诸多不善。盛宣怀受国厚恩，竟敢违法行私，贻误大局，实属辜恩溺职，邮传部大臣着即革职，永不叙用！

盛宣怀垮台，此时端方到了重庆，为了争夺四川总督之位，又狠狠地揭参了赵尔丰一本，把川乱的根源完全归罪于赵尔丰，并要求朝廷严惩赵尔丰以安川局。

四川尽管先乱，全国许多省份都已经宣布独立，赵尔丰能把四川的局势支撑到现在已属不易。可端方这个首鼠两端，高喊镇压川人的变色龙，入川之后竟然摇身一变成了川人的同情者，竟然贼喊捉贼，把赵尔丰说成是四川之乱的罪魁祸首。这让赵尔丰十分震怒。他决心跟端方拼个你死我活。立即呈文内阁，针锋相对地反驳端方的弹劾。

尔丰待罪川疆，不幸因路事发现谋逆，乱端既开，遂致滋蔓。两月来，抚循激励，幸将领效忠，士卒用命，勉为朝廷守此岩疆，尚无陨越。旬日之间，迭闻湘赣不靖。昨接点抚电，又知滇告独立，噩耗频传，方深悲愤。

不意督办大臣端方，诡谲反复，希图见好于川人，谬信讹言，罔究事实，不恤将士竭忠救难之忱，妄徇川民偏私要挟之见，罗织参办将领司道多人，释放昌乱首要各犯。未奉朝旨，已一面将奏稿传示绅民，一面大张晓谕，风声所播，已定之人心复又骚动。各将领尤人人自危，兵卒亦皆解体。佥为是非倒置，功罪不明，我辈虽愿效忠，亦将无由上达。密谋偶语，情形叵测！

本月十六日，竟有派至龙泉驿一队，忽尔叛变。尔丰已飞饬该军将领招抚。惟事变至此，以后情形如何，实非尔丰智虑所逆料；亦非尔丰才力可能戡定。

传闻宜昌革党已上窜夔府，端方即日将带所部陆军进驻省垣。外间传言，欲纠众欢迎端方为名，即行要求将蒲、罗诸人释放。是何变局，尚不可知。

惟有仰恳天恩，迅催岑春煊克日登程，并派大兵随后继进，将尔丰历次电奏交大理院依法宣示。如再迟误，有不堪设想之势。

至于端方奉命督办川路，始则徜徉鄂省，惟日电尔丰严压川民；又电劝骈诛首要。及至督兵入蜀，是时省城附近各州县匪徒蜂起，亟盼援兵，迭奉谕旨，饬其迅速来省与尔丰和衷商办。尔丰亦复电催，乃端方不肯由小川北路进省筹商，迁道改进重庆，逗留月余，及闻武汉、宜昌失陷，已无退路，仓皇失措，遂不顾国家利害，惟计一己之安危，倒行逆施，莫此为甚！

— 195 —

川事为之一误再误，不可收拾，端方到省之日，即将为川人独立之时。尔丰临难，情知尽忠，不得不迫切预陈，以求圣明鉴察！

川省军事，自端方径居重庆，不肯来省会同协商，尔丰每有咨商调遣，辄被掣抑。一军两帅，已觉无所适从。

营务总办田征葵，现为统兵大员，两月以来，勤劳王事，其部下亦无妄杀邀功事情。况各省事变纷来，皆由军队内变，今川省军队既未赏功，而练兵之官先行查办，实足以寒军心而张匪胆！

应恳天恩，迅速昭雪，温谕勉慰陆防各军；并将川省事，准予岑春煊到任以前，责成尔丰一人专办，庶可任事一日，勉尽一日之忱，是否有当？伏乞圣裁！

谨请代奏。

赵尔丰此文，情辞恳切。委婉地表白了在天下大乱之时，自己办事的艰难，各省相继独立，四川尚未异帜的莫大功劳。对端方出尔反尔的诬蔑不实之词，用事实给予了针锋相对的回击；对端方受命只顾一己安危，畏乱不前，贻误国事，甚至为收买川人之心，处处掣肘干预总督履行职责，进行了无情的揭露。同时请求朝廷，"准予岑春煊到任以前，责成尔丰一人专办"，结束"一军两帅"的难堪局面。字里行间，其功，其难，其冤，其愤，跃然纸上。

尽管大清朝的天已经塌了一大片了，眼看四川战场，四面楚歌，情势岌岌可危，赵尔丰不知道大清朝能否支撑得下去，也不知道自己还能支撑多久。但是他还是委屈请求"准予岑春煊到任以前，责成尔丰一人专办"，表达了一个谋国老臣，国难当头，用命向前的耿耿忠心，甚是感人。

此时，远在东北的赵尔巽，见到端方弹劾三弟表文，也无比愤慨，立即上疏，要求朝廷彻底查清真相，还赵尔丰一个清白。

赵尔丰的辩驳和请求，没得到朝廷的支持，11月1日（农历九月十一日），北京传来上谕却说：

命督办川汉粤汉铁路大臣候补侍郎端方，于岑春煊到任以前，暂行署理四川总督，赵尔丰毋庸署理。

赵尔丰万万没想到的是自己的总督之职，真的被端方夺去了。

赵尔丰不愿坐以待毙。他为四川保路，先站在川人的立场上向朝廷力争，很受立宪派肯定，被迫逮捕首领们后，他又好酒好菜款待。因此，他要借四川立宪派的力量，给端方以颜色。此前的八月初十，他已经将张澜、胡嵘、彭兰荣、蒙裁成等人予以释放。九月初又释放了叶茂林、王铭新、江三乘等三人。

赵尔丰得知端方已经进驻资中，即将来成都就任梦寐以求的四川总督，并且立即派幕僚刘师培等人来成都活动，向蒲、罗等人示好，并许诺予以重用，力图拉拢四川绅士们。

刘师培等人正在准备端方到省的欢迎仪式时，赵尔丰索性于10月26日下午，把"囚禁"了七十天的保路首犯蒲殿俊、罗纶、颜楷、邓孝可四人"礼请"出了总督署，予以提前释放。释放四人时，赵尔丰派人送上次日"洁樽候光"的大红请帖，请四人务必屈尊大驾，光临次日专门为众人举办的压惊华宴。

昨日阶下囚，今为座上宾。第二天，赵尔丰在督署举办的盛大宴会上，亲自为蒲、罗等人奉茶敬酒，并双手捧上聘书，聘请蒲、罗等诸人作为督署的高等顾问，每日分班入署会商大事。酒酣耳热之时，他拿出盛宣怀、端方、瑞澂等诸大臣迭次强压他镇压保路的奏折、函电、文书，以及自己为川保路说话的奏书函电文稿给大家看，而且非常诚恳地给大家解释："非弟之不情，实盛宣怀、端方、瑞澂等迫弟至此耳，望诸君原谅。"

赵尔丰争取四川立宪派首脑来抗衡端方，这一招真灵，许多京城文、电，以及赵尔丰为川人说话的文稿，众人都已经看过。谁要镇压立宪派首领，铁的事实摆在面前。端方而今在川人面前装好人，众人都斥之为变色龙。

2

朝廷不但没听赵尔丰的辩解，反而接受了端方的弹劾，还动了法律程序。资政院的参揭：

宣统三年九月二十日，内阁奉上谕：

《资政院奏》"疆臣罔法殃民，违法激变，请明正国法……"

查资政院原奏，除赵尔丰以外，尚有周善培、王棪、田征葵、饶凤藻等四员，均系案内紧要之犯，相应饬令署四川总督端方，迅派要员，一并押解来京，送交臣院，讯取确供，再行按律，分别定拟。并由总检察厅电饬该省高等检察长将激变情形，详细调查。并将全案卷宗检齐送院，俾免狡卸，而重宪典……

赵尔丰一看到京报行文，自是怒不可遏，这天大的冤枉和荒唐，惊得他目瞪口呆。他万万没想到朝廷听信谗言，自己的耿耿忠心，竟然蒙受如此天大的冤枉。朝廷曾经倚为柱石而今反而成了罪不可恕的钦命"紧要之犯"！而且押解他上京的还是变色龙端方。

赵尔丰一阵气恼之后，很快便平静下来。面对天下乱局，他早就在思考退步之计，他一直被"世代忠良"这个沉重的十字架压着，被忠和义这两个字折磨着。而今朝廷如此不公，他伤心已极，寒心已极。偌大中国各省纷纷独立，关内因他的苦苦撑持和死守，唯有四川尚在朝廷的掌控之中。他这清廷的总督算是为朝廷尽忠尽力了。既然朝廷已成土崩瓦解之势，还要自毁栋梁，对他如此绝情绝义，自己又何苦还要苦苦撑持，等着锁进仇人的囚笼，自取其辱呢？

朝廷的绝情使他轻松了许多。他本来不饮酒，可今天他破天荒地叫慧姑去给他倒了一杯酒来，他要为自己庆贺一下，庆贺自己的解脱，庆贺自己将从大清朝这个正在垮塌的废墟上，毫无愧色地撤离。

赵尔丰喝完那杯酒，立即实施此前早已经想好的两全其美之计——"权交川人"。这样既能转移川人对他的斗争矛头，保全自己，又可以把民众的怒火引向端方，还这个可恶的政敌致命一刀。

"权交川人"，自然是交给立宪派了。一者，立宪派始终死死抱住皇权这棵大树，也是朝廷承认了的。他把权力交给立宪派，不背叛臣贼子的罪名。再者，他在保路运动中，跟立宪派颇有交情，拘押和释放蒲、罗等九人，他已经做足了文章，留足了后路。他相信蒲、罗等人会愉快接受权力，会跟他同心合力对付端方。同时，立宪派在保路中建立了威信，能迅速安抚四川民众，迅速结束四川兵火。

赵尔丰打定交权的主意之后，即命兵备道总办吴钟镕、提法使周善培、商会会长廖用之、川绅邵从恩、陈从功，与立宪派首脑们进行授权沟通。

立宪派乐得抢在革命党之前，以自治的名义，掌握四川的政权。官绅之间的沟通一拍即合，给予密切配合。

首先，以武肇龄为首的四川绅士领袖们立即发出通告说："近因乱事日亟，民不堪命，赵督帅蒿目时艰，为大局起见，与在省官绅协商，议请蒲、罗诸先生出山，共图挽救之法。以期官绅一气，开诚布公，保地方治安，拯民生于涂炭。""所有因争路肇事之处，应详为开谕，劝其解散。"

前面有武肇龄鸣锣开道，主帅接着登场。蒲罗等九人也跟着赶紧发出《哀告全川叔伯兄弟文》，从他们文明护路的宗旨出发，文中不惜把保路同志军起义诬为"祸毒"，说："祸毒不可以再延，大局不可以再坏，当初之宗旨，不可以不回头。""冒险触祸，自置身家于危地，且弃绝将来之幸福，此非同志会之宗旨也。"

《哀告全川叔伯兄弟文》公然宣称："保路同志会之目的，实已贯彻无阻，现在惟应力返和平，以谋将来之幸福而已。""约既废，路既保，保路同志会之事已完，则斯会可以终止。"明确提出解散同志会，解散同志军，让四川人停止战斗。

11月22日，就在重庆宣布独立当天。官绅代表聚于成都"寰通银行"，开始正式谈判。

官方代表有布政使尹良、兵备道总办吴钟镕、提学使刘嘉琛、提法使周善培、盐运使杨嘉坤、巡警道于宗潼、劝业道胡嗣芬。绅方代表有蒲殿俊、罗纶等刚释放的九人，外加邵从恩和陆崇基。官、绅双方谈判结果，签订了《四川独立条约》三十条，其中官方提出的条件十九条，绅方提出的条件有十一条。

《四川独立条约》的主要内容，一是：现因时事迫切，请帅出示晓谕人民，川中一切行政事宜交由川人自办，暂交咨议局代表蒲殿俊管理。二是：赵尔丰遵朝命赴川边办理边务事宜。所有兵饷及行政经费，概由川人担任。四川宣告独立后，仍请帅暂缓赴边，以便遇事商求援助指导。三是：凡省中文武官吏，力为保护，不得侵犯自由，不许人民挟忿寻仇。四是：所有一切军队，除赵尔丰选带的边军外，悉交第十七镇统制朱庆澜接管。

11月27日，赵尔丰即发出《宣示地方自治文》，他以救世主的姿态宣称："四川全省事务，暂交四川咨议局长蒲殿俊，设法自治。"又说，"统制官朱庆澜，我军人之所敬爱之长官也，四川新旧军之将校士卒，即以尊重敬爱之心，谨守朱统制之命令。"

这就是说，无论政权和军权，都是由他私人委托，而且是暂时委托。赵尔丰虽然蛰居督署，但对军政府有"援助指导"之权。

也就在同一日，"大汉四川军政府"在成都宣布成立，四川终于除了北方少数几省外，最后宣布独立。蒲殿俊任都督，"但是不得干预军事"。朱庆澜任副都督，全权掌握军权。军政府设于明朝藩王皇城。成都街上皆树白旗，中署"汉"字，以圆规十八。军政府同时发布了一份不伦不类、很伤川人感情的《四川独立条约》。

同日，蒲殿俊、朱庆澜都发了布告，要求凡全省各道府厅和州县，陆防营各军、各局所、官、绅、商、学各界，"事事务持和平，力求宁人息事"，"全省同志民团，已达圆满之目的，急宜释兵归农，大家力图新治"，"从此共享太平，尽国民天职"。

"大汉四川军政府"是一个立宪派与旧官僚控制的联合政府，根本没有权威。

都督蒲殿俊毫无施政才能，上任之后，不致力于政府组织建设，机构极不健全，意见不能统一。排斥外省籍官员，外省籍官员成立了十七省旅川同乡救亡会相抗衡。

军政府内部管理极其混乱。清朝的官员大多数被留任，盐运使杨嘉绅被留任做军政府盐运部长，卷盐库银二十万两，打着"汉"字旗登舟而逃；所委任的布政使事务委员蔡镇藩、提学司事务委员徐炯等人，被民众和学界坚决反对，不能上任。军政府各部门，贪污盗窃、私分公款之事层出不穷。官员腐败，上行下效。下属"呼朋引伴，携枪招摇"，"掠戏子，毁报馆，警局退避。……陆军与巡防军争妓，战死数人，伤十人"。

蒲殿俊本人也很不检点，上任伊始即搞夫荣妻贵，他的夫人进出总督府，仪卫十分排场，人称蒲后，引起民众极大不满。

《四川独立条约》成了官绅对四川保路运动胜利的分赃协议。赵尔丰对四川行政有指导权，兵权授予亲信朱庆澜，给养由川人供给，全然成了四川人的太上皇，也引起了川人的极大不满。

立宪派之所以能轻而易举地摘取政权果实，这主要得地利之利。

成都是四川的政治中心，清朝的统治力量强大，也是四川立宪派惨淡经营的地盘，官绅勾结，盘根错节，根深蒂固。而同盟会自1907年成都起义失败后，支部长林冰骨不愿活动，同盟会的组织形同瓦解。新军中的革命党人，因与外省籍会员的矛盾，闹成一盘散沙。新任支部长董修武情况不熟，难于服众。加之同志军起义之时，成都戒备甚严，革命党难于开展活动，多数党人离开成都，回到家乡领导同志军起义去了，革命党在省城的力量十分薄弱。赵尔丰与立宪派商定《四川独立条约》，又极为机密，因此革命党人几乎被排斥在军政府之外，这就引起了革命党人的强烈反对。

重庆历来是四川同盟活动的中心，重庆同盟会成立的蜀军政府立即撰文对《四川独立条约》三十条逐条驳斥，愤怒地谴责立宪派说："四川人民为了营救他们而拼死血战，以数万有血之头颅，换来的是少数人保皇助满。"蒲罗等人"竟见利忘义，贪生畏死，以巧滑之手段，掩天下人之耳目，忘恩负义，灭耻纵仇，其何以对全川数万人出死力援救渠辈之心？"同时，号召七千万四川同胞群起而攻之。因此，多灾多难的四川，很快形成了重庆的"蜀军政府"与"大汉四川军政府"两个军政府公开对峙的局面。

同盟会支部长董修武是四川巴中人，1904年东渡日本，就读明治大学时参加了同盟。董修武平易近人，与留学日本的张澜、蒲殿俊、尹昌衡等人都很友善。1911年4月，他参加广州黄花岗起义失败后，受命回川主持同盟会四川支部工作。

董修武回川，得到四川政法学堂监督邵从恩的协助，以四川法政学堂绅班教员身份进行秘密活动。他知道尹昌衡不是同盟会会员，但尹昌衡在同盟会会员中、川军中、袍哥会堂中都人脉极广，人望极高。他以老朋友叙旧为名，曾经不止一次去找过尹昌衡，希望尹昌衡迅速回归同盟会，共举反清大旗。可是尹昌衡始终拒绝。

武昌起义之后，四川新军中的同盟会员，也跃跃欲试，但始终群龙无首。他们多次来找尹昌衡做他们反清的旗手，共建千秋大业。但是尹昌衡始终不改口："清朝腐败，可以推翻，那是你们革命党的事情。革命党人虽然是我的朋友，但我素性迂阔，没有那样的野心。并且我家赤贫，盘家养口，皆依恃朝廷给我的俸禄。食人之禄，而又背叛别人，这样不义之事，我断然不能做。"

董修武在军界联系的同盟会会员是姜登选、方声涛等外省籍军官，川籍军官对外省籍军官十分反感。他没有及时把军队中实力派川籍同盟会会员团结在自己周围。因此，四川的革命党在新军中发挥的作用不大。除了夏之时拉了极小部分新军投入同志军起义之外，其余的同盟会会员，都还像姜登选一样，率领着新军跟同志军作战。

赵尔丰和立宪派便签订了《四川独立条约》，立宪派便轻而易举地独家摘取了胜利果实。

董修武、方声涛等连日会议决定，决不承认《四川独立条约》，他们一面联络同志，一面遣人到重庆请兵，计划推翻条约。此前，吴玉璋已在荣县组织起义宣布独立，董修武乃赶至荣县与吴会晤共筹大计。决定董回成都，吴赴重庆，分头进行，相互策应。

蒲殿俊主持军政府后，欲拉董修武入政府以装点门面，董声称同盟会人不参加蒲之军政府。为造成声势，董在南较场召开万人大会，在会场高悬一牌，大书："同盟会会长孙文，副会长董修武代。"由董修武向群众演说，阐明同盟会革命宗旨。

就在四川宣布独立的同日（11月27日），传来了一个更振奋人心的消息，端方在资州（今资中）被杀。

原来端方奉命"入川查办"保路事宜，为保安全，他指调旧部协统邓承拔、标统曾广大率领湖北新军三十一标及三十二标一部分，共两千余人西上四川。端方却不知这支新军中早就潜伏了十多名革命党，而且领兵的标统曾广大，就是做兵运工作的同盟会干员。

11月4日，端方到达资州后，不敢再向西进。11月22日，蜀军政府在重庆建立，立即拨士兵三百与田智亮，嘱其兼程赶到资中，联合鄂军中的同盟会会员捕杀端方。田智亮与鄂军同志接上头，通夜商谈，一致赞成捕杀端方。

端方驻兵资中，军中暗杀端方的暗潮涌动，端方已经觉察到危险，惶恐异常。恰在此时，有人假托清廷新贵铁良的名义致电端方，说北方革命党起事，京都危急，两宫已经向山西疏散了，请端方迅速入陕勤王。这天，端方召集两标高级军官开会，透露开赴陕甘，扩编成军的消息，并向自流井盐商借银子三万两，作为队伍的开拔费用。

鄂军的两标官兵多半是湖北人，背井离乡，长途跋涉，已是心有不满，现在听说还要开赴陕西，更是怨气满腹。军中的十多名革命党人认为武昌已举义旗，两标义士情绪激昂，反清不甘落后，杀死清廷大员，也是奇功一桩。由是决定立即起义。

端方此时肝病发作，得知革命党秘密会议的内容，自知死到临头。三十六计，走为上策，于是暗中思考逃生之计。

11月27日（十月初七）凌晨，端方和他随军的六弟端锦，兄弟二人密备了两乘小轿，将两只行李箱系在轿后，正准备趁黑夜逃遁，才行出数十步，突有数十个提抢的军人冲出，将小轿团团围住。端方见势不妙，跳下轿来要逃跑，却被一把刺刀拦在胸前。

众兵连推带搡，众刀齐下，砍了六刀之后，可怜一代名臣端方，就这样死于部下乱刀之下，一颗血淋淋的脑袋滚落到了地上。一个叫贾志刚的兵丁冲了上来，照准端锦的脖颈就是一刀。端氏兄弟双双毙命。

二人的首级被当作战利品装入铅箱，放入石灰，沿途示众。协统邓承拔缒城而逃，起义兵士公举陈镇藩为大汉革命军统领，通电响应武昌起义。起义军带着端方、端锦的首级，经内江直下重庆。"沿途商民输金助饷，张灯结彩，欢迎欢送"。

重庆"蜀军政府"也以"鄂军有殊勋，犒以牲酒"。起义军之后顺长江而下，回武汉报功去了。

据说，后来黎元洪见了这两颗人头，不由得连声叹息，让人暂存在武昌洪山禅寺。端方、端锦兄弟的无头尸体，被端方的幕僚夏寿田收殓后放入棺木，一路护送北归，辗转回到京城。端方被清廷赠以"太子太保"，予谥"忠敏"。次年，袁世凯当了大总统，派人把端方端锦兄弟的头颅从洪山禅寺取出，与尸身连接起来，予以厚葬。这是后话了。

周骏、彭光烈、孙兆鸾等人，听说端方在资中被杀，更是按捺不住了。他们又一次集体来陆军小学找尹昌衡。他们认为鄂军革命党，用刀枪说话，干净利落解决问题，是他们的好榜样，只有刀枪才能夺取政权。蒲殿俊只是一个文人，根本不懂军事，而且和大家不是一路人，他们绝不愿意接受蒲殿俊这样腐儒的指挥调度。能够都督四川军事的人，非尹昌衡莫属。他们胁迫尹昌衡立即出面举旗、发号施令，各部所属军队听从尹昌衡调遣，夺取都督之位，准会马到成功。

尹昌衡只得正言厉色道："弟兄们，万万不可啊，你们不是大老粗，不是占山为王的山大王，你们都是受过当代军事教育的中高级将领。你们所带的军队是国家的军队，凭什么听我指挥？咨议局是四川的民意代表机构，蒲殿俊做总督，是咨议局推举的，四川士绅和百姓集体商议的，怎么能用武力去夺取。武人大君，周易所戒。请你们不要再说了。"

周骏等一帮人，这回是铁了心了，不愿去听那些大道理，一方面把尹昌衡堵在寝室中，不答应就不离开。一方面派人整备军队，只要尹昌衡一点头就立即行动。

前前后后，尹昌衡被困数日，拿这些人实在没有办法。为了逃避这些人的胁迫，一天深夜，他借如厕之机，翻墙逃出陆军小学。但是他又不敢回家，只好躲到老情人秋痕家里。

周骏等人四处找不到尹昌衡，便邀约不少川籍军官一齐去大闹总督府。

周骏、彭光烈、宋学皋、龙光等川籍新军军官，不满朱庆澜为首的外省军官方声涛、姜登选等人控制新军第十七镇，要求由尹昌衡掌管军权，要求军政府在十七镇之外再扩编一镇军队，以安插川籍军官，为此他们大闹军政府。朱庆澜、方声涛、姜登选等人，拒绝到军政府办公，以示抗议。

川籍新军军官明确地要驱逐朱庆澜等外省籍军官，进行大示威。军政府中川人的势力很大，也暗中为其助势。吴钟镕等人便出面斡旋调停，军政府迫于四川籍军官的压力，最终让尹昌衡出任军政部长，事情才暂时平息。

尹昌衡躲在秋痕家三天，听说周骏等人大闹军政府，给他强要了军政部长的职务，感到甚是过分，很不体面，打算逃出城去，回避就职，并让秋痕给他买来一匹白布。

一天深夜，尹昌衡把那白布裹在身上，偷偷来到城墙上，打算瞅机会缒城而出。可是真不凑巧，被守城士兵发现。尹昌衡正被士兵盘查，就要露馅之时，带队守城的队官走来，这队官正好是尹昌衡的学生陶泽琨。

陶泽琨见被盘查之人是自己的恩师，斥退士兵，赶紧敬礼："恭贺老师荣膺军政部长要职，这般深夜了，老师怎么来了这里呀？"

尹昌衡只得谎称："啊，新官上任三把火嘛，我是来察军的，悄悄来为总督看看，你们这些人是否忠于职守，是否可靠。我来查军之事，不要对外讲啊。"

陶泽琨没有觉察出尹昌衡的用意，尹昌衡蒙混过关，别无去处，只好返身躲到颜楷家里。但很快还是被周骏等人找到，只得就任大汉四川军政府军政部长之职。

第二十章

兵变戡乱

1

大汉四川军政府成立之后，各地战事逐渐平息。但是，清朝的十三营巡防军及新军都聚集于成都，各地同志军借祝贺军政府成立，趁机拥进成都邀功。其时成都各方力量杂处，矛盾尖锐，混乱不堪，新成立的大汉四川军政府根本不能有效控制局势。

同志军多是以哥老会为主体。哥老会在清朝是一个非法秘密的会党组织，成员良莠不齐。其中不乏求官的、求财的、猎色的，甚至本身就是无恶不作的强盗和山匪。他们拥进成都，以功臣自居，堂而皇之，公开活动。一时之间，同志军中的会众荷刀枪往来如织，招摇过市，惹是生非。

面对如此险恶的局面，蒲殿俊、朱庆澜等人不是及时安抚和约束同志军，不采取有力措施节制十三营巡防军和那一镇新军，而是异想天开地放各军休假十日，发三个月恩饷，妄图借此来收买军心。

尹昌衡力陈：军队放假十日，这犯了兵家之大忌，是取祸之道。军人聚则生威，散则造乱，大局未稳，尤其不能让军人离开营房。

蒲殿俊没带过兵，朱庆澜不知出于什么目的，竟然不阻拦。他们不但不听尹昌衡的忠告，反说尹昌衡是危言耸听、杞人忧天。结果，军队离开营房，如脱缰野马，遍街招摇，或争妓斗勇，或酗酒装疯，或赌博逞豪，或斗殴起哄，扰民扰商，无所不为。尤其是巡防军与同志军在战场上的旧仇未泯，水火不容，稍有言语不对，便拔刀相向，斗殴死伤之事，时有发生。

更为可怕的是，赵尔丰其时仍然拥数千巡防军居于总督府，成都治安顿时混乱到了极点。在这种情况下，他的亲信田征葵、王棪等人认为有机可乘，便紧锣密鼓地加紧策划，妄图使赵尔丰复辟。

12月8日军队收假，蒲殿俊居然异想天开地想显示一下初掌大权的八面威风，要在成都东较场搞一场规模盛大的阅兵仪式。

军政府搞的阅兵，只检阅清朝巡防军和新军，为新政权立下汗马功劳的同志军却没有资格受阅，自是怨气冲天。而受阅的旧军队，放假刚结束，散乱的军心尚未收回，给士兵所许诺的恩饷尚未兑现，军营中到处一片抱怨之声。这给一心要赵尔丰复辟的田征葵、王棪及路广钟等人提供了极好的发难机会。

上万受阅的巡防军和新军，已经在东较场列好队。蒲殿俊及陪同检阅的官员，从较场仪门而入，鱼贯登台。蒲殿俊有些诧异，受阅并不是他想象的那样精神抖擞，也没有对他这位总督欢呼的口号。他把目光投向朱庆澜，检阅事宜是朱庆澜在安排。

台上官员尚未完全落座，主持人方声涛尚未发号施令，台下巡防军便骚动起来。巡防军第四营便有人高喊："发饷啊，发欠饷，发恩饷！"

"我们流血拼命，就靠饷银养家糊口！"

"蒲殿俊说话不算数，蒲殿俊滚出去！"

"蒲殿俊不配当都督，蒲殿俊滚出去！"

"请赵大帅回来，重掌都督印！"

四营一呐喊，其他营也跟着呐喊：

"蒲殿俊交出总督印，请赵大帅重掌总督大印！"

巡防军突然闹事，是田征葵、王棪及路广钟等人早就安排好的。听得出他们闹饷是名，要赵尔丰复辟才是实。

朱庆澜、方声涛、姜登选站起来制止巡防军，众军哪里肯听？尹昌衡名为军政部长，可是连总督蒲殿俊都没权力过问军事，他一个部长，更没发言权了。

接着较场内巡防军中，率先响起了枪声。满较场中人人钢枪在握，一片拉枪栓的声音之后，整个较场顿时大乱，密集的枪声中弹雨横飞。路广钟即率其所属教练所巡警二千余人，手持快枪，狂呼"此时不变更待何时！"煽动警兵，附和叛乱。

台上检阅的蒲殿俊，吓得筛糠一般，首先仓皇溜下阅兵台，由护兵帮助翻墙逃跑，躲进幼童服装厂不敢出来。陪同的官员也仓皇逃窜。最不光彩的就是朱庆澜、方声涛、姜登选等带兵大员，此时正是他们立威扬名之时，却也只顾逃命，一下没了踪影。

枪声中，巡防军第四营带头向较场门口冲去，接着，其余部队也一哄而散，边吼边骂，跟着冲去，整个较场混乱不堪。

尹昌衡毕竟是军政部长，此时他也顾不了许多，便朝着向较场外拥去的乱兵潮流而上，声嘶力竭劝阻着乱军。乱军势如潮涌，巡防军直接统帅田征葵号令也不听，他哪里阻挡得住。

乱兵入城抢掠，川人称之为"打起发"，这是成都人永远不能忘记的一次灾难。

乱军由巡防军第四营带头，进城就开始乱抢。城中路广钟手下的千多巡警，也不甘落后，大抢特抢。向来比较守纪律的新军，不少人见巡防军和警察乱抢，乱世之中，不抢白不抢，也跟着乱抢，大发混来财。城中游荡的数万同志军，见正规军都抢，也加入了抢劫的行列。

乱兵"打起发"的首要目标是银行、票号、政府的金库，其次是大商家、大公馆。成都五大银行，三十七家银号以及票号、捐号，政府的藩库、盐税库、均无一幸免，被洗劫一空。棉花街、总府街、商业场、大小什字等所有繁华街道的商家、店铺、公馆及背街小巷的当铺，没有不被抢的。

乱兵抢钱则已，最难容忍的是，抢劫之后还肆意放火。成都这座古城，人烟稠密，房舍俱是土木结构，几处绵延燃烧大火，造成了更大的损失，惨不忍睹。

尹昌衡面对乱军如此暴虐横行，国家民众如此遭灾，自己身为军人，必须挺身而出，及时制止。但要制止乱军，非得手中有军队不可。他突然想到新军六十三标标统周骏手下有千余新军，正屯兵凤凰山。如果得到这支军队，一定可以制止乱兵。但是凤凰山距城有二十里，情形如此紧急，身边又无快马，尹昌衡十分着急。

马忠始终贴身紧跟尹昌衡，就在这要紧时刻，一颗流弹飞来，不幸打断马忠的小腿。尹昌衡赶紧蹲身为马忠包扎，马忠望着城里烈火浓烟，听着耳边子弹的呼啸声，劝尹昌衡道："昌衡，外边危险已极，蒲殿俊都督都逃跑了，朱庆澜等人都管不了，你何苦还要冒险去凤凰山借兵啊。还是找个地方躲一下吧。"

尹昌衡平时很尊重他的马忠哥，此时一听马忠要他避险，顿时火冒三丈，怒吼道："大丈夫死则死耳，有何惧哉？你跟我这么久了，怎么说出这等糊涂话。满城烟焰冲天，哪里去躲？你我眼见百姓遭难，不挺身奋死相救，还是军人吗，还是铁血男儿吗？"

马忠自知失口，惭愧地低下了头。

也许是天意，尹昌衡正在对马忠发火之时，他平日所乘赵尔巽赠送的那匹白马，突然绝尘而至，好像是有求于主人，望着凤凰山方向，昂首长嘶。

尹昌衡赶快招手，白马立即在面前乖乖站住。后来才听家里人说，白马本来在马厩里安静地吃料，不知怎么突然狂嘶，竟然扯断缰绳，撞断栅栏，跑出马厩，狂奔好几里，来到主人面前。尹昌衡十分感慨，这是天意。赵尔巽把赵尔丰献的白马送他，为救城中百姓，真积了阴德啊。

尹昌衡得到白马，对马忠道："你速回城，设法知会孙泽沛和刘丽生等舵把子，速进城协助定乱，昌衡的家小，就拜托马忠哥和刘丽生表哥了。"说罢飞身上马，不待加鞭，白马已经放开四蹄，向凤凰山腾飞而去。

尹昌衡快马加鞭，不一会儿便来到周骏营中，偏遇周骏不在。此时周骏营中的官兵也多数跑到城里赶热闹去了。尚留在营中的大约只有三百人而已。

尹昌衡指着城中烟焰，咽喉哽哽地道："乱兵为祸，烧杀抢掠，百姓涂炭，惨不忍睹。我们身为川人，更是川军，不能保护蜀中父老，还有什么脸面穿此军装，握此钢枪？设若此乱不平，乱军长此祸害下去，只怕连我们的祖坟都保不住啊。"说罢，不禁潸然泪下。

众兵士见尹昌衡落泪，也跟着落泪："尹将军，你说吧，我们该怎么办？"

尹昌衡道："假如城里受害的是你们的父母兄弟和姐妹，你们是握枪的军人，你们说该怎么办？我知道周将军的部下，都是深明大义的忠勇之士，所以才冒着横飞的弹雨赶到此地，请弟兄们跟我进城，平定乱兵。"

尹昌衡一席话，也激起了士兵们的热血，都一齐呐喊："有尹将军主事，我们愿随尹将军进城平乱，保护百姓。"

2

尹昌衡带领三百新军来到北门。此时住在城外的十余万民军，听说城内兵变，纷纷赶到城下，城门已经紧闭，便将内城紧紧包围。

围城民军见凤凰山开来一支部队，立马列队阻挡。尹昌衡带的新军，本来是赶往城中"救火"的，个个都在气头上，民军前来挡道，岂不冒火，立即排成作战队形与民军对垒。双方剑拔弩张，尹昌衡赶紧拍马向前，止住新军开枪。

领兵的民军将领们听说是尹昌衡带兵而来，纷纷跑上前来跟尹昌衡见礼，争相问计。

民军头领们对尹昌衡很恭敬，向他问计。他想，民军良莠不齐，更是无组织纪律约束，这十余万人一旦拥入城中，效法城内乱军，一同抢劫作乱，百姓遭受更大灾害且不说，那就更无法收拾了。便对领头将领道："整肃兵变，贵在严明军法。你们来到城下更好，现在就听我第一道命令，各军整肃队伍，把守城门，维持好城外秩序，不得擅自入城。明日再听我具体号令。"

民军头领各自领命，阻路民军为尹昌衡所带的新军让开道路。尹昌衡来到城门前，把守北门城门的正是陶泽琨，立即为他开了城门。

时已薄暮，阴雨绵绵。往日万家灯火的繁华都市，而今是烟焰冲天，遍街狼藉，到处是呼天抢地的号哭之声，令人撕心裂肺。

尹昌衡立即将三百人分为三队，临时指定向树荣和马传楷为队官，对向树荣命令道："藩库是一省钱粮重地，你立即领一队去镇守藩库，不得有误。"对马传楷命令道："王城既是军政府所在之地，又是武器库所在之地，十分要紧，你统领一队人马迅速前往保卫，不可有失！"

二人带队分头而去。两队士兵行不到一里，有自作聪明的人道，所去皆是乱兵必然重点抢劫的目标，乱兵势众，区区百人，如羔羊投入饿虎之群，定会有去无回。一人逃跑，两队人都趁着暮色纷纷溃散。

向树荣和马传楷约束不住溃散之兵，只得带着所剩不多的人马来到尹昌衡面前，跪地请求处罚。并且说杯水车薪，难于止乱，请求添加兵马再去。

尹昌衡扶起二人："乱军势众，我军势微，不知大义，不敢奋勇向前，这不是你们的过错。你们要求添加兵力再去，不但我没有军力可以添加，即使有兵力添加，无死志之兵，再去也会一样溃散。等我对军队固其死志之后，再行调遣。"

守北门的陶泽琨，不愧是尹昌衡的得意学生，此时已经带着自己的少数部下，自觉地加入了尹昌衡的队伍。尹昌衡便命陶泽琨宣布军法。

陶泽琨宣布完军法，尹昌衡跳上马，一挥宝剑："前进，直入陆军小学堂。"

陆军学堂本来有尹昌衡五百学生，可是军校生都享受军人的待遇。军政府让军队放假十日，学生也放假了。今日收假，即使学生返校的也被挡在了城外。因此，今日的陆军学堂甚是冷清。

尹昌衡对百余将士道："弟兄们，人生所重，唯有义和利。我们身为军人，铁血男儿，现在乱兵为祸，不保家乡父老，这算得上义吗？现在功名富贵就在眼前，见功名富贵没胆量去取，还算得上真正的男人吗？"

"不算！"

"而今大义、大利就在眼前，诸君是愿意义和利双收，还是愿意义与利两失？"

"我们愿意当真男人，义利双收！"

"好，好！这才是有血性的四川汉子。我尹昌衡有胆量率区区百人，入城定乱，救民于水火，此乃感天动地之大义，除奸定蜀之伟功。功成之日，大义得厚报，大功当厚赏。博取功名，紫袍金带加身，扬名立万于世，正是千载难逢的好时机。"

"好男儿立功在疆场。"

"弟兄们，眼中只看得见蝇头小利，不怜恤家乡父老，这种人猪狗不如；有天大的富贵不取，而甘心去当鼠窃狗偷的小贼，这种人谁都瞧不起。你们想想吧，是当英雄、要大富贵，还是愿做小贼、取小利？"

"我们要当英雄，我们要跟将军一起定乱，要大富贵！"

"弟兄们信得过我尹昌衡吗？看我能不能给你们富贵！"

"信得过，尹将军是大能人，一定能！"

"好，那么你们有没有胆量，有没有信心立功领赏？"

"强将手下无弱兵，我们有信心，立大功，领重赏！"

尹昌衡知道，遣将不如激将，他又扫视了一遍众兵士，似乎很不信任地道："嗯，我看未必，说此话时，还有人心虚眉动，变脸变色，没有死志！没有死心、没有死气！"

"怕死不当兵，就是死，也死个轰轰烈烈，二十年后又是一条好汉，怕个锤子！"

"怕个锤子！"这句四川土话，很来劲。

尹昌衡也一改斯文口气，用四川土话道："怕个锤子！说得好，弟兄们都是长了卵子的，好样的！说话算数，那么你们敢不敢赌咒、发誓！"

"好，赌咒、发誓！"

"歃血盟誓！"

陶泽琨早就做好了准备，提来一只大红公鸡当场割血，尹昌衡带头咬破指头滴血，众军依次滴血。

众人一齐端起酒碗，指天盟誓："不定川祸，全家死光！"一齐喝了血酒。

尹昌衡又对陶泽琨道："今日血盟，口说无凭，一定要见之于书，他日定能见于史册。"

于是陶泽琨立即拿来纸笔，尹昌衡提笔把大家赌咒说的"不定川祸，全家死光！"改成书面语言："川祸未宁生者族。"他签上自己的名字，并且按上了自己的手印。

众兵士也依尹昌衡的样，签上名字，按上了手印。

尹昌衡这一次别开生面的"固其死志"的战前动员，大大地鼓舞了军心士气，组成了一支一百人的敢死队。但是他还是不放心，晚上，他又挨个寝室去打气，讲战法。他讲乱军虽众，各为小利，散沙一盘，犯罪作案，心虚胆怯。我军正大光明，万众支持，以正压邪，定能定乱。

手中有了定乱敢死队，入夜之后，尹昌衡这才定下心来。乱兵如此猖獗，这时不得不为家人担忧起来。于是吩咐陶泽琨，代他好好照管这支队伍，他要趁此时回家一趟。

陶泽琨慨然相诺，并立即命两个自己带来的兄弟，护送尹大人回家，有什么情况，立即回禀。

新上任的卫士牵出马来，尹昌衡正要上马，此时，突然从校门外墙上飞进一个黑影。

陶泽琨大声吼问："谁！"

随即护住尹昌衡，正在拔刀之际，那黑影已经拉下蒙面黑纱，喊了一声："昌衡哥，总算把你找到了！"

陶泽琨大惊收刀："啊，原来是如夫人！"

原来，城里乱兵一起，刘丽生命得力兄弟伙带了一小队同志军来保护尹家，很快马忠回来了。尹母知道尹昌衡去凤凰山搬兵，马忠又受了伤，只好让杨燕茹出门寻找尹昌衡，要尹昌衡放心家里，全忠报国。

杨燕茹找了几处，才来到陆军小学堂。

大乱之中，夫妻相逢，二人相拥之后，又立即分开，都上上下下地打量着对方，见都还安好，这才又紧紧地拥在一起。两行热泪，潸然而下。

尹昌衡问："家里还平安吗？"

"平安，全家人都放心不下你。"

"你走了，谁照顾父母？"

"家中有马忠哥照顾，刘表哥派了人保护。全家人最不放心你，母亲要你放心，全忠报国，要我照顾你，跟你形影不离……"

尹昌衡感慨地道："我的好母亲啊，孩儿决不辜负你的教导。"

尹昌衡知道赶不走杨燕茹，只好叫陶泽琨找来一套军装让杨燕茹换上，充当近身侍卫，伺候左右。

3

第二天早上，尹昌衡又集众军再次训话，再次鼓动，众兵士再无人变脸变色，个个一脸阴沉杀气。他所求之死志、死心、死气已足，天刚亮便率全军出发，直奔王城而去。

尹昌衡带着这支经过他"固其死志"的队伍，旌旗招展，中拥帅字大旗。帅旗下，尹昌衡半蒙着头骑在马上。部队鼓号嘹亮，军容整肃，走在大街上旁若无人。

鼓号声使胆战心惊的市民们家家开窗，街上的人们也无不驻足观看。当人们看到帅字旗下骑在马上的尹昌衡时，以为是都督蒲殿俊，争相奔走相告："蒲都督还在，援军到了，成都有救了！"军政府援军入城的消息，很快传遍了成都。

尹昌衡带领队伍进入王城，大汉四川军政府遍地狼藉，空无一人。四处搜查寻找，在大堂公案上发现一人，正抱着国旗（十八星旗）哭泣。此人听见尹昌衡的佩剑铿然作响，以为是乱军要抓他，愤怒地大骂道："逆贼，杀了我吧，做鬼我也是大汉四川军政府的人！"

尹昌衡上前一看，此人乃是军政府的要员罗纶。尹昌衡喊了声："梓卿兄，我是昌衡！"

罗纶这才抬起头来，见果然是尹昌衡，一场虚惊，绝处逢生，一跃而起，拉着尹昌衡的手，激动得泪眼迷离："昌衡，原来是你啊，带了多少兵来？"当他知道尹昌衡只带了区区百人，又道，"就这点人马，能干什么啊！"

大难之中，其他人逃得无影无踪，独罗纶抱着国旗，一人独守军政府，如此忠义，让尹昌衡十分感佩，便道："梓卿兄为政能如此，几人能做到。别担心，事在人为，我们好好商量，徐图大计。合力同心，定能平乱！"

罗纶怀疑地道："就你我二人，能平乱吗！"

尹昌衡道："时间紧迫，眼下就你我二人。政事我不过问，一律由君主宰，军事你不过问，由我专断，如何？"

罗纶自然是个有担当的人，听尹昌衡这么说，便一口答应。

二人携手走出王府大厅。此时阶前已经聚集了一千余人，多是成都有名望的缙绅耆老。一看才知道队伍中骑马之人不是蒲殿俊，而是大名鼎鼎的尹昌衡。除了鄙薄贪生怕死的蒲殿俊之外，众人议论纷纷："眼前城中危急，军队不可一日无帅，非得有大智大勇之人为帅镇乱才行。"

于是有人高喊："请尹将军执掌帅印，请尹将军当都督！"

尹昌衡一看，是杨肇锡和孙兆鸾，心中不禁暗喜。原来昨天夜里，同盟会会员杨肇锡（驻西藏新军管带）、彭光烈、龙光（陆军管带）、乔得澎、姚宝珊、张达山（巡防军管带）及周道刚等军官二十余人，在西玉龙街成华公所召开紧急会议，商量如何收拾乱局。

乔得澎和姚宝珊首先提出："只有尹昌衡才有领头定乱的胆略和号召力。过

— 212 —

去他一直说将军职责是定太平，现在去找他这军政部长，相信他再没有理由推辞了。"

这个提议立即得到到会二十余军官的拥护，于是决定派杨肇锡和孙兆鸾说服尹昌衡，其余的人各自回去联络和整备队伍，准备听命尹昌衡的调遣。杨肇锡和孙兆鸾此时才在这里找到尹昌衡。

众人听到有人喊"请尹将军当都督！"也跟着一齐高喊："请尹将军执掌帅印，请尹将军当都督！"

尹昌衡看见杨肇锡和孙兆鸾，会意地点了点头，赶快拱手相辞道："多谢父老乡亲厚爱，昌衡人微言轻，不孚人望。父母高堂，均已年过花甲。且昌衡今二十七岁，尚无子嗣，如果谋事不成，则要担当所有罪过。都督之职，实不敢担当。"

这绝不是尹昌衡拒绝都督之职的真实原因。杨燕茹来到军中，他已经知道全家安好，但是，他要利用这充足的理由，演一出好戏。

尹昌衡断然推辞就任都督之职，在场千余人哪里肯依，立即大哗，一齐跪地，要尹昌衡犯难就任，拯救成都百姓。

对于高官厚禄，尹昌衡跟所有人一样梦寐以求。他尽知其中利害，他有应对乱局的十足把握，不然他为什么敢率区区百人入城定乱？

欲擒故纵，欲取先辞。诸葛亮要刘备三顾茅庐，是为了抬高自己的身价。如果此时众人一请求他就答应，他就只不过是一个冒险贪利的亡命之徒而已。他不愿去背乘乱夺权的恶名，他相信自己定乱的能力，那份功名富贵迟早是自己的。他在等待时机，成功之后，合法上台，更为名正言顺。

军政府大院内，拥来的民众越来越多。尹昌衡懂得民心思安，在大难当头之时，他敢挺身而出，让百姓看到了一线希望。这是他千载难逢脱颖而出的良机。借此机会正好让部下看到民心，看到希望，进一步激发士兵们的斗志。

尹昌衡手下的将领都急了，也采用激将法道："将军是怎么给我们说的，而今你怎么怕死了？如果定乱失败，祸事落到你的头上，我们保护你全家逃跑，手中有枪，哪里抢不到一块地盘安身立命？"

杨肇锡和孙兆鸾及尹昌衡所率部下，全都跪在地上请求："我们誓死保卫将军全家。"

尹昌衡佯怒道："你们把我当成什么人了！你们以为我只为了家人，这是对我的污辱！我若为保家，我这时应该带领你们到我家水井巷周围去巡逻。举大事之初，若只为保家，这是不义，懂吗？若说誓死救民，此方为大义，我尹昌衡当仁不让，万死不辞！"

在场的缙绅和民众都十分感动，齐道："好，将军志在救民，我们尽全力拼死支持将军。"

尹昌衡想了想道："好，只要你们能与我一条心，誓死定乱，我尹昌衡也就不推辞了。不过先得说明，总督之职，实不敢领。我与罗大人有约，他管政事，我断军事。定乱过程之中，难免不狐假虎威，有时冒用都督头衔，还望父老乡亲包涵。眼下，乱兵为祸，民蒸水火，马上行动，最为要紧！"

众人都道："好，就依将军。"

尹昌衡立即命杨肇锡和孙兆鸾迅速回去联络朋友们，整军入城戡乱。二人领命而去。

尹昌衡早已经成竹在胸，军政府是首脑机关，这儿是城中之城，王城只有南门和北门两道城门，首先必须巩固军政府这个据点。于是将所率百人分成三队。令向树荣带领六十人把守南门，马传楷带领二十人把守北门，南北二门均架上大炮。一炮封锁大门，万夫不敢向前。又令在场的精壮民众，在城墙上树起旌旗，鼓角不息，大壮声威，以为疑兵。王城内外，顿时造成大军云集之势。王城外的市民看到这番景象，奔走相告。那些正在抢劫的乱兵，也将信将疑。

尹昌衡手提宝剑，与罗纶率剩下的二十人去救武库。武库在王城一角，高墙厚壁，曲巷深深，只有一条七弯八拐的狭窄巷子，通向武库的唯一库门。他叫陶泽琨带十人守住巷口，这等于把老虎关进笼子里，好任其摆布驯服。自己则带着剩下的十人，全副武装冲进武库，迅速占领有利位置。

偌大的武库中，武器已经被抢走大半，现在剩下的约有步枪一万五千支，大炮十余尊。此时，冲进武库的多半是民军，有的抬大炮，有的抢枪支，像蚂蚁搬家一样，正要往外搬运。

尹昌衡朝天鸣一枪，枪声使闹哄哄的武库一下静下来，所有人都抬起头来，只见一门大炮上站着一个高大英武的军官，身边站了一个清秀的卫士，下边站了十名卫兵。那军官一声断吼："不准动！"

十名士兵，立即拉响枪栓，吼声如雷："不准动。"

正顾着抢劫武器的乱兵和民军，尽皆大惊失色。但是总有不信邪的人，此时有两个胆子大的乱军举枪瞄准尹昌衡问道："你是谁？敢管老子们的闲事？"

不待二人说完，只见军官身边的小卫士一扬手，两个乱军手中的枪便落在地下，二人都捂着冒血的手腕，原来他们都中了杨燕茹打出的金钱镖。

众人惊愕之际，下面的卫兵已经将那两个举枪的乱军抓到尹昌衡跟前。

此时罗纶不失时机地站上一门大炮，高声道："我就是被清廷关押的大汉四川军政府要员罗纶。这位就是尹昌衡将军，尹将军已经被推举为大汉四川军政府都督，他的话就是命令！你们放下武器，听尹大都督训话！"

众乱兵和民军一听新都督前来执法，个个吓得面如土色，立即放下手中争抢的武器。

尹昌衡虽然没有接受众人之请就任都督之职，但是乱中用这名号，便于行事，因此也不否认，而且有时还主动借用这个名号。他顺势高声道："武库枪械，乃是国家公物，抢劫国库公物，论罪当死！我已经分布重兵，将武库层层包围，谁敢乱动，就地正法。你们谁要是不信，敢走进巷子一步，立即叫你去见阎王！"

尹昌衡扫了一眼众乱军，看着跪在脚下的那两个举枪的乱军，佯怒道："你二人胆大包天，目无军纪，敢枪指上司，拉出去，毙了！"

两人一听要枪毙，吓得尿了裤子，赶紧磕头哀告："尹将军饶命啊！"

众乱军也一齐跪在地上："请大都督饶命啊！"

尹昌衡故作犹豫状，原地踱了一圈，抬眼望了望罗纶，罗纶明白了尹昌衡的意思，假意为众人求情道："尹都督，他们原本是我军将士，一时糊涂，附和作乱，你就念他们误触国法，免他们死罪吧。"

尹昌衡假装想了一阵，慢慢把宝剑插回剑鞘道："好吧，看在罗大人面子上，饶你二人不死。并且因为我今日才出来理事，现在既然掌握尔等生死之权，不教而诛，亦是仁者所不为。以后务必遵从我的军令，现在恕你们全体无罪，放了你们。"

众人万分感激，磕头谢恩，站起来把枪械放回原处，并把装进腰包的子弹等小件武器，也全都掏了出来，请尹昌衡放他们出去。

尹昌衡道："你们已经取了武器，放下干什么，所取的，尽都拿去，不满意的，可以重新挑选你们使用起来最顺手的。"

众人大惑不解。

尹昌衡道："君子处事，信义为先。本帅言出令随，用人不疑，疑人不用。而今你们既然已经知错，回头是岸，如果愿意归附于本帅，便是本帅的士兵。"

众人皆道："我们愿意归附大帅，成为大帅的好兵。"

尹昌衡道："好！愿跟本帅建功立业，本帅与你们有难同当，有福同享！"随即在乱军中指定一个姓乔的尉官为队长，"你立即把大家整编成一支库兵队伍，由你负责带领大家，镇守武库。没有我的命令，任何人不准进入武库。你们大家要听乔队长的命令，如果敢有偷偷摸摸争小利者，就地正法！你们要齐心合力，

— 215 —

保卫武库，争立大功，将来，我将不吝啬官爵和财物，论功行赏。"

乔队长很快整顿好乱军和民军队伍，一清点人数，约有五百人。尹昌衡见人数不少，心想可以整编听调，便命这五百人立即就武库中，换上崭新的军装。

众人刚走出死神拘去的阎王殿，又来到可以立地成佛的罗汉堂。猥琐的死刑犯，一下成了雄赳赳气昂昂的战士，自是喜出望外。一个个感激莫名，直把尹昌衡当成了神圣。

尹昌衡又对大家宣示军法："你们昨天犯的过错，责任在你们的上司教育不良，就既往不咎了。好人学坏容易，斑鸠要变成雄鹰，则需要脱胎换骨，因此改正错误需要你们痛下决心。凡事权衡义与利，应当大义为头。我现在让君等穿上军装，你们就是军人了，就必须守军法，必须明白军人的职责是保境安民的大义。你们的职责，不只是保护这座武库，身为川军就要保四川的安全。你们愿意跟我一道保卫四川吗？"

"誓跟尹大帅平乱保卫四川！绝不辱没川军的荣誉！"

4

尹昌衡以二十人的队伍，兵不血刃，收降叛军，得到一支五百人的劲旅，初战即获大胜。既保全了武库，手中也增添了人马，底气更足。以原来的百人敢死队作骨干，当场提拔军官，加上收编的人进行重新分配，军政府的保卫力量大大增强。尹昌衡便对罗纶道："现在请罗大人迅速召集文官，拟定大政纲领，尽快恢复军政府职能。但是，没有我的命令，不得擅自出入王城。"

罗纶亲眼看到尹昌衡戡乱的过程，也已经对尹昌衡深感佩服，自然连连称是。

尹昌衡跨上他的白马，带上陶泽琨等约六十人走出王城。及至中桥，前面的尖兵回来告诉他，大队乱兵来了，赶快躲避。尹昌衡道："为什么要躲避，继续前进。"

走不多远，果然一支三百人的队伍，抬着六门大炮开了过来。尹昌衡一看，领队的将官是他的学生黄泽溥。原来黄泽溥驻扎城外郊县，听说城内兵变，即带兵进城戡乱。

黄泽溥上前敬礼，向尹昌衡说明来意，尹昌衡真是喜出望外。师生共叙危艰，相拥而泣。

黄泽溥当即请战。尹昌衡即命黄泽溥带兵多走几条主要街道，大张声势，就言奉尹都督之命入城戡乱，然后屯兵王城。黄泽溥这支队伍，在几条大街上这么一走，然后开进王城。王城里鼓角声声，造成了千军万马军容盛大的声势。

陶泽琨早派人去城中四处散播：新都督曾经留学东洋，最善于统兵打仗。在川军将领中威望崇隆，一呼百诺。上万兵马已经进驻王城，其他各路兵马，正向成都赶来。同时，派人私下去找孙泽沛、刘丽生、罗子舟等要好的民军首领。要他们别给老朋友为难："约束好自己的部下，别向新都督刀口上闯。尹昌衡雷霆手段定乱，军法森严，六亲不认！"

乱兵亲眼看到黄泽溥的队伍抬着大炮游街而过，又知道尹昌衡的名头，不得不信以为真，于是无不震恐。不少民军首领，或跟尹昌衡私交密切，或久闻大名仰慕有加，即使不打招呼也会响应尹昌衡的定乱之举，因此不再纵容部下乱来。民军各回驻地，不敢上街乱窜。乱兵主要是巡防军，也及时收手，城中大规模的抢劫，顿时收敛。

尹昌衡得知乱军和民军大多住在各寺庙和会馆之中，便首先直扑湖广会馆，在门口架上几挺机关炮，然后率队直入会馆。

湖广会馆是成都最大的会馆之一，馆中驻有乱兵二千余人，抢劫来的赃物堆积如山。

尹昌衡登上高台阶，厉声吼止乱兵："原地立定，不得乱窜。"

众人正在收拾自己的赃物，忽见大门被封锁，闯进来的这个青年军官，高大英武，声若洪钟。身边卫兵不多，敢闯乱兵兵营，想是定有来头。纷纷询问："这人是谁！"

陶泽琨道："认真听好，新任都督尹昌衡将军！"

尹昌衡高声训话道："尔等身为军人，竟敢附和兵乱，抢劫公私财物，罪不可恕。激起川人公愤。十余万民军，已经从四面八方赶来剿灭你们。本都督已经调集万余精兵于王城，会同民军，立时你们就会人头落地，死无葬身之地！"

尹昌衡又道："本都督现在刚刚上任，不愿意对子弟兵不教而诛，特来救拔你们。尔等若想活命，听本都督号令，立即集合！"

尹昌衡敢为川人奋争的故事，在川军中流传甚广。巡防军中不知尹昌衡的名头的人不多。陶泽琨立即吹响口哨，两千余乱军很快就集合于庭中，请尹都督训话。

尹昌衡道："本都督宣布，你们参与兵变，肆意抢劫，本当深究重惩，但是，罪责不在你们。制造这次兵变，是个别别有用心的领兵之人，应由他们承担罪责！本都督辜念你们是不知其中缘由，你们只是被人利用，受骗上当。你们吃粮当兵，也不容易，曾经为国家出过力，对你们在兵变中所犯之罪过，全部赦免！"

两千余乱兵，听说赦免全部罪过，感激涕零，有人带头跪地呐喊："谢尹都

— 217 —

督不杀之恩！我们愿将所抢财物，悉数上缴！"

其余的乱兵也跟着响应。

尹昌衡道："弟兄们快快请起，你们所得之财物，悉数归你们自己，概不追缴！"

众乱兵不相信自己的耳朵，愕然相顾。

尹昌衡道："本都督有言在先，我是来救拔你们的，非为追缴财物而来，只要你们认罪即好。本都督言出令随，你们所得之财物，悉数归你们自己，概不追缴！"

众乱军其实最痛心的是保了性命却丢了到手的财物，此时听到既能保命，又能保财，有的人甚至流着眼泪高呼："尹都督万岁！"

尹昌衡止住大家，接着令他的随从军官朱璧彩重新宣示军法。军法宣示完毕，他又强调："从现在起，你们已经不是有罪的乱军，而是四川百姓的子弟兵了。军法已经宣示清楚，本都督铁腕治军，你们必须听本都督号令，同心同德保卫大汉四川军政府。有敢违军法者，就地正法，定斩不饶！"

尹昌衡于是命令这支队伍，就以湖广会所为营地。同时，就在乱军之中，现场指定一个叫张鹏舞的军官，统领这二千余人。乱军中那些下层军官，见张鹏舞获得重用，纷纷上前，请求为大都督效力，尹昌衡都给予安排适当的差事。受到任用的人，既保了财物，又得到重用，真是皆大欢喜。这一支士气高涨、军容整肃的乱军整编队伍，成了尹昌衡定乱的新的骨干。

尹昌衡带队巡到府河边，部下捕获了巡防军管带朱贤煊和彭寿春，捆着二人来见。尹昌衡当众亲释其缚，不但不深责二人，而且还官复原职，将刚才招抚的巡防军交与二人统率。

尹昌衡处理湖广会所、处理朱贤煊和彭寿春的方式，很快在乱军中传开，大大缓解了乱军畏祸的对抗情绪。接着，他用同样的办法，巡视了成都三十余处驻有乱军和民军的寺庙、会所及公馆。所到之处，乱军问题迎刃而解，无不马到成功。

随着杨肇锡等二十余军官所领新军及孙泽沛和刘丽生等人率领的民军陆续入城，加强了维持城内治安的队伍，对乱兵造成围剿之势。成都兵变，很快初告平息。

尹昌衡雷厉风行，铁腕定乱，街上少见乱兵横行，市民口口相传，把尹昌衡传得神乎其神，视为救星，为他赢得了极好的口碑。他便乘着治理乱军的余威，亲自带领十余骑遍城巡查。所到之处，百姓焚香相迎，人人称赞"真都督也"，纷纷把表示敬意的花红，挂在他的身上，为他祈福祈寿，这让他很是风光了一回。一日之内，所挂之红绸，五匹马也驮不起。

大的乱象虽然平定了，但是乱军和民军十多万人，良莠不齐，总有不法之徒，有禁不止。或者三五成伙，街头逞凶；或者鸣枪示威，恃强肆杀；或者戏谑良善，奸淫妇女；或者冒充官家捕快勒索财物；或者私闯民宅强行剪人长辫削去头皮。种种不法行为，令人发指！

尹昌衡立即会同罗纶，又以大汉四川军政府的名义发布公告，约法六章，遍城张贴：

"戡乱期间，凡是杀人伤人、破坏房屋、奸污妇女、私入民宅、抢劫财物、随便开枪者，皆处死刑。"

其时，路广钟控制的巡警队伍尚未整顿，不能调用。为了言出令随，公告发布之后，尹昌衡只得身着便装，手持宝剑，亲自率领少数武功高强的勇士，混杂于百姓之中进行暗中巡查，现场执法。一当发现有违反六条禁令者，就地斩杀，弃尸于市，并且插上木牌，写上所犯禁令。

头一天，斩杀违令者二百余人，第二天斩杀一百余人，第三天，犯案者就只有十余人了。接连四个昼夜的暗中巡查，那些不安分的人早已经魂飞胆裂，哪里还敢乱来。腥风血雨的成都，总算在动乱中安定了下来。

第二十一章

拜督安蜀

1

蒲殿俊从 11 月 27 日至 12 月 8 日，任都督历时 12 天，在东较场兵变中逃命不出，自动下野，大汉四川军政府在兵变中解体，大乱初定，重组大汉四川军政府势在必行。尹昌衡有莫大的定乱之功，一片呼声请他就任都督之职。尹昌衡再度推辞，请蒲殿俊重新出山，重掌都督大权。

蒲殿俊及立宪派的士绅们，始终把自己的命运绑缚在皇权的大树上，始终秉持文明保路的宗旨。然而四川的保路运动的发展却远远超出了他们的预料及控制能力。他们根本没有接管四川政权的政治素质和思想准备。

东较场兵变之日，蒲殿俊在两名护卫的保护下，翻墙而逃，先躲进附近的幼童服装厂，后来又与张澜等人一起转移到一所小学堂躲藏起来。蒲殿俊虽然不善于执政和领兵，但毕竟是一个有自知之明的绅士。得知尹昌衡出头戡乱，深受缙绅和百姓拥戴，便立即主动致书尹昌衡，表示自己不愿复出，请尹昌衡代他任都督拯救川人。他自己只希望侍奉高堂，能保平安足也。

尹昌衡得到蒲殿俊的书信，希望能与蒲殿俊见上一面，但蒲殿俊坚决不见。他又不知蒲殿俊躲于何处，只好找到张澜引见，张澜感于尹昌衡的诚意，只得带着尹昌衡到蒲殿俊藏身的学堂里，这才见到了蒲殿俊。

尹昌衡力请蒲殿俊复位，蒲殿俊诚恳自责，断然拒绝。并真诚地请求尹昌衡取代他就任四川都督，总揽四川的军政事务。张澜等人也劝尹昌衡，不要冷了川人之热望，挺身而出。尹昌衡虽然以时局维艰，难胜其任等理由婉拒。但是挡不住众人力劝，只好答应。但声明绝不居功自封都督之职，要民意推举方可就任。

同时仍请蒲殿俊协理政务，蒲殿俊只好答应下来。

立宪派主动放弃权力争夺，这为同盟会夺权创造了机会。尹昌衡身边的大批同盟会会员朋友们，都自觉地聚焦在了他的身边。12月9日夜，董修武、张澜等和一部分军政界人士在军政府召开联席会议，商议重组军政府。董修武主张实行民选都督，但因未获军政界诸人支持，故未能实现。

12月10日（农历十月二十），张澜出面联络新军将领彭光烈、士绅徐炯等人，在北较场召开大会，改推尹昌衡为大汉四川军政府都督，罗纶为副都督。

成都兵变之后，大量革命党人带领同志军进入成都，成都同盟会的力量大大加强。加上尹昌衡与四川同盟会会员之间千丝万缕的联系，和他个人的政治倾向，因此在权力分配上，基本成了以同盟会为主体的权力阵营。

同盟会的支部长董修武任总政务处总理兼财政部长，同盟会会员杨维任军事巡警总部总监，同盟会会员周骏任军政部长，王右瑜任参谋部长，杨肇锡任兵工厂总办。其他各部要职，也大多安插同盟会会员担任。

清廷名存实亡，清朝在四川的统治已被推翻，尹昌衡原来所谓效忠的清朝政权在四川已经不复存在。在这种全国各地实行地方自治的尴尬情况下，只有各自为政了。

尹昌衡又对军队重新加以编制：以原新军第十七镇为第一师，宋学皋为师长；整编各路同志军为第二师，彭光烈为师长，张捷先为参谋长，张达三、孙泽沛、吴庆熙、侯国治等分任标统；整编原巡防军为第三师，以孙兆鸾为师长。

新组成的大汉四川军政府，可以说是以尹昌衡为首的军人实力派与同盟会和立宪派组成的联合政府。军政府的主要职位，同盟会占了六成以上。军事长官，几乎悉数为同盟会会员，一反立宪派主宰操控的局面。至于朱庆澜、方声涛、姜登选等外省要员，在兵变过程中有很不光彩的行为，自然没有席位，只得灰溜溜地卷铺盖走路。

新的军事长官确定之后，新军、巡防军，以及周边早期入城的部分同志军，很快得到整顿和安置，各有统率。

这时，聚集在成都的著名头领有吴庆熙、罗子舟、孙泽沛、刘丽生、侯国治、彭泽、彭大钧、陈和尚等人。他们来自各方，所带的十多万同志军兵器各异，冠服各殊，顿时挤满成都内外。要安顿这些人的食宿都成问题，更不用说这些人还提出各种稀奇古怪的要求。

尹昌衡就任都督后，首先必须解决这个问题。他召集民军首领到军政府议事，各路民军集于王城。军政府外人山人海，呐喊之声震天动地。此时，突然轰隆一声炮响，原来是守卫王城城门的军士误触大炮机关，城门外三个民军顿时脑袋开花，脑浆迸流，倒在了血泊之中。

一片混乱之后，王城外后退的民军，立即反身围了上来。有人高喊，都督骗我们来王城，是为了消灭我们，我们人多，攻破王城，活捉尹昌衡。

民军一齐冲击军政府，军政府的文官们一个个吓得面如土色，尹昌衡也见状大惊，镇守军政府的官兵纷纷要求开枪阻击。

尹昌衡立即制止："城外同志军皆我蜀中父老，大炮一响，杀我川人，城中百姓房屋尽毁，与赵尔丰、田征葵等人开枪射杀川人何异？何况，民军怀疑我诱杀他们，若开枪阻击，火上浇油，误会更深，如何解释得清，如何平息众怒？"

守城官兵都道："民军若攻破王城，玉石俱焚，军政府就完了！"

尹昌衡想了想，毅然道："大开城门，我一人去会民军，给他们说清楚情况。"

众人竭力劝阻："现在哪里是讲理的时候，民军乱如蜂团蚁窠，正怒焰万丈。你一出去，正好拿你出气，只怕把你宰成肉泥。"

尹昌衡正色吼道："不要说了，开城门！"

马忠的腿伤未愈，杨燕茹在尹昌衡身边形影不离，见尹昌衡执意要只身去见民军，便道："昌衡哥，要去，我跟你一起去，让我给你挡子弹。"

尹昌衡止住杨燕茹道："城门外数千枪口指着我，要挡子弹，你挡得了吗，挡得完吗？此去凶多吉少，我要是有个三长两短，父母就得靠你侍候了。"

好似生离死别，杨燕茹无奈点头，只得含泪为尹昌衡整理衣服，然后递上那条她亲手为尹昌衡织成的马鞭。

门外枪声不息，怒吼雷鸣，尹昌衡再次吼令"开门！"众人无奈，只得开了城门。

王城门外，一片黑压压的枪口，一派明亮亮的刀枪。尹昌衡手提那条精致的马鞭，面带微笑，神色自若地出现在王城城门口。

在一片"打死他，为死去的弟兄报仇！"的喊声中，果然有人开了枪，子弹从尹昌衡头顶飞过。

尹昌衡骤然翻脸，勃然大怒："你们还是男人吗？偷偷开枪射杀手无寸铁的人，算什么本事！我如果真是死有余辜的罪魁祸首，你们是男人，就应该理直气壮地拿我审问定罪，慢条斯理地宰割。为什么这样开冷枪，误伤了百姓怎么办！"

尹昌衡说着走到了荷枪实弹的民军中，民军被他的威势和气度所震慑，纷纷后退着。

"你们后退什么，来抓我啊，来绑我啊！我若眨一下眼，我若动一下手，就算

— 222 —

不得好汉，就算不得是大丈夫！"

面对尹昌衡的凛然正气，指着尹昌衡的枪口也慢慢放了下来。

民军一下围住了尹昌衡，质问："为何把我们骗来军政府议事，又开炮打杀我们！"

尹昌衡厉声道："谁欺骗你们了？你们要杀我，我眼睛都不会眨一下，你们说我欺骗民军，这我可受不了！告诉你们吧，我绝不会骗你们，杀你们的。今天守城门的是新兵当值，不熟悉大炮，误碰大炮机关，误伤了民军。你们要是不信，立即派人去查！"

民军于是选了十数个代表，进去查看，果然如尹昌衡所说，是新兵尚未熟悉大炮的使用，误触了大炮机关，引起这场惨案和误会，并非新都督要剿杀民军。

尹昌衡道："怎么样，我没骗你们吧？我是才被大家推举的都督，才上任就剿杀自己的子民，世上有这种糊涂蛋吗？"

众民军哑口无言，纷纷向尹昌衡请罪。尹昌衡佯怒道："给你们这些如此孟浪、如此不讲道理的人当上司，当都督，看来太难太难，我没这本事，你们还是另选高明吧！"说罢就要扬长而去。

众人一齐坚决挽留。

尹昌衡见好就收："好吧，我们正与各位民军头领商量大家的事情。你们暂时各回你们的临时住地，等候消息吧。"

一场突然出现的危机，就这样化解了。

2

尹昌衡改组大汉四川军政府，算是妥善解决了新政权的组织人事问题，对控制成都的乱局有了保障。但是，当时新政权所面临的局势简直是糟糕透顶，内外交困。

尹昌衡眼下火烧眉毛的问题是财政极度困难，如何解决吃饭问题和军政府的运转问题。

"打起发"时，藩库的八百万两库银已经被抢劫一空，国家控制的盐库和银行也被抢光。各州县赋税，早已经停止上缴，特别是重庆的工商税和自贡的盐税，都是川省税费的大端，两地独立，财政收入大减。而劫后的成都百业凋零，工商业一时难以恢复。陕西商人跑回陕西避难，他们在鼓楼街一带开的几十家估衣铺和大街小巷开的典当铺关门一年多才恢复营业。那么多政府官员、那么多军队和警察、那么多国立学校要供养，特别是眼下拥进城的十多万民军，要吃、要住、要花销。军政府根本无法筹措到应急的经费。

尹昌衡幸好有个得力助手董修武。董修武毕业于日本中央大学政治经济科，颇懂经济。时任军政府总政处总理兼财政部长，在军政府中实际主持政务。当时，罗纶病了，不克理事，所有的规划处置，都专决于修武。他所控制的总政处"为一切政事之总汇，凡出入文牍及发布命令，皆须经过本处始为有效"。

董修武对于库空如洗，财政拮据的事一清二楚。他这个财政部长手中没钱，可以说比尹昌衡更着急。董修武只得与尹昌衡商议决定，"制发纸币"，印行军用票，分一元、五元、十元三种，由四川官办银行浚川源号发行，流通市面，定期一年，加息收回。此举解了军政府稳定军队等燃眉之急。同时又着手整顿税收和田赋，裁减苛捐，统一正税和副税，人民称道。

尹昌衡面临的第二个问题，就是成都内外强大的军事压力。

首先是成都城内，赵尔丰尚拥三千精兵于总督署。赵尔丰名义上只是代表清政府把权力委托给四川人，才使四川独立，然而他时刻没忘记自己是大清朝的忠臣。

成都兵变的始作俑者田征葵、王棪、路广钟等人，策动兵变的目的就是要赵尔丰复辟。此前他们见军政府要员躲得无影无踪，只要赵尔丰一声令下，三千精甲出动，赵尔丰复辟可以不费吹灰之力。于是齐到都督府，请赵尔丰出面收拾残局。

赵尔丰始终把军权控制在自己手里，本来就为复辟留下了后路。特别是袁世凯组成的新内阁，派出冯国璋于11月27日攻占了汉阳。袁世凯代表的清廷，正在跟革命党谈判，结果如何，尚不得而知。袁世凯的实力使他看到清廷这个死而未僵的百足之虫，尚有一线死灰复燃的希望。

赵尔丰对田征葵等人策划兵变，听之任之。形势大好，他颇为心动，便漫不经心地问："蒲殿俊等人在干什么？"

田征葵道："大帅，蒲殿俊等人躲得无影无踪，军政府已经彻底垮台，你手中有重兵，此时你出面收拾残局，正是时机啊！"

赵尔丰既不相信军政府已经彻底垮台，也不相信蒲殿俊等人会那样轻而易举放弃权力，特别是无孔不入的革命党，不趁机夺权上台，便问："难道就没人出面治乱吗？"

王棪道："军政府已经完全瘫痪，只有尹昌衡自不量力，带区区百人进了军政府。"

赵尔丰道："他真的只带了一百人吗？"

路广钟道："千真万确，尹昌衡只带了一百人的队伍，今天早晨才进王城。"

众人一齐请求道："大帅，赶快出兵吧。"

赵尔丰很犹豫："朱庆澜在哪里？"

田征葵道："朱庆澜也躲了，暂时没有消息。"

赵尔丰把军权交给哥哥请来的亲信朱庆澜，对朱庆澜寄予很大希望，一听说朱庆澜躲了，大惊："什么，朱庆澜躲了？"

路广钟道："躲了，他跑得比谁都快。"

赵尔丰道："唉，老夫看错人了。"

王棪道："朱庆澜靠不住，只有靠自己。大帅可以一面发兵，一面发安民告示，召集旧部，定可一举成功！"

召集旧部，这很合赵尔丰的意，赵尔丰又一次采纳了王棪的计策，立即给川滇边务大臣傅华封和南路巡防军统领凤山写了密信相召。

这时王棪立即写好告示，要赵尔丰用都督之印。赵尔丰取出印来，又犹豫了，他毕竟官场沉浮多年，老练得多，踱了一圈道："大局未定，形势多变，发安民告示落人把柄，眼下发兵，更是不宜。尹昌衡即使有天大本事，能掀几尺大浪？到时候傅华封和凤山若是前来，蒲殿俊自然会来交印的。诸公不必性急，先静观事变，等待时机吧。"

众人走出督府，田征葵叹道："唉，大帅向来雷厉风行，现在变得如此优柔寡断，错失良机，可惜啊。"

王棪道："大帅所虑也有道理。发告示大帅不盖章，我们不如张贴都督府无印的安民告示，再放一把火，促他下决心。"

田征葵和路广钟都说是好主意。

于是城里迅速贴出了十余张未盖章的都督府告示。

署名前总督、现川滇边务大臣的无印章的安民告示很快送到尹昌衡的手上，尹昌衡知道赵尔丰随时可能兴风作浪乘机复辟，这无疑是新政权的巨大隐忧。

在成都之外，各州府县军政府林立。张培爵和夏之时称都督于重庆，周鸿钧称都督于自贡，刘朝望称都督于川南，李绍伊称都督于川北广安。

各州县的军政府还有百十余个。他们拥兵多则数万，少则数千，各自为政。他们都认为大汉四川军政府是赵尔丰跟立宪派私相授受，根本不承认大汉四川军政府是合法的四川省军政府，纷纷联络要起兵讨伐之。特别是停战之后涌进城内的数十股民军，塞满了成都的大街小巷。这些人各有山头，五花八门的人汇聚一起，不听号令，不受约束，一旦擦枪走火，就可能在城内酿成战祸，后果不堪设想。

偏在这时，赵尔丰密召川滇防务大臣傅华封、南路巡防军统领凤山带兵入成都的密使，又被双流县簇桥乡哥老会管事曾璧臣挡获，搜出了赵尔丰的密信，曾璧臣连夜把赵尔丰的密信送到了军政府。

前些天，人们看到王棪等人用前都督的名义贴出的安民告示，纷纷传说赵尔丰要武装复辟，引起城内莫大的恐慌，好在之后赵尔丰并无动静。现在突然挡获赵尔丰相召旧部带兵进省的密札，赵尔丰妄图复辟已经成了不争的事实。

赵尔丰拥精兵三千于督府，兵精械利，像一颗炸弹，埋在成都这个心脏之中，一日不除，川人一日不能安枕。成都上下，一片大哗。官民和军队都一致要求尹昌衡出兵讨伐赵尔丰。特别是新上任的新军军官们，人人都想杀赵尔丰，杀满人报民族之仇，立上一个大功。但是均被尹昌衡一口回绝。

尹昌衡因平乱上台，声望正隆，拒绝杀赵尔丰，给他带来了极大的信任危机。街头巷尾，一片议论：孤胆平叛，川人景仰；新兵弄炮，误毙民军，面对愤怒的民军枪口，新都督敢挺身而出，险遭民军开枪打死，何其勇也！赵尔丰屠杀川人，战场上死伤同志军数万，新都督却不敢去讨伐，这何其胆小！同一个人，勇怯之差别为什么这样大啊？

尹昌衡面对请战的军民，始终以为："这是先朝之罪，并非赵尔丰要杀川人，应该赦免！"

每日前来军政府要求出兵攻打总督府，活捉赵尔丰的人数十起。尹昌衡不胜其烦，也不为所动。他们都在问："尹都督到底是什么人，到底想的是什么？"

3

尹昌衡到底想的是什么呢？

尹昌衡不是占山为王的草头大王，他只是心怀王霸大略、深通兵学的一代儒将。他日常想得最多的，就是他外公刘世敏梦中得的那副对联中"干戈平定归于哲"那个"哲"字。

尹昌衡是军人，军人的天职是平定干戈，保国安民。军人的"哲"是什么呢？不就是保国安民的最高准则、最高道理吗？不就是保国安民的哲人、哲理吗？

尹昌衡首先必须明确，自己要保的是什么样的国，自己要安的是哪些民？

尹昌衡留学东洋之时，是个各种新思想爆发的年代，在各种"民族主义"的思想争鸣中，他不断反省，逐渐形成了自己的认识。

梁启超主张："合汉、合满、合蒙、合回、合苗、合藏，组成一大民族，提全球三分有一之人类……"

杨度主张："中国之在今日世界，汉满蒙回藏之土地，不可失其一部；汉满蒙回藏之人民，不可失去其一种，……人民既不可变，则国民之汉满蒙回藏五族，但可合五为一……至于合五为一，则此后中国，亦为至要之政。"

立宪派为求实现君主立宪之理想，也曾力主："必汉满不相排，然后蒙、回、藏、苗可内附，必六种族混为一民族的国民，然后可以立国。"

上述消弭汉满畛域的思想主张，通过报刊的宣传，迅速在社会上风行。特别是以满族学生为主的一批留日学生，在北京创办《北京大同日报》，专门提倡："满汉人民一律平等，统合满汉蒙回藏为一大国民。"这些"五族平等"、"五族共和"、"五族大同"等"大中华观念"的词语，流行于大小报端。五族组成国家的大中华思想，对尹昌衡有很大的影响。

然而孙中山的旧三民主义主张却不同，他在民族主义宣言中云："讵知满清以建州贼种入主中国，夺我土地，杀我祖宗，据我子女玉帛。……要之，今日非废灭满清，决不足以光复汉族。"之后，历年的言论，都将满人视为"建州贼种"、"从外国来的"、"本非华人"、"野蛮腥膻之鞑子"，应"推翻满清王朝"，"驱逐满人"，"恢复我汉室的山河"。

尹昌衡把两种主张进行比较，前者大中华之立国主张，当今大清朝之版图都是大中华神圣领土，当今各族同胞，都是大中华子民。各族同胞共同开发的领土一寸不能丢，各族人民都有在这块土地上生息和繁衍的权利。而孙中山旧三民主义的立国主张，"驱除鞑虏"的结果，所立之国只是汉民族之国，将把大片国土丢弃，把广大少数民族重新树为敌国和敌人。尽管尹昌衡对孙中山一直非常敬重，但对他这种带着褊狭的种族情结，带着强烈民族歧视和狭隘的民族复仇主义的主张很不赞成。

尹昌衡初到日本之时，孙中山激进的种族革命思想也曾经使他热血沸腾，他也积极参加了黄兴所领导的同盟会外围组织"铁血丈夫团"。组织解散后，他逐渐成熟了，由于不赞成狭隘的民族主义主张，组织怎么动员，他也一直没加入同盟会。就任四川都督后，同盟会员们再度促他回归同盟会时，他仍然拒绝了。

尹昌衡选择了"五族共和"的大中华主张。眼下虽然各省独立，清朝还未完全垮台，但是谁也不能代表国家。身处蜀中的尹昌衡无时无刻不关注国家的前途和命运。目前南北和谈正在进行，立国的根本是什么，谁能代表国家，尚不分明。

就在这个时候，他收到了冯倩文通过津璋商行从武汉送来的一个大邮包。

冯国璋带兵攻打武汉之时，冯倩文即跟妥儿去了武汉。冯倩文时刻关心着他的心上人，邮包里除了她给尹昌衡的密信外，多是关于南北和谈的报刊报道，以及北洋系内部的塘报。塘报中不少内容，属于机密。从冯倩文给他的密信中知道，所谓南北和谈，名义上是代表清王朝的袁世凯与革命党和谈，实质上是北洋利益集团跟革命党的和谈。北方占据着军事实力的优势，政体上主张立宪，南方主张共和，目前一时争执不下。而且北方已经开始跟南方洽谈对清朝王室的优待政策。

尹昌衡从这包邮件的字里行间，读出了另外的信息。南北在种族问题上未出现分歧，南方愿跟北方谈判对王室的优待政策，说明大中华的立国基础完全可以确立。

大中华的立国思想一当确立，分久必合。在目前这种暂时地方自治的背景下，作为军人，他应当保的国家，依然是大清朝版图内的国家，他应当安的民，依然是大清朝治下的各族人民。那么他力保赵尔丰，是完全正确的、必须的。

然而孙中山毕竟是革命的先驱，是革命党的领袖。他的旧三民主义可以说深入人心。他的"驱除鞑虏，恢复中华"的口号，对于激发民族主义的狂热，鼓动种族革命风潮，号召占中国人口绝对多数的汉人，为推翻满人所建立的专制政权，的确起到过巨大的作用。广大民众被他鼓动起来的种族仇恨仍然狂热。

大众念念不忘满汉血仇，借机报复，逼他诛杀满人在川的代表人物赵尔丰，这尚可理解。令尹昌衡非常头痛的是军政府中的大员们、新军中的那些同盟会的将领们，以及以革命党身份为主的袍哥会党首领们，甚至包括立宪派中那些所谓学识广博的绅士们，这些可以称作精英的人物，他们还仍然把孙中山已经不再提及的"驱除鞑虏，恢复中华"作为口号，对逼杀赵尔丰之要求火上浇油。

这些人可是尹昌衡这个都督治理四川必须依靠的中坚力量啊，怎么办？尹昌衡很相信自己的辩才，他下定决心，无论怎样必须说服大家，跟他同心同德治理好大乱之后的四川。

尹昌衡持三条理由，坚决反对杀赵尔丰，坚决反对屠杀满人：

大中华应当五族共和，反满排满是制造民族分裂，是短视，是无知，是愚蠢行为。

赵尔丰是清王朝的封疆大员，是满人在四川的代表人物，更是中华民族的功臣和名将。无论是从民族大义还是从国家功臣的角度出发，都不该杀赵尔丰。

不杀赵尔丰这个满人的代表，更能安定在川满人，也是安定四川大局的需要。武昌起义后数日内，全国各地报复性地屠杀满人的惨案不断发生，恐怖的消息不断传来，四川的满人，人人自危。少城紧闭城门，城垣上枪炮林立；驻守总督府的巡防军不少将士都是满人，惶恐终日之中，他们同仇敌忾。如果处理不好种族问题，他们定拼个鱼死网破，成都城内难免不爆发一场满汉种族恶战。

尹昌衡越是坚决反对杀赵尔丰，全川杀赵尔丰的要求就越是强烈。军政府大员、新军将领及民军的会党首领们，成天围着尹昌衡要求发兵。尹昌衡辩论安慰，说得口干舌燥，无济于事。大道理讲了千百遍，完全成了对牛弹琴。

第二十二章

保赵尔丰

1

军政府的辩论，真是秀才遇到兵，有理说不清。

袍哥最早源于天地会，本身就是一个反清的秘密地下组织，到清末才半公开化。其宗旨就是奉汉反满，入会誓言就是"异姓兄弟，同生共死，誓不事清"。

袍哥文化所培植的反满情绪根深蒂固，加上孙中山的"驱除鞑虏"的口号，更是理直气壮，这便是当时四川的民情。尹昌衡跟这些人怎么说得清？

民军头领们在军政府丢下狠话："就是违反军令，也要杀赵尔丰。"袍哥人家，果然说话算数。数日之中，就有好几股民军，带上枪炮火油，冲击赵尔丰都督府，意图放火烧掉督署，险些儿在城中引发又一场大乱。好在，这些擅自行动的民军，都被赵尔丰镇守督署的巡防军驱散。

民情汹汹，堵不住，导不开。赵尔丰虽然是笼中之困兽，但督府三千精甲牙爪犹利。若逼之太过，他没有投鼠忌器之虑，必然垂死挣扎，拼命反抗。城中再起战祸，难免不血流成河。多少无辜军民，或将又成冤鬼。尹昌衡这个新都督不能保民、安民，那将是他何等深重的罪孽！

尹昌衡日夜忧思，想不出对策。在对待赵尔丰的问题上，没有人跟他站在同一个起点上去思考。他没有支持者，他很孤独，只有饮酒浇愁。颜机和杨燕茹自然侍酒。杨燕茹没有见解，只要丈夫说的，都是对的。她抱怨道："赵尔丰这鬼老头，真是祸根，杀又杀不得，保又保不住，他啷个不自己去死嘛？他要是得场暴病死了，就天下太平了，免得昌衡哥这样作难。"

颜机一听，杨燕茹的话很朴素，倒是说到了问题的症结，便道："燕茹姐倒是说到点子上了。赵尔丰是四川民众的冤家对头，他的存在就是祸源，就是火种。昌衡哥要张'五族共和'之民族大义，不背杀害功臣的罪名，又要摆脱百姓的纠缠，最好的办法是让他离开成都，远离四川民众这堆干柴，说不定能避免一场血腥的杀戮。"

尹昌衡道："我何尝不知道抽薪止沸，几次派人劝他离开成都这个对他来说的不祥之地，可是都被他以各种理由拒绝了。"

颜机道："你派的传话之人，能理解你的良苦用心吗？能够准确表达你的意图吗？能得到赵尔丰的体谅吗？赵尔丰是个聪明人，我就不相信他不知利害。这样，你派我当你的特使去总督府当说客吧。"

尹昌衡笑道："什么，你去？"

颜机笑道："昌衡哥忘记了，那年春节在广西，我冒闯张鸣岐都督府的事了吗？"

尹昌衡当然不会忘记颜机那次冒险出面，救援自己和同盟会朋友们的英勇壮举。颜机如果出面，一定能准确表达他的意图，但现在他是军政府的都督了，让颜机去冒险，岂不笑话？何况，若是赵尔丰把颜机当作人质来要挟，这岂不更加添乱。不过颜机的自告奋勇反倒激起了尹昌衡的满腔豪气，他抱起酒壶猛喝了一气，站起来道："看来，要让他明白我的苦衷和意图，我只得亲自前去都督府会会他了。"

颜机道："赵尔丰目前已经是杯弓蛇影，你去，他能相信你的善意吗？如果有个三长两短，四川怎么办，我们怎么办？"

杨燕茹也道："昌衡哥，你去不得啊，让我保护颜机妹妹去吧。他能把我们妇道人家怎么样？"

尹昌衡按下二人道："保民者，当奋不顾身。何况，赵尔丰不至于蠢到弄险杀我的地步。"

尹昌衡最后只得妥协，允许杨燕茹同行。

尹昌衡带着二十余骑，来到总督府。总督府大门前戒备森严，一排黑森森的枪口直指尹昌衡。卫队立即响应，拔枪相向。马忠已经伤愈归队，立即探身护住尹昌衡，双方剑拔弩张，大有一触即发之势。

尹昌衡下马，立即命卫队放下枪。一人坦然走向门将道："我是新任都督尹昌衡，特为季帅而来。我把我带的兵器也交给你们，然后独自一人去见季帅，可以吗？"

门将立即报告赵尔丰。

赵尔丰闻报大吃一惊。他万万没想到，尹昌衡敢只身独闯虎穴龙潭，真是胆大包天。尹昌衡行事怪诞，往往出人意料，实在猜不透他此来的目的，心里一下紧张起来。立即命令数千巡防军紧急集合，加强戒备。都督府大门口增加了警卫，四周高墙，枪炮林立。所有人荷枪实弹，如临大敌。

赵尔丰对见不见尹昌衡很为难。见，唯恐尹昌衡有诈；不见，则怕人耻笑。放在城中的暗哨回报，尹昌衡并没有军事调动，他很感奇怪，不得不认真思考对策了。

赵尔丰自信平生阅人无数，慧眼如炬，看人绝对不会走眼的。可是这个尹昌衡却打垮了他的自信。他实在看不透尹昌衡到底是个什么人。他才入川之时，看了尹昌衡通过儿子老三转呈给他的《安蜀方略》，认为这个青年颇有见地，可堪造就。但是，尹昌衡恃才傲上、狂放烂酒的传闻，以及那副"爱花爱酒……"的对联，使他得出了与其兄长截然相反的看法。轻浮文人，张狂书生，好出风头，逞口舌之利；成事不足，败事有余，没有半点稳重的干臣气象；一个不知天高地厚的酒徒，能成什么大事，怎么可以担当重任。何况，偏激的青年最易被革命党蛊惑，他对尹昌衡是不是革命党本来十分忌惮，加上王棪等人不断进言，所以一直没有重用尹昌衡。

赵尔丰一直不解，为什么无职无权的酒狂尹昌衡，在川军军官中会有那么高的威望？为什么偏偏是他最不信任的张狂书生，单人独骑，只凭数语就能平定陆军小学之乱，为他解了燃眉之急？更让他不解的是兵变之时，他寄以极大希望、倚为臂膀、手握兵权的副都督朱庆澜和姜登选等大员，逃跑得无影无踪，没有一个人敢出来抓军心，收民心，给他争一下脸面。而恰恰又是这个无兵无将的酒疯子，敢站出来领区区百人平乱。

当时赵尔丰把尹昌衡的行为，只看成是痴人说梦，异想天开，小丑跳梁，自己找死。他藏在督府中，等着看这小丑的笑话，等着蒲殿俊乖乖来请他重掌四川都督之权。然而，尹昌衡定乱居然成功了，痴人的梦幻居然成了眼下活生生的现实。

在赵尔丰看来，尹昌衡在平乱过程中的每一次惊心动魄，每一次化险为夷，都是亡命，都是赌博，都是哄蒙和诈骗，都如匪类行径，为大将所不屑，为君子所耻为。他虽然不可思议地成功了，虽然而今成了四川万民拥戴的都督，但这并不能改变他这个士大夫对尹昌衡的看法。他对一个赌徒的走运和得手，不屑于恭维。他只能仰天长叹，这是天意。

随着成都局势的逐步稳定，全川喊杀赵尔丰的呼声越来越高。赵尔丰布下的眼线，不断把这消息传到他的耳中，他在都督府中再也坐不住了，他知道自己全家的性命，都将握在尹昌衡这个狂人手里。兄长虽然对尹昌衡有恩，自己却对尹昌衡薄情寡义，而且在临危任命他当陆军小学校长的事情上，尹昌衡帮他解了燃眉之急，他却还过河拆桥，自食其言，不发委札。

赵尔丰想，结怨于这个狂人，为自己种下了祸根。尹昌衡这样的小人，一朝得势，必然报复。刀已经架在脖子上了，他不能坐以待毙，他暗中一面部署兵力，应对即将来临的决战，一面派人继续打探尹昌衡的动静。

探报得到的情况，尹昌衡坚决反对诛杀赵尔丰。

赵尔丰开初并不相信。尹昌衡既是小人，怎么会以德报怨？他知道尹昌衡善弄阴谋，或许这是他放的烟幕，故意麻痹他，因此他倍加警惕。待到非常可靠的人，把在军政府的大辩论，尹昌衡不但力排众议，据理力争，甚至还为他摆功的情形原原本本地告诉他之后，这下可让他糊涂了。

赵尔丰知道自己的功过，他更知道自己的处境，而今已经成了狼狈不堪的落水狗，成了任人宰割的俎上之肉。如果站在尹昌衡的角度来选择，尹昌衡如果要泄私愤，应当杀他，尹昌衡若是一心上爬，顺应民众之请，趁机收买民心，也应该杀他。现在尹昌衡反而竭力保他，这是仇人所为吗？主张五族共和，这是小人行径吗？为千夫所指的仇敌摆功，这是在玩弄阴谋吗？

落井下石，自古皆然。一生忠勤王事的赵尔丰，而今落到这般田地，几人还记得他的丰功伟业，几人能宽宥他在建功过程中难免的伤害和过失？而今却是这个小人还记得他，还宽宥他。尹昌衡到底是知己，还是冤家？到底是小人，还是君子啊？

赵尔丰回答不了自己提出的问题，他开始怀疑自己是不是真的对尹昌衡看走眼了。他不得不重新拿出他哥哥赵尔巽离川时对尹昌衡写下的评价，仔细咀嚼：

"此子其才可爱，其直可旌，其辨可警，其忠可用。真人中俊杰，蜀地昆仑也。"这是王人文交接时转给他的。同时还转了赵尔巽的嘱托："后来治蜀者，若重用此子则蜀安。"

赵尔丰细想尹昌衡的作为，其才、其直、其辨，自己都领教过了，哥哥所说的都是事实。至于其忠，入川后尹昌衡所有建言献策，都是为他这个总督防乱，如何稳定四川局势。他两次平乱，犯难冒险，对朝廷，对百姓，也是忠心可鉴。王棪等人一直说他是革命党，可他平定兵变，当上四川都督后，董修武公开劝他加入同盟会，他都拒绝了。说明他此前并不是反朝廷的革命党，难道不是"其忠可用"吗？

— 233 —

赵尔丰此时不由得更佩服他哥哥气度恢宏，不拘一格，慧眼识才。而自己迂腐，胸襟狭小，听信小人谗言，一直不重用这样出类拔萃的旷世奇才，把哥哥留下的"后来治蜀者，若重用此子则蜀安"抛于脑后，真是糊涂透顶，罪莫大焉。

赵尔丰虽然刚愎自用，但有时也是个能够自省的人。小人进谗，固然可恶，但其实是自己不明，昏庸无能，才使小人伎俩得逞。他知道是尹昌衡那副自撰对联，才使他把尹昌衡定位于一个张狂书生。现在重新品味这副对联，其实除了"爱花爱酒"四个很个性化的字眼刺眼之外，其余也并无不妥。特别是后半联，"名士皮毛英雄肝胆，圣贤学问仙佛心肠"，让他眼睛陡然一亮。扪心自问，尹昌衡的言行，忠实履行了他的誓言。

既是"仙佛心肠"，单人独骑而来，未必全是敌意！

赵尔丰下定决心见尹昌衡，他打算撤去门口新增加的那些全副武装的士兵，他身边的人都说尹昌衡诡计多端，要提防不测，全都反对。他想，这种时候不能得罪部下，只得依了众人，吩咐尹昌衡一人入都督府，大堂上相见。

2

尹昌衡在总督府外等了好久，大门终于打开，大门内两排甲士，枪上膛，刀出鞘，夹道而立。门将来到尹昌衡面前冷冷地道："季帅请尹都督一人去剑入见。"

尹昌衡嘱咐朱璧彩和马忠，约束所带二十骑，留在门外，不得轻举妄动。取下所佩宝剑，交与门将，然后弹冠，笑对刀丛枪林，阔步而入。

门将率数武士，带尹昌衡来到总督府大堂，堂内堂外，明处暗处，想必已陈兵警戒。

赵尔丰坐在大堂上，手里捧着一卷什么公文做着样子，佩剑的藏族姑娘慧姑，一边紧一下慢一下地为赵尔丰捶背，一边警惕地打量着尹昌衡。

尹昌衡认识慧姑，知道这女子功夫了得，实际上是赵尔丰的贴身保镖，可以在第一时间对威胁赵尔丰的人出手。赵尔丰在这种时候，还这般做戏，尹昌衡看出了赵尔丰的心虚，首先拱手："季帅安好！"

赵尔丰故作漫不经心，好久才从公文上移开目光，抬起头来，扬了扬下巴，示意尹昌衡坐。

其实赵尔丰此时紧张得暗自冒汗，一出汗身上那不争气的疥疮便恶痒难禁。但是他必须用这种怠慢，迫使年轻气盛的尹昌衡沉不住气，暴露此行的真实意图。他只得强掩饰那疥疮的恶痒，待尹昌衡落座后，他又似乎专注地翻阅起公文来，继续演戏。

— 234 —

尹昌衡气定神闲地落座，接过侍者献茶，优雅地弹了弹茶，看了一下环立的卫兵开口道："季帅不必做戏了，昌衡颇通读心术，此时季帅视昌衡为洪水猛兽，明枪暗箭提防，如临大敌，哪里还看得进什么公文？我们还是说正事吧。"

赵尔丰的用心被尹昌衡一语道破，只得放下公文："正事，什么正事？是来拘拿我，还是前来劝我引颈就戮？"

尹昌衡道："季帅言重了。昌衡今日敢只身来重兵镇守的都督府，并无害公之心，只有救公之意。季帅曾经出生入死，何故惧一手无寸铁之人，而以刀兵相对，以敌意视昌衡？昌衡为季帅进言，若说得对，大帅依从便好，若说得不是，季帅杀我，绝无怨言。请季帅摒去左右，以便晚生坦诚进言。"

赵尔丰面带愧色，挥手摒去左右，只留下慧姑在身边侍候。

尹昌衡道："季帅可知眼下局势？"

赵尔丰冷笑道："老夫虽然自囚于都督府，值此多事之秋，板荡之时，家国大计，不敢须臾忘怀。眼下局势，老夫道听途说，倒是略知一二。"

尹昌衡笑道："昌衡愿闻其详。"

赵尔丰虽然龟缩一隅，但对天下局势了如指掌，他始终想在气势上压住尹昌衡，呷了一口茶侃侃而道："就全国而言，袁世凯出任大清总理大臣，力挽狂澜，扶清祚于既倒，正挥北洋大军南下，武汉战事犹酣，胜负分明。南北议和，革命党人纷纷妥协，未来局势，尚不明朗。"

尹昌衡点头道："季帅说得是。请问眼下四川局势呢？"

赵尔丰道："这，你比我更清楚了。四川虽然独立，目前朝廷正拟派重兵从陕西入川，收复西南。川乱如炽，蓉城纷争不息，全川军政府林立，各自拥兵自重，抢占山头，四分五裂。滇军入川已经推进到川南，正拟和蜀军政府进攻成都；数十万同志军挤在成都及附近，不听号令；傅华封所领重兵，大张清军旗号，顿于雅安，不接受你们所封的雅安知府的职务，随时可发兵成都；何况成都城内还有老夫数千铁甲，让你们如芒刺在背。"末了，他把目光转向尹昌衡，不无讥讽地道，"老夫看来，你这所谓的民选新都督，既不能代表川人，也不能发号施令，数路重兵压境，手中既无可以倚重之兵，库中又无度日之银，想必日子也不比我好过吧？"

尹昌衡道："确实如季帅所说，我这个都督日子很不好过。季帅可知蜀军政府拟发兵成都、同志军不听号令的由头？"

赵尔丰微笑道："老夫当然知道，他们要你杀我这罪大恶极之人，报满清入关杀汉人之血仇！老夫倒是不明白，你为何不从他们之所请，杀了我赵尔丰一了百了呢？"

"季帅果真罪大恶极吗？"

"身为满人，且是满清封疆大臣，此乃我老夫天大之原罪也！世人说我平定边藏叛乱，改土归流，嗜血成性，杀人如麻，此二罪也！为官不明，逼反川乱，特别是冷落你这样的川人精英，使你迟迟不能飞黄腾达，此三罪也！老夫之罪罄竹难书，事事当杀，死有余辜！尹大都督，尹昌衡！刀在你的手上，你要报汉人之仇，要报川人之仇，要报老夫薄待你之仇，你就杀了我吧！杀了我，四川就天下太平了。清史上会永远铭刻你杀了赵尔丰，为汉人报仇的丰功伟绩！"

赵尔丰说到愤怒处，已经是气喘吁吁，老泪纵横。尹昌衡理解他的愤怒和委屈。他不忍心再激怒这个干瘦的老人了，和悦地道："季帅，别说气话了，气坏了身子，先喝口水吧。"

慧姑收回了对尹昌衡满眼敌视的凶光，用绢帕擦去赵尔丰头上的汗珠，为赵尔丰续了茶。

赵尔丰喘息了一阵，觉得刚才有些失态，捧起茶来，慢啜了一口，平静下来后叹了一口气道："唉，而今老夫已经成了俎上之肉，打死老虎，弱者好借此示勇，愚者乐得跟风，此乃人之常情啊。而今革命党人为了表现革命彻底，袍哥为显示大义复仇，立宪派也想沾点血腥才好分羹，众口一词，赵尔丰死有余辜，当碎尸万段。难得将军感念家兄知遇之情，不计老夫刻薄严苛之怨，力排众议，阻杀尔丰，使老夫能苟延残喘至今，这里老夫谢过将军了。"

赵尔丰称尹昌衡为将军，是想重新唤起尹昌衡的部属之情，与尹昌衡好好谈一次。他说罢，站起来向尹昌衡拱手致谢。

尹昌衡赶快站起来还礼道："季帅言重了。末将不敢忘记次帅知遇之恩，末将与季帅同样忠清，只是政见时有不同，也绝无怨气。末将阻杀季帅，绝非用公权而报私恩，实乃季帅既不当杀，亦不可杀也！"

赵尔丰一惊："何为不当杀？"

尹昌衡道："泱泱中华，百族繁衍之地。千百年来，改朝换代，分分合合。史称五胡，今日五胡安在？各族攻伐融合，已成一体，今之汉人，有多少人难道不是胡人后裔？故今日之中国，已经绝非汉人一族之中国也。"

赵尔丰点头道："然也！"

"反满复汉，偏激短视。如果仍举狭隘民族主义之旗，岂不是为民族分裂的野心家们张目，为列强瓜分中国制造口实？历代为抵御外侮、平定内乱的英烈们功业安在？季帅为平定边藏叛乱，挫败英夷分裂中华的功绩安在？如果国家又陷入四分五裂，受害的岂不是各族百姓？有识之士，倡导五族共和，已经成为共识。季帅虽为满人满官，五族一家，满人无罪，出于国家民族大义，故不当杀！"

赵尔丰惊异地望着尹昌衡，暗问自己："这等见识，是张狂书生之言吗？是酒狂之言吗？是鼓吹'驱除鞑虏，恢复中华'的孙文的革命党徒之言吗？"

赵尔丰后悔自己有眼无珠，真的错看了这个年轻人。他的敌对情绪骤然没了，真诚地道："风闻其他省份，报复满人入关屠杀汉人之仇，大肆屠杀满人，惨不忍闻。今日尹都督言满人无罪，如此尔丰为在四川的满人谢过尹都督了！"

"请季帅放心，在川满人，也是中华同胞，昌衡都督四川，绝不许四川有屠杀满人之暴！"

"都督言满人无罪，不等于赵尔丰无罪，川人众口一词，言赵尔丰罪在不赦，死有余辜。都督何言老夫不可杀？"

"其一，忠臣不可杀。季帅忠心报国，令人敬仰。朝廷对路事一意孤行，逼反川人，镇压川人。季帅身为川督，亦曾为川人保路请命。虽然最终处置欠妥，难免沾上川人鲜血，到底是皇命难违，责在朝廷，情有可原。其二，功臣不可杀。季帅御武安边，丰功伟绩，世人共知。其三，能臣良将不可杀。英夷分裂西藏，前派重臣，赅不能平叛。季帅出兵，马到功成。改土归流，大见成效。万里边藏，得服王化。可谓我中华边藏之长城也。今日昌衡若杀季帅，岂不自毁长城？日后若是边藏生乱，谁能如季帅建此功业？秦桧杀岳飞，遗臭万年，昌衡若只图收买人心，经营日后前程，苟从众将狭隘复仇之请，杀害你这忠臣、功臣和良将，岂不背负千古骂名？"

赵尔丰感动得老泪纵横了："硕权，尹将军，你可知自古成者王，败者寇，历史都是为成功者歌功颂德的，你杀了我赵尔丰，说不定又会给你添一桩大功，增添一道光环啊。"

"历史，只不过是成功者的遮羞布。或许借所谓民心可以为我遮羞，但到底要受良心折磨啊！何况成功者必须不讲良心，不择手段，昌衡生来仙佛心肠，自知恐难以成功。青史上能留下一个狂妄自大、野心勃勃的酒狂就不错了。"

赵尔丰这才好像懂了尹昌衡那副对联，再次站起来由衷地拱手赞道："将军真是'名士皮毛英雄肝胆，圣贤学问仙佛心肠'啊！老夫自愧弗如，今日真正受教了。"

尹昌衡道："晚生张狂自况，唯求此身不改初衷耳！"

开头剑拔弩张，此时和风细雨。满眼敌意的慧姑，此时亲自来为尹昌衡续水。

赵尔丰揣摸着尹昌衡来此的目的，试探问道："尹都督既然宽宥老夫，今日冒死而来，不知到底有何见教。"

赵尔丰到底是明白人，尹昌衡也就直说了："季帅既然知道上上下下，内内外外逼昌衡杀季帅，请季帅帮昌衡平息这汹汹波澜……"

赵尔丰不待尹昌衡说完，陡然变色道："你是要我自杀，成全你的圣贤之名？"

尹昌衡急道："季帅错会昌衡之意了。昌衡若是逼杀季帅，毒辣阴险，其恶胜于刀剑相加。我意是请季帅毁家纾难，暂息众怒，以便昌衡慢慢为季帅转圜。"

赵尔丰仍然怒道："毁家纾难？你的圣贤学问哪里去了？毁家纾难，纾谁之难？你既然知我是大清朝忠臣，大清朝将亡，我毁家只能纾大清朝之难吧？"

尹昌衡自恃才高八斗，没想到今日失口，让赵尔丰抓住了，脸上顿时红一阵白一阵，很是尴尬。好在赵尔丰不待尹昌衡回答，又道："你的意思，是让我毁家拿钱向军政府买命吧。你那样聪明的人，应该知道我两袖清风，不是其他贪赃枉法的达官贵人，俸禄只足以盘家养口，所剩无多，即使毁家，能拿得出几两银子，去冲抵川人认为的滔天罪过，去浇灭那数百年来要对满人复仇的怒火。"

赵尔丰所说的也是事实，即使毁家，他也拿不出钱，也不能止众怒。这也不是尹昌衡的本意，只不过是为他的目的作个铺垫，便只好直说道："昌衡只是想请季帅，按三十条原议，遵朝命赴川边办理边务事宜，迅速离开成都。"

"按三十条之约定，'四川宣告独立后，仍请帅暂缓赴边，以便遇事商求援助指导。'老夫滞留成都也是为了履行约定啊。"

"季帅知昌衡虽为都督，控制不了众怒汹涌的局面，为季帅安危计，远离成都这是非中心，既能得保安全，又能抽薪止沸。"

"若为老夫安危，离开成都，开赴边藏，有三不可！"

"有三不可？请问其一不可。"

"其一不可，尹都督将令不行，下令阻杀老夫，部下及民军犹自不断前来都督府挑衅。今我兵力甚少，成都周边及沿途数十万同志军围追堵截，我出不了成都，到不了边藏。老夫一人死不足惜，数千将士，他们为了国家，跟我一道出生入死，浴血边关。昔日疆场洒血，死得其所，可以得到报国烈士之英名，今日跟同志军拼命，刀枪向民众，胜之无功，送命不值，说不定会祸遗子孙。带兵之人当爱兵惜将，尹都督设身处地为老夫着想，又于心何忍？"

"这……请问其二不可!"

"其二不可,季令不可也。将军是带兵之人,今时已入冬,万里雪域,冰封雪盖,道路崎岖,行军尚且不易,给养如何相济?何况按三十条之规定,我军给养由四川军政府供给。现在你自己都已经断粮了,能拿出给养支应我吗?即使你能筹到粮饷来支应我军,要杀我之人同意拨发吗?粮饷不继,将军要我驱数千饥疲将士,赴绝域送死,于心何忍?"

尹昌衡根本没想到季节问题,十分惭愧。今日长了见识,由衷地佩服这位沙场老将虑事周密,他无言以对:"这……请问其三不可!"

"我今滞留成都,或可苟延残喘。若是离开成都,自卸甲胄,抛弃庇护,岂不是自己寻死?此其三不可也!"

"什么甲胄,什么庇护?"

"尹都督的庇护,成都百姓的庇护。尹都督和成都百姓如我之甲胄也!"

"昌衡更不解了。"

"尹都督当是信义君子,一诺千金,老夫目前最可靠之庇护神也。在成都城中,你这都督,还可尽力庇护。"

"昌衡已经尽力了,不过,你就不怕昌衡有诈吗?"

"即使尹都督有诈,我屯军于闹市,成都百姓实际成了老夫之人质。尹都督多次舍身救民,有了百姓这个人质盾牌,相信尹都督投鼠忌器,断不会拿百姓生命财产相赌,轻易在成都闹市向老夫发起进攻,让成都这座古城,在你手中变为废墟。此外,都督府既有粮秣,又有高墙,营垒易守,尚可一拼。若离开成都,无依、无凭、无恃,杀身之祸就在眼前。"

赵尔丰如此老谋深算,思虑周密,无懈可击。自恃辩才的尹昌衡也词穷语塞了,捧着茶碗沉思了好久,只得道:"季帅,我虽无意杀你,但是无能力保护你,众怒难犯,你到底作何打算啊!"

赵尔丰愤然道:"无他,一死而已。你也别用成都百姓的生命来逼我自杀,我不会学蜀汉后主刘禅,为保成都一城百姓性命,开城乞降止战,落千古骂名。尔丰轰轰烈烈一生,烈士暮年,拼将一死而已,大清之史册,或可留下殉国忠臣之美名!"

"昌衡苦心为公,何敢逼公自杀?可是拼,你用什么拼,你有兵力拼吗?"

赵尔丰倏地站起来,指着堂外陈列威武的将士道:"阶下将士,皆随我出生入死,身经百战,装备精良,骁勇无比,依仗高墙坚垒和百姓人盾,拼个鱼死网破可矣。"

尹昌衡似乎抓到了反击的机会，故作惊异地道："季帅一向英明，今日怎么竟然糊涂了啊？"

赵尔丰也是一惊："什么，我糊涂！"

"昌衡相信公有田横之气节，亦信公之爱兵如子，数千铁甲骁勇思报。然而，昔日公操朝廷予夺大权，将士为国尽忠而战，为功名富贵而战，故能人人拼命，个个向前。而今之清祚将亡，皮之不存，毛将焉附，公也无所依恃，自身难保，何来富贵激励三军？有几人还愿为公拼命死战？即使数千将士皆为你拼命，试看成都内外，数十万愤怒之众，螳臂能当车吗？于事有济吗？"

赵尔丰环视阶下，怔住了："这个……"

"季帅是明白人，昌衡心也尽到，公若一心殉国求死，请公早决，昌衡就无话可说了。"

赵尔丰一下变了脸色，再也没有了平日的自信，抚案长久，长长地叹了一口气道："唉，将军所言，我岂能不知，英雄末路，走狗穷途，蝼蚁尚且惜命，烈士殉国，不得已也。"

尹昌衡看着这个曾经轰轰烈烈的老者，实在于心不忍。他捧着茶，站起来踱了一阵，想了一个办法："公所谓不得已，是自己钻了牛角尖，自己困住自己罢了。昌衡再为季帅出一策可以吗？"

赵尔丰赶紧问："将军还有何策？"

"昌衡知季帅所部之兵，数月未发军饷，已生怨言。公若信昌衡无加害季帅之意，把所部之兵授予昌衡，名义上归军政府统辖。我授兵之后，即将季帅所部全部兵马，仍然授予季帅统率，同时军政府立即拨发军饷。这样，季帅既去除了拥兵之名，堵了世人攻伐之嘴，而又有拥兵之实，护身无虞。同时也熄了欠饷将士的怨言，乐于为公用命。季帅既然为军政府带兵之大员，昌衡亦当许公以富贵。"

赵尔丰沉吟良久，尹昌衡之言未必可以全信，但是眼下也别无良策。按三十条规定，所部之兵，应该由军政府负担给养，而成都兵变，大局变得这般模样，哪里还要得来军饷。要安抚部下，救急眼前，这也是他朝夜煎熬的急事。于是便拱手谢道："老夫谢尹都督宽宏施恩，如此，就依尹都督之策施行吧。"

赵尔丰亲手写下手令，都督府巡防军授予尹昌衡，归属大汉四川军政府统辖。

尹昌衡随赵尔丰到都督府南苑，集合巡防军当众宣布：即日倒下清朝龙旗，所部巡防军授大汉四川军政府都督尹昌衡，归军政府统辖。奉命入府的朱璧彩，登台宣示大汉四川军政府军法。

最后尹昌衡训话："弟兄们，本都督今日是来拯救你们的。倒下龙旗，你们不要有怨气，与军政府对抗，是没有出路的。季帅既将所部军权授我，今日正名，我即为帅，你们就是军政府的军队，本帅宣布第一道帅令，仍将该部军权授予赵公，悉听赵公调遣。尔等一如既往，不得怠慢，以保赵公终其志！"

将士们糊涂了，议论纷纷："这不是脱了裤子打屁，多此一举呀？"

尹昌衡继续宣布道："本帅第二道帅令，清朝所欠弟兄们的军饷，今日全部补发。同时，你们保卫都督府，忠心可嘉，未参与兵变扰民，其情可敬，全军另发赏银一万。"

陶泽琨立即呈上银票，尹昌衡亲手捧呈赵尔丰："请季帅带昌衡行赏劳军。"又转身向巡防军将士宣布，"日后，军政府由陶长官联系巡防军事宜，望诸公给予方便。"

巡防军真是喜出望外，报以雷鸣般的掌声，欢送尹昌衡等出府。

第二十三章

杀赵尔丰

1

尹昌衡出了都督府，命杨燕茹速回家报平安。他和马忠，怀着成功招抚赵尔丰的巡防军的喜悦心情回到军政府，立即命传令各部："赵尔丰所部，已经接受招抚，所部之军即是我军，不得再行攻伐。抗命者军法从事！"城中各军虽然不服，但攻伐赵尔丰的都督府，还是暂时停了下来。

尹昌衡满以为这下可以堵住众人要杀赵尔丰的嘴了。没想大家都说巡防军已经被招抚，赵尔丰完全成了光杆司令，正是铲除这个大祸害的最好时刻。要求杀赵尔丰的呼声，反而更高。

君子一言，驷马难追。尹昌衡对赵尔丰有承诺，要他对赵尔丰失言，无论怎样都是不可能的。然而四川的政要及军民群情汹汹。他既不忍心杀赵尔丰，又不愿犯众怒，只得婉言推拒。实在搪塞不过，就称病躲避。

尹昌衡本来在生病，遇上兵乱的大变故，他是强撑病体勉为其难。风雷激荡之时，终日赴汤蹈火，没日没夜地应对急难险重，就是铁打的身体，也撑持不住了。他用这个借口，众人也不好过分相逼。

尹昌衡实在累了，可是一见到遍街游荡的民军，有的人甚至身上穿着戏装，头上插着宫花，招摇过市，大耍袍哥脾性，酗酒生事，闹得全城百姓怨声载道，尹昌衡就皱紧了眉头。眼下的袍哥们，人人都理直气壮自居为推翻清朝的功臣，人多势众，管也管不住，他至今没想出对付的好方法来。然而更难应付的是那些民军的首领舵把子大爷们，他们除了成天嚷着杀赵尔丰之外，还提出各种荒唐的理由要官要钱。他走到哪里就追到哪里，他军政府不敢待，也不敢回家。

骆成骧是名满天下的清朝状元，一方名教巨擘，很受川人尊敬，没人敢去惊扰他。尹昌衡就任都督后，请他做了军政府的顾问。躲到骆家，或可暂时得到些清静，顺便也向他尊敬的老师请教如何处理眼下的乱局。

尹昌衡和马忠来到骆府，下人告知，骆成骧已经被尹母派轿子接去尹家议事了。

尹昌衡一时蒙了："母亲今天为什么派轿子接骆公呢？"

马忠笑道："昌衡，离你跟颜小姐的婚期没几天了啊，你忘记了骆公是你跟颜小姐的大媒人了吗？"

杨燕茹过门有年，至今还没有为尹家怀上孩子，尹母盼望抱孙子的心情很迫切。而今颜机已经成人了，尹昌衡做了都督，也是兑现在桂林杉湖双塔送别颜机时写下"飞黄腾达日，迎娶君家时"的誓言的时候了。父母已经跟颜家商定，尹昌衡和颜机结婚的大喜日子就定在冬月初二（1911 年 12 月 21 日）。

尹昌衡这时才恍然大悟，一拍脑门："终日奔忙，竟然把这天大的事给忘记了。走，快回家吧。"

尹母请骆成骧、颜楷、刘丽生来商量怎样操办尹昌衡的婚事，其实这只是个礼数。她是个很有主见的人，一切都早跟丈夫谋划好了。尹昌衡成天忙于政务，尹家别无可以抛头露面操持具体事务之人，尹母便把侄儿刘丽生请了来，婚事很快商量停当，一切都按成都婚俗的老规矩操办。婚宴及请客应酬，便全部委托刘丽生筹划操办。

婚事商量好后大家坐在客堂里吃茶，酒宴已经摆好，单等尹昌衡回来开宴。

尹昌衡独闯都督府，招抚赵尔丰的巡防军，成了晚宴的中心话题。骆成骧道："昌衡不杀赵尔丰，不只是仙佛心肠和单纯的报恩，更是出于五族共和的民族大义，此乃圣哲之心胸啊！然而燕雀安知鸿鹄之志，杀赵已成四川汹涌狂澜，要保住赵尔丰性命，恐怕很难啊。"

颜家跟赵家有世谊，颜楷也支持尹昌衡不杀赵尔丰的主张，也不无忧虑地道："骆公所言甚是，为今之计，还是说服赵尔丰及早抽身，脱离四川这块死地为好。"

尹昌衡长叹一声道："对赵尔丰，我也算是苦口婆心了。眼下局势他也尽知，可是他也的确脱身无计，他把话说得很绝，要他离开成都，难啊。现在只有等待时机，相机行事了。"

晚宴后尹昌衡把骆成骧、颜楷请进了书房吃茶，尹昌衡把话题转到袍哥之事上："骆公，舅兄，当前袍哥挤在城中，不断生事，百姓怨声载道，昌衡请教二位大人，当如何治理？"

颜楷道："昌衡，我跟骆大人关心的都是道德文章，对于袍哥之事，可谓一窍不通。如何应对袍哥之事，你比我们更内行，记得在京城，你跟蒲殿俊蒲大人说起四川袍哥有很独到的见解，出了很高明的主意。而今一切都已经应验，想必你已经有了成熟的想法吧？"

尹昌衡道："当初只说利用袍哥势众及其组织能力，动员民众保路。至于保路是功是过，这留待后人评说。没想到袍哥从地下走到地上，就像打开魔瓶放出了恶魔。这些会党人员只认会规，无视国法，倚仗会党势众，无法无天，难管难控啊。"

颜楷道："袍哥本身就是反政府的会党，心中怎么会有国法？"

骆成骧看着刘丽生道："对，会党只认会规。要说袍哥之事，我们都不如刘大爷，他是道中之人，说不定能说出点子丑寅卯来。"

刘丽生道："袍哥虽然无视王法，但是袍哥规矩大，也能用袍哥的规矩治理袍哥。"

尹昌衡一怔："也能用袍哥的规矩治理袍哥？"

刘丽生道："对，当初在彭州山中，我曾经请你当彭州的舵把子，你又放不下身子。如果你是袍哥龙头大爷，天下袍哥是一家，片子所到之处，各码头都得接条，诸事都好商量。可是你现在的身份是都督，你是官，你要用王法治理袍哥，我怎么能不顾袍哥信义，帮你对付天下袍哥？"

尹昌衡道："在袍哥中，我这四川一省都督，说话还不如一个舵把子管用，那么我就当四川袍哥总舵把子，如何？"

众人都瞪大了眼睛，不解地望着尹昌衡："什么，你要当四川总舵把子？"

尹昌衡想了想道："对，当四川总舵把子，先利用袍哥的规矩约束袍哥，来个以袍治袍！暂安危局，然后缓缓治之！"

骆成骧沉吟有顷，拈须颔首道："以袍治袍，暂安危局，有道理，有道理，不失为一步妙棋！但也是一步险棋啊！这样的主意，也只有你尹昌衡才敢想啊！"

颜楷道："昌衡，不可，不可！正如骆公所说，以袍治袍，虽然不失为妙棋，但是也太弄险了。"

骆成骧道："要治沉疴，慎用虎狼之猛药，好在新军在手，可以掌控。适时收手，料无大碍。"

颜楷又道："昌衡还须三思，你身为一省都督，却要屈身当袍哥舵把子，官场怎么看？缙绅名流怎么看？世人怎么看？重庆蜀军政府不是攻讦大汉四川军政府为袍哥政府，正派兵前来问罪吗？如果你真当了四川总舵把子，岂不更是授人以柄吗？"

尹昌衡道："骆公和舅兄之言，都很有道理。昌衡亦知其中利害。我若当上四川袍哥总舵把子，名教不容，人言可畏，政敌口诛笔伐，可能落个身败名裂。然而，你们也承认，要治理袍哥这个顽症，这不失为一着妙棋。我想，同志军的主力是袍哥，多半革命党的头领，都是龙头大爷。在四川这种根深蒂固的袍哥文化背景下，必须正视它的强大，继续利用它的强大。重庆以及云南，借口我们是袍哥军政府，发兵来讨伐。袍哥们会认为这是对他们这反清老招牌的侮辱，是对民众的挑战，稍为鼓动，就会同仇敌忾地给予还击。这反倒成为我们应付目前外部军事压力的凝聚力。因此，我当四川总舵把子，虽然犯险，但对日后治理四川很有利，这也值得。至于我个人的功过得失，就留待后人去评说吧。"

说罢，又举起酒杯沉吟了一阵道："舅兄良言，我当铭记心中，不到万不得已，我不会轻易冒此风险的。"

2

为了躲避众人逼杀赵尔丰，尹昌衡以筹办婚礼和养病为名，继续躲到骆成骧家里，但他一刻也没有闲下来。他一面着手制定新政府要推行的各项新政措施，一面命陶泽琨借出入督府之机，熟悉督府周边地形，绘成地图交给他，同时抓紧收买巡防军中下层军官，对中高级军官进行分化瓦解，使这支军队不能为赵尔丰所用，彻底解除赵尔丰作乱的后顾之忧。另外，他又暗中派跟赵尔丰密切的人，去劝说赵尔丰，川人杀赵尔丰势不可当，尹昌衡不敢与川人为敌，扛不住压力，保不了他的性命，劝他及早抽身。

赵尔丰既感激尹昌衡力排众议保他性命，又对尹昌衡的承诺不敢完全相信。他一样怕死，他和所有面临绝境的人一样，希望抓住每一根能救命的稻草。那天送走尹昌衡之后，也一直在盘算着何去何从。他有他高效的情报系统，他把全国和四川所有情报汇集起来，进行仔细的分析研究，努力寻找自己的活路。

1911 年的 11 月和 12 月，全国都处于大动荡之中。袁世凯痛恨载沣将其罢官，他东山再起的目的就是先把军政大权抓到手，再打着维护清室的旗号，打压南方的革命力量，迫其就范；然后借革命党来威胁朝廷向他交出全部权力，最后取得全国政权，建立以自己为首的中央政府。

袁世凯对革命力量又打又拉。在被清廷任命为钦差大臣的那一天，他就决定给起义军一点颜色看看，密令北洋军猛攻汉口。而后他三次命人与湖北军政府都督黎元洪联系，要求和谈。这时，湖北战时总司令黄兴写信告诉他，只要他推翻清王朝，实行共和政体，同盟会就拥戴他为大总统。

袁世凯甚为高兴，为了加强自己在和谈中的地位，命冯国璋倾全力攻克汉阳。冯国璋攻克汉阳后几次请求乘胜进攻武昌，他均未批准，因为他只需武昌压迫民军和谈，留下武昌才好要挟清王朝。

袁世凯到京就任内阁总理大臣，取得了朝廷的军政大权后，又以责任内阁的名义，奏请凡与立宪制度抵触的事项一律停止，所有政令政务都集中到内阁。载沣丧失了执政实权，被迫辞去徒有虚名的摄政王，清廷只剩下隆裕太后和小皇帝溥仪孤儿寡母了。

11月27日，当冯国璋率清军攻陷汉阳后，武汉军政府一片混乱。袁世凯认为和谈时机成熟，遂请英使朱尔典电令汉口英国领事出面，提议南北议和。湖北军政府的代表们多认为袁世凯的力量强大，同他对抗，没有必胜的把握；如果他赞成共和，革命即可早日成功，减少流血牺牲，于是同意和谈，并于12月2日通过决议："如果袁世凯反正，可公举他为临时大总统。"

12月7日，清廷任命袁世凯为议和全权大臣，袁世凯奏派唐绍仪为全权代表南下，双方商定在上海举行谈判。北方主张立宪，南方主张共和，一时争执不下。

从全国的形势看，南北和谈虽然还没有结果，但表面代表清廷的袁世凯，以强大的北洋集团为后盾，实际上已经占了上风。未来的天下，很可能是袁世凯的。如果袁世凯像曹操那样挟天子以令诸侯，继续使用清王朝的名义装点门面，赵尔丰跟北洋集团并无交恶，说不定尚有一线生机。如果袁世凯抛开清朝这块遮羞布，他这清王朝的铁杆忠臣，下场就凶多吉少了。

但从四川的局势看，四川军政府中革命党占绝对上风，力主共和，彻底推翻清廷，那么，他对朝廷的莫大功劳，都成了他的滔天罪过。而眼下各路民军的头领，天天都到军政府请赏，要求诛杀赵尔丰，以绝清王朝复辟报复的后患。胁迫尹昌衡杀他的力量实在太强大了，把尹昌衡已经逼到不敢露面的地步，他不能对尹昌衡寄以太大的希望了。

赵尔丰一直把统率的数千巡防军视为护身符，现在看来高级军官不再如从前那样对他毕恭毕敬，中下层军官都跟尹昌衡派来的陶泽琨打得火热，他的子弟兵已经被瓦解了，护身符失效了。此时众叛亲离，真的成了孤家寡人。他最担心的是等不到南北和谈的结果，自己就被四川人押上了断头台。这时尹昌衡又托人捎话，要他及早逃命，他就不得不作认真考虑了。

赵尔丰走投无路，只有下定决心抽身逃命，可是还没来得及实施，他手下的干将田征葵等人却率先逃跑了。

营务总办田征葵是赵尔丰最为信任的左膀右臂，也是赵尔丰的麻烦制造者。他既是七月十五日都督府前下令开枪残杀成都请愿民众、制造惊天血案的直接指挥者，又与王棱等人同为东较场兵变的幕后策划人，在四川民愤极大，人人喊杀。朝廷命"周善培、王棱、田征葵、饶凤藻等四员，均系案内紧要之犯，相应饬令署四川总督端方，迅派要员，一并押解来京"，赵尔丰却在给朝廷的申辩表文中独为田征葵一人求情，由此可见他对田征葵的信任。

然而就是这个他最信任的田征葵，在尹昌衡招抚了巡防军后，怕当赵尔丰的替罪羔羊，带着家眷乘船悄悄逃跑了，在重庆被蜀军政府抓住，搜缴出黄金数箱。

田征葵背他而去，极大地打击了赵尔丰的自信心。田征葵被抓，也绝了他逃跑的念头。田征葵都没能逃脱，他是一省都督，目标那么大，川人都睁着多大的眼睛盯住他。他估计就是插上翅膀，也难以逃出成都，难以逃出四川。

赵尔丰断了逃命的念头，他听说傅华封已经从西昌出兵赶来成都，求生的一线希望能寄于傅华封吗？傅华封能成气候吗？

绝望中的赵尔丰，自知已经成为穷途末路的末世走狗，如果苍天不佑，如果奇迹不能出现，那么他就必须作好死的打算了。

死，固然可怕，但是到了别无选择之时，他反倒坦然多了。死，也要有个值得的死法。眼下，他想得最多的是他是大清朝的忠臣，怎样死才能不负皇天，不负一世英名。他毕竟再度为四川的父母官，四川有他的功业和罪过，怎样死才能补过于蜀中百姓，求个死后心安，早日超升。

众人寻不着尹昌衡，逼杀赵尔丰不能实施，大家凑在一起想办法，有的主张合兵强行攻占总督府，活捉赵尔丰，有的甚至主张兵谏。各种计划，都在紧锣密鼓的暗中策划中。

转眼就是冬月初二尹昌衡和颜机的婚期。尹昌衡再怎么躲藏，他的大婚不能不出面。尹母希望唯一的儿子婚礼要尽量办得排场一些，才对得起高门大户的颜家。成都的军政大员们多是尹昌衡的同事和铁杆兄弟，接到婚宴邀请后，众人串联密商，借参加尹昌衡婚礼之机，逼尹昌衡表态，诛杀赵尔丰。当然也有人反对，借别人喜事设局杀人，做这种不吉利的事情，太过缺德，可能让尹昌衡更为反感。有的人说，目前杀赵尔丰已经急在燃眉，如果尹昌衡再以度蜜月为借口躲藏起来，到时候逼得实行兵谏，弟兄反目，同志成仇，四川乱局更没法收拾。最终，还是主张利用尹昌衡的婚礼逼杀赵尔丰的人占了上风。

这天，尹府张灯结彩，鼓乐喧天，尹昌衡的婚礼在刘丽生一手操持下，办得十分隆重而排场。军政府的要员蒲殿俊、罗纶、张澜、军政部长周骏、一师师长宋学皋、二师师长彭光烈、三师师长孙兆鸾、旅长唐廷牧、唐泽溥、赵南森、龙绍伯、王绮昌等，一省军政要员及名流耆老，全都安排在了后院。日间，所有人都只是闹酒打牌，只字不提公事。尹昌衡很是庆幸，客人们还算给他面子，不在他的喜宴上说那些恼人的公事，扫他的兴致。

四川的婚俗，讲究的人家夜深之时还要再办一轮酒席，叫作消二道夜。消了二道夜，好通宵打牌玩耍嬉闹。

入夜，消二道夜的酒宴排好，高坐主位的尹昌衡先给客人敬了一杯酒，正要坐下，见院门口已经悄然站了一排新军下级军官。尹昌衡一看这势头不对，便道："诸公，这是要干什么？"

周骏站起来，啪地敬了一个军礼。尹昌衡是个严谨的军人，也习惯性地站起来，还了一个军礼。

周骏一改平日兄弟们之间随便的口气，满脸严肃地打着官腔道："都督大人养病，多日难于见面，大汉四川军政府军政部长周骏，借此宴间，向都督大人禀报紧急军情。"

尹昌衡知道麻烦来了，板着脸道："今日我的大喜之日，都不能放过我吗？"

周骏道："军情紧急，周骏不报失职，还望都督原谅。"周骏不待尹昌衡发话，便急报军情，"傅华封拒绝受雅安知府，已经从雅安起兵，称与赵尔丰里应外合，征伐成都；重庆蜀军政府副都督夏之时率兵进攻成都，大军快到资州；云南谢汝翼、黄毓成，领一万五千兵马入川，屯兵宁远，与夏之时遥相呼应。几路大军压境，而川西周鸿军、川东北李绍尹皆以杀赵尔丰收买民心，向成都发兵。成都周边几十万民军，及城内军民杀赵的怒焰如炽。值此万般危急之时，周骏不得不斗胆扫都督雅兴，据实报告军情。"

周骏说完，蒲殿俊、张澜、罗纶等，和在场的名流耆老站了起来，一齐来劝说尹昌衡：如果现在不杀赵尔丰，民军有后顾之忧，绝不肯善罢甘休。现在最关键的是满足他们的要求，让他们迅速退兵，把枪口一致对准进攻成都的滇军、重庆的蜀军政府、和从西边杀来的傅华封的清军。

在保路运动过程中，赵尔丰为四川人保路说话，立宪派曾经对赵尔丰赞扬备至。可是现在赵尔丰成了众矢之的，立宪派也跟着见风转舵了。尹昌衡内心甚是鄙之，但这些人资格老，威望高，是得罪不得的，只得委婉再三恳请，容后计议。

在场的军官们全都站了起来，咄咄逼人地质问尹昌衡："赵尔丰川人公敌，川人皆说当杀，都督推三阻四，一再庇护，是何道理！"

— 248 —

立宪派逼杀赵尔丰，尹昌衡倒可以理解，最让他失望的却是这些把他推上都督宝座的军中铁杆兄弟，这些人至今不理解他的苦心。

尹昌衡一拍桌子，勃然大怒道："你们是什么意思？是来给我贺喜，还是兵谏要挟？要我在大喜之日杀人，沾上血腥，终生笼罩凶光，有这道理吗？"

蒲殿俊等人见尹昌衡发怒，马上为尹昌衡打圆场竭力劝解。

一师师长宋学皋道："大帅永远是我们尊敬的大帅，我们绝不敢轻易冒犯虎威，更不敢行兵谏。今成都城外，屯驻数十万民军，推翻清朝是他们的首功，且不说清军入关欠下的血债，多少同志军，死于清军炮火之下，诛杀不共戴天的仇人赵尔丰，是他们杀进成都的初志。今清廷将亡，民军的首功都督不能赏。唯一一点要求，诛杀仇人赵尔丰，都督也不能满足，叫他们如何甘心，如何能消心中怒火？"

其他军官则道："当兵吃粮的都是粗人，只知道快意恩仇。有仇报仇，有恨雪恨。都督讲的啥子五族共和的圣贤大论，那是书生们的事，尚且不能说服我们这些鞍前马后的铁杆兄弟，我们又怎么能说服手下弟兄？他们要杀赵尔丰，我们约束不住！"

周骏道："不是我们要让都督大喜良辰沾上血腥，实是今晚接报，城外数股民军，联络今晚杀进城来，攻打督府，诛杀赵尔丰。"

尹昌衡大惊："什么？什么？民军今晚要攻打督府！"

周骏道："对，城内驻军得报已经摩拳擦掌，准备率先动手。大乱即在眼前啊！"

其他人纷纷跟着喊："如果民军攻打都督府，又要死伤多少人啊！"

"为了一个赵尔丰，值得吗？"

"成都再也经不起一次大乱了啊！"

尹昌衡太自信自己的威望了，也太相信他跟弟兄们的交情了，根本没想到这些人会利用他的婚礼发难。

要挟，这是要挟！然而，这些手握重兵的人，既是他治理四川的后盾，也是主宰四川命运的中坚力量啊。成都确实再也经受不起一次战火之乱了，他阻杀赵尔丰的防线彻底崩溃了。

尹昌衡离座踱了数步，回到席上，举起酒壶，咕嘟嘟地灌了下去，长长地叹了一声道："也罢，诛杀功臣赵尔丰，这个千古罪人我是当定了。"

其实，尹昌衡在保赵尔丰的同时，也早做了保不过的另一手打算。而今被逼无奈，只得下定决心用赵尔丰的性命，来挽救眼前的危局。如何施为，他早已成竹在胸。与其让大家凭着怒气滥砍滥杀，闹得成都鸡犬不宁，不如自己亲自发号施令，把流血降到最低限度。于是对马忠道："呈地图来。"

马忠已经将陶泽琨绘制的都督府内外十幅地图呈上。尹昌衡对众将道："赵尔丰把城内百姓作为他的人质和盾牌，我等共担城内百姓安危，成败在此一举。"

尹昌衡指着地图，按地图环督府布阵：

"彭光烈听令，速领二师控制各处城门，并派员晓喻城内外驻军及民军，未奉命令，擅离屯所者，军法处置。同时主要街道，立即戒严，断绝通行。"

"朱璧彩听令，带领本部人马，立即守住都督府大门，严格禁止一人出入。"

彭光烈和朱璧彩领命而去。尹昌衡对于其余各路人马，进兵的路径、设伏地点、如何断绝赵尔丰的去路等，都部署得十分详尽具体。只有下莲池一路，不当大街，比较偏僻，预留着巡防军出逃之路。令熟悉都督府情况的陶泽琨，率精锐勇士，伏兵于半边街，担任进攻督府的突击部队；请蒲殿俊、罗纶、周骏，率领炮队，列阵于东城，约定黎明开炮，为行动信号。宋学皋、王绮昌率步兵列阵督府西面，对督府形成合围夹攻之势。

众人见尹昌衡部署得如此周密，方知尹昌衡对诛杀赵尔丰早有预案，一个个欢天喜地领命各就各位。众人去后，尹昌衡又单独叫回陶泽琨，如此这般，面授机宜。

且说赵尔丰终日提心吊胆。大街小巷，到处都是一片要求诛杀赵尔丰的呼声，他对尹昌衡保命的一线希望彻底破灭了。至于以成都百姓为人质只是一时的无奈之语，是他断不能为的，他不知道哪一天死到临头。

赵尔丰在总督府紧张地苦挨着日子里，得到了尹昌衡冬月初二大婚的消息。凭赵尔巽跟颜家的交谊，和他跟颜辑祜的寅谊，照理说颜辑祜嫁女应当给他发请束。他既希望又害怕收到颜辑祜和尹昌衡的请束。如果收到请束，尹昌衡绝不会让自己的婚礼沾上血腥，也说明尹昌衡保他性命有了把握。但是要前去出席婚礼，不知杀手趁机在什么地方对他下手，也多了一分凶险。

尹昌衡的婚期逼近，两天前赵尔丰还没收到请束，说明尹昌衡没有把控局势的信心，那么他将死到临头了。他早就做好了死的打算，现在应该安排后事了。自知身为末世走狗，下场可悲，平生功过自知，一切当由自己承担，万不可祸及子孙。于是他将家人齐唤至堂前安排后事。

赵尔丰命儿子老三带着家小，躲出总督府逃难。十六岁的藏族姑娘慧姑，从一个卑贱的奴隶娃子，已经出落成了一个美艳的女郎，成了赵尔丰生活中不可分割的部分，他已经完全把慧姑当成了赵家的人了。他对老三千叮咛万嘱咐，一定要保护好他的老妻和慧姑，躲得越远越好。

一家人谁也不愿离开他，老妻理由最充分，发誓跟他生同床、死同穴，过奈何桥上也手牵着手，老三更要留在父亲面前尽孝。

这一场生离死别中，全家愿意一同赴死，真可谓感天动地，一时谁也说服不了谁。

赵尔丰勃然大怒道："我在家里说话还算数吗？赵家还有家法吗？你们想断我的香火吗？你们是逼我现在就死在你们面前吗？"

众人无言了，只有哭泣。此时的慧姑却唰地拔出剑来，横在自己的脖子上道："慧姑是一个奴隶娃子，主人把我送给大帅，大帅待我恩重如山，我慧姑生是大帅的人，死是大帅的鬼，我若离开大帅，天菩萨要发怒惩罚我，我只有现在就死在大帅面前。"

众人拉住慧姑，怎么劝也劝不住。赵家的人都知道，这个藏族姑娘十分倔强，一当说到天菩萨的旨意，谁也劝不住她，只好依了她，让她留下服侍赵尔丰。

慧姑破涕为笑之际，想不到赵尔丰的孙儿扑通一声跪在面前："父亲大人，放心保护奶奶出逃，孩儿请留在爷爷身边尽孝。"这孩子才十一二岁，赵尔丰一直带在身边，教他读书习字。

这可急坏了全家人，百般劝说，孩子哪里肯听。

赵尔丰道："好孙儿，你怎么忘记了'父母呼，应勿缓。父母命，行勿懒。父母教，须敬听'啊！"

不等赵尔丰说完，孙儿便道："爷爷，你怎么不说'亲有疾，药先尝。昼夜侍，不离床'啊？爷爷怎么忘记了，谆谆训导孙儿读圣贤书，行忠孝节义啊？今爷爷有难，孙儿偷生，这是赵家的家风吗？"

赵尔丰道："爷爷六十多了，天命当绝，孙儿还是小苗一棵，来日方长。你留下要是有个三长两短，难道要爷爷香烟断绝，坟前无人祭扫，死后成为孤魂野鬼吗？"

须臾僵持，孙儿也如慧姑一样，突然唰地拔出藏在身上的匕首，对准自己的胸口道："孙儿怕爷爷遇害，黄泉路上孤单，孙儿请先行一步，到阴间等候爷爷一路同行，也慰爷爷黄泉寂寞！"

老三手快，一下抓住了儿子的手，才没刺下去。全家人都知道，这孩子秉持赵家血性，从小又受赵尔丰熏陶，要他随大人逃生太难。老三跟尹昌衡颇有交往，或许会有一线生机，便只好让他跟慧姑一道留下来。

赵尔丰又叫来他的贴身侍卫张得奎，带上两名侍卫，随老三保护家小，从后门悄悄出逃。

冬月初二，一切如常。他的侍卫们一直跟他一样在惊惧中度日，好些天来，没有片刻放松。他想，要杀他的人们，不会让尹昌衡婚礼沾上血腥和晦气，绝不可能在今天来杀他。便传令巡防军和自己卫队放心吃喝一顿，轻松轻松。他自己也想好好睡一觉了。

深夜，寒气逼人，总督府周围的大街早已经断绝通行，四周一片寂静。总督府内放松了戒备，四更过后，各路人马已经神不知鬼不觉地埋伏在了总督府的周围。

黎明前，埋伏在半边街的陶泽琨按尹昌衡的交代提前行动。他亲率数十精卒，从总督府西门翻墙而入，将准备好的数封《告赵军书》分送于此前收买的巡防军头目，其书略言：今夜数万精兵，已经将都督府包围得铁桶一般，若不配合大军行动，插翅难飞。大军指出，仇敌只有赵尔丰一人，与巡防军众将士无关。诸军已经接受大汉四川军政府招抚即是我军，我军必然保护诸君安全。诸君能生擒赵尔丰者，除给二万赏银外，同时还可加官晋爵。不愿活捉赵尔丰者，可率部下从下莲池撤出，我军绝不阻杀加害！

得到《告赵军书》的众将，毕竟是赵尔丰的亲信部率，不为赵尔丰卖命容易，要他们亲手去捉赵尔丰，实在为难。正不知如何是好之时，总督府东门外响起了隆隆的炮声，接着四面八方传来了喊杀之声。顿时总督府内巡防军大乱。得书的巡防军头目只得命部下朝天开着空枪，从下莲池留下的通道撤出了总督府。

难得睡一晚安稳觉的赵尔丰从睡梦中醒来，知道大事不好，立即披衣下床，提剑在手。此时陶泽琨领着率先翻墙而入的数十人已经来到赵尔丰寝处，一部分人堵住卫队，一部分人直奔赵尔丰。

衣不解甲的慧姑，一直警觉地守候在赵尔丰身边，陶泽琨等人冲进卧室，慧姑奋力保驾，挥剑连伤数人，终因寡不敌众，倒在了血泊之中。

赵尔丰欲躲进特室，已经打开特室之门，见慧姑被杀，返身叫了声："慧姑，等着，我来了！"举剑欲自杀，被陶泽琨打下手中宝剑，一脚踢翻在地，其余人拥上来，赵尔丰束手就擒。

尹昌衡兵不血刃，一举攻占了总督府。天色微明，他率着军政要员来到总督府，陶泽琨等人把赵尔丰推到了尹昌衡面前。

赵尔丰尚心存侥幸："能饶我性命吗？"

尹昌衡扫视了一眼环立的军政要员，始终以平静礼貌的口吻对赵尔丰说话："赵公知道我本无意杀你，能否饶公性命，当问环立诸公。"

众人个个怒目切齿："你恶贯满盈，罪在不赦！"

赵尔丰道："君前日劝我纳币自救，还可再议否？"

尹昌衡道："当日我尚能做主，今日则亦当问眼前众绅及诸将了。"随即问众人，"你们同意赵公纳币赎命吗？"

众人自然不同意，一片喊杀声。

正闹腾之时，两个士兵从赵尔丰邻室出来，像抓小鸡似的提着一个小孩。其中一个士兵手上鲜血淋漓："这小杂种好凶，逮他时把老子手上戳个洞！"

赵尔丰禁不住老泪纵横，扑通一声跪在尹昌衡面前："尹都督，赵尔丰认罪伏法，家人无罪，老妻无罪，小孙儿无罪啊，还望都督怜之、活之！"

尹昌衡拱手道："罪不及妻孥，祸不延亲故。令兄次帅优容于我，一直无以为报，公之妻小，我必为公全力保之！"

赵尔丰长嘘了一口气道："如此，尔丰死而无憾了。也别无他请，特室中有一信，那是尔丰此生绝笔，只求都督当面交给傅华封将军！"

尹昌衡道："定不负公之托！押下去。"

天明，杀赵尔丰于军政府（皇城）明远楼。

第二十四章

化仇护满

1

成都民众听说尹大都督杀了赵尔丰，无不拍手称快，军政府前人山人海，民众高喊要看赵尔丰的人头。于是便有人建议，割下赵尔丰的首级，悬首游街示众。

尹昌衡对杀害赵尔丰本来心存愧疚，便道："军政府沿袭寻仇报复的辱尸恶习，与强盗何异？这岂是文明人作为？"

胜利者要彰显英雄业绩，哪管恶习不恶习，文明不文明。人都死了，借他脑壳祭奠死者，有啥不好。更有人力劝尹昌衡：悬首示众，古也有之，把赵尔丰悬首游街示众，也是收四川民心之举。此议得到多数人附和，尹昌衡便被推上了他的白马。

大街万头攒动，民众夹道围观。鞭炮声、怒骂声、欢呼声、对尹昌衡的颂扬声响成一片。尹昌衡骑在赵尔丰从雪域高原挑选来的那匹白马上，前面士兵的竹竿上挑着赵尔丰枯瘦的人头。那一束束系向尹昌衡马头的红绫披披拂拂，仿佛是一片冤屈的血光包围着他，心中顿时五味杂陈。一个屈从于群体无知而被迫杀人的刽子手，却被当作了英雄，他不知历史将怎样记录这一幕荒唐。他对那些欢呼的人群，只能报以无奈的苦笑。

游行队伍，艰难地穿过拥挤的街道，慢慢游行到走马街街口，只见一家店铺的房子上突然闪出一个人影，手提双枪，对着马上的尹昌衡"啪啪啪"连连开枪。一颗子弹洞穿尹昌衡的军帽，尹昌衡急忙闪身躲避。接着两枪，打伤一名士兵，打死一匹战马。

这突如其来的枪声，游行队伍顿时大乱。此时紧随尹昌衡的马忠喊了声"有刺客"，卫队立即向房上开枪。

这刺客就是张得奎，这个赵尔巽从万军之中遴选而来的山东人，做了都督府的侍卫班头，后来留给了赵尔丰。此人出身江湖，见多识广，不但武艺高强，且有侠肝义胆，可托大事。故而前天赵尔丰派他带两名侍卫保护家小潜逃。今天早晨得知赵尔丰被杀，他便怀揣双枪，前来行刺报仇。

众人制服张得奎，押到尹昌衡面前。众侍卫怒吼着，举刀欲劈张得奎。张得奎毫无惧色大声怒骂道："少给老子张牙舞爪，我张得奎来给我主季帅报仇，怕死，就不来了！可惜这一枪没有击中，算你尹昌衡娃娃命大。老子认栽，要杀，给老子来利索些！"

张得奎为赵尔丰复仇的子弹，是给赵尔丰的亡魂极大的安慰，也让尹昌衡的心情好了许多，他见此人如此刚烈，由衷赞许道："有种，此壮士也，不忙杀他，且带到致公堂，今晚当众细细审问。"

当夜致公堂，赶来看尹昌衡公开审问刺客的民众，挤满了致公堂的内内外外。

尹昌衡问道："张得奎，尔今日为何刺杀于我？"

张得奎昂然答道："你枉自读过圣贤之书，不知忠义二字，季帅乃是我主，你杀季帅，我就要杀你，为明主报仇！"

尹昌衡道："你身为赵尔丰近身侍卫，难道不知我此前无杀他之心？你问问四川民众为何杀他！"

张得奎怒视着尹昌衡无言以对。他常侍赵尔丰身边，赞成尹昌衡秉五族共和之意，知道他不以满人为仇，无杀赵之心。

此时，致公堂内外一片怒吼，列数赵尔丰的罪恶，皆说赵尔丰死有余辜，还该灭他九族！

民众的愤怒，使张得奎无可奈何地叹了一口气，低下了头。

尹昌衡懂得，张得奎的叹气是对他的原谅，无须折磨这个明白人了，便命卫士将张得奎推到阶下斩首。

卫士把张得奎推至阶下刑凳前，张得奎接过断头酒，叹了一口气道："大帅，你生不逢时啊，得奎尽力了，这就到阴间来卫护你吧！"随即仰起脖子一饮而尽，砸碎了酒碗。

刽子手对着手中鬼头刀喷了一口酒，拖刀来到张得奎身后，张得奎回头微笑着对刽子手道："兄弟，劳你为大哥送行，弄麻利点，请吧！"说罢，把头放上了刑凳。

张得奎赴死时的泰然自若，不但让在场的所有人惊得瞪大了眼睛，心中暗叫

"英雄，壮士！"就是杀人不眨眼的刽子手也惊呆了，高举鬼头刀的双手不住颤抖，迟迟落不下来。就在不少人都捂住眼睛，鬼头刀将要劈下之时，台上的尹昌衡急忙高喊："慢，暂缓行刑！"

尹昌衡快步来到张得奎面前，问道："张得奎，如果我今天念你忠义报主，不杀你，将你释放，你还要找我报仇吗？"

张得奎缓缓抬起头来，打量着尹昌衡，看了看尹昌衡是否真诚，沉思良久道："大丈夫恩怨分明，我那一枪，已经尽了奴才对明主应尽之义。那一枪没有打中你，那是天意要护都督。我杀都督，论罪当死，若是都督如所说行五族共和大义，留下我这条性命，这条命就是都督的了，必当终身以命相报。"

尹昌衡闻言，扶起张得奎，亲自为他解开绑缚的绳索，慨然叹道："真忠义壮士啊，我实不忍心杀你，现在你自由了！"

张得奎十分感动，抢掌劈下半块衣襟，跪呈尹昌衡："都督公明仁厚，张得奎没齿不忘，今日斩衣为誓，日后生死相从！"

尹昌衡即命随员捧来数封银圆，捧与张得奎道："此作路资，你回山东，自谋生计去吧。"

张得奎道："自古惺惺相惜，都督如此宽宏大量，英雄作为，张得奎愿终生追随，驱驰于鞍前马后，以报都督再生之恩！"

尹昌衡慨然相诺："好，就依壮士所请。"说着从卫士手中接过张得奎所用双枪，当众授枪与张得奎道，"从现在起，你就是我的近身卫队中的一员。你是忠义之士，护卫本督，理当尽职。同时也得监督本督行为，若本都督违反五族共和、爱国爱民誓言，伤天害理、祸国殃民，你可用此枪杀我，为民除奸！"

罗纶及不少民军首领见尹昌衡收刺客作保镖，纷纷上前劝阻："都督，人心莫测啊，张得奎免死足也，万不可作近身护卫。"

尹昌衡笑道："诸公放心，古训：疑人不用，用人不疑。你们最讲忠义，张得奎乃忠义之士，自然分得清是非黑白，我尹昌衡以德秉权，公心为民，不行苟且之事，怕他何来。"说毕，还将先前的银两授予张得奎道，"你是赵尔丰近身卫队头领，今用此银，速招你隐藏城中部率，以及赵帅旧属亲信，晓以大义，不得与军政府为敌，不得与川人为仇，不得再在城中啰唣造次。愿为军政府效力者，速到军政府报道，量才量功安排；不愿为军政府效力者，给予路费资遣，概不为难！"

尹昌衡此举收到了意想不到的效果，话刚说完，当场就有几个壮汉从人丛中走出，来到尹昌衡面前，跪在地上，捧着武器向尹昌衡请罪。原来他们就是张得奎的部下，今夜来此，就是伺机刺杀要员，要和张得奎一同赴死的。在场的要员们，此前暗中被人用枪指着，无不惊讶万分，冷汗直冒。

张得奎也不负尹昌衡厚望。此后跟刚才归顺军政府的人一道，迅速召集旧部及赵尔丰的亲信，现身说法。那些潜藏城中，想前赴后继为赵尔丰报仇的铁杆亲信，全都泄气认命。城中再没发生过为赵尔丰报仇的刺杀事件。张得奎终身追随尹昌衡，成了尹昌衡最得力的保镖，战场上冲锋陷阵，生死关头，几度让其新主人化险为夷。

军政府同时贴出两道安民告示和《大汉四川军政府都督尹昌衡、副都督罗纶通告》，这张出自革命党人之手的通告中，当然把赵尔丰描绘成了嗜血如狂的恶魔、死有余辜的罪魁。

尹昌衡对赵尔丰没有失言，对赵尔丰的孙子格外关照，先是交给马忠让妥人守护。赵公子性烈，不吃不喝，终日啼哭。遂命张得奎迅速找到赵尔丰的亲朋故人，拜托收养。然而人走茶凉，无人愿意接养。

尹昌衡甚是感慨，世态炎凉，人情淡薄，既是亲故，何得如此势利？只得命张得奎将赵公子送到自己家中藏匿，精心护卫。

张得奎毕竟是赵尔丰身边的近侍，赵公子与他熟稔，引为依赖，心无芥蒂。尹母又跟自己的祖母一样，是个慈祥可亲的老太太。经张得奎的开导，尹母的爱抚，渐渐地接受了现实。在尹家住了数日之后，又送到颜机娘家寄养了好久，最后才被赵家前来为赵尔丰收尸的亲人接走。

杀赵尔丰的整个过程中，还留下了一个极其美丽的花絮，那就是慧姑之死。她是这次事件中赵氏亲人中的唯一死难者。一个美丽年轻的藏族姑娘，面对刀丛，英勇护主，激烈拼命，死得何等慷慨激昂。民众闻之，无不感叹唏嘘，民间把她和张得奎并称双义，一时传为佳话。更有坊间艺人编为评书和唱词，在成都市井之中久久流传。

2

辛亥革命中"驱除鞑虏，恢复中华"的口号深入人心，点燃了汉人的复仇热血。一当种族报复这个恶魔放出魔瓶，便对被报复的满蒙民族施以疯狂的血腥。

武昌起义后数日内，全国各地屠杀满人、旗人的情状极其惨烈。武昌光复，首开屠杀满人的恶例，最严重的当是陕西的西安。

西安的革命党十之八九隶属哥老会，仇满情绪很激烈。同盟会中的有识之士在这一点上持反对态度，但最后还是会党势力占了上风。

西安满城城内住的旗人有两万多人。革命军攻打了一天一夜后，西安满城终于被攻破，革命士兵如潮水般从南面和西面涌入，并将城内所有的居民都视为敌人残酷杀戮。据一位名叫 J. C. 凯特的英国传教士事后的调查："无论长幼，男女，甚至小孩子，都同样被杀……房子被烧光抢光，那些希望躲过这场风暴的人最终也被迫暴露。革命军在一堵矮墙后，放了一把无情的大火，把鞑靼城焚烧殆尽。整个满城也被抢劫一空，而存活下来的人，有钱人被敲诈，小女孩被绑到富人家做婢女，年轻的妇女则被迫成为穷苦汉人士兵的妻子，其他的人都被驱逐出西安。"

传教士李提摩太在《亲历晚清四十五年》中说："1911 年 10 月 22 日，陕西省首府西安爆发了可怕的流血事件，一万五千名满族人都被屠杀。"

广州、南京等各地，屠杀满人的惨案不断发生，全国满人，人人自危。传说革命军一到，就要把满人杀尽，以报清兵入关时屠杀汉人之仇。满族人天天哭泣，尤其是妇女，因为既没有缠足，服装又和汉人不同，更加发愁，纷纷向估衣铺购买汉人妇女的衣服，打扮成汉人，还硬给十岁左右的女孩子缠足；男子也都改名换姓，充作汉人避难。

这种仇杀满人的情况，延续到民国成立之后，满族人唐日新在一首忆昔的诗中写道：

自从民元到如今，民族沉怨似海深；

旗族伤残如菅草，谁敢自言满族人。

四川更是袍哥会党势力强大的省份。在诛杀赵尔丰之前，成都的民军和革命党，打着复仇和复汉的旗帜，把全部注意力都放在代表清朝的罪魁祸首赵尔丰身上。赵尔丰伏诛之后，满人聚居的满城，便成了他们继续释放民族仇恨的对象了。第二天，尹昌衡刚到军政府，就被军政府的部分官员、军队的将领及民军的头领们围住了。"剿灭满城满人"的呐喊，代替了之前诛杀赵尔丰的呼声。

这也是尹昌衡之前最为担心的事情。

成都的满城，在成都市区的西边，由明朝蜀王朱让栩始建于明朝嘉靖年间，城郭环抱、自成一统，俗称少城。康熙末年，四川提督年羹尧征调全川捐资，在原少城的基础上，仿照北京胡同形制，依据尊卑有序的八旗驻防格局修筑满城。

壁垒森严的满城城墙高厚，共开有六个城门。满城设计，将川西民居与北京四合院在这里和谐相融，一泓金河碧水自水西门望东而来，出半边桥直泻锦江。

在方圆约十里的少城内，人烟稀少，林木葱茏。正蓝旗和镶蓝旗的驻防地，即演武厅菜园子一带，完全是一片田园风光。

在大清帝国广袤的西南地区，朝廷只在成都设立了八旗驻防军营，对成都格外重视。将军衙门庄严的门楼上，高悬着"望重西南"、"控驭岩疆"的巨幅匾额。成都将军近边驭事，专权川边藏、彝、羌、苗少数民族军政事务。在全国的满城中，唯有成都满城，只驻防满人和蒙古人军队，不驻汉人军队。

驻防成都满城的满族人、蒙古人由千里迢迢的北方迁到成都，围城独居，繁衍生息，据光绪三十年（1904）的人口核查册籍记载，当时，少城中共有八旗披甲兵丁五千一百人，全城总人口二万余人，其中男子一万二千人，女子九千人。

当全国各地屠杀满人的消息传到成都，成都也谣言四起，纷纷传说杀了赵尔丰之后，同志军的人马立即就要攻打少城，少城全是满人和蒙古人，见人就杀，一个不留，砍成肉酱祭天。满城上下顿时没有了往日的灯红酒绿、莺歌燕舞。人们都陷入恐怖之中，旗兵旗民皆以为大祸临头。

危亡时刻，已经凝固了的马背民族的血液又开始沸腾了。

玉昆将军毕竟是身经百战的军人，一听到各地屠杀满人的消息，少城墙高城坚，城内有良田，且不缺水源。五千余骁勇善战的满蒙披甲将士，绝不像其他地方那样束手就擒，任人屠杀，就是拼命，也要拼个鱼死网破。首先借民军逼杀赵尔丰之机，发动全城军民屯粮备战。接着紧闭少城六道城门，率领驻军，磨刀擦枪，血酒誓师。大炮褪去炮衣，弹药箱码上城墙，数班人日夜巡城提防。

不少满人、蒙古人，都是数代居住满城生息繁衍，家眷们都抱着必死的决心。绣楼上，家奴们在房梁上挂好白绫，老人们教年轻的格格们如何上吊自尽，以免破城之后被报复者所辱……

赵尔丰伏诛的当天，成都全城张灯结彩，鼓乐喧天，市民们都处在节日一般的狂欢之中。独有少城，完全被窒息的死亡空气所包围。

3

杀了赵尔丰，胜利者要趁热打铁，扩大战果请攻满城，争立大功。尹昌衡百般解劝，全被"一举攻破满城，把建州贼种斩草除根，雪数百年之国耻，报国恨家仇"的口号淹没。

军官中三师师长孙兆鸾嚷得特别起劲。吵嚷中便有人说既然都督仁义，不准报仇，我们只有先斩后奏了。孙兆鸾见民军首领交头接耳后离去，也向他的随员使了个眼色，随员们会意而去。

不久，数路民军和三师部分巡防军，从四面八方逼近少城。

尹昌衡闻讯，立即前往阻拦，但哪里拦阻得住？只得跨上他的白马，飞骑来到少城东门。城墙上枪炮林立，愤怒的弓箭手，手执强弓，控箭在弦。尹昌衡冒着万箭穿心、弹雨浇头的危险上前叫门。

顶盔贯甲的玉昆将军昂立城上道："尹大都督欺人太甚！休想赚开城门，屠我满城。我满城两万余众满蒙同胞，誓与满城共存亡！"

尹昌衡道："将军误会了。你知我尹昌衡绝无加害满蒙同胞之意！我今来此，正为来救满城同胞，相商满蒙同胞进止的。"

玉昆道："都督既不加害我等，相商我等前途，何故身后大军相随！"

尹昌衡十分抱愧："民军无律，我尹昌衡治兵无方，惭愧。今我冒死退兵，只身前来为人质，请将军开门，准我进城！"

城上诸将道："将军，不可，尹昌衡诡计多端，谨防着他道儿！"

玉昆想了想道："尹都督，我相信你是信义君子，你若退兵百步，本将军许你只身入城。"

尹昌衡勒转马头，驰向围城军队。他见冲在前面的巡防军，知道孙兆鸾暗中纵容作怪，用枪指着领兵的校尉吼令道："速传孙兆鸾前来听令！迟者当心你的狗命！"

那巡防军校尉吓得魂不附体，转身跑去传令。其实孙兆鸾就隐在队伍的后边。他以为尹昌衡又会像婚礼之夜那样，被迫改变主意，命他这个师长指挥攻城战斗，便跟着校尉，飞也似的跑上前来。

尹昌衡吼道："三师师长听令！立即集合你的队伍！"

孙兆鸾啪的一个军礼："是！"

孙兆鸾集合完巡防军道："弟兄们给我听着，大帅亲临前线，指挥攻城，别给我熊样，打出三师的威风来，给我一举拿下满城！"

尹昌衡道："什么拿下满城？都给我向后转，驱散所有来围攻满城的民军，各回屯所，有违抗军令、羁留不去者，军法处置！"

孙兆鸾一听傻眼了："大帅，这？"

尹昌衡道："这什么？你要阵前违抗帅命吗？"说着拔出了枪。

孙兆鸾知道尹昌衡军令如山，再是天棒，也不敢对他心中的偶像阵前抗命。只得说了声："是，末将听令。"转身高声发令道，"大帅有令，三师将士，随我执法清场，各回屯所，有抗命羁留不去者，军法处置！"

满城四周七长八短的民军们，见旗风浩荡的巡防军都听命执法清场，哪里还敢羁留，纷纷撤退。

尹昌衡此时又来到满城叫门，门开一缝，他一人进城之后，城门又马上紧闭起来。

尹昌衡被引到城上，守城的满蒙将士都围了上来，他们都没见过尹昌衡，无不带着惊异的目光，打量着眼前这位传说中不按常理办事的都督，疑虑重重地问："都督真不杀我们吗？"

尹昌衡诚恳地宽慰众人道："汉、满、蒙、回、藏，五族犹如一家兄弟，我能杀兄弟吗？何况清朝对我有恩，我无以为报，保护满城的满蒙兄弟，也是对清朝的些微报答了。更何况，当初赵尔丰要杀蒲殿俊等人，即将酿成大乱之时，你们的玉昆将军，不嫌我尹昌衡人微言轻，从我之请，从中转圜不遗余力，使四川百姓迟受祸乱之苦，昌衡亦当相报！"

尹昌衡说得十分恳切，不觉哽咽，流下泪来。怀必死之心的众将士，突然有了生的希望，为之所感，也涕泪泫然，都说："都督真是救苦救难的活佛啊。"

尹昌衡又道："弟兄们不必如此风声鹤唳，剑拔弩张。息了城上旗鼓、刀枪，也释川人疑虑。怕大家信不过我，我今一人留在满城，便是你们的人质，可以使那些不明事理的人，不敢轻举妄动。你们留下少数人值岗，其余弟兄都回去报告平安，安慰家人吧。"

城上众将士下放刀枪，正要下城，此时又有数股后续的民军赶到城下，立即摆开攻击阵式，城上众人复又拿起了刀枪。

尹昌衡站在城上高声吼问道："你们来干什么，没听到我发布的将令吗？给我赶快撤回屯所候命。"

城下众人，先以为是讹传，见尹昌衡在城上，便都面面相觑道："果然都督在，不可攻啊！"各自偃旗息鼓，怅然而去。

众人这才松了口气道："有都督之诚，都督之威，我们这下可以安枕了。"

玉昆将军此时才道："全国满人被屠杀，只有四川满人得保平安，都督大仁大德，我辈没齿不忘。就依都督吩咐，留少量人观察动静，余者回家，速告各旗将佐，到将军府与都督商议我等前途。"

将军府居于少城中心偏南，一条大道南北贯通。围绕南北大道，城中除了关帝庙、文昌宫和昭忠祠三座烟火旺盛的庙宇外，便是按照黄北、白东、红西、蓝南的尊卑方位，安置八旗甲兵的街道、胡同和营房及公园。此外还有大片森林和农田。

尹昌衡到将军府，首先问起大家有吃的没有。不等玉昆开口，众将无不眼泪汪汪。原来的旗人一生下地，国家就依品级，包办了一生的衣禄，叫作铁杆庄稼。动乱一起，地方上哪里还有这份供给？一个个肩不能扛，手不能提，没有谋生手段，多少人穷得揭不开锅了，都说："长此下去，不被杀死，都会被饿死。"

尹昌衡闻之落泪，安慰大家道："都别急了，我给大家想想办法吧。日后你们别指望铁杆庄稼了，各自都得自食其力。除了城中田地，你们尽可自己耕种外，军政府暂时给你们拨五万银子，暂度饥寒。抽些钱出来做些小本生意，维持生计吧。全省安定下来之后，披甲之士，要离开成都，军政府再酌情资遣如何？"

众人没想到尹昌衡为他们想得如此周到，激动得哭声满堂。消息很快传到家家户户。整个满城，都燃起了香，一片"阿弥陀佛"之声，为尹昌衡祈福。尹昌衡的白马身上系满了人们敬献的红绸。将军府的客堂上，很快摆满了人们敬献的酒食。

尹昌衡犯险独闯满城，一场一触即发的刀兵血火，立即化干戈为玉帛了。

事后，尹昌衡请病中的罗纶带了一班人马，按他跟玉昆将军会商的宗旨，达成了官方协议；并令罗纶留住少城，保证少城的平安和协议的贯彻落实；尽快筹办学校，解决已经世居于成都的满人子弟的读书问题。

数日后，17 个省派出代表，四川也派出了代表，推选刚刚返国的孙中山为中华民国临时大总统。1912 年 1 月 1 日，孙中山宣誓就职，亚洲第一个民主共和国——中华民国正式成立。

孙中山发表《中华民国临时大总统宣言书》，此时的孙中山，摒弃了他原来提出的"驱除鞑虏，恢复中华"的民族主义口号，第一次采纳了"五族共和"论："国家之本，在于人民。合汉、满、蒙、回、藏诸地方为一国，即合汉、满、蒙、回、藏诸族为一人。是曰民族之统一。"

孙中山把"五族共和"也作为立国之本，四川表示拥护中华民国，川人也就再不言杀满人了。

这时，尹昌衡才由董修武介绍，加入了同盟会。

在辛亥革命过程中，全国各地死难的满人无数，唯四川没杀一个无辜满人。这应该是尹昌衡的一大历史功绩。

第二十五章

一统四川

1

中华民国虽然成立，清朝的末代皇帝溥仪还在皇位上，名义上代表清朝的袁世凯和革命党的南北和谈，还在争权夺利的扯皮之中。因此，全国各地的军政府仍然各自为政。

四川满汉言和，这了却了尹昌衡一桩心事，目前摆在他面前最为棘手的事情，无过于拥来成都平乱的数十万民军。他们一部分住城内，大部分住在城外。头领们则成天在城里搅闹。这些人良莠不齐，虽然承认大汉四川军政府是四川的合法军政府，但他们无法无天，各路袍哥遍城浪窜，夸耀码头，逞强斗狠，都以反清复汉功臣自居，打砸勒索，民怨沸腾。

汇聚于成都的袍哥大爷，主要有吴庆熙、孙泽沛、罗子舟、刘丽生、侯国治、彭泽、彭大钧、陈和尚等人。周鸿钧、李绍尹等人也派遣手下前来谋分胜利果实，要官、要地、要钱。这些舵爷们抱团结伙，趾高气扬，混迹茶馆、烟馆、赌馆、妓院之余，每天轮番派人围困军政府争功邀赏，有的要当一字并肩王，有的要当水陆大元帅，有的要当师长、部长，有的甚至纵容民军鼓噪闹粮闹饷。

民军闹得成都市民怨声载道，既不能武力镇压，又没有钱来资遣安置，军政府的要员们无不焦头烂额，人人指望着尹昌衡拿主意。

尹昌衡曾拟用"以袍治袍"的办法来割这个脓包。但是，因为连续发生杀赵尔丰和保满城等大事，一直忙不过来，再加上颜楷警告的可怕后果，他迟迟下不了决心。

尹昌衡对自己的人品威望很是自信。他认为：许诺兑现，民军当知道他的诚信；杀了赵尔丰既诛"首恶"，民军当知其威；义释重用刺客，民军当知其重义；冒死保护满人，民军当知其宽仁；如此威、信、仁、义，向来讲究信义的袍哥大爷和民军们，应该给他面子，还是好言相慰，不撕破脸皮为好。

向来强硬的尹昌衡，在民军首领们面前不得不装龟孙子、赔笑脸说好话了。每日置酒高会：歌姬舞女，燕乐助兴；隆礼谦辞，以尊事卑；巨觥豪饮，称兄道弟；强装笑脸，忍气吞声；时而慷慨悲歌，感慨时局；时而相戏调笑，动以挚情。委婉表达的都是军政府的艰难现状，要粮没有，要钱没有，成都已经人满为患，要官也不行。

然而民军首领们仗着人多势众，仗着手下兄弟伙家伙硬，怒骂威胁，气焰十分嚣张。

尹昌衡哪里受得了这样的狗气？此时，他也顾不了颜楷的警告，已经到了万不得已的时候，只有冒险实施他的以袍治袍的方略了。

尹昌衡请来财政部长董修武、陆军部长周骏、参谋部长王右瑜、军事巡警总监杨维，以及宋学皋、彭光烈、孙兆鸾等几位师长密商，这些人都是他的核心力量，除了王右瑜反对之外，多数人都很赞同。经过一番周密的布置，两天之后，大汉四川军政府便突然挂出了四川袍哥总舵"大汉公"的招牌。

四川总舵把子尹昌衡开山升座，总舵的片子立即知会到各袍哥公口码头。军政府的各部门带头、全城舵把子齐来恭贺，真可谓盛况空前，热闹非凡。

不两天，陆军部又挂出了"大陆公"的招牌，陆军部长周骏掌舵。总参谋部长王右瑜虽然反对衙门设公口，当时众口一词，也不得不在总参谋部挂出"大参公"的招牌，只是没开展袍哥活动而已。几十年后王右瑜尚对此耿耿于怀，把这作为尹昌衡玩阴谋争权夺利的劣迹，进行口诛笔伐。

衙门开山堂、设公口，这是开天辟地的最大荒唐。哥老会由一个清朝政府禁止的非法组织，一下公开化、合法化。一时之间，成都各街道"公口"林立，盛极一时，会众带刀带枪往来如织，每街口设置公座，家家户户都贴公口名片，如"多福公"、"共和公"等等。

此事却得到袍哥势力的极大捧场。他们认为，四川最有实权的都督和陆军部长都海袍哥大爷，这对袍哥来说无疑是天大的好事，只要能孝敬好总舵，跟他们成为袍哥弟兄伙，有政权庇护，军队撑腰，有福同享，有难同当，于是前倨后恭，都争相上门巴结。

这毕竟是明知不可为而强为之的弄险之事，果然引起不少街谈巷议。名流及报纸上的非议也不少。

— 264 —

尹昌衡根本不管那些飞短流长，仿佛一下变成了得意忘形、利令智昏的世俗小人，连日奔走各公口码头拜客，忙碌于接受花红彩礼，跟舵把子们大碗喝酒，称兄道弟套近乎。整个成都，人人以参加袍哥为荣，遍城都是哥弟，头插宫花，身着戏装招摇过市者比比皆是。表面上成都又是一派更乱的乱局。

袍哥乱象始终在尹昌衡的掌控之中。三个师长外松内紧，对外也乐呵呵地海袍哥，对内则抓紧军队的训练和整顿。

尹昌衡指示军事巡警总监杨维，暗派得力的巡警，抓紧巡防，维持治安，暗中查访逃窜的清廷首恶分子和袍哥大爷们为非作歹的劣迹。他们很快抓获前营务总办王棷、巡警教练路广钟等首恶分子，审判处决。田征葵逃到重庆被抓，蜀军政府立即派李湛阳、向楚、江潘三位部长前往查看确实将其逮捕。1月3日（冬月十二），蜀军政府正副都督张培爵、夏之时，亲自出席审讯。罪大恶极的田征葵被判死刑，枭首示众。

杨维查抄赵尔丰、尹良、田征葵、周孝怀、王棷、路广钟等人的家产，全部交给军政府。大汉公、大陆公所收的贺礼数额不小，也全部暗暗交给军政府充公。

尹昌衡手里有了一笔钱作为资遣资金，便开始了新的步骤。他知道舵把子们都一心要富贵，想当官，于是便投其所好，派人放出风声，新军要扩充一个师，官位有的是。要想谋得官职，首先要看总舵把子主持的军政府遣散工作做得好坏而定。

一时之间，尹昌衡等大员，参谋部、陆军部及师长们，都成了舵把子们重点巴结的对象。为谋前程，各使神通，奔走衙门。铁板一块的舵把子们的利益联合体，很快被分化瓦解。

尹昌衡等借拜码头之机，把有限的资遣资金送给最容易沟通的民军首领。声言这是对铁杆哥弟的特别关照，说早走的才能得到这一点点，迟走就没办法了。同时又令彭光烈在民军中招收一万精壮，扩充队伍。舵把子和民军信以为真，他们都想方设法挣表现，尽力遣散自己的队伍，绝大部分民军很快都被遣送出城。

恰在此时，广汉袍哥陈和尚的红旗管事唐跛子唐五爷一伙，在妓院使用藩库银子，被军事巡警总监杨维抓了个正着。经过秘密突审，杨维掌握了陈和尚带人抢劫藩库银子及屠杀库丁的确凿证据，以及藏匿库银的地点。

尹昌衡不动声色，女乐盛宴，隆礼卑辞，招待袍哥舵把子。酒过数巡，话不投机，尹昌衡突然宣布："斗粮杯水，怎么能养活数十万不耕之民。资遣民军，只能听军政府安排。如果不服安排，领头闹事者，定斩不饶！"

陈和尚无视军政府权威，骄悍横蛮，大闹宴会。尹昌衡大怒，掷杯于地，吼道："来呀，将这不法之徒绑了！"

早已布置好的军警，抬着陈和尚抢劫的库银，押着唐五爷冲进宴会厅，立即绑了陈和尚。杨维当众公布陈和尚的桩桩罪行，将陈和尚和唐五爷当场正法。

舵把子们无不震惊。他们虽然抱团起哄，但良莠有别，各怀异志，见陈和尚被正法，不少人表示，愿意听从军政府号令。吴庆熙、孙泽沛、罗子舟、刘丽生、侯国治、彭泽等人，志在推翻清廷，素来明良，在袍哥中很有威望，对军政府资遣之事，较为配合。尹昌衡则当即委以领兵校尉之职，各领一千五百至两千人，编在彭光烈所属的三师，令其巡察州县，维持地方治安。

对于劣迹斑斑、抗拒军政府的彭大钧等人也给予了严厉的惩处。

困扰军政府的民军问题终于解决。尹昌衡立即宣布解散袍哥"大汉公"、"大陆公"、"大参公"等官办袍哥组织。并由杨维率领巡警，严厉打击袍哥会党违法乱纪、为非歹的行为。成都内外，风气很快为之好转。

尹昌衡接着又派出了三路宣慰使安抚地方。张澜人称川北圣人，深孚众望，派他巡抚川北；邵从恩在四川官场颇孚人望，派他巡抚川南；他的岳父颜辑祜，誉满学林，遍地桃李，巡抚川西。三个宣慰使均带护卫营武装，除宣慰军政府的政令，理清四川军政府和地方的关系之外，一路惩贪除恶，收拾民心，安定地方，收到了很好的效果。

2

尹昌衡在董修武等人的全力支持下，加强政权建设：整厘百官、厘定税负、革新吏治、实行人才推荐、裁汰冗官、严惩贪污，涤除清廷官吏之积习，政风一派清明。

袍哥的后顾之忧既除，尹昌衡便全力对外。

外边，威胁成都的军事力量主要有三股。

一是清朝的残余武装傅华封。

傅华封是赵尔丰亲信部将，清朝任命的边藏大臣。他带五千余巡防军驻防西康，当他得知赵尔丰有信相招，便急忙驰援成都。可是川西数路民军在大相岭一线据险而阻，打打停停，不能前进。这一直是四川西部的最大威胁。及至得到赵尔丰被杀的消息，傅华封拼命死战，突破防线，攻战雅安。现在正挥师东向成都，为赵尔丰报仇。

二是入川的滇军。

滇、黔都比四川独立得早些，他们独立后即打着支援四川革命的旗号挥师入川。黔军入川后不久，因内部变故，及早撤回贵州去了。滇军派韩建铎为援川总司令，率谢汝翼、李鸿祥两个梯团，一万五千余人从昭通入川，直抵叙府（宜宾）。蜀军政府既推拒不得，也因为没有军事实力与之抗衡，迫于无奈，只得邀请滇军代表赴渝协议签约：承认滇军为援川军，按月给拨兵饷，但滇军不得干涉川政。

滇军却公然委任叙府巡按使和副使，委派宜宾知事，并且还杀害富顺的民军总司令范华斋，在合江公然进攻同志军。合江之役，不但杀害川南总司令黄方，百余民军战士，悉被破腹，割心佐酒，极尽残酷。在自贡又将民军首领、同盟会会员周鸿勋大劈，并委派滇人黄德渊总管盐税，截留盐款，扬言进攻成都。

三是与大汉四川军政府分庭抗礼的重庆蜀军政府。

蜀军政府成立之时，成都周边正在大战之中，他们便立即派林绍泉率军北伐赵尔丰，林绍泉叛变被杀。后来又认为尹昌衡和罗纶的大汉四川军政府是袍哥政府，庇护赵尔丰，派夏之时领兵北伐。

三重外患始终严重地威胁着成都这个先天不足的政权。尹昌衡在与舵把子们周旋的同时，一刻也没忘记消弭外患。他对三股军事压力，做了周密的分析。

尹昌衡一直认为，傅华封五千巡防军至今不倒旗反正，属清朝残余势力，必须剿灭之。这支队伍虽然骁勇，但大势所趋，军心瓦解，孤立无援，不足为虑，正是他一战即可扬威的好机会。成都、重庆、云南的三个军政府，革命的对象都是清王朝。名义上都是革命的友军，其纷争都是革命阵营内部的事情。如果一当擅开战端，互相仇杀，天下大乱，将没完没了，受害的又是百姓，最好能够通过谈判解决。因此对滇渝两地，都暗中加紧了外交活动。

尹昌衡很快制定了文武并用、以军扬威、以打促谈、以谈判为主的应对方略，迅速进行军事部署，决心在短时间内，改变被动的军事态势。

尹昌衡首先命周骏率领万余人马，前去隆昌占据险要，扼守嘉陵，堵截夏之时的人马，既安定人心，也防蜀军长驱直入。尹昌衡一再叮嘱周骏，对重庆的蜀军政府，立意谈判，只守不战。等到捉了傅华封后，再缓图重庆。

对于傅华封，尹昌衡立足于以打促谈，便派彭光烈、赵南孙各领兵五千，西向雅安，与当地民军联合作战，共御傅华封之复仇劲旅。尹昌衡对彭、赵二人授计，我军必然在雅安附近与傅华封军相遇。他必然乘我军初到，来不及周密布防，立即发起进攻。雅安附近有三条河，等他挥兵强渡青衣江半渡之时，我军从侧翼发起猛攻，定然一战成功，大败傅华封。

彭光烈和赵南孙依计而行，雅安的战事果然如尹昌衡所料。在邛崃、雅安的同志军密切配合下，在青衣江大败傅华封的清军，活捉了傅华封。

傅华封被押往成都，尹昌衡对这位忠勇的清朝战将心存敬意，决计收降重用。他亲释其缚，以礼相待，置酒劝降。

傅华封是清朝在四川的最后一支没有倒旗的武装。他不是不识时务，只是很为赵尔丰被杀不平。尹昌衡充分肯定赵尔丰的功绩，他讲了当时杀赵尔丰的情势，让傅华封知道当时如果不杀赵尔丰，不能安定四川时局的严重后果。自己万不得已而杀国家民族之功臣，亦是终身的遗恨。最后他拿出赵尔丰那封绝笔信来道："将军，昌衡受季帅嘱托，要我把他这封绝笔信亲手交给你。"

傅华封打开密封得很好的绝笔信，一眼认出是赵尔丰的亲笔，顿时泪眼迷离。信很短，只有几句话："余既为末世走狗，自知劫数难逃；舍微躯而换蜀民安，无怨无悔；报君恩以全忠尽节，死也瞑目。将军风华正茂，来日方长，愿汝等顺时应运，切勿扭天行事，但将来日许国许民。尹督公明诚信，可敬可钦，汝等若能捐弃前嫌，志同道合，携手经边报国，余愿足也！赵尔丰绝笔。"

傅华封读罢赵尔丰的遗书，不禁号啕大哭起来。

尹昌衡读罢遗书，一个被自己所杀的敌人，能对自己如此没有怨言，亦不禁感动得涕泪泫然："伟哉，季帅。昌衡定不负所托！"

二人相对无语，良久，对天遥祭了赵尔丰一杯酒。

傅华封虽然感于尹昌衡的大义和真诚，但到底恩人已逝，靠山也倒，锦城虽荣禄，不如早还家，他没有接受大汉四川军政府的委任。尹昌衡再三请留，他只得接受边藏顾问之职，暂留边藏。

尹昌衡西征傅华封大捷，对重庆震动不小。其时谢云峤已经在蜀军政府担任要职，竭力为尹昌衡分辩转圜，缓和了蜀军政府要员们的误解。特别是夏之时，在成都听过尹昌衡的军事课，对尹昌衡的军事才能佩服得五体投地，加上他的妻子董祝君还认过尹昌衡的母亲作干娘。他对讨伐成都本来就很没信心，而今，赵尔丰已经伏诛，官办袍哥已经解散，再向成都用兵，实在是师出无名。因此，他的队伍到达隆昌之后，便没有再向前推进一步。

尹昌衡西征傅华封的胜利，大大地改变了当时的军事态势。对手都震动很大，他们纷纷议论：傅华封乃是川边名将，所统巡防军，装备精良，训练有术，久经战阵，两年时间内，纵横川边四千余里，大大小小数十仗，都是马到成功，从未败北。今尹昌衡出兵，旬日之内，擒傅华封易如反掌，而且将这支劲旅收编部下，如虎添翼。

恰好这时刘存厚从滇军中来到成都找尹昌衡。刘存厚毕业归国，在云贵总督李经羲手下任云南陆军讲武堂战术教官。期间，经李根源、罗佩金介绍，加入中国同盟会。1911年10月，为呼应武昌起义，刘存厚参加了蔡锷发动的昆明重九起义。云南军政府成立后，刘存厚任参谋部第一部部长、援川滇军总参谋。

在这关键时刻，刘存厚离开滇军，来成都转投尹昌衡。挚友老同学前来相投，尹昌衡真是喜出望外，立即将自己的卫队授刘存厚，扩编为第四师，授刘存厚第四师师长。

刘存厚将滇军的虚实原原本本地告诉了尹昌衡。尹昌衡知己知彼，很快制定了对付滇军的方略。他立即派张鹏舞领五百精兵戏斗滇军，不断进行骚扰。滇军对五百川军不以为然，甚是轻视。一旦时机成熟，尹昌衡便派数倍兵力，驱逐滇军。滇军连战连败，知道不是川军对手，便只好请求讲和。

此时胡景伊又从重庆来投尹昌衡，这胡景伊在广西混不下去，便到上海找了熊克武，后回川被重庆聘为跟滇军谈判的全权代表。他在谈判过程中给了滇将不少好处，跟滇军将领的关系很不错。尹昌衡也不愿跟蔡锷撕破脸皮，于是便委派胡景伊为代表，以慰劳友军的名义前去跟滇军谈判。

滇军无非是要钱，尹昌衡慷慨许诺，给滇军五十万慰劳军费，滇军同意从四川彻底撤军，川滇终于息战。

3

袁世凯的梦想是夺取国家的最高权力，手中有强大的北洋军集团，他并没有把革命党放在眼里。在南北和谈中，他主张实行君主立宪，革命党则主张共和，双方迟迟达不成协议。

孙中山一直反对南北议和，革命党率先单方选举。1912年1月1日，孙中山在南京就任中华民国临时大总统。他在就职誓词中庄严宣告："尽扫专制之流毒，确定共和，以达革命宗旨，完国民之志愿……国家之本，在于人民，合汉、满、蒙、回、藏诸地为一国，即合汉、满、蒙、回、藏诸族为一人，是曰民族之统一。"

孙中山能够放弃"驱除鞑虏，还我中华"的口号，把"五族共和"作为立国之本，尹昌衡即视孙中山为伟人，立即表示了对孙中山的热烈拥护，并服从南京政府的领导。

孙中山率先宣誓就任临时大总统，袁世凯便指示段祺瑞、冯国璋为首的北洋派将领48人发出联名通电，表示"誓死拥护君主立宪，坚决反对共和"，这既是袁世凯在逼宫前对清廷的假仁假义，也是对南方最后的一次试探。1月3日又以陆徵祥为首的清朝全体驻外使臣发出联名通电，劝告清帝退位，"以安皇室而定人心"，同时释放袁世凯同意共和的信号。

1912年1月11日孙中山宣布自任北伐军总指挥，制订了六路北伐计划。但是，南京临时政府刚刚成立，经济异常困难，当时英、美、德、日各国，不但不借钱给孙中山，还在财政上施加压力，封锁了南方革命军占领下的各口岸的海关税款，不让南京临时政府动用。并且将军舰驶进长江，造成即将"武装干涉"的情势。这让革命党的许多领导人非常害怕，混进临时政府里的立宪派、旧官僚，借口怕引起外国干涉，反对孙中山出兵抗击袁世凯。

孙中山在内外交迫的形势下，只得于1月22日向袁世凯表示：如果袁世凯使清朝皇帝退位，宣布绝对赞成共和，自己可以辞去临时大总统的职务，让袁世凯来当大总统。

袁世凯得到这个保证，又指使段祺瑞等联名发出通电，"立即采取共和政体"，逼迫清朝皇帝退位，并许给皇室以特殊"优待"。制定的《优待条例》规定：（1）清帝称号不变；（2）每年由国民政府给予四百万元；（3）清帝仍居清宫，以后移居颐和园；（4）原有私产由民国保护等等。

2月6日，参议院通过了《优待条例》。

2月12日（腊月二十五）清帝下诏退位。袁世凯通电全国："共和为最良国体，世界之公认。……大清皇帝既明诏辞位，业经世凯署名，则宣布之日，为帝政之终局。"统治中国长达268年的清王朝被彻底推翻。

2月13日，孙中山向参议院辞职，并咨文参议院："此次清帝逊位，南北统一，袁君之力实多……且袁君富于经验，民国统一，赖有建设之才，故敢以私见贡荐于贵院。请为民国前途熟计，无失当选之人。大局幸甚。"

2月15日，南京参议院举行总统选举会，以全国十七票（全票）选举袁世凯为民国临时大总统，并在通告袁世凯的电文中称他为"世界之第二华盛顿，中华民国之第一华盛顿"。

3月10日，袁世凯在北京宣誓就职中华民国临时大总统。

这是全国公选的临时大总统，四川军政府立即宣布拥护中华民国临时大总统袁世凯。

当南北和谈在乌烟瘴气地争吵之时，尹昌衡最关心的却是四川成都和重庆的和谈。

蜀军政府一直是以同盟会会员为主体的军政府。蔡锷初时即来电正式承认蜀军政府为四川合法的军政府，并以支援四川革命为名出兵四川。大汉四川军政府成立后，又以庇护赵尔丰、是袍哥政府为名，声言讨伐，赖着不走，又联合蜀军政府共同攻打成都。

蜀军政府看出滇军的用心，是挑拨离间成、渝的关系，使之同室操戈，好从中渔利，因此对于进攻成都之事犹豫不决。但是那时既迫于滇军的压力，又厌恶袍哥，才勉强派夏之时领兵北伐。及至赵尔丰伏诛，遣散成都内外数十万民军，取缔官办袍哥，整顿会党势力，成都大局稍定之后，夏之时进兵到了隆昌，便没再向前推进。

在此之前，四川军政府中的同盟会会员董修武、杨维、龙光等，认为成渝长期分立，政令不统一，财政没法整理，又加滇军骄悍无忌，内里不和，外人欺负，长此下去，两败俱伤，便首倡东西和谈，成、渝军政府合并之议。重庆的张培爵、杨庶堪、熊克武等同盟会会员亦有同感。张培爵电征泸州川南总司令但懋辛的意见，但也赞成全川早日统一。谢云峰赴重庆后，对两个军政府合并也做了大量的促进工作，使谈判条件迅速成熟。

重庆的革命党多以成都是四川省会，而今无论政治和军事实力都远胜于重庆，应该服从。成、渝双方信使频通，尹昌衡此前与蜀军政府也多有书信往来。于是乘着平定傅华封和送滇军出境的胜利，尹昌衡又给张培爵去了一封长信。

尹昌衡在这封长信里，对重庆方面对他的种种非议和指责表示了极大的愤怒。既挟得胜之威，以武力警告，同时真诚表白："衡非犬豚，宁忍以兵乱桑梓哉？一兵来，衡以单骑迎，千军来，衡亦以单骑迎。两川之利是图，七尺之躯何惜？有能驭众安民，衡必推权逊位。此一贤者取之耳。树党组兵胡为者，果其关怀大局，请即联袂而来。闻衡之言、考衡之行、鉴衡之心迹。允定公罪，而议去留，何迟之有？"严正指出"成渝不可分立，虽妇人孺子苟具有良心者无不知之"，来表达他对两个军政府合并的诚意。

在这样的情况下，双方书电专使往返，均有合并诚意。重庆派朱之洪，成都派张治祥为全权代表，相会于荣昌烧酒坊，随后又一同至重庆，草签合同草案十一条，各自上报。两军政府乃各自召集特别会议进行审议。

合同内容大要为：两军政府同意合并，成立统一的政府，成都为政治中心，省会设在成都，重庆设重镇；正副都督由成、渝都督担任，由合并后的新政府重新选举；原来的两位副都督，拟任重庆重镇镇抚和枢密院长。双方于二月二日换约。

十日之后，张培爵召集蜀军政府主要成员，在隆昌举行行营会议。会议决定：张培爵自行电请，让正都督一职于尹昌衡，自己就任副都督。会上同时决定：谢云岫、但懋辛同赴成都，向楚、张习等人回重庆商议组建重庆镇抚府事宜。

4月25日（三月初九），张培爵一行到了成都。4月27日，成、渝两军政府宣告合并。4月28日，尹昌衡和张培爵正副都督宣誓就任，通电全国，四川统一。

重庆设置镇抚府，由夏之时任镇抚府总长。蜀军政府所辖全部军事力量，由四川军政府编为第五师，任命熊克武为师长，驻守重庆。

天下未乱蜀先乱，直到清帝溥仪宣布退位一个多月后，四川才完成统一。饱经战乱的四川人，终于迎来了和平。

阳春三月，巴山蜀水一片欢腾。大街小巷，燃放烟花爆竹，各码头都请戏班唱大戏，以示庆贺。

四川军政府内也是张灯结彩。尹昌衡在他的《止园自记》中不无得意地写道："自予以单骑出督川十月，抚无不服，动无不成。出死入生，差免罪戾，忧劳险难，萃于一身。"这个总结一点也不夸张。

而今，结束了四川的乱局，长期压在尹昌衡心头的一块巨石终于落地。在欢迎张培爵一行就职的宴会上，尹昌衡这个酒狂正欲举巨觥豪饮，由于积劳成疾，长期带着病体强撑拼命，绷紧的心弦一松，便骤然崩溃，他把酒杯刚举到嘴边，突然觉得天旋地转，砰的一声栽倒在地。这个铁血汉子再也撑持不住，终于病倒了！

【第二卷】

西征平叛

倒春寒

1

三月天气，乍暖还寒。

1912年四川又遭了一次不小的倒春寒。连续十几天春光明媚，谁知寒潮骤然来袭，晚上居然下了一场小雪。往日繁华的成都，街上行人稀少，没有了往日春夜的热闹。

这个春天，也成了尹昌衡人生中的一次倒春寒。

完成统一四川大业的尹昌衡正春风得意。他原打算庆典之后休息几天，好好规划四川的未来，然后趁着定乱安蜀的威望，为共建中华民国共和大干一番，可是没想到刚当上了名副其实的四川都督，尚未理事就被病魔击倒，而且病得不轻。

尹昌衡从去年12月10日晨9时就任大汉四川军政府都督之后，军政府大员中六成是同盟会会员。董修武等诸同志为促进团结、巩固政权计，竭力敦劝尹昌衡加入同盟会。

尹昌衡虽持君子不党论，但而今同盟会的政治主张，确实是自己最拥护的政治理想，他与大家的战斗友谊深厚，高情难却。且在平叛期间，事机紧迫，又由同盟会授予特权，只得斟酌从宜，答应入会，随即被选为同盟会四川名誉支部长。

2月15日，尹昌衡致电孙中山总统：临时省（议）会急应设立，建立议会民主。他以共和立宪为基础，在原咨议局的基础上成立了四川临时议会，筹办地方自治，形成了军政府民主议事的临时制度；又于4月12日颁布了具有宪法性质的本省临时约法；军政府同时颁布了多种法令律令。7月1日，四川临时省议会在成都纯化街开幕，选出以骆成骧为议长，胡骏、邓孝可为副议长的临时省议会。

重庆军政府对尹昌衡这些已经制定的新政措施均无异议，合并后的四川军政府政令，均在全省继续实施。除了军队之外，民政事务由副都督张培爵总揽，政务长兼财政司长董修武既是革命党的四川支部长，又是政务和财经方面的专家，素孚众望，两块很重要的事情能跟张培爵很好合作。其他各司的人也颇称职。尹昌衡的病，并没有引起什么混乱。

到底是积劳成疾，病来如山倒，病去如抽丝。大概是季令的原因，医治休养了一段时间，病情不但没减轻，腿上曾经落下的恶疮又复发。

尹母见多识广，又颇通医道，她知道儿子的病根。儿子在家调养，一切都得听她安排。她给尹昌衡的第一道命令是隔单。所谓隔单，就是不近女色，跟妻妾也要分床。还不准写诗，不准作文，不准看报。另外就是在家门外挂出免访牌，要尹昌衡半个月内不得操劳政事。

尹昌衡虽然在外面是个铁血将军，在尹母面前却是个柔顺无比的孝子。但是，他毕竟是新就任的四川都督，乱后四川，百废待兴，百端待举，川人切盼新都督推行新政，开创天府之国新局面。因此他求母亲准骆成骧和颜楷轮流入府侍病。尹母虽然心疼儿子，但毕竟军国大事也要紧，只得勉强答应。特别是身为都督，不准看报了解时局是不可能的，这条禁令也只管了几天。

尽管挂起了免访牌，但是军政府的要员，及尹昌衡的那些军界朋友是拒绝不了的，上门看望他的人还是络绎不绝。尹府门庭若市，对有的来访者，尹昌衡还不得不在病床上接待，根本得不到休息。

几天后，尹昌衡能下床了，尹母决定让尹昌衡离开成都回彭州养病，尹昌衡想，张培爵管民政，政务处和财政司有严谨周密的董修武顶着，方针既定，一切按部就班，其他各司也还算称职，只得同意。并请颜楷和骆成骧，帮他留守尹府，应酬来访者，有重要事情就派员到彭州找他。

尹昌衡的老家彭州升平乡，在成都平原的西沿。春意还浓，早开的桃李尚未完全凋谢，青青的麦苗正蓬勃向上拔节孕穗，金黄的油菜花一团团一簇簇，点缀着成都平原这张绿色的大毯。

尹昌衡为了不惊动地方，只带了马忠和张得奎几个贴身侍卫，一家人轻车简从，悄悄地回到了彭州老家。

尹家祖业凋零，三间不算高大的祖屋已经很破旧，加上同样破旧的厨房和猪圈房，显得相当寒酸。祖屋掩映在竹树丛中，一株高大的核桃树荫笼着门前的院坝，院坝周边种满瓜果，跟普通的川西民居并无二致。

尹昌衡故乡之行，只暗暗地告知了表兄刘丽生一人。刘丽生明白大都督安危之所系，严密地封锁了消息，并派了最得力兄弟伙，在尹宅数百步之外的田垄间布了暗哨，日夜巡守。

大都督还乡养病，宗亲邻里都来看望，一切仪礼自有彭州舵把子刘丽生应酬，不用他费心。这里远离市尘，空气清新，每日早早地起床练完太极拳后，便由颜机和杨燕茹陪着，在麦浪花海中散步，晌午回到家中，看完当天送来几张成都报纸，便陪父母打麻将。晚上几杯村酒之后，院中安起长板凳，父亲尹世宗早备好了上好的叶子烟，泡一壶上好的蒙山顶上茶，邀邻居们来唱板凳戏。杨燕茹是川剧名角，尹昌衡对川剧情有独钟，尹母也不甘示弱，一家人其乐融融。尹昌衡的病情很快大有好转，只是腿上的疮还迟迟没有治愈。

颜机到了尹昌衡的老家，这样好的季节，美丽的田园生活，一切都那么富有诗意。尹昌衡能安心养病，这让她放心了许多。她而今是都督夫人，日后丈夫戎马生涯，自己不能弱不禁风，成为丈夫的拖累，因此也要多少学点行军打仗的本事。她当然不可能像杨燕茹那样去练拳脚功夫和刀枪剑戟。为了尹昌衡的安全，也不能分马忠和张得奎的心，因此白天陪尹昌衡散步后，她便让尹昌衡的表兄刘丽生教她学习骑马和放枪。几天下来，她虽然摔过筋斗，但是骑马和放枪都学会了。

2

其实这一场病对尹昌衡来说不一定是坏事，从某个角度来说，他甚至需要这一场病。养病给了他思考大事的时间。

四川尚未统一，成、渝还在扯皮之时，1912年3月10日下午3时，在北京石大人胡同前清外务部公署举行了袁世凯宣誓就职临时大总统的仪式。与会者百余人，身份各殊，冠服各异，英国公使朱尔典也亲临观礼。

为了限制袁世凯的权力，南京临时政府大总统孙中山于1912年3月11日颁布了《中华民国临时约法》，南京参议院同时致电袁世凯，承认他就职大总统，同时强调："本院代表国民，尤不得不拳拳敦勉者：临时约法7章56条，伦比宪法，其守之维谨！勿逆舆情，勿邻专断，勿狎非德，勿登非才！"

袁世凯宣誓就职临时大总统后，着手组织新政府。按程序经总统提议，参议院通过，任命唐绍仪为内阁总理。总理提名，内阁通过了各部总长名单。在阁员中，有五名是同盟会会员，占了半数。总理唐绍仪跟袁世凯关系极深，曾经是他的外文翻译，被他保荐，先后担任天津海关外务部左侍郎、奉天巡抚、邮传部尚书。在南北和谈中，又是唐绍仪做北方全权代表，后来唐又加入了同盟会，也成了同盟会一员。当时便有人称这个内阁为同盟会内阁。而且袁世凯还任命黄兴为总参谋长，负责维持南京地方和整顿南方各省军队。

尹昌衡对立宪与共和并无厚薄之分，从现在的情况来看，袁世凯并不排斥革命党，完全接受了共和主张，遵守南北和议好像还是很有诚意的。这些都让他看到了国家的前途和希望，对全国大规模内战的担忧少了几分。

世道要由乱而治，正如一场暴风雨后，洪流把泥沙和渣滓都汇聚到池塘里，浑浊不堪，混乱不堪。鱼龙混杂的池塘，时时还会掀起一波又一波的浊浪，要让池塘真正地清澄下来，那是需要时间的。在这纷乱的世界中，国家命运如何，四川何去何从，个人的理想、信仰、前途，有何调整、作何打算，他都要冷静地思考和选择。

尹昌衡虽然也很关心政治，但他对政治没有政客们那种特别的激情。革命党的朋友们曾经那样拥护他举反清大旗，他不为所动，甚至躲藏起来。他也从来不标榜自己是推翻清朝统治的革命英雄和反袁的斗士。他在后来《止园自记》中，用《忠清记》《报清记》《忠袁记》等三个专章来说明自己的政治立场。他不像那些投机的政客，清王朝灭亡后，就立即摇身一变，努力把自己打扮成推翻清朝专制的革命先锋，袁世凯倒台后，就把自己打扮成反袁英雄，来为自己涂脂抹粉，增加光环，捞取政治资本。

尹昌衡始终把自己定位于一个军人，保国安民是他的天职。军人效忠的对象不是君王，而是国家与苍生。共和之路既然是国人共同选择的道路，也是他所追求的道路，就得努力实行之，他就任都督后，为教育军人所作的《劝兵歌》中就盛赞共和，提出"不为上，不为君"的新的忠孝观。

劝兵歌

劝世人，仔细听，士农工商都可作，不知何故来当兵。
上古时，兵即民，放下锄头入行伍，原为保国护众生。
三代下，道不行，国君视民如奴隶，驱使百姓争人城。
一家荣，万家倾，腐儒助虐说忠义，列国互斗三军坑。
为的是，一姓荣，保持禄位传孙子，安乐人主焚臣民。
四千年，乱到今，群迷醒悟共和现，以国为公真理明。
不为上，不为君，专为保国才出战，纵然身死双目瞑。
诸将帅，公仆称，平民雇他有厚俸，不是请来徒骄横。
到今日，妄自尊，只徒保持富与贵，不与百姓谋安宁。

"济利天下"是他对忠孝概念全新的诠释，他说："志在济利天下，虽难，吾心日日思之，吾口日日言之，吾行日日赴之。"

但是要爱国，国家不是一个空泛的概念。国家有它的形象代表，因此他的行为准则仍然是"一朝名分定，万死守其常"。他对清王朝已经尽了人事，名分已经终结。孙中山任临时大总统期间，大事俱向孙中山汇报。

现在袁世凯就任大总统，确定了他代表国家的名位，要保国，要安民，那么就得尽力维护他的名位。至于总统的得失是非，按共和政体，则应该是政治家们用和平的手段去解决，军人不应该去过多的干预。

让尹昌衡不安的是现在南北表面统一了，可是各派政治势力表演充分，与中央分庭抗礼，暗潮汹涌，国家未来前途堪忧。他在后来的《止园自记》中曾经大声呐喊："国本未固，武夫当忠顺，若责上太过，大乱宁有涯乎？"

尹昌衡定乱安蜀，已经充分地展示了他的军事天才，证明了他是一个合格的军人。但是，时事却把他推上了四川总督的宝座，这不仅要懂军事，更要懂政治，这更需要政治家的智慧和胆魄。在此前他在军中也仅只是卑职闲差，是一个不被重视的小小工具，就任川督也才十个月时间，根本没有政治斗争的历练和思想准备，因此就得格外小心谨慎了。

尹昌衡不得不对眼前国家的政治局势进行认真分析。

眼前，不管革命党愿不愿意，袁世凯毕竟是参议院举行总统选举会，以十七票（全票）补选为临时大总统的，四川投的也是赞成票。袁世凯政府是中外承认的代表中国的合法政府。而革命党人却认为是袁世凯窃国。原来的大汉四川军政府，就是以同盟会会员和军人为主体，重庆的蜀军政府，几乎更是清一色的革命党，合并后的四川军政府，革命党人占了绝对的多数，而这些人议论的却是如何夺回权力。自己虽然是同盟会四川支部的名誉支部长，却与党人的这些主张大相径庭。国家刚刚统一，这种争权夺利、分庭抗礼的情绪实在令他担忧。

这一天送报的人同时还送来了一个大邮包。

这个邮包是冯倩文从北京寄来的。原来，冯国璋去年攻陷汉口后，11 月 27 日又攻占了汉阳。此一役，冯国璋被清廷封为二等男爵。正当长江一鼓可渡、武昌唾手可得之时，袁世凯为了借用革命力量迫使清帝退位交权，密令冯国璋"按兵不动"。冯一时摸不着袁世凯的意图，于是亲自赴京托人向隆裕太后启奏，请求拨给饷银 400 万两，独力平定"叛乱"。太后表示，400 万两饷银一时难以筹划，但可以先拨发 3 个月的饷银，并准备临朝时召见冯国璋。

冯国璋此举搅乱了袁世凯的部署，袁世凯对此很不高兴，抢先一步见了太后予以阻止。不久就命段祺瑞抵达汉口，接替冯国璋指挥北洋军的职务。

12月15日，袁世凯命令冯国璋离汉赴京，任禁卫军总统，兼察哈尔都统。冯倩文也随父回到了北京。

尹昌衡收到邮包后，不由得又想起了给他莫大帮助的红颜知己冯倩文来。去年那场腥风血雨中，她及时送来警报，并暗中保护了他的家人。春节后马忠曾经收到过妥儿的书信。他从马忠那里知道，冯倩文得知他平乱中被公推为都督，很为他高兴，正打算来成都相见，得知他跟颜机完婚的消息，便病倒了。这个痴情的女子病中还在一如既往地关注着他，牵挂着他。他已经是有一妻一妾的人了，真不知道怎样面对这个可爱的豪门姑娘。

邮包里面全是近期京城及南京、上海、广州等主要城市有影响的大报。

这些报刊来得太及时了。除了川内报纸原来报道过的消息之外，还有大量的全国政治动态，特别北方和南方两大阵营的许多微妙的情况，那是他思考四川的出路和前途必不可少的政治素材。

民国初建，袁世凯同意民主共和，中国的民主空气空前浓烈。各派系对在中国实现议会民主政治亦充满幻想，纷纷组织政党；官僚政客们也大投"政党政治"之机，以猎取功名利禄；各派系为在议院中获得尽可能多的席位，竭尽纵横捭阖之能事，拼命地改组，分分合合，致使民初政坛呈现党派林立、鱼龙混杂的局面。从武昌起义到袁世凯政权建立后，短短几个月，全国涌现出大大小小的政党政团，如自由党、社会党、工党、统一共和党等三百多个。报纸由清末的百余种，迅速增加至五百种，总销数达数千万份，各政党利用大大小小的报纸，论时政得失、评说政府官员、宣传自己的政治主张。袁世凯也通过梁启超等人组织更大的政党，准备跟革命党人在议会中一争高下。

如果各政党和平竞争，真正实现民主共和，这倒是好事，可是这一捆报纸中，几篇迟来的报刊中，有几份披露南北和谈时革命党活动的机密内容的报纸使他十分震惊。他预感到国内大规模的内战迟早都不可避免，他不知道国家目前的表面统一能维持多久。他为国家的前途命运，深深地担忧着。

尹昌衡读了那些报纸进行冷静地分析，政党政治的热潮已经波及四川，四川的革命党人也加紧了活动。各种政治势力的较量胜负难分，国家前途未卜，他这个新任四川都督的选择，就只有既不和中央对抗，又不愿意得罪革命党了。他最担心的是四川军政府的权力被革命党挟持和利用。四川再也不能做天下的乱源了，那将对四川的大局不利，对四川的老百姓不利。

第二十七章

缓冲器

1

尹昌衡庆幸自己生病后没有贸然把军政权力完全委托给副都督张培爵，看来这做法是正确的。

尹昌衡并不是不信任张培爵。

张培爵字列五，号智涵、志韩，四川荣昌人，出生于一个三代世医家庭，自幼入私塾读书。加入同盟会后，在成都创办书报社，积极从事革命宣传活动。与熊克武等人密谋江安、泸州、成都起义，均遭失败。重庆反正任蜀军政府都督。

张培爵比尹昌衡大八岁。性格就像他家祖传的中医中药一样沉稳厚道，他顾全大局，很注重维护四川统一的成果，是个很好相处共事的老大哥。尹昌衡所担心的是宽厚的张培爵被重庆方面一些激进的革命党人所挟持和左右。

作为都督的尹昌衡，必须保证正确的政治路线决策不被干扰。不对抗中央容易做到，不得罪四川新政权内的革命党却很难。他需要找一个既能执行自己的意志，又能周旋于中央和地方各派政治势力的代理人，来帮他消弭和革命党人的冲突，帮他稳定四川的局势。

尹昌衡再三权衡，再一次选定了胡景伊。要用这个人来作为他的缓冲器，他已经在他身上花费了不少精力了。

胡景伊曾任四川陆军武备学堂管堂委员兼教习。后来从日本陆军士官学校步兵科第三期毕业回国后，1907年锡良调任云贵总督时，他随调任督练处参议官、云南陆军小学、云南陆军讲武堂总办等职。1909年任广西省新军协统。他城府深，张鸣岐称道他"不傲、不狂、不嗜饮"，对他很赏识。

胡景伊在东京时曾加入过孙中山创立的"兴中会"，即同盟会的前身，可谓老资格革命党人。可是当革命党人准备在广西建立地下据点去找他时，他却突然变了脸，撂出一句话："你们赶快给我滚，要是不走，我把你们都交出去！"辛亥革命高潮中，广西的革命党响应武昌起义，推举胡景伊为广西都督，一如湖北新军拥立黎元洪一样。当时胡景伊拒绝反清，逃到了上海。

当革命大势席卷南方之后，胡景伊这才追悔莫及。他在上海结识了重庆革命党人熊克武，私交甚好。胡景伊本想凭此挤进革命党为主体的蜀军领导层，但广西那段变脸经历，却让大多数革命党人看穿了他的为人。据说孙中山只要一提起胡景伊的名字就会切齿痛恨，因此革命党人都对他非常厌恶。

胡景伊灰溜溜地回到重庆，当时的蜀军政府被自己引来的滇军搞得焦头烂额，知道胡景伊在云南干过较长时间，人脉关系多，便请他出面代表重庆与滇军进行谈判。孰料胡在谈判中吃里爬外，未经重庆批准便擅自同意送给入侵四川的滇军三十万元开拔费，因而受到谴责。

胡景伊为重庆奔走，悉知重庆的底牌，此时接到了尹昌衡的电召，让他斡旋成渝两军政府的谈判，谈判终于成功。

四川虽然统一，但尹昌衡对重庆并不放心，因为那里的革命党人最为集中，即使变了地方，仍能形成分庭抗礼之势。特别是四川军政府任命的第五师师长熊克武，其人身份地位特殊，恐怕很难驾驭。

熊克武字锦帆，四川井研人，1904年留学日本加入同盟会。1906年冬，奉同盟会总部之命返川开展武装斗争。他在四川各地联络革命党人，设立机关，发展同盟会员，积极组织起义。熊克武先后发动泸州起义、成都起义、广安起义、嘉定起义等，但每次都因事机泄露、叛徒出卖而失败。1911年4月参加黄兴领导的广州起义亦告失败。武昌起义爆发，上海的四川党人公推熊克武组织蜀军北伐。南京临时政府总统孙中山，批准熊克武取出四川的铁路存款购买军械，并任命熊为北伐总司令，组织军队北伐。熊克武很快在宜昌招募到三千军队，不久南北和议成功，孙中山便命熊克武率部返川。

熊克武率兵回四川占领万县，蜀军政府任命熊为蜀军第一师师长。成渝两军政府合并后，任熊克武为第五师师长驻重庆。但熊克武却至今仍然驻扎在万县，奔忙于万县和南京之间。

尹昌衡对熊克武这样的革命党元老、功臣怕难以沟通，想到胡景伊跟熊克武私交甚厚，兼之和重庆打过不少交道，正好借重。他在日本士官学校最好的拜把兄弟刘存厚，从云南来投奔他后，也全力推举胡景伊。

早在 2 月 9 日胡景伊从重庆回到成都之时，尹昌衡和当时的副都督罗纶，便在铁路公司为胡景伊举办了三十多桌人参加的大型欢迎宴会。这是他就职都督后举办的最大的一次宴会，任何人都没有享受过这样的殊荣。

在开宴之前，尹昌衡即兴发表了一通演说："今日非演说亦非会议，昌衡自回国以来，担任军事教育，暇时虽有，性最孤僻未能与诸先生相过从。及十月十八日誓死出任事，招复军队，收拾军心，又日不暇给，亦不能与诸先生相接洽。今日之宴，乃与诸先生略谈心曲也。昌衡生性一不护短、二无党见、三信人最专。惟自问生平好驰马试剑只一武夫耳，全无政治观念，任事二月有余，政治全恃董特生（即修武）、刘积之二人担任。所凭以对七千万同胞者，惟不怕死也。此时北虏未灭久欲率师北伐，又恐以都督名义出发，省内军心动摇。今胡君文澜（景伊）有学识、又有阅历，必足以震慑军队。昌衡请践前约应即退让，要求诸先生公认胡先生为都督，以表我之初衷，昌衡仍愿率师北伐，为诸君效死。且现在川、滇相持，有万不能开战之苦。昌衡亦愿效日前单身入两湖公所及赵尔丰居处故事，亲往说滇军一同北伐。总之要求诸先生许我去都督之任。"

尹昌衡也是功名心重的人，威望正如日中天之时，岂肯放弃都督之位。其实他是看好胡景伊的利用价值，借此为日后重用胡景伊作个铺垫罢了。

在场的不少人，认为对推翻清朝和安定四川，自己都比胡景伊的功劳大，都督之位怎么能落到这个刚回川不久的人身上。

惊疑有顷，大家都你望着我，我望着你，谁也不好开口。徐炯首先发言："兹事体大，非仓促能解决。"刘天佑、邓孝可道："北伐与内政并重，都督与胡先生均为大众所推许，议仍留都督，推胡先生为北伐总司令。"众赞成，乃散会入席。

之后不到十天，2 月 27 日尹昌衡又同罗纶给孙中山等民国政要发了一封电报，请求任胡景伊做军团长，电文最后强调说："兹查胡景伊学识优长，谋猷闳远，心精力果，经验宏深，方其智勇，直轶先贤，凡我干城，皆属后进。尤宜特任全川陆军军团长，兼军事参议院副院长，各镇均受节制调遣。从此军政得人，河山增色，拜节钺于坛下，授阃外于将军。除檄委外，谨此奉闻。成都都督尹昌衡、罗纶叩。"

别说孙中山痛恨胡景伊，即使不恨，南北和谈正在节骨眼上，而今南京临时政府账本上只剩下八两银子，简直穷得揭不开锅了，正在为找钱的事着急，哪有心思管这些小事。此事招致成渝大多数人的竭力反对，特别是军界的头头们反对得更凶。

尹昌衡说自己是武人不懂政治，这是他装糊涂，其实从政治角度考虑，他的眼光是相当高明的。一个政权，正如一架庞大的机器，主件之间总要加几个垫片来缓冲，避免主件的碰损。胡景伊就是他和军政府同盟会的大员中间，成都和重庆之间，以及他和袁世凯之间最好的垫片了。

尹昌衡是个不达目的绝不甘心的人，其时边藏叛乱，警报迭至，他正卧病在床，他也不管别人反对，便用病中请胡景伊帮他代管军务为名，任胡景伊为军团长。

成渝两军政府合并之时，原蜀军政府副都督夏之时任重庆镇抚府总长，夏之时坚决辞职去留学。四川军政府再三挽留不住，因四川反正时他率先发难，从优助其游学资金三万，准其辞职。重庆镇抚府总长一职空缺，尹昌衡又力推胡景伊充任，并和副都督联名向民国政府电请。

这一次推荐胡景伊在成渝引起了更强烈的反对，重庆方面反对的呼声更高。重庆在南京和上海的同盟会的大员们都竭力推举黄复生任重庆镇抚府总长。黄复生是四川隆昌龙市镇人。1905 年加入中国同盟会，后曾任中国同盟会四川分会会长，兼《民报》经理。1910 年春，与喻培伦等在北京预谋炸死摄政王载沣，事泄被捕。武昌起义后，同汪精卫、罗世勋均获释，算得上四川革命党元老级人物，且当时任南京临时参议院议员，并兼任南京临时政府印铸局长。

双方争执不休，坚持不下，尹昌衡 4 月 1 日电报请托上海《民立报》向在上海和南京的革命党人陈情力争：

> 文澜权位过重，易启谗妒，属于军团长或镇抚使事择一而任，具见关怀桑梓，苦心维持，至为感纫。惟军团长职虽重要，只需代理得人，由衡就近支配，尚可行其职务。镇抚一席，保障东南，关系尤重。衡本军人，承乏川事，日夕兢惕，深恐陨越，贻误大局，有负我同胞之委托。故凡遇才俊，无不倾吐肝膈，加意延揽，共图进行。昔与文澜，本无一面之交，及与晤谈，决为伟器，输心佩服，决计以都督一席相让。屡经开会宣布，在省同人，狃于大局未定，恐致人民惊疑，不允更替。今以文澜改任斯职，俾展所长，固系为事择人，期于有济，亦衡区区崇拜贤豪之心，不容已。如谓别有原委，或稍参以意见，皇天后土，实鉴此衷。公等明达，当共亮察，务请转致沪宁同乡，对于此事曲予赞成。

尹昌衡执意推荐，张培爵从团结的愿望出发，从维护尹昌衡的权威出发，4 月 4 日，联络但懋辛等重庆革命党元老，给重庆及在南京上海的革命党要员们发了一份劝说电报。

> 重庆总长一职难以虚悬，成都诸人乃拟文澜暂承其乏，曾通电重庆诸
> 公，业蒙赞许，今已首途，行抵资州……若遮阻其前进，兵民心理两滋疑
> 虑，一旦变生，双方见疑，立形扰乱。况弹劾之权，操之议会，与争执于今
> 日，宁补救于将来，望重念危急，稍事通融，并请转电沪宁同人共谅此意。
> 不然，我以为得人，人以为树党，疑窦益深，恶感增剧，演成同室操戈之惨，
> 川人何辜，岂能受此浩劫。且滇、黔有观衅之师，陕、甘来疑诘之电，四面
> 楚歌，事机危险，千钧一发，盖在此时。务乞诸公共悯时艰，力持危局，祷
> 切！盼切！培爵、鸿词、懋辛叩。

张培爵直接任命胡景伊任重庆镇抚府总长。胡景伊带着一个机关枪营，星夜
兼程赶到重庆赴任。张培爵的威望和劝说，加上他的武力和政治权谋，黄复生等
原蜀军政府元老只好规规矩矩听命。

胡景伊稳定了重庆，可以说给尹昌衡的四川军政府新政权吃了定心丸。他又
借探病为名，到彭州表功献媚。在对未来局势的认识上，也竭力投尹昌衡所好。
这更加坚定了尹昌衡进一步重用胡景伊的决心。

2

尹昌衡病情稍微好转，就坐不住了。那期间，滇军还在重庆及川南地区，尹
昌衡和张培爵多次电告袁世凯、黎元洪及北京政府，请求中央督令滇军撤离。同
时，陕西、甘肃的前清巡抚起兵反对共和，尹昌衡又派彭光烈领兵去平叛。接着
边藏又发生大规模的叛乱，尹昌衡只好带病回成都，以便就近处理大事急事。

尹昌衡重用胡景伊，他知道，那些跟他出生入死的军界弟兄们肯定不服气，
不买胡景伊的账。

首先上门反对他重用胡景伊的，就是周骏、彭光烈、孙兆鸾等几个军界的铁
杆朋友，以及张培爵、董修武、杨维、王右瑜、杨肇锡等军政府的大员，这些人
都是同盟会员。而罗纶、张澜、蒲殿俊等立宪派的大员们，都借前来探望都督病
情之名，一同登门劝阻尹昌衡，要他取消这个决定。

周骏、彭光烈等几个军界朋友，率先开口。

尹昌衡早就想好了怎样应对反对者的说辞，他厉声责问道："胡景伊开初不
反清，不接受江西革命党推举的都督之职，这算是恶德恶行吗？如果是，那么我

尹昌衡也不反清，诸公推举我举旗反清，我到处躲藏，我还为赵尔丰稳定四川出谋划策，并冒死奔走，那么我就更是罪不可赦，没资格做四川军政府的都督了。立宪派诸公开初也只是在皇权下追求立宪，并不反清，那也不配立脚军政府了。那么你们把我们都赶出四川军政府，把四川军政府改成革命党军政府好不好？"

他这话表面在责问周骏、彭光烈等人，其实是说给张培爵等人听的，同时也堵罗纶等立宪派的口。

张培爵一听尹昌衡话说得很冲，他是重庆方面革命党的领袖，立即意识到了事态的严重，他绝不愿背争权夺利、破坏军政府团结的罪名，赶忙解释道："我们不是那个意思，大家只是觉得此人城府太深，在遣送滇军的过程中，不请准蜀军政府，擅许三十万两银子巨款，有经营个人关系，从中谋私肥己之嫌……"

"张副都督，据我所知，滇军是你们蜀军政府请来的吧？滇军入川后，干了多少坏事，杀了多少人，截收了多少盐税银子，你们是知道的吧？蜀军政府赶不走这个瘟神，才请胡景伊出面斡旋。至今都还留下余股为患。三十万两银子可能数额太大了些，但你们不授权，他答应了能算数吗？至于他谋私肥己没有，不得而知。你们有证据吗？若有证据，四川军政府亦可予以追究！"

"这……时过境迁，这倒大可不必。"

"也好，不过请张副都督也要看到三十万送走大部滇军，没有酿成大战，有利成渝两军政府合并，也为四川做了一件大好事。设若全靠武力驱逐滇军，多花多少钱，多死多少人，胜负如何，谁能预料？交战之中，若遭成都一样的兵变，那损失更不可计算了。胡景伊虽非完人，但是毕竟是我四川人物。此人学识优长，经验宏深，有目共睹。政界摸爬滚打有年，处事练达，在云南、广西以及北京，都广有人脉。以他之沉稳内敛，不傲、不狂、不嗜饮之长，补我之性格狂傲嗜饮之短，有他助我处理军政事务，当是川人之福啊。"

尹昌衡说的全是事实，在情在理，众人虽然心有不服，却也无言以对，重用胡景伊的内部争论和指责，才慢慢停了下来。

尹昌衡一直把骆成骧和颜楷尊为老师，聘二人为四川军政府高参，并且，二人在临时议员中德望最高。送走前来进言的众人之后，尹昌衡留下二人小饮。二人都曾在广西跟胡景伊共过事，对其人品也很是不耻，对尹昌衡如此重用胡景伊很不放心。但他们没有当面反对，他们都知道尹昌衡看事情往往有让人意想不到的独到之处，他重用胡景伊，或许有更重要的原因。

三杯酒后，骆成骧便问道："昌衡，胡景伊的为人你不是不知，到底是什么原因，使你力排众议，甘冒极大的风险重用胡景伊这个危险人物，能给我们交个底吗？"

颜楷也道："对，昌衡，我也认为你对众人的解释，那绝不是全部理由，你或许还有更重要的原因吧。"

尹昌衡对骆成骧和颜楷，向来是毕恭毕敬："骆公，舅兄，胡景伊的为人昌衡何尝不知。唉，这话叫我怎么说呢？"他想了想，放下酒杯，亲自去书房里拿来两份报纸，递到二人手上。

尹昌衡从冯倩文寄来的报纸中选出的这几份，全是披露南北和谈期间，革命党领导人孙中山和黄兴等向日本人借款之事。

1911年10月武昌起义时，孙中山尚在国外。他也没有立即回国领导革命，而是从美洲绕道欧洲，力图争取列强在外交与财政上的支持，结果一无所获，空手回国。而黄兴出面跟日本商谈合办"汉冶萍"公司借款之事，亦迟迟没有结果。

黄兴又向日本请求借款援助。正在策划出兵占领中国东北三省的日本枢密院议长山县有朋表示："赞成乘此机会，与革命党订立密约，使东三省归于我。"负责此事的森恪在2月3日两次与孙中山会谈。

森恪并向孙中山说明，以允准日本租借"满洲"为条件，日本向临时政府提供借款，也是元老桂太郎等人的主张，他还提出孙中山或黄兴须与他秘密渡日，与桂太郎直接商议。

孙中山表示同意森恪的主张。

森格将谈判情况致电山县有朋，没有回音，此事最终成为泡影。

骆成骧和颜楷看到南北和谈时，革命党不惜出卖东三省主权，惊得目瞪口呆。过了好久，骆成骧才喃喃地道："南北议和，难道是革命党的权宜之计？一当革命党缓过气来，南北大战一触即发啊。"

颜楷也道："是啊，国无宁日，乱世无涯！"

尹昌衡举着酒杯，一直凝望着他外祖父那副对联："干戈平定归于哲，廊庙文章非等闲。"此时才开诚布公地对二人道："骆公，舅兄，干戈平定归于哲，许多治国的大道理我们不能不想清楚啊。你们二位，都德才兼备，久负盛名，若当盛世，昌衡当三顾二公尽展其才。可是，今日南北虽然表面和解，乱源未除，南北各自暗中蓄势，内战随时可能爆发。让二公以圣贤心胸，去应对野心勃勃的北方势力可否，去应对四川强大的革命党势力可否？"

二人都知道，乱世争雄，无所不用其极，一百筐圣贤道理，都抵不上宵小之徒一条阴谋诡计。

尹昌衡道："今我为四川都督，军政府内革命党势力何等强大，我若直接跟他们交锋对抗，四川有宁日否？我若百依百顺，受革命党势力挟持，公然对抗有中央之名的强大北方势力集团，四川有宁日否？"

骆成骧道："是的，既不能被革命党挟持，也不能对抗中央，在他们中间，是要有一种缓冲的力量。"

颜楷道："胡景伊能起到这种缓冲作用吗？"

尹昌衡道："胡景伊盐商家庭出身，经营官场很有心机，既有应对革命党的经验，又跟袁世凯有往来，圆滑知时，故而用他，望二公体谅昌衡苦心，于清流之中，善为排解。"

骆成骧和颜楷都道："知道了，只是望你防人之心不可无，对胡景伊善加节制，免致后患罢了。"

西风烈

1

这西风，就是沙俄和英帝国妄图分裂中国之恶风。这对刚刚建立的中华民国，简直就是一场噩梦，一场灾难。

恶风首先从北方刮来。

沙俄在强占中国东北、西北领土的同时，处心积虑地谋求霸占我蒙古地区，狂妄地提出要占领从西伯利亚到长城脚下的大片中国领土，以实现其"黄俄罗斯"迷梦。1911年辛亥革命爆发后，全国各省相继宣布独立，摆脱清政府的统治。当年12月，在沙俄的极力怂恿之下，以哲布尊丹巴呼图克图为首的外蒙古封建上层宣布"独立"，建立"大蒙古国"，驱逐了清朝政府驻库伦（乌兰巴托）办事大臣，此后又派使赴俄，请求俄国派兵保护。沙俄趁机供给军火、借款，派出顾问、代表等，完全控制了外蒙古的统治大权。

民国政府成立后，临时大总统孙中山提出"汉、蒙本属同种，人权原自天赋，自宜结合团体，共谋幸福"，并致电蒙古各王公，告诫"俄人野心勃勃，乘机待发，蒙古情形，尤为艰险，非群策群力，奚以图存"。袁世凯组成北京政府后，也多次通电外蒙取消"独立"，并派人到库伦与哲布尊丹巴呼图克图谈判。外蒙不买账，反而邀请俄国出面干涉，这就为俄国堂而皇之地介入中蒙问题提供了可乘之机。原本属于中国内政问题的中蒙统一纠纷，却发展成了中俄谈判蒙古独立的问题。

袁世凯正为蒙古独立之事焦头烂额之时，英国人又趁火打劫，在西藏煽风点火，策动西藏叛乱，大举进犯川边，妄图把西藏从中国分裂出去。

西藏的问题说来话长。

"川边"在清代和民国初期是一个特定的行政区域名称，又称康巴地区。所指的是四川西部的甘孜、阿坝、凉山、西藏昌都等以藏族为主的少数民族地区，介于川、藏、滇、青、甘五省之接合部，具有卫四川、保西藏、控滇青的重要战略地位。

川边行政上归属四川管辖时间很早，汉武帝"开西南夷"置七郡，其中"沈黎郡"就管到甘孜东南一代；唐代、宋代在川边设羁縻州数十；元代一统全国后，在此区设置吐蕃等路宣慰司、都元帅府进行管理，并将各部落首领，封为宣慰司、安抚司、长官司等职，分管各自部族，为土司制度之始。明清皆承袭元制。清朝在此区分封了一百二十多个土司，并且设立了打箭炉直隶厅、巴塘、里塘、查木多（昌都）粮台等行政机构，实施管理。清朝还将格鲁派首领达赖喇嘛封为西藏宗教领袖，与驻藏大臣一道管理整个西藏地方事务。随着清朝的衰败，达赖渐生异心，英国和沙俄侵入西藏挑唆和引诱达赖，培植分裂势力。英国甚至两度派兵入侵西藏，胁迫西藏地方政府，签订非法的《英藏条约》，制造了杀害清朝驻藏大臣凤全及随行人员的"巴塘事变"。

面对英俄交相窥藏，达赖又生外心，藏事岌岌可危，在川边动荡不安的局面下，光绪三十二年（1906），清廷令赵尔丰为川滇边务大臣，经营川边，"改土归流"以固川保藏，即废除原来的土司制度，实行新政，筹建行省。

赵尔丰经过六年的努力，到宣统三年（1911）春，终于将川边各土司全部废除，设立三十二县，委官治理。赵尔丰举办了垦荒、兴学、开矿、邮政、招商、练兵、建桥等一系列新政，川边各族人民深为拥护。赵尔丰推行的一系列新政，对推动川边社会经济发展，巩固川藏安全，维护国家的统一，都有巨大的历史作用。

1911 年 5 月，赵尔丰与代理川滇边务大臣傅华封拟定了川边地区建立西康省的方案，呈报清廷等待审批。遗憾的是四川随即爆发保路运动，赵尔丰调任四川总督，这一方案未及实施。

早在 1909 年夏，清政府接受驻藏大臣联豫的建议，派川军二千人，编为三营，由知府钟颖统率，从成都出发，取道昌都开赴拉萨。同时，命驻藏大臣兼川滇边务大臣赵尔丰进驻昌都，屯兵据守，以便策应入藏之川军。这些本为中国内政，英国却公然表示反对，并乘机煽动西藏上层中的亲英分子发动叛乱。达赖回藏后，亦下令藏军阻击入藏川军。

1910 年 2 月初，钟颖率领川军在西藏江达（今太昭）击败了阻拦的藏军，于

2月12日进驻拉萨。达赖于当夜与少数亲英分子离开拉萨，逃往印度。清政府革去达赖的名号，下令通缉随同叛逃的几个西藏地方政府高级官员。

3月5日，英国政府竟然为川军入藏和达赖被革一事向中国政府提出"抗议"。6月又派步兵两个纵队及工兵一部（携炮四门），进驻印藏边境，并声称"倘若达赖回藏，藏境发生变化"，英军"则须入藏以当保护之任"，公开对中国进行武力威胁。

辛亥革命的消息传到拉萨后，驻藏官员和川军内部人，分成维护帝制与赞成共和两派，内讧不已。英帝国主义即利用这种局势，与达赖密谈后，随即派遣擦绒·达桑占东潜回西藏，策划武装叛乱。与此同时，英国还在西藏边境一带集结军队，以为声援。西藏部分大农奴主乘机以达赖名义发布了"驱汉"命令，大肆驱杀汉人，并组织以达桑占东为总司令的"民军"（即藏军）万余人，围攻拉萨、日喀则、江孜的川军，且进扰川边地区。

1912年春，达桑占东调集五千藏军向江孜进攻。驻守江孜的川军百余人，固守造纸厂并向拉萨求援。由于粮食不济，援兵不至，该部川军在英商务专员及尼泊尔驻藏代表的"调停"下，被迫以枪支弹药换取路费，离开江孜，经印度返回内地。不久，日喀则守军也被迫放下武器。同年4月，达桑占东又调集大批藏军围攻驻拉萨的川军。钟颖率千余人据险防御，等待援军。

川边驻军分为西军和新军，西军为原赵尔丰率领入康藏的首批部队，新军为赵尔丰后来从四川调入边藏的四川受过新式训练的一部。两军都分前、后、左、右、中五营，统称边军。

四川保路运动后期，赵尔丰暗电傅华封驰援成都。傅华封为报赵尔丰知遇之恩，抽调大部兵力驰援成都。傅华封被俘后，全体边军响应革命，共推边军管带顾占文为川边总代表，驻巴塘负责边务。顾占文改组边军为三标（相当于团），以彭日升、牛运隆任标统，分驻昌都、德格、江卡三个重镇，号称十一个营，边军总兵力实际不足五千人，布防二千余里，根本不敷其用。

由于川边地区驻防空虚，一些不服改土归流的土司和寺庙，在西藏分裂势力的鼓动下，于1912年5月也发动了叛乱，并得到西藏叛乱武装的直接支持。两月之内，川边地区的不少州县先后落入当地和西藏的叛乱武装之手。巴塘、昌都被围，乍丫（今西藏察雅东）、江卡（今西藏芒康东）、乡城、稻城、里塘相继失陷，河口（今四川雅江）岌岌可危，一时之间，川藏交通断绝，警报飞至，中外大震。全国各族人民一致谴责英国勾结西藏亲英分子分裂中国的罪行，猛烈抨击北京政府的对外妥协政策。①

2

西藏叛乱、川边叛乱的消息震惊中外。震动最大的就是四川。军民共愤，一时街谈巷议，舆论哗然。

尹昌衡尚在病中，得此紧急边报，不由得仰天长叹道："报应啊，报应！我尹昌衡扛不过民众压力，枉杀赵尔丰之报应啊！设若季帅在，边藏逆番敢叛乎？我川人得为边藏之乱担惊受怕乎。"

感叹归感叹，到底军情如火急。尹昌衡立即命查木多（昌都）、巴塘一带的防军兼程西进，另外又派支队增援。

尹昌衡一面和张培爵联名向北京政府告急，请求任命钟颖为中央驻藏军事长官，署理藏事，行使对清朝对西藏主权的接管。避免日后民国政府对西藏主权问题的外交被动，同时表示川藏唇齿相依，川人同仇敌忾，誓平藏乱，固川保藏。并命胡景伊，紧急调兵遣将，赴川边平乱。

西藏叛乱，首先截断了和内地的交通和邮电联系，大量的消息最先是从路透社等国外报刊传出的，接着才是从四川等地得到警信。四川迭次向北京政府电告报警，并请求中央拨款和发兵。云南都督蔡锷、江西都督李烈钧，也电请民国政府发兵，剿灭叛乱。

国务院于5月9日，给尹昌衡和张培爵电报指示："现藏路邮电梗阻，文电不通，究竟藏中刻下情形如何，华兵与藏兵是否已经开战，该处密迩外界，刻不容缓。川省与西藏唇齿相依，历来筹办藏事皆以川为根本，该督近日来电亦以藏事自认，务急拣派得力将领，带军队由巴塘一带疏通道路，节节前扎，一面密探藏中华兵驻所，设法联络，俾声援相见，免成坐困，仍随时电告该处情形，以重边圉。请以钟颖任西藏办事长官，已经任命，亦应速转告钟长官，俾得专心筹办藏事，是为至要。"

尹昌衡、张培爵于5月11日回电，详细报告了西藏前线的情况："工布逆番围江达甚急，岌岌可危；前后藏、江孜、靖西、各处番逆同时起事，围困拉萨，数战未退，子弹粮食罄尽；达赖行文边藏四百余处喇嘛一齐起事，边藏情形紧急万分。请中央政府，以国家名义向爱国商人陆韵秋借十万银救在藏和逃到印度的

————————
① 关于英国与西藏问题的历史背景，参阅《中国近代战争史》，军事科学院中国近代战争史编写组编写，军事科学出版社，1985年。

华军以济燃眉；请求电催熊克武回省，共商大事；请求由尹昌衡张培爵筹拨一支军队，随同筹边宣慰使克期入藏；同时强调：治军必先筹饷，边藏险远，军需不在小数，断非四川所能独任，西藏关系全国，应该派专员全国统筹；同时还请求外交部与英国代表交涉，绝其对叛乱的干涉和援助，釜底抽薪，使达赖失去靠山和依托。"

北京政府对四川所请借款、外交交涉、使用密电等事，多数照办。同时命川、滇、陕、鄂会师讨伐，平定藏乱。

尹昌衡虽在病中，对西藏叛乱比别人更为着急。他在5月12日给国务院的电报中说："纵观各电（边报），焦灼万分，藏民思乱，蓄志已久，隐忍未发，慑于陆军。军威既挫，后患滋生。倘藏民无知而效蒙古，宣告独立，秩序必乱。我国无戡定之能力，外人有干涉之口实，彼时虽有长于交涉之员，亦将无从着手，全藏沦亡，翘首以待。藏亡则边地不守，边失则全国皆危。民国初基，强邻环视，莽之藏地即脱范围，内何以辑抚他族，外何以应付列强？悲从中来，不能自禁！"

在5月21日给国务院的电报中又说："至谓边藏事，向以川为根据，昌衡感时局之阽危，怀先人之伟烈，慨然自任，义不容辞！"

他"怀先人之伟烈"，无疑是对枉杀赵尔丰而含愧，是对在西藏捐躯烈士们的缅怀。

尹昌衡任命胡景伊作军团长，本来是让他代劳处理一些不便自己出面的敏感问题。胡景伊到底在川军中难孚众望，召集军事会议商量出兵西藏平叛之事，均不肯担事领军，到会的四个师长都一致推荐未到会的五师师长熊克武。

熊克武尚未回省。胡景伊拿不出好的用兵方案，其时又恰好收到重庆绅商学界高子云等人上书电文，他立即代尹昌衡和张培爵向袁世凯拟了一封请示的电文。全文如下：

袁大总统钧鉴：

项据川东绅商学界高子云等电称"西藏为四川藩篱，藏固而后川固，川固而后沿江各省固。近日藏警频闻，若不及早挽救，势酿巨患，转违五大民族共同一家之宗旨。胡总长（景伊）实事求是，一时碍难离任，熊锦帆义勇知兵，尚无定取，恳援孙大总统委渠甘蜀经略使之案，速电召熊军到省，拨款进藏防卫，并电中央政府，呈明情形，川省幸甚，大局幸甚"等情。据此，查西藏危险情形，昨日业由电详呈在案。熊君克武才力过人，智勇兼优，既经前孙大总统委充甘蜀经略使，可否再由大总统加令委任西藏经略，催其早

— 293 —

日前进，以救全藏之危。是否有当，敬候裁示。

四川都督尹昌衡、张培爵叩。真（十一日）

胡景伊不愧是个极有心计的人，这封电报虽短，他却利用这封电报做了不少极有心机的文章。

熊克武这样有影响的革命党大人物，无论是对尹昌衡还是对胡景伊，日后都是极难侍候的人物。

当年，胡景伊从广西逃到上海时，首先就是找的熊克武，熊克武对他极其赏识和信用。胡景伊引起同盟会会员公愤后，熊克武也不得不疏远他。而今他的位置反而在熊克武之上，却未必管得了熊克武。而且川军的几个师长，都是清一色的同盟会会员，熊克武若是在军中一发声，定会一呼百诺，他这个军团长怎能发号施令？今正好借尹昌衡和张培爵之口，原文照呈重庆绅商学界的舆情，打发开这个麻烦人物，于他和尹昌衡都不至于背负排挤重庆方面的指责。同时也巧妙地提醒袁世凯，熊是孙中山的干将。

尹昌衡明白胡景伊的深意，张培爵也没有什么话好说，二人签发了这封电报，5月11日发给了袁世凯。

袁世凯当然知道孙中山不久前才委任的北伐军总司令熊克武是个什么样的人物，对高子云等电报中提到的孙中山委任熊克武为甘蜀经略使之事，更是不爽。对这样造乱的人物，提防尚且来不及，怎么能让其独领大军去远征西藏。他如果在内地作乱尤可对付，如果在边疆作起乱来，如何收拾？万一联络英国人和藏人对抗中央，岂不造成国家分裂的危险？

袁世凯权衡得失，没有任用熊克武。

3

兵家知机，方能虑事于未萌，使自己立于不败之地。冯倩文寄来的那批报纸，使尹昌衡突然意识到回川之后闭塞多了。除了报纸上公众共知的信息外，没有其他情报类的信息资源。冯国璋现任禁卫军总统，兼察哈尔都统，冯倩文肯定能知道不少高层机密，或可弥补一些这方面的不足。

尹昌衡不便给冯倩文写信，他毕竟在冯国璋麾下当过哨官，而且冯国璋待他不薄，便以部下和晚辈的身份，写了一封问安书信，感谢当年的厚爱和教诲，时值边藏叛乱，请予以指教之类切合时宜的话。这既是一种交际的礼貌，也是表明他对南北并无亲疏的政治表态。

马忠虽然以代尹母的名义进京看望冯倩文，这千里鹅毛却代表的是尹昌衡对她的真情，成了一味医治冯倩文心病的灵药。冯倩文痛痛快快地哭了一场之后，病也好多了，亲自领着马忠持了尹昌衡的书信拜见冯国璋。马忠说明此行是奉尹母之命，前来看望有救命之恩的冯小姐。并呈上薄礼，一盒极品虫草。

这小小的一盒虫草也很使冯国璋感动，川人知恩图报，真是可信可亲。难怪女儿为尹昌衡相思成疾。他知道即使女儿愿意做妾，尹昌衡那样的男人说出去的话是不会更改的。同时，尹昌衡也绝不会让自己疼爱的义女屈身第三房姨太太。那对于他，不但面子上过不去，也对不起倩文的父母。

冯国璋虽然为镇压辛亥革命而进攻武汉，但他当年对军中的革命党人如李书诚、钮永建等，都是睁只眼，闭只眼，没有赶尽杀绝，所以革命党人集中在他身上的仇恨并不那么强烈，他很为当年处置得当而满意。时间已经证明尹昌衡不是革命党，当年就看好他会成叱咤风云的人物，而今果然已经成了一方都督。对这样的人物更应该深交。

冯国璋给尹昌衡回了一封热情洋溢的信，盛赞尹昌衡定乱安蜀之功，和不杀满人的远见卓识。尹昌衡提及的西藏叛乱，当时正是全国热议之事。为保卫国家主权，中日甲午战争中，曾经跟日本人浴血奋战过的冯国璋，一腔报国热肠，溢于纸上。四川都督尹昌衡，地处历来肩负固川保藏重任的前沿，为西陲安危之柱石，殷切希望川军再振雄风，扬威雪域，保西藏之国土永固。并同时承诺，为国家统一计，愿与川人共赴危艰。西藏平叛，若有所请，力所能及，绝不推辞。

尹昌衡读罢冯国璋的回书，真是大喜过望。他本只是从礼节出发致书冯国璋，所谈西藏叛乱，也只是当时军政界时宜，并无求助于冯国璋之意。西藏平叛大事、难事、麻烦事多多，冯国璋这样的中国实力派大人物，日后借重之处多多。他如此主动慷慨表态，让他的心里踏实了许多。

尽管高喊革命的人们，把支撑清王朝到最后的北洋派骂成十恶不赦，但尹昌衡知道北洋派的多数灵魂人物都是爱国的。冯国璋信中的爱国情怀是真挚的，他的许诺应该能够兑现，于是立即提笔拟了一封向冯国璋求助的电报。电报中只字不提极需粮饷之事，因为那很不现实。

尹昌衡起草的电文，极言川军装备落后破旧，远去环境险恶的边地用兵，不能大兵团作战。叛军多属临时聚集的乌合之众，只能使用猎人战术、以狼驱羊的战术。明张雷霆霹雳般声势，暗遣装备精良的小股部队，风驰电掣般杀向叛军，挫其嚣张，慑其胆魄，以期全胜。因此，特向冯大帅借用数千精兵平叛，望大帅成全。

西藏叛乱之后，全国舆论哗然，报刊上出谋划策的不少，军界向冯国璋讨教者不少，跟他论兵的不少，可是冯国璋至今都没想好平叛之良策。尹昌衡不像那些开口就引兵法的冒牌军事家们，他用极朴素而又形象的猎人战术，以狼驱羊战术，却是以我之长，克敌之短的制胜之妙策。这既能稳操胜算，又能避免边远蛮荒地区大规模用兵的交通及后勤补给的艰难，大大地降低战争的成本。

冯国璋要是还在武汉，这事易如反掌，可是现在自己远在北京，颇感为难。义父对尹昌衡的倍加赞扬，让冯倩文倍感骄傲和自豪。她知道段祺瑞也非常赏识尹昌衡的才干，当年殿试时曾经不遗余力帮助尹昌衡，便自告奋勇地去武汉请段伯父帮忙。冯国璋也乐得让大病初愈的女儿开心。冯段两家的交情非同一般，武汉前军的军械储备他心中有数，便给段祺瑞写了一封盛赞尹昌衡军事方略的亲笔信，并附上尹昌衡给他的那封电报。他帮尹昌衡代借三千最新德国精良枪械给川军，以助川军平叛。

冯倩文带着父亲的书信，也带着小侄女对伯父的孝敬，很快见到了段祺瑞。段祺瑞对尹昌衡的赏识不亚于冯国璋。国家本来就应该用最精良的装备支持西征平叛，段冯两家的交情加上会讨长辈欢心的小侄女亲自出马，他非常爽快地答应了冯国璋的要求。

尹昌衡在给冯国璋的那封电报中，那个"借"字用得非常聪明。友邻部队间借兵，这在段祺瑞的职权范围，用不着申报上司去大费周章。至于还与不还，那又是另外一回事了。

段祺瑞很快电告尹昌衡："休战驻防期间，贵军拟借所需军械，派兵用小火轮护送至渝，即日起程。借军械及西征所用作战方略，秘不可宣，切记，切记！"

尹昌衡接到段祺瑞的来电，别说有多高兴了。

边报日急，北京政府下达川、滇、陕、鄂会师讨伐平定藏乱的命令之后，云南师长郑开文，湖北师长季雨霖，陕西师长张钫，都在招兵练兵，准备出兵。唯独四川初定，成都兵变，府库被抢劫一空，资遣几十万同志军，几乎倾其所有，要钱没钱，要粮没粮，要枪，全是破烂。胡景伊毕竟只是代尹昌衡统摄军队，商量十数日没个头绪。

尹昌衡跟骆成骧和颜楷等反复分析："北京政府虽然下令川、滇、鄂、陕会师用兵，其他三省虽然定了领兵的师长，但以准备之名，迟迟不发一兵一卒。云南出兵，更借李烈钧之口，要四川出钱。滇军为害四川已经够深了。鄂、陕之兵过境四川，会不会造成同样的危害？看来西藏平叛寄希望于他人这是梦想，只有靠川军唱主角了。领兵西征，尚无可用之人，舍我其谁？董修武拉我加入革命党时，我曾经对他说，我只适合给革命揩屁股，蒙古独立和西藏叛乱，都是改朝换代的革命的后遗症。看来命定我必须再为革命揩一回屁股了。"

骆颜二人都知道，没有特殊才能的名将领兵西征，前途难以预料，只得劝道："你在病中，若有妥人，不一定非你亲征不可。让别人去为革命揩屁股也一样。"

尹昌衡长叹道："妥人，谁是妥人？妥人唯季帅赵尔丰，可惜被我尹昌衡违心杀了。这遗恨只有深藏心底，对世人，作文章，还得违心地骂他。骆公，舅兄，昌衡也成表里不一之小人，惭愧啊。昌衡为赎罪衍，慰赵公忠魂于泉下，重新光复他整理的中华藏地雪域河山，决计挂帅西征！"

两位大儒也慨叹唏嘘："赵公要是泉下有知，定会助你成功的。"

尹昌衡在老家彭州，病情本来已经大大缓解，可是回到成都之后，一连串的烦心事，病情不但没有好转，反而加重。近日阴晴不定，骤冷聚热，这几天不知患了什么病，浑身发软，头痛欲裂。尹母信中医，杨燕茹精心侍汤侍药，热敷按摩；颜机略通西医，成天守在昌衡身边，测量体温血压数心跳次数。并且请来西医，打针吃药后，发烧咳嗽虽有缓解，但是依旧头痛难熬。而今川军在川边前线苦战，援军不至，川边危急，西藏危急。尹昌衡更是心急如焚了。

川边初乱之时，尹昌衡即任命黄煦昌为炉边宣慰使，行使前清边务大臣的职责，在成都设置公署办公。近段时间以来，黄煦昌几乎天天都要来报告川边前方的紧急军情，请求速派援军赴川边救急。

6月8日（四月二十二）一早，尹昌衡正在病床上煎熬，黄煦昌又来了，而且还拉上民政长邵从恩来帮忙。黄煦昌甚至对尹昌衡用起激将法来："西边乃是四川之屏障，现在湖北、陕西、云南都要出兵了，唯独四川不出兵，我们难道要蒙受弃边不保之羞耻吗？川边不保，四川的安宁怎么保得住？都督的英名怎么保得住？"

尹昌衡只得说气话回敬："国务院只发空文催促出兵，一粒粮、一文钱、一颗子弹都不给，袁大总统用兵就是如此，你叫我怎么办？川人只有蒙羞忍耻了。我还要什么英名？"

"都督，我不是有意冲撞，边关军情紧迫，我是着急啊。"

尹昌衡也和缓了口气："谁不着急，光急有什么用！争官人人向前，领兵打仗个个向后，战场又那么险远，没有特殊本事的人能去领军，能打败叛军吗？唉，偏偏在这个时候我又重病不起，其奈何哉？其奈何哉？"

邵从恩赶快劝慰道："都督别生气，别生气。不是领兵打仗人人向后，只要你肯领兵，一定会全军振奋，奋起西征杀敌的。"

这时军政府要员们也赶了来，都急切地希望尹昌衡迅速决断。

尹昌衡无奈，也顾不了头痛，只得挣扎下床，在众人的搀扶下上了马车，去军政府议事厅议事。

第二十九章

抱病议兵

1

新都督就任后第一次抱病理事议政，并且是议决川人议论沸腾的出兵西征之事。民国的主张是民主共和，特别关心川边叛乱的绅商学界的议员要求参加议政，要求合理，身兼政务长的董修武便只得允准，并在后排安排了几十个座位。《蜀报》主编朱文，也很快召集各大报纸的记者前来采访。

军政府议事厅，早就安好了一张胡床，马忠和张得奎扶着尹昌衡半卧半躺在胡床之上。他看见后排来的议员们，骆成骧给他递了个眼色，又看见颜楷紧挨着商界议员低声耳语，他早已成竹在胸，正愁没有听众，此时不由得心中暗喜，两位大儒，两位恩师，真是知心贴己啊。他知道哀兵必胜的道理，此时，便做出头痛更烈的样子来，闭着眼，双手使劲地揉了一阵太阳穴，又猛烈地捶起自己的脑袋来。

军政要员都团坐在胡床前。大家都知道尹昌衡往往有意想不到的怪招能够化险为夷，能够出奇制胜，对困扰军政府的西征平叛问题一定早有谋划。见他如此痛苦不堪，都默默地等待着。

尹昌衡一手捂着头，强撑着站起来，深深地向大员们鞠了一躬，以示失礼的歉意。然后望着黄煦昌："黄宣慰使，你先通报军情吧。"他主政成渝合并的四川军政府以来，第一次军事议政会议就这样不伦不类地开始了。

黄煦昌每天除了跑军政府告急之外，都值守在宣慰使衙署，对着地图，跟僚属们研究前线军情及救援措施。他对前线的军情了如指掌。他的苦衷和焦急郁积在心中，早就憋不住了。尹昌衡点到他报告前线军情，他就像打开了闸门的洪水滔滔不绝地讲起来。

当时边藏军情分两个方面。

在西藏方面，继江孜驻藏川军被解除武装之后，日喀则守军在藏军重重包围之下也被迫放下了武器。达桑占东调集大批藏军围攻驻拉萨的川军后，钟颖率千余人正在拉萨据险防御，等待援军。

在川边地区，战事情况十分糟糕。藏军加上边藏地区叛乱的土司、寺庙的叛军，号称二十万，一齐向川边扑来。川军十一个营，驻守二千余里防线，被叛军切割包围，几个月的苦战，战斗减员十分严重，军需补给十分困难，军饷较内地大大增多，就近有钱也买不到粮食。从雅安运粮到昌都，一担粮食运费就要二十五六两。昌都和巴塘已经被重重围困；江卡（西藏芒康县）和乍丫（察雅）相继叛乱；德格震动，即将为叛军所据；镇守道乌的民国官员被抓；顾复庆镇守里塘，被叛军击溃，里塘失守，陈粮员为国捐躯；叛军大举进攻乡城，直逼河口。连日激战，争夺入川咽喉。若河口一失，不仅川边危在旦夕，四川也将置于英夷及藏军铁蹄之下……

前线将士，面对铺天盖地的藏军，粮饷弹药不济，援兵不至，精诚报国可嘉，血肉之躯，如何挡得住如蝗弹雨？如果二月有兵去，乡城不至失守；三月有兵去，稻城不至失守。民国初立，难道我们就把四五千里地方断送了吗？

黄煦昌说得声泪俱下，在场人无不慨叹唏嘘，大家都说应该速发援兵。

往日胡景伊召集诸将商议，大家都首提军粮、军饷和军械，这无疑是堵胡景伊的嘴。其实大家心里都明白，边藏边远，山川险恶，贼势浩大，运输艰难，领兵远征，后勤不保，不被叛军杀死，也可能被险恶环境困死，被断粮饿死。谁是傻儿，愿意睁着眼睛找死？因此大家都出难题，说难处，无人愿意出兵，更无人愿意领兵。

大家都望着几个师长。今天尹昌衡坐镇于此，平日豪情万丈的师长们，多少也得给尹昌衡一点面子，过去借口尹昌衡并没点将，谁也不好出面去夺帅旗，今天看看躲不过去了，第一师师长周骏率先发言，愿出一千兵。接着第二师师长彭光烈、第四师师长刘存厚也发言愿出一千兵。独有孙兆鸾站起来慷慨表态道："我第三师愿出一个团，由十一团朱森林率全团为援军先锋，立即出兵。只请求民政司先拨第一月军饷五万。"

胡景伊在这之前召集将领们商议出兵，一直没有结果，今天尹昌衡到场一语未发，师长们便纷纷表态，他心底对尹昌衡在川人眼中的地位暗自佩服。他身为军团长尚无所作为，此时便立即对分管民政的副都督张培爵和财政司长董修武道："张副都督，董司长，队伍一开拔就要用钱，请财政司拨付孙师长一个月所需军饷五万，以便朱森林先遣团立即开赴前线救援。并请迅速筹措后续军饷。"

众人鼓掌叫好后，都等着张培爵和董修武表态。成都兵变造成四川财政的困难是众所周知的，军政府维持运转尚难，张培爵和董修武皱着眉头相对望着，开不了口。

会场气氛突然冷了下来，发出一片叹息之声。

2

尹昌衡斜倚胡床上半闭眼静听着，依旧用拳头捶着头。此时坐在后排的颜楷用肘拐碰了碰坐在身边的商界议员代表。那议员立即站起来高声道："川边乃我四川西部屏障，川边不保，天府之国的西门洞开，将祸延巴蜀。泱泱中华，岂容英夷分裂，堂堂天府之国，岂容英夷和叛军铁蹄践踏？国难当头，匹夫有责。我四川商界，爱国从不落人之后，只要大都督一声令下，定共赴时艰，绝不拉稀摆带！商会首笔捐款五万，立即呈送军政府！"

商界议员这一席慷慨激昂的发言，是为颜楷代言。发言未终，尹昌衡一手撑着胡床沿，挣扎着站了起来，向商界议员深深地鞠了一躬，带头鼓起掌来，顿时引得全场掌声雷动。

商界代表的发言，似乎也点燃了其他各界议员代表的血液，争相表态，只要大都督一声令下，愿与政府共赴时艰！军政府的全体军政大员，也一齐起立，宣誓般地喊道："我们誓随大都督共赴时艰！"

此时，尹昌衡向马忠伸出手去。他有个坏习惯，走到哪里，马忠身上都必须备一军用水壶剑南烧春。马忠立即掏出水壶，拧开了塞子，议政堂里，立即弥漫着扑鼻的酒香。不知情的人，都用诧异的眼光望着他。只见尹昌衡接过水壶，一手扶在马忠的肩膀上，一手举起酒壶，离嘴唇半寸，直往嘴里灌。须臾，一水壶酒全灌进肚子里，他抹了抹嘴唇，扶着马忠喘息了一阵，瘦削而苍白的大脸上，渐渐有了血色。马忠欲扶他坐下，他一把推开了马忠。

尹昌衡喝下那一军用水壶剑南烧春，仿佛一个发了烟瘾的大烟鬼吸完一泡上等鸦片，过足了烟瘾那般神奇。他正了正军帽，提了提衣领，捋了捋袖子，刚才的病容一扫而空，人顿时高大起来，还原成了病前那个英武起起的将军。

尹昌衡清了清嗓子，开始发话了："感谢诸公，昌衡感谢议员诸公，感谢军政府诸公了！"他停了停，喘息了一下接着道，"今日议决西征，虽然你们尽力了，但是你们平心而论，一个团、五万军饷够吗？是让朱森林那一团人去送死吗？"

尹昌衡这一问，全都知道不能，但没有一个人敢回答。不过大家知道尹昌衡这个问题是他提给自己的，他或许已经成竹在胸，

今天，他把黄煦昌逼得声泪俱下报告军情，利用自己沉重的病体，营造足了气氛，把哀兵必胜之计发挥到了淋漓尽致的境地。此时利用大家的信赖和期待，他终于开口了。

"诸公都是四川的灵魂人物，精英人物，是我们四川的骄傲和荣耀。西藏，乃我中华大好之河山，中华神圣之国土，西藏没有丧失在腐朽的清王朝手里，却丧失在国人为之奋斗的新生的中华民国手里，丧失在肩负捍卫西陲安宁的四川人手里，丧失在我们这些自命不凡的四川精英手里。我们如何向血洒雪域的历代英魂交代？如何向国人交代？如何向历史交代？如何向我们的后代儿孙交代？"

尹昌衡几乎是呐喊一样地高声道："誓死保卫西藏，绝无半点含糊！今日议决西征大计，仅以三师第十一团之兵力，区区五万之饷虚应故事，其心不坚，其志不壮，此绝非靖边治藏之根本大计，有十大不可！"

众人明知不可，却不知道有十大不可，都瞪大了眼睛望着他，喃喃地问："十大不可？"

尹昌衡腹稿早成，即悬河猛泄，滔滔不绝，一口气说出十大不可来。

"夫边藏绵延数千里，二十万叛军，铺天盖地而来，今以杯水而救一车薪火，如羊投饿虎，不但无济于事，反而会助贼势，长贼胆，让叛贼更加嚣张猖狂。此其一不可也！

"英夷藏乱，乘我民国初立，巴蜀初平，无力出兵，而倾全力趁火打劫。今我若出兵不威，贼势更张。既不能以声威，又不能以力服，则变乱日盛，动摇国本。此其二不可也！

"过去驻边守藏，多为久经沙场的宿将所练之兵，临阵尚且多有逃亡。今我增援之军，多为乱后整编而成，未经训练，未经战阵，多心志浮却，无胆少勇。今骤闻苦役，势必内溃。此其三不可也！

"军多粮乏，民力维艰，又有边事，民负亦重，域内怨起，政府失民。此其四不可也！

"边藏驻军五千余人，败仗连连，军心已溃，非其不勇，实为力弱。若无众望所归之将镇定其心，心无所系，等不到一个月，边兵将溃不成军。驻边川军，若失目前死守之据点，依凭尽失，日后怎么用兵收复？此其五不可也！

"边藏作战，素称艰苦，过去有备边军粮储积，尚且时有困乏，今久战未能补给，失地储粮尽化灰烬，或已资敌用。赤地青野，何处筹粮？道路险阻，运输

艰窘，饥兵疲卒，祸起莫测。此六不可也！

"向来拓边官吏贪暴，蛮为鱼肉，横施刀俎。李俊前车，又见于民国。将不至仁，益生夷忿，民国得泽，终不以昭。此七不可也！

"得志边藏，犹获石田，陪饷废兵，徒费羁縻，政治不改，实利不拓。此八不可也！

"邻省闻警，全国张皇，倘若川省无重兵上将，不能干净彻底一举平叛，则各省纷纷来川。滇军入川已成永痛，若没有一统之策，驾驭各省，反而酿成四川大乱。此其九不可也！

"京师来电，异常惊惧，如果此次川举失策，必至一国震动。共和初建，稍纵即危，民气未固，骚扰环生。此十不可也！"

尹昌衡一口气说完十不可，振声而问："举事宜重，有此十不可，诸公所见当之如何？"

说实话，不少人也知道杯水车薪，羊投馁虎，是自取灭亡。然而前方火急，明知不可为而强为之，有行动胜于不行动，这只不过权宜之计罢了。但是不行动又当何如？谁也没有好主意。大家都没回答，直勾勾地望着尹昌衡，期待他抛出可行之策。

尹昌衡呷了口茶，会场里屏声静气，尹昌衡铿锵有力、斩钉截铁地道："当此存亡一发之时，只有昌衡挂帅亲征，方足以化解十大不可之失，而得到十大利！"

众人都张大嘴巴，"啊"了一声，"都督挂帅亲征？"此前大家苦思对策，都没想到过病都督挂帅亲征，即使都督挂帅，一人之力，有十大利吗？能济于事吗？

尹昌衡道："是的，昌衡挂帅亲征！"接着他又一口气说出他亲征的十大好处来。

"而今川局已定，坐镇容易，立功报国，此其时也，一出大举，泰山压卵，主帅亲临，势大名重，灭此燎原，可操必胜！此其大利之一也。

"本帅诛杀赵尔丰，擒获傅华封，英夷及西藏叛军必然加倍怕我。用我之虚名震慑敌胆，先声夺人。番羌叛军不敢挡我大军，闻风而逃，一人振臂，千里帖耳，此其大利之二也！

"我在病中，士气低落。主将病床享安乐，将士谁能不恋家？今我带病出征，身先士卒，一雪国耻，涣散软弱之师，必然化作三军气壮之劲旅！如还有畏战不前，唯主将是问，杀也当无怨言。此其大利之三也！

"西征平叛，最大难处是缺粮饷，国库无有储积，唯有依赖百姓捐输。今主将扶病远征雪域，靖边患而保国安民，我四川生民，谁不感奋？人皆有爱国之情，我赴绝地冒险，号召百姓相助军资，谁能不慷慨捐输，最大的军饷难题，或可解决，此大利之四也！

"我驻边藏之将士，苦战日久，援军不至，抱怨川人抛弃了他们。有功得不到赏赐，有过得不到惩处，军心涣散，斗志全无，不见生机，茫然待死。如果听到我挂帅亲征，看到希望，必然振奋，有恃无恐，得依为命。悲观者生威壮胆，困乏者奋起拼命，以前败卒残兵，悉数化为所向披靡之劲旅，此大利之五也。"

尹昌衡接着说的五利，主要是他怎样带兵，怎样吸取前清边将的教训，妥善处理好民族矛盾，执行好宗教政策和治藏经边的政策，以及避免邻省借机进入四川，避免像云南入侵四川那样的麻烦。

尹昌衡所强调的十大利，俱是说他个人的号召力、凝聚力、影响力，把他的声望和虚名化作巨大的实质力量。这难怪不给他留下自大狂傲、野心勃勃的历史骂名。即使今人，亦会说他是典型的个人英雄主义，是个牛皮大王。

然而平心而论，自大狂傲，既是尹昌衡的性格缺陷，为世所诟病，但也是尹昌衡能在特定历史背景下成功的最大个性。

尹昌衡有自大的本钱。他无兵无权，从去年十月强自出头，单枪匹马，率区区百人，平定成都兵变大乱，短短数月，在万般艰难困苦的情况下，诛赵、擒傅，保护满人，遣散民军，驱逐滇军，和合重庆，创立共和秩序，一统四川。俱是言无不中，战无不胜，抚无不服，功无不成。他创造的神话般的奇迹，海内外惊叹，川人共仰，他个人的名声和威望达到了空前的地步。他所列举他亲率大军远征的十大利，在场的人无不折服。

尹昌衡在众人的掌声中道："安内定外，在此一举，请诸公权衡利害，迅速决定。"

下面一片喊声："西征，西征！举四川之全力西征！"

副都督张培爵道："各位先生都赞成出兵西征，竭力经营，想来不是赞成尹都督亲征吧？尹都督行止，最关紧要，此事还须斟酌。若都督以外更无可去挂帅之人，都督可以去。然而偌大四川，并不是无人去，另择妥人挂帅更好。只要我们把经营藏卫这个大问题认定，认真做去，便是内地还有许多的事，需要都督担当啊。"

其实，尹昌衡完全可以派员大将率军出征，自己则坐镇成都遥控指挥，这样也符合情理，很多人也期待他这样做。

董修武站起来支持张培爵的发言道："张副都督说得很是，我们总政处讨论过，莫不赞成出兵，但都不愿尹都督弃川而赴藏。"

尹昌衡道："感谢诸公的信赖和关怀，以前北伐出师与打滇军，那是同胞内斗，大家不让我去，我就没去。而现在成都平定，张都督办事公道，深孚众望，担当川省政务，谁不放心？我是军人出身，不是贪图安逸之人，很不愿坐倒批判文牍，很愿为国家造大事业。身为都督，国难当头，能不挺身而出？利用虚名慑敌，以解四川眼下穷窘，何乐而不为？"

众人仍然反对。

尹昌衡叹道："唉，昌衡作此决策，也难啊。"接着十分动情地道，"说句实话吧。昌衡父母年届六十，昌衡年已二十有八，尚无子嗣，家有娇妻弱妾，谁又不想小室温柔，早续香烟，父母膝前，晨昏侍汤侍水，以尽孝道啊？何况历代改朝换代之后，群雄角逐，战乱有年。今民国初创，多阋墙之见，兵冗政纷，事未可必，谁敢保天下太平了啊？"

尹昌衡进一步掏心掏肝地道："我在日本士官学校的同窗好友，都纷纷就任各省的都督，阎锡山为山西都督，李烈钧为江西都督，唐继尧为贵州都督，学长及好友蔡锷为云南都督，都是一方诸侯，若论地利及人和，我这四川都督的位置远比他们更具优势。四川雄踞巴蜀，有秦岭的天然屏障，易守难攻；再加上沃野无疆，良田广有，民殷物富，可谓西南之保障，中原之柱石。刘备凭此建立蜀国，三分天下有其一，傲视中原。昌衡若只为个人的荣华富贵，保住既得利益，若存刘备之想，甘做井蛙，勿争尺寸，诚能高张远举，政肃兵精，雄霸天府，当个乱世西南王，逍遥自在，不是不可能吧？"

乱世图存，先知甚多，似乎人人都是诸葛亮。其时想效法诸葛亮《隆中对》给尹昌衡出这个主意的人不少，但谁也不敢说出口。这话竟然让尹昌衡自己说了出来，众人都吃了一惊。

尹昌衡话锋一转，继续道："可是，刘备的奋斗目标是刘氏一姓的家天下，这是几千年中国的祸乱要源。我在《劝兵歌》中说过：'四千年，乱到今，群迷醒悟共和现，以国为公真理明。'小人则以身殉利，士则以身殉名，大夫则以身殉家，圣人则以身殉天下。昌衡虽非圣人，当效圣人之行。今之中华民国，为五族共和之民国。民主共和曙光在前，世界大同在望。为民国统一而战，为民主共和而战，为中华四万万同胞福祉而战，凡仁人志士，当义不容辞。昌衡岂敢惜身苟容，而落人之后？率师西征，吾意已决，诸公勿再费唇舌了。"

尹昌衡这一席掏心窝子的话，让众人无不为其赤子之心所感动，都感慨地叹道："都督果能亲征，当然再好不过。只是都督大病在身，又该如何是好？"

尹昌衡大声地道："诸公放心，正是武夫肝脑涂地之时，昌衡怎敢称病，我还能骑马征战，不信请看。马忠带马！"

尹昌衡说罢起身，众人劝阻不住。他踉踉跄跄走出会议大厅，来到军政府大院。马忠已经牵着他的白马，候在院中。尹昌衡来到马前，张得奎要扶他上马，他一把推开张得奎，豪气地道："不龙不虎，何称英雄，你休扶我，损我雄风！"

尹昌衡说罢，接过杨燕茹为他编结的那条精致的马鞭，奋力上马。顿时，只见他大汗淋漓，单薄的灰色绸裤，沁出一线殷红。

马忠惊喊："都督，你的疮，你的疮流血了！"

原来尹昌衡腿上的恶疮刚刚结痂，此时疮口裂开，流出血来。尹昌衡不以为意地笑道："不碍事！"马忠挽着马缰不放，厉声吼道："昌衡，你是战士，要懂规矩，包扎了伤口，再逞英雄不迟！"说着一把撕开尹昌衡的绸裤，露出好大的疮口，鲜血一滴一滴地砸在院内石板地上。众人一片叹息。

马忠麻利地包扎完疮口，尹昌衡咬了咬牙，抹了一下汗，提缰纵马，在院里跑了一圈，来到众人面前："今日诸公请便，下午再议具体部署。"说罢打马出了军政府大院。

第三十章

部署后方

1

尹昌衡的拼命及其亲征的决心，让当日在场的人无不感佩，纷纷表示：都督垂范报国，我等谁敢不唯都督马首是瞻？朱文等在场的记者亦纷纷表示：都督的言行感人至深，我们手中的秃笔，定让都督的爱国情怀感召全川父老，为西征平叛不遗余力。

尹昌衡打马去就近的孙兆鸾军营巡视，不少人都跟着来到军营。兵士们见到他们久病的都督，无比激动地欢呼，孙兆鸾迅速整队接受大都督的检阅。尹昌衡骑在马上，又是一番慷慨激昂的演说，直鼓动得将士热血沸腾，举起钢枪，宣誓般地呐喊："请都督下令，川军愿随都督，扬威雪域，荡平逆虏，保我天府藩篱，固我中华国土！"

张培爵真是个忠厚的革命老大哥，他这个蜀军政府的原都督，革命党的领袖人物，并不像多数革命党人那么偏激，他对维护四川军政府的团结和四川的统一，可以算得上不遗余力。虽然尹昌衡是西征的最佳人选，可是冷静下来之后，张培爵又感到刚刚统一的四川更需要尹昌衡。出了孙兆鸾的军营之后，他便把董修武、罗纶、邵从恩、骆成骧和颜楷等人邀进一家小饭店吃便饭，说出了自己的忧虑，众人也有同感，便约众来到尹府劝阻尹昌衡。

尹昌衡回到家里之时已经是精疲力竭。不过，或许是那一壶剑南烧春起了作用，亦或许是亲征大计已定，容不得他生病，头痛倒是减轻了许多，只是口苦无力。候在家里的两位老中医，又为尹昌衡把了一次脉，不发烧，不咳嗽，风寒已却，只是脉象微细沉弱，纯是久病衰弱之故，便命煎了独参汤。尹昌衡立即服下，躺了一会儿，病情果然大有好转。

张培爵等人来到尹府，还是劝尹昌衡坐镇后方运筹帷幄养病，另派猛将带兵西征。

尹昌衡道："诸公好意关怀昌衡，昌衡深谢大家了。今日议事，我已经向诸公说明我之亲征，可去其十害，收其十利。大计既定，我设若反口换将，十害犹在，十利何得？何况昌衡当众发誓，诸公赞成，已成决议。今话犹未冷，堂堂都督，言而无信，出尔反尔，日后还有何面目立在世间做人！"

张培爵道："都督挂帅西征，虽然是平定西藏叛乱之上策。但是大家以为都督即使不为自己之健康计，亦当为四川之大局计，此事还当慎重考虑。都督是四川的顶梁柱，主心骨。军队因都督而稳定，新政依靠都督之威望而推行。培爵居副，心悦诚服。同心合力，四川前途光明。都督一当离开四川，培爵无能，唯恐大祸不在边藏，而在四川之内啊。"

成渝原本兵戎相见，初合不久，成见并未完全消除。张培爵自知有驾驭重庆革命党的能力，却还没有树立治理整个四川的资望。他说得很真诚，和他一齐来的人都很赞扬副都督的品格，也说出了同样的担忧。所有担忧，也就在尹昌衡西征后的用人安排上。

尹昌衡道："请大家不要担心，对我西征之后，怎样保持四川安定之事，我已经想好了。大家对四川后方所担心的是两件事。第一件事，是成渝虽然合并，但是重庆还存在镇抚府，一旦重庆闹分裂，必生内乱，四川则将大乱。大家所担心的第二件事，是我走之后，军队没有绝对权威的主帅，军心无系，在时局尚未完全稳定的今天，变乱随时可能发生，一当发生变乱，盗贼横生，百姓又当大受其害。"

重庆设镇抚府，是当时成、渝两军政府的妥协之计。若不设镇抚府，合并难以成功，这就给四川稳定留下了后患，尹昌衡之所以费尽周折也要反对黄复生任镇抚府总长，就是为了杜绝日后地方割据势力抬头，杜绝重庆闹分裂的情形发生。但又不能任命成都方面的人，所以才力推胡景伊，为日后撤销重庆镇抚府做好准备。

大员们所忧的正是这两件事，只是大家都心照不宣，不利于团结的话不说罢了。

尹昌衡接着道："重庆设镇抚府，本为当时过渡之策，迟早都要撤销，有识之士早有动议，只是两军政府合并不久，未提上议事日程。今大敌当前，四川众心一统，正是撤销的最好时机。我意请议会立即议决，立即撤销重庆镇抚府。镇抚府一撤，拔除分裂祸根，今我以保家卫国之大义领兵西征，重庆方面不安分的人若生二心，民心不容，众怒所归，将犯大忌，怎么能兴得起风浪？成、渝分裂之忧可免。"

推胡景伊做重庆镇抚府总长，尹昌衡可谓费尽周章。胡刚坐上总长之位月余，就立即撤销重庆镇抚府，这是大家没想到的。但是要完成四川的完全统一，这个决定是英明的，大家都表示赞成。

尹昌衡接着道："至于治军，胡景伊可代。诸公共知，昌衡与胡景伊素无私交，见面立谈之间，昌衡即以都督之位再三相让，胡景伊再三推辞不从。后来才授他军团长之职，继而命他镇抚重庆。胡景伊初到重庆，挑拨离间的话不断传来，有的说他阴险，有的说他有野心要自立，昌衡一概不顾。用人不疑，疑人不用，一如既往，信之重之。景伊果然不辱使命，短短月余，推进新政，理顺地方，裁撤冗兵，成绩斐然，有目共睹。今观景伊，既能戡大乱，又无成、渝两地门户地域的偏颇之累，不是很合适的治军人选吗？昌衡再次愿以身家保举景伊，望诸公体谅昌衡苦心，能达成一致之决议。"

众人对胡景伊的德望虽然心有微词，但对其才干都不怀疑，都不便再反对。

四川军政府成立共事以来，尹昌衡还来不及跟张培爵交心。今日来访者多是君子，便极其诚恳地对张培爵道："张公功成于反清，望重于巴蜀，民国之大功臣，而屈居副督。公之君子风范，长兄气度，昌衡敬重，五体投地。然而昌衡总是力推胡景伊，社会上多有指责昌衡置副都督于不顾。昌衡谋国，耿耿忠心如同皎日，于张于胡，绝无厚薄。然大德治世，大才治乱。张公之大德与清望，堪作盛世之栋梁，胡之大才与权谋，宜作治乱之干将。谋国之道，当不避小嫌，选贤用能，当用其长。今民国初建，主义多而民心乱，骄兵悍将，横行无忌，偶遇煽惑，便会兴风作浪。乱世用人，不得不择胡景伊。昌衡之苦心，只求张公体谅。"

尹昌衡的推心置腹，不但说给张培爵听，也是对罗纶等人说的。众人都无不感佩。军政府的核心人物及高参，终于统一了认识。

2

下午，全体军官在铁路公司开会，部署西征用兵之事。各法团代表闻讯赶来与会。这实质成了西征前的一次总动员会，一千余人，把铁路公司礼堂挤得满满的。

尹昌衡在会上再次发表了慷慨激昂的演讲，当他说到"西藏不失于腐败之满清，而失于新建之民国，诚莫大之耻"时，全场激昂高呼："誓随都督，靖边雪耻!"

尹昌衡讲了用兵之策:"国家成败,在此一举,我作前驱,领兵当敌,命各师出二团后续之兵,不得推诿,如有不从,军法从事。"

台上的军务处长曾承业站起来道:"承业身为军务处长,自当恪尽职守,整实军务,按都督之令,观前军进展依令而行。如有违约,请处死罪!"

财政司长董修武亦站起来道:"修武身为财政司长,职在保障西征财用,观前军所需,有误前军者,请处死罪!"

千余文武当职官员,争立军令状。

动员会后,尹昌衡留下军政府要员和几个高级军官,进行具体部署。既然都督西征之战已经开始,一切当按战争要求,雷厉风行。各部门都按今日部署,汇报了切实可行的行动方案。多数都被当场认可,分头执行。

会后,尹昌衡留下张培爵、董修武、胡景伊和孙兆鸾,拿出一纸电报,这是段祺瑞发来的,装备三千人的德式枪械弹药,即日护送到重庆口岸。

众人传看完电报,都大吃一惊,良久才道:"德式枪械,太好了,喜从天降,喜从天降啊?"

董修武高兴之余,立即不安起来:"这么好的枪械,一到口岸就要付款,我去哪里弄这么多钱啊?"

尹昌衡道:"董兄放心,枪械弹药,都是冯将军帮我们借的。"

众人都道:"借我们的,有这么大的好事,都督怎么不早说啊?"

尹昌衡道:"军事装备、用兵方略以及军界要员之间的往来都属高级军事机密,故而只留下几位。近日边藏天天告急,我意朱森林先遣团于6月16日西征誓师出发。孙师长即刻率一个营,随胡军团长立即赶到重庆接受这批装备,胡军团长留重庆处理撤销重庆镇抚府善后事宜后,尽快回省主持军务事宜。孙师长务于15日前将军械安全运回成都。一半武装朱森林先遣团出征时亮相,给民众以鼓舞,一半武装后续部队。诸公以为何如?"

众人都一致表示赞成。

尹昌衡向全川发出《西征令》:"本都督自任西征,业经全体赞成。自当统率雄师,克日声讨,所有筹备事项,逐一分派后方。天戈所指,还我汉疆。军令一出,威重如山。勖哉多士,毋违,此令。"

军政府于当日向全国发出了取消重庆镇抚府的通电。

接着,董修武等人联名电请北京政府《请任命尹昌衡为正都督兼西征军总司令》:

参议院四川参议员黄复生、熊斐然、李伯生政密转呈袁大总统钧鉴：

前者连接警报，即经筹借边饷十万，派兵前往。刻据确探报告，藏失边危，河口、里塘相继告警，西番一撤，全局皆危，势非大举，万难挽回。尹都督闻警发指，自愿西征。昨前两日，军政各界屡次开会研究，均以番性难驯，非将略素着，智能兼备，万难慑服，并公推尹都督督师出关。

惟西藏关系全国，非赖威德，莫克挽回危局，应请总统任命尹昌衡为四川正都督兼西征总司令官。出关之后，所有内地应办民政事务，均由张副都督一人担任。张副都督明决果敢，条理精密，应请即任张培爵为四川民政长。所有正都督内地应办军事职务，查有现任重庆镇抚总长兼军团长胡景伊晓畅军事，声绩并隆，应请任命胡景伊仍以军团长代理正都督职务，如蒙照准，迅赐电示，大局幸甚！

政务处董修武、郭灿，参谋处张毅，军务处曾承业，军学处王琦昌，第二师师长彭光烈，第三师师长孙兆鸾，第四师师长刘存厚，财政司董修武，民政司邵从恩，教育司沈宗元，司法司覃育贤，实业司王国辅，外交司张致祥，交通司郭开文，筹边处黄焕昌，审计院尹昌龄同叩。佳（九日）印。

袁世凯均如其所请，随后即任命胡景伊护理四川都督，任命张培爵为四川民政长。

第三十一章

西征誓师

1

当得知尹昌衡决定抱病西征后，家里掀起了不小的波澜。颜机和杨燕茹知道，尹昌衡决定的事是没有人能劝得转的，便决定跟随出征。好歹被尹昌衡劝住，让她们在家照顾好父母，他才好一心杀敌平叛。

报载：

《尹都督决定亲率大军西征平叛!》

《川军将士，日夜操练，枕戈以待，克日出征!》

《两都督之提倡国民捐!》

《各法团踊跃认捐，支持西征平叛!》

尹都督致电袁世凯等：应恳大总统念及边藏关系大局，电令各省都督量力分担此项军饷。

前线消息：叛军由定乡攻陷江卡（宁静）、乍丫（察雅）。江卡守军战死殆尽，仅存 8 名投降，江卡委员段鹏瑞逃往云南阿墩；南墩叛变，攻陷稻城，俘虏道坞守吏。打箭炉驻军，因粮食缺乏，士兵骚动，未能出动救援……

西藏骑兵数千人围攻里塘数日，里塘失守……

全川贯彻军政府决议雷厉风行。各大小报纸率先行动，各种醒目的标题，加上不时报道的前线紧急军情，迅速点燃了川人的爱国热情。法团会所、公口码头、茶坊酒肆，议论的都是西征。学生组成西征募捐队深入民间宣传鼓动，叫花子唱的"莲花落"都是鼓动西征平叛。各界民众踊跃捐资捐饷，迅速形成了高潮。

1912 年 6 月 14 日，北京政府正式电令：四川都督尹昌衡为西征总司令率川军入藏平乱；令云南都督蔡锷派滇军入藏增援。同时，唯虑英国误会，复由外交总长陆征祥面告英使，希英国严守局外中立。

民国初年，国家规定，将关公和岳飞合祭，武侯祠外的关帝庙，改为关岳庙，也成了成都南面迎送官员的接官亭。

6月16日（五月初二）清晨，朝霞满天。朱森林西征先遣团今日从关岳庙出征。古老的成都便早早地喧腾起来。学校、法团、百业行帮，锣鼓喧天，旗帜飘扬，雄壮的队伍呼着"荡平番逆、西征必胜"等口号，向武侯祠外的关岳庙拥去。父老子弟呼朋引伴，挎着装满煮鸡蛋、糕点、大烧饼之类熟食的篮子，走出家门，汇入了各条街巷为西征将士送行的洪流。

武侯祠外的关岳庙前大道边，一字儿排着长长的辎重夫役队伍。有马车队，独轮车队，骡马队，也有挑夫队。夫役们都穿着西征"义"字号褂，个个精神抖擞。

这要算是尹昌衡的发明。过去行军打仗历来靠就近拉夫。西征军军纪严明，绝不扰民。西征义战，有钱出钱，有力出力。但是为了节省筹措而来的有限军费，号召成都及沿途民众自发组织运输队伍支援西征。除一些百姓志愿给西征军当挑夫外，更多的则是社团和百业帮会出钱，雇请车辆骡马和人夫，一些车队和骡马队前，插着"某某钱庄"、"某某绸缎帮"、"某某米帮"、"某某盐帮"等"义"字小旗。沿途各县也准备好了接替的队伍。

武侯祠前不大的广场上，临时搭了一座简易将台。上午十时许，尹昌衡和张培爵率领军政府大员及几位师长，在民众的欢呼声中登上临时将台。

这时，朱森林骑马飞奔至台前，在马上行了一个军礼："三师十一团团长朱森林报告长官，西征先遣团集合完毕，在场外待命！"

尹昌衡高声宣布道："西征先遣团，接受四川父老检阅！"

站在身后的三师师长孙兆鸾，随即走向台口，举起信号枪，几颗信号弹升到空中，一支军容整肃的队伍开了过来。马队前导，炮队随后，然后是步兵大队伍。乌黑锃亮，崭新的德式钢枪，使全副武装的先遣团战士，更加英姿勃勃。

德式枪械，在装备落后的四川极为少见，夹道欢送的民众无不惊奇，无不欢呼。特别是前来送行的其他各师的军官，无不为之眼睛发亮，羡慕十一团。人强不抵货硬，有这样精良的装备，何愁番逆不灭！

武侯祠前广场不大，只有马队和炮队入场，其大部队列队大道之上。列队完毕后，尹昌衡勉励将士忠义报国，为蜀中父老争光，并为先遣团授旗。

临近中午，送行仪式才告结束，先遣团正式开拔。数万人的送行民众，高呼着"西征军万岁"、"西征必胜"等口号，声震原野。酾酒赠品，络绎于道，为从来所未有，一洗从前远征送行的悲愁惜别之状。不少人把带来的劳军礼物，硬塞进出征战士的怀里，还有不少人跟着队伍，直送出十多里，俨然如秦国人出征的风俗，场面十分感人。

第二天，川内的报纸几乎全都把先遣团出征壮观的场面放在正版头条，同时发表了尹昌衡《告边藏番人文》，强调汉藏一家的历史血缘，谴责叛军受人挑唆，"乘清祚之将终，而螳臂当车谋叛"，正告叛军："若复夜郎自大，负固不悛，为彼满仇，忘我汉泽，本都督亲率强兵数万，躬冒矢石，取尔凶残，以扫冥顽之枭风！"同时给指明前途，"都督之明威，迥异满官之黑暗，义师所向，不犯秋毫。壶浆来迎，皆我子弟。雪尔积愆，益尔生聚。速牵羊于城下，免作鬼于刀头。"

接着数日，文人墨客更是不吝笔墨，作诗作赋，赞颂西征军的雄姿和风采，赞美川人的爱国热情。

四川正式出兵，对全国震动很大。英国公使朱尔典慌了手脚，于 6 月 23 日亲自跑去威胁袁世凯："如果中国政府调兵入藏，扰乱地方，牵动大局，所有责任唯中国是问。英国政府将不承认民国政府是合法政府！"

川人平叛之决心使袁世凯的腰杆硬了起来，理直气壮地答复："民国政府因西藏动乱而出兵征讨，属当然权限内，断非他国所容喙。"

2

西征先遣团出发，民众的热情给尹昌衡以巨大的鼓舞，七千万四川民众中蕴藏的巨大正义力量，让他对西征必胜更有信心。但是他对四川内地的事情，实在放心不下。他一面电请北京政府拨款，一面不断做内部的稳定工作。

其实，要做好内部的稳定工作很难。这期间张培爵请辞副都督之职，川人反对胡景伊任护理都督，都掀起过不小的波澜。这些都给尹昌衡制造了不小的麻烦。

7 月 7 日，尹昌衡在成都军界全体会议上道：军官军人要负起省城安宁秩序之重任。第一要彼此不疑；第二要镇静；第三要维持公道；第四勿听谗言。

7 月 8 日，他在省议会话别会上说，希望议员：一化除党争；二遇事尚和；三维持护督胡文澜（景伊）；四勿信谣言；五接济西征饷项。

尹昌衡一边做内部的稳定工作，一边搭建司令部的班子。不少人都希望追随尹昌衡西征建功立业。

骆成骧年长尹昌衡十九岁，时年四十有七，正当年富力强，亲眼看见尹昌衡强自出头后这不到一年的时间里，干出如此轰轰烈烈的事业。这些辉煌，大多都有他这个当老师的参与共谋，他也把这作为自己的光荣和骄傲。尹昌衡这次抱病西征，关系国家民族的命运，他也希望能贡献一份自己的力量，因此请求随军参谋。自己尊敬的好老师甘冒矢石，参谋帷幕，尹昌衡求之不得，慨然允诺，请他仍以都督府总顾问的名义随军筹划军政。

此次随军的还有尹昌衡另外一位好友谢云峙。谢云峙先在重庆蜀军政府供职，两军政府合并之后，在重庆镇抚府任职。重庆镇抚府撤销后便来了成都。尹昌衡西征正缺人手，便请谢云峙以都督府顾问的名义和骆成骧一道为他组织西征参谋班子。二人建议，任罗一士为总参谋长。

此外，张培爵的侄儿张煦是同盟会的骨干，两军政府合并时，作为张培爵护卫营的营长来到成都，也要求随军西征。尹昌衡任命他做西征军护卫团的副团长。谢云峙曾告诫尹昌衡，此人是同盟会的激进人物，强烈反对重用胡景伊，近日与重庆来蓉的革命党人频繁聚会，现在要求参加西征，真实动机值得怀疑，对此人要慎用。特别是委任张煦为护卫团副团长之职，是不是合适，要仔细斟酌。

尹昌衡向来自信，但这个意见来自好友谢云峙，他不得不认真思考，沉吟良久道："革命党多是热血青年，反对重用胡景伊这可以理解，特别是张煦，感觉到我重用胡景伊，对他叔叔不公正，心中有气。他是军人，为了不受胡景伊节制，愿上前线，这也是好事。我应当言而有信，已经任命他作护卫团副团长了，就定下来吧。"

无暇卧床病魔远，不龙不虎不英雄！

大概是决定亲征之后，没有时间允许尹昌衡生病了。久病三个多月的病魔渐渐远去，又经这半个多月的调养，虽然身子还很虚弱，但是也无大碍。尹昌衡打起龙虎精神，决定亲率五千后续部队，于7月10日出发西征。

尹昌衡出征的前夜，张培爵、罗纶及几个师长和董修武、颜楷等军政要员和至亲好友，都到尹府参加尹父尹母为儿子和侄儿马忠精心准备的壮行酒宴。

这晚来为尹昌衡壮行的还有两位特殊的客人，就是冯倩文和妥儿。

冯倩文和妥儿亲自押送那批军火入川，但为了不给尹昌衡招惹麻烦，到了成都她们根本没有露面，直接住进了她家的"津璋洋行"。尹昌衡全家人都感激这位多情的姑娘暗中的关照和支持。尹母知道尹昌衡既不便也没时间亲自前去拜望和致谢，便与颜机和杨燕茹当面请冯倩文和妥儿，来参加父母给尹昌衡和马忠的壮行酒宴。

根深蒂固的封建文化土壤，一连串的打击，冯倩文已经不是那个任性的留洋贵族小姐了。她和妥儿千里迢迢入川，朝思暮想的心上人不能见上一面，二人的情绪可谓低落到了极点。得到尹母的当面邀请，两个姑娘甚为感动。

向来争强好胜的冯倩文，在礼敬和大度面前颓唐了。来到尹府，冯倩文拒绝了颜机主动安排尹昌衡跟她单独见面交谈的机会，这避免了主客之间许多尴尬。来客中只有颜楷认识冯倩文。为掩人耳目，冯倩文以颜机在北京读书的学姐的身份出现在人前。

儿子挂帅出征，是秉持忠孝传家的尹昌衡父母人生中最大的骄傲。特别是通经史、善诗文的尹母，熟知千古多少良母训子的典故，对这次壮行酒，做了别出心裁的安排。

酒宴就摆在小花园那个亭子前，供桌上供着尹家那方祖砚。

尹母手捧古砚道："昌衡、马忠，可记得这古砚上的铭文？"

"干戈平定归于哲，廊庙文章非等闲！"

"好，你们兄弟父祖为国捐躯。国大于家，国大于命。毕生所学，凝成治世格言。今日你兄弟出征，故将此传家宝砚赐予。圣贤造字，'止戈为武'，尔兄弟不是普通上阵拼命的武夫，止戈为上，杀人次之。身居庙堂，握着多少人生死，勿忘干戈平定归于哲，军阵之前，帷幄之中，用这宝砚做好平叛安边的廊庙大文章！"

"是，止戈为上，杀人次之。勿忘干戈平定归于哲，做好廊庙大文章！"

尹昌衡高擎酒樽，即兴高吟《征人歌七言古诗一首》与马忠共勉：

> 精忠两字即金石，浮生百事皆尘泥。
> 虎落深深朔风起，战云四合军行矣。
> 愿为雕鹗横青风，有如蛟龙拖虎兕。
> 试以我歌日三复，送尔勋名上青史。

一向我行我素的冯倩文，原打算和妥儿一道，追随尹昌衡和马忠，同赴边关，给尹昌衡更多更实在的支持，没想到看到如此壮怀的送别场面。尹昌衡的父母和娇妻美妾，都如此深明大义，不让尹昌衡西征牵肠挂肚，自己就更不应该赴前线去给尹昌衡添忧添乱了。二人举着酒杯走上亭子，各自给尹昌衡和马忠倒了一杯酒，举起杯子碰了一下，什么也没说，各自一饮而尽。

冯倩文和妥儿不辞而别。当晚尹昌衡和颜机回到书房，桌子上有一张字条，那秀劲的字迹，尹昌衡一眼就认出是冯倩文的手迹。字条上留的是一句没头没脑的话：莫道边关远，雪域亦近天。

尹昌衡无比感慨地长长叹了一口气，把字条递给颜机。

颜机喃喃地重复念着"雪域亦近天，雪域亦近天"，一下就读懂了冯倩文愿主动向尹昌衡提供中枢信息的承诺，亦感慨道："昌衡哥，冯小姐真是你难得的红颜知己啊。"

7月10日，依然在武侯祠外的关岳庙前，川人送别尹昌衡亲征的盛况远胜于送别先遣团。

他在送别当日发表的《西征别川人书》中写道：宵小作祟，忧者一也；树党朋比，忧者二也；纷争轧轹，忧者三也；轻浮好变，忧者四也；自坏长城，忧者五也；无万里之志，忧者六也。

他在《告成都父老书》中写道：共剪内乱，同祛外患，此其所求者一；借泯猜嫌，裨益政治，此其所求者二；力全大局，远顾军需，此其所求者三。

尹昌衡像一个即将离家远行的家长，殷殷厚望，告诫谆谆，给那豪壮的送别场面，增添了几分沉重。

他对出征将士宣布了三条命令，首要一条，就是重申西征的民族政策："蛮人为我五大民族之一，现虽反抗，务使幡然改图。我军到时，对于蛮人，即一草一木，不得妄取，亦不得轻杀一人，临之以威，亦当感之以德。前此赵尔丰不德，我同胞不惮，以土枪土炮起而反对之。我军能以德意感蛮人，则蛮人之晓事者，必先归顺，而叹我民国之军迥非满清可比也……"

末了，他久久地凝望着武侯诸葛亮祠堂前那森森的古柏，久久地握着台上送行的军政大员的手，高吟了他的西征诗《抱病西征》——

> 抱病经三月，提军越万重。
> 武乡愁气短，留守苦心雄。
> 微命复何惜，孤忠与谁同。
> 莫将余食少，传语到西戎。

第三十二章

古渡整军

1

尹昌衡在他的西征日记中，对此次行军作了相当详细的记载：

西征大军当天晚上驻双流考棚。第二天天刚亮，队伍即从双流向新津进发。西征先遣团出发后，给前线守军将士很大的鼓舞，尹昌衡的大队伍行到中途，便接到边藏驻军胡管带打退叛军的捷报，尹昌衡命火速传达到全军。将士无不欢欣鼓舞，士气高涨。

水城新津，水碧山青，风光秀美。岷山水系的南河、西河、羊马河、金马河、杨柳河，五津于此汇流，流向远方。岷江右岸的主要支流南河穿城而过，南河河面宽阔，水流平缓，帆樯如织，南河夕照，是有口皆碑的新津美景。这里是成都的南大门，商贸繁荣，市井繁华。去年保路同志军保卫新津，在这里奋战了一个多月。不过，富裕很快医治好了战争的创伤，被清军大炮轰垮的城墙，多数已经修复。古县城很快恢复了往日的繁华。

黄昏，尹昌衡率领军容整肃的西征大军入城。新津城的百姓都拥到街上，争看传说的尹大都督的风采。他们也和双流的百姓一样提着各种酒食，跟随队伍到考棚驻地劳军。尹昌衡决不放弃这个固结民气的好机会，命从牢里提出九名抢劫杀人和逆伦大罪的待决的死囚，当着民众宣布罪行，就地正法。号召民众拥护共和新政，维护地方稳定，支持西征。民众无不鼓舞欢呼。

次日一早，大军向邛州（邛崃市）挺进。

邛州与成都（益州）、重庆（巴郡）、郫县（鹃城）并称为巴蜀四大古城。邛州历来"舟船争路、车马塞道、商旅云集，工商繁盛"，是"南方丝绸之路"、"茶马古道"的第一站，有"天府南来第一州"的美誉。虽然西汉才女卓文君在她这美丽的故乡演绎过"文君当垆，相如涤器"、凤求凰的千古佳话，但在清末民初，这里的匪患却十分猖獗。

尹昌衡率大军进入邛州，沿途拦马喊冤者百余起。喊冤之人，都是被土匪抢劫，家人被土匪杀害者。乡民的血泪控诉，令人心惊。尹昌衡，当晚驻邛州考棚，立即提审在押的已经坐实罪证的匪徒，立杀八人，取保四人。

邛州的匪股颇多，而且十分嚣张，同伙被正法之后，居然敢当夜前来示威。四乡八里响起了密集的枪炮之声，尹昌衡立即命护卫团派出数股部队，出城追击侦缉，张煦回报，群匪已经逃匿得无影无踪。

尹昌衡痛恨邛州匪风甚炽，为震慑匪患，次日命令部队驻邛州休整一日。再审被拘匪众，于上午九时许，在南门外校场，公开再杀抢劫杀人匪犯二十五名，一时军威远震，匪徒闻风敛迹。

民众无不拍手称快，赶着猪羊，踊跃劳军。尹昌衡也借此慰劳将士，官佐慰劳酒食各一席，目兵犒赏猪牛肉等各一斤，夫役赏钱各四十文。并勉励将士为民除害，全军皆感激思奋。

7月14日天刚破晓，由邛州向雅州出发，前行五十里，便至蒙顶山之黑竹关。蒙山其发由灌县，向西南蜒蜿而来，直抵云南蒙自山。气候温润，云腾雾绕，盛产茶叶，味极佳美。历代为皇家贡茶，故有"扬子江中水，蒙山顶上茶"的千古美誉。

黑竹关一带，地势极为险要，历来既是藏匿土匪的匪窝，也是土匪剪径打劫的重要关隘。官军防不胜防，商旅视为畏途。尹昌衡命大军当夜驻扎黑竹关之百丈（古县名）复龙店，以震慑匪徒。

15日，大军由百丈复起程前进，午后六时抵名山。以考棚为宿营地点，各团队宿文武庙等处，又正法劫匪二名以扬威。

越往前行，越近山地，道路越是难行，辎重运输越是艰难。沿途出现了强拉民夫，甚至放枪威吓的情形。这与军政府兴仁义之师秋毫不犯之本旨相悖。大大损害了西征军的形象，尹昌衡乃下严令：

> 照得维持军纪，首重严肃，军人立品，不扰善良。日来大军进行，竟有在途无故鸣枪，滋人疑惧，及强迫途人，以供夫役，不徒妨害公安，抑且自堕名誉。本都督行旌所莅，以申明军纪为先，尤以保安为务，合行通令：抑本各处暨各标营弁人等，务各严守秩序，倘敢故违，即由该营长官查拿，送

呈本总司令部从严惩办，以肃军纪。至各处雇定夫役，如有逃匿，应即责令夫头预行雇募补充，不得临时互相拉抵，以免一切公物输送迟滞。此令。

尹昌衡所带的这支部队，是从各师抽调而来临时集中的。军队主要的来源各不相同，有的来自新军，有的来自巡防军，有的来自傅华封的边军，还有相当一部分，是扩充的保路同志军。时间紧迫，未经过严格训练，各自的诉求不同，前清旧军队的恶习根深蒂固，说不上什么战斗力。带领一支这样的队伍仓促上阵，是不得已而为之。怎样把这支军队带成一支能打恶仗的队伍，这是尹昌衡和他的高参们都极为关注的事。

出征数日，将抵雅安，离边藏战场越来越近，重颁军令之后，尹昌衡与骆成骧、谢云岫等高级参谋人员一起，查阅了地图，听完侦察哨马对前路情况的汇报后，策划了一次整顿军纪的行动。

16日，大部队早上五点出发前，尹昌衡发了一道命令，早饭饱餐一顿，带足干粮和饮水，今日急行军，队伍必须过了青衣江方准埋锅造饭。途中，队伍不得休息，不得喧闹。不少人对尹昌衡这道命令，都当成了耳旁风。

大军前行二十里，见有屹然高出于诸峰之上者，金鸡关也。翻越险峻的金鸡关，再行十八里，青衣江横亘于前，滚滚南下嘉定，长滩之上是一个古渡。相传这个渡口是诸葛武侯指挥大军南征平羌所渡之渡，故名"平羌渡"。

部队终于来到平羌古渡，步行了四十余里崎岖山路，早已是人困马乏，饥渴难当，都巴不得立即渡河造饭。可是平羌渡江面宽阔，水流湍急，先头部队只找到几条渡船。时值七月，头上骄阳似火，没一丝云彩，江边更无树荫。五千大军只得头顶似火的七月骄阳，列队江边等候渡河。

2

尹昌衡对大军等待渡河之事并不着急，与骆成骧、谢云岫和罗一士，仿佛游山玩水一般，饮马平羌渡后，在江边并马徐行。遥望西南，远山叠叠，雾气蒸腾。四人都是博古通今之士，不由得思绪万千，飞跃千年历史，仿佛当年羽扇纶巾的诸葛亮就在眼前。

骆成骧道："诸葛亮当年渡此渡所平之西南夷，大部分就是而今要去平叛的川边地区。历史何其惊人相似！"

谢云岫也道："是啊，同样在这诸葛亮小车停留的地方，同样是骄阳如火的季节，同样指挥蜀中大军渡河，同样去平服跟中央政权对立的少数民族，昌衡老弟，面对先人的丰功伟绩，你一定感慨良多吧？"

尹昌衡在马上沉吟良久道："诸公以武侯丰功伟业勉励昌衡，昌衡深谢诸公。每读三国，诸葛亮七擒孟获之所以能成千古美谈，实乃因行民族共融之大道也，今民国所行之五族共和，实为一脉相承。诸葛亮此去平南，剿抚并用。以剿为手段而立威风，以攻心为目的而重宣抚。从而安定南方，奠定蜀国三分天下的基业，为后来六出祁山的北伐统一战争，打下了坚实的基础。诸葛亮就是成功的榜样。昌衡决计西征以来，长夜以思，决计师从先贤诸葛之后尘，与诸公一道，威德并重，剿抚同施，收复川边，功成西陲，而不负国家与川人之厚望，不负诸葛武侯安定四川之丰功伟绩。"

尹昌衡这一番话，已经不只是一般的吊古感怀，而是向他的最高决策层，公开他西征的大政方针了。

来到滩头，三人随尹昌衡下马。尹昌衡要过马忠身背的酒壶，拔开瓶塞，默默奠酒于江，并将酒壶传与骆成骧、谢云峤和罗一士，三人亦奠酒于江，都望着哗哗流逝的江水。良久，似乎宣誓般地高吟诸葛亮《后出师表》中的名句："臣受命之日，寝不安席，食不甘味。思惟北征，宜先入南。故五月渡泸，深入不毛，并日而食；臣非不自惜也，顾王业不可得偏安于蜀都，故冒危难，以奉先帝之遗意也！"

时间已经是半下午了，渡口上等待渡江的队伍突然骚动起来。

原来队伍集结渡口河滩之上等船，开头队伍还算整齐，秩序井然。可是熬到后半晌，人人又饥又渴，就有人闹："饿死了，饿死了。"接着，不少人也跟着闹："饿死了，饿死了，火头军，造饭啊，造饭啊！"

喧哗之声越来越大，队伍一片混乱。远处奠酒祭江的尹昌衡、骆成骧和谢云峤，听到队伍喧哗，相互会意地点了点头，这是他们昨夜的策划所需要的效果。众人打马来到军中，被护卫团拥到一个土坎上站定。

尹昌衡高声问道："适才谁人在喊火头军造饭？"

此时偏偏有人不识利害，高声喊道："都督，都下午了，饥劳杀人，快饿死了啊！"

有人出头，接着有不少人附和："饿死了啊，饿死了啊！"

随着这喊声尹昌衡厉声道："执法队何在？"

所谓执法队即护卫团。护卫团的人都佩戴有特殊标志，临出发前，尹昌衡赋予护卫团一项特殊任务。行军宿营，护卫团分成若干小队到各营，负责巡逻警戒，执行军纪。张煦早已接受尹昌衡密令，留心军中那些不安分守纪的刺头。张煦此时挺身上前，行了一个军礼："护卫团副团长、执法队长张煦到！"

尹昌衡道："本都督早晨所宣布军令，可还记得？"

"不过雅江，不得埋锅造饭！"

"本都督军令如山，令行禁止。适才竟有人公然抗我军令，军中鼓噪火头军造饭，狂喊饿死人了，煽惑军心，挑战森严军法，该当何罪？"

"论军法当斩！"

适才鸦雀无声的队伍，爆发出一声惊疑："啊！"

张煦厉声高吼道："执法队，将带头鼓噪之乱兵，绑上来！"

分散在各营的护卫军，应声而起，立即将各营十几个带头鼓噪之人绑了，押到土坎之前。

尹昌衡道："拉到水边，执行枪决，曝尸示众！"

那十余个被绑之兵，多是军营中的刺头，目无军纪，平时滋事，无法无天。此时方知尹都督军令如山，一个个早已经吓得魂飞魄散，有的口呼都督饶命，有的瘫倒地上，被执法人员拖向江边。

全军无不震恐，看着被押向河边的人，都吓得屏声静气。那些跟着喧闹的小兵，赶紧埋头，生怕被人供了出去。

被绑的人押到半途，骆成骧高声呼喊："枪下留人！"

谢云峤也跟着高喊："枪下留人！"

行刑队闻声停在半途。骆成骧和谢云峤都上前求情。

骆成骧道："尹都督，众人违反军法当斩，请免其死罪！"

谢云峤道："尹都督，众人违反军法，即使不能免死，事发突然，亦当容他们留下遗书，以报家人。再者杀人要赏酒饭，以免弟兄们死后成为饿鬼，今日军令不准造饭，故请改日行刑！"

尹昌衡沉吟了一阵道："军法如山，死罪难免！为尽人事，改日用刑，将人犯暂押军中候决！"

行刑队押回人犯后，尹昌衡高声训示道："你们都说饥劳杀人，我说其实饥劳生人。军人的字典里，绝不该有饥、劳、寒、苦之字眼，既然从军，忍不了饥，抗不了寒，耐不了劳，吃不了苦，何能战胜随时要夺你性命之敌人？饿不死、冻不死、累不死、苦不死，心虚胆怯，敌人刀枪面前必死！我军西征雪域，山高水险，艰难困苦，将胜过平日百倍。弹尽粮绝之事，常有发生。断粮当计粒而食，断水当舔尿而润，弹尽时当肉搏以拼命。老百姓还说三天不吃饭，也要装个卖米汉。今天你们还不到一日不食，居然敢鼓噪乱军。一个个不伤不病，如此没精打采，倒街卧巷，这成何体统？你们还像一个战士吗？人争一口气，佛争一炉香，男人不装屄，活着像条龙，我尹昌衡久病初愈，不比你们强壮——"

尹昌衡说着解开皮带，半脱军裤，髀间露出拳头大红肿开口流脓的恶疮。站在土坎前的将士，无不惊愕。随即，有人带头高呼："男人不装屄，活着像条龙！"他这随口一句话，居然此时成了五千将士的口号。

尹昌衡高声地道："好，好！我宣布，酒壮英雄胆，今日，每伙准平分烧酒三斤，以提振士气！另外饮用青江之水不限。全军从我开始，所有官佐，绝不特殊，不过此江，不得进食。违令者斩！"

全军齐声呐喊："谨遵都督将令。"

全军第二天才过完青衣江，无有再叫饥饿者。尹昌衡绝没有要杀昨天那十余名士兵的意思，不过借此正军纪立威罢了。接着放了那些士兵，让他们戴罪立功。

3

尹昌衡率西征大军渡过青衣江，进驻雅州（今雅安）。

雅州位于四川盆地西缘，东靠成都，西连甘孜，南界凉山，北接阿坝，素有"川西咽喉"、"西藏门户"、"民族走廊"之称。北部的邛崃山南延到西部二郎山，与北部南延的夹金山会合，西南部为西北——东南走向的大雪山，南部和东南部有大相岭与小相岭。是川西平原和西藏高原的过渡地带，地形特殊，多雨，又称雨城。秦代就已经把雅州纳入中央政府管辖范围，两汉文化历史底蕴十分丰厚。

雅州还是中国南路边茶茶马古道的起始地。

雅安边茶从唐代开始传入西藏，成了藏民离不开的饮品。因地缘接壤，两地间容易发生沟通和交流，从最初的简单以物易物，逐渐发展成大规模的"以茶易马"和"茶土交流"，使得从四川雅安到西藏拉萨之间，逐渐形成了一条非常重要的古代商道，因为当年在这条古道上运输的物资主要是雅安的南路边茶，所以又称川藏茶马古道。

蒙顶山茶，就通过这条茶马古道输入藏区，是历代中央政府与藏、羌等少数民族进行茶马贸易的专用商品，成为汉族人民同藏、羌等各族人民增强政治、经济、文化交流的重要纽带。

过了雅安，渐次进入边藏地区。人烟越来越稀少，高山绝谷，道路越来越艰险。因此尹昌衡把雅州作为西征军的大本营，西征的后勤保障基地。

西征军于17日进驻雅州后，部队在雅州休整演习两天。这两天里，他一面催促成都向雅州输送粮秣弹药等后勤军需，一面召集雅州地方官员，组织马帮，保障运输。与此同时，尹昌衡刚接到前方康定府吴知事报告，里塘败北之叛军谋袭巴塘，又被我驻巴防军击败。各军队闻之，莫不欢跃。接着，接二连三地接到了黄煦昌的告急军情。大批叛军复围巴塘，巴塘危在旦夕，敌众我寡，若不迅速救援，很快就会丢失，巴塘一失，叛军将长驱直入，切盼援军奔赴前线，迎战潮水般涌来的藏军。

朱森林的先遣团出征已经一月了，前线曾屡传捷报，何以此时告急呢？原来西征大军出发，鼓舞了前线边军守军将士的士气，死守据点内苦战的边军，打退了几次叛军的进攻，确实取得了几次小胜利，阻遏了叛军进攻的势头。然而整个川边，叛军已成燎原之势，无一片净土，情势十分危急。在这种状况下，朱森林用兵却一味求稳，认为贼势浩大，驻兵于康定（炉城），迟迟未向前线发兵。

开初，边藏叛乱刚刚开始之时，炉边宣慰使黄煦昌，即令驻扎雅州的陈步三率一营兵马先趋出关，移防河口。河口乃是两军必争的军事要害之地。

河口、巴塘等前线告急电报，频频传到雅州行营司令部。尹昌衡站在地图前，眼里闪现前线各困守据点的纷飞战火。迭次电令朱森林火速开赴前线救援，朱森林都以贼势浩大，不能擅离据点为由，迟迟不予出兵。而自己所领之大军还远在雅州，一时难以赶到，远水难救近火。尹昌衡心急如焚。

骆成骧和谢云峣都主张大军迅速西进，立即赶赴巴塘救援。

尹昌衡道："雅州到巴塘，千余里崎岖山路，沿途不少地方已经被叛军占领。大军行动缓慢，赶到巴塘，至少一个月以上。待大军赶到之时，巴塘已经陷落。我军失去依凭，后果不堪设想。"

谢云峣道："朱森林靠近前线，就近发兵增援，乃为上策，没想到他敢抗将令，这该如何是好？"

尹昌衡道："将在外，君命有所不受。朱森林按常规用兵，拒绝孤军冒险，言之成理，不为抗命。为今之计，只有我飞骑赶赴炉城，迅速部署，说服朱森林火速出兵。"

骆成骧道："此去炉城，沿途叛军出没，都督怎么能只身前去冒险，还是率大军兼程驰援为好。"

尹昌衡道："骆公不必为我安危担忧，我走之后，二位率大军火速向炉城进发。拜托二位了。"

7月20日一早，尹昌衡留下张得奎统率卫队，随大军而进。只带上马忠，二人快马飞驰康定。

康定是我国西部地区重要的历史名城。古为羌地；三国蜀汉称"打箭炉"，俗称炉城；唐宋属吐蕃；元置宣抚司；明置宣慰司；清雍正七年（1729）置打箭炉厅，光绪三十四年（1908）改设康定府；宣统三年（1911），清朝决定以边务大臣所辖地建立"西康省"，"康"即指原地名，"西"指在国家版图之西。西康省的辖境"东起打箭炉；西至丹达山顶止；南抵维西、中甸；北至甘肃西宁"。直到1939年西康省才建立，设省会于康定；1950年3月康定解放，为甘孜藏族自治州政府驻地于今。这是后话。

康定地处大雪山，在大渡河、雅砻江之间，是从西藏入四川的第一要道。这是一座具有浓郁民族风情的高原古城。历代进行茶马互市，汉藏商人汇集于此，成为闻名四方的商贸重镇。"万里遨游，西出炉关无尽头。"清雍正时，果亲王从康定去泰宁曾留下这诗句。由于出此地向西便是藏区，该城依地势顺理成章成为西康第一城，出城就成了出关。那时，驻藏大臣进藏的时间也由出康定城之日来计算。

古城三山环抱，二水夹流，折多河贯穿城中。"打箭炉"之名即来源于藏语"打折多"，意为"折河"和"多河"的汇合之处。三国时，诸葛亮实行西和诸戎，南抚夷越，外结孙权，内修政理的政策。南征西昌、昆明等"夷越"时，从这一带经过，由于其以"和"、"抚"为主的策略给西南少数民族留下了好印象，于是人们自愿将当地与诸葛亮联系起来。流传更多的说法则是诸葛亮率大军南征孟获时，派将军郭达到此为军队造箭。据说郭达将军一人每天能造箭数千支，当地百姓感到惊奇，将其视为神灵供奉，并将郭达造箭之地叫作"打箭炉"。

尹昌衡于7月29日午后，抵达康定。

黄煦昌天天向尹昌衡告急，左盼右盼，没盼来救援的大军，却只盼来了尹昌衡一人。这不但没让他得到任何安慰，反而增加了他的不安。朱森林所带的军队，基本上是逊清巡防军的底子，跟尹昌衡和他这个炉边宣慰使都没有特殊的关系和感情，如果尹昌衡要对朱森林执行军法，或者硬逼这些人孤军深入战场去送死，极有引起先遣团哗变的可能。而从雅州出发的西征大军，至少要等七八天才能赶到，因此黄煦昌一直忧心忡忡，而且还不敢把这种忧虑告诉他人，只有暗自着急。

黄煦昌把尹昌衡的行营设在宣慰府里。他手边没有军队可以调动，只得嘱康定巡警，不离宣慰府左右，务必保护好都督的安全。

尹昌衡带病上路，昼夜兼程，赶到康定，已经是人困马乏。康定的特色美味小吃不少，黄煦昌知道尹昌衡身体状况，怕不适合尹昌衡的口味。此时最要紧的是充饥，便命人按成都人的口味，做了一大碗荞麦汤面。

尹昌衡狼吞虎咽地吞下荞麦汤面后，精神好了许多。这几天马上颠簸，髀间恶疮裂开了口子，折磨得他很难受。便吩咐黄煦昌立即叫来军医，为他处理髀间的疮口。同时对黄煦昌道："困得实在不行，睡一个时辰之后，立即召集军事会议，汇总军情，进行军事部署。"

第三十三章

炉城用兵

1

尹昌衡正打算睡一个时辰，蓄养精神，再召开军事会议。这时一个青年军官闯了进来："报告，第三师十一团三营副官刘瑞麟，有平叛方略，面呈大都督。"

尹昌衡见这军官如此不懂礼貌，心中老大的不快。马忠递上刘瑞麟所呈文稿，尹昌衡略一浏览，字迹潦草，文辞粗俗且不说，最不能容忍的是卷面圈点涂改，这是对上峰的极大不恭，脸色一沉道："对上司有如此不恭的呈文吗？工整抄写之后，再呈。"很不客气地将呈文退了回去。

刘瑞麟急了："都督，卑职急于进言，来不及……"

尹昌衡一挥手："我要休息了，去吧。"

刘瑞麟被马忠请了出去。尹昌衡愤愤然："这等草率，能有什么好见识。"

尹昌衡突然单骑来到康定，消息传到军营，不少人都为朱森林担忧起来。尹昌衡军法森严是出了名的，迭次电令朱森林出兵，朱森林都以不能孤军深入，用将士性命冒险为由，按兵不动等待大部队。公然违抗都督将令，岂不大祸临头。

朱森林的一些铁杆部下，甚至跑去给朱森林出策："好汉不吃眼前亏，三十六计，走为上策。尹昌衡再有本事，也没有三头六臂，团长为士卒安危而犯军法，现在避祸要走，我们大家都会掩护的。"

朱森林纵有千般理由，也知道队伍不迅速开赴战场，这有违尹昌衡要先遣团尽快投入战斗的部署。他没想到尹昌衡来得这样快，更没想到尹昌衡连卫队都不带，只带马忠一人而来。他也很担心尹昌衡来到康定问罪于他，拿他开刀正法。

朱森林毕竟是职业军人，他并不怕死，只是性格过分沉稳。带兵以来，体恤士卒，没有必胜的把握，绝不轻易拿士兵的生命冒险。而且他知道他这个先遣团就是西征军的形象代表，如果首战失败，将严重挫伤西征大军的锐气，责任非同小可。尹昌衡的突然到来，他已经做好了最坏的打算。他写好了遗书，交给他最亲信的人，嘱托好了后事。朋友们来劝他逃跑的时候，他反倒非常平静地劝大家："我身在前线，决定部队行止，乃职权范围之内，上峰有令出兵，我禀明了理由。是否有违军令，尚无定论。我身为军人，如果我真的有违军法，军法森严，不容逃避。我今若逃跑，则是自认有罪，明知故犯，法不容情。我纵然逃脱军法免死，作为军人亦当羞死。都督明达，相信他能秉公处理。"

尹昌衡只小睡了一会儿便起床了，要黄煦昌陪同他到朱森林的军营看望将士，而且不准带警卫，甚至连马忠也不带。

黄煦昌让尹昌衡住在宣慰府都担心出事，哪里敢让尹昌衡跟他去暗藏着危险的军营？借口尹昌衡身体有病，才到康定，千般阻挠，尹昌衡就是不听。他才不得不说出自己的担忧。

尹昌衡笑道："哪有元帅怕进自己兵营的道理，杞忧，杞忧。黄大人多虑了。朱森林会有造反的胆量，来为难我这都督吗？尽管放心陪我去吧。"

黄煦昌犟不过尹昌衡，只得战战兢兢地陪尹昌衡去了军营。

朱森林怀着忐忑不安的心情，陪尹昌衡到就近的两个连队走了一转。途中，朱森林要解释出兵之事，尹昌衡岔开话题："此事待汇总最新军情之后再说吧。"

回到炉边宣慰府，尹昌衡只让黄煦昌和朱森林汇报了一下最新的前线军情，什么也没说，只叫二人通知五点半召开军事会议，便独自一人留下来研究军事地图。

这些军事地图，都是当年赵尔丰经营川边时绘制的，比较准确和详细。各地的人口物产、山川地貌、距离里程、关隘津桥、著名寺院等，都一清二楚。对尹昌衡这个后来者，真是一份宝贵的军事财富。

尹昌衡正对着地图思考如何用兵之时，刘瑞麟又到门外求见。

此时连黄煦昌和朱森林都已经退出去了，这刘瑞麟真是不懂规矩。尹昌衡又是不耐烦地一挥手，门外的朱森林见尹昌衡不快，他毕竟是刘瑞麟的直接长官，而且此人已经连续多次直接闯到团部，要求他火速出兵。他怀疑此人此时急急忙忙地来见尹昌衡，是要告他的状，便没好气地吼道："不长眼啦，都督正忙。不得打扰！"

刘瑞麟只得又一次灰溜溜地离开。

农历六月，日长夜短，晚上六时半，太阳还没落山，尹昌衡召集西征军事会议。会议在炉边宣慰府召开，多数官员都是第一次见传说中的尹大都督，既是兴奋，又有些紧张。

会议由黄煦昌主持，首先听取各路最新军情报告。尹昌衡已经从黄煦昌和朱森林等人处，知道了前方的大体战况。汇总的军情大体差不多。

听完军情报告之后，尹昌衡先斩钉截铁地定调："目前前线边军，尽被叛军重重围困，军人有披发缨冠之责。前线浴血战友，皆我们之弟兄，火线救拔战友，当舍生忘死，义不容辞。何况开战以来，贼势浩大，我川边根据地几乎尽失，器械粮饷损失惨重，大大挫伤边军士气。在此之时，我西征大军既赴前线，必须以迅雷不及掩耳之势，立即投入战斗，救援弟兄，给叛军以猛烈打击，以扭转战局，提振士气，具体如何用兵，请诸君各陈高见！"

迅速扭转战局，这是众人所希望的。然而要救巴塘和昌都，沿途里塘等多数地方都已经被叛军攻陷，十余万叛军，人多势众，大都聚集在这一线据险而守，就凭眼下集中在康定附近的朱森林一个团和江口陈步三一个营的兵力，去打败十数万叛军，这无异于一颗石子投入波涛汹涌的狂澜之中，最多只能溅起一点浪花，浪花过后，石子就会被淹没。这后果不只是朱森林的顾虑，也是所有人的顾虑。

朱森林原本做了尹昌衡前来问罪的最坏打算，可是下午尹昌衡连卫兵都不带，就进入了他的军营，对他并无任何防范之心。尹昌衡的坦荡磊落，加上下午了解军情之时，对他亦无指责之意，一种敬佩之情油然而生。如果说原来是怕先遣团吃了败仗，他担不起西征军首战失败的责任，现在尹昌衡亲临前线指挥，不存在这个问题了。既然主帅定调立即出兵，只能围绕出兵思考。他正欲发言请战，刘瑞麟又抢先站了起来。

尹昌衡此行的关键目的是说服朱森林立即出兵，主将朱森林尚未发言，这刘瑞麟又要抢先发言，这让尹昌衡很不高兴。

黄煦昌也看不过去了，战略决策，更重要的是要体现主将们的意志，便制止道："刘副官坐下，先听朱团长的意见。"

朱森林站起来道："军人的天职是服从，都督既然决心立即出兵，卑职愿领全团人马，及陈步三已经进驻河口的一个营，即日出兵，从南路攻向里塘。有都督坐镇康定指挥，卑职及所属将士，再不瞻前顾后，定当勇往直前，视死如归。然而敌众我寡，敌强我弱，孤军深入，从来都是兵家之大忌，故请都督速催后速大军，兼程赶赴前线，是为我孤军深入之后盾。"

黄煦昌始终不相信尹昌衡会轻易饶了朱森林，军事会议往往是杀人的最佳时候，他最怕朱森林当众抗命，激怒尹昌衡，酿出风波。听了朱森林这个表态，既使尹昌衡无法发怒，又对终日告急的前线将士也有了个交代，心里非常高兴，便道："请朱团长放心，都督所率之大军，已从雅州出发数日，日夜兼程，不日即赶到前线。"

尹昌衡对朱森林按兵不动确实非常生气，但他绝无问罪朱森林抗命之意。更何况在旧军队里，上下之间大多都形成了特定的依附关系，要统领好这支部队，还得靠朱森林。大战之前，稳定队伍是为首要。他还没有对朱森林做说服工作，朱森林便有了这样的表态，这已经让他喜出望外了。

朱森林当众说出了大家的顾虑，这给尹昌衡进行战斗动员提供了很好的话题，便朗声道："朱团长识大体，顾大局，运筹深远，用兵稳健，时刻心存将士安危，此良将之才具也！今明知前途艰险，不惜个人安危，志愿领兵进击叛军，其勇可嘉。昌衡为有这样的良将并肩西征平叛，实感欣慰！"说罢站起来带头鼓掌。

到会众人，先前都和黄煦昌一样，为朱森林捏着一把冷汗，朱森林的顾虑，也是大家的顾虑，他的部下们，一直想的是如果尹昌衡问罪朱森林，如何集体承担责任，为朱森林开脱和说情，根本没想到尹昌衡会给朱森林戴这样的高帽子，都愣住了。

此时刘瑞麟站起来激动地喊道："都督英明，都督英明！"跟着尹昌衡鼓掌。这时大家也回过神来，跟着尹昌衡一齐鼓起掌来。

2

这是一个很好的开头。尹昌衡要借此机会打消众人的顾虑，统一意志，形成合力。

尹昌衡接着朱森林先前的话头，话锋一转道："不过，我首先不赞成朱团长适才所说我西征大军是孤军深入的提法。因为这不是事实，事实是我川军驻川边十一个营的兵力，早就分布在川边千余里的防线上，只是而今他们被众多的叛军分割包围，他们才算得上是真正的深入，已经深入在叛军的心脏。我西征大军正好与他们里应外合，共平叛乱。"

不少人都点头表示赞成："对，他们算得上是插在叛军心脏上的尖刀。"

尹昌衡继续道："其次，我更不赞成朱团长所做的敌众我寡、敌强我弱的判断。尽管这也是在座诸君的共识，也是大家的共同担忧，我还是要明确地告诉你们，你们都被假象所蒙蔽，这是一个极大的军事误判！"

"军事误判？"

— 330 —

尹昌衡注意到了多数人都是一脸的困惑，独有刘瑞麟不住点头。他肯定地道："是的，是误判！此言，其识有差，其言有谬！故而其胆不豪，其气不壮。你们都是被表面假象所蒙蔽，自己吓坏了自己！昌衡以为，而今的前线局势，与你们的判断恰恰相反，是我众敌寡，是我强敌弱！"

尹昌衡此言一出，众人更是傻了眼，敌众我寡，这是明摆着的事实，我众敌寡，我强敌弱，这不是睁着眼睛说瞎话吗？大家都瞪着惊讶的眼睛，直愣愣地看着尹昌衡。

尹昌衡知道，在座的多数军官文化水平都不高，所以一反往日说话文绉绉的口气，用最通俗的大白话道："你们这样看着我搞啥子？军中无戏言，我给你们算个账吧。川边叛军吹牛皮说有二十万人，你们相信这个数字吗？"

黄煦昌道："我整个川边，夷人总数才一两百万人，不可能有二十万叛军。"

众人点头道："就是满算也不过十万人。"

尹昌衡道："我们就满算，就给他算十万人，算十五万人如何？我们现在已经开赴前线的西征军和原有驻防的边军，只有一万余人，单看投入战斗的人员数量，我们只有他们的十分之一，就是说敌人十倍于我们，如果像古代那样，靠刀矛拼杀，确实可以说是敌众我寡。然而，今天的战争，是只靠人数来计算众寡和强弱吗？"

众人都道："那靠什么？"

尹昌衡道："先看看叛军是些什么人吧。叛军多数都是一些被高层反政府的头人、农奴主和寺庙喇嘛，所临时胁迫而来的农奴和牧奴。他们多数人平日戴着镣铐，忙于耕种、放牧、背水或打柴，他们没有经过任何战争训练，而战争又发生在他们的家乡，他们却要牵挂着家中老小，牵挂着圈里的牛羊和山上的青稞、荞麦与土豆，自己带着干粮来打仗。他们打胜了有什么好处？打败了有什么损失？这样的一群人，有战斗意志吗？再看看他们手中的武器吧，除了头人们的家丁有几条或几十条快枪外，大多数都是打猎用的土枪，有的甚至还用的是刀矛和弓箭。这样的一群乌合之众，人数再多，有战斗力吗？"

众人频频点头。

尹昌衡道："再看看我军吧，虽然眼前只有一万余人，可是我军都是训练有素的职业军人。没有后顾之忧，却有战功为你们成就功名富贵的盼头！我们手中拿什么家伙，且不说是清一色的快枪，更有一大批先进的乌光闪亮的德式枪械，还有数十门开花炮（山炮）。敌人一人放一枪，我军一人可放十枪，而且比敌人打得远，打得准。难道我们一人不能当他十人吗？我军一人如一头野狼，敌军十人如十头羊，一狼不能驱十羊吗？

"或者有人要认为我是在卖狗皮膏药，是信口雌黄，是吹牛皮，那么且看眼前活生生的事例吧：叛军一万余人围攻昌都，我军彭日升只有三百余人，已经坚守三个多月，这是事实吧？再看巴塘，叛军三四万人围城数圈，并断绝城中水道，占据城外寺庙居高临下。顾占文只有四五百守军，坚守巴塘也是三个多月了，敌军千方百计，至今攻城不下，这也是事实吧。我英勇的边军将士，岂止一以当十，而是一以当百、当千！况且，我蜀中后续部队还在源源不断地赶赴战场。邻省云南一个旅的平叛友军，已经上路；中华民国四万万同胞，都是我西征大军的坚强后盾，弟兄们，你们说，到底是敌众还是我众，到底是敌强，还是我强？"

与会的军官们，过去大多没见过尹昌衡，关于尹昌衡的传说，多数都只当是尹昌衡运气好，是神化，似信非信。今天一瞻尹昌衡的风采，他这一番入情入理的算账，众人有如醍醐灌顶，拨云见日。

最为震动的是朱森林，他站起来恭恭敬敬地向尹昌衡敬了一个军礼："都督，今日一言，令人豁然开朗。卑职至愚，一叶障目，误判军情，不识主帅机谋，贻误战机，请都督军法重处，以儆效尤！"

不少军官也跟着站起来："都督，是我等部下愚钝，影响团长决策，请都督治罪！"

尹昌衡道："弟兄们，都请坐下吧。朱团长言重了。今天我郑重宣布，朱团长和诸君按常情做出敌强我弱的判断，这并没有错，他身为前敌指挥官，有权临机决定部队的行动，并及时报告上峰，不为抗命。请大家不必为此而歉疚。要说有错，错在昌衡。一是全川刚刚统一，政务繁忙，昌衡没有时间培训军事人才，才使大家站得不高，看得不远。二是昌衡所知，有的属于军机，不能过早暴露。三是最重要的，昌衡不该在这种时候生病，未能早日赶赴前线，与朱团长及诸君共同切磋和沟通甚少，因此上下不能同心。"说着向众人拱了拱手，"还得请诸君多多见谅，多多包涵。"

众军官的热血已被点燃，尹昌衡挥手，让马忠拉开早已经挂在墙上的川边地图，开始战略部署。

尹昌衡指着地图道："从打箭炉到西藏，有北路、中路、南路三条路线。北路，出打箭炉北门，穿过草地直达前、后藏，是三条道中最近的一条。但气候恶劣，人烟稀少，多为游牧边民逐水草而居之地，且没有驿站中继。目前的军情叛军较弱，或者等候从青海过来的叛军，尚未完全集结。中道，出打箭炉南关赴察木多（昌都），这是一条茶商之道，目前有几股叛军，已经占领了部分地方。南道是由里塘、巴塘入藏的官道，驻藏大臣和官兵均由此路行于西藏，天气较暖，居民稠密，驿站较多，利于官兵办事、行进，但此路曲折漫长。目前，十多万叛军大多都集中于这千多里官道之上，与边军反复搏杀争夺，成了最紧张的战场。而且，而今大多数城镇和关口都已经被叛军占领。

"来到康定，根据最新的军情，我反复思考，决定实行'定北惊南'的战略，注意，我说的是惊南，先使南路之敌惊慌失措，再实现安南！

"我的战略是，南北两路，同时并进，首尾夹击。由朱团长率本团一二营及驻守河口的陈步三营，担任主攻，从南路直逼里塘，救援巴塘，控制川边战略要地。以朱团长驻康定之北的第三营，从北路出奇兵，穿越大草原神速进兵，指日到达昌都，援救彭日升，严密控制昌都这个进藏的咽喉。而后，两军分别南下，夺取稻城、乡城、乍丫、江卡等地，以巩固川边地区。然后从打箭炉以西的十余营边军中，选拔有志之精兵数百名为前锋，其余各军继后，乘胜直趋拉萨。同时派得力喇嘛前往拉萨劝说达赖脱离英国的控制，维护国家的统一。这样做还有一个好处是，从昌都把边藏叛军和西藏叛军切割开来，既减轻钟颖所率领的驻藏川军的压力，掌握与西藏叛军谈判的主动权，同时把平叛的主战场控制在川边地区，增援及后勤保障，要容易得多，节省得多。

"目前，敌军苦于攻昌都和巴塘不下，忽惊我西征大军天外飞来，敌人不知我虚实。西征舆论已久，声势已大，我出师一二，敌人疑是十百，必然惊惶胆裂，谁敢当锋？我军器械精良，神速进击，足可一以当百，如狼驱羊。我若一处破敌，则将一破而百震，叛军必将全线崩溃，惊惶逃命，西征大功可成！倘若我军彷徨不前，失去战机，昌都和巴塘被叛军攻下，敌人据险而守，我军需要一座座城池、一个个关隘地去夺取，即使我们武器再好，人数再多，也就十分困难了。

"好，弟兄们，明日一早，南北两路西征大军，同时向叛军扑去！切记此次战争，不以杀人多少论功。切忌滥杀无辜，切忌扰乱寺庙，坏我抚边大计！"

第三十四章

破格用将

1

入夜，西征先遣团里燃起了一堆堆熊熊篝火，烤羊肉和青稞酒的浓烈香气，以及将士们粗豪的誓言和雄壮的歌声，弥漫在康定城内外的折河和多河河谷。

尹昌衡连续数日奔波劳顿，今天下午再强打精神，晚上又纵情海饮，西征大军终于要带着他所希望的士气出发了。他心中压力减轻，回到宣慰府，便在满意和陶醉中，丢心落肠地倒头睡去。

尹昌衡这一觉睡得很踏实，很沉，直睡到第二天半上午才醒。草草洗漱，吃过早点，刚刚坐进他的临时行营书房，黄煦昌便匆匆走了进来。

黄煦昌向他报告："担任南路主攻部队的朱森林两个营，已于早上五点半，开赴指定的战场，数日内即可与叛军接战，便能听到初战的捷报。"

"好，好！啊，兵马未动，粮草先行，军需后勤保障做得怎么样？"

"边藏叛乱以来，川藏通商基本断绝，往返于川藏的马帮，牦牛驮队，大多滞留在雅州和康定等沿线无所事事。川藏道路险阻，军需主要靠马帮和牦牛运送。按照原来预定的方略，已经将马帮和牦牛队贩运的能作军用的物资全部收购，马帮和牦牛队全部雇用。第一批马帮，已经随大军出发。其余马帮，正等待转运雅州运来的军需物资，保证及时送到前线。"

"川边用兵，运送军需的事比内地要紧得多。商人重利，我不亏他该得之利，敢有见利忘义发国难财者，定当严惩不贷！"

"是，拟对有资望的大商队马帮，籍贯根底清楚者，发给通关凭证，实行具结联保，与政府签订协约。籍贯来历不明者，得不到通关凭证，只能依附他人，料想不会出什么大问题。"

"好，北路军的情况呢，你为什么不报告北路的行动？"

"刚才北路蒯书礼营的副官刘瑞麟派人送来一封短信，他们要到午时才能出发。"

尹昌衡一听急了："什么，为什么要等午时才能出发？"

"刘瑞麟作为副官，信中没有说明推迟出发的原因，只是要我转告都督，说北路军是都督的一支奇兵，恐怕有失都督的厚望，望都督早些谋定后策！"说罢把短信呈给尹昌衡。

北路虽然是偏师，那的确是尹昌衡用的一支奇兵，作用不在朱森林担任的主攻的部队之下。昨天为了不影响朱森林的情绪，他没有公开说明他的意图。川边北部是草原地区，须多用骑兵。原赵尔丰带到成都的驻军和傅华封驻川边的巡防军，是赵尔丰的精锐，装备最好，骑兵最多，战斗力最强，都编在刘存厚的第四师。早在先遣团从成都出发之前，他就从彭光烈师调了一个熟悉川边情况的骑兵加强连给先遣团。朱森林把这个连放在三营，部署在康定西门之外三十里的地方，防御控制道坞的叛军集结北边草原骑兵来袭。由于此营离城较远，故昨晚尹昌衡没有前去劳军敬酒。

尹昌衡一听刘瑞麟识得他北路用的是奇兵，颇感惊奇，接过刘瑞麟的短信问道："刘瑞麟？刘瑞麟是谁？"

"就是昨天那个不懂规矩，几次想见都督的青年军官。"

尹昌衡一惊："是他，他就是刘瑞麟？"

"对，他就是刘瑞麟。另外，今天早晨，我去送朱森林团长时，朱团长也要我转告你，三营营长蒯书礼是前清绿营军的老兵油子。绿营兵的积习太重，开口讲资格，新兵大多怒其不公，不适应带民国之新兵。朱团长要都督别担心他南路进兵，他不放心的是北路的三营，能否按你的要求，以最快的速度到达昌都，完成你的战略任务。"

"我没看错，朱森林虽然过分沉稳，但也虑事周详。他提醒得好，北路必须要有可靠之人。你身边有可用之人吗？"

"我那宣慰使府，多数都是文员，大多留在成都奔走各个衙门，哪来前线可用的军事干才啊！"

尹昌衡又看了看刘瑞麟那封短信："刘瑞麟这人怎么样？"

"表面看好像不懂规矩，爱出风头，是个没什么城府的年轻人，但具体不知底细。都督问他，这样的人也能算人才吗？"

"不知道，不过他能识破我的北路军是用的一支奇兵，或许有点见识，他现在哪里？快招来见我！"

"他在西边三十多里之外的三营住地，派人去叫，可能他们早出发了。恐怕百里之外都追不上啊！"

"管他百里还是千里，都立即追回来见我！"

尹昌衡说罢，提笔写了一纸手令："着刘瑞麟立即随来员回大都督行辕见我！尹昌衡！"写罢递与马忠道，"马忠哥，这得麻烦你亲自走一遭了。"

马忠接过手令笑道："好，萧何月下追韩信，我马忠飞马百里追刘瑞麟。"

尹昌衡道："追回来的是不是韩信，尚不可知，用人之际，只得辛苦你一趟了。"

三营的大部队虽然午时出发，可刘瑞麟性急，率领马队为前锋，哨探前路先行，上路之后就快马加鞭。马忠果然在百里之外才追回刘瑞麟。刘瑞麟问马忠，都督召见可能是什么事？马忠知道尹昌衡的意图，故意不给他好脸色："什么事，见了都督就知道了！"

2

尹昌衡满脸冰霜，足足盯了刘瑞麟一分钟。陪坐在一旁的黄煦昌知道尹昌衡要对刘瑞麟进行一场特殊考试，也老着脸不哼不哈。

刘瑞麟被尹昌衡盯得局促不安，尹昌衡才突然像审犯人似的道："籍贯！"

"四川射洪柳树沱百战垭人！"

"哪所军校毕业，干过些什么营生？"

"卑职没上过军校，农村娃，只是农闲时读过几年私塾。家住涪江边，十五岁就当了船拉儿，上至江油，下至重庆，跑了几年码头，去年随同志军到了成都，就在孙将军手下当了个小兵，孙将军听过我说《三国演义》……"

"你会说评书？"

"我不会说评书啊。只是拉船跑滩，每到一个码头，就喜欢去听评书，什么《薛仁贵征西》《杨家将》《说岳传》《七侠五义》呀，全听。最喜欢的就是《三国演义》，买了一本来看了又看，差不多都背得了。军营中没事，弟兄们吹牛冲壳子，总爱围着我，要我给他们说三国的故事罢了。成都定乱时，我壮着胆子给孙将军出过点子，立过两次小功，孙将军说我鬼点子多，会混人缘，办得来事，就提拔我当了三营副官。"

刘瑞麟熟读过三国，难怪嘴里常蹦出些文白夹杂的词儿来。他下意识地打量了一下刘瑞麟，有心要考一考刘瑞麟的见识和应变能力，便突然没头没脑地厉声道："呈上来吧！"

刘瑞麟一愣："什么呈上来？"

"昨天发还你重抄的紧急军情呈文！"

刘瑞麟顿时慌了，昨天尹昌衡责他呈文潦草，对上宪不恭，要他重新抄录再呈，他下去后根本没有重抄。都督的话就是军令，若是追究便是违抗军令了。不过，他马上镇定下来，实话实说："禀都督，卑职粗人出身，才疏学浅，我家房后就是古战场百战垭，院坝外就是大河滩芭茅坝子，读书时爱逃学，喜欢当娃儿王玩打仗。老爸说我淘气，舍不得拿钱买纸让我习字，会的几个钢叉大字，再练三年，也怕污都督法眼，在外面跑滩，又操成了个吹牛大王。我是手不如嘴，写不如说，故而没有重抄，有违都督将令，请都督责罚！"

黄煦昌故意拿腔作调，冷冷地道："既然才疏学浅，又何得要出风头，还上什么平乱之策，一再搅扰上司？"

刘瑞麟惊诧莫名地望着黄煦昌："黄大人，男人出风头有什么不好吗？兴得起风才出得了风头啊！能出头总比没见识、一辈子只会跟风的人强吧。胸无韬略，身无本事，没有见义勇为的胆量和气魄，敢出风头吗？说古人，毛遂自荐、陈子昂长安碎琴，都是为引人注意，自荐于当世，这些出风头的都是千古美谈啊。说今人，成都兵变之时，正副都督蒲殿俊、朱庆澜都吓得屁滚尿流，躲得无影无踪，要不是我们尹大都督站出来定乱，恐怕四川今天都还在打仗吧！"

黄煦昌吼道："大胆，敢说都督是出风头！"

尹昌衡道："他说得有些道理，出风头不一定都是坏事，有时是一种责任感，是一种担当精神。不过，刘瑞麟，既然知道出风头靠的是本事，你的字写得那样差，你出得了风头吗？"

刘瑞麟嘿嘿一笑道："这个，这就要看运气了。"他眨了眨眼，旋即镇定地道，"都督，我们射洪县有个举人文老爷，参加铜川府考试，府台老爷先判他的卷子是：文盖通场，字丑八县。判毕，扔开了考卷，之后又捡了回来。拈须沉吟良久，很为文老爷的才情惋惜，又加上数字判词：文为实，字为虚；文为用，字为看。舍看而重用，务实为上，故取头名。都督成都定乱，奇人壮举，并非只重纸上谈兵的赵括之流。卑职自以为胸有良策，又遇情形紧急，急于向都督报警，故冒昧搅扰。若都督能听我吹牛，说不定会像那个铜川知府一样，给我机会呢。"

尹昌衡听他这一席说词，大惊，仍然冷着脸道："你就那么自信？"

"军事会议上，见识了都督的真风采，好多见解能跟都督不谋而合，就更自信了。"

"跟我不谋而合？好，你先说要报警，你要报什么警？"

刘瑞麟急于要报之警，已经被都督化解了，他有些犹豫了："这……"

"直说。"

"卑职奉命在康定等候军令，正跟先遣团的军官们在茶馆吃茶，他们听说都督突然到了康定，都担心都督要问罪朱团长违抗军令。他们都是朱团长一手提拔的人，一个个都神色慌张地去了朱团长的军帐。我又看见宣慰使府巡警环立，如临大敌，我担心都督用雷霆手段治军，激起兵变，故急于见到都督报警。现在才知道自己是庸人自扰，杞人忧天。"

尹昌衡和黄煦昌交换了一下诧异的目光，接着问道："你要陈什么良策？"

"就是请都督立即出兵，再不出兵，错过良机，后患无穷。都督都部署好了，现在说了也是马后炮了。"

"立即出兵，你还有其他理由吧？"

"都督是考我吗？"

"就算考你吧。"

"理由多啊，《三国演义》里许多妙计都是我的理由。比如疑兵计呀、草船借箭计呀、华容道义释曹操呀……"

黄煦昌道："答非所问，风马牛不相及，扯那么远干啥，谁有闲工夫听你说三国了。"

"这，这，这！我说的正是立即出兵的理由啊！诸葛亮南征是为了安定后方好北伐，都督西征也是为了安定川边，安定西藏，对手相同，目的相似，所遇之麻烦险阻大同小异。再说《三国演义》讲得最精彩的故事，都是如何以少胜多、以智胜武、以弱敌强、以寡敌众。正如我军与叛军情势，正好借鉴啊！"

尹昌衡道："这比喻得有道理，好，你坐下说吧。"

黄煦昌也叫人给他倒了一杯茶来。

刘瑞麟有了些底气，呷了一口茶，便侃侃而谈起来："这用兵之道最讲究的是气和势，最见功夫的是钩心斗角用计、用时、用势、用人。"

黄煦昌也和缓了口气："嗯，最见功夫的是钩心斗角，用计、用时、用势、用人。有见地。"

刘瑞麟道："所有的妙计，都是利用假象，制造假象蒙蔽对手。一当对手知道真相，再高明的妙计都会失灵。张飞当阳桥率极少之兵断后，先在树林里扬起尘头，要设疑兵制造假象，然后独立当阳桥，凭张翼德的威名，而吓退追兵！诸葛亮敢把草船开到曹营门口去摸老虎屁股，用的是凌晨大雾弥江之时和势，欺负对手不审虚实不敢出兵，才轻松借得十万支箭。一当雾气散开，还敢去借箭吗？今我西征大军，早已大造声势，叛军不审虚实，我们如果不神速用兵，等叛军得知我军底细，想好对付之策，负隅顽抗，我们用计不灵，要破叛军，那就难得多了，后患无穷啊。"

黄煦昌点了点头："有道理，不过，你说华容道义释曹操，也是立即出兵的依据，这就不靠谱了。"

"诸葛亮为了三分天下而义释曹操，黄大人忘记了都督昨天最后说的，不以杀人多寡而计功，不得坏他的安边大计。怎样对待敌酋和藏民百姓，这可是都督西征的根本大计啊！"

尹昌衡没想到刘瑞麟能把他的战略意图理解得这么深透。但他目前最需要的是在前方能临机应变的指挥人员，便问道："你除了读《三国演义》，就没读过真正兵法之类的书吗？"

"我没上过军校，也不是将军，读兵法干什么？你们读兵法的人常说两强相遇勇者胜。我们小民百姓也有句口头禅，不要脸的怕不要命的。我们拉船跑码头，经常打架。只要领头的敢拼命，十有九回都是赢！人一当亡命，怯者生威，弱者变强，妇人为儿女、为情人、为贞节，夜行不怕鬼，涉水不怕淹。就是抱鸡婆要护鸡仔仔，也敢跟恶老鹰拼命！你们读书人常说的一以当十，置之死地而后生，就都不是虚话。勇，要有拼命的理由。昨天军事会上，都督给了将士们那么多奋勇拼命的理由，怎么不该立即出兵呢！"

黄煦昌由衷地赞道："说得好，说得好！"

"都督说的野狼驱羊之计，我不知道这是不是出于哪部兵书。其实我觉得兵法并没有读书人说得那么玄，老百姓干苦力营生、吃喝拉撒、摸鱼、打猎、打群架，处处都有兵法。石匠打石头有兵法，渔翁打鱼看天看水看风向是兵法，就连小孩砸核桃也有兵法。只要你知道要做什么，肯动脑壳去想，用最简单的办法达到最好的目的就行，那最简单的最省力的办法就是兵法。我说呀，两强相争勇者胜，胜不了要亏老本，不如对手相争智者胜，更稳妥，更划算！"

黄煦昌道："打石头、砸核桃怎么是兵法？"

"打石头，硬一片不如更硬一点啊。石头再大再硬，钻头更硬，钻头只在一个小点上去跟石头斗，钻头斗赢石头啊。小孩砸核桃，要用什么砸，砸哪里，怎样砸，核桃才最容易破，又不砸坏核桃仁，这里边都有讲究啊。都督把我们营当作一支奇兵，派我们从北路进军，就是把我们营当成砸叛军这个硬核桃的榔头，从北线去砸，而且为了长久的安边大计，要保护寺庙僧侣，不准滥杀夷人，就是说不要伤着核桃仁，这不就是用的砸核桃之计了吗!"

兵法再经典，再全面，军情千差万别，用计千变万化，那些爱引经据典纸上谈兵背兵法的，未必能成将才。难得的是刘瑞麟把自己的战略意图理解得那么准确而透彻，还能够精辟而独到地解读《三国演义》中那些经典兵法谋略。更难得的是他是个肯用脑筋的人，懂得两强相争智者胜，比勇者胜更划算，有临机应变的头脑。天降了这样的军事干才，尹昌衡正急于求将，真是喜出望外。当即下了破格重用刘瑞麟的决心，十分感慨地道："黄大人，难怪世人说，英雄莫问出身啊!"

"是啊，自古茅屋出公卿，草窠出凤凰，多少改朝换代的功臣名将，大多出自山野草民啊。"

刘瑞麟被夸得不好意思起来，不知说什么好。

尹昌衡懂得见人说人话，见鬼说鬼话的妙处。刘瑞麟既称小民百姓，他也全抛书卷气，用川人幽默戏谑的口吻来减轻刘瑞麟压力："刘瑞麟，这狗日的名字起得好，是麟，而且瑞，这名字是谁起的?"

"是我们柳树沱的乡贤马举人马老爷起的。"

"刘瑞麟，你沾了你们射洪几辈古人陈子昂、文老爷、马老爷的光啊。你娃会说三国，跟士卒打得拢堆，有钻地本事，我今天还给你娃授以通天的法力，让你这个乡巴佬、散神仙能够彻地通天，把风头出够，你娃有胆量接吗?"

"什么法力?"

尹昌衡回到公案上，提笔写了一纸委任状："兹委任刘瑞麟为西征大军昌都以东全线督导官，尹昌衡。"用了印后交与刘瑞麟，"我今天破格提拔你，成全你娃出够风头!"

刘瑞麟接过委任状看了一眼"督导官"，大惊，呆愣愣地望着尹昌衡，良久才喃喃地道："都督，我，我行吗?"

"刘瑞麟，你说，你行吗?"

刘瑞麟看了看众人，挺胸拍着胸膛："都督，我行!"

黄煦昌提醒道："瑞麟，你知道这权有多大吗?你知道责任多大吗?"

刘瑞麟啪地敬了一个军礼："我知道，这就是古代行军打仗的监军，代表皇帝老倌监督执行最高命令，对前线指挥官，既不能越俎代庖，又不能无所作为!"

尹昌衡道："好，为了使你这把砸叛军大核桃的榔头更硬，除了一纸任命外，还给你两把短枪，派两名会办事的护兵，陪你上任履职，授你临机处事权力，还有什么要求吗?"

"这，都督，三营有不少兵哥曾经是川边的盗马贼，对边地的情形很熟，有钱能使鬼推磨，能不能给点买小鬼推磨的散碎银两，说不定小鬼们能给都督推出几万大军来呢。"

尹昌衡道："鬼推磨，虽然是小人伎俩，兵不厌诈，又何尝不可，黄大人，你说呢?"

黄煦昌道："给你一千两银子，够吗?"

刘瑞麟道："几百两就够了。"

尹昌衡道："刘瑞麟，你这个铁榔头，要尽快给我砸开叛军这个大核桃，而且不许把核桃仁砸得太烂!"

"都督，等着我的好消息吧。"

第三十五章

底气十足

1

刘瑞麟离开康定府之前，换了一身校官的军装和配饰，叫护兵几乎带走了宣慰使府按尹昌衡的部署所准备的所有宣传资料。这些资料中最重要的是尹昌衡杀赵尔丰的照片和尹昌衡的《告边藏番人文》。好多人辜负了尹昌衡带病西征、利用自己的威名震慑叛军的苦心，并不重视对这些东西的利用。张飞横矛立马当阳桥，凭张翼德的威名和黑脸就能吓退追兵。藏人闭塞迷信，领教了赵尔丰的厉害，对能杀赵尔丰的尹昌衡，能不更加畏惧吗?

北路西征军前方的第一个目标就是收复道坞（道孚）。康定至道坞有三四百里的路程。出康定西走至瓦泽向北，经八美、龙灯、葛卡再往前就是道坞古县城。

"道坞"，藏语译意为"马驹"，县城地形如马，故名。地处青藏高原东南缘的鲜水河断裂带，是山地与高原间的过渡带。位于雅砻江支流——鲜水河中下游，东北与丹巴、金川接壤，东南与康定、雅江毗邻，西北与新龙、炉霍、壤塘交界。

道坞境内，雪峰、峡谷、江河、湖泊、瀑布、土石林一应俱全。西历八月初，正当盛夏，是川边气候最宜人，风景最美的季节，踏入这块别具民族风情的神奇土地，一切都如诗如画，如入梦幻仙境那么令人陶醉。

刘瑞麟无心欣赏沿途美景，带着两名护兵——李强和木呷，快马加鞭，直追已经出发了一天多的大部队。

李强读的正经的书多，字和文章比刘瑞麟强，也是个眼眨眉毛动、会办事的小伙子。木呷是个壮实的藏族青年，深知藏人藏俗。两个小伙子身穿崭新的军装，横背德式快枪，威风八面，很能为刘瑞麟这个督导官壮排场。

三人上路后马不停蹄，在沿途集镇上张贴宣传资料时，又加了一张安民告示："尹都督率十万西征大军即将过境。大军纪律严明，秋毫无犯，若有军需采购，严格按市价交易，百姓无须惊避!"这看似安民告示，实则虚张声势。藏人更信其真，奔走相告，收敛叛心。而且不少人为了赚西征军的钱，都储备一些物资。大军几千里后勤运输的困难时刻，这为西征军就地筹集军需粮秣解决了大问题。

第三天傍晚，三人直趋三百余里，在道坞的前站葛卡，赶上了刚刚扎好大营的大部队。刘瑞麟原来虽是蒯书礼的副官，可他会混人缘，跟上上下下的关系都极好。那天看见他被都督的贴身保镖马忠带走，都不知道他惹了什么麻烦，一直为他担心不已。两天后突然见他平安回来，都一下围了上来问长问短。

刘瑞麟虽说不恭维蒯书礼的本事，但他是混江湖的，懂得规矩，平日里对蒯书礼上下礼节上还是恭敬有加。知道长官讲辈分的臭毛病，在虚礼上也就投其所好，生活上的事情，也关照得十分妥帖，让弟兄们都把长官捧着。蒯书礼对他这个副官很满意。

蒯书礼正想把刘瑞麟叫到面前问怎么才回来，突然见刘瑞麟身着崭新的军官服装，身上配饰的军衔比自己还高，身后两个英武赳赳的护兵紧跟不离，不免一愣，这是怎么回事呢? 此时刘瑞麟带着那两个护兵，分开众人，直走到蒯书礼面前，啪地敬了个军礼："刘瑞麟回营报到!"

蒯书礼望着两个护兵："这两位是……"

李强和木呷给蒯书礼敬礼。"西征军昌都以东全线军事督导官刘瑞麟长官的护兵李强、木呷，随刘长官赴北路军履职，望蒯营长配合刘督导官公干!"李强说完啪地打开公文包，取出尹昌衡手令委任状呈上，"这是都督亲笔下的委任状，请蒯营长过目!"

蒯书礼接过委任状一看，惊讶得愣了好久才回过神来，将委任状还与李强。下级突然变成了上级，一下有些不习惯，但他毕竟是军营中混到营长的，懂得军中规矩，赶紧习惯性地正了正军帽，提了提领子，恭恭敬敬地向刘瑞麟敬了一个军礼："西征先遣团北路军三营营长蒯书礼接受刘督导官督导! 请刘长官给三营全体官兵训话。"

蒯书礼说罢，吹了一声口哨："三营官兵，全体集合!"

队伍很快集合完毕，蒯书礼宣布道："我营刘副官升任西征军昌都以东全线督导官，这可是西征军的监军，拿着尹都督的尚方宝剑的大官，在西征军中见官大一职，是我们三营的骄傲啊! 我们热烈欢迎刘督导官履新训话!"

蒯书礼的捧场，让刘瑞麟风光履职。刘瑞麟很会顺竿子上爬，分别向蒯书礼和全体官兵敬礼后，朗声道："瑞麟托民国洪福，感谢蒯营长的精心栽培、弟兄们的帮扶、尹都督的厚爱，忝任督导官之职，日后还请蒯营长及弟兄们多捧场。"

蒯书礼不善言辞鼓动，出发前夜军事动员得不温不火，根本没有点燃战士们的英雄血液，刘瑞麟对这很不满意。但他知道公开纠正长官的错误或者出长官的风头，那是最大的傻瓜，只打算跟弟兄们吹牛皮时在下面补火。现在他破格荣升，已经让战士们立功的热血沸腾了。便趁此机会，把尹昌衡最精华的思想，用几句简短的最能撞击战士心灵的话，做了一次充满激情的战斗动员。

蒯书礼宣布，全军庆贺刘长官荣升，明日恶战，务必一举攻下道坞县城，向川人报捷！

2

叛军由定乡攻陷江卡（宁静）、乍丫（察雅）。江卡守军战死殆尽，仅存8名投降，江卡委员段鹏瑞逃往云南阿墩；南墩叛变，攻陷稻城，围攻道坞。打箭炉的驻军，因粮食缺乏，士兵骚动，未能出动救援道坞，致使道坞的守吏被叛军所俘，至今生死不明。

西征先遣团进驻康定之后，大军的威势阻遏了叛军进攻的势头。道坞目前尚被叛军控制，但是叛军也没敢再前进。可以说道坞是北路西征军此行必须收复的第一座县城。

刘瑞麟是个有心人，凡是不太出格的事，尽其力为人居间调停，上下通融，在军人中可谓左右逢源，成了海得亮的大哥。特别是军中那几个盗马和赶川藏马帮的弟兄，也想改邪归正跟刘瑞麟一道混出个正经前程，学着桃园英雄结义的招儿，都跟刘瑞麟拜了把子，成了生死兄弟。

这几个弟兄中的乌赞和郝光是头儿，都是藏汉杂居地方土生土长的边藏人。

乌赞说不清到底是藏人还是汉人，在军营中他叫乌赞，在藏人中他的名字叫扎西多吉，既有汉人的聪颖狡狯，又有藏胞的粗豪勇猛，最拿手的绝活是调教烈马和藏獒。他干盗马的营生，是因为他参加赛马会得了头彩的那匹黑马。因为藏俗凡是赛马会得到头奖的那匹马，都被认为是部族的光荣和骄傲，从此就要被当成寨子的圣物供养，不准人乘骑。那么好的神马不骑，太对不起造物主了。他便盗了那宝马作为自己的坐骑，从此干起了盗马的营生，后来带着那马投了军。盗马人大多身怀绝技，跟形形色色的人都有些交道，在草原和川藏线上，颇有神通。郝光则是地地道道的汉人，一直在川藏线上跑马帮，后来投到了赵尔丰的军中。乌赞和郝光，熟悉藏人藏事藏情，都是眼观六路，耳听八方，眼眨眉毛动的机灵鬼。

刘瑞麟懂得知彼知己，方能百战百胜。尹昌衡到来前的那些日子，他便主动向蒯书礼请求，带他那几个拜把弟兄化装成藏民，前去道坞刺探军情，蒯书礼当然照准。

叛军并无统一严密的约束，民国初年大乱，大多是接到西藏上层土司的书檄，临时集合作乱从叛，各土司头人或宗团领袖各自为政，一哄而来，一哄而去。来自青海和川边北部草原的几个头人，纠合成了万余叛军，攻陷道坞之后，便没有敢继续前进。

万余叛军临时集结，所带干粮不多，道坞县城不大，储备不多，攻陷之后闹腾了几天就驻不下去了。来自周边草原上和青海等北边的各路叛军，要发挥自己马队多、行动快捷的优势，认为和敌人保持距离越远越安全。大队伍都想撤退，或者改变进攻方向。撤退之前，各路头人，都想搞个会盟之类的活动，好好商量一下下一步该怎么办。

其时正值惠远寺亚却法会临近。惠远寺住持活佛，是这一方教民极其崇拜的宗教偶像，威望极高，请他祈福，并为大家证盟，岂不一举几得？

梦幻仙境亚拉神山地处干尔隆巴河流域，位于道孚县东南，分别与康定木格措、塔公草原相邻，为康巴大雪山之一。山顶终年白雪皑皑，云雾缭绕，是惠远寺和周边藏民顶礼膜拜的神山，被称为"第二香巴拉"。远远望去，高广的蓝天，如烟如絮的白云缠绕，亚拉神山宛如佛祖高坐云端，庄严肃穆，俯视人环，令人心境顿如这蓝天般通明澄澈，顿生超然之感。

惠远寺位于亚拉神山下、道坞县城百余里的八美协德乡山间盆地内，地势平坦，风景秀丽。盆周的山形浑圆，多有柔和的皱褶，犹如盛开的莲花，盆地内溪水叮咚，远有森林牧场，近有村舍农田，直如人们向往的西方乐土。

惠远寺的亚却法会于每年藏历六月三日到六日举行。刘瑞麟知道叛军多数人都从道坞来惠远寺赶会，这是刺探叛军军情的极好机会，便和弟兄们也来到了慧远寺。

由于战争气氛的紧张，今年来赶法会的内地商人和附近的藏民少得多，商品交易远不如过去热闹，买卖山货的藏民也没有往年那么多。寺外的小河边草场上布满了帐篷。几顶从道孚赶来参加法会的叛军头人的大帐篷，富丽堂皇，格外显眼。

刘瑞麟及其弟兄伙赶到惠远寺时，庄严的念经法事已经接近尾声。法会后期的主要活动已经到羌姆（跳神）、演藏戏酬神及赛马了。

赛马无疑是草原民众最盛大的节日。俊男美女，华服盛装，宝马金鞍，尽显其高贵，强弓硬箭和宝刀，尽显其威猛。激烈的竞争，把高原民族血液中根深蒂固的英雄崇拜演绎得淋漓尽致。

乌赞一接触到骏马和藏胞，他的血液便沸腾起来，跨上他那匹黑马，又想去跟其他人一道挥鞭争夺彩头。刘瑞麟厉声吼道："你忘记了我们是来干什么的吗？少给我惹是生非。"

乌赞是个精力过剩的青年，刘瑞麟不准他去参加赛马夺彩，顿时没了情绪，只有跟刘瑞麟去转经筒，一边转经筒，一边冷眼旁观。虽说来这里的人多数都是叛军，但这里毕竟不是军营，人们大多沉浸在赛马和跳神等的热闹中去了，显得很放松，根本探听不到什么军情。

乌赞道："刘哥，你说这些人像什么？"

刘瑞麟道："你说像什么？"

"我说像一群麻雀，一敲簸箕，就会全部惊飞。我回去把我们的骑兵连拉过来，我们的德国快枪突突突地一扫，他们准会全部四散逃命，保证你立个大功！"

"你狗日的尽出馊主意。你是想藏人世世代代跟中华民国为敌呀？"

"我怎么是想跟他们为敌啊！"

"藏人最信佛教，这惠远寺是藏人心中的圣地。你叫我把军队拉到他们庄严神圣的法会上，向藏人开战，开枪杀人，全体藏人和其他夷人，不把你当成死敌才怪。"

"可他们多数人都带着枪，他们是叛军啊。"

"他们中虽然不少人是叛军，可他们这会儿跟平民一样在赶会，在尽情欢乐啊。"

"那我们来这里看什么？"

"眼睛放尖些，什么都看。"

乌赞眼睛突然一亮，看到几个头人带着随从朝寺里走去，随从们都牵着凶猛的藏獒，到寺门口，随从们都留下了。

藏獒高大、威猛且善斗，无论是站立、行走、还是卧地，都是一副高贵、威风、傲慢、不可一世的模样。对主人极其忠心，领地意识强，对于不侵犯领地的动物置之不理，一当侵犯它的领地，发起难来凶猛无比，一跃锁喉，直取性命。它的这种气质和习性，成了草原民族的最爱。藏獒便是牧民最好的牧羊犬，财产的保护神。特别是藏族上层人氏，把种性最好的藏獒，作为显示身份地位的象征。一些有头脸的头人，甚至畜养藏獒奴，专门饲养训练藏獒。藏獒奴往往是头人最重要最贴身的保镖。

乌赞干盗马营生，首先要对付藏民财产的保护神藏獒。因此对藏獒的品类、血缘及习性，研究得不比那些职业獒奴少，而且还有调教藏獒的独门绝技。他对藏獒的特殊爱好不亚于对好马的偏爱。他给刘瑞麟表忠心时，就说自己是一匹"铁包金"藏獒。

慧远寺门前那几匹雄壮的藏獒，一下把乌赞吸引了过去。也不知他玩了什么花招，很快就跟獒奴们打得火热。晚上，草原上燃起了一堆堆篝火，人们围着篝火尽情地唱歌跳舞喝青稞酒。刘瑞麟和几个弟兄，混在看热闹的人群中，四处游荡。

乌赞自去跟新交的獒奴朋友喝酒。他从这些头人的心腹獒奴口中知道，这一方的几股叛军，其实都是受西藏来人临时邀集的，他们不知道为什么要叛，是可叛可不叛的。前来会盟的各路头人今天去请惠远寺住持活佛证盟，并为叛军祈福，据说惠远寺的住持活佛断然拒绝了。活佛说，西藏从来就是大中华的一部分，惠远寺世受国恩，就是物证。虽然现在民国代替了清朝，但那是大清皇帝降了圣旨认可的合法继承，现在的惠远寺享受的是中华民国的供奉。因此惠远寺绝不参与叛乱，也绝不支持搞分裂的叛乱活动。

郝光是跑马帮做生意的，自去跟那些商人们套近乎，生意人的信息最为灵通，得到的消息也是一样的。

惠远寺住持活佛不支持叛乱，有的头人就打算带着叛军回乡，也有的头人决定带着队伍去参加南边的战斗。更多的是周边的头人，他们要想抽身，对西藏方面又不好交代，而且不叛都叛了，就决定各自带着队伍回就近的草场放牧，静观时变。万一西征军不依不饶，派兵前来剿灭，那就重新聚集，铁了心肠一拼。

法会之后，占领道坞的大部队已经撤走，留守道坞的就是周边部族的几千人马。刘瑞麟探得叛军军心不振，惠远寺这个很有影响的寺庙反对叛乱，如获至宝，便带着弟兄们到大殿上，虔诚向住持活佛献上特备的哈达，这才离开惠远寺。

第三十六章

敲簸箕战

1

刘瑞麟自从那次侦察敌情之后，如何对叛军用兵便有了许多想法。可是那时人微言轻，再好的想法能管什么用？现在可不同了，身为前军督导官，在北路西征军中可以一言九鼎了。那么许多过去的想法，便可以付诸实践了。

刘瑞麟这些天骑在马背上赶路时都一直在想，怎么才能不辜负尹昌衡的重用，干出个一鸣惊人的事。今叛军势大，仗着人多，有恃无恐，毫无防范之心，即使有了防范，也是必然轻敌。如何利用好叛军轻敌，这里面就大有文章可做了。那次乌赞说"叛军像一群麻雀，一敲簸箕，就会全部惊飞"，当时被他训了一通，此时却给了他极大的启示——对！第一步就"敲簸箕吓麻雀"吧。

刘瑞麟带着李强和木呷向道坞进发，上午途经八美时，便再次去拜见惠远寺的住持活佛，他要借助活佛在藏胞中的威望和感召力，把簸箕敲得更响。

而今的刘瑞麟已经不是十多天前那个小小的副官了，不但头上有了光鲜的头衔，而且手中还有银子，办事情就自由得多了。

刘瑞麟三骑来到惠远寺下马，刘瑞麟捧着哈达，木呷捧着百两银子恭立寺前，李强前去通报："西征军前敌督导官，代尹昌衡大都督前来贵寺为西征军祈福！"

尹大都督的大名，在川边早已如雷贯耳，家喻户晓，且有重金事佛，住持活佛不好怠慢。须臾，率着一般执事喇嘛来到寺前，把三人迎进寺去。

刘瑞麟虔诚地礼佛之后，被请到活佛的禅房待茶。

刘瑞麟道："尊敬的活佛，还记得十多天前亚却法会上那个来请活佛祈福的商人吗?"

"当然记得,施主器宇轩昂,谈吐不俗,料是贵人,记忆颇深!今日代尹都督光临敝寺礼佛,不知尹大都督有何谕令,贵人有何高教?"

"前次奉都督之命,前来了解藏胞民情及佛教界动向,活佛大义感人,卑职如实详禀都督,都督感谢活佛,秉持中华民族大义,不受外夷蛊惑,拒绝参与分裂中华。故令卑职,前来表其敬意。"

活佛双手合十:"阿弥陀佛,国泰方能民安,老衲应守的信条。"

"中华民国,五族共和,尹都督执掌四川,身体力行,未杀一个满人,更亲更爱雪域藏族同胞。今虽挂帅西征,非为手足相残,杀伐同胞,只为挫败外夷阴谋,保境安民。其《告边藏番人文》已申明宗旨。都督盛赞活佛,在藏胞中德高望重,在佛教界是一方领袖,你就是青藏高原上的尼玛(太阳)和达瓦(月亮),受英夷及藏奸蛊惑参与叛乱的藏胞,就像暴风雪中迷失方向的羊群。都督祈望活佛,秉持佛家普度众生之宗旨,以度母(观音)的慈悲心肠,用你的光辉,召唤那些迷失方向的羊群回到家乡!"

"都督过誉了,老衲愧不敢当。指点迷津,劝人向善,止乱息争,避免血腥,此乃佛家本等,都督之命,老衲及敝寺僧众,当尽力奉行。"

刘瑞麟知道在政教合一的藏区,各地寺庙是边藏百姓聚会议事之所。如果宣传资料能从寺庙发布出去,将会产生更好的效果。于是便呈上带来的宣传资料:"尊敬的活佛,西征义师,毕竟是与叛军兵戎相见,政府公告,都督爱民德音,很难被百姓知道,可否借重活佛及贵寺,宣示于广大藏胞之中。"

"发布德音,化疑为信,此番功德,敝寺尽力而为就是。"

活佛接过刘瑞麟呈上的宣传资料,当即命执事喇嘛分派本寺的行脚喇嘛,立即分送到周边各寺布告张贴。

昨天晚上,乌赞和郝光带了几个弟兄进了道坞县城。今天上午,又在县城里四处逛了一圈。从他们了解的情况看,惠远寺的亚却法会后,外地的叛军,多数已经撤走。本地的各大部族,各自留下了几百人外,也多数回到了周边的红灯草原、玉竹草原等地去放牧去了,等这边有大的战事,再赶过来参战。

留守道坞县城的各路叛军总数不到一万人马。西征军逼近道坞的消息,早已经传到了道坞县城,看来,叛军根本没有把北路西征军一个营几百人的兵力放在眼里。这里根本没有一点大战将临的气氛,没关没卡,没人盘查,商贸依旧,往来自由。大街上偶然能看见几个背着羊角叉子枪的藏民在闲荡外,大部分叛军都在城南边的草场上扎营,晚上依旧尽情地跳着他们的锅庄,喝他们的青稞酒。

乌赞和郝光留下一个弟兄在城里继续观察，返回之时便把锁龙口这个关键地方作为观察哨。天黑之后，便见数百人的马队，沿鲜水河边，悄悄接近了锁龙口，埋伏在谷口外的密林中。这可是重要军情。二人留下其余的三个弟兄继续潜伏观察，赶紧回营报告。

蒯书礼在营帐中听完乌赞和郝光报告的军情，不由得一惊，立即就要传令全营集合，准备战斗。又想了一下，对卫兵道："传令各连加强警戒，速请刘督导官营帐议事。"

刘瑞麟听完报告，道："营长打算怎么办？"

"叛军是骑兵，离我们这么近，我打算立即全营集合，准备战斗，现在请刘长官来下令啊！"

"发号施令，我不能越俎代庖。军事行动，还是营长下令。不过，根据我对敌情的了解和判断，数百叛军骑兵只在锁龙口外林中埋伏，今晚断不会冒险前来进攻，只需加强警戒就行了，大可不必风声鹤唳，搅扰了弟兄们休息。明日一早要急行军。"

"那你说怎么办？"

刘瑞麟的敲簸箕战略已经成竹在胸，上午打着尹昌衡的旗号拜访惠远寺，又借到了一股强劲的东风，这让他底气十足，便道："我们十多天前到惠远寺侦察时，乌赞出了个好主意……"

乌赞愣住了："我没出什么主意啊！"

"出了，你忘记了敲簸箕？"

"敲簸箕？啊，明白了！道坞的几千叛军，明知道我军逼近，根本没把我们放在眼里，仍然在城中闲荡，或在草场上摔跤喝酒。我们一敲簸箕，准能……"

蒯书礼道："什么敲簸箕啊！把我弄糊涂了。"

刘瑞麟道："乌赞把叛军比作一群到处乱飞的麻雀，我们的目的不是要杀死麻雀，是敲簸箕把那一群群落地的麻雀驱散，赶回老家就行了。"

"啊，明白了，那你说这簸箕怎么敲？"

"蒯营长，我意立即从骑兵连挑选数十人组建一个骑兵侦察排，由营部直接指挥。这个侦察排就是我们西征军的一把尖刀，一支长矛，一支穿云的利箭！"

"好，你看谁当侦察排的排长好。"

"乌赞和郝光分别任正副排长，是再好不过！"

蒯书礼的坏毛病是讲资格，但也是个识时务的人，立即道："刘督导官慧眼识才，这两个小伙子早该重用了，就这么办吧！乌赞任排长，郝光任副排长，立即组建骑兵侦察排。"

"你们两个，还不快谢营长提拔！"

乌赞和郝光立即向二人敬礼："谢谢蒯营长提拔，谢谢刘督导官提拔，我们保证把骑兵侦察排，带成全营最锋利的尖刀。"

刘瑞麟道："先别吹牛，今晚就要你们去敲簸箕，试你们这把尖刀，看有没有钢火。快去组建队伍吧，全营的人任你挑选。半个时辰后，带领骑兵侦察排前来领受战斗任务。"

2

乌赞和郝光结交刘瑞麟这样的能人，本来就想在军中混出点名堂，但没想到好事来得这么快。二人突然荣升，心底非常感激他们的老大，发誓要给老大争光。他们都是三营响当当的兵头，成天混在军营中，对士兵的智愚勇怯了然于胸，二人很快选了三十六名心眼活、骑技精、武艺高、敢拼命的精壮战士，组成了骑兵侦察排，带到了刘瑞麟和蒯书礼面前。

刘瑞麟对这个新组建的侦察排寄以极大的期望，把他们当成建功立业最锐利的武器。他接着讲了敌我双方的军事态势，对战斗部署作了具体安排，并调了大炮班来，当夜归乌赞指挥。骑兵连于黎明前准时到达锁龙谷口配合行动。

凌晨，乌赞和郝光率领侦察排及大炮班出发了。出葛卡沿河谷北行十余里，便是锁龙口，口外便是道坞的主要河流鲜水河。道坞县城就坐落在前方二十多里的鲜水河边。锁龙口外至道坞县城，是一片草地和农田。

原来留守道坞的叛军各部人马都驻在城外不远的草场之上，他们得到探报，西征北路军一个营直奔道坞而来。其中一个骑兵加强连，有二百来骑兵。

各路叛军头目都感到奇怪，汉人西征沸沸扬扬地闹了这么久，怎么就来一个营呢？就二百来骑兵，怎么敢来草原上跟善于骑射的千军万马对阵？

后续探报都证实前报的军情无虚，西征军已经夜宿葛卡。有人主张主动出击夜袭，给西征军一个下马威。

一个骄横的黑脸头领道："此去葛卡，要途经几十里山谷，路窄林密，利于川军的步兵埋伏，不利于我藏兵马队奔驰。川人狡诈，敢在葛卡扎营，谁知是不是他们设计引诱我们夜袭，在峡谷中趁机打我们的埋伏。"

众头领都认为他说得有理："你说怎么办？"

"我说呀，你们就放心到城南大草场上跳你们的锅庄，喝你们的青稞酒去吧！"

"我们跳锅庄，喝青稞酒，万一川军杀来……"

"川军攻道坞必出锁龙谷，他们也怕我军在山谷中埋伏，今夜断然不敢出兵。谷口之外有大片密林，今晚我带本部数百人马埋伏在密林之中，明日只等他们走出谷口，我便堵住谷口，切断他们的退路，把他们往草原上赶。你们一齐放马朝这边杀来。在这无处藏身的草原上，他区区几百川军，就像草原上被赶出了窝的兔子，只能在我们数千骏马铁蹄下，成为肉泥，肥我草原上的牧草了。"

众人都道："好，我们今晚到离锁龙口五里的地方搭帐篷跳锅庄，明天川军出了锁龙谷，我们就从这边杀过去！"

乌赞和郝光是看见黑脸头人的队伍埋伏林中后，才赶回营部报告的。当他们率领侦察排赶到之时，已经是后半夜了。留下继续观察的弟兄报告，叛军派出过几个人潜入山谷，走了两三里，见无动静，就退了回去，潜伏的叛军便放心大胆地走出了树林，三五成群，在林边草地上喝酒。

西征军每个营都配了几门轻便的山炮。刘瑞麟把全营的三门山炮全调给了乌赞和郝光，这三门山炮就是侦察排要敲的簸箕。

乌赞为了用好这三门山炮，亲自带着三个炮长，潜到最前沿观察，选择大炮阵地和攻击目标。攻击目标重点选择马群。

黎明前最黑暗的时候，乌赞果断地命令开炮。林中蹿出数道火光，接着传来震天动地的隆隆炮声，把林边草地上抱着酒壶还在睡梦中的叛军惊醒了过来。

炮弹准确地落在了马群之中，一匹匹战马被炸得血肉横飞。叛军及草原上的战马，过去虽然听惯了枪声，却从来没听到过这么惊天动地的炮声。这巨大声浪和炸弹的威力，让睡眼惺忪的叛军无不魂飞魄散。

那领兵的黑脸头人从梦中醒来，冲到他心爱的宝马跟前，半个马头已被炸飞。他跨上保镖娃子的马，想要阻止叛军逃跑，一颗炮弹落在了面前，又有两匹马被炸翻。一块弹片擦脸而过，一阵火辣辣的剧痛，伸手一摸，摸到了一把鲜血。此时，林中响起密集的枪声，只见林边几匹马倒地，林中喊杀声突起，一队骑兵直冲了出来！

这支马队正是乌赞埋伏在最前沿的侦察排，他们所使用的全是清一色的德国快枪。出发前刘瑞麟没忘记他对尹昌衡承诺的砸核桃不伤核桃仁，他一再强调，多杀一个藏人，就多一分仇恨，射人先射马，射倒了马，对于叛军来说，照样是一种死亡威慑。

侦察排借着黎明前的黑暗，紧追在慌乱逃跑的叛军后面。黑暗中看不清他们多少人马，只听到密集的枪声和枪口狂喷的火舌，伴随着叛军被击倒马匹的哀号。

侦察排追上丢失战马的叛军并不开枪射杀，而是对他们高喊："尹都督的西征军是仁义之师，不杀放下武器的藏胞。"落下的叛军纷纷缴械投降。

黎明前的炮声早已经惊醒了鲜水河上游草场上的其他几股叛军。有的以为这边战斗打响，准备上马，南下合围西征军；有的人知道大炮厉害，正在迟疑。此时，锁龙口的叛军狼狈逃回。草原上的勇士谁都不愿意承认胆小怯战，特别是那个被大家高看的黑脸头人，一脸鲜血，狼狈不堪，保面子要紧，直叫："大炮厉害，大炮厉害！川军有大炮，数千骑兵从天而降，新式武器从未见过……"

逃回去的叛军这么一说，谁还愿意碰硬等死？一个部落逃跑，其他部落也跟着逃跑。骑兵侦察排的簸箕敲得好，为尹昌衡定北惊南的战略开了个好头，惊飞了周边所有麻雀。天亮以前，道孚县城附近的叛军逃跑了个精光。

中午，刘瑞麟和蒯书礼领着西征北路军，开进了道孚县城。

第三十七章

明正土司

1

尹昌衡接到刘瑞麟道坞首战告捷的详细战报和下一步的军事行动方案，拍案叫好。

黄煦昌和吴知事看完战报也很感慨："想不到啊，真想不到刘瑞麟这土包子这样争气，把仗打得这样漂亮。"

朱森林率所辖的南路两个营，担任西征主攻，却没有北路那么顺利。数万叛军几乎占领了南路所有城镇及险关要隘，朱森林只得一个一个地拔除叛军据点，战斗打得很艰苦。好在战士们斗志很高，经过数日激战，大军收复了从康定到河口的大部分失地，直逼叛军重重包围的河口（今四川雅江县）。驻守河口的陈步三营，已经被万余叛军包围了一个多月。但是，朱森林在河口的外围，却遇到叛军最顽强的抵抗，迟迟撕不破叛军的包围圈。两军一时难以会合。

前方捷报频传之时，骆成骧和谢云峤率后续部队，也从雅安赶到了康定。

尹昌衡要用一切机会使用威慑的手段打好攻心战。他命令全副武装的数千后续人马振奋精神，在小小的康定城里造成千军万马之势游行了数圈，尽量向市民展示西征军的声威，让市民及潜伏在城中的叛军探子把这些信息尽快地传递出去，对藏民和叛军起到巨大的威慑作用。

尹昌衡将后续部队分成两路，一路开辟中路战场，收复中路被叛军占据的城镇，另一路人马火速增援朱森林南路主攻部队。

送走后续部队之后，尹昌衡与高参及黄煦昌和吴知事，仔细研究南北两路送回的战报，总结经验，制定对策。大家分析，北路成功的经验重在攻心、造势和借势，前提则是注重侦察，吃透敌情，知彼知己，有的放矢，因而事半功倍。南路进展相对缓慢，并不是将士不用命，而是叛军据险而守，火力强大，一个关口一个关口地硬打硬拼，对敌情吃得不透，心战攻势不够。对河口东部险关的守敌，所知也仅仅疑为明正土司原来所辖的土千户而已。

康定吴知事，在众多大员面前，只能最后发言。

他道："不应该疑是，肯定是明正土司原来下属的土千户们。"

众人都道："明正土司不是没参加叛乱吗?"

"明正土司躲回了他的家寨，表面没叛，不等于他过去领地内的那些土千户、小土司们不叛啊。"

吴知事这一句话潜台词十分丰富，一下点醒了尹昌衡。

他道："我们对康藏和卫藏根深蒂固的宗教文化和土司文化，只知道皮毛，特别是对于跟自己作战的具体对象，缺少深入的研究。现在，我们一起先到康定城里转转，熟悉一下本地山川地理和风土人情。重点研究明正家族，以及这一代明正土司甲木参琼珀。"

吴知事很快请来当地耆老名流做向导，陪尹昌衡等大员们漫游康定城，考察民俗民情，访求到了康藏地区不少历史掌故。

康巴地区（现四川甘孜州）的大小土司有一百三十余家。明正、里塘、巴塘和德格四家土司势力最大，号称康藏四大土司，而康定的明正土司则为四大土司之首。

明正土司，即明正宣慰使司、长河西鱼通宁远军民宣慰使司。其领地包括现今的康定、九龙、泸定北部、丹巴南部、雅江和道孚东部的广大地域，管辖土民六千余户。后来清廷又陆续将新附的六安抚司（瞻对安抚司、喇滚安抚司、喇滚安抚副司、巴底安抚司、单东安抚司、绰司甲安抚司）交明正土司兼辖。

明正深为清廷倚重。康熙五十四年（1715），清廷平息准噶尔之乱时，明正"挽运夫马，供支唯命"。乾隆五十六年（1791）反击廓尔喀（今尼泊尔）侵藏，明正派兵随征，挽运粮草，备兵听遣，做了大量的后勤保障工作。

特别是在乾隆年间的两场金川战争中，明正土司坚参德昌"奋勉出力，始终不懈"，积极配合清军作战，得到了朝廷的嘉奖。乾隆三十七年（1772），赏"佳穆伯屯名号，并赏二品顶戴花翎"，乾隆特地下诏："大兵征金川，沃日、明正两土司殚竭勤劳，甚为可嘉，着加恩将军营所充赏缎匹，酌量赏给。"

坚参德昌同时获准迁驻打箭炉，他在炉城最向阳的地方修建起土司官寨，世称"明正衙门"。后来历代土司就在这个官寨里发号施令，处理事务。此后的历代明正土司，由于配合朝廷征战，又多次得到朝廷的封赏。

这一代明正土司甲木参琼珀，而今成了西征军的对手，这成了尹昌衡等人应该重点研究的对象。

甲木参琼珀于光绪二十八年（1902）承袭明正土司。三年后，在明正土司辖境的泰宁（八美），因喇嘛反抗清政府开办金矿，抗官杀弁之事，川督锡良派提督马维骐率兵剿办。明正土司"派队前驱，深资得力，且情殷报效，糇粮固皆自备，事竣亦未请领赏需"。因而，由锡良奏请赏给甲木参琼珀以总兵衔。

叛乱平定之后，清廷命赵尔丰为川滇边务大臣，从此开始了康区的改土归流工作。光绪三十四年（1909）秋赵尔丰会同川督赵尔巽"奏改打箭炉厅为康定府"。1911年夏赵尔丰在赴任四川都督时，会同代理边务大臣傅华封"令甲木参琼珀缴印，改土归流"。

所谓改土归流，即废除自元代以来在少数民族地区世袭之土官制度，而代之以流官的统治。政府收缴土司印信，设府、厅、州、县，委派有任期的官员进行管理，实施和汉族地区相同的政治制度。

赵尔丰赴成都后，明正土司甲木参琼珀不甘心世袭特权被剥夺，听信喇嘛曲批打卦所言，与通事（翻译）札绍先勾结，唆使道孚鱼科土司叛乱，抗拒改流。傅华封派兵攻克鱼科，杀鱼科土司，将曲批、札绍先正法。按律，明正土司也应问重罪。

主子有难，明正土司的首席家臣便去求惠远寺的住持活佛相救。惠远寺在明正土司的领地之内，由于历代清朝皇帝对惠远寺格外重视，也是他这个领主的荣耀，因此对惠远寺供奉殷勤。赵尔丰也因为惠远寺尊崇的地位，便以该土司以前"尚堪恭顺"，今"被诱入歧途，其情尚有可原，免去一死"，做了顺水人情，谕令缴印，遵从改流。

明正土司虽然被削去土司封号，但是数百年来形成的主仆依附关系，一时之间是割不断的，他的实权尚存。他的四大"涅巴"（管家）、四小"涅巴"，还有边藏大片地区众多的土千户、土百户，构成的一个盘根错节的土司王国，其根基并未动摇。

尹昌衡等人随着当地耆老名流走在康定城中，导游者所指城中的主要建筑、道路、桥梁、城垣、寺庙、高大的商厦、茶楼客栈，几乎无处不留下明正家族的印记。原来雍正七年（1729）置打箭炉厅，雍正八年初建城垣，其后又经多次扩建，都是明正土司组织大量民夫而完成的。他在康定的城市建设中，既留下了功劳，也为部族集团开辟了滚滚财源。

明正土司不但依旧把持着这一方的经济命脉，而且还有相当强大的军事实力。康区的土司隶属武职，虽然不养常规军，但土司治下的土民，居则为民，战则为兵，征战时自备武器、马匹、粮秣。明正土司由于多次配合朝廷作战，却拥有自己的土兵队，所辖的土千户、土百户也有常备的土兵。所有的青壮年俱是亦民亦兵，一遇征战招之即来。他的土兵队伍，无论装备和战斗力都比别的土司强得多。

甲木参琼珀被赵尔丰饶了一命之后，守着康定这个巨大的聚宝盆，也还规矩，和官府十分配合。边藏叛乱，西藏上层及其他土司不断煽动，推举他举旗发难，甲木参琼珀十分矛盾。民国之初国家乱作一团，前途尚未可知。边藏叛军又势大，如果叛乱成功，便能恢复他在土司王国里至高无上的权力，这对他有极大的诱惑力。但是明正土司的家族，始终是依附于中央王朝而发迹的。几百年来，凡是和中央王朝对抗的土司，大多数都已经消亡。如果叛乱失败，康定离内地最近，将成为民国第一个剿灭的对象。在两难之中，他做了脚踩两只船的选择，即不公开举旗叛乱，明里跟政府保持合作，但是暗中推举里塘土司出头，并派所属土司及一些家臣带土兵参加叛乱。即使事败，他已经被取消了土司名号，他跟其他土司已经没有关系。

叛乱之初，甲木参琼珀即带着自己的土兵，在康定和河口之间一处秘密的家寨里躲了起来，既便于悄悄介入叛乱，又便于观察西征军动向。同时令他的首席家臣瓦斯碉包家锅庄的头人留守康定，跟官府保持密切联系，承应一切官差，所有的生意一切照常。

2

河口（雅江）曾经是明正土司的领地，位于四川省甘孜藏族自治州南部，属康巴地区腹地。东邻康定县，南界凉山州木里县，西南靠里塘县，北连道坞、新龙县。雅砻江由县西北流入，纳鲜水河、卧龙寺沟、吉珠沟、霍曲诸水，水势浩大，南流出境。

河口历史上就是雅砻江的重要渡口之一，清军曾在这里设汛守备。由于位于茶马古道上，故有"茶马古道第一渡"之称。县内的茶马古道长达四百里，留下的驿站遗址有五处之多。茶马古道，道路崎岖，处处隐藏着凶险。

朱森林在河口遇到的顽强抵抗，正是明正土司所辖的土千户、土百户的常备土兵。这些土兵装备比其他叛军好得多，而且都曾经跟明正土司参加过大战，战斗经验丰富，因此成了南路西征军的拦路虎。

河口既是茶马古道商贸要津，又是兵家必争之地。当初大批叛军逼近康定之时，听闻尹昌衡挥师西征，叛军主力便退而合攻河口，意图占领这个康藏腹地的重镇，与西征军抗衡。

尹昌衡和高参们深入考察补课之后，认真进行分析，方知朱森林所领西征军，不是跟以里塘土司为首的叛军较量，而是在跟暗中支持叛乱的明正土司甲木参琼珀较量。

康巴作战，成本高昂。清朝两次平息金川之战，得地不过千里，人不满三万众。朝廷动用全国兵力，暴师七年，糜帑九千万两。这是今天无论怎样也不能承受的。如果把甲木参琼珀从叛军中拉出来，把对手变成帮手，利用甲木参琼珀的影响来管理这一大片康巴腹心地区，把这作为西征可靠的根据地，这无疑是上上之策。

好在甲木参琼珀没有公开举旗叛乱，好在至今他还和官府保持着密切的联系，于是参谋部很快形成了争取甲木参琼珀，分化叛军，解河口之围的决策。只是在具体方法上，有主张收买的，有主张使诈的，有主张使用武力迫其就范的，一时争论不下。

尹昌衡沉思良久道："对甲木参琼珀这样有影响的头人，不但要示之以诚，更要待之以诚，保之以利，交个能够共患难的真朋友。真正做到五族共和，汉藏一家，使他影响所及的边藏大片腹心地区，成为我们最放心的地方。"

众人都道："好是好，怎样示之以诚？"

"金刚寺是他的家庙，供奉有他祖宗的灵位。他的祖宗为保卫和建设边藏，功勋不朽。骆公乃前清状元，在番民中是天上的文曲星。惠远寺的住持活佛，既是边藏威望崇高的宗教领袖，又救过他的命，西征军入乡随俗，请文曲星和活佛，共同祭奠本土先贤，并为西征军祈福，既显示我们对他们尊重，给他长了面子，同时也是我们大力宣传我们的宗教政策和民族政策，进行攻心战的时机。"

谢云岫道："好，广发告示，遍请远近高僧，办得尽量隆重热闹些，发起一场西征攻心战的大战役。"

尹昌衡道："此事就请谢兄和黄宣慰使出面，去礼请惠远寺住持长老，合力筹办吧。"

骆成骧道："都督此举，把示之以诚做到极致了，定能感化甲木参琼珀。"

尹昌衡道："只示之以诚还不够，只感化甲木参琼珀也不够。大家已经看到，康定已经成了川藏贸易的中心，是甲木参琼珀的手下们的金窝，要对他们示之以利，并保之以利，让他们共同去推动甲木参琼珀跟我们精诚合作才好。"

张宣道："西征军有人有枪有王法，保之以利，理所当然。可是冰冷钢枪，生不出钱来，拿什么示之以利啊？"

尹昌衡道："张参谋放心，这事就让地方长官吴知事唱主角吧。"

吴知事愣住了："我，在各位大员面前，一个小小的土地菩萨而已。我这康定府呀——"他顺口背了一副土地庙的对联，"'有庙无僧风扫地，香多烛少月点灯'，能行吗？"

那时到处都有土地庙，讽时喻世的土地庙对联不少，引发了这些名流的兴致，七嘴八舌，都以土地庙的对联答对了。

罗一士道："行，庙小神通大，天高日月长！"

谢云峙道："对，莫笑我老朽无能，许个愿试试；哪怕你多财善贾，不烧香瞧瞧。"

吴知事接着道："唉，土地菩萨，到底也是玉帝所封正神哟。在边荒雪域，我呀：头上有青天，做事须存天理；眼前皆赤地，存心不刮地皮！"

黄煦昌也引了一副对联道："大小是员官长，多少有些神通。吴知事，都督有命，你就当仁不让吧。"

尹昌衡笑道："岂止有些神通。别小看了地方官这尊土地神啊，听听他们的口气：'天子入疆先问我，诸侯所保首推吾'。孙悟空有天大本事，走到哪里，都要向土地菩萨请教，这里有几洞妖精，有何底细。就是我们这些人，走到这一方，都得给他这土地菩萨作揖。这几天要不是吴知事安排，我们能像现在这样心明眼亮吗？"

吴知事被大家恭维得不好意思了："诸公别取笑卑职了。都督，卑职愚钝，有何差遣，请都督明示，卑职定不遗余力。"

尹昌衡道："吴知事怎么又装糊涂了。常言枪炮一响，黄金万两，打仗是烧钱的事儿，多数钱不是都烧到军需后勤上了吗？为这事，你不早就是他们的财神了吗？"

众人都恍然大悟。

吴知事道："啊，我明白了，我知道该怎么做了。"

从来议事，没有今天这么轻松。下来之后，护卫团一排威风凛凛的骑兵，护卫着西征军谢高参和炉边黄宣慰使，带着体面的仪礼，去惠远寺礼佛，跟住持活佛商议，共同主持祭祀当境先贤，为西征军祈福的法会。

惠远寺住持活佛，有刘瑞麟礼敬在前，对于一方大慈大悲之功德盛事，自是有求必应。

吴知事领了大都督之命，立即通知明正土司衙门及其四大家臣在康定所办的四大锅庄的掌柜，准时到知府衙门议事。

甲木参琼珀躲了。代表明正土司主事的大涅巴（大管家）甲布包古和四大锅庄的掌柜，都以为大祸临头，战战兢兢地进了府衙议事厅。

吴知事这个土地菩萨，却是康定地皮上权杖最大的尊神，而且是奉了那么多大神的法旨，他懂得该怎么显示他的权威。

吴知事宣布："战争时期，地方支持前线，一切唯军令是从。十万西征大军陆续过境，急需储备和转运大量的军需物资。西征军不征不调，对百姓秋毫不犯，一律平价交易。尹大都督有令，历代明正土司保家卫国，功勋卓著，为使已经归流的土司再立新功报效国家，为其祖宗增光，此项军差，交由原明正土司及其属下四大锅庄领办，由四大锅庄跟本府签订仓储货运协议，预付定金，到时按实结算。原明正土司除了为四大锅庄担保外，还要配合四大锅庄协调其他锅庄，保证调配仓储和调度民夫及驮运安全。若有违误，军法论处。"

十万军队的军需仓储和驮运，这是多大的一笔生意，而且是平价交易，先付定金。这场战争打完，那该发多大的财。甲布包古和四大锅庄的掌柜都赶紧点头领命。

开初，围攻河口的里塘土司等人久攻不下，曾多次请求甲木参琼珀出动精锐的土兵，协助攻打驻军陈步三营。他已经开始动摇，好在跟随他的家臣们都劝他再等等看。因为家臣们从康定这座边藏商贸城中得到的财富，远比领地中得到的农牧奴贡献还多，多数人都想给自己留条后路。不久，朱森林南路军开始进攻，叛军占据的一座座险关要垒相继丢失，特别是刘瑞麟的北路军，神速进军，很快逼近昌都。他们更预感到叛军成不了气候。而且从雅安开过来的西征后续部队，还在源源不断地到达，即将陆续投入战场。

甲木参琼珀眼看叛军必败，既不敢继续对抗，又怕西征军知道他暗中介入了叛乱，被捉住杀头，正不知如何是好之时，他的大管家甲布包古飞马前来报喜。

甲布包古说完签订协议之事。其他几位管家都说是好事，不如立即回到打箭炉准备应差。甲木参琼珀却担心这是尹昌衡对他用的诱捕之计，迟疑不决。

甲布包古道："我看不像。协议签订之后，康定府吴知事专门留下我吃茶，总参谋骆成骧大人是前清状元，天上下凡的文曲星，尹大都督请他代西征军到金刚寺祭祀历代明正土司，并为西征军祝福，吴知事向我询问按藏俗拜祭家庙，有哪些特殊礼仪和禁忌。"

甲木参琼珀大惊："康巴地区寺庙甚多，金刚寺毕竟是我明正家庙，只供藏人礼佛敬祖啊。"

"我也是那么说，可吴知事说，中华民国五族共和，汉藏一家，明正家族历代祖宗安邦护国，西征军理当入境问俗，祭拜本土先贤。吴知事还说，尹都督带话，请主人早回康定，共商日后建设边藏之事。"

"此话是真的吗?"

"我看是真话也是真心。我们地处康巴腹心，尹昌衡西征离不开我们，治理边藏也离不开我们。吴知事说军需储运，是边藏作战的头等大事，与我们签约后，可保我们这一千多里领地内绝对安全，我们做好了这件事，就为西征立了大功。"

"万一知道我们也……"

"知道了也不怕，尹昌衡的《告边藏番人文》不是说了吗：义师所指，不犯秋毫，壶浆来迎，皆我子弟。何况尹都督那人不记旧恶，赵尔丰的保镖张得奎险些要了他的命，认错后反而成了他的贴身保镖。我看，这些事都是在给主人递梯子下楼，好早点给他平叛出力。"

甲木参琼珀还在犹豫之时，惠远寺住持活佛的特使赶到。活佛请甲木参琼珀速回康定，共同商议，筹办祭先贤祈福盛会。

活佛是甲木参琼珀的救命恩人，一方神圣。他没有任何疑虑了，立即决定，各部分散撤兵。

尹昌衡

下

胡雪松 著

四川文艺出版社

图书在版编目（CIP）数据

尹昌衡 / 胡雪松著. —成都：四川文艺出版社，
2018.3

ISBN 978-7-5411-4865-1

Ⅰ. ①尹… Ⅱ. ①胡… Ⅲ. ①长篇历史小说
—中国—当代 Ⅳ. ①I247.5

中国版本图书馆 CIP 数据核字（2018）第 022569 号

YIN CHANG HENG

尹昌衡

胡雪松　著

责任编辑　梁康伟
责任校对　蓝　海
封面设计　叶　茂
版式设计　史小燕
责任印制　唐　茵

出版发行　四川文艺出版社（成都市槐树街 2 号）
网　　址　www. scwys. com
电　　话　028-86259287（发行部）　　028-86259303（编辑部）
传　　真　028-86259306

邮购地址　成都市槐树街 2 号四川文艺出版社邮购部　　610031
排　　版　四川胜翔数码印务设计有限公司
印　　刷　成都勤德印务有限公司
成品尺寸　169 mm×239 mm　1/16
印　　张　46　　　　　　　　　　　　字　　数　840 千
版　　次　2018 年 5 月第一版　　　　印　　次　2018 年 5 月第一次印刷
书　　号　ISBN 978-7-5411-4865-1
定　　价　120.00 元（上、下册）

【目 录】

（第一卷）定乱安蜀

（第二卷）西征平叛

（第三卷）京都炼狱

第三十八章

生佛都督

1

甲木参琼珀回到康定后，炉边宣慰使黄煦昌召集，在宣慰府召开了西征军在金刚寺祭奠本土先贤暨祈福盛会的筹备会议。金刚寺住持、惠远寺住持、甲木参琼珀及原明正土司的四大家臣，谢云峙代表西征军、黄煦昌和吴知事代表地方长官出席这次会议。

谢云峙讲话，竭力颂扬历代明正土司忠于朝廷，为国家统一，保康巴一方平安的丰功伟绩，大讲佛教教化民众，为康巴藏民谋福祉的巨大贡献，大讲西征军尊重佛教，尊重藏胞习俗的宗教政策和民族政策。

过去赵尔丰对边藏建设也做了大量的好事，也算他们很尊敬的朝廷好官了。可是赵尔丰平叛过程重在武力征服，杀了不少参与叛乱的藏人。对寺庙和土司头人，也多是强硬命令，少有尊重。谢云峙的讲话，让与会的人都很感动。纷纷表示：尹大都督，提十万大军平叛，以诚治边，五族共和，天下一家，真正的同胞情谊，尊奉各族先贤，康巴百姓，谁不归心？倡办如此盛会，并请骆状元主祭先贤，为西征军祈福，实乃康藏佛家之荣耀，明正家族之荣耀，一定尽全力把盛会办得热闹隆重。

会议议定，此次盛会由金刚寺住持主持，由原明正土司和四大家臣，会同宣慰使司和康定府，官民合力具体筹办。除政府发布文告之外，还请惠远寺住持，广邀周边各大寺庙组织僧团和信众与会。届时尹大都督将与高僧大德们，一起商讨佛学与安边治国之大道。盛会时间定在七月初六。

传说跑马山等三座大山，是藏传佛教密教三怙主（观音、文殊、金刚手）之圣地。宋代在这里建了一座旧密宁玛派传承的小庙，后由明正土司的祖先和当地信众将小庙迁往康定城西面山脚下，即今之金刚寺。金刚寺经历代明正土司的扩建和大德高僧的住持，遂成为宁玛派北传伏藏传规之道场，也成了明正土司家族的家庙。

金刚寺拥有过数百年的辉煌。鼎盛时期有僧众二百余名，每个月都有例行的佛事活动。其中农历七月上半月，几乎全部是例行法会。

七月初六正是普巴金刚大法会的高潮，祭典又跟法会降魔消灾的主题紧密契合，一切都显得那么自然。

西藏叛乱以来，各种恐怖消息频传。并未大乱的康定及其附近藏区，也一样是人心惶惶，藏民们没过上一天安心的日子，各种民俗活动及大型物资交易会都基本停止。政府的公告及各大寺庙喇嘛们的宣传，民众压抑已久的社交激情一下爆发了出来。特别是骆状元"文曲星"的名号及其神秘色彩，对广大藏民具有极大吸引力。政府又从内地组织了大批商贩前往赶会。这个法会办得可谓盛况空前。

盛夏的康定，天格外蓝，草格外茂，折多河的水更丰沛，流得格外欢快。惠远寺和金刚寺两位德高望重的住持，加上原土司甲木参琼珀的号召力，各大寺庙都派出了阵容强大的僧团。从七月初四起，藏民便穿上节日盛装，从四面八方陆续前来赶会。

康定城由三座山拱卫着，跑马山位于城东南边，藏名叫"拉姆则"，意为仙子山。跑马山腰的台地平坦辽阔，像一块巨大的绿色地毯，四周古木参天。宋时在这台地山坪修建了拉姆寺（仙女寺），香火兴旺，后焚于战火。然而那块绿色的地毯，却是当地祭祀，举办赛马会、商品交易会等的最佳场所。西征军进驻康定，也把这块绿地毯作为天然的较场，护卫团的营地也设在了这里。早来赶会的商家、艺人、香客及农牧民，在半山上这块辽阔的绿地毯上，已经搭起了星星点点的帐篷。歌吹笑闹之声，盈满跑马山。

金刚寺位于城边跑马山下，要上跑马山，必然从寺前经过。按教义，普巴金刚是宁玛巴修部八大法行中的一尊，法会期间要制作彩沙普巴金刚坛城，一切诸佛的事业完全聚集在普巴金刚的坛城之中。坛城供奉神灵，祛邪送祟，祈愿世界和平、利乐众生。僧侣们着彩衣，诵持普巴金刚仪匦、念经作法。期间信众可以入坛祈福，敬献哈达，接受主坛上师施法雨、摸顶等赐福。

普巴金刚法会最具代表性的，莫过于表演普巴金刚神舞。金刚舞者代表佛的报身及化身，报身及化身所有的动作皆为舞蹈及手印，喇嘛们穿着彩衣，戴着各式各样的面具翩翩起舞。金刚舞的舞者，都是精挑细选出来的修行很高的喇嘛。

由于法会时间长，有浓厚的神秘色彩，信众的参与性强，金刚舞的观赏性也极强，因此，法会开始后，信众便络绎不绝。

2

状元拜祭先贤，为西征军祈福，用什么仪轨，无陈例可援。参谋部的秀才们可抓破了头皮。

尹昌衡道："所有仪轨都是约定俗成。记住我们的宗旨，这是在进行一场攻心战，让藏民知道，中华民国五族共和，对兄弟民族，注重文治，而轻武力就行了。所有笔墨，都要用在骆公这个文曲星身上。我这个大都督的名头是一身杀气，只管人间事，在神佛面前，或者叫作罪恶的报身，因此，也只能给骆公这个大神当个走卒了。"

尹昌衡这么说，立意更明确，大家挖空心思，别出心裁，在装扮文曲星这个大神上下足了功夫。充分利用民俗的想象空间，为骆状元制作了一把别致的华盖大圆盖伞。在护卫团中，精选二十八名英俊战士，骑着二十八匹白马，执旗幡，号为二十八宿，作为文曲星的仪仗。并跟金刚寺和惠远寺的住持活佛，以及甲木参琼珀等主要当事人，对七月初六这一天的活动仪式，进行了妥善的协调和衔接。

七月初六这天，跑马山上的人们，大多一早进城来看热闹。上午半晌之时，从西征军行辕到金刚寺，早已经静街。护卫团的将士和甲木参琼珀的土司家丁，三步一岗，五步一哨，护卫在道路上。藏胞对神圣的崇敬，远胜过内地汉人，看热闹的人们都恭恭敬敬地静候在道路的两侧，不少人甚至双手合十，嘴里还念着什么。

十点过，一支浩浩荡荡的队伍出了西征军行辕辕门。华盖下，骆成骧坐在马童牵的白马上，二十八宿的队伍紧随其后。紧接着的是西征军的代表谢云峤和甲木参琼珀。然后才是尹昌衡及西征军和地方文武官员，以及甲木参琼珀手下有身份土司们步行的队伍，最后是英姿飒爽的骑兵护卫队伍。

尹昌衡把自己的身段放得这么低，把革去了土司名号的甲木参琼珀的身份抬得这么高，在藏胞中引起了不小的震动。

普巴金刚法会的坛城设在金刚寺大殿内。为了不中断神圣的法会仪轨，在大殿外的大院里搭建了临时祭坛。大院能容纳的人不多。各地寺院僧团加上本寺的僧众就有数百人。因此，对进入大院的人员进行了严格的筛选和控制。

今天的祭祀活动早就纳入了普巴金刚法会的仪轨。骆成骧等进入大院时，金刚寺住持和惠远寺的住持活佛等，早已经高坐祭坛之上，坛下是护坛僧众，一齐朗声高唱着消灾祈福之经。

骆成骧虽然金榜题名之时也曾经有过御街打马的荣耀，但到底是生逢末世，委顿至今。他从来没想到过还有今日的风光，更没想到那个状元空头衔，还能为尹昌衡收拾边藏民心派上用场。他很珍惜能为五族共和出力的机会，接受任务后，很快进入了他所扮演的角色。

按设计好的仪程，谢云峤代表西征军，甲木参琼珀代表孝子贤孙，上香献祭之后，接着由骆状元宣读他精心准备的告天告祖的通天祭文。这篇不长的锦绣文章，除了盛赞历代土司的功绩之外，还特别面对最大多数的听众，盛赞康巴无处不庙，无处不佛，佛光普照人间，赐福万民。无论是佛家还是土司们，无不从内心感到舒坦。当执事僧人焚化骆成骧的通天祭文时，坛上坛下响起僧俗人等长喧佛号的声音："阿弥陀佛！"

最后一个仪程，祭典主持人金刚寺住持请大都督尹昌衡登台训话。尹昌衡设计的这个活动，前面的都是铺垫。他要把攻心战的重磅炸弹，投到最有效的地方。要彻底赢得康巴民心，就要靠集中在大院内的活佛、喇嘛和土司头人们。

尹昌衡没有推辞，一改之前法事活动时的谦卑，昂首走上台去，向活佛、喇嘛和头人们发表了西征以来的第一次演说：

"……据我所知，释迦乃迦维卫国王子，继六佛而得道，曾于拘尸那城婆罗双树间入般涅槃，弟子大迦叶阿难等始以三藏十二部经传世。释迦之在菩提树下，乃自证心迹。原佛教之体用，只有二端：内而明心见性，悟到空空；外而施无上法力，度尽众生。舍此二者，无他事焉。然非明心见性，不能普度众生。明心者何？即使贪、嗔、痴三戒不生是也。贪是好货，嗔是恚怒，痴是迷惘。本都督平生好佛，尤敬宗教，尤爱尔等喇嘛，此番提兵入藏，实为保护尔等宗教而来，拯救尔等喇嘛而来，度尔等登极乐世界，使佛教放极大光明而来。既来之后，必提携尔等宗教日见昌明，日见发达。必使尔等专心奉佛，不受损害，人人皆生于西方极乐世界，无一毫苦楚，本都督方才遂此普度众生之愿。但本都督之普度众生，亦是从明心见性发出来。第一，本都督不贪。凡尔藏人僧众一草一木，颗米文钱，皆不收受，非若从前满清官吏动辄需索尔等，剥削尔等。第二，本都督不嗔。此番提兵数十营，皆是最精悍、最明战术之师，非同从前清兵老弱充数，枪炮不利者也。然兵虽强，炮虽多，却对于尔等恭顺藏民，并不杀一人，发一弹，只是保护尔等。且从前有反叛罪恶之人，只需改悔投诚，便从宽宥，非同清兵官吏妄加杀戮。第三，本都督不痴。凡尔藏民僧众之真诚善良，一见了然，狡诈欺饰，难逃鉴察，非同满清官吏动辄受人愚弄，被人欺罔。因此，我心

— 366 —

既明，我性毫无渣滓，真能自见，故竭力提倡保护尔等。尔等果能如菩萨之慈悲救世，断无不立地成佛之理。凡不善者，皆须使之皈依佛法，改过自新，以本都督普度众生之志为志，不贪、不嗔、不痴为本。使边藏众生皆如恒河沙数佛，尔等喇嘛皆如无量功德佛，方不负本都督提倡保护之苦心，如来垂教之宗旨，及尔等出家之本意。如其不然，三戒未除，万恶环生，则是佛门罪人。本都督即不加诛戮，佛菩萨亦必不能救度。因我佛之度众生，先要去魔。所以罗汉渡江，遇诸魔鬼，显出六大神通，一一收之为奴，又必使韦驮降魔金刚护法，然后东方众生得渡一切苦厄。今尔僧民倘不愿成佛而愿为魔，则本都督亦惟有效金刚及阿罗汉故事，发诛赵擒傅之余烈，先将诸魔收服，然后再度众生。此本都督来此保护尔等，必先身率大兵之本意也。愿尔等喇嘛趁此千载一时，有本都督之提倡保护，又为尔等降魔，人人如达摩之在嵩少面壁十年，澄心观婆罗门，人人皆如龙树尊者现自在身，并将本都督今日之如释迦牟尼在十方界中现身说法之事，迅速传播，远迩咸使闻知。今日劳尔等久立，俟他日军事稍暇，再来与尔等研究三乘，共证揭谛。"

西征军统帅大讲佛法真谛，宣布民国政府的德音。头人们带头鼓掌，叹道："都督真是生佛降世，康巴之福啊。"活佛和喇嘛们高唱"阿弥陀佛"来表达他们的拥护。

这次攻心战收到了意想不到的成效。由于寺庙和头人们对中华民国的归心，康巴这块腹心地区，以后未再叛乱过。

第三十九章

摧枯拉朽

1

收复道孚之前，惠远寺的住持活佛就接受了刘瑞麟的请求，迅速派行足喇嘛把那一批宣传资料送到周边各大寺庙张贴。寺庙在藏人中有崇高的威信，又是藏人聚会和交流信息之地。这些消息对叛军起到了极大的震慑作用。刘瑞麟巧妙收复道孚，西征军首战干净利落，战果辉煌，把簸箕敲得很响，很漂亮。不但吓飞了围攻道孚的叛军，而且四散奔逃的叛军，把尹昌衡亲率十万大军，携大炮等先进武器西征，锐不可当的消息，迅速扩散到整个川边叛军之中，印证了寺庙张贴出来的宣传消息，这对瓦解叛军都起到了极大的作用。

道孚西边三百余里是紧邻的瞻对县（今新龙县），西北约三百里地方是炉霍县。这之前，两县均被叛军重重包围，特别是惠远寺"亚却"法会后，从青海那边来的部分叛军，从道孚这边撤出，加入了对瞻对和炉霍的围攻。

驻守瞻对的刘筱廷部正在危急之时，刘瑞麟收复了道孚。围攻周边几个县城的叛军始信西征军厉害，都闻风而逃。瞻对和炉霍之围自然得解。

周边几个县解围之后，刘瑞麟对北线兵力进行了统一调度，令边军标统（团长）牛运隆部守道孚，刘筱廷部守瞻对。在康定之时，刘瑞麟就知道数万叛军围攻川边军事要地巴塘已久，情形十分危急，一旦巴塘落入叛军之手，对西征军的形势极为不利。于是果断命令防军刘赞廷（标统）、杜培基率本部人马，避开叛军占领的城镇，从间道驰援巴塘。他自己则率领删书礼营，以及顾复庆、时传文、朱宪文等数营人马驰援昌都（查木多）。

刘瑞麟出发前夜，拿出剩余的银子，叫来乌赞和郝光商量买小鬼推磨的事。

二人都道只要有钱，这事就好办。边藏线跑生意，常常和一些头人的管家打交道，这些人多是见钱眼开。二人立即精选了几个盗马和跑生意的兄弟来，分派了任务。大家都希望立功，由郝光带队，当夜出发，前去收买小鬼推磨。

好在收复道孚，威名远播，加上派出的郝光带队收买小鬼的行动很见成效。头人大多依赖管家，几个被收买的管家，都劝自己的主人，尹昌衡十万大军说到就到，鸡蛋碰不赢石头，早给自己留后路为妙。因此沿途不少叛军主动请降，或者望风而逃，并无多少战事。在两千余里的长途奔袭中，他组建的侦察排，真如一把锋利的尖刀，可谓所向披靡，为大军前进扫清了障碍。

刘瑞麟率的大军，八月下旬在南路军围攻河口，进逼里塘之时，以日行百里的速度，已经经过甘孜，穿过数个茫茫草原、沼泽，翻越雀儿山等大雪山，长驱两千余里，神速进兵，到达德格。

德格县位于青藏高原东南缘，金沙江东岸。东邻甘孜县，南连白玉县，西与西藏江达县隔金沙江相望，北与石渠县接壤，是西进西藏，北入青海的主要交通枢纽，属藏区最有影响的县之一。

刘瑞麟到德格后兵分两路，一路南下，很快收复了白玉、贡觉、察雅等县。

昌都今属西藏东部，是川、滇、青三省进藏的重要门户，是藏东政治、经济、文化与交通的中心。地处横断山脉，境内三江（金沙江、澜沧江、怒江）并流，素有藏东三江流域之称。

昌都城地处三河一江（昂曲、扎曲、色曲、澜沧江）汇合之处。坐落在群山怀抱中。吐蕃时期（公元7－9世纪），昌都是著名的"东女国"和"苏毗王国"的所在地。明清以后统称此地为康藏地区。清朝封委了一些大活佛和土司各辖其地，受驻藏大臣和达赖喇嘛的管理。还在昌都设立了粮站，委派粮台、游击等文武官员及制兵驻守昌都，传递谕旨和奏折。清末赵尔丰在昌都部分地区实行改土归流，昌都属四川省管辖，其时改称川边。1912年建西康省，昌都成西康省的一部分。

卫藏和康藏的万余叛军，围攻昌都已达数月之久，防守昌都的防军仅彭日升一个营的兵力，三百余人据险而守。叛军驻扎在防军军营附近的寺院内，居高临下，与防军对峙。寺墙高厚，枪弹莫入。彭日升乘叛军高枕无忧之夜，组织敢死队，冲进寺庙，尽焚叛军粮草。叛军并不撤退，一面补充粮草，一面结帐为营，紧紧围困防军，并且派人来谈判，愿意资送防军东归。东归之路早已经堵死，又无法得到援军，彭日升部只有据险死守，故川边这个门户，才得保全至今。

刘瑞麟懂得尹昌衡要切断卫藏和康藏叛军的联系，昌都的战略位置十分重要，占领昌都迫在眉睫，遂火速救援昌都。收复德格之后，他立即集中几个营中的骑兵，组成一支骑兵队伍，亲自带领，昼夜兼程，飞驰昌都，并命步兵紧紧跟进。

昌都万余叛军数月围攻彭日升的数百防军不下，还遭防军烧粮，刘瑞麟北线进攻势如破竹，也使他们很感震慑。不过他们料定，从康定到昌都数千里路程，中路和南路，绝大多数地方都被叛军占领，原驻守的防军也多被叛军切割包围，西征军鞭长莫及。从北路而来的刘瑞麟援军，虽然被传说得神乎其神，但是中间有那么多的深沟大泽、高垒雄关，至少也要一两个月。至于附近防军自救尚且艰难，彭日升的守军不开营投降，就只有等困死了。一当打下昌都之后，据坚城而守，怕你西征军何来？

正在悠然自得之时，突然刘瑞麟率大队骑兵从峡谷中杀到昌都城下。

原来刘瑞麟攻下德格之后，从德格到昌都必须经过江达。刘瑞麟把江达留给后续的步兵，自己亲率骑兵，暗渡江达，隐蔽进军，出奇兵直逼昌都。郝光带的几个弟兄，先期早已到达昌都，把昌都的敌情摸了个清清楚楚。刘瑞麟得到郝光的情报后精心部署，他想不让对手摸底，才能体现奇兵之奇，发挥奇兵之威力。攻道孚有了经验，他们依然利用黎明前的黑暗，突然发起进攻。

黎明，叛军尚在睡梦之中，乌赞和郝光率领的侦察排，率先冲入敌营，横冲直闯，可以连发的德式快枪，突突突地喷出火舌。叛军一听说这突如其来的天降神兵，就是已经被传得神乎其神的刘瑞麟率领的援军，顿时惊慌失措，一片大乱，鬼哭狼号，人叫马嘶。侦察排搅乱敌营后，后续大队骑兵又喊杀着冲进敌营，四面开花。叛军大营一下乱成了一锅烂粥。

几个月来，彭日升的数百守军，已经使叛军领教够了川军的顽强。那么多的天险雄关，那么多藏军，没能阻挡刘瑞麟的神速，北路军大破藏军的威名不虚传，据传尹昌衡的十万西征大军随后将铺天盖地而来，岂不如泰山压卵？乱作一团的叛军，人人夺路奔逃。

困守昌都城的彭日升部此时见叛军大乱，知是援军杀到，从城里奋勇杀出，内外夹击。叛军本来组织松散，并无统一指挥约束，故而一触即溃。加之黎明前的黑暗，看不清西征军到底有多少人马，所能听到的，都是西征军突突突的快枪声。万马军中，人人争相逃命，相互冲撞，落马之后，被马踏而死者不计其数。

天开亮口之时，刘瑞麟和彭日升合兵一处，穷追叛军，叛军仓皇逃命。此次大捷，毙敌一千余人，缴获了无数马匹及大量的粮草辎重。为后续驻军储备了足够的辎重粮秣。再看彭日升营中，只剩三石粮食，刘瑞麟的援军要是迟到两日，彭日升部的后果那就不堪设想了。

尹昌衡后来专门写了《赞巴安守将顾占文、昌都守将彭日升诗》，诗中写道：

> 战苦粮偏绝，孤城敌在前。
>
> 张巡能食纸，苏武惯餐毡。
>
> 邦国频蹉跌，危关敢弃捐。
>
> 昌巴无百雄，所恃只心坚。

此次大捷还有个意想不到的收获。乌赞和郝光率领精锐的骑兵侦察排，穷追一股叛军，只见这股叛军簇拥着一群喇嘛慌张逃遁。他们知道，喇嘛往往是一个地方的精神领袖，说不定其中就有叛军的重要人物，便传令追兵，驱散护军，不要伤了喇嘛，务求全部活捉。

侦察排驱散护军之后，将几个喇嘛全部俘虏，其中有个呼图克图，就是这里叛军的首领。他们为西征军立了一个大功。

昌都城内的强巴林寺又称"昌都寺"，是由宗喀巴弟子喜绕松布于公元1444年创建的格鲁派寺院，是康区第一大寺，被誉为"藏东第一禅林"。从清朝康熙帝开始，该寺主要活佛都受历代皇帝的册封。寺内至今保存有康熙五十八年（1719）五月颁发给帕巴拉活佛的铜印，保存着乾隆五十六年（1791），乾隆帝为昌都寺书赠"祝厘寺"的匾额。

"呼图克图"，意为圣者、圣人，是清王朝授予藏族及蒙古族喇嘛教大活佛的称号。凡属此级活佛，均载于理藩院册籍，每代"转世"活佛必须经过中央政府承认和加封。强巴林寺在藏传佛教中地位如此尊荣，在藏民中的影响如此巨大，这一代住持活佛，也是受清朝册封的一位呼图克图，在藏民中的威望也很高。卫藏和康藏的叛军聚集在昌都之时，便共同拥强巴林寺住持活佛呼图克图为首领。这位呼图克图本不欲对抗中央政权，分离国土，但因架不住众人力请，不得已勉强当了叛军首领。

刘瑞麟深知这位呼图克图对于团结广大藏民的作用，便和彭日升团长一道，卑辞隆礼相待，并以尹昌衡都督尊重佛教，唯求五族共和的大义进行开导。最后礼送这位呼图克图回到强巴林寺。这位呼图克图在后来的谈判中，为民族和解和团结，为捍卫中华民国对西藏的主权，发挥了巨大的作用。

尹昌衡在康定，对甲木参琼珀所做分化瓦解工作，对河口叛军成了致命的一击。当朱森林与驻守河口的陈步三向包围河口的叛军再次同时发起猛攻，前线枪声一响，明正部族的人很快就撤退得无影无踪，其他部族的叛军也跟着逃跑。里塘土司见围攻河口的大势已去，赶快退守里塘。河口很快彻底解围。

朱森林再度挥师猛攻，险关要隘洞开，各部叛军哪里抵挡得住，丢下了大量辎重仓皇逃命。加上刘瑞麟在收复道坞后，派出刘赞廷、杜培基率兵援助南线的人马，以及从康定开来的后续部队逐渐靠拢。朱森林便继续长驱直入，又于8月12、14两日收复了麻盖宗、剪子湾、西俄洛三处要隘，继而向里塘进逼。

8月31日河口知事王廷珠报告：里塘北端之崇喜、毛丫、曲登三处土司均已向西征军援军投诚，得粮数百包，我军今晨前进，叛军退守里塘，碉垒极坚，已设法增兵，竭力围攻，兼用招抚，不日可破。

朱森林和刘赞廷立即挥师直取里塘。盘踞里塘的叛军负隅顽抗。西征军在里塘之东五战五捷，很快收服里塘，又马不停蹄，挥师援救巴塘。

巴塘东接乡城、里塘县，南连得荣县，西隔金沙江与西藏芒康、盐井、贡觉县和云南省德钦县相望，北与白玉县交界。雍正六年（1728）置巴塘粮台，翌年改置巴塘宣抚司，下辖7个土百户。光绪三十三年（1907）"改土归流"后置巴安县，翌年升为巴安府。在清康熙年间，川滇藏陕等省的汉、回、藏等各族商人到巴塘经商，促进了巴塘县地方经济的发展，加之茶马古道的兴盛，使巴塘成为极其重要的交通及军事要地。

边藏全体防军响应辛亥革命，共推边军管带顾占文为川边总代表负责边务。顾占文便带领五百边军，把驻防巴塘这块军事要地作为己任。不久，边藏大举叛乱，顾占文部被数万叛军重重围困，除最初送出报警消息外，从此与外间文电不通，失去联系。9月初，刘瑞麟的北路军收复昌都，攻陷邻县贡觉、白玉；朱森林的南路军攻陷里塘，正在打通到巴塘的道路；刘赞廷的救巴塘援军，已经逼近巴塘，在七村沟一带连战连捷。救兵已在城外不远，顾占文对这一切都一无所知。

8月末，在被围困数月之久，绝望中的顾占文，起草了最后一封求救电报，派出死士，冲出叛军重围，去云南丽江，于9月12日（八月初二）才从丽江发出。这封辗转多日才迟迟发出的电报，读之使人泣下，全电录于后。

大总统、蜀都督、军务处、筹边处、宣慰使钧鉴：

占文不支矣！

前屡将边地危迫情形，电禀钧座。奉闻军队出关，已不胜庆。何意兵未至而祸已烈。旧历五月初，里塘、贡觉、江卡、乍丫各属迭报失陷，占文欲调兵则无兵可调，欲筹饷则无饷可筹。且破竹之声已迫巴塘。十四夜各蛮纠集窜扰巴塘，鼓声隆隆，屋瓦皆震。占文泣涕誓师，多方捍御，十五、六、七日，开营出战，我军热血彭腾，冒死进趋，五战五捷，使巴塘危而复安，各界未饮锋刀，侥幸之举，已属望外。然各蛮夷不思悔过，退踞四山，塞我路口，自五月十四日至今，无夜不备、无日不战。各军劳苦，可悯可怜。

五月二十日，使宋师孔冒险由北路趋炉求援；六月初五，我军力攻开一条线路，复使间谍破围走阿墩子，绕至丽江，拍电告警，计日想邀钧鉴。近二月未获兵信，不识两路电通否？

六月十七日，乡城、江卡、乍丫暨各蛮复倾巢而出，藏番亦乘势上犯，远近炮烟，浑如大雾，昼夜恶战，积半月余，番蛮零星死千余，我军亦饥病甚众。现粮税失望于各蛮，食物又阻于商旅；营中受伤者，药饵无资，阵亡者临葬无费。我军或以冰水合羹，或以草根为食，加以天灾流行，死者填巷，于大敌大病中，复值此穷极迫境。占文无法，惟都督死生之。占文固不足惜，如各界何！如大局何！都督纵不念占文，不念各界与大局耶！

合亟将现在危形，泣行再电乞都督赶急催军出关；或虑缓不济急，即乞电云南军队，暂借五六营由阿墩子直走巴塘，以解倒悬；一面电中央政府，赶与西藏交涉。

事急矣，占文死守以待！

占文暮间于丽江电。

其实，顾占文所有报警，尹昌衡都已经收到，而且他一直念念不忘，最紧要的莫过于陷于重围的两个咽喉般的军事重镇昌都和巴塘。9月3日，当朱森林收服里塘，打通去巴塘道路之后，尹昌衡亲率百骑，立即从康定出发，亲自赶赴巴塘前线，指挥解救巴塘的战斗。当他在巴塘附近接到顾占文的这封电报时，无边感慨涌上心头，留下了西征的又一首纪行诗《巴塘行》：

烽火万山红，巴塘劲旅笼。
食尽兵复穷，守将马首东。
百骑在歧路，欲往知无功。

此城属枢纽，一陷万里空。

片刻不得缓，孤注一得从。

是当忘生死，岂可计吉凶。

驰行五百里，雪深路不通。

援兵即在此，杀马饥可充。

将军亲身来，存没相与同。

疑兵绕孤城，俨若千军雄。

敌闻多夜惊，一战摧其锋。

回首赴援时，已谓当死忠。

余生及今日，岂复思令终。

　　尹昌衡赶到巴塘，指挥集于城外的朱森林和刘赞廷之兵，使用疑兵之计，城内的顾占文亦挥兵杀出。围攻巴塘的数万叛军，丢下数千具尸体，仓皇向西逃去。

　　1912年9月12日巴塘解围，大批叛军退保稻城和乡城，尹昌衡派朱森林率数千人马，围困稻城和乡城叛军，指日可破。

　　尹昌衡7月10日从成都出发，到9月12日止，西征川军两个月内纵横数千里，大小数十仗，除了稻城和乡城两个县外，被叛军占领的大片地区被收复，第一阶段大规模的平叛战役基本告一段落。

　　捷报传到北京，9月14日，国务院命将有功人员上报嘉奖，尹昌衡逐一将有功人员功劳上报，绝大多数军官都得到了嘉奖，晋升了军衔，西征前线皆大欢喜，一片欢腾。

第四十章

前方后方

1

什么叫力挽狂澜？就是办成力所不能及的事。尹昌衡西征即是力挽狂澜之举。

国家需要西征，人民需要西征，正义的口号喊得震天响，但谁也不看好西征的前景，也包括尹昌衡自己。

尹昌衡明白，西征是一场赌博，是一场没有底气、没有底牌的豪赌。此前，他在那些动员战争的演讲中，所有的大气磅礴，所有的慷慨激昂，那只是说给川人听的，说给川军听的，让川人和川军跟他一起去力挽狂澜。

四川是尹昌衡西征仅有的资本。边藏雪域作战，战争成本是其他地方的数倍，要在纵横数千里的川边绝地进行如此规模的战争，即使是在平日，靠四川一省之力也难。何况是在四川战乱初平，民穷财尽，成渝暗斗未止，尚未完全合力同心的时候。虽然他独排众议把川事委托给了胡景伊，但到底此人是有才无德，野心勃勃，后顾之忧，始终压在心头。这仅有资本小得如此可怜，那么就更加重了他对中央实质性支持的期盼。

西征平叛，天经地义是中华民国的事。中央靠得住吗？

冯情文没有忘记她对尹昌衡"雪域亦近天"的承诺，不时把重要报刊及时寄达，通报京城发生的重要事件。从这些报刊上看，京城发生的一切，无不说明当时的中华民国，还只是名义上统一了全国。内斗不止，前途堪忧，自保艰难。

全国二十二个都督，都拥兵自重，各自为政，忙着抢占地盘，扩大自己的实力。他们私自截留地方税收。至 1913 年 10 月，黎元洪在《政府报告》中说："各省在前清协解中央的款项年有定额，迨国体改革，解款顿停，虽经本部屡次电催，所解资金寥寥无几。总计由民国元年迄今，所收齐豫湘粤等省解款不过260万余元。车薪杯水，无补于艰。"民国所收总款，不及前清预算的十分之一。中央的政令，根本难以执行。

国家是个空壳，袁世凯不但拿不出钱来支持西征，而且正穷于应对巩固临时大总统的权力。

边藏叛军烈火燎原的8至9月间，袁世凯忙着邀请孙中山、黄兴赴京，共商国计。

8月24日孙中山到达北京时，袁世凯以相似于国家元首的规格隆重接待。28日举行盛大宴会欢迎孙中山，袁世凯致欢迎词说："今见孙先生来京，与我谈者极其诚恳，可见前此谣传尽属误会，民国由此益加巩固，此最可欢迎之事。"他同时还应允孙中山提出的修建20万里铁路的计划，又委以全国铁路督办之衔。袁世凯在黄兴北上的途中，就颁令授予黄兴陆军上将的军衔。黄抵京后上书辞谢。袁又批复说："该前留守奔走国是二十年，提倡共和，改革政体，热心毅力，百折不回，出死入生，坚苦卓绝，凡我经历，中外咸知。"

但是，袁世凯和革命党之间，很快形成了另一场挑战。

孙中山原来的设计，中华民国将实行美式的总统制，临时大总统既是国家元首，又是行政首脑。在行政、立法、司法的基础上增加考试、监察，五权分立，既保障总统权力的实行，也可以分权限制个人的专断独裁。

可是南北和谈的结果，临时大总统成了袁世凯。为了限制袁世凯这个临时大总统的权力，又重新确立参照法国宪章实行的责任内阁制，总统就职时立誓遵守约法，以此防范总统独裁，在袁世凯宣誓就任临时大总统的头一天，宣布制定了《中华民国临时约法》。

按照《临时约法》规定，国家体制就多出了一个实权人物总理的职位，来分割总统的权力。总理为国家行政首脑，总统的法案和政令须经总理附署后方才具有法律效应。也就是说，袁世凯虽然做了总统，但却不能直接控制政府，不仅参议院可以约束他，还要受总理的掣肘。这对于醉心于权力的袁世凯相当于只得了个空印盒。

第一任总理唐绍仪，本来是袁世凯的亲信，代表袁世凯进行南北和谈的全权代表，坚持"拥袁共和"的方针，终于促成南北和谈成功。南北都推举唐绍仪为第一任内阁总理。

袁世凯表面被迫接受《临时约法》，以为唐绍仪是自己一手扶持的人，是一个完全听命于他的总理。谁知在南北和谈时加入同盟会后的唐绍仪完全变了样。

他按他的政治理想精心组阁：宋教仁、蔡元培、陈其美等同盟会骨干成员相继入阁，分别担任农林、教育、工商总长。在这种安排下，同盟会会员就在政府中占据了多数，内阁也被称为"同盟会中心内阁"。

唐绍仪勤于公务，注重办事效率，新政府呈现出一派新气象。但是袁世凯对唐绍仪推行责任内阁制、"事事咸恪遵《临时约法》"非常不满。在不长的时间里，两人在用人、财政、遵守《临时约法》规定的总理附署权等问题上分歧越来越大，裂痕越来越深。唐绍仪见《临时约法》得不到执行，袁世凯同意实行"责任内阁制"口是心非，于6月15日愤而提出辞呈，任总理不足3个月。

袁世凯接着让无党派的陆征祥组织"超然内阁"，费了多少周折，陆征祥于6月17日就任总理，到8月20仅两个月零三天，又辞职了。一个多月总理衙门无总理的情况下，赵秉钧才于1912年9月25日接任总理。

袁世凯所领导下的北京政府内阁，短短数月时间，连续换了三任总理。他被内阁麻烦弄得焦头烂额之时，又迎来了另一场更大的权力斗争的挑战。

唐绍仪辞职后，同盟会决议组织政党内阁，以抵制袁世凯把持中央权力。

宋教仁毕生致力于政党政治，他自退出唐内阁后，便积极主张改组同盟会，建立一个拥有国会多数议席的强大政党。在他的实际主持下，先后与统一共和党、国民公党、国民共进会、共和实进会和全国联合进行会等六党派合并，于8月7日达成协议，组成新党"国民党"。

8月25日，六政团在北京湖广会馆举行合并大会，正式宣告成立国民党，选举孙中山为理事长，黄兴、宋教仁等七人为理事，阎锡山、张继、李烈钧、胡瑛、胡汉民等二十九人为参议，溥伦等七人为名誉参议。全部党务工作实际上由宋教仁负责。国民党设本部于北京。又设支部于各省省会及海外各埠；设分部于各府、厅、州、县；设交通部于省会以外各商埠，直隶本部。其宗旨为巩固共和，实行平民政治。党纲为：保持政治统一；发展地方自治；厉行种族同化；采用民生政策；维持国际和平。目标是组织政党内阁，限制袁世凯专制独裁。

国民党成为国内第一大党。它首先专注于国会选举运动，对袁世凯这个临时总统宝座构成了极大的威胁。

当时的中国政治舞台上存在着三种相互抗衡的势力。

一是北洋实力集团。袁世凯就任临时大总统之后，积极扩编北洋军事武装，将清朝末年的新军9个师11万人、巡防营旧军4万人扩大为新式陆军12个师另16个混成旅，约计22万人。再加上旧巡防营军和张作霖等军，共计约30万人。这是袁世凯的基础力量。

二是袁世凯最大的政治对手国民党。

三是以梁启超、张謇等为代表的立宪派。受该派控制或影响的政党，有统一党、共和党和民主党，后三党合并为进步党。他们曾和革命派暂时联合反对清政府，支持袁世凯，由清政府的反对势力演变为袁世凯的依附势力。

袁世凯为在政党斗争中对抗国民党，必须扶持和拉拢进步党等依附自己的势力。

袁世凯焦头烂额、北京政府最混乱的三个月，也是尹昌衡与叛军激战最紧张的三个月。政府要员会有精力顾及西征之事，会有能力给西征以实际支持吗？

中央的情形实在令人沮丧，希望渺茫。

2

谢天谢地！命运之神眷顾中华民族，尹昌衡成了幸运儿。他正是在北洋政府内外交困、乱成一锅粥的情况下，得到了中央的有力支持而力挽狂澜，取得了西征的全面胜利的。

若以"革命"划线，尹昌衡这个辛亥革命时期的风云人物，绝对算不上革命者。

他作为军人的信条只有保国安民。

保国，尹昌衡从不讳言自己忠清和忠袁，但是他反对清朝的专制和腐朽，拥护利国利民的一切变革，因此他也从不反对革命，也因此立宪派和革命党都是他的朋友，他支持他们的一切利国利民的主张。

安民，即唯求天下太平。他一生中最辉煌的功业，四川定乱是为安民，此次西征，即为保国。

八月初，正当西征前线战斗最紧张、最关键的时候，尹昌衡突然收到了冯倩文的电报："宋教仁奔走统一共和党、国民公党、国民共进会、共和实进会和全国联合进行会等六党派合并，新组国民党，任代理理事长；袁助梁启超、张謇拟联合统一党、共和党和民主党，合并组建为进步党。详情见后到的京都报纸。"

这电文当然是通过冯国璋的"禁卫军总统兼察哈尔都统府"发来的。这是尹昌衡收到冯倩文的第一封署名的电文，电文很短，没有观点，也没说明，只是消息。他不知道这是冯国璋的意思，还是冯倩文的意思。但不管是谁的意思，这消息都让尹昌衡十分震惊。

尹昌衡面对任何急难险重，从来都是气定神闲，定乱排危的生死关头，总是毫不犹豫冒险而上。唯独使他犯难的是内乱和内斗。运筹前线战事，已经让他绞尽脑汁。这条急电消息预示着一场无休止的内斗已经在紧锣密鼓的酝酿之中，这让他寝食不安。随军的智囊团中，谢云峄虽然既是他总督府的参谋，又是他的好友，但谢云峄毕竟是革命党的骨干。只有骆成骧无党无派，而且是一个极其可信之人，几个不眠之夜的煎熬后，他把骆成骧请进了他的营帐饮酒。

骆成骧随军西征，已经习惯了尹昌衡单独请他喝酒。他知道每当这种时候，尹昌衡定是有什么机要之事，或者委决不下的难事相商。前线的战事不至于弄得他这样愁眉不展，那么还有什么更重要的事呢？

骆成骧坐下来，举起杯子跟尹昌衡碰了一下，便开门见山地问道："昌衡，近日总是焦眉愁眼的，不只是为战事忧虑吧？"

尹昌衡点了点头："大人知昌衡，昌衡又要讨教了。"

"什么讨教，你虑事比我深，比我远。说吧，是北京有什么变故吗？"

尹昌衡不置可否，把冯倩文那封短短的电文推给骆成骧。

骆成骧看罢电报："这，党争信号而已，你早已经知道，国人钻营结党，已如雨后春笋。你持君子不党之论，这种时候，你还有精力去忧党争吗？"

"我不介入党争，可党争关系国运，关系西征啊！唉，宋教仁无双国士，至明至伟，想不到跟我一样，书生意气，理想主义，不达权变，操之过急，弄险取祸啊。"

"你不是最拥护宋教仁的民主宪政学说吗？"

"是的，他主张的民主宪政，是最好的救国之路，是国家民族的希望。但是一步不能登天，凡事当循序渐进。这个乱世，各种学说多如牛毛，国人举旗结党趋之若鹜，多数为赶时髦，依护一面旗帜，投靠一个山头以便日后分羹，一时难成气候，故而昔日苟待时变。可是，而今宋教仁不适时宜地举旗，举国的大人先生们唯务结党，他们谁不能呼风唤雨？他们一当行动，立即便左右政局。袁世凯又是一个迷恋权力的强势人物，护权与夺权，必将打个头破血流。国乱无休，民难无涯！更要命的是民国政府穷于应付内斗，谁还有心顾及我西征危急？"

"对！昌衡所忧甚是。老百姓常说'船重千斤，掌舵一人，艄公多了打烂船'，民国初创，根基未稳。党争祸国，为历代治国所忌。"

"南京临时政府时，孙先生主张实行美国式的共和，总统有一定的权威和权力，于纷乱之世，更切合中国的时宜。可是按法国式内阁责任制共和，既限制不了袁世凯弄权，更导致民国数月内连换总理，徒增乱象。昌衡反躬自省，方觉今是而昨非。袁世凯就任临时大总统时，颁发免征令，唯我致电《民立报》暨北京理财长，认为大总统是越权行事，乃封建残余，应当按民主之精神与程序行事。

上海《民立报》以《川人抗议免税令》为题公开发表，影响甚大。而今想来，我也实在太理想化了些啊。"

"这件事，虽然有损袁世凯的权威，但是你占着理。"

"我虽占理，做得却不一定明智。说实话，我是军人，更相信英雄造时势，更崇尚权威。今之中华民国初生，乱麻一团。正如一条确定了目标的航船，航行在漩涡激流之中，至关重要的是如何规避风浪和暗礁，平安到达彼岸！"

"是啊，家和万事兴，国乱敌国欺。可是袁世凯却非完人啊。"

"骆公，眼下昌衡所忧者，而今边患正炽，将士正在前方拼命，若党争之祸延及军队，分心为党争权，倒戈内斗，谁与我前线同心边关杀外贼，以靖风烟？"

"这倒是真让人忧心啊。你打算怎么办？"

"昌衡朝夜思之，拟宣布退出同盟会，就是现在的国民党。并拟宣布凡是军人，一律脱离以前的政党，军中不得有政党活动，一时主意难定。"

骆成骧大惊："啊，退出同盟会？这，这，你拥护共和，革命党以共和为宗旨和口号，这不矛盾吗？"

"不矛盾。五族共和，已是南北共识，不是革命党的专利了，我宣布退出同盟会，只宣示了我不为党派而战。我宣布退出革命党时，同时宣布军中禁止政党活动，加入政党的军人必须脱离其政党，军队只为国家而战，为共和而战，拒绝为任何利益集团、任何政党而战！"

"这？你秉持你的君子不党之论，退出同盟会是你的自由。但是，军中那么多革命党人，都各有追求，你要求军人都脱离自己的政党，这做得到吗，不怕军心波动吗？"

"应该做得到，近日我反复研究宋教仁当年翻译那些宪政理论书籍，西方共和政体下国家和军队的关系：无论是实行总统制的美国，还是实行责任内阁制的法国，都实行的军队国家化，非党化，非政治化。反对任何政党在军队中建立自己的组织或开展政治活动，也决不允许军队成立具有政党倾向的各种组织，军队和军人不得与政党建立组织联系。做此决定，有理有据，名正言顺。而且我首先是军人，是正在前方指挥打仗的统帅。我宣布退出所在的组织，正是对创建共和的身体力行！做此重要决定，故请骆公为昌衡权衡利弊，以便决策。"

骆成骧把着酒杯，沉吟了一阵："你是统兵元帅，命军人脱离其组织，做军令施行，也并无不可。只是——"

"只是什么？"

"退出革命党，唯举共和之旗，光明磊落为共和而战，为日后不可避免的南北之争，预先寻得了进退自由，善则善矣。只是你适才说你首先是军人，这不对，你目前首先是都督，集军政于一身，据我所知，共和追求政党政治，你是四川革命党公举的名誉支部长，因此而招致革命党的攻讦，岂不自绝于力量强大的革命党的拥戴？"

"这，依骆公之见呢？"

"若依愚见，宣布军令，军中禁止政党活动，可以。你宣布退党之事还须三思而行！"

"就依骆公之言，昌衡深谢了。"尹昌衡说罢，立即命秘书长罗一士把他的决定作为军令宣布。

尹昌衡做出这个重大决定后，松快了许多，全身心地投入西征大战。

尹昌衡突然宣布军中禁止政党活动，无疑会招致革命党的不满，却让袁世凯十分高兴，尹昌衡日后或许可能成为他争取的中间力量。尹昌衡西征第一阶段的节节胜利，也增强了袁世凯对西征胜利的期待，他这临时大总统及北京政府，正需要西征的胜利作为光环来赢得民心。这加强了他对尹昌衡西征的实际支持的决心。

北京政府于8月11日，向汇丰银行借款四十万元，分给西藏办事长官钟颖及经略使尹昌衡，作为讨伐军费，并令尹昌衡督师从速前进。这对尹昌衡及前线浴血奋战的将士，真是及时雨、雪中炭、救命羹。

尹昌衡频传西征捷报，也大大地鼓舞了国人士气，大大改善了摇篮中的中华民国乱离内斗、贫弱可欺的外交地位。袁世凯的心中顿时有了底气，在张牙舞爪的列强面前一下强硬起来。

8月13日，北京政府发表《满蒙藏之主权五事》声明："满蒙各地为中国完全领土；蒙满各地矿产，无论何人，不得私自抵押，向各国借款；现蒙、藏乱党反抗民国，是为国际公法所不许。"告诫英国政府勿干涉西藏问题。

这是新生的中华民国，第一次向全世界发出的民族最强音。

接着，9月1日，南路川军朱森林、陈步三军与藏军激战于河口（雅江），藏军败降，攻略里塘以东之地，五次激战以后，再复里塘，摧毁了叛军的斗志。

强大的军事攻势增强北京政府的最强音的威力，十三世达赖喇嘛只得丢掉请求罢兵的幻想，派员赴新理，通过新疆督军袁大化，向北京民国政府提出了汉藏恢复关系的五个条件；同时又派人赴打箭炉，与尹昌衡进行谈判，都以"藏民与汉满蒙回民族一律平等"为前提，承认"西藏领土仍在中国政权之下"。北京政府得到了谈判的主动优势，下令停止向西藏进攻。

至此，尹昌衡出兵不到三个月，在第一阶段的战役中，稻城和乡城之外，川边失地大体收复，尹昌衡立即向北京政府报喜，提出自己的要求和主张。

电文如下：

武昌黎副总统、北京国务院、参议院、各省都督、成都省议会钧鉴：

窃以藏番肇乱，川边震惊，达赖传檄，四方风动。里塘、江卡、贡觉等处相继沦亡，巴安重镇，亦被重围。当昌衡力缚西征，师次迭集，警报一日数传，昌都、炉城皆有岌岌不可终日之势。倘河口一失，不复有出关之日；边北再陷，数年无荡平之时。是以星驰抵炉，番已震惊，即日尽炉之兵列队出塘（关）。以中路久涌乱流，要塞坚城，尽入敌手，应用重兵猛击，作为本攻。乃遣朱支队长森林悉率骁健，转战冲锋，先破麻盖宗、剪子湾、西俄洛、鳌作坚，直捣里塘。又以北路蠢动之初，尚未燎原，出其不意，戡定匪艰。乃出奇兵，令刘督战官瑞麟衔枚急走，避实捣虚，暗度德格，巧占昌都。天佑皇汉，所谋必藏。兹既昌都入手，巴安围解，里塘克复，贡觉收回，继定三岩，旋收同普。三瞻、白玉得以布防，稻坝、乡城哀求降顺。川边全境，一体肃清。

现正取消各路土司，派员分头设治，力保宗教，招纳散兵，乘胜进取，时不可失。边内改流各处均已输税纳粮；边外各地，事同一律。兹将硕般多改为硕督府，拉里更称嘉黎府，江达定名太昭府，各遣知事前往就职。川藏万里，遥制殊难，统一机关，亟须建设。查昌都介居边藏之中，势成锁钥，要扼咽喉，以之控制两方，最为便利。现派妥员前往组织边藏镇抚府，练兵一镇，第一次总长即由昌衡兼代，大局既定，再请大总统简员接任。

惟炉关以西地方天寒，颗米粒盐仰资内地，全蜀脂膏，术穷挖补，茫茫前路，乏食堪忧。务望当轴诸公，俯念西藏关系全国，五色旗分，共和即坠。共襄盛举，协助饷糈，俾昌衡穷兵深入，不虞竭蹶。且民国初勤远略，当注重领土主权。而昌衡抚髀长号，尤不敢逍遥河上。第以近接强邻，动关国际，交涉匪易，逝止多艰。昌衡请以生命当其锋，赖诸公亦以喉舌继其后，同声急呼，河山响应，群策并进，坛坫增光，千秋之业，在此一举，除电陈大总统外，肃此电文闻，藉纾远注。不尽观瓯，诸冀鉴原。尹昌衡文（十二日）印。

十二金牌

1

9月初巴塘解围，川边被叛军控制的地方，只剩下稻城和乡城了。第一阶段大规模的平叛战争暂告一段落。然而此时的尹昌衡一点也不轻松，要命的麻烦事情太多了。

西征久战，消耗殆尽，迫在眉睫的便是弹药和粮饷。尹昌衡从冯倩文提供的信息中，明知中央无暇顾及西征，但他还是不断向中央求援。

在前述他给北京政府和各省都督的电报中，除了报喜之外，也提出了物质支持的请求："惟炉关以西地方天寒，颗米粒盐仰资内地，全蜀脂膏，术穷挖补，茫茫前路，乏食堪忧，务望当轴诸公，俯念西藏关系全国，五色旗分，共和即坠。共襄盛举，协助饷糈，俾昌衡旁兵深入，不虞竭蹶……"

尹昌衡的文章倚马可待，他的文电一般都是亲拟，现在多用副参谋长张宣代拟了。这张宣也毕业于日本士官学校，尹昌衡赞他学力才宏，素怀远志，他原随防军入藏，将近两年历练于边疆，尹昌衡西征，他先任机要参谋，运筹规划，甚是周全，很快升为副参谋长。张宣可以说是尹昌衡西征，继刘瑞麟之后，发现的又一个优秀军事人才。

张宣已经不知道拟发过多少次这种告急电报了，除了省内偶有接济外，一般都如泥牛入海。这一次居然向各省都督低头了。

张宣看完尹昌衡亲拟的电稿后，疑虑地问："都督，这有用吗？"

总参谋长罗一士接过电稿念了一遍，长叹一声道："堂堂四川都督，为民国安边，为永保共和，如此低三下四，向其他省讨口叫化，稍有良心的中国人，也应该有点菩萨心肠，伸出援手吧，何况李烈钧、阎锡山、唐继尧等不少外省都督，都是尹都督日本士官学校同期的同学。"

张宣摇头道："罗总长，世间的事，坏就坏在大菩萨太多了，坏就坏在人人都想当大菩萨。各省的都督和革命党中那些大人物，他们到底在干什么？蒙古叛乱，有人像尹都督这样领兵平叛吗？没有！此时，希望这些人对西征援之以手，这难啊，很难啊！"

骆成骧点头道："张参谋长说得是，党争实在误国。全国上下都在忙着结党，忙着竞选，四川内地的党争也日渐激烈，我们的大后方也因此实在堪忧啊。都督这封电稿，感人泣下，应该相信大人先生们中，总还有些仁人志士吧。他们即使不给钱粮支持，呼吁几声，为西征说几句好话总行吧。须知，滇军大造川军失律的谣言，说川军败得一塌糊涂，这恶名声影响不小啊。这封电稿，至少在前面简单地告诉了前线的实际军情吧，这也算是对谣言的回击啊！"

尹昌衡感谢大家的理解："诸公都别说了，面临的局面都清楚，尽人事，凭天命吧。"

尹昌衡面临的另一个最急迫的事，即被打垮打散的叛军，随时可能重新聚集，卷土重来。川军的边军和防军一共只有那么点人，数千里战线，兵员实在不敷其用。他必须进行精心的部署。

川边初定之后，尹昌衡即令周衍贵营回驻康定、河口，肃清境内残敌，以保与四川后方大本营的联系；朱森林驻守巴塘和里塘，进而准备收复稻城和乡城；刘瑞麟守昌都，分援江卡、察雅（乍丫）、盐井，并作进军西藏的准备；胡良左一个营，从中路协守巴塘；以向树荣的一营和陈步三的三营驻扎北路，镇守甘孜、邓登；同时于朱森林和向树荣两个团中，各抽一个营驻扎昌都。相互形成掎角之势，一方有事，四方策应。川边无事，而出昌都之兵，南北两翼并进，直捣拉萨，彻底收复西藏。

早在8月23日，尹昌衡电告中央与各省都督说："川兵西入，无战不捷，克复收抚，十已七八。方略固秘，胜算已操。"袁世凯闻电大喜，8月31日致电尹昌衡："尹都督此次剿办边番，极为得手，拟仿伊犁镇边使之例，授以川西镇边使，节制川边文武以下职权区域。"

袁世凯这份电报，把经营边藏的权责都授予尹昌衡。因此，他在战争间隙，便把安民和边藏建设当成了头等大事。西征军总参谋部骆成骧等要员，在处理紧急军务的同时，与尹昌衡一道为安民和经边大计昼夜忙碌。

尹昌衡决定西征的同时，就做出了对叛军及反民恩威并举、以德为重的决策。并作为铁的命令，自始至终贯彻执行：藏人为我五大民族之一，现虽反抗，务使幡然改图。我军到时，对于蛮人，即一草一木，不得妄取，亦不得轻杀一人，临之以威，亦当感之以德。

尹昌衡做出"今以恩抚之，以威临之，使西藏永久为民国之土地"的战略决策，是在充分总结了前清总督赵尔丰对藏政策得失基础上制定的。他认为前清政策最大的失败，首要原因就是酷吏的残暴统治造成的。他说："查前清之际，无年无战，推厥由来，均由吏治腐败。"其次是边民被欺压没有申述的正常渠道。他说："边民言语难通，边地交通不便，吏易欺上，民情难达。"其三是前清在制度上，没有对官吏的有效监督与管理。他说："既无议会以监督官吏"，因此"每因一吏失政，竟致烽火频惊，推原祸始，情实可矜。"官逼民反，民真的造反，则罪加一等，造成恶性循环"反罪既成，恕又不可，多致兴兵，终成吏虐"。其四，他认为封建专制没有给人民一个表达自己意愿的地方，更没有宣泄自己情绪的渠道。他说："又无报纸以疏通下情，非有积怨，不肯发泄，及其既发，遂多暴行。"

尹昌衡以民主共和的执政理念去思索和总结叛军和反民反叛的原因，针对性地采取了一系列行之有效的举措：

其一，选择循吏，严肃纪律，并设观察使，监督吏治。他说："昌衡痛恤民瘼，深忧国事，惟有慎选循吏，严肃官规，监督务期严重实惠，乃可及民。拟于边地设观察使，专以监督吏治，责令实行。余就现区之州县，或设知事，或设委员，实力敦促，成效可期。"

其二，护教保民，力保宗教。西藏三千四百八十二寺，其中大部分皆揭独立之旗谋叛。如果处理不好宗教问题，势必引起更大的对抗，反之，宗教政策被教民接受，就会产生对政府极大的向心力，即可保一方平安，边疆稳固。尹昌衡率军平叛才一个月，就发表了著名的西较场山岚喇嘛寺的演讲，明确地宣布了他的宗教政策。

其三，巩固改土归流。尹昌衡客观地评价赵尔丰的改土归流政策，并继续推行。8月27日，尹昌衡批准了察木多附近之硕般多、拉里、江达等地方分设府治，组织边藏镇抚府。川边地方数千里，改流设治者三十余处，各府县知事，已一律派遣。川边从土司制度下的羁縻系属之地，完成了共和政体下国家地方行政区的彻底改造。

其四，统一机关，设立边藏镇抚府（后改为四川关本镇抚府）。尹昌衡认为在军事上取得胜利后，治理就是最重要的事。他说："川藏万里，遥制殊难，统一机关，亟须建设。"他向中央发电说："川边肃清，戎火戡怀，军事既终，设治宜急，非有重镇，难期长治。昌衡集合文武共议，将筹边处、西征军及新旧各机关一律取消，设立边藏镇抚府，控制江达以东，飞越岭以西，振军外视，设官分治。实查开府地点，昌都便远略，巴塘为中枢，炉城宜策源，因交通不便，电线隔绝，运饷难给，后顾尤要。昌都、巴安途险室毁，非俟经营，未能逾入，故将镇抚府暂设炉城。将来电线所到，使节随之，期据西冲，以图远驭。府制暂定，以系人心。谨于十月初一开府，汉蛮集贺，永固金汤。"

9月25日，袁世凯令：任命尹昌衡兼川边镇抚使。

尹昌衡派妥员前往组织镇抚府，练兵一镇，第一次总长即由自己兼代，等大局既定，再请中央派简员接任。

其五，实施数项得民心的德政。一是宣布"纳降抚顺，果能倾心归化，缴械投诚，本都督决不至残杀番民，致伤天和。如巴塘、盐井一带投诚，诸蒙优待，不咎既往"。他认为边远用兵，在精锐，不在多。服夷之道，在威德，不在力，"羁縻笼络之际，重在得民心。循序渐进，始克有成"。二是护民保商。在激烈的战事进行之时，他还特别想到"踏勘矿地，招徕商民"。三是深恤民艰，减兵省费。他下令："西征军费，罗掘俱穷，瞻念穷乡，莫名酸恻。命十四标二营开拔归省。以后自十月起，司令部费用可核减一万。自十一月起，该营回省，则西征军费再可核减一万。从是以往，苟可核减，再为竭力。传知各镇，务须深恤民艰，尽力减兵省费，以福桑梓……"

2

尹昌衡在安民和建设川边规划的同时，深切地认识到，西征不只是平定川边的叛乱，必须与收复西藏同时进行，只有这样才能保全国土。他所做的军事部署，都是在肃清川边残敌的基础上，把进军西藏作为重点。并令一军捏守住康定，如果有败退逃亡欲返内地者，捉住就地正法。

防军布防已定，为了西进拉萨，尹昌衡即令边军尽集于昌都，令黄煦昌为集中司令，统领昌都的军事；令张茂林为前锋，向西进军。其时，被驱散的西藏叛军，有几处卷土重来，都被及时扑灭。

军事计划刚刚发布到前线各部队，还没来得及行动，北京连续发来十来通电令，命令尹昌衡停止向西藏进军，并数次严令：严守川边，不得越过江卡、进入西藏一步。

西征军事上的胜利彻底摧毁了叛军的斗志，不敢应战。10月中旬，达赖喇嘛被迫向政府提出媾和。英国政府也发表声明，只要西征军不进军拉萨，并优待达赖喇嘛，英国驻屯于拉萨之军队遂全行撤退。北京政府接受了上述条件，恢复达赖喇嘛的封号，并令其重掌格鲁派。

西征前线，川军将士势如破竹，形势大好。天赐良机，正好一鼓作气，彻底解决西藏问题。人人摩拳擦掌，正拟建立丰功伟绩，痛饮拉萨的时候，却忽然接到中央停止进军西藏的命令。这兜头的一瓢冷水，摧毁了尹昌衡彻底解决西藏问题，全国土保中华民国五族共和的雄心，也大大地伤害了将士们的爱国激情。

功业心很强的尹昌衡理解将士们的愤怒，但他毕竟是全军统帅，即使违心，也得苦口婆心地解释：国家还乱作一团，要把这场大规模的战争持续下去，还需要多少银子，中央去哪里弄钱？中央正在作外交斡旋，军人只有服从，地方应该服从中央。上兵伐谋，其次伐交，目前我们只有巩固川边门户，对西藏叛军保持强大的军事压力，配合中央的外交努力，以达到保全国土的目的。

尹昌衡很感激中央政府始终支持西征，他每一阶段的军事行动，都得到了中央政府的认可，及部分实际支持，同时外交上也予以积极的响应和密切配合。

然而弱国无外交，初生的民国也需要国际承认，英俄的威胁固然是迫使北京政府妥协的重要原因，但西征军收复了大片失地，正气势如虹，这大大提高了中华民国的谈判地位，同时民国也确实拿不出钱来持续这场战争，在这种情况下，只得同意谈判，民国政府遂于9月宣布停止进军，川军仍驻留川边，随时待命入藏。

在对待西藏主权问题上，袁世凯及北京政府和尹昌衡的主张是一致的，只不过达到目的的方式不同而已。尹昌衡立足于以战争手段彻底解决问题，政府则是以军事为后盾，谈判解决问题。尹昌衡理解政府的良苦用心，理解政府的难处，同时战争只是手段，最终也要靠外交才能固化战争成果。

尹昌衡虽然理解中央政府的苦衷，表示服从中央停止西进的命令，但同时表示了他对外交谈判的隐忧，立即给中央政府上《陈治理川边各事》：

……方今库逆（外蒙叛军首领布尊丹巴）鸱张，外交棘手。大总统权衡缓急，对于西藏策取怀柔，崇达赖之封，复葛伦之职，派员慰问，温语抚循。孤诣苦心，普天共谅。

惟据昌衡此次出巡，查得自嘉裕桥以西，该喇嘛密遍设碉卡，节驻重兵，以为坚壁清野之计；且派员四出，多方煽乱。考其行径，盖无悔过之心。且该喇嘛狡黠性成，非可德感。前清末年，入都觐见，清廷礼遇甚优，该喇嘛亦感激涕零。未几回藏，暗结英俄，企图独立。倘非钟（颖）军钳制，藏地早非我有。今民国基础未固，库逆肇乱，又复阴与为援。于此而欲抚绥，以期帖服，恐于势有不能。即勉强就绪，而要挟甚至损主权。患仍种于数年之后，朝鲜、流球覆辙不远。言念及此可为痛心。

论外交政策，必先有武装，而后可望和平。即内务行政，亦必有武装，而后诞敷文德。大总统以和平解决为希望，而欲达和平解决之目的，正不能不多为之备。

昌衡愚见，以为宜一面派人员筹议，一面令边将赶速备兵。能听命则余以宽大之仁，不听命则命将出师，可以朝发夕至，刚柔并用，阴阳开阖，或可促其速就范。即果能平藏事，而民国统一，五族一家，藏地数千里，断不任自为风气。分防设治，亦在需兵。否则我方日与委蛇，彼则根深蒂固，英俄交迫，将至无可挽回。心所谓危，不能自默，用敢沥陈厉害，恳速定大计，俾有遵循。至有应办事宜，谨就历陈钧夺。

尹昌衡接着力陈四件事。

其一：边藏并营，必须兵力一镇。

其二：边藏经费，共计需四百万金。

其三：边藏军队，必须预行编组。

其四：边藏军队，非半年筹备不能深入。

袁世凯对尹昌衡以武促谈的方略很不放心，连下"十二道金牌"，阻止西征军继续前进。

9月12日，国务院复尹昌衡电：务饬切勿过该处辖境，致酿外衅，牵动大局。9月16日，中央电令，以江达为界，不得入藏区。9月26日，国务院电：万不容轻开外衅，应仍恪遵迭次电令，暂勿深入，再候进止。10月1日，国务院电：应饬川军万勿入拉萨辖境。同日，国务院电：勿得入藏境。10月6日，国务院电：万勿过江达以西。10月8日，国务院电：暂以川边为限，毋得轻进，免生枝节。11月5日，国务院电：总以不招外衅为要义，免至岳飞（岳武穆）故事重演……

尹昌衡即使能说服自己，也不能说服战斗热情正高的前线将士。在各战场纷纷请战的情况下，他不得不再次电请中央：

……川边全境，指日肃清，一面取消土司，分期设治。纳降抚顺，宣布德施，召集散兵，保护宗教，跑踏勘矿地，招徕商民。乘时进取，机不可失。

夫拉萨待救，已逾半载，坐此劳师，终非上策。托词设计，直入长驱，安攘之功，在此一举……

外交敏活而谈判，昌衡慎重以前驱，护教保商，增额减灶，兵行诡道，事贵神速，得寸则寸，得尺则尺，成则功在天下，不成则咎在一人，虽昌衡以谢强邻，未为失算，畏葸越起点趄，势不奉命。

然而得到的都是停止西征的更严厉的命令。

第四十二章

川滇电战

1

西征全面胜利，为尹昌衡赢得了上上下下一遍赞誉之声，却同时为他招来了一场令人头痛的口角麻烦。为他制造这场麻烦的，却是鼎鼎大名的革命伟人蔡锷。

蔡锷字松坡，湖南宝庆（即今邵阳市）人，也从日本士官学校毕业回国，是尹昌衡的学长和朋友。他跟尹昌衡一样，虽然没加入同盟会，同样同情并支持革命党反对清朝专制的革命活动。

但凡忧国忧民之士，都希望有些作为。蔡锷任广西讲武堂的总办时，鉴于讲武堂的学员良莠不齐，他下定决心进行甄别考试。偏偏湖南在讲武堂就读的学员不少，广西的学员考得太差，被甄别掉的人不少。也不知是蔡锷太重乡情，还是广西人排外，总之这事被别有用心的胡景伊利用了。其时胡景伊任广西陆军协统，想挤走蔡锷夺讲武堂总办之位，便在学员中暗中散布消息，说蔡锷偏袒湖南老乡，这大大激怒了广西学员，发生了哄闹讲武堂事件。

广西人对湖南人本就存有地域之见，那时湖南人在广西做官的很多，赶走蔡锷遂扩大为广西人排斥湖南人的风潮。蔡锷被逐出广西，不久就被云贵总督李经羲调去云南了。

蔡锷到了云南，李经羲委以三十七协协统之职。广西省议会赶走蔡锷还不解气，又致函云南说蔡锷的不是，建议将蔡锷"进逐不用"。李经羲面临很大的压力，蔡锷很苦闷。他在日本留学时，殷承瓛是同班同学，感情深笃，遂伸出援手。

殷承瓛，字叔恒，又名何仪青，晚年信佛，法号太如。在民国初年，也非等闲人物。他祖籍江苏，出生于云南省陆良州南乡良迪村。1909 年毕业于日本士官学校返滇，任云南新军十九镇参谋兼督练处总办。殷承瓛多番到咨议局力陈蔡锷之为人，极力为之斡旋，才帮蔡锷在云南站稳了脚跟。

蔡锷最苦闷之时，殷承瓛的母亲孟氏曾劝慰蔡锷说："只需将来汝等对国家有所建树，今日之毁，则成为明日历史之誉，不必虑。"蔡锷紧锁的双眉骤然舒展，并拜认孟氏为干妈，称道："贤哉母也，竟有如此贤者！"与殷承瓛的关系，那自然胜过同胞兄弟了。

随后蔡锷与殷承瓛等一班人响应湖北武昌起义，主导了1911年10月"云南重九起义"，并成为云南都督。

辛亥革命爆发，革命形势发展有先有后。贵州的革命党人杨荩臣，响应武昌革命，也于11月3日宣布贵州独立，比云南只晚三天。

杨荩臣也是日本士官学校六期（骑兵科）毕业生，与尹昌衡、唐继尧、刘存厚、黄郛、胡瑛等过从甚密。1910年回国殿试后，为贵州新军第一标教练，翌年兼陆军小学总办。武昌起义发生，一时南北景从。1911年11月3日，他被新军拥为首领响应陆小学生起义，贵州遂告光复，成立大汉贵州军政府，被公推为都督，后被南京临时政府正式任命为都督，主管全省军政事宜。

杨荩臣响应孙中山的北伐号令，于同年12月率黔军援鄂北伐。蔡锷便以援黔的名义派唐继尧率军入黔。打垮贵州的留守革命军后，唐继尧轻取了杨荩臣贵州都督的位置，后被袁世凯正式任命为贵州都督。

重庆早于成都宣布独立，成立了蜀军政府，成都方面，赵尔丰正在跟保路同志军作战。蜀军政府中革命党请滇军入川助战。蔡锷于是命殷承瓛，以支援四川革命的名义，率领大军开进四川。

滇军入川之后，封官委职，占领地盘，控制各地财政，截收工商税银，特别是自流贡井的盐税银子，那是当时四川的大宗财源。

重庆各地革命者方知引狼入室，反对滇军的抢夺。滇军便对川人大开杀戒，枪口居然对准了请他们来的革命党，先后杀害了周鸿勋、刘礼谦、黄方等革命党首领，及其率领的革命军数百人，激起了全川之愤慨，各界为之谴责。

但是请神容易送神难。滇军先说要打赵尔丰，及至赵尔丰伏诛，又借口以尹昌衡为首的成都大汉四川军政府是袍哥政府，要与蜀军政府合力共同讨伐。到成渝两军政府合并前夕，蜀军政府花三十万两银子，也没送走滇军。后来尹昌衡告状到北京，在北京政府的斡旋之下，又拖了数月，滇军才退出四川。

此时爆发了西藏的叛乱。

蔡锷于滇军回到昆明的第十日，即1912年5月16日即主动向国务院请战：

— 391 —

"窃念云南军队训练夙精，前经援蜀、援黔，均属耐劳敢战。现已陆续抽调回滇，若以之防剿战乱，必能得力。唯滇省饷糈向由各省协济，现协款停顿，滇力难支，若不得已，只有裁兵，复何余力戍边？"

5月18日，袁世凯即电令蔡锷：拔劲旅与川军联合进藏，平定藏乱。蔡锷即把这个立功的大好机会交给了殷承瓛，命时任滇军参谋厅总长的殷承瓛为西征军司令，率队进发。殷承瓛即命其二师师长李根源率军增援大理。

关于滇军兵进西藏的路线选择，5月29日，蔡锷在给袁世凯的电报中提议：川军自巴塘大道入藏，"滇则特辟新路，由维西、茶砼、马必立之间出口，经珞瑜野人地方，向西北作一直线，直达拉萨"。这条路开出，"滇藏间之交通，略可省千数里，而国防上尤有莫大之益，可遏止英人由片马直捣巴、里塘之路，从而控制全藏。"蔡锷计划先以探险队从云南中甸出发侦察路线、敌情，随后则以工程队开山筑路，大队节节前进，同时架设电线，办兵站，移民招商，布置内政，以图长远打算。

蔡锷不愧是伟大的军事家，如果时间允许，财力允许，他这个建议是从国家民族长治久安的战略高度考虑的，包含着极大的军事智慧，确实体现了一个爱国军事家的远见卓识。

6月18日，袁世凯以工艰费巨为由阻止，命令滇军取道丽江、中甸（香格里拉县）北上，先支援巴塘，以固滇边门户，再救藏急。尽管蔡锷接连上书争辩，但因没有中央支持，滇省无力单独经营，蔡锷只好下令云南西征军远出巴塘。

2

滇军西征宣传攻势很大，客观上壮了民国西征的军威，加大了对叛军的震慑，这也算得上是对西征的贡献。但在军事行动上，却只收复了一个盐井县（今之西藏芒康县），并且为这个盐井县引出的是非，不但给尹昌衡西征，也给北京政府协调川滇关系，造成极大的麻烦。

川滇5月18日同时接到袁世凯出兵西征的命令，川军行军的路程比滇军远，川军节节胜利，收复大片失地，直逼巴塘之时，滇军才慢条斯理，直到8月10日才行至大理。直到8月19日，三个月过去了，滇军才抵达丽江，根本还没出省。

殷承瓛命防军十九营，从滇西北先攻取盐井。

盐井位于西藏东南部的横断山脉，昌都地区的最东部。金沙江和澜沧江流经县境内，清雍正四年盐井即划归四川管辖。自古就是西藏的东南大门，是"茶马古道"在西藏的第一站。盐井的食盐闻名西藏，传说格萨尔王和纳西王羌巴为争夺盐井的食盐发生了著名的"羌岭之战"。食盐也使盐井成了藏东南的一大银窝。

滇军于8月26日占领盐井之后，又提出向巴塘进攻。此时的巴塘，已经在川军的层层围困之下，指日可破。

杨荩臣大约是吃够了云南的苦头，早于8月17日，就电呈袁世凯和国务院，极言多省派兵攻藏之六大害：其一，进兵越多，结怨藏民越甚；其二，湘、鄂等省，路途遥远，军机迟误，沿途易生事端；其三，兵多饷倍于常，财力难支；其四，各省分途进军，无统一指挥，难免于彼此牵制；其五，各军无统属，此抚彼剿，转令藏民惶惑无措；其六，藏乱明出外人指使，无人总其成，则外交方针易致矛盾。他在这封电文中，还明确指出，"钟颖率残兵数百，居然相持日久，藏民抵抗力弱，已可概见。仅用川兵平之，绰有余力，匪特无须湘、鄂助，即云南、甘肃亦仅令其防边已足。"并且提出："择其声望素著如尹昌衡者为总司令，庶驻时有所统顾。"

尹昌衡鉴于过去的惨痛教训，急电滇军："滇军无须由维（西）援巴（塘），请由原议，直抵拉萨。"滇军收复盐井后，尹再次电阻，并令顾占文部向盐井一带开进。

尹昌衡这样做有他充分的理由，一是内心深处不愿滇人介入川事；二是巴塘指日可破，殷承瓛此时提出进军巴塘，明显的是为了捡落地桃子争功；三是关于滇军进军路线，川滇都督早已经达成共识。而且7月5日蔡锷给尹昌衡的电报已经确认："前奉总统真、文两电，命先援巴塘，再救藏急。当经电复，略称：'滇军北趋巴塘，转查木多入藏，绕越太多，蹈兵家病远之忌。且滇、川同趋一路，重兵云集，粮糒转运供给难求。巴塘近在川边，川都督率师出关，不难指日荡平，无俟重烦滇力。'"

殷承瓛旗风浩浩率滇军西征，除占了一个小小的盐井外，无功可报，尹昌衡又不让他去捡巴塘这个落地桃子，于是便向蔡锷电报求援。蔡锷便以都督的身份，一边跟尹昌衡款洽，一边向袁世凯和国务院汇报，请上峰予以干预。

尹昌衡不买蔡锷的账，阻止滇军进军巴塘，国务院也电令滇军："西征军暂停阿墩，无庸进入川境。"

殷承瓛虽然打仗不行，争功造乱的本事却不小。他首先利用当时战乱，交通不便，信息难通，把半个多月前叛军包围巴塘最危急的时刻，顾占文派员到丽江发出的求援的电报，当作眼前前线的军情，作为向巴塘进军的借口。并且对川军竭尽造谣中伤之能事，向蔡锷谎报军情。

蔡锷不在前线，也把殷承瓛的文电作为向北京政府状告尹昌衡的依据。9月

12日，蔡锷给国务院的电文称："按西征军司令殷承瓛文电称：'接巴塘参赞顾占文咨称：弹尽援绝，危急万状，乞滇飞援等语，查我军克服盐井，巴围已解……此次滇军到处，声威既振，番民望风归诚……川军在坑口颇有淫掠，藏民怀恨，实归我军。"这封电报不但把川人艰苦奋战解围巴塘、收复昌都等功劳全归在滇军名下，把自己打扮成藏民的救世主，而且还却造谣川军淫掠。

9月18日，蔡锷又据殷承瓛的电称："（尹昌衡）来电谓克服巴塘、昌都，进取乡城、稻坝，收复江卡、乍丫，进捣盐井、杂瑜，实为预占地步计，不必有是事不可无是语。但确于何日克服，何日收复，由何方进取，由何人近击，甚愿勿作伪行为盗虚声者，一雪此耻。本军侦探队往来于江卡、昌都间，但见葛伦夏旦统大军驻嘉玉桥，声言世与川军不复载者。达赖转来，藏民甚愿结好滇军，同享共和，宁静山西，渺不见川军行迹也。"

蔡锷在当日的另一封给国务院的电文，转诉殷承瓛谎报的前线军情后写道："庄严佛地，行陷沉沦，瓛心热如焚。计师出境，已迅秋高，复私虑雪阻，恳请中央下令各省，分提军费共四百万。系包括一年各用而言，倘蒙允许，庶期饱暖，或分批拨数十万亦可。"

殷承瓛甚至在给中央的电文中称藏人说："不怕四川尹都督，只怕云南殷将军。"

尹昌衡只得致电中央，除了对殷承瓛诬蔑之词予以一一驳斥之外，于10月3日，发出了类似最后通牒的电文《滇军直取盐井请饬令退出免致决裂》：

袁大总统、驻京同乡、全省议会、军政两界、各政团钧鉴：
……川军西入，急于御侮，缓于图利，故急趋昌、里之危，而缓取盐井之富。盐井无乱，人所共知，滇军直取，其意安在？今竟通电，竭力永据，弃我旧义，巧于窃利，夜郎自大，内衅擅开。昌衡川将，耻失寸土，又念同族，尤耻阋墙，敛锐锋而忍辱，布大义以疾呼。祈速严重交涉，免致决裂，有害大局……

民国初立，乱象尽知，中央政府对各省不敢轻易得罪，开初竭力和稀泥调停，此时只得迭次电令：
《国务院电蔡锷：川军已拔营往攻盐井并应转饬殷承瓛率滇军撤回》。
《国务院奉令电蔡锷：川边军备由尹督专办滇不必与争》。
《国务院电蔡锷：拨款难筹川军到时即撤扎滇境》。

— 394 —

《国务院奉令电蔡锷：应饬殷承瓛遵迭次电令办理》。

《国务院奉令电尹昌衡等：殷前电中所引谶语应更正》。

仅凭这些电报的标题，就可见一斑。

殷承瓛进军巴塘不成，想进占里塘也不成。国务院数度令滇军撤出盐井，殷承瓛又千方百计赖在盐井不走。并且为寻借口，竟然不惜对川军动武，并反诬川军抢掠，制造了另一桩川滇持久争执的公案。

摘尹昌衡给袁世凯和四川省议会的电报：

袁大总统、各法团钧鉴：

昨接滇殷司令来电称："昨奉中央命令班师，占领地方仍交川辖，遵将盐井交张世杰率逃勇百余名守之，滇军退扎角弄殊。川军肆行抢掠，致藏民阴连江卡番匪，而张世杰之通译叶玉春及川军撤差哨官郭继中，大肆抢掠，我军闻警赶到，则世杰已逃，盐井官舍民房烧毁一空。滇军三路进扑，蛮匪撤走，擒斩甚多，并获九子蛮枪甚多。叶玉春、郭继中及番众窜入法国教堂，距盐井六里以为护符。现滇军仍驻盐井镇守。"

尹昌衡在电文中，一是对此事"诚不敢信"；二是表示"秉公就办，绝无瞻徇"。但是同时严正强调："查滇军对川屡挟野心，前往自流，纯用诡谋攻击；今则初诬川军未度宁静山，又云蛮人畏尹，及川军无纪律，甚至大肆谩骂，欲为厉鬼相殛。滋突生此事，显系阴谋，纯无公理，西征将士，全体愤怒异常。昌衡以民国初立，岂可内讧，贻羞外人，牵动大局，故遇事极主和平，万分含忍。昌衡只敢对外，不敢残内，如何能决，不胜切盼。"

尹昌衡当即派员查办此事，尚未回复之时，即得到第三方最有力人证，为川军辩诬。

尹昌衡电北京政府：请令蔡锷释放在盐井监禁之边军人员。

袁大总统钧鉴：

盐井事宜，奉令查复。遵派员查办，尚未接复。

项据前清靖西同知马师周派来差弁马占超、肖占云，持文迎投报告西藏状况。该差弁由腾越、丽江、中甸、维西等处经过，并在盐井被围多日。据云，盐井原有逆番二千余，川边防军八十余人，众寡不敌。遂随张委员世杰、杨哨官秀荣逃赴滇境。迨滇军西征，殷司令承瓛即驻丽江，邓标长开文即驻阿墩子，抵盐井者不过三队，仍以川军八十余人为前锋。川军抵盐，逆番即退，并拿获大喇嘛一名，器械无算，滇军并未与战。后逆番知我虚实，再来围攻，川军八十余人被围于天主教堂内，滇军退守至距盐井二站之某处。逆番大肆焚掠。驻扎巴塘顾标长占文，闻警，派营长云山率队驰援，未抵该处，逆番复退，滇军又乘机窃据，发官设治，并令杨哨长秀荣等归驻维西，李统领监辖，杨哨长等据理力争，几遭惨杀，刻将杨哨长秀荣，刘副哨锡章，张委员世杰及兵目二十七名，概行监禁。李统领在腾越时即杀川人，在滇充看莹者云云……

昌衡出关后，即对于番人纯持人道主义，不取一木，不斩一夷，不料川滇密迩，竟演出此等现象。闻之心寒，言之齿冷。兹将马占超、肖占云及公文留于军中，以备质讯。近日，川军得知滇人遇川人极虐，并云滇人助夷，全军切齿。昌衡见此，恐演成阋墙惨祸，累及大局，立即飞止赴盐井军队。将来西征完毕，地域区划，听命中央，楚弓楚得，想亦无害。一面请电令蔡都督协力和衷，并将监禁兵员一律释放，以解众怒。

国务院电蔡锷：饬释放受监禁之川军人员。
12月2日，滇军终于退出川境。

第四十三章

西巡抚民

1

临时拼凑的西征军，既有原驻边的防军，又有征调的边军。既未经训练，又没有进行有机整合，就像一条长龙的单个脊骨，尹昌衡好不容易临时用保家卫国建功勋的一根细绳作为龙筋，把他们穿了起来，形成一条完整的巨龙。这条巨龙正欲跟着尹昌衡这个龙头更高腾飞，扫荡整个西藏的妖氛的时候，停止西进的十二道金牌，突然就像一柄利剑斩断了龙筋，使这条巨龙顿时失去了生气。

时值严冬，铁衣残破，粮饷无济，迭次要粮要款，川省告穷，国务院告难。饿兵愤怒闹粮闹饷，伤残冻馁声哀。军纪松弛，军心涣散。一不打仗，边军和防军的隔阂突显，摩擦频生。尹昌衡这个龙头，爱兵情长，安抚手短，再有威望，将士分散在数千里的防线上，管教开导，也是鞭长莫及。加之滇军生事造谣，极力诋毁，弄得耻于内斗的尹昌衡忧愤至极，焦头烂额。

为了控制全局，尹昌衡从巴塘前线回到康定，设置炉边镇抚府。

屋漏偏遭连夜雨，行船更遇打头风。回到康定，情形更糟。此时，全国正值党争决战的前夜，川内不断传来党争内斗的消息。留守的吏员，受到成都党争的影响，明争暗斗，离散不少，有的甚至跑回成都闹革命去了。

此时，成都又传来更可怕的消息。尹昌衡力排众议委镇四川大事的胡景伊，在山雨欲来风满楼的时候，公开投靠袁世凯介入党争，成了四川党争的推波助澜者。

胡景伊拥护中央并没有错，但那只是他死心塌地卖身投靠袁世凯的一个幌子。

胡景伊投靠袁世凯，早就埋下了伏笔。担任四川护督，全权署理四川军政要务后，他便立即委任他的亲信胡忠亮为驻京代表，遥领孙兆鸾第四师师长的职务。

胡忠亮进京不久，正好赶上陈宧娶北京交际花魏氏为二姨太。陈宧是湖北人，1903 年入川，历任四川讲武堂提调、新军协统，1906 年任四川武备学堂会办。在川数年，与胡景伊任武备学堂教习，算是同过事，陈宧后来成了袁世凯的心腹。其时陈宧任陆军参谋总部次长（负全责，部长黎元洪在武昌遥领）。胡忠亮即代胡景伊厚礼相贺，很快通过陈宧打通了卖身投靠袁世凯的关节。

1912 年的春夏，袁世凯的绝大部分精力都用在了威胁他总统权力的党争上。国民党咄咄逼人的态势，使他卧不安席。特别是西南半壁还没有他放心的代理人，这远胜于他对西征前线的关心。四川七千万人口，占全国六分之一，要得天下，不能不得四川。

袁世凯对尹昌衡，几年前在天津就见识过了。在他心目中，尹昌衡算得上人中龙凤，难得的人才、奇才。成都定乱，创造神话；西征平叛，所向披靡，证明了自己有识人的慧眼。而且更放心的是已经证明了他过去不是革命党，民国后才被拉进革命党，要是能得到这样的奇才相助，那是再好不过的事了。

可是袁世凯也知道，尹昌衡是一头永远难以驯服的猛虎。他当上临时大总统时，按常情发布了那道免除清时一切积欠税负的恩令后，全国无不欢欣鼓舞，唯独尹昌衡一人举着民主的旗号发通电反对，弄得他刚上台，就招来非议，这如何让他忘得了？能人如果不能为自己所用，必然会对自己造成巨大的威胁。

胡景伊虽然是人才却不是君子，做上四川护理都督后，就一心要取尹昌衡的都督之位而代之。他抓住了袁世凯急欲寻找代理人的时机，卖身投靠，大表忠心。

胡景伊打的第一张牌，就是利用世人都知道孙中山对他恨之入骨，让袁世凯对他放心。

第二张牌，就是密告尹昌衡有做西南王的野心。依据就是在议决西征会议上那段掏心窝子的话前半段。尹昌衡曾在大庭广众公开宣扬："我在日本士官学校的同窗好友，都纷纷就任各省的都督，阎锡山为山西都督，李烈钧为江西都督，唐继尧为贵州都督，学长及好友蔡锷为云南都督，都是一方诸侯。若论地利及人和，我这四川都督的位置远比他们更具优势。四川雄踞巴蜀，有秦岭的天然屏障，易守难攻；再加上良田万顷，民殷物富，可谓西南之保障，中原之柱石。刘备凭此建立蜀国，三分天下有其一，傲视中原。昌衡若为个人的荣华富贵，保住既得利益，存刘备之想，甘做井蛙，务争尺寸，定能高张远举，政肃兵精。雄霸天府，当个乱世之西南王，逍遥自在，不是太难吧？"

袁世凯知道尹昌衡的个性，决不怀疑尹昌衡说这段话的真实性。凭尹昌衡的能耐，要做西南王那真是易如反掌。他若真做了西南王，对自己一统天下将是多大的威胁啊。那开国时的旧恨，加上这王者野心，他绝不能让尹昌衡这头猛虎回到自己的山林，重新坐到四川都督的宝座上去。于是下决心让胡景伊这头狼占虎窝，斩断尹昌衡的西南王之路。

驭人有术的袁世凯，目前没有理由革去尹昌衡的都督之职，并且他正在指挥前线的激战，这绝不能闪火。正手握能征惯战的重兵的尹昌衡，也不是好惹的。眼下不能去捋虎须，相逼过急，会适得其反。同时，他也太需要有本事的人了，特别是目前，威镇边藏的尹昌衡，是他漂亮地解决西藏问题的实力保证。解决好了西藏问题，对他这个临时大总统来说是非常光彩的成就，也是权力斗争中一个极其重要的政治筹码。

袁世凯正为怎样剥夺尹昌衡都督权力犯难的时候，恰好尹昌衡电请罢筹边处，改设镇抚府。这给了他机会，欲取先予，立即照准，并委任尹昌衡兼任炉边镇抚使，把尹昌衡滞留在川边。

胡景伊跟袁世凯达成秘密交易之后有恃无恐，便在四川大力安插亲信，排斥异己，随时向袁世凯密报四川革命党人的动向。他的夺权阴谋败露，造成了成都军政界一片混乱。张培爵、董修武、罗纶等都纷纷要求尹昌衡回成都收拾乱局。

尹昌衡当初力推胡景伊时，就遭到四川军政界不少人的反对。决定亲征时，就有人指出："都督于谋外则得矣，其如内何？都督在川，如栋负屋，兵赖以定，政赖以举，一朝去之，恐祸不在边藏，而在萧墙之内。"果然这个警告很快应验。

尹昌衡以君子之心度人，没想到胡景伊竟然以怨报德，这样快就露出了小人真面目。胡景伊的作为对一向自负有识人之明、待人之诚的尹昌衡，是一个沉重的打击。此时尹昌衡的心情，可谓愤懑、消极、低沉到了极点，正如他在《西征纪略》中所坦陈的："亟返辕，吏已不备，谓边夷易与，且往往悲愤，假酒色宴乐以懈军心。"

成都内斗的消息传到前线，大家已经不安。他们心目中天塌都顶得起的大英雄尹昌衡都被打垮了，西征前线的要员们急了。骆成骧领着参谋部的高参们，纷纷向尹昌衡进言，要求尹昌衡立即回成都履行都督之职，收拾乱局，保住西征之本源，以保西征之完胜。

尹昌衡口头对都督之职无所谓，其实那也是他内心最大的忧虑。大家都指出了问题的本质：国家穷窘已极，给予西征的实际支持相当有限。西征事实上是川人、川军在唱主角，都督即使不为自己的名位着想，难道不为西征大业着想？一旦失去控驭全川的都督之权，事事仰人鼻息，受人掣肘，西征后续之兵何继，后续粮饷何来？未竟之西征大业半途而废，毁于一旦，何以面对跟随都督浴血死战的将士？何以面对蜀中父老？四川人保不住中华民国西部大好江山，有何脸面面对国人？

1912年10月4日，参谋部商量好了对策，立即代尹昌衡草拟了一封电稿。参谋张宣将电稿交尹昌衡签发。

> 袁大总统钧鉴：
>
> 　　午密。镇抚府草创初成，百端待理，昌衡自应勉为其难，力加布置，以期巩固边陲，不负委任。惟设治伊始，税赋无从，政费饷需，仰给内地，兵费官吏，选用川才，是镇抚使与川都督非同气连声，一心无二，难收指臂合力，首尾相应之效。此等情况，早邀洞鉴。近今兵将骄横，苟非其人，实难统驭。胡景伊军界魁杰，尤长政学，军心所向，实与昌衡后先，稳练之才，当胜昌衡倍莛。故昌衡西征，必以景伊奠安河会，若昌衡东返，必须景伊镇抚东关。盖川军数十营，布满边境，他人当之，不惟难期效命。抑且哗溃堪虞。近查成都状况，自军民分治以来，办事每生冲突，军政两界，思望昌衡内度，业已函电交驰。昌衡既守钧命，不得直抵拉萨，则江达以东，传檄可定，一俟善后办有端倪，即当回顾根本重地。届时继此镇抚者，实非景伊莫属。先此密陈……

尹昌衡看完电稿，电稿起草得很巧妙。都督亲征，战局大胜已成定局，这种时候要求回成都全面履行都督之职以保西征本源，名正言顺。推荐胡景伊接替兼任的炉边镇抚使，既似出以公心荐贤，又粉碎了胡景伊的夺权阴谋。他立即便签署了照发。

之后又接连发了几封电报，请准回成都视事，请求到北京汇报前线事宜。

尹昌衡如此急迫地请求回成都和进京，即从前线脱身，并推荐胡景伊接替炉边镇抚使之职，袁世凯知道尹昌衡这个人精，已经看穿了他的把戏。他绝不能放虎归山，一面电令尹昌衡不得离开川边前线，一面命尹昌衡亲临前线视察，严守川边防线，巩固战果，同时整备人马，尽快收复稻城和乡城。

袁世凯为了安抚尹昌衡，又抛出了一条软绳。于10月10日，以民国政府的名义，授予尹昌衡陆军中将加陆军上将衔。

2

尹昌衡不得已，只得决定将炉边镇抚府事授予邵从恩和李延达，领护卫团主力留守康定。同时总参谋长罗一士、两位高参骆成骧和谢云峤也留守康定，保持和成都及北京的紧密联系。

在留守人员中，他最不放心的是护卫团副团长张煦。他知道张煦是激进的革命党，但看在张培爵及成渝团结的分上，不得不做那样的安排。这次回到康定，正值内地党争激烈之时，察其言，观其行，果然比较活跃，而且护卫团的骨干成员，又是他挑选的，对此人不得不防。好在谢云峤虽然也是革命党，但毕竟是至交，此人无野心，顾全大局，在重庆革命党人中威望高，是能挟制张煦的。

都督西巡，主题是劳军抚民，不能空手出门。而康定早已无军需库存，保证留守人员用度尚且艰难。百般无奈，只得令康定府吴知事去求助明正土司，也对甲木参琼珀做最后一次考察。

最近，尹昌衡在思考如何治理边藏，里塘是康巴叛军势力最强大的地方之一，他一直打算让甲木参琼珀去做里塘县的知事，借他这个在藏人中影响大、号召力强的开明头人去治理里塘这块麻烦的地方，只是还没有下定决心。

金刚寺那次攻心战，彻底感化了康定僧俗两界，甲木参琼珀及其手下已彻底归心民国，实现了尹昌衡要把原明正土司属下的地盘，建成西征前线根据地的构想。为表示对藏人待之以诚，中央拨款四十万后，又优先拨付十万给明正四大家臣，支付前期所垫付的部分筹办军需的款项。因此，四大家臣对西征军履行吴知事跟他们所签协议的诚意和能力毫不怀疑。

吴知事找到明正土司的首席家臣瓦斯碉包家锅庄的头人甲布包古，甲布包古很快便办好百十驮粮饷及几千应急银子。百十驮粮饷，虽然不能根本解决问题，但有胜于无。最好不过的是，他还按尹昌衡的吩咐，特备了数十坛上好烈性白酒。

9月份国务院令报西征有功人员论功行赏之时，尹昌衡就已经专电请国务院嘉奖明正土司、德格土司等当地支持西征平叛的开明土司，并得到同意。于是他在出发之前，正式发出了任命甲木参琼珀为里塘县知事、德格土司为德格知事的公文，对其他有功土司，也委以公职，并命护卫团派一个班护送甲木参琼珀立即赴里塘上任。行前，他又跟甲木参琼珀深谈了一次，要甲木参琼珀不负祖宗的荣耀，为五族共和再立新功，联络更多爱国头人，为藏胞再谋福祉。甲木参琼珀发誓感恩怀德，不负都督重托，愉快上任。

之后，尹昌衡只带参谋张宣和三十余骑卫队，及护卫团一个连的步兵，一个百余人的小小队伍出炉关西巡。

边藏高寒，本来就人烟稀少，入冬之后，很快便大雪封山，满世界白茫茫的一片。尹昌衡一支小小的队伍，艰难地行进在雪岭冰谷之中。胯下的那匹白马，像是回到了久别的家园一般兴奋，在冰谷雪原上奔驰得格外欢腾，把其他人远远地甩在了后边。他勒了勒缰绳，抚了抚赵尔巽送他这匹曾经为他立过奇功的爱马，遥望绵延的雪山莽原，信马徐行，把他本次西巡的第一首诗，献给了他胯下的宝马。

骓马歌

有马有马其名骓，动如脱兔蓦如蚩。
青山反走电轻起，白日逆行风倒吹。
其高六尺有四寸，能以一日周九逵。
塞上将军善骑射，有如仙子乘云螭。
飞黄伏皁皆惊愕，灵雕疾隼皆纷披。
几经走见西王母，此语或恐为人疑。
唐陵巍巍铸骏骨，不若李杜为之辞。
李辞杜曲千秋重，唐陵金石空尘泥。
长歌高起四坐寂，骓马一鸣如有知。
愿驾五云爱流唏，持以谢公骓马诗。

队伍越是向西行进，路途越来越艰险，战争破坏的惨象越来越严重。偶尔所过村寨，民不聊生，边卡将士苦不堪言。军民都把尹昌衡这位大都督当成度过严冬的救星。可是手长衣袖短，心有余而力不足。一路上只有小施抚民，温言劳军。还好，铁腕惩恶平怨，大义夹威整军，所过之地，无不懔服。

尹昌衡西巡到曾经发生激战的战略要地河口（雅江），本想在这里休整一下，认真观察一下这里的山川地理，凭吊一下这里的历史遗迹，可是，这时前方突然传来紧急军情。一股一千余人的叛军，出没在里塘和巴塘之间，与驻守在这一带的防军稽廉连队连续发生战斗。我军伤亡数十，激战三日，叛军方才被击退。

尹昌衡非常清楚，大规模的平叛战争结束后，将迎来第二阶段扫荡死灰复燃的叛军余逆的战争。第一阶段的叛军，虽然人多势众，但基本是被蛊惑、被裹胁的普通藏民，一哄而起，武器多属猎枪及刀矛等，凑合着赶热闹而已，他们对战争并无多大的利益要求，因此一触即溃，容易被打垮和打散。而第二阶段的叛军，却是叛军中的死硬分子，他们多是叛军上层死硬分子控制的铁杆家丁，武器装备相对较好，是平叛的真正对象。他们卷土重来人数虽然少，但便于指挥协调，战斗力强，要彻底扫除他们，将是一场更艰苦、更长期的战斗。

但他没想到扫荡余逆的战争来得这么快，叛军仅千余人，就使我军伤亡数十。这是平叛以来我军最不成比例、最惨重的兵员战损，这使尹昌衡深深感到第二阶段战争的残酷性。我们的将士让胜利冲昏了头脑，轻敌麻痹，难免不吃大亏。下一阶段的战争对象和战争方式，都发生了根本变化，必须把新的战略战术思想灌输到前线将士中去。他带着队伍，急急忙忙向里塘赶去。

河口以东都属明正土司的领地，一路比较平静。出了河口，沿茶马古道继续西行，两天之后便进入了原里塘土司的领地。河口之战，里塘土司对明正土司临阵变卦恨之入骨，带着他的队伍跟西征军奋战，五战五败，最后只得带着残兵败将，跑去投奔乡城叛军。不时派出残部，组成大小不等数股精锐，在里塘至河口、里塘至巴塘一线流窜，袭扰川军，抢劫商民。弄得这一线路断人稀，很不安宁。稽廉连队所遭遇的战斗，就是乡城叛军精心策划的歼灭战。

尹昌衡明知小队人马独行险路，步步危机，但军情紧急，不得不行。

茶马古道穿行在高山峡谷之间，溪流、森林、瀑布、湖泊、草原，与别具风情的石砌碉楼融为一体。

队伍翻过一座大雪山后，已经是里塘土司的领地。地形有了变化，峡谷、宽谷和高山顶部平面又兼台地，高平原和高山原的地貌增多。但是很难看见藏民，所过村寨，似乎都是空寨，众人都提高了警惕。

队伍走出一个宽谷，尹昌衡和参谋张宣在马上正举着望远镜瞭望之际。派出的尖兵来报，数里外发现一队叛军，在鞭打和驱赶一群藏民及大群牛羊向南而去。

尹昌衡问明情况，叛军人数不多，命令将驮队隐于林中。驮队都是青壮民夫，使用的都是藏民用的羊角杈枪，好在从康定出发之时，尹昌衡为壮声势，即命驮队俱着军装，俱换成军用枪械。此时便令一个班人马和驮队民夫，隐于林边，驰马摇旗呐喊，以作疑兵，其余人马以排为单位纵深前进。他则亲率卫队数十骑向着林外冲去。

马忠不离尹昌衡左右，张得奎率数名保镖一马当先，很快追上叛军及藏民队伍，对天鸣枪。

叛军听见枪声，回头见西征军从天而降，先是大吃一惊。接着便听见有人喊："别怕，是川军骑巡队，顶住，消灭他。"于是叛军纷纷掉头，举着羊角杈枪，拍马向尹昌衡的小队伍呈扇形包围而来。张得奎等数人马快，冲在头里。叛军的

— 403 —

羊角权枪还一枪未发，张得奎砰砰两声枪响，两个叛军已经落马。紧接着，紧跟张得奎的卫士手中几挺德式马枪发出了欢快的咆哮，枪声中，叛军中冲在前面的几匹马中弹倒地。

叛军知道那德式马枪的厉害，虽然打猎练有好枪法，可那马枪不给你举枪的机会，立即勒转马头逃命。

尹昌衡赶到，叛军已经全部逃跑，只有一骑二人掉在后面。而藏民队伍中一个老者，正对着远去的叛军在声嘶力竭地哭喊着："珠玛，珠玛……"

张宣拍马上前问道："珠玛是谁？"

藏民指着掉在后面那两人一骑道："珠玛是我们头人的女儿，被管家劫走了。"

尹昌衡一声"追！"一马当先，朝叛军追去。

众人如风似电般，很快追上那掉队的一骑。只见一头雪白的藏獒，追着掉队骑者愤怒地吼着。掉队骑者一手疯狂挥鞭打马狂奔，一手紧紧地挟着一个姑娘。

尹昌衡的白马跑在最前头，马忠怕尹昌衡有失，连放两枪，那个劫持珠玛的叛军见追兵已近，只得把珠玛推下马，仓皇逃命。

尹昌衡下马，欲上前去扶珠玛。珠玛从雪地上一跃而起，刷地拔出腰间所佩藏刀，惊恐地望着尹昌衡后退着。那一头藏獒也满怀敌意地紧护着珠玛，发出了警告的嗡嗡怒吼，等候着主人的进攻命令，时刻准备扑向尹昌衡。

马忠等人已然下马，张得奎等卫士对着藏獒举枪待击。马忠见此情景，驱前一步护住尹昌衡，阻止卫队开枪。

马忠在峨眉山学道之时即已知道，藏獒高大威猛，常有一獒胜三狼之说，对主人极其忠诚，牧民视为生命和财产的保护神。雪白的藏獒，更是藏獒品系中的神品，多是上层贵族显示身份地位和贴身保镖的最爱。若伤其藏獒，主人定与你拼命。

张宣赶快上前安抚珠玛："姑娘，别怕，尹都督是来救你的。"

这姑娘十七八岁如花的年龄，如花的容貌，与内地姑娘一般白里透红。狐皮猎帽不知丢到哪里去了，一头乌黑秀发编结的发辫绾着彩结。一身精工彩绣的藏族姑娘猎装，结束出妙龄少女的亭亭玉立，妙曼婀娜。

珠玛惊魂甫定，仔细打量尹昌衡："嗯，是，是尹大都督。"

听其口气，张宣一惊："姑娘认识都督？"

珠玛点点头，望着张得奎："还认得他。"

张得奎也是一惊："哟，你还认得我？"

珠玛道："你就是刺杀都督的那个刺客。"说罢又怯生生地问，"都督不杀我们吗？"

张宣道："都督是来保护藏民的，怎么会杀藏民啊。"

珠玛道："我们当过叛军。"

张宣道："姑娘别担心，都督发过告示，叛军只要放下武器，就是民国的好老百姓。"

张得奎也道："都督说话算数，连我这刺客都不杀，而且还重用，也绝不会伤害你们的。"

珠玛点了点头，脸上露出了灿烂的笑容，一双明亮的眸子，闪着高原湖泊般清澈圣洁的波光，轻唤了一声"雪儿"，那藏獒犹是警惕地望众人嗅了嗅，似在做最后的判断和鉴定，然后横在珠玛和众人之间，保护着它的主人。

尹昌衡不由地赞道："好一幅绝妙的美女神兽图啊！"

这时，几个挎着羊角权枪的家丁，护着那头人策马赶了上来。珠玛迎上前："阿爸，是尹大都督，是我们的佛菩萨。"

那老者道："珠玛，快跟阿爸一起谢都督救命之恩吧。"

珠玛和他阿爸就要一起下跪，那头凶猛的藏獒极是通灵通性，见主人要下跪，顿时收敛了牙爪，摇着它的大尾巴，轻声呜呜地释放着善意。

尹昌衡拦住头人和珠玛："本都督来迟，你们受苦了。"

原来这老者是里塘郎吉寨的土司郎吉。

郎吉寨近茶马古道，领地内下属有十三个藏寨。赵尔丰实行改土归流后，郎吉寨便组织自己的商队经商和护商，往返于成都与拉萨之间的商道上。郎吉和外界接触多，开明得多，在他的领地内威望极高。他的宝贝女儿珠玛跟他去成都，便被成都的繁华所吸引，留在成都读了一段时间的女子学校。杀赵尔丰游街那天，珠玛和郎吉恰好也在成都，拥到街上去看热闹，亲眼看见过张得奎刺杀尹昌衡，因此认识二人。后来听说尹昌衡竟然收了张得奎当保镖，父女俩都敬佩尹昌衡有英雄度量。

郎吉是个比较厚道的藏人，待他属下的头人和娃子（奴隶），比其他土司好得多，也从未跟别的寨子打过冤家，兼之有生意相托，跟许多寨子的头人都比较友好，在这一方很有号召力。里塘土司看中了郎吉在一方的影响，首先收买了郎吉的大管家巴登，许以要职，令他说服郎吉土司参加叛乱。

郎吉五十多岁，除了女儿珠玛外，还有一个十二岁的独子扎戛，那是他快四十岁才得到的传宗接代的香炉钵钵。巴登每劝郎吉叛乱，都遭到郎吉的呵斥。他便串通里塘土司劫持了扎戛，胁迫郎吉参加叛乱。郎吉怕断了香火，无奈只得上了叛军的贼船。河口数战，叛军大败，四散奔逃。郎吉土司不跟里塘土司逃去乡城，带着他那十三寨藏民躲进了深山。

里塘土司一心把他领地的人全都拉到乡城，以壮大自己的势力，同时也给西征军留下一片荒原。扎戛还控制在自己手里，便又派人找到郎吉的队伍，大肆宣传尹昌衡比赵尔丰更狠毒，简直是个杀人不眨眼的魔王，西征军所过之地，几乎是杀光抢光。这些鬼话骗得了其他寨子的人，却骗不了郎吉父女。其他寨子的头人都说郎吉土司见多识广，只信得过他，他去就一起去。

郎吉知道继续当叛军只有死路一条，既救不出自己的儿子，也害了族人和其他寨子的同胞，坚决不去。因此，里塘土司命巴登带一队叛军，武力胁迫郎吉的人去乡城。

巴登没想到今天遇上尹昌衡的队伍，逃跑之前，又趁机劫持了珠玛，就上演了刚才这一幕。

郎吉说完这些，大家才恍然大悟，难怪到处所见都是空寨。叛军的欺骗宣传，使多少藏胞不敢回家，还躲在山野提心吊胆地受苦。

郎吉招呼他的族人，全部跪到尹昌衡面前，为被迫参加叛乱的事而请罪。尹昌衡扶起众人，大讲西征军的政策，以都督的名义保证救回扎戛，并请郎吉火速通知其他山寨的藏胞放心回家。同时命令队伍回头，送郎吉父女及族人回郎吉寨。

3

郎吉寨离这里只有十数鞭马程，隐藏在草原边半山上的森林里，全寨人半农半牧加经商，比别的村寨富裕得多，这里的石碉楼，比别的地方高大气派得多。

经过今天这一劫，郎吉土司决计跟里塘土司公开决裂。回到郎吉寨，他立即派人通知还躲在外面的其他寨子的头人。其实，有好几个寨子都不用通知，他们时刻关心着郎吉土司的动向和安危，派出探子一直远远尾随在后面，今天发生的一切，都看得清清楚楚。

严冬，东躲西藏的郎吉的族人回到自己温馨的碉楼，说不出多么高兴，家家挖出藏匿的青稞酒，慰劳西征军。

入夜，郎吉寨集会和祭祀的玛尼堆前，经幡在晚风中飘扬。在藏区各地的寨口、山间、路口、湖边、江畔，几乎都可以看到一座座以石块和石板垒成的祭坛——玛尼堆，也被称为"神堆"。大经幡前燃起了几堆熊熊的大火。一直在提心吊胆中奔波逃命的人们，突然回归久违的和平，爆发出无比的兴奋，各自带上青稞酒早早地聚在火堆旁。热腾腾的酥油茶，驱散了冬夜的寒气。烤羊冒出的油星溅在干柴烈火上燃烧，不时炸出噼噼啪啪的响声。藏家的民间艺人们用大玛如（背鼓）、统嘎（海螺）、柄鼓、甲铃等各种藏家民族乐器，尽情释放着他们的激情和魅力。

山风如刀，冷月如钩；篝火熊熊，羌笛悠悠。

郎吉率先率领众头人，高举金樽，向尹昌衡敬上一樽美酒。尹昌衡接过酒樽，弹酒敬天敬地之后一饮而尽，顿时诗兴大发，脱口高吟《山下夜饮歌》：

> 青山无言白日没，羌笛一声起边月。
> 主人有酒洗我尘，扫雪迭铺双罽毹。
> 酌酒冷于冰，当风寒刺骨。
> 安得野火烧空林，使我痛饮到明发。

多数藏人虽然不懂其诗其意，郎吉和他的女儿珠玛却懂，带头鼓掌叫好。所有藏胞，也包括尹昌衡的全体部下，都跟着一齐鼓掌叫好，气氛顿时达到高潮。

几轮祝酒歌，一碗碗青稞酒后，性急的年轻人已经唱起了他们的情歌，拉着西征军的将士们跳起了锅庄。

这是一次难得的军民联欢，也是西征以来，尹昌衡和藏胞们第一次近距离接触。这是他跟藏胞交心的最好时机。

敬酒祝酒之后，珠玛领着一群热情奔放的姑娘，拉着尹昌衡跳起了锅庄。舞到高潮时，一个十分灵秀的姑娘来到珠玛面前，这姑娘叫乌珠梅朵，是珠玛的侍女和饲养藏獒的獒奴："主子，都准备好了。"

珠玛道："拿来吧。"又转对尹昌衡调皮地道，"大都督，你知道我们郎吉寨姑娘给贵人献哈达的规矩吗？"

"什么规矩？"

"郎吉寨姑娘给贵人献哈达，贵人必须闭上眼睛。"

"是吗？"

"是的。"

"啊，那我就入乡随俗吧。"接受藏胞献哈达，这是一种礼节，他只得顺从地闭上了眼睛。

这显然是调皮的珠玛的杜撰，姑娘们都抿嘴而笑，郎吉捻着胡须小声笑着，这捣蛋丫头，不知又要耍什么鬼花招。

此时乌珠梅朵牵着一头半大的雪白藏獒来到人圈内，与珠玛抬起半大藏獒，架到尹昌衡的脖子上。尹昌衡顿时感到一股毛茸茸的温热，微微一怔，睁开眼来，藏獒伸出粉红的舌头舔向尹昌衡的下巴。他立即明白，这是调皮的珠玛的恶作剧，旋即镇定，发出一阵爽朗的大笑，之后抱下藏獒，高举胸前，夸张地吻了吻白色藏獒那乌黑的鼻子。

这一场面先是让在场的所有人吃惊，接着便是一场会心的大笑。

郎吉道："这头小藏獒，是雪儿的儿子，血统高贵，历来是侍奉神佛的圣物，今天珠玛把这头雪獒献与都督这位真正的活菩萨，就让它代我们十三寨藏胞，表达我们一生对民国、对大都督的忠诚吧！"

藏民的赤诚，让所有的将士感动，更让尹昌衡感动至极。他抱着那雪白的藏獒，深深地鞠了一躬："同胞们，昌衡万不敢当。昌衡和西征军的将官们，只是国家和人民的公仆，你们，包括所有的藏胞和军队的战士才是真正的主子，我们只是你们的仆人！"他举了举怀中的雪獒，"我这个四川百姓的仆人头头，今天收下你们这份珍贵的情和义。我发誓！我要用这雪獒般洁白无瑕的诚挚和善良、用它对主子的忠诚，来对待你们这些主人，尽心尽职地当好你们这些主人的和平安宁和幸福的保护神！"

珠玛对尹昌衡一个调皮的相戏，把雪山锅庄推向了最高潮。郎吉寨的欢乐，持续了通夜。

珠玛送给尹昌衡那头雪獒是一头狮型公獒，虽未成年，也是半大，洁白如玉，威猛如狮，尹昌衡给它取名玉狮。经乌珠调教，跟尹昌衡相处了一夜，很快认定了尹昌衡这个新主人。

第二天，郎吉土司率着十三寨的头人和族众给西征军送行，一直送到郎吉寨下的雪原上。

今天的珠玛脱去了她的藏袍，披了一件猩红色的大斗篷，俨然一副文成公主入藏的模样。并马立着她的使女乌珠梅朵，领着两个牧奴娃子骑在马上，和那头威猛的藏獒雪儿，赶着九十九头肥壮的牛羊，已经排在了西征军辎重驮队的后面。牛羊的角上都系着小小的红绸，这是郎吉土司劳军的礼物。

如此重礼，尹昌衡坚决辞谢，却怎么也推辞不掉，令军需官按市价付银，哪里付得出。

尹昌衡对郎吉土司正色道："尊敬的郎吉大头人，请不要让本督为难，我西征军军纪严明，本都督令出如山，对藏胞，不取一芥，本督怎么好自违军令？"

说到军令，郎吉为难了，无言以对。

此时珠玛勒转马头娇怒道："堂堂大都督，说话不算数，何以取信于军，何以取信于民？"

珠玛这话一出口，尹昌衡和西征军都吃惊了。没想到雪域高原的一个姑娘，竟然说得出这样文绉绉的话来。

其实这也不奇怪，汉藏逐渐融合过程中，不少藏族头人都为子女请了汉人老师。郎吉土司在家里也让两个孩子都读汉人的书，何况珠玛还在成都读了一年多女子学校。

尹昌衡惊诧地望着珠玛："珠玛，本督怎么说话不算数了？"

"大都督《告边藏番人文》说：'壶浆来迎，皆我子民。'今我十三寨番人'壶浆来迎'，都督不受我十三寨之壶浆，是不让我们做民国子民吗？都督是不愿意当我十三寨藏人的仆人吗？"

尹昌衡愕然有顷，随即朗声大笑道："调皮的小妹，你又赢了。"

尹昌衡拱手向众人作别后，和珠玛并马向已经出发的队伍追去。雪儿和它的儿子玉狮撒着欢，在二人的马前马后奔跑着。

第四十四章

里塘辩经

1

尹昌衡的西巡小部队告别郎吉寨后，渐渐进入了大草原。除了珠玛那猩红斗篷在雪地上格外惹眼外，这支小小的队伍，在茫茫的冰雪世界里，只不过像一条缓慢移动的小蚯蚓而已。

尹昌衡三四十人的骑兵卫队分成两队，一队在前面开路，一队在驮队及珠玛的牛羊队后面护卫。走出了很远，尹昌衡令马忠率卫队送珠玛返程，珠玛说什么也不回去。她先说要跟随尹昌衡的队伍直去乡城，救回她的弟弟扎戛。任尹昌衡怎么劝解，怎么保证一定救回扎戛，她就是不依。

"我要代替阿爸，去里塘寺求弥勒佛赐福，保佑弟弟，就当跟你们同行吧。"

尊重藏民信仰，别人要去寺院祈福，尹昌衡只能妥协了："到了里塘祈福后，姑娘一定返回郎吉寨，免得你阿爸担心。"

珠玛没有回应，隔了好久，突然勒住马，提了一个奇怪的问题："都督，珠玛是不是很丑？"

尹昌衡愣住了："姑娘怎么这样问？"

珠玛羞涩地道："我怕没你们汉家女子漂亮呀。"

藏家女儿的率直、天真和无邪，让尹昌衡好生感慨，他下意识地又打量了一下珠玛，珠玛的确长得很美，他虽然不是马屁精，但他到底是诗人，便仿着藏胞的赞美诗，由衷地赞美道："姑娘比冰山上的雪莲圣洁，比雪山海子里的湖水澄澈，比高原蓝天的星星明亮，比毛垭的地涌温泉热烈，你就是西王母身边的天使，康巴女儿中顶儿尖儿，格聂神山横空出世的仙女啊！"

珠玛激动地道："真的吗？真的吗？"

尹昌衡点点头，身边马忠和张得奎也点头赞道："是仙女，真的算得上是雪山上的仙女了。"

珠玛乐了，毫不掩饰地对着雪原大喊："都督，格聂神山的仙女要嫁给你，给你当小老婆，给你生一大堆娃，跟你一辈子！"喊罢，打马朝前跑去。

珠玛这一喊让所有人都惊呆了。

尹昌衡好色、嗜酒和狂傲是出了名的。他对此从来也毫不隐讳，要是在他当上都督之前，绝域亡命征战中，天上掉下这么一个天仙美人，那是做梦都想不到的好事，将成为他人生记忆中最宝贵的收藏。可是，这一次面对珠玛的天真无邪和奔放的激情，他却退缩了，呆住了。

那是去年冬月十九的事，兵变刚刚平定，贵州会馆宴请军政府一班人喝酒。尹昌衡平乱功高，被拥为都督，志得意满。席间，贤达争相奉承，妖冶的演员们轮番献媚，他被灌得酩酊大醉。其中有个叫杨素兰的演员娇艳犹盛，举止温文，俨如大家闺秀。尹昌衡被其伺候得神魂颠倒，竟然不顾体统，揽着杨素兰同车回府。杨素兰被尹母派人赶走，此一绯闻，顿时传得满城风雨，影响很坏。

尹昌衡酒醒之后，幡然省悟，身为都督，昨日之事大错特错。于1912年1月29日，自请巡警总监议罚示儆，总监杨维遵照他的意思，议加等罚金八十元，并出具悔过书。

尹昌衡遂作《十诫文》悔过，并在报纸上公开发表，向全川百姓检讨："累日穷思，一喝当头，盖因衡入岁以来，鞍马余闲，偶生怠逸，沉湎酒色，故态复萌。""从前种种，譬如今日死，从后种种，譬如今日生，敢掬寸心，发为十诫：绝旨酒，远声色，惜分阴，极勤苦，薄俸以报公，亲贤以共治，深讦诬罟者决不罪，面规直诫者无勿容，不党不私，敢死敢进。十罪自归，十诫共鉴。披肝沥胆以和待人，绞脑靡躯以死报国，务使耳目绝燕怡之娱，手足甘胼胝之苦。俾得淬砺精神，提出朝气，外经藏卫，内抚闾阎。远为大局之臂助，近副全川之期许，倘得尽心所安，即当隐身而退。皇天后土，共鉴此心。"

尹昌衡对国人发过誓要"远声色"，怎么能故态复萌呢？何况这是一个身份十分特殊的藏族姑娘。

张得奎和卫士们调笑着祝贺："都督好艳福，什么时候请我们喝喜酒啊？"

尹昌衡正色道："尊重藏胞，不得以此相戏，违者军法论处！"

尹昌衡一路上既怕伤害了珠玛，又怕珠玛误会，冷不得，热不得，一路小心翼翼地和她保持一定的距离，马不停蹄地继续西进，好在三天后便赶到了里塘。

这几天所踏的都是里塘土司的领地，是前期平叛战争的主要战场。这些战争打得十分惨烈，沿途所过村寨、城镇和关口，几乎都发生过激烈的战斗。战争留下的破败荒寒景象惨不忍睹。

甲木参琼珀新任里塘县知事，在护卫团及他的家丁护卫下上任，比尹昌衡早到里塘数日。他一到里塘立即跟当地的防军和边军取得了联系，发布了政令，并连续拜访寺庙和藏匿在里塘的当地头人。

甲木参琼珀的声望在里塘藏民中远远超过了里塘土司。原来大家对西征军的边藏政策，怀疑是欺骗，似信非信，犹自惴惴不安。甲木参琼珀的到来，可谓给藏民吃了定心丸，县城一下安定了许多。

甲木参琼珀和驻军的长官周尚赤、胡良左、胡国清等，在数里之外把尹昌衡迎接进城。尹昌衡首先把最难应付的珠玛姑娘，慎重地交给甲木参琼珀，要他尽快把珠玛送回郎吉寨。

里塘县城有世界第一高城之誉，县城附近的毛垭温泉等大大小小的温泉不计其数。尹昌衡早就听说，温泉对恶疮有奇特的疗效，他那髀间的恶疮至今没有好彻底，一直困扰着他。几天的急行军，实在困乏得不行，他提议和大家一起泡温泉召开军事会议，商讨里塘的政务和紧接着的军事行动。

大战之时，将士提着脑壳拼命，有幸能活下来已是万幸。大战刚停，亡命之情绪犹存，兵骄将横，军纪松弛，旧军队的一切毛病暴露无遗。防军和边军争强、争功、争食、争地盘，纠纷频生，龃龉不断。战事一来，不能相互协调配合。这次稽廉连队的失利，就是例证。西征军内部出现团结问题，这是非常危险的信号。尹昌衡忙忙赶来前线，整军和贯彻新的战略战术思想是他的第一要务。

温泉会议决定整军是当务之急，尹昌衡首先晓以大义，整饬军纪，灌输新的战略战术思想，打消大家的轻敌麻痹思想：残酷的战斗还多，死神随时游走在身边。

然而只用大道理是不能完全解决问题的，晓之以理，还须动之以情。尹昌衡西巡所带粮饷虽然不多，也得尽量挪挤部分劳军。是夜，他在里塘城外雪原上举办了一次劳军晚宴。

2

里塘是人们常说的"康巴汉子"的聚居之地，里塘人自称是格萨尔王的后裔，里塘的大草原孕育了马背民族的强悍和骁勇，民风耿直剽悍，易被鼓动。他们在辽阔的草原上，来如风，去如电，由于里塘土司和佛教势力强大，叛乱开始，几乎全境皆叛。当大规模的叛乱被打垮后，他们又散去无影，有生力量并没有多大的消耗，这将成为最严重的隐患。要在根子上解决问题，要把那些被欺骗、至今还四处飘忽、躲避西征军的藏民招回家安居乐业，必须依靠他们最崇奉的宗教力量，依靠寺庙和有威望的活佛和喇嘛。

里塘寺在县城北面中莫拉卡山的山坡上，规模宏大，由三世达赖索南嘉措开光建成，常住僧侣近千人，为康区第一大格鲁派寺庙，素有"上有拉萨三大寺，下有安多塔尔寺，中有里塘长青春科尔寺"之称。久享"康南佛教圣地"之美誉，在整个康巴影响极大。十三世达赖喇嘛派来的使者，即在这里召集里塘大小寺庙及土司，发动了里塘的全境叛乱。

尹昌衡在城外整军阅兵之后，不带卫队，只带了马忠和张得奎，一行人脱下军装，卸下枪械，均着常服，在甲木参琼珀和周尚赤、胡良佐、胡国清等几个军官的陪同下，向里塘寺走去。珠玛虽然任性，但在甲木参琼珀这样威望崇高的大土司面前就十分恭顺了。她和她的使女乌珠梅朵，只得乖巧地跟着。

里塘寺坐北朝南，背靠崩热神山，俨如一尊盘腿而坐的坐佛；西面山岳像一只巨鹏展翅欲飞；东面山岳像一头巨象曲身而卧；南面汹涌的理塘河宛若青龙盘旋而行。宽阔的大草原上肃立着当年文成公主进藏时吩咐兴建的菩提白塔，这更增添了佛乡神圣的氛围。

里塘寺依山而建，高低错落，层次分明。主体大殿佛舍位于寺庙中央和高处，体势巍峨，殿宇上高高矗立着金质的尖顶，远远瞥见金碧辉煌的建筑群落，气势恢宏，令人神往。拾级而上，有如步步登天，站在高处极目云外，顿生绝尘归神之感。

尹昌衡一行来到里塘寺前，四周围墙上层叠着如塔的玛尼堆，寺院前几座高耸的白塔，经幡随风飘扬着。有一二藏民从寺院里摇着转经筒走出来，怯生生地望着这些汉藏贵人模样的不速之客，然后匆匆离去。跨进寺院大门，右侧屋里点着几百盏长明不灭的酥油灯。

空旷的寺院显得十分冷清，来往的喇嘛及信众极少，近千常住喇嘛、多数青壮年喇嘛都逃去了拉萨，或随里塘土司去了乡城。留下看管寺庙的多是年老体弱的喇嘛。

里塘寺又名"长青春科尔寺"。"长青"意为弥勒佛（即未来佛），"春科尔"意为法轮，"长青春科尔"意为弥勒佛法轮，因此这里主供的是弥勒菩萨。梵语"弥勒"即慈氏之意，弥勒法门又称弥勒净土法门，属唯识宗。因为弥勒菩萨在人间成佛，因此密切联系现实，主张修世间佛。修此法门，只要在释迦世尊佛法中，结了佛缘，即使是一念善心，睹见佛像，便能往生慈氏菩萨所居之兜率净土。唐朝玄奘法师修持的就是唯识宗净土法门。

尹昌衡一行人来到主殿。主殿高阔，可容三千余人，弥勒法像慈和辉煌。殿内弥漫着藏香和酥油的气味，钟磬声声，空灵入耳。数百蒲团摆放整齐，只有数十老弱喇嘛，随九十岁高龄的老赤巴在唱诵着佛经。

赤巴是负责掌管全寺一切宗教活动及事务的一种僧职，一般在全寺主要扎仓、堪布（住持活佛）中推荐具有渊博佛学知识、德高望重的高僧来担任。里塘寺的堪布早逃到拉萨去了。这位老赤巴历经清朝几代皇帝，在这一带佛、俗两界威望极高，由他留守应变，是再合适不过的人选了。

甲木参琼珀早已经来寺里联系过，那老赤巴虽然须发皆白，但身体健朗，耳聪目明，口齿清楚，并不须人搀扶。此时他走下法床，来跟众人见礼。尹昌衡恭顺地献上哈达，表达敬意之后，便由一名执事喇嘛领着礼佛，瞻仰圣迹。

大殿的佛舍内从门到内壁，从主柱到横梁，都绘有精美的壁画，每幅画都表现一个佛教传说。大殿内的禅房，设有一、二世活佛的香根灵塔，以紫铜镀金，镶嵌着子母绿、金刚石、珊瑚、玛瑙、珍珠、松耳石、琥珀、翡翠等各种珍宝，制作精美绝伦，是为寺庙圣物。

里塘寺曾是西藏上层喇嘛及叛军头目们经常聚会的地方，从始至终都是叛乱的参与者和支持者。前清对叛乱铁腕镇压，这方的喇嘛和信徒记忆犹新，他们担心尹昌衡这个平叛统帅步其后尘，来了会毁寺杀人，问叛乱之罪，因此都人心惶惶。

甲木参琼珀来联系尹都督礼佛之事，既说明不干扰寺庙正常的佛事活动，也约了都督参与众喇嘛辩经。

尽管甲木参琼珀在这一方威信高，但到底做了这一方的汉官，在藏人眼里他已经跟汉人一个鼻孔出气，因此对其言似信非信。特别是一介武夫尹昌衡，居然要跟喇嘛们辩经，真是笑话。他懂得什么？这里暗怀什么鬼胎？因此他们既做了虚与委蛇的应酬安排，也暗埋伏兵，做了拼老命与寺庙共存亡的准备。及至见到尹昌衡，对寺庙毫不防范，既不带卫队仪仗，也不带防身武器，以普通信众的身份和藏俗，恭敬地敬香礼佛，虔诚地瞻仰圣迹，紧张的心情才稍微放松。

殿内佛事完毕，到了辩经的时候。辩经是藏传佛教的重要教学方法。释迦牟尼多次与外道辩论教义胜利，让外道信众信服而投向佛法，才令佛教发扬光大。玄奘远赴印度，亦与僧众辩经获胜，而取得印度各派僧众的敬重。在藏传佛教中，辩经更是一门重要的功课。

辩经一般都在露天场地举行，由佛学高深的大德高僧主持裁判。

众喇嘛到了院子里，在蒲团上趺脚围坐，他们心里想的也是，你一个外族俗人懂什么？明显是来生事的。自古祸从口出，他们怀疑尹昌衡想借辩经拈过拿错，找借口杀人，都很紧张。往日争相辩经，今天却都噤若寒蝉。喇嘛们紧张的时候，马忠和张得奎也很紧张，他们都警惕地注视着四周的墙头和门洞。

辩经由那老赤巴主持，待尹昌衡入场后，老赤巴冷冷地宣布道："尹大都督声言重佛，今日与本寺喇嘛辩经，请贵人开金口示教。"

尹昌衡对佛教是很有研究的，今天又有备而来，众人打了招呼后，按照辩经规矩和手势，抛出了他的论题："列位大喇嘛修持弥勒法门，请问弥勒是佛吗？"

这是一个非常简单的佛学常识问题。修持弥勒法门的大多数人都应该知道，弥勒现在只是菩萨，是等觉菩萨，是补处佛。简单来说是如来佛祖指定的继他之后的五世佛，即未来佛，或者说是储佛。按规矩，应辩者只需回答是与不是。但这也是个提得非常机妙的问题。既然是辩经，就允许利用各种辩论技巧，相互诘难。无论你回答是，或者不是，对方都给你准备诘难的问题，很快就把你绕到荒谬了。

尹昌衡见大家不答，又问了几个事先准备好的问题，都无人应辩。

辩经有对辩、立宗辩等形式。尹昌衡是世俗之人，本来自由一些，况且主要是让他们感受到他对佛教信仰的熟稔和尊重，此时差不多有点像立宗辩了。他从弥勒法门的释义、缘起、基本教义、门宗流变、修持典籍、修持方法、戒律等，谈了自己的认识。他对弥勒法门慈悲济世，救苦救难，利乐众生，引导世人克制贪欲的主张方向阐释，强调"即心是佛"，重视自我心灵净化，法在人间，重视修"人间佛教"的格用精神，以及宽厚、容忍、乐观、坦诚、大度的处世态度，都给予了高度赞扬。他在阐释弥勒法门的同时，甚至旁及儒教、道教、基督教、伊斯兰教等各大教的基本教义，各大教的基本宗旨都是向善爱人、去恶成圣，最后以达到世界大同、和谐共生之大愿境。

辩经是需要互动烘托气氛的，尹昌衡生动的演讲使那些喇嘛们从最初的压抑和拘谨，一下活跃起来，听到精彩处，手之舞之，足之蹈之，鼓掌叫好不断。

尹昌衡演讲中，非常自然地引到西征平叛上，西征平叛绝不是来杀人，而是帮助叛乱者去除恶见偏见，劝迷途众生回头是岸，放下屠刀，立地成佛。他希望已经放下武器的人不要害怕，放心回家，过安定平静的日子。

寺里其实还藏着不少人，有从乡城、拉萨跑回来看动静的喇嘛，其中更有参加叛乱被打散的头人和叛军。演讲到精彩处，这些躲藏在寺院中的人，都陆续地来到了院子里，跟着一起鼓掌叫好。

最受感动的还是那位主持辩经的老赤巴，他颤巍巍地捧着一个宝盒呈与尹昌衡，宝盒内是一颗硕大的光华灿灿的宝石。尹昌衡诧异地道："上师这是何意？"

老赤巴道："弥勒即慈氏之意。都督之慈，是为大慈，都督之善，是为大善，都督不是嗜血杀人贪功的将军，而是弥勒菩萨降临里塘寺啊。此乃里塘寺寺藏之至宝，借此敬献都督！"

众头人及藏民亦喊："都督就是活菩萨，我们愿献重金为都督祝寿，为都督建生祠。"

尹昌衡合上宝盒："上师言重了，同胞们言重了，你们的心意我全领了。昌衡不是活菩萨，活菩萨是你们自己。只要自己改恶向善，修心积德，便能种下福根，收获福果。至于宝物金钱，刚才布道时已经讲了，佛律戒贪，我身为民国的都督，就是你们这些民国百姓的仆人，有仆人贪取主子宝物和钱财的吗？至于祝寿和建生祠，我无福德堪当，那就只能折我福寿了。只求同胞们归心民国，早安生业，就是给我最宝贵的馈赠了。"

众人慨叹不已，送尹昌衡一行出了寺门，有头人问："大都督，今天你不带卫队进寺庙，不怕我们杀了你吗？"

尹昌衡笑道："我知道，一进寺庙时就有几支枪瞄准了我们。我念了弥勒心经，自然能遇难呈祥。再说，你们都虔心信佛，我以佛心待人，你们不是说我是活菩萨吗，你们怎么会杀你们的菩萨呢？"

尹昌衡这次以辩经为名，以他的诚意，彻底征服了里塘一带的百姓，在藏区留下了极好的口碑。

第四十五章

死灰复燃

1

尽管每天都向成都和北京催拨军饷，但总是得不到及时接济。饥兵困于雪域荒城，不测的战争随时可能爆发，拿什么驱兵御敌，这是时刻困扰尹昌衡的事。他的参谋张宣和他的思考很同步，很受他赏识。此次独独带上他，既让他和后方保持密切联系，又让他处理日常事务，参与军谋。

里塘寺辩经之后，尹昌衡把甲木参琼珀请到营房议事，刚坐定泡好茶，张宣便拿着一大摞公文走进尹昌衡营帐。

尹昌衡道："说吧，有好消息吗？"

张宣道："没有，北京和成都，仍然没有拨款的消息。雅安发出的两百余石军粮，由于大雪封山，运道艰难，还在雅安到康定的路上，估计半月以后才能到达炉城，其余都是前方催拨军粮的告急文书。"

"张参谋有什么好办法？"

张宣为难地摇头。

尹昌衡郑重地称甲木参琼珀的官职："甲木知事，今天请你来就是为商量筹办军粮之事，你和张参谋，有什么好办法救急？"

张宣道："什么办法，等那区区两百石粮食运到前线，将士们没有战死，都得饿死。"

甲木参琼珀道："张参谋说得对，远水难解近渴啊。"

张宣道："而今之计，只有依靠自己，就地筹粮救急了。"

尹昌衡道："就地筹粮？买粮，款子没拨下来，征粮，改设府县还没完成，新

— 417 —

任县知事等地方官多数都还在赴任途中，一到任就叫他们征粮，只会增加藏民对新政府的反感。"

甲木参琼珀道："都督说得很是，何况征粮要先定规矩，发告示，一村一寨地催收，不是一时能办到的。"

张宣道："都督，你在里塘辩经之后，那么多土司愿意出重金给你祝寿，给你建生祠。你看能不能用向大户借、向商家赊的办法来筹粮救急？"

尹昌衡装着拿不定主意的样子："甲木知事，你是地方官，就近筹粮，主要靠你。你看张参谋的主意如何？"

甲木参琼珀道："我看这主意行。国家拨军饷是迟早的事，再说，设立府县之后，老百姓向国家纳粮也是天经地义之事。借和赊都有国家作保障。再者，前清，头人助饷助战，朝廷多用奖励官职和爵位的办法，不知可不可以借鉴？"

尹昌衡道："好，就这样办，赊借粮款，均由地方政府担保，都要承担合理利息。至于甲木知事所说的奖励官职的之事，我们也可以考虑，但不提倡，也不打包票。如果不是大奸大恶，真心拥护共和，拥护民国，又能给老百姓办好事的头人，我们可以论功行赏，量才用人。"

甲木参琼珀道："有都督这话，我自己就愿借银一万，在炉城借粮一百石，还可以派人请其他土司朋友相助。"

尹昌衡道："好，张参谋，立即将今日所议之方法，飞马函告炉边安抚使邵从恩大人，通知各府县及驻军，比照而行，有条件的地方尽力争取自救。另外你带随我而来自卫团一连人马，留驻里塘，协助甲木知事筹粮、筹款，听令解赴前线。"

张宣领命。

尹昌衡道："甲木知事，请你务必在里塘尽快筹粮三百石，牛羊一百头，这能办得到吗？"

甲木参琼珀道："谢都督赏识，卑职一定办到！"

就地筹粮有了可靠门路，尹昌衡的心安了一些，立即命周尚赤率两个营，并辖胡良佐和胡国清所部进攻乡城，附近各部亦向乡城合围。他自己率卫队三四十人随其后，继续西进督战。

出发之前，珠玛又来了。她知道尹昌衡将前往乡城，坚决要跟尹昌衡前去乡城救她弟弟。甲木参琼珀出面相劝，也劝她不住。珠玛保证不成尹昌衡的拖累，冰天雪地赶那九十九头牛羊，她的牧奴娃子，最有经验，正好派上用场。如果尹昌衡不让她同行，她就自己跟乌珠梅朵前去乡城。

尹昌衡没想到这个藏族姑娘这么任性，怎么能让她单独前去乡城冒险。而且他出发时所带的百余驮粮饷，只剩三四十驮了，没有那百十只牛羊，前线督战劳军岂不是句空话。万般无奈，只得允珠玛同行，并把沿途保护珠玛的任务交给了马忠。

行至大桥，前方不断传来捷报，周尚赤等攻乡城队伍连连获胜，大军已经逼近乡城。可就在尹昌衡准备迅速攻下乡城这个叛军的最后据点时，突然接到西线前方的紧急战报，西藏集结五万余叛军大举东犯。陈桂亭的队伍被叛军打败后，退到巴塘。苏云山的一个营被围困于南墩，危在旦夕。

原来，尹昌衡率西征军神速平叛，摧毁了英帝国主义分裂西藏的幻梦，为中央政府的谈判创造了有利的条件。1912 年 10 月 15 日，民国驻英代表刘玉麟致电中华民国政府，转告英国方面的条件：英国允许民国政府，若能履行下述条件，则条约范围以外不再干涉：一、履行中英条约之规定，不以兵力对西藏；二、优待达赖喇嘛。

英国政府有了让步和退却，民国政府当即慨然许之。于是，英国驻屯于拉萨的军队全行撤退，唯留一师之兵，守备在印藏边境上。

藏军元气已经大伤，英国人服输，后台靠不住了。达赖喇嘛于 10 月 22 日被迫取消独立，向政府提出媾和。在大总统府会议讨论后，对媾和条件做出答复。10 月 28 日，袁世凯发布了"开复"十三世达赖喇嘛封号的命令。

北京政府劝达赖自赴北京，与政府当局直接协定，以一扫双方的误解。但是达赖犹希望靠自己的军事实力，在跟中央政府讨价还价过程中取得主动，于是予以谢绝。又于 12 月下旬，倾其全力，悍然组织五万人马，从波密出发，日趋二百里，以排山倒海之势，向川边重镇巴塘扑来。

当时西征军的主力正集中于乡城，尹昌衡闻警大惊。他知道叛军垂死挣扎，最后孤注一掷，这是拼命的一搏，也是吹燃被打垮的川边叛军死灰的一股邪风，绝不可掉以轻心。立即命周尚赤进攻乡城的大军退守东袭，令稽廉率军驰援巴塘。

巴塘曾经久被数万叛军包围，商旅断绝，运输艰难，毫无积蓄，留守军力薄弱。守军断粮，正欲弃城撤退之时，幸好稽廉赶到巴塘，才止住守军撤退。然而，数九寒冬，大军绝粮，危在旦夕。稽廉怕缓不济急，大书"巴塘绝粮"四字，派飞马告急。

西藏叛军大举东犯之时，果然川边被打垮的叛军死灰复燃，又是遍地狼烟。尹昌衡其时正在赴乡城督战途中，羽书迭至，各营皆飞檄请求援兵和粮饷。巴塘战略地位至关重要，最为紧急，于是令李骏声率十数人星夜返回里塘，催促张宣运粮。自己只得率剩下二十余人的小队伍及珠玛，驱赶着那百十头牛羊，改道直奔巴塘。

里塘至巴塘一路，是小股叛军经常出没的最不安全的一线，而且严冬也是草原上饿狼狼群最猖獗的时候。好在珠玛那两个赶牛羊的牧奴经验丰富，熟悉这一带的道路和牧场，那两头藏獒都是饿狼的克星。他们选择的路线，是尽量避开流寇出没的捷径。

离开大桥改道西行的第一个夜晚，队伍宿营在一个河湾处的山崖下，那群牛羊便招来一大群饿狼。入夜不久，雪原上一声长长的狼嗥，接着此起彼伏，群狼应和，远处数十对绿灯笼缓缓向营地靠拢，战马和牛羊都不安地躁动着。战士们都走出帐篷，紧张地握紧钢枪。

到底是雪夜第一次遇上大狼群，暗夜雪原上，人输于狼不能夜视，那一对对幽幽的绿灯笼越来越亮，狼群越逼越近。尹昌衡也不免有些紧张。命令道："两人一组，相互保护，做好战斗准备。"

珠玛嘻嘻笑道："都督，你让大家休息，有他们你就放心吧。"

尹昌衡知道狼怕火光，但为了避免火光招来流寇偷袭，没准燃火堆。他怀疑地问："没烧火堆，他们行吗？"

"他们对付狼群的办法多啊。"

此时，玉狮望着尹昌衡，雪儿望着珠玛，似乎在等待主人的进攻命令。只见那两个牧民不慌不忙地伸手试了试风向："顺风。"取出火镰和火石，燧燃火，从牛角做成的火药角里倒了一撮火药放在手心，便用火绳点燃。火药燃烧，炫目烟焰冲得很高，空气中顿时弥漫了一阵浓烈的硝烟气味。狼群扭头就跑，在不远处又停了下来。

嗅觉灵敏的狼群对硝烟这种死亡气味已经建立了条件反射，但是那些牛羊对于饥饿的它们更具诱惑力，他们还要等待时机。

珠玛道："都督还不放心吗？"便拍了拍雪儿和玉狮，用手一指狼群，"去！赶走它们，让主人睡个安稳觉！"

雪儿和玉狮"嗡！嗡！"地怒吼着，箭一般地射向黑夜，向着狼群冲去。配合着两头藏獒的冲锋，两个牧民发出接连不断的"啊吠"声，狼群扭头又跑，绿灯笼很快就消失在无边的黑夜中。

一会儿，雪儿和玉狮回来，绕着各自的主人撒欢表功。

2

朱森林、稽廉、顾占文等担心尹昌衡沿途遭遇流窜叛军，派出人马相迎。队伍出发不久，尹昌衡和珠玛等一行已经有惊无险地驱赶那百头牛羊赶到巴塘。

巴塘果然已经绝粮。好在有珠玛送的这百十头牛羊，尹昌衡立即命令宰牛杀羊，犒劳将士。如果粮饷不到，就准备杀马。

此次西藏叛军的大规模反扑，比川边叛军大有章法。来势凶猛，锐不可当。前锋接敌的苏云山、陈桂亭两军相继败溃。日趋二百里，不到十天，数万藏军就逼近巴塘，将巴塘重重围困。我军总共仅三千余人。

这一顿并不丰盛的晚餐上，探子不断飞报军情，尹昌衡并不隐瞒，让探子当众报告，四周叛军云集，包围圈越来越小，情势十分紧张。

按尹昌衡部署，当夜，三千余人马，高举火把，进进出出，反复绕城奔驰，造成千军万马之势，叛军不审虚实，以为尹昌衡带了多少人马赶来，连夜后撤。

尹昌衡派回里塘去催粮的李骏声等人很快回来报喜，甲木参琼珀和张宣筹集到了第一批粮食已经运送在途，很快到达巴塘，巴塘绝粮之急得解。

尹昌衡会诸将于巴塘，出奇兵，首败藏师于巴塘之西，再败于七村，擒获其将呼图克图，追叛军至牛古。

这一仗虽是弄险，但又是大获全胜，西藏叛军知川军善战，自此不敢轻意东犯。但对西藏叛军大规模反扑的战斗，并未完全结束，其余部还在嘉裕桥以西筑碉楼集结。

有一个叫郭成基的土司后裔，他的父亲率族人反抗赵尔丰改土归流时被杀。他时年七岁，从成都返回故乡，无业无依。尹昌衡立即令巴塘县知事、政府进行安抚，按新规定给予田亩牛羊，给予其宅室。巴塘县内诸夷首领正在观望，原拟附和再次叛乱，知道尹昌衡亲自到了巴塘大败藏军，无不大惊。但见尹昌衡对前为叛的土司后裔郭成基都这般宽待厚养，无不改变主意，铁心归顺民国政府。众土司即于三日内纳粮数百石以表不叛之诚，巴塘军粮问题完全得以解决。尹昌衡军士气大振，火速扑向前线战场，无不一以当百，勇猛拼杀，再立新功。

扑向巴塘的叛军，失去内附声援，知道尹昌衡亲临前线督战，已是闻风裂胆。黄煦昌其时在乍丫（察雅），与顾占文会师夹击，被围困于南墩的苏云山营，亦奋起反击。大小十余仗，斩敌二千余人；乍丫、江卡、南墩等地西藏叛军大败而逃，全部被重新平定。接着康定、里塘、巴塘境内死灰复燃之叛军，也均被再次平定。

事实证明搞分裂是不得人心的，边藏广大藏胞还是拥护国家统一的。在这一次平叛战争中，史称三岩地区的金沙江两岸峡谷，即贡觉县、白玉县等藏人主动参战，助西征军打击西藏东来的叛军，纷纷前来献捷报功，先后打败西藏叛军数股，击毙西藏叛军数百，缴获枪械无数。尹昌衡除了对有功人氏记功待赏之外，命令免去这些县一年的徭役和赋税。这些县藏民无不欢欣鼓舞。

盐井县刚达寺的喇嘛们听说尹都督亲临巴塘平叛，主动派人到巴塘联系，请求与西征军一道平叛御敌。尹昌衡大加奖励，并记功在案，将来行赏。

乍丫土司向来狡诈，反复无常，降了又叛，叛了又降。在大军压境之时，再次请降，尹昌衡照样准降不杀，只将其首要头领请到昌都，令其纳粮，以示其诚。

西藏向巴塘大规模反扑的五万叛军未到巴塘，很快就被沿线西征军及边藏民军在各个战场分头击溃。尹昌衡于是命各营分驻昌都、乍丫、盐井、江卡一带，严守要隘，防备西藏叛军再次东犯，并由乍丫、德格提供粮秣接济昌都，使昌都这个前哨大本营粮秣充足无忧。

尹昌衡自领三百人留守巴塘。原来执行进攻乡城任务的稽廉率领三百人继续进攻乡城，由于兵力太少，不许轻意进攻，只是守在乡城之外，防止乡城叛军流窜他处。

再次平定西藏大规模叛乱接近尾声之时，全国如火如荼的党争以及成都各派的内斗影响到西征前线，留守康定的要员不和，大政纷争，不能委决，一日之内数道密报，急催尹昌衡回康定处理政事。

尹昌衡本欲返康定理事，但川边各地重新平定，军民都引颈盼望都督，若不前往亲自抚慰和深交，永结和好，那么艰苦平叛就难以收到永固川边之成效。其时，达赖又命德格土司之弟，率数千西藏叛军，取道隆庆，向边藏杀来，由嘉峪桥直逼昌都，人心大动。而南边的张得荣和王廷珠率百人巡逻队，误深入乡城巡逻，遇敌大败。此败即被叛军放大宣传，不少人又欲起兵附逆顽固的乡城叛军。

尹昌衡面对这些突如其来的新情况，料想康定之急，急不过前线兵火，安边事大，决定按原计划继续北巡。并对眼下兵力重新进行了全面的精心部署。

尹昌衡令刘瑞麟镇守昌都，西遏西藏叛军，南控江卡；顾占文镇守巴塘，南防盐井，西援江卡，东防稻城和乡城；朱森林镇守里塘，西援顾占文，南防稻城，直接控遏乡城；刘晓廷驻甘孜，以点控面相互应援。各军若遇大敌，坚守勿动，不求取胜，慎图不败。

而稽廉则率六百人继续进攻乡城，只游击骚扰，不必求胜，但要步步进逼，屡战示威，不要让乡城叛军得到喘息的机会。切忌贪功冒进，骤至坚城，损兵折将，反失时机。但是，只要乡城叛军一出乡城，就要一举夺取其老巢。

部署一定，各军悉按方略，数起小股流寇立地平服。川军数千人分控五千里，西当德格土司之弟率西藏叛军之大敌，南对乡城稻城之据险而守之顽匪，攻防有致，巍然控御川边雪域。

刘瑞麟与德格土司之弟的西藏叛军会战于嘉峪桥，刘瑞麟用兵如神，五战五胜，最后大败这支叛军于江卡。乡城的叛军屡次窜出支援藏逆，被稽廉和朱森林连败数阵，胆破而归，固守老巢。

尹昌衡成功打退西藏叛军大规模反扑的消息传到北京，北京政府对西藏问题的外交谈判，比11月3日签订《俄蒙协约》时强硬得多，维护主权更加义正词严。

北京政府对西藏上层软硬两手并用，12月24日，大总统令：现据探称拉萨三大寺首领喇嘛，多系来自巴、里、盐井一带，可令其家属函劝各喇嘛共劝达赖归顺等语。即由该督派员查明，将该喇嘛家属等优为赏赉，设法酌办，惟不可因此骚扰番民，致生枝节。

北京政府为安抚前线将士，12月25日，由大总统袁世凯颁令：优奖尹昌衡肃清川边勋绩，授予二等文虎章。授予统领官顾占文四等文虎章。军务处长李延遂，北路督战官刘瑞麟，应均给予五等文虎章。营长彭日升、丁成信、李焱森、舒云山，应均给予六等文虎章。兵站副监稽昱应给予七等文虎章。

3

西藏叛军大规模的反扑被扑灭后，整个江卡以东的川边叛军，只剩下川边最西南角与云南接壤的乡城和稻城。其中稻城是时而收复，时而又丢失。唯独乡城格外僻远艰险，叛匪苦心经营日久，又有里塘等地死心塌地反叛的土司加盟，恃险而守，格外顽固。西征军出战已久，大炮等重武器都已经报废，而且现有军力要保持运道安全尚且不足，不能调集各路镇守险关的大军，一时难以攻克。因此尹昌衡只令稽廉围而不攻，另电胡景伊，速派一个团由宁远直捣乡城背后。胡景伊即派孙兆鸾领兵出关，直驱乡城。

尹昌衡从巴塘出发，仅率卫队按原计划北巡。由于暂时不去乡城了，好不容易说服了珠玛，让甲木参琼珀派人送她回郎吉寨。

尹昌衡北巡目的十分明确，时近年关，一是深交藏人，联络军民感情，二是劳军、整军。

深交藏人是尹昌衡治理边藏，彻底解决西藏问题的根本大计，好在还有袁世凯的电令："拉萨三大寺首领喇嘛，多系来自巴（塘）、里（塘）、盐井一带，可令其家属，函劝各喇嘛共劝达赖归顺。即由该督派员查明，将该喇嘛家属等优为赏赍，设法酌办。"

时近年关，逢节送礼正当其时，师出有名，不为尴尬。又有甲木参琼珀、刚达寺住持、德格土司等边藏上层人士协助操办，只需都督大人代表袁大总统，躬身温言相慰，地方官给予"优为赏赍"即可。一路之上办得十分顺利和体面，对部分支持西征的土司头人论功行赏，安排了新设地方政府的公职，厚结了当地藏族僧俗两界上层人氏，这些人既有实力，在地方影响力又大，为边藏长久安定能起很大作用。尹昌衡也因此赢得了藏人的普遍信赖和赞誉。

尹昌衡北巡的最主要任务是劳军整军。之前，他最担心的是年关将近，大军断粮怎样过年的事情。好在大战之前在里塘制定的就地筹粮的方针，在派任了地方官的地方颇见成效，新安置的地方公职人员，都争做贡献，更兼大战胜利，缴获的粮饷辎重不少，粮饷及补给问题暂时得到了解决，看来熬过春节不成问题了，这让他放心了许多。

尹昌衡陈重兵于西线，对西藏形成大兵压境之态势，既对中央的谈判增加了砝码，一当中央有令，又可长驱直入，直捣拉萨。此次北巡整顿西线驻军，意义十分重大。铁面无私，赏罚分明，是他治军的风格。整饬军风军纪，是他此行的重中之重。

尹昌衡在他的《西征纪事》中对这次北巡写道："乃自以轻骑抚行而北，凡遇军士，皆亲饮之以酒，出肺肝相劝诰，申纪律，明赏罚，察将帅之能否，军心悉畏怀。陈桂亭退却，蒯书礼逆令，皆黜之，军士大奋。凡巡视所过，军士不取秋毫。夷人每趋数百里牛酒迎道中，昌衡皆反起馈厚赍之。遇小过则慰劝诫而释之，贫而无告者，勤恤之，凡僧寺，皆谕以佛法而优遇之，故夷人皆呼生佛。赴趋程者恒不远千里。由中道北巡至德格，时刘瑞麟从，因而授方略，令速趋昌都，并以白玉、贡觉、同普实昌都之粮，且令遇藏番则怀抚招赍之，勿失其所。"

尹昌衡北巡整军关键在一个"明"字，把"罪"与"过"严格区分。整治骄兵悍将，却绝不手软。一路上，斩杀抢劫、强奸引起民愤的兵士多人。曾树藩擅自撤军，险些掉入乡城叛军的包围圈中全军覆没；唐雨帆受成都鼓动，撤军若遂，好不容易打下的战略要地昌都将重新落入敌手；谭、管两名管带（连长），惑乱军心，悍然化兵为匪——对这些罪行严重的西征军就地枪决。

尹昌衡知道不教而诛是治军之大忌。在枪毙谭文榜那天，他发表了长篇演讲。从边军和防军的团结，讲到军队的训练，尤其强调军法的威严："若夫军中主将号令如山，奉令而行，虽败不加罚，逆命而行，虽胜必有刑……令守地则至死不移，令出军则虽危亦往……"

最后再次强调他的西征以抚为主的治边意义："大凡羁縻之道，兼用恩威，抚剿并施，宜分顺逆。我军纵不念五族共和，非示恩则有玷国体。独不知万里深入，不得民则危及己身。况夫关外清苦，民力凋残，疲惫难堪，目不忍睹。本都督欲敷仁德，息我民肩，早息干戈，免摇国本，不戮一人，不取一介。招流离、赦降寇、护佛寺、教愚氓，用极刑不过二百杖，荦仁声已遍三千里。乃一人之心力有限，三军之良莠不齐。赴诉频来，多谓汉军如贼，鞭扑立下，谁怜夷牲尤人？本都督纯以正直公平，痛疾骄兵悍将，出巡获不法之兵，囚几满狱。挥泪斩暴乱之将，愤直填胸！岂爱兵不如夷狄哉？亦寸衷尚有天良耳。我军勿忘仁爱，共助怀柔，使国不劳兵而边平，身不犯刑而功立，本都督有厚望焉！"

尹昌衡西巡至德格，对随行的刘瑞麟作了最后的部署，令他严密防守还盘踞嘉裕桥以西的叛军，伺机歼灭之。

奏　凯

天将动貔貅，风云关塞秋。

鸟蜚千里绝，马到百蛮收。

兵气平西域，忠心拱北州。

归途怀玉斧，无复画鸿沟。

尹昌衡西巡复北巡，顶风冒雪，穿越战火风烟，辗转数千里，抚民得民心，整军得军威，亲临前线，与将士面授机宜。他以这首诗作为本巡的总结，放心地回了康定。

4

尹昌衡回到康定，已经是1913年的元月中下旬，时近春节。袁世凯依据《临时约法》，将于春节后的二月举行中国历史上第一次国会选举。

尽管尹昌衡早就下令，军中不允许政党存在，但党争的病毒在军中植根已深，难防难禁。前段时间西巡，康定总部上层纷争，迭次报警，就是那病毒发作之时。

尹昌衡回到康定，正值总部人心涣散。好在李延奎负责后勤，康定的军需还算充裕；好在革命党的上层人物谢云岫是他的好友，以顾问身份留守总部，还算顾全大局，没出大的乱子，把局面维持到了如今。

整顿总部，统一思想，迫在眉睫。尹昌衡及时召集了一个小型的高层会议。谢云峙率先表态："我不反对尹都督军队中不允许党派存在的治军主张，但我是同盟会的老人，已经转成国民党，我不愿意违背我的誓言，不愿脱离国民党，再留军中，已是不妥，故请辞！回成都或者重庆后，我将一如既往为西征奔走。"

罗一士咳嗽了两声道："西征平叛大局已定，鄙人体弱多病，康定苦寒，近来咳嗽越来越重，实在吃不下总参谋长的苦了，请都督准辞总参谋长之职，我好回成都治病。"

尹昌衡只得惋惜照准。

副总参谋长张宣，一直跟随尹昌衡参谋军务，多谋善断，会把握时机。西巡和北巡，几次遇险，亏他临机应变，方转危为安。他知道尹昌衡这次会议的重点是解决总部中革命党人离心离德的问题。但是国民党在川内势力十分强大，不能明目张胆地排斥国民党人。谢云峙和罗一士两位高官主动请辞，这就可以成为尹昌衡极好的整顿理由。

张宣假意顾左右而言他道："都督，大战基本结束，固边已经部署周全，总部机关臃肿，无事多致生非，时近年关，人心思归，可否考虑裁员或者放假？"

谢云峙连声叫好："张副总参谋长这个主意好。我与骆公多次分析过，总部之纷争，症结在政见不同，其中部分国民党人，急欲回省城去闹革命奋斗前途。因此人在康定心在蓉，有意识地予以裁减，即可抽薪而止沸。"

骆成骧也道："好主意，好主意。大战胜利，都督若行军法驱逐他们，既结怨于党人，又背御磨杀驴之罪名。今以整顿总部机关减员，节支省用，减轻民负为名，名正言顺。"

罗一士道："我和谢兄都不算辞职，而率先纳入裁减人员，谅被裁人员没有闲话可说。"

尹昌衡做出军队中不许党派活动存在的规定之后，由于大战紧急，特别是读书人集中的总部党人不少，因此一直不能硬性执行。这是一件让他十分头疼的事，他也想到过裁员，但确实有骆成骧说的那两个副作用。没想到张宣抓住谢云峙和罗一士辞职这个机会，不动声色地解决了这个问题。

尹昌衡满意地看了看张宣："好，谢谢大家的理解和支持，就这么办吧。由张副参谋长接任罗总参谋长之职。请张总参谋长与诸公斟酌审定重新设置的新机构和去留人员名单。无论去与留的人员，当报功的立即报功。于腊月十二，筹办盛大欢送会，欢送诸公载誉回省，与家人团聚。"

总部机关，撤各司设为三科，人员减去三分之二，大大地缩减了军用开支。

新班子精诚团结，高效运转。尹昌衡明白："财用不节则乱事，政不举则乱生，军纪不严则病民而招乱，士卒不练则难恃而易溃。外思大举，内求自固。"推行了一系列行之有效的整军、理政、安民的措施。各科依令而动，雷厉风行，军队掀起了节前练兵热潮，民政、庶务大振。

尹昌衡选贤任能，各县吏员就任后，又设立边东、边西两观照使，职责就是监督官员行政，立表以考察官吏政绩，严明赏罚。勤政抚民，凡战争造成的百姓流离失所，都给以拯济救助；土司对藏民的横征暴敛，一律革除罢免；当地土官，一律给予薪俸，设官管理；徭役所造成的百姓损失，一律予以补偿，尊崇佛教，僧民称善。整个川边，按省治构想，初具规模。

尹昌衡一系列治理川边的大政方针出台并陆续推行的时候，又进一步琢磨他的边疆建设方案。他非常注重川边的民生问题，非常注重经济建设。他主张屯田蓄牧以自养，令将卒与边民通婚，制订了建设康藏的计划，计划修路、架桥、铺电线、移民、垦荒、种桑、开矿、办工厂、兴学堂、组织商人出关贸易……三年建省，五年备治，十年之内富且固。西筑岩塞，以防英帝，守疆卫国，兴万世之业。

正当尹昌衡与新班子夜以继日地筹划推行边藏建设计划时，由于长期冰天雪地地奔波劳顿，积劳成疾，他病倒在了案头。

骆成骧、张宣等人急得不行，康定实在不宜养病，只得代他向国务院请假回成都治病。国会大选在即，袁世凯在西南重用胡景伊的方略已定，尹昌衡此时若回成都，哪里还有胡景伊的市场，岂不打乱他的全盘部署？1月24日（腊月十八），国务院电令：镇抚事宜暂由邵从恩、李延逵代拆代行，从成都速派名医至炉，尹昌衡就地治病镇边。

尹昌衡知道袁世凯的真实用意，但也掂得出"镇边"两字的分量，中央政府与英人和达赖十三世的谈判，正在较劲之时，若知道他病重回川，将对谈判造成极不利的影响。他只得听命就地待医，遂命封锁他病重的消息。同时命全军高度关注敌情，防备节日前后叛匪生乱。珠玛送给他的那匹雪獒玉狮，始终忠实地守候在他的病床前。部署完节前防范后，他又补充了一条，令张宣立即给郎吉寨拨发三十条快枪，一挺机枪及弹药，武装郎吉寨的护商队，严防乡城流寇来袭。

第四十六章

困兽思斗

1

1913年春节前后，中国上演了一场史无前例的历史闹剧，这就是民国国会选举：荒唐的宣传战、贿选、操纵、议员大打出手……3月20日，国民党代理理事长宋教仁被暗杀。宋教仁遇害迷案把民初国会选举的闹剧推向了最高潮。

尹昌衡病倒在康定，告假不准，只得遵国务院之命，就地"镇边"待医。忙于应付议会选举的袁世凯，也没忘记电令胡景伊立即派医生到康定为尹昌衡治病。整个春节前后，尹昌衡差不多都在病房里度过。

其时四川也和全国一样，各派竞选闹剧闹得沸反盈天。病中的尹昌衡对议会选举之事，既没那兴趣，也没那精力。省内，就让那些热衷选举的人去闹吧。至于川边，也按民国的行政区划分了选区，这一切都由国务院指定代行镇抚事的邵从恩和李延遨按部就班地去办理。好在川边地僻人稀，文化程度和财产的限制，有选民资格的人很少，竞选之事，也就走个过场而已，没有酿成什么风波。

尹昌衡是个孝子，为了让父母妻妾放心，节前，特命马忠带了些边藏特产回都去报平安，省亲祭祖，只准说他身体健康，边务繁忙，不准提他生病之事。

尹昌衡的家书，就是几首诗。一首写给父母，其余写给妻妾：

西征思亲

东海人初返，西山路复遐。

儿成当报国，亲老不留家。

虎变事无极，乌私心苦赊。

遥怜慈父母，日日盼归车。

西征寄内之一

征马无端尽日忙，不堪回首万山苍。

春风却被秋风妒，去路日增归路长。

愿拾乾坤归寝处，好将龙虎化鸳鸯。

叮咛锦字无相寄，惟问匈奴灭未尝？

西征寄内之二

红颜愁短别，白日苦长征。

塞外万人敌，闺中千里情。

秋风团被冷，春色动愁旌。

不得封侯印，安知虚荣轻。

颜机回了尹昌衡四首《西征闺思》。

其二

自君离妾日，是妾忆君时。

塞外山河远，闺中日月迟。

梦魂原上草，心绪茧头丝。

试问三军苦，何如千里思。

其四

道子因勤国，含悲未敢留。

但求毋忘我，不复忆封侯。

旧镜遗长恨，征鞍带远愁。

何如江上水，朝夕共君流。

这次尹昌衡孝敬父母亲的最好礼品，莫过于珠玛送给他的那头白色藏獒玉狮。郎吉头人说过，玉狮是雪儿的儿子，血统高贵，历来是侍奉神佛的圣物。尹母信佛，正好陪伴母亲。这玉狮通灵通性，果然让尹母高兴异常。颜机和杨燕茹平日没事，陪尹母一起逗弄玉狮，睹獒思人，一向冷清的尹府，一下平添了许多乐趣。

节后不久，马忠便从成都赶回康定，带回了一大堆报纸。其时康定的邮路是通畅的，只不过比内地的报纸要迟几天而已。报纸多是川内竞选的乌烟瘴气，没有什么新内容。倒是颜机诗中那刻骨的思念之情，让他深感愧疚。母亲在家书中没有忘记谆谆告诫他：

> 功成无枯骨，扬威勿恃枪。
> 西方称净土，菩提忌血光。

有这样深明大义的贤母，他感到心安和幸福。

为使民国有个新气象，尹昌衡让邵从恩和吴知事，筹办了康定城有史以来最为盛大的元宵节。家家张灯，户户结彩，并从成都请来了高手工匠，在都督行辕扎了鳌山。远近的藏胞都来观灯，见识汉家的春节的热闹。这不但是增添民国新气象，也是把汉族文化传播到边藏的好时机。汉藏文化的融合，也是他以后将面临的大事。

元宵这天尹昌衡终于挣扎下床，强撑病体，与军民同乐。

节后不久，罗一士也从成都赶了回来。他回成都之后，胡景伊把他当成尹昌衡派回成都的奸细，军政府里已经全安排满了自己的人，没有罗一士的容身之处了。而国民党的人忙着竞选，各派正争得乌烟瘴气，他也没心去凑那个热闹，不如回到川边，跟着尹昌衡还能干点无愧良心的事。尹昌衡把他留在参谋部，仍然以参谋长的名义，协助张宣共理参谋部之事。

开春之后，尹昌衡逐渐康复，召集军政要员，对新一年的工作进行部署。

第一要紧的是边藏叛乱，至今还剩下稻城和乡城的叛军未彻底消灭，最近叛军又不断外出骚扰，频频生事。这个毒疮，必须尽快割除。全盘的军事行动计划，他养病期间早已成竹在胸，部署后，总参谋长张宣和罗一士，便雷厉风行地执行。

此外就是他的边藏建设计划的方案如何具体化和如何实施的问题了。西巡回到康定后，尹昌衡就曾经电请中央，关于建设边藏与进兵西藏进行统筹思考，只是那时方案还没来得及细化。生病给了他时间，他在病床上基本完成了初稿。

尹昌衡通盘筹措，计划长远。他提出："惟川边之难，实自藏番倡之，倘非拔本塞源，终难久安长治。"他在"川边设治之区划"中说："川边幅员辽阔，旧皆土司属地，前清曾有设治之议，未尽实行。兹由尹镇边使通盘筹划。"他主张重新划分区域，设官分治，在整个川边实行建设边地府、厅、州、县，并划清区域。他说："从前土司藏番野蛮专制，田土财帛取予自由，妻妾子女任意强占。自改流以来，蒙情观悦，内附甚坚。此次分划区域，设官分治，当可加意经营，以固边圉。"

他精心制订了《经营川边之计划》，做出了三年详细具体的规划：第一年实施五十一条，第二年实施三十三条，第三年实施二十三条。

在行政上，实行改土归流政策。将沿边土司一律改土归流，并将土司度地安插，酌加虚衔，并给赡养等费；续行修造边地行政长官衙署；拟建衙署、监狱、仓库；调查边地新建各府、厅、州、县户口；厘清各府、厅、州、县赋税；厘定各种徭役章程；续办康定、巴安巡警；绘险要扼塞；特派专员分道调查藏卫兵事、外交、商务并靖西一带界务；实行勘定边藏疆界，竖立铜柱等等。

在经济建设上，重修、续修、展修、添修各地电线并安设多处邮局；续修河口钢桥，补修泸定县铁索桥；重修泸定县、雅江县渡船；厘定关外垦荒章程招商移垦关外荒地；通饬关外保护森林，并颁布种树奖励勋章；调查关外种茶、种棉地点；开办关外畜牧场、关外各种金矿，并厘定课税章程；特派专员调查关外各路矿产；整理盐井盐务，并拟收回官办，以便清厘课税；提倡改良纸业；等等。

在宗教、文化、教育等建设上也有具体的安排。

尹昌衡把他的初稿交大家讨论，通过之后又反复修改，一面命报呈国务院和袁世凯，一面令邵从恩和李延遫下达各级民政系统执行。

袁世凯和国务院都在忙国会大选，都在忙着争权。尹昌衡却一点也不关心，还在呕心沥血地忙着平叛和经营边藏。他上报的治边计划再好，谁有时间过问？

恰在这个时候，竞选闹剧到了最高潮。3月23、24两日，张宣突然呈上两封北京急电，这不是国务院发的，也不是总统府发的，而是久无消息的冯倩文发来的，一封是宋教仁在上海火车站遇刺，一封是说宋教仁抢救无效死亡。

拆看两封电报，尹昌衡跌足捶头长叹一声："唉！敦初去也，共和毁也！苍天作恶，无双国士，至伟宋公，不知兵法，竟至聪明自误，成为国难肇乱之源！"

宋教仁的名望，在竞选中如日中天的势头，谁不知道？在场的人无不大惊。众人都知道尹昌衡一向目空一切，很难赞扬和推崇时人，不知为何对宋教仁推崇备至。

大家为宋教仁英年早逝叹息之后，不知道尹昌衡为何发出这样至褒至贬之感慨。宋教仁死了，共和就会毁吗？宋教仁有那么大的作用吗？宋教仁怎么会成为国难肇乱之源呢？

尹昌衡确实很少恭维时人，包括对孙中山都颇有微词。他跟宋教仁私交也不深，但对宋教仁却是常常称赞不已。

那还是在日本留学的时候。宋教仁只比尹昌衡长两岁，同年留学到日本。可是宋教仁却比尹昌衡成熟得多，原来宋教仁在家乡时，就和黄兴等人发起组织了反满的"华兴会"。在日本同盟会成立后，又是同盟会的干员。

才到日本的尹昌衡和许多热血青年一样，都怀着一腔报国热情。民族战争的血腥记忆，非常容易地点燃了铁血男儿对满族王朝的仇恨。孙中山的"驱除鞑虏，恢复中华"的口号，差不多成了他们报国的时尚和追求。他们对国家概念所包含的具体范畴和内容并不十分清楚明白。就连黄兴和宋教仁等组织的华兴会，也是秉持"驱除鞑虏，恢复中华"为宗旨。因此，他积极参加了早年黄兴组建的"铁血丈夫团"。这是一个秘密的以暗杀为主要手段的革命党的外围激进组织。

尹昌衡在日本，除了是杨度在东京创立的《中国新报》月刊"不谈革命，只言宪政"的热心读者之外，还是宋教仁的译著最热切的读者。宋教仁翻译《日本宪法》《俄国制度要览》《英国制度要览》《美国制度要览》《德国官制》《普鲁士官制》等专著时，既完成了宋教仁自己宪政理想的升华，也大大影响了黄兴等正直的革命党人的观念。尹昌衡也正是在宋教仁和杨度等人思想的影响下，才逐渐开始对民主共和及宪政的思考，逐渐形成了自己的大中华的国家观念，并开始了对"驱除鞑虏，恢复中华"等口号的质疑和否定。那时在他心目中，革命党的风云人物，只有宋教仁和杨度才是致力于政治改革的政治家，他对宋教仁赞颂备至。他退出"铁血丈夫团"后，不管同盟会的朋友们怎么劝说，他都始终不愿再加入革命党。

尹昌衡对他的恩师骆成骧是无话不说。骆成骧知道尹昌衡社交范围及其心路历程，特别是那一次得到冯倩文关于宋教仁成立国民党的电报后的深谈，使他对尹昌衡理解得更深了。只有他懂得尹昌衡话中的潜台词。

尹昌衡没有回答大家的疑问，大家想问个明白，骆成骧道："宋教仁是个很有影响的宪政领袖人物，他的死，就像一座大山倒下砸在水里，掀起的波澜会小吗？"

尹昌衡的话，果然很快应验。宋教仁案很快闹得举国沸腾，已经启动司法程序，还在审理调查中，四月中下旬，国民党人即在上海举行秘密会议。孙中山迫不及待地力主军事解决，提出联日计划，拟再东渡，争取日本的支持。黄兴则主张通过法律解决。二人各自坚持自己的主张，相持不下，会议无结果而终。会后孙中山一面派人赴各省联络军人，一面派陈其美、戴天仇与黄兴辩论。不久就爆发了第二次革命。

2

宋教仁案正闹得天翻地覆的时候，4月26日后的善后大借款案，又掀起了更大的惊涛骇浪。

民国初立，财政捉襟见肘。南京临时政府时，孙中山和黄兴等就曾八方奔走，借外债救急。从欧洲借到东洋，好话说尽，没借到分文。袁世凯临时大总统就任之前，孙中山仍主持南京临时政府工作，就曾派他的度支部副首领周自齐，找到四国银行团驻京代表门上，恳请借给南京政府银七百万两，其中二百万两为急需，要求四国银行团提供紧急帮助。

袁世凯就任临时大总统后，国库也只有六万库存。新生政权，偌大的国家机器需要正常运转，蒙古及西藏的战火已经点燃，各地各部门都向中央要钱，最要紧的是南京临时政府遣散十数万军队急需的二百万两迫在眉睫。因此，举外债是唯一办法。

革命党在北京政府的内阁成员中占一半以上，总理唐绍仪也是同盟会员，被时人称为革命党内阁。借款之事初即由唐绍仪出面与列强磋商。列强妄图控制对中国的贷款权，提出对款项用途进行监督等多项"有损国家主权"的苛刻条件。

对于借外债之事，革命党人开头并不反对。孙中山赴京时，也与袁世凯达成过共识。他对记者谈话中也指出："借款问题，异日再开始交涉，盖势所不免，余亦不抱持反对意见。""目下财政困难，势不能不出于借款一途。"唐绍仪说："中国政府非赖四国财团助力，断不能解决刻下之难局。"宋教仁接受记者采访时亦说："至借款问题，则谓中国外债仅十六万万，视各国为最少，此事并无损国家主权。"他在一次演说中还说："借外债之举，利多害少，然民国甫经成立，百废待举，国库既无存款，唯有借款一法，尚足略纾眉睫。但须注意借款条件，须勿令有伤主权。"

但是，列强的苛刻条件寸步不让，谈判一度僵持。经过一年多的斗争，列强作了部分让步，在1913年4月26日夜至27日凌晨，袁世凯派国务总理赵秉钧、外交总长陆征祥、财政总长周学熙为全权代表，在北京汇丰银行大楼与英、法、德、俄、日五国银行团作最后的谈判，签署了两千五百万英镑的《中国政府善后借款合同》。

这笔两千五百万英镑的借款分四十七年还清，利息是每年百分之五，扣除了到期各项赔款、借款、垫款后，实际得到的资金只有七百六十万。

几个附件，除了监督和担保条款外，主要是借款的用途。例如裁撤各省军队费用、政府行政费用、整理盐务费用、驻外使馆经费、附属学堂经费、内外警察厅经费、清室优待费、保护清陵经费、监狱经费等等诸多项，都是正当合理的用途。

其时宋教仁暗杀案，矛头指向袁世凯，正闹得热火朝天。善后大借款是于1912年底议会秘密通过的，由于未经国会通过，而且其中有财政担保以及使用监督等条款关系主权，借款合同的消息传出后，全国舆论大哗，一片反对和抗议之声，纷纷谴责袁氏的卖国行径，参议院也提出责问书。

尹昌衡对大人先生们争权斗法的闹剧只能冷眼旁观，他的心全在西征前线。

年底前打败西藏叛军大规模的反扑之后，溃败的叛军余部又重新集结，在嘉裕桥以西构筑碉卡，并派人四出煽惑藏民，与稻城和乡城的顽逆遥相呼应，随时伺机再次反扑。春节刚过，嘉裕桥以西的西藏叛军余部，又连续向嘉裕桥和江卡发起进攻，均被刘瑞麟部打退。叛军退守乍丫以西的烟袋桥，并继续增兵。刘瑞麟急调昌都彭日升、时传文两营，乍丫的傅青云、牛运隆两营，分别从西北和乍丫方向夹击烟袋桥之敌。两军出奇兵突袭烟袋桥，藏军猝不及防，被彻底击溃。上万藏军狼狈西逃。至此，稻城和乡城的叛军已经孤立无援，困守一隅，正是发兵收复稻城和乡城的好时机。

尹昌衡得到宋教仁被暗杀的消息后，预感到国内大乱在即，必须赶在大乱之前，迅速收复稻城和乡城，彻底解决边藏叛乱的遗留问题。军队一动，必须粮草先行，可是此时的尹昌衡却是两手空空。

开战以来，西征军饷拖欠借贷一百多万两了。尹昌衡每每向中央要钱，中央同意给钱，然而并无实际经费到位，春节之后两个多月，更是一文钱没有拨来。想方设法，多方筹措的粮饷度过春节后，现在是大雪封山，运道难通，部队数米为炊，日日催粮，急如星火。

尹昌衡没有收到中央拨款的好消息，收到的大报小报却都是宋案的争执和对袁世凯大借款的口诛笔伐。解决稻城和乡城的问题，要等中央拨款来，看来是绝对没有指望了。

尹昌衡知道自己的处境，他最需要中央撑腰的时候，中央却腾不出手来。他把自己比作一头主子顾不上的困守雪域的困兽，但他这头困兽必须思斗，就像关进笼子里的雄狮和猛虎，明知难为，也要奋力而为，也要拼命去咬断铁栏，去争取光明。

困兽思斗，只有靠自己了。他在万般无奈的情况下，甚至使出了自己最憎恶的官场行为——卖官、卖法。

尹昌衡在《止园自记》中坦白地承认："昌衡不得已，乃自为令，泣告诸军，且益施怀抚，赦小过于狱，令出筹粮运，特遣参谋李杰之厚赉毛丫土司其美夺吉、曲登土司然登汪吉、崇喜土司阿登，为令以慰之，三土司皆喜，力出任事。又令就地筹粮糈，运道遂通，军始有食。"

三个县令的官职，以及犯小罪的人筹粮赎罪，终于解决了暂时的粮秣问题。

乡城虽小，尹昌衡西征平叛，边藏全线皆克，唯独这里的叛军拒险而守，至今尚未收复。这成了尹昌衡花费精力最多，也是最后最难的一场战斗。

尹昌衡对收复乡城的战斗，可谓慎之又慎。用兵之前做了充分的准备，志在一战成功，彻底解决问题。他总结以前用兵的教训，给自己立下了"四不"原则，即："审不实不用兵，民不安不征徭，军实未冲不轻动，道路未通不遽入。"在筹集粮饷和调集军队的时候，尹昌衡通过郎吉以及巴塘投诚的土司头人，和自己派出的几路侦探实地侦察，首先在摸清敌情的"审实"上下足了功夫，对稻城和乡城的情况可谓了如指掌。

稻城和乡城紧密相联，地处四川甘孜藏族自治州南部，属青藏高原东部，横断山脉中段，南边与云南的中甸毗邻。历史上两县都属于白狼国故地，清代属于里塘土司的属地。这里即为传说中的香格里拉。香格里拉即为净土之意。雪山、冰川、峡谷、森林、草甸、湖泊、牧人、羊群，无处不有的芳草鲜花，以及金碧辉煌的寺院和飘扬在蓝天白云下的经幡，都显示着这是一块如诗如画般神奇而宁静的土地。

然而稻城和乡城也因为地广人稀，地势显要，边远和封闭，以及土司制度的桎梏，限制了她文明进步的进程。僧俗多受西藏上层控制，每每与中央政权对抗。直至光绪三十二年（1906），赵尔丰率川军激战五个月才攻克下来，并实行改土归流，始设稻城县和乡城县县治。

乡城的地势险要，四面环山，城西有桑坡岭为天然屏障，城东有无即河，水流湍急，河中乱石兀立，不通舟船。此外，马鞍山、冷龙湾、阿都、下洼、门坎山、八格等处，都是险关要隘，易守难攻，凶险异常。

乡城四十九个村寨都信佛教，半数人是喇嘛。不兴婚娶，不当喇嘛的人，一半人是兄弟共一个妻子。民风格外强悍，吃苦耐劳，好勇逞强。平时为民，战时则为军，自带干粮，妇女则战时送粮。十六岁以上的男子，战时都得当兵，十人设一小头人，五十人又设一头人，二百人设一大头人。现在这里除驻有三千藏军外，一共设有二十八个大头人。故里塘土司退守这里。

这里的人多是牧民，都善骑射，主要兵种是骑兵，主要武器是独子、五子、九子、十三子快枪。除了西藏支持的外国枪械和战场上缴获的西征军武器外，刀枪弹药多系自己制造，故能持久作战。战法上善于近战、夜战、火攻、断路、设伏，还善于诈降。战斗勇敢顽强，在战场上，无论有无伤亡，若无头人命令，无人敢下战场，屡败而能屡战，故当年赵尔丰用了五个多月时间才攻下这里。这一次他们又利用这些战术，使进攻乡城的西征军屡吃败仗。

面对如此有恃无恐的顽敌，必须重拳出击。于是尹昌衡催成都调集的增援部队，迅速赶赴前线参战。

第四十七章

木拉折戟

1

开年之后，攻乡前线传来的都是坏消息。顾占文派管带丁诚信、刘赞廷率兵进攻，两军俱中埋伏，被叛军歼灭，库存军械也被抢掠一空。大病初愈的尹昌衡为了便于就近指挥，一面从成都调集增援部队，一面从康定出发，把他的指挥部前移到靠近战场的里塘。

尹昌衡到里塘后立即召集军事会议，所有人都建议，趁大军集结之时，先拔除叛军挡路的第一个关隘木拉。对叛军发起试探性的攻击，拉开攻乡战役的序幕，看叛军的战斗力和反应，以对即将迎来的大规模主体战役运筹帷幄。

西征以来，大家看我军总是以少胜多，势如破竹，百战百胜，信心都很足，很快形成决议。参谋张德荣和雅江县知事王廷珠，都豪气干云地主动请战。

木拉是西去乡城比较外围的一道重要关口。绕行一条险道九倒拐，可以直插木拉以西的一条峡谷，堵死这条峡谷，便切断了木拉和乡城的通道。商议结果，决定派张德荣率一支百余人的突击队，从西路绕到峡谷，王廷珠率本营队伍，从东路由马岩进攻，东西两路夹击木拉。

据守木拉的叛军头目，正是狡猾至极的郎吉土司的大管家巴登，巴登的细作探得这个军情，立即报与据守乡城的里塘土司。

里塘土司对在雅江（河口）和里塘之败绝不认输，他认为纯是因为甲木参琼珀背信弃义，投降官军所致。退守乡城后凭着地利和人脉优势，不信斗不过远道而来的西征军。西征军的后勤运输，那是没法克服的致命弱点，只要能据险坚持，就是拖也会把西征军拖死。而今，打遍边藏无敌手的尹昌衡来到前线，先给他个下马威，折他的锐气。于是一面命巴登利用手中控制的郎吉的独丁儿子扎戛，派使诈降，一面暗中调遣部队，要全歼夹击木拉之西征军。

巴登派了两个喇嘛，持了扎戛写给郎吉求救的信，到里塘表示愿意投诚。并说巴登头领说，请大军帮他在郎吉头人面前要个人情，他愿意重新给郎吉头人当奴隶。请尹昌衡马上派人到木拉谈判，并接回扎戛。

乡城叛军反复无常，赵尔丰攻乡城时他们就时反时降，尹昌衡担心有诈。但是大家都认为此次大兵压境，叛军已是穷途末路，若能真正投诚，免去兵火，这又何尝不好。尹昌衡一时拿不定主意。此时马忠前来报告，珠玛一听说弟弟扎戛在木拉，便带着乌珠梅朵和两个保镖冲出了营房，要去接扎戛，被他们挡了回来。

原来春节前，尹昌衡担心乡城叛军借节日期间报复郎吉寨，曾命张宣调拨了两挺机枪和三十条快枪给郎吉寨护商队自保平安。果然正月初二晚上，巴登便带人回郎吉寨来偷袭，那两挺机枪和三十条快枪发挥了巨大作用，叛军没想到郎吉寨不但有了速射的快枪，还有了威力巨大的机关枪，吓得赶快撤出了战斗。不但郎吉寨平安无事，而且还打死打伤叛军十余人。

郎吉土司既敬佩尹昌衡的料事如神，又感谢尹昌衡的有力支持，春节期间带上厚礼，和女儿珠玛一道亲自前去康定给尹昌衡拜年。这次尹昌衡筹粮，又是郎吉土司把一百二十驮军粮和一百头牛羊，最先送到里塘。父女二人别无所求，只求尹昌衡早日救出扎戛。尹昌衡岂有不拍胸口保证救出扎戛、安慰这父女之理。珠玛心底一直恋着尹昌衡，送粮之后便留在了里塘，希望有更多机会接近意中人。同时，也等着尹昌衡救出弟弟，亲自接弟弟回家。

君子一诺千金，但是怎么安全救出扎戛，至今尹昌衡尚无万全之策。现在，既然劫持人质者提出了交换条件，这或许是个安全救出扎戛的机会吧。尹昌衡只得同意，命一个喇嘛回木拉回信，一个喇嘛留下带路。

尹昌衡思之再三，令王廷珠和张德荣两军按原定部署，继续进兵，以夹击之势保持军事压力，请参谋长罗一士以西征军总参谋长的身份，带两个连赴木拉谈判。

罗一士始终担心这其中有诈，请求带一个营的兵力前去木拉接受巴登的投诚。

此时，成都增援的军队尚在路上，里塘能调出的军队有限。王廷珠是边军军官，驻守雅江时间较长，现在又兼任雅江县知事，他跟地方上的头人打交道还比较顺利，并且有了些经验，既想为尹昌衡分忧，年轻人也立功心切，便主动请缨道："里塘大本营兵力薄弱，难以抽调部队，既然是去谈判，带领大军去恐对方生疑，认为我们没有诚意。我的探马报告，木拉周围并无其他叛军，估计不会有别的什么花招。不如将我的一个营的兵力一分为二，按都督部署原计划不变，两个连继续进军，和张德荣的部队仍然形成夹击之势。我带一个连深入虎穴，去与巴登谈判。若对方果有花招，冒险的人少些，损失也小些。"

他的话也不无道理，大家都赞成。尹昌衡只得应允，交代了谈判原则，拿来烧酒，跟王廷珠满满喝了一杯，为他壮行。要他既不辱使命，又务必小心谨慎，时刻注意安全。

王廷珠和张德荣约好会合时间和联系方式，西路绕道较远，张德荣提前两天已经出发向九倒拐开进。

王廷珠出发去木拉时，珠玛闹着要跟王廷珠的部队一起去，谁也劝不转。马忠对尹昌衡道："既然她一定要去接弟弟，我就陪她走一趟吧。"

尹昌衡对马忠办事很放心，想了想，珠玛太任性了，不让她去看来是不行的，只好同意，但要珠玛换成西征军的军装，必须听马忠的话，才准去。

临行时，尹昌衡当着珠玛的面，叫住马忠道："你此行只有一个任务，就是保护珠玛的安全。她要是不听你的指挥，你可以点她穴道，让她动弹不得。她要是出了半点差错，唯你是问！"

马忠让珠玛和乌珠换了军装，并叫他们在脸上抹了些锅底灰，肮肮脏脏的，混在王廷珠的队伍里，还真看不出来。可是他站在队伍外一看，那匹跟珠玛形影不离的藏獒雪儿，在队伍里格外扎眼，很容易暴露目标。于是不准乌珠和雪儿同行。乌珠哪里肯依？珠玛生怕自己也去不成，只好命乌珠和雪儿在里塘等她和弟弟归来。

木拉是从里塘到乡城的一个重要隘口，有十数座碉楼，战时藏民已经撤走，为巴登所率叛军盘踞之地，巴登叛军是一支很活跃而实力又比较强的队伍。攻下木拉，是进军乡城的第一道关口。

张德荣率领的突击队，绕道九倒拐，下到一条峡谷中。十余里长的峡谷，是曲曲盘盘的茶马古道，半悬绝壁之间，涧底雾气腾腾，水声哗哗，深不可测。突击队由西向东，连续过了两道溜索桥之后，迫近了木拉。

王廷珠率部从东路而进，叛军沿途未设关卡盘查。木拉的东面为一个喇叭状山口，口外两边是缓坡，森林茂密。预定的时间一到，王廷珠在离木拉三四里的地方，先选好阵地部署好那两个连队，然后率领一个连继续前进去和巴登谈判。

王廷珠连队穿过一片密林，木拉的碉楼在望，一座最大的碉楼雄踞一堵高崖之上，能将高崖东西两侧尽收眼底。那个一直十分恭顺、负责联系带路的喇嘛道："那就是巴登头领的指挥部，巴登头领已经烤好全羊恭候王将军大驾。"

队伍来到高崖前，那个喇嘛又道："请王将军在此等候，我去通报，请巴登头领率众前来迎接大军。"

马忠此行的第一任务是保护珠玛，始终在珠玛身边。大家等待巴登率队迎接之时，珠玛向两边树林里扫了一眼，突然惊惶地对马忠道："马哥，不好，雪下面藏得有人！"

珠玛是在冰山雪谷中长大的，雪域高原的人都有冬猎的习惯，在积雪深处做成雪窝，人藏雪窝之中，用雪把自己掩盖起来，守捕野兽，这是常有的事。故一眼让她看出了林下雪地的蹊跷。

马忠一看，果然雪地有动过的痕迹，高声道："王长官，提防树林下！"

马忠话犹未了，那喇嘛去到高岩之下，高崖上立即响起呜呜的螺号，高崖后便转出大队全副武装的叛军。没有任何交涉，紧接着崖顶一声炮响，半崖上暗堡里的机枪，和列阵崖前的步兵一齐开枪，向王廷珠的连队狂扫过来。王廷珠知道中计，刚下令后撤，身后埋伏林中厚雪下的叛军一齐冒出雪地，切断了王廷珠连队的退路。

马忠情知不妙，前边战斗刚打响，便一把把珠玛拉下马来，厉声吼道："注意躲避，紧跟着我，不准离开半步。"

平日任性的珠玛，哪见过这般阵仗，此时倒是乖乖地听马忠指挥，他们躲在马后，避开叛军密集的子弹。

马忠始终注视着雪地，叛军刚钻出雪坑，不等他们的九子枪端平射击，德式马枪一梭子子弹，就朝树林最密的方向扫去，那个方向的十数个叛军全都倒在了雪地上。马忠借马枪杀开的一个口子，拉着珠玛，便向林中冲去。跑出埋伏圈后，找了个安全的地方，先把珠玛藏起来，千叮咛万嘱咐珠玛，不要轻举妄动。珠玛发誓后，他这才返身回去助战。

马忠返回之后，那个先前被他撕开的口子，已经被密密麻麻的叛军堵上了。王廷珠指挥队伍反击，可是在前后交叉火力的猛攻下，整个连队大多倒在了血泊之中。

王廷珠的手枪子弹已经打完，从地上拾起一支长枪，倚着一棵大树，左躲右避，连连放倒几个叛军，此时高崖后冲出了叛军数百骑兵，来到阵上一顿狂砍乱劈。王廷珠侧边一骑偷袭过来，一刀砍断了他一条胳膊。其余叛军一哄而上把他按在了雪地上。马忠藏身在一棵大树上，眼见王廷珠被捉，想到珠玛无人保护，却不敢舍身相救。

半个时辰左右，这里的战斗结束了，王廷珠连队几乎全军覆没。跑出包围圈的没多少人。王廷珠及十几个伤残的西征军都成了俘虏，被押上了高崖上那座大碉楼。

叛军草草地打扫了一下战场，一声螺号，又分成东西两队，步兵冲向西边夹击张德荣的突击队，马军向东，夹击王廷珠的另外两个连队。

狡猾的叛军利用地理优势，这次诈降之计共设了三个口袋阵。木拉的口袋阵，轻而易举地吞没了王廷珠自带的一个连。而西路的口袋阵扎得更加严密。当张德荣的突击队逼近木拉，正等候木拉谈判的好消息时，那一声炮响之后，木拉的叛军突然向突击队发起猛攻。张德荣情知有变，立即组织反攻，然而谷口被叛军强大的火力封锁，突击队所带的都是轻武器，根本无法施展，只得向九倒拐撤退。可是来时的溜索桥已经被叛军砍断，根本没有退路。一百多人被压缩在悬崖上一段不到两里的羊肠小道上。此时山上的滚木礌石，哗啦啦打下，无处躲避。近百人的突击队多被砸死。没砸死的，又被对岸高岩上射来的冷枪毙命。突击队也是全军覆没。张德荣和另外几名士兵被滚木打下深涧，最后才从涧中逃脱。

最大的口袋则是包围木拉喇叭口外面王廷珠东路的另外那两个连。里塘土司先调集了数百骑兵，运动到喇叭口外两翼埋伏。当王廷珠大队进入喇叭口后，便从两翼合围过来，木拉的炮声一响便以迅雷不及掩耳之势发起猛攻。不一会儿，收拾了王廷珠的那一批骑兵，又从木拉杀出，对那两个连前后夹击。

好在王廷珠留下的那两个连久经战阵，在河口战役、收复里塘的战役中，就一直在跟里塘土司的叛军较量。王廷珠临行前，又先为连队选好了阵地，只是没构筑工事。敌人多是使用五子或九子枪，我军的装备远远优于叛军。叛军发起的第一波攻势异常凶猛，战斗打得很激烈，猝不及防，伤亡不小，但是一当战士们在阵地上找到临时依托之后，叛军的每一波冲锋，都在阵前留下大批尸体。

惨烈的战斗从半下午一直打到天黑，西征军伤亡很大，无奈叛军人数太多，只好借着夜幕，突破叛军的包围圈撤退。

2

马忠和珠玛隐藏在一堵岩下的雪窝里，外面不远的战场上，激烈的枪声和喊杀声清晰地传入耳中，他看了看珠玛，尹昌衡临行时的嘱托又响在耳边。一身峨眉武功的战士却不能参战，好生窝囊，他很不甘心。天快黑下来时，外面枪声渐渐远去。他知道那两个连的西征军已经突围，叛军的骑兵一定要追击，这对撤退的西征军是极大的威胁。他在想办法，如何帮助撤退的战友摆脱叛军骑兵这个可怕的尾巴。

马忠知道，叛军都是藏民临时凑合，多少人相互不一定认识，没有严密的组织从属关系，这给了他可乘之机，心里冒出了一个大胆的计划，便对珠玛道："你想不想救你弟弟？"

"想，想，马哥，一定要救出我弟弟。"

"今天晚上敌人要庆功，是救你弟弟的最好机会，只要你听话，不乱跑乱叫，我就一定能把你弟弟救出来。"

"你一个人去，能行吗？"

"只有我一个人去才行。只要你不任性，不给我增加麻烦。"

"我们藏人发了誓是算数的。出发时我已经发过誓了，只要能救出弟弟，我一定听你的话，不乱跑，不乱叫。"

"好，一言为定。"他把晚上行动的安排给珠玛说了一遍后道，"叛军的骑兵在追击撤退的西征军，我要去帮弟兄们一下，把叛军引回来，天黑后，我再来接你。"

珠玛顺从地点点头，马忠纵身跳上岩前的一棵大树猛摇，树上的积雪落下来，把珠玛藏得严严实实。接着又是几纵，消失在树林之外。

马忠在阵地边丛林里，从一个叛军尸体上剥下一件藏袍穿在身上，装成一个伤兵在路边呻吟。追击西征军的骑兵快过完之际，他将手一扬，一枚峨眉刺将后面的叛军打下马来。他纵上马背，宽大的藏袍下，露出黑乌乌的德式马枪，追着叛军骑兵，从后面点射，一枪一个，等前面的骑兵回过头来，已经有十数个骑兵落马了。

马忠在峨眉山拜师习武，常与藏民和羌民交往，学会了藏羌语言，懂得他们的习俗。等前面骑兵勒马回头之时，他已经将马枪藏于藏袍之下。打马向前冲去，边跑边用藏语喊："不好了，不好了，川军从峡谷中杀出来了，巴登头领有令，快回救木拉啊！快回救木拉啊。"

突破包围圈的川军，且战且撤，阻击的枪声时密时疏，在前面追击的骑兵不时有人落马。百余骑兵不能放马狂奔，追追停停，听到他这一喊，便有不少人勒转马头，向木拉奔去。

这边追击的骑兵一回头，前面阻击的川军的枪声立即密集起来。叛军在战场上多是蜂群式作战，一马回头，众马相跟，生怕挨上西征军阻击的子弹，撤退得更快。

马忠可是个有心计之人，叛军骑兵撤退之时，他的眼睛一直在寻找好马。他要为自己返回时寻一匹好马。一个小头目模样的叛军骑的一匹大黑马被他瞧上了，便策马靠了上去。黑夜里密集的阻击枪声中，他又发出了一枚峨眉刺。那小头目刚落马，他便跳上了那匹大黑马，另外牵着一匹马，掉在后面，寻机会钻进了密林。

马忠等叛军骑兵退完之后，才去林中珠玛藏身的地方，把珠玛接了出来，在靠近木拉的路边密林里，寻了一个妥当的地方，把珠玛安顿下来，要她管好马匹，等他去救扎戛。

入夜，木拉前后的十数座碉楼前的场坪上，都燃起了熊熊的火堆，除了偶尔有几个抱着枪，缩着头，在寒风中没精打采巡逻的哨兵之外，叛军都在疯狂地喝酒，唱歌，跳舞，庆贺他们破天荒的巨大胜利。

马忠料定扎戛被囚禁在巴登盘踞的高崖上那座最高的碉楼里，便直朝他的目的地奔去。

这座碉楼坐落在高崖上一个突兀的山嘴上，其实是一个单纯的军事瞭望和指挥设施。碉楼前有一个不小的场坝，靠山的一边是一座规模不大的寺庙，山嘴下根本看不见。寺庙和碉楼之间的场坪中间是尼玛堆，堆前矗立着一根兽型杀人桩，架了几口烧得沸腾的油锅。

朦胧的夜色和那一身藏袍，给了马忠行动的方便。他要上那碉楼，必须沿着陡峭的石级而上。石级上布了几道岗哨。在峨眉山修炼了一身绝顶武功的马忠，根本用不着去惊动那些岗哨。崖壁上那些怪石和树木，便是他畅通无阻的大道。他不费吹灰之力，就顺利了那座巨大的碉楼边，寂无声息地隐身于崖边的一株大树上。

马忠向场中看去，强劲的山风把几个大火堆的火粉吹得像烟花一样漫天飞舞。数百叛军举着青稞酒豪饮着、号叫着、狂欢着。随着一声呜呜的螺号，叛军停舞，除了火堆燃烧的哗剥之声外，场中一下寂然。一队喇嘛抬着长长的法号，从寺中鱼贯来到杀人场上，随即响起了沉郁而恐怖的法号声。

法号声中，巴登俨然一个山大王般从虎皮椅子上站了起来，高举人头盖骨做的酒樽道："汉人魔鬼，今天又杀死我数百雪山勇士，今晚，我们要砍下魔鬼的头颅制成酒樽，活剥魔头的人皮，制成每天敲打的响鼓，祭奠我们的勇士！用我们手中的青稞酒，为我们的勇士送行吧，愿他们早登极乐世界！"

"为雪山勇士送行！"众叛军随巴登奠酒于地。

巴登吼道："把魔鬼们押上来。"

马忠见过太多流血杀人，此时也心悸得险些儿掉下树来，然而他没有能力制止这暴行，他趁着喇嘛们在闭着眼睛念经，叛军们也在低头祷告的时候，悄悄溜下了大树，闪身进了碉楼。

马忠在树上时，就看见了碉楼第三楼瞭望窗口上，两个叛军架着一个孩子观刑。他料定那个孩子就是扎戛。碉楼里的人，都出去观刑去了，一层二层都没有人。他顺利地到了第三层，那两个叛军还在窗口架着那孩子。他上前扭断了一个叛军的脖子，另一个驼背叛军回过头来，正要呐喊，一把锋利的匕首已经戳进他张开的嘴巴，只用力一搅，那叛军也倒在了窗前。

小扎戛见来人身手厉害，顿时结果了两个架着他观刑的叛军，惊愕地看着马忠，正要开口问话，马忠捂住扎戛的嘴巴，俯在扎戛耳边，低声地道："我是郎吉土司的朋友，受他之托，来救他的儿子扎戛，你如果是扎戛，就点头，不要出声。"

扎戛一个劲地点头。马忠从看守身上搜出钥匙，开了锁住扎戛的铁链，现在的问题是如何尽快地离开这里。带着扎戛走出碉楼，万一被人发现，就会前功尽弃。他从窗口探头朝杀人场里望了望，叛军们都在专注着活剥人皮。这是绝好的时机，回头一眼看躺在地上的那个驼背叛军，顿时有了主意。他解下叛军尸体上的腰帕，让小扎戛钻进他身上的大藏袍，用腰帕把扎戛结结实实地捆在背上，大藏袍罩住扎戛，装成驼背走下碉楼。

从碉楼门口到场边，只有十几步路，可是这十几步路是成败的关键，千万不能露了马脚，他常看川剧，便用川剧中矮子身法，迅速走到场边，轻身一纵，很快便借着悬崖上的树木和藤蔓，下到了崖底。

马忠在崖下刚放下扎戛，就听到碉楼上有人喊，"扎戛跑了，看守被杀死了。"接着就听到杀人场上传来"抓奸细"的喧闹声和螺号声。

马忠牵着扎戛飞跑，三骑巡逻骑兵很快追了出来。他们借着夜色立即伏身岩石之后，让巡逻骑兵驰了过去，朝里塘方向追去。巡逻骑兵走了之后，他们这才来到珠玛藏身之地。马忠叫珠玛骑上一马，自己和小扎戛共骑上那匹抢来的黑马。

马忠和珠玛刚刚上路，又有三骑巡逻骑兵追了上来。他们只得打马朝里塘方向飞奔。跑了不远，后面的追兵发现了他们，很快响起了枪声。

珠玛打马跑在前面，刚刚转过一个山嘴，不提防前面突然响起三声枪响。枪声中珠玛中弹落马。

原来空旷的山间，夜里枪声传得很远。跑在前面那三骑巡逻兵听到后面的九子羊角权枪的枪声，知道后面发现了目标，勒转马头等待目标的出现。

珠玛落马，马忠大惊。立即举起马枪，砰砰砰几声枪响，前面那三个叛军全被击毙落马。此时后面的追兵已经追了上来。马忠生怕扎戛有失，抱着扎戛跳下马来。找好掩体，待追兵近了，扣动马枪的扳机，一梭子愤怒的子弹，结果了后面三个追兵的性命。

马忠这才来看落马的珠玛，珠玛腹部中弹，伤势严重。他是懂得战场急救的，立即给珠玛做了简单包扎。好在雪域藏民从小就会骑马，便让扎戛单独骑了一匹，把珠玛扶上大黑马，捆在自己的身后，连夜向里塘奔去。

3

王廷珠连队被叛军全歼的消息，很快被突破包围圈那两个连传回了里塘。司令部的人无不大惊。既然叛军是诱降，尹昌衡第一反应便是张德荣的突击队也被叛军算计了，一定凶多吉少。立即命张得奎带数十快骑，前去木拉方向，接应可能脱逃的王张两军余部。

除了突击队之外，此时他最为担心的却是马忠和珠玛的安危。

马忠既是忠良遗孤，又是自己情胜同胞的好大哥。从天津开始，跟他多少次出生入死，为他的事业和他的家庭立下了不朽功劳，要是有个闪失，如何对得起外祖父和马伯父。至于珠玛，一朵雪域圣洁的格桑花，那么天真，那么圣洁，要是过去，他不会拒绝她那炽烈而纯真的爱情的。在她身上，除了爱的情愫之外，还包含着对郎吉土司的承诺，对藏胞的信用。

谢天谢地，马忠护着珠玛和扎戛，一夜急奔，第二天半上午便在张得奎派的数名卫队的护送下，安全地回到了里塘。

自从珠玛跟王廷珠连走后，雪儿和乌珠就常来里塘西边的雪地里向着西边遥望。今天，最先接到珠玛的就是她那头藏獒雪儿和乌珠。

马忠不但奇迹般活了下来，而且还意外地救出扎戛。不幸中的万幸，不少人都禁不住喜极而泣。可惜，珠玛受伤太重，流血过多，此时已经奄奄一息。乌珠抚着珠玛，惨戚地呼喊着小姐。那雪儿也眼泪汪汪地紧跟着寸步不离。尹昌衡立即命令赶快抢救，务必要保住珠玛的生命。

马忠把所经历的一切报告完后，司令部的人无不震惊，无不愤怒，特别是说到被俘伤兵被砍头下油锅，王廷珠被活剥人皮时，更是人人发指，一片怒骂之声："禽兽，魔鬼，不可思议的魔鬼！"

罗一士怒骂之后，甚至痛哭失声："是我害了王知事，他是代我而死的啊！"

据马忠的判断，当夜木拉全伙叛军都在庆功，张德荣的突击队可能已经被叛军消灭了。

两百多人的伤亡，这是西征以来最大的一次伤亡。对司令部的人震动很大，对尹昌衡不只是震动，而是沉重的打击了。

十数万叛军，遍地狼烟。西征以来，他无不以少胜多，以弱胜强，一以当十，所向披靡。兵锋所指，短短数月，摧枯拉朽，几乎荡尽川边狼烟。大江大河都过来了，大风大浪都经过了，没想到而今阴沟里翻了船。所剩下的乡城一隅，只不过是大战的尾声，只相当于打扫战场而已。万没想到，在小小的木拉，在数千叛军余逆面前，竟然伤亡两百余弟兄，输得这么惨。

耻辱，简直是奇耻大辱！

尹昌衡向来十分自负。他总结自己成都定乱，曾经十分自得地说："自余以单骑出督川十月，抚无不服，动无不成。"前不久在巴塘给部队训话时，评价这次西征也不无自夸地说："虽知本都督痛痒周知，无微不至，凡有小失，皆属已忧焉。唯以有限之力临不测之地，缓急纵擒自有深意，盈亏挹注一出真诚。况出兵以来，部署毫无失算，而诸将所计业已间有衍忧。"

尹昌衡自信能创造不败纪录，完成常胜将军的神话，可是木拉之败，却给了他一个响亮的耳光。要给这场伟大的战争画上一个圆满的句号，谁知如此不堪，让西征之战的句号留下永远的残缺。

当初决策这件事时，所有人都信心满满，都一致赞成王廷珠的方案，现在所有人都来请罪，都来承担责任。

尹昌衡不是争功诿过之人："你们没有责任，我是统帅。我参与决策，最后拍板定论是我，发号施令也是我。胜利冲昏了大家的头脑，胜利也冲昏了我的头脑，责任在我，责任完全在我。"

骆成骧宽慰尹昌衡道："责任，这么大规模的战争，大大小小数百战，这一点失误，也算不得什么责任了。"

众人都道："对，古人都说胜败乃兵家常事，都督不要自责过深。你那样自责，我们都无地自容了。"

尹昌衡道："胜败乃兵家常事，那是无能之辈给自己找的借口和托词。我尹昌衡不是无能之辈，这次犯这样低级的错误，实在惭愧，实在惭愧啊。"

尹昌衡的部下，对他都崇拜得五体投地，不过对他过分自负，很少听取和采纳部下的建议，也颇有微词。紧要时刻，他必须当机立断。可这次有的是时间，也不是危急关头，应该让将士充分展示自己的才干，希望减少一些这方面的议论，故召集军事会议，集体来决定这件事。他曾经不止一次弄险，总能化险为夷。这次王廷珠的方案应该说是一个很不错的方案，因此他才同意了。

现在想来自己错了，在谆谆告诫部下得意不要忘形时，自己却轻视了对手。看来，一个人要懂得某个道理容易，但要认真去做却很难啊。

救援受伤战士的事，有条不紊地开展着。现在他最不放心的就是珠玛了，珠玛的死活关系着西征军的声誉，也关系着对开明的郎吉土司的承诺。

尹昌衡来到急救室，雪儿像是看到了救星，含着尹昌衡的裤管，把尹昌衡拉到珠玛跟前。垂死的珠玛眼里露出了欣慰的神色，吃力地握住尹昌衡的手不放。西征军的军医们，甲木参琼珀请来的最好的藏医们，神色黯然交换着无可奈何的目光。

大约是弥留时刻的回光返照吧，珠玛最后睁开了眼睛，直勾勾地看着尹昌衡，嘴唇使劲动了动，好像想说什么，尹昌衡低下头去倾听，珠玛猛一用力，吻了一下尹昌衡，她那白皙如纸的脸上泛过她人生最后一抹浅浅的血色，便微笑着，满意地慢慢合上了双眼，永远地合上了那双圣洁无邪的双眼。

尹昌衡令张宣率兵护送扎戛和珠玛的灵柩回郎吉寨。据说从那以后，雪儿一直守在珠玛的墓前不吃不喝。雪儿死后，葬在珠玛的坟边。

尹昌衡命厚恤这次阵亡将士，并和骆成骧、罗一士等人，具上仪礼，来到里塘寺，请那位曾经为他主持辩经的老赤巴，在里塘寺为这次阵亡的将士做了一场隆重的荐亡法事。

王廷珠主动代替罗一士前去谈判而遇害，罗一士特地作了一首《挽王廷珠殉难乡城》，以致哀情。

黄昏烽火望初回，雪压关河草木摧。
战骨未寒新鬼大，天阴犹唤汉兵来。

第四十八章

收复稻乡

1

收复乡城之战，不是想象的那么顺利，可谓旷日持久。但此战消灭最后顽敌，实现边藏的长治久安，对彻底破除西藏分裂势力的幻想，却有极其重大的意义。

盘踞乡城、稻城的叛军，除了里塘、乡城、稻城及邻近县全部死心塌地的土司武装外，还驻有西藏叛军三四千人。本地土司叛军，除了缴获川军的枪炮外，其余均为土枪、土炮和刀矛。西藏叛军的装备却不差，主要是步骑兵，还有少量炮兵。武器有日式速射山炮、德式管退炮各一门，另有五子、九子、十二子等杂式快枪。

西征军收复乡城的总兵力部署：

成都增援的刘成勋率混成支队步兵三个营、炮兵两个连、机关枪一个排为左路军，由里塘经稻城向乡城进攻。

孙兆鸾率步兵一营和朱森林、周尚赤的两个步兵营及炮队、卫生队，会同稽廉等部为右路军，由喇嘛垭经火珠乡向乡城进攻。

叛军借木拉之胜，大肆宣传，气焰顿时十分嚣张。西征军的士气也为之低落。支队长周尚赤率兵由东龚进攻，军到阿都，因兵力薄弱，而且大炮又坏了，不敢贸然前进。尹昌衡只得命周尚赤退守东龚待援，同时任命稽廉为总指挥，率兵由东龚进攻乡城。

稽廉率军行至喇嘛垭，见敌势浩大，不敢轻进，便召已经受任政府职务的前曲登土司然登汪吉，前往乡城招抚叛军。叛军以为西征军胆怯不敢再战，格外骄横，趁机要挟，提出了若干异想天开的苛刻条件，根本没有谈判的余地。

稽廉既不能进攻，也不能招抚，知尹昌衡军法严厉，只得让贤。一日数次电报请求，辞去征乡总指挥的职务。其时孙兆鸾和刘成勋已率援军从成都赶到了康定。

孙兆鸾是皖北人，从滇军来到川军，文化虽然不高，但是忠勇善战，成都定乱时立下了汗马功劳，尹昌衡任他为川军第三师师长。决议西征，他挺身而出，给尹昌衡极大的支持。胡景伊认为孙兆鸾是尹昌衡的人，是他夺取都督大权的阻力。为了排除异己，尹昌衡调兵增援，便趁机把孙兆鸾赶到边藏，安插亲信顶替了他的师长职务，夺了他师长的兵权。

稽廉一再辞职，尹昌衡便准其请，改任孙兆鸾为征乡总司令。

孙兆鸾受命于败军之际，分析了过去征乡的成败经验教训，找准症结之后，立即拣调了熟悉边情、富有经验的得力干员，重新组建了"攻乡司令部"。随即率一个营的兵力从康定直奔前线。

孙兆鸾率兵才到雅江，就接到稽廉的电报，说有一股实力强大的叛军派人前来联系投诚。

孙兆鸾接到电报非常狐疑，我军连战皆败，叛军正在气焰嚣张之时，怎么会突然投诚呢？肯定是叛军得到我大军调动的消息，使用缓兵之计，妄图阻止我军开赴前线，以便从容部署。然而前任稽廉既然来电，可能是信其投诚是真，不便与之争执，驳了面子会影响团结。于是立即将此情况报告了尹昌衡。

尹昌衡得到这个消息，总司令部传看后，立即炸开了锅，大家都跟孙兆鸾看法相同，叛军要想重施故技，绝不能让其阴谋得逞。

尹昌衡道："乡城叛匪狡诈异常，投诚之事，决不可轻信。但原有招降告示在先，既然叛军派员前来联系投诚，不可断然拒绝而失言，自己断了招抚之路。如何应对，请各陈高见。"

总参谋长张宣站起来道："我看不如将计就计。巴登那个恶魔，活剥王廷珠，煮我被俘将士头颅，暴行令人发指。不除此恶贼，胸中恶气难消，我殉难将士死不瞑目。何妨借敌人之手，就让巴登这恶贼也报应在诈降之计上。"

众人不解地望着张宣："让巴登这恶贼报应在诈降之计上？这事怎么跟巴登这恶魔扯得上关系？"

张宣道："我们首先不要把叛军内部当成铁板一块。各股叛军之间，平日都是恃强凌弱，尔虞我诈，钩心斗角。巴登在木拉诈降阴谋得逞，在叛军内部地位大大上升。这恶魔得意忘形，在叛军头目中趾高气扬，不可一世。他只是郎吉土司的管家，不过一个大奴才而已。最讲身份的土司头人们，哪里受得了他的狗气？不少人都对他恨得牙痒。来诈降的这一股叛军头目，是乡城土司中的地头蛇，早就想跟巴登这个里塘来的外来奴才伙拼，接管巴登的马队，壮大自己，好跟总头目里塘土司分庭抗礼，在西藏上层面前邀功。他这次来诈降，必然还有更大的阴谋。我们不如投其所好，摆出一副谈判的架势。只说记取上次的教训，只提一个条件，我军对巴登活剥王廷珠知事，恨之入骨。对方若有诚意，只要提巴登的人头来，谈判时什么要求都可以满足。报仇的理由，定会让贼人深信不疑。"

罗一士一贯谨慎，不无怀疑地道："叛军内部倾轧，这是张总参谋长的想当然吧？"

尹昌衡道："诸公有所不知，张总参谋长郎吉寨之行，建立了十分可靠的情报来源。他的机密情报，都报告过我的。"

原来，张宣送珠玛的灵柩去郎吉寨，便跟郎吉土司商议，物色两个巴登最信得过的人打进叛军之中去刺探叛军的情况。

众人都道："既然都督知道情报可靠，则此计可行。若能成功，也是挑起叛军内斗的高招，更便于分化瓦解叛军，我们好各个击破。请都督决断，只是要记取上次谈判使者轻入虎穴的教训。"

尹昌衡想了想道："此计可行，分三步实施。一、令稽廉专事招抚之事，立即停止进军，在喇嘛垭就地驻扎，摆出一副真心谈判的架势。但不准前往敌营，仍请曲登土司然登汪吉派员传信，让对方带上巴登的人头，派使赴喇嘛垭谈判。请张总参谋长代表最高司令部，亲自去喇嘛垭负责谈判，相机决断，并由张得奎带得力卫队护卫前去。二、电令孙兆鸾总司令，兼程赶赴巴塘，积聚粮饷，整备右路军人马，作稽廉的后盾。三、电催刘成勋率三千左路军人马，按原定部署，火速开赴前线，经稻城进逼乡城，准备大战强攻。"

1913年4月2日，孙兆鸾到里塘正式接替稽廉为攻乡总司令，正式行使总司令职务。从此，责无旁贷地集攻克乡城之事于一身。当即，一面飞令各团营预备前进，一面严令周尚赤死守东龚，随即率兵前往全力围攻。

4月4日，刘成勋率混成支队三千余人到达里塘，经巴塘、稻城，直逼乡城。

张宣到喇嘛垭，不出他所料，这一次诈降的叛军头目，认为杀个不知天高地厚的奴才巴登，既可得其手下几千部属，又可实现自己巨大的全部阴谋，乐意应承。果然很快便派人趾高气扬地提着的巴登的人头，来喇嘛垭谈判。他们满足了官军的要求，提出了极其苛刻的要求：一不准在乡城和稻城设官，二不准要乡城和稻城纳粮，三不准驻扎汉军；现有汉军，后退三站，方能开始谈判。

十恶不赦的巴登人头送到，恶贼既除，叛军如此要挟，招抚绝无可能，张宣大怒，桌子上一巴掌："岂有此理，乡城稻城，民国小县，岂容此等宵小，在此搞独立王国。赶紧回去告诉你们主子，休做黄粱美梦，早日缴械来降，尚可得到政府已经行文的优待。如果负隅顽抗，大军一到，只有死路一条！"

那人顿时没了来时的嚣张气焰，领着来人，夹着尾巴灰溜溜地逃跑了。

2

这股叛军使诈降之计，偷鸡不着蚀把米，恼羞成怒，很快联络了近万人的队伍，向东龚发起了猛攻。至此，打响了攻乡主体战。

叛军依仗人多势众，占据夕波后，数路齐进，野心勃勃，攻势异常凌厉，妄图一鼓作气占领东龚，进而攻占司令部所在地里塘，活捉孙兆鸾和尹昌衡。

周尚赤三日前已得孙兆鸾死守东龚严命，已严密布防，严阵以待。先命胡良佐率两个连，夹击喇嘛垭侧之敌，牵制大股顽匪，又密令杨德率敢死队百余人，夜袭叛军炮兵阵地。敢死队员，人人怀仇，个个奋勇，如猛虎夜扑猎物，排枪怒吼，叛军溃不成军，弃阵仓皇夜遁，进攻东龚之敌大大削弱。经过五昼夜激战，打退叛军轮番进攻。叛军死伤数百，还缴获叛军日本速射山炮一尊，快枪、刀剑数十件。

新的攻乡司令开战一战成功，大大地鼓舞了一蹶不振的西征军士气，振作了西征军的雄风。可是运道险阻，运输艰难，前方无法及时补给。孙兆鸾无法，只好挪借司令部官佐的薪俸数千元，以及有限的粮、米、牛、酒，委令参谋张荣魁，前往东龚慰劳胜利之师，且兼侦察前方敌情。叛兵已经退守火珠乡一带。

孙兆鸾一面频催粮饷速运前线，一面部署分路进攻。令朱森林、周尚赤两个支队长属下的各一营，及自己所率本部一营和卫生队，向东龚方向前进。命刘成勋支队长率所部，向稻城和乡城方向推进。

5月5日，孙兆鸾见有机可乘，不因缺粮而困守，剩勇当用。于是召集诸将，讲战策兵机，每人发糌粑两碗，三路进攻。16日，分别收复下洼和阿都两处要地。17日收复火珠乡、山根子。叛军主力退守冷龙湾。

冷龙湾与马鞍山紧密相连。

其时，前方军粮愈缺，暂时不能进兵，只得暂驻火珠乡。趁机招抚已收复各地的流民，凡是民房、寺庙，皆妥为保护。投诚的藏民统统予以优待，于是相率归家者数百家。特别是堪布罗拉寺，深感西征军是仁义之师，愿纳杂粮千包，以济军中之急。千包杂粮在边藏可不是小数，民心思安，佛心思定，更是宝贵无比。

军粮缓解，孙兆鸾于 5 月 23 日，令支队长朱森林从山根子进攻马鞍山要隘，冷龙湾与马鞍山紧密相连，路险林密，便于叛军处处设伏，数千悍匪持快枪死力据守。朱森林军血战整日，至夜未能攻克。随即又令支队长周尚赤、参谋长朱献文、参谋李钟翰和李焱，率本部大军增援接应，合力进攻，才陆续占领马鞍山全部高地。

叛军失去密林保护，只得退守冷龙湾数十座坚固的碉楼。此地为军事要隘，碉楼周围都有深深的壕沟，并在左右山沟内设伏兵抵抗，日夜血战，连战六昼夜。战事胶着，一时难以攻克。

其时，不但粮秣罄尽，而且天气炎热，附近又无水源，将士日夜奋战，饥渴疲惫难当。李杰之等众建议停战，退到山根子以养兵力，等粮草到后再战。孙兆鸾以为犹以马鞍山地势险要，费九牛二虎之力才夺了过来，若得而复失，为叛军再据，将来再夺，不知要付出多于前战的多少代价。反复譬喻，方使诸将折服。并鼓励大家，与其消极坐困，不如拼命再搏，要向敌人要粮，攻克下敌阵，缴获敌人物资或可暂济燃眉。

孙兆鸾遂率朱宪文、李杰之登山查看地形，当夜令符成三守营，自率朱森林、周尚赤两个支队左右夹击，另外命周尚赤的一个营的边军，由中路突袭，炮队于高处选好阵地。天色微明之时，发起总攻。炮队一阵排炮，打乱敌阵。步兵相继围攻，一连夺下了四个非常重要的关卡。距离碉楼群不到一里，可连战四天，毫无进展。

这一搏小胜，并没有什么缴获。其时已经绝粮，兵士又无草鞋，赤脚难以登山行远。孙兆鸾犹恐有失，只得回驻马鞍山上。食驮牛的皮具、挖野菜草根、掏地鼠、射山鸡以苟延性命待粮，同时以保马鞍山阵地。

军心浮动，兵士悲观，相向而泣。在这极端困难的情况下，十四团一营正目（班长）葛光奎乘机惑乱煽动，私约军中各营同类目兵，策划暴动，喝血酒盟誓要刺杀孙兆鸾，然后率各营回康定，并举边军营长陈步三，当他们跟尹昌衡交涉的代表。幸好事机不密，被孙兆鸾知晓，当即抓了葛光奎正法。对于其他参与者一律不予以追究。以此号令全军，风浪顿时平息。至于陈步三，向尹昌衡报告了其不法行为，予以解除兵权关押，等到攻乡之后，再依法处置。

6 月 24 日，运到军粮数十包，仅够各营两天之食。分发完后，即令朱森林守马鞍山要隘，朱宪文、李钟翰率敢死队数百名全力猛攻。周尚赤和一参谋带数十人登右翼高山，摇旗放枪，以作疑兵。

25 日黎明发起总攻，炮兵猛烈轰击中，叛军大乱，渐渐不支，敢死队趁势冲锋。边藏石砌碉楼都是一二层藏柴草粮食，三四层住人，只需一楼点火，碉楼内部就会烧得罄净。叛军为了不给西征军留下战利品，碉楼全部放火。顿时冷龙湾数十高楼浓烟滚滚，烈焰腾腾。叛军余部在浓烟烈火中仓皇向西逃遁。

孙兆鸾指挥部队乘胜追击，当日即攻下冷龙湾外门坎山一带全部险关坚卡。至此，东龚和冷龙湾全部收复。

孙兆鸾及诸将乘胜进军，三日之后，直逼乡城。与刘成勋所率的左路军，对乡城形成合围之势。

刘成勋率领的左路军，前期主要任务是收复稻城，进而与孙兆鸾指挥的右路军合攻乡城。左路军收复稻城相对顺利一些。

4月25日，刘成勋率左路军推进到拉波。其时，占据前方夕波的是藏军，气焰十分嚣张。刘成勋侦知藏军在夕波筑有坚卡十余处、碉房数十座，外有散兵壕和深沟。

27日夜，刘成勋密令三营营长张建勋率所部及炮兵第二连，参谋赖心辉率预备营一、四连和机枪排，分道潜占各要隘。28日上午8时发起突然进攻，先用炮火猛烈轰击，继以步兵第九连由界牌山腰向夕波正面进攻，第一、十一连从左右两翼同时进攻。战至下午4时，川军连克十余座碉房，毙敌数百，迫使藏军向稻城方向退走。夕波告捷后，张英率前锋部队，追至日晖、冉子诸村，所驻藏军相继投诚。招抚藏民，无不壶浆相迎。

5月3日，攻乡左路川军收复大桥，8日进占色母，逼近稻城。

稻城附近群山环绕，中为平坦坝地，筑有碉房数十座，坚卡十余处。藏军分占东西两侧高山及坝内碉房。

5月10日，进攻稻城，兵分三路合击。刘成勋命预备营营长张英率步兵一个营、炮兵一个连为第一队，为右翼，进攻右侧，高射炮弹四十余发，击毁碉房十余座，尔后转移火力向稻城城内集中射击。与此同时，张建勋所率之第二队为中路，与藏军步骑兵千余人接战，至上午10时，夺得坚卡六七座，并以一个连迂回藏军右翼，是为左路，粉碎藏军从左翼抄袭的企图。下午3时，一、二队分别向当面之藏军发起总攻。是日，从寅时至亥时，枪炮之声、喊杀之声，震动稻坝山谷，夺坚卡十余座，稻城及坝内之藏军动摇，纷纷逃窜，稻城遂告收复。

左路军收复稻城之后，军威大振，即受命与孙兆鸾会攻乡城。刘成勋率兵乘胜追击，于16日攻克桑堆。藏军向乡城退却。

刘成勋于5月27日率部队主力绕道进攻中乡城，在簇东高地击退藏军的拦阻，进入八格村南的峡谷，遭到谷底和山顶藏军三千人的袭击。

张建勋督率前卫营各队迅速夺占了谷底的一座坚卡作掩护猛攻，西藏叛军情知不是对手，变换手法，假装败退，沿路书"归顺"二字，假做投降状。张建勋不审虚实，率军长驱直入。叛军砍断桥梁，伐木堵塞要害险隘。张建勋军陷困山谷，叛匪乘机打下滚木乱石，砸伤战士不少。

刘成勋见前卫营被困，立即命赖心辉率兵向左面山顶迂回，连长李邦君、萧子英率兵向右面山顶攻击，张英督队策应。张建勋部才得脱险。

入夜，藏军败退。刘成勋乘机率队追击二十余里，始出谷口，并乘势攻取了八格村及上乡城各要隘。藏军焚毁桥梁，退守河对岸贡撒、俄杂及业洼等地，凭险顽抗。

5月29日，刘成勋部因无造筏架桥器材，遂挑选士兵数百人，从上下游泅渡，分左右两翼实施强攻，并在对岸用火炮、机枪火力予以支持。部队渡江后，攻占贡撒、俄杂，河左部队则直逼业洼。

业洼距定乡城二十余里，丛林茂密，坚卡重重。左路军苦战日久，粮饷不继，且攻乡大战在即，刘成勋决定休整数日等粮，再整军前进。张英趁此机会，查其地势，权衡先后缓急，认为先占据左翼高山，而后罗拉寺、桑披岭下泥司地，均唾手可得，攻克定乡，亦将易如反掌。

然而左翼高山险峻，关卡甚多。明道登山，显然不行。张英于是选拔了数队攀岩能手、惯战勇士，6月3日，受刘成勋之命分批乘大雾弥漫之夜偷偷爬上山顶，然后自上而下，连夺十一道关卡。分头守之，为大军行动铺平了道路。

刘成勋率队进抵业洼左侧高山及右侧河岸一带，占领了进攻的有利阵地，于拂晓发起进攻。叛军丢失高山屏障，退保罗拉寺，依靠寺外茂密的森林掩护进行顽抗。6月19日起，刘成勋集中所部兵力，经三昼夜激战，攻克藏军屯粮要地罗拉寺。复败敌于桑披岭，再败敌于桑披岭下泥司地。

6月23日，又攻占雨洼。藏军退至定乡城外之最后一道防线泥四顶。至此，川军左右两路军从冷龙湾、雨洼对乡城形成了钳形攻势。

泥四顶两侧高山耸立，森林茂密。藏军以少数兵力配置于正面，主力隐蔽集结于左山，企图侧击从正面进攻之川军。张建勋侦知藏军部署后，命一部兵力从正面佯攻，主力从左侧迂回进攻。经一日激战，连夺坚卡十余座，迫使藏军退向定乡。川军紧追不舍，抢占通往定乡的大桥，为攻城作战创造了有利条件。

6月25日黎明，孙北鸾所率之右路军在攻占冷龙湾、门坎山之后，即从右翼向定乡进攻，刘成勋所率之左路军从泥四顶协同进攻。经五小时激战，藏军动摇，向下乡城方向撤退。下午3时，孙、刘两路军攻占定乡。

收复稻城乡城之战，历时三月，大小数十战，我军伤亡仅百余人，全边平定。尹昌衡的西征大任，业已圆满完成，他收到捷报之后，欣喜之至，复电慰劳将士备至。传令嘉奖，并命部队分驻八格、桑堆、稻城、乡城，处理善后。

1913 年 6 月 25 日，这是尹昌衡一个最值得纪念的日子。至此，他所指挥的西征主要战役宣告结束，西征战役以完全胜利而告终。

尹昌衡西征是中华民国成立后，保疆卫国、外抗列强的第一仗，不仅收复了失地，而且收回了民心，捍卫了祖国领土的完整和国家的主权，也捍卫了他所追求的民主共和。

这是尹昌衡人生中，继"定乱安蜀"奇功之后，又一件应当载入史册的不朽奇功！

至于叛军余逆，斩不断的西藏分裂主义分子的黑手，以及我军违法分子所惹起的一个又一个的叛乱余波，那又是后话了。

第四十九章

驱胡迎尹

1

尹昌衡西征越是接近最后胜利，则越是让英帝国害怕，也更让胡景伊百倍紧张。尹昌衡一当完成西征任务，回到四川总督的位置上，那是天经地义、名正言顺的。胡景伊垂涎已久的都督宝座，就会是一场空欢喜。

胡景伊知道，自己有天大的本事，也不是尹昌衡的对手。尹昌衡在四川的人望如日中天，期待他回川全面执掌川政的所有人们，都热切地期待着这一天的到来。四川军政各界掀起了一波又一波要求尹昌衡回成都重掌都督大权、驱逐胡景伊的浪潮。

胡景伊只有靠袁世凯才能实现他的四川都督梦了。

胡景伊把握住了好时机，当时国内的政治氛围给他帮了大忙。

民国初年，袁世凯也大力支持民主，民主的气氛较为浓厚。各种社团可以公开注册，办报发表自己的见解，甚至像陈翼龙那些主张社会主义、攻击袁世凯政府的社会党人，也可公开表达自己的主张。国民党的各种意见，也都在报纸上公开发表。

1913 年 5 月 5 日，江西都督李烈钧、湖南都督谭延闿、安徽都督柏文蔚、广东都督胡汉民通电，反对民国向五国银行的善后贷款，公开指责袁世凯为刺杀宋教仁的主犯。四川的革命党人熊克武等也大力声援。国民党的激进人士即将向袁世凯发起直接挑战。

而这个时候孙中山所号召的"二次革命"，又正在紧锣密鼓的筹备中。四川"驱胡迎尹"的政潮又一浪高过一浪。川内及上海的报纸上，这类呼吁文章不少，而且，熊克武还公开发表了《讨胡檄文》。大骂胡景伊卖身投靠袁世凯，是袁世凯的走狗，"假中央之面具攘夺全川公认之尹昌衡之都督"。

熊克武可是孙中山委任的前南京临时政府北伐总司令，袁世凯的死敌，反袁的名声很大。而今熊克武公然为尹昌衡张目，尹昌衡若独霸大西南与中央抗衡，后果如何则不言而喻。

胡景伊知道，杨度和杨士琦是袁世凯最核心的智囊人物。只要这两个人一开口，在袁世凯那里办点顺水推舟的小事，真是易如反掌。渠道是早已畅通的，《讨胡檄文》就是说明尹昌衡危险之至、胡景伊最忠于袁大总统的最有力证据。关键时刻，只需杨度或杨士琦把《讨胡檄文》和相关的报刊资料往袁世凯那里一送，稍作勾连就行，同时还附上尹昌衡在日本留学时交往的人事情报。尹昌衡在日本留学时，就跟李烈钧、刘存厚、唐继尧结为异姓兄弟。后来又有杨荩诚、蔡文铨、帅国瑛、周卓、周烈等几人参加结盟，称为"九人团"。

北京中南海，袁世凯的高级幕僚杨士琦，走进了居仁堂袁世凯的书房。书案上摆着一个异常精美的蛐蛐罐，袁世凯拿着蟋蟀草，正在饶有兴致地斗蟋蟀。

杨士琦不敢坏了袁世凯的兴头，不知所措地恭立一边。袁世凯继续玩着斗蟋蟀，下巴动了一下，示意杨士琦坐："杏成，有什么事吗？说吧。"

杨世琦把一叠四川报纸放到书案上，并把载有熊克武《讨胡檄文》的蜀报和胡景伊的一封信，呈到袁世凯手上。

"明公，胡景伊的信。"

袁世凯放下蟋蟀草，瞄了一眼《讨胡檄文》道："唔，熊克武拥护尹昌衡回成都复都督任，驱逐胡景伊。这胡景伊又是在要四川都督的纱帽了。杏成，你跟哲子商量过了吗？你们怎么看。"

"我跟哲子商量过了，西南半壁，总得有信得过的人吧，胡景伊虽然算不得什么人物，暂时做个看门狗，还是可以的，都觉得是给他的时候了。"

"可是尹昌衡怎么办？尹昌衡其人我在天津见识过，我和冯、段二公，都认为尹昌衡是难得的军事人才。成都定乱，即露峥嵘，这次西征平叛，可谓危难奋命，更是大显身手，打出了威风，给我这大总统长了脸面啊。更何况陆征祥正在跟英国人交涉西藏外交大事，要是西藏前线出了大问题，岂不授人以柄吗？"

"西藏大局已定，小小乡城之战，看来也即将结束。尹昌衡既然是人物，就断然不会拿西藏的事自毁名节，来自绝于民国，自绝于国人。"

"唔，也有道理。"

"明公，天下人才，比比皆是。不为所用，越是人才，就越是危险。不能因为惜才而留后患啊。请明公吩咐。"

"这样，任胡景伊为四川都督。把尹昌衡混在李烈钧等一批人中，一起解职。然后，让黎元洪去安抚尹昌衡。"

1913 年 6 月 9 日，袁世凯下令免去李烈钧广西都督职务，令黎元洪兼领李烈钧广西都督之职。6 月 11 日，李烈钧通电解职，欢迎黎元洪。

6 月 13 日，免去尹昌衡四川都督的职务，改任川边经略使，正式任命胡景伊为四川都督。

6 月 14 日，免去广东胡汉民都督的职务，与陈贻范同为西藏宣抚使。

6 月 30 日，免安徽都督柏文蔚职，改任陕甘筹边使。

2

尹昌衡任命孙兆鸾担任"攻乡总司令"后，首战东龚告捷，接连打了几个胜仗，很快收复了麻垭、下洼、阿都、火珠乡、山根子等地，直逼冷龙湾。前线的具体战事不用太担心了，他便把总司令部从里塘撤回了康定。他把主要精力用在向中央和成都催促后勤保障上。他从各种报纸上，对国内、省内的乱局及川人不断高涨的驱逐胡景伊、要求他回成都主政的舆论也十分清楚。省议会和一些团体，以及一些政要及朋友，不断有电报或信函催他回成都整理乱局。他也打算回成都看看，顺便医病。

6 月 13 日，北京发布解除尹昌衡四川都督的职务，改任川边经略使，正式任命胡景伊为四川都督的电令。电文一传到川边康定，所有的人全都震惊了。大战即将结束，大功垂成，不重赏统帅，反而撤职，鸟未尽即藏弓，这真是亘古未见的荒唐，全都不知这是为什么。

就是再洒脱的人，也经不起这沉重的一击，尹昌衡终于被这意想不到的结果击倒了，他彻底愤怒了！

人生要得到一个像样的表演舞台，那是很不容易的。尹昌衡很幸运地得到了四川省大都督这个非常不错的舞台。一旦失去这个起点很高的舞台，还去哪里展现自己的聪明才智，展示功业的辉煌？不管嘴里怎么说淡泊名位，他对保住都督这个位置还是十分在意的。

凭尹昌衡的政治智慧，他早已经看到了失去这个舞台的危机。去年他就向袁世凯力推胡景伊来川边顶替他，今年三月在筹备收复乡城的战役最紧张的时候，他也向袁世凯暗示胡景伊是个"群趋于中央，冀蔽上聪"的"奸谗不逞之徒"，而自己则是"不肯赂一报馆，遣一私使"的"忠纯极洁之士"，希望袁世凯不要轻信和重用胡景伊。但是袁世凯根本没有予以理会。

严格地说，尹昌衡骨子里只是一个文人，一个天才的兵家。他虽然也有非常强烈的功业欲望和政治热情，也在那时的政坛上轰轰烈烈，那也不过是时代让他客串了一回政客。他骨子里根深蒂固的儒教理念和文人情结，使他不具备政客们必需的恶德恶行，他绝对算不上一个成功的政治家。他疏于对王者之术的琢磨，更不屑于政客的钻营。

尹昌衡看完张宣呈上的电报，握着电报的双手颤抖，他不能叫喊，不能怒骂，他不知该怎样表达填胸的愤怒。良久，一拳狠狠砸在结实的书案上，书案上的砚台跳到地上，他抓起马鞭，冲到了院子里。

尹昌衡跳上他的那匹白马，狠狠抽了两鞭，又冲出了司令部大院。

马忠和张得奎不知道发生了什么事，也跳上马，带着卫队紧紧地跟上。

呈送电报的参谋长张宣见尹昌衡这般愤怒失态，生怕出事，便也跟着冲出了大院。

边藏叛乱基本平定时，尹昌衡即召集甲木参琼珀的四大家臣、当地高僧、名流及藏汉富商巨贾，商议边藏政治中心康定的宗教文化建设。很快决定扩建城南北宋在跑马山台地上修建的上拉姆寺（仙女寺）。藏人对宗教文化的热情，那是不需要鼓动的，又有他这个贵人四川大都督承头，大规模的修缮和营建很快拉开。尹昌衡除了多次带着官员们来工地视察，慰问执事人等外，自己晨昏也策马上山，在那绿毯般无垠的草地上奔驰、遐想。

愤怒已经冲昏了尹昌衡的头脑，不知向何处去，大约是老马识途的缘故，他的白马驮着他跑上了跑马山。他又加了两鞭，在那碧草无边的绿毯上，一口气跑出十来里，直到白马浑身汗流如注之时，才突然勒马。白马直立起来"咴咴"一声长嘶，其时尹昌衡已经拔出枪来，和着白马那一声长嘶，也是一声如狼嚎般的长啸，对着高天连放数枪，宣泄他那快要爆炸的怒气。

怒马嘶鸣，怒人长啸，打破了跑马山的宁静，惊飞起草丛中一群鸟儿，在头顶盘旋。滚鞍下马的尹昌衡躺在如毡的草地上，喘息着，定定地望着一碧如洗的天空。鸟儿们发着吱吱喳喳的怨气，飞向远方，消失在天际，头顶上只有朵朵如烟如絮的白云，依旧那般悠闲。白马用蹄子轻轻刨了刨仰躺在地上的主人。尹昌衡已经缓过气，坐了起来，轻抚着他的白马。

身后传来一阵急促的马蹄声，马忠和张得奎带着十数个卫士，在不远处勒住了马。

马忠和张得奎跑到尹昌衡面前，张得奎急哇哇地问："都督，怎么啦？怎么啦?"伸手要扶尹昌衡起来。尹昌衡无力地挥了挥手。

兄弟这么多年了,马忠知道尹昌衡是个泰山崩于前而色不变的硬汉,今日这般反常,定是被天大的事情激怒了,他是从不和别人分享痛苦和煎熬的。他不说的事,谁也别想问出什么。这种时候,他不需要安慰,只需要酒。马忠拔下随身带着的军用酒壶塞子,递了过去。尹昌衡满眼泪光,看看懂他的马忠哥,接过酒壶,灌了一气。吞下大半壶白酒,又静静地躺在了草地上。

为了不打扰尹昌衡,马忠拉着张得奎,远远地站着。

不一会儿,张宣、骆成骧、邵从恩、罗一士、李延达等都策马而来,张煦带着赵成和王明德两个团长也来了。

孙中山发动二次革命,四川的革命党人也闻风而动。尹昌衡无论在川的人望或才能,无人能比,争取尹昌衡的支持,是上上下下一致认定的上策。军中的革命党人得到指令,也开始活跃起来。因此对尹昌衡的行动十分关注,伺机发起劝说攻势。尹昌衡从里塘前线回到康定后,张煦、赵成、王明德等革命党人,表现出了对尹昌衡格外的恭顺和热情。这让尹昌衡不大放心,早前用升职的办法,把张煦从护卫团副团长升为军法局长,派去驻守丹巴,管理储备在那里的军械。特殊时候,张煦隔三岔五地要带些军官回康定来,说是汇报军情,实为探听情况,便于配合省内革命党的行动。这一天他们也在司令部,知道尹昌衡被免都督之职,这是他们开展争取工作的最佳时机,便和司令部的要员们一起追上了跑马山。

尹昌衡知道这些人都是来安慰他的。同情和安慰,那是弱者的期盼。他不是弱者,不需要同情,更不需要安慰,那十多里纵马狂奔、那勒马的一声长啸,那对天怒射的枪声,对快要爆炸的怒气,已经作了尽情的宣泄。马忠的烧酒,给了他这酒狂压制怒火的莫大能量,激活了他所有智慧的细胞,他终于平静了下来。

尹昌衡从草地上站了起来,整理了一下衣饰,昂首挺胸,从容不迫,大将风度依然如故:"嘿嘿,这里风景不错,诸公难得雅兴,也欣赏一下这跑马山的美景吧。"

面对此情,众人无不愕然,面面相觑,所有宽慰和同情的话,都是多余。

良久,张宣走到尹昌衡面前,他既激于义愤,同时他是参谋长,关键时刻,应该拿出主意,供统帅选择判断,便道:"都督,这是非常时刻,我拟立即通知各部,整备队伍,时刻听候都督命令……"

张煦等人见时机已到,不等张宣说完,立即附和:"对,应川人之请,都督率得胜雄师杀回成都,活捉阴险小人胡景伊,保住都督大印,看他袁世凯敢把我四川人怎么样!"

尹昌衡拔出枪来，并把子弹推上了枪膛，圆瞪怒目，用枪指着张宣："再说一遍！你，是这个意思吗？"

张宣一惊，他了解尹昌衡的个性，尹昌衡最恨口是心非的人，于是昂首对着枪口，坦诚地道："我，有这意思，但不全是。"

尹昌衡道："说！"

"胡景伊会迫不及待地把这电令传到前线各部，我怕扰乱前线军心，毁西征全功于一旦，故特电令全军，唯尹大都督之令是听，没有尹都督将令，不得妄动！"

"此意尚可，再说！"

"四川都督之职，是西征的重要保障，也是都督实现建设川边宏伟规划的唯一保障，更是民国收复西藏最重要的保障。胡景伊这样的小人窃踞四川都督之大位，川人之不幸，民国之不幸，若从大局出发，必要时，可应川人之请，酌情提兵回省，驱逐胡景伊，也未始不可！"

尹昌衡明白，张宣的话一点没说错，甚至他刚才躺在草地上时也做过这样的选择，但是张煦等人近段时间异样的热情，使他更多地预料到革命党想利用他的用心，他要借此向革命党释放一个重要信号，他绝不因权位被任何势力绑架，便怒吼道："张宣，你糊涂，混账！我一直以为你是个可以信赖的将帅之才，没想此时要我提兵回省，坏我名节，信不信我今天毙了你！"

张煦等人一听尹昌衡的口风不对，不敢造次，纷纷后退。

张宣却毫不退缩，依旧昂然："都督，跟随你这么久了，张宣之志、张宣之人，都督尽知，能死在都督枪口下，张宣之幸，都督觉得张宣该杀，请开枪吧。"

骆成骧是个文人，顿时急了，枪弹上膛，绝非儿戏，尹昌衡的性格，什么事干不出来？此时也顾不了斯文，一把拉开张宣，站到枪口面前，一声大吼："昌衡，把枪放下！"

尹昌衡一怔："骆公，你……"

邵从恩也上前，拿掉尹昌衡的手枪："都督，张总参谋长所言甚是，所虑甚是！他的想法，也是我们的想法，一是川边不能乱，西征大功不能毁，二是都督之位不能丢！你要杀张总参谋长，就连我们一起杀，你就先杀我邵从恩吧。"说着把枪还给了尹昌衡。

邵从恩比尹昌衡年长，在清末政法界卓有声望，且在保路运动中，借自己的地位和影响，多次在赵尔丰面前为尹昌衡斡旋。尹昌衡任他为川南巡抚使，川南各派错综复杂，迅速得以安抚，他也功不可没，尹昌衡对邵从恩一直敬为好兄长，而今尚为川边巡抚使。恩师和邵从恩此时都出面说话，尹昌衡不得不息了怒气。

尹昌衡收了枪，长长地叹了口气道："骆公、邵兄，张宣所虑甚是，但轻言提兵回省，其计大谬，祸国殃民啊！"

众人不解："其计大谬，祸国殃民？"

"乡城战役，正在火候之上，不彻底剪除祸根，川边后患无穷，此时提兵回省，动一兵而全线皆溃，还何言建设川边，何言收复西藏，此计不是大谬，祸国殃民吗？再说，我何尝不知道四川都督的位置，对巩固西征成果，保全国土之重要？我若要保住四川都督之位，我用得着兵戎相向，武力火并吗？前年我尹昌衡无兵无卒，一职闲差之时，尚能成都定乱。今我这四川民众拥戴之大都督，西征全胜，不负川人之望。尹昌衡狂妄放言我若登高一呼，要兵兵来，要民民附，用得着提兵回省，自乱阵脚，自毁功业吗？"

众人都恍然大悟地"啊"了一声。

张煦等人从尹昌衡的话中，听出了尹昌衡并没有反对保都督之位的打算，这也才松了一口气："都督所言甚是，甚是！"

尹昌衡道："张宣听令，按你原拟，立即电令前军，无本都督命令，擅离战位者，杀无赦！并前去坐镇里塘，全力支持攻乡战事。"

张宣道："是！"

尹昌衡道："骆公、邵兄，在场诸位，昌衡感谢你们的关心。免职之事，事发突然，昌衡心乱如麻，一时没理出头绪，大家都回吧，容昌衡细思，再行定夺。"

3

尹昌衡回到都督行营，把自己关在书房里一天一夜，除了马忠送了两次酒食和水之外，任何人不许打扰。他要好好想想应对之策。烈酒向来是他启动智慧和热情这部高速运转的机器的燃料和动力。几壶酒灌下去了，却仍然理不出一个头绪。

尹昌衡知道，一切判断都应该基于对目前形势的把握，他不止一次地翻检书案上那些报纸，重要文章反复咀嚼，目前国内、川内的形势都只能归结到一个"乱"字。

尹昌衡得到宋教仁被刺的消息后，就曾预言"宋教仁案会成为国难肇乱之源"。他认定宋案是导火索，大借款案是火上浇油，暗潮涌动的二次革命就是即将燃起的燎天大火，这就是当前的形势。袁世凯坐在即将爆发的火山上，民国已呈现分崩离析的乱象。照理说此时的袁世凯，首先应该安抚各方诸侯。他根本没把自己跟预言过的宋案作过任何联系，实在找不出袁世凯免他都督之职的理由。不明白为什么要把他往敌对阵营里推，难道不知道自己对稳定西南，保障西藏安危的重要吗？难道就不怕自己以实力与之抗衡吗？

尹昌衡吃不透袁世凯，这个时候又想起了冯倩文"雪域亦近天"的承诺，可是，自从那次通报宋教仁被刺的消息后，再也没有任何消息了。对袁世凯的天意莫测，自恃英才过人的尹昌衡，此时也不知道自己该怎么办了。

一天一夜的煎熬，尹昌衡做出了所有人都意想不到的决定，辞职！他的去留，关系川边和西藏的前途。对川边和西藏的态度，是考察袁世凯的试金石。同时，也借此回成都看看再说。

尹昌衡立即发出了愤激的辞职通电：

昌衡忝膺重寄，二年于斯，今日决意归田，殊惊唐突，缘有苦衷，聊布万一。西方劲敌，势实浩大，筹饷购械，动以巨万。边军破斧缺斤日渐就困，非速于成都顿兵二师，由昌都自行训练，何以备不虞而为后继？今者此权丧失，是谓兵穷。川边赤地千里，全恃四川接济，前任川督，指挥犹难，枵腹露体，欠饷甚巨。今既受掣，困难必甚，是为财尽。蛮人相传，昌衡已罢，大起轻蔑之心，殊增反侧之举，是谓损威。所率之边军，多望都督使之瓜代，陆军本隶川督，多数闻昌衡罢，则愤而决辞，一部闻昌衡罢，则灰心而惋惜，是谓锐减。前以全力鼓我盛气，犹极艰难，势如今日，食已尽矣，兵已穷矣，权已夺矣，迫已盛矣，惟有必败。亦曾电请中央，欲以全川盛气，直捣两藏，即以川督经略西方，亦系为国深谋，非有私意。今者周处士慷慨仗节，不能专断；哥舒翰涕泣出师，先知必败。是用忧劳呕血，病不能起。此中是公是私，谅邀明鉴，知我罪我，不敢尽言。昌衡已矣，即于本日解职，万不能复起。万一残疾稍瘥，亦必舍身空寺。诸公竞效力国事，尚祈曲谅苦衷，西方大局，终不堪问。一俟病瘥，仍将详情叙明，以为谋国君子之一助。至昌衡忝膺重任，不忍辱身，早为自计，聊保首领，万不获已。行遽挂冠，想亦贤人义士所共谅也。鸣哀言善，伏祈谅察。

一九一三年六月十七日

尹昌衡被免都督之职，对于国人，无疑是个爆炸性消息。当司令部刚接到这个电报时，罗一士等人曾主张封锁消息，避免军心动摇。张宣则认为这样重大的人事任免，肯定发的是通电，全国都会很快知道，更何况胡景伊也会迫不及待地上任，好名正言顺地行权，一定会通电到川边各军、各县，绝对无密可保，所以才主张用西征总司令的名义，号令下达前线各部队。

果然不出所料，川边各县及西征各部队接到尹昌衡免职的消息，全部炸了锅。多少人跟随尹昌衡西征，一起爬冰卧雪，冲锋陷阵，立下赫赫战功，尹昌衡既是他们崇拜的英雄，也是他们人生中难得遇到的贵人，人生的许多美梦，都跟尹昌衡联系在一起，此生跟尹都督一定会混出个人样儿，而今尹昌衡被免职，美梦破灭，谁还愿留在这荒寒野蛮的雪域高原受苦？军中闹回川的人不少。

刘瑞麟驻兵昌都，威镇西藏至关重要，尹昌衡被免职，首先他就心里不服，加上将士闹内撤回川，第一时间就电请率兵回川除奸。好在尹昌衡电令各军，没有西征统帅尹昌衡的命令，撤离战位者杀！刘瑞麟是尹昌衡破格提拔的，唯尹昌衡之命是从，他竭尽全力，才暂时安抚了即将哗变的部队。

乡城前线，从省内增援的川军中革命党人不少，他们也把革命党竞选中燃起的热情，带到了前线。六月中旬，十四团一营正目葛光奎策划暴动就是例证。孙兆鸾既受尹昌衡之重托，知道尹昌衡之难，不敢有半点懈怠，苦撑攻乡战役，继续作战，攻乡最后之战，未受到任何影响。

尹昌衡在西征过程中，逐步实行的一系列德政，收到了极佳的效果。在军事上，招抚的感召力发挥了很大作用，由于"藏人均传尹都督之贤良，人人愿降"，不少地方，西征大军一到即下，招抚良民已经超过三分之二。在政治上，人们看到叛军与反民在归顺后都得到妥善的安置，顺民百姓就更觉政通人和，有所依靠，政理民安，庶务大整，全边之政盛于旧时。因此，川边官民对尹昌衡无比拥戴。

当民众得知尹昌衡将离开川边时，全边土司暨驻炉番商僧俗夷民，齐奔康定，请愿表达民意，共同给袁总统及各省都督、省议会，发布挽留尹昌衡的通电。通电云：

> 尹督来边，不但未尝杀一夷人，并未杖一夷人，不但未取我夷人一钱，并且厚加抚恤。我夷人兴灭继绝，土司大族，人人保全。并且讲经说法，提倡佛教，全边人民，爱如父母。所以满清以前未投诚之土司，一律投诚，支差纳兵。尹都督勾脊粮绝，皆愿献粮。所支之差，事倍前清，民无怨辞。各寺喇嘛，皆供俸尹都督之像，呼为肝佛。全边僧俗，莫不拒绝藏人。藏人近亦传尹都督之贤良，人人愿降。即是汉人共见共闻，皆称尹都督是护身佛，

一口同音。所以乡城赵尔丰攻八阅月，尹都督一到即下，因招抚良民已经过三分之二。此事中央各省不知，我边人无不知之，即四川人民亦皆知之。今闻尹都督不为都督，罢职归田，我全边人民，无不惊惶，如失所天。现在炉城近地如此边远地方，闻之必更惶恐，万一藏人乘隙侵入，扰害我僧俗人等，生命财产，必不能保。此皆至极之言，万望留我慈父母，除我等号泣留尹都督，人人愿递斫头甘结，号泣电请维持。全边土司暨驻炉番商僧俗夷民泣叩。

公道自在人心，川边官民对尹昌衡的拥戴，让他十分感动。但他没有留下。他要按他的计划回成都，再定自己的行止。目前，张宣是他在军中最信得过的人了。他把军事委托给了张宣，让他依旧前往里塘，靠近乡城前线，务必保证攻乡战役全胜。他把川边政务，完全委托给了妥人邵从恩。

最后，尹昌衡只带了很少人马，及马忠、张得奎等贴身卫士悄悄离开了康定。

尹昌衡遭此沉重打击，骆成骧始终像个保姆似的不离左右，也一道回了成都。

4

1913 年 7 月 3 日，尹昌衡从康定赶回成都。

尹昌衡解职回成都的消息，在乱哄哄的成都军政界，立即掀起了轩然大波。无论哪一派，对胡景伊在四川排斥异己、结党营私、媚附袁世凯都恨之入骨，驱逐胡景伊几乎是异口同声。暗中响应孙中山二次革命号召的国民党员，更需要尹昌衡这根四川实力的中流砥柱。他们更是大声疾呼驱胡迎尹，都希望尹昌衡牢固掌握四川军政大权。尹昌衡的铁杆弟兄，军中的周骏、彭光烈等人，甚至派人到雅安去等候迎接尹昌衡。

7 月 3 日，军政府部分要员、省议会及部分名流，社团的部分首要，以及尹昌衡军中那些铁哥们，齐聚武侯祠外关岳庙前，隆重欢迎凯旋的尹昌衡。当初他们在这里为他们的英雄送行，而今齐来这里迎接其凯旋，全都出自肺腑。而尹昌衡得到的不公正结局，让所有人义愤填膺，大骂胡景伊和袁世凯之声不绝于耳，纷纷要求尹昌衡立即复任都督。

面对此情此景，尹昌衡除了感动，能说什么呢？许多事情，他至今也没想明白，绝不能轻率表态。他只能拱手作谢，极带感情地说道："昌衡西征全胜，为我川人争了光，无愧乡国父老，其愿已足。功成正宜身退，既已宣布解职，深山野寺，黄卷青灯，是吾归宿。四川军政大事，川人福祉，就全赖各位高贤了。"

尹昌衡说罢上马，对众人长施一礼，打马而去。

尹昌衡这看似平静的伤心之词，更加激起众人的愤慨。有人高喊："走，找胡景伊论理去！"

众人也都附和："对，找胡景伊论理去。"

近日，尹昌衡解职回成都的消息，大小报纸热炒，胡景伊的恶德恶行，与尹昌衡的丰功伟绩，形成了鲜明的对照。国民党争取尹昌衡的攻势暗中推波助澜，全省驱胡迎尹形成一浪高一浪的舆论高潮。又有不少人暗中联络，要组织示威游行。胡景伊除了安置的那些亲信之外，既调不动警察，又不敢擅动军队，几乎成了孤家寡人，简直不敢去军政府，躲到了城北昭觉寺。

迎接尹昌衡那一行人来到军政府，找不着胡景伊。四川省议会立即召集全体议决："胡景伊擅离职守，不知去向，决议请尹昌衡仍回成都任都督，以维政局。并令胡景伊见报后立即交出印信。"

议长胡骏连续致电北京，挽留尹昌衡，均遭驳回。

四川省议会的决议虽被驳回，但胡景伊不断电报告急，尹昌衡在川人望太高，袁世凯更认识到尹昌衡之可怕，怕激起事变，如果真逼使尹昌衡造反，天府之国的富庶和民心一统，这就不是小事了。便立即请黎元洪出面，加任尹昌衡为川边都督，并准尹昌衡在成都设立筹边处为办事机构，以此并无实际意义的虚职，安抚尹昌衡，而息川人之众怒。尹昌衡立即回电，严词拒绝。

全国各大报纸却毫不留情地揭露袁世凯临时虚设川边经略使和川边都督的职位来搪塞尹昌衡是一个骗局。上海国民党的机关报《民立报》立即发表了《荒谬绝伦之任官命》一文，揭露袁世凯的阴谋："四川二字包括四川全省在内，川边何独不然？"

中央和四川的紧张局势几乎达到白热化的地步。

成都，尹昌衡那些铁杆拥护者，盼星星盼月亮般盼回了尹昌衡，特别是那些崇拜尹昌衡的军官们，不少人都是同盟会员转为的国民党员，都急于表达心中的不平，纷纷到尹府来表达自己拥护尹昌衡的决心。

尹昌衡和家人团聚，没有给家人带来多少欢乐。却给亲人们带了为他的处境和未来的担忧。出家修行绝非他真意，他也正为此事踌躇着。但是，他知道自己目前是舆论的中心，一言一行，人人关注，在这样敏感的时候，必须谨言慎行。于是在尹府大门前挂了一块"征人初归，补尽孝道，闭门谢客"的牌子。

这块牌子挡住了不少来拜访的政要和革命党的说客，但是却挡不住一师师长周骏和四师师长刘存厚。这二人不但是尹昌衡日本士官学校的同学，周骏是助他成都定乱最得力的功臣，刘存厚还是他在日本最早的结义兄弟之一。刘存厚出身盐商之家，对尹昌衡这个穷兄弟颇多关照。昌衡父母对这二人也以子侄视之。子侄要来陪昌衡尽孝，这是拒之不得的。

但是，刘存厚和周骏拜访，却还带了另外一个人。此人名叫吕超，四川宜宾人，曾任同盟会天津分会军事部长，1913年初逃离天津到上海，接受发动二次革命的指令后回川，在熊克武军中供职。熊克武专程派他来成都，当说服尹昌衡、刘存厚、周骏等反袁的说客。

尹昌衡还在康定时，就收到省内外不少同盟会的老朋友劝其反袁的信函，他一律不予回应。刘存厚收到过李烈钧的劝说信，并要他劝说尹昌衡一道反袁，开辟西南战场。而今熊克武又派专人前来联络，刘存厚和周骏都有反袁之意，便带了吕超一齐来说服尹昌衡，要他在四川举旗反袁。这跟前年同盟会的朋友逼他举旗反清的情形一样，而且现在拥护他的人更多，呼声更高，而且都手握兵权。

尹昌衡感到事态严重，既不解释，也不表态，只说："昌衡重病在身，心如死灰，既已宣布解职，舍身空寺，不在其位，不谋其政。此时倦怠已极，诸公请便，恕不奉陪。"说罢，丢下三人，径直进了卧室。三个说客，只得没趣告辞。

尹昌衡打发走三人后，立即命人去请骆成骧和颜楷。现在是该决策的时候了，这两位恩师，既有政治判断的能力，又不带任何私心，应该跟他们促膝长谈，彻底交心，做出自己的选择，于是把二人请到府中后院的小亭上吃茶。

骆成骧虽然一直和尹昌衡在一起，但尹昌衡一直在激烈的思想斗争过程中，当他还没有成熟想法之前，是不愿轻易向人坦露的。骆成骧只能察言观色，妄猜妄度。

三人在小亭上坐定，骆成骧便迫不及待地单刀直入："昌衡，袁世凯逼你上梁山，朋友们拥护你上梁山，你到底是怎么打算的，给我们交个底吧。"

尹昌衡很坦诚地道："骆公，实言相告，袁世凯为何逼我上梁山，情况不清。我所作之解职决定，无非试探袁世凯真实意图而已。目前心中如一团乱麻，我何去何从，上不上梁山，正待请教骆公和舅兄。舅兄在成都消息灵通，不知舅兄对目前局势是何高见？"

颜楷道："目前国内的舆情，都为昌衡被免职而愤愤不平，四川驱胡迎尹，呼声很高。特别是革命党人，表现得更为急切和强烈。拥护你重掌四川都督大权，可以说是绝大多数川人的共同愿望吧。"

尹昌衡道："舅兄是什么意思？"

颜楷道："我只是告诉你民情和舆情，也没有成熟的想法。"

骆成骧道："我回成都这两天，不少人来你家吃了闭门羹，就络绎不绝地到我门上来，要我劝你上梁山。你说，我该怎么回答？"

尹昌衡道："其实，刚接到免职电报之时，我也曾这么想，既然你袁世凯要逼我反，我尹昌衡得天时地利人和，怕你何来？天时，宋教仁案、大借款案是全国舆论的焦点，革命党正在酝酿二次革命，暗中致信联络我反袁的大有人在，我若借势，岂不正当时宜；地利，天府之国，地势险要，民殷物富，做西南王与之抗衡，其奈我何？人和，我尹昌衡定乱安蜀，在川人中威望如日中天，几乎得到所有党派、团体、民众的支持与拥护。在军界，军人视我为军神，振臂一呼，谁不唯我马首是瞻，更挟西征得胜之师，谁敢与我争锋？胡景伊人心尽失，指挥得了川军吗？不用动兵，喊一声滚，恐怕他逃命还嫌腿短哩。"

颜楷道："不少人私下议论，也是这个意思，都认为这对昌衡是好事，是天赐良机。"

骆成骧道："昌衡所言，确实是事实，你一回成都，胡景伊心虚胆怯，连班都不敢上，躲得无影无踪了。"

尹昌衡道："唉，可是，可是……"

骆成骧和颜楷都急切地问："可是？可是什么？"

尹昌衡道："可是，要逼反我的，到底是老谋深算的袁世凯啊，他不糊涂，也不是昏君，他是个驭人和玩弄政治的高手。我并无过错，为什么在这样的时候来逼我为敌呢？这背后有没有什么更深的用意和阴谋呢？"

骆成骧和颜楷只觉得此事蹊跷，并没往深处去想，尹昌衡这一问，二人都愣住了。

骆成骧沉吟了好久，慢条斯理地道："我估计他欺你不敢反。外省人都认为，四川物阜民丰，历来战乱甚少，蜀道之难的天然屏障，把川人封闭在一个狭小的环境里，民耽于安乐，目光短浅，有小聪明而无大志向、大气魄，因此把四川人叫作川耗子。四川历史上的几个王国，都是外省人入主四川。秦人入金牛道而灭蜀；丧家之犬刘备，轻而易举入蜀建立蜀汉政权而三分天下；五代十国时，在四川建立前蜀称帝的，是一个目不识丁的河南人王建；建立后蜀并称帝的，也是在四川做节度使的河北人孟知祥；至于在四川建立大西政权的张宪忠，更是一个陕西过来的流寇。历史上四川出的文人学士不少，出的王公大臣却屈指可数。特别是清朝二百多年，除了出了个宰相张鹏翮之外，四川就很少出过朝中大员。外省人一般是瞧不起我们四川人的。"

颜楷道："对，外省人确实认为四川人胆小怕事，干不了大事，好欺负。骆公分析有些道理。但是袁世凯在天津时见识过昌衡的豪气，怕未必会那样看。"

骆成骧道："另外，我估计他欺你不会反。"

尹昌衡道："为什么？"

骆成骧道："昌衡忠勇，重名节，讲义气，有口皆碑。成都兵变，犯难定乱安蜀，边藏叛乱，抱病西征保国。如此义烈之铁血君子，岂会因为免去都督之职一己之私，而抗衡中央，自毁名节，自毁西征卓越功勋，自绝于民国。"

颜楷道："骆公之言甚是。不过，我更怀疑是胡景伊谗言诬陷，挑拨离间所致。"

骆成骧道："又有什么谗言，可导致世凯这样精明的政客，做出这样荒唐而又冒险的决定呢？"

尹昌衡道："这正是我此前百思不得其解的事，我远在边关，全力平叛，切盼中央支持。竞选之事不闻不问，宋教仁案，装作不知，置之度外，大借款之事，巴不得中央早日成功，好解我前线用钱的燃眉之急。直到今天上午，刘存厚、周骏和熊克武的说客来访，并代他们说我反袁，我才突然悟到……"

骆、颜二人都惊问："悟到了什么？"

尹昌衡道："两位恩师都知道，我在日本留学时，跟李烈钧、刘存厚、唐继尧是最早的拜把兄弟，后来又有人加入，号称九人团。李烈钧成了国民党利用宋教仁案、大借款案反袁的急先锋，熊克武又公开声援，并且发表讨胡檄文，拥护我为四川都督，国民党的报纸又大肆为我鸣不平，袁世凯该作何想？"

颜楷恍然大悟，一拍大腿道："怪不得，李烈钧免职的第二天，就无缘无故地免去昌衡四川都督之职啊！"

骆成骧拈须点头道："着，根子就在此，袁世凯怀疑昌衡可能成为革命党发动二次革命的干将。他虽然料定你不至于反，但为确保西南一大片安全，故而先剥夺你的实权，以防万一。"

颜楷道："这，如果昌衡不着其道，真的趁机上梁山，反了呢？"

尹昌衡道："反，怎么反？像大家所说的抗命中央，驱逐胡景伊，自任都督吗？"

骆成骧和颜楷一时都语塞了。

骆成骧沉吟良久道："旁人只能站在普通人的角度就事论事，你自己的人生主张，才是你作决定的依据。"

尹昌衡道："唉，两位恩师，昌衡虽是武人，毕竟是圣人门徒。一生一念，报国报民而已。报国，我虽然反对专制，却不反清，清亡建立民国，南京临时政府成立，是为代表国家，我即拥护南京临时政府。北京临时政府代替南京临时政府，我即拥护北京政府。民国以共和立国，正好展我报民之宏图。为民国而战，为共和而战，此即我终生之大愿也。英国人图谋分裂西藏，狼子野心路人皆知，我身为军人，保全国土，乃我之天职也，焉能弃守国家西部门户，为一己之得失而给中央添乱？"

颜楷道："我们都知道这是昌衡之初衷。"

尹昌衡道："不，昌衡将年届三十，而立之年，已非少年孟浪。忠于民国，忠于共和，已是毕生永志。我之宣布解职，既出于气愤，也为试探袁世凯对西部国家主权的态度。目前看来，他懂得我对西部边疆的重要，不愿把我一棍打死，又加川边都督之虚衔安抚，要我镇边，心中也有全国土之意啊！"

颜楷道："但是，我知道革命党从上到下，都一直对你寄很大希望啊，你若不反袁，将树敌于革命党啊！"

尹昌衡道："孙中山先生，推翻清朝专制统治，首倡共和，是为中华民族一代伟人，但绝非完人。民国既立，当合力推行宪政，而此时发动二次革命，开武力干扰宪政之先河，实为不智。昌衡若驱逐胡景伊而对抗中央，不管赞成不赞成二次革命，都势必成为破坏共和宪政之罪人，成为民国之罪人啊！两位恩师，武人干政，国之不祥，天下大乱，遭罪的永远是百姓。昌衡即使不能为苍生造福，也绝不能造罪于国，造罪于天下百姓啊。"

骆成骧道："昌衡之意，是维护民国，不介入二次革命，不上梁山？"

尹昌衡道："是的，不上梁山，维护民国安定，服从中央。就装糊涂吧，把川边都督之职权当一碗粉汤，违心喝下。利用我之虚名，全国土以镇边疆。不让随我西征将士的鲜血白流，以告慰长埋雪域的英烈忠魂！"

颜楷道："昌衡下一步怎么打算？"

尹昌衡道："远离是非场。一、通电退出国民党；二、携家眷到川边赴任；三、为不斩断四川对边藏的接济，讨好胡景伊，通电声明，我与胡景伊并无嫌隙，一如既往尊重。"

第五十章

智息兵谏

1

1913 年 7 月 5 日，尹昌衡在成都召开了新闻发布会，发出通电：宣布即日起退出国民党。同时致电黎元洪，受任川边经略使、川边都督之职；筹边事毕，即举家赴川边赴任。电文曰：

> 昌衡前以未坐新克，财尽兵单，前敌不测，后援不继，故于经略之命，未敢轻就。诚恐有一不当，危身误国，屡电恳辞，均未得请。中央催促，各省劝驾，责以大义，义不容辞。伏念时局万难，我大总统尚勉力支持，巩固民国；昌衡何惜一身，不忍报效？若再坚持，似不近情。滋于 7 月 5 日受经略之职，遵令力疾任事，勉竭驾钝，顾全领土。唯且愧能力薄弱，谬膺重寄，此后之成败利钝，事未可知。尚祈俯鉴愚忱，指示一切。如有关善后方法，殖民政策，果切事实，立付施行。谨此奉布，不尽欲言。

成都《国民公报》的记者问尹昌衡今后的动向时，尹昌衡没有任何言辞，唯赋一绝以答之：

> 筹边千里避嚣尘，觅得桃源怕问津。
> 乱国无人孚众望，薄材如我应沉沦。
> 岂因悲愤同廉使，唯恐轻心负伯仁。
> 塞已平蛮身未死，好生低首作忠纯。

诗中,他认为局势纷乱,没有一个人能够驾驭全局,使中华巨轮不偏离共和航向,发出了"乱国无人孚众望"的叹息。

尹昌衡宣布受任川边经略使、川边都督之职后,迎来了他的拥护者们一片失望的叹息,甚至是指责,有的国民党人甚至攻击他接受袁世凯的收买,是投降变节的懦夫。不过,他在军中的大多数崇拜者,即使按他们自己的想法不能理解,但是大家都知道,尹昌衡行事,往往都出人意料,他既然做这样的决定,一定有更充分的理由。

尹昌衡不管旁人说什么,但对刘存厚、周骏等一帮革命党中的铁杆朋友不能不交心,免致他们糊里糊涂去赶热闹,掺和到一些亲痛仇快、有损国家民族的事情中去,便用西征凯旋的名义请了一两桌客。

弟兄们尽管对他的行动有许多不解,但是,谁都希望听到他独到的见解,来决定自己的进退。抱怨归抱怨,一当他请饮酒,那已经是一种荣誉和享受了。心中的怨气,早已经消解无形。

尹昌衡知道,即使在国民党内,对二次革命都有严重分歧,在四川也一样。大家驱逐胡景伊,也多是出于支持他的义愤。他只说他若驱逐胡景伊,必然对抗中央,与中华民国为敌,必然把四川百姓拉入与中央对抗的无休止的战乱之中,试问大家于心何忍?

一直躲藏的胡景伊,也派人密切地侦视着尹昌衡的动向。当尹昌衡宣布就职川边经略使和川边都督后,这时才松了一口气,又得知尹昌衡请铁杆兄弟们喝酒,客观上做了拥尹派的安抚工作,便赶快就梯子下楼,盛情面见尹昌衡示好。承诺四川对边藏的接济一如既往,协助尹昌衡在成都建立边藏"筹边处"。并与尹昌衡联名发表声明:他们"彼此浃洽,毫无恶感","交恶之说,究从何来?"尹昌衡亦表示"本经略使俟边事筹有端绪,立即起程旋炉"。

7月12日,被免职的李烈钧在孙中山指示下,从上海回到江西,在湖口召集旧部,所部仅水上警察千余人,成立讨袁军总司令部,正式宣布江西独立,并发表电告讨袁。

7月15日,黄兴虽然反对动武,但出于对领袖的服从,只得前往南京,迫都督程德全宣布江苏独立,称江苏讨袁军总司令,派第一、第八两师北上。但程德全不肯蹚这趟浑水,弃职逃遁去了上海。随后安徽柏文蔚、上海陈其美、湖南谭延闿、福建许崇智和孙道仁、四川熊克武、广东的陈炯明亦相继宣布独立。浙江朱瑞、云南蔡锷宣布中立。二次革命全面爆发。

7月19日，孙中山通电参议院、众议院、国务院、各省都督、民政长官及军、师、旅长，略谓："今袁氏种种违法，天下所知，东南人民迫不得已。以武力济法律之穷，非惟其情可哀，其义亦至正。当此存亡绝续之际，望以民命为重。以国危为急，同向袁氏说以早日辞职，以息战祸。"

孙中山同时又致电袁世凯本人："昔日为任天下之重而来，今日为息天下之祸而去……若公必欲残民以逞，善言不入，文不忍东南人民久困兵革，必以前反对君主专制之决心，反对公之一人，义无反顾！"

7月22日，袁世凯下令褫夺黄兴、陈其美、柏文蔚荣典军职，命张勋、冯国璋剿办。

当日，江苏讨袁军在徐州地区与冯国璋北洋第二军和张勋武卫前军会战失利，退守南京。

7月22日至28日，陈其美率领的上海讨袁军屡攻江南制造局未克。等到袁世凯用军舰运送大批的北洋军赶来后，讨袁军一触即溃，指挥部被上海租界当局解散。上海的讨袁军也就风吹云散，完全瓦解。

早在7月23日，袁世凯已下令撤销孙中山筹办全国铁路的全权，并称黄兴、陈其美、柏文蔚为"叛徒"，黄兴和陈其美还被悬赏十万和五万元加以捉拿。在此之前，黄兴的陆军上将衔也被剥夺。

安徽的独立，从一开始就是"假独立"。柏文蔚虽然是名义上的安徽讨袁军总司令，但军队实际上被师长胡万泰和民政长孙多森所控制。等到北洋军大兵压境，安徽那些搞假独立的人也就立刻撕下面纱，宣布拥袁，柏文蔚只好率卫队逃往南京。

福建都督孙道仁本来就是在师长许崇智等人的胁迫下宣布独立的，当许崇智提议出兵援赣及北伐时，孙道仁总以饷械缺乏为由，加以拒绝。等到大局明朗，孙道仁趁机发出通电，向袁世凯陈述被胁迫之"冤情"，宣布取消独立。

湖南的情况和福建差不多，也都是阳奉阴违、见风使舵。在江西和南京的讨袁军失败后，湖南都督谭延闿也就宣布取消独立。但是，袁世凯对湖南并不放心，他随后又派出北洋军曹锟等部进入湖南，最后由海军中将汤芗铭接任湖南都督。

7月28日，黄兴看到大局无望，遂离南京出走，讨袁军全局动摇。

8月11日，何海鸣率南京第八师部分下级军官及士兵重新举旗讨袁，宣布恢复独立，两千多名士兵与北洋军展开血战。

广东，龙济光和陆荣廷迫使广东讨袁力量无法动弹，胡汉民和陈炯明失去了对军队的控制。无奈之下，陈炯明特意派人去上海请了专门与袁世凯作对的前清官僚岑春煊来广东，试图利用他之前与龙济光、陆荣廷的部属关系缓和局势，但岑春煊这个老上司，在龙、陆面前已经过气，这两人非但不听岑春煊的劝告，反而进兵广东，最后将陈炯明逼走。8月13日，拥袁桂军龙济光部攻占广州。

9月1日，张勋的武卫前军攻克南京，各地宣布取消独立。孙中山、黄兴、陈其美等被通缉，相继逃亡日本，二次革命宣告失败。

各地的讨袁军相继失败后，袁世凯指"黄兴、陈其美、钮永建、何海鸣、岑春煊"五人为这次战乱的一等罪犯，其余如"孙中山、张继、李烈钧、柏文蔚、谭人凤、陈炯明"等人也都在通缉之列。

早在李烈钧拉开二次革命的战幕后，举国震动。尹昌衡怕川边前线出事，为了避免后顾之忧，即带着家眷，赶赴康定赴任。

战乱已经开始，四川的靖乱都督，此时却携家带口，舍成都而赴川边。所带之军队，力劝尹昌衡不要西去，定遇危险。成都军民及朋友也拦车挽留。尹昌衡再次挥泪告别成都父老，义无反顾西行。

尹昌衡因避二次革命而西行，却怎么也想不到，二次革命的阴影如一个魔罩般始终罩着他。他在《西征纪事》中对这次携家眷西行履职，智息兵谏，单枪平叛，做了生动的记述。

2

尹昌衡一行至雅州，驻进当地军营，正要吃午饭的时候，谍报突至，熊克武于8月4日宣布四川独立，响应二次革命，起兵一万人进攻成都。同时，周骏登也率一千余人在新津起兵相从。

尹昌衡此次回成都并未多带人马，他虽然被免去了四川都督之职，但他犹是川边都督。雅州所屯之兵，原为西征后备力量。胡景伊为讨好尹昌衡，西征尚未完全结束，这部分兵力仍然归他节制调度，更何况他在西征军中有崇高的威望，大家都愿意当他的部属。

将士们听到这个消息之后，都十分震惊，一下围住了尹昌衡，一齐请求："我们早就说，川边去不得，去则必然有祸，都督不信，现在怎么样，四川乱起，大祸降临了吧。都督，将在外，君命有所不受。我们杀回成都一起北伐反袁吧。"

尹昌衡厉色呵斥道："鄙性忠诚，心如铁石。今国事既定，有敢言抗中央者，斩以徇！"

雅州驻军不少，将士中国民党人比较活跃，且与内地颇多串联。兵士退出后，大家商议，尹昌衡在军中威望甚高，苦劝不行，只有胁迫他了，借用他的威望参加二次革命。

不一会儿，三千余人包围了军营。尹昌衡和骆成骧正在饮酒，诸将全副武装，提枪露刃，气势汹汹，闯入军门，逼尹昌衡北伐。马忠和张得奎见苗头不对，立即拔枪护住尹昌衡和骆成骧。

自己带的军队，在行军过程中突然发生兵变，这为尹昌衡所始料不及，他见此情境，心中不免一怔。但他没有半点诧异和惊慌，重重地把酒杯往桌子上一顿，泰然站了起来，按下马忠和张得奎端着的枪："你们拿刀弄枪的，想干什么，是来杀我吗？动手吧！"

众人被他的气势所慑服，收了枪刀："不，我们都拥护都督。"

尹昌衡道："有用刀枪拥护的吗？"

众人都道："都督，全国反袁战火即将成燎原之势，川军都欲北伐，请问都督作何打算？"

尹昌衡一听明白了，这只是挟持，他知道，古往今来，仗势兵谏，挟持主帅的事例不少。从挟持到就范，就有了不少缓冲和周旋的余地。

尹昌衡根本不正面回答将士们的逼问，他慢条斯理地给惊愕在一旁的骆成骧满上酒："骆公，我以功而见妒，怎么不想杀回成都啊？有此意久也，今天将士们如此齐心拥护我，我就只好领大家的情了，为我祝贺一杯吧！"说罢，一饮而尽。

骆成骧知道尹昌衡另有计较，只得配合地碰了碰杯。

尹昌衡饮罢酒，决绝地宣布道："众位将士，我尹昌衡感谢大家了，你们如果真心拥护我，就立即调集部队，到郊野设上大帐，搭起高台，一个时辰之后，集合全体将士，誓师北伐！"

气势汹汹来胁持尹昌衡的诸将，没想到尹昌衡答应得如此爽快。因功见妒，心中不平，也是情理之中之事，没有任何人怀疑尹昌衡的真诚，尽都欢呼雀跃，各自回营集合部队，搭台设帐，准备去了。

诸将走后，尹昌衡立即召集了八十名健卒入内室。现在已经是军心涣散的时候了，尹昌衡对谁也不敢相信。只好依靠自己的威信冒险一试，但愿还能言出令随吧。

尹昌衡在内室集合好队伍，带着他的贴身卫队，平端着乌光闪亮的马枪，然后命人在每个健卒面前，摆上一把雪亮的匕首。

八十名健卒见面前摆上匕首，颇为诧异，不知尹昌衡要干什么。

尹昌衡立即发出第一道命令："静默！"

八十个人立即静默，人人屏神静气，偌大的室内，好几分钟静得能听见将士们的心跳之声。

尹昌衡再令："揣好匕首！"

众人一齐揣好匕首。

尹昌衡三令："今日之事，一律听我口令行事！行令者大功，违令者死罪，不管你曾经有多大的功劳，一概不予辜宽赦免！"

八十人一声低喊："唯都督之命是从！"

三令既毕，尹昌衡令八十健卒护卫他至郊野。

郊野，已经搭起了将台，台后搭起了大帐。数千将士，整齐地列队郊野，恭候尹昌衡登台誓师。大帐一侧，紧临一个大土屋，尹昌衡命八十人在土屋中铺上大红地毯，摆上好酒好肉，俨然要作牛酒誓师的排场。

诸将引尹昌衡登上将台，尹昌衡挥舞令旗，令台前阵列后退五十步。卫队入场，金刚般立于台前护卫。在台前空地上摆上几大坛酒，铺上一些牛肉。

尹昌衡站了起来，正了正衣冠，扫视全场，振声道："众位将士，自古用兵，都讲究师出有名。以有道伐无道，理直者方能气壮，气壮者则能生威，将士一心，三军用命，方可百战百胜。誓师者，誓也！为何而战，为谁而战，如何去战？铿锵誓言出口，皇天后土共鉴。今日誓师，本都督为鼓舞我军士气，特别开生面，别出心裁，本督不愿过多说教，请诸将及三军登台共说大义，为本督作战前动员，以鼓我军士气。"

一片掌声，一片叫好。

"今日登台者，不分尊卑，不论高下，问罪理直，惩恶气壮，所言能够鼓舞士气者，破格重赏！"

尹昌衡破格重用刘瑞麟，军中已成美谈。知道尹昌衡说话算数，谁不希望得到尹昌衡的赏识？军中那些激进的年轻国民党员，争相登台演讲，借报上所说的宋教仁案、大借款案以及袁世凯不公正对待尹昌衡等理由，谴责袁世凯之无道，赢得了一遍遍掌声。

演讲差不多了，尹昌衡留下演讲中最为慷慨激昂者约三十人，宣布道："今日留下者，适才鼓舞士气有功，是普通兵士的，授予尉官，尉官者升为校官，校官者升为将官，请入大帐饮酒。其余演讲诸公，今天发挥得不好，日后多练口才就是，今天就只有委屈大家在台下饮酒了。"

留下者当即升官，欣喜若狂。演讲未入选者，多少有些叹气。好在来日方长，跟着尹都督，就有希望。

那三十人被请到土屋中，坐于红地毯之上，每人面前都斟上了美酒，尹昌衡进来，笑吟吟地举起酒杯："恭喜诸位了。"

众人也举起酒杯："多谢都督提拔！愿和都督共伐无道。"

尹昌衡突然脸色一沉，掷杯于地，大吼一声："来人！"

八十名健卒应声而出。

尹昌衡道："出匕首！"

八十把雪亮的匕首齐出，对准了那三十名军官。

尹昌衡道："将三十名叛逆通通拿下，有敢反抗者，立斩！"

那三十名军官惊悸之余，方知上当，毫无防备，即使胆大的想骂，明晃晃的匕首架在脖子上，哪里还敢动弹？不一会儿，全被捆了个结实，囚于土屋之中。

制服了那三十个领头之人后，尹昌衡复来台上，宣布道："那三十个人，公开煽动叛乱，已经被我全部杀了！"

台下爆发出一片惊疑之声

尹昌衡又高声道："煽动叛乱，只追究罪魁祸首，其余受蛊惑而盲从者，概不追究。台下，煽动叛乱不力之饮酒者，虽有过错，其害甚小，今日免尔等之过，各回本队，代理本队已经被处置的军官之职，约束好本部人马，听我调度命令。"

在台下饮酒的军官们，适才还在后悔嘴笨，表现不佳，此时却因祸得福，大多因顶替上司而得到晋升，赶紧归队，整顿各自的队伍。

尹昌衡知道，蛇无头不行，鸟无头不飞。领头的人一被控制，就成功了一半。他只讲了一些明显的事实和简单的道理，让大家知道，国家需要安定。武夫职责是保家卫国，应该忠顺，如果指责上峰太过，就会国无宁日，而今不去附和北伐，实际上是为四川人少受兵祸之苦。道理虽然简单，但是很清楚明白。

尹昌衡命整队退场，各回驻地。

尹昌衡这时才回到土屋。因于土屋之中者，多数都是西征军的军官，不少人都在西征战场上战功卓著。这些人消息渠道多些，激烈主张北伐，也多是出于爱国。但是同样的事件，站在不同的角度去看就得出不同的结论。对这些人，尹昌衡既不能压服，也不寄希望能说服。人各有志不能强勉，眼下息乱为上，心不服，只要口服也就达到目的了。

尹昌衡良久才发声道："适才台上煽动叛乱，振振有词，谁不服气，说话！"

或许是不屑于，或者是没勇气，没有人应声。

尹昌衡也见好就收，命给大家解了绳索，请大家坐下，语重心长地开导："弟兄们，你们拥护民国，你们拥护宪政。你们身为民国的军人，居然在前线煽动兵变，论国法、论军法，就该把你们就地正法。可是你们都是爱国的好男儿，为了国家的主权和统一，你们跟我一起驰骋雪域高原，什么苦没受过，什么险没经历过？你们都是我的好弟兄啊，我能忍心杀了你们吗？弟兄们，你们好勇而不好学，好听而不好想。你们知道的没我多，想的没我深。而今，边关风烟未靖，父老节衣缩食，让我们来保边疆，你们却要调转枪口，去对准同胞，你们不觉得这太愚蠢吗？不觉得太对不起四川的父老乡亲吗？"

不少人都说："都督，给我们一个改过立功的机会吧。"

尹昌衡道："我已经宣布将你们正法了。现在只能每人发三月薪饷，今天晚上，礼送你们秘密离开部队。弟兄们，你们未来的路还长，人生路上好自为之，千万别做国家和民族的罪人啊！"

尹昌衡说罢，命人将遣送这些人的钱一一发到手上，又命给每人满满斟上一杯酒，然后自己举起杯来："昌衡就借这杯酒，给你们送行了。"

一场突如其来的兵变，就这样化解了。

新津的周骏登，早与雅州驻军有秘密联系，约定一同起兵。第二天即率新津千余将士赶到雅州会合，得知雅州兵变已经被尹昌衡平息，周骏登犹不甘心。尹昌衡在成都定乱过程中，周的功劳不小，对尹昌衡也很敬重，致书请求面见尹昌衡进言。

尹昌衡回书叫周骏登陈兵于东湄，周骏登一人过江。并答应周骏登，若自己理屈词穷，周骏登若能说服自己，便跟周骏登一道反叛中央而北伐。

尹昌衡将周骏登款留营中，自驾小船过江，至周骏登陈兵的东湄，说服千余将士，予以遣散，尽收枪械，送交成都。回到营中，又给路资送走了周骏登。

尹昌衡把遣散周骏登叛军之事上报中央，袁世凯闻之大怒，电责尹昌衡，为何不杀周骏登。尹昌衡辩解："我不忍心杀藏虏，其忍心杀子弟乎！"

第五十一章

单枪平叛

1

尹昌衡瓦解周骏登叛乱后，曾经电请袁世凯，自己愿意单枪匹马去说服熊克武罢兵。在尹昌衡看来，甘冒凶险，这是勇担国是的英雄壮举，袁世凯应该给他这个再立新功的机会。可是，对于袁世凯来说，此举实在是多事。

袁世凯严词拒绝了尹昌衡的自告奋勇。当时许多人不解，此事曾引起了一些议论。广西陆荣廷还曾向中央进言："尹昌衡仁人也，从之必济。"认为尹昌衡出马说服熊克武一定成功。

四川第五师师长熊克武于8月4日响应二次革命，占领重庆，宣布四川独立。

熊克武本拟进攻成都，控制四川，然后据重庆顺江而下，联络湘军而进窥湖北，不意湖南谭延闿很快战败，被迫宣布取消独立，湖北防守坚固，几乎无隙可乘。熊克武于是派其弟熊克刚带一批国民党心腹人员，携带巨资至湖北，意图收买宜昌、施南的军队。

不幸的是，熊克刚一行至巴东县，便被驻防这里的第十团二营营长殷炯抓获。殷炯立即电告施南和宜昌的稽查使马骧云，马骧云复报黎元洪，黎元洪即令马骧云查实就地正法。熊克刚等一批重庆的年轻革命党人，就这样白白地在湖北丢了性命。

袁世凯最初最担心熊克武拥立尹昌衡领头北伐，对四川早有军事防备。好在尹昌衡没卷进这场热闹。袁世凯知道胡景伊在四川说不上话，不能独当一面，一面命胡景伊出兵抵挡熊克武对成都的进攻，一面命黎元洪调军西征四川，同时命云南、贵州、湖南三省亦发兵助剿重庆。

熊克武虽然拥兵万余众，但是他那样的职业革命家，军事上却并不在行。尹昌衡的态度，在川军中影响了刘存厚、周骏等大批革命党人的参与。熊克武使尽浑身解数，派员四处活动，收效甚微，只争取到了周殷登和尹昌衡西征军中时任军法局长的张煦等答应相机一道起兵。在全川来说也可谓势单力薄，怎么抵挡得住五省人马从四面八方合围进攻？

熊克武起兵，胡景伊即命已经取代孙兆鸾三师师长之职的亲信胡忠亮，率川军第三师开赴重庆。其余各师亦不得不听令佯动，以壮其声势。贵州都督唐继尧已经奉命派旅长黄毓成，率一混成协直逼重庆。滇军也向四川合围。不多日子，重庆便陷入四面楚歌的重重包围之中。熊克武只好电告胡景伊，请求议和。胡景伊哪里会准，勒令交出祸乱之首，方准派代表进行调停。

战事发展到这一步，尹昌衡不得不佩服袁世凯的老谋深算。但袁世凯的深意中，似乎还包藏着不可告人的野心。因此他也深为民国的前途担忧，他又一次向自己提出了那个尖锐的问题：袁世凯能把共和之路走到底吗？

尹昌衡平息了雅州兵变之后，担心二次革命的浪潮惊扰家眷，便命马忠率领卫队，保护父母妻子和随行的妹妹先赴康定。

8月，正是川边最美好、最宜人的季节。尹父尹母离开暑热难耐的成都，远离嚣尘，朝拜雪域庙宇，晨钟暮鼓中，陪儿子立功边陲，那是人生多大的幸福。飞刀女侠杨燕茹，一身本事不能为夫君立功边关助力，心中常怀愧疚。而今好了，能够并马驱驰雪域了。最开心的还是尹昌衡从边藏送回成都孝敬尹母那头藏獒玉狮，回到它的故土。

一路上关山雄奇，步步是景，遍地鲜花，处处闻香。新鲜和新奇，不觉艰险，沿途各驿各站的热情迎送，使他们充分享受了尹昌衡的成功与辉煌。他们在得意和满足中，很快到达了川边首府康定，却万万没想到，在康定等待他们的是一场惊天的变故。

熊克武给张煦的任务是促尹昌衡举旗，参与领导四川二次革命，但尹昌衡的态度不明确，一直不敢贸然行动。川边信息又堵塞，全国二次革命的战况也不清楚，直到得知尹昌衡受命川边经略使和川边都督，张煦才明白了尹昌衡的态度。

熊克武四面楚歌之时，接连电催张煦行动，若得尹昌衡提兵反袁，四川的局势就会立即改观。尹昌衡瓦解周殷登的消息传到丹巴，张煦忌惮尹昌衡在西征军中的绝对威望，不敢贸然行动。恰好这时又传来尹昌衡的家眷先到康定的消息，这给了他借家眷要挟尹昌衡的好机会。

张煦鼓动军队，自称川边大都督，自任北伐总司令。以第一团团长赵成为副都督，第二团团长王明德为招讨使。开库发钱，厚贿将士。将所部两营及重庆方面三千余军，编成一个混成旅，自丹巴起兵，兼程返回康定，攻入监察使颜镡署中，劫掠一空，颜镡逃脱。

马忠及其卫队送尹昌衡的父母、一个妹妹以及爱妾杨燕茹刚到康定，张煦首先封锁消息，在城外举行了盛大的欢迎仪式，将尹父母一行送进了经略使府。张煦早就知道马忠和飞刀女侠杨燕茹的厉害，将卫队隔在府门之外，府内早就埋伏好了人马。

马忠及所有人都对将要发生的事情一无所知，独是那头威猛的玉狮，像有什么预感似的，怒目堵于门口，不让生人入内。有人掏枪，想击毙玉狮，被张煦挡住。热心的尹母叫杨燕茹拉开玉狮，这些人才得以随尹家人入府。

尹父母刚在大厅上坐定，埋伏的兵士齐出，所有的枪口逼向他们。众人不由得大惊。

杨燕茹反应最快，放开牵着的玉狮，数把飞刀已然在手。那玉狮"嗷"的一声吼叫，白光一闪，箭一般扑向用枪指着尹母的士兵。那士兵一声惨叫，手枪落地。

就这当儿，已经被几把枪指着的马忠一缩身，拔枪闪身到张煦身后，用枪指着张煦的脑袋。

张煦的目的是胁迫尹昌衡提师北伐，早有严命，此次行动，只能用威，而不能用武，不能伤害尹家一人。没想到玉狮的突然行动，打乱了他的部署。值此情景，若真动起武来，大事不成，自己也定丢小命。因此只得权变，厉声吼道："放下枪，不得惊吓太夫人、太老爷及尹大都督眷属。"

埋伏的士兵也都听令放下了枪，恭敬地环立厅内。

马忠虽然身怀绝技，勇武忠诚，但知道若是动武，定会两败俱伤。同归于尽，自己丢命事小，伤了伯父伯母和杨燕茹及尹妹，对不起尹昌衡，就罪莫大焉了，只得也放下了枪。独有杨燕茹，数把飞刀在握，举手随时待发。

张煦脑后之枪拿开，率两个团长上前一步，跪在地上："太老爷，太夫人，部下鲁莽，惊了两位老人家慈驾，我等请罪了。"

这一出倒让尹父母及马忠愣住了。

良久，尹母才道："张将军，你们这是演的哪一出啊？"

张煦善言："太老爷、太夫人，非是我等狂悖，存心冒犯慈威。我们都是尹大都督的部下兄弟，今日别无他意。袁贼种种不法，祸国殃民。我大都督劳苦功高，反被免都督之职，我等将士，无不义愤填膺。值此全国反袁之高潮，我等因

— 481 —

此兵谏，请尹大都督提师北伐，讨伐袁贼!"

尹父一听此言，正要发作，尹母机智，在尹父腿上揪了一下，对着尹父道："老背时，怎么样，我的儿带的兵，都是忠义之辈吧?"说罢，去扶众人，"各位贤侄请起来说话。"

张煦等站起："谢谢太夫人。"

尹母道："各位贤侄，我这老太婆，不懂你们年轻人说的国家大事，只是喜欢看戏，戏台上也看过几多兵谏的故事。自古只有对大人物进行兵谏啊。对我们两个吃闲饭的老不死兵谏，能起什么作用。"

张煦道："我们都知道，尹大都督至孝，一定会听两位老人家的话，请两位老人家，劝尹大都督不要辜负了四川百姓的切盼，不要冷了跟他一起浴血奋战的弟兄们的心肠，挂帅北伐，提兵反袁!"

尹母似有为难，沉吟好久，便有士兵捧上纸笔。尹父脸色一沉，吼道："拿开。"

尹母怕尹父性急，激起变故，戳了一下尹父的额头："老背时，张将军等都是子侄，你不能轻言细语说话吗。"又转对张煦道，"张将军，别怪你尹伯父脾气不好，他教昌衡时就说过，凡是机密大事，不能轻信书信，天下奇人甚多，什么假造不了。《水浒传》里那个圣手书生肖让，不是就伪造蔡京的手迹差点成功吗?我们即使修了书，昌衡也不一定相信啊。"

尹母说得很有道理，众人都愣住了。

张煦道："太夫人，这，这来怎么办?"

尹母想了一阵道："你们也是古道热肠，一番好意，实在难得，这样办——燕茹，呈我家传家之宝来。"说着把一串钥匙递给了杨燕茹。

杨燕茹接过钥匙，当众打开尚置于堂上的一口华贵的箱子。从箱子中捧出一个锦盒，又用小钥匙打开锦盒上的小锁，从盒中取出一个黄绸包裹，呈给尹母。

杨燕茹的动作那么虔诚，那么小心翼翼，所有人都瞪大了眼睛，不知尹家的传家之宝是什么宝贝。

尹母亲手解开层层黄绸，露出一方快要磨穿的古砚，双手托在手上："张将军，吾儿性烈，猝命之反，必为赵苞。此砚在普通人眼里或许一文不值，在尹家可非同一般。此祖砚，乃昌衡的外公家先祖所留，十余辈人视之如命，代代相传。此辈已传与我刘家唯一遗绪昌衡了。昌衡幼时，傍我读书之时……"接着，她动情地讲起当年断指赋诗传祖砚之事，听者无不为之感慨唏嘘。接着又道，"你见昌衡，只需言说，父母以此砚为凭，从众位贤侄之所请，要昌衡提师北伐，吊民伐罪，昌衡定然如命！"

众人道："啊，明白了，大都督见此传家宝祖砚，如见二老。"

说话间，尹母已经重新包好祖砚，双手高高捧起，张煦伸手要接，尹父圆瞪怒眼，重重地"哼"了一声。张煦立即缩回了手。

马忠吼道："大都督家祖传圣物，何得轻慢，拜祖砚！"

众人这才大悟，一齐跪地深深一拜。尹母这才将祖砚传与张煦。

仪式越是隆重，众人越是深信不疑。

张煦把尹昌衡的家眷软禁于府内，又怕尹昌衡日后算账，吩咐不可慢待，便立即去实施他们下一步的计划去了。

尹昌衡在雅州滞留了七天，整顿安抚军队，诸多后事完毕，才与妻子颜机、随员骆成骧、颜栩及卫队，一行十余骑，向康定而去。

尹昌衡一行人上路六天之后，来到大相岭。这大相岭山势险峻崎岖，上山下山即有百余里路程，属古南方丝绸之路。诸葛亮南征时走的就是相岭古道。明代文人杨慎被贬云南，亦曾由相岭古道入滇，并留下了"九折刺史坂，七擒孟获桥"的著名诗句。

尹昌衡一行进入古道之后，来到"九折刺史坂"的山坂之上，赵尔巽送他的那匹立下过无数战功的龙驹宝马，突然倒地不起，蹬了几下腿，便不动了。

英雄爱骏马，尹昌衡西征留下了二十六首诗歌，其中赞美他的雅马的诗就达三首之多。宝马之死，让尹昌衡哀不自胜，命张得奎所率的约十名卫士，挖深坑隆重埋葬。并且作诗以悼：

瘗马行并序

余乘雅马，神骏异常，死于相岭，诗以瘗之。

乾坤瑞气得清艳，宇宙精神出道健。

钟灵毓秀谁最多，美人良马英雄剑。

曾将四瑞作丹青，日月摇光鬼神羡。

游龙出没鸿雁惊，紫电烛天星斗焕。

天心世运竟何如，丽质英姿息消散。

干将久战折沙场，霜华凋尽春风面。

我行杖策江东来，双象山头雅马陷。

黄金台下起悲风，青溪岭上流霜霰。

世无郭隗可奈何！徒令孙阳空扼腕。

回首空群绝世姿，鱼目朱龙光粲粲。

八骏精神芦笛声，义验肝胆龙颜面。

顾盼先空赤兔群，身价宁教白鹊换。

德力双齐冀北无，功名万里关西传。

锦江城上蹴千军，宁静山头经百战。

塞外擒蛮失雷驳，军中得主宁天眷！

可怜殊土困骅骝，况复频年经苦战。

千古人传蜀道难，东若羊肠西若线。

炉峰高耸插晴云，径绝人踪鸟萤断。

壁立危倚九折坡，仙子乘云苦愁叹。

尔行往返不辞劳，困顿艰危无所惮。

冰结卷毛碎玉蹄，石损狮花落霜片。

饮水金沙沙水寒，铁甲风浸透伤肝。

昨宵视尔西山头，瘦骨嶙嶙不忍看。

腰裹命尽雪峰高，一蹶不起飞云栈。

围人涕泗向我言，其时天昏日方宴。

天心惨惨月徘徊，冀魄沉沉云黯澹。

草偕坪上土如金，泸水滩头风似剑。

含悲掩面筑雅坟，脱剑采花为殡殓。

灵明各各还造化，谁复久羁金紫鞯？

花魂剑魄有时尽，宝马将军何足恋。

搔首茫茫问大千，千古英雄皆不见。

露冷星摇月色沈，风凄雨泣关山黯。

独我抱清虚，远瞩燕山洞。

及今鹏负天，鹌鸡抱寒瓮。

文渊与少游，厥虑果不空。

忆别如今日，作诗以为颂。

尹昌衡精通《易经》，"九折刺史坂"不祥之地，宝马骤然而死，不祥之事。此皆呈不祥之兆，唯恐有什么不祥大事发生，不由得眉头紧锁，其意怏怏。

2

尹昌衡最担心的是川边出事，果然川边出事了。一行人来到古道上一个叫清溪的驿站，突然接到紧急军报：张煦以康定首区叛乱，同时以尹昌衡的名义，向川边五区发布文告，称尹昌衡决定北伐，命五区立即响应，迟到者斩！

尹昌衡接此军报，怕吓坏随员及卫队，虽然外表若无其事，不动声色，内心却是震惊异常。当天夜里，又得到张煦亲笔书信迫尹昌衡反中央，书曰："公速东提川师北伐，父母姊妹得生。如果西来，与公皆为戮也！"

尹昌衡接到张煦手书之时，正与骆成骧饮酒。看罢并不声张，立即将书信藏于袖中。不一会儿，又一送书人到，拿出祖砚锦盒，呈与尹昌衡道："太夫人命公北伐！"尹昌衡又将砚台藏于袖中，要继续跟骆成骧饮酒。

骆成骧看出尹昌衡有急事瞒着他，不高兴地道："都督有急事，为何瞒着我？"

尹昌衡依旧故作镇定："没有什么事呀，喝酒喝酒！"

"不然，昌衡不动色于军前，今日得两书而戚然作色，定有要事相瞒，不许老朽分担？"

尹昌衡强颜作笑："无事无事，别扫了我们饮酒兴致。来，骆公，干！"继续举酒豪饮。

骆成骧知道，尹昌衡狂饮之时，定是胸中波涛翻滚，重大难决难定之策，就在这电光石火中形成。他没有再逼问，而是举起酒杯，使之尽兴。

饮至半夜，尹昌衡已醉，猛举大碗，咕嘟嘟一口吞下，拔剑起舞。舞毕，方将张煦之书信和尹母所寄之祖砚交与骆成骧："昌衡一生忠孝，尽决于此，请骆公教我，昌衡当何为之？"

尹昌衡北京殿试被迫更名，骆成骧既知尹昌衡家传古砚的来历，以及尹母断指赋诗的故事，更懂得尹昌衡的外祖父，刻在古砚上那一副对联寄托于后人的期望。圣人只能欺负书生，君子对付不了恶魔。骆成骧这个一代鸿儒，回答不了尹昌衡的问题，分担不了施加给尹昌衡的压力，甚是歉然。

这一夜，宿在大相岭清溪驿站的尹昌衡一行人，几乎没有一个能够入眠。

骆成骧一心要为尹昌衡分忧出力，琢磨了通夜，也没琢磨出一个万全之策来。

颜机知道消息后大惊，她是最理解丈夫的。忠和孝，那是丈夫的宿命，也是自己的宿命。这当中，没有一样可舍，没有一途可以两全。可她有什么办法，只有无声地流泪，流泪煎熬到天明，双眼红肿得像一对熟透的紫色葡萄。

尹昌衡怕影响军心，一直守口如瓶封锁消息。可他这顾虑是多余的。

张得奎是卫队的头目，他的义烈和威名，谁人不知？他和尹昌衡出入各部队，谁人不识？前来传书的人都是部队中的活跃人物，跟他都很近乎。他早已经从传书人口中知道了事情的原委，甚至知道了尹昌衡父母的遭遇和处境。他手下的卫士，都是当年跟随赵尔丰的那帮义烈的弟兄。尹昌衡的言行，深深地感动了他们，都认为护卫这样的英雄此生没有白活。他们不关心孙中山，也不关心袁世凯，更不关心什么北伐，只关心他们的长官尹昌衡。尹昌衡的选择就是他们的选择，尹昌衡难于选择，他们就帮尹昌衡选择！包括前来传书的人，聚在一起，捧着酒壶出谋划策到天明，也没有一条有用的高招。

当然，这一夜最受煎熬，最费踌躇的还是尹昌衡，手捧祖砚，母亲教儿的一个个画面就在脑海里不停闪现。家事国事天下事，仿佛事事都张着大嘴巴，在他耳朵里吵闹，吵得他头昏昏的如一团乱麻，理不出头绪，做不出选择。

第二天一早，卫队，包括投书的兵士都纷纷为尹昌衡出主意。

"大都督，立即回成都，搬援军，讨伐张煦！"

"不可，川军多数都生叛心，这是抱薪救火，更增火势呀！"

"大都督，我等护你，直接杀到康定，与之血战，救出家人。"

"我等总共只有十余骑，去对数千经过西征历练之将士，这不是白让大家跟我去送死吗？"

"都督，留得青山在，不怕没柴烧，那就赶快化装，微服潜逃吧。"

"我是尹家独子，弃父母，孝乎？我是民国边关大员，丧官守，忠乎？不忠不孝之徒，有何面目苟活于人世？"

众人都张口结舌，面面相觑。

骆成骧道："昌衡，你到底打算怎么办？"

尹昌衡道："一夜思谋，途穷无计，唯死而已！"

尹昌衡一个"死"字出口，众人无不惊愕。他们心中无所不能的英雄，居然也有技穷之时。

尹昌衡道："昌衡死志已决，就此别过诸公，望诸公各奔前程，善自保重！"

张得奎等拍着胸膛道："我等愿同都督一道赴死！"

骆成骧道："壮哉！都督壮烈赴死，若都督果然死了，骆某为都督作传！"

尹昌衡爽朗地笑道："自古文以人传，人以文传，昌衡虽轻，骆公文曲星之名重。有骆公为昌衡作传，昌衡因骆公之文而不朽，此生还有何憾？"

于是众人上马，径直西去。

薄暮时分，一行人行至胡桃崖，见张煦所率军队，夹大渡河两岸而列阵陈兵。尹昌衡心中暗自发笑："蠢东西，一点不懂兵法，敌我一人，用得着如此阵仗吗？这等作为，无疑是心虚怕我，恃众壮胆而已。"

尹昌衡知道已经接敌，大丈夫将死之时，当与妻子诀别，从容赴死。遂扶妻子颜机下马，夫妻二人相牵相挽，登上前面一堵巉崖。极目远眺，万山奔涌，如浪如涛，残阳似血，殷红沥沥，独有大渡河水，犹是奔腾若狂，不知凭眺者，将作生离死别。

尹昌衡于胡桃崖崖顶平台之上，紧紧地拥抱了颜机一阵："颜机，今日你我夫妻，在这大渡河边崖顶，执手而行百步，好吗？"

自结婚以来，夫妻恩爱，虽然离多聚少，然而只要在一起，夫唱妇随，和谐相得，颜机从没有过和丈夫相左之时。今日虽然不解丈夫为何要做此状，但还是顺从地点了点头。

他们一边走，一边数着步数，走完百步，颜机才问："昌衡哥，今日执手百步之行，可有什么讲究和说道？"

尹昌衡长长地叹了一口气道："颜机啊，夫妻之爱，你与我可谓情深至极。而今你刚有身孕，我尹氏一门，香烟有续，此人生之大喜也。然而眼下情势相迫，昌衡别无选择，昌衡只有以死相殉。生而不养，遗累他人，情何以堪？心何以安？我不想留下子孙，徒累他人，欲与你同死。你我相约终生，厮守不过百年，此百步携手同行，即如百年比翼！"说罢，潸然泪下。

颜机听完，没有震惊，没有呐喊，深知丈夫是非常之人，常行非常之事，此情此境，作这种非常之举动，似在意料之中。她眼里也包孕着泪花，但没有哭，而是掏出香巾，轻轻拭去尹昌衡腮边的泪行，平静地道："昌衡哥，颜机此生能得你这样的男人一日相守，其愿也足，今日这胡桃崖上，相携百步，更胜百年比翼啊。诀别相约，你若死了，妾身绝不苟活。追随昌衡哥天国相偕，来生再续前情。"

骆成骧及众护卫见此情景，无不低头侧身，潸然泪零。

尹昌衡大步昂然走到卫队前，卫队全体整装敬礼。

尹昌衡对张得奎道："张得奎，本督曾经与你约定，提双枪终身监督本督行止，本督有违天理否？有悖人心否！"

"都督应天理，顺民心，毫无过失！"

"本督之令，还执行否？"

"张得奎终生奉命，绝不分毫含糊！"

"好！卫队长张得奎听令！"

"喳!"张得奎立正敬礼。

尹昌衡道:"本都督去也,发布最后一道军令,张得奎约束卫队,任何人不得相从,如违我将令,即到阴司,也不认你们是我部伍,定受我军法惩治!"

众护卫都以为是为都督拼命的时候到了,没想到尹昌衡发布的是这样一道命令,众人都不由得一齐跪在地上,只有一声长长的呼喊:"都督——"那喊声久久地激荡在崖端的树林间。

尹昌衡从一个护卫身上摘下一柄匕首,捧与张得奎道:"张得奎,本督命你,率此十名卫士,留下保护夫人和骆公。如果见我死,今授汝以此匕首杀夫人为之送行成仪、全义。务必全力保骆公安全脱险,日后为我尹昌衡作传!"

在场者只有哭喊都督,只有掩面抹泪。独是颜机镇定,趋前执尹昌衡之手,望着崖下奔流不息的大渡河道:"昌衡哥,何必多此一举,适才百步有约,你若死了,妾身绝不苟活。你若遇不测,何需他人动手。崖畔青松,见证君之忠烈,大渡河清清碧水,正好葬妾身之高洁!与君家相约天国相偕,来世比翼,你就放心地去吧。"

尹昌衡又一次紧紧地拥抱着颜机,轻轻理了理她的乱发,然后慢慢放开,拔剑而舞,随舞高歌:

胡崖苍苍兮,泸水荡荡;

烈士求仁兮,女子同行!

商音激楚,林涛和鸣,高枝垂头,浅花孕露。在十数双泪眼注目下,尹昌衡飞身上马,绝尘而去。

尹昌衡单骑穿过一片林莽,出现在大渡河边,被张煦的军队发现,以为是敌军的探马,立即围上来。谁知这探子不但不勒转马头逃跑,反而跃过一条竹溪,直奔泸定铁索桥头张煦大营,立马营门外大呼:"我是都督尹昌衡,来抓我,快来抓我吧!"

众叛军惊顾:"啊,是大都督,是尹大都督!"

尹昌衡道:"对,我是尹大都督,前来领死,快来抓我,好去请赏,尹昌衡成就尔等升官发财,束手就擒,绝不反抗。"

尹昌衡之言,说得众军羞赧异常,无言以对。

"众将士既然还认我是都督,为何依附叛逆,囚我父母,截杀于我?"

众人大张着嘴巴,依旧无言以对。

尹昌衡道:"本督自成都兵变,以单骑挺身而出定乱,我与众位将士身经百战,众位始终在我身边,我的一言一行,诸君有目共睹,是我报国不忠吗?"

"都督忠心无二!"

"是我处事不公,待兵不仁,待民不宽吗?"

"都督公允宽仁,我辈敬爱有加!"

尹昌衡长叹一声:"有弟兄们这句公道话,我尹昌衡死而无憾了。快,向我开枪吧!泸定桥头,永远记得是君等送我成仁。"

暮云四合,泸水呜咽,江风萧萧,铁桥嗦嗦。

张煦在营中得知尹昌衡到,跑出来一看这般情状,大惊,立即命令:"快开枪,快开枪!"

是时,桥头风声且大,不知是张煦心虚缺少底气,还是兵士愧悔不愿听令。张煦急跑到桥头,高喊开枪,仍然没人响应。尹昌衡高坐于马上,高声喊道:"听我命令,举枪!"

似乎又回到了西征战场,众军一齐抹了眼泪,哗啦啦拉响枪栓,枪口从对着尹昌衡,慢慢地一齐指向张煦。张煦一见此情,顿时惊慌失措,"啊"的一声,跌下铁索桥,很快没入湍急的波涛中。

尹昌衡又令:"把赵成、王明德绑了!"

众军很快绑了赵成、王明德,献于尹昌衡马前。

"斩!"

尹昌衡一声斩字令出口,一阵排枪响起,赵成和王明德顿时血染泸定桥头。

尹昌衡立即宣布:"首恶既诛,胁从不问,所有将士,仍按西征军营规集合,接受本都督阅兵。"

颜机赶来,与尹昌衡相拥而泣。

骆成骧等人赶到,赞不绝口:"都督真神人也,真神人也!"

尹昌衡已定死志,没想到事情竟然这般戏剧性地收场,叹道:"天意,天意啊!"

尹昌衡急命人沿江捉拿张煦,兵士追出十多里,杳然无踪。

当夜,尹昌衡大犒将士。随张煦而叛的将士,不断听到熊克武等人惨败的消息,大多终日提心吊胆,对尹昌衡更是十分畏惧。现在好了,又成了尹昌衡的部下,且平叛有功于都督,大家都放了心,欢饮通宵。

第二天,尹昌衡抚慰了这支叛军,重新作了安排部署,同时向五区重新发布命令,说明此前是张煦盗用他的名义假传命令,一律废止,各安原地,等候新命。

然后,一行人重新上路,直奔康定。

雪域丰碑

1

尹昌衡在泸定单枪平叛之后，不知康定的父母亲人的安危，心急如焚，一行人昼夜兼程，赶赴康定。

边藏的各族人民，无论是活佛、喇嘛、头人、绅商以及普通百姓，都视尹昌衡为生佛。尹昌衡回到康定后，人们载歌载舞，所表现出的热情，实在令人感动。

劫后重逢，一家人都有惊无险，那感慨激动的场面可想而知。尹昌衡说过是天意。虔心向佛的尹母，更认为是行善的福报，和丈夫尹世忠一道，接连几天带着女儿和两个媳妇，到康定周边的寺庙去敬香许愿。迥异内地的边塞风情，让家人心旷神怡。尹昌衡也借此好好地当了两天儿子和丈夫，陪同家人游玩。之后，又紧张地投入了他的经边事业。

好在张煦的这次闹腾，在边藏并未引起多大动荡，尹昌衡一回到康定之后，迅速恢复了正常秩序。五区接到张煦以尹昌衡的名义假传的命令之后，除个别地方有人打算响应之外，大多十分疑惑，因为都接到过尹昌衡受命川边经略使和都督的通知。他们都按兵不动，在等待准确的消息，也没出什么大的动乱。

尹昌衡回到川边，最紧要的事便是乡城之战的后续事宜。离开康定之时，川军虽然已经收复了稻城和乡城，但只是打垮了叛军，赶走了藏军。敌人的大批有生力量并未完全消灭，又在不断转移和集结。西藏方面，还在不断地增兵和补充。熊克武举兵响应北伐，刘成勋支队奉命调返成都。西藏少数亲英分子又乘机唆使和支持各地暴乱，川边形势再度紧张。

孙兆鸾为了应付危局，一面令各营分扎各要地，以保粮道，一面对下乡城一带的藏军进行招抚，由于亲英分子的阻挠和破坏，招抚工作未见成效。加上陈步三等川军附和张煦等人叛乱，军需物资被抢劫一空，川军军心混乱，内耗不止，已经安抚好了的地方，又重新激反叛乱，军需困难到了顶点，前线局势一度岌岌可危。

西征大军到 10 月为止，积欠兵饷六十三万六千一百余两，积欠行政费十九万八千九百余两，借用商款以济燃眉之急者积欠五十七万三千三百余两，月息尚不在内，共计欠饷银一百四十余万两。真可谓饷尽粮绝。10 月 31 日，藏军数千人又分三股围攻乡城，孙兆鸾孤军重陷危城。

好在孙兆鸾毕竟是久经沙场的宿将，忠心不二。好在张宣坐镇里塘，历尽万难而全力配合，孙兆鸾率部坚守二十余日，总算坚持到尹昌衡回到康定，尹昌衡一面向中央告急，电请拨款，一面协调地方救急，孙兆鸾在得到张宣派出的运粮队的增援后，实施反击，才得以解围。直到 1914 年初，川军才先后收复了下乡城、丹巴及三十九族地区，从而稳定了川边局势。

尹昌衡在焦头烂额应对前线危局的前前后后，9 月 1 日，张勋攻克南京。9 月 12 日，唐继尧派出的黔军占领重庆，熊克武被迫逃亡。二次革命彻底挫败，归于沉寂。

9 月，中央正在紧张地筹备跟英国人和西藏分裂势力的"西姆拉"谈判。保全国土，是尹昌衡决定不反袁、不介入二次革命的根本前提。西姆拉谈判涉及整个西藏的主权。乡城的局部小战事，根本不能与之相提并论。回到康定之后，在解决攻乡之战的后续麻烦的同时，他把主要精力都用到了昌都前线，一方面作武力收复西藏全境的战略准备，一方面造成大兵压境的军事态势，给中央的谈判制造有利条件。尹昌衡率领骆成骧、张宣、颜镡等人，急急忙忙地从康定赶赴最前线昌都，进行军事部署。

尹昌衡到达昌都后，立即提重兵直趋江达布防。

江达县位于青藏高原东部，西藏昌都地区东北部。地处横断山脉东段的高山峡谷之间，为金沙江流域的河谷地带。距离拉萨仅二百余公里，就一两天的马程。此地原系德格土司属地，后划归川西邓科府。

江达是川藏茶马古道及青藏古道中路、东路的交会点，所以这里又称为唐番古道驿站，在唐代时即成为藏东的重要城镇。元朝开始设立驿站，相传文成公主由此进藏，并在此小住，莲花生大法师也来此布教，他们都留下不少遗迹和传说。清朝时，更派遣赵尔丰入藏驻守。1911 年 6 月，驻藏大臣联豫急电川滇边务大臣赵尔丰，请求派兵会攻波密，赵尔丰派边军统领凤山为波密督办，与驻藏清兵分东西两路会攻。7月平定波密，在此设江达县，管理着东起巴河镇，西至米拉山，北至娘蒲乡的广大地域。8月，清兵前锋攻至江达之时，在江达设兵营，并立"泰山石敢当"石碑。

江达人口众多，市镇繁华，店铺林立，有著名的小八角街和四座香火鼎盛的庙宇，并设有宗政府、粮仓、学校、邮局、旅馆、饭店、金银加工店、裁缝店、刑场等，藏、汉、羌、回等民族和尼泊尔客商来这里经商交易。成为当时西藏的重要商业文化中心，也是兵家必争的军事要地。

尹昌衡提重兵驻扎江达，军容整肃，将所有最先进的重装备都展示出来，日日在尼洋河边练兵，炮声隆隆，枪声阵阵，喊杀连天，造成即将进军西藏的态势。昌都及附近各县的军政要员闻尹昌衡到了江达，也到这里觐见。特别是江达以西的头人，不堪西藏上层横征暴敛和盘剥，盼西征军如盼云霓。德格土司而今已经受任德格县知事，这里原是他的领地，他在这一带威望极高，尹昌衡的到来，当地的活佛、喇嘛、名流贤达及绅商无不争相驱附。江达一时成了风流际会的中心，热闹非常。

衣冠人物景从尹昌衡吊古登临，他们立马尼洋河边，遥望拉萨，挥鞭即到，众人切盼他率雄师收复西藏，彻底赶走英国侵略者。纷纷表示愿意助粮助饷，募兵助力，永靖西部边疆。

这一天，一行人游到前清军所立"泰山石敢当"前，无不慨叹唏嘘。大家都说："清军立石，彰显大清朝在西藏的皇皇天威。尹都督一年来息乱安边，藏民免遭涂炭，藏汉一家，和衷共济，藏民皆称生佛。亦当立石，铸丰碑永志都督功德。"

这话令尹昌衡很上心，便道："千秋功罪，留待后人评说，要为昌衡立功德碑则不敢苟同了。只是，如何彰显国家权力，却很有必要……"

众人不解地问："彰显国家权力？"

"是的，一个非常简单的道理，老虎等猛兽，在森林里称王，都要撒尿留下气味，表示这是自己不可侵犯的领地。而今中华民国兵锋到此，亦应该向世人广为昭告，国家对这块地盘的主权。因此怎么立石，立什么样的石，倒是值得斟酌。"

骆成骧道："我倒有个想法，可否将江达县更名为'太昭县'？"

众人不解："太昭县？"

骆成骧道："太昭者，语出《孔丛子·论书》'埋少牢于太昭，所以祭时也'。太昭即古代祭祀阴阳之神的神坛。其神圣之意，正好寄以国土神圣之意。更有妙者，今之尹昌衡都督，其字曰太昭，民国西征之元帅，兵锋至此，不着一词，即可永志丰功，永彰民国主权。"

他这一说，众人恍然大悟，都鼓掌叫好。

尹昌衡道："此事重大，还须县议会议决之后，上报批复方能实施。"

从那时起，江达县改为太昭县，江达城也改为太昭城。尽管后来又改回江达县，但江达人民没有忘记尹昌衡为国家民族做出的巨大贡献。"太昭古城"这个响亮的名字，至今仍然保留了下来，古迹犹存，古韵依旧，而今成了西藏东部最有历史厚重感的旅游胜地。这一处圣地，既是民国初年，国家巩金瓯、全国土的丰碑，也是尹昌衡在雪域高原捍卫祖国西大门的一块不朽的丰碑。

2

江达以西的藏人，切盼尹昌衡挥军一举收复西藏，这也可以说是尹昌衡重回西藏的最高理想。尽管他早知道中央的态度，但在藏民的强烈要求和鼓励下，他于9月20日，再次电请出兵，其电文曰：

大总统、国务院、外交部、参谋陆军两部钧鉴午密。

据西藏宣慰使王鑑清星夜专哨，七日至炉，报称："噶伦惧我军，遂游疑不敢进，屡请将会议地点改移江达硕板多一带。"曾经报闻。项后得该使函报："江达以西番边百姓，近以出兵久役，捐粮助饷怨苦之不绝，均愿汉兵早到，俾得安业。宣慰伏查，此时藏中人仍不附噶伦及各番官。所部尽扎硕板多等处，屡次集合计划东侵，多数藏兵均以迭经败北，而我兵辄行解散。噶伦潜退，达赖气沮。而波密三十九旅百姓投诚后皆密请进兵，愿助军粮并作向导。以上种种，机不可失，应请着宣抚酌带营队前进，与噶伦接洽，确探敌情，并于所至宣布德意，收拾人心。即趁机占领江达，进窥西藏。一面飞令昌都就近各军队于恩达添驻一营，以扼要隘；于内乌其驻扎一营互为犄角；于三十九旅驻扎一营，以安归附之心。并请经略移驻昌都，坐镇指挥一切。如蒙允准，务请速拨兵费银二十万两，所需军粮即饬后方源源接济。再由宣抚沿途采集军粮于敌。万无一失，伏恩电示遵行……"

电文中所言噶伦即指达赖上层集团，这个分裂集团一直留寓于当时的锡金噶伦堡。去年8月，西征军大获全胜之时，尹昌衡即向袁世凯政府报告，请准"趁藏番溃归之便"，"西进千里，据江达"，秣马厉兵，等待号令，做好了随时向拉萨深入之准备。然而西征军所取得的重大胜利，引起了英帝国主义极度惊恐，不断向袁世凯及北京政府施压。迫于多种原因，北京政府一连九次急电尹昌衡"英人干涉""万勿越境深入，致启外衅"。

西征中辍后，尹昌衡仍时刻准备出征。他"赤忠报国，知死靡他，慎重图全，心力交瘁，不敢孟浪，又惮废弛""济艰难而耐困乏"，次电陈中央政府"昌衡请以生命当其锋"，"如以藏事相委"，"万死不惜"，"望将外交实况电复，以定大局"，但袁世凯政府都以"先行肃清川边，万勿越境深入，致启外衅"为由，强行命令停止西征。对于袁世凯中止西征之事，尹昌衡虽有悲愤，但也体谅政府，考虑国家之危难，"痛悉国艰"，"外交棘手，空拳赤手，苦力撑持"，实为政府不得已之举。

受尹昌衡军事上胜利的震慑，英帝国主义被迫一改武力支持西藏独立的计划，提出"三方会谈"和平解决西藏问题。中英就重要议题共进行了为期九个月、多达九次的西姆拉正式会议的会前磋商。

三方会谈正在磋商过程中，尹昌衡提重兵驻扎太昭县，英国人和西藏上层分裂势力顿时恐慌无比，分别电告北京政府和袁世凯抗议。其时袁世凯第一要紧的事是国会选举和大借款兑现之事。偏偏六国银行对大借款之事又出麻烦，英国一个财团愿意借款。袁世凯和中央借款心切，电令在三方会谈筹备期内，勿得进兵。

得到这样的回复，是意料中之事，但是尹昌衡仍然于9月25日，又向外交部发电表示对此事的极度关注："急！北京外交部鉴：胡都督转到皓电敬悉，藏事既经中英两政府议定，各派专员在印度约开会有期。昌衡自当敬候解决，已令止各军勿得前进矣。唯现在内容究竟如何？如能详示知，以便就近切实准备，殊为至要！祈径用密电示复，以释忧虑，而重要公，不胜切盼，尹昌衡叩。"

不管怎样，尹昌衡军事实力的存在，使中央在这些磋商中，始终处于有利的地位。对西姆拉会谈的地点、内容和实质等诸多方面，都产生了巨大的影响。十三世达赖不得不表示愿意通过和谈的方式解决西藏问题，并且基本同意恢复"旧制"。当时"达赖周围之番官、堪布等""力劝达赖内附"，为保全中国对西藏主权的完整功不可没。

二次革命除了上海和南京有些小的战斗之外，基本上没有大的战事，所以又被史家称为沪宁战役，在全国并未掀起多大波澜，很快即已经烟消云散。国人的目光又集中在民国总统的竞选上。

在参议院和众议院的努力下，第一部《大总统选举法》诞生。

1913年10月6日，民国总统竞选大会在众议院如期举行。参加这次总统竞选的共有四名候选人，他们是袁世凯、黎元洪、孙中山、伍廷芳。

按《大总统选举法》规定，总统竞选以选举人总数的三分之二以上出席，用无记名投票行之，得票满投票四分之三者当选。两次投票无人当选时，就以第二次得票较多者二人选之，再以得票过投票人之半数者为当选。此次到会议员七百五十九人，超过了法定的人数。

第一轮袁世凯得票四百七十一票，黎元洪得票一百五十四票，而孙中山和伍廷芳只得了几票。经过三轮投票，袁世凯最后得五百零七票，远远超过半数一百多票当选总统。

第二天进行副总统选举，出席的议员共七百一十九人，黎元洪得了六百一十一票，当选副总统。

黎元洪虽然不是革命党，但他倾向革命，武昌革命被拥为元勋，是南北对峙的中间势力的代表。在南北和谈及二次革命时，斡旋于南北，降低了二次革命武力冲突的强度，发挥了很大作用，也颇受国人拥戴。

10月10日定为中华民国的国庆日。袁世凯大总统的就职典礼也于这一天举行。上午十点，四百多位议员，各国来宾和政府要员毕集。袁世凯起立面南宣誓。《大总统选举法》规定的誓词为："余誓以至诚遵守宪法，执行大总统之职务，谨誓。"接着，宣读宣言书。他在最后表示："极思解职归田，长享共和幸福，而国民会议群相推举，各友邦又以余被选之日，为承认之期，何敢高蹈鸣谦，以致动摇国基，负我父老子弟之望？盖余亦国民一分子，耿耿此心，但知救国救民，成败利钝不敢知，劳逸毁誉不敢计，是以勉就兹职。"这个表白，不知几多出于程序，几多出于真心。

下午，中华民国举行阅兵仪式和授勋仪式，袁世凯和一些高级官员一起检阅了当时中国最精锐的军队：拱卫军、禁卫军和京卫军，并为民国共和政府的功臣授勋。这些功臣也包括了原清室总管世续，还有徐世昌，以及赵秉钧，还有京官总长，次长以上的各省的都督，民政长等。在同一天里，副总统黎元洪也在湖北宣誓就职，同时兼任湖北都督。

袁世凯一当选总统，日、俄、英、德等国即发来贺电，正式承认。奥地利、瑞典、丹麦、比利时、挪威、瑞士等国相继纷纷正式承认。美国、秘鲁、巴西三国，早在4月国会正式成立之日，就宣布承认中华民国。

3

袁世凯就任大总统后，第一要紧的是借款，没有钱他这个大总统就寸步难行。六国银行团的借款出现梗阻后，英国财团愿意借款，这成了他的救命稻草。因此，与英国人和西藏的三方会谈不得不做出让步，会议地址，从最有利民国的硕板多、大吉岭，最后改到英国人完全控制的印度西姆拉。会谈从开始到破裂，历时8个月12天，史称西姆拉会议。

1913年10月13日，"西姆拉会议"在印度西姆拉正式召开。

各国对民国的承认，使袁世凯对西姆拉会谈，用和平手段解决西藏主权问题信心满满。他担心尹昌衡用军事手段彻底收复西藏的决心搅了西姆拉会谈，立即下令胡景伊，停止对西征军的一切供给。

真是冷水浇头，当头一棒！

雄心勃勃的尹昌衡心灰了，意冷了。他收复西藏，把川边和西藏作为他退身求安的桃园来经营之梦也破灭了。他被彻底击倒了，没有希望作为支撑，他病倒了，病得很重。

10月28日，尹昌衡致电副总统黎元洪告假，并举荐颜镡护理经略使。电文曰：

> 窃昌衡此次到炉，适值饷尽粮绝，危迫万分。已决定死在穷边，舍身报国，早已电呈。殊以忧劳太多，旧病复发，日甚一日，夜不能寐，昼不能餐，齿破六七，龙穿流胧，饮啜俱废，余生一息，颓废不堪，精神逆困，难理庶政。迫不得已，乃于今早，将一切事务，暂交颜观察代理，以便延医诊治。计此病非旦夕能起，拟请副总统给假三月，以资调养。暂行任命颜观察护理经略使，一面遴委贤员接任。昌衡仍暂留炉养病，震慑军心，免生他变。至昌衡实因病重，恐误事机，有负副总统边陲至意，应派委员查验。一俟稍就愈可，中央有命，仍当勉效驰驱。所以请假调养恳予恩准缘由，谨呈。不胜盼切待命之至。

此电发出三日，又于10月30日再发一电陈情告病：

> 昌衡于昨早本欲强起视事，嗣因不支，即暂移于炉城附近之法国医院。窃昌衡自反正以来，所遇尽属难局。安成都之乱，则以数十人；救巴塘之急，则以数十人；平张煦之乱，则以数十人。雪窖冰天，操劳饮食，皆与士卒同伍。此次回炉，论兵人以死义，日日昏倒于操场。人非金石，岂能久耐忧劳？病所由来，系因公。万望准予休养，俾还首邱。且昌衡既无兄弟，

又无子女，父母年近七旬，留养之义在所宜矜。

  此皆全边军士，日有禀来，皆愿效死报国，坚守纪律，惟饥寒过迫。每读来禀，不禁泣下。万望速速鸿施，立予拯救。军心既定，昌衡虽退，边必无危。颜观察忠朴精细，现代理经略使，一切事务尚属井井有条。仍请特颁明令，令其护理。所有昌衡离职养病情由，特再电呈。

从意气昂扬，不断请求出兵，到一再哀哀陈情，告病请假，谁都看得出尹昌衡心寒的情绪。袁世凯相信，尹昌衡可能病得不轻，但情绪也不小。怎样控制和使用尹昌衡，他一时还没来得及细想。尹昌衡曾经多次请求当面报告边情，要陈治边之策。11月4日，袁世凯即以"叛乱"罪下令解散国民党，知道国民党绝不会善罢甘休，还将有各种行动，很可能要拼命拉尹昌衡与自己作对。不如借此机会让他进京，既听他面陈边情，又当面看看他的态度。

11月8日，令国务院致电尹昌衡：

  奉大总统令："东（一日）电悉。边防重要，该使本不可轻离，惟来电情辞恳切，边地苦无医药，亦系实情。应准给假三月，来京就医，所遗经略事宜，准交颜镇暂行护理，以专责成"等因，合电遵照，国务院庚印。

尹昌衡接袁世凯"来京就医"相招的电令，立即准备动身。他手下的大员们都感到不祥，当年岳飞在前线，就要直捣黄龙府之时，朝廷为了跟金人妥协谈判，十二道金牌招岳飞回京，结果被害死在风波亭。而今，尹昌衡正好挥军一举收复西藏之时，中央为跟英国人谈判，一连十余道急电阻止进军。虽然相隔数百年，二者何其相似。大家口中虽不明言，但千方百计用其他理由劝阻。

尹母、颜机和杨燕茹都熟知岳飞遇害的川剧《风波亭》和《红绣鞋》故事，也有同样的隐忧，都愁眉不展。古人出门，都要找算命先生择个吉期，问个吉凶祸福。家中就有活神仙，自然只有问尹世忠了。

尹母问："老背时，你算算昌衡进得北京不？"

尹世忠看似一个什么闲事都不管的清闲老太爷，其实对尹昌衡此行的安危十分关心。一当得知尹昌衡将去北京，就暗中做了反复推算：灾星当命，破解无术，贵人照命，尚待时日。这结果虽非大凶，却也让他暗皱眉头。知道老伴要问，早想好了应对之词。抱着他的白铜烟袋，咕嘟嘟地抽完一锅烟后，才漫不经心地道："算什么，命运自有定数，我儿世之英物，吉人自有天佑，所经之事，所成之业，何事不惊心动魄？何事不险象环生？然而何事不心想事成？"

一家人一听这话，都点头称是，悬着的心也放下了许多。

尹世忠为让家人宽心，又道："我尹门子孙茂盛，福禄绵长。昌衡该还的孽债让他去还吧，该积德积福的事，让他去做吧。收拾东西，回成都去过小日子，等候上天的安排吧。"

尹昌衡将离开川边，无论怎样必须先安顿好父母。川边虽好，但此去北京，前路茫茫，能不能重回川边，尚未可知。好在成都已经归于平静，不但家事可委托舅兄颜楷照应，还有那么多同学、朋友和铁杆弟兄。他决定送家眷回成都后从成都启程赴京。

尹昌衡倡导扩建培修跑马山台地上的拉姆寺，尹母到了康定后，也成了这里的常客和最慷慨的施主。而今要回成都了，尹昌衡陪尹母前来拉姆寺敬香告别。尹昌衡要离开川边的消息一传出，康定的军民为之大惊，远近各寨的头人，城中的名流贤达及绅商，以及德高望重的喇嘛们，在拉姆寺围住了尹昌衡，苦劝他不要离开川边，就在川边养病。

尹昌衡向大家解释："只是暂时分别，三个月后就回到川边。"

众人哪里相信，特别是各寨的头人们，尹昌衡推行的改土归流，虽然使他们丧失了不少土司特权，但他们对尹昌衡推行的一系列改革措施还是非常满意的。他们切盼着尹昌衡在这里落实建设川边的措施，使川边尽快繁荣富强。

尹昌衡被众人的苦苦挽留所感动，无奈只得对天发誓："三个月后必定回来！"

发了誓，众人仍是不敢相信，最后有人提议："订立盟书！"

尹昌衡感动得涕泪横流，遂与藏汉各族订立了三份盟书，在拉姆寺前，举行了隆重的歃血立盟、换约的仪式，然后才出发上路。

康定东去成都的路上，汉藏绅商及官民夹道相送，有的高举青稞酒，有的手捧信香，仰天默祝，为他祈福，队伍排了好长好长。

【第三卷】

京都炼狱

第五十三章

奉命进京

1

民国二年（1913）初冬，尹昌衡回到成都，终于安置好父母妻妾，应酬完亲朋好友无休无止的告诫和叮嘱，即于 11 月 17 日，带着马忠和张得奎轻装简从上路赴京了。由于有病在身，不便骑马，此行先坐船走水路。嘉州（今乐山市）这座古城，是从水路出川的必经之地。颜楷则代表家人和亲戚，一直送到嘉州。

嘉州是大渡河、岷江、青衣江三江汇流处。山水人文荟萃之城，历代多少达官贵人、文人墨客与嘉州结下了不解之缘，留下了多少脍炙人口的诗文和佳话。

嘉州城外最繁华的水码头，颜楷在最雅致的望月楼上，置酒为尹昌衡送别。十月小阳春，正是"峨眉山月半轮秋"的最美的季节，巍峨神秘的大佛雄踞对岸，慈祥地望着三江汇流的大江，和那些满载着功名利禄和欢声笑语的如织帆樯。如此壮阔，美不胜收，两人却激不起半点诗情，酒里盛的全都是担忧和沉重。

就要分别了，颜楷又举起酒来："昌衡，不是我老了，也不是我唠叨，回头还不晚，不能再考虑一下吗？功成身退，子其诫之。"

尹昌衡非常感激恩师、舅兄的深情厚谊，他此行相送如此之远，就是希望有机会劝说他改变主意。

同样的理由，同样的告诫，从康定的僚属到成都的朋友，不止一人说过同样的话，并且举过同样的事例：当年岳飞怀着踏破贺兰山缺的壮志，正待直捣黄龙府时，被十二道金牌召回，等待他的却是"风波亭"。尹昌衡在直逼拉萨之时被袁世凯十余道急电叫停，他请假告病时，袁世凯却以治病为名召他赴京。二次革命已经被宣布为叛乱，他跟国民党的关系那么深，以附逆之名来杀他的借口多多，等待他的会不会是"风波亭"呢？

一向自负的尹昌衡，经了固执重用胡景伊的惨痛教训，对亲友们的告诫不是没有认真思考。岳飞的遭遇，也曾是他挥之不去的隐忧。数年前，他从天津南下，经杭州去广西之时，曾经拜谒过岳王坟。从小受教于母亲，岳飞就是他的楷模和榜样，那时他曾经写下了《岳王坟》一诗，表达他对岳飞被冤杀的伤心：

> 巍巍岳王坟，嫒嫒生愁云。
>
> 倘令达所志，谁能撼其军？
>
> 涅背犹怜我，伤心怕吊君。
>
> 洒尽西湖泪，斜阳又已曛。

尹昌衡在诗中慨叹岳飞未能达其痛饮黄龙府之志，而自己要率西征大军直逼拉萨，以全国土之志时，也收到中央停止进军的十余道电令，难道岳飞的悲剧真会在自己身上重演吗？

明知山有虎，偏向虎山行，勇则勇也，未必明智。他有千个理由可以不去北京冒险，但他还是选择了冒险。

尹昌衡不怕死，但天生我才，绝不做无谓牺牲，要死也当死得其所，死得值当。他曾多次要求进京面陈治藏方略，希望与中央保持高度一致，都未得到允许。保全国土，千载难逢，若失良机，是军人的失职和耻辱。现在袁世凯既然召他进京，即使是死，或得遂治藏之志，这死也就重于泰山了。

更何况尹昌衡还有不死的理由。袁世凯不是宋高宗赵构，如果岳飞痛饮黄龙府，迎回二圣，赵高宗这个被拥立的皇帝就面临着皇帝宝座的丢失。而袁世凯刚被国人选举为名正言顺的大总统，绝无此忧。西藏问题的圆满解决，却可以使他更得民心，更稳坐民国的江山。在这种情况下，袁世凯绝对不至于愚蠢到用"莫须有"的罪名，诛杀他这西征功臣，而遭到天下的谤议。

尹昌衡没有争辩，只是说："舅兄，放心吧，袁世凯不会那么愚蠢的，家中之事就拜托了。"

尹昌衡乘一帆好风到了重庆，没有勾留，换乘了已经为他准备的小火轮，很快到了武汉。火轮进港后，挂起了四川军政府官船的旗帜，全副武装护送的卫队，荷枪实弹地站在船的两边，火轮拉了两长一短三声汽笛，一队湖北新军，便整齐地排列在码头上迎接。尹昌衡没有着军装，而是穿着长衫马褂，挂着文明棍，在马忠、张得奎陪同下，走下火轮。

黎元洪用这样的排场迎接尹昌衡，是尹昌衡没有想到的。

尹昌衡与黎元洪虽无私人交谊，但二人都是前清官员，都不反清，但都痛恨清朝的专治腐败，都倾向民主共和的政治改革。在辛亥革命中南北对立、立宪与共和相争的情况下，他们都属于缓解冲突、促成和议的中间力量。黎元洪尤其赞赏尹昌衡西征卓越的军事才干和丰功伟绩，既可以说是惺惺相惜，也可以说是同病相怜，因此，对尹昌衡便以副总统的身份，给予了高规格的礼遇。

黎元洪偕湖北政要，设盛宴为尹昌衡接风洗尘。

酒过之后，黎元洪与尹昌衡携手同登黄鹤楼。二人凭栏远眺，滚滚长江，浩荡东逝。二人论古谈今，互道思慕之情。

黎元洪叹道："民国肇创，英人为遂图谋，挑动藏番叛乱，尹将军慨然西征，马到成功，威德兼施，边藏咸服，元洪敬佩之至！"

"黎公过奖了。若论西征，首功当推前清季帅赵尔丰。他之西征，为昌衡西征奠定了大好基础。他之慢佛教而轻安抚之教训，亦为我经营边藏之宝贵镜鉴。昌衡借黎公及民国之坚实后盾，国人同声声援之爱国激情，方得建寸功。"

尹昌衡如此评价赵尔丰的边功，黎元洪的眼睛突然亮了，惊讶地望了尹昌衡片刻，拱手赞道："没想到将军能如此盛赞被你所杀的赵尔丰，元洪真是感佩莫名！"

"黎公不责昌衡违心杀季帅之过么？"

"将军杀赵之苦衷，元洪略知。要说违心，多少英雄豪杰，要苟活世间，要干成一番功业，谁没有干过违心之事？孙中山先生为推翻清朝专治统治，尽快结束战乱，创建共和，放弃临时大总统之位，不违心吗？袁大总统提重兵而妥协议和，放弃君主立宪，同意共和，他不违心吗？元洪前清之大臣，食清之禄而背清，被迫就任湖北都督，首义湖北独立，立中华民国而开黄帝纪元，何异乱臣贼子，不也违心吗？情势相迫，两利相权取其重，不得已而为之！"

"黎公有此说，昌衡稍减愧意。昌衡一事不解，请教黎公：昌衡西征，铁军气势如虹，兵锋所指，正好一鼓作气，扫荡边乱，永安西部边陲。而今二次革命平定，国会召开，总统选定就职，并非情势不得已，为何中央屡屡阻止进军。"

黎元洪没有正面回答，迟疑了好久："大借款梗阻，英国财团愿意借款，但愿西姆拉会谈成功，民国能渡财政难关吧。"

尹昌衡从黎元洪的"但愿"两字中，品出了黎元洪对此事的保留态度，便转移了话题："袁大总统盛言对黎公仰慕之意，屡闻电邀黎公进京，共商国是，整理乾坤，不知黎公何日赴京？"

黎元洪深知袁世凯机心莫测，他的根基在湖北，虎不离山，不愿去京冒险，多次托词相拒。他还正为此事为难，尹昌衡问得很突兀，不知怎么回答，回头看着板壁上刻着唐朝诗人崔颢那首著名的《黄鹤楼》，喃喃地吟道："黄鹤一去不复返，白云千载空悠悠！"

"黄鹤一去不复返？"

尹昌衡听出了黎元洪的担忧，也似乎听出了以此对自己此行进京所做的告诫。

黎元洪让他的总参谋长金永炎陪尹昌衡在武汉勾留了三日，游览龟山、蛇山等当地名胜，并通过金永炎明确转告了他对尹昌衡此次进京的担忧："黎总统要我转告将军'君勇且刚，不慎，祸且及'。"

尹昌衡道："请金将军向黎公转致昌衡的谢意，昌衡矢志不忘。"

金永炎是日本士官学校第四期学生，是尹昌衡的学长，又语重心长地道："尹将军啊，袁某人专权有瘾，弄权有术，御人有方，顺我者昌，逆我者亡，玩阴谋除异己不择手段。数度召黎副总统进京，黎副总统尚且不敢贸然离鄂赴险，硕权兄久战沙场，勇直可钦，你这样的人杰，若是不能为其所用，必然成为他的心腹之患。不防莫须有，当防欲加之罪，何患无辞啊。"

黎元洪赠尹昌衡五百元路资，并派护兵乘他的专列护送尹昌衡进京。尹昌衡再三推辞不掉，只得感谢接受。

2

袁世凯借尹昌衡告假召其进京，其实是他一个重大的系统工程中的一个组成部分。

历代开国皇帝坐上宝座，难免大杀功臣。袁世凯当选总统后，已经坐上了他认为的皇帝宝座，但他并不打算杀功臣。因为他的功臣们没有任何人挑战他的权力，他还没有做到全国完全归心。他还需要他的鹰犬们为他继续战斗。他目前最重要的就是收编余勇，把那些牙爪最为锋利的猛虎关进笼子，进行驯化，组成新的利益集团。

袁世凯收编驯化猛虎的工作早已经开始。北洋集团阵营之外，与革命党瓜葛不深、目前能量最大的人物，无过于黎元洪、蔡锷和尹昌衡。黎元洪屡召不来，而蔡锷却早已经乖乖进京了。

蔡锷十六岁中秀才，考入长沙时务学堂，受到该学堂中文总教习梁启超的赏识，并建立起了深厚的师生友谊。他一生苦苦地思索拯救中华的途径。他认为中国之所以"国力屡弱，生气消沉"，主要由于教育落后，思想陈旧，体魄羸弱，武器窳劣等原因造成的。若要改变上述弊病，必须实行"军国民主义"，"欲建造军国民，必先陶铸国魂，把练兵作为救国的第一要义"。

蔡锷仍然抱着从改革军事入手，帮助清廷革除弊政，借以富国强兵的理想，故一直没有参加革命党。后来顺应形势卷入了武昌革命的浪潮。袁世凯上台后，一度对袁世凯充满了希望。

蔡锷在留学日本士官学校期间，他与同学蒋方震、张孝准同被称为"中国士官三杰"。回国在军中履职期间，勤于军事理论著述，见地超卓，有口皆碑。

孙中山发动二次革命之时，蔡锷旗帜鲜明地表示反对，毫不含糊地公开声明："宋案应以法律为制裁，故审判之结果如何，自有法律判断。试问我国现势，弱息仅存，邦人君子方将勠力同心，相与救亡之不暇，岂堪同室操戈，自召分裂！谁为祸首，即属仇雠。万一有人发难，当视为全国公敌。"

袁世凯视蔡锷为难得的军事干才。梁启超和蔡锷的好友杨度，都竭力向袁世凯推荐。这样的英杰，放在外面实在不放心，如果能为自己所用，那将如虎添翼。因此袁世凯拟将蔡锷内调为军政部长，来个楚材晋用，再派一名心腹做次长随时监视着他，不折不扣地执行自己的意志。这样既得人才，彻底解除后顾之忧，还在北洋功臣集团内掺了沙子，免得兄弟伙日后居功掣肘，同时还能赢得广纳天下贤士的好名声，一举多得，好不划算。于是1913年10月，刚就职大总统的袁世凯便同样以"准给病假三月，召蔡锷来京调养"为名，剥夺了蔡锷的军权，蔡锷就乖乖地到了北京。

蔡锷不是不清楚袁世凯的用意，但他却有自己的打算。建立强大的国防是他的理想，无论内除国贼，外御强邻，都必有训练有素，并且有思想的军事人才。于是将计就计，假手袁世凯，借中央军政中枢这个最好平台，以施展自己实现现代化国防的抱负，愉快地吞下袁世凯抛来的香饵，很快地来到北京，住进了袁世凯为其安排的棉花胡同66号堂皇的宅院。

尹昌衡赴京，为防不测，早就作了充分的准备。原打算到京后再采取行动，在武汉听了金永炎转达的黎元洪的忠告后，决定立即行动起来。当即在武汉发布了《告全国人民书》，把自己赴京的行程、目的、行动、请求一一告知国人。

> 昌衡此次入京，系为边军请命，以解倒悬。临行与诸军约，诸军誓死守
> 地以待昌衡，昌衡拼命星驰以救诸军，辛苦赞同，一刻无忘。是昌衡有南霁
> 云食不下咽之苦，与申包胥立依庭墙之情。每思边军饥寒，昌衡多延一日，

则边军多受一日之苦。是以五中欲裂，一息难安，昼夜兼行，水陆无滞。譬之婴儿失乳，但知投怀溺嫂待援，不遑为礼。微为职有专司边务外，绝口不谈他事，更因病剧神疲，于谒见大总统、副总统、参众院、国务院陆财处各部、蒙藏事务局，专陈边事外，一切谢绝宾客。凡同寅同学同乡同宗及交游故旧各友，概不接洽往还迎饯宴送，藉养贱躯沉疴，遥分士卒苦趣。凡百君子，异地皆然，疏之慢衍，当能曲谅。一俟边局乂安，少有余闲，再罄款私，此则昌衡之所深愿耳。临电歉仄，诸惟涵照。尹昌衡叩佳。印。

尹昌衡的通电，表面强调这次入京只为边军请命，只议边情，不谈他事，不会见一切友朋。实质上是把自己置于全国关注的光天化日之下，纵有不测，天下自有公论。其真实目的是表示对袁世凯极大的不信任，是防口舌是非，防金永炎所言的欲加之罪。

尹昌衡西征全国瞩目，他这西征全胜的大英雄，国人共仰，突然向全国发出这样的通电，大小报刊无不作为重大新闻。对尹昌衡此行进京的前途估计、对袁世凯召尹昌衡进京的目的猜测，以及尹昌衡通电的用心进行种种解读剖析，连篇累牍。袁世凯的用心以及尹昌衡那点小小的防范伎俩，都被全部揭穿，暴露无遗。就像一场精彩的把戏，魔术师正在演出，就要赢得观众的掌声之时，有人上台去揭底子，这魔术还如何演得下去？当各种报纸摆在袁世凯的案头上时，袁世凯勃然大怒，恨恨地骂了一声："这个混蛋！"

民国政府曾授予尹昌衡陆军中将加陆军上将衔。他为了不惊动其他人，少招麻烦，既没有公布自己准确的进京时间，又没穿上将服装和佩戴勋标，只是马褂长衫，随行人员都一律平民打扮。

火车到站后，尹昌衡将黎元洪赠他的五百元，赏了黎元洪派来的护送军官和士兵，请他们原车返回，这才和随员下车。没想到他的老冤家陆建章，领着一辆豪华马车和几个护卫，已经恭候在车站上了。

陆建章一脸堆笑地迎上去敬了个军礼："北京军政执法处处长陆建章，奉总统之命，迎接尹大都督进京，并负责大都督在京日程及安全，总统已在京西为都督安排好了宅邸。总统命用他乘坐的公务便车，迎接大都督。请尹大都督上车吧。"

其实袁世凯成功地剥夺了尹昌衡四川都督之职后，防范尹昌衡的主要目的已经达到。之后尹昌衡通电宣布退出国民党，又成功地平定了西征军中两起参与二次革命的兵变。这让袁世凯相当满意，他这次召尹昌衡进京的居心并没有人们想象的那么险恶，乃至有真心收服尹昌衡，控制使用的打算。对这个凯旋入京的英雄，可以给予必要的礼遇，以示他天恩宽广。

中国有句老话，叫作"聪明反被聪明误"，或者叫"弄巧成拙"。袁世凯原打算给尹昌衡一点面子，让段祺瑞这个军政部长代表民国政府去车站迎接尹昌衡。可是尹昌衡那一道通电让袁世凯很不高兴，必须给这个不肯就范的狂人一点颜色。他知道段祺瑞和冯国璋都很赏识尹昌衡，即使不开口，作为军政部长的段祺瑞，也会亲自到车站迎接。于是尹昌衡未到北京，就派段祺瑞出发南下，亲自请黎元洪去了。现在，他只派陆建章，带了一辆豪华的马车和几个护卫到火车站迎接尹昌衡。

尹昌衡一见陆建章，不由得心中一愣。不管从哪个角度，出面迎接他的人都不应该是陆建章。他犹豫了片刻，只得拱手道："感谢大总统的隆恩，有劳陆处长动大驾相迎。昌衡应召进京治病兼公干，事毕即回边藏，万不敢造次嚣张，烦大总统费心。昌衡已经在四川会馆定好房间。既不敢领受大总统安排之宅邸，更不敢坐大总统公务之宝车。还望陆处长向大总统转致昌衡之真诚谢意。"

陆建章沉了脸色道："建章只是总统走卒，总统之命，怎敢不遵，请尹都督别为难卑职，请上车吧。"

尹昌衡从陆建章不可置疑的口吻中，读出了要对他监视的意味，只好服从："昌衡遵从总统安排，只是这总统所乘之车，昌衡断不敢坐，就请陆处长带路，昌衡随陆处长步行吧。"

只要尹昌衡接受监督就好，陆建章也不坚持："也罢，不过让大都督步行，这太失礼了。"

陆建章在车站招了两辆马车，请尹昌衡上了其中一辆，自己也登上一辆，在前面带路。一行人出了车站，穿过几条车水马龙的大街，过了玄武门又走了一里多路，拐进了纱帽胡同。马车在一个较为堂皇的宅子前停下。

尹昌衡下车后，一看这宅子门脸颇为体面，门楣上"阅雪居"的匾额已经黯然。不知这曾经是前清哪位官员的藏娇别宅，还是哪位文人的书斋。

陆建章恭敬地陪尹昌衡走进阅雪居，喊了一声："哮天犬，集合你的人马。"

陆建章带领的护兵中，一个黑脸汉子应声而出，吹了一声口哨，随即几个护兵，以及宅院的门房、伙夫、马车夫等执事人等，在前院集合完毕。

陆建章向队伍道："这位先生就是你们景仰的尹长官。从今天起，尹长官就是这座宅院的主人，你们都是总统派来侍候尹长官的仆人，一切听尹长官之命，伺候好尹长官的公干和安全。尹长官乃是民国战功赫赫之上将，国家之栋梁，你们要知道伺候好尹长官，责任之重大，谁敢懈怠总统之使命，伺候不好尹长官，老子绝不轻饶！"

众人齐声道："唯尹长官之命是从！"

陆建章指着哮天犬道："尹将军，这厮叫肖天全，来自枪棒之乡沧州，在京都混了些年头，大小衙门，熟门熟路，有些拳脚功夫。混了个江湖名头，江湖人称哮天犬。卑职特命他做班头，既能为将军看家护院，又能为将军行走大小衙门做向导。领着这些各有所长的弟兄伺候将军，不知可否？"

尹昌衡一听陆建章表面恭维的训话，看似说给其手下的，其实处处挟着袁世凯的尚方宝剑，句句都是在向他宣布，他被软禁了。现在看来，哮天犬就与他形影不离了。拒绝是断不可能的，只有接受。

尹昌衡瞬间思谋好了对策，既然你宣布我是这里的主人，那本主人就先给这条恶狗套上根铁链子吧。便对陆建章和众人拱手谢道："多谢陆处长精心安排，昌衡从此就有劳众位弟兄了！"接着分别指着马忠和张得奎介绍道，"这位既是我的长兄，也是我的总管兼护卫队长，负责我的一切事务的安排；这位就是当年刺杀我为赵尔丰报仇的义士张得奎，现在既是我的贴身侍卫，也是代表百姓监督昌衡的铁面判官。肖班头，日后大小事情，请跟我马忠哥马总管商量吧。"

哮天犬一听大小事情要听马忠的，不由得一愣，望着陆建章："处座，这……"

尹昌衡不等陆建章表态，端着上将威风，脸色一沉，鼻孔里哼了一声。

陆建章怕尹昌衡翻脸，把事情搞砸，瞪着哮天犬吼道："这什么，按尹长官说的办！"

3

清朝以来，四川人在朝大官很少，四川人在北京不大抬得起头。尹昌衡西征全胜，全国一片赞颂，这很给四川人长脸。在京的四川政要贤达及富商学子，一听说尹昌衡即将来京，都纷纷奔走相告，要在北京隆重为尹昌衡接风。可是尹昌衡为了避免应酬，尽力低调，对赴京之行程秘而不宣。因此到了北京后，场面很冷清。

袁世凯有意要先让尹昌衡坐冷板凳，根本不做礼仪安排，只叫陆建章设便宴接待。

要陆建章给他接风，从礼仪角度出发，这简直是对他的侮辱。尹昌衡压住怒气，只以不接受任何宴请为名婉拒。

陆建章走后小院安静下来。哮天犬赶紧上前道："长官，先洗一帕脸吧。"

哮天犬引路。这是一座雅致的北京中型二进四合院。邻街的砖雕门楼，虽然说不上高大，倒也精致，看得出原来主人不俗。

前院有个小花坛，置有太平缸。左右有厢房。穿过垂花门进到后院。后院更为宽阔整洁，有粉墙围着一个小园，花木扶疏，不繁茂倒也清爽。回到内院，走进客堂，窗明几净，客堂一侧卧室铺陈洁净，一侧是书房，设有一张宽大的书案，有书橱而无图书。

两侧各三间厢房，是内眷的住房，空着。马忠不等尹昌衡发话，便对哮天犬吩咐道："我和张得奎住右侧厢房，肖班头带两个卫兵住左侧厢房吧。"

尹昌衡把哮天犬置于马忠控制之下，哮天犬老大的不快，此时马忠却要自己住进内院，不知马忠安的什么心，只得道："不可，不可，内院只能住主子，我和马兄张兄都是下人，不能坏了尊卑，都只能住前院。"

尹昌衡道："什么主子下人，大家走到一起了，你们就都是我的弟兄。再说，你们不是要负责我的安全吗？"

哮天犬道："我们会日夜派人值守的。"

"不用那么风声鹤唳的，住在一起热闹些。记住，以后生活小事，都听马总管的吧。"

"这，这，小的遵命就是。"

此时下人端了热水进来，张得奎接过，送进尹昌衡住房。

哮天犬道："我去给长官安排些汤羹和糕点来。"

马忠道："肖班头不用费心了。马忠新来京城，人地生疏。今晚都督要亲自宴请全体弟兄，烦你去北京最豪华的酒楼，安排一席上等酒宴吧。"

哮天犬一惊，不相信自己的耳朵似的："什么，尹长官要亲自宴请全体下人？"

马忠道："是宴请全体弟兄。"

这哮天犬就是当年跟货郎接陆建章的买卖，要买尹昌衡一条胳膊的叫花子。那桩生意失手，他们的大哥货郎白白丢了一条胳膊，此恨难消。之后，袁克文、段军良、冯倩文都曾追查过此事。陆建章反倒庆幸货郎失手，并不责怪。货郎能用自己一条胳膊来履行诺言，深交这样的死士，日后能派上用场。因此不但没追货郎之责，反倒厚交之，就这样，货郎几个武艺高强的手下，就投到他的旗下。

真是冤家路窄，这一次哮天犬接到这样的美差，既能名正言顺执行公务，日夜监视尹昌衡，又可寻机会报当年大哥断臂之仇。此时听说尹昌衡要亲自设豪宴宴请下人，心中不免一愣，估计尹昌衡已经看出了被监视的苗头，他这样做是要收买下人，这给自己的公私两个任务增加不小难度。但是说不定也是个报仇的机会，便决定趁机先给尹昌衡一个下马威。

哮天犬估计得不错。尹昌衡知道哮天犬的任务是监视自己，他让马忠下达这道命令的目的，是要让哮天犬习惯接受马忠的调遣，以便日后不受制于小人。

哮天犬遵命去前门大街最豪华的"得月楼"订了宴席，顺便也对当晚的行动做好了安排。

前门大街是北京城最繁华的商业区，商号、戏院、茶园、酒家、妓院比比皆是，真可谓灯红酒绿、冠盖如云、笙歌聒耳、挥金如土的销金之窟。

哮天犬虽说在北京地皮很熟，可是，得月楼出入的都是衣冠人物和豪商巨贾，那是他从没资格涉足的地方，更别说他手下那帮爪牙了。这些人多是平日称霸北京市井吃铁吐火的小流氓，一个个进到那样豪阔的地方，就像刘姥姥初进大观园，手脚都没有放处。看马忠和张得奎，进入那样的场合，好像他们进大排档那般随意，心里顿生酸意。

得月楼的支客师把客人延进豪华的大包房，一个个都窘相百出，不知是站、是坐、还是饮。马忠先安排大家在茶室就座，享受小厮儿伺茶、伺烟，过一下让人伺候之瘾。

宴席布好之后，马忠安排大家就座，哮天犬被安排紧挨尹昌衡就座。一生跑江湖，在大人物面前只会点头哈腰，今天突然和传奇英雄、上将、一省大都督这样的大官同席，而且成了席上重要人物，感到无上荣耀，其他人更是内心由衷感动。

一席丰盛的酒宴，精致得无法下箸。就座后尹昌衡立即发话："弟兄们，不必拘束。今天酒桌上，没有长官，只有弟兄，弟兄们就不讲究那些臭礼节了，昌衡此次进京，日后要劳驾诸位，大家尽兴饮酒。来，我先敬大家一杯！"说着举杯一饮而尽。

大家举起杯来犹豫着，马忠和张得奎知道尹昌衡摆酒的用意，率先响应，众人才跟着喝了第一杯酒。

觥筹交错，狼吞虎咽，渐近高潮。尹昌衡此时便叫换杯为碗，举起酒碗来，对着马忠、张得奎、哮天犬道："本都督此次进京，诸事拜托三位了。我尹昌衡在这里先敬你们一碗。丑话说在前头，你们待不好这帮弟兄，我可拿你们是问。"与三人碰杯之后，一饮而尽。

众人依次给尹昌衡敬酒，尹昌衡来者不拒。酒过数巡，马忠捧出一封银圆交与哮天犬道："都督赏今晚在座弟兄，每人三块大洋的喜钱，请肖班头代发。"

哮天犬接过银圆，情不自禁地道："伺候尹长官这样的主子，真是下人之福啊！"说罢，心中又有些后悔，这不是在帮尹昌衡收买人心，给自己的任务增加阻力吗？

下人们不但享受了人生的豪阔，而且得了白花花的银子，一个个感动不已。

尹昌衡喝过这一碗酒，马忠道："都督旅途劳顿，有病在身，不宜多饮，请肖班头和张兄陪弟兄们尽兴吧。"

马忠扶尹昌衡一旁吃茶，哮天犬和张得奎陪众人划拳斗酒。哮天犬虽然心中有事，自恃酒量惊人，便找准张得奎斗酒。谁知张得奎看似粗豪的一条大汉，端了几碗酒就醉得说话不清，偏偏倒倒了。正自得意时，转瞬间却不见了尹昌衡和马忠。

哮天犬一惊："坏了！尹长官和马总管不见了，快追，千万别出事！"

众人都喝得酩酊大醉，一下酒醒，如果尹昌衡来北京第一天就出事，一个个休想活命了。那张得奎已经烂醉如泥，下楼后被扶上尹昌衡坐的马车。一行人偏偏倒倒地往纱帽胡同阅雪居赶。

拐过两条胡同，拐进一条深巷，突然跳出几个蒙面人，直朝尹昌衡坐的马车袭去。当头一人，一拳打翻车夫，跳上车去，没想到被从车中推了出来，跌了好远，倒在地上。

原来这些人都是哮天犬出门去定宴席时请来的京都黑道高手。他要这些人在尹昌衡返回纱帽胡同的路上下手，尹昌衡出事在他负责的住地之外，他好推脱责任。然而哮天犬没想到尹昌衡待下人这么好，明知自己是被派来监视他的，还把自己安排在内院，一点也不防备他，着实让他感动。正打算通知同伙取消这次行动，还没打定主意，尹昌衡就失踪了，因此发生了眼前这一幕。

哮天犬庆幸尹昌衡没坐在这车上。此时，只见醉态毕现的张得奎也从车中滚了下来，他那沉重的身子压在那人身上，压得那人鬼哭狼嚎。其余蒙面人一哄而上，刀剑齐向张得奎。

哮天犬担心烂醉的张得奎吃亏，只见沉醉中的张得奎，似要踉跄爬起。那慢悠悠的醉态手脚，似乎无意，却躲过了杀来的刀剑，无意间把围上去的人扫了好远。有的甚至受伤倒地。他一眼看出张得奎打的是醉拳，暗自一惊，这功夫已是炉火纯青，他请来那些蒙面人，根本不是对手。他既怕自己露馅，又怕张得奎受伤不好交代，赶紧拔剑上前，大吼一声："哮天犬在此，何方蠡贼，看剑！"说着杀了上去。

众蒙面人先是一怔，得知哮天犬改变了主意，只得假意应战，过了几招，一溜烟越墙逃去。

哮天犬指挥众人快追。此时一辆马车驶了过来，马忠和尹昌衡跳下马车。

哮天犬一惊："啊，尹长官，你怎么在后面啊？"

马忠道："都督刚上了一下厕所，你们怎么就跑了？"

哮天犬道："啊，我们都以为长官走了，生怕长官出事，正追呢。"

尹昌衡道："刚才是怎么回事？"

哮天犬道："遇上一伙蒙面强盗，拦路抢劫，被我们打跑了。"

马忠道："堂堂京城，怎么会有强盗出没？"

哮天犬道："唉，这京城地面，本就鱼龙混杂。这乱世，既有江洋大盗，趁机抢劫富商大贾，绑架官家，勒索银钱；也常有亡命之徒，乘夜深巷拦路抢劫。看我们从得月楼出来，扶大醉的张哥上了马车，肯定是把张哥当成大老板了……"

尹昌衡道："嗯，有可能，张得奎那身肥膘，还真像个大商人。"

马忠急切地道："张得奎怎么啦？"

众人再看张得奎，张得奎躺在泥地上已经鼾声如雷了。

马忠道："嗤，这厮，怎么喝得这么醉，真丢人！"

第五十四章

民国风景

1

第二天陆建章早早地来到阅雪居，给尹昌衡带来了袁总统的问候和关照。袁总统眼下忙于借款和外交急务，要尹昌衡先安心治病，俟时相召。尹昌衡托陆建章转致总统："时近隆冬，雪域苦寒，天寒地冻，边塞狼烟未靖，战事随时一触即发，饷械俱缺的西征将士啼饥号寒，无不切盼进京佳音，望总统早日接见。"

尹昌衡在那道通电中说了，此行进京"于谒见大总统、副总统、参众院、国务院、陆财处等各部以及蒙藏事务局，专陈边事外，谢绝一切宾客"，便只得一边治病，一边去相关部门投递边事呈文，告急求救，等待袁世凯召见。

数日下来，所求告的部门都礼貌接见，对尹昌衡西征奉上廉价的赞扬后，表示对西征军的处境同情和理解。但都爱莫能助，特别是钱粮，国库空空，善后大借款梗阻后，大总统和要员们无不心急如焚，正在跟英国财团商洽借款事宜，要尹昌衡静候好音。

尹昌衡来到北京，终日忧心如焚，如坐针毡。天天派哮天犬去总统府催促陆建章，请求总统接见，得到的消息都是总统太忙，安心等待，只得坐在书房看报消磨时间。

尹昌衡不接受拜访，但没说不拜访别人。到北京最应该拜访的人当然应该是冯倩文、冯国璋和段祺瑞了。这三人不但回国之初有恩于他，而且那一批德式枪械对他西征的实际支持极大。可是，这三人眼下都不在北京。

冯国璋早就离开了北京，1913年7月15日黄兴在南京宣布讨袁后，7月23日，冯国璋便受命出任江淮宣抚使率部由津浦路南下，不久攻陷了宿县、蚌埠和滁县各处，8月6日直达浦口。他的女婿陈之骥是南京反袁军第八师师长，率部向他投降，于是跟女婿里应外合，会合张勋辫子兵及刘冠雄的海军，与何海鸣所率的讨袁军鏖战半个多月。9月2日，冯国璋指挥北洋军炸毁城墙进入南京，史称的沪宁战役结束。冯国璋因攻占南京有"功"，被袁世凯授予一等文虎章。

袁世凯任命最先攻进南京的张勋为江苏都督，任冯国璋为直隶都督。然而张勋治军无方，终引出"南京交涉案"。日、英、美等国公使以张勋在南京其侨民生命财产得不到完全保证为由，向袁世凯施加压力。于是袁世凯于12月16日任命冯国璋出任江苏都督。

南京虎踞龙盘，六朝故都，富庶的江南之首府，兵家必争之地，冯国璋对南京垂涎已久。12月16日，冯国璋便意气风发地赶往南京赴任了。冯倩文也就随义父到了南京。

段祺瑞已经去了武汉。

尹昌衡无处可去，到了北京，不去四川会馆看看乡亲们，那就太不近人情了。于是便带上马忠、张得奎和哮天犬去了四川会馆（四川西馆）。

尹昌衡为了避免袁世凯疑心，招来欲加之罪的不测之灾，心甘情愿地接受袁世凯的监视和消息封锁。除了默默奔走各衙门之外，绝不见记者，而且明知哮天犬是袁世凯派在身边的一条狗，到哪里都让他跟在身边。

在京的四川会馆有二十多所，储库营十七号的全蜀会馆是规模最大者之一，川人称为四川西馆。这里原为"四川义园"的旧地，建于清代中叶，由四川同乡会的乡党捐资建成，是一个具有公益性质的去处。

四川西馆由声望高的京官或缙绅挂名会东，过去专门收留进京赶考的川籍考生，白吃白住，后来改为专为贫穷的四川老乡排忧解难。一般由热心公益的川籍缙绅或富商充任馆东，或称为主事。尹昌衡从日本回国之初，就是住的这个会馆。

民国初年各省独立自治后，权力相对分散到各省，到北京钻营前途和办差的人大大减少，北京的各大会馆比过去冷清了许多。四川西会馆也一样冷清了好久，好在北京预备学校要借用这里部分房子。

尹昌衡进京前，在四川西馆订了房子。四川西馆接待尹昌衡这样的大人物，这还是第一次。届时，在京的四川风云人物，都将在此云集。其时在四川西馆主事的是四川在京的富商冷亭轩。尹昌衡进京的消息，令冷亭轩着实兴奋和忙碌了一阵子。他将四川西馆部分房子装饰一新，扫尘以待贵人。

尹昌衡到武汉的消息见报后，报纸上再也没有了他的消息。那些日子里，四川西馆宾客如云，在京的四川名流显达，都亲自前来，或派人前来打听尹昌衡的消息。但是，尹昌衡始终没有消息，大家怀着满腹疑虑，败兴而去。不久，冷亭轩得到尹昌衡退订客房的消息，他甚是颓然，四川西馆一下又冷落下来。

这一天尹昌衡突然带着马忠、张得奎、哮天犬来到会馆，冷亭轩好不高兴。立即就要派人通知四川在京的同乡，被尹昌衡止住了。

冷亭轩在西跨院暖阁盛情地接待了尹昌衡。尹昌衡问："怎么不见老乡们呢？"

"入冬之后，北京比四川冷得多，临近春节，多数在京的老乡都回四川避寒过年去了。会馆住留的客人甚少。白天，大家都出去谋生活去了。"

他们正吃着茶，说着话，一个身着单衣的汉子，清鼻涕吊得老长，手里捧着一个类似四川烘笼的东西，挤开门挨了进来。

冷亭轩一惊："表叔，贵人在此，你，你来这里干什么？"

来人看了一眼尹昌衡等，惊惶地后退。

冷亭轩道："昨天给你买的新棉衣呢，怎么不穿上？"

那人冷得牙齿相磕，颤抖着："我，我……"那人抹了一下鼻涕，长长地打了一个哈欠。

冷亭轩道："你又是拿去换大烟了吧？表叔，那可是入冬以来我给你置的第三件新棉衣啊。"回头对尹昌衡拱了拱手道，"都督，见笑了，我这表叔呀，唉，我去给他找套衣服，失陪一会儿。"说完拉着那人走了出去。

尹昌衡觉得那个蓬首垢面的人很是眼熟，但又想不起是谁。

马忠和张得奎都道："啊，邹稷光，他怎么在这里？"

尹昌衡也想起来了："对，是邹稷光。"

这邹稷光本来也是大户人家的子弟，前清光绪年间中过秀才，赵尔巽任四川都督时，进衙门当了书吏。赵尔巽在四川雷厉风行地禁烟，他这书吏接触收缴的禁烟的机会多，贪了些小便宜，不知不觉就染上了大烟瘾。几年间，把一份偌大的家产几乎抽了个精光。

邹稷光一直混衙门，四川军政府接管政权后，他又成了军政府的普通书吏。尹昌衡西征，在军政府中抽调了一些人，临时组成了参谋部，邹稷光充任了参谋部的书吏，随军到了康定。

川边本来就是鸦片出产之地，烟土便宜。他不但在军中偷偷吸大烟，还和内地烟馆老板勾结起来做倒卖烟土的生意。此事被人告发，尹昌衡深恨鸦片害人，军规严令禁止吸食鸦片，得知此事后，定要严格执法，杀头示众。

谢云崎、罗一士等都道："川军中烟毒成灾，积习已深，难禁难防，赵尔丰治军很严，尚且睁一只眼，闭一只眼。我军临时组成，而且好多人来自久驻川边的防军，若都严格执法，恐怕不少吸烟者惧法而逃，部队将大大减员。目前最要紧的是平叛，好在这件事知道的人不多，不如从轻发落。"

骆成骧也道："对，目前迎敌是大事，整饬军纪暂宜放缓，就学赵尔丰睁一眼闭一眼吧！"

尹昌衡只得采纳众人的意见，打了邹稷光二十军棍，把他赶出了西征军参谋部，邹稷光这才保住了一条性命。

冷亭轩回到暖阁，一迭连声地向尹昌衡致歉："都督，失礼了，失礼了。"

尹昌衡道："冷主事，你那表叔不是叫邹稷光吗？他怎么到了这里？"

冷亭轩道："感谢都督法外施恩，我那表叔才捡了条性命。他知道都督在四川的威望，被都督赶走的人，哪个衙门也不敢用，家产已经败得精光，又别无所长，生计无着，便跑到京城来找差事。一口四川话，又无长处，这京城之中好谋事么？不管他吧，又是老亲，管他吧，又是一副丢不脱的大烟瘾，前几天才给他买的第三件新棉衣，没穿三天，又去换了鸦片。这半年多来，我这个烟鬼表叔，硬是把我弄得苦不堪言啊。"

马忠和张得奎都道："都是烟毒害人！"

这时，穿好衣服的邹稷光又推开门进来。

冷亭轩道："你又来干什么？"

"我来拜见大帅。"

邹稷光说罢跪在尹昌衡面前："罪人邹稷光给大都督请安。"

尹昌衡道："起来说话吧。"

邹稷光道："罪人当时蒙都督不杀之恩，得保微躯。然稷光幼读诗书，不通庶务，衙门谋生，只精刀笔。求都督给个差事，赏碗饭吃，免得我这堂堂的前清秀才寄人篱下，受我这阔亲戚冷言冷语。"

世间竟然有这样不知恩的人，说出如此不近人情之话。冷亭轩大概已经习惯了，只是摇头叹气。

一旁的张得奎等却怒了："住口，你这烟鬼，你这混蛋，你这说的还是人话吗？"

马忠道："要不是冷主事慈悲收留你，你还有狗命吗？"

一同来的哮天犬则更是怒不可遏："你这不识好歹的东西，老子马上就把你才穿上身的衣裳剥了，扔到大街上去！看冻不冻得死你这遭瘟的畜生！"

哮天犬说着，就像老鹰抓小鸡似的，一把抓起骨瘦如柴的邹稷光，伸手要剥他衣服。

冷亭轩赶快求情："肖班头息怒，不必跟他一般见识，饶了他吧。我已经习惯了。他们邹家和我们冷家是老亲，或许是我前世欠了孽债，今生该还债吧。"

哮天犬放下邹稷光，朝屁股上狠狠地踢了一脚："滚！"

邹稷光捂着屁股嘟囔着走到门口。

尹昌衡道："转来！"

邹稷光赶紧转来，复又跪在尹昌衡面前。

"邹稷光，你不是要谋差事吗？也好，冷主事的大度和仁慈感动了我，看在冷主事的面子上，我就给你一个机会吧。只要你痛下决心，戒掉大烟，重新做人，我赏你一个差事。"

邹稷光忙道："谢谢大都督，谢谢大都督！"

尹昌衡道："先别谢，我还有话说。我今天先赏你十块大洋，你开始戒烟，由冷主事看管，不准出会馆一步，我离京之时，你持冷主事手写的你禁烟成功的帖子来见我，我方能带你回川干差！"

邹稷光迟疑着："我，我……"

张得奎道："你狗日的，不干吗？"

邹稷光看着马忠手上亮晶晶的银圆："干，干！"说着伸手要去拿。

哮天犬一把拿过银圆："不行，你这人渣，今天非发誓不可，当着大家发毒誓！"

邹稷光道："我，我发誓，发毒誓戒烟，知恩图报，若违誓言，天打雷劈，死无葬身之地，猪拉狗扯！"

哮天犬道："不怕你这混蛋赌白眼咒，若敢违誓言，天不惩罚你，我哮天犬也要惩罚你！"这才把银圆扔给了他。

2

尹昌衡到北京后，立即向陆军部紧急呈文："至本年十月止，西征军积欠兵饷至六十三万余两，积欠行政费十九万余两，借用商款以济眉急者积欠至五十七万余两，月息尚不在内，共一百四十余万两，边军嗷嗷待哺，盼解倒悬。"

川边前线要粮要款的电报不断，他跑了各大衙门，俱说正在等待总统筹款，说的也是实话，并无搪塞欺骗。可是，快半个月过去了，总统筹款并无着落，又始终不见袁世凯召见，这让尹昌衡坐在寓所里真是如坐针毡。

这一天，《晨报》《国风日报》《亚东新报》《甲寅日刊》《中华新报》等主要报纸，都报道了袁大总统在怀仁堂举行盛大宴会，欢迎副总统黎元洪进京的消息，有的报纸还配发了照片。

尹昌衡和蔡锷相继进了京，袁世凯颇满意，催促黎元洪便成了他的当务之急。黎元洪送走尹昌衡不久，12月8日，袁世凯又电请黎元洪，"要之协商国事"，特命陆军总长段祺瑞来鄂迎之。黎元洪得电，再也找不到推托的借口了，段祺瑞又力请，他不得已，只好以都督府参谋长金永炎代都督之职，并通电遵命北行。

袁世凯把欢迎副总统进京共事的气氛渲染得空前热烈，这是预料中之事，出席接见的都是政府各部大员和各国大使，蔡锷的名字也出现在出席接见盛宴的名单之中，这却使尹昌衡大惑不解了。

蔡锷和尹昌衡都是来京的大省都督，封疆大员，贵胜各部大员，世人都知道他二人同时都在北京，若论出席相陪，都有资格。若论功劳，尹昌衡远在蔡锷之上，论名望也是伯仲之间，何况西征时蔡锷为云南争利搞小动作很不体面，当时袁世凯已经做出了明确评判。而今何独厚此薄彼，在国人面前，独伤他尹昌衡的面子呢？

尹昌衡是个脸上有火，受不得人格侮辱的人，丢下报纸，就命套车，带上马忠和哮天犬，要去找袁世凯讨公道。

尹昌衡满腔怒气上了车，可是邻近总统府时却泄气了，颓唐了。一路上不禁自问，去讨什么公道？是去要名，要地位，还是去要荣耀？这是君子所为吗？如何开口？

尹昌衡冷静下来后，不禁给自己提出了另外一个问题：向来御人有术的袁世凯，何故突然行此有违常情之事。他知道，袁世凯看待他的分量，绝不比蔡锷轻，会不会担心他们这两头猛虎合力同心，故意在他们之间制造一些矛盾呢？

尹昌衡想到这里，怒气全消。正准备打道回府，转念一想，此行不为名、不为地位、不为荣耀，但第一急务却是为了要钱，进呈治藏大计啊，既然总统不肯召见我，今天已经来到总统府，何不硬闯进去拜见总统呢？

尹昌衡打定主意来到总统府门房，门房外已经围了不少人。门房内吵嚷声高，被挡在门房外的记者们都说："章疯子大闹总统府，是今天的头条新闻。"争着要往门房里挤。

章疯子就是民国的大名士章太炎。

章太炎，名炳麟，字枚叔，号太炎，是清末民初名震当时的民主革命家、思想家、国学大师。

章太炎是同盟会的创始人之一，后来因对孙中山的种种不满，同盟会分裂，便与陶成章退出同盟会，另立光复会与孙中山分庭抗礼。辛亥革命后，章太炎从日本回到上海，向黄兴提出"革命军兴，革命党消"的劝告，并在槟榔屿《光华日报》连载发表政论《诛政党》。曾任南京临时政府枢密顾问。1912 年冬任袁世凯北京政府东三省筹边使。1913 年 4 月从长春返回上海。

章太炎不但是民主革命的元勋，他在学问上的高深造诣，更是为当世景仰和称道的国学大师。他的狂狷和傲世，被时人称为民国之祢衡。他自称章疯子，学林也把章疯子当作对他的尊称。

大功勋、大学问、大名士，便有了大自由。这大自由便是可以狂骂一切。章大名士骂了皇帝之后，又骂革命领袖孙中山，乃至有人说章大名士之骂，是天下第一国骂，有资格得国骂者必是人物。

章太炎 8 月来北京参加总统选举后，觉得袁世凯包藏称帝祸心，便发文章揭露，要跟袁大总统论理。袁世凯却不予理会，这可惹恼了大名士，于是那国骂的主要对象，就变成了袁大总统。

有若干大师桂冠的章大名士，衣钵弟子都是当时各界的权威和名流。他自己曾经创办或主办过的报纸不少，他的徒子徒孙也多是舆论界的高音喇叭，因此，章大名士的国骂，引领了当时言论自由，构成了民国初年最亮丽的一道民主风景。

这一天章太炎又到总统府来砸场子，恰好被尹昌衡遇上了。尹昌衡来到总统府门房，也被挡在了门外，好在哮天犬是陆建章的人，被放了进去。

尹昌衡一进门，见章大师蓬头垢面，披一件油乎乎的羊皮祆，脚上穿双烂鞋子，大冬天了，手里拿着一柄破旧羽毛扇，把那枚建国时袁世凯亲授的民国二级大勋章，做成了一个扇坠儿，不停地晃荡。

章太炎歪歪斜斜靠在大椅子上，极其傲慢地呵吼门吏："快去叫袁世凯来见我！"

这已经不是第一次了，袁世凯仍然是避而不见。门吏们都知道他的来头，不敢惹他，只说总统不空，请大师改日再来。此时陆建章从内里走出来传一名候召的次长，章大师哪里肯依，大骂说：这次长只不过一个小孩子，袁世凯凭什么见他不见我？卫兵请他骂人低声点，章太炎端起茶碗直接朝他砸过去，举起他手中的文明棍就要打陆建章。

尹昌衡见状，赶紧上前躬身行礼："大师息怒，大师息怒。别急坏了身子。"

章太炎见了尹昌衡一愣，高高举起的文明棍放了下来："你是谁？"

尹昌衡留学日本之时，章太炎主编同盟会的《民报》，同时还创办了国学讲习会，是进步青年学子的精神领袖。尹昌衡和当时大多数留学生一样，都曾是章太炎的狂热粉丝，不但常听章太炎讲国学，而且他爱写诗，还请章太炎给他点评过诗稿，跟章太炎多少还有点师生之情。他们已经七八年没见面了，尹昌衡已经长成了一个英武赳赳的军人，章太炎的额上也多了些细密的皱纹。

尹昌衡道："大师，我是后学川边经略使尹昌衡啊。"

"啊，尹昌衡。"章太炎用文明棍指着尹昌衡，"你就是四川那个很能喝酒，很爱写诗的军校瘦高个尹昌仪？"

"学生就是当年那个军校学生尹昌仪。"

"好小子，西藏平叛，打得英国人告饶和谈。打得好，打出了中国人的威风，长了中国人的志气，我章疯子为你叫好，有种，有种！"

"大师过誉了，昌衡不受大师爱国情怀感染，托民国之福，艰难成功而已。"

"屁话，你这小子，率性之人，怎么也学会溜须拍马了。你的功劳，与我章疯子何干，与民国何干？"他甩了甩那做成了扇坠的民国勋章，"而今的民国还是民国吗，已经成了袁世凯的王国了，你愿意为袁世凯的王国效命吗？"

章太炎这话包含着他对袁世凯的满腔怒意。他退出同盟会跟孙中山分道扬镳后，拥护袁世凯当总统。二次革命之后，袁世凯却以"叛乱"罪名下令解散国民党，收缴了国民党党员的议会证，国会随之解体。袁世凯就此摆脱了议会和宪法的制约，成为真正独裁的寡头大总统。章太炎从袁世凯这各种做派中，看出了袁世凯的野心，因此才怒不可遏，无情揭露。

尹昌衡理解这位大师的担忧，但他对大师许多偏执的见解却不苟同。特别是他那样分量的知名人物，采用那种耍泼的方式来玩政治，更不可取。只得道："昌衡此身不效命任何个人，只效命中华民国，只效命共和。"

章太炎道："你糊涂！糊涂透顶！你枉自英雄，轰轰烈烈，竟然识不得袁世凯的奸诈，看不穿他包藏称帝的狼子野心。袁世凯是什么东西，说话能算数吗？当初答应共和，而今怎么样，他容得下你共和吗？你放着西南王不做，来北京干什么，你想来领赏吗？你做梦！你做梦啊，你还想共和，你死定了，你死定了！"说到后来，甚至恸哭失声。

"大师哭什么啊！"

"我为你哭，你死定了，死定了，给你哭丧啊。我或许死在你前头，等到你死时，没给你哭过丧，也不遗憾了。"

章太炎的诅咒，使尹昌衡暗自震惊。他对袁世凯这番恶骂，尹昌衡赞成不是，反对也不是，无言以对，只得嘿嘿地笑。

"你傻笑什么，我说得不对吗？"

"大师说的，谁敢说不对啊。"

"我说得对，你要想活命，就赶快跟我一起骂，要不，就立即滚回四川去！"

尹昌衡看了看这可爱的先生，实在不忍心伤害他，但又找不到合适的应对之词，只得道："大师是大名人，总统给大师那么高的工资，骂总统是你的工作，你的骂声越高，总统才越是高兴，骂得越狠，你的功劳越大。我尹昌衡身为民国军人，总统的部下、走卒而已，我骂总统，以下犯上，岂不是找死吗？"

这回轮到章太炎结巴了："你，你这是什么意思？"

"革命党骂大总统独裁专制，大总统要证明自己施政民主。大师为大总统开创民国民主共和新气象，不遗余力，劳苦功高，总统不该高兴，不该给大师颁重奖吗？"

尹昌衡知道自己这话太伤大师的自尊心了，只得赶紧道："大师，昌衡胡说八道，别在意，别在意。来京后好想拜访大师，我们好好喝一杯。"

陆建章虽然对尹昌衡当众揭袁世凯的老底不满，但到底苦于无计打发章太炎，便趁此机会道："好好好，大师跟尹都督故人相逢，我来代总统请客，好好喝一杯。"

章太炎木木地一言不发，被陆建章扶上了门房外的马车。

第五十五章

总统召见

1

第一届国会选举之前，全国基本形成了国民党、共和党、民主党、统一党四个较大的政党，它们各自拥有一批言论机关。其中影响最大的是国民党系统报刊和共和党－进步党系统报刊。

国民党系统报刊遍布全国各主要省市，在革命党人势力较大的南方各省以及北京，其报刊宣传活动尤为活跃。在上海出版的主要有《民立报》《天铎报》《大陆报》（英文）和新创办的《太平洋报》《中华民报》《民国新闻》等，在北京出版的有《国风日报》《亚东新报》《甲寅日刊》《中华新报》等。这些报纸内部虽然不完全一致，但有一个共同的特点，就是反对帝制，相信共和，主张中国走民主的道路。

共和党－进步党系统的报刊遍布各地，比如在上海出版的有《时报》《时事新报》《大共和日报》《民声日报》和《东大陆报》，在北京的有《少年中国》《晨报》，天津有《庸言》杂志等。它们的共同特点，就是与其党派的立场一致，支持袁世凯，一味攻击国民党。

1912 年 7、8 月间，两派报刊大体上已营垒分明，针锋相对，斗争日益尖锐激烈，甚至达到了白热化的程度。

二次革命失败后，国民党的党魁们被定为乱首潜逃日本，袁世凯对国民党的报刊并不打压，仍然任其合法存在。他知道，即使国民党派系的报纸，也有不少反对二次革命，实际是在帮他说话。

章太炎大闹总统府，为两派报刊提供了绝好的题材，第二天，北京有好几家报纸都刊登了国学大师章太炎大闹总统府的新闻，评论、解读、预后的文章连篇累牍。

进京后本欲低调避祸的尹昌衡，也被牵扯进这场热闹之中。其中一篇《尹昌衡一言止国骂》的文章，引起的议论不少：有人盛赞章大师是民主斗士；有人奚落章大师，那样高明的人，以蔑视权贵自许，竟然被老奸巨猾的袁世凯当成工具利用还不自知，真是有点可悲；有的人却反驳说，总统开放言禁，开创民主共和新气象，怎么是叫作玩把戏，难道要总统回到清朝，不让人说话才对吗；有的说，尹昌衡眼睛有毒，居然一下就戳穿了袁世凯玩弄民主、开放言禁的鬼把戏；还有的说，尹昌衡聪明会被聪明误，敢翻袁世凯的底牌，不是自己找死吗……

在报刊上沉寂了好久的尹昌衡，因了那篇报道，顿时成了京城报纸关注的对象，无孔不入的记者，也找到了尹昌衡的住处，要采访尹昌衡。至此，关于尹昌衡与袁世凯，也成了报纸的新话题。

尹昌衡见袁世凯不成，实在耐不住那寂寞了，也借报刊舆论之力，披露西征断饷真情，发表自己治边的主张。

11月25日，上海《时报》刊出《尹经略筹边大计划》。

12月13日，《申报》刊出《尹昌衡条陈川边建设大计》。同时还发表了其呼吁停止内斗，一致共御列强，保全国土等相关文章。

12月16日，为创办西方佛教集成总会，尹昌衡又呈文袁世凯，曰：若采愚计，行之十年，兵不再用，而两藏风从，区区川边，宁足言治。

尹昌衡翻了袁世凯王者之术的底牌，报刊又为之助势。袁世凯也为之震惊，甚至是震怒。

而黎元洪到了北京后，蜷伏牙爪，龟息自保，做一个摆设副总统，当个陪衬总统的花瓶而已，也无大碍。

至于蔡锷，袁世凯本拟委任陆军部长要职，谁知此议刚一提出，不但现任陆军部长段祺瑞竭力反对，同时更招致北洋集团核心层的强烈反对。他虽欲改造北洋，但北洋毕竟还是自己现在的依靠，便只得作罢。

民国建立后，袁世凯发现他的北洋军已经暮气沉沉，而且派系林立，自己掌控起来也不再得心应手。从上次"北京兵变"中，袁世凯已经感觉到，原来他手下的那些将领们，现在大都已经羽翼丰满，各有山头，指挥不易。于是，他便想在掌握政权之后着手重建自己的军队。而这时保定陆军学校的校长蒋方震给他提出编练"模范团"以重整军威的建议，袁世凯便采纳了。

所谓"模范团"，就是从各师中抽调各级军官分别充当军官和士兵，建制为团，训练半年后派到各师充当军官，以改造优化军队中的军官结构。司法总长梁启超也是当时极有号召力的大名士，亲自举荐自己的得意门生蔡锷来京任军职，却不能实现，于是便决定让蔡锷担任模范团团长。北洋集团的人看出了袁世凯的用心，同样激烈反对。此议又被搁置。总得要给梁启超和蔡锷一个交代吧，只得暂委蔡锷为经界局督办，等待时机再予调整重用。

蔡锷虽不高兴，但他也看出了北洋集团其他人对他的嫉妒和防范，理解袁世凯的苦心，也只得暂时委身俯就，待机而动。

至此，可以说袁世凯把黎元洪和蔡锷这两只猛虎都成功地关进了自己的笼子。现在只剩下一个尹昌衡了，怎样降服尹昌衡，却一直让他很费踌躇。

而今，这个不甘寂寞的尹昌衡自己却跳出来了。

袁世凯看了报纸，听了那些相关的坊间议论，更加感到尹昌衡其人不可小觑，须当认真对待。若任其口无遮拦，不知会造出些什么麻烦。最后找来给他出过不少好主意的参谋部次长陈宦，一番密谋之后，陈宦的计策终于使他下定了决心："对，就这么办，他奉召进京已经二十多天，冷落得已经差不多了，应该召见探底了。"

袁世凯于终于命夏寿田（号耕父），好好安排一下召见尹昌衡的事宜。这夏寿田时任总统府内史（相当于后世的秘书长），也不是一般人物，光绪二十四年（1898）中进士第八名，殿试榜眼及第，1913年任总统府内史。后来袁世凯称帝，制诰多出其手。他既是一个善于察言观色，善于揣摩主子之意的好谋士，亦是个工诗文书法和工篆刻的大文人。

是日，尹昌衡着戎装佩戴勋标，驱车直入新华门，在陆建章的引领下，来到总统府。陪同总统召见尹昌衡的大员们，已经候在总统的书房里了。

袁世凯这次的召见还是给足了尹昌衡面子，陪同他召见的大员既有才入京不久的副总统黎元洪，又有现任国务总理兼财政总长熊希龄，还有参谋部次长陈宦（代行陆军部次长之职）。

尹昌衡跟众人见礼后，下意识地打量了一下在座的人，黎元洪不久前才在武汉见面深谈过，彼此惺惺相惜，灵犀相通。国务总理兼财政总长熊希龄，他去国务院和财政部要钱，已经见过两次面。参谋部次长陈宦却是颇有闻名，还未曾谋面。

熊希龄算得上近代史上诟病极少的大儒和爱国名人，1912年中华民国成立后，担任内阁财政总长。翌年，国务总理赵秉钧因宋教仁案牵连而去职，袁世凯让熊希龄与梁启超、张謇等组织人才内阁，熊担任国务总理兼财政总长。

任参谋部总长的黎元洪，只是挂个名，从来没有到过任。陈宦这个参谋部次长，实际上代行参谋部的总长之职。尹昌衡虽不认识陈宦，但这个四十多岁的湖北人却跟四川有很深的关系。他在京师大学堂读书时，曾经师从骆成骧，可以说是尹昌衡的师兄；他曾任四川武备学堂会办，还曾经赴川边巴塘处理凤全被杀事件，曾经担任过四川新军第三十三混成协协统，胡景伊就在其手下当标统。他这个参谋次长，为袁世凯民国初年的所有重大政治军事活动出谋划策，不遗余力，立下了汗马功劳。袁世凯对他视为心腹，倚重备至。

袁世凯排出如此阵容召见尹昌衡，既表示他对尹昌衡的重视和隆礼相待。同时，尹昌衡入京的目的一是要钱，二是陈边务大计，说钱，非总理兼财政总长的熊希龄莫属，说川边边务大计，军方主事人陆军总长段祺瑞，新近兼任了湖北都督，目前尚在武汉理事，参谋部次长陈宦既代行陆军部次长，熟悉川情和川边军事，则是最合适的人选。他知道袁世凯对他的这次召见是很慎重很用心的，心理得到了极大的安慰。

2

众人正在寒暄时，袁世凯接待完俄国公使，走进了总统书房。众人立即起立相迎，尹昌衡"喇"的立正，向袁世凯敬了一个标准的军礼，朗声道："川边经略使兼川边都督尹昌衡，奉命入京觐见大总统，这是卑职述职报告。"随即呈上述职公文。

尹昌衡努力想从主宰他命运的袁世凯的脸上读出些答案来。他在天津时见过袁世凯，矮胖身材，如今看得出已经不如几年前健旺，眉宇间明显地多了些难掩的疲惫。

袁世凯接过尹昌衡的述职报告，放在案上，上前小半步，像一个慈祥的长者一样，肥厚的双手拉着尹昌衡端详着道："硕权，跟几年前奉天看到你时相比，你瘦多了，黑了，辛苦你了，民国辛苦你了啊！病好些了吗？坐下，坐下随便聊聊。"随即缓缓坐在了他的太师椅上。

尹昌衡道："感谢总统关心，昌衡进京调理，身体好多了。"

在座众人都惊讶地问："啊，总统几年前就认识尹将军了？"

袁世凯感慨地道："是啊，人生是一种缘分啊。几年前硕权刚刚学成回国，在华甫帐下做实习军官，我赋闲在家，去奉天为华甫祝寿，席间，犬子克文跟硕权大大打了一架，那时我就认识硕权了……"

陈宦吃惊地道："二公子那么斯文，怎么会跟尹将军打架啊？"

袁世凯一串哈哈道:"不打不成交嘛,他们那一架呀,打得凶,打得好,打得老夫开心啊。"

袁世凯对这次召见,确实费尽心机,精心安排。在看似不经意地聊陈年往事的开场白中,既跟谈话对象套了近乎,又表现了自己这个最高统治者识才爱才的大度和亲民形象。接着他拿起尹昌衡的述职报告翻了翻道:"硕权,不必那么拘束,今天我特请几位大员来,我们随便聊聊。述职呈文我空了再细看。我这把老骨头,虽然终日穷忙,你以前的陈事公文和电报,多数我都认真看过。你在报上发表的见解主张,我也看过,对你的甘苦功过和高见,大体还算心中有数。"

尹昌衡道:"总统日理万机,然军国大事,昌衡又不得不随时请示汇报,给大总统添麻烦了。"

袁世凯道:"天下未乱蜀先乱,你挺身而出,定了川乱,四川民众拥戴你当上了都督。在都督任上,只有四川没乱杀一个满人,你为全国做了好榜样;民国开基,乱局危艰,你带病西征平叛,历尽艰辛;尊重藏教、藏俗,善待藏人,马到成功,大获全胜;挫败了英国人妄图分裂中华、割据西藏的阴谋,终于把不可一世的英国人逼到了谈判桌上;你在雪域高原,打出了中国人的威风,你是有口皆碑,当之无愧的英雄。在民国的所有上将之中,只有你是以斗列强、平叛乱的卓越军功,而晋升上将的;在孙文发动所谓二次革命中,你没有受其蛊惑,不但没有跟你的把兄弟李烈钧等一起造乱内斗,而是尽力止乱,早日安定西南,也是功不可没的。"

袁世凯这一席话,全面地总结了尹昌衡的功绩。

在场的人都纷纷附和。

袁世凯对尹昌衡的高度评价,在尹昌衡听来,说得很平静、很真诚,他感动得差一点掉出了眼泪。他突然觉得自己得遇明主,过去是不是以小人之心,度君子之腹,有些杞人忧天,对袁世凯防范太多了?他十分动情地道:"大总统赞誉有加,卑职诚惶诚恐,愧不敢当,只求大总统知我忠于民国、忠于共和、忠于黎民百姓,其愿足也。望大总统多多指迷,开示不足,以便日后更好报效家邦。"

袁世凯道:"你要我开示指迷,我也直说,你们年轻人,要知道天下不是只有你一人是聪明人就行了。对于你,如果站在乱党的角度,你同情革命党,释放乱首周谷敦,则是功劳;站在我这民国总统的角度看,你这民国大员,擅自释放乱党头目,就是目无法度,就是犯法。再如,辛亥鼎革之时,全国只杀了端方和赵尔丰两名封疆大臣,这二人却都是在四川被杀。这二人都被时人誉为清末难得的好官和能员。端方倡导维新立宪,启迪民智,推行新政,国人甚赞开明;赵尔丰平叛经边，保障西部国土完整的丰功伟绩，亦是人所共知。他们二人和我们在座的这些清朝大员一样，对结束清朝的腐朽统治，催生今日之民主共和，功劳和贡献不比我们小吧。民国从清朝和平接管天下，中央对清朝皇帝和皇族尚且优待。何独我们该活，他们该杀？若说端方被杀与你无关，但是，不管你有多少理由，赵尔丰可是民国成立之后，你当都督杀的啊，这你能推卸责任吗？"

袁世凯对应召前来述职的尹昌衡戴完高帽子后，心平气和地指出尹昌衡的不足，这是无可厚非的。对于释放周谷敦，袁世凯曾经电文申斥过，尹昌衡也辩解过。今天袁世凯旧话重提，却是站在民国一统的角度，这让尹昌衡一时无言以对了。

尹昌衡还想对违心杀赵尔丰之事辩驳，黎元洪深知袁世凯的为人，在湖北就告诫过尹昌衡"君勇且刚，不慎，祸且及"，今天他一直为尹昌衡捏着一把冷汗，听了袁世凯对尹昌衡的高度评价，才略为放心，此时见尹昌衡还要辩解，生怕其触怒袁世凯，赶快插话制止道："硕权不必多说，大总统也知道你是逼不得已，他不是要追究什么，只是教导我们大家，民国要依法行事，今天还有多少大事等着大总统处理呢！"

夏寿田也道："硕权，黎副总统说得是，今天还有好多事等着总统。你的很多呈文，总统都反复研究过的。"

袁世凯道："对，你多次要求面呈高见。就拣紧要的说说吧。"

好不容易得到这个机会，尹昌衡胸中千言万语，此时却不知从何说起。尹昌衡正拣腹稿中紧要的话题，欲站起回话之时，袁世凯又开口了。

"从你的呈文和报纸公布的一些消息看，我知道硕权此行进京，大事有三：一是治病，二是为西征军催拨饷款，三是陈治藏治边之方略，是吧？"

尹昌衡道："昌衡治病事小，拨款事急，治藏治边事大啊。"

袁世凯道："那就先易后难吧，治病之事，已经妥善安排。还有什么难处和要求，尽管说。拨款之事，就请熊总理说吧。他是总理，又是财政总长，民国的钱口袋就提在他的手里的。"

熊希龄道："硕权西征平叛，苦熬苦撑到现在，实属不易。前线将士缺饷断粮，国库有支无收，其艰窘状况，国人尽知。我这个总理提着民国空空如也的钱口袋，拿不出钱来，实在抱愧。不过，总统已经电令四川立即筹措粮饷，尽快解送边关救急了。"

尹昌衡听说袁世凯已经电令四川救急，立即站起道："昌衡代边关将士，感谢大总统和总理大人了。"

熊希龄道："四川所筹，也只是杯水车薪。要彻底解决问题，只有靠外国借款。闹得满城风雨的善后大借款，四国银行梗阻，目前正跟英国财团谈判。英国人为西姆拉谈判，设卡要价，我们又不能舍民族尊严，牺牲国家利益，进展十分艰难。好在谈判还是在推进，只是要等些时日罢了。"

尹昌衡道："国家的尊严、原则不能丢，这昌衡能够理解，只求总统能体谅边关将士的拳拳报国之心，一俟借款成功，尽快予以解决。"

袁世凯道："硕权，这话多余了，我也是带兵之人，深知前线将士为国拼命不易，一当借款达成，自会优先酌情考虑的。"

尹昌衡道："如此，昌衡就放心了。"

袁世凯道："硕权所陈的治藏方略，安边大计，我已经反复看了。真可谓国家栋梁之材，高瞻远瞩，条条俱是治国治边上上之策。你要按前清筹建一个省的拟议，改革川边的行政、建制、吏制，你对川边的民族政策、经济建设的方案都很好，中央都一一照准了。不少事情都在逐步实施之中；至于你要建一个镇的陆军，同时向拉萨进军，为西姆拉谈判做好后盾和保障，安边定藏，永保我中华西陲安宁，平心而论，这也是上上策。我要是只任川边都督，也会提出这样的要求。然而上上策不一定都是可行之策啊。"

众人都道："上上策固然好，力所不能及，只能退而求其次了。"

袁世凯道："硕权，不当家不知盐米贵啊。建军打仗要钱吧，大清朝虽然腐朽，但毕竟全国一体，政令无阻，每年全国税赋能收多少？你们四川清朝时每年上缴国库多少，而今又上缴了多少？我这个大总统接管这烂摊子，不过一个虚衔而已，要权没权，乱党造事，民国的政令在好多地方还不能畅通；要钱没钱，你问问熊总理，今年国库收了多少？我这总统拿什么来支持你的上上策？"

熊希龄道："硕权，我这总理，要是稍微能挤得出钱来，也会支持你建强大边军，出兵拉萨，彻底解除西陲边患之忧的。可是无能为力啊，体谅总统的难处吧。好在已经将英国人逼到了谈判桌上，藏事能通过谈判解决问题，这也好啊。"

陈宧道："总统已令四川解前线燃眉之急，硕权尽可放心了，其他好事，可以缓缓图之。"

黎元洪道："硕权，不在其位，不谋其政。元洪来京之后，常常聆听总统教诲，方知总统高瞻远瞩，虑事精深。作为民国总统，要应对的大事，太多太多了。"

袁世凯道："是的，硕权，仅以边事而论，西藏是大事，蒙古也是大事。好在你为解决西藏之事打下了好基础，这对解决北边沙俄分裂蒙古之事，也是好兆头。你可知，列强中我最忧心的是谁吗？"

"是谁？"

"我的死对头，小日本啊！"

"日本！"尹昌衡惊讶地望着袁世凯。

尹昌衡这两年多来，一直忙于应酬安定四川，平定藏乱，根本没有站在全国的角度来思考过这类大事。不需要任何解释，他已经恍然大悟了。

此时，墙上的自鸣钟敲了十下，袁世凯站起来瞄了一眼时钟道："硕权，年关将近，这么大个国家处处都等着要钱，我和熊总理约了一个财团，谈借钱过年。时间到了，今天就谈到这里吧，你还有什么要求，改日再谈吧。"

尹昌衡站起来，此时他还能说什么呢？只有道："大总统，昌衡请求立即赶回边藏。为民国守好边陲，西藏之事，就请大帅放心吧。"

袁世凯边朝门外走去，边道："硕权国家之大材，当为国家重用，边藏之事，就不用你再去吃苦了，目前，最要紧的事是尽快治病，养好身体，安心留任中央。具体做什么事，等候中央决定吧。"

尹昌衡追上前去："大总统，大总统，我的请求……"

袁世凯道："硕权，好好想想，想好了再说吧。"说着，走出了书房。

第五十六章

踏雪访旧

1

尹昌衡急切盼望的总统召见，尽管没有机会说多少话，好在主要内容，以前的呈文和报刊上都已公开发表，袁世凯都已经知道，基本上如愿以偿。边军粮饷之急得到了暂时解决，经边、安边大计得到了高度肯定，虽未完全采纳，也得到了合理的解释。

尹昌衡根本没有想到的是，远在北京，在汹涌澎湃政治旋涡中搏击的袁世凯，对自己会给予那么深的关注，对他功过居然那么清楚，会给予他那么高的评价。

功劳得到承认，他为此而欢欣，为此而满足。开诚布公地指出他的缺点和过失，既是长者风度，也没有半点冤枉。他不反对必要的独裁和适当个人英雄主义，他知道，自信、自恃、自傲、自以为是，是他的个性缺点，也是世人对他的公开诟病。袁世凯要年轻人"不要以为世界上只有你一个人才聪明"，这是一个长者对后辈善意的告诫；自己对释放周谷敦的辩驳，那确实是苍白的强词夺理；扛不过情势逼迫，违心杀赵尔丰，那就只能说明他作为都督失职，只能证明自己无能了。

这次见到袁世凯，几乎彻底改变了他对袁世凯的认识，内心不自觉地发出了"领袖风度、领袖气质、领袖权谋"的感慨。这个认识形成后，就基本没有改变。在他被袁世凯送进牢房后，在《止园自记》中依然写了《忠袁记》。这是后话了。

尹昌衡在被召见后，多少终日悬心的事情都迎刃而解了。唯一感到失望的是袁世凯不让他重回川边。君子当言而有信，他跟川边藏族同胞的盟约怎么兑现？

将何以实施精心规划的那些建设边藏的大计？他是看重个人威望的人，他相信英国人怕的不只是强大的川军镇边，更怕的是他尹昌衡这个人。国家困难，自己可抵千军万马。自己如果离开川边，何以震慑英人？西姆拉谈判正在进行，如果因之而受影响，岂不前功尽弃？

不行，眼前无人可取代他在西姆拉谈中重要的幕后威慑作用。他要向总统力请速回川边，为总统分忧，为安定西陲再立新功。

尹昌衡主意已定。要面呈主张，袁世凯太忙，不知又要等到何年何月，于是把自己关在屋里，一篇请求总统收回"留任中央"的成命的陈情文章，洋洋洒洒，一挥而就。

尹昌衡怕走正规渠道拖延时日误事，便想到也学学走门子。与自己有交往有分量的段祺瑞和冯国璋，目前都不在北京，一时又无妥人可托，便只得安心住下，等待时机了。

尹昌衡在阅雪居写完陈文后，丢心落肠地睡了一个安稳觉，一觉醒来，已经是次日半晌了。一夜北风呼啸，北京城下起了入冬以来的第一场大雪，尹昌衡浑然不觉。起床洗漱后开门，外面已经是一片银装素裹的世界。往日终日喧闹的京城街巷，一下安静了许多。只有少许忙于生计的人，蜷头缩项，在街巷中瑟缩前行。

尹昌衡心情很好。正是向火烹茶、围炉煮酒的好时候。他回到堂上，堂上已经燃起了旺旺的炭火，茶炊在炉上咕噜噜地唱着，满室生香，甚是怡然。他品了一口香茶，对马忠吩咐道："多备些酒食，让下房的杂役和侍卫们暖和暖和，热闹热闹。"

马忠刚刚出门，瞬时又兴冲冲地返回堂上："昌衡，贵客登门，快！快出去迎接贵客。"

尹昌衡一怔："看你高兴的，我在北京，并无多少熟人交往。贵客，谁？是冯小姐吗？"

马忠当年到北京来找尹昌衡时，知道尹昌衡那段更名的经历，对那些热心帮忙的人全都熟识："看你，只记得你的红颜知己冯小姐，人家袁公子和段公子当年也为你参加殿试出力不小啊！是二位公子登门拜访你来了。"

尹昌衡闻言大喜，正愁无人向袁世凯传书陈情，怎么忘记了他们二位，前日召见时袁世凯不是当面要他跟二公子多玩玩？正好借重啊。今日二人登门，看来真是天遂人愿，莫非是要时来运转了？

尹昌衡乐得倒冠逆履般，忙忙迎出大门去。

门前停着两驾豪华的四轮大马车。不待尹昌衡上前掀帘，轻裘锦袄的袁克文和段宏业，已经下车向尹昌衡走来，拱手寒暄。

来到堂上献茶后，尹昌衡道："按常理本当我这行客拜访，昌衡不敢贸然打扰二位兄台，已然失礼了。昌衡正有一事欲借重二位兄台，今日二位公子踏雪来访，昌衡喜出望外啊。"

袁克文爽朗地笑道："硕权兄，吾等是拘泥常礼之人否？要办什么事，我们待会再说。说实话，奉天一别兄台，克文甚是想念。闻听你要进京，我和宏业都翘首以待。你进京后这么多天了，怎么也不告诉我们兄弟一声？昨日家父责我不代他前来看望，我们对硕权兄才是太失礼了。"

段宏业也道："是啊，家父去湖北之前，也曾吩咐宏业，硕权兄来京之后，一定要代他前来看望并候教。"

二人说的确实是真话。袁世凯利用子侄，交结新人，这是可以理解的。

尹昌衡比袁克文和段宏业都大，当年尹昌衡回国，因了冯倩文而结识这两位贵公子。因为他的原名尹昌仪犯了溥仪的讳，被取消殿试资格，三人不遗余力奔走，又得到段祺瑞尽力斡旋，才被分配到冯国璋手下做了实习哨官，那时就有了不小的交情。后来袁克文误会尹昌衡要跟他争冯倩文，在天津跟尹昌衡打了一架，那一架打出了友谊和相互敬重，彼此便惺惺相惜了。

袁世凯的次子袁克文，民初京城有名的四公子之首，并且是天津青帮帮主。他熟读"四书""五经"，精通书法绘画，喜好诗词歌赋，酷爱收藏书画、古玩，痴迷京剧和昆剧。生活放浪不羁，妻妾成群。

袁克文聪慧异常，曾经极受袁世凯偏爱，一度寄以厚望，但袁克文不热心政治，这令袁世凯颇为失望，只得由他做富贵闲人。但是袁克文凭才名和雅望，却可做他最佳的亲善大使，他要充分利用其名气，结交当时之豪俊。袁克文对此也颇乐意。

段宏业与其父一样酷爱围棋，当时颇有名气。段祺瑞为人严谨，从不为亲友谋私，直到做了军政部总长，才让段宏业谋了个闲差，让他和自己一样，也从最底层一步一步做起。

两位公子都系名门，二人常走在一起。袁克文才华横溢，身份高贵，个性狂傲，向来目中无人，可是当年尹昌衡居然敢跟他争女人，他只不过为保男人面子和袁家的脸面，才跟尹昌衡打了那一架。他很欣赏尹昌衡，更推崇的是尹昌衡的诗文大气磅礴，自己的吟风弄月之作，远远不能与之相提并论。本来就视尹昌衡为豪杰，值得深交，得了父亲的暗示，便主动约了段宏业来拜访尹昌衡。

袁克文道："今日相聚，可惜尚少一人。"

尹昌衡道："少了谁？"

段宏业道："少了倩文小妹啊。"

袁克文道："硕权兄怎么忘记了，我们几人，当年是因为倩文才相识，也因为倩文，才让我这个不可一世的浪荡公子，识得你这未显峥嵘的一代雄杰啊。"

尹昌衡道："豹岑兄过奖了，当年年少气盛，不识天高地厚，多有得罪，还望海涵。"

袁克文道："哈哈哈，客套什么，这话可有失硕权兄的豪气了。不过，今日我和宏业，却要替倩文问罪硕权兄了。"

"问罪？"尹昌衡惊愕了，他没想到袁克文会如此坦诚地说起当年的情感之事。

袁克文道："是啊，我和宏业常常说起这事。倩文那样爱你，为你成病，为你奔走。我当年曾相托你要善待倩文，可是之后听到你娶妻纳妾都不是倩文。我们都为倩文不平，你对不起倩文啊。"

对情色非常随意的袁克文，今天居然要在情色之事上问罪尹昌衡，真是咄咄怪事。

袁克文虽然不热心政治，但是对父亲当大总统前后的许多决定和作为，还是赞许和支持的。

袁世凯也非常重视用裙带关系来建立政治联盟。他自己的十几房妻妾虽然没有一个是名门闺秀，总共生了十七个儿子，十五个女儿，却为他用儿女姻亲进行政治联盟准备了充足的资本。当时操控全国局势的主要是四大总督，除他自己是直隶总督兼北洋大臣之外，最显赫的两江总督端方、两广总督周馥，都是他的儿女亲家；段祺瑞的老婆吴氏死后，他就把干女儿张蘅嫁给了段祺瑞，使这位北洋大名鼎鼎的实权人物，成了他的干女婿。后来段祺瑞的三女儿段式巽，又成为袁世凯的侄孙袁家萧的媳妇，使袁段两家的关系更为密切和牢固。昨天在暗示袁克文要亲近尹昌衡时，不经意地问起了冯倩文。冯倩文虽然非他所出，但到底是他北洋梁柱之女，一荣俱荣。冰雪聪明的袁克文，对父亲的意思心领神会，无论对冯倩文还是尹昌衡，这都是好事，很乐意当这次亲善大使了。故而此时，利用笑谈的方式来引出这个话题，试探尹昌衡的口风。

段宏业自然明白袁克文的意思，不待尹昌衡回答，立即接过了话题帮腔："豹岑兄，好事多磨嘛，这也不要紧，年前倩文或可能同冯伯父同返京城过年，到时候让家父出面作伐，让倩文小妹，与硕权兄得圆鸳梦，我们弟兄就多喝几杯喜酒吧。"

说到冯倩文，尹昌衡不由得犯难了。冯倩文一直是尹昌衡最思念的人之一，可以说他这次来京，最希望见到的人是冯倩文，最怕见到的人也是冯倩文。怕的是万一冯倩文对他提出婚姻之事，不知该怎么应对。此时袁克文和段宏业提到此事，倒让他有了主意，何不借此二人传话冯家，先封了冯倩文之口，免得到时候彼此尴尬难堪。

尹昌衡急忙道："不可，不可！"

袁克文眉头一扬道："硕权兄并非古板拘泥之人，倩文也算当今之名媛，英雄爱美女，这有什么不可？"

段宏业也道："是啊，硕权兄不是也主张'酒不伤德，色不害义'吗？对于你这样叱咤风云的豪杰，情色之事，怎么如此较真？"

尹昌衡道："昌衡也是饮食男儿，情色之事自然未能免俗。放浪不羁，逢场作戏，也是有之。昌衡于情色之事，此生绝然做不了圣贤，但昌衡毕竟也是圣贤门徒，亦当做君子。若如二位兄台所言，将失君子之风，陷昌衡三不义。"

袁克文和段宏业都愣了："什么，将陷兄于三不义？"

尹昌衡道："常言君子一诺千金，当年在天津，昌衡曾对豹岑兄有诺：昌衡对倩文不存非分之想，以后绝不情感纠缠，并祝豹岑兄与倩文百年好合。昌衡今若食言，岂不贻笑取辱，此一不义也。冯公贵为公侯，掌上明珠下嫁作小，岂不有辱冯公门庭？此二不义也。昌衡高堂，尊孔崇儒，妻妾名分已定，倩文小妹留学西洋，主张夫妻平等，东方西方持义迥异，若使倩文屈尊事卑，则有辱一代名媛，若令妻妾无分尊卑，则恐家无宁日，有违孝道，此三不义也！"

袁克文和段宏业虽知尹昌衡是推托之词，但他说得头头是道，愕然相望，默然无对。

尹昌衡接着站起身来，躬身拱手致意："今日昌衡借此拜托二位兄台，转致冯公和倩文小妹。昌衡有负冯公高情，有负倩文芳心，永存诛心之痛。愿冯公另择高门，早钓金龟；愿倩文早觅佳偶，琴瑟和谐，比翼高飞。"

袁克文和段宏业不知如何应答。

尹昌衡只得转移话题："我们只顾了说话，怠慢二位兄台了。"即令马忠备酒。

段宏业忙止住道："不必了，豹岑兄早有安排。"

尹昌衡道："这怎么行，二位兄台踏雪来访，昌衡感激莫名，虽然客中穷窘，带有几壶蜀中乡酿，也是小有名气，将就应酬二位兄台，正好向火煮腊，围炉一醉啊。"

袁克文道："硕权兄，这北京第一场大雪，吾等岂能负了。黎公来京就任副

— 534 —

总统之职，居住在瀛台，小弟还未曾拜访。今日已命人投了拜帖，偕硕权兄和宏业，前往瀛台赏雪，拜望黎公，你道何如？"

袁世凯召见后，尹昌衡也正欲去瀛台拜访黎元洪，便只得道："昌衡来京，亦尚未向黎副总统述职候教，如此甚好。"

说罢，三人上了同辆马车，驰向瀛台。

2

瀛台是位于中南海南海中的仙岛皇宫，始建于明朝，称南台，由于南临一片村舍，为明代帝王亲田之地，观赏田园风光之所。清朝顺治、康熙年间两次修建。能工巧匠借一湖好水，借孤岛之静谧，精心构思，巧妙布局，焕然而成皇家的一处绝佳宫苑。孤岛四面环水，琼楼缥缈沉浮于阔水，美不胜收，胜似蓬莱仙岛，故顺治皇帝命名为瀛台。

清朝历代帝王多数喜欢在瀛台听政办公，宴饮迎宾，也是得宠后妃们伴君避暑之地。及至戊戌变法失败后，光绪帝被长期幽禁于孤岛瀛台，与世隔绝。袁世凯为表示礼待副总统，向其示好，将黎元洪一家也安置在这里，这里实际上也成了软禁黎元洪之地。

尹昌衡回国参加殿试之时，虽曾小住京城，但那时这里尚是皇宫禁地，故无缘得游。今日随二人踏雪拜访黎元洪，欣欣然焉。

瀛台岛之北有石桥与岸上相连，要上瀛台，只有通过石桥。

尹昌衡与袁克文二人过了石桥，桥南端即为仁曜门，黎元洪已于门前迎候。

众人寒暄之后，黎元洪即引众人踏雪赏景，直向南而奔翔鸾阁。翔鸾阁除正殿外，左右有延楼，为中南海的最高点。岛尽南台基上，有乾隆御题"瀛台"二字。

站在翔鸾阁，几乎可尽览瀛台风物。其南为涵元门，内为瀛台主体建筑涵元殿。东为庆云殿，西为景星殿，各有陪衬建筑。藻韵楼之东有补桐书屋和随安室，乾隆时为书房，东北为待月轩和镜光亭。绮思楼向西为长春书屋和漱芳润，周围有长廊，名为"八音克谐"，及"怀抱爽"亭。涵元殿南为香扆殿，殿南称"蓬莱阁"，二楼辟为茶室，凭海赏雪品茶，是为一景。

黎元洪不敢造次居住主殿，只在正对新华门南边选了一座精雅的陪衬四合院居住。

众人大体游完小岛之后，来到蓬莱阁吃茶赏雪。

众人伫立窗前，凭槛放眼。尹昌衡在雪域高原上看惯了西部边陲雪景的雄浑和洁净，并没有因为四川少见的银装素裹而激动。不过，这古老帝都的雪景却又有一番格外的妙处。洁净的大雪掩盖了王宫的金碧辉煌，也掩盖了满世界的脏污，却掩藏不住宇殿亭阁的高贵气质和玲珑。目睹昔日帝王们无数轰轰烈烈和血色恩仇的陈迹，瀛台就像个风韵犹存而改嫁的美人，披着银纱伫立于洁白的银毯之上，透出无穷哀怨的韵味侍候新人，令人心中升起无限遐思和叹息。

故人已经逝去，来者黎元洪就在眼前，他将在这里扮演乾隆，还是扮演光绪？想到这里，尹昌衡下意识地打量了一下身边这位人称黎菩萨的长者。这位黎菩萨，脸上永远凝固着忠厚与慈和，脸上的肌肉永远安静，看不出他此时在想什么。

黎元洪进京后，袁世凯又让他兼任了行政院院长，月薪三万元，还把他安排在了瀛台这样只有帝王才能享受的地方居住。

黎元洪进京之后，对其各种人际资料、生活琐事，各大报纸披露得淋漓尽致，对其命运前途的各种推测和预言五花八门，层出不穷。说是福者有之，说是祸者有之，更有说他来蹚袁世凯的这一河莫测深浅的浑水，凶多吉少，当防没顶之灾，杀身之祸，甚是吓人。

黎元洪在种种预言的包围中未乱方寸，他在冷静分析。袁世凯是聪明人，即使提防他，但杀他无益，留他无害。只要自己像条古宅中的无毒蛇，即可无杀身之忧。蛇在房梁上现身之时，主人还会把他当成老祖宗回家，给他烧香、磕头。

黎元洪也知道袁世凯表面对他尊重备至，隆礼相待，实际上是对他一点也不放心，表面作秀而已。把他像光绪皇帝一样，软禁在了瀛台这个囚禁帝王的金丝笼里。离开了湖北，自己一无军权，二无嫡系，北洋的实权人物把他视如草芥，根本就不把他这个有位无权的副总统放在眼里，生杀之权，完全操在别人手中。这里四面环水，除了那座严密把守的长长石桥外，若无舟楫，岂能离开瀛台半步？纵有舟楫，若无总统相召，他敢擅自离开瀛台吗？配合袁世凯作秀，乃为现在无可奈何之时，全身之上策。

造物主好像专门为术士准备的一样，黎元洪生得体态丰硕，面呈佛相，而且上天还给他安了一副菩萨心肠。他处事中庸，待人宽厚。南北战争时竭力促和，二次革命时也反对兵火相争，故世人都称他为黎菩萨。这称呼虽然略含庸懦无用之贬义，但到底有几分敬信，并不算刻薄。泥塑木雕的偶像，有时也会有巨大的功用和能量。黎元洪信命，懂得静动随时，阴阳生克之理：菩萨就菩萨吧，就权当成是口彩，能做个货真价实、称职的泥菩萨也不错。何况他是一尊大菩萨，放在了瀛台这样最体面的庙里，月薪三万的贡果，也实在不错了。

3

此时凭栏赏景，尹昌衡在研究黎元洪，黎元洪也在研究访客。

黎元洪的诗文和书法都颇有名，跟袁克文都算当时有名的文人，虽然辈分有别，相互敬重，文人互访，没啥奇怪。至于段宏业，痴迷于棋道，和袁克文随访，最多只向他表示北洋一体。

不过袁克文还有个袁世凯亲善大使的身份，一涉及袁世凯，黎元洪就不得不小心了。

袁世凯曾经在公开场合盛情邀请黎元洪家人到袁府做客。消息一经报道后，好事者又忙碌起来了，根据袁世凯重视用后辈婚姻经营政治版图的习惯，一定是向黎元洪示好，发出了联姻愿望的信息，甚至排了两家未婚子孙的八字。黎元洪也感到这极有可能。

好在袁克文今日和大家都只赏雪，说瀛台旧事和诗文书法，对此事只字不提。

黎元洪对袁克文和段宏业，既用不着防范，更用不着他关心，今日的不速之客尹昌衡就成了他最主要的关注的对象。心中暗想，尹昌衡是个难得的大才，只是可惜太嫩、太刚、太直，没有自保的能力。保护这样的人，于国于民都是无量功德，也是菩萨的天职和功果啊。

尹昌衡离开川边军旅的苦累，又进京治疗了一段时间，加上总统召见后的心情舒畅，已经大减武汉初见面时的病态，也没有召见之日所见的拘谨。气色好了许多，人也开朗了许多。踏雪论议前人及诗词书法时，在前辈黎元洪和方家袁克文面前，虽然不像平日那么目空一切滔滔不绝，但也不藏匿有修养的文人在这方面的真知灼见，每有独到见解，让人刮目称妙。不过凭栏之时，眉宇间似乎藏有心事，一时沉默了。

回到座上品茶，黎元洪一副永恒的浅笑模样，守菩萨本分，慎不开口。尹昌衡看看众人，似有心事欲言又止。

袁克文除了对他的老子袁世凯，平时都是个无所禁忌的狂放之人，突然想起尹昌衡见面时就说有事借重，便道："硕权兄，你不是说有事相托吗？眼前就是如来佛，何必我等代烧香？黎副总统又不是外人，普天皆传贤名。这京城之中，还有黎副总统办不到的事吗？"

黎元洪道："二公子言重了。硕权乃当今人杰，所托必为大事。黎某山野之人，托袁公之福，忝居副总统之高位，初来京师，两眼茫茫，庶无门路，何能承硕权之重托。"

袁克文笑道："若是琐事,自然不敢劳驾。若是大事,自然要你这大人物办了。硕权兄,是什么事先说出来,不管大事小事,只要黎公和我等能够效劳,定当鼎力而为。"

尹昌衡本来最先想到的人就是黎元洪,不过知道黎元洪进京后,一味顺从袁世凯而缩身自保,此时未必敢逆袁世凯之意,为他出头,便道："昌衡所托之事,总统召见之时,我已经当面请求,黎公早已知之,正欲亲自拜访黎公,既全走卒之礼,又借此请教黎公。恰遇二位兄台踏雪相访,便冒昧相烦了。"于是将早已经写好的《呈大总统请准辞京复任》的呈文拿了出来。

黎元洪接过呈文,看了一眼题目,眼里闪过一丝不易觉察的惊疑,但瞬间消失了,不动声色地道："硕权所请之事,当日已经面陈总统,总统爱才若渴,留硕权中央重用,大展其才。元洪亦有同感,怎好逆总统英明决策?人各有志,若硕权要执意辞京,能帮上你的,非二公子莫属了。"将呈文递给了袁克文。

袁克文接过呈文,浏览了一下,略有难色,沉吟须臾道："克文顽劣,向不过问家父国家大事。黎公之言甚是,克文亦有同感,家父留兄在中央重用,既好大展宏图,我等亦可随时候教。"

尹昌衡道："黎公、袁兄,不是昌衡不识抬举,昌衡甚感总统美意。只是藏人生性朴实真诚,对汉人撒谎欺骗深恶痛绝。昌衡离川边赴京之时,曾经与边藏各族首领歃血为盟:昌衡京城事毕,即回边藏,与各族父老,共御外侮,共建边藏,繁荣家园,拱卫中华民国西部边陲。五族共和,消除既往民族隔阂不易,边藏各族父老信赖昌衡,昌衡感激莫名。今誓言在耳,盟约墨色犹新,昌衡怎好背盟约而负各族同胞。何况英夷甚是忌惮昌衡,西姆拉谈判正在火候之上。昌衡也不宜离开前线啊。"

尹昌衡这一席话,说得很真诚,很动感情,也在情在理。尹昌衡岂能不知道阴阳互生、以柔克刚之理?若只为己谋,岂能不明白妥协和顺从是避祸之方、成功之道?然而他不为自己而谋,所谋者皆为国为民,舍身而取大义。

众人默然相望,一时无语。

尹昌衡又道："我请总统以三年为期,待昌衡践约,边事稍谐,即回京任总统驱遣。"

袁克文沉吟有顷,只得道："硕权兄金面,开口告人不易。克文虽不愿沾政治,好在兄适才肺腑之言,已尽在呈文之中,克文就权充一次硕权兄之信使吧。"说罢收好了呈文。

黎元洪已立意做一个称职的菩萨,菩萨总得有菩萨心肠,眼见这样的君子逆上意而执意赴汤蹈火，勇则勇也，值吗？菩萨是开不得口的，不便明说什么。但多数菩萨面前都有个指点迷津的签筒。他暗想，袁世凯把自己与蔡锷和尹昌衡视为同类，蔡锷则比尹昌衡能屈能伸，心机深沉得多，蔡锷的作为行止，或许能给尹昌衡些启示，就送他一支神签吧。便不经意地闲问道："硕权来京，还没跟蔡将军松坡公见过吧？"

尹昌衡不好说袁世凯召见前，避嫌不敢见，只得说："昌衡进京后一直奔走相关部门，尚未曾拜见松坡兄聆教。"

袁克文大笑道："松坡兄不愧才子风流，艳福不浅，进京不久，就得花魁芳心，此时恐怕正携娇娃踏雪赏梅呢。"

尹昌衡惊讶道："花魁？"

袁克文道："是啊，改日我陪硕权兄，去八大胡同访松坡而赏花魁操琴，也好花海寻芳啊。"

众人都说："好，好，到京城不去八大胡同，那会遗憾终身的。"

第五十七章

高山流水

1

隔了一天，雪已停了，天气晴好。袁克文果然说话算数，一早便坐着他的豪华马车来邀尹昌衡去逛八大胡同，拜访蔡锷，见识艳名冠绝当时的京都名妓小凤仙。

尹昌衡主张酒不伤义，色不害德，曾经是风月场中的浪客，只是做了四川都督后，眠花卧柳为人诟病，这才收敛放浪，报上公开发誓改邪归正。他本想推托，又不好意思拂了袁克文的盛情。何况，如果对袁克文说自己已经改邪归正，那不是变相说袁克文邪而不正吗？更何况，进京后听说久负清名的正人君子蔡锷都陷进了八大胡同，他觉得好生奇怪，正想袁世凯召见后，礼访蔡锷以探其因，便上了袁克文的车，奔八大胡同而去。

八大胡同在北京城最繁华的前门外大栅栏一带。

乾隆二十一年（1956），北京内城禁止开设妓院。内城的妓院都迁移到喧嚣的大栅栏一带的胡同里来了。此地紧靠内城，又是外地进京的咽喉，很快成了老北京最有名的风月中心。以陕西巷、百顺胡同、石头胡同、韩家潭等八条胡同为主，延及周边，这一带统称八大胡同。

清末民初，达官权贵、文人墨客、富商大贾，多会于此。这里鱼龙混杂，正邪难分，买笑寻欢者有之，肮脏政治交易者有之，图谋不轨者更有之。红翻翠舞，掩盖政客们成交的密约；轻吟弦歌，伴奏了志士们的伟业奇谋。权、钱、才、色，汇为一炉，欲火烹熬，有机融合。鸨儿、捐客为分肥而扇风助势，美人为得彩而曲意添香。各显神通，各有所得，神魔共舞，催化了这里畸形的病态繁荣。

八大胡同的妓院也分几等，以陕西巷为首，最上等的轻吟小班多居于此。不一会儿，马车进了陕西巷，在一座挂着"云吉班"牌子的四合院前停下。鲜衣粉面的龟奴躬身迎门，掀帘的相公彬彬有礼。

袁克文和尹昌衡甫一下车，徐娘半老风韵犹存的鸨母便迎了上来，打了一串脆哈哈道："袁公子，你们终于到了哟，蔡将军和凤仙姑娘已在沁香阁温酒相候多时了，请二位贵人快随我去沁香阁吧。"

袁克文是这里常客，妓女们大多知道他的身份，而且又有鸨儿亲自侍候，门内两排花枝招展待客的姑娘，都不敢上前轻佻弄俏。

鸨儿引袁克文和尹昌衡走进沁香阁客堂，知趣地悄然退了出去。

沁香阁已经成了蔡锷在云吉班的藏娇之处，小凤仙独享之所。宽敞的阁中客堂，翠幔垂垂，炭火熊熊，置一张琴台，一个书案，燃一炉异香。别致考究的陈设，尽情地烘托其香艳和古雅，尽显此地非佳人雅士莫属。袁克文和尹昌衡到时，蔡锷已经坐于堂上，立即起身拱手相迎，朗声道："硕权，久违了。到底是豹岑面子大，把你给请来了，使我兄弟二人得以早聚，二位快快请坐。"

尹昌衡拱手道："松坡兄，江西一别，昌衡日夜思念。兄捷足先登京城，愚弟早该登门叩拜，只是总统相召，疆臣不敢越礼，叩安聆听教诲来迟，望兄多多海涵。"

袁克文笑道："好了，好了。一对校友师兄弟，两个风光大英雄，旧谊深厚，一言难尽，来日方长，后叙不迟。克文虽是闲散之人，却仰慕英雄而敬君子。二位仁兄快快坐下吃茶说话。"

客人落座之后，丫鬟已经献上了香茶。

蔡锷比尹昌衡长两岁，既是尹昌衡日本陆军士官学校的同窗师兄，又在广西共过事，且有不浅交谊。后来各自成了川、滇大省大都督。只是可惜各为其省而谋，因而两度发生争执。特别是西征两省电报战，打得如火如荼，兄弟委非，伯仲失和，闹到最后，还是袁世凯息争止战。好在两人俱是英雄度量，大将胸怀。为公事相争，明枪亮剑，暗里知根知底，不存个人恩怨。

尹昌衡自省，两省纷争，虽然各为其省，但到底自己跟蔡锷有长少之齿别，资望之后先，有失敬让之礼数，心颇歉然。他弹了弹茶，歉意地道："往昔川滇之纷争，多有得罪，愚弟失礼。松坡兄深知昌衡顽劣，还望海量宽宏，更胜于昔。"

蔡锷哈哈一笑："怪也，怪也，只道君子坦荡荡，小人长戚戚。今日此语怎么会出自硕权之口啊？你那英雄豪气哪里去了？君子安邦，居庙堂而计天下，镇藩篱而计地方。造福一方，当为一方计，为百姓安危祸福锱铢必计，你我各尽职事，舍私谊而全公义，何言得罪失礼？"

尹昌衡道："有松坡兄此言，昌衡昔日惶恐尽消，今日聚首，当坦荡胸怀，豪饮如昨，尽补数年不在一起饮酒之债了。"

袁克文不禁拍手高声赞道："好，痛快，痛快！今日二公聚首，一席话克文得见真英雄风采！锦绣云南，天府四川，虽然美丽富饶，于我泱泱中华，也只区区一隅，何足二位仁兄施展经天纬地之大才。今二公居庙堂之高，当为天下计，川滇前嫌冰消，丰功永存，共展经营锦绣中华之奇才，民国之福，国人之福！愿二公早展宏图，鹏程无限，今日共饮英雄酒，克文甘愿醉倒在沁香阁了。"

蔡锷立即表态："好，应恩师之荐，承总统之召，蔡锷愿追随总统，缔造中华民国，重光中华民族，效命于中枢，其志已坚。老母及家眷已在路途，将不日来京。"

袁、蔡二人，表面看似交谊应酬客套之语，却包含着旁人莫解的若干内容，向外透露了若干重大信息。

首先，尹昌衡前天才托袁克文转交请求辞京的呈文，袁克文定然已经交到，并且知道了袁世凯的态度。今天，袁克文要他不只为区区一隅而谋，要他与蔡锷一道居庙堂而为天下谋。明显是借此机会向他传话，回复所托之事已经如命而为。袁世凯依然要把他羁留于中央，这让他感到大大的不祥。

其次，尹昌衡在广西一度对革命党的事非常热心，蔡锷曾经告诫过尹昌衡要收敛锋芒。他深知蔡锷用兵未必能高于自己，玩政治却远比自己深沉。按蔡锷的心计和行事风格，今天怎么会迫不及待当着他的面，向袁世凯的亲善大使再表忠心示诚呢！示诚之意能够理解，这个迫不及待的举动却费解了。唯一能解释的是韬光养晦之计，刘备青梅煮酒时，闻雷失箸；杨慎贬居云南时，故作佯狂，终日疯癫狎妓，并使人将他之疯癫情状奏报嘉庆，以求嘉庆对他放心。蔡锷这种迫不及待，是不是也是一个烟幕，会不会另有深意。他一细想，大智若愚，大诈若忠，蔡锷的心智远高于刘备，这大有可能。韬光避祸，养晦待时。蔡锷知他能解其意，尚且把他引为同类，既示深意，也对他现在混迹妓馆，大张风流艳帜，作了合理的解释了。

尹昌衡脑里电光石火一闪瞬间，眉头不经意一愣。沉吟片刻，欲语结舌，只得报以一个莫名的浅笑。

袁克文说完，目光自然落到尹昌衡的脸上，捕捉到了尹昌衡那不经意的一愣，已知尹昌衡会意。他这不关心政治的富贵闲人，却不忘记自己亲善大使的身份。穿针引线所设之英雄会，不能横生不快，便赶快用开玩笑的口吻转换话题道："呃，松坡兄，你既为兄长，怎么能独享艳福？别以为只有你这兄长面子才大。硕权今日来访，一为叙旧，更为来瞻花魁嫂子丰采啊，快快捧将出来，让他行认嫂之礼啊！"

蔡锷笑道："二位风流宿将，切莫笑愚兄无行，蔡锷毕竟是个食人间烟火的男人。附庸风雅，也学风流，客居京华无聊，幸得佳人解颐耳。"

袁克文道："松坡兄，说什么有行无行，我等俱非圣人，不对菩萨莫念经。英雄俦美女，合凡夫俗子之人道，当心安理得啊。"

蔡锷哈哈大笑道："合凡夫俗子之人道，好，好！凤仙姑娘，快快携你姐妹，出来拜见尹将军吧。"

2

随着蔡锷一声呼唤，卧室珠帘轻启，环佩叮咚，三位玉人挟着一股芬芳款款而出。走在前头，手持团扇的是今天的主角小凤仙；依次，怀抱琵琶的是小凤仙的同门师妹，从相邻的金缘班请来助阵的良玉楼；最后，手持云板的是袁克文旧相好、云吉班的头牌之一云儿。

袁克文是何等狂放不羁、不可一世的贵公子，可今天他才是实质上的主人，早把他那轻慢的习性抛在了一边，放下身段来活跃气氛，率先打趣道："嫂夫人，今日硕权兄这贵客初次登门，怎么这般慢客？千呼万唤始出来啊。"

蔡锷笑道："一呼即至，不为慢客吧。"

袁克文笑道："硕权兄，你看松坡兄到底是惧内还是护短？今天我们两个做客沁香阁，可得当心了。"

蔡锷笑道："嘻，兄弟面前，惧内护短都可。"转面对三位姑娘介绍道，"三位姑娘，这位爷就是西部边陲平叛抚边的大英雄、川边经略使兼川边都督尹昌衡将军。"

尹昌衡听了袁克文传递的信息，虽然心事沉重，但也不好扫了二人之兴。他到底曾是欢场常客，那插科调情、活跃气氛的话信手拈来，便也笑道："松坡兄真是艳福不浅啊，嫂夫人这样的花魁，更为你这大英雄增光添彩啊。"

小凤仙等上前敛衽行礼，然后归坐于琴台边的绣凳之上。

尹昌衡看得出，这是袁克文秉承父意曲线参政，联合蔡锷精心安排的一次重大的亲善活动。

蔡锷来京，袁世凯要安顿重要位置受阻，怕留不住蔡锷而很费踌躇，无奈启动美人计，借袁克文的才子名声，引蔡锷落入八大胡同的红粉香阵。袁克文开初并没信心，谁知却轻而易举地就使蔡锷就范。蔡锷不但不说离京，反而要接来家眷，以示和袁世凯合作之诚。这真让袁氏父子都喜出望外了。

前天，袁克文把尹昌衡请求辞京的呈文交给袁世凯。袁世凯略看呈文，眉头一扬："不识抬举，他要回去干什么？我能放他回去吗？"

袁克文道："那我怎么回复他？"

袁世凯没正面回答，过了一阵才道："你不是邀他拜访蔡锷吗？"

袁克文豁然明白了父亲的意思，因此跟蔡锷一道计议，怎么才能把尹昌衡留在京城。

蔡锷把真实想法掩藏得很深，并没暴露。但有一点是可以肯定的，把尹昌衡这样的人物留在京城，利用价值极大，若共谋大事，可多一个得力的帮手。若遇不测，则多一个挡箭之盾牌。特别是眼前，如果尹昌衡也陷身八大胡同，则能借"英雄爱美女"之名义，将护身的甲胄做得更加耀眼，更加坚实。便跟小凤仙商量，小凤仙当然乐意玉成。

风尘女子，再出色都有一部心酸苦痛的历史，小凤仙也一样。她原名朱筱凤，原籍浙江钱塘，其父朱承海本来是吃铁杆庄稼的旗人，不算最穷苦，但因家遭不测而破败，少小孤苦，被戏班艺人收留，流落到南京秦淮河学戏，取艺名小凤仙，卖唱为生，后来随班主辗转到了京城，在云吉班落脚。

她的身世与明末秦淮河的柳如是、李香君、董小宛等那一大批侠骨芳心、才艺卓绝、艳名不朽的侠妓前辈一样，那些前辈侠妓则成了她这不甘平庸的风尘弱女子效仿的榜样。

小凤仙虽然天生丽质，颇通文翰，又经科班磨炼，弹唱俱佳，但开初却不遇高人，埋没花丛，芳名不显，一直默默无闻。及至得遇风云人物蔡锷，方才脱颖闪光，一时艳名大噪，不亚于之前在八大胡同出道的名妓赛金花。特别是后来蔡锷发动了护国战争后，世人更把他跟蔡锷那段英雄美女的风流佳话，演绎得荡气回肠，使她成了一个世人尽知的光彩夺目的侠妓形象。

小凤仙对蔡锷一见倾心，敬佩得五体投地，当然言听计从。她来北京后，拜了著名的北漂琴师为师，后来良玉楼也成这琴师的女弟子，于是二人成了最好的同门师姐妹。良玉楼很羡慕师姐的福分，小凤仙有意相助，今天便请了小师妹助阵，看有没有机缘。

三个女子，各有绝艺。主角小凤仙十九岁，擅歌吟弹唱，虽是满人血统，却生得娇小玲珑，是个典型的南国小家碧玉；云儿二十一岁，年龄最长，体态妙曼，擅歌舞小曲，生得冰肌雪肤，一个名副其实的杨贵妃似的美人儿，占了云吉班的香艳头牌，早被袁克文揽入了怀中；良玉楼十七岁，尚未梳栊，是无主闲花，通诗文，独擅琵琶，正当亭亭玉立之时，无语的娇羞，给她精致的粉面着上桃花春色，更加几分妩媚和楚楚可怜。

袁克文又对着小凤仙打趣道："嫂夫人，今天准备了什么待显客啊？克文也顺带沾光。"

蔡锷笑道："自然是好茶好酒啊。"

小凤仙不愧是欢场老手了，便道："将军之言差也，纵有好茶好酒，也是将军之高情。我等花柳人家，风尘女儿，只有声色技艺，这待客之道，自然是妙人绝技啊。"

袁克文鼓掌道："好，好！先让我们享享妙人之绝技吧。"

小凤仙道："我们姐妹三人，先合演一曲，给三位贵人爷凑兴吧。脏了各位爷的法眼，污了各位爷的耳朵，还要原谅啊。"

众人都道："好，好，先合演一曲吧。"

尹昌衡等三人，已然捧着香茶在手，静候品琴。

3

堂上早就架了一张古琴。小凤仙抚古琴，良玉楼弹琵琶，云儿吹笛兼打云板击节。悠扬古雅的琴声，顿时便溢满华堂。

尹昌衡独爱川剧，虽然不太精通音乐，但到底亦是文采风流的高人雅士，常常出入这样场合，一下子便听出了是那曲久负盛名的《高山流水》，当时又称"四段锦"。这一般也是艺人初次见面高雅之士，表示尊敬，以示结交知音的行道俗例。

《高山流水》是千古名曲。伯牙和钟子期知音相遇的故事几乎是家喻户晓，尽人皆知。流传到清末民初，各种流派和版本异彩纷呈。多种琴谱中以清代唐彝铭所编《天闻阁琴谱》中所收川派琴家张孔山改编的《流水》尤有特色，增加了以"滚、拂、绰、注"手法作流水声为第六段，又称"七十二滚拂流水"，以其形象鲜明，情景交融而广为流传。

三位妙人，不知她们所本哪家秘传古琴谱，经过精心排练，古琴、琵琶、笛子、云板有机谐和，演奏得真是珠联璧合，妙不可言。三位高士，各人情不自禁，手敲紫檀椅扶手节拍。

琴声一起，天音即引人入胜：令人如临高山之巅，云雾缭绕，飘忽无定；既而松风如述，如临寂然空谷，使人顿生寒意；忽然琴停笛止，只见良玉楼轻拨琵琶，由轻而重，由疏而密，由徐而疾，真如大珠小珠落玉盘；古琴和笛声适时汇入，由流泉叮咚而瀑布淙淙，由空谷鸣鸣而至千林震吼；及至高潮，旋律大幅度跌宕起伏，琴声猛滚、慢拂；琵琶勾、挑、拨、抹，笛声抑扬顿挫，各种绝技适时运用，真如前人所述"先似极腾沸澎湃之观，具蛟龙怒吼之象。息心静听，宛然坐危舟而过巫峡，目眩神移，惊心动魄。几疑此身已若群山奔赴，万壑争流之际矣"。

袁克文不仅博古通儒，亦是音乐鉴赏名家，尽主人之道，适时评赞。半通不通的尹昌衡，经袁克文解析，很快就陶醉于那演奏之精妙之中。

一曲终了，众人鼓掌赞好。尹昌衡也由衷地赞道："好，好！真是妙人、妙艺、妙曲。昌衡是个粗鄙武夫，不通音律，这《高山流水》也听过多少回了，从来没有今日这般使人忘情入胜。特别是良姑娘，小小年纪，那金声玉振的琵琶领奏之乐章，真如豹岑兄所赞，妙手仙音！尽抒仁者乐山、志胜高山壮，智者乐水、情比阔水长，知音相许，不毁高山志，不灭阔水情之雅意啊！"

不待尹昌衡赞毕，袁克文和蔡锷爆发出一阵哈哈大笑，笑得尹昌衡愕然："昌衡粗俗，信口雌黄，是不是此曲并非《高山流水》，昌衡贻笑方家了？"

袁克文笑道："哪里，哪里，硕权兄从此莫言武夫粗鄙了吧。看花解语，观石悟道，听琴通灵，品曲达性，世间雅士，几人可比，能说粗鄙吗？兄提刀上马，风云变色；挥毫赋诗，笔惊鬼神，真正一代文武双全之儒将。我因高兴而笑呀，笑豹岑有福，今日更识庐山真面目。更笑嫂夫人拟曲穿红线，良姑娘天人得天缘啊。梳栊良姑娘，非兄莫属。定好良辰吉日，改日金缘班大排盛宴。"

蔡锷也笑道："豹岑所赞甚是，硕权当之无愧。良姑娘高山流水遇知音，正是天缘。当喜也，当贺也！"

小凤仙和云儿都助兴起哄："恭喜尹将军，贺喜玉楼妹妹。"

那良玉楼并不像一般风尘女子那般接过话头，主动上前去投怀送抱，却俨然如良家少女，怀抱琵琶，满脸羞得通红，把头深深地埋在怀里。

小凤仙推了推良玉楼道："玉楼，你不单为你的知音尹将军献上一曲吗？"

众人都道："千金易得，知音难觅。美女英雄，情投意合，天成天缘，单为尹将军献上一曲，以酬知音啊！"

至此，尹昌衡明白了，今天的良玉楼是小凤仙刻意为他安排的。云儿可能就是袁克文的人了。适才演曲，刻意突出良玉楼的琵琶，除了让古曲增色外，恐怕还另有用意。相知不多，相交情浅，众人对他如此用心，不得不防。但此时不便扫众人兴致，只能拱手称谢。

哄闹声中，良玉楼缓缓抬起头站了起来，施礼毕，莺声轻啭道："承二位爷和二位姐姐美意，谢尹将军青眼，奴家就唱一曲献丑吧。"

云儿随即打响了云板，小凤仙立即抚琴，一串美妙的前奏之后，良玉楼唱道：

> 抱病经三月，提军越万重。
> 武乡愁气短，留守苦心雄。
> 微命复何惜，孤忠与谁同。
> 莫将余食少，传语到西戎。

良玉楼唱的是尹昌衡西征出征前，在武乡侯诸葛亮祠堂前，那首告别蜀中父老的《抱病西征》诗。后面四句，反复吟唱，当唱道"孤忠与谁同"时，更把那询问的目光，在袁、蔡二人脸上扫来扫去。这简直让尹昌衡震颤了，一个尚不谙事的风尘妓儿，怎么会留心到一个边关军人的诗作？而且那"孤忠与谁同"的反复询问，不正是自己苦苦寻求的答案吗？她怎么能把自己的诗理解得那么深，唱得那么声情并茂呢？

尹昌衡陷在一长串的疑问之中，一时回不过神来，满眼惊愕地定定望着良玉楼。良玉楼不解尹昌衡的错愕，也定定地望着尹昌衡，四目相对，各射疑问之光，恰如戏台上张生与莺莺相会之时的场景。那袁克文常常粉墨登场票戏，便也学红娘模样，去勾弹二人之目光。引发了一场哄堂大笑，二人方才回过神来。

良玉楼赶紧羞赧地把头躲到小凤仙的身后，尹昌衡无比尴尬地连称："失态，失态。昌衡好生奇怪，这香熏艳浸的金粉之地，只宜风花雪月，昌衡俚俗村词，怎么能被良姑娘得知，还入曲吟唱？故而错愕，让诸位见笑了。"

良玉楼满脸娇羞地道："尹将军可能小看我等风尘女子了，虽然卖艺生涯，命比纸薄，但也不乏良心不泯的慷慨激烈之辈。天下纷乱汹汹，英夷乘机挑拨边藏叛乱，国家不宁。拥骄兵怒马者，多是争城掠地，占山为王，蝇营狗苟之徒。唯尹将军和蔡将军，不计艰困，挺身平叛，英名远播，国人景仰，我辈对英雄义师能漠不关心吗？"

小凤仙亦道："尹将军有所不知，我这玉楼小妹，年纪虽小，脂粉不掩侠骨，宫商总寄芳心，更兼她父母被英夷所杀，对英夷恨之入骨。将军抱病出征，呼唤同怀孤忠之士，舍身奋命，告诫莫将余食少，传语到西戎，义薄云天，感人至深。商女亦非草木，这首诗见报之后，被感动的薄命脂粉，岂止玉楼妹妹一人啊！"

尹昌衡知道风尘之中，自古不乏侠妓，但自己此前所遇，商女不知亡国恨，几人有心有肠？今天，他原本是只为应酬，逢场作戏而来。万万没想到二人竟然说出这样一番话来，震惊得目瞪口呆。

尹昌衡惊疑良久，才感慨万端，长长一声叹息道："真真巾帼英雄！失敬了，失敬了！"

蔡锷笑道："硕权，明白了吧？这就叫作，十步之内必有芳草，沉沙之处藏有真金啊！"

尹昌衡道："松坡兄教诲得是！"说着，站了起来，庄重地对几个姑娘拱手施礼道："昌衡眼浊，狗眼看人低，得罪众位姑娘，这厢给众位姑娘赔礼了！"

袁克文打趣道："不行，不行！两位兄台，在这烟花阵里，脂粉群中，摘得芳草，淘到真金，博得佳人芳心，没有点表示，单单一个赔礼，怎么能够敷衍啊。"

尹昌衡身上一摸，犯难了："这，昌衡客中匆忙，身无长物……"

蔡锷道："硕权，若说财物，这又俗了，良姑娘这样女儿，岂是贪恋财物之人？"

袁克文道："群英际会，诗酒记胜，古之常礼。秀才天大之人情，一张纸耳！这里有现成书案，硕权兄赋诗一首相赠良姑娘如何？"

因是袁克文提议，一直未曾开口的云儿立即凑趣道："妙，妙！玉楼溶墨，我和凤仙妹展纸。"

蔡锷推着尹昌衡走向书案道："走呀，硕权，露一手，展你这儒将之骚雅风采吧。"

尹昌衡站在书案前，也不执意推辞，略一逊让，便先要了一壶酒来，也不要酒樽，先含着壶嘴慢咽了两口，接着便仰头望天，大张着嘴，一锡壶烧酒，便咕嘟嘟地倒进嘴里。众人哪见过这等饮酒之态，无不啧啧称奇。

纸也展好，墨已溶成，满堂弥散着浓烈的酒香。尹昌衡轻抒长臂，提笔在手，慢挽衣袖，挥毫写成《赠良玉楼》一诗：

> 秋月春花无限情，酒阑书剑仍飘零。
> 自知此意甘颓倒，且看今朝值圣明。
> 不是东山能济世，也因蕲国厌谈兵。
> 美人名士堪千古，何必干戈误一生。

尹昌衡边写，众人边念边赞。普通的应酬之作，众人都捧场说好，但谁都读懂了他此时极其复杂的心情。什么"值圣明"，那只不过是酬谢袁克文的热心，让其脸上过得去。"蕲国厌谈兵"才是他此时心中真正的沉重。写最末两句前，他又下意识地看了看良玉楼，看得出这个秀媚的女儿，心底还有多少未知的秘密，以及对他的敬仰和期盼。既然是写给她的，男人心中有事当独自承担。他目前也还须收敛，不能让良玉楼太失望，便写成了最末那两句无可奈何的自慰之句，表达他接受良玉楼芳心之承诺，以示安慰。

第五十八章

乡党浓情

1

众人一直饮到下午后半晌，马忠匆匆地走了进来报告：骆成骧和张培爵来京拜访。

尹昌衡大惊："怎么，恩师和列五副都督，都来京了？"

"二位大人已在阅雪居等候都督多时了。"

尹昌衡立即站起来告罪道："二位兄台，三位姑娘，今日多谢盛情。非是昌衡失礼，骆、张二公，一是昌衡恩师，一是昌衡情胜兄长之同僚，同属蜀中灿烂之星斗，后学昌衡，万万怠慢不得，就此告辞！"

蔡锷道："骆公一代圣贤，列武兄亦是缔造民国之功臣，的确不能怠慢。你我弟兄，来日方长，后会时间多，硕权请便，并代我们多向骆、张二公致意吧。"

众人送尹昌衡到了楼下，良玉楼独自送到大门口，那目光流露出无限的依依不舍。

尹昌衡道："姑娘，外面天冷，快回楼上去吧，昌衡绝不爽约，改日一定登门拜访。"

回到阅雪居，骆成骧和张培爵正在堂上吃茶。

三人烽火相知，乡关告别，俱怀前路难卜之牵肠挂肚。今日骤然京都聚首，相互久久凝望着，目光里充满对别后之情的询问。

还是尹昌衡先开了口："骆公，列五兄，你们怎么也来京都了？"

张培爵长长一声叹息："一言难尽，一言难尽，只要硕权尚且安然，培爵也就放心了。"

骆成骧道："列五是迫不得已，只得应召来京。至于我么，你来京城实在叫人放心不下，就是无公函相召，我也会来京候信的。我们的事等会儿再说，你还是快快看看家书，立即回信，以释家人如焚之忧心吧。"说着将两封家书和一个包袱交与尹昌衡。

尹昌衡展读家书，一封是父亲写的，一封是颜机写的。尹昌衡欲先拆父亲之信，不由得一愣。自己入仕之后，家中也无衣食之忧，父亲成了个不大关心世事的闲散之人。往昔家书，多是慈母手笔，怎么父亲破天荒地给自己亲笔写起家书来了？其中或有蹊跷，待后慢慢细读，便先拆颜机写的那封信。

颜机这封信是代她和杨燕茹二人写的。和所有的家书一样，问候之后，报合家平安，以释牵挂。并告尹昌衡，腹中胎儿定是个如夫君般不安分的男子汉，已经会在腹中不时踢蹬，给全家带来了欢乐。有杨姐姐和婆母精心照料，望夫君放心。

尹昌衡又拆父亲的信。这些年尹昌衡的父亲没了走乡串户拆字算命的奔波，不知从哪里搜寻到一些发黄的易术典藏和符箓，一有空就坐在后园小亭上，捧着那些断简残篇琢磨。到了边藏，一有空就泡进寺庙里。都督的老太爷，跟那些高僧大德也十分投缘，还得到了不少佛家秘传经籍，也带回都督府参悟。

父亲的信，三句话不离本行。往昔母亲的信中多说些思念之情和忠、孝、节、义的训儿之词。父亲对这些却只字不提，除了重提慎守祖父临终遗训："吾不得见昌仪也，为吾传语，忠孝仁能无愧厥心，可见吾于地下也！刘懋廷未终之事业，唯此孙可强之。兵、政之学，赖此孙续之。"此外，所说者，俱是算命先生之言，皆天命、天时、天机、天缘之类。要儿不违天命，顺应天时，参透天机，自得天缘，断言尹家终当因之而发达昌荣。

尹昌衡初看父亲的信，玄之又玄，不着边际。再打开包袱，包袱里全是些道家、佛家的书，多数都属难得一见珍本典藏，有的甚至是独家秘学手稿。父亲送这些搜寻的玄学珍藏干什么？是不是老人刻苦精研易术，参透了什么玄机，在给他预言什么？那么到底预言的是什么呢？一时又想不出一个头绪。

尹昌衡只好重问骆成骧和张培爵，年关将近，怎么也来到京城。

恰如骆成骧所说，张培爵来京，是迫不得已。

重庆优越的水陆交通及繁荣的商贸，是当时中国最大内地商埠，也是四川的革命党最集中、最活跃的城市之一。重庆革命党人，辛亥时最早宣布独立，成立了以革命党人为主体的蜀军政府。张培爵以革命党最重要领导人的身份，被推选为蜀军政府都督。成渝两军政府合并后，他顾全大局，与尹昌衡合作得很不错。

全川合力，一致对外，特别是尹昌衡西征，不遗余力，合力支持。他不只是重庆方面的核心人物，更是受全川人民爱戴和拥护的一省大员。

胡景伊投靠袁世凯，夺取四川都督要职后，张培爵的人品和在四川的个人威望，对他构成了极大的威胁，他便千方百计地进行排斥和打击。二次革命，国民党被袁世凯宣布为乱党而予以解散，张培爵是四川革命党的党魁，这更给了胡景伊排斥打击的理由。袁世凯也怕张在四川革命党中继续发挥影响，便配合胡景伊行动。1913年11月下旬，尹昌衡刚离开四川赴京不久，就借口询问川政，电令张培爵赴京。

张培爵来京报到后，立即被免去四川民政长之职，委其为总统府高等顾问。

尹昌衡道："列五兄来京后，有什么打算？"

张培爵道："还能有什么打算，听天由命吧。"

尹昌衡道："不过，你也要注意安全啊。"

张培爵道："唉，我跟骆公反复探讨过，袁世凯被选为大总统后，他一系列的作为令人疑惑，11月4日，他即以叛乱罪下令解散国民党。最近他又下令解散国会。民主的根基被连根拔掉，国人无不怀疑，章太炎公开说他想当皇帝。他曾经信誓旦旦的民主共和的旗号还打不打，要打多久？目前都尚不明朗。"

尹昌衡道："是啊，昌衡于此，也是忧心如焚，只能拭目以待了。"

张培爵道："不过，我想他毕竟是就任民国的总统，即使变脸，至少还有个过程，我虽然是四川革命党的头头之一，但毕竟也算缔造民国的功臣，没有公开反对过袁世凯，目前他暂时没有除掉我的理由。他即使忌惮我，也只是怕我在重庆、在四川鼓动。暂时顺应安排，苟且些时日。待来年及早抽身他往，只要不回四川，料他不防。"

尹昌衡道："他往？往何方？"

骆成骧道："要袁世凯放心放行，他既不能回川，也不能去革命党最活跃之南方，列五兄拟去青岛办实业经商，我看，这倒是他平安的抽身之计。"

尹昌衡："啊，也好，也好。"

2

话题又转到骆成骧的身上。

尹昌衡道："骆公先说也是应召来京，是怎么回事？"

骆成骧："我么，是应教育总长之邀请，来京商议筹备国史馆和清史馆之事宜，就跟列五结伴来京了，报到之后，住在四川会馆，尚在等其他人。今天就跟列五来找你了。"

尹昌衡惊诧地问："什么，筹备国史馆和清史馆之事？"

骆、张二人都道："怎么，昌衡也感到奇怪？"

尹昌衡道："怪哉，怪哉！修前朝之史，虽然是大事，也是盛事，但非急事。历朝历代，都是盛世修史，随着时间推移，人们冷静之后，才能对历史功过予以公正而准确的评说，作为后世为政者之殷鉴。今民国初立，袁世凯刚刚成为名正言顺的大总统，眼下内政、外交、边境，麻烦事多如牛毛，国家穷得连吃饭都成问题，连存活下去都成困难。袁世凯是个聪明人，为政之老手，应该分得清轻重缓急，此事虽然用钱不多，却分心耗力不少。他怎么会突然心血来潮，在这非常时刻，有违常情，有悖常规，干这等并非当务之急的事情呢？"

骆成骧道："是啊，我虽然热心应邀而来，对此时干这种事也是大惑不解。"

张培爵道："昌衡，袁世凯是老政客，机心深不可测，突然干这有违常规之事，会不会别有图谋呢？"

尹昌衡想了一阵，摇了摇头："这难说，或许是为了执行他继承的南京临时政府的决议吧。"

原来早在辛亥革命后，南京临时政府刚成立时，黄兴、胡汉民等人即向临时大总统孙中山呈请："速设国史院，遴员董理，克日将我民国成立之始末调查详澈，撰辑中华民国建国史，昭示海内，以垂法戒，而巩邦基。"孙中山对此议虽深表赞同，但其时南北议和，他旋即辞去临时大总统职务，故国史院未能设立。

袁世凯在北京就任大总统后，于1912年底颁布了非常详尽的《国史馆官制》，规定该馆职责是"纂辑民国史、历代通史，并储藏关于史之一切材料"。馆长直属于大总统，掌管全馆事务，并设纂修、协修等分任编纂。袁世凯虽早就任命王闿运为国史馆馆长，但他另有目的，更重视纂修清史，拟趁设国史馆之机，顺带设清史馆，并拟请赵尔巽任清史馆馆长。谁知赵尔巽不识袁世凯的真正意图，竟然以"不当二臣"为由拒绝。

赵尔巽不肯就任，便令教育部先请一部分人赴京，做先期的筹备工作，骆成骧乃前清状元，且贤名在外，自然成了被邀请的对象。

张培爵道："唉，管他有没有别的意图，修史，任何朝代都是一件扬名千古的盛事。加之骆公是前朝之名士，对多少事都了然于胸，又有自己的见解，应当乐得而为之。"

骆成骧道："对，我只是一个前清遗民，别无凶险。反正应邀来了，又非政令非得服从不可，慢慢看吧，合意则鼎力而为盛事，学太史公秉笔直书历史，不合

— 553 —

意，自可自在为民。可是我放心不下的还是二位的安危啊。"

尹昌衡道："让骆公费心了。"

骆成骧道："列五兄是四川革命党的首领，在川人中轰轰烈烈过，影响甚大，虽然礼请入京安排了个虚衔，谁都看得出，只不过是被袁世凯圈在禁牢笼之中，可以任其宰割的猎物。虽然另有打算，还是得时刻提防。至于昌衡，虽然脱了国民党，到底跟革命党有许多说不清的瓜葛，处于官场之风口浪尖，你那动辄搅动风云的本事，换了谁也不放心的啊！"

古人交际应酬之中，称其字也示尊重，长对少直呼其名，更显亲近和密切，张培爵在尹昌衡面前，永远是老大哥模样，多数时间叫其名："昌衡，你别只顾关心我们，你进京后的情况呢，你在北京的处境危险啊，怎么还没有离开北京呢？"

骆成骧也道："是啊，昌衡，来京的情况怎么样？袁世凯对你和蔡锷来京，规格礼数大相径庭，到底是什么意思，他会放你离京吗？"

二人对尹昌衡在京的安危如此关注，这让尹昌衡很感动。他不能让二人过分替他担忧，便笑道："多谢二公关心了，其实这次见到袁世凯，倒觉得他看人、看事，明睿公正，并不糊涂，还真有领袖的风度和气概，我之处境，或许并没有想象的那么坏。"

尹昌衡于是把袁世凯的召见及前前后后的经过和感觉细细说了一遍，同时也说到了两次拜见黎元洪，以及和袁克文、蔡锷打交道的直觉："从目前情况看，袁克文屈尊与我近乎，定是秉承其父之意，袁世凯防我之心和笼络之心并存，我暂无杀身之祸。至于为何与蔡锷礼数上区别对待，我与蔡锷有几大不同啊。"

张培爵道："你跟蔡锷有什么不同？你们都是都督，而且你原来是大省都督，蔡锷只是个穷省都督，你的边功蔡锷无法相比；蔡锷虽然通电反对二次革命，你却亲自平息了四川革命党在边藏的起事。"

尹昌衡道："首先，梁启超是国内鼎鼎大名的精神领袖，袁世凯得梁启超一人则得梁启超一大批能量很大的追随者。蔡锷是梁启超推荐的高足，尊敬蔡锷，则是尊敬了梁启超。同时，蔡锷还是杨度最好的朋友，我有这样的后台吗？其次，蔡锷在国人心目中，是个可立朝堂与谋国是的干臣和国士形象，我在世人眼里，或许只是一个能打仗的起起武夫和酒狂而已。第三，袁世凯虽然对我和蔡锷一样不放心，但蔡锷是为谋官而来，并要接来家属以表忠心，我则是逆其意为力主边藏用兵而来，是为要钱而来，而且不肯就范，执意离京，这能一样吗？"

骆成骧道："昌衡说得也有道理，不过蔡锷来京，既然已经铁心投靠袁氏谋官，何苦又陷入烟花，大张风流艳帜，自毁国士形象呢？"

尹昌衡道："恩师也在广西跟蔡锷共过事，也该知其人之深沉，说他铁心投靠袁氏，恐怕为时尚早。"

张培爵道："袁世凯让袁克文给你安排名媛，也希望你步蔡锷之后尘，你何不也学蔡锷，或许可避不测之灾祸。"

尹昌衡道："列五兄，正如你先前所说，袁世凯到底把国家带向何方，民主共和的旗号还打不打，要打多久，目前都尚不明朗。昌衡断不敢表态效忠和服从。而且最要紧的是，边藏的民心不可丢，我对边藏同胞的承诺必须兑现；多少兄弟用鲜血才把英国人逼到谈判桌上，西姆拉谈判正在火候上，我必须赶回边藏啊！"

张培爵道："可是袁克文今天已经明确给你传话，不让你离京啊。"

尹昌衡道："我正为这事着急。恩师和列五兄，还有什么好办法？"

骆成骧道："如果执意要走，恐怕越闹越僵，引来不测后果，不如退半步，能走脱算数。"

尹昌衡道："怎么退半步？"

骆成骧道："就说感谢总统厚爱，决心留京效力，只需请假三个月，回边藏料理完急事，立即携家眷来京，一心供总统驱驰。"

张培爵道："对，只要能走脱算数，还回不回京，到时再说。"

尹昌衡道："唉，看来也只有这样了。今天写给良玉楼那首诗，最末一句是：美人名士堪千古，何必干戈误一生。也有意让袁克文将这话传给袁世凯，表示我略有回心转意了。"

第五十九章

力正门方

1

袁世凯就任大总统一个多月来，表面风光，接受的却是一个一穷二白的烂摊子，一直在焦头烂额之中高速运转着。

新生的中华民国，就像一个在呼啸的寒风中降生在荒草丛中的婴儿。四周的列强，都像瞪着绿眼睛的虎豹豺狼，随时想独吞或者分享这个鲜嫩美味的大点心。袁世凯胜捧着这个脆弱的婴儿，要让他成活，第一要务是给婴儿找到第一口奶水，就是向恶邻借钱。好在他和他的内阁，使尽浑身解数，最近已经略有眉目。但无论如何，年关之前，这笔贷款都必须到手一些，才能解断炊之急，撑起中华民国这个婴儿的门面。

袁世凯而今成了民选大总统，他最重要的事情，就是重新构建自己名正言顺地当家做主之后的政治蓝图。

长期在封建专制制度下讨生活的袁世凯，形成的思维习惯和行为习惯就是"专制"和"独裁"。而南京临时政府专门为限制临时大总统权力而制定的《临时约法》，把他临时大总统的权力几乎剥夺殆尽，《临时约法》就像一道金箍，死死罩着他。如果要做一个名副其实的大总统，就必须破除这最大的障碍，彻底打碎这道金箍。

袁世凯毕竟是民国总统，曾经信誓旦旦地宣称效忠于民主共和，而且清帝的《退位诏书》也白纸黑字，明确写道："将统治权归诸全国，定为共和立宪国体，近慰海内厌乱望治之心，远协古圣天下为公之义。"他不能明目张胆地实行专制和独裁，但方针既定，机会总是有的，借口总会有的。

袁世凯要废止《临时约法》，用不着犯难。他的智囊团，谁不是咬文嚼字的高手，借口是现成的，临时政府用《临时约法》，他已经艰难地挺过了其钳制。"临时"二字好啊，临时政府结束，民国政府已经成立，《临时约法》命定当寿终正寝。堂而皇之废止《临时约法》而重建《民国约法》，理直气壮。

然而要废法和立法，是国会的权力。在以国民党人占议席绝对多数的现国会，废除《临时约法》，重新建立能体现自己意志的《民国约法》，这谈何容易？

1913年10月6日就任大总统，不到一月，11月4日，袁世凯便以叛乱罪下令解散国民党，又于1914年1月10日，下令解散国会，并且紧锣密鼓地筹备制定《中华民国约法》，借以取代令他最头疼的《临时约法》。

袁世凯力正他总统门方中的另外一件大事，就是让尹昌衡和骆成骧等人都不理解的、不是当务之急的修清史之事。

这实际是他针对政治对手革命党而发动的一场穷追猛打的战争，借以整编队伍，收拾民心，为自己正名、辩诬的当务之急。

袁世凯认为，速修清史，承认清朝是中国历史上合法政权，合法继承清朝全部权力，便能扶正他民国总统的门方，占领道义的最高阵地，使自己理直气壮，名正言顺，立于不败之地。

袁世凯便借还在南京临时政府时就作的决定，行总统之权，同时建立"国史馆"和"清史馆"，以免这事被搅扰黄了。

袁世凯任命的国史馆长王闿运迟迟不进京履职，他并不关心，因为成立国史馆本就是他要同时成立清史馆的借口。可是他精心选择的清史馆长赵尔巽，副馆长于式枚、刘廷琛，这些人却坚决不受命，这可让袁世凯着急了。于是派他总统府最亲信秘书吴缪，拿着他的亲笔信和总统亲笔写的"清史馆馆长"的聘书，送到青岛去劝驾和敦请赵尔巽等出山就任。现在他正急切地等待着赵尔巽的回复。

赵尔巽在清末的满汉大员中以直言敢谏闻名。他先后做过湖南巡抚、四川总督、盛京将军和东三省总督，较能顺应时代潮流，擢拔人才，推行新政，改革财政，整顿治安，政治上都很有作为，在学界也颇负盛名。

袁世凯看重赵尔巽的不只是他有官声、是个能干实事的能人，更看重的是他在清末仕林中的影响。他在各地为官时，扶持提拔了一大批精英人才。除了在四川着意栽培的尹昌衡外，特别是早在湖南做巡抚时，他见到偏僻小县进士出身的熊希龄，因戊戌之变，受到朝廷"革职永不叙用，交地方官严加管束"的处分。赵尔巽发现熊希龄是个推行新政难得的人才，上表请旨，撤销了对熊的处分。此后他对熊提拔重用，熊助他在湖南推行一系列新政，成果举世瞩目，朝野称道。用治学态度严谨的赵尔巽主持修清史，不会有不必要的担忧，而且民国能借他聚集一大批前清有名望的遗臣，须知，这些人在当时的社会影响不小，是他必须拉拢的重要政治势力。

辛亥革命后，前清的王公贵族、高官大吏纷纷跑到德国占据的美丽的海滨城市青岛居住。赵尔巽也在青岛买了地皮，建造了养老的安乐窝。

赵尔巽正寄情山水翰墨，逍遥自在之时，袁世凯电请他出山任清史馆馆长。那时，前清的遗老都以做民国官为耻。赵尔巽便以"不当二臣"为借口拒绝，同时还着文写诗，自比为义不食周粟之伯夷、叔齐，声称"青岛就是首阳山"，一时颇得遗老们称颂。

袁世凯派吴缪去请赵尔巽，道出袁世凯的真意之后，几番动情的说辞终于说通了赵尔巽。先前人们称颂赵尔巽忠清，听说他要接受袁世凯的聘任，就多鄙视之。溥仪的师傅陈宝琛甚至咬牙切齿地说："像赵尔巽这样的人应入《贰臣传》。"

吴缪说通赵尔巽去见于式放。于式放很圆滑，说："如果他们二人去，我就去。"于是吴缪又去拜见刘廷琛，却被刘廷琛骂了出来。刘廷琛说："大清皇帝尚在宫中，大清还在，清廷还在，怎么就修史？"吴缪只好悻悻离开。

赵尔巽知道后，自告奋勇前去劝说刘廷琛："我辈均受先朝厚恩，今逢鼎革，可议图报先朝者唯此一事。修史与服官不同，聘书非命令可比。我辈食清禄而秉笔写清史，机会难得，似可偕往，勉尽愚忠。"刘廷琛毅然拒绝道："历朝之史，均国亡后由新朝修之。今我大清幼帝尚居深宫，何忍即为修史？年伯以为可，廷琛以为断断不可！"

吴缪回京复命，说赵尔巽已经乐意接受聘请，袁世凯十分高兴。赵尔巽虽然答应国史馆长之聘，却还得拿拿架子，以生病为由，迟迟不肯动身赴京。并且还提出了一个条件，就是为他弟弟赵尔丰"昭雪罪名"。这条件对袁世凯来说，并不抵触，肯定前清赵尔丰、端方等殉难功臣，也是肯定自己，于是欣然答应。因为朱庆澜曾经是赵尔丰委派在大汉四川军政府中掌管军队的副都督，其时已经混得黑龙江护军使，便命朱庆澜上呈为赵尔丰议恤立传，并且派人赴川调查赵尔丰被杀之事，最后为其"昭雪罪名"。

2

袁世凯近日诸事颇顺。吴缪报告了赵尔巽乐意受聘之后，熊希龄报告，第一批救命的借款到位，夙夜忧心的燃眉之急得以解决，就任总统后的第一个大年，撑持门面，该表演的地方太多了，这下可以过得去了。这时，陈宧又送来川边护理经略使颜镡的捷报：西征军收复下乡城、丹巴及三十九族地区，稳定了川边。

唯一不大愉快的是，外交总长陆征祥报告，已经开始的西姆拉谈判不大顺利。

西姆拉谈判三方代表分别是中国中央政府的代表——西藏宣抚使陈贻范、西藏地方政府的代表——十三世达赖特使伦钦夏托拉、英国政府代表——英印殖民政府外交政务秘书 H.麦克马洪。

伦钦夏托拉率先发难，抛出与英方秘密协商的条约草案，要求确定西藏为独立国家，重新划定西藏和中国边界，中国不能派员驻藏等。这些要求，关键在于割断西藏与中央政府的联系，搞出一个"西藏独立国"。11 月 1 日，陈贻范对此予以驳复，提出七条议案，要点是：西藏为中国领土；中国可派驻藏办事长官驻扎拉萨，其卫队分驻西藏各处；西藏的外交及军政事宜均应按中央政府指示办理等。

事涉中国对西藏的主权，谈判僵持着。西征军收复下乡城后，英国人怕中国抽出平叛之军，加强江达的布防，直接威胁拉萨，大为恐慌，扬言要派兵进入西藏。朱尔典也向外交部交涉施压。

袁世凯即找来陆征祥、熊希龄、陈宦等人商量对策。众人商议结果，英国人说要进兵西藏，完全是吹牛皮。应付第一次世界大战都焦头烂额了，哪来兵力派进西藏。他们最怕的是中央采用尹昌衡的建议，加强江达驻兵，更怕尹昌衡长留前线，因此不断给北京政府施压。此前，北京政府为了借款之事，满足了对方的要求而妥协了。如今可见在西姆拉跟英国人这场外交博弈中，尹昌衡则可以成为一张杀伤力强大的王牌。

如何打好尹昌衡这张牌，却让袁世凯颇费踌躇。习惯独裁的人，所有人都只能是他棋盘上的一颗棋子，任何时候都必须服从棋手的调度。在袁世凯的棋盘上，近期所走的每一步棋都得心应手，唯独尹昌衡这枚棋子不肯轻易服从调度，一直闹着要回川边。袁克文回家把尹昌衡写给良玉楼的诗交给他时，诗中虽有"何必干戈误一生"之句，表面看似有转机，然而"也因蕲国厌谈兵"，却充满了对中央的抱怨和指责。他要袁克文装糊涂，把良玉楼也变成一个像小凤仙那样牢牢拴住猛虎的锦套。

袁世凯早就安排陈宦正面去说服尹昌衡，配合袁克文的行动。此时议到谈判之事，他便对陈宦道："外交手段，虚虚实实，借款到手，正是时机，何不由陆军部、财政部和外交部配合，再利用一下尹昌衡演出一场戏，故意释放中央加强西部国防，重视尹昌衡的意见，并可能让尹昌衡返回前线，加强江达的兵力布防的信号。把尹昌衡当成一张王牌抛出去，做出一副谈不拢就让尹昌衡再次挂帅，准备打仗的架势，迫使其谈判让步。但是这个假信号只是为打乱英国人阵脚，不能让尹昌衡知道其真实目的。尹昌衡这一张好牌，必须留在京城，需用时随时好用。"

熊希龄和陆征祥都不解地问："演戏，演什么戏？"

陈宦道："把尹昌衡当成王牌的戏啊。"

陈宦（字二庵）不愧是袁世凯的高参，是一个善挽圈圈的策划高手。他紧盯四川都督之位，眼睛已经直了，袁世凯不放尹昌衡回川，他的希望就更大了。安顿好尹昌衡就给自己又垫了一块砖头。他接着献媚道："总统这一招岂止震慑英国人，争取谈判主动，只要戏做得好，还可以一举几得。至于要做一场假戏，有了好题目，几个部门合手，这有什么艰难？"

袁世凯道："二庵，你就别卖关子了。哪些人扮演什么角色，怎么做戏，你来导演，说说你的想法吧。"

陈宦道："先请熊总理国务院发个公告。大总统遵循共和的民主办事原则。能公开的重大事项，周知国人，充分尊重民意。借款之事基本落实，根据相关协议条款，以及前国会批准的用款安排原则，各部门将用款计划，尽快报到国务院，以便国务院平衡轻重缓急，进行安排调度。"

熊希龄道："好，二庵的主意好！这既显示了民国办事遵循民主的原则，有一句'根据相关协议条款'，让外国人也打不出喷嚏。已经是两得了。"

陆征祥道："我们的主要目的可是为震慑英国人啊。"

陈宦道："有了国务院的公告，我们陆军部就可大张旗鼓地搞一次高规格的军事问计茶话会。问计的主题是，根据民国边疆实际，如何加强民国边防，装备哪些武器才最合理，问计军界高人，以便尽快采购。请在京的将军和部分友好国家的军事顾问与会，特别请尹昌衡这个功勋边将主讲，着意抬高他的声望，再请与会者补充，畅所欲言，锦上添花。陆军部择善从之。唯独不请跟中国有边境利害的英国和俄国人。"

陆征祥道："明白了，陆军部的茶话会，单单不请英国人和俄国人，这两个谈判对手就自然明白了，达到了我们的主要目的。"

陈宦嘿嘿一笑："我还通请各大报记者，让他们去帮我们制造舆论。买主从来都是老子，各国军火商闻讯来巴结我陆军部，也让我们陆军部衙门风光风光啊。至于我买不买、买什么装备、买多少、买来装备谁，谁管得着？"

袁世凯道："好，二庵的主意果然一举几得。我一直冷落尹昌衡，这次让他当一次主角风光风光，既增加了他这张牌的分量，又堵了他的嘴。不过，二庵在四川混了那么多年，让尹昌衡安心留京，你还得暗中多出些力。"

陈宦道："陈宦明白，请大总统放心。"

袁世凯道："诸公就按二庵说的，尽快筹办吧。"

第六十章

幽燕美人歌

1

尹昌衡很快接到了陆军部的请柬和公函，准备参加陆军部"军事问计茶话会"，并做好第一主题演讲的准备。看了主讲要点，这着实让他兴奋。他的边防主张，中央和陆军部也知道，此时要他在问计茶话会上作主题演讲，可见对他的主张的重视。至于边防装备之事，他更有实战经验，不需思索，便能说到点子上。激动之余，点燃两支蜡烛，一口气灌下马忠温的两壶酒，提起笔来，一份满意的演讲提纲，便一挥而就，安心地等待在茶话会上发挥。

尹昌衡浪子回头，本已无心狎妓，何况有想回前线的大事压在心头。然而，他明知袁克文秉承其父之意对他收买拉拢，袁世凯到底要干什么，尚不清楚。自古都是吃人的口软，正不知道如何拒绝，幸好袁克文有事离京。良玉楼确实是个很好的姑娘，她对自己那么关注，本来已经使人感动了，临别之时，那依依不舍的深情目光，更是令人难忘。既然当日有诺"改日拜访"，何不趁袁克文离京之机，自己去拜访良玉楼？

尹昌衡不希望像蔡锷那样暴露身份，到京城来博风流名声，伤了妻妾之心。趁等待陆军部军事问计茶话会之机，这一天决定隐姓埋名，扮成一个商人，带了哮天犬，命他脱去警服，扮作跟班保镖，并吩咐今天只准叫自己为东家，陪他去逛金缘班。

尹昌衡对身边的所有人都一视同仁，明知哮天犬暗中负有监视他之责，却一点也不防避，每每出门，不带其他人，也要带上哮天犬，这让哮天犬渐渐对他产生了好感。

二人在金缘班门前下车后，打发回了车夫。尹昌衡顺手给哮天犬几枚银圆道："如果在金缘班有相好，也去会会吧。"

哮天犬谢过尹昌衡道："我们当下人的，绝不敢坏了规矩。自在门房吃茶，等候东家，有事随时招呼就是。"

尹昌衡一副豪绅大贾模样，还有跟班保镖，自然是娼门中人眼中的财神菩萨。他们一走进金缘班，所有迎客妓女，眼睛都为之一亮，一个个搔首弄姿。相公自去伺候跟班哮天犬，鸨母便向尹昌衡迎了上来，介绍金缘班有名头的姑娘。

尹昌衡道："妈妈不必说了，我是慕良姑娘琴艺之名而来，专门来听曲赏琴的。"

鸨母是个老江湖，客人慕名而来，知奇货可居，一定要个好价钱，便故意碍难地道："客官，良姑娘现在还只卖艺不卖身，有恐坏了客官兴致啊。"

"无妨，带路就是。"

"请问尊官，婆子我该如何称呼？"

"我像官吗？叫我尹老板就是吧。"

尹昌衡随鸨母穿过月门，内院宽阔雅致，池、亭、廊、阁，错落有致。看得出金缘班也是这八大胡同一个颇有名头的高雅清吟小班。

所谓清吟小班，顾名思义，即是品茶、联诗、听曲、听戏为主，而非只做皮肉生意。

尹昌衡随鸨母来到一处小楼，门楣上一块匾额，题名"玉楼"。上了楼阁，客堂雅致宽大，设有数座，摆设琴棋书案之类，也有一块匾额，题名"玉堂"。

良玉楼的艺名，不像其他娼门中女子，竭尽香艳娇俏，很有一些不一般的意味，尹昌衡这时才明白，良玉楼是因其所住之楼而得名。可见鸨母对良玉楼这株未来的摇钱树之重视。

这金缘班的鸨母玉娘，原来也是南方进京的一个徽班的名旦。玉楼之名，脱胎于名剧《玉堂春》。《玉堂春》既是京剧旦角的开蒙戏，还是中国戏曲中流传最广的剧目，几乎妇孺皆知。八大胡同的清吟小班的正业，本来就是听戏之所，金缘班本来就是一个戏班，班主就是而今的鸨母，懂得一出名戏的剧名的招徕功效及其含金量，故将堂名命名为"玉堂"。大概是她看出了良玉楼色艺俱佳的培养前途，前不久便将其移住这里，以楼名命名艺名，并安排了阿姨、丫鬟和龟奴专门服侍。玉堂便装饰为清雅之客听戏之所。玉娘有时禁不住技痒，客人点到其所长戏目时，也来这里串上一曲。

玉娘不知道前天良玉楼出云吉班的条子，邂逅了什么客人，从昨天起她便称病不接客。眼看这棵精心栽种的摇钱树，快要结金钱之果了，不好违拗，便准了。可是，今天来这财神豪客，断然怠慢不得。她知道良玉楼虽然个性倔强，但还是一个识大体、通商量的姑娘，还是把尹昌衡领了进来。

玉娘领尹昌衡进入玉堂后，没像其他妈妈那样为讨好客人而吆吼，亲自招呼丫头和龟奴们伺茶伺座，生火暖座，对尹昌衡小声地："请客官稍候，良姑娘身体不适，我去跟她商量，请她勉力出堂侍候客官。"

良玉楼早从帘后看见来客是尹昌衡，心中大喜过望。听鸨母叫尹昌衡"尹老板"，不由得愣了一下。她略作为难地道："玉楼这般病容憔悴，只怕怠慢了客人。"

玉娘道："客人慕名而来，想来不会计较的。"

良玉楼立即应允，随玉娘出堂行礼见客。

尹昌衡反客为主，装着不认识良玉楼发话道："蜀锦在北京城并没有所传那么走俏，赚不了几两银子了，晦气透了。早听说良姑娘琴艺高妙，只说慕名来散散心，没想到姑娘玉体欠安，冒昧打扰，请姑娘原谅。"

良玉楼一听尹昌衡这话，知道他是要掩盖身份，便也装着不认识道："玉楼病容慢客，还请贵人多多包涵。"

丫头捧上曲簿，尹昌衡一挥手："看客献曲，投其所好，良姑娘看我这客人宜什么曲，就由姑娘随喜罢。"

良玉楼一听"看客献曲"四字，知尹昌衡有试探是否真心之意，略一思索道："客官进京来销蜀锦，想是蜀中人了。小女子就献上几曲蜀中才女杨状元妻黄娥的套曲，权代乡音吧。"

尹昌衡闻言一惊："良姑娘会唱黄娥的散曲？"

"我得了一套家传《杨升庵夫妇散曲》，因此能唱。"

"这太好了，太好了。杨升庵夫妇虽然时运不济，但名垂青史，乃是我蜀中之人物，蜀中之骄傲。客居京城落寞，听杨夫人相思亲人之曲，胜似乡音啊。"

良玉楼调了一下琴弦，便弹唱起来。

越调·斗鹌鹑

分手东墙，送君南浦。目断行云，泪添细雨；载恨孤舟，夏愁去橹。厮看觑，两无语。当时也割不断那样恩情，今日个打迭起这般凄楚。

（紫花儿絮）病恹恹云衣雨带，冷清清月户风亭，孤零零晨钟暮鼓。信断音疏，枕剩衾余。踟蹰，想起他袅袅婷婷玉不如。动人情处，春风兰蕙，秋水芙蕖。

（调笑令）短叹又长吁，一寸柔肠千万缕。眼睁睁怎忍分飞去，凤鸾交鸳鸯伴侣。争奈惹鸦喧鹊妒，枉耽了落雁沉鱼。

……

（尾声）不明白前世姻缘簿，教今生千般向阻。实指望眼皮上供奉并头莲，有分教心窝儿里再长连枝树。

良玉楼选这一曲，分明借黄娥对杨升庵滴血锥心的思念之曲，来暗传自己相别尹昌衡之后这三日的相思苦况。尹昌衡自然能体味其中所包含的意思，一边击拍，轻声和唱，一边定定地望着良玉楼。良玉楼已知对方心领神会，感动得满眼泪光盈盈。

玉娘陪着尹昌衡听了两曲，见二人眉目传情，谈曲论事，甚是相投，这尹昌衡或许就是良玉楼所言的可意之人吧，当然尽力促合，便站起来道："这玉堂空旷，贵人一人听曲，天冷，炭火一时暖不起来。客人可否移驾姑娘绣房，暖和温馨许多。"

玉娘要为他们制造二人天地，尹昌衡自然会意，便道："能入姑娘绣房听琴，当然再好不过，只是不知方便否？"

良玉楼道："贵人愿入小女子陋室，蓬荜生辉了。"

2

良玉楼的绣房，红香翠软，温柔温馨无比，早生好了炭火，暖意融融。玉娘一出房门，良玉楼那双深情美目，便直勾勾地望着坐在绣凳上的尹昌衡，尹昌衡顿时热血上涌，情不自禁地一下把良玉楼揽在怀里，轻轻地摩挲着良玉楼那一头乌黑的秀发。良玉楼的眼泪一下奔泻了出来。

尹昌衡道："小宝贝，哭什么？"

"没什么，我高兴的，只以将军前日只是应酬之语，不会真来金缘班的，没想到将军真来了。"

"傻姑娘，君子一诺千金，姑娘容华绝代，琴艺高妙，更难得的是相互敬重，彼此知音，一见钟情，我怎么会不来啊。"

"青楼尽是偷欢客，谁把歌女当成人？"

"这，也不尽然。"

良玉楼一声长长的叹息："唉，将军不必宽慰我了。青楼买笑，男人逢场作戏，心安理得，女子卑贱伺人，何敢奢求？世上纵有怜香惜玉多情之子，薄命青女总是难遇难求。要不是，恨不相逢未娶时，相见恨晚；要不是，门第资财不容，遗恨绵绵。欢场女子，谁不是强作欢笑丝竹里，百年心事长煎熬啊。"

尹昌衡看着怀中小鸟依人般的良玉楼，满眼是泪光和幽怨。他找不到安慰的话，良久，才喃喃地重复着良玉楼最后那句话道："百年心事长煎熬……姑娘对百年心事有什么打算呀？"

良玉楼是个心细如发、十分敏感的人，尹昌衡与蔡锷身份名望一样，蔡锷狎妓，大肆张扬，而尹昌衡则是隐姓埋名，故作生意落羽而来。他们二人的不同举动，似乎都各有深意。尹昌衡是个干大事业的人，这样问话，似乎有什么顾虑。

良玉楼为了打消尹昌衡的顾虑，便叹了一口气道："唉，将军，我们这种人，还能有自己的打算吗？像凤仙姐姐那样幸运的能有几人？鸨母催迫接客，一天紧似一天。玉楼虽贱，岂肯轻易委身于人。玉楼不求与将军百年之约，将军是我敬慕之英雄，蒙将军青眼，今日隐姓埋名，践约而来，玉楼已是心满意足了。"

"那么以后呢？"

"我们有以后吗？就是凤仙姐姐，她会有以后吗？眼下与蔡将军，英雄美人，风流佳话。一当蔡将军去后，人老珠黄，与秋风里委地的枯枝败叶何异？只有得过且过而已。"

尹昌衡默然良久："那天姑娘一说敬慕，我就甚是不解。我与姑娘，万丛云山相隔，素不相识，敬慕之词，从何说起？"

良玉楼走向梳妆台，拿来一叠厚厚的旧报纸递与尹昌衡。尹昌衡一看，这叠京沪两地的各种报纸，都载有他西征的各种报道和评论文章。一个烟花女子，对自己西征平叛如此关心。竟然感动得两行眼泪簌然而下，紧紧把良玉楼揽在怀中。

尹昌衡放开良玉楼道："我懂了，怪不得那天小凤仙说，你父母被英夷所杀，你对英夷一定恨之入骨了。"

"对，将军打得英夷告饶谈判，也是为我报了家仇啊，我能不敬慕将军吗？"

"你父母是怎么死的？"

于是良玉楼娓娓地讲起了自己的身世。后来尹昌衡在他的叙事长诗《幽燕美人歌》中，对良玉楼的身世，以及他跟良玉楼轰轰烈烈的婚姻，都做了详细描述：

幽燕美人颜如画，男子争夸女子骂。

一朝失足堕平康，王孙销尽黄金价。

容华绝代初长成，小姑十五未能嫁。

我来相遇不相知，但惊秀色如兰芝。

……

小家碧玉姓非良，珠河玉浦殷家渡。

十龄九龄天所知，妾家隐受娼家赂。

十三十四潜津门，怀抱琵琶歌玉树。

鸨儿肝胆狠于狼，十五迫教为夜度。

逢君走马入章台，羞言聊尽合欢杯。

谁知丝茧重重缚，竟促鸣骢日日来。

君来花月何欢会，匆匆风雨成悲哀。

蕲王燕颔知雄略，相如凤谱见长才。

始知君意无轻薄，始识君身可终托。

但教今夕誓鸳鸯，定许明朝射孔雀。

我闻此语惊复悲，卿心如此何隐为。

倾囊愿许千金价，对镜休嗟两鬓丝。

怜卿此意何密密，惜卿此语何迟迟。

悦心快意事已足，赤足露顶寒不知。

开初，因为袁克文、蔡锷、小凤仙等人的热情促合，尹昌衡也只是见色动心，而面诺了良玉楼（本名殷文鸾）。说穿了，就只是逢场作戏。谁知二人竟然生出了真感情，情深似海，水乳已经交融，谁也离不开谁，谁也割舍不了谁。

他决心要为殷文鸾赎身：

呼来鸨母梧桐院，便向阿姨问所愿。

鸨母阿姨共一言，此心却与君心判。

我家钱树日日摇，价重连城薄千万。

风流漫诩汝南王，明珠十斛难相见。

我闻此语如咀茶，反复开诚演异书。

虽然同是都督，尹昌衡却不能跟蔡锷相比。尹昌衡是从弹尽援绝的前线来京催讨大军救命钱的，他自己已经七个月未领到薪饷了。来京之时，也只是通过川边驻成都的衙门向四川省军政府借了一点路费。

鸨母漫天要价，尹昌衡宦囊羞涩。任他好话说尽，那鸨母硬是不进油盐：

纵教白耦吟成句，哪汗偏舟便入湖。
卿言自怨妾薄命，唯君善保千金躯。
百年好合会有尽，一日绝迹心自疏。
从今拂袖南归去，此身不与重相遇。
千古坚心石自金，一生比目终难遂。
······

相见无言各自伤，相思再见中情乱。
杜门何处可骑驴，倚枕不堪重听雁。
仅将十日锁春怀，渔郎再渡桃源开。
芳心惨恻雄心碎，一念苍凉万念灰。
只觉梦中魂缥缈，哪堪月下影徘徊。
孤鸾独鹤飞鹈鹈，相将相慰复相怜。
儿女有心成铁石，英雄无路觅金钱。
唯见泪痕淹锦枕，不闻歌舞度华筵。

　　殷文鸾反倒开导起尹昌衡来。尹昌衡既不愿受袁家之赐，也不愿低眉告人，更不愿撒手情胜胶漆的恋人。正当穷愁无计之时，想不到偶结之侠友殷岳奇（殷文鸾的义兄）和黄侠仙等相助，竟然义胜金兰，他跟殷文鸾的浪漫之恋，会是这般圆满：

天外飞来三壮士，英风烈烈佳公子。
石上前缘信有之，一见倾心更相喜。
应知铁兽本无伦，换罢金龟才入市。
将醉易欢悲复来，四座怆然为之起。
将军旷达出风尘，何事依依竟如此。
我闻瞠目一欷歔，此念似非亦还是。
四海争谈为国家，独我心中唯一妓。
咫尺天涯盼紫云，安得分司如御史？
壮士闻之再举樽，区区此事何足论。
上客自能为鲍叔，右军偏令作昆仑。
果是禅心牵柳絮，肯教藩涸落兰荪。

我闻一举连三爵，清樽满饮为君酌。

片言九鼎重如山，一日三秋更为约。

虎头戴月望牵牛，鹏翼负天即灵鹊。

壮士闻之皆欣然，愿将赤手补情天。

驱车北里宁为侠，掘玉蓝田不待仙。

须臾换得美人至，当筵俯首留金钿。

愿为明镜照肝胆，愿为皎日长团圆。

阿姨鸨母不敢阻，脱骖携去黄金鞭。

美人自此随桴鼓，慷慨风流各千古。

争夸同契薄金兰，赚得明珠归合浦。

秋色犹疑蝶梦春，宵眠不觉鸡声午。

我生乐事在蛾眉，搔首茫茫天下苦。

尹昌衡遂纳殷文鸾为妾，永结百年之好，并为殷文鸾改名太贞。

阴谋阳谋

1

尹昌衡不声不响地纳了殷文鸾为妾，接她暂住阅雪居。

陆军部的问计茶话会上，尹昌衡力陈经边文略，获各方一致好评。全后，他请陈宧代呈袁世凯，请求放他回边藏。

陈宧从 1903 至 1907 年，先后 5 个年头，从四川武备学堂会办，升至三十三混成协协统，为建立四川新军第十七镇打下了基础。他在四川一帆风顺，四川可以说是他仕途的起点。他在外面见了四川人，常称自己是半个四川老乡。陈宧早就对四川这块肥肉垂涎欲滴。四川突然升起尹昌衡这颗政治军事明星，对他的梦想构成了极大的威胁，因此，他非常热心帮胡景伊对付尹昌衡。这次袁世凯要他劝说尹昌衡留京，这也是为自己的梦想扫除障碍的好机会，故乐得而为之，并且挖空心思，竭尽全力。

陈宧知道要说服尹昌衡并不容易，必须选择最佳时机、最得力的外援来做这件事。尹昌衡一直师事骆成骧，当年骆成骧任京师大学堂提调时，自己入京师大学堂读书，曾经师从骆成骧，这就跟尹昌衡有了同门师兄弟的名分。他知道骆成骧和张培爵已经应召入京。他主持了陆军部的问计茶话会，让尹昌衡长了脸，这是沟通的最佳时机。茶话会的当天晚上，他便以学生和半个四川老乡的名义，办了一个招待，请三人喝酒。

陈宧身为袁世凯的红人，陆军部次长，在京城做东，笑脸待客，把酒言欢，嘘寒问暖，恰到好处的尊重与恭维，把师生情、同门情、乡情，加温得格外温馨和浓烈。作为茶话会的主持人，对尹昌衡在茶话会的主题讲演，赞扬备至，连敬数杯，使尹昌衡甚是得意飘然。

陈宧的真实目的是替袁世凯说动尹昌衡安心留在京城。酒酣耳热，兴高情浓之时，自然把话题引到日后仕途经营上来，便以同门师兄非常关心师弟之善意，动问尹昌衡日后的打算。

尹昌衡不假思索，斩钉截铁，立即回答："恨不能肋生双翼，立即飞回西征边关前线。"

陈宧沉吟良久道："硕权立功心雄，甚是令人钦佩。只是据我所知，大总统思贤若渴，对硕权敬重有加，那日接见之时，亲口对硕权赞誉备至，我有幸在场，愚兄都羡慕得快忌妒硕权了。"

"昌衡不才，何敢望其二庵兄之项背啊。"

"硕权客气了，接见之日，总统已经明确表态，硕权留京重用。硕权却再三执意请辞，总统很是犯难。他知我与硕权有同门之谊，嘱我为他传话。上意难违，宧先告罪，今日当着恩师骆公、蜀中高贤张公，陈宧开诚布公，给总统当说客来了。先自罚一杯酒。"陈宧说着，举杯一饮而尽。

"总统让兄传什么话？"

"总统云：识才凭慧眼，爱才须真心。常言快刀多缺，钝刀少磨，宝剑不轻易出鞘，杀鸡焉用牛刀？硕权一员智勇双全的猛将，带病浴血边关，积劳成疾。来京治病未痊，今边境烽烟稍靖，何忍心使之再赴缺医少药之苦寒边关，再受折磨。上不恤下，民心焉服，帅不惜兵，将士寒心。鞭不打快牛，良马须养膘。二庵为我传语硕权，以子之才，何止专阃，曷留中枢，养精蓄锐，为我计大事？"

这一席话到底是说客的临场发挥，还是袁世凯要陈宧传的原话，众人不得而知。尹昌衡擎杯在手，一时沉吟不语了。

这一席话首先感动了张培爵，他率先说道："硕权重病在身，总统肺腑之言真，惜将之情重，何不从之。"

陈宧公开承认自己今天是袁世凯的说客，骆成骧明白，尽管陈宧处处把恩师捧在前头，今天自己这个老师和张培爵，都只不过是陈宧请来帮腔的陪衬。陈宧开诚布公，谅无相欺，张培爵帮了腔，自己也得给他些面子。他怕尹昌衡一时冲动，说出不得体的话来，便也提醒尹昌衡道："昌衡，二庵非是外人，总统身边核心高参，深知总统心思，以及总统个性。他言上意难违，奉命传总统挽留于中枢重用的诚意，你当小心掂量重轻，慎重权衡啊。"

尹昌衡自然听懂了骆成骧话中的多层意思，沉吟良久，举起杯来："昌衡深谢二庵兄为愚弟劳心谋划奔走，这里先敬二庵兄一杯。"

二人饮酒之后，尹昌衡字斟句酌地道："请二庵兄转致总统，总统对末将的高看和关怀，昌衡铭感五内。然而，好马骈死于槽枥，何以至千里？宝刀不出鞘，何以镝血生威？边藏之事实难，非我不克镇。何况我与夷盟，口血未干，言不可食啊。"

尹昌衡说罢，将与夷人首领所定盟约呈与陈宦。陈宦看盟书上果有"京城事毕，必回边藏"之血誓字句。陈宦赞道："硕权以大德服边藏，实在令人敬佩啊，只是……我当如何回复总统？"

尹昌衡道："请二庵兄代复总统：若元首必用我，请等三年，待边藏大治，昌衡定来中枢，供总统驱驰！"

陈宦不便深说，只得将尹昌衡原话报告袁世凯。

袁世凯得陈宦报告，摸着他那宽厚的下巴，良久道："再等等看吧，我就不相信治不了他这匹烈马。"

袁世凯等的是袁克文的行动结果。

袁克文去天津处理青帮帮务，加上他那身份，走到哪里都是前呼后拥，没完没了的隆礼应酬。从天津回到京城已过旬日，这才忙忙赶到阅雪居，商量良玉楼之事。进门后见良玉楼出面见礼献茶，大惊："啊，硕权兄，你们！你们……"

尹昌衡含笑告曰："偶然结交新朋友，已经为殷文鸾姑娘赎身，高情难却，昌衡已纳文鸾为妾，改名太贞。今天公子来得正好，昌衡与如夫人，正好在这阅雪居，给公子这个红娘，补敬一杯我们的喜酒啊。"

袁克文闻言，误了父亲交办的大事，心中暗自叫苦，嘴上却对尹昌衡一迭连声告罪道："嗨呀，克文帮中俗务缠身，当初承诺之事未及时兑现，言而无信，惭愧之至，惭愧之至！"

"豹岑不必自责，惭愧的应是昌衡。公子对昌衡兄弟情重，昌衡感激莫名。公子帮中急务，关系多少英雄弟兄利害，腾不出手来，情有可原。只怪昌衡旧病复发，英雄难过美人关，急不可耐，等不得惠领高情，一会儿饮酒之时，自罚几杯，向公子请罪。"

"那么，克文就只得礼缺后补了。克日就近为硕权兄别租华屋，置办家具，以供硕权兄金屋藏娇，望兄务必领情了。"

尹昌衡立即推辞道："自古道，君子之交淡如水，你我之情岂在这些小事之上。实不相瞒，公子去天津期间，昌衡已托陆军部陈宦次长，再次转致总统，立意偕美人辞京西归。自然在京中用不着藏娇金屋了。眼下昌衡归心似箭，倘若公子不弃，若是方便，求公子在元首面前再次为昌衡陈情玉成。这高谊远重于金山

— 571 —

银山了。"

袁克文分明有些为难了，沉吟良久才道："那我再试试吧。"

2

年头岁尾，是豪门交结应酬、政治联谊的黄金时刻。黎元洪初到北京，在欢迎会上，袁世凯顺口邀请黎元洪全家，得便到他府上相聚。此消息一经报纸爆炒，好事者便排出了两家子孙的出生年龄和生辰八字，甚至排出了两家可能联姻的鸳鸯谱，说民国正副总统联姻，是万民之福。非常重视以儿女亲家组织政治联盟的袁世凯，视报刊舆论为吉兆，这是在为他做政治宣传，对此事很上心。年下的一天，他便请黎元洪全家到府上，与袁家合府相聚。

袁世凯崇奉独裁，也需要理解和倾吐的对象。可是人心难测，谁是倾吐的对象呢？难得的是黎元洪进京两个月来，根本没给他添乱，看来这确实是一条既有众望，又忠厚无害的无毒蛇。当初对黎元洪那点防范疑忌之心已经消除，极想跟黎元洪好好交一次心，彻底征服黎元洪，跟他精诚合作，既释放独压心中的沉重，也堵一下骂他独裁、骂他把黎元洪当成玩物的人的嘴。

这天黎元洪备了仪礼，一早便率了夫人、两个儿子、两个女儿，及其孙儿、孙女，去赴袁府家宴，袁世凯亲率家人到府门前迎接。夫人及子孙们，自有袁氏家人接待，陪伴游玩。

袁世凯很重视这次正副总统家庭聚会，允许部分记者采访、拍照和报道。他要感动黎元洪，宴前特意在书房中精心安排了一场好戏。

袁世凯和黎元洪在书房坐定，寒暄刚毕，袁家大总管便拿着一张单子走了进来。

袁世凯不等管家开口便道："老管家，你是府中老人了，怎么今天这样不懂规矩，你没见黎副总统在此吗？有什么事，过后再办。"

"这，这……东家，这事缓不得啊。"

"你来说的都是家事，有什么事能大于我跟黎公之事！"

"东家之事是家事，总统之事，就不全是家事了。今年你新任民选民国大总统，年下无期了，这各家亲戚的年礼之事是大事，拟好清单，请总统定夺。"

黎元洪道："管家说得是。总统一国元首，家风影响民风，家事也不全是私事。"

袁世凯笑道："黎公给我圆面子了，不过民情风俗，确非小事。"说罢拿过单子看了一遍，"嗯，比往年略厚，行。不过这端方端午桥，毕竟与我儿女亲家一场，不幸为靖川乱被害于蜀。人亡情在啊，以后的节礼都按双倍办理吧，平日你也得多关照他们一些。另外，段祺瑞虽是义女婿，可他今年远在武汉，你就把俄罗斯人送那件银狐皮衣转送他吧。"说罢将单子交还管家，"照单尽快去办吧。"

袁世凯通过送年礼之事，当然是要告诉黎元洪，他很看重儿女亲家的关系，为家宴上要说的大事做铺垫。

老管家走后，袁克文和总统府外务内史夏寿田走了进来。

袁世凯老大的不快："克文，你不陪两位黎公子，来此做甚？"

袁克文知道父亲决定了的事，是难以改变的，勉强受了尹昌衡之所托，再单独进言也定是无效，正犯难如何向尹昌衡交代，恰好黎元洪来了，当着黎元洪的面，他用心办过这事，也有个证人，便道："尹昌衡曾经在黎公府上，请我转呈他请辞京回边藏之事。我转达了父亲大人的意见后，他仍归心似箭，托我再代为陈情，力请辞京！"

袁世凯皱紧了眉头："好，我知道了，叫他改日到总统府找我吧。"

袁世凯又对候在一旁的夏寿田没好气地道："耕父，你又有什么火烧眉毛的卵事？"

夏寿田道："英国公使朱尔典再次登门求见。"

"不见！"

"朱尔典说，总统若再不见，他就从印度调兵入藏了。"

袁世凯拍案大怒道："你去对朱尔典说，民国总统、副总统商谈军国大事，概不见客。他是堂堂大英国公使，当知擅闯他国总统私邸有失文明之礼。他有外交事，去外交部找陆总长，要出兵打仗，就下宣战战书！"说着顺手拿过一张报纸，指着一段文字念道，"你把这段文字念给他听：而今，中华一统，四万万同胞众志成城，还怕列强张牙舞爪不成？告诉他，这就是中华民国的民心！"

陆军部茶话会一经报纸报道，好做预言家、靠舞文弄墨讨生活的笔杆子们，立即有了发挥的天地。评论政府，预测政治军事动向，分析国际国内形势，献计献策等文章层出不穷。民国振武自强，蔑视列强的气氛发酵到了极致。强硬和主战，向来是激发爱国激情最简单、最廉价的手段。军火商也看到了发财的机会，到陆军部兜售军火的络绎不绝。列强也为之惊诧，特别正在跟中国进行西姆拉谈判的英国人，更为紧张。

英国人利用坚船利炮，在中国占了太多的便宜，从来不把中国的军队放在眼里。没想到在分裂西藏的战争中，被四川一个军事弱省临时凑合的军队，短时间内打得落花流水。他们千方百计向民国北洋政府施压，遏制尹昌衡，北洋政府果然下令尹昌衡停止向西藏推进,看来有了成效。可是,眼下恰在西姆拉谈判较劲之时,又传出了重用尹昌衡的预兆,而且要采购装备,朱尔典一下慌了神。

朱尔典接连数次去外交部施压,外交部都是用冷冷的外交语言应付。朱尔典在南北和谈以及应对日本人方面,都帮过袁世凯的大忙,自信在袁世凯面前面子很大,可是袁世凯却避而不见。

最近报纸的重要文章,黎元洪也读了,但他绝没想到袁世凯会以如此强硬的态度对待跟他私交不错的朱尔典。他不无忧虑地问道:"总统真想跟英国人直接开战吗?"

3

今天袁克文和外交秘书长带出的这两件事,倒给袁世凯带来了向黎元洪吐露心衷的好话题。

袁世凯平息怒气,缓缓坐下来,啜了一口茶后,长长地叹了一口气道:"黎公啊,你我正副总统,知道这个国家的家底,眼下的民国,我们拿什么去跟列强开战啊?"

"是啊,可是刚才……"

"让陆军部撒的茶话会烟幕,看来起大作用了,朱尔典着急,这好啊。我刚才的态度,就是想要让他更急,压压他在西姆拉谈判桌上的气焰,同时也为中俄蒙古主权谈判之事张目啊。"

黎元洪往日读报,心中抱怨陆军部,这种时候搞什么问计茶话会来招惹麻烦,没想到袁世凯在下一盘外交大棋。

袁世凯又道:"但是须知开战容易息战难啊。时下,报纸把振武强军的爱国热情炒得热血沸腾,这固然是提振民气的大好事。就拿我先叫念给朱尔典那段文字来说吧:'而今,民国一统,中华四万万同胞众志成城,还怕列强张牙舞爪不成?'这是何等的气壮山河。拿这话激励民心、军心可以,吓吓对手可以,可是认真掂量掂量,这当中哪一句不是误国的空话?有一句是有用的实话吗?我们到底有那底气没有?民国真的一统了吗?我们的政令通行各省了吗?各省的税赋按规定解交了吗?革命党的大头目都聚集到了日本,他们不闹事了吗?"

"这就是元洪刚才置疑的原因啊。"

"大借款虽然成功,还了急债能到手的只不过几百万,而且是分期到账,条约规定了款项用途。偌大的民国,哪里不急等着用钱,国家的大面子得维持下去吧。站在尹昌衡边将的位置上,他的治边策略固然很好,然而上策就是可行之策略吗？我们哪里去挤钱来购买武器弹药，来用兵打仗啊？"

"是啊，元首如此高瞻远瞩，洞悉幽微，权衡利弊，定有万全之计策了吧。"

"手长衣袖短，何来万全之策？不过相信车到山前必有路吧，立足长远，走好眼前每一步。眼下，只能撑持好民国门面，借风借势，四两拨千斤，好摘的果就先摘几个吧。"

"不知元首所说当借何风何势，先摘哪些果子？"

"好风，民国一统，虽然名不副实，但是民心思安，人性向强，茶话会掀起的振武强兵之风，这就是可借之东风。"

"对，列强都怕中国人停止内斗，散沙成团啊！"

"对，西姆拉谈判正在较力之时，至关重要的是保住西藏的主权。同时也直接影响中俄蒙古的主权之谈判。涉外之事，没有武力不行，但只凭武力，口服心不服，亦是后患无穷，只有谈判桌上才能固定成果。西藏主权，固然可以如尹昌衡所说，继续用兵一鼓作气，那么蒙古的主权呢？我们有能力对俄国人用兵，重开蒙古战场吗？也能保证完胜吗？故西姆拉谈判，虽无连天烽火，若此战一胜，民国则可以永固西北边陲之篱笆，此乃两个大果子也！去掉西部和西北边患，就可腾出手来集中对付觊觎东北之日本人了。"

"好，元洪也曾经对中央令尹昌衡停止进兵不解，今日蒙元首开示，元洪茅塞顿开了。"

"年前，盼黎公玉成三事。其一，配合用好尹昌衡这张王牌，演好先前对付朱尔典那场戏。力争西姆拉谈判，保住西藏主权。"

"怎么，尹昌衡是总统的王牌？"

"是我们一张对付英国人的王牌。朱尔典说什么对西藏用兵，那是狗屁，不过也是提虚劲，重施威胁清朝的故技罢了，可我偏不上当。世人都说尹昌衡是英国人的克星。他们最怕是尹昌衡继续镇边，怕中央采用尹昌衡的安边策略。他越是怕，就越要在他的软肋上着力。故我今天让夏内史传那么强硬的话。"

"哈哈哈，购置军火，抬高尹昌衡，原来是在撒烟幕，也是提虚劲啊！"

袁世凯嘿嘿笑道："然也，虽然张牙舞爪不是战斗。然而看门狗露出牙齿，能让窥门者望而却步，我借好风好势露露牙齿，让朱尔典知故技无用，早丢幻想，谈判让步啊。朱尔典定然退步找你转环，拜托你唱好白脸。尹昌衡很敬重你，拜托你帮我握紧这张王牌。"

"明白了，其二呢？"

"民国已定西历为国历，旧历年为春节。新政权当有新气象。元旦和春节将接踵而至，拜托黎公，全力筹办两节。元旦节，在京要员都请出席庆典，重在提国格，振国威。其礼要重在外交使臣，和慰问京地官员及军队。春节重在祭祖宗，扬传统，推恩而聚民心。民国承前清统序，勿忘优待王族，隆礼拜节。此外要着重优抚民国授勋之功臣，及阵亡伤残将士和亲属，普天同乐，以庆升平。"

"遵命，改日即向总统呈报方案。"

"你是堂堂副总统，既以全权委托，这等事情你定了算数。其三嘛，嘿嘿，正副总统联姻，世之公认为国人之喜，黎公若信我今日之诚，世凯欲高攀，今日欲求两家结为秦晋之好，给国人报喜如何？"

黎元洪慨然相诺："能与总统联姻，祖宗有德，门第生光，元洪幸甚也！"

袁世凯的第九个儿子袁克久，时年十一岁，黎元洪的次女黎绍芳，时年八岁。两家议定，大总统与副总统结成亲家，即日为两个孩子举行了订婚仪式。

第六十二章

扭天行事

1

进入腊月，袁克定从德国回来，袁府便一下子热闹了起来。袁世凯平静的心境，也随之而躁乱了起来。

袁世凯妻妾众多，十七个儿子中，只有长子袁克定是正室于氏所生。袁克定出落得相貌堂堂，聪明伶俐，心雄志大，野心勃勃，又是正出，自然是日后撑持他袁氏门庭的第一希望。因此袁世凯无论是驻节朝鲜，还是小站练兵，或者巡抚山东、总督直隶之时，都一直把袁克定视为希望带在身边，着意培养。

不幸的是袁克定随他回河南洹上村避难之时，骑马摔折了腿，医治不及时落下了残疾，一条腿跛了，年纪轻轻，走路就少不了一条拐杖。这曾经很让袁世凯伤心，他一度把希望转寄于绝顶聪明可爱的次子袁克文身上。可是袁克文却始终只愿做名士，偏不热心政治，看来还是只有寄希望于袁克定了。

袁世凯回京就任临时大总统后，便把袁克定送去德国医腿。将近一年，德国高明的医术仍然是无力回天。不过袁克定不仅带回了那条令人遗憾的残腿，却也为袁世凯和家人带来更多想入非非的惊喜。

德国皇帝威廉二世时刻不忘拓展远东势力，袁大总统的长子前来就医，自然隆礼相待，照顾得极为殷勤，趁机竭力向袁克定灌输："中国现在搞的共和制，不适合中国国情。中国要想发达，必须向德国学习，非德国式的帝制不能发达。大公子回国后一定转告大总统，中国要恢复帝制的话，德国一定尽力襄助。"不仅如此，袁克定回国的时候，威廉二世还特意写了一封信让他转交给袁世凯，信中的大概意思也是中德亲善提携，并劝告袁世凯称帝云云。

袁克定在德国期间，为德国所取得的成就惊叹不已，由此也对德国式帝制之功效深信不疑。1913年岁末，36岁的袁公子从德国怀揣着一个太子梦回国，由此在家中刮起了一阵"德国旋风"。

袁克定既带回来了德国现行君主立宪模式的文本，又带回了威廉二世皇帝的亲笔信。

原来德国和英国虽然名义上也是君主立宪制。但德意志第二帝国是二元君主制，英国是议会君主制，二者却有很大的不同。二元君主立宪制的国家，仅仅比封建君主专制的国家多了一个国会。国会仅能立法、审核预算。君主或上院还保持着很大的实权：可以间接控制国会上院，可以随时解散下院，本质上还是帝权至上。

现成的德国模式文本、德皇的亲笔信，加上亲身体验后的袁克定添油加醋、不遗余力地鼓动宣传，德国的政体模式很让袁世凯动心。对醉心于权力的他来说，这不正是自己梦寐以求的希望吗？设若此前即是此种政体模式，自己会跟国会以及如唐绍仪等内阁总理为争权，闹得风云满天、乌烟瘴气吗？

袁世凯对德国模式的文本研究得很深入，对袁克定也询问得非常仔细，虽然他很是心动，却不轻易表态。他掂量着，要改变政体，谈何容易？德国模式毕竟要恢复皇帝的名号。多少年、多少人，洒血拼命才把专制皇帝赶下台，这几年的共和宣传也可谓妇孺皆知，深入人心。自己要想重新坐上皇帝的宝座，恢复帝制，那不是倒行逆施吗？即使要恢复帝制，他要坐上皇帝那把龙椅，也是名不正言不顺啊。清帝的退位诏书上虽然明文规定"由袁世凯以全权组织临时共和政府"，可是也明确规定了是"共和政府"，共和政体的最高权位是国会选举的"总统"，而不是世袭的"皇帝"啊。

袁世凯掂出了其中的利害，皇帝的宝座诱惑力再大，皇帝的龙椅可是安放在火山口上的，安放在火药堆上面的，一点火星就会引爆，那将万劫不复，死无葬身之地了，便对袁克定吼道："出国见了些世面，你知道可也，外面不可对人胡咧咧乱讲。"

袁克定知道父亲心允，只是没下定决心而已，心中真是乐开了花，便在促使父亲下定决心上下起了功夫。他知道最能影响父亲决策的是他的亲信杨度等谋士，父亲重亲情，子女及他那帮姨太太的力量也不可小觑，就来个内外夹攻吧。如何收买和组织那些能影响父亲的人，他早就有了成套计划，那得慢慢实施。父亲只说不准在外面胡说皇帝梦，在家里则可心照不宣。他便首先在家中吹响了推动父亲下决心行动的号角。

袁克定排行是老大，跟其他弟妹的年龄差距大，比老二袁克文就长十二岁，他读书多、懂事早，从小就在父亲身边长大，可谓见多识广，在兄弟妹妹中，树立了大哥的绝对权威。王爷、公主、皇后、皇妃的美梦，把全家人鼓动得热血沸腾。他俨然以太子的身份给自己和弟弟们都订做了一套威风凛凛的德国亲王将校服，加上从外国带回的异国珍奇礼物不少，都很让大家开心。

袁府合府都陶醉于已经贵为皇室的得意和幸福之时，唯独袁克文惴惴不安。他虽然不关心政治，但毕竟是享受袁世凯政治上的成功给袁氏一门带来的荣华富贵，他也很为父亲的功业而骄傲。他认为父亲过去只是被迫实行共和，现在是真心实意地实行共和了。正式就任大总统后，所做的一切都无可挑剔。因此，对父亲吩咐的事情很用心，能配合的都尽力配合。民国要是这样继续发展下去，何愁不民富国强，何愁不天下太平？

可是袁克定带回的德国君宪模式，就像一剂迷幻药一样使人迷狂，就像《西游记》中的妖魔诱骗唐僧等人布下的小雷音寺一样，功德即将圆满的唐僧，被诱入小雷音险遭不测，幸有高人搭救，父亲要是被诱入这个"小雷音寺"，谁人能救？父亲是驾驭民国这艘巨大的破船的舵手，好不容易驶出激流险滩，刚拨正航向啊。破船上可是数亿血肉生灵，要是被幻境所迷，偏离正确航向，谁知前途会是什么样的狂风黑浪，是何等的灭顶之灾？

养尊处优又无野心的贵公子袁克文，一切都有人安排，用不着操心劳神去思考。他习惯了对父亲的顺从，也习惯了对年长他十二岁的聪明的哥哥的尊敬和顺从。不用思考却不是没有思考，可这关系着袁家全家及百姓、国家的前途命运啊。当所有兄弟都穿着哥哥赠送的威风凛凛的德式亲王将校戎装，弄姿作态狂喜打闹时，袁克文把他那套亲王服双手捧还给哥哥。

袁克定怔住了。二弟向来顺从，给兄弟们做了好榜样，今天怎么突然这么扫兴？想发作又忍住了，半开玩笑地道："怎么，克文亲王不领本太子的情？"

袁克定政治野心大，袁克文文采风流，民间都把弟兄二人比作曹丕和曹植。袁克文对袁克定如此明目张胆，如此张狂，实在忍受不了，便没好气地回敬道："哥哥心雄窥天下，二弟志短恋砚池。你要做曹丕，竟不许我做曹植吗？"说罢，气呼呼地走了。

后来，这件事被袁世凯知道了，怒气冲冲地把两人叫去臭骂一顿："怪不得外面有人骂我是曹操，原来是你们兄弟俩也在自比曹丕、曹植，这不是授人以柄吗？"

袁世凯回到家里，最受他宠爱的大姨太太沈氏带着一群姨太太对他口称"陛下"，行后妃之礼。他一向对姨太太们都很骄纵，可是也不得不虎着脸吩咐道："你们别太放肆，别撒娇得太出格了！"此后府中的得意忘形才稍有收敛。

袁克定虽然也聪明绝顶，学识广博，还通英国德国等几个国家的语言，但在父亲的卵翼下，未经磨炼，志大才疏，贵公子坏脾气也大，真本事却与其父亲相去很远。

袁克定凭着他显赫的"太子"身份和地位，要立旗杆拉山头还是轻而易举的。他凭此先天优势，门下聚集的能人已经不少了。文的有杨度、梁士诒之流，武有段芝贵、陈光远之辈。从中央到地方，到处都有他的人。

杨度虽然也聚于袁克定门下，但是若说他也是趋炎附势之徒，这可有失公允。不管历史功过，民国的大名士杨度，都算得上一个有见解、有追求的特立独行的奇人。

杨度与袁世凯和孙中山、蔡锷等人的关系都极深。

杨度早在光绪二十一年（1895）进京会试，参加公车上书时，就认识了袁世凯、梁启超、徐世昌等人。后被疑为革命党，逃到日本留学，并与蔡锷关系"最善"。他在日本曾与孙中山"聚议三日夜，畅言无隐"。他不赞成孙中山的革命主张，但将好友黄兴介绍给孙中山，促成了孙、黄之合作。同盟会成立后，孙中山力邀杨度参加，他就明确表示："吾主君主立宪，吾事成，愿先生助我；先生号召民族革命，先生成，度当尽弃其主张，以助先生。努力国事，斯在今日，勿相妨也。"

杨度回国后，在袁世凯和张之洞联合保荐下，出任宪政编查馆提调，候补四品，成为晚清朝廷的"宪政专家"，宣统三年（1911）又受任皇族内阁的统计局长。袁世凯对杨度非常赏识和敬重，二人私交甚厚，甚至让袁克定与杨度结为金兰之好。后来杨度几次为袁世凯出谋划策，都让袁世凯达到了预期的目的，而今杨度更成了袁世凯智囊团核心。

袁克定迫不及待地动员一切力量促使父亲下定决心。目前最能影响父亲决策的人，无过于父亲智囊团的首席高参杨度了。回国第一次露面，他便带着从德国带回的厚礼和他的太子梦，去拜访这位跟自己磕过头、发过誓的拜把子兄弟了。

用不着任何理由，君主立宪一直就是杨度的主张和追求。二人一拍即合，一场影响国家命运，改写历史的大事，便进入了紧锣密鼓的策划运筹之中。

2

黎元洪来京后一直无所事事，提心吊胆过日子，实在憋闷得慌，不唱反调，服从和配合，对于他来说，这不是难事，一身轻松后就精神抖擞地投入了庆祝元旦的筹备工作。他找来总理熊希龄商量后，由国务院制定的完整的方案迅速形成。国务院"普天同乐，庆祝元旦"的通电、公文、告示，立即发至全国各地，贴满路口码头。国务院相关部门各司其职，很快有序地进入了国家首次大型节日庆典的筹备工作。

朱尔典没想到在袁世凯面前又碰了硬钉子，堂堂大国公使威风扫地之事小，西姆拉和谈即将告吹，关系帝国的大计事大，不由得慌了神，他得找个梯子下楼，尽力予以补救。其时报纸正在热炒正副总统联姻的千古佳话，看来袁黎之间的联盟关系已经铁定。黎元洪人望高，为人谦逊平和，可以利用他搭这下楼的梯子。果如袁世凯所料，朱尔典很快便带上厚礼，以个人的名义，借口祝贺袁黎两家联姻，委婉请黎元洪在袁世凯面前转圜。

黎元洪很快就进入了唱白脸的角色，礼物照收，热情接待，然后很为难地相告："国家主权，乃国格民心之所系。民国尚在乱中，总统就毅然下令出兵西藏平叛，可见其保土安边，其心坚不可摧。西藏自古为我中华国土，贵国无端支持藏乱，西姆拉谈判，贵国若坚持对西藏主权不改弦更张，别说总统，就是鄙人也不敢激起天下之众怒，而死无葬身之地啊。"

朱尔典是来要人情的，这不是争论历史是非的时候，不便反驳，怕把气氛弄僵，一时无言。

黎元洪也不忘记用尹昌衡这张王牌，继续道："大总统已决定采用尹昌衡将军保卫边藏的方略和作战计划，并令陆军部商议，如何举全国之力协助和支持实施，彻底解决西藏主权之事。今尹将军病体已经康复，元旦后即回边藏复任履职。"

朱尔典一听这话，顿时失态："什么，要让尹昌衡重回边藏？"

黎元洪一看这果然是朱尔典的软肋，趁机给尹昌衡这支抠软肋的硬手加力，故作真诚地道："是啊，给公使露个底吧，陆军次长陈宧将军也久战边藏，熟知边情，而且他跟尹将军都是骆状元的门生。总统让这师兄弟二人配合，中央和边关更好协调共事啊。"

朱尔典得了这个人事秘密，一惊非同小可，好久才恢复了他大国公使的从容气度，微笑着用色厉内荏的语气回敬道："知道了，就请黎副总统转告袁大总统吧，西藏主权问题，不是不可商量。但是，尹将军太过气盛冲动，他若回边藏，必然重燃战火，须知我日不落大英帝国也是有尊严的。"

朱尔典借口要处理要事，谢绝了黎元洪的招待，说罢站起来告辞。黎元洪不便强留，拿起临时送来的民国元旦庆典请柬道："大总统特意关照，他感谢公使阁下对我民国和他本人的诸多关照和支持，民国元旦庆典，要我这副总统代他亲自把请柬送到贵使手上，今日就此趁便吧。元洪亦切盼阁下届时光临。"

朱尔典接过请柬："OK，谢谢大总统厚谊，静候他再传愿意与我握手的佳音。元旦宴会见！"说罢，起身走了。

黎元洪转告袁世凯，朱尔典果然怕尹昌衡这张王牌，在西藏主权问题上已经松口，可以再谈。

袁世凯哈哈笑道："朱尔典终于下炮蛋了，不过火候还不够，他怕尹昌衡，元旦节庆典之时，我们就再给这张王牌贴点金吧！"

黎元洪道："我会着意安排，相机行事的。"

却说尹昌衡虽然跟殷文鸾正度着蜜月，应该说很开心，可是这时骆成骧来叙，得到的又是个坏消息。

袁世凯要赵尔巽为他主持修清史，赵尔巽趁机讨价还价，呈文弹劾尹昌衡，要袁世凯追究他擅杀前朝功臣之罪，为其三弟赵尔丰昭雪平反。袁世凯接受了赵尔巽的条件，已经派员赴成都调查。赵尔巽正联络撰史班底，过了大年之后，即将赴京新开清史馆就任。

尹昌衡道："被迫错杀赵尔丰，昌衡难辞其咎。骆公是当时在场之人，巨细情形备知。设身处地为巽公着想，同胞血肉相连，手足情重，巽公对昌衡怒气难消，借机弹劾，完全可以理解。"

骆成骧道："赵尔巽的学养、胆识和人品，都值得人敬服，倘若他定要在这个事情上扭住不放，大做文章，我将拒绝相邀共撰清史。"

"骆公多虑了，大可不必因昌衡而在意此事。"

"此事不可掉以轻心，端方是袁世凯的儿女亲家，其情深厚，必为端方昭雪。端方与赵尔丰两个前清封疆大员俱死于四川，只昭雪端方，有徇私之嫌，必然二人一同昭雪。"

"即使昭雪追责，昭雪赵尔丰追责于我这四川都督，那么昭雪端方追究谁？难道追究时任湖北都督的黎元洪副总统不成？民国提倡平等，杀了大员要追责，杀了平民不追责行吗？全国杀了那么多满人都要求追责，他追得了吗？去追究数不清的革命党，现在多少在任的党人依吗？他这不是自惹天下大乱吗？"

骆成骧点了点头："嗯，此话有道理。当初召见你时，你说他也提及此事，曾当众说并不是为追究责任，此话虽不出自他的宽宏，其实是不可追究。看来这是真话，我也不必再为此事而悬心了。"

"可是，我请陈宦和袁克文向他请求离京，得到的回答都叫等着，等得人实在着急发慌啊。"

骆成骧叹息道："袁世凯执意留你在京，要他改变主意恐怕希望渺茫啊。唉，有什么办法呢？着急也得等啊。"

尹昌衡也只有一声叹息："那就再等等看吧……"

尹昌衡正等得烦躁已极之时，却得到了国务院发来的参加元旦庆典的请柬，便只好等元旦后再说了。

3

1914 年 1 月 1 日（农历腊月初六），北京天气晴好。全城张灯结彩。宴会厅内外，更是装饰一新，仪仗整齐，乐队奏着喜庆的宴乐，节日气氛格外浓烈。大报小报的记者们追逐各自关注的目标，跑前跑后。

北京官场认识尹昌衡的人不多，尹昌衡着上将礼服踏进宴会厅时，陆军部次长陈宦，立即上前迎着，引上宴会中最尊贵的大员席位。尹昌衡的气度和神采及陈宦的热情，使宴会厅内喧闹的声音顿时小了下来，不少人都小声地打听："这人是谁呢？"

外国使节们的席上，也发出了相同的疑问，便有人介绍："他就是名震遐迩、西征平叛的尹昌衡将军啊！"

人们的赞叹之声中，使节们都不经意地把目光投向了朱尔典。朱尔典明白，大家都把尹昌衡当作他西藏战场的真正对手。他曾经认真搜集研究过尹昌衡的经历资料，却从未与这个对手谋面。今日一见果然英气逼人，不是等闲之辈。那天黎元洪告诉他，尹昌衡和陈宦都是骆状元的门生，袁世凯要这两个同门师兄弟，中央和地方好好协调配合，今天见二人果然如此亲密地走在一起，于是对二人的言行格外在意。

宴会开始串席不久，朱尔典见陈宦陪同尹昌衡举着酒杯，向袁世凯的席位上走去，他要想听到他们敬酒时说了些什么，于是也举着酒杯立即窜了上去。

所有人前来敬酒，袁世凯都只高坐举杯点头领受。唯独尹昌衡未及走到席上，袁世凯便主动举杯站了起来。他一站起，黎元洪即知这是给尹昌衡贴金的好机会了，也随之起立。这二人都起身相迎，陪席的要员们也跟着起立举杯相迎。

不待敬酒者说话，袁世凯即爽朗地道："我们的大英雄硕权来了，我知硕权英雄海量，剑南烧春，是你至爱，抱一坛剑南烧春来，今日趁便，就让本总统亲自把盏，聊敬一杯英雄酒吧。"

尹昌衡感动地道："大总统运筹帷幄，决胜千里，劳苦功高。末将驱驰疆场，幸建寸功，不敢当，不敢当！"

须臾，侍者便抱了一坛剑南烧春来。袁世凯满满斟上一碗酒举起："硕权，领下这民国的敬意吧！"

尹昌衡再三推辞不过，他只得立正敬了个军礼："大总统，昌衡恭敬不如从命了！"接过酒碗高擎，望空遥呼："川军雪域阵亡英烈，魂兮归来，与昌衡共享总统代国人所敬这碗太平元旦春酒。"说罢一半奠地，剩下一半一饮而尽。

尹昌衡饮罢酒，正欲趁此时说请辞回边藏之事。袁世凯当然知道尹昌衡想说啥，不待尹昌衡开口便道："硕权回边藏之事，节后三日来总统府细说吧。"

袁世凯说罢坐下，装作这时才看见朱尔典："啊，怠慢我的老朋友公使阁下了。硕权，给你介绍一下，这位就是我们的朋友，也是你在西藏战场较量的真正对手，鼎鼎大名的大英国公使朱尔典阁下。"

尹昌衡没想到袁世凯当着面这样直接，对朱而典冷着脸拱了拱手："幸会，幸会。"

朱尔典虽然尴尬，到底是外交老油条，旋即自我解嘲地笑道："你们中国人有句口头禅，不打不相识啊！"

袁世凯道："怎么，你们战场上较力，酒席上就不能喝一杯吗？"

在外国使节中，外交宿将朱尔典素以酒量惊人称雄，外交虽无烽烟，喝酒即是战斗。朱尔典乐得借此以展雄风，压压尹昌衡的盛气，便道："好，遵大总统之命，敬尹大将军一杯，认识认识！"

众人也起哄附和"好，喝一杯，喝一杯！"

尹昌衡站起来，绵里藏针地道："公使阁下，来我中华有年，入乡随俗，当知道'客不欺主'乃我大中华千古不变之民俗。这敬酒之事，你反客为主大不相宜，为表主人好客之意，自当我先敬公使阁下才是！"

尹昌衡将那坛剑南烧春斟了满满两碗，自己端起一碗来："我先干为敬。"说罢仰起脖子干了那碗酒，再端起另一碗酒，双手呈与朱尔典，"公使阁下请！"

朱尔典称酒量惊人是指红酒，他深知中国白酒的厉害，但丢不下面子，只得如尹昌衡一般饮下酒。谁知这剑南烧春性烈，竟然如一股沸腾的铁汁直入肚肠，一股热辣辣的火焰就要冒出喉咙。他放下酒碗，正努力挤出笑容强装英雄时，谁知尹昌衡又满上第二碗酒道："中国规矩，三碗为敬！"如前饮下，举空碗道："公使阁下请！"

黎元洪带头，众人又一齐助势道："在中国国宴上，行中国规矩，三碗为敬。

公使阁下请!"

朱尔典好生为难,只得端起碗来先小啜了一口,便求助似的望着袁世凯。袁世凯接过酒碗笑道:"公使阁下酒量举世皆知,硕权要不是年轻,岂是公使对手?只不过岁月不饶人,这般年纪了,好汉不言当年勇,公使就别在这些虚礼上逞强了吧。各位恭送公使阁下回席。"

朱尔典只得尴尬地离席而去。

各大报纸都派出了强大的采访阵容,宴会上这场饮酒暗斗的花絮,更为文人墨客的生花妙笔开辟了广阔的施展天地。爱国激情发酵丰富的联想,报上的文章把主客对话中的"客不欺主"、"中国规矩"、"好汉不言当年勇"等的潜台词进行夸张解读;坊间传说更是添油加醋,都绘声绘色地把朱尔典演绎得狼狈不堪,把尹昌衡描绘成让国人扬眉吐气的英雄。但是始终没人识得袁世凯为他手中的外交王牌贴金而增加其分量的深广用心。

尹昌衡等待袁世凯最后答复,原本垂头丧气,一度希望渺茫,可是没想到元旦盛典上,袁世凯给了他这样大的面子,心里一下又燃起了极大的希望。

元旦之后第三天,袁世凯再次召见尹昌衡,尹昌衡兴冲冲地走进总统府书房,毕恭毕敬地敬礼之后道:"末将回边藏前,应召前来拜辞大总统,恭请大总统教诲、训示!"

袁世凯示意尹昌衡坐下:"谁说我准你回边藏了?"

尹昌衡一下愣住了:"总统,怎么啦?元旦节庆典上,你对末将……"

袁世凯压根儿就不打算让尹昌衡知道,他只是被利用作为对付朱尔典的工具,便借口道:"长我上将威风,让世人知我民国人才济济,英雄辈出,这有何不好吗?我让国人知我器重硕权,留硕权在京,欲委以重任,先做个铺垫,硕权当知我苦心啊。"

尹昌衡辞京之心已铁,毫不犹豫地道:"昌衡深谢总统器重栽培之苦心了。昌衡诚知,若只为身家而计,忝留中枢,既得太平安乐,又享富贵尊荣。大树下面好遮阴,常常面聆总统教诲,前路平坦辉煌,身无后顾之忧。今观泱泱中华,俊杰继踵,国士比肩。中央有昌衡不多,无昌衡不少。然而,边藏民风强悍,虎狼之地,非是如公羊之辈的人,就能镇守得住的地方啊。"

"那么,硕权就为我举荐一个人吧。"

"若能有更好人选,当年我怎么会身带重病而勉力西征呢?诸将有德无才,有才无胆,有胆寡谋。堪独当一面者鲜,舍昌衡而不能,实在举荐不出更好的人选来。"

袁世凯一听这话，便有些生气了："难道说镇守边藏，就非你不可了吗？"

"不是非我不可，是唯我最宜。"

"强者随处所用皆宜，只是眼下你不宜镇边。"

尹昌衡诧异了："我不宜镇边？总统，这是为何？"

袁世凯欲解释是外交需要，因为朱尔典已经等在会客厅了，又怕一时说不清，只好说："眼下你更宜他用。"

尹昌衡断定这不是真话，不如把话挑明："总统是怀疑我别有野心吗？昌衡若有野心，当初怎么会舍去天府之雄、锦绣膏腴之地，而千辛万苦去征战于蛮荒的雪域高原呢？昌衡耿耿忠心，皇天可鉴，一心为国，并非为己啊。"

袁世凯防范疆臣割据之心原本有之，但对尹昌衡倒也不担心了。不过，此时尹昌衡当着他的面把四川当作自己本钱夸耀，倒真怕他做这样的梦了，顿时来了气，狠狠地瞪了尹昌衡一眼道："你一心为国，难道天下就你一人爱国、为国，旁人都不为国，都是为己？难道站在你边将的角度，站在边藏的角度，许你镇边是为国，就不许我站在我总统的角度，站在全国的角度，不用你镇边，更好地为国？"

尹昌衡糊涂了："更好地为国，这就不解了……"

袁世凯没好气地道："什么不解，难道还担心我袁世凯卖国不成？不必说了，留下吧，边藏出了问题，我不怪罪你就是。"

尹昌衡见袁世凯态度强硬，彻底绝望了。他虽然没忘记骆成骧"天意难违"的告诫，可临行时与边藏各族首领盟誓时的情境，时时在脑海里翻腾，血誓之词时时响在耳边，那无限期待的目光，总在催促着他。刚强执着的个性使然，他不得不扭天行事，孤注一掷了，也没好气地道："总统，元首当谋整个国家利益，怎能因个人之功罪，而置边陲安危而不顾？即使元首不计昌衡弃边之罪，民心不可欺，史册将计昌衡千秋之罪啊！"

尹昌衡从热望的巅峰一下跌到绝望的谷底，此时他跟自己精心构筑的边疆前景、在边民中那菩萨般的可信形象，一齐轰然崩毁。血涌气塞，尹昌衡忘记了自己在什么地方，面对的是什么人，留下一句硬邦邦的气话："元首欲罢我即罢我，我不可失信于蛮夷。"说罢，气冲冲地走出了总统书房。

潜离京城

1

盛怒，盛怒，怒不可遏！

尹昌衡如此教训之词，把袁世凯气得咬牙，"无法无天！无法无天"四个字，把恶血燃烧得沸腾上涌，直涨得袁世凯那油光光的大脑瓜通红发亮，额头上顿时沁出了细密的汗珠，他再也压不住心中的怒火，尹昌衡走出书房那一刻，他猛击了一下书案，高声喊："来人！"

隐在暗处的夏寿田，贴身侍卫、侍者、保健医生都应声而出。侍者为其拭汗，续水，医生为其把脉。

夏寿田急切地问："总统，抓了他吗？杀了他吗？"

袁世凯猛击书案那一瞬，真恨不得一枪毙了尹昌衡，及至真要回答这个严峻的问题的时候，他犹豫了。接过侍者续好的茶，缓缓地啜了一口。片刻的冷静，驱走了冲动的魔鬼，为他启动了他那大脑瓜里理智的闸门。若干个自问，一齐向他袭来。

他是你的敌人吗？

他犯了哪一条？凭什么杀他？

怎么向国人交代？怎么向共同的敌人和对手交代？怎么向自己的良心交代？

凭权势杀人，是你袁世凯的本事吗……

袁世凯已经能肯定地回答自己的第一问。凭近来的观察，他已经肯定地判断，尹昌衡绝不是革命党，不是敌人。但是，也还不是他袁世凯的人，而是游于革命党和他之间的中间人物。或者就如尹昌衡本人所宣称的，是一个只忠于民国、忠于共和的人，对二次革命的态度就是明证。而且国人中这样的人还不少，蔡锷也大体属于这类人。因为他袁世凯正代表民国，扯的也是共和的旗号，革命党中不少人才投入他的怀抱。他绝对不能愚笨到把这样大批能人推给革命党，从而给自己树敌。

袁世凯对所有的自问，回答都是否定的，不能杀尹昌衡。

事实已经证明，尹昌衡既不是敌人，也不是威胁他权势的对手，而只是一个不驯服的部下而已。

袁世凯对夏寿田白了一眼道："谁说要抓他？你怎么也说出这样无知的话来？"

一向自恃善解人意的夏寿田，没想到这次会错了主子的意思，不禁脸红了，诺诺连声道："啊，是，是……"

袁世凯自知当着下人，对夏寿田的语气重了，缓和了口气道："耕父啊，华甫婚事的贺礼准备得怎么样了？"

"长公子和袁府老总管在全力操办，都差不多了。"

"告诉他们，这可是年底前的大事。所有贺礼我都要亲自过目。"

"是。总统，朱尔典公使已在会客厅等候半个时辰了。"

"唔，请他到书房来吧。"袁世凯说罢，挥了挥手，"你们都下去吧。"

元旦节庆典上，朱尔典亲眼看到袁世凯及要员们对尹昌衡的态度，看来他们强硬对待西姆拉谈判，是铁了心了。若是真让尹昌衡回到边藏，西姆拉谈判即使想让步，也后悔迟了。

外交斗争的技巧，也包括折中和让步。与其到时候让步，不如现在就让步。当初，重新把西藏主权设为谈判要点，本来就是为提高价码，准备了作为让步用的。于是宴会之后朱尔典便请黎元洪转达请求拜见大总统。袁世凯见时机成熟，便应了今天面谈。

袁世凯在书房接见朱尔典，这是给朱尔典格外的面子。书房议事，说明袁世凯是把朱尔典当成了朋友看待的。

交谈气氛融洽，双方的底线都很明白。英方不再提西藏独立之事，承认中国对西藏的主权，中方同意不再让尹昌衡回边藏领兵，西姆拉继续谈判。双方很快达成口头协议，顺利完成了交易。

尽管后来因为英国人又玩花招，无中生有地弄出个麦克马洪线来，将中印边东段向北推约九十六公里，把历来属于中国的大片领土，划归英属印度。麦克马洪利用欺骗手段，把麦克马洪线硬塞进西姆拉会议条约草案之中，中方坚决不予承认，拒绝在其条约上签字，致使西姆拉谈判于 7 月 3 日破裂。但是，毕竟把

"缔约国承认西藏为中国领土的一部分"写进了西姆拉协议的待签文本。这对中俄蒙古问题的谈判，也产生了好的影响。

中俄蒙经过长期艰苦谈判，俄方受到英方在西藏主权问题上妥协的影响，最终也不得不妥协，议定：外蒙承认《中俄声明文件》，外蒙古承认中国的宗主权，废弃外蒙国号、帝号、年号及政府名义，废除哲布尊丹巴"呼图克图"名号，受中华民国大总统册封。中方基本达到了既定目标，使外蒙古成为中国领土范围内的一个自治的地方。至于1945年8月14日蒋介石的国民政府与苏联签订《中苏友好同盟条约》，同意外蒙古独立，外蒙古公投，次年予以承认，后中蒙建交，那又是一本说不清的糊涂账了。

尹昌衡迈出袁世凯书房那一刻，立即就后悔了，自知冲动失态，会招来横祸。当听到袁世凯击案呼"来人"时，便站在门外不动，等待来人拿他，可等了好久，没见动静，想返回去认错，又没那勇气，只好垂头丧气地回到阅雪居，终日在骆成骧、黄侠仙等朋友的陪同下饮酒浇愁，等待即将降临到他头上的厄运。

对袁世凯来说，相对复辟帝制的大事，这就是小事了，并没怎么放在心上。在袁克定和杨度的竭力鼓吹下，袁世凯复辟帝制的梦想越来越强烈，复辟的目的不是让废掉的清帝复位，而是使自己黄袍加身。杨度等人制订了先如何把权力高度集中在总统手里的周密计划。最重要的是首先必须砸碎压在总统头上的金箍——《临时约法》和议会，制定权力向总统集中的民国新约法。

1914年1月10日，袁世凯以大总统命令宣布解散国会，内阁改为政治会议。政治会议自1913年12月集会，到次年5月参政院成立时结束。此段时期，袁世凯咨询修改临时约法。由此政治会议议定《约法会议组织条例》，成立约法会议。

1914年1月13日，袁世凯下令，裁撤尹昌衡川边经略使兼川边都督职权，令尹昌衡留京另候任用。

解散国会，袁世凯的独裁野心更加暴露。解除尹昌衡职务这绝不是好兆头，开初大家都劝他赶快逃出北京，保命要紧。但是尹昌衡只是为不能重返前线而愤怒，并不担心袁世凯会杀害自己。自己不构成对袁世凯任何威胁，袁世凯既无除去自己的必要，也绝不会去惹杀害他这民国英雄的麻烦。自己不听任摆布而失仪，充其量是用而不重罢了。

尹昌衡被免除边疆军职之后，骆成骧和张培爵都认为，袁世凯绝对容忍不了尹昌衡那样的冒犯和冲撞，需要拿人试刀立威，军人不服从命令，便是最好的借口，凶险难测。他们力劝尹昌衡：三十六计，走为上策，留得青山在，不怕没柴烧。袁世凯对革命党的首脑们尚且不刻意追杀，只要逃回蜀中，暂避风险，再静观世变不迟。

尹昌衡正被大家说得犹豫不决，第二天袁克文突然单独来到阅雪居拜访。

袁克文突然没有了往日的春风得意，满脸的灰颓，满腹心事重重的模样。宾主坐定吃茶，尹昌衡道："豹岑兄好似闷闷不乐，今日登门是问罪，还是别有高教？"

袁克文叹了一声道："我自愁绪无边，何谈对兄高教。克文无能，有负硕权兄之托，登门告罪而已。"

"愁绪无边"四个字居然出自袁克文之口，这着实让尹昌衡诧异了，便道："昌衡不识元首深机，一厢情愿请辞，公子竭力说项，昌衡也是无比感激，何谈告罪？倒是公子适才所言愁绪无边，实在令人费解，你这样性情潇洒之风流贵公子，忧者何来，愁者何来？"

"克文所愁所忧者，就是我那父亲，你不知道他的深机，我何尝知道他到底想的什么！"

"元首自然想的是国家大事了。"

袁克文叹道："他就任大总统后，此前，所作所为亦如兄所言，令人欢欣鼓舞，克文也乐于听命，包括结交你这样的俊杰为国家出力。可是自从我那兄长袁克定从德国回来，带回德皇书札，鼓吹推行德国的政体模式君主立宪……"

尹昌衡虽然原来对立宪与共和不分厚薄，但是他知道德国式二元君主制的君主立宪，本质上还是帝权至上。一听到袁克文说德国式君主立宪便大惊道："行德国式君主立宪，这不是要恢复帝制吗？元首是什么意思？"

"看不透，好像是被鬼迷了心窍，我那兄长，好像得到了鼓励，在家里俨然以太子自居，得意忘形极了，实在令人作呕。"

"这，这，蔡松坡是政治上极为明敏之人，他对此事怎么看？"

"我一向也当他跟你一样，是明敏之君子，对你们一样敬重，焉知这次他是犯糊涂了，还是有意推瞎子下岩。昨天我那哥哥经他那个把兄弟杨度引荐，父亲也一力促成，正式拜蔡锷为师了。硕权兄知道杨度的一贯主张，也知道蔡锷跟杨度什么关系，他们的看法不是清楚得很了吗？"

"啊，明白了，全明白了。那么公子怎么看此事呢？"

"我么？我么？我实在担心我那父亲，英明一世，糊涂一时，鬼迷心窍，倒行逆施，自毁一世之勋业英名啊。"

袁克文说罢，从袖中掏出一首诗来，递给尹昌衡。

尹昌衡接过展看，其诗云：

偕雪姬游颐和园，泛舟昆池，循御沟出，夕止玉泉精舍。其一：
乍着微棉强自胜，古台荒槛一凭陵。
波飞太液心无着，云起摩崖梦欲腾。
偶向远林闻怨笛，独临明室转明灯。
绝怜高处多风雨，莫到琼楼最上层。

尹昌衡看罢，反复吟诵最末两句"绝怜高处多风雨，莫到琼楼最上层"。之后，看了看袁克文道："公子之意，昌衡尽知，只是你我虽然彼此敬重，到底相交甚浅，今日为何将心底隐衷相告？"

"兄知我胸无大志，放浪不羁，平生所交，多为玩友。兄为克文官场中所交之难得的君子，故不敢相欺。今硕权兄撤职候补，父亲看重你之军事才能，执意留你在京重用，兄或如蔡松坡一般，亦被委以辅佐我哥哥那样的差事，也未可知。人各有志，去留随意。那时，你我风花雪月，采花猎艳作玩友可以，再也休谈国事了。"

"谢谢公子实诚相待，今日得公子实言，倒是帮我下定离京的决心了。"

"为什么？"

"是去是留京城，昌衡正犹豫不决。昌衡若勉强留京，亦只能为民国和共和效力。元首若执意复辟帝制，昌衡断不为一家天下推波助澜。与其到时为难，不如趁早一走了之！"

"这，硕权兄还请三思。"

尹昌衡果决地道："不用三思了，元首不准，昌衡就是偷跑，也要尽快离开这是非之地。今日定要跟公子痛饮一杯，就算我们兄弟喝一杯告别酒吧。"

尹昌衡随即安排摆酒，二人便在书房里痛饮起来。

2

袁世凯坐上大总统的交椅，破除南北和谈妥协时套在他身上的枷锁。现在最重要的是如何用最好的材料，构建起他最稳固的权力基础。国家表面统一了，南方是革命党的策源地，北洋的势力薄弱，尚不能彻底控制，一有风吹草动，便可能死灰复燃而重起波澜。

冯国璋和段祺瑞是他北洋的柱石，段祺瑞去武汉，接管了黎元洪的全部实力，解除了后顾之忧。冯国璋则更是他稳固南方、经营南方的一根定海神针。无论如何，也要把这根定海神针牢牢地抓在手里。冯国璋原配妻子去世几个月了，袁世凯的家庭老师周砥（周道如），在当时亦可称为品貌才情出众的名媛，三十五岁了，尚待字闺中盼佳婿，冯国璋也才五十五岁，若能促成二人的良缘，姻亲的万能胶，岂不是让利益联盟更加牢不可破？

尹昌衡对于袁世凯的权力大厦，只不过是一块刚刚被他看上，尚未打磨成型的备料而已，怎么能跟冯国璋、段祺瑞这样的柱石相比。因此，眼前考虑如何为冯国璋筹办隆重的婚礼，分散了他不少精力，把尹昌衡的事暂时抛在了一边。

杨度平生主张是君主立宪，遗憾的是他所辅佐的主子不是帝王而是总统，而且是已近风烛残年的总统。突然袁克定这个活脱脱的"曹丕"跳了出来，求他帮忙争太子之位。这不是分明送他一顶宰相乌纱吗？因此凭他第一高参的有利条件，在袁世凯面前盛赞长公子之远见，开始卖力地劝说袁世凯推行德国式的君主立宪。

袁世凯并不反对，只说："政体事大，这仅仅是你的意思，怎么成？眼下，要紧的是废止临时约法，准备得怎么样了？"

杨度明白袁世凯的意思，需要联合更多的人一齐推动。废止临时立法，颁布民国约法，实质上也是推行君主立宪必不可少的步骤。便道："民国约法征求意见已经完成，已经进入起草民国约法阶段，很快就可呈报总统。"

"好，你们抓紧办吧。"

杨度趁机又向袁世凯提出："大总统日理万机，事必躬亲，操劳过度，有损健康。身边也该有个把亲信人才供使唤才好。大公子去德国深造归来，学而有成，难得的治国之英才，袁氏后辈精英，也该出来历练历练，为国家建设出力才是啊。"

袁世凯毕竟久为前清高官，朝廷依例对其成年子侄，都安排了一定官职，供职于要害部门。袁世凯就任临时大总统后，为了避嫌杜口，子侄们全都解职离开了官场。近两年来，他应付了多少不测风浪，没一日不费心，没一日不劳神，毕竟五十多岁的人了，自觉身体日渐衰弱，精力日见不济。自己的事业如此辉煌，至今没一个儿子有公职身份，一个个默默无闻。何人继此辉煌，何人享此荣耀？

杨度真不愧是袁世凯心腹和首席高参，他摸准了主子的脉搏，"学成回国"和"历练"的理由又冠冕堂皇。袁世凯立即便答应道："嗯，克定从德国回来，好像也长了些见识，让他历练历练也好。你看给他个什么事做为好？"

袁世凯办模范团，实质上就是平日通过模范团训练各地选派的军中精英，输送回部队去，战时也是元首能直接调用的最亲信的羽林军。他欲让蔡锷担任团长，遭到段祺瑞等人反对，只得作罢。那职位至今由自己兼着，让给袁克定最好。

杨度早就看穿了袁世凯的心思，便道："根据德国的经验，皇族在国内只能担任军职，不得干涉内政，这是一个值得效仿的好办法，就让长公子任模范团团长吧，总统也好减去一个兼职。"

"嗯，让他到军中吃点苦也好，不过模范团毕竟属陆军部管，你立即跟段总长商量一下吧。"

模范团用人之事，前次段祺瑞反对用蔡锷也就罢了，这次又一口拒绝，竟然还毫不讲情面地说："公子虽是英才，可惜足残，有失模范团军容观瞻，大不宜任军职将兵，宜另就高位。"

袁世凯气得咬牙，但别人占理，只好在农工部暂时给袁克定委了一个闲职混资历。直到办模范团第二期的时候，段祺瑞被排挤到西山"养病"去了，袁克定才如愿以偿，当上了模范团的团长。

接着杨度又向袁世凯推荐他的挚友蔡锷："国家功勋名将，学博古今，人品极高，政界、军界名望崇隆，堪为帝师。长公子身负家国重任，有此高贤引导，定成大器。"

袁世凯明白，杨度这是为袁克定网罗人才，积聚力量。他也很看重蔡锷的名望，就托杨度相荐，选了吉日，亲自主持了袁克定拜蔡锷为师的拜师仪式。

此前，张培爵辞总统府高等顾问成功。送他去天津去办工厂的时候，尹昌衡就很想也辞职回乡，可是因为对川边头人们三月即回的承诺，使他一时对去留北京还犹豫不决。他不知道袁世凯只把他当作外交上对付英国的一张牌在使，只认为袁世凯是怕他和防他，才不准他重返川边前线。愤怒归愤怒，胳膊扭不过大腿。现在已经撤掉了军职，前线是断然回不去了。袁世凯是不敢马上杀他的，至于留京重用，他根本没抱幻想，重要的位置是不可能有他的份的，充其量像张培爵那样，委个什么高级顾问的空衔罢了，是一条捆缚他这猛虎的绳索而已。唉，留就留吧，只要能为共和出力，那就勉力为之吧。

今天，袁克文到来，突然道出了这么多吓人的消息，袁世凯真要搞什么德国式的君主立宪，恢复帝制，那么他所憧憬的共和，就前途暗淡无光了。袁克文的担忧是有依据的，杨度的一贯主张及与蔡锷的关系人所共知，袁克定拜蔡锷为师已成事实。废除临时约法在紧锣密鼓地进行，说不定这就是准备推行德国模式的君主立宪的前奏。若是要他留下为恢复帝制出力，那是死他也不会干的。

只是一点尹昌衡想不明白，蔡锷曾经也和自己一样，开初对立宪和共和并不持鲜明立场，对袁世凯和孙中山，也并不厚此薄彼，随大势所趋，而至拥护共和。蔡锷可是个政治上极其敏锐的明白人啊，他的好友杨度，不会隐瞒把他推荐给袁克定的真实目的吧，眼看共和光明前景在望，怎么会突然改弦更张，去助袁氏父子开历史的倒车，去为恢复帝制卖力呢？

尹昌衡百思不得其解，那么就只有一种解释了，即政治斗争的最高策略，是导致对手犯错误，即如袁克文所说的推瞎子下岩。可是蔡锷会是袁世凯的对手吗？

蔡锷城府太深，到底怎么想的，不得而知。袁克文所说的"父亲看重你之军事才能，执意留你在京重用，或如蔡松坡一般，委以辅佐我哥哥那样的差事"不是没有可能。这句话真让尹昌衡不寒而栗了，到时候袁世凯父子真要恢复帝制，那就是背叛共和，自己无论如何也做不到蔡锷那样坦然，不如趁早抽身。

恰好其时尹母来信，日夜思念儿子，媳妇颜机身怀有孕，全家盼望儿子早日回川照顾一家老小。尹昌衡便以趁候差之时，再次呈文请假回川，春节前独丁儿子回家在父母膝前尽孝，在妻子面前尽丈夫之义。但是，袁世凯仍然不准。

尹昌衡决心已定，不准走就潜离北京。年关前，趁袁世凯忙于筹办冯国璋婚礼的时机逃走最好。可是，怎么走脱却一时成了难题。

众人都为尹昌衡出谋划策。

哮天犬自告奋勇道："将军放心，我们掩护你离京就是。"

哮天犬已经把尹昌衡当作了自己人。哮天犬按尹昌衡的吩咐，每天都把自己的活动原原本本地向陆建章汇报，已经取得了陆建章的信任。

尹昌衡道："不可，你的责任是监视我，放走了我，谁知会给你带来什么样的飞天横祸。如此损人之事，昌衡绝不为。"

殷岳奇道："可是，这事没有他配合也不行啊。"

骆成骧也道："对，必须肖壮士配合，还得为肖壮士想个开脱责任的借口才行。"

众人正犯难之时，阅雪居门外突然传来一阵急促的马蹄之声，众人出门一看，几匹高头大马，拥着一辆豪华马车，已然列队于门口，马车上走下一个威风凛凛的将军。这将军不是别人，正是山西都督阎锡山。

阎锡山字伯川，出身于山西五台县河边村一个小商兼小地主家。在日本陆军士官学校跟尹昌衡是同期同学，并且同住一室。阎锡山矮壮，其貌不扬，一身永远洗不掉的黄土味，还有一双奇臭的汗脚。开初，同学们都不待见他。独尹昌衡不嫌弃，住他的下铺，他对尹昌衡也格外亲近。尹昌衡在同学中，可是个极有号召力的领袖人物，兄弟们看在尹昌衡的面子上，也对阎锡山另眼相看。

阎锡山做了山西都督，时下可谓春风得意，他永远也不忘记同窗时尹昌衡对他的那份兄弟般的珍贵情谊，知道尹昌衡在京，早就想进京来拜望。年下了，混官场要经营仕途，少不了必要的打点，便趁机来看望尹昌衡。

老同学久别重逢，见面相互就是一拳，然后紧紧地拥抱在一起。尹昌衡介绍完骆成骧、黄侠仙、殷岳奇后，还介绍了如夫人殷文鸾。

阎锡山道："硕权的师长即我阎锡山的师长，硕权的朋友即我阎锡山的朋友，全请。酒宴已经在山西会馆安排好了。走，请诸公上车吧。"

众人欲推辞，尹昌衡道："伯川是昌衡之挚友至交，却之不恭，走，我们都去吧。"

一行人到了山西会馆，丰盛的酒宴之后吃茶，阎锡山见尹昌衡始终闷闷不乐，便问道："硕权如此愁眉苦脸，似乎有什么心事？"

尹昌衡知道阎锡山是个智多星，处事虽然比较圆滑，但对自己一向敬重，料无出卖之意，便将进京遭遇，以及自己的苦衷，一五一十地实言相告。

阎锡山听罢，也觉袁世凯深机莫测，目前已经搞僵，要想转环，一时也难。既然道不同不相谋，及早抽身为上，并表示愿全力相助。至于如何抽身潜离北京，商量的结果，最好借重袁克文和段宏业，尹昌衡也认为此事不应该背着这两个朋友。便将哮天犬找来，商量了一个既配合行动，又为哮天犬开脱的两全之计。

3

按商量的第一步，农历腊月二十三，阎锡山趁人们忙都忙着过年，请当年因尹昌衡的麻烦而结识的袁克文和段宏业来团年，商量帮助尹昌衡逃出北京之事。袁段二人都表示尽全力支持，并定在腊月二十七为尹昌衡送行。

腊月二十七这一天下午，袁克文和段宏业来接尹昌衡，声言阎锡山要回山西，老朋友相聚叙旧、送行，今晚打牌玩个通宵。

尹昌衡表示乐意趋奉，叫张得奎在家，务必让弟兄们吃好喝好。只带哮天犬一人。临行时张得奎喊着哮天犬道："你狗日的别光顾了喝酒，都督的安全要紧。要是出了半点差错，老子跟你拼命！"

陪同来接尹昌衡的阎锡山的副官道："跟阎大都督和两位公子在一起玩，还有什么不放心的。"

哮天犬明白，这一切都是说给他手下那帮和他一起监视尹昌衡的人听的。

到了山西会馆，哮天犬则由阎锡山的手下拉去吃酒。

阎锡山知尹昌衡从前线来，客中穷困，早就为其准备好了几千两银子路资，尹昌衡也不推辞。众人几杯交情酒之后，早早就暗中送尹昌衡去了火车站，其他手脚早做好了。

尹昌衡扮作一个富商，长袍、墨镜、狐皮帽，并且围了一条毛茸茸的大围巾，把他那张轮廓分明的大方脸隐去了一大半。他一手提着一条文明棍，一手挽着小鸟依人的阔太太殷文鸾，马忠扮作跟班，提着箱包，一起登上了南行的列车。

晚上十点半，火车缓缓驶出北京车站，夹着北国的寒风，和空气中还没散尽的腊肉和酒的香气，哐哧哐哧地奔驰在北国积雪原野上，让人感觉舒服极了。尹昌衡等人终于逃出了牢笼般的北京城，都大大地舒了一口气。

都说丑媳妇怕见公婆，殷文鸾不丑却更怕见公婆。尹昌衡一妻一妾享受的爱情，现在多了她这一个分享者，女人本能的醋劲，她是能理解的，便问道：

"将军，你说颜姐姐和杨姐姐真不介意吗？"

"傻姑娘，你颜姐姐不是还单独给你写过一封信吗？她们感谢你代她们侍候我呢。"

"嗯，昌衡哥，那封信我收管得好呢，常拿出来看，有时真不相信我的命会这么好，会遇上这么好两个好姐姐。"

"母亲知道你识文断字，又懂音乐，也很高兴啊。"

殷文鸾和尹昌衡正沉浸在美好团聚的憧憬中，突然"轰隆"一声巨响，前面爆炸声中升起一片火光，火车一个急刹车，颤了几颤，发出几声长长的汽笛后，渐渐停了下来。殷文鸾不由得一声惊叫，紧紧地躲进尹昌衡的怀里。

尹昌衡问："怎么回事？"

马忠道："不知道，我下车去看看。"乘警有的把守车门，不准下车，有的朝前面车厢跑去。

人们都紧张地看着车外，过了好久，车上喇叭里才传来广播："革命党余孽，不让民国平安过大年，炸毁一段铁路造事，正在抢修。请旅客安静等候，不得擅自下车。"

此广播一出，车厢内传出一片骂声："革命党革的啥子命，过年都不让人安宁，不得好死。"

政治斗争的手段无奇不有，二次革命被镇压后，各地制造混乱的零星抵抗还时有报道，其中也不排除政府有意制造事端嫁祸于革命党，来激起民众对革命党的反感。尹昌衡此时不关心是谁干的，他最关心的是抢修要多少时间。

尹昌衡最担心的是他失踪后袁世凯沿途拦截。他们对出逃路线进行过反复地琢磨。最初阎锡山主张从天津去日本。尹昌衡想，去日本暂避一时再回四川，固然是最安全的路线，但是国民党的首脑们都去了日本，他怕袁世凯怀疑他跟革命党勾结，有政治野心，到时候说不清，而且年关临近，也让家人为他提心吊胆。也不走最近的京汉线，而走京沪线绕道回川。只要过了天津，到上海时提前一站下车，就能躲过袁世凯的沿途拦截。

按约定，哮天犬第二天八点就给陆建章报告尹昌衡失踪的消息，到那时，尹昌衡乘坐的列车早过了天津，进入安全地带了。可是谋事在人，成事在天，谁知天不佑人，出此意外，这一等抢修铁轨，谁知要等多久。要是列车八点还未过天津，岂不前功尽弃，功败垂成？

浓浓的大雾，把列车包裹得越来越紧，尹昌衡的担忧也越来越重，让马忠拿了银圆去买通乘警，请让他们下车。乘警拿了大洋，就是一句话，不敢通融。

尹昌衡无奈，直等到天亮后，抢修完成，火车才又慢慢启动。尹昌衡不停地看怀表，临近九点的时候火车才驶进天津车站，一看，车站上军警林立，他最怕的事情还是发生了。

陆建章对哮天犬很放心。这一天八点刚过，哮天犬就慌慌张张地跑来报告。

"陆处长，不好了，不好了。尹昌衡一伙失踪了。"

陆建章起床后，一听尹昌衡失踪，吓得腿脚发软，骂了一声"饭桶！"立即拨通了袁世凯的电话："总统，不好了，尹昌衡失踪了。"

袁世凯一听尹昌衡失踪顿时大怒："你是干什么吃的？立即给我找回来，立即通知沿途车站码头拦截，找不回尹昌衡，你提头来见。"

陆建章估计，尹昌衡如果逃出了北京，无论怎样，第一站都是要去天津或武汉。第一个电话就打了天津总督赵秉钧，借口转达袁世凯的话道："尹昌衡失踪，第一站可能去天津，拦不住尹昌衡，提头来见。"

赵秉钧本来任民国总理之职，宋教仁案发，被革命党指为受袁世凯指使策划暗杀的主犯，上海法院要赵秉钧出庭对质。当时舆论压力极大，赵秉钧只得辞了总理之职，被袁世凯任命为天津都督。

赵秉钧却不买陆建章的账："你假传圣旨，你这军政执法处处长是胀干饭的吗？总统明明是要你提头去见，干我屁事。"

陆建章根本没心思敢跟赵秉钧斗嘴，嘿嘿干笑："那就拜托都督高抬贵手，帮我保一下我这狗头吧。"

陆建章又拨了上海和武汉的电话。

拦截尹昌衡，无疑是袁世凯的指令，赵秉钧不得不立即派兵封锁了车站和码头，并且到火车站坐镇指挥搜查。

尹昌衡知道，袁世凯任直隶总督时，陆建章在天津率先办警察，请外国教官进行专业警务培训。后来其主体虽然被朝廷调到了京城，但培训的机构和方法得到了延续，天津的警察本事最大，在全国是最有名的。要逃脱恐怕困难，及至警察登车盘查之时，又见有的人手中拿着一张报纸，报纸上登有他的照片。

尹昌衡长叹一声道："完了，天绝我也。"遂令马忠速带殷文鸾离开。此前对马忠早已经作了最坏打算的安排，要他千方百计保护好殷文鸾，不要被当局抓住，若被抓住，定会被当作威胁尹昌衡的工具。出事后断不可轻举妄动，遇事多跟骆成骧商量。

殷文鸾死也要跟尹昌衡死在一起，高矮不走。马忠自然明白殷文鸾如果一同被捕，那后果就严重了，外面连给尹昌衡的朋友报信的人都没有，谁在外面打点设法营救？一时又讲不清道理，只得强拉了殷文鸾率先出了车厢。

尹昌衡知道大劫难逃，更不愿辱没他的威风和人格，端坐不动。搜查包厢的警察比搜查其他车厢如狼似虎的警察文明了许多，领头那个警长拿着那张报纸到了尹昌衡跟前，恭恭敬敬敬了一个礼道："请先生出示证件。"

尹昌衡缓缓摘下墨镜："还需验示证件吗？"

那警长一对照报纸上的照片，立即明白，退后一步，率众警察一齐敬礼："尹将军，冒犯了，奉都督之命，请！"

早有人报与坐镇车站的赵秉钧。尹昌衡下车之时，赵秉钧早已整好所带之卫队，列队于包厢之前。赵秉钧趋前拱手致礼道："久仰尹将军威名，秉钧今日有幸得瞻丰采，请到下处一叙。"

尹昌衡只是很绅士地拱拱手还礼："赵都督，你我都是明白人，是就地送昌衡上路，还是押去北京交差？"

赵秉钧很尴尬："哪里哪里，将军请！"

赵秉钧当天即亲自把尹昌衡礼送到了北京。

第六十四章

软禁宪兵营

1

这一年袁世凯正式就任民国大总统，是他人生进入巅峰最最辉煌的一年，也是他最忙的一年，只是实在累得慌。中华民国定西历为国历，就把农历过大年命名为"春节"，乱世中许多人还没习惯。前两个春节，国人多少还不知道过大年更名春节了。

临近春节，民国出了告示，中国人过好这一个春节，庆贺升平。政府机关都进入半休息的状态，官员们都忙着回家准备过年祭祖之类的事了。袁世凯派袁克定去南京给冯国璋贺婚礼的队伍也出发了，他也想好好休息几天。但是清帝退位时，民国有优待皇族的承诺，给皇室拜年的礼仪之事，必须他亲自出面。这天，他只带黎元洪等几个要员，去完成这件礼仪之事，然后就和家人团聚。

这一天袁世凯起床很晚，他刚穿戴完毕准备出门之时，陆建章打来电话，说尹昌衡跑了。他不由得大怒，立即给陆建章下了那道严命。好在，不到中午，赵秉钧从天津传来了挡获尹昌衡的好消息，请示怎么办。

尹昌衡坏了袁世凯一天的好心情，好消息并没让他高兴，心中暗骂："这厮真不是省油的灯，这种时候来制造麻烦，给人出难题。怎么办呢？先请回北京再说吧！"

天津到北京就那么近，当天就会请回北京，回到北京又怎么办呢？这可真是一个大难题了。

那天尹昌衡那样激怒他，平静下来后，他很为自己终于压住了冲动没杀尹昌衡而庆幸。平心而论，他对尹昌衡是又爱又恨。爱的是尹昌衡确实是个军事天才。他平生见过的人物不少，还没有见过一个能像尹昌衡，在那样艰难困苦的情况下，在短时间内战胜那样难缠的敌人。一个国家，一个政权，没有战神般的强将，何以恩威并施，何以镇服宵小，威服四夷？过去防尹昌衡，其实最担心的只是怕他是革命党，现在已经把他当作构建他权力大厦的一块好材料了。

可是到底怎么用呢？这样狂傲的刺头，连自己都约束不了，放到哪里才合适呢？总不能让他去做弼马温吧？如果让他做弼马温，他是不缺少大闹天宫的本事的，等他大闹天宫时，局面就不可收拾了。

怎样用好尹昌衡的事情，让一向自恃有御人之术的袁世凯也很犯难了。自从袁克定回来点燃他推行帝制的野心后，他想得最多的还是未来帝国的构想。文臣中，他手边已经有了得心应手的杨度，杨度又给他力荐了蔡锷做袁克定的老师。如果武的方面能有尹昌衡辅佐，那岂不是再圆满不过了？他甚至有时也想，委以尹昌衡蔡锷一般的差事，聪明人都会看出那是太子之师的职位，绝不会轻易许人的，当是大大重用了。可是尹昌衡却口口声声称献身于共和，会上自己欲恢复帝制的这条船吗？

袁世凯还没想好如何摆放尹昌衡时，没想到尹昌衡不等封弼马温就反下了南天门，居然偷偷逃出了北京城。他公然不受中央约束，如果回到天府之国的四川，那可真是他的花果山水帘洞了；如果是东去日本投靠真正的对手孙中山，那可真如韩信舍项羽而投刘邦了。无论走哪条路，尹昌衡都将会成为他袁世凯赶不走的噩梦。

好在尹昌衡总算被赵秉钧挡了回来。可是眼下怎样处置尹昌衡这个无法无天的猴王，他真的一时无计了。

袁世凯只好立即召集杨度、杨士琦、陈宦和陆建章等一帮心腹高参和走卒出谋划策。

有人义愤填膺："元首对尹昌衡可谓仁至义尽，尹昌衡这样不受抬举，真是无法无天，不杀，后患无穷。"

有人附和："尹昌衡恃功狂傲，不严惩不足以警示民国功臣。"

"对，尹昌衡身为上将，当军法论处，擅离职守，杀之名正言顺！"

……

一片喊杀之声中，杨度、陈宦、夏寿田等人直是摇头。理由很简单，尹昌衡罪不当杀，也不能杀。杀这样名声响亮的英雄，只能给元首增加天大的麻烦。

杀不得就兑现留京重用的诺言吧。接着便回到那个怎么用、谁人能驾驭的老问题了。没人用得了就只有放他走，一放回去就难保不生出事端。

杀不得，用不得，也放不得，争论不休，得不出个结论。袁世凯最后只好留下杨度、陈宦和陆建章，来做最后决定，夏寿田当然必须在场。

杨度道："尹昌衡是难得的军事天才，是所向无敌的猛将，若用好了，则助总统经天纬地，建不世之丰功；但若是驯服不了，则亦后患无穷。因此元首得先交个底，对尹昌衡如果是立足于杀，就寻找杀的理由，杀个名正言顺。如果是立足于用，就只是想怎样驯服这头猛虎吧。"

袁世凯道："尹昌衡断不能杀，若杀他必招致天下怨谤，自惹麻烦。如皙子所言，他确实是个难得的军事天才。唐僧要完成取经大业，离不开那个无法无天的猴王。我当然想的是驯服他为国家所用。但是我又没有唐僧那样的紧箍咒，怎么驯服他呢？"

陈宦一听袁世凯交了这样的底，心中一个圈圈顿时就挽好了，便微笑道："元首既然这样宽宏大度，爱惜人才，这事就好办多了。猎人驯猎鹰要熬鹰，铸剑师铸剑少不了锤打和淬火，熬和锤打需要时间，有个过程。适才总统把尹昌衡比作孙悟空，真是再妙不过。孙悟空为降魔而生，尹昌衡为征战而生，都可视为本性不错。佛祖驯服孙悟空先把他放在五行山下压五百年，磨去他的魔性，需用他了，才把他放出来为取经斩妖除怪的。只要不放他回花果山，也把他压在五行山下，磨磨他的锋芒再说。就如法师的法宝，藏之宝匣，宝剑储之鞘中，要用了，随时可以取出来使用。至于总统说的紧箍咒，中华民国，讲民主法制，法在总统手里，不就是现成的紧箍咒吗？"

陈宦善挽圈圈，一席话，不紧不慢，有条有理，巧妙比喻。众人都成了纸糊的灯笼，一戳就亮。

杨度和夏寿田都附和道："二庵说得对，先把猛虎关进笼子再说。"

袁世凯道："好，就照二庵说的办，也学学猎人熬鹰，铸剑师铸剑吧。给这把宝剑淬淬火，先关起来再说。"

陆建章道："要关他，总得说他犯了哪条法，才定得了关哪里啊。"

杨度道："糊涂，你没听见二庵说的法就在总统手里吗？你在代总统执法，哪条法好用，就用哪条。"

袁世凯道："孙悟空捉上天后，先在李老君八卦炉里炼了四十九天哩。你先找个稳当的地方让他过节吧。至于用什么法压到五行山下，二庵也帮建章出点主意吧。"

就这样，1914年1月24日（农历腊月二十八），尹昌衡被软禁在宪兵营。

陆建章是袁世凯的忠实鹰犬,心狠手黑。从天津办警察开始,手中随时都捏着执法的鞭子,整人的办法有的是。可是要整尹昌衡这样有影响的大人物,又不能弄死,只是自己出面当打手,折磨尹昌衡屈服,而且连一个合适的借口都不给。对尹昌衡这样的硬汉,整轻了完不成给主子熬鹰驯虎的任务,整重了是为自己树敌,到尹昌衡重新得到重用之时,就会首先成为报复对象。这可真叫他为难,不由得暗自抱怨,他妈的走狗也难当。但是有什么办法,既然是当走狗的命,主子叫咬谁,也就只有狠狠地咬,不向致命处咬死就行。

陆建章和陈宧走出总统府时,向陈宧请教道:"请教陈次长,这军政执法处大小也是一个民国执法机关,要把尹昌衡这样的人物软禁在宪兵营,总不能像秦桧抓岳飞那样,用莫须有的罪名,让大总统去背千古骂名吧?"

"陆处长这样聪明的人,怎么会去干那等傻事,你有什么好名目了吗?"

"元旦节上尹昌衡那样得脸,全国赞扬声一片。哪有什么罪名与他挨边?只有赵尔巽为其三弟申冤,弹劾他擅杀前清功臣的事,可是派去四川调查,尹昌衡在四川没杀一个满人,不少人都说尹昌衡曾经力保赵尔丰不成,即使追究责任也不大。只是尚未结案,我们暂时借用这个罪名软禁他如何?"

陈宧想了想直摇头:"即使这个罪名成立,也万万不可用。总统首次召见尹昌衡时就明说过这事不追究其责。你想,反清朝专制统治时这类事情多,特别是革命党人,谁不以此为功?即使政府要员中,包括总统、副总统本人,有几人对前清的人和事脱得了关系?假如都一一追究起来,那岂不惹来大乱吗?"

"啊,幸亏陈次长点拨,建章险些儿给总统添乱了,可是,我们总得有个名目,才能软禁他吧。"

陈宧想了想道:"你不是说他是近来影响很大的要员吗?你负责北京的治安,北京的黑社会、革命党余孽、日本黑龙会等各国间谍那么多,哪一天没有抢劫、绑架、杀人放火的事件发生?暂时以保护他的安全为名,不是很好的借口吗?"

陆建章点点头道:"嗯,谢谢陈次长点拨,春节期间,只好用这借口了。不过,春节后用什么罪名把他关进班房,陈次长还得多费心帮我拿主意啊。"

"嘿嘿,陆处长是内行,还是自己拿主意吧。"

陆建章知道尹昌衡不好应付,避免节前和尹昌衡见面。别过陈宧之后,立即叫来宪兵队长吩咐:"立即带一队宪兵到车站,把尹昌衡接到后,就请到宪兵营,加强岗哨,严密保护,好酒好菜,侍候他过好春节。若问理由,就说上峰为了上将军安全。"

"遵命。"宪兵队长走出几步又回过头来，"哮天犬和他手下那帮弟兄，还关在宪兵营里，都在叫屈，正等候处座处置呢。"

"知道了，你速去办你的事吧。"

上午陆建章接到哮天犬的报警，打完几个电话，就命宪兵全城搜捕尹昌衡，同时抓来哮天犬及所带的卫队审问。众人把尹昌衡失踪前后的情况，一五一十地做了详细交代。

陆建章立即分派宪兵去尹昌衡可能去的地方搜查，自己亲自带了宪兵包围了山西会馆。要进会馆搜查，却被阎锡山的卫队阻拦。陆建章虽然才得了阎锡山年礼，但尹昌衡是昨天晚上和阎锡山吃酒打麻将而失踪的，一起打通霄麻将的袁克文和段宏业，都还在这里补瞌睡。这些人或可能知道尹昌衡的去向，不能不问。

被吵闹惊醒的阎锡山走出来见了陆建章，陆建章说明来意，阎锡山故作大惊道："民国上将在京城失踪，这可不是小事。"吼令卫队让开，别耽误陆处长紧要公务。

宪兵把山西会馆里里外外搜遍，不见尹昌衡的踪影。袁克文和段宏业已经起床来到堂上。二人都说，昨晚喝酒后刚坐上麻将桌不久，尹昌衡突发急病，袁克文即叫自己的车夫把尹昌衡送去了法国教会医院，他住进医院后，就打发走了车夫。他还打算今天去医院看望他呢。

陆建章即派人去医院调查。尹昌衡确实去过医院，只是后来就不知去向了。

当年陆建章管袁克文和尹昌衡争女人的闲事吃了亏，至今记忆犹新。二人恩怨早已一笔勾销。这次二公子又是受袁世凯委派来主动接触尹昌衡的，袁、段两位公子，岂是他惹得的吗？阎锡山也是一方诸侯，陆建章只好偃旗息鼓收兵。

若是抓不着尹昌衡，只有拿哮天犬当替罪羊，可哮天犬所说并无一字撒谎，自己都不敢惹袁克文等人，哮天犬又能怎么样？

好在天津已经传来了尹昌衡落网的好消息，现在自然用不着追究哮天犬了。

陆建章放哮天犬时，突然想起哮天犬曾经向他报告，尹昌衡在西征时，曾经要杀一个大烟鬼，后来有人说情，才放了那大烟鬼。他现在最着急的事，是春节后用什么罪名把尹昌衡丢进监狱。常言道，大炮一响，黄金万两。他不相信那么大规模的战争，尹昌衡这个统帅就没有一点肮脏。大烟鬼会有什么德行，尹昌衡曾经又是要取他性命的仇人，说不定能说出点尹昌衡在军中有分量的罪过来。于是便叫哮天犬去把那个大烟鬼找来。

那次尹昌衡赏了大烟鬼邹稷光十块大洋，要邹稷光戒烟，回川时带他回去赏他差事。邹稷光曾经赌咒发誓痛改前非，谁知大洋到手，实在扛不过毒瘾的折磨，很快又旧病复发。十块大洋，很快就在烟馆和窑子里花了个精光，甚至连冷亭轩最后给他那件旧棉衣，也被当掉了，直把冷亭轩气得发抖，再也不理他。

邹稷光想再去求尹昌衡，又怕遇上尹昌衡那两个野蛮的下人张得奎和哮天犬。这一天正在四川会馆廊下缩作一团发抖时，突然大批宪兵闯进来搜捕尹昌衡，没找到尹昌衡。他这才知道尹昌衡出了事跑了，直恨自己不知道尹昌衡的下落，失去了一个讨赏的机会。

邹稷光被带进军法处，陆建章见这烟鬼尖嘴猴腮，一头乱发，一脸肮脏，一件破布衫遮不住那几根瘦骨，吊着长长的鼻涕，实在恶心。这种人已经谈不上道义和良心。陆建章自有收拾这类人的办法，先叫弄到刑讯室去，一顿皮鞭抽了，再要他交代，把对他恩重如山的老上司尹昌衡藏到哪里去了。

邹稷光直呼冤枉，说尹昌衡要杀他，不是恩人，而是他不共戴天的仇人，巴不得政府抓住他碎尸万段啊。

陆建章问："你跟他那么久，一定知情，若你能提供碎尸万段的罪证，政府不但为你报仇雪恨，而且还重重有赏。"

邹稷光一听说有赏，贼眼顿时放光。讼棍构陷冤狱，无中生有，编诬逗把的看家本事，立即派上了用场。眼珠几转，一连串的罪名便脱口而出，而且时间地点证人，说得绘声绘色。

真是踏破铁鞋无觅处，得来全不费功夫。陆建章只愁春节后没有罪名送尹昌衡进监狱，现在不但有罪名了，而且有邹稷光这样身份的知情人揭发，真是再好不过。便道："先别说了。衙门中的规矩你是知道的。口说无凭，你一个人说了也不上算。你若想发财，先回去给我如实写成检举状，要有证人，写好节后送来，才好立案查处。今天先赏你一百大洋，回去准备。若老子满意了，再赏你一千大洋。"

邹稷光接过白花花的一百大洋，感激涕零，咚的一声跪在地上："小人绝不辜负大人，春节过后，保证让大人满意。"

陆建章道："敢给老子耍花招，小心你的狗命！下次来见，再是这般让人恶心的模样，当心老子用乱棍打碎你这几根贱骨头！滚吧！"

一百大洋对邹稷光可以说是做梦都想不到的横财。从军法处出来，立即去理了发，买了一身体面的衣服，然后叫上杨隽、魏绍猷等几个也是四川来京的一丘之貉喝酒。

杨隽、魏绍猷等狐朋狗友见邹稷光突然发迹，无不惊讶相问邹哥哪里发了这等猛财？邹讼棍自然懂得联名告状，才更容易弄假成真，便把当天发生的事如实相告，并且大肆吹嘘陆外长如何赏识他的才华："而今我邹稷光有贵人照命，时来运转，弟兄们就不想跟我邹某人一起升官发财吗？"

杨隽、魏绍猷等人，立即举杯敬邹稷光，个个愿跟邹哥混，联名举报尹昌衡在四川种种不法。

春节之后，邹稷光和杨隽、魏绍猷等人联合署名，举报尹昌衡的"十大罪状"，就送到了陆建章的手里。

3

马忠保护殷文鸾回了北京后，只好把殷文鸾委托给殷岳奇照顾，再找到张得奎。按原计划张得奎今天先找哮天犬，演一出戏后，然后潜离北京，直接去武汉等着与尹昌衡会合。如今自然不用去武汉了。

骆成骧得知赵尔巽弹劾尹昌衡之事后，决定不参加赵尔巽主持的清史馆撰史工作，他曾做过京师大学堂（北京大学）提督，遂在北京大学应了个教职，多数时间还住在四川会馆。

当夜，马忠和张得奎只好潜入四川会馆，找骆成骧和冷亭轩商议。

上午宪兵到四川会馆搜捕尹昌衡时，骆成骧和冷亭轩知道尹昌衡已经顺利逃出北京城，二人都在暗自庆幸。但愿一路平安，早日从四川传来好消息。得知尹昌衡被抓回，二人都不由得惊出一身冷汗。

冷亭轩道："尹都督一被抓回，吉凶难卜。骆公，我们该怎么办？"

骆成骧到底沉着得多。商议尹昌衡潜离北京之事时，尹昌衡便作了最坏打算，托付骆成骧：如果事有不测，川人在京势单力薄，千万不可轻举妄动，卷入他个人的是非之中。短时间之内，袁世凯绝不敢杀他，断无性命之忧。待情况清楚后再从长计议，也千万不要乱去求人，也别去求陈宧，只是请骆公帮忙安抚好家属。

骆成骧沉吟良久，问马忠道："你们分手之时，昌衡给你留什么话没有？"

马忠道："他对最坏打算早作了安排，分手急迫，只要我保护好殷夫人。可是殷夫人整日哭泣，绝不离京，死也要跟昌衡死在一起。"

骆成骧道："昌衡料定，万一出事，一定要沉着等待。马上就过年了，袁世凯也忙不过来处理昌衡之事。眼下最要紧的是如何先安抚好殷小姐，免得她惹出不必要的麻烦来。"

马忠道："我已经把殷夫人托付给了她那个认义的哥哥殷岳奇，她哥哥年后把她送到乡下，估计暂时没有问题。"

冷亭轩道："殷小姐那里，我和骆公改日去看望他，都可以做些安抚的事。彭师长那里要不要也报个信？"

马忠道："昌衡吩咐过，别轻易去找彭师长，他能出手时会主动找骆公的。"

骆成骧道："还有一件事，就是尽快打听到昌衡的下落，我们才好设法行动。"

马忠道："眼下只知昌衡被赵秉钧送到北京交给了袁世凯，尚不知道昌衡的下落。我跟得奎，马上就去打听。"

冷亭轩道："你们二人，不能再回阅雪居落脚了，就住会馆吧。"

马忠道："我们二人根本不能在会馆露面，有事会来找你们的。夜里正是我们办事的时候。告辞！"

马忠与张得奎向二人拱了拱手，离开了四川会馆。

二人来到殷岳奇家，殷文鸾还在哭泣，殷岳奇的老婆，一直守着妹子劝慰。二人一唱一和，好歹劝住了殷文鸾。

殷岳奇的老婆帮殷文鸾揩了眼泪说："妹子，马哥和张哥跑了这一夜了，我们去给他们备酒吧。"说罢拉着殷文鸾进了厨房。

殷岳奇忙问："马哥，骆大人还说了些啥？"

马忠道："骆大人也说眼下第一要紧的是找到昌衡的下落。"

张得奎也道："这么大的京城，我们到哪里去找？只好来找老兄你了。"

殷岳奇道："这算找对了人。这事你们不用费心了。尹将军安排得巧妙，陆建章没追究哮天犬的责任，已经把他放了，警察和宪兵队都有我们的弟兄，我估计他们很快就有消息的。"

繁华帝都，古老京城，除夕之夜鞭炮声更响、更密，空气中火药味和腊肉散发的香气格外浓烈。尹昌衡做梦都没想到，这一个春节的除夕之夜，他就独自在宪兵营的招待室里度过。

尹昌衡要冒险潜离北京，早就做好了迎接风暴雷霆的准备。在被挡获那一刻，他很是坦然，想得最多的是怎样从容面对屠刀或子弹。来这世界也算轰轰烈烈过了，告别这个世界时，最后该留下点什么有价值的话，或者最好是一首像样的就义诗。谁知赵秉钧并没有接到袁世凯要杀他的命令，仍然以上将军的礼数相待，恭恭敬敬地把他押送到了北京，把他秘密地移交给了宪兵营。

宪兵队长并不凶神恶煞，声称奉上峰之命，保护上将军的安全，侍候上将军平安过好春节。派来服侍的宪兵也都低眉顺眼，好酒好菜侍候。一年辛苦到头，当差的也不容易，大过年了，何必跟下人过不去呢？除了要求见陆建章外，他也不吵不闹，不给宪兵们为难。见周围荷枪实弹的宪兵警惕地巡逻，反倒顿生怜悯之心，对宪兵队长说："叫大家不要紧张，我不是犯人，不会逃走，弟兄们辛苦一年，让大家放心过年吧。"

"谢谢将军体恤下级，将军有什么要求，尽管吩咐就是。"

"没其他要求，多给备些酒就是。"

宪兵队长诺诺点头，临走时又对值守的宪兵道："天气冷，把火炉升得旺些。"

既然是软禁，肯定一时不会死了。尹昌衡知道自己的弱点是容易冲动和激怒。他努力说服自己，一定不能发怒，今天晚上什么事也别去想。可能招来的各种后果，包括死，都早想好了。想也是白想，会越想越烦。最好把自己喝个酩酊大醉，一觉睡到大天亮。

尹昌衡紧一杯慢一杯地自斟自饮着，可是越喝越清醒，越是不想事情，往事却越是如西洋景般历历呈现在眼前……

入夜之后，鞭炮声渐渐稀疏了，叮叮的清磬声越过宪兵营的高墙从周围四合院中传来，是家家户户给祖宗上供、祭家神的时候了。磬是小户人家神龛上必备的小形响器，家祭时必须敲的。这悠扬的磬声把他带回了川西农村的儿时。每年除夕之夜，堂屋里摆上一桌丰盛的年夜饭，父亲上完香，燃好烛，带着全家人跪在神龛前，喊着老祖宗回家过年，保佑全家来年免灾发财，一切平安，再磕头作揖。

尹昌衡最喜欢的是接着的敬家神，那是孩子们的事。大概是拜物教的影响吧，中国人崇尚自然，万物都有神灵，家中的常用重要物什都是家神。灶神，门神，水缸神，碾子、磨子、碓窝、扫帚，乃至房后那一笼竹子、院坝里那一棵大核桃树都是神。两个姐姐带着他跟马忠哥，给这些家神都要上香点烛。然后一家人坐在堂屋里试穿新衣新鞋。孩子们总是首先把小手伸进新衣裳的衣袋里，看父母今年给装了多少压岁钱。一家人这才坐上桌子其乐融融地吃团年饭，守岁……

每逢佳节倍思亲，尹昌衡不由得想起父母，想姐姐和马忠哥，还有颜机、燕茹和殷文鸾。文鸾、马忠哥，你们又在哪里呢？

第六十五章

不杀不谳

1

袁克文这个春节过得极不愉快。自从袁克定从德国回来，他这富贵闲人就结束了他的自在悠闲和潇洒。

哥哥的德国式君主立宪蛊惑下，全家人都心向往之，都俨然把袁世凯当成了皇帝。父亲也只是轻描淡写地制止，其实倾向很明显。父亲对袁克定态度陡然转变，召杨度入府密谈的时候越来越多，又亲自主持了袁克定拜蔡锷为师的拜师仪式。种种迹象都显示着父亲想恢复帝制的危险苗头。父亲英明一世，糊涂一时，一失足将成千古恨，真让人痛心。他为父亲安危着想，用那两首劝退诗潜谏："剧怜高处多风雨，莫向琼楼最高层"，已经把他的担忧说得够明白了。可是父亲并没当回事，依然那样的自负。他还能干什么呢？春节期间，家庭成员各种热情表演更是推波助澜，这更加重了他的不安。

更让袁克文不安的是尹昌衡的安危。

之前，袁克文受父亲的派遣，为父亲建立富强的中华伟业，用自己的影响和方式，去笼络蔡锷和尹昌衡这样难得的人才，他打心里是乐意的。可是，他知道杨度跟蔡锷的关系。如果蔡锷真是人们所说的那样的高人，就不该跟杨度和哥哥穿一条裤子，去推父亲下岩了。他不知道蔡锷到底安的什么心，从此，他就再不去接触蔡锷了。

袁克文跟尹昌衡直接接触，打的交道多些。他相信尹昌衡是个有本事的正人直士。把他的忧虑告诉尹昌衡后，尹昌衡果然做出了与蔡锷截然相反的选择。

袁克文真的不希望尹昌衡这样的能人，也加入推父亲下岩的行列，他很乐意邀约段宏业一起参与了策划帮助尹昌衡逃离北京的事情。可是谁知事与愿违，天津的青帮弟兄很快就向他报告了尹昌衡被捕、押回北京的消息。

袁克文是尹昌衡京城朋友中最先知道他被捕的人，因为他知会过天津的青帮弟兄，暗中关照尹昌衡。他的大多数青帮弟兄都在警局、报社、车站和码头发财，消息格外灵通。《顺天日报》要报道尹昌衡车站被捕的消息，袁克文担心父亲一怒之下杀了尹昌衡，改成赵秉钧亲自到车站迎接西征英雄尹昌衡。

袁克文不知道尹昌衡押回京城后的下落，更不知道父亲要怎么处置尹昌衡。自己毕竟参与了策划他出逃之事，不能袖手旁观，一直想向父亲打听，又没那勇气，只好去求亲妈大夫人沈氏。亲妈说："老头子难得有好心情，你没见他正兴致冲冲地跟杨度和你哥哥在商量大事吗？怎么好去问这些鸡毛蒜皮的事让他烦心？"

尽管沈氏已经年老色衰，但袁世凯对帮他走出困境的沈氏的感情始终没变。过年过节，总要抽更多时间到沈氏房中亲近。袁克文疏远蔡锷，尹昌衡下落不明，又没有了可以帮他分忧的什么正经朋友，又没兴致出去和那帮出入歌楼酒肆的狐朋狗友瞎玩的兴致，只好陪着沈氏，讨亲妈的欢心。

这一天袁世凯又来到沈氏房中，袁克文正陪亲妈下棋。母子二人赶紧向袁世凯请安。

此前，袁克文可是袁世凯格外喜爱的心头肉啊，近来冷落了他，心中倒有些歉然了："克文，大过年的，怎么不出去玩啊？"

袁克文道："过大年正是不孝儿子在父亲和亲妈膝前尽孝的时候，不敢出去荒唐。"

沈氏道："我克文儿可孝顺啊。"

袁世凯道："尽尽礼数也就是了。大过年的，你们年轻人，也有你们年轻人的玩法，出去玩吧。"

袁克文道："唉，我去跟谁玩啊，就陪亲妈吧。"

袁世凯道："唉声叹气地干什么，近来老是不见你一点喜色，有什么不顺心的事吗？"

沈氏趁机引出袁克文想问的话题："你叫他去交的新朋友尹昌衡，听说尹昌衡惹祸被关起来了，他正为尹昌衡担心呢。"

袁克文紧接沈氏的话，开门见山地问："父亲，听说他冒犯了你，你会一怒之下杀了他吗？"

袁世凯理解儿子的关切："你觉得我会杀他吗？"

"尹昌衡是个难得的军事人才，父亲爱才惜才，大度能容天地，尹昌衡纵有冒犯，也绝不至于轻杀国家之功臣良将的。"

"那你还为他担心什么？"

袁克文听出了父亲不杀尹昌衡的意思，立即道："那么我替尹昌衡谢谢父亲了。父亲打算怎样处置尹昌衡呢？"

"你说怎样处置才好呢？"

"尹昌衡鲁直，冒犯父亲应该责罚。然而他不阿谀逢迎，不藏阴谋，别无大害，倒是更可信赖。尽孝和延续香火，乃人伦之大事，父亲训斥开示之后，何不暂时安排他一个差事挂着，准他所请，回川尽一段时间孝道，等他的儿子出生后，再召回京城听差呢？"

袁世凯沉吟良久，不置可否："我知道了。你认为他要回川，只是尽孝道和照顾老婆生育吗？还召得进京来吗？"

"这，他还能干什么？"

"谁知道，好了，你出去玩吧。"

袁克文仗着胆子问道："父亲，我可以去看看他吗？"

"这，你既然跟他成了朋友，男儿当重义气，怎么不可以去看他？"

"可我不知道他的下落啊。"

"他是军事长官，他的事由北京军政执法处管，你去找陆建章处长吧。不过，国有国法，他们有他们的规矩，你跟宏业都不要太出格了，随便干扰他们办差。"

袁克文明白袁世凯已经知道他们参与了尹昌衡逃出北京之事，不过幸好没有指责，便道："是，儿子明白。"

这天恰好是正月初七，称为人日。四川叫作人过年。传说女娲创世，造出了鸡狗猪羊牛马等动物后，于第七天造出了人，所以这一天是人类的生日。汉朝开始后便形成了正月初七人过年的习俗。这一天朝廷要大宴群臣，赐彩缕人胜（人形剪纸），民间有吃七宝羹（七种菜煮成的粥）、戴人胜、登高饮酒赋诗的习俗。

袁克文得到父亲的准许，好不高兴，立即一面命人准备酒菜，一面命人去送信约段宏业。中午在家里过人年，父母面前尽了孝心之后，下午便同段宏业一起去宪兵营看望尹昌衡。他之所以要约段宏业同往，一是要段宏业放心，父亲知道他们参与了尹昌衡潜离北京之事并未责备。同时，要给尹昌衡开脱，也多一个帮手。

陆建章收到邹樱光的举报之后，没立即去汇报。初三早上便得到宪兵队长告急，有人点了值班宪兵的穴，夜闯宪兵部，恐怕跟尹昌衡有关。几家报社又先后来追问尹昌衡的下落，陆建章既怕扫了袁世凯过年的雅兴，又怕他临时改变主意变卦。今天袁世凯准儿子前去探望尹昌衡，看来不杀尹昌衡的大主意没变。纸包不住火了，他向宪兵队安排完接待袁克文和段宏业拜访尹昌衡之事，便去总统府，把邹稷光等人写的尹昌衡十大罪状送到了袁世凯的手上。

袁世凯看了一下十大罪状，笑问："十大罪状，果然条条都是大罪，有一条是真的就够杀头了。一眼就看得出来，这是你找的前清的包揽词讼的师爷讼棍之流写的吧？"

"不，不是我找的人，是此人主动送来的。他是尹昌衡西征时，手下一个该受惩罚的文书，此人确实是前清衙门里混的师爷，包揽词讼，外号人称邹讼棍。"

"你相信这十大罪状是真的吗？"

"不信，一条真的都没有。"

"既然你都不信，为什么还交给我？"

"这十大罪状，好就好在条条都骇人听闻，条条都是假的。若有一条真的，总统定了不杀他，反倒不好办了。目前我只需要他给我提供一个关押尹昌衡的借口，更看好邹稷光烟鬼、讼棍那个知情人的身份。到了要放尹昌衡那一天，总统为尹昌衡洗清了十大罪状，对尹昌衡也是个大人情啊。"

"嗯，聪明，朗斋①会办事。"

"只是初三的凌晨有人夜闯宪兵营，点了值班宪兵的睡穴，民间的异人甚多，防不胜防。尹昌衡密囚宪兵部的事，怕是瞒不了多久，而且报社不断有人前来追问，尹昌衡去了天津之后，怎么不见下落，是不是失踪了。如果报纸鼓噪尹昌衡失踪，这必然掀起胜过宋教仁案的轩然大波啊。"

"这倒不可掉以轻心了。那就马上公开关押他的消息吧。"

"总统看用个什么罪名合适？"

袁世凯拿着十大罪状看了看为难了："这些罪状，我们自己都不相信，还能不引起舆论置疑是陷害吗？"

陆建章又拿出赵尔巽对尹昌衡的弹劾书："那就只有看这个行不行了，也给赵尔巽一个交代。"

袁世凯一看，直摇头："这就更不行了，用这个作借口，会给自己带来天大的麻烦。"

陆建章想了一阵道："总统，军政执法处拘捕人，不比民事法庭，需要走严

---

① 陆建章字朗斋。

格的法律程序。只需最高统帅的手令就行。你就写个'接民众举报，尹昌衡违法乱纪，情节严重，着军政执法处拘押陆军部查勘候审'就行。至于问什么罪，尚未查实，不能轻易定罪名。只要关押了，查不查、审不审，就有时间周旋了。"

袁世凯想了想道："也好。不杀不谳，也是个办法。"

陆建章不解了："总统，不杀不谳，不谳是什么意思？"

一旁侍候的夏寿田为其解释道："谳，就是定罪。不杀不谳，就是既不杀也不定罪的意思。"

陆建章道："啊，午诒先生你是知道的，小的才疏学浅，闹笑话了。"

袁世凯已经提笔写好了一纸拘押尹昌衡的手令，交与陆建章："你明天就办吧。"

2

下午，袁克文和段宏业来到宪兵营，宪兵队长得到陆建章的电话后，早已等候在营门口，立即就把二人引到了关押尹昌衡的客舍里。

尹昌衡大过年被软禁在宪兵营，虽然没受肉体折磨，然而思亲不见亲，念友不见友，要见陆建章，陆建章又拒不见面。真可谓度日如年。他每日只有翻来覆去地看那几份宪兵营中能看到的报纸。报纸上除了歌颂民国的升平之外，关于他个人的消息，只有《顺天日报》有一则赵秉钧都督亲到车站迎接西征名将尹昌衡的短讯，此外再无后续消息了，可见他是被秘密关在这里的。如果被秘密地在这里处决，默默无闻地结束此身，真是活天的冤枉了。

孤独、愤懑、烦躁的精神煎熬，对于尹昌衡这样的人来说，是比肉体吃苦更残酷的摧残和折磨。

尹昌衡只有独自抱着酒壶，来打发这无比漫长的日子。他强迫自己忘记眼前的处境，就把这里当成自己可以自由驰骋的书房，去琢磨那些过去一直模糊不清、似是而非、困扰着他的难以委决的事情和道理。酒对他确实是个好东西，特别是半醉状态，真能天助英聪，神思泉涌，妙念迭出。模糊的一下变得明晰，是与非卓然分明，复杂的变得简单。特别是关于"革命"，困扰他太久了，他终于得出了肯定的判断，自己仿佛一下升华了许多，智慧了许多，也强大了许多。他很为自己得意和高兴。

尹昌衡触类旁通，一通百通，好多不明白的事，一下全想通了。禁不住在宪兵营的客舍中大笑起来，心里暗暗喊着："这囚笼斗室，不就是我参禅悟道的最好禅房吗？入世劳力劳心，就一定是建功吗？斗室专志悟道，未必不可成功？那我还有何忧，还有何愁？"

尹昌衡正天马行空，胡思乱想地安慰自己的时候，没想到的是，袁克文和段宏业突然携酒而来。敏感的尹昌衡突然紧张了。二人虽然都说是朋友，但到底不是一路人，相交甚浅。他们会带来什么消息呢？是来安慰自己，还是身负袁世凯什么秘密使命呢？

袁克文和段宏业满面春风地进门后，拱手寒暄："硕权兄，这些天，想死我们弟兄了。"

尹昌衡忙道："这些天我后悔，为我的事情，牵连了二位公子了。"

酒菜很快摆好了。自然是总统府过年的极品美酒、珍肴。

袁克文接着道："说什么啊，硕权兄，上坐吧，弟兄们好好喝一杯，补过一个大年啊！也给硕权兄报个喜！"

尹昌衡一脸的惶惑："报喜？是为我送行吗？"

袁克文和段宏业都愣住了："什么送行？"

"给囚笼中人报喜，当然是说送我上路的断头酒啊！"

二人听罢，知道尹昌衡错会了他们的意思，都不禁哈哈大笑。

袁克文道："硕权兄想哪里去了啊。"

段宏业道："我们说错了话，硕权兄是兄长该原谅才是，大过年的，怎么说这样不吉利的话啊。"

尹昌衡见二人爽朗，不至于对他使诈，便坐下来。三人数杯酒落肚，袁克文和段宏业这才说起了他们近日对尹昌衡的担忧，并把跟袁世凯的对话经过详细地给尹昌衡说了一遍。

尹昌衡衔杯沉吟良久："看来元首无心杀我，小命能保，也真是好消息了。就让我借花献佛，谢二位公子报喜吧。"

三人饮了一杯后，尹昌衡又满上了酒："唉，看来，元首既不忍心杀我，也不放心放我，此后尹昌衡可能只有在牢中修炼了。"

袁克文不以为然："我估计父亲只是要磨磨你的傲性、狂性，很快会放你的。硕权兄英雄盖世，何必如此悲观？"

"多谢豹岑兄安慰，总统即使不杀我，要放我也遥遥无期。感谢这几天孤独的煎熬，我也悟透了人生的一些道理，英雄无用武之地了，不是悲观，是认命罢了。"

二人都不解地问："认命？"

"是，是认命！给两位公子说句心里话吧，我只是一个军人，一当确定了依附的对象，只有效忠和服从，没有选择的资格。太平本是将军定，军人的天职是止乱，保国安民，而不是造乱，祸国殃民。我虽然也恨清朝腐朽，但也只希望朝廷改革，不去助推清朝垮台。全国大乱之时，我为止乱安蜀敢强自出头。国人和元首选择了建立民国，走共和的光明之路后，效忠民国，捍卫共和，就是我的天职，故平叛保卫边疆、制止内乱，以尽全力。"

袁克文道："硕权兄为缔造民国，缔造共和，保国安民，劳苦功高。"

段宏业道："对，辛亥革命，载诸史册，硕权兄当是当之无愧的英雄。"

尹昌衡道："不对，两位公子，我私下早就对朋友们说过，我虽然不反对革命，但我既不是革命家，更不是政客。革命一词再时髦，革命英雄的桂冠再光鲜，昌衡都绝不贪天之功据为己有。我只不过是一个为国为民尽职的军人而已。"

尹昌衡又道："这些天的修炼，我悟透了许多道理。"

二人都问："什么道理？有心得名言，可不准独享啊。"

尹昌衡道："我就现炒现卖，说说对'革命'一词的参悟，当作对二位公子布道吧。"

袁克文道："好，就说说对'革命'一词的参悟吧。"

尹昌衡道："袁公子是学博古今的大学问家，当知道'革命'一词最早出自《易经》'汤武革命，顺乎天而应乎人'一语。革即是变革，命即天命，古代帝王自称受命于天，革命实质是指商汤和周武王的改朝换代，顺乎天理，合乎人情。从改朝换代这个意义上来说，袁大总统和孙中山先生，以及与他们一起奋斗的仁人志士，包括那些为立宪和共和死去的英烈，他们才配称民国的缔造者，才配称革命的英雄。辛亥革命建立共和民国，虽然是顺乎天、应乎人的一场伟大革命，但是翻天覆地的革命，难免有创伤。四川的兵变，英国人趁机挑起的西藏叛乱，都是辛亥革命的后遗症。我拥护共和，效忠民国，只不过在定川乱、平藏乱这两件事情上出了一些力而已，怎么好去争改朝换代的革命之功呢！"

袁克文道："你既然不反对革命，那么孙先生发动的二次革命，你怎么……"

尹昌衡道："这却不可同日而语了。"

"这是为何？"

尹昌衡道："民国已经建立，共和国体已定，当高扬民主与法制。再言革命，试问，革谁的命？改什么朝？换什么样的代？正如一栋大厦初成，内部装潢、器物摆设、园林培植之类，当慢慢完善，偶然一片屋瓦破了，漏下的雨水打湿了一件衣裳，能把整座大厦推倒重建吗？"

二人都道："当然不能。"

"革命的本义就是破坏，彻底破坏腐朽不堪的旧的，重建新的。从这个意义上来说，是极其高尚和宝贵的。如果要推翻既定的国体和正确的制度，那就只能叫破坏和造反了，成了现行法制的死敌。"

袁克文道："怪不得章太炎先生说，革命军兴，革命党消。革命党的目的是破坏，革命军完成改朝换代后，就不需要破坏了。革命党就没必要存在了，是这意思吧。"

尹昌衡道："应该是这意思。任何国家都不希望看到无休无止的流血动乱吧？至于后人把不动摇根本、局部或方面性进行有选择、有步骤的顺应时势的，弃旧图新、汰劣存菁的调整、变革、改革，也叫作革命，那只是革命一词意义的引申，只是借革命一词作比喻而已。革命的原意和比喻的意义，是万万不能混为一谈的。"

段宏业道："硕权兄高论，我们弟兄今日受教了。只是尹兄不怕引非议吗？"

尹昌衡道："对真朋友，私下吐露心衷，怕何非议？"

袁克文和段宏业都道："谢谢硕权兄把我们当真朋友看了。"

尹昌衡道："二位公子，昌衡今天倒要请教一事，昌衡与你们交往不多，且当初贵贱悬殊天壤，那年京城际遇，虽有嫌隙，两位公子和倩文小姐为我奔走不遗余力，这次进京又蒙二位这般高看和关照，让昌衡着实不解啊。"

二人相互看了一眼，笑道："这还得感谢倩文小妹，让我们有缘相识啊。"

尹昌衡道："嗯，也真是不打不成交啊。"

袁克文道："硕权兄，也说掏心窝子的话吧。我们虽然都是豪门纨绔，没有父辈那样的青云之志和吃苦精神，乐享父辈余荫，糊涂荒唐惯了。但是也略知善恶贤愚，以及皮之不存毛将焉附的浅显道理。国家没有你们这样有担当的能人，国何以得安，家何以得宁，我们如何得保锦衣玉食？"

段宏业道："是啊，硕权兄。家父是有眼光的人，他都那样为你卖力奔走，我们能不把你当成人物吗？当听到你在成都挺身而出，制止兵乱，被推选为都督时，当听到你从川边不断传回捷报时，我们很高兴，也为这糊涂的一生，当年率性而为，不经意间帮了你，也做了一件有益的正经事而心安一些啊。"

尹昌衡道："两位公子言重了。不知倩文现在康复了没有？"

袁克文道："听说经过一秋一冬医治调理，也逐渐康复。估计翻春后会来京聚会的。"

尹昌衡道："可惜的是我已经身陷缧绁，无脸相见了。"

袁克文道："我估计，父亲只是磨磨你的性子，要回他的面子，很快会放你的。"

尹昌衡道："不会，元首对你明说了他的不放心，绝不会放我回川的。"

袁克文道："兄就不能留京候用吗？"

尹昌衡道："不能，此前也有过此念，自从你告诉我你府中的状况后，我去意更坚。回不了川，羁留牢中，或许比出去更安全啊。"

段宏业道："这是为什么？"

尹昌衡道："我们的国家乱得太久了，百姓渴望天下太平。袁公子那两首诗，所传之警信，令人忧心啊。我若出去，既不能谏阻总统的决策，也不忍心推其下岩，陷元首于不义。我这性格，断然做不到徐庶进曹营一言不发，说逆耳之言，岂不招祸吗？"

袁克文也摇头长长叹息了一声，良久问道："硕权兄，我们还能为你做点啥？"

尹昌衡道："你们也不必为我担忧，我已经打定主意，就在此中修炼。只是我绝对不是圣贤，永远是个有七情六欲的大活人。我能够做到目中无物，却做不到心中无我，永远丢不下人伦之情和一个铁血男儿的荣誉和尊严。在京师之中，二位公子能帮我关照一下文鸾就好。另外，家父给我备了大包佛道秘籍，方便的时候，帮我带进来，铁窗下咀英嚼华，或如与世隔绝之深山秘洞，或可修炼正果。"

二人都道："好，一定照办。"

这一天，他们一直浅饮深谈到深夜。

3

中国人过完元宵节，才算过完大年。1914年2月2日（正月初八），人们还沉浸在过大年的欢乐中。袁世凯下令军政执法处拘捕尹昌衡候审。

尹昌衡这样受民众关注的人物，天津露了一次面后，突然失踪十多天，便引起了舆论界普遍的关注。年还没过完，突然曝出尹昌衡被捕的消息，一时之间，在京城掀起了轩然大波，纷纷骂袁世凯缺德，卸磨杀驴，过河拆桥，对这样的大功臣，年不让人过完，就横加迫害。

无孔不入的记者们找到军政执法处，质问尹昌衡究竟犯了什么罪，得到的答复是，正在查证，对尹昌衡这样有影响的人物，没有查证核实之前，不能轻易定罪名。质问是什么人举报的什么罪行，回答是保护举报人和军事机密，无可奉告。至于何时才能查清，回答的是案情重大，涉及面广，查清之后，自然会公诸舆论。

尹昌衡并无实际罪名，北京报纸曝出尹昌衡被捕的消息后，全国舆论界引起连锁反应，都把这场"民国版的莫须有"作为重要话题进行追踪报道和讨论。南北报纸为尹昌衡一片呼冤之声。

海外，国民党人控制的报纸，特别是逃去日本的革命党要员们，也加入到对袁世凯及民国当局的谴责行列之中。

四川境内所有报纸，更是群情激愤，言辞激烈，为尹昌衡不平，谴责怒骂的文章连篇累牍。茶楼酒肆中的茶客们，刚看了节日戏台上忠奸贤愚的你死我活，把那些感想融入关于尹昌衡和袁世凯各种传言之中。各种预测五花八门，有的神乎其神，有的血腥恐怖，有的甚至还预言，轮到下一个倒霉的民国功臣或要员，会是哪一位。

川人除舆论谴责外，又联名上书："尹昌衡乃川之控疆大臣，奈何以小人之言辱蜀中大将？"要当局迅速释放尹昌衡。

骆成骧也加入了川人上书的行列，亲自去总统府，向袁世凯面呈川人请愿书，慷慨陈词："尹昌衡征西平叛，全领土，维国权，如铜柱高插昆仑，伟烈丰功，永驻汗青。""尹昌衡出生入死，爱民卫国，精忠大孝，上轶古人，我所目睹者，如有罪，我也请连坐。"

袁世凯早就预料到拘捕尹昌衡会引出舆论风波，但没想到尹昌衡这样受国人关注，引起的反响会这么大，甚至连冯国璋也来电过问此事，段祺瑞也令陈宧来向他转达对尹昌衡的关心了。

袁世凯的智囊们不少人都劝他杀掉尹昌衡。袁世凯怒道："你们要我触天怒吗？"

陆建章也沉不住气了，也去问袁世凯到底怎么办。

袁世凯训斥道："你就被几张报纸吓倒了吗？早就给你说了的，该怎么办还是怎么办。报纸不嚷嚷，别人哪里去赚钱？他们爱怎么说，就让他们说去吧。你执法有规矩，慢慢查吧。"

袁世凯眼下最关心的还是如何恢复帝制的事情，对舆论揪着尹昌衡之事施加的压力概不接招，用拖和等的办法冷处理。

过了不到一个月时间，天津又接连曝出两条惊人的消息：一是张培爵在天津被捕，原来张培爵毅然辞去了总统府高等顾问职务，冲破阻力到天津英租界居住，以开设机车厂为掩护，继续从事秘密的反袁斗争。2月20日，张培爵遭赵秉钧诱捕，并被捏造是"血光团"暗杀集团之要员，掌握相关动态机要，被投入北京的宛平大狱后不久被杀。

二是数日之后"天津总督赵秉钧在私宅中暴病而亡"。各大报纸的后续报道是：2月27日晨，天津总督私宅中传出一阵阵撕心裂肺的哭号，赵秉钧在直隶总督署突然中毒，腹泻头晕，厥逆扑地，七窍流血而亡。顿时，这又成了舆论关注的新焦点。

赵秉钧的死，是民国又一桩无头公案。围绕赵秉钧的死因，报纸上又众说纷纭。反袁派说：赵秉钧受袁世凯指使，布置特务暗杀了宋教仁，案情揭露，改任直隶总督，袁世凯为永绝后患而杀人灭口；拥袁派则说：明明是革命党嫁祸袁世凯，实施新反扑的行动信号。

袁世凯一面命切实追查凶手，一面料理赵秉钧的后事。下令按照陆军上将例从优议恤，特派朱家宝及其次子袁克文赴天津治丧，并发给治丧银一万元。先后派陆军上将荫昌和秘书长梁士诒前往致祭，并送去一幅祭幛，上题"怆怀良佐"四个大字。袁氏后来称帝后，还追封赵为一等忠襄公，准葬光绪皇帝陵寝附近，以享哀荣。

3月24日，袁世凯命令议恤前清重臣赵尔丰和端方。这一做法，表面看是肯定前清功臣，实质是否定辛亥革命，为已经灭亡的清朝招魂，自己为清朝基业的合法继承人，放出试探气球，为复辟帝制探路。

可是舆论并没有向这个方面去想，反倒把这事跟尹昌衡杀赵尔丰联系了起来。但是袁世凯并没有去触天怒，议恤赵尔丰和端方，并没有去追任何人的责任。

尹昌衡入狱后，仍然享受的是上将待遇，可以看书看报。外面发生的一系列大事，都能从报上大体知道。世人为他不平，家人对他的思念，无不使他感动。张培爵的被杀，使他极其愤怒，赵秉钧莫名其妙地暴毙，也使他心惊。虽然他对袁克文说过："羁留牢中，比出去更为安全。"而今又命议恤被他杀了的赵尔丰，是不是要对他下死手了？在这种情况下他再也坐不住了，一个劲地逼问陆建章，到底是谁检举的，检举的到底是什么罪行？如果是因为赵尔巽的弹劾，他就不怕惹天怒，去弹劾在国难中杀过满人的所有人跟他同罪。

陆建章无奈，只好请示袁世凯。袁世凯只好让陆建章把邹稷光等人举报的十大罪状交给尹昌衡看。

尹昌衡看罢大怒："小人报复，无中生有，血口喷人！我光明磊落，顶天立地的铁血男儿，一世清名，被这等污秽玷污，是可忍，孰不可忍？你们用不着去查十大罪状，只查一条，只要一条属实，我甘愿领十大罪，死也瞑目。"

尹昌衡实在忍受不了名节被污的奇耻大辱，以及袁世凯"不杀不瞅"的折磨。父母年高为儿焦虑成疾，妻子初产即将临盆。他只得放下自己的狂傲，再次向袁世凯陈情，回乡务农，尽人子之孝，尽夫妻之义。

袁世凯当然不准。

第六十六章

绝食证冤

1

陆建章因为尹昌衡吃过不少苦头。尹昌衡被关进陆军监狱后，陆建章既不敢对其轻易用刑，又不敢亲自出面审问，却指使几个心腹法吏，以调查为名，对尹昌衡进行近乎羞辱性的报复。抛出十大罪状，无休止进行深挖细刨，颠倒黑白，无中生有，纠缠诘难，没完没了地询问，诱诈逼供。

尹昌衡怒火万丈，日夜煎熬中，只得向他的恩人段祺瑞致函，附上歹人诬告的十大罪状，"仰恳鼎力解释，设法援救"，又一时没有回音。尹氏一族，庶无犯罪之男，儿子即将来到人世，犯罪之身，何颜面对列祖列宗和后代儿孙？陆军监狱以尚在调查，拒不开庭。与其屈辱而生，不如激烈而死，纵使奇冤不白，懔然傲骨犹存。他决心为捍卫清誉，一死而证奇冤，相信世道人心会还给他公道的。

陆军监狱优待室是高墙围着的一个囚禁高官的小院子。在这里囚禁的人要是能活着出去，不少人都能官还原职，有的甚至异地升官发财。囚在这里的犯人，除了看管得特别紧外，待遇肯定比别的犯人好得多。

尹昌衡是个很爱振作的人，下了死的决心后，要洗尽污浊的尘垢，干干净净去见泉下的列祖列宗。他认真地洗了个澡，换上了一身干净的衣服，然后跪在窗前，对窗外的青天近乎宗教徒般虔诚，发下了庄重的誓言，并咬破中指，在洁白的狱墙上写下血誓："名节遭毁，铁血成污，毋宁死！尹昌衡。"

尹昌衡在陆军监狱宣布绝食了。

陈宦说得对，"法就在总统手里"，陆建章按袁世凯之意，压根儿就没打算过对案件进行侦破和开庭审判。公开审理，为其洗清冤枉，这办得到吗？而今尹昌衡以死要挟，笑话，堂堂军政执法衙门，还有总统做后盾，吓得倒谁？

陆建章开初并没怎么把尹昌衡绝食当回事，只是向袁世凯轻描淡写地作了个报告。

袁世凯问："过去遇到过这种事情吗？"

狱中犯人要寻死觅活的，陆建章见得多了。他回答道："狱中走一趟，呼冤叫屈，要抹喉上吊、绝食服毒的随时都见得到。若都当成回事，忙得过来吗？"

袁世凯瞪了陆建章一眼："嗯？"

陆建章从袁世凯那狠狠一瞪的目光里，立刻明白自己说走了嘴，更正道："当然，尹昌衡是总统特别关照的大人物，我会格外在意的。有新情况，再随时报告总统。"

"唔，尹昌衡没饿过饭，先让他尝尝饿饭的滋味也行，看他能硬到多久。"

尹昌衡绝食的第二天，陆建章给典狱长打去电话："尹昌衡吃饭没有？"

"粒米不进。"

"别让他看书看报，别舒服了他。"

"他没看书，没看报，也不跟人说话。"

"他在干什么？"

"像老和尚参禅，在床上闭目打坐。"

"打坐？多派些人手，看紧他，别让他胡思乱想，干出什么蠢事来。"

第三天午后，典狱长主动给陆建章打去电话："处座，怎么办？马桶里已经没排过大便了，今天他没打坐了，睡在床上了，可能是饿得撑不住了吧，可是他还是不进食。"

"他不进食，你多想办法！"

"什么办法都用完了。"

"断食第三、四天是最难熬的，你亲自去劝劝，给他搭个下楼的梯子。"

"我去了，昨天就是我亲自送饭，说破嘴皮，他就是闭着眼睛不理睬。"

"这……你去找个川菜厨师，给他做最香的、最好的，用最好的酒引诱他。"

"我试一下吧。灵不灵，不知道。处座，这个尹昌衡不是一般人，我是及时向你报告了的，出了什么事情，卑职可负不了这个责任啊。"

"去办吧，别啰唆！出了事情我拿你是问。"

陆建章此时不得不着慌了，忙去向袁世凯汇报。袁世凯叫陆建章亲自去劝劝，或者叫跟他相好的人去劝劝。

典狱长杨进忠，是个一直跟段祺瑞的军人，很敬重尹昌衡。陆军部次长陈宧来代段祺瑞看望尹昌衡时，曾经给他打过招呼，尹昌衡要是在陆军部的监狱里受了委屈，回京后要拿他是问。他交了四川人做朋友，跟四川会馆主事冷亭轩也颇为熟悉。得了陆建章的许可，他立即亲自去四川会馆找冷亭轩，要冷亭轩帮他找一个最好的川菜厨师，并向冷亭轩打听，尹昌衡最喜欢吃什么菜，喝什么酒。

冷亭轩奇怪了："你陆军监狱又不待显客，要做最好的川菜干什么。这跟尹都督的口味有什么关系？是不是尹都督病了，或者……"

杨尽忠欲言又止："这个，这个，这个冷主事就不用管了。"

冷亭轩趁机向他打听尹昌衡的近况，杨进忠其实很想把尹昌衡绝食的事告诉四川人，让四川人知道后，好帮他劝尹昌衡，并设法营救。见冷亭轩已经敏感到尹昌衡可能已经出事，目的已经达到，便吞吞吐吐地支吾道："我是典狱长，乱说了监狱里人犯的事情，冷主事不是要我丢饭碗吗？"

尹昌衡来京治病，病情大有好转，又有殷文鸾的周到饮食服侍和爱情滋养，身体已经大体复原。下了必死的决心后，就琢磨怎么才死得下去，怎么死才不至于死相难看。

尹昌衡尽他的知识猜想，人断食后的最初的日子，可能是最难熬的，那个时候精力还好，思维最活跃，最容易激怒，也是饥饿感最强，人最容易动摇的时候，是绝食的人跟自己拼意志力的时候。只要能坚持到昏迷，什么都不想了就好了。怎么度过这最难熬的开头几天呢？他想到了和尚参禅打坐，这一定是排除杂念、忘却烦恼的好办法。因此开头三天，他都坚持在床上打坐。

三天来，他用这办法，战胜了烦恼和饥饿对身心的折磨，也用这办法，应付了狱卒和杨进忠不胜其烦的劝膳絮叨。三天之后，饥饿的感觉开始消退，也不再那么难受了，只是头开始沉重起来，人昏昏沉沉的，他不再打坐，在床上躺了下来。

尹昌衡躺在床上，进入了半睡半醒的迷糊状态，意识开始不受自主控制了，飘飘忽忽的。记忆的残片，如西洋镜般开始在脑幕上闪现，时而零乱，时而连续，遥远的反而清晰，眼下的反倒模糊。儿时坐在父亲肩膀上看戏，傍着母亲的小纺车读书；日本海边，与岩崎小姐漫步，与李烈钧等朋友辩论；天津与冯倩文花前月下，与袁克文拔枪相对；成都，火光冲天，枪声乱起，匹马单枪借兵，孤旅誓师定乱；边藏，骏马驰雪域、雄兵夺荒城，饥兵围篝火，洒泪祭忠魂。

啊，水声哗哗，铁链叮咚，这不是大渡河吗，这不是泸定桥吗？泸定桥头，与妻子颜机生离死别的一幕，在半迷半醒的尹昌衡记忆的屏幕上，渐渐清晰地展开了……

此时，躺在狱床上的尹昌衡，似乎一下清醒了一些，眼角也流出了眼泪，嘴唇微微嗫动一下，好似在梦呓，心里遗憾地喃喃道："颜机，对不起了，昌衡要失言了。昌衡无颜见我那即将来到这个世界的孩子，日后他就要连累你了。"

明显地感觉到，囚室里灯亮了，床前有了杯盘声、轻微的脚步声。有人进来了。

哟，好香，好香！一阵强烈的回锅肉和剑南烧春的香味扑鼻而来。炒得翘乎乎、黄澄澄的回锅肉，夹着潼川豆豉和蒜苗的香味，咬一口，油汪汪，再喝一口剑南烧春，满嘴生香，那可是天下最美的美味了。那是四川人的最爱，也是他尹昌衡的最爱啊。

这久违的香气，突然使他完全清醒过来，复活了他强烈的食欲，喉头微微动了动，空肚子发出了一串咕噜噜的响声，一股馋口水，就要沁出嘴角。

一个柔和的声音轻轻地呼喊着：

"尹将军，醒醒吧，这是你最爱吃的四川回锅肉，还有宫保鸡丁、麻婆豆腐，啊，还有，还有你最喜欢的剑南烧春……"

"啊，我这是在哪里啊，这是谁在喊啊？"他努力想睁开眼睛，疲惫的眼皮太沉重了，没有成功。

那个声音固执地重复着，尹昌衡慢慢明白了，自己在陆军监狱，在绝食，这是好心的典狱长杨进忠又来劝食了。

又一个声音加入了呼唤和劝说："尹将军，别赌气了，别折磨自己了，这是专门请人来给你做的川菜。你吃一点吧，没有什么事情不好商量的。"

这是陆建章的声音。进监狱后，这是第一次听到这个魔鬼的声音。他一下全明白了，这是引诱，是来瓦解他以死抗争的意志的。馋口水顿时缩了回去，他暗暗告诫自己："沉默，就能破除一切想瓦解自己意志的力量，用不着理他，别理睬任何人，也包括亲人。"

杨进忠真诚地相求，陆建章花言巧语，还在喋喋不休，尹昌衡已经暗自调整好了急促的呼吸，仍然紧闭着双眼，不言不动。聚拢的心神又弥散开了。

2

冷亭轩感觉，陆军监狱典狱长杨进忠来借厨师时，说话的神情有点怪，是不是尹昌衡有什么不测？冷亭轩立即报告了骆成骧。骆成骧也感到这事情有些蹊跷，立即召集了几个四川人和尹昌衡来北京的几个新朋友商议。

众人无法，让马忠和张得奎夜闯陆军监狱，才知尹昌衡已经绝食三天三夜。

这边陆建章亲自前去监狱劝膳,任是他低声下气相求、花言巧语相骗、声色俱厉威胁,尹昌衡就是不睁眼,不说话,只有狼狈而出。

陆建章明白,尹昌衡所使用的死亡威胁的武器威力有多强大。他这样响当当的人物,要是不明不白地死在监狱里,所掀起的风浪会比宋教仁之死的风浪大得多,他们没有任何辩驳的余地,不但他吃不消,刚刚坐稳总统交椅的袁世凯更吃不消。然而要想跟尹昌衡妥协,满足他的条件,公开认错,为其洗清冤屈,以证其清名,这是无论怎样也办不到的。

尹昌衡已经绝食三天了,随着死神的一步步逼近,陆建章的压力就一步步加重。他不能自作主张,只有向袁世凯汇报。袁世凯当然更清楚尹昌衡的死亡威胁的严重性,黑办的手段断不可取,硬的手段于尹昌衡无用。软索能套猛虎,所有的办法中只有利用友情、亲情去劝。

"动员过他的亲友去劝了吗?"

"不敢,怕泄漏了他绝食的消息,招来舆论攻击。"

"纸包不住火,这事是瞒不过去的,报纸上都有文章怀疑,几天不见尹昌衡案的消息,是不是被政府黑办了?报纸喜欢闹,就由他们闹去吧,先找尹昌衡的朋友去劝劝吧。"

"尹昌衡很听他的老师骆成骧的话,陈宦次长也自称是他的同门师兄,可能说话要听。他不止一次托二公子和段公子办事,最好还是先请两位公子出面劝劝再说?"

袁世凯沉吟了一下:"唔,就叫他们先去试试吧。"

袁克文很快被叫到袁世凯的书房。

袁世凯道:"近来,去看过尹昌衡吗?"

"没有。"

"为什么不去?"

"没有父亲的吩咐,克文不敢擅自去看他了,怕说话不慎,坏了父亲深意。"

"叫你出面传话,我还会有其他什么深意?真意就是恨铁不成钢,要磨他的傲性和狂性。"

"前次去宪兵营时告诉他,父亲只是想磨磨他的傲性狂性,很快会放他的,可是刚刚过了年就公开逮捕了他。"

"唔,老子丢你的脸了是吧?尹昌衡现在跟老子较量脾气了,绝食几天了,想找死,你知道吗?"

袁克文闻言大惊:"什么?尹昌衡绝食几天了?父亲,他的脾气你是知道的,真的饿死在民国牢房，这对父亲、对民国……"

"怎么啦？他有脾气，老子就没脾气吗？你去告诉他，想挣轰轰烈烈虚名，就别进食。真不识抬举，愚不可及，不经烈火猛烧、寒冰淬火，不经千锤百炼，能成好钢吗？还称英雄豪杰，一点暂时委屈就寻死觅活，与无知村妇何异，真是一个懦夫！老子以前是高看他了！"

"父亲息怒，我再去传达父亲的深意吧。"

"你去将我的原话告诉他，不想当懦夫，就赶紧进食，规规矩矩地坐牢，少给老子添乱。到时候会还他公道的。"

陆建章陪袁克文和段宏业来到陆军监狱。骆成骧要求进监狱探监，几个记者要求采访尹昌衡，杨进忠和门卫正在竭力劝阻。

袁克文和段宏业都认识骆成骧，这个前清状元，学林前辈，又是尹昌衡的老师，二人赶紧趋前行礼。

骆成骧气愤愤地道："二位公子评评理，尹昌衡在这举目无亲的京城坐牢，我这个当老师、当老乡的，一个手无缚鸡之力的腐儒，既不能行凶劫狱，又不会教唆使坏，要去看望一下，开导一下自己的学生都不准，民国的监狱还有点人性吗？"

袁克文和段宏业都望着陆建章。

陆建章本来就打算去搬骆成骧来助阵劝膳，又最怕的是报纸记者纠缠。便做个顺水人情，上前道："骆公息怒，记者先生少安毋躁，军事监狱不比寻常监狱，自有特殊管理制度，别怪狱方不让探视。民众关心尹昌衡案件，民国提倡民主，大总统重视舆情，今日亲派二位公子前来关心案情。骆公乃当今贤达，可同二位公子一同探监，以便开导自己的学生。"

记者便一齐发喊："我们要求采访尹昌衡。"

陆建章把脸一横："这是军事重地，不接受采访。为公诸舆情，军方同意报社公推一人探视，如实报道。你们推举一人吧。"

众记者都举手相争："我去，我去！"

"你们相争不下，我就指定了。"陆建章随即指定《燕京日报》一名记者，便领着袁克文等人进了监狱。

第六十七章

活祭尹昌衡

1

尹昌衡绝食到第四天，他微闭着眼，静静地躺在床上。肠胃似乎麻木了，饥饿感完全消失，不再那么磨痛了，头也不那么昏沉了，人反倒觉得清爽了些，神志清醒许多。他不知道这是断食后的必然过程，还是其他什么身体原因。

窗外的小鸟叫声格外动听，翻春好久了，北国的冰雪消融了，花朵开始含苞，柳枝该抽芽了，要是在四川，油菜花也该开了，应该是春游的好天气啊。

院内突然传来沙沙的脚步声，他微微睁开眼睛，向窗外瞄了一眼，不止一人向他的监舍走来。他立即感觉到："糟了，劝他进食的人来了。"用不着思索，概不理睬，赶快又闭紧了眼睛。

骆成骧和袁、段二人先进监舍卧室，粉墙上的血誓，赫然入目，精致的早点摆满小几，一动未动。再看尹昌衡，方正的大脸似乎小了一圈，没了往日的风采，唇边冒出一圈胡茬，更增添了两颊深陷的晦色，骆成骧哽咽地喊了一声："昌衡，我来看你来了。"两行老泪不禁夺眶而出。

这亲切、慈和的声音，尹昌衡好想拥着恩师痛痛快快地哭一场，然而，他不能。他知道，恩师是来劝他进食的。他知道自己是脆弱的，恩师的人品，恩师的道理永远是正确的，是他战胜不了的。倘若一开口，就会使自己的意志全线崩溃。他努力控制着情感，可是抑不住的眼泪还是涌出了眼角。

袁克文和段宏业见尹昌衡骤然成了这般模样，也不禁心酸，坐上床沿，掏出纱绢，轻轻地为尹昌衡拭去眼泪，道："硕权兄，委屈你了，我和宏业看你来了。"

尹昌衡虽然跟两个公子相交不深，但这二人的友谊是真的，特别是袁克文对父亲复辟帝制的担忧，也是他最大的担忧。二人也是他近日想念最多的朋友，可是，他们今天一定是担着袁世凯要他屈服的使命而来的。他心中暗暗地道，兄弟们，原谅昌衡吧。依然不睁眼，不答话。

骆成骧以一个长者的口气，娓娓地劝慰着。朋友的话也出自肺腑，每一句都如重锤，都如利刃，撞击着他那痛感最敏锐的心弦。这些道理，这些责任，也不止一次折磨过自己，他都没能说服自己。此时他仍是不睁眼，不辩驳，只是无声泪涌。

段宏业道："硕权兄，骆公之劝，也是朋友们的心声啊。望你三思，今天我受父亲之命，要我转告你，你的信他已经收到了。他已经给陈宦打过招呼了，湖北公务正办交接，他不日回到北京，将亲自过问你的案子，你相信他会给你公道的吧。"

袁克文也道："硕权兄，父亲今天特意吩咐我转告几句话。他的话不大中听，但我只能原话转达，克文先告罪了。"

尹昌衡听到说袁世凯要转告的话不中听，暗想，不中听，或许是有什么真话吧。

接着袁克文把袁世凯的原话照说了一遍："他有脾气，老子就没脾气吗？你去告诉他，想挣轰轰烈烈虚名，就别进食。真不识抬举，愚不可及，不经烈火猛烧、寒冰淬火，不经千锤百炼，能成好钢吗？还称英雄豪杰，一点暂时委屈就寻死觅活，真是一个懦夫！这与无知村妇何异？老子以前是高看他了！"

尹昌衡都听清楚了，前面都是借口和托词，后面是激将法。可是把他比作村妇，骂他是懦夫，还是使他震惊，眉头不禁轻轻动了一下。

尹昌衡一直不言不动，众人毫无办法，只有叹气。

众人心情沉重地走出了陆军监狱。

袁克文道："骆公，我们不能眼睁睁地看着硕权去了啊。你最理解他，还有什么办法吗？"

骆成骧道："劝，再劝也没作用啊，什么道理他不懂。除了满足他的条件，还有什么办法？总统能给他公开正名吗？军政执法处，能给认错道歉吗？办不到啊。"

众人都看着陆建章，陆建章脸上红一阵白一阵的，赶快避开众人的目光。

骆成骧道："唉，亲人又远在四川，即使赶来相劝，他熬得到那个时候吗？"

"亲人"二字一下提醒了袁克文，他赶紧道："他的小姜殷文鸾不是还在北京吗？"

袁克文通过骆成骧很快地找到了殷文鸾。

殷文鸾之前做梦也没想到，此身还能摆脱玩物的命运，许身尹昌衡后，尹昌衡给了她这意想不到的一切，虽然短暂，但是甜蜜、幸福。特别是收到颜机拜托她在京城照顾好尹昌衡那封信时，恰值报纸上争相报道蔡锷的夫人吃小凤仙的醋，来京大闹怡居院的花边新闻，殷文鸾读后感慨太深了。她的凤仙姐姐虽然风光荣耀，无论怎样也是一个妓女。而自己既得到了尹昌衡的真爱，还被尹家完全接纳，成了一个完整的女人。她感到命运太眷顾她了，此身生为尹家人，死为尹家鬼，也无怨无悔了。

殷文鸾听说尹昌衡已经是绝食五天了，没想到她的幸福破灭得这么迅速。先只是哭，为尹昌衡做一切，她都会义无反顾的。她多了一个小心眼，提出了一个要求：去见尹昌衡后，再也不能把她跟尹昌衡分开，生死都跟尹将军在一起。

袁克文和段宏业都拍胸口保证。殷文鸾立即被请进陆军监狱，见到已经变了形的尹昌衡。

殷文鸾的到来，让尹昌衡本已涣散的意念又波动起来。在他的亲友中，最让他放心不下的还是殷文鸾。得知她也为劝膳而来，他依然不为所动。

殷文鸾悠悠地道："我不说了，将军决定的事都是对的。我们曾经发过誓，今生今世永不分离，将军这样聪明的人决定了死，一定是对的。跟将军一起走完人生最后的路程，也是一种福分，一种最好的结局吧。"遂陪尹昌衡一同绝食。

袁克文听说后大惊："啊，殷夫人也跟着绝食了？"旋即又释然了："好，好。想不到殷夫人会想出这样的好主意。有希望了，大有希望了。"

2

此后的日子，狱卒依旧殷勤，只是换班更勤。不时有人来看望劝慰。陈宦、黎元洪、蔡锷、彭光烈等人都来过。尹昌衡时醒时昏迷，依旧是不言不动，不予理睬。

殷文鸾陪尹昌衡初绝食，精神还好。她尽量少让尹昌衡说话，除了代他礼貌地应酬来访客人外。余下等待死神那漫长的时间里，只要感觉到尹昌衡清醒时，就尽量体贴温存，多说话来打发寂寞。

尹昌衡绝食到第八天了，呼吸越来越微弱，死神的脚步声越来越近了。殷文鸾也越来越虚弱无力了，尹昌衡又一次醒过来，听不到殷文鸾娓娓絮语的声音了。此时用力睁开眼，只见殷文鸾穿戴得整整齐齐，拿着小镜子在精心化着妆。

尹昌衡突然想起昨天殷文鸾给他说过："将军早绝食几天，怕将军走的时候，自己已经没有力量结束生命了，让将军一人上路孤单。我一定要趁还有力气的时候先上路，在阎罗殿门外等着将军。"

尹昌衡鼓足了劲道："太贞，你要干什么？你不能干傻事啊。"

殷文鸾浅浅地笑着："将军放心吧，我这会儿还不会走，你安心睡吧。"说着，又望了望内外室之间那道门，估量着高低，又拿出一条绢带，结了一个环。尹昌衡下定决心开口求监狱方了，一定要让他们赶快把殷文鸾带走。

这时袁克文走了进来，尹昌衡不想跟袁克文说话，又闭上眼睛。袁克文把骆成骧给尹昌衡写的祭文交给了殷文鸾："这是骆公给硕权兄作的祭文，殷小姐代他给硕权兄交差，读一读，祭一祭吧。"

骆成骧那天来看尹昌衡，尹昌衡概不回应，再劝也没作用，既是一筹莫展，又不放心。昨天又来看尹昌衡，殷文鸾也跟着绝食了，他急得跌脚，埋怨了一阵，只好绝望而归。

骆成骧回到下处细细一想，这女子这一着倒逼尹昌衡进食，或许倒是一个高招。尹昌衡重情，深爱他的小妾，他能够只管自己任性，甘当凶手，活生生地逼死如花美眷殷文鸾吗？对！他不能啊！好，不如趁机给殷文鸾的倒逼添点力吧。

怎样助力呢？响鼓也用重槌，遣将不如激将，劝不转他，就改作骂。对聪明人，亲人的痛骂或者比温言劝慰更能让其猛醒。他在泸定桥决心赴死之时，我不是曾经许诺过给他作传吗？现在他真要赴死了，就以兑现诺言为名，好好为他作一篇祭文骂骂。诸葛亮阵前骂死王朗，骆状元祭文或许骂活尹昌衡。

对！骂，痛骂，骂他个狗血淋头！

骆成骧立即展纸剪烛，一篇洋洋洒洒的《活祭尹昌衡文》，一气呵成。他亲自送到了袁克文的手上，袁克文一看，立即明白了骆成骧的意思，连称："妙，妙，真是妙不可言啊。"

袁克文马上把祭文呈给袁世凯。袁世凯看完，也感慨地道："真不愧是大清朝四川省唯一的一位状元啊。这篇明骂暗劝的文章好啊！"

殷文鸾接过祭文一看标题，一惊："活祭尹昌衡文？"

袁克文道："对。骆公在泸定桥时，对他的得意门生有承诺。祭文送来了，你等硕权兄醒来时，代骆公给他念一下吧！老先生这算兑现诺言了。"

尹昌衡一听是骆成骧活祭他的祭文，不知这个老先生怎样评价的他，反倒更清醒了。更重要的是，他怕自己一昏睡过去，殷文鸾干出傻事来，他无论怎样都不能让殷文鸾为他而死的。

尹昌衡又睁开了眼。

尹昌衡从名扬八桂到定乱安蜀，再到西征平叛，骆成骧几乎都跟尹昌衡在一起。祭文的前面大部，他用鬼泣神惊的如椽大笔，华彩焕然的辞章，把尹昌衡的忠肝义胆、果敢刚毅，及其赴汤蹈火奇迹般建立的功绩，讴歌了个荡气回肠。

尹昌衡都听清楚了，他感谢老师的妙笔雄文，给他这么高的评价。

殷文鸾读到"铁血男儿，当得大忠、大孝、大智、大勇、大信、大义、大志、大德之美誉。壮哉昌衡，伟哉昌衡！"的时候，也被感动得泣不成声了。

这时，站在床前的袁克文接过祭文道："殷小姐，你休息一下，后面都是骂硕权兄不中听的话，我来代骆公痛骂吧。"

照理说，祭文至此，"呜呼哀哉，伏惟尚飨"就该结束了，怎么还会有痛骂的后文呢？这倒让尹昌衡奇怪，格外振作精神了。

袁克文清了清嗓子，朗声念道："噫吁嚱，尹昌衡真英雄乎？非也，真君子乎？非也！不过不堪一击之真软蛋，沽名钓誉之伪君子也！"

袁克文读到这里顿了顿，这怒骂让尹昌衡很震惊，只见他眉头也轻轻地动了动。

袁克文继续念道："尹昌衡声称，忠于民国，忠于共和，忠于黎民。今民国甫立，共和方兴，世人切盼国泰民安，仁人志士尽须努力；竖子有始而无终，半途而废，负气寻死，逃避重任，陷元首于不义！于国于民，何其不忠？双亲节衣缩食，教汝读圣贤之书，习安邦治国之道，盼尔建不世之功，光宗耀祖，尔学成文武之艺，刚展拳脚，小试锋芒。则弃垂暮高堂，不思反哺，忍使白发人哭黑发人，何其不孝？正轰轰烈烈，当展鹏程之时，偶遭青蝇相玷，犬吠几声，则为护羽毛而舍性命，为洗污正名而自绝，看似威猛金刚，其实弱胜稀泥，何其不智？妻娇妾弱，蕙质兰心，如花年华，玉洁冰清。当初缠绵悱恻，情重如山，而今背海誓山盟而去，弃之如敝屣。娶而不守，忍看娇花无依任污浊摧残，生而不养，即将问世遗腹之子，或异姓于他人。不尽人夫之义，不尽人父之责，何其无信，何其不义？更有甚者，盗磊落激烈虚名欺世，逼痴情小妾殉情陪葬，无异举屠刀手刃娇娘，何其无情、何其歹毒……"

殷文鸾突然哭喊道："别读了，别读了！"

袁克文还要代骆成骧继续骂下去，听殷文鸾这一喊才停了下来。只见尹昌衡先前平静如灰的脸已然通红，微张开嘴喘着粗气，使出全身力气终于断断续续地憋出了几个字："羞……羞……羞煞我……我也。"说完，头一歪，又昏迷了过去。

袁克文生怕他此时气绝，早就预备了一个医生跟杨进忠和狱卒候在外间，此时都拥进内屋抢救。过了一会儿尹昌衡又才转过气来……

殷文鸾道:"将军,好死不如赖活,你也不死吧,好吗?坐一辈子牢,我都陪着你。"

杨进忠立即把备好的参汤送到殷文鸾的手上。殷文鸾趁机舀起一匙,送到尹昌衡唇边。

尹昌衡长叹了一口气,终于张开了嘴。

心归炼狱

1

尹昌衡被捕的消息，牵动了所有关心他的朋友的心。最关心尹昌衡命运和事业的朋友，也包括他的红颜知己冯倩文。

冯倩文对尹昌衡可以说爱得毫无保留。对尹昌衡的事业，特别是西征平叛中，为兑现她"雪域亦近天"的诺言，为其及时提供京城上层的敏感信息，以及亲自为其筹措和押运军火，都不遗余力，鼎力为其奔走。尹昌衡每一个捷报，都使她欢欣鼓舞。

这几年来，冯倩文跟随义父冯国璋经历了很多事情，早已经没有了刚回国那种目空一切的贵族留洋小姐的脾气。对老一辈人，虽然有诸多看不惯，特别是对儿女亲事上，总把仕途经纪放在其上。但对他们那一代人，处在那样的时风，那样的环境，也多了理解和宽容。

冯倩文是在义母精心呵护下长大的，补享了人间的母爱，去年开初义母病重，义父忙于公务，冯倩文多数时间要在义母膝前尽孝。因放心不下远在西部边陲征战的尹昌衡，所以时不时地要前往父亲那里，为尹昌衡获取必要的重大消息，往返于北京和天津之间。

北洋最高核心集团决策层，早在二次革命之前，进行重大的战略决策时就达成了共识。一是北洋势力要尽快地渗透和控制革命党人的势力范围南部中国；再就是防止非北洋集团的边将作乱，必须调虎离山，尽快将黎元洪、蔡锷、尹昌衡这些人控制在中央。蔡锷进京后，又将那三人之中，最难请动、最不愿意离窝下山的黎元洪，千方百计尽快礼请到北京。同时，段祺瑞亲自出马，暂时留在武汉，代行湖北的军政全权，迅速安定好湖北，之后再回中央。

二次革命爆发后，冯国璋任江淮宣抚使兼北洋军第二军军长，担当了镇压二次革命的总指挥，挥师南下。张勋占领南京后胡作非为，遭到外国人抵制。袁世凯深知南京虎踞龙盘的战略地位，对他控制南方至关重要，于1913年12月16日任命冯国璋出任江苏都督，固守和经营好革命党人异常活跃的江南半壁江山。

袁世凯父子为了更紧密地笼络冯国璋，于1914年1月特将自己的家庭教师周砥（周道如）介绍给冯国璋为妻，并且指挥部下将这次婚礼办得格外隆重，一时轰动了大江南北。袁氏给周砥陪送的金银首饰、珠宝玉器就达120余担，其他妆奁五光十色，不可胜数。婚礼场面十分热闹，仅招待费就支出白银数万之巨。不久，冯国璋还被授以"宣武上将军"。

投之以桃，报之以李。冯国璋深感袁氏的知遇之恩，曾多次通电支持袁世凯解散国会，撕毁临时约法，反对责任内阁制，主张总统制，曾通电竭力主张中国"应于世界上总统制之外，别创一格，总统有权则取美国，解散国会则取法国，使大总统以无限权能展其抱负"。

冯倩文这一年来差不多都是在忧心操劳中度过。义母过逝，悲痛欲绝，守孝未满，又随义父南征，终日为义父忧心。何况她本来就是一个娇生惯养的弱女子。南京大战结束，她就病倒了，而且这一病不轻。

冯倩文自结识尹昌衡后，对其一往情深。傲气和任性，使她一再错过机缘。而今她已经不抱怨义父误了自己的婚姻，只抱怨自己的命运不济。既然回到中国，不能改变别人，就改变自己吧。她跟多少民国初年争取婚姻自由的知识女性一样，在强大的现实压力面前，只好妥协退而求其次，错过当发妻的机会而愿做妾。

尽管尹昌衡已经有妻有妾，后来又听说在北京纳了一个妓女，她仍然不计较这些。她一直还对尹昌衡抱着强烈的幻想。尹昌衡进京，这应该是极好的机会，可是自己却偏偏生病了。她不禁号啕大哭起来："天不佑多情，我好命歹！"

妥儿跟冯倩文情胜姐妹，尽力安慰："小姐，放心吧，你会很快地好起来的。尹将军到北京治病和公干，至少要两三个月时间吧。或者总统在北京重用他也未可知。等你病好后，我们再去北京会他。"

妥儿除了尽心尽力地伺候汤药外，总是及时把载有尹昌衡在北京的好消息的报纸，送到小姐的病床上。在妥儿的悉心照料下，冯倩文渐渐能下床了。正准备去北京见尹昌衡的时候，又遇上总统为媒，义父结婚的大喜之事。春节马上就要来临，这种时候，他能离开义父去北京吗？

— 632 —

冯国璋接任江苏都督后，为加强北洋集团对江南的统治。首先于前清江宁府署设立江苏全省执法处。从天津调来大批警察，整治治安，很快结束了张勋辫子军破城时对南京造成的破坏和动荡；任命王遇甲中将为总司令；将沿江的四路要塞加以整顿，统一指挥；接着又成立陆军讲武堂、水师学堂、陆军警察学校。

到南京后第一个元宵佳节，冯倩文决定留下陪义父，春节后再去北京。

可是谁知未到元宵节，就传来尹昌衡被捕的消息。接着，就是南北报纸一片为尹昌衡鸣不平之声。

尹昌衡关在陆军监狱，此时自己去北京，即使见到尹昌衡，又能给他什么帮助呢？

尹昌衡的命运掌握在袁世凯手里，此生冯倩文最恨的就是袁世凯了，要是没有当年他跟义父的口头婚约，会有今天这样的倒霉吗？义父目前正感恩袁世凯，要让义父出面为尹昌衡说情，定然会为难。

妥儿劝冯倩文："既不愿向袁总统求情，又不想烦你义父，不如去求段总长。段总长一直很看重和关照尹将军，尹将军又关在他管的陆军部的陆军监狱里，他先给陆军监狱打个招呼，至少眼前可保尹昌衡在陆军监狱里少吃亏，然后看尹将军到底犯的什么罪，再慢慢设法去帮助尹将军吧。"

冯倩文一想，眼下也只能这样。

二人打定了主意，元宵节后冯倩文去向冯国璋请求："父亲，女儿病了好久，现在总算好了，父亲有新妈照护了，我想出去走走，散散心。"

冯国璋道："好啊，这一年来苦了我的好女儿。出去走走吧，打算去哪里？"

"先想去给段伯父拜个年，顺便向他求个人情，再去北京探监，看一下尹昌衡吧。"

"求人情，是给尹昌衡求人情吗？怎么不让我开口向你袁伯父求人情？"

"袁伯父那么霸道，父亲才受他的大恩，怎么好开口去拂他的意，去给被他惩罚的人要人情啊？"

冯国璋一听，眼眶也湿润了，一下把冯倩文搂在怀里，无限感慨："倩文，为父的乖女儿，你长大了，你终于懂事了，晓得人情世故了，懂得父辈活人之艰难了，不怨为父耽误了你的亲事了。"

"倩文只怨少不更事，自己任性，当年不听父亲之言，执意去四川追他，错失了机会，只有自己怨命，不怨父亲啊。"

"不只是因为那个，尹昌衡不是寻常人，门第才是根本原因。即使现在我们都不计较，女儿也别抱幻想啊。要学会拿得起，放得下，多看看外边吧。我给你新妈也说过，叫她也多留心一些，不办好你这件事，我对你父母没法交代啊。"

"啊，父亲的意思是不让我去北京看他、帮他？"

"我不是这个意思。我是尹昌衡的第一任上司，你段伯父来南京吃喜酒时，我们还议论起他，他确实是国家难得的栋梁之材，用好了，是国家之福，无论从哪个角度，我们都应该帮他。这次你去武汉找你段伯父，算是找对人了。眼下他出面帮尹昌衡，是再合适不过了。我再给你段伯父写封信，你去武汉时给他吧。"

父亲这样理解人，冯倩文感动地道："谢谢父亲。"

"尹昌衡很尊重你们之间的友情，见着他时，你也劝劝他吧。历代的封疆大臣，都不宜久据一个地方。黎元洪、蔡锷都到北京了，他何苦要固执地回边藏、回四川呢？这不只是你袁伯父个人的意思，我跟你段伯父也是这个意思。"

冯国璋的这一席话让冯倩文一震，似乎一下明白了许多事情，她沉思了好久，点了点头："倩文记住父亲的话了。"

"就不急着去给你段伯父拜年了。他一生不收人礼物，你若拜年，不送礼物，又失晚辈敬意，送了年礼，坏了他的规矩，反让他为难，自己也难堪。你袁伯父让他第二次去镇武汉，只是为了暂时稳定武汉的局势，现在武汉的事基本平顺了，他很快就要重回北京了。不如开春后，再慢慢去同他一道北上吧，就是我不写信，他也会尽力去办尹昌衡的事的。"

冯倩文明白，既然义父和段祺瑞都关心尹昌衡，相信尹昌衡暂时没有大的危难，也就不坚持立即去救尹昌衡了。

2

骆成骧痛骂，殷文鸾以死要挟倒逼，尹昌衡终于进食了，渐渐恢复了元气。

请殷文鸾进牢房时，曾经承诺过她不跟尹昌衡分离，她又是个烈性女子，若硬逼她离开尹昌衡，怕惹出难以收拾的麻烦，只好准她留在尹昌衡的身边。

人在愤激中，是什么劝都听不进的，尹昌衡冷静下来，退后一步再想，便跟冲动时的想法大不一样了。一向自负的他，开始后悔他的冲动了。绝食，不应该是一个真男人做出来的事。骆成骧骂得好，袁世凯也骂得好，那不是他的光荣，是他人生中的一次耻辱。从此羞提此事，也求朋友别纠缠此事，别再让他脸红难堪了。

尹昌衡一边休养身体，一边调整自己的心态。自己既然活下来了，就该把放不下的通通放下，重新想想该怎么好好地活这一生了。

尹昌衡一直放不下的是边藏。他耿耿于怀的就是违背了"三月而返"的血盟。他知道藏胞最怕汉人说话不算数，但是他身不由己，已经被民国解除了边藏的职务，他曾经去信请求谅解。

当然，尹昌衡最放不下的还是自己已经决心奉献一生的民国和共和的命运。他曾经寄希望于袁世凯，但袁世凯要恢复帝制，民国与共和的前途堪忧，才导致了他要跟袁世凯决裂的一切行动。可是现实如此，目前他能怎样呢？

袁世凯仍然对他不杀不谳，军政执法处也没再派人来过问他的案子，仍然没有开庭审判的迹象。袁世凯既不杀他，也不给他自由。他记得绝食中袁克文曾转告过袁世凯的原话："不想当懦夫，就赶紧进食，规规矩矩地坐牢，少给老子添乱。到时候会还他的公道的。"说穿了，袁世凯怕他给复辟帝制添乱，才要他规规矩矩坐牢，等到他能为其所用，还他公道的时候，再稍费周章去自打嘴巴平反。

尹昌衡不斤斤计较眼前的荣辱和委屈，终于全想通了：不死并不等于屈服，不死也不等于德行有亏。也不急于要求审理定案还他公道了。留得有用之身，要他为民国所用，为共和所用，随时可以。若要他为袁世凯复辟帝制所用，永远办不到。世事无常，袁世凯未必能如所愿。何况他已是风烛残年之人，自己正当壮岁，来日方长。坐牢就坐牢吧，身不自由，可是人的心永远是可以海阔天空自由飞腾的，再高的狱墙也关不住自己的心啊。

对，心归炼狱好发奋，虔心著述正当时。

想到这里，他不禁自己也笑了，原来以为自己是放达之高士，没想到自己也是个计较蜗角虚名的大俗人。一时小委屈，竟然连自己的座右铭都忘记了："行则霖雨济苍生，藏则著书教万世。"

尹昌衡请杨进忠派人抹去狱墙上他绝食的血誓，从此在狱中安心读经典，虔心研读父亲为他收罗来的那些佛经易术之类的奇书。每捧着这些书时，心中便有一种奇怪的感觉。父亲特意送这类书，定是预感到了什么。他读书之余，闲下来就写诗，或者整理自己的诗稿。

尹昌衡安心坐牢之后不几天，也就是1914年4月12日，收到了家中的报喜电报，颜机生了个大胖小子。大难中喜得贵子，尹家后继有人了，他跟殷文鸾都喜不自禁。他给儿子起名"宣桓"。

儿子来到人世，他身为囚犯，用什么给儿子作洗礼呢？他想起了屡遭迫害、官场失意的苏东坡年近50岁时喜得贵子而写的《洗儿戏作》：

> 人皆养子望聪明，我被聪明误一生。
> 唯愿孩儿愚且鲁，无灾无难到公卿。

苏东坡在极端逆境中，以他特有的幽默作的诗给了他很大的启迪，于是提起笔来写下了入狱以来的第一首诗：

训子

生不愿汝为璞玉，功名迈父宁西蜀。

又不愿汝为李潞州，袭我宝剑封公侯。

百年将相何足数，冠盖纷纷等尘土。

庞公昔日归鹿门，父子依依老农圃。

莫羡李家亚子化为龙，曹氏黄须猛如虎。

窃钩窃国尽崔符，几见高檐灯千古？

文王能演易，公旦缵其绪。

孔伋作中庸，斯为光厥祖。

吾家自有三畏斋，愿汝终身守其鲁。

当然，这《训子》中的言志，也是告慰家人，他不会从此一蹶不振，他会坚强地活下去。

尹昌衡和殷文鸾在狱中痛饮了一回庆贺。袁克文和段宏业闻讯后，也携酒前来为他祝贺，并把这好消息转告了骆成骧。隔日，冷亭轩通过杨进忠的关系，与骆成骧、彭光烈还有黄侠仙和殷岳奇等老乡和朋友，相邀一道，携酒探监，为尹昌衡祝贺。

陆建章把尹昌衡进食后的情形随时报告袁世凯。袁世凯嘿嘿一笑道："好啊，只要他规规矩矩坐牢，不惹是生非就好，就让他读书思过。他真要是能写出什么惊世的圣贤文章，那也算有我们的一份功劳吧。"

段祺瑞是拥护袁世凯把黎元洪等三人控制在北京的，亲自去湖北请动了黎元洪，圆满地安定了湖北大局。新年刚过不久，正准备做最后移交的重要时刻，即收到了尹昌衡求救的信函及附上的十大罪状。一看那十大罪状，就明显地看出那是拙劣讼棍的诬陷。

段祺瑞把要控制的三个人做了个简单的比较：他们的共同之处，三个人都不满清朝的腐败，渴求变革，但三人都不是革命党，都不立意推翻清朝。他们都是革命党的朋友，对立宪与共和没有明显的偏向。他们都是被动卷入辛亥革命浪潮的所谓"辛亥英雄"。黎元洪被革命党人从床下拉出来拥立为辛亥革命的首义领袖；蔡锷是趁辛亥革命浪潮，赶走他的恩人李经羲，当上云南都督的；尹昌衡则如他说，在四川给辛亥革命"揩屁股"，挺身而出，制止成都兵乱而当上四川都督。他们都同样拥护孙中山倡导的民主共和，反对其发动的二次革命。

三人的品格个性差别却很大：

黎元洪识大体，宽厚，圆滑，调和立宪共和，促进南北和谈，功不可没，运气超过能力。

蔡锷善把握时机，待势而动。说比做强，说为他赢得大名，做的却乏善可陈。军事行动上，输出革命在四川杀人不少，西征口号喊得响，却迟迟不上战场，还给尹昌衡制造了不少麻烦。借通电反对二次革命之功为资本，立即主动进京谋高官厚禄，甚至打他陆军总长要职的主意，其机心深不可测。

尹昌衡却与二人大不相同，置刚刚到手的四川土皇帝的高位于不顾，带病舍身西征平叛以赴国难。当年大清朝举全国之力，耗银数千万，用兵数十万，耗时数年，只平定了大小金川局部内乱。而尹昌衡西征面对的整个边藏数千里皆叛，又有英国人作后盾，竟然数月平定叛乱。

段祺瑞无悔一贯对尹昌衡的看重和支持，尹昌衡的胜利也是他自己的一份荣誉和骄傲。新生的民国，骤然升起这样璀璨的将星，对环视中华的列强群狼，是一种震慑，也是他这民国陆军总长的底气。

当然，对这样忠勇的军事天才须当提防，也更该重用。能与这样刚直无防的人共事，能成伟业，却绝无危险。当初他就曾经向袁世凯要求，把尹昌衡留在陆军部，定能为民国发挥更大作用。没想到袁世凯心仪的却是蔡锷，当袁世凯提出要让蔡锷接管他陆军总长之职时，他不顾袁世凯的情面，竭力反对。

段祺瑞一直很关注尹昌衡进京的动向，知道尹昌衡执着于自己对边事的主张，生怕他勇直的个性惹出麻烦。及至元旦看到袁世凯对尹昌衡的抬举时，方才放了心。谁知春节刚过，就传来了尹昌衡被捕的消息，很快又收到尹昌衡求救的信札。他不相信那十大罪状会跟尹昌衡沾边。便立即电令陈宦，不能让尹昌衡在陆军监狱受到委屈和非法摧残。

段祺瑞抓紧湖北的公务安排和交割，好立即赶回北京去处理尹昌衡之事，此时冯倩文又带着冯国璋的手札前来求救。冯倩文虽然不是冯国璋亲生，但在长辈面前格外乖巧可爱，他对这烈士的遗孤，也格外宝爱。袁世凯对段祺瑞和冯国璋的姻亲施恩，使这对北洋集团的重将，也沾亲带故了。

段祺瑞道："小侄女，我懂得你和你父亲的意思，放心吧，我这陆军总长，绝不让尹昌衡蒙受冤屈的，一旦安排好这里的事，我们就立即进京，我亲自处理这事。"

有了段祺瑞这样的表态，冯倩文自然放心了，只有安心等待。

交割完军政事务，直到5月初，段祺瑞才带着冯倩文赶回了北京。

3

1914年5月1日，《中华民国约法》公布。

袁世凯解散国会后，于1月26日公布了《约法会议组织条例》；于3月18日召开约法会议。

约法会以孙毓筠为议长，完全是袁世凯控制的御用工具，承袁世凯的鼻息，修改临时约法。最重要的修改共七项，全部是增加总统权力的内容。《中华民国约法》4月29日通过，5月1日由袁世凯公布，即后来所谓"新约法"。同时宣布废止原来的《临时约法》。

新约法把总统权利扩大到专制皇帝的程度。将责任内阁制改为总统制；废除国务院，设国务卿"赞襄"总统；于总统府内设政事堂，作为办事机构；由总统任命若干参政，组成供咨询的参政院，并代行立法机关的权力。至此，南京《临时约法》所确立的责任内阁制完全被摧毁。他实行民国总统制时，免去了代国务总理孙宝琦，任命他的拜兄徐世昌为第一任国务卿。

徐世昌，天津人，字卜五，号菊人，是袁世凯的老乡，袁世凯敬徐学识才华，徐敬袁胸怀大志，二人惺惺相惜，结拜成兄弟，徐长袁四岁为拜兄。徐落魄之时，袁世凯曾助徐百两纹银进京赶考，一举中了进士得官。后来又跟袁世凯小站练兵，是袁世凯的核心幕僚，实际是北洋集团的军师，成了北洋集团中地位仅次于袁世凯的二号核心人物。辛亥革命，袁世凯被扶上临时大总统之位后，他这清朝军机大臣领太子太保衔的最高官，甘心下野，隐居青岛。在政坛上，以沉稳圆通闻名。有"水晶狐狸"之称的徐世昌，两年观望之后，看袁世凯江山已经坐稳，便欣然应袁世凯之邀，出任了民国国务卿。

12月29日，袁世凯公布《修正大总统选举法》，规定总统任期10年，得连选连任。袁世凯将成为实际上的终身总统，这是后话了。

如此重大的政治变化，使段祺瑞这次回京时心情很不轻松。年前，袁克定代袁世凯到南京为冯国璋贺婚。袁克定过去都把他跟冯国璋等北洋元老当作长辈尊敬，现在俨然以皇太子身份自居，在他们面前趾高气扬，不可一世，这让段祺瑞极其反感。袁克定和杨度等人大肆宣扬的德国式君主立宪，让人听了一下就得出完全是恢复帝制的主张。不少人都担心这是袁世凯传递的主张，或者就是袁世凯

— 638 —

放出复辟帝制的试探信号。

　　平心而论，段祺瑞跟冯国璋一样，都对袁世凯很感恩。他跟冯国璋都认为袁世凯不至于糊涂到去改变既定的民国共和的国体，复辟到家天下的帝制，因为那将是民国的极大灾难。

　　段祺瑞没想到的是新约法这一步跨得这么大。种种迹象把袁世凯复辟帝制的野心暴露得越来越明显，这令段祺瑞极其不安。那么监禁尹昌衡会不会是袁世凯实现复辟梦想的一部分呢？如果是，那么这次回去救尹昌衡就麻烦多了。包括自己如何面对袁世凯的复辟野心，也面临着弃袁还是拥袁的痛苦决策了。

　　段祺瑞有了这样的焦虑，必须先摸清情况。武汉出发之前，就去信告诉段宏业，冯倩文此次专门为尹昌衡的事随他进京，长辈都知道冯倩文对尹昌衡那份情意，冯国璋又有书信相托，要他招呼袁克文，一起给他们儿时的朋友接个风，为冯倩文宽宽心，出出主意。

　　袁克文配合骆成骧和殷文鸾，终于让尹昌衡进食，而且尹昌衡又喜得贵子，在狱中静下心来，虔心于学问和整理诗稿了。他这富贵闲人，心里也充满了成功的喜悦。但是，哥哥与杨度等人推动，父亲复辟帝制脚步却迈得越来越大，特别是新约法的出笼，利令智昏的父亲，使民国和袁氏家族的命运，都越来越临近灾难的深渊，这使他越来越消沉和绝望。

　　袁克文连狎妓寻欢的心情都没有了。正准备去天津和帮会中的朋友们鬼混，既寻大难当头的后路，也打发厄运来临前的烦躁。这时接到段宏业的邀请，段伯父相召。

　　袁克定从南京贺婚回来后，毫不隐讳地抱怨北洋元老重臣们忘恩负义。特别是对把他视为残疾人、反对他当模范团团长的段祺瑞，更是恨之入骨，竭力诋毁。袁克文绝望的心里不禁闪出一丝亮光，北洋元老们不至于都像父亲这般犯糊涂吧。他们的态度，对父亲是有很大影响力的，说不定会使父亲迷途知返的。

　　袁克文接到段宏业的电话后，立即赶到吉兆胡同（仓南胡同五号）段祺瑞府。段祺瑞虽然长期居高官，但极其俭朴，先一直租住极其简陋的民居，后住袁世凯相赠之宅，直到北洋政府时期，才购得现在这座大空院。

　　此宅原为清代康熙皇帝第二十二子允祐府，占地近四十亩。四周环以围墙，墙体皆为城砖，俨然一座城堡。段祺瑞住进来时进行了一些改造。面阔三间的府门被改为西式大铁门；门内有一个大地球仪造型，一只雄鹰傲踞其上，体现主人一改天朝为尊的观念、眼观世界的气度和胸襟。中轴线上殿宇高大气派，前有民国风格的新式走廊。院内曲水回环，前后两进共五座石桥。大殿后院东、西、北面各建有一组西式屋宇，北为二层楼房，是主体建筑，东、西为配房，有走廊连接，廊柱为瓜棱水泥柱。大殿东侧建有一座两层西式楼房，是段母的居所；西侧是舞厅。段祺瑞后来执政时曾在此召开过国务会议。

段宏业亲到大门口迎接袁克文，将其引到后园一座曲水环绕的雅致亭阁之上。阁上悬"青白"二字横匾，是为阁名，既寓含围棋棋子分黑白二色之意，又寓含主人为人清白之风骨志趣。阁前左植一株丹桂，右植一树茂盛的栀子，阁侧有小桥连着一个小亭，亭上置着一副精美的棋枰。

此处乃是段祺瑞迎接好友议事，或者棋枰博弈之处，寻常官员，休想得进。段祺瑞一生别无所好，唯痴爱围棋。起源于中国的国粹围棋，到民国时已经衰落到国手不敌日本的五段棋手了。由于段祺瑞的提倡和扶持，其中一批中国棋手赴日学艺，迅速脱颖而出，其中也包括段宏业，很快战胜称霸于世界围棋界的日本人和韩国人，重现了国粹光辉。

段宏业把段祺瑞的信递给袁克文，袁克文看完信，不禁一下皱紧了眉头。

袁克文本来是个对女人之事向来都拿得起放得下的放达之人，但他跟冯倩文既有青梅竹马的兄妹情谊，又有父辈酒宴上的定亲之说，倩文又确实是一个好姑娘。他虽然为了男人的尊严跟尹昌衡决斗过，冯倩文既然芳心他属，尹昌衡又确实是个好男人，只要冯倩文幸福，他也就很快放下了。几年没见面，他很希望立即跟这可爱的小妹妹见上一面，只是现实变得如此残酷，冯、尹有情无缘了。

段宏业问袁克文："豹岑兄，你说怎么办？"

"宏业，去年我们初访尹昌衡，代倩文问罪，尹昌衡拜托我们的话，你忘记了吗？"

"没有啊，他说他若再娶倩文有三不义，可见决心之大。我还记得清清楚楚，最后他还慎重地拜托过我们：'转致冯公和倩文小妹。昌衡有负冯公高情，有负倩文芳心，永存诛心之痛。愿冯公另择高门，早钓金龟；愿倩文早觅佳偶，琴瑟和谐，比翼高飞。'"

"是啊，尹昌衡决心已定，而且又纳了殷文鸾为妾，劝是劝不转的。而今又在坐牢，若原话转告，这不伤一个痴情姑娘的心吗？何况毕竟因为我误了这可爱小妹的亲事，叫我怎么开得了口？"

"是啊，我也开不了口啊。着急啊，所以急着找你来商量。有些有学问的人呀，真迂腐啊！把男女欢爱那么丁大点事，看得那么重，真麻烦！"

二人抓了一阵脑袋，袁克文道："我看这样吧，给你父亲和倩文接风，地点就选在你家里。宴后来这青白堂吃茶。"

"这行吗?"

段祺瑞为官一生清正耿介,颇具人格魅力,素有"三造共和"、"六不沾总理"之美誉,即不贪污肥己,不卖官鬻爵,不抽大烟,不酗酒,不嫖娼,不赌钱。他尤其痛恨抽大烟,对子侄管束很严。

袁克文道:"伯父尚节俭,去大酒店,怕他说铺张、张扬,去小地方又怕简慢了倩文。钱由我出,而今你也是有差事拿俸禄的人了。用我们兄弟的名义,去燕京大酒家请两位大厨师,借你府上,好好办几席,全家团聚,热热闹闹地给伯父和小妹接风洗尘,岂不更好?"

"那就多谢豹岑兄了。可是我们怎么开口给倩文宽心出主意啊?"

"说啥都开不了口,见面后你我来演个双簧,大骂尹昌衡忘恩负义,先敷衍着,再随机应变吧。"

二人去车站,把段祺瑞和冯倩文迎回段府。段祺瑞的夫人张佩蘅率众姨太太和子女,齐到门口迎接丈夫和侄女。

冯倩文给伯母姨妈们请安后,又跟弟妹们亲热了一阵,随伯父伯母去给段母请安。

冯国璋给女儿准备送段家的礼物很用心。他知道段祺瑞讨厌送礼,只让女儿给段祺瑞送了些南京特产茶叶和时鲜水果;段母笃信佛教,特意把冯倩文去峨眉山请来孝敬他的那串极其珍贵的佛珠,转献给段母。段母果然十分高兴,她又非常喜欢冯倩文这个小侄孙女,就把冯倩文和张佩蘅留下说话。

段祺瑞先回到他的青白阁,详细过问了尹昌衡之事。二人把尹昌衡进京后的情况,尽其所知做了详细报告,也说了尹昌衡对冯倩文的态度。

第六十九章

段总长探监

1

是夜，段府饭厅灯火辉煌。

段祺瑞官声赫赫，却妻房不多，子嗣不旺，人丁不旺。他又崇尚节俭，不爱排场，府中仆役用人甚少，除给段母请了一个亲戚伺候外，连丫鬟、奶妈都不请一个。偌大段府，冷冷清清。

段祺瑞的发妻吴氏留下一儿一女，女儿早逝，儿子便是段宏业。袁世凯便把义女张佩蘅许配给段祺瑞做继室夫人。这张佩蘅是官至左副都慰使张芾的孙女，其父是袁世凯的表兄。张父殁之后，袁世凯收为义女。虽然姿容平平，倒也知书达理，比段祺瑞小十岁，与段祺瑞很恩爱，尤其善于持家理财。

张佩蘅过门，给段祺瑞连生了四个女儿，却不添一个男丁。段又不近女色，她为段家香火旺盛，主动给段祺瑞连娶了几房姨太太。这些姨太太都出身低微，任务是来生儿子。大姨太过门两年就死了；二姨太边氏只生了一个女儿；三姨太和四姨太不守妇道后来被休了。还有一个五姨太姓李，过门还不久。

老祖宗段母念佛吃长斋，又怕吵闹。段祺瑞宴前就到母亲居室，行了亲伺羹汤之礼了。

段府饭厅，摆上这样奢华的两桌宴席，也是极其少有的。袁克文和段宏业做东，为段祺瑞和冯倩文接风。他们从来没把妥儿也当成婢女看过，她也随冯倩文陪段祺瑞夫妇坐在首席。另一席则是姨太太和小弟妹们。

段祺瑞极其威严，不苟言笑，一生总像是冷着脸在思考，好像在琢磨别人心底有什么花招，即使在家里，也是老气横秋，孩子们都不敢在他面前撒娇放肆。

他久别回府，阖家欢聚，却绝无别的官宦之家的其乐融融。

段祺瑞不善饮酒，他也知道他在席上家人不自在，迎风晚宴上家人依仪敬酒，成全了礼数之后，他草草地吃了点东西，便温言对众人道："你们兄妹，好久没见面了，慢慢吃吧，饭后，一起来青白亭吃茶，好好叙叙。"

众人起身，恭敬地送他离席。

冯倩文跟袁克文早已经消除了当年的误会，知道袁克文其实并不坏，见面后红着脸为当年任性失礼道了歉。但到底是大小伙子大姑娘了，席间除客套之外，也并没有什么知心话好说。

宴后，三人到青白亭上吃茶。

春风习习，花香阵阵，风清月朗，蛩鸣声声。四人各怀心事，围坐小亭。

来京的路上，段祺瑞就给冯倩文交了底，要她不要过分记恨袁伯父。袁世凯也认为尹昌衡是难得的军事人才，看他二次革命中的态度，袁就基本消除了对他的怀疑。他愿意到北京，就更是完全放心了。从治国的角度，剥夺黎元洪、蔡锷、尹昌衡这样的人的兵权，控制在中央使用是对的，他和冯国璋都支持。他不明白的就是为什么唯独尹昌衡不肯就范，而要触怒袁世凯而被捕。

段祺瑞知道冯倩文最关心的是尹昌衡的安危，因此吃茶一开始，就直接把话题引到尹昌衡身上："倩文很关心尹昌衡安危，你们去监狱里看过他吗？现在怎么样？"

段宏业道："这种忘恩负义之辈，我才没那兴致去看他呢！"

袁克文道："伯父，放心吧，他现在死不了。倩文，这种没良心的伪君子，你还关心他干什么？"

段祺瑞道："你们这是怎么啦？他怎么成了伪君子了，你们不是朋友吗？"

袁克文道："过去我们都觉得他是个人物，曾经不遗余力地支持。特别是倩文小妹为他出了多少力，伯父是知道的。西征也打得漂亮，这次进京后，我跟宏业，也没少帮他奔走。可是，可是……"

段祺瑞问："可是什么？"

段宏业道："他太不给我们弟兄面子了，太辜负倩文小妹了。"

冯倩文一听扯到自己头上，不禁脸红了："宏业哥，怎么扯到我了？"

袁克文道："倩文，现在，我们都长大成人了。你是一个喝了洋墨水敢爱敢恨的姑娘，不像那些扭扭捏捏的女子。我们兄妹，谁不望谁好？你的心事，大家都是知道的，长辈面前，兄妹之间，还用得着害羞吗，有什么不好说的啊！"

能从花花公子袁克文的口中听到这样有人情味的话，缺少骨肉亲情的冯倩文也实在感动了。她望了一眼二人，低下了头。

段宏业道："倩文，克文哥说得是啊。大家一起长大，亲胜兄妹，我们都希望你幸福啊。我们去劝尹昌衡，他却道貌岸然地拿什么三大不义来搪塞。"

冯倩文一听"三大不义"，不由得一愣，连问："什么三大不义，他说什么三大不义？"

袁克文气愤地道："什么三大不义？别理他，纯粹是借口。没几天又纳一个妓女做妾！口是心非，典型的伪君子，真不是东西！"

段祺瑞佯惊道："什么，他居然纳妓女做妾？"

段宏业道："嗯，就是金缘班的雏妓良玉楼。"

袁克文道："那良玉楼也命歹，跟了他，险些就为他搭上小命了。"

冯倩文对尹昌衡北京纳妾之事，早已知之，并不惊奇，倒是关心那妓女为啥险些儿丢命了："是因为欢场争风吃醋吗？"

袁克文和段宏业便把尹昌衡狱中绝食八天，殷文鸾以死相逼才进食，捡回一条小命的事，详细说了一遍。

冯倩文甚是震惊，心中可谓五味杂陈，说不出是什么滋味。

段祺瑞听罢连声道："糊涂，糊涂透顶！"说罢，站了起来，站在青白亭上，凝望了一会儿夜空，回过头来道，"我就不明白，黎元洪和蔡锷都安心地留在了北京。尹昌衡也不蠢，他何苦不解上意，居然潜离北京，公然对抗和触怒元首呢？"

段宏业对这些不感兴趣，回答不了这个问题，但这却是袁克文请求段祺瑞劝阻父亲的好时机，便主动把话题引到自己身上来。他长长地叹了一口气道："这可能是因为我那首杞人忧天的诗吧。"

段祺瑞忙问："杞人忧天？什么诗？"

袁克文看了看段祺瑞，又看了看冯倩文和段宏业，犹豫了一下，跪在地上："长辈呕心沥血谋国，晚辈无知，本不该说长道短，只有先向长辈告不孝之罪了。"

袁克文吃不准段祺瑞到底会是什么态度，故用这一跪把他排在父亲一党再看情况。

段祺瑞赶紧扶起袁克文："克文这是干什么，快起来，难道你写了什么反诗不成？"

袁克文趁势把那首诗呈给了段祺瑞。

段祺瑞接过一看，脸色骤变，只"啊"了一声，把那首诗推给了冯倩文和段宏业，坐下来慢磕着茶杯，一言不发，陷入了沉思。

段宏业看到最后，喃喃地重复着最后那两句："绝怜高处多风雨，莫到琼楼最上层。"惊讶地望着袁克文："啊，豹岑这意思是也担心伯父他老人家……"

袁克文继续对段祺瑞道："伯父，我哥哥从德国回来后，我父亲的作为，民国的一系列做法，你们都看见了，杨度等人也闹得更欢了。伯父，我为父亲、为袁家担忧，也为你们这些兢兢业业为国操心的长辈担忧啊。写了这首暗劝父亲的诗，我不知道我的想法对不对……"

冯倩文看着一下变得深沉的袁克文，顿生好感，点了点头："明白了，好像父亲也有克文哥这种担忧。"

段祺瑞没明确表态，只说："克文，别说了，你的想法对不对，你自己知道。"

段宏业道："是，宏业除好棋艺之外，也少惹事了。"

段祺瑞道："倩文，世人只知道你克文哥是个有名的浪荡公子哥，我看，他却是难得的明白人啊。你把克文这首诗带给你父亲吧。这诗，这话，你们都不要外传，就至此为止吧！"

众人都明白段祺瑞的意思，袁克文也放了心。大家也都知事体重大，恭敬应道："是！"

段祺瑞又道："克文，于是你就把这首诗给尹昌衡看了？"

"是，尹昌衡立意回边藏的理由，伯父是知道的。他多次力争不准，是去是留，还在犹豫不决之时，我给他说了我的担忧，也给他看了这首诗。"

"他有什么说法？"

"他很震惊。他说，他只为民国和共和效力，绝不为恢复帝制而推波助澜，陷元首于不义。为免致他日为难，及早抽身为是。于是决意立即潜逃出京城。我跟宏业，还有山西进京的阎锡山都给他逃离北京打了掩护的。"

"啊，明白了，元首现在对他是什么意思？"

"不杀不瓥。"

段祺瑞喃喃地道："不杀不瓥？不杀不瓥？"

2

段祺瑞回到陆军部，各司主官都齐集总长室候示。

段祺瑞向众人道乏之后，只留下了陈宧。陈宧早已经将总长离京后代理的各项卷宗，整理得井然有序地陈于总长书案之上。

段祺瑞很赏识陈宧的多谋和稳重，许多事情都言听计从。他对陈宧从不掩饰对尹昌衡的赞扬，而且还曾向其透露过，尹昌衡不能回川，胡景伊失德，拟适时推荐陈宧去任四川都督。这正是陈宧梦寐以求的好事。陈宧内心对段祺瑞似存知遇之恩，代理陆军部事务期间，重大事情都向段祺瑞请示、汇报，很令段祺瑞满意。

段祺瑞道："二庵依例履职，所办之事，我很放心。所有卷宗都归档吧。需要时，我再查看。只是留下尹昌衡的案卷吧。"

"禀总长，元首有令，尹昌衡案，由军政执法处陆建章全权负责。"

"我不是让你多关心过问此事吗？"

"总长吩咐，卑职敢不如命？我亲自向总统报告过总长对尹昌衡案的关心，也曾多次到陆军监狱去看过尹昌衡。"

"尹昌衡的情况到底怎么样？"

陈宧见段祺瑞脸色有些难看，赶快毕恭毕敬地答道："回总长，尹昌衡一直监禁在陆军监狱的优待室，也没受什么折磨，他绝食八天之中，元首及执事人等无不为其悬心。后来通过骆成骧及其小妾殷文鸾配合相劝，才恢复进食。现已经康复，由其小妾陪同伺候，因于优待室闭门读书。"

"唔，知道了。令陆建章，立即亲自将尹昌衡全部案卷送来见我！"

所谓的北洋三杰，唯段祺瑞为政最廉，口碑最好，时人称颂之词最多，给北洋争的面子最多。也唯他脾气最为倔强古怪，有时袁世凯也得让他三分。

陆建章是袁世凯一条忠实的走狗，可是一向威严古板的段祺瑞，却从来不给陆建章这走狗好脸色。因此陆建章只要见到段祺瑞，尾巴都夹得格外紧。接陈宧的电话之后，抱着尹昌衡的案卷，扑爬筋斗地就赶到了陆军部。

陈宧引陆建章进来，就要退出去。

段祺瑞道："陈次长，你也坐下一起听听陆处长汇报吧。"陈宧只好坐了下来。

陆建章紧张地呈上卷宗："总长，这是尹昌衡的案卷。"

袁克定在南京释放袁世凯要复辟帝制信息，段祺瑞和冯国璋都暗自担忧。几个月来袁世凯的做法离共和越来越远，特别昨天袁克文那首诗，更进一步证实了袁世凯的野心，他昨天一夜都没睡好。他在袁世凯面前，是不便公开发声反对的。今天诚心找茬，发威打狗，借尹昌衡之事，让这条狗把他对政见的抵触传递给袁世凯。

段祺瑞打开卷宗一看，除了邹稷光那一纸按了许多人手印的十大罪状外，空空如也。他眉头一皱，把案卷怒掷于案："这是怎么回事？调查笔录呢？审理供述呢？陆建章，你这执法处长，就是这样来敷衍本总长的吗？"

陆建章一时回不过神来："这，这，回总长，尹昌衡案尚未形成调查案卷，尚未组成军事法庭，尚未审理。"

"尹昌衡何时被捕的？"

"2月2日。"

"现在是什么时候？"

"5月上旬。"

"谁在负责此案？"

"总统命我们军政执法处全权负责此案。"

"好啊！你这军政执法处长，是白吃干饭的吗？把堂堂民国上将不明不白抓进监狱，既然总统命你全权负责此案，三个多月了，不调查，不设军事法庭，不审讯，不给个说法。我民国上将尊严何在？我民国军人的尊严何在？"

"总长，不得总统指令，我们、我们……"

"你们怎么啦？你不是说总统让你全权负责此案吗？你明天就把邹稷光等一干署名原告，全部传到，我要亲自调查对质，亲自过问此案。"

"回总长，邹稷光等人，拿了举报赏银，怕尹昌衡报复，早躲藏起来了，一时恐怕难以找到。再说，总长来处理这个案子，恐怕……"

段祺瑞一拍桌子，大怒道："恐怕什么，我这陆军总长管不了你吗？无权过问一个上将的案子吗？我管不了你，管得了陆军监狱。我陆军监狱，不无缘无故关押上将。你立即回去，把陆军监狱换成你军政执法处衙门的招牌，不准沾我陆军部！"

陆建章顿时吓得两腿发软，跪在了地上："总长，我不是这个意思，不是这个意思。"

陈宧赶紧圆场："总长息怒，总长息怒。陆处长绝不是这个意思。"

"他不是这个意思，我是这个意思。举报要员不法，就给重赏，老子早就穷慌了，状告你陆建章密谋造反、杀人放火、贪赃枉法，你把赏银给老子拿来！拿来！我拿了好跑！真是岂有此理，岂有此理！"

陆建章连声道："卑职不敢，卑职不敢！"

"你狗胆包天，扯着总统的旗号，有什么不敢的？你不敢，难道是总统吗？这跟武则天重用酷吏周兴、来俊臣，设置铜匦，奖励告密，大兴冤狱，陷害忠良，有什么区别？难道总统有这样糊涂吗？你不敢，你难道要栽赃嫁祸于总统不成？"

陆建章真是活天冤枉，莫名其妙地挨这一顿不容分说的臭骂，已近崩溃，一听说他"栽赃嫁祸于总统"，更是在地上磕头如捣蒜般："总长，卑职冤枉，卑职冤枉！"

"我冤枉了你，你立即回去，把我的所有原话告诉总统，让总统给你评理。"

"卑职不敢，不敢。"

"什么不敢，叫你报告，你就报告，所有原话，不准打折扣，如实报告。是你胡作非为，自己领罪。转告总统，尹昌衡的案子，我管定了。明天我就要见到所有举报人。"

陈宧插话道："陆处长，总长要亲自见那批举报人，你尽快将他们传到吧，别再让总长生气了。"

陆建章道："是是是，只是明天这时间太紧，恐怕，恐怕……"

陈宧道："总长，明天要全部传到百余举报人，陆处长或真有难处，就请总长宽限些时日吧。"

段祺瑞道："就依陈次长吧。"

陆建章连声称谢："谢谢总长，谢谢次长了。"

段祺瑞对陈宧道："陈次长，今天下午，你陪我去陆军监狱探监，审问尹昌衡。我虽不讳言喜欢尹昌衡，但绝不循情枉法。他若犯了国法，国法处置，犯了军法，军法处置，绝不辜宽。不过功过应该分明。你通知杨进忠，叫他准备好酒菜，我要顺便也给尹昌衡补喝一杯边疆凯旋的庆功酒。"

3

来京的路上，段祺瑞就答应过冯倩文，来京后立即陪她去探监。

冯倩文去年在南京时，想的是与尹昌衡聚首京城，重续旧情，花前月下如何美好。尹昌衡坐牢后，她想的是尹昌衡的安危和如何营救。现在，这些都用不着她想了，她急于知道尹昌衡能不能接受她的爱。昨天晚上与袁克文等人吃茶，她知道了尹昌衡对抗袁世凯而坐牢的真正原因，心中更增加了对尹昌衡的敬重。但尹昌衡不接受她爱情的"三不义"的理由，却让她一夜不安，难以成眠。尹昌衡不能娶她的三不义，是不可更改的理由，这让她很绝望，很伤心。

她还是决定下午随段祺瑞亲自去监狱看望一次尹昌衡。她懂得，她的亲自探监，也是让袁世凯知道他父亲对尹昌衡的态度，这对尹昌衡多少有些好处。感情是不能勉强的，不能因爱成恨，也算最后尽一次知己之义吧。

下午，段祺瑞的马车和冯倩文的香车在卫队的簇拥下来到陆军监狱。陈宧早就来到这里做好了安排。他和杨进忠候在门口，把段祺瑞和冯倩文迎进了院内。妥儿指挥卫士，从冯倩文车上搬下了冯国璋送尹昌衡的几坛江南名酒"洋河大曲"。

陆军监狱的优待室和周围的牢房及公事房之间，都有数十丈的隔离地带，曾经是一个犯官的住宅的一部分，被籍没后扩进了陆军监狱。如果没有四围的高墙和岗楼，这里还算一个不错的居家小院。

暮春时节，院内春花半凋，唯庭中那株苍古盘拙的紫荆正开得灿烂。偏西的太阳光不温不火地从树缝中筛落庭中。紫荆树下洒落了几片紫粉色的花瓣。花下一几一凳，尹昌衡正坐小凳上凝神捧读一本发黄而残破的线装古卷，一个春装女郎，正轻轻地往几上茶碗中续水。

冯倩文初听尹昌衡又纳了一个妓女为妾，对鸠占鹊巢的低贱妓女，有一种本能的鄙薄和怒意。此时她以女人的敏感，专注地打量了一番殷文鸾。只见她春衫薄薄，腰若流纨，天然风韵，不施粉黛，清秀若仙，清纯至极，哪里有半点妓女的妖冶痕迹？而且还陪尹昌衡绝食，也去鬼门关同走了一遭。自己要是一个男人，能拒绝这样痴情的仙妹吗？

陈宦见尹昌衡正忘情于古卷之中，朗声高吟了陆机咏紫荆花之诗道："三荆欢同株，四鸟悲异林。"

尹昌衡和殷文鸾这才抬起头来，尹昌衡一眼便见自己曾经日夜盼望的救星和思念的亲人段祺瑞和冯倩文都站在了面前。当他与冯倩文四目相对那一瞬，竟然一时愣住了。

陈宦道："硕权，总长和冯姑娘亲自来看望你来了。还愣着干吗？"

段祺瑞道："不对，今天我和你是来陆军监狱审问人犯尹昌衡，顺便慰问西征凯旋总指挥尹将军。"

冯倩文看了看殷文鸾道："我也纠正一下陈次长的话，我是受家父之命，随总长代他探监，看望昔日部将，向尹将军表示敬意的。国人尽知将军善饮，家父特备数坛江南名酿洋河大曲相赠。"

什么语言也无法表达尹昌衡此时的心情。她对冯倩文、冯国璋、段祺瑞的感激，对冯倩文的内疚，让他内心翻腾，一时不知道该说什么。

陈宦率先缓过来："总长，我们先进去看看吧。"

向来不苟言笑的段祺瑞，为了缓解这凝重的气氛，冷冷地说了一句俏皮话："也好，先去视察监舍是否牢固，尹昌衡会武功，别让他逃跑了。"

他说这话时仍然沉着脸，众人却都轻松地笑了，跟着他朝监舍走去。

室内有一张条案，放了若干古旧书籍，一叠诗稿，还摆了一本字帖。看地板上有几张九宫格练字习作，字迹娟秀，有朱笔圈改。显然是尹昌衡在教殷文鸾习字。

段祺瑞翻了翻那一堆古籍，主要是《易经》和佛、道类书，也有几本关于基督教和伊斯兰教的书。

尹昌衡进食后已经写诗不少，段祺瑞最后拿起了那一叠厚厚的诗稿。放在最上面的是那首《训子》，他看完，又看看那堆古籍："硕权要在这里发愤，效周文王囚羑里，著述你的圣贤大文章了。"

尹昌衡叹了一口气道："行则霖雨济苍生，藏则着书教万世，本为末将初志，而今身为囚徒，穷途末路，不藏亦藏。复初志以求自安自慰耳。"

段祺瑞不置可否，又翻看后面的诗。其中一首诗题很长：《闻邹魏诸人以通乱控诬因激而自叹醉后舞笔成此短章》，这涉及他本人对案件的态度，便认真地往下看：

> 关羽不背汉，张巡惟拥唐。
> 君恩有厚薄，臣节凛冰霜。
> 一朝名分定，万死守其常。
> 我于满清且不背，单骑抚旗视如伤。
> 一自前年奉正朔，心如日用追关张。
> 细柳将军目如炬，其心孔忠其项强。
> 营营青蝇止于樊，哆兮侈兮成天章。
> 行人纷纷告上变，曾母投梭生惊惶。
> 荆州谋乱关云长，私通禄山张睢阳。
> 吹毛可求请君验，破心以白容何伤？
> 忠孝将军如铁石，粉身碎骨悬穹苍。

段祺瑞看完后，把诗稿交给了陈宧，喃喃地重复了诗中那句"吹毛可求请君验，破心以白容何伤"，道："陈次长，我看我们今天也不吹毛而验其忠了，只让尹昌衡破心自白吧。"

尹昌衡立正敬礼："是。尹昌衡保证如实回答总长问话。"

"我只要你破心如实回答，邹、魏等百余人所举报十大罪状，哪些属实，哪些有轻重之别。只要你自己招认的，我们会酌情处理的。"

"邹、魏所谓十大罪状，纯属毒犯、讼棍报复诬告，昌衡无一条可以沾边。"

"你真的就那么干净吗？"

"请总长明察，昌衡光明磊落，敢拍胸口，如总长查出一罪属实，愿担十大罪状全罪！"

"尹昌衡，不要忘记你是军人，说话不要太满。"

"末将在陆军监狱接受陆军部总长、次长审问，亦如中军帐内面对行令之将帅。军中无戏言，尹昌衡甘立军令状！"尹昌衡说罢，也不管段祺瑞是否答应，提起案上现成纸笔一挥而就，写下军令状："十大罪状，若查实一条，尹昌衡甘领十大罪状全罪，绝不反悔！立状人，尹昌衡。"双手呈到段祺瑞手上。

段祺瑞拿着军令状，望着陈宧："陈次长，你的意思呢？"

陈宧趁机讨好尹昌衡："我相信硕权的清白，我看可以。"

段祺瑞道："再问一遍，尹昌衡，你可想好了，你知道军令状是什么意思，我可绝不愿挥泪斩马谡啊。"

尹昌衡斩钉截铁地重复了一遍军令状："十大罪状，若查实一条，尹昌衡甘领十大罪状全罪，绝不反悔！"

段祺瑞道："好，在场诸君为证，我接受尹昌衡的军令状。陈次长听令，由你全权负责，令卫队长立即亲率精干侦缉人员，协同陆建章尽快将邹、魏等一干举报人传到案，我要调查对质。"

陈宧道："遵命！"

段祺瑞道："好了，审问到此结束。硕权，老朽功过分明，现在还不能说委屈你没有，但老朽尚欠你一个礼节，给你敬一杯英雄酒，今天就顺便给你补个礼吧。"

众人先坐在花下吃茶，段祺瑞问尹昌衡："硕权，留你在京城重用，是元首与我等共同意思。如果还了你清白，你希望任什么职？"

"回总长，昌衡若得自由，不望高官厚禄，只想回到蜀中，寻一处冷坛破庙栖身，招几个稚齿蒙童课读，挣几文束修养家糊口，觅几卷断简残篇咀英嚼华，临松风荷月吟啸以逸兴，伴萤窗灯火著书立说以终年……"

尹昌衡未及说完，段祺瑞老着脸道："硕权到底是民国的将军，还是太平盛世的诗人？"

"总长，昌衡虽是一介武夫，秉承祖训，虽习杀伐之功，但只为保家卫国，息乱安民。绝不为兄弟阋墙，同胞内斗，出力半分。方今天下太平，边塞烽烟暂息，昌衡既解边防军职，已无用武之地，难道不该解甲归田吗？"

"天下太平，你糊弄谁？列强对我虎视眈眈，何曾死心？"

"若是有外夷胆敢入侵，昌衡定当闻风而动，重披战袍，再跨征鞍，奋命疆场，冲锋陷阵！"

"民国大乱初平，野心家阴谋家蠢蠢欲动，危机四伏，民国由乱而治，尚遥遥无期。怎能刀枪归库，马放南山？"

尹昌衡凝望着那树紫荆花，良久才缓缓地道："总长，看看这树紫荆花吧，开得何等蓬勃。三荆欢同株，同室操戈，亲痛仇快。国家和百姓再也经不起内斗了，昌衡纵有横身杀伐功夫，能为野心家内斗所用，去为某姓某人做屠夫和工具，用同胞之血来涂红自己功名富贵的顶子吗？不能啊！"

段祺瑞望着袁克文，袁克文赶紧低下了头。良久，段祺瑞才叹了一口气道："硕权，我理解你那份担忧，只怕到时由不了你啊！"

除了陈宦，在场人都知道袁克文那首诗，都听懂了段祺瑞所说的对尹昌衡那份真正的担忧。

尹昌衡感激地望着段祺瑞："总长也不必过多为我为难，还我清白之日，我即使不能归田，只求让我像现在这样，能在狱中读书写字就不错了。"随后回头望了望他的囚舍，顺口吟道，"闭关何嫌铁窗小，权当洞府读真经。"

众人默然，无语相望。

第七十章

平冤不解狱

1

当天夜里，送走客人之后，紫荆花下月色朦胧。殷文鸾小鸟依人般躺在尹昌衡怀里："将军，情到最深处，无声胜有声，是吧?"

"太贞，怎么突然问起这话?"

"今天我看见你跟冯小姐那不时默默相望的眼神，猜你们相爱相思，一定很深吧?"

尹昌衡来京，常常思念冯倩文，心中似有若干话要说，及至那天冯倩文和妥儿随段祺瑞和陈宦来看他时，见了面除四目长久相对外，几乎连一句话也没说上。

"太贞，你吃醋了吧。"

"不，你给我说过跟珠玛姑娘的事，我吃过醋吗? 冯小姐那样优秀，那样漂亮，又那样高贵，我怎么会吃她的醋啊。"

尹昌衡长长地叹了一口气："高贵，高贵成了我跟她的障碍，也铸成了我终身的愧疚啊。"他说罢，轻吻了一下殷文鸾，娓娓讲述了他和冯倩文的故事，在成都定乱、西征平叛中冯倩文对他的全力相帮，以及他辜负了冯倩文的内疚。

二人说罢，一向诗才敏捷的尹昌衡提起笔来，写下诗题"狱中赠冯"四个字就写不下去了。他咬着笔管绕着书案转了一圈又一圈，最后重新展纸，写成了《狱中感怀》四首诗中的第一首：

赭衣寒月对婆娑，幽国深沉可奈何。

生意蚕随蝴蝶去，死灰常与白驹磨。

哪堪旦夕惊汤火，独抱春秋坐网罗。

只有君亲酬不得，精魂长此拥山河。

殷文鸾问："将军，这是写给冯小姐的吗？"

尹昌衡道："也算，也不算。我对她最想说的是感激和歉疚，说感激吧，君子相交，大恩不言谢；说歉疚吧，情爱隐情难于启齿。唉，'最是情苦道不得，佯摘闲花且言他。'"

第二天殷文鸾托人拿了那幅字去四川会馆，把昨天段祺瑞一行探监的事，原原本本地告诉了冷亭轩、马忠等，并托他们转告骆成骧放心，段总长说了一定要还尹将军公道的。

马忠等人听了这大好消息，都非常高兴。他也很想念妥儿，自从西征前代尹母看望冯倩文送虫草时去过冯公馆时见过，快两年没见面了，不知这姑娘现在怎么样了。忙不迭地穿戴打扮了个齐齐整整。

昨天探监晚宴后，袁克文和段宏业送冯倩文主仆回冯公馆。二人约冯倩文第二天游颐和园，冯倩文哪里还有那心情，便以身体不适，婉言谢绝了。

冯倩文进京之后，虽然有段伯父的呵护，但听到的都是坏消息。她即使不醉心于政治，毕竟是留过洋的新青年，对袁世凯复辟帝制的担忧，得到了袁克文进一步的证实，这实为国家之大不幸。

国家大事，有那么多仁人志士去担忧。婚姻大事可是她个人的事啊，没有父母的人，谁来关心呢？昨天去了监狱，尹昌衡的现状如此，即使她不计较其又纳了妾，愿意等待，可是尹昌衡托人转达的"三不义"的理由，却给了她毁灭性的打击，彻底地打破了她单相思的幻梦。

冯倩文回到冯公馆，一夜辗转反侧，难以成眠。她曾经暗自发誓，此身非尹昌衡不嫁。现在看来，此身命定嫁不成尹昌衡了。婚姻不比寻常，可以退而求其次。如果勉强嫁人，得不到所追求的幸福，反而给自己套上痛苦的枷锁。别无选择之时，只有选择遁世出家了。

2

陆建章被段祺瑞骂得狗血淋头，委屈极了，段祺瑞要他把所有原话转告袁世凯，他懂得这是要借他的嘴，表达其不满。他既要向袁世凯摇尾，诉自己的委屈，又要传话，因此既不愿打折扣，也不敢打折扣，原原本本地把见段祺瑞的经过，向袁世凯报告了一遍。

袁世凯端起茶碗，磕了磕："嘿嘿，这个芝泉，又使他的倔脾气了。朗斋，委屈你了。他要你传话，是冲着我来的，不全是为了尹昌衡。他说什么，你依着他就是，别跟他扭着来。我知道怎么办。"

第二天，段祺瑞来到总统府。

段祺瑞面见总统，从来是不需要通报的。这次来见袁世凯，是心中有气，袁克定在冯国璋的婚礼上，在他面前不可一世，这气就开始了。袁世凯背着他们暗搞帝制，再加上对尹昌衡的不公，岂能不更气。既然你已不把我当自己人了，那就公事公办吧。

段祺瑞和陈宦来到总统府门厅，夏寿田快步迎上："段总长回京了，总统正在书房等候，请进，请进！"

段祺瑞老着脸一口官腔道："请夏内史通报总统，陆军部总长段祺瑞赴武汉出外差毕，回京述职复任，求见总统。"

夏寿田奇怪地望着段祺瑞："总长见总统，从来都不需要我等通报的啊，这……"

陈宦赶快圆场："夏内史，总长叫你通报，你就通报吧！"

夏寿田见段祺瑞脸色不好，连忙答应："是是是，总长稍候。"

袁世凯早就接到了陈宦的电话，段祺瑞今天要来述职。他对手下这个得力的北洋柱石的实权人物，是不能怠慢的，便请黎元洪也来陪同接见。黎元洪早早地赶来，已经坐在总统书房吃茶相候了。

夏寿田跑到总统书房报告："报告总统，段总长求见！"

"糊涂，段总长要见，用得着通报吗？"

"我也是那么说的，可是，可是他……"

袁世凯一愣："唔，那就请进吧。"

夏寿田刚转身，袁世凯又改变了主意："转来，这个芝泉，今天是来发脾气的，看来，今天得我亲自出门迎接了。"

黎元洪道："好，我也去！"

二人快步直趋门厅，袁世凯满面春风地去迎上去："芝泉，可把你给盼回来了啊。快请进，快请进！"

一直拉着脸、窝着气的段祺瑞，此时反倒不好意思了。袁世凯毕竟是自己的恩人、义岳丈、长者，毕竟是元首、自己的上司啊！窝着的气便消了，紧绷的黑脸立即松弛了下来，赶紧毕恭毕敬站起："祺瑞给元首请安，给黎副总统请安。"

袁世凯道："免了，免了！黎副总统听说你回京，也赶来给你道乏啊。走，书房吃茶!"挽着段祺瑞朝书房走去。

众人落座,袁世凯道:"芝泉赴武汉好几个月了,辛苦了,实在辛苦你了。你一出马,黎副总统才敢放心来京,芝泉劳苦功高,劳苦功高啊。"

黎元洪赶快附和:"对,段总长劳苦功高,劳苦功高。"

段祺瑞道:"不敢当,祺瑞只求不辱使命足矣。"

袁世凯道:"武汉之事,可还顺遂?"

段祺瑞道:"托元首洪福,天下归心;仰黎公威德,经营湖北有方,武汉不愧为辛亥首义之乡,军民共建共和,公仆尽责,绅民同心。异端潜踪,肖小遁迹。民顺而兵安,可谓一方初呈太平景象!"

段祺瑞不愧是老官僚,周旋于官场,也是相当练达,应付裕如。一般非原则问题,亦能审时度势,临机应变。方才气冲牛斗,面对正副总统以礼相待之后,虽然仍是拉着脸,一席非常得体的官场应酬之语也就脱口而出。

段祺瑞这番应酬话,表面看似奉承袁世凯和黎元洪,却重在强调共和。借颂扬黎元洪之功,既能拉拢黎元洪,又态度鲜明地向袁世凯强调自己坚持共和的政治立场,潜谏袁世凯不要轻弃共和。

听了段祺瑞那一番话,黎元洪心中似蜜,袁世凯虽然很不是滋味,但共和仍然是他现在还不能撕下的遮羞布,便道:

"异端潜踪,宵小遁迹,好啊,好啊!南方乱源一止,则国泰民安有望。只是这民国初基,共和路长,黎公、芝泉,定鼎丰功举世瞩目,再造辉煌,还赖诸公扬鞭奋蹄啊。"

黎元洪与段祺瑞都道:"共和路上,矢志追随元首,义不容辞。"

这句话,二人异口同声,等于同时向袁世凯宣示自己的政治态度,说完,都诧异地盯住对方。

陈宦不失时机地笑道:"真是英雄所见略同,英雄所见略同啊。"

袁世凯赶快转换了话题:"芝泉回京理事,二庵所代理陆军部部务,可还满意?"

段祺瑞道:"二庵不愧是参谋部次长,稳重多谋,代行陆军部次长,所办部务,都很得体。"

黎元洪道:"对,特别为配合外交行动,成功导演陆军部那次问计茶话会,功劳不小啊。"

陈宦忙道:"黎公,陈宦不敢贪天之功啊,那都是总统亲自设计的剧本好,我只不过出面导演,粉墨登场做戏而已。"

袁世凯道："二庵不必推了，我不过出了一个题目。你的施为有方，其功不小。"

段祺瑞曾经对陈宧许过愿，久有用尹昌衡当次长，做自己的助手之意，今天又是为尹昌衡之事而来，便当着陈宧的面顺势向袁世凯举荐："元首，二庵之忠可信，二庵之才，可以封疆。四川大省，举足轻重。我在武汉，听到不少川人商旅议论，胡景伊在川很不得人心。二庵曾在四川供职多年，颇知川情，颇知边情，颇多建树。今日祺瑞当着黎公举荐，为安一方，可否适时由二庵取代胡景伊？"

黎元洪道："胡景伊的人品低下，不受川人拥戴，芝泉之担忧，元洪亦有同感，元首宜斟酌之。"

陈宧赶紧表态："多谢二公高看，陈宧更当勤谨报国了。"

袁世凯道："好，此事等时机成熟再定吧。芝泉，你昨天去监狱看望尹昌衡了？"

段祺瑞道："是。华甫致书，要祺瑞回京关心他的老部下尹昌衡，元首知道倩文对尹昌衡的那点意思，无父无母的孩子苦苦相求，她急于见到尹昌衡。祺瑞缠她不过，未及向元首述职，就与陈次长一道，陪她去了监狱。请元首责罚吧。"

"哈哈哈，责罚什么？芝泉也是急于知道尹昌衡到底怎么了，关心你的爱将，这好啊。"

"尹昌衡只能是总统属下的猛将，他从来没在我手下干过事，不是我的爱将。不过，作为民国陆军部总长，冷观多少民国的将军，都只热衷于内斗争权逞强之时，唯素无仰仗，崛起于变乱之时的尹昌衡，平叛边乱，扬威边关，为初生民国增了光，添了彩。国人共仰的张扬民族大义的英雄，应召入京，怎么不见重用，反而一下不明不白地成了阶下之囚，祺瑞也着实放心不下啊……"

袁世凯不待段祺瑞说完，爽朗地大笑起来："黎公也一样为尹昌衡不平吧？可是就没敢对我指责。看看吧，这就是我们的芝泉啊。昨天，已经气冲牛斗地让陆建章给我传话了，今天又打上门来问罪，何等耿介，何等忠直！我身边有这等眼中容不得半点沙子的好兄弟，我一有过失，就直言厉色地给我匡正。我还能错到哪里？"

袁世凯这一席话，先使黎元洪愣了。他确实也为尹昌衡之事不平，但一直隐忍着，此时只得圆滑地道："段公耿介，我等楷模。元洪虽对尹昌衡遭际不解，想元首定有深意，故而不曾相诘。"

段祺瑞满腹的怨气，此时反倒消减于无形，不好意思地道："元首大度，祺瑞放肆惯了，恶习难改。又失礼了，又失礼了。"

袁世凯道："芝泉，尹昌衡之事，就别拿陆建章撒气了。他还没那胆量擅作主张，把尹昌衡怎么样，都是我决定的。"

段祺瑞道："总统又要代下人揽过吗？"

袁世凯道："非也，非也。芝泉，我知道，为尹昌衡不平的人，岂止你和黎公，也包括在座的二庵和耕父吧？外间不平的人还多啊。"

陈宧道："是的，我们开初也是不解，后来才知道元首的苦衷。"

段祺瑞一愣："苦衷？"

袁世凯道："对，反正不是阴谋而是阳谋，今天就开诚布公吧。当初共议，民国初立，正值群雄占山蓄势之时，前清三藩之害，亦记忆犹新。当记取历代藩王作乱、藩镇割据之镜鉴。历代实施地域回避制度，亦为治国有效之成法。尹昌衡是难得的军事人才，我亦视之如宝。他崛起于巴蜀，扬威于边藏，容易成为一方强势诸侯，当调离发祥故地来京重用。可是尹昌衡既已身为上将，来京之后，固执己见，傲性回川、回藏，不服中央调遣，甚至潜离京城。这是带的什么头？若不治理，日后中央如何发号施令？如果有功者纷纷效仿，民国还将如何治国？"

段祺瑞道："尹昌衡不服中央调遣，潜离北京，固然不对，但也不至于现在这样对待他吧？"

"芝泉，你说我该怎样对待他？我若杀他，天理不容。我若放他，他是革命党一直想拉拢的人，若让其负气离京，岂不是把他推向革命党怀抱，使乱党如虎添翼，给我们自己找麻烦吗？我对他是杀不得、放不得、用不成、管不住。你叫我将何为？"

"于是就构置冤狱囚禁之？"

"不对，你说我像武则天重用酷吏周兴、来俊臣，设置铜匦，奖励告密，大兴冤狱，陷害忠良，这可冤枉我了。武则天重用酷吏，滥施酷刑，屈打成招，栽赃定罪。你去狱中看了，至今审过他没有？折磨过他没有？要他认了哪条罪？给他定了哪条罪？好茶好饭，准读书看报，准写准画，准美人相伴，有这样的冤狱吗？"

"他那十大罪状是怎么回事？"

"十大罪状，明眼人一眼就看得出是前清衙门讼棍之词讼套路，有几多可信？首罪便是勾结革命党，革命党所谓二次革命中，西征军中革命党叛乱，以其家属为人质逼叛，他在泸定桥甘舍父母妻室，只身平叛，勾结革命党何来？即使他本身就是革命党人又有什么，只要不谋逆作乱，当视之为民国子民。当今国中大员，有几人跟革命党没有瓜葛？不少民国柱石，原来都是同盟会会员。我这总统府中，同盟会员也不少吧？"

"元首既知尹昌衡是被讼棍所诬，为何不及时审理，为其洗污平冤？"

"芝泉，之所以不审理、不定罪，十大罪状既不肯定，也不否定，我是为了借椟藏珠，借笼驯虎，借鞘护剑啊。"

段祺瑞大惑不解："借椟藏珠，借笼驯虎，借鞘护剑？这，这是什么意思？"

"人爱宝珠，藏之于匣椟；人爱猛虎，饲之于铁笼；人护宝剑，敛锋于剑鞘。尹昌衡难得之猛将，诚如重宝、猛虎、利剑。储人之牢笼，与藏宝之匣椟、饲虎之铁笼、护剑之剑鞘何异？需用时，随时可以亮宝镇邪、纵虎扬威、拔剑斩凶啊！故暂借监狱，为椟、为笼、为鞘珍藏之。"

"啊，这就是不审理、不定罪的理由吗？尹昌衡勇毅君子，不审理，不洗冤，名节被诬，元首设身处地，当作何想？"

"如果审理，即使十大罪状全被否定，眼下能放虎归山吗？芝泉，困虎还须借铁笼吧。再者，尹昌衡崛起于乱世，扬威于雪域，成功于刀丛，形势所迫，杀伐绝断，敢保证毫无纰漏吗？如若审理，仇者攻讦，吹毛求疵，是时功不抵过，法不容情，不定之罪，反而成罪。我等自毁其宝，于心何忍啊？"

此时黎元洪由衷地道："是啊，段公，元首虑得深。尹昌衡在武汉之时，就曾经说起民众所逼，违心杀赵尔丰之遗憾啊。"

段祺瑞道："元首的意思，是不让我过问尹昌衡之案了？"

袁世凯摇头道："非也。堂堂陆军部总长，说了话不算数，民国总长威信何在？岂不是又给我这总统增加独裁之罪吗？借芝泉之公信，洗清尹昌衡十大罪状之主罪倒是好事，不过你得多少留个尾巴。"

"这是为何？"

"尹昌衡的个性那样狂傲，目前如果出狱，绝不背屈服强权之名，而为中央所用。我也在想，殷纣王要是不囚周文王，文王怎么能演福泽万世的《周易》，让他专心读书做学问，若有大成，我纵然当个纣王那样世人唾骂的暴君也值啊。"

段祺瑞错愕良久："明白了……元首的意思是平冤不解狱？"

袁世凯叹道："唉，不公正对待非北洋系的功臣，这个罪名还是我背吧，留点人情，让大家以后去做吧。黎公、二庵、耕父，今天老朽跟芝泉交心，也是跟你们交心，所说之话，就不要对外传吧！"

段祺瑞办事雷厉风行，很快抓到邹稷光等三人，命陈宦和陆建章连夜突审。真到要审讯时，他倒忐忑不安，为尹昌衡担忧起来。

袁世凯交心的话，尽管说不清他是肺腑之言，还是诡辩的花言巧语，或是智者御人的至理名言，抑或是强盗逻辑。但是他所说的"尹昌衡崛起于乱世，扬威于雪域，成功于刀丛，形势所迫，杀伐绝断，敢保证毫无纰漏吗？如若审理，仇者攻讦，吹毛求疵，是时功不抵过，法不容情，不定之罪，反而成罪。我等自毁其宝，于心何忍啊？"段祺瑞此时细想，即使袁世凯说的其他是歪理，这点却不是没有可能。尹昌衡年轻人初涉官场，即揽封疆大吏之大权，号令一方，十大罪状涉及方方面面，即使没一条全罪，行权中哪能不或多或少，或轻或重，有所失偏差和乖谬？若是尹昌衡真有说不清的事情，他也很不忍心如袁世凯所说自悔其宝。那么又该怎样来保护这个难得的人才呢？

邹稷光等三人被带到了陆军监狱接待室。这接待室本身是刑讯室，只用屏风隔出一部分临时做接待室。

陈宦、陆建章陪着段祺瑞走进接待室。段祺瑞坐定后，二人陪坐两边。邹稷光见陆建章进来，知道陆建章的靠山是袁世凯，心中顿时又燃起了一线希望。

段祺瑞虽然冷着脸，但语气平和："他们是举报人，赐座，赐茶。坐下回话。"

卫兵立即端了三只凳子、三杯茶水，放在三人面前。邹稷光等人战战兢兢地坐下。

段祺瑞道："本总长依法办案，不必惧怕。你们百余人署名，联名举报尹昌衡十大罪状，言之凿凿。其余署名之人何在？立即传来，物证、言证、书证何在？一并立即呈上，以便对证核实结案。"

一听叫传到署名的百余人，杨隽、魏绍猷一齐张大了嘴，望着邹稷光，邹稷光已经大汗淋漓，说不出话来。

陆建章吼问："其余署名人，人在哪里？物证、言证、书证何在？"

杨隽、魏绍猷齐道："这，这，这些我们通通都不知道。"

陈宦和悦地道："杨隽、魏绍猷，你们别怕。尹昌衡十大罪行，是你们亲眼所见，还是亲手经历，有何物证、书证，速速呈上。如果是听人传言，所据何人、于何时、何地、在场有哪些人作证？如实回话。"

杨隽道："回大人，尹昌衡十大罪行，我们既没亲见，也未亲身经历，更无物证和书证。"

陈宧道："胡说，那你们凭什么署名？"

魏绍猷道："邹稷光写好了状子，请我们吃酒，叫我们按的手印！"

陈宧道："他叫你们按手印，你们就按手印吗？"

陆建章的口气，总显得格外严厉和凶狠："胡说，你们没长脑壳吗？难道他叫你们杀人，你们也去杀人吗？"

杨隽道："他说遇到军政执法处的贵人陆处长，如何赏识他的才华，日后必得重用，说袁总统要杀尹昌衡，保证一告就准，而且有重赏，并让我二人按他编好的名单，代其签字按手印。"

魏绍猷道："他还亲口许诺，按一个手印，就得一个大洋，并当即付了定金，于是我们就……"

陈宧看了一眼陆建章，见陆建章顿时变了脸色，知道他在做这个冤案也是身不由己，且交好袁世凯身边这个小人，说不定将来有一天会派上大用场。于是赶紧为陆建章圆场，桌子上一巴掌："大胆，蔑视条法，编造他人姓名，构设冤狱，即是犯法。竟然还敢当堂造大总统的谣言，攀扯执法长官，给我拿下！"

陈宧为陆建章圆了场，陆建章顿时放心了，他要在段祺瑞面前表现与这些人绝无瓜葛，立即厉声吼问："邹稷光，杨、魏二人所言，你有何说？"

邹稷光还想抵赖："这，这……"

陆建章也一拍桌子："言语支吾，必定有诈。敢造总统的谣言，当面攀扯本官，与我一并锁了！"

段祺瑞道："举报人属诬告，已是罪犯，撤去座位茶水。由陈次长、陆处长，立即依法审讯！"

卫兵立即撤去茶水和座位，推开后面的大屏风，接待室瞬间变成了刑讯室。

三人一见陆军监狱的刑具，跟过去所见的刑具大不相同，一件件都是要命的家伙，一个个早是腿杆打闪了。

审讯异常顺利。

邹稷光见陆建章怕与尹昌衡案牵扯，而且给自己加了"造总统谣言"的罪名，他那次在宪兵部时，吃过了陆建章那一顿皮鞭，知道陆建章的手有多狠。眼下要赖账，肯定赖不掉了，也不敢攀扯陆建章了。看看那熊熊炉火，烧得红朗朗的烙铁，以及那不知名的刑具，如何吃得消？杨、魏二人也怕皮肉吃苦，因此不等用刑，三人便把如何罗织罪名诬告尹昌衡，骗取政府赏银的经过，一五一十地招了。

段祺瑞为尹昌衡悬着的心，这才放了下来，万万没有想到，尹昌衡的案底，竟然是这样形成。

照理说，证据如铁，尹昌衡案纯属冤案，已经清楚明白，到此，就应该释放尹昌衡了，就应该公开为其平冤，正式结案了。

段祺瑞尽管怀疑袁世凯要恢复帝制，但毕竟只是怀疑，目前他口口声声还是打的共和的旗号，无论从哪个角度，他目前都是北洋柱石，都没有反对袁世凯借椟藏宝、借笼驯虎、借鞘护剑的理由。既然袁世凯命陆建章负责此事，就让陆建章去办吧。他们要给尹案留什么尾巴，就由他去应付吧。

段祺瑞为尹昌衡平了冤，却不能为其解狱。而且还不知道到底会留个什么样的尾巴，尹昌衡这珠宝、猛虎、宝剑，在椟里、笼里和鞘里，到底还得困多久。因此，他不便去见尹昌衡。但是到底应该给尹昌衡一个交代，他不知该怎么办才好。

第七十一章

泣血书愤

1

袁世凯忙于筹备恢复帝制，为这大业构建基础，选材备料，成了他的当务之急。

赫赫有名的北洋三杰，北洋之龙王世珍深有城府，善操权谋；北洋之虎段祺瑞刚直严肃，善于理政；北洋之豹冯国璋深通兵略，善于打仗。如果说徐世昌是袁世凯的军师，那么，段祺瑞、冯国璋便是袁世凯的左膀右臂，心腹爱将。但袁世凯对二人并不完全放心，重用王世珍予以制衡，构成稳定了的三角关系。而今徐世昌任了国务卿，是他的施政助手，段祺瑞身居中枢，执掌全国军事大权，冯国璋挟重兵坐镇南京，威镇南方半个中国。唯独三杰之首的王世珍，尚在河北正定老家赋闲。尽管袁世凯现在尚未公开承认自己的野心，但这大业如果没有三杰的认同和支持，将成为莫大的障碍和阻力，必须尽快将他请到北京，共谋大业。

王世珍，河北正定人，字聘卿，号冠儒，早年习练弓马。袁世凯在天津小站练兵时，由于他过人的才干，极受重用，从讲武堂总教习，历任军学司正使，北洋军第二镇、第六镇统制，陆军部右侍郎，江北提督兼盐漕事务。

袁世凯东山再起任内阁总理时，王士珍任陆军大臣。他对清王朝忠心不二，辛亥后随即退职还乡。

袁世凯多次请王世珍出山共事，函电交驰，屡请屡辞。今年夏初，袁世凯派袁克定及北洋僚友数人专车去正定恭请，临行前袁世凯对袁克定说："王公不来，勿归也！"袁克定一行到正定，毕恭毕敬转达父亲的意思固请，王仍然执意不从。

袁世凯没办法，就请段祺瑞来商量。

段祺瑞走进总统府，袁世凯亲自接进书房，刚坐下吃茶，袁世凯就道："芝泉办事真是雷厉风行，回京不久，就办穿了一个大案子，很快给尹昌衡洗了冤，又给我解了个大难题。"

段祺瑞忙问："总统是要无罪释放尹昌衡吗？"

"我不是说过平狱不解狱吗？立即释放了，放回四川不宜，留他在京他又不愿。他那脾气，能保证放出来后，不倒腾出乱子来吗？"

"这，总统到底打算怎么处置，总得给硕权和华甫一个说法吧。"

"我怎么处置？芝泉身为民国大员，以后再这样说话，就叫开黄腔、说外行话了。"

段祺瑞一脸的惶然："开黄腔、说外行话？"

"而今是共和民国，讲究的是民主法治。五月初才公布了《中华民国约法》，我是民选的大总统，不是皇帝，必须依法办事。除了国法赋予大总统的权力外，不能搞独裁，以言代法啊。尹昌衡的案子，涉及军事、政治、民政和外交，不能由军事法庭定案，应该移交给民国法院判案。"

袁世凯知道段祺瑞和冯国璋都对恢复帝制忧心忡忡，只是一时没有公开表露，故意借共和民主之口号稳住二人。

袁世凯这番倒打一耙的话，还真把段祺瑞给噎住了，心中暗忖，口是心非，明明独裁却还扯旗号。

段祺瑞道："这，按新约法，把尹昌衡移交法院，我为尹昌衡的案子平冤，岂不是狗拿耗子，多管闲事，瞎忙乎了吗？"

袁世凯道："怎么会是瞎忙乎呢？民国法院只是依据办案机关办案结果判决。事实不清楚的，发回作些补充侦缉罢了。我已经看过陆军部和军政执法处的审讯笔录，又看了诬告者的呈堂供状。尹昌衡所谓十大罪状完全否定，诬告者入狱反坐，你芝泉办的铁案，谁还有本事否定吗？即使出什么意外，还有总统特权可以使用，对硕权的安危，你们还有什么不放心吗？尹昌衡这样的人，这样的大案，由民国法院宣判，岂不更显彰法制权威吗？"

"啊，明白了，明白了，移交民国法院判处还有个漫长的过程，在这个过程中等待尹昌衡就范。"

"唉，虽然对他不公，谁让他个性如斯，这也算是对他的保护和迁就，不得已而为之吧。"

不少事情到了袁世凯口里，就会翻出令人意想不到的道理。段祺瑞早就领教过了他这类道理了，段祺瑞便不与他争了。

如果只说尹昌衡之事，那天已经留下话了，一个电话就了事，用不着召他来府面谈。段祺瑞想，袁世凯今日突然相召想必另有要事吧，抑或是恢复帝制之事给他摊牌，抑或是袁克定任模范团团长之事，给他当面要人情旧事重提。两者都是不便表态的事，前者倒能找借口推诿拖延，而最怕面对的却是后者。

段祺瑞并不反对建模范团。他懂得要成大事，形成一种左右时局的势力，不抱团不行。没有袁世凯为首的北洋集团，撑持清末风雨飘摇的局面，也不会有今天的局面。北洋集团毕竟是清朝的产物，恶名在外，统治民国应该集民国的精英，像小站练兵那样，形成新的集结，模范团就是最好的名目。因此这个头领人选非常重要，必须慎之又慎。袁克定那样的只有野心而无本事的轻薄之徒，怎么可以委以如此重任？稍微失控，或成为国家无穷之害。

段祺瑞一路都在琢磨如何应对袁世凯，一直没想出好借口。反正都知道是直性子，就直话直说吧。

"元首今日召我过府，是有事相询吗？"

袁世凯叹了一声气道："芝泉呀，取眼一看，一起小站练兵的人，一天一天地都老了，身体已经大不如前了，而今大家都还在为民国拼命。你在我们几个中，年纪是最小的，也悠着点啊。"

袁世凯果然转弯抹角说想重用年轻人了。不过他说老的都还在拼命，倒给了他一个应付的借口，若模范团由王世珍来主持，这倒是一个再好不过的人选，便故作生气地道："是啊，我辈之中，连菊人（徐世昌）都出来为民国出力了，可就那个王世珍还蹲在河北老家偷闲，他偷闲倒也罢了，元首知道我在武汉听到一些人怎么议论我们北洋的吗？"

"怎么议论的？"

"北洋的头头，除了王世珍还没背叛大清朝之外，其余的没一个好东西。元首，你遵清朝皇帝逊位明诏组建共和民国，我们追随元首入民国做官卖命的，反倒都成了清朝的逆贼二臣。你说气人不气人？"

"唉，此说，我也偶有所闻。北洋忠于大清，力争立宪图强，矢志不渝，世人有目共睹。我尊清帝之诏，组建共和民国，何为叛清？此说虽为皇亲挟仇，遗老识短，偶尔发泄之谬说，但亦怕谬说流传啊！芝泉，我今天就是请你来商量聘卿（王世珍字聘卿）之事，请你帮忙拿点主意啊！"

"总统打算怎么办？"

"聘卿难得之俊才，大家情如手足之弟兄，我辈奋命，安能让他独享清闲？可是我多次函电请他不动，又派克定和北洋几个弟兄专程去请，也请不来。"

— 665 —

段祺瑞暗想，说不定就是因为袁克定那不知天高地厚的狂徒坏了事，表面却佯装发怒道："哼！这厮狂妄，还用得着请吗？诬我北洋叛清，毁我北洋弟兄名声，我要是出马，不骂他个狗血淋头、不羞死他才怪。"

"芝泉跟聘卿情深谊厚，你要是出马，他肯定不好意思还赖在家里偷闲。只是你在湖北操劳了那么久，回京后也没好好休息，忙得不可开交。"

"陈宧是把好手，部务理得颇顺，又没打仗，陆军部倒也没什么好忙的了。"

"那么，芝泉可否趁酷暑未到，去南方几个省巡视一下军务，回来时，趁便去请一下聘卿。"

"好，我明天就出发。"

段祺瑞去南方视察，只不过走个过场，回京路过河北正定，预先电报王士珍"拟正定下车，登门拜访"。王士珍对段祺瑞格外赞赏，届时亲自到车站迎接。段祺瑞的专车到了车站，派亲信下车请王上车会见，说话间火车便开走了。就这样把他请到了北京。

王世珍到北京后，袁世凯隆礼相待，授予陆军上将衔，委任为模范团筹备处筹备员。1914年5月9日，袁世凯设立陆海军大元帅统帅办事处，王世珍为六位办事员之首，赋予实权最大。

2

陈宧到四川会馆见骆成骧，商量尹昌衡之事。骆成骧把尹昌衡在京的朋友们都聚在了四川会馆。大家从马忠和张得奎处最初得知段总长为尹昌衡平了冤，诬告者邹稷光反坐入狱，都很激动。商量着尹昌衡出狱时，如何为他庆贺。陈宧却传来尹昌衡还不能出狱的消息，一个个都愤愤不平。

陈宧也只得故作不平之状："硕权暂时自由不了，我们当朋友的，也帮不了什么大忙，好在有段总长关照。我们就多帮他把监狱外面的事情办好，让他能安心吧。"

彭光烈道："家里的事，有他的大舅老倌颜楷颜大人和成都那么多朋友和部下。北京，他坐班房也没什么事要办呀。"

骆成骧道："昌衡革职坐牢，马忠和张得奎暂时还没去处，长此下去不是办法。"

陈宧道："我说的正是这事。现在马、张两位义士，可以公开合法在北京露面活动了。我想在北京暂时给他们找个搁饭碗的地方，既有了安身立足之地，又可照顾硕权，有事可随叫随到。"

众人都道："如果能这样，当然再好不过，可是，哪里有这样的好差事哟？"

陈宧道："马忠和张得奎协助陆军部护卫队捉拿邹稷光，跟鲁大成队长很默契扣手。我跟段总长商量了，拟暂时把二位补充到陆军部护卫队中去。不知诸公意下如何？不知马、张两位大侠意下如何？"

张得奎却道："不可，当年我曾发过誓，再生之命是尹都督给的，此生就属尹将军了。而今，他尚在狱中落难，我却背他而去，信义二字都不要，还称什么义士，我还是人吗？"

其实，尹昌衡入狱不久便叫马忠尽快礼送张得奎自奔前程。为这事，张得奎跟马忠闹得不可开交。

骆成骧道："得奎，陈次长的意思，并不是让你离开昌衡啊。"

陈宧道："是啊，我给鲁队长打了招呼的，你们二人暗中肩负保护硕权的责任，行动自由啊。"

骆成骧道："得奎，陈次长安排得这样周到，我看这是好事，我代昌衡做主，这事就这样定了吧。"

张得奎道："既然骆大人这么说，那就依骆大人的吧。"

陈宧是个心思极其细密的人。他谋的四川都督之职，眼看胜利在望，日后去了四川，还得仰仗川人之力。他主动解尹昌衡后顾之忧实际在为自己争取川人之心了。

陈宧明白，骆成骧对他这个磕过头、授过业的真正学生不冷不热，可能是因为助胡景伊夺尹昌衡四川都督之职的不满。骆成骧的清望在四川极高，他必须尽快得到骆成骧信任。

送走众人之后，陈宧单独留下骆成骧，他有许多拿不准的事要单独向骆成骧请教。

骆老夫子虽然未给尹昌衡授过课，不是其业师，但尹昌衡一直把他当成老师尊敬，他也就认了这个学生。有教无类，诲人不倦，他对所有学生都无厚薄亲疏。但他对陈宧助胡景伊夺尹昌衡都督之职，确实有些不满。陈宧本来说不上多好和多坏，今天主动把尹昌衡的后顾之忧解决得这么圆满，让他非常感动。

陈宧知道骆成骧是君子，绝对诚信无欺，不会出卖人的。他要用真心换老师的真心。在漫长的吃茶过程中，他把自己最隐秘的想法，以及对时事的看法和盘托出。他一直在袁世凯身边，对袁世凯的绝大多数秘密都了如指掌，也都对骆成骧如实相告。

"恩师，离开你这些年来，我在四川几年，你在日本、北京和广西。我在北京的时候，你在成都和边藏。学生再也没有跟你交过心请过教了，今天好想真诚地给老师交心请教啊。"

骆成骧惊异地望着陈宦:"二庵何出此言?我虽是你的业师。可是而今你是民国的高官,我是一介平民布衣,你早就是青出于蓝而胜于蓝了。昌衡虽然认了我当老师,我跟他却是亦师亦友。这些年来跟他共事,他让我学了不少新东西,长了不少见识。二庵有什么,尽管说出来,我们一起探讨,能让我多长见识,老朽那是求之不得啊。"

"恩师,说实话吧,今天劝你与我一同劝慰说服硕权,你虽然应了,学生却不知是功还是过啊。"

骆成骧颇惊愕:"什么意思?"

"吾日三省乎身,无论学识才华,我陈宦却不及硕权。昌衡爱国爱民、效忠民国和共和无私无我。邦国有难,委川督重权于他人,挺身而出,抱病平乱。陈宦虽也爱国爱民,拥护共和,效力于民国,却不忘记谋自身富贵前程,钻营川督之位,做不到无私无我啊。学生虽愚,但也如不少明达之人一样,都能看出袁氏父子复辟帝制之野心,这很可能成为一场逆历史潮流而动的闹剧。昌衡不改忠于民国、忠于共和的初衷,敢于弃利禄不为袁世凯所用,实在令人敬佩。学生明知复辟帝制之非,却仍驱奉于前,不敢效昌衡弃利禄而与之相抗相争,高下之别甚是分明。学生很是不理解,蔡锷一样算当今豪俊,自然识得风云,此时何以委身事袁,与昌衡行为迥异?学生不愿死心塌地与袁同流合污成为历史罪人,虽然日里笑脸逢迎,夜里却自责揪心,值此关键时刻,学生当何去何从,恳请恩师指点迷途啊。"

陈宦这一大通掏心剖腹的话,让骆成骧这个大儒好生惊讶。他颤抖着端起茶杯啜了一口,呆愣愣地望着这个学生,之前只看到他得意和风光,想不到也有如此的纠结和煎熬,会给他提出如此难题。这个难题,同样也一直困扰着他。都说知易行难,许多事情是作不出结论的,知也难,行更难。

过了好一阵,骆成骧才回过神来:"二庵,你给老朽出难题了哟!读的书越多,经的事越多,知道的道理越多,就越是让人糊涂,让人无所适从啊。你所纠结之事,何尝不使老朽一样备受煎熬?天下许多事情,要做出是与非、对与错的结论很难啊。"

"是非功过那是后人的事了。学生想请教眼下我当怎么办?"

"人各有志,人不同而理同。要紧的是人贵有自知之明,到底要做什么人,无非顺应时势而已。"

"陈宦资质平平,战场上不是英雄,官场不能呼风唤雨啊。"

"二庵,各人禀赋不同,学养志向不同,不可能都成人杰。做不了英雄,不做酒束饭袋；做不了君子，不做作恶小人；不能流芳千古，也别遗臭万年足也。我们都是常人，人谁不为稻粱谋，不谋衣食，何以养身？何以奉老尽孝？何以养家糊口？何以绵延香火？佛祖为人念经，还要几斗瓜子金呢。君子爱财，取之有道，有私有我，不为大过。你混迹于官场，切莫效昌衡诗人傲骨，宜多学蔡锷冷静深沉。你欲趋利避祸，顺势而谋川督之职，我看甚好。若到四川，爱川爱民，多谋善政，施展才华，造福一方，老朽之愿，老朽之请啊。"

3

得到段祺瑞给他平冤的消息，渴望自由的尹昌衡，跟心甘情愿陪自己受罪的爱妾殷文鸾，高兴得相拥而泣。一颗不甘寂寞的心早也飞出了陆军监狱的高墙，飞回了家乡的山山水水，飞到了父母妻妾。不，还有家里的新成员，他的宝贝儿子尹宣桓的身旁。

云开了，雾淡了，天，还是阴着，太阳还是迟迟不出来。一天，两天，直到第三天，马忠才传来冯倩文主仆辞行的话："冤已经平了，狱中多保重，太阳迟早会出来的。"

冯倩文最大的担忧已经解了，心中的一块石头落地了。与尹昌衡的儿女私情，她已经彻底绝望了，京城没有再值得留恋的了。父亲怕她在京城伤心出事，要她立即回南京，她也该回到义父身边，就近寻个寺庙出家，作为归宿之地了。她对尹昌衡没有什么好说的了，离开北京时，只托马忠给尹昌衡带了那样一句话。

尹昌衡悟出了不祥，这些天的兴奋心情开始冷却，阴云渐渐又罩上了眉头。到第三天，陈宧和骆成骧来探监，他一切都明白了。

尹昌衡没想到，他重新燃起获得自由的希望破灭得这样快。他很感激陈宧帮忙妥善安置了马忠和张得奎，为他解了一直牵心的后顾之忧。

新希望虽然很快破灭，但对尹昌衡打击并不大。他在《大觉悟》一诗中写道："唯将死趣存生趣，落得虚心是实心，悟到空空最空处，更于何处觅真真。"

尹昌衡的生活很快又恢复了往日监狱生活的常态：读书、看报或写诗。入狱以来，他几个月已经写了好几十首了。入狱前期，大多是追忆往事、记录他应对法吏的可笑和无稽的监狱生活。

望成都

成都兵马惊，万户齐哀鸣。

风声激云天，使我动深情。

单骑出危城，号泣激孤军。

三夜哭声哑，百人随我行。

一举万夫戢，再举四境清。

徒手当锋刃，岂不畏牺牲？

牺牲何足惜，要在桑梓宁。

不见千行泪，徒闻半壁平。

此心既已碎，此情难何伸。

倦马穷途泪，老牛犁下心。

泪亦不能滴，心亦不能平。

唯怜血汗尽，使我徒酸辛。

回首望成都，极目生愁云。

尹昌衡载誉赴京，身陷囹圄，遥望乡关，思乡怀旧，拣拾既往。回首望成都，记烽火连天岁月，壮赴汤蹈火豪情。一片丹心，流尽血汗，得到的却是锁杠加身，如何不委屈，如何不寒心？

将军观

疆场战罢血猩红，犹盼戈头日转东。

死有余辜唯武将，生无清福是英雄。

万方多难成骑虎，一点孤忠误卧龙。

几见西湖驴子背，残年诗酒送元戎？

既是武人和英雄群体的写照，也是自己被"孤忠"所误的写照；既有不平和愤怒，又有对残年骑驴诗酒的向往。

解职对簿

奔走频年一梦中，醒来唯见六尘空。

三思只觉多遗恨，百战何曾有寸功。

富慧漫从忙里逐，文章都成苦愁工。

平陂历尽人将老，忍把前途问塞翁。

从威赫赫的将军无端解职即成阶下囚，既抒百战无功之愤愤不平，又流露出了对前途难卜的隐忧。

又作《对吏共八首》和《效杜老之歌作以对谳共十首》，集中正面直笔抒写入狱前期，面对专横的法吏宵小，以雄辩的事实展功辩诬，应对无休止的纠缠诘难，宣泄监狱生活中的不平和愤怒。

狱中，诗人开始艳羡五柳先生的隐逸生活，有诗《梦陶渊明》：

> 东篱永秋色，南窗日犹暖。
> 坐我春风中，有若金樽满。
> 咫尺桃花源，逸棹发清藓。
> 风俗尚秦汉，桑麻隐鸡犬。

诗人在经历了绝食后的反省、辩冤的煎熬、平冤的安慰，渐渐走出了冲动和愤怒，写出了那个时期从个性彻底转变到认识高度升华的一首重要的诗《忆太史公》：

> 小臣亦非冤，汉法亦非严。
> 天欲修史记，乃宫司马迁。
> 大人应运出，鬼神操其权。
> 安能听放任，终日食复眠。
> 安能听小成，交相数十年。
> 不然周无易，不然孔无传。
> 图圄非惩奸，实以铸大贤。
> 图圄不森严，大贤不完全。
> 贤者在图圄，亦若禾在田。
> 霜露饱晨夕，茎节为贞坚。
> 投艰自莫负，所在皆达观。

诗人把《史记》《周易》《春秋》这些圣人的经典，作为困顿和危难的回报，上升为感谢磨难、感谢敌人的达观的哲学认识。

说是虔心做学问，其实尹昌衡哪里完全静得下心来？铁窗小小，哪里关得住他忧国忧民的雄心？他始终牵挂着西姆拉的谈判，他希望有个圆满的结局，在西藏雪域高原上，历代中华英烈和西征将士的鲜血不白洒，西陲边防永固，西部边疆长治久安。

英国人前期承认了中国对西藏的主权，但分裂西藏的野心不死，又不断玩弄花招。

1914年2月17日，西姆拉谈判举行全体会议，麦克马洪抛出《调停意见书》和一份地图，公开提出划分"内藏"与"外藏"，并在地图上标明界线，就是臭名昭著的"麦克马洪线"，使"外藏"在自治的旗号下行独立之实。4月27日，英国人又抛出一个条约草案，最后通牒说，中国方面当天必须做出肯定答复，否则，将直接与西藏订约。草案包括"承认外藏自治"、"内政暂由印度政府监督"，"西藏中央政府"在"内藏""仍保留其已有之权"，中国不得驻兵藏境，"中国政府与西藏有争议时，由印度政府判决之"。

消息传来，全国各界强烈反对。7月3日，北洋政府乃命令民国全权代表陈贻范，拒绝在正约上签字。英国为阴谋割走我国9万多平方公里领土而炮制的"麦克马洪线"亦未获民国政府承认，《西姆拉条约》就成为无效的一纸空文。

狱中的尹昌衡见到报纸后，怒不可遏，立即又热血偾张，在狱中写了一份慷慨激昂的请战书，哪怕做一名战士都可以，只要能立即杀回西征最前线江孜，狠狠教训英夷及叛国的败类。

西姆拉谈判虽然没有得到圆满结局，但尹昌衡西征的结果，毕竟把英国人逼到了谈判桌上，进行平等谈判，前期英国人毕竟承认了中国对西藏的主权。至于外藏自治，以及"麦克马洪线"等无理要求，民国政府断然拒绝。

民国政府根本无实力支撑西藏的战争，袁世凯最主要的精力，又都集中到了复辟帝制的准备工作中。尹昌衡重上西征战场的要求，太不合时宜了。

袁世凯知道爱国的口号是最容易煽动民众热情的，他忌惮尹昌衡的号召力，怕尹昌衡添乱，干扰了他的复辟大计，于8月16日，命尹昌衡案移交大理院（民国最高法院），同时下令褫夺尹昌衡的军职荣典。

第七十二章

风雨叩铁窗

1

1914 年是袁世凯最忙、最纠结的一年，民国发生了许多大事，袁世凯忧喜频频。这一年，他成功地将最大的政敌孙中山等人赶到了日本，解散了国会，废止了《临时约法》，颁布了《中华民国约法》，完成了共和从"责任内阁制"到"总统制"的改变。在共和的外衣下，实现了权力的集中和独裁。复辟帝制的大业，也在紧锣密鼓中暗暗地蓄势。然而使他纠结的是，知道复辟帝制不够正大光明，阻力重重，就连他的铁杆兄弟段祺瑞和冯国璋等，都多次显露出反对之意，因此只能羞羞答答，暗中准备。

1914 年 7 月 8 日，孙中山在日本成立"中华革命党"。他从二次革命的失败中深切感到：失败的根本原因，"非袁氏兵力之强，乃同党人心涣散"，国民党内部思想混乱，组织严重不纯，已不能领导革命继续前进。

孙中山决心从整顿国民党党务入手，重组新党"中华革命党"拯救革命。1913 年 9 月 27 日，他亲自拟定入党誓约，规定入党者须绝对服从他"领袖"的领导，至 1914 年 4、5 月，先后重新入党者四五百人。孙中山又创办《民国》杂志，作为新党机关刊物。7 月 8 日在东京举行大会，正式宣告"中华革命党"成立。

中华革命党设本部于东京，推选孙中山为总理。其支部总计五十七个，大多建于海外，国内各省仅十八个。其分部则大部在海外。党员总计万余人。中华革命党以实现民权、民生主义为宗旨，以推翻袁世凯专制政府、建设完全民国为目的。

孙中山是袁世凯最大的政敌，又远在海外，革命党的能量他是知道的，因此怎么能够安枕？

屋漏更遭连夜雨。欧战全面爆发，欧洲各国卷入战争旋涡，中国政府宣告中立。日本则乘机攫夺德国在中国的势力，进占山东半岛，向袁世凯提出"二十一条"。

袁世凯非常愤慨，对日使说："日本国应以中国为平等之友邦相互往还，缘何动辄视中国如狗彘或奴隶？"

然而国力贫弱至极，只得忍气吞声，寻求减轻危害的拖延之计。

最后"二十一条"修正为《民四条约》。

1915年5月25日签订《民四条约》后，民怨沸腾。

随着护国运动的开展，袁世凯最终死去。《民四条约》在1922年的华盛顿会议上被废除了部分条款。随后条约内容不断被改写，直至1945年，日本在第二次世界大战中失败，该条约才被彻底废除。这当然是后话了。

2

尹昌衡案移交大理院后，尹昌衡被关进了民国宛平京师第二监狱，即今之秦城监狱。

当时的司法总长是梁启超，该监狱的典狱长就是他的亲弟弟梁锦汉，也是一个正直的新派人物。这里虽是民国中央直管的天牢，狱规及管理却比传统封建衙门的牢房文明进步得多，是清末民初有名的"模范监狱"。

虽然没有陆军监狱的独家小院，殷文鸾也不能陪伴，卫士马忠和张得奎也不能常在身边，但这里也关高官，自然也有高档些的监舍。梁锦汉除了把尹昌衡安排在有会客室的高档监舍外，还同意亲友常来探望。跟陆军监狱时相比，也差不了许多。还有一间书房供他看书读报，作诗弄文。

尹昌衡关进第二监狱数日后，第一个来看望他的便是他在日本留学时的同窗好友阎锡山。其时正值袁世凯第三次召见阎锡山，他刚在拥护袁世凯称帝的拥戴书上签了字。

梁锦汉知道阎锡山的身份地位，将其礼请进会客室，让其单独跟尹昌衡见面。

阎锡山向尹昌衡索诗。今日各人处境悬殊，尹昌衡甚多感慨，遂提起笔来，略一沉吟，立成一诗：

与阎将军伯川

太原将军阎伯川，雄藩西北何巍然。

治兵已薄三千载，作将初经五六年。

昔时缟纻何足论，此日褕（囚）袍羞见君。

君不见——

越石当年丈夫志，常恐祖孙先着鞭。

至今终夜闻鸡起，遥看北斗孤城边。

阎锡山看了尹昌衡赞扬自己的诗，没有叫好，也没有欣慰，反倒是满面愧色地道："硕权兄之赞，受之有愧，羞煞锡山了。"

"伯川兄何出此言，至交对话，用不着转弯抹角。今日屈身探监，昌衡不胜感激，定是有事教我，但请直言。"

"硕权兄，你我同窗多年，我什么时候敢在你面前说教？"

"是来叫我签字，申明拥护帝制，是吧？"

"说实话，总统这次召见我时，甚赞兄之大才，知我与兄学友谊深，确实要我劝兄拥护帝制。然而锡山再愚，也不至于对兄徒说废话吧，我倒是要请兄大骂我一顿解气啊。"

"我骂你干什么啊？"

"锡山也和兄一样，深知袁世凯复辟帝制是倒行逆施，很可能成为一场闹剧和民国的灾难。锡山为保眼前富贵，既为革命党人，却又签名支持帝制，还把父亲迁住京城，作为人质讨好袁世凯，为党人不忠于宗旨，为人子不孝于父母，如此势利小人，不该受你的唾骂吗？"

尹昌衡沉吟了好一阵才叹了一口气道："每个人都有自己的活法，人各有志，不能强勉。伯川既然把话都说完了，我还能说什么呢？你既知其利害和风险，想必有更高明的见解吧？"

"兄知我只有对你才敢说真话。纵观风云变幻，立宪共和之争，北强南弱，今袁世凯大权在握，借立宪势力，复辟帝制，权要附势，民众盲从，已经势不可当，成功大有可能。锡山出生寒微，博得眼下功名不易，焉敢不委屈图存？再说，兄若不掌四川都督大权，如何定乱安蜀，报效桑梓？若无巴蜀父老鼎力支撑，如何建边藏平叛安边之奇功？人生若戏，有个戏台蹦跶至关重要啊。你不在台上，纵有天大的本事，能够腾挪施展吗？再说，倘若帝制反复有变，锡山若失去山西一隅地盘和实力，拿什么保桑梓父老，拿什么再造共和，再图民国富强大业？"

尹昌衡听罢只得道："智者闻达，此所谓识时务之俊杰也！"

阎锡山叹道："所谓识时务之俊杰，闻达风光只在一时。"

"唉，昌衡只求少作恶，少为祸而已。"

"今天你别骂我，我也不劝你，你守其真，袁世凯称帝若能如愿，将大赦天下，牢灾可解；他若失败，后来者亦会迎你出狱，求你匡扶的。"

"谢兄吉言宽慰。"

阎锡山别过尹昌衡，又单独把典狱长梁锦汉叫到一边，打点人事，请他对尹昌衡格外关照。

3

这一天梁锦汉亲自请尹昌衡参观他的模范监狱。这里果然与以往所见监狱大不相同，虽然也是铁窗，但绝不见黑牢，光线及卫生条件都好得多。犯人的伙食，除了国家例供的那部分外，还有善士捐赠的善款给予一些补贴，伙食要好得多。犯人也不是蓬首垢面。监舍中，有的是板床，有的是厚厚的草毡，犯人没有见着来人就喊冤的。床上很少有犯人睡觉，多数都集中在大的工场里，或专注地学习技师们传习的技艺，或在技师的指导下忙碌。有的监舍里也有简易的工作台，犯人们也在埋头忙碌着手工活计。

尹昌衡跟梁锦汉来到少年犯管区。军训教官正把少年犯集中在院子里进行军事队列训练。这些少年犯大多是流浪街头的犯案儿童，虽然年龄大小不同，服色各异，但都还健康，走起正步，喊起口号来，个个都还精神抖擞。

尹昌衡看到这里连声叫好："好，好啊。梁狱长，这真算民国的新气象啊！你看这里多数犯人，多是为生计所迫吧，他们在你这里学得一门谋生的手段，出去都会自谋生路，都会成为有用之人。国家要是不乱折腾，各方面都这样改进下去，贫病何愁不治，国家何愁不强？特别是这些少年，可塑性强，要是再让他们学些文化，懂些道理更好，我若再带兵，一定将他们招入军营，说不定有人成为英雄啊。"

梁锦汉道："好，但愿将军早返疆场，带这些孩子立功啊。监狱给他们开了识字课的，来得早些的孩子都能看报了。尹将军，我还想请你给孩子们讲讲你们西征平叛的英雄故事呢。"

尹昌衡爽朗地答道："好啊，好啊，如此功德，愿意效劳。"

尹昌衡心情很舒畅，跟梁锦汉说得正高兴，门卫引着蔡锷、小凤仙和殷文鸾走了进来。

蔡锷和小凤仙是专程来看望尹昌衡的。

众人叙礼寒暄之后，小凤仙知道蔡锷跟尹昌衡有要事相谈，便要梁锦汉引她跟殷文鸾参观模范监狱。梁锦汉便引二人登上中央大厅塔楼，去看监狱全景。

会客室只剩下蔡锷和尹昌衡二人。倒是蔡锷先开了口。

"硕权身陷囹圄之后，我一次都没来看你，没生我的气吧？"

尹昌衡早已经猜出了蔡锷的良苦用心及此行的目的。他不想跟蔡锷过多用心计，所以一开头就直指核心："松坡兄有难处，这能理解，就是今天，你也不该来啊。"

蔡锷故作惊诧状："这，我有什么难处？"

"松坡兄，障眼法诚然是妙计，但一当揭去迷幛，就一文不值了啊，我能道破而坏兄之大计吗？"

蔡锷又一怔，旋即哈哈笑道："硕权果然明白人，你我之间知己知彼，果然什么事都瞒不住。既然已经心照不宣，一切都无须解释了，就都说实话吧，就是今天，我也是受总统之命而来的。"

尹昌衡试探着问："松坡兄以太子师的身份来给昌衡报喜的吧？"

"你就那么自信，那么肯定吗？"

"然也！不过昌衡甚是惶恐，我还没有摇尾巴啊。"

蔡锷也不兜圈子了："好啊，硕权爽快，那就摇摇尾巴签名吧。"说着从礼帽内取出那一纸由他带头签名的拥戴袁世凯称帝的拥戴书，推到尹昌衡面前，"完成了任务，我们就好喝酒！"

"别忙，生意还没谈妥哟，他赏我一根什么样的骨头？"

"现在是总统府的高等顾问……"

"啊，这根骨头，哄过多少人了，之后就像张培爵那样，报以一泓鲜血。"

"不，你又不是革命党。他还外加天高地厚之私恩呢。"

"什么私恩？"

"总统府私人军事教官。"

尹昌衡发出一阵大笑："也可做太子武师，居然跟松坡兄平起平坐了啊，幸甚，幸甚。"

蔡锷嘿嘿笑道："老弟，我若是遗臭万年，能不拉你一齐垫背吗？"

二人笑了一阵，尹昌衡站起来，捧着茶碗踱了一圈，坐下来，终于严肃起来，正色道："松坡兄，恐怕昌衡要使兄失望了。"

蔡锷愕然，他拿出那张载有尹昌衡诗的报纸，指着那两行诗道："文帝若能思颇牧，此身犹可作干城。是什么意思？难道我跟总统都理解错了？"

尹昌衡那首诗，写于正跟日本人进行二十一条谈判的时候。狱中的尹昌衡从报纸上看到日本人咄咄逼人的横行霸道，异常愤恨。其时袁世凯复辟帝制尚未拉开大幕，袁曾当面称赞过他的军事才能，正是当用武人之际，他的热血又沸腾了。狱中写了这首诗，表达"此身犹可作干城"的意愿，确实希望袁世凯还能记得他，很希望起用他去对付日本人。

"你们怎么会理解错啊？你当记得那首诗写于签订《民四条约》的时候吧，那时国家正需要武人出力，故而请用。可是有人记得我吗？有人用我吗？而今的总统，还是我希望的文帝吗？"

"啊，我明白了。硕权已不愿为其所用，这意思是不愿成全我之障眼法，与我一道养晦待时，再弄风云了？"

尹昌衡并不正面回答："松坡兄，你我都自恃是明白人，开初都不参加革命党，都不是孙文的信徒。但平心而论，孙文的领袖气魄和胆识我们不得不敬佩吧？不管怎样，是他率先高举共和大旗，但总算推翻了腐朽的封建专制，共和总算成了公众也包括你我对国家的前途的共同选择，算得上这个时代的伟人吧。"

"你怎么突然说起这个？"

"我是提醒松坡兄，去年他成立中华革命党时，为什么要党员宣誓效忠领袖？因为他找到革命党失败的根本原因，是同党人心涣散，没有领袖意识，没有权威意识啊。他知道治世需要有权威的大菩萨，不然就散沙一盘，一事无成啊！"

"可是，就连黄兴都不买他的账，他的权威和领袖地位，什么时候才树得起来。"

"我是说他道出了一个治世的真理。治世必须需要有权威的领袖。当今中国只有袁世凯有那实力和能力凝聚和制衡各种力量，也算一个充数的权威吧。兄之所为，表面是给袁世凯这尊菩萨贴金，暗里做着掀掉这尊菩萨的准备。明知其非，不但不予制止，反倒迷其心性，推人下岩，陷人于不义，非君子所为啊！松坡兄，打倒一个权威容易，树立新的权威时日漫长，历代争王争霸，都是腥风血雨，受害的都是老百姓啊。我们的国家已经乱得太久了，老百姓已经经不起折腾了啊！"

"硕权，你的前提可是说治世啊。治世固然需要权威和领袖，可权威是靠人力塑造的吗？治乱世需要君子吗？"

这两个问题很尖锐，尹昌衡的回答也是否定的。可这其中许多事情他至今也没想明白，一直让他很纠结。他提起水壶为蔡锷续上水："松坡兄，说说你的高见吧。"

蔡锷啜了一口茶："硕权博古通今的兵家，还用得着我说吗？千古以来国家由乱而治的开国人物，有几个是君子？刘邦、李世民、朱元璋等等，他们是君子吗？说到治国领袖之重要，打个比方没有大梁大栋，撑不起高大的殿宇和广厦，可是你看这大厅，有哪一根大柱不是出自深山密林，不是在众多树木中争天争地而拔地成才的？有哪一根是人工栽种修剪而长成的？领袖和权威也一样啊，要靠自己完善自己。袁世凯的威权本可成为当今的领袖，可他偏偏横生复辟帝制的祸枝，包括我的师尊，也包括你，那么多明达之人规劝，他听得进吗？你怕打倒袁世凯后，重新争王争霸，国家将四分五裂，有识之士，谁又不担心呢？可是国家如果重新回到腐朽的封建专制，你就没有亡国之忧吗？"

尹昌衡不能不承认蔡锷的话也有道理。可是，如果袁世凯倒台后，军阀混战，就将国无宁日了。他端着茶杯沉吟了一阵，不争不辩，只淡淡地说了一句："松坡兄伟人心胸，昌衡敬佩。"

"愚兄今日交心，不知硕权有何打算？"

尹昌衡看不见希望，没有了广西时的激烈情怀。只得用那天应酬阎锡山说的话作答："无所适从之时，顺应自然，只求少作恶，少为祸而已。"说罢口占一绝，吟道：

> 柏台风暖气如春，博得清闲养太钧。
> 地涌棘垣留楚客，天教将军作诗人。

尹昌衡拒绝签名拥护袁世凯称帝。1915 年 10 月 16 日，袁世凯急于称帝之前，便令大理院匆匆组成了审理尹昌衡案的法庭，一切都有授意安排，只不过是走个过场。法庭上，尹昌衡对起诉人的指控，一一驳斥。案子纯属诬告，但还是留了一个尾巴，正式宣判尹案："尹昌衡冒功通逆各款，均无其事。唯亏款一节，侵占公款罪情昭著，按律处以二等有期徒刑九年，褫夺公权全部。"

尹昌衡对所谓侵占公款当然不服，决不签字："公款之事，无非说我上京之前，经四川民政部长董修武批准，在成都银行借款三万元之事。当时，我任川边经略使，按例月薪一万元，办公经费每月一万元。前线军资告罄，将士数米度日，我任职七个月未领分文。家有老小，奉命进京。我从不沾手钱财之事，合法借贷银行之款三万，而作安家和川资，何谈违法？何谈侵占公款？"

法庭宣判了事，不签字也不勉强。何况宣判之前，袁世凯已暗地里派人对尹昌衡说："建国即赦。"尹昌衡就这样被正式判刑丢监，在第二监狱开始了他正式的囚犯生活。

第七十三章

三省决策

1

《民四条约》后，袁世凯加快了复辟帝制的步伐。1915 年 10 月 8 日，袁世凯公布了《国民代表大会选举法》，在各省军政长官监督下，加紧选举国民代表，即在当地进行所谓国体投票和推戴袁世凯为皇帝。

12 月 7 日，北京及各省投票推戴全部完毕，先后上报参政院，并推定参政院为国民代表大会总代表。11 日，参政院举行所谓解决国体总投票。各省代表 1993 人所投的票，全部拥护君主制，并完全一致拥戴大总统袁世凯为"中华帝国"皇帝。

参政院立即以"国民代表大会总代表"的名义几番上书"劝进"，袁世凯几番惺惺作态地揖让，最终接受皇帝之尊号，准备成立"中华帝国"，行君主立宪政体，实行君主立宪。走完这些过场后，于 12 月 13 日，袁世凯接受百官朝贺，大加封赏，同时下令查禁反对帝制的活动。

12 月 31 日，袁世凯下令明年改为"中华帝国洪宪元年"，准备于 1916 年元旦正式登上皇帝宝座。这出复辟帝制的丑剧，至此达到最高潮。

在袁世凯利令智昏、忘乎所以之时，如段祺瑞等一些明白人冷眼旁观，等待时机。

蔡锷先去日本，而后经香港，绕道越南，由蒙自进入云南，组织了"护国军"起义讨袁。

尹昌衡在监狱仍反复研习《周易》，并开始了《止心篇》《止园易术》《止园自记》的写作。

尹昌衡长期的军旅和监狱生活，以及积久不良的嗜好，使他的身体垮了，肠胃出了问题，常常便血拉稀，特别严重的是失眠多梦。

他在《思过记》中写他在狱中读经到"道之入心，如木锥入石"的痴迷日子里："思父母耋老，妻妾少艾无所依，则泫然而泣，怆然而哀……但夜多梦，或少年所私，妇欣来相就，或驰马陷羌垒，腾骧顾盼，或室人庆再欢燕如也，或槛车送市曹身首解，风云涂淖，交睫即呈。醒而忆之，历历在目。转而疑不为梦疑为真。"

铁窗岁月，长夜漫漫，三更五点，蛰鸣乱耳，到底是寂寞的时候多。像他这样不安分的人，在那样风云变幻的时候，真要他两耳不闻窗外事，一心只去做文章，也实在太难。精研各种典藏，对人生，对社会，以及宇宙规律等许多事情，有了更深刻的思考。特别是冷眼旁观那时的国家大事及风云人物的功过得失，也有更充裕的时间进行更冷静、更客观、更彻底的思考。

尹昌衡研究《易经》，把太极图永远挂在床头。多少回，为了排解一合眼睛就呈现的噩梦，索性坐起来靠在床头，双手抱头，借着昏黄的狱灯，凝神看一阵太极图，似乎忽有所悟。阴阳鱼互扭纠缠，渐至模糊，成为混沌一团。这让他想到当今对立势力的两个代表人物孙中山和袁世凯。

尹昌衡受孙中山的影响最早，他对孙中山的认识也有个发展的过程。最初他也如那时许多热血青年一样狂热过。随着知识面的扩大和"五族共和"观念的影响，从对孙中山的崇拜到批判，但孙中山就任南京政府临时大总统，放弃了"驱除鞑虏"的口号，实行"五族共和"，后来南北和谈，袁世凯也接受了共和主张。从此，他就把孙中山作为那个时代的伟人了。也从那时起，他也就确立了自己忠于共和的政治信仰。

尹昌衡是军人，他在《劝兵歌》中写道：

四千年，乱到今，群迷醒悟共和现，以国为公真理明。

不为上，不为君，专为保国才出战，纵然身死双目瞑。

无论什么时候，他都以"不为上，不为君，专为保国才出战"作为终身信条。

袁世凯是北洋势力集团的核心和领袖。尹昌衡最初也视北洋人物为腐朽的清王朝的鹰犬和爪牙，及至回国之后，方逐步认识到北洋人物虽然都难免封建官僚的恶德恶行，但他们也并非那么可恶。他们也有爱国之心，也不乏正直有为的忧国忧民之士。在主张立宪救国，推行新政，致力于改革等方面，都是有功于国的。他们是支撑清末民初危局、维系国家形象的柱石。他们中一些人甚至成了他的好朋友。

尹昌衡玩味古德诺所说"大多数之人民智识不甚高尚，而政府之动作，彼辈绝不与闻，故无研究政治之能力"。这某种程度上也是当时的现实。所谓"民意"，只是小部分"智识"人士的鼓与号而已。

然而古德诺小看了"智识"者的鼓与号在民众中的发酵作用，袁世凯错误地估计了形势，在其幕僚的鼓动下，借王权重塑权威，故而做了如此错误决定。

袁世凯复辟帝制，导致北洋集团的迅速分裂。此前袁世凯对冯国璋的一系列防范措施，已经让冯国璋暗生不满。当筹安会复辟帝制闹腾得甚嚣尘上之时，他更恨袁世凯对他欺骗，根本没把他当成自己人，决定不再为袁世凯卖命。

当江苏巡按使齐耀琳举行改变国体投票时，冯国璋暗示督军署人员一律不当代表，不参加投票活动。在举行投票那天，冯国璋托病不去；齐耀琳亲自到署劝请，他才勉强到场，然而却呆坐在那里，一言不发。12月18日，袁世凯任命冯国璋为参谋总长，急电催促他进京就职。冯国璋托词害病拒不进京，袁世凯只得允他在南京"遥领"。

1915年12月25日云南首先宣布独立。接着，贵州、广西也响应，组成"护国军"进行讨袁战争。

在轰轰烈烈的反袁护国战争中，冯国璋成为北洋派中反对洪宪皇帝之第一中心人物，主动联名江西李纯、浙江朱瑞、湖南汤芗铭、山东靳云鹏等四中立省的将军，发出时称"五将军密电"，要求南方者：（一）取消独立，（二）退出战区，（三）保护战地人民；要求北方者：（一）取消帝制，（二）惩办帝制罪魁，（三）请元首自行辞职以觇全国人民之意思。

"五将军密电"是对帝制派致命的一击。袁世凯接到"五将军密电"，气得几乎晕倒；帝制派见此电，亦个个瞠目无词，知末日将到。

蔡锷发动护国战争的主战场在四川，随后，各路护国军相继开辟了湘西、滇东和广西等战场。各路护国军在广大民众的支援下，给袁世凯的北洋军以沉重的打击。原来向他表过忠心的人，都纷纷反戈。

在这种情况下，袁世凯于1916年2月25日下令缓办帝制，撤销大典筹备处，3月22日又宣布取消帝制，废除"洪宪"年号。从称帝到取消帝制，总共经历了83天。宣布民国仍以"大总统"的名义发布命令。同时，起用段祺瑞为国务卿兼陆军总长，为他支撑危局。

袁世凯宣布取消帝制后，命四川将军陈宦与蔡锷谈判议和，妄图退保总统地位。但护国军坚持袁世凯不退位就无调停可言。

冯国璋又于 4 月 1 日和 16 日公开致电北京政府，劝袁及早退位。各省军阀亦先后通电劝袁世凯迅速退位。

1916 年 6 月 6 日，袁世凯在全国的声讨中，忧愤交加，因尿毒症不治而亡，时年 57 岁。

6 月 29 日，黎元洪继任大总统，宣布恢复《临时约法》和国会。

政治强人段祺瑞早就占据着民国国务卿之大位。冯国璋由于五将军联名反对袁世凯称帝，反对帝制有大功，在国人中建立了良好的形象，被选为副总统。他不愿离开他经营的根据地南京，就在南京开署，以副总统的身份接见中外人士，发表政见。

尹昌衡只料到袁世凯不会有太多的时间来巩固和经营帝制，却没料到他会去得那么快。当他在狱中得知袁世凯的死讯，不禁仰天浩叹："呜呼哀哉！民国暂安的一线维系断也。天下大乱，为时不远，国无宁日，斯民无辜啊。"

尹昌衡之所以浩叹，是因为他觉得未来的政治风云将更为变幻莫测，而最主要的很可能就是黎元洪、段祺瑞和孙中山各自代表的三种势力。

中间势力的代表黎元洪，在任何情况下，都奉行道家无为而治的哲学，是以柔克刚的成功典范。这种性格和哲学优势，使他成了那个时代的幸运儿。他不反清，却得了辛亥革命的首义元勋之功；他调和南北，两边讨好，还得了"黎菩萨"的善名；他不跟袁世凯争锋，袁世凯却不得不承认他不争为争。权势欲极强、兵权在握的段祺瑞，也不得不请他去占据总统的神位。

段祺瑞不但权势欲极强，而且是政坛宿将，还有强大的北洋实力作后盾。

孙中山的共和理念和人格魅力极具号召力，但长期滞留国外，少有巩固的根据地也成了他的劣势。不过更多新生力量，都可望借他这个山头挤进社会上层，这些新人新势力的能量和前途却未可限量。

尹昌衡不得不给自己提出一个非常沉重的问题：不管以后如何分化和重组，自己当做何选择呢？

2

尹昌衡无负袁世凯，却因为袁世凯，他至今都还被囚于狱中。袁世凯死后，马忠、张得奎、黄侠仙、殷岳奇、哮天犬等朋友，便到监狱来为尹昌衡庆贺。

照理说，尹昌衡最该控诉袁世凯，举杯庆贺，加入口诛笔伐的阵容的。可是尹昌衡不但不高兴，反而道："马忠哥，你好糊涂，众兄弟不知我尹昌衡，你难道也不知道吗！"

朋友们无不愕然。

黄侠仙愧然有顷，甚是不服："我等弟兄敬尹将军若神明，袁世凯无道，致令将军蒙污，我等恨不能手刃袁贼为将军报仇。今日天惩袁恶，我等携酒为将军祝贺，错在哪里？我等情胜兄弟，纵有不是，将军当不吝教诲，开诚示教，以启愚顽才是啊。"

尹昌衡已知失礼，然心中不快，仍道："各位侠士兄弟不问政治，你们能历数清末以来英雄功过的明达之士，狱中长伴昌衡煎熬之时，也曾盛赞袁公。袁公于我纵有不公，或出于治国治人之考虑，毕竟没有个人恩怨啊。你们对死者如此大不敬，不是把我尹昌衡也当作一个不识大义体统、只计个人恩怨、落井下石的卑劣小人吗？"

尹昌衡骂走朋友们后，数日来一直很消沉，他不喝酒、不读书、也不写诗了。终日对着狱墙，发呆发愣，陷入了复杂的感伤和沉重之中。

何人是取代袁世凯的新星？在新星升起之前的黑暗中，自己何去何从？

无须否认，对于袁世凯，尹昌衡的内心是颇为复杂的，他认为袁世凯的一生是最不能简单定论的。

尹昌衡早就开始了《止园自记》的写作，其中一篇《雅江平叛记》，记叙在雅江平定革命党胁迫他起兵的文章，记录了他当时在对胁迫者训话时说："国本未固，武夫当忠顺，若责上太过，大乱宁有涯乎？"现在他索性将篇名改为《忠袁记》，也呼吁后人，不要用"责上太过"的态度来对袁世凯。

尹昌衡在解剖别人的功过得失的时候，努力设身处地地为他人着想，他对袁世凯、蔡锷、阎锡山、陈宦及其他风云人物，都没了指责之意。他常自恃为君子，君子日三省乎身。袁世凯的死讯，才使他这个一直躺在功劳簿上的愤懑者，入狱以来第一次反躬自省。

尹昌衡认真解剖自己时忽然明白，自己当年也只不过是一个"只为稻粱谋"、想当一个孝子、能做人上人的普通奋斗者。及至东洋求学，才有了忧国忧民的意识，才有了报国报民的风云之志。他能有些作为是幸运的，他之所以得到今天的处境，也是自己的诸多不可原谅的过失造成的。于是提起笔来，写下了《思过记》。

在《止园自记》中，《思过记》对于后人了解尹昌衡是一篇很重要的文章。

尹昌衡光明磊落，向有承认错误的勇气。在这篇文章中，他就坦率地承认了自己的个性修养以及见识的缺陷，并进行了无情剖析。他开篇即道："予固怩

（鲁莽）暴，仕清为偏裨，即面辱大吏"，检讨当年顶撞赵尔巽之事；他始终站在以我为主，没有主从、没有尊卑秩序观念，不能换位思考问题，"实以气盛，罔所惮惬"，自以为是的狂傲导致幽囚。他检讨自己不以小恶为恶，小善为善，"好大而轻小"，常常以"色不足以害德，酒不足以丧行，狂不足以损明，傲不足以长非"来作为自己的坏习惯和所有不检点行为的借口，并指出其危害性。他承认自己"好驰马试剑，矜才尚夸，知有余不知不足"，最终只不过"如鸡之雄"罢了。

个性又叫天性，精通易术的父亲知道儿子的天性，似乎早已经知道他难免牢狱之灾。他这下才忽然明白父亲为什么送那些易术奇书了。父亲的目的，就是要用这易术类的奇书，来指点他人生的迷途，让他寻求安身立命的人生归宿。

尹昌衡豁然明白，自己并非刻意，却最为得意，也最为人称道的两副对联，"爱花爱酒爱书爱国爱苍生，名士皮毛英雄肝胆；至明至洁至大至刚至诚悫，圣贤学问仙佛心肠！"就是自己的天性之作；而那副在殿试更名愤激之时脱口而出的愤激之联："行则霖雨济苍生，藏则著书教万世。"竟然成了他入狱后对人生道路的决策。

这决策虽出于天性，可那毕竟是诗人的愤激和冲动，此一时，彼一时，能作为未来的人生选择吗？

未来，前路茫茫。

之后的日子里，关于袁世凯丧葬事宜的报纸和各种训令，不断传进狱中。

报载：民国总理段祺瑞签署了一道丧葬通令，通令称"前大总统袁世凯赞成共和，奠定大局"，因此"所有丧葬典礼……务极优隆"。

袁世凯国葬之日，马忠、张得奎、黄侠仙、殷岳奇、哮天犬等又来到狱中见尹昌衡。

监狱也遵令降了半旗，设了袁世凯的灵堂。尹昌衡与弟兄几人，请准典狱长梁锦汉，在灵堂前行了祭礼。礼毕，众人问尹昌衡今后做何打算。

尹昌衡知道自己很快会出狱，出狱后他也不用选择了。他识得天机，当信天命，他应对阎锡山的话也出于天性。他就用那句话来回答弟兄们："无所适从之时，顺应自然，只求少作恶，少为祸而已，就谨守入狱后的决心'著书教万世'吧。"

尹昌衡早就开始了他《狱中自悼一百韵》的写作，全面地写了半生的轰轰烈烈和屈辱煎熬。而今决心已定，他便提起笔来，把对未来的追求和向往，给《自悼》作结尾以明志：

半生如苦竹，一梦悟黄粱。

虫臂随天赋，鲈羹偿素望。

野人歌击壤，燕鼠饮汪洋。

玩世希夷乐，娱亲老来康。

往来无恶夫，天地任妖祥。

见首龙如老，忘形蝶化庄。

簪缨如敝屣，肝胆重琳琅。

忠孝唯余泪，乾坤枉断肠。

百年唯尔尔，终古莽苍苍。

3

1916 年 7 月 4 日，尹昌衡即被黎元洪特赦出狱，恢复了他陆军上将、盛威将军的勋籍荣典，发还勋位勋章，并被聘为总统府军事顾问。马忠和张得奎自然很快回到了他的身边，少不了朋友们前来祝贺等应酬。随后，他先去总统府拜见并感谢总统黎元洪，接着又着戎装去国务院拜见总理兼陆军总长段祺瑞。

这是尹昌衡出狱之后，唯一一次着戎装。他向段祺瑞敬了一个军礼后，旋即脱下上将冠冕和勋标，又向段祺瑞重行跪拜之礼。

段祺瑞大惊，扶起尹昌衡："硕权，你这是干什么，你这是干什么？而今可是民国啊！"

"于公，民国上将尹昌衡向陆军总长当行军礼；于私，段公长者，是昌衡恩人。昌衡当年因恩公救拔而得有用，近又因恩公洗冤而不死，行此大礼，以表对段公大恩大德没齿不忘。"

"昌衡公私分明，真君子。不过，你可不能记恨于袁公啊。"

"昌衡对袁公之功过，亦如总理。"

"硕权今后有什么打算？"

黎元洪和段祺瑞都对尹昌衡有恩，他对二人虽有不同程度的微词，但都怀有敬意和好感。出狱数日来，知二人政见之纷争已经明显，他若置身于其中，站在哪一边都不是，好在出狱前已经有了决策。但是，袁世凯说他是"猛虎"，已成北洋上层共识，段祺瑞也曾经明白告诉过他："换成是我，也不会让你出京。"他若直接说出自己的打算，怕忤逆了段祺瑞之意。沉吟有顷，想起段祺瑞曾转述的袁世凯最后那句话："让他专心读书做学问吧，若有大成，我纵然当个纣王那样世人唾骂的暴君也值啊。"这正是最好的借口。

"回总理，昌衡恶性难改，宜文不宜官，早已许志著书教万世，今日请就此奉还军职荣典，解甲归田，著书立说，或有所成，以报袁公厚望吧。"尹昌衡说罢，双手捧呈冠冕和勋标。

段祺瑞脸色骤变："尹昌衡，你这是什么意思？老朽尚不言解甲，你这成名猛将，正值英年，好意思说解甲？今日来此甩纱帽，是不屑于我这陆军总长治下为将吗？"

尹昌衡赶紧分辩："总长，不是这个意思。若有敌国胆敢挑衅，只要总长一声令下，昌衡立即重披战袍，再跨征鞍，冲锋陷阵，一往无前！"

"少说空话，国本未固，民国正值用人之际，过些时日，还是准备到陆军部来供职，展你军事之长吧。"说罢站了起来，表示了送客的意思，尹昌衡只好知趣地告辞。

尹昌衡去意已决，段祺瑞不准，他现在正式受任的是总统府的军事顾问。当初他赴京过汉口时，黎元洪为他进京而担心，特让金永炎传话与他："君勇且刚，不慎祸且及。"可见黎元洪对他的关爱之情。而今，不如趁陆军部还没下任命之前，直接向已经身为总统的黎元洪请辞。至8月15日之前，他连续上书，要求辞去总统府军事顾问之职。直到第八次，才得到黎元洪的答复，没想到黎元洪一当上总统，又步袁世凯之后尘，毫不掩饰地回答："子虎也，不可以出柙（猛兽笼）。"

尹昌衡慨然叹道："蜷伏爪牙人也惧，只缘锋芒毕露多啊。"

尹昌衡请辞不准，只好留京应付岁月。他在狱中，与家人、与友人，写了大量的诗歌，他很快整理了他的《止园诗钞》（甲寅以前稿）。

11月2日，尹昌衡作《锦江老人曲》长歌，极写老母思儿情状，及读母亲家书之伤情："对书一字一泣血，晨霜暮雨看孤鸟。"他献上这首长诗，再次上书请假省亲。黎元洪被其孝心所感，拟准假省亲。然而被段祺瑞挡下了："尹昌衡是何等样人，你敢保证他不投入革命党一起闹事吗？"黎元洪只得批了个"稍缓"。

袁世凯死后，孙中山的中华革命党以及被袁世凯解散的国民党人，异常活跃，南北对垒之势逐渐形成。作为总统军事顾问的尹昌衡，竭力主张民国政府与国民党人合作，重建共和新秩序。这个主张得到了黎元洪的赞许。

然而黎元洪恢复了《临时约法》，他这总统是不能发号施令的，必须通过国务院。段祺瑞坚决反对，决不与国民党妥协。

总统和总理打的都是共和的旗号，只是把"总统制"和"责任内阁制"混为一谈。二人职务和个性都阴阳异位，黎元洪盲目放弃权力又想拿回来，段祺瑞要按《临时约法》行使总理的权力绝不相让。民国秉政的两个主角,针尖麦芒,冰炭不容。

尹昌衡强烈地忧国忧民,又做不到徐庶进曹营一言不发。然而进了安国之上策,却又不得用,根本没必要再留京城惹心烦、招麻烦了。其时又传来蔡锷的死讯。原来,蔡锷于1916年7月6日受任四川督军兼省长,不到两月即东渡日本治喉癌,11月8日就病逝于日本福冈。

人生苦短,尹昌衡于是给总统和总理各留下一封辞职信,在学长金永炎等人的暗中协助下,挂冠封印,悄然辞职而去。

尹昌衡决定辞职归隐后,早已经安排好了张得奎,只带着殷文鸾和马忠离京。到南京拜见了冯国璋,闻知冯倩文已经和妥儿上栖霞山带发修行去了。冯国璋大约不愿尹昌衡打扰女儿清修,不肯相告修行的寺庙,尹昌衡只好亲自上栖霞山寻找。然而寻遍栖霞山三座山峰的大小寺庙,俱不见其踪影,怅然而归。

尹昌衡离家数载,早已经归心似箭,告别冯国璋后,一行三人扮作商旅模样,沿江而上。到汉口后准备换船,继续上行。谁知一下船就被王占元的部下拦下了。

原来段祺瑞得知尹昌衡挂冠而去,认为是黎元洪有意纵容造成,大为光火,立即电令湖北都督王占元拦截。王占元也是北洋派重要人物之一,依上将之礼接待了尹昌衡,同时转达国务院电令,请尹昌衡立即返回北京。尹昌衡当然不答应,闹得很不愉快。参加接待的旅长孙传芳,也是尹昌衡日本士官学校第六期同学,出面转圜,才缓和了尴尬气氛。

孙传芳以老同学的热情,盛情款留尹昌衡游赏这水陆要冲的繁华都会。并在黄鹤楼设宴为尹昌衡迎风和送行。尹昌衡在校时享受惯了众星捧月的学谊,对同窗向来不存提防之心。既是老同学之高情难却,同时也想让爱妾殷文鸾这个北方女子多领略些南国风光,于是欣然应邀。谁知酒宴上尹昌衡被灌了个酩酊大醉。醒来时,已经被王占元用专列送回了北京城。

尹昌衡于11月26日被送回北京之后,得到国务院的命令"勿得出京"。同时警察总监派员严密监视其行踪。这等于又失去了自由,尹昌衡大为恼怒,三日之后,致电京师警察厅长,要求解除跟踪监视。警察厅受的是段祺瑞的严令,哪里敢如其所请,只得佯诺之,只不过跟踪监视隐蔽些而已。

接着,在参不参加第一次世界大战、是否对德国宣战的问题上,总统与总理又各执一端,很快拉开了第一次"府院斗争",即黎元洪与段祺瑞斗争的序幕。这是一本说不清、道不明的糊涂账。

1917年1月，尹昌衡再度提出辞呈。此时，府院斗争中黎元洪与段祺瑞的关系公开破裂，黎元洪大胆行权予以批准，解去尹昌衡一切职务，并予以重金礼送。

4

尹昌衡成了普通百姓，拿到了总统赦令般的辞职官凭，终于获得了人生的解脱，就像归林的鸟儿一样，别说心里有多高兴。他怕像前次那样勾留旅途生变，恨不得肋生双翼，立即飞回巴山蜀水。

段祺瑞本是尹昌衡的恩人，大概他太知道尹昌衡的能力了，对尹昌衡的不放心更胜于袁世凯，知道黎元洪公开允准尹昌衡辞职，便在怀仁堂当着众多文官武将跟黎元洪翻脸："四川乃天府之国，山川险要，物博民丰，尹昌衡是何等能耐之人，若被国民党蛊惑据四川而生乱，谁负得了责？"

黎元洪脸上甚是挂不住，真是欺人太甚！"黎菩萨"原来也有脾气，抗声回道："我是总统，我负责！尹昌衡乃信义君子，从不负人，独子回乡尽孝，孝心感人。孝子出忠臣，尹昌衡必不会反！"

段祺瑞亦知自己太盛气凌人，有失体统，缓和了口气，不软不硬地道："总统心慈，一厢情愿而已，国事不可儿戏。如此重大之人事处置，按《临时约法》，当总理附署方得施行。"

一说到《临时约法》，段祺瑞占理，黎元洪无言了。段祺瑞拦截尹昌衡的电令，很快下达到各地。尹昌衡一行至宜昌，眼看乡关已近，不久将与家人团聚之时，又被宜昌守将朱廷粲奉段祺瑞之命阻止。

段祺瑞依靠强大的北洋实力集团做坚强后盾，其时任国务总理，名正言顺地操着直接发号施令的行政之权，趋炎附势者云从，很是有恃无恐。而黎元洪名为总统，既无实力后盾，又不能行权，他那个总统，形同摆设，这口恶气如何得消？

府院之争到了白热化的时候，段祺瑞料黎元洪并无实力，不能把他怎么样，便撂担子相要挟，向黎元洪打了个辞职报告："俗话说：疑人不用，用人不疑。总统既对段某信不过，段某知年老体衰，不堪重任，为国为民计，特请辞职。"

黎元洪实在受不了段祺瑞的气，在他的幕僚金永炎等人怂恿下，索性来个顺水推舟，提起笔来便在段祺瑞的辞职报告上批道："段总理任职以来，劳苦功高，贤芳可念，身体也大不如前。要求辞职休息，本大总统不便留难，特依《约法》之第三十四条，免去段祺瑞国务总理一职，遗职由外交总长武廷芳暂行代署，以俾息卸肩。"然后署名下发，同时委任王士珍接任其陆军总长之职。

朱廷粲将尹昌衡一行羁留营中，立即报告王占元。王占元得报之时，段祺瑞已经离总理职去了天津，寄寓在段芝贵的私宅，策动武力倒黎。王占元只得报告新任陆军总长王士珍。

王士珍原本是北洋三杰之一，与段祺瑞袍泽之谊甚深，可他又支持黎元洪对国民党怀柔联合的主张。尹昌衡之事，二人意见相左，他怎么回答都会得罪一方，于是便装聋作哑，不予回答。

王占元拿着尹昌衡真不好办，于是只好命朱廷粲暂时将尹昌衡留居于宜昌附近的九畹，好生侍候着。

王占元是个粗人，却为尹昌衡选了一块绝佳的养性之地。九畹看似僻野，却是屈原入郢前开坛讲学，植兰养性的故地。

九畹溪位于秭归（今新县城茅坪）的西部，地处川鄂咽喉西陵峡、牛肝马肺峡的南畔。奇山秀水，不是桃园，胜似桃园。

尹昌衡愉快地在九畹溪畔结庐后，立即吩咐马忠回四川看望父母妻儿。自己则偕殷文鸾，日里与农夫樵子为伍，耕钓自娱，晚来烹泉品茗，养性修真。离却苍蝇竞血的繁华京都，管他外面牛打死马，还是马打死牛。

尹昌衡醉心于释、道、儒、基督、伊斯兰等五教经典的研究，所学当思致用。没了世事纷乱干扰，旁观者清，冷静解析历代治乱得失，联系当今纷纭政坛，尹昌衡不得不对一些治世哲学进行深入思考。

世界大同，天下为公，是最古老的先贤理想，也是大众之共愿。而封建专制却是王权至上，天下为一家之私，与民共愿相悖。

近代的君主立宪和民主共和，限制或剥夺君权，否定家天下，化天下为公，为实现社会大同的全民共愿，大大地前进了一步。然而在这个过程中，滋生的各种"主义"多如牛毛。而这些主义并未超越五大宗教之积极意义的范畴。有的主义，甚至带着利益集团的狭隘，大肆宣传鼓动，大有形成新的宗教之势。

设若慈禧太后不垂帘干政，光绪皇帝不暴死，不搞皇族内阁，贤能充分行权。君主立宪如期推行，中国历史和世界历史或将改写。

当然这一切假设都不存在。清王室为固守家天下的既得利益，搞鱼目混珠的预备立宪的皇族内阁，荒唐地愚弄势力强大的立宪派，遭到了立宪派暴风骤雨般的反对。代表四川绅商利益的立宪派，掀起了波澜壮阔的保路运动，直接点燃了辛亥革命的导火索，然而共和的前程也是一片迷茫。

尹昌衡解析历代治世得失，再看眼前纷乱的时局，得出了一个结论：政坛乌烟瘴气，城头王旗屡变，其源皆出于党争派斗，争权夺利。他在九畹山中，静思国家命运前途，苦苦寻求如何才能息党争、如何解民瘼之计。

"君子不党"，这是古训。

他在任四川都督之初的一次讲演中，就曾指出过："一些党人是并无共和之精神，而只是以共和之名义行争权夺利之实。没有共和之精神，而假共和之虚名以自义，国必亡。中原大局，尚在未可知之数。"他在西征末期，跟骆成骧讨论退出革命党时，还曾经说过："仁者何必党？天下皆其党也。不仁者何所党，手足皆其仇也。故朝仇之而暮党之，假焉不自知其羞也。朝党之而暮杀之，忿焉不自识其盟也。酒肉在前，干戈在后，势利之交，岂能终年？"后来他还把这段话写进了他的《经术讦时》。

如何才能做到"仁者不党，而以天下为一党"呢？

《礼记·礼运》有云："大道之行也，天下为公。""天下为公，世界大同"乃古圣之追求，庶民之共愿。有领袖气度的孙中山先生，不是也常为人题写"天下为公"四个字吗？

尹昌衡似乎看到了希望，可是"大道之行，天下为公"的"道"又是什么呢？是五教之主张吗？是孙中山提出的"三民主义"吗？还是其他党提的什么主义呢？眼下他还一时理不出个头绪。不过"仁者何必党？天下皆其党也"，即"不党为党，天下为一党"，已经在他心中生了根，向他日后建立的哲学体系"唯白论"，大大地向前迈进了一步。

第七十四章

江陵看浊浪

1

第一次府院斗争，黎元洪很快便败在了段祺瑞的手下。

段祺瑞三造共和的奇功，使他的威望和影响，远远高于总统黎元洪。

所谓一造共和，即推翻清朝，确立民国共和政体。段祺瑞再造共和，那就是人所共知的反对袁世凯称帝。

至于段祺瑞三造共和，则是黎元洪一手成全的。

段祺瑞被罢职后，离京赴津，以天津为基地，组织脱离北京政府的各省督军在天津成立"军务总参谋处"，扬言另组临时政府，段、黎矛盾白热化。黎元洪在段祺瑞的压力下内外交困，只好同意以督军团为后盾的张勋入京"调停国事"。

张勋曾多次担任慈禧太后、光绪帝的扈从。溥仪即位后，历任江南提督，率巡防营驻南京。投靠袁世凯被授为定武上将军，任江苏督军。后转任长江巡阅使，移驻徐州。清朝覆亡后，为表示效忠清室，张勋禁止所部剪辫子，被称为"辫帅"。袁死后，他在徐州成立北洋七省同盟，不久任安徽督军，扩充至十三省同盟，阴谋策划清室复辟。1917年6月借黎元洪相召进京调停府院矛盾之机，联合康有为等保皇党人率三千辫子军入京，解散国会。黎元洪原来把张勋当作救星请入京城，结果6月14日张勋进京复辟，黎差点被其俘虏，最终依托洋人的力量才得以逃出北京，只好立即重新任命段祺瑞为国务总理，并令他出师讨贼。

7月1日，张勋与康有为拥立清帝溥仪复位，重新建立皇政。

7月3日，段祺瑞即在马厂誓师，正式通电全国复任国务总理，并以讨逆军总司令名义讨伐叛逆，请梁启超操刀拟撰檄文，以段芝贵、曹锟为东西两路司令，吴佩孚为先锋的讨逆军，12 日即光复北京，复辟丑剧上演 12 天后即告收场。此即所谓三造共和。

尹昌衡被软禁于九畹，耕钓自娱，细思古今治世大道的问题时，被冯国璋礼请重返金陵，尊之为上宾，并为之选定舍馆，派人服侍，优礼有加。

此时的政坛真个是：城头王旗频变幻，你方唱罢我登场；费心机搬石头落在自己脚上，到头来都是为他人作嫁衣裳。黎元洪为对付段祺瑞而引狼入室，反被张勋赶出北京，只得恢复段祺瑞的总理之职，自己引咎辞职，晾在了一边。张勋赶走黎元洪后，落了个千夫所指的复辟帝制罪魁的骂名，到处躲藏。二人都为段祺瑞的权力斗争做了嫁衣。

却说冯国璋，1916 年 10 月被选为副总统，11 月在南京宣布就职，仍兼江苏督军。他便在南京设立副总统办事机构，并以国家元首的姿态公开接见中外记者，大谈治国方略，主张中国建设要渐次进行，反对国民党的激进方针，一时政治上颇为活跃。1917 年初，江苏商民鉴于冯国璋坐镇南京，维护社会治安有功，便和江苏军界联合会，发起为其建立生祠"华园"，并为他铸铜像。

冯国璋闻之道："华园一事千万打消，如不能中断，请即改为劝工场，以利民生经济。"不久，将建华园和为他铸铜像之捐资，建成贫民工厂和劝工场，此事一时传为美谈，并为冯国璋增添了几分光彩。

府院之争时，冯国璋亲赴北京调停，住在禁卫军司令部，整天忙于接见军政各界要人，发表个人对时局的看法，"欲求对外一致，不可不先求内政刷新"，一时赢得各界的好评。冯国璋知段祺瑞刚愎自用，不纳善言，调停无果，回到南京后联合江西督军李纯、湖北督军王占元，建立了"长江三督"势力，又竭力笼络各省军阀和英、美势力，暗中集聚实力，准备迎击段祺瑞的种种挑战。

张勋在北京复辟，黎元洪避入日本公使馆，电请副总统冯国璋代行总统职权，维护共和。冯国璋于 7 月 3 日通电全国指出："（张勋）特京师为营窟，挟幼帝以居奇，手握主权，口含天宪，名器由其假借，度支供其虚糜，化文明为野蛮，委法律于草莽，此而可忍，何以国为！"在军署接见英国领事时说："中国政体已走上了共和。不容许再有皇帝，我可以告诉你们，我跟段总理都是站在反对地位的。"

张勋复辟敉平，冯国璋于 7 月 14 日致电黎元洪："奉还大总统职权，请黎元洪复职。"黎元洪含愧固辞。

段祺瑞于 7 月 18 日致电促冯国璋北上就大总统之职，并派靳云鹏为专使赴南京迎其北上。靳对冯说："段公此次组阁表示必可听冯四哥的话，二人同心，其利断金!"冯深知段欲调虎离山,提出离宁条件:调其部下江西督军李纯为江苏督军,陈光远为江西督军,第十五、第十六师为总统卫队。一番函电讨价还价,达成力量部署平衡之后,冯国璋便于8月1日率第十六师抵达北京就职。

2

尹昌衡之所以愉快地接受冯国璋之邀赴南京,主要是不忘记冯倩文纯真的友谊,思得南京一见。

冯国璋当年在天津选婿时,对尹昌衡的考察很深入。他对尹昌衡的认识及情感,也比段祺瑞深得多。段祺瑞对尹昌衡,纯全是对人才的赏识、保护和提防。冯国璋也同样赏识、保护和提防,但更加上了当年跟尹昌衡的部属情感,以及义女冯倩文割不断的儿女之情。

冯国璋一直感觉到对不起女儿倩文。倩文对尹昌衡虽然死了心,但其敬意不变。善待尹昌衡也是对女儿的一种补偿。何况尹昌衡确实人杰,不急功近利,如袁世凯的藏宝之说,到了一定的时候,未必不能为自己所用。因此尹昌衡到了南京,除了不让其打扰女儿清净之外,尽量满足尹昌衡不问政事、著书立说的偏好,及时给尹昌衡引见了当地的学界名流。

冯国璋就任大总统前,曾经请尹昌衡随他北上京城匡扶,尹昌衡以不问政事力辞。冯国璋也不勉强,聘尹昌衡为总统府顾问,仍居南京。并嘱托接任南京都督的部下李纯负责,善加款待。

尹昌衡之所以愿意留在南京,是因为原来段祺瑞早就告诉过他,不放他回去,是北洋高层的共同主张,当然也是冯国璋的主张了。就连宽厚的黎元洪坐上总统之位后,都说"子虎也,不可以出柙"。想来,防范他这个"危险人物"是一切权势人物的共同想法。为此事已经得罪了袁世凯和段祺瑞,再固执回川,难道把恩人都得罪完吗?因此就不再做无意义的挣扎了。

可以说,来南京后是尹昌衡一身中最逍遥最惬意的日子。经冯国璋引荐,尹昌衡很快结识了金陵名士陈三立及高僧释印光、瑞生等人。或登临吊古,看六朝兴废陈迹,说古道今;或访名山古刹,共研黄卷真经,论道谈玄;或信步石渚沙洲,闲看大江漩涡汹涌;或遥听政坛变幻炮火连天,刀枪归库一伤兵,号角贯耳不心惊。

不久,马忠送颜机来到南京,带来了父母健康的消息,还带来了儿子宣桓的照片。宣桓眨眼三岁多了,长得虎头虎脑,着实可爱。妻子颜机不但不吃殷文鸾的醋,反倒带来了尹母及长妾杨燕茹给殷文鸾的礼物,感谢她一直陪伴尹昌衡渡过磨难。

娇妻美妾亲如姐妹，朝夕相伴，那段时间，名人雅士携酒前来相贺。或画舫载歌，泛舟于秦淮河上；或纵酒斗诗，逞才于金陵四十八景之首的莫愁湖中。

时令渐至深秋，南京的栖霞山满山红叶，是中国最有名的赏枫四大胜地之一。尹昌衡偕妻妾重访栖霞山。前次与马忠来，欲觅红颜知己冯倩文，行色匆匆，三山古刹宫观，未及细考。此次伴妻妾同游，既感谢其跟自己受苦，再求能否偶遇冯倩文。非常遗憾，尹昌衡一家，流连栖霞山达半月之久，始终没见着冯倩文。这成了他记忆中永远的遗憾。

尹昌衡游玩古都山水之余，仍然潜心于学问，精研佛法，同时著书立说。

南京城中有座著名的古寺叫毗卢寺，寺院规模宏大。乾隆下江南时到达南京的第一天晚上，就在毗卢禅院下榻。毗卢寺民初成为中国佛教研究和中医学研究的中心，对中国佛、医文化有着不可估量的影响，是中国佛教从传统走向现代的标志性道场。

值国乱当头，尹昌衡研究佛法，在如何庄严国土、护国利民等方面，颇有精深造诣，其时应住持瑞生大师之请，在毗卢寺讲《圆觉经》，听众云从，成为一时美谈。不久，瑞生禅师即在毗卢寺举行圆通大戒，受戒比丘、比丘尼众一百二十人，男女居士四十余人，盛况空前。

尹昌衡虽说跳出官场，但到底是忧国忧民之士，国家的前途命运，仍然时常牵心。

冯国璋进京就任后，便将王士珍、段祺瑞请进府来，叙"北洋三杰"之友谊。冯极为亲切地说："咱们老兄弟三个连枝一体，不分总统、总理、总长，只求合力办事，从今而后再也不会有什么府院之争了。"他虽然把"府院一体，内外一心"的高调呼得山响，然而冯国璋不是黎元洪，他有军队、有地盘、有实力，决不甘心像黎元洪那样只当个"盖总统印的机器"。尹昌衡看清这埋下北洋集团即将分裂的种子，民国日后的乱象，将不知是何局面了。

段祺瑞以"再造共和"功臣自居，独揽军政大权，指旧国会已被张勋解散，原有法统亦已不再存在，拒绝恢复《临时约法》，于是与梁启超等组织临时参议院，成立新政府。

孙中山南下护法，发表演说，认为段政府拒绝恢复《临时约法》"实真共和与假共和之争"，认为"假共和之祸尤甚于真复辟"，"只有打倒假共和，才能得真共和之建设"。他的护法宣传，得到南方革命党人的拥护。

1917 年 8 月 25 日，孙中山在广州召开非常国会，31 日通过《中华民国军政府组织大纲》13条，规定中华民国为戡定叛乱、恢复《临时约法》，特组织"中华民国军政府"。军政府设大元帅一人，元帅三人，实行党、政、军权合一的大元帅制，即军事、内政、外交合一的元首制。接着孙中山被选为海陆军大元帅，陆荣廷和唐继尧为元帅，委任了各部总长。

民国一个北京政府尚且乱得不可开交，南方以护法为名，又成立军政府。护法战争打响，第二次南北战争开始。

段祺瑞主张武力统一南方，冯国璋则主张南北和平统一。段祺瑞和冯国璋争执不休，很快进入第二次府院斗争。北洋势力集团很快分崩离析，以冯国璋为首的直系、以段祺瑞为首的皖系、以张作霖为首的奉系等军阀很快形成。

段祺瑞和冯国璋府院斗法中，分化瓦解对方阵容，破坏对方行动和主张，钩心斗角，各种手段无所不用其极。在冯国璋的掣肘下，段祺瑞武力统一南方的行动很快受挫。12月25日，冯国璋发布"弭战布告"，要求南北两军"于军事上先得各方之结束，于政治上乃徐图统一之进行"。冯国璋的"和平统一"政策暂时占了上风。

段祺瑞虽然一度下野，但皖系实力仍存无损，竭尽全力破坏冯国璋的"和平统一"政策。首先拉拢直系内部主战派首领直隶督军曹锟于12月召开"天津会议"，煽动继续对南方用兵；同时，段还指示徐树铮勾结奉系军阀张作霖派兵入关，致使冯国璋在北京陷于孤立。"和平统一"政策受挫，于1918年1月中旬南北战争重新交火。

而南方的军政府采取的是元首制，大权集于孙中山一人之手。他所依靠的西南军阀都成了为他壮声势的配角。故手握兵权的陆荣廷、唐继尧都不肯就元帅职。伍廷芳、唐绍仪、程璧光、李烈钧等国民党稳健派人士为求得与西南陆、唐等实力派的合作，也赞成军阀们主张的合议制而不肯就职。南方军政府一开始就不能形成一个有统一意志的阵线。

护法战争中，冯国璋和段祺瑞此消彼长，二人都曾几上几下。南方军政府也争权分化，一度由桂系军阀发起，成立"护法各省联合会议"，企图取代军政府，排挤孙中山。唐继尧率先通电西南各省支持这一主张，提出护法各省现宜遥戴黎元洪或冯国璋为大总统，推岑春煊为国务总理。至于孙中山，"则宜游历各国，办理外交"。

孙中山看透了西南实力派名为护法、实为争夺地盘的面目，认识到依靠军阀不可能达到护法救国的目的，遂于次日离开广州，前往上海。护法运动宣告失败。

冯国璋1918年10月代大总统届满，段祺瑞操纵"安福国会"，选举徐世昌为大总统。冯国璋离京回到故里河间，后又朝野几番沉浮，于 1919 年 12 月 28 日突然病逝，时年 62 岁。

段祺瑞在二次府院斗争中下野后，冯国璋下《罪己诏》，段祺瑞于 1918 年复任总理。直皖战争失败后退隐天津。1924 年冯玉祥发动北京政变，推翻大总统曹锟，请段祺瑞出山，任中华民国临时政府的临时执政（国家元首）。

尹昌衡非常庆幸，这一年多他在长江边冷眼旁观政坛风云浊浪，在群雄争权夺利的内斗之中，没有沾一点同胞的鲜血，悠游于南京，潜心于著述，成果甚丰。

1920 年 1 月，《止园丛书》第一函由商务印书馆出版。主要篇目有：《圣学渊源诠证》《止心篇》《止园易术》《止园文集》《止园诗钞》等。

5 月，《止园丛书》第二函由中华书局出版。主要篇目有：《原性论》《止园自记》《经术评时》《王道法言》等。

在那段政潮风涌，党争不断，强者谋私，军阀混战之际，尹昌衡不为己逐利钻营，却深深地关注着人类生存空间的大问题。他早在 1918 年《王道法言》中，便响亮地提出了"提倡节生"，控制人口的重要理论。他是中国提出"计划生育"大计的第一人。

尹昌衡在其后的《止园理海》《止园昭诠》《止园唯白论》等多部著作中，系统地论述了要控制人口的理由。他认为："生不节则必乱。地非无量无边，粟非无穷无尽，以理推之，势在必满，而杀机于是乎生焉。"他说："考之于史，晋末之民已过二兆，故南北朝之祸极矣。及贞观开元之秋，余民不过数百万，是以致政简刑轻。明朝有天下二百载，民亦二兆，故流寇之祸极矣。及康熙乾隆之盛，十余三四，是以几于小康。中国无百年不乱，所以然者，生齿不节之故也。宁独中国，外国亦然。英国一千九百年之郅治，日本楠正诚之善政，亦一耀而不保，人稠物歉所由致也。"

基于以上认识，他提出了如何控制人口的策略。他说："节生之法，有二道焉，一曰天节，二曰人节。"他认为更重要的是人为地控制生育。他提出用药避孕的方法，更重要的是要用立法来节制生育；不但立法，还要成立专门"节生"的政府机构，并预言了实行立法节生之后的美好前景。

尽管尹昌衡把社会的治与乱，归结为人口过剩失之偏颇，但有限的资源与人口无节制的膨胀，将严重影响人类共同的生存空间。今天细读尹昌衡一百年前的精辟分析、论述及预言，仍然感到心灵的震撼！

冯国璋总统任满，徐世昌继任。英帝欲通过秘密谈判重提西藏自治问题。徐世昌遂召尹昌衡入京讨论应对之策，并派师长陈调元率兵"护送"。尹昌衡令马忠送走颜机后，到京即被聘为新总统府顾问，并赠住宅一所，在北京国祥胡同 8 号、12 号。

尹昌衡主张，藏区自治问题需征国民公意，使英国人秘密谈判中止，使英国人想西藏脱离祖国的阴谋又未得逞。

世道乱离，人心不古。尹昌衡一贯主张发扬中国传统文化，尚贤思治，当以教化为先。孔教会会长康有为、山西督军阎锡山联络尹昌衡，增加尹昌衡为全国孔教会副会长、驻会理事，整顿孔教会。尹昌衡提出在北京设立"孔教学校"，并在清华大学开设哲学讲座。

第七十五章

回川归隐

1

尹昌衡离开四川约七年，四川近十次更换的总督，分别是胡景伊、陈宦、周骏、蔡锷、罗佩金、戴勘、周道刚、刘存厚、熊克武、刘湘。后三人甚至是下而复上。

一省如此走马灯似的频繁更换都督，可见民国初年天下有多乱，四川有多乱。

1920 年 7 月，云南军阀唐继尧以护法为名，令四川督军熊克武出兵北伐，而熊克武则恐唐继尧袭据四川，迁延不出。唐继尧征得孙中山同意，下令"驱熊"。滇黔军人大举入川，展开混战。

尹昌衡虽在京城，犹顾念桑梓，决心回川。其时彭光烈入京公干已毕，拟赴上海见孙中山。尹昌衡遂不辞而别，便服出京，与彭光烈一道南下上海，顺道去拜见孙中山。

尹昌衡对孙中山，经历了热烈崇拜，到怀疑批判，再到大部肯定的心路历程。尽管他对孙中山的一些主张和做法不能苟同，而且孙中山发动的护法战争又失败了，回到上海正处于低潮。但孙中山勇于纠正过去的错误，虽然没有军事实力，而他教祖般宣传鼓动的共和主张，已经几乎成为全民接受的政治理念；更重要的是他提出的"三民主义"，以及"天下为公"的口号，都有强烈的民本思想。当今之中国，斗勇争强者多为宵小，唯孙中山可成权威，可做领袖，或可早日结束中国之乱局。

冲着对孙中山的敬佩和众多的革命党朋友长期对他的厚爱，他都应该去拜望一次革命党的领袖孙中山先生了。

尹昌衡的好友谢云峄，现在是孙中山的秘书长，对他这次拜访安排得非常周到。

1918年5月，孙中山从护法战争前线辞去大元帅职务后，俄国十月革命胜利，他立即致电列宁和苏维埃政府，祝贺俄国革命的伟大胜利。1919年的五四运动，给孙中山很大的鼓舞。他遂委派胡汉民、朱执信、廖仲恺等人在上海创办《建设》杂志，大力宣传民主革命理论。10月，孙中山宣布中华革命党改组为中国国民党，从1920年开始与苏俄人士接触。

孙中山一面关注十月革命，一面对以往的革命经验进行总结，提出了改造和建设中国的宏伟计划，完成已着手撰写的《建国方略》。尹昌衡赴上海拜见孙中山时，他正埋头于《建国方略》的写作中。

孙中山对尹昌衡勉励有加，同时宣传苏共的革命理论。尹昌衡颇受感染。孙中山亲自动员尹昌衡加入经他改组的中国国民党，尹昌衡沉思良久，委婉回道："昌衡耕钓于九畹，闭门体悟有得：自古党争祸国殃民，君子不党，故成古训。先生主张'天下为公'、'三民主义'，俄国人主张'社会主义'、'共产主义'。为普天下苍生着想，皆是仁者大同之共愿。既是仁者，天下皆其一党也，故昌衡志不结党，还望先生原谅。若因天下为公，世界大同之所需，昌衡虽非党人，不党亦党，胜似党人，力当效犬马之劳！"

孙中山爽朗地笑道："我们不争了吧。硕权不党为党，天下一党见解虽高，可是你比我还理想化啊。不结党以凝聚仁人志士共同努力，何以实现天下为公世界大同的古圣贤理想啊？"

当时全国军政界最活跃的实权人物，差不多都是国内外各种军校的毕业生。基于此，他建议孙中山从办军校着手，以积聚实现理想的中坚力量。这个建议也是孙中山早有的想法，于是立即邀尹昌衡日后共匡盛事。

尹昌衡立意"著书教万世"，办军校，育贤人清明施政，并非为哪一党一派内斗卖命，即是利国利民，于是欣然应允。

1920年夏天，尹昌衡乘川江号客轮西上。谢云峄知道尹昌衡不党不派，北洋政府怕他回川；革命党人也会担心他是北洋派回川的。故以孙中山的名义派联络人员冯均逸一同入川，以避免革命党人盘查留难。

7月下旬的一个傍晚，尹昌衡一行终于到达重庆的储寄门码头。储寄门是重庆长江边最重要的城门之一，四川的盐棉中草药都在这里集结出川，特别是经销各种中药材的药行、药店和货栈比比皆是，在这里占了统治地位。

其时，熊克武刚被唐继尧所率领的滇黔军赶出重庆不久，远处偶尔还传来枪炮之声。行人商旅都行色匆匆，战后的乱象尚未完全消除。空气中的硝烟味混合着家乡浓烈的中草药香扑面而来，使尹昌衡既感到亲切，又感到不安。

未晚先投宿，马忠问尹昌衡住哪里，尹昌衡道："战乱入城的旅人，要防乱兵胡为，最好找靠近衙门的客店。好像前面不远，就是警备司令部吧。"

山城道路不平，少有黄包车，马忠顺手为尹昌衡和殷文鸾招了两乘滑竿，其余人则步行。一行人爬坡下坎，行走在曲曲盘盘的山城。霓虹灯也没有了太平时的得意和张扬，七零八落地闪烁着。往日倚门拉客的妓女，也没有那么多了。过了好一阵，他们才在警备司令部侧边一家体面的客店安顿了下来。而后出门找饭吃。

尹昌衡等走进旁边一家大酒楼。刚在大厅中选好座头落座，一队全副武装的卫队，护着几个军官走了进来，几个军官簇拥着一位将军，直朝二楼走去。

那将军临登楼时，看见了尹昌衡，愣了一下，直朝尹昌衡坐的位置走来。马忠认出了那将军，站了起来，正欲向那将军敬礼，被那将军按下了："马忠哥，你今天没穿军装，敬什么军礼。该我先向恩师行礼啊。"

那位将军说罢，对着客商打扮的尹昌衡，正了正军帽，朗声道："广西陆军小学学生卢涛，给恩师尹将军敬礼！"说罢，恭恭敬敬地给尹昌衡敬了一个标准的军礼。

尹昌衡站起来还了礼，愣了一下道："啊，想起来了，你就是那个脚后跟爱生冻疮又特别爱武术的瘦高个卢涛？"

"对，老师想起来了，是你叫马忠哥教我武术，并且配草药方，给我医好了冻疮啊。"

卢涛原来是尹昌衡在广西陆军小学招收并且教过的学生，现在是黔军第二军的军长，唐继尧组织滇黔联军进占重庆后，他现任重庆警备司令。

卢涛接着向尹昌衡介绍了他的几位下属随员，参谋长朱绍良和师长何应钦、谷正伦。这三人都是护国战争后去日本陆军士官学校学军事，都是尹昌衡的校友。众人一齐给学长尹将军敬礼。

尹昌衡又向众人介绍孙中山的联络人冯均逸。

卢涛今天集主要部属设宴，是因为川军几路大军向重庆杀来，他们要商议重庆的防务大事。叙礼之后，遂宣布将宴会主题改为迎接尹昌衡。众人一齐簇拥尹昌衡等众登楼入席。

滇黔虽然联军进占四川，尹昌衡对黔军却无恶感。辛亥革命浪潮中，贵州是由尹昌衡日本士官学校同班同学杨荩臣领导反正独立，并任第一任都督的。西征中滇军挟川滇纷争之恨，谎报军情邀功，恶毒毁谤污蔑川军，唯独杨荩臣站出来说公道话。他电请中央，陈述"多省派兵攻藏之害"，力主"亟宜于诸军司令官中，择其声望素着如尹昌衡者为总司令"，给了尹昌衡极大的声援。

滇军打着革命的旗号，由唐继尧带兵入黔，夺了杨荩臣都督之位，从此霸占了贵州。实力贫弱的贵州人比川人更受气。宴间，尹昌衡毫不客气的直言道："滇军数年前入川，川人深受其害，莫不痛恨。此次你们滇黔联军入川，望黔军切莫步滇军后尘，结怨于川人啊。"

第一次护法战争失败后，在错综复杂的斗争中，川军团结一心驱逐滇黔联军，唐继尧处于劣势，公开宣布倒戈支持北洋政府，并被委任为联军司令。黔军本来就是被挟持而入川，各怀异心。

卢涛道："老师当知，滇黔虽名为联军，其实黔人受滇之控制胁迫。唐继尧既然投了北方，黔之子弟兵谁愿离乡背井，为他人当炮灰，作无谓之牺牲？"

黔军参谋长朱绍良道："司令，尹将军也不是外人，应敌之事，就此时商议吧，也听听我们的学长前辈之高见。"

谷正伦道："还商量什么？川军几路大军杀奔重庆而来。我们才多少人马，要打，打得赢吗？即使打赢了，除了多搭上弟兄们的生命，还能得到什么？再说，打烂了重庆，还不是我们中国人的。没有重庆这样的地方，贵州过去吃四川的补助哪里来钱？"

何应钦不直接表态，却非常有技巧地问冯均逸："冯先生是孙先生的联络员，当初唐司令是请准孙大帅出兵四川的，你看我们是固守重庆，把重庆打个稀巴烂，让黔军弟兄们跟山城同归于尽、葬身于瓦砾好，还是趁早撤出，免致川黔弟兄红眼拼命、无谓伤亡好？"

冯均逸到底是跟孙中山的人，对各人的心思早已明白，便道："孙先生早已经辞去护法大元帅，不过问前线军事了。我此次奉孙先生之命入川，只是来了解西南的情况，听听党内同志的意见而已。至于前线军事，还是各位将军做主吧。"

黔军官兵都不愿继续给唐继尧当枪使，他们各自都忙于贵州势力范围及实权的争夺，巴不得早日回贵州。

卢涛宣布道："几路川军正向重庆逼来，全国局势不明。我看这样吧，现在各师明作布防应战以观世态发展。刚才恩师已经说了，望我们黔军切莫步滇军后尘，结怨于川人。我们力避川黔交战，暗中作好撤出重庆的准备。请参谋长暗里再严申军令，撤退时有烧杀抢掠扰民者，格杀勿论！"

2

四川军阀山头林立，你争我夺，又加上滇黔军入川为祸，真是民无宁日，水深火热，怨声载道。

尹昌衡突然回到重庆，他这样的名人自然成了重庆成都各大报纸争相报道的对象，消息便很快在全川传开，顿时引起很大的反响。市井坊间各种议论都有。有的说大小军阀都是尹都督的学生或部下，他一回来，群龙有首，四川或许很快就统一，就脱离战乱苦海了；有的说，那些拥兵的一个个都红了眼睛想当四川王，他无权无兵，凭什么统一四川；还有的说得更消极，他的威望高，在这种时候回来，想在群狼口中夺食抢山头，保得住小命都是好事。

尹昌衡回川，在军界引起了更大的震动，他们纷纷来探听尹昌衡回川的动向。黔军的卢涛等几位将军，率先接着尹昌衡，日里热情相陪。滇军第二师师长赵又新、参谋长朱德来表达敬意，了解北方和南方的动向，请教尹昌衡对时局的看法。尹昌衡对北方和南方都不说长短，只希望休战和谈，坚决反对内战。主张各省各守疆界，保境安民，注重休养生息为上。那意思当然是请滇黔军早撤出四川。

四川的将领们都在前线，立即派了体面的心腹，前来看望尹昌衡，表示愿意追随尹昌衡，服从其驱遣的忠心。尹昌衡当然明白，这些人的主子对自己回川极不放心，主要目的是前来探听他回川后的打算。他便叫大家放心，自己连总统顾问都不当，偷跑回乡，对官场早已心灰意冷。

熊克武被滇黔联军逐出重庆后，月前，四川军人实力派在阆中召开了军事联席会议，决定兵分两路，驱逐滇黔联军。由刘存厚率部进占成都；由刘湘任川军联军总司令，率但懋辛、刘湘、刘禹久的三个军以及杨森的第九师合力收复重庆。

滇军第一军军长顾品珍是熊克武的好友。熊克武兵败后，则去做滇军的瓦解工作，叫顾品珍趁云南空虚，火线倒戈，杀回昆明取代唐继尧。顾品珍果然依其计退兵，唐继尧要固守重庆则顿失屏障。

川军联合进攻重庆的炮声，很快在重庆外围轰鸣了起来。黔军听到炮声，很快有序地撤出了重庆。卢涛临行来拜见尹昌衡，要尹昌衡在他的卫队中留下些人护卫，并要尹昌衡转告孙中山，保卫共和，随时听其调遣。尹昌衡只留了八名卫队人员。

一入夜，城里的地痞流氓却趁机猖狂抢劫，在川军完全入城控制局面之前，山城到处是枪声和哭声。尹昌衡经过动乱，首先想到的便是国会那帮文弱的议员。

— 703 —

原来，张勋复辟解散议会，议员被逐出京南下，没法安顿。唐继尧也懂得"挟天子以令诸侯"，议员手中有选票，民主外衣下很有话语权，于是立即把几十个议员接到昆明。后来又随滇黔联军入川，带到重庆，安顿在了重庆参议院。

卢涛撤退时，曾经电话通知国会议长林森："黔军奉命撤出重庆，即时起不能保护议员安全，望诸公善自保重。"

炮声中山城已经停电，好在马忠早就准备下了手电筒和蜡烛。黑漆漆的夜里，在不绝于耳的枪炮声和号哭声中，尹昌衡率着马忠和卢涛留下的几名卫队人员来到参议院，议会大厅里点了几支蜡烛。微弱的烛光中，议员们提着自己的小皮箱惊惶地乱作一团。

尹昌衡带冯均逸和四名卫队直入议会厅，众人全都紧张起来，有人以为死到临头，一个劲地哆嗦着。

尹昌衡道："诸公不要紧张，不要紧张。"

有人问："你是谁？"

昏暗中有人认出了孙中山的联络员冯均逸。冯均逸赶快上前相告："他就是尹昌衡将军！"

"尹昌衡？尹昌衡！他真是尹昌衡吗？"对于尹昌衡，多数人只闻其名，不识其人，有的人甚至还为尹昌衡写过鸣不平的文章。没想到这个传奇人物竟然突然出现在了眼前。一片惊诧之声中，都希望新的传奇能在这里出现。

林森认识尹昌衡，定睛一看，立即趋前："硕权，果然是你呀。你不是在给徐世昌当顾问吗，怎么会突然在这里出现？"

尹昌衡道："说来话长，此刻我是为保护各位议员先生安全而来。林公还是先稳定诸公情绪，叫大家放心吧。"

有人问："尹将军已经离川多年，无权无兵，你怎么保护我们这几十号人的安全啊？"

冯均逸道："大家放心，有尹将军在此，就当数万兵了。这几位护卫就是卢司令留给他恩师的护卫人员。进攻重庆的刘湘、但懋辛等几位川军统兵大将，都是尹将军的学生或故旧。"

大家这才稍微放了心。

平明，尹昌衡留下冯均逸和那四个黔军护卫给众人壮胆，自己则朝大门走去，林森和几个议员也跟了出来看热闹。

马忠领另外四名护卫，持枪把守在大门口。不多久刘湘入城先头部队的一队骑兵，打着川军的军旗，奔驰在大街上，高喊着："川军入城，市民商旅，各安生业，不得惊慌……"辛亥革命前尹昌衡给军校学员讲课时，讲授占领城市时，第一件事情就是安民，避免不必要的混乱。再就是占领要塞、保护衙门机关，避免公物、档案、要员被乱兵破坏、误杀或走脱。看来他的学员现在派上了用场。

不久一支小部队开了过来，马忠上前吼道："站住！这里是参议院，任何人不得擅入！"

先头排排长提枪在手："你是什么人？"

"我是什么人，你管得着吗？"

排长提枪指着马忠："滚开，我们奉命接管参议院！"

排长话音未落，手中的枪不知怎么一下已经到了马忠手里，大门口四名护卫，手中一色锃亮的快枪哗啦啦地拉响了枪栓。

排长和他那一排川军全都傻了眼，不敢动弹。彼此僵持之时，尹昌衡步下台阶来到面前，拿开马忠手里的枪，还与那排长，和悦地道："你是先遣排排长吧？你的长官没给你交代入城后，该怎样接管重要机关吗？"

"讲过，讲过，保护好机关，不准任何人出入，等待接管要员接管。"

"好，如果你们不要命，就尽管往内冲。要想升官，就整顿好你的队伍，执行你长官的命令，保护好参议院。另外立即派人知会刘湘刘总司令，叫他立即亲自前来参议院。就说，中华民国议会议长林森林大人在此恭候！"尹昌衡说罢转身而去。

"长官，请问你是——"

马忠道："他就是给你们作入城规定的人，速去请你们刘司令吧。"说罢拿出一摞银圆交给那排长，"另外，立即派人去办四十个人的早餐，送到参议院来。"

林森和那几个看热闹的议员，刚才都还为尹昌衡捏着一把冷汗，想不到传奇立即就在眼前上演，一个个都慨叹不已。

不一会儿，饭店便把丰盛的早餐送到了参议院的大厅里。养尊处优的议员们，昨天惊慌得午饭、晚饭都没吃上，早饿得前胸贴后背了。此时见到精美的山城早点，一个个狼吞虎咽，跟四川的船拉儿、车帮子、打石匠，并无两样。

刘湘的攻城指挥部设在城外十多里的地方，接到报告之后，一听给川军作入城规定的人，就知道是尹昌衡。他听到这消息，真是又忧又喜。忧的是尹昌衡回来抢山头，成为他想当四川王的障碍，他派去见尹昌衡的特使回报说尹昌衡已经对官场心灰意冷，但他不相信这是真话。喜的是此前他忽略了唐继尧还在这里留下了一批活宝，尹昌衡居然把议长林森及三十多名议员，心甘情愿地送给他。

刘湘立即召集了几个头面人物，驱车进城夺宝，直朝参议院而去。

总司令刘湘第一时间赶到参议院，拜见了尹昌衡、林森及众位议员，对恩师的热情和恭敬自不必说，把尹昌衡、林森及那批活宝贝议员做了最妥善的安置，才去忙接管城市的事情。

黔军已经有序撤出重庆，并没有经历什么激烈战事。川军联军便顺利收复了山城。

完成城市的接管之后，如何对待尹昌衡，这个棘手的问题就摆在了所有川军将领的面前。阆中会议可以说是四川军阀一次暂时的势力范围的划分。刘存厚占领成都，刘湘占领重庆。川渝两块大蛋糕大体差不多。收复重庆的川军大员们，早就计算着自己得的那块蛋糕有多大，占领哪里油水最多。

而今却突然多出了尹昌衡这个手很长的人，多一双筷子就少一块肉。将领们不管表面对尹昌衡恭维话多好听，但是心中老大的不快，当然最不快最纠结的要算总司令刘湘了。

以尹昌衡在川人中的威望和地位，取代他坐镇重庆，那是众望所归，顺理成章的事。何况，四川的实力派多是国民党员。这次尹昌衡转道上海见孙中山，孙中山派联络员和他一同入川，刘湘不知尹昌衡是否接受了孙中山什么特殊任务。如果孙中山给他当后台，那就更不可掉以轻心了。要让刘湘把重庆这块到口的大蛋糕拱手让人，那么他四川王的美梦就会更遥远，他怎么也于心不甘。

刘湘知道川军将领们保护自己的蛋糕，想法跟他一样，便召集高层要员共商应对之策。

刘湘主持会议，开口道："全体将士奋勇杀敌，驱逐入侵四川的滇黔联军，一举收复重庆，为川人雪耻。本司令应该感谢各位将军的精诚合作。各位将军劳苦功高，应该表示热烈的祝贺。"

众将回敬以热烈的掌声。

刘湘立即话锋一转："不过，本总司令实在抱歉。论功行赏之事，只有等待新的总司令来施行了。"

"新的总司令？谁！"他的话刚一出口，众将全都愣住了。

刘湘慢条斯理地道："当然是德高望重、我们在座诸公大多数人的恩师、老长官尹昌衡先生了！"

"凭什么，凭什么，他凭啥子来摘桃子？"一片质问声。

"恩师一统四川、平定西藏叛乱，在川人中威望崇隆。数年前川人迎尹逐胡，记忆犹新。今先生回川正在重庆，学生尊师礼当让贤，故刘湘拟请先生就总司令之位。"

大家虽然都明白刘湘做戏假意让贤，但如果尹昌衡来个顺水推舟，弄假成真怎么办？如果真让尹昌衡来坐了重庆的第一把交椅，分走最大一块蛋糕，自己的座次就要往后排，自己该分那块蛋糕就要小许多。

刘禹久跟刘湘最紧，率先站起来反对："阆中会议，川军将领公推总司令率师收复重庆，一战成功，凭什么让位？"

众人都道："对，成渝两路总司令都是川军共举，如果我们擅自改变当初共议之约，岂不挑起成渝争端，引起川军内部不和？"

刘湘道："此一时，彼一时。川人能把握自己命运吗？熊克武司令也是坚决拥护孙先生之干将，为什么孙先生同意唐继尧率滇黔联军入川驱逐熊将军而占领重庆？今孙先生派联络员随尹先生入川，意图不是很明显吗？刘湘与其异日被逐，莫如今日让贤，倒白赚一个尊敬师长的名声，日后也好混世界啊。"

刘湘说出这话，倒是所有人都没想到的。一说到孙中山准滇黔联军入川驱熊出兵，大家都不禁义愤填膺。

刘湘道："众位将军，近日忙于战后接管城市军务，少于留心时事。孙中山已经指示驻福建的粤军回师广东，驱逐桂系军阀。他正赶回广州，拟联合陈炯明，组织二次护法战争。南北战争可能重新燃起，鹿死谁手，尚不可知，我们还是小心谨慎为是啊。"

刘湘之所以突然抛出这些问题，一是要打垮这些人的自信，规规矩矩地服从于他，再就是要大家为保护自己的利益，齐心合力应对眼前尹昌衡这个麻烦。

目前，众人确实只关心如何分赃，没留心一次护法战败后涣散的南方动向，都不得不佩服刘湘是要高明得多。

杨森跟刘湘是同学，四川反正后，尹昌衡派张澜做川北道宣慰使，刘湘和杨森做张澜使前护卫营营长。二人彼此知根知底，却少不了明争暗斗。杨森最瞧不起刘湘爱玩小聪明。他把刘湘的伎俩看了个透彻，一直不屑于答话理睬，直到此时才道："杞人忧天。今天所说的这些都是假设尹先生回来抢山头，他到底怎么想的，问过他本人吗？万一他不是如大家所怀疑的，岂不瞎操心了？"

刘湘道："谁去问？什么时间问？怎么问？"

刘禹九道："总司令不是说安排稍妥，要为老师回川举行盛大的欢迎宴会吗？宴会上问吧。"

刘湘道："我们都是尹先生的学生，怎么好开口问？"

但懋辛道：“声明，你们都受过尹昌衡培训，是他的学生，我可不是他的学生。”

但懋辛，字怒刚，同盟会老会员。参加过黄花岗起义，重庆反正时任蜀军政府参谋长。成渝合并为四川军政府时，任成都府知事兼四川团务督办。经常作为熊克武的替身周旋于各路军阀之间，朝秦暮楚，纵横捭阖，风云一时，他绷革命老资格，对尹昌衡一直看不起。

刘湘道：“别忘了，四川军政府时，你任成都府知事，也是老师的部下。”

但懋辛道：“我任那区区成都府知事，是凭我推翻清王朝的功劳，跟他尹昌衡有什么相干？”

刘禹久听到但懋辛摆谱就大不高兴：“好，你有功劳绷资格，接风宴上，你来开头炮，公开把话挑明吧。”

但懋辛火了：“我啥时候开炮，用得着你教吗？”

刘湘道：“别争了，立即通知下去，明天小洞天酒家，团以上军官为尹先生接风，务必齐整、热情、隆重！”

刘禹久道：“啊，总司令，万一尹昌衡不识相，硬要……”

但懋辛觉得刚才对刘禹久的话硬了，赶快换了口气：“刘军长还怕他何来？战乱之中，他二人孤身入交战之地，能掀得起几尺大浪？何况山城本来匪多流氓多黑帮多，不出事就谢天谢地了。”

刘湘听出但懋辛口中露出了明显的杀气。生怕但懋辛胡来，坏了大事，眉头皱了皱便道：“适才但军长提醒得好。这样，重庆是但军长长期驻守之地，跟匪徒较量多，地熟人熟。从现在起，由但军长全权负责尹昌衡将军安全。如果尹将军在重庆府地界出事，就只有请但将军向全川父老交代了！”

刘湘打出全川父老的招牌，但懋辛掂出了分量，先是犹豫，接着想到自己原是重庆败军之将，才屈居于刘湘部下，于是只得遵命。

4

但懋辛灵机一动，全权保卫尹昌衡的安全，这倒给了他一个向尹昌衡示威的好机会。他立即命一个贴心的连长，领了一个连的兵力，如临大敌般包围了尹昌衡暂住之地。马忠赶紧上前询问是怎么回事。那连长道：“重庆战乱刚过，城中黑帮和乱兵甚多，刘总司令怕尹将军这样的国家功臣有失，特命加强保卫。”

马忠觉得不对劲，报与尹昌衡。

尹昌衡正在写什么，听后只是一笑：“树大招风啊，北京怕我回四川造反，四川人怕我回来抢权。想暗杀我的人肯定有，不过在重庆我倒很安全。我若死在重庆，他们谁也背不起容不下我的那个恶名。"

"重庆也不是久留之地，你得想个万全之策，摆脱危险，早回成都，跟一家人团聚啊。"

"马忠哥，放心吧。他们那点小心眼、小把戏，我清楚得很。我已经打定了好主意，我们很快就会平安地回到成都的。"

第二天，刘湘亲自带了自己的警车卫队开道，乘车来接尹昌衡赴宴。见其住处被大军重重包围，不由得大怒，对连长训斥道："这个但懋辛，搞的什么鬼明堂，有这样保卫要员的吗？"遂命连长精选二十人，一半在院内值勤，一半便衣在院外巡逻。

刘湘入院拜见尹昌衡后，忙不迭地对保卫之事道歉。尹昌衡道："而今昌衡已是一介平民，用不着大费周章。"

小洞天酒家前铺着红地毯，军乐队奏着迎宾曲。但懋辛、刘禹久、杨森等大员，率团以上军官戴着白手套，整齐列队恭候，刘湘陪着尹昌衡从红地毯上走过来。迎候的军官高喊："欢迎尹长官荣归故里。"齐刷刷地敬了军礼。这些军官，大半数以上都是尹昌衡培训过的学员，那些当年陆军小学随他参加成都定乱，以及随他西征平叛的军官，他都还叫得出他们的名字。

尹昌衡眼含着激动的热泪和刘湘走完红地毯，众军官随之鱼贯步入宴会大厅。

宴会上，刘湘高度赞扬尹昌衡定乱安蜀、杀赵尔丰、成渝军政府合并统一全川，以及西征平叛等众所周知的奇功。大讲弟子们按尹昌衡传授的兵法，才取得了一举收复重庆的辉煌战绩，借此也为自己表功。

末了，刘湘话锋一转："老师是德高望重的军神，壮岁荣归故里，正好大显身手，大展鹏程。自己不才，甘愿让贤，请老师就任重庆总司令之位。"

尹昌衡正欲发话，这时但懋辛站起来道："总司令之言差也！诚如总司令所言，尹将军之才华与威望令人高山仰止。民国堂堂总统顾问，尤弃之不做，区区一个重庆总司令，岂不辱没了尹将军威名。既是学生和部下，怎么能偷懒息肩，将应尽之劳委于尊敬的恩师和老上司呢！"

杨森也站起来道："但军长之言甚是。恩师本来就是四川都督，历尽磨难荣归，我们当与成都联合，共推恩师为四川都督，才是四川军民的共同愿望啊。"

刘湘没想到但懋辛和杨森，这两个暗中跟自己较劲的人，说出了这么冠冕堂皇的理由和主张，化解了他最纠结的大事。

尹昌衡知道坐在首席的人都是表演，但他相信其他军官大多出于心声，站了起来，向全体鞠了一躬："谢谢大家的高情，不过，无论总司令还是四川都督，昌衡万不敢当！"

众人都惊疑地问为什么。

尹昌衡道："我感谢大家今天给我提供了一个难得的好机会，决定借今天这个机会，宣布我一个做了好久的重大决定！"

众人问道："什么重大决定？"

"归隐宣言！"

没有人敢相信自己的耳朵，各席都发出了一片唏嘘之声。

尹昌衡已经展开了《归隐宣言》，朗声宣读起来。宣言从归隐的理由、归隐的决心，说到归隐后的打算：

> ……昌衡从此不党南以谋北，亦不党北以谋南。不厚蜀而弃滇，亦不厚滇而弃蜀，公义私情两不敢背，勋名利禄一意长辞……
>
> 丈夫赤胆，永无阴霾之私；贞妇白头，宁蒙失节之耻……

刘湘真诚地道："恩师，这宣言不能发，你收回吧，你才三十多岁，风华正茂，你还能创造多少奇迹，创造多少辉煌啊！"

尹昌衡道："覆水难收，宣言既发，如何收回？"

众人感慨莫名："恩师，你再给你的学生、你的老部下们训一次话吧！"

"我没有话好训了，你们还记得我的《劝兵歌》吗？"

于是众将一齐背诵《劝兵歌》：

> ……
>
> 四千年，乱到今，群迷醒悟共和现，以国为公真理明。
>
> 不为上，不为君，专为保国才出战，纵然身死双目瞑。

尹昌衡道："就把这《劝兵歌》作为我的归隐赠言吧。我不希望看到内战，不希望你们的枪让同胞流血。传你们的兵法，是用来剿内匪安民，御外寇保国。若有外寇侵凌，只要国家一声令下，我只望你们与我一起冲锋陷阵！唯此是盼！"

尹昌衡的《归隐宣言》，成渝报纸争相登载，很快传遍全川、全国，无不感慨。北京要员见了宣言彻底对他放了心。南方革命党的朋友们直叫："可惜，可惜！神龙不飞天，潜踪锁砚池，何故消极如斯？"

第七十六章

唯白论祖

1

1920 年中秋前夕，尹昌衡一行终于回到成都，一家人团聚。直到此时，殷文鸾才见到了尹父尹母和杨燕茹。殷文鸾知书达理，伴尹昌衡磨难煎熬好几年，深得一家人感戴和喜欢。不久，尹昌衡的次子尹宣民（又名绍尧）出生。其时刘存厚任四川都督，尹家喜事连连，亲朋好友前来祝贺，尹家常常是高朋满座，贵客盈门。

尹昌衡回乡不久，就参加了由骆成骧、尹昌龄、颜楷负责组织的成都绅士会。三十六岁的尹昌衡历经磨难，终于过上正常的日子，归隐了结仇怼之扰，俸禄可保衣食无忧；晨昏侍候高堂起居尽孝；华堂上两个宝贝儿子绕膝承欢；小室得享娇妻美妾温柔；闲来高朋雅聚斗酒歌吟，安享隐士之乐，何其怡然。

人闲心难闲，身离庙堂，心系天下。他回乡这些年，乱哄哄的民国又发生了太多的大事。仅四川就先后经历了刘存厚、刘湘、王陵基、刘成勋、熊克武、杨森、邓锡侯、赖心辉、刘文辉等军阀轮流统治。

1921 年 5 月，孙中山在广州就任非常国会推举的非常大总统，接着出师广西，消灭了桂系军阀陆荣廷的势力，准备以两广为根据地北伐。12 月，孙中山在桂林会见共产国际代表马林，讨论建立革命党和革命武装问题。

1922 年 6 月，孙中山与陈炯明决裂，被迫离开广州再赴上海。此后，他接受了中国共产党和苏俄的帮助，提出联俄、联共、扶助农工的三大政策。次年驱逐陈炯明后，在广州重建大元帅府，并派出"孙逸仙博士代表团"访问苏联，邀请苏联政治和军事顾问到广州帮助中国革命。

1924年1月在广州召开了中国国民党第一次全国代表大会，通过党纲、党章，重新解释了三民主义，孙中山决心接受共产国际和中国共产党的帮助，欢迎李大钊等共产党人以个人身份加入中国国民党。

在这数年中，1922年5月，尹昌衡长女尹宣仪（又名绍和）出生。同年，尹府迁至成都忠烈祠街（会府街）。其宅建有"止园"，为绅士会聚之所。

孙中山任非常大总统，思以往之教训，决定创办军校培养精英。遂召尹昌衡、谭延闿、蒋尊簋、柏文蔚及李烈钧的代表洪承点赴上海，共同商筹军校事宜。尹昌衡拜访孙中山时曾有约，遂欣然应邀而往。

此时北方政府，徐世昌去职，黎元洪复任总统。尹昌衡以私谊与黎联系，力促南北和平统一。广东平定后，孙中山率谭延闿等南下，尹昌衡仍留上海，继续与北方保持联络。

越年6月，黎元洪下野，尹昌衡促和南北无果，只得回川。四川内战又起，吴佩孚乘机派杨森率北洋兵入川，占领成都。鄂军总司令、老同学孔庚战败后撤退不及，到尹府藏匿。杨森亲自登门查捕，尹昌衡力护孔庚，使之得以转危为安。

1924年孙中山组织北伐的过程中，再度密召尹昌衡赴粤办军校，尹昌衡偕孔庚南下。这时长江沿线关卡林立，商货不通，泸州商人汇集商船十八艘，尾随于尹昌衡船后。是夜，匪徒欲劫船，适匪首康才原系西征军连长，对尹都督素极尊仰，因请上山寨，并集合匪众请训话，尹都督勉其以忠义为本，除暴安良，等待革命政府收编，为国家效力。匪众感慰，礼送出山，商船亦全部释放。

行至重庆，被刘湘挽留，为尹昌衡贺四十寿辰。尹昌衡被劝酒致醉，因多年征战忧劳，几年监狱折磨，积患迸发，只得返回成都治病。

5月12日，三子尹宣晟（又名绍平）出生。

7月11日，直系军阀控制了北京政府，封尹昌衡为盛威将军。

8月5日，幺女尹宣瑗（又名绍璜）出生。

尹昌衡回川之后，北方军阀分分合合，连年混战，此消彼长。1924年10月，奉系军阀的张作霖和直系将领冯玉祥联合，推翻曹锟为总统的直系军阀政权。冯玉祥、段祺瑞、张作霖先后电邀孙中山北上共商国是。孙中山接受邀请扶病到达北京，并提出废除不平等条约、召开国民会议作为解决时局的办法。

1925年3月11日，孙中山在"总理遗嘱"上签字。遗嘱包括《国事遗嘱》《家事遗嘱》和《致苏联遗书》三个文件。于1925年3月12日，因患肝癌在北京逝世。

尹昌衡贤达名声在外，游名山古刹访道，有请讲经说法者，或者请去讲学，进行军训者概不推辞。

尹昌衡热心公益，成都当局拟拆佛、道寺庙。佛教徒公举尹昌衡为会长，道教徒公举尹昌龄为会长，他们二人率信众抗争。他亲赴文殊院阻止拆卸，并发动绅士会反抗，受到广大群众支持，成都著名寺院宫观才得以保全，成为后世的名胜和城市的文化骄傲。

1930年蒋介石、阎锡山、冯玉祥大战前夕，阎锡山、冯玉祥联合李宗仁及刘湘，拟成立国民政府，与蒋介石相抗。但主席一职，四方尚有争议，因阎锡山是尹昌衡的同学，李宗仁、刘湘皆尹昌衡的学生，而冯玉祥又系尹昌衡在广西时的拜兄王芝祥的门生。故李宗仁提议举尹昌衡出任，得到各方赞同。李宗仁即派中将高参侯仁松到成都，敦劝尹昌衡出山。尹昌衡不愿介入政治，又不愿伤害故旧和门生的热情。这一年尹父逝世，尹昌衡便以父丧未除为理由，予以坚决辞谢。

1931年，日本强占东三省。尹昌衡借其声望发表演说，号召民众抗日救国。

尹昌衡将近五十之时，身体每况愈下，疾病缠身。特别是患有严重的白内障，视力越来越弱。七十九岁高龄的母亲去世，使他悲痛欲绝，目疾加剧，视力更差，行动日渐困难。尹昌衡多参禅静坐，悟佛经之真谛。清虚之余，起则舞笔，立以为说。

尹昌衡回四川之后，明隐暗未隐。表面闲云野鹤，实则心忧天下，多数时候都在为公益操劳，或为国事牵情奔走。同时，他不忘"著书教万世"之初心，笔耕不辍。

那些年成书不少。1923年1月出版《止园寓言》，3月出版《宇宙真理论》，8月出版《劝将篇·消劫新书》。以后又相继出版了《生民常识》和《余中将传》。更重要的是，他投入了他开宗作祖最浩大的工程——《止园唯白论》的著述。

2

尹昌衡四十七岁时出版的《止园唯白论》，使他成了唯白论开宗立教的教祖，又为自己树立了一座丰碑！

尹昌衡是一个积极入世进取的人。然而残酷的现实，使他无法"行者霖雨济苍生"，才矢志发奋，效先贤"藏则着书教万世"。他很幸运，几年的监狱生活，使他获得前贤同样的面壁悟道的时间，获得咀嚼五教先圣经典的精华、补充熔铸各教学养的机会，从而构建起科学的哲学体系，启动了一项浩大的哲学工程。

对于身逢乱世的尹昌衡，如何治世，就是残酷的现实给他提出的哲学大课题。他在狱中静思，九暾感悟，挖出了社会乱源出于党争，得出了"仁者何必党？

天下皆其党"，即"不党为党，天下一党"的启示。但那时还是模糊的，还没有充分的实证和哲学上的理论支撑。

尹昌衡回到四川后，1921年中国共产党成立，1924年国共两党合作。马克思的共产主义学说，主张无产阶级只有解放全人类才能最后解放无产阶级自己；孙中山在重新解释的三民主义中"凡真正反对帝国主义之个人及团体均得享有一切自由及权利"，以及"平均地权"等主张，都包含着先圣最古朴最原始的"天下为公"、"世界大同"的理想元素。

在趋同的理想前提下，两党可以合作，那么其他党也可能合作，从合作开始最终可否走向合并呢？若代表天下人利益的仁者合作治世，"天下皆其党"，不就是"天下一党"了吗？

这个积极的现实现象，给尹昌衡的哲学思考打开了一扇天窗，他豁然开朗，促进了他围绕"一"而进行研究。他反复研读"五教之精华和千圣万贤之训典"，最终是认为"万教归一"。他在《圣学渊源》中说："思千圣万贤心传孔昭，而世莫或劭，是未知其通而贯于一也。"

经过二十余年的钻研，他终于从"万教"中提炼出了"一"。在他的哲学世界里，把这个"一"命名为"白"。这是他新创建的哲学概念，从而完成了他唯白论的整体理论建构。

尹昌衡认为："孔、老、佛、耶、回，世之五圣也，而皆以合天成道为人之归。"他特别强调，"吾所以不敢偏轻五教者，诚以各有精神特卓之处。"努力集万教之精粹为一炉，从而形成自己的哲学体系。

尹昌衡唯白论的"白"，更多源于儒、道、释等东方哲学的一元认识论。《易经》说："太极生两仪，两仪生四象，四象生八卦。"《道德经》云："道生一，一生二，二生三，三生万物。"佛家《摩诃般若波罗蜜多心经》言："色即是空。"色空合一。万物本源皆为"一"。故宣称："此'白'字，乃统宇宙圣哲之基也，纠万国谬说之绳也，立天地斯民之极也，阐华夏太古之煌也。"

在尹昌衡"唯白"的认识论中，他说："白者何也？发知觉之真体也；觉者何也？由白生之大用也。白也、心也、仁也、识也、天灵也、智源也、思府也、感官也、魂魄也、神我也。""白"既是物质的，也是精神的，是物质和精神的高度统一。

尹昌衡提出"觉"的概念。"觉"包括了精神。"白"是体，"觉"是用，二者互为一体，体用一元，不可分割。他说："三界唯心，唯心者唯白也。万法唯识，唯识者唯白也。"

东方哲学基本上都是物质与精神为一体的一元论观点。

佛家认为：不偏于空，也不偏于有，非空非有，亦空亦有，不落两边，圆融无碍，这就是中道。中道是佛教的一元论思想的哲学基础。"不二法门"则是中道的理论核心。

道家也是一元论哲学体系。老子曰："万物得一以生。"庄子则深刻地阐明了"道"既生天生地，也有情有信，既包含了"形"与物质也包含了"觉"与精神的一元论观点。道家一元论的终端是"无极"，末端是"天人合一"。

尹昌衡把自己哲学上的一元论归纳为"中和主义"，认为"儒曰中庸，是中和也"，"老子守中抱一，是中和也"，"佛曰中教，曰不二法门，是中和也"。由此，他主张主客一致，不赞成主客二分。他认为唯物主义与唯心主义两者本应互为补充。

当人们还在争论物质是第一性还是精神是第一性的问题时，他不赞成把唯物与唯心的主客二分。他的结论是："万法惟白，一源二合。"他说："外物幻影，色空同饭。"

尹昌衡唯白论的价值体系是心灵哲学，探求宇宙真理的最终目标是找到人生真谛。他认为《易经》是中国哲学之源，他说："夫《易》者庶哲之源也。庶哲之说，内则究身心性命之微，外则阐宇宙万物之理。究身心性命之微，因以求修养之道。阐宇宙万物之理，因以辨化育之方。斯二者，哲学之源也，而皆出于《易》。"道家的"无"是宇宙真理，道家的圣人之道为而不争，以达天人合一之至乐则是人生真谛；佛教的"空"是宇宙真理，佛教的"四圣谛"即告诉众生：人生之苦，苦从何来？人生之乐，如何得乐？则是人生的真谛。

尹昌衡认为价值体系核心是"乐"。

他说："惟乐统万，极乐无疆。""万志惟乐，圣凡同此趋。"如果让所有的人都按照正道去寻求快乐，按照道德的伦理准则去寻求快乐，人们就能够得到真正的快乐。则天下就会由此而和谐，社会就会由此而发达，可达到"天下太和，至乐无极"。

尹昌衡认为，能够引导人们都走上一条正确的致乐之路，这本身也是儒、释、道各圣贤大德共同追求的目标，也是对治世者的要求。

在尹昌衡看来，如果治世者都能把"使民乐"作为目的："以惟乐收众心，莫或不同。以惟乐统众志，莫或不汇。既得同汇，纳之觉路，犹导百川，以归瀛海。"就可以实现"百姓昭明，协和万邦。乐天之功，岂不大哉？"

尹昌衡认为："白"是认识世界的方法；"乐"就是人生追求的终极目标。

他提出"乐"的两个层次：一个是追求小乐、暂乐、独乐；另一个层次是追求大乐、众乐、永乐。

在尹昌衡看来，物欲满足的乐是小乐；稍纵即逝的乐是暂乐；只追求自身快意的乐是独乐。这些都不是真正的乐，是伪乐。真正值得追求的乐，应当是大乐、众乐和永乐。

大乐，是道德力量的外在表现，是至善的乐，是摆脱物欲的乐。众乐是人格之乐，是儒家的"君子不党"、道家的"以德报怨"、佛教的"慈悲观"以及基督教的"博爱"观的具体体现。尹昌衡认为，大乐的核心是去物欲，而众乐的核心则是去私欲。他说："五教之精华，千圣万贤之训典，莫不以去私为不二法门。"

尹昌衡进而提出了"化自为公，化欲为乐"，这才是真正的太平伟业。他说："为子孙谋者，当贻以德泽。为天下谋者，当全其大公。家天下之愚计，仁者所不为，智者亦不为也。"这也是他对后来治世者提出的要求。

为寻找治世良方的尹昌衡，特别注重观照社会现实问题。在军阀混战，拉起一支武装力量就可划地为王的混乱时代，他大力宣扬他的众乐观，也是儒家的"君子不党"论。他在《黎副总统政书》中说："查各国公例，政客有党，军人无党。良以政客处言论机关，辩驳精透，斯政策易行。军人具武装势力，党派一歧，争夺以起；军律虽在，视等弁髦；命令虽严，作同儿戏；于是据城日迫，啸聚自雄，括地宏财，好杀不已。始如星火，继可焚原；远观皖赣，近察渝城。既由军人危及全国，使非党争，宁有此失？"

尹昌衡追求的"众乐"，亦是他"行则霖雨济苍生，藏则著书教万世"情结的实践，是他作为政治家"治国平天下"情怀的释放，也是他大同世界理想的实现方式与途径。

永乐，是乐的最高境界。随着道德修养的提高，平易、正直、慈爱、体谅之心自然生出，而后自然进入神人的境界。这就是道家的至人之乐，就是佛教的凤凰涅槃之乐。

尹昌衡在哲学上贡献有三。

一是对中国哲学本体论的两项贡献。

其一，本体论的核心问题之一是有限和无限。尹昌衡用现代科学的方法与严密的逻辑思维，对物质最基本元素"至大无外，至小无内"的本质做了透彻的分析与精确的说明。尹昌衡用可无限分割极点的"中"，与最终的融合一元的"中和"，建立了他的"中和主义"哲学体系。从而，结束了几千年对"无"的误读，结束了中国哲学思想史上长期以来的"贵有"和"贵无"之争，使中国传统的本体论融入了科学论，以及科学的逻辑。在中国哲学思想史上，开启了传统哲学的玄思结合近现代哲学理性的思辨，加上现代科学方法的探索之路。

其二，赋予一元论新的内涵，融合二元对立。唯物主义主张物质是世界的本源，物质是第一性的，精神是第二性的。尹昌衡不仅论证了物质是世界的本源，而且把唯物主义演绎到了极致。但他同时又论证了精神的本源，认为精神的本源可以追溯到"觉"。他认为形与觉一源二合，都出自"无"，出自"道"，出自"白"。"无"与"白"是形与觉的高度统一，不是唯物与唯心、主与客的二分论。

二是对中国哲学人生境界理论上的贡献。

长期以来，以儒家为代表的强调社会关怀与道德义务的积极入世思想，以佛老为代表的注重内心宁静平和与自我超越的出世思想，人们对这两种思想或境界的认同纷争不休。

尹昌衡从他的"中和论"出发认为："老子守中抱一，是中和也"，"佛曰中教，曰不二法门，是中和也"，"儒曰中庸，曰致中和，亦中和也"。而他的"中和论"的内核是"德"和"善"，这为五教所共尊。"中"的特性首先是不偏不倚，不过不及，圆融无碍，应物则和。"和"则滋生万物。"释和之义，万物并育而不相害也，普利也。"因此，"和也者天下之达道也。"他对儒释道要义的诠释，为儒释道搭建了一个共同的哲学理论平台。因此儒释道之间，不存在高下之分。

三是融合哲学、宗教与科学，开辟一条探索真理的新途径。

当西方自然科学被介绍到中国后，尹昌衡将科学与宗教、哲学结合，运用了天文学、地理学、物理学、化学、数学、机械学、生物学的原理与知识，阐明了一个古今中外哲学最核心的命题——宇宙万物的本原是什么？

他打破科学、哲学、宗教三者的界限，为探索真理寻找到一条新道路。他对自然科学理解与认识的深度，运用学科门类的广度，综合各个学科去研究所达到的高度，以及对宇宙万物本原的透彻阐析，均达到前所未有的水平。

净名先生说：尹昌衡终其一生，外说宇宙之极，内揭性命之精，探讨了宇宙观、人生观、性命观、政教观、万物观、事理观，最终形成了以"白"为核心的认识体系，其中包括真理观和发展的自然观；以"乐"为核心的价值体系，其中包括博爱的伦理观、超越的人生观；以"净白"为中轴，人人皆可成圣贤为核心思想的行为体系。这些思想在他两百多万字的著作中，得到全面、系统、深刻地阐述。

尹昌衡一生著述甚丰，《止园唯白论》则是他哲学专著中的黄钟大吕和不朽丰碑。他力图"摘群经之奥，罗万象之通"，以中国最古老的《易经》为核心，熔儒家、道家、佛教、基督教、伊斯兰教、西方哲学、现代科学为一炉，通过自己涵泳体究，再加上人生的历练，最后转化为义理，创立以"白"为核心的哲学体系。客观上为他"天下一党"的治世理想奠定理论基础，同时也是对无休止的党争乱象的否定和批判。

中国历史文化名人榜单上没有尹昌衡的名字，这也许是学界的一个极大的遗憾，也是四川文化史的一个重大缺失！

尾　声

尹昌衡毕竟不是教祖，他没有坛场和信徒，更没有为传播自己的教义而奔走的热情。他的学说没有得到广泛的传播，这是他最大的遗憾。特别是1927年国共两党分裂，与尹昌衡"仁者何必党？天下皆其党也"的治世理想，更是极大的背离。

五十岁以后的尹昌衡目疾加剧，几近失明。早年沙场和监狱生活折磨垮了身体，疾病缠身，行动日渐困难。骆成骧、颜楷、尹昌龄等唱和之友，一个个相继离世，尹昌衡多半只有参禅静坐，养疴悟道。

在那动荡不安、你方唱罢我登场的年代里，尹昌衡始终坚守自己"君子不党"的信条，不参加任何政党的活动，包括四川军阀的派斗。

1935年蒋介石设置行政督察专员临时参议会，著名士绅多被起用，任专员及议长等职。尹昌衡当然也是被征召邀请出山的对象，为躲避烦不胜烦的纠缠，他应刘成勋之约，赴大邑购置山场，种植油桐。后来回城治病，留杨燕茹在大邑行善办义学。

抗日战争爆发后，双目完全失明的尹昌衡，却扶病奔走于救亡集会，号召各界，同仇敌忾，共御外侮。其爱国豪情，感染了多少四川铁血男儿出川抗日。

1949年解放军迫近四川，成都社会人士以应变为名，成立各种组织，他拒绝参加。局势混乱，他的长子尹绍援（宣桓）与嶲西县田坝土司岭光电交好，闻悉西康较宁静，尹昌衡遂率妻女及三子宣晟前往避乱。历经战乱，数月流离，后又被胡宗南侦知行藏，派兵迎到西昌"养病"，实被挟持。

西昌解放后，尹昌衡被解放军送往重庆，住团山堡。中共西南局得知尹昌衡居重庆，贺龙司令员说："尹先生对国家、对民族有贡献，应予照顾。"邓小平书记说："尹先生的事我们要管！"西南局统战部看望了尹昌衡，按月奉送生活费，给了他无微不至的关怀。

1953 年 5 月 26 日，尹昌衡在没有遗憾的安详中，病逝于重庆大井巷 5 号寓所，殡于南岸黄桷渡第三公墓。

2016 年 12 月 9 日，终稿于遂宁龙凤古镇

主要参考资料

尹昌衡著作：

《西征日记》

《西征纪略》

《经术讦时》

《止园自记》

《止园文集》

《止园易术》

《止园诗草》

《止园诗钞》

《止心篇》

《止园唯白论》

《尹昌衡集》，曾业英、周斌编，社会科学文献出版社，2011 年

其他资料：

《尹昌衡史料汇编》，由尹昌衡之孙尹俊龙先生提供

《尹昌衡大事年表》，由尹昌衡之孙尹俊龙先生提供

《尹昌衡年谱简编》，由尹昌衡之孙尹俊龙先生提供

《民国人物传》（第十卷），娄献阁、朱信泉主编，中华书局，2000 年

《中华历史人物别传集》第八十五集，国家图书馆分馆编，线装书局，2003 年

《尹昌衡研究概览》，谭继和主编，四川人民出版社，2013 年

《四川辛亥革命暨尹昌衡国际学术研讨会论文集》，四川辛亥革命暨尹昌衡国际学术研讨会组委会编，中国社会科学出版社，2014 年

《四川辛亥革命史料》，隗瀛涛、赵清主编，四川人民出版社，1982 年

《四川保路运动史》，隗瀛涛著，四川人民出版社，1981 年

《辛亥革命与四川社会》，隗瀛涛著，成都出版社，1991 年

《孙中山年谱长编》，陈锡祺主编，中华书局，1991 年

《辛亥四川风雷》，成都市政协文史资料委员会编，成都出版社，1991 年

《辛亥革命回忆录》，政协全国委员会文史资料研究委员会编，中华书局，1962 年

《尹昌衡西征史料汇编》，任新建、何洁主编，四川大学出版社，2010 年

《中国近代战争史》，军事科学院中国近代战争史编写组编写，军事科学出版社，1985 年

《西康纪事诗本事注》，贺觉非著，西藏人民出版社，1988 年

《民国史纪事本末·北洋政府时期》，魏宏远主编，辽宁人民出版社，2000 年

《民元藏事电稿·藏乱始末见闻记四种》，《西藏研究》编辑部，西藏人民出版社，1982 年

《云南百年风云录》，云南人民革命斗争史丛书编委会，云南人民出版社，1995 年